U0710460

通韵新编

湖北省荆门聂绀弩诗词研究基金会　编

中華書局

图书在版编目(CIP)数据

通韵新编/湖北省荆门聂绀弩诗词研究基金会编. —北京:中华书局,2021.2
ISBN 978-7-101-15058-2

Ⅰ.通… Ⅱ.湖… Ⅲ.诗律-中国-词典 Ⅳ.I207.21-61

中国版本图书馆 CIP 数据核字(2021)第 023561 号

书　　名　通韵新编
编　　者　湖北省荆门聂绀弩诗词研究基金会
责任编辑　侯笑如
出版发行　中华书局
(北京市丰台区太平桥西里 38 号　100073)
http://www.zhbc.com.cn
E-mail:zhbc@zhbc.com.cn
印　　刷　北京瑞古冠中印刷厂
版　　次　2021 年 2 月北京第 1 版
2021 年 2 月北京第 1 次印刷
规　　格　开本/880×1230 毫米　1/32
印张 23¾　插页 2　字数 950 千字
印　　数　1-3000 册
国际书号　ISBN 978-7-101-15058-2
定　　价　89.00 元

《通韵新编》编委会

编委会主任：罗　辉

主　　　编：姚泉名　刘　静

副　主　编：覃锡昌　向进青　李辉耀　张旭丽　肖　英

参编人员（以姓氏音序排列）：

方世焜　胡长虹　胡天骄　江海燕　李　娟　李连红　李雅歌　罗海章

罗永娟　王惠玲　谢丰华　余秀萍　郑　璐

前　言

罗　辉

古往今来,韵书的编纂服务于以诗词曲为代表的文学创作。“现存的完整韵书,最古老的一部是《广韵》。《广韵》的语音系统基本上是根据《唐韵》的,《唐韵》的语音系统则又基本上是根据《切韵》的。”①随后的《集韵》,书成于宋宝元二年,是修订《广韵》而成的。但自南宋时代平水人刘渊参照前人韵书编成了一部《壬子新刊礼部韵略》,即常说的《平水韵》以后,在此基础上编纂的《佩文诗韵》与《词林正韵》就分别成为赋诗与填词的主要韵书。元曲发展以后,《中原音韵》与《十三辙》又分别成为散曲与戏曲创作的主要韵书。二十世纪中叶以来,为了适应当代诗词创作的需要,又出现了一些新的韵书。其中,较有影响的是 1941 年“国语推行委员会”颁布的《中华新韵》(十八韵),2018 年由中华书局出版发行的《中华诗韵大辞典》就是以此为基础编撰的。上海古籍出版社出版的《诗韵新编》,即为十八韵《中华新韵》的简编本。此外,还有由秦似编著,广西人民出版社 1975 年出版发行的《现代诗韵(十三部十七韵)》,由赵京战编著,中华书局 2011 年出版发行的十四韵《中华新韵》;由盖国梁主编,上海古籍出版社 2004 年出版的二十韵《中华韵典》;由湖北省荆门聂绀弩诗词研究基金会组编,华中师范大学出版社 2016 年出版发行的《诗词通韵(十三部二十一韵)》以及由星汉提出的十五韵《中华今韵》(参见 2002

①王力:《汉语音韵》,中华书局 2013 年版,第 46 页。

年《中华诗词》第1期与第2期)等现代韵书。

2015年,国家语委委托中华诗词学会和江苏师范大学等单位,以《汉语拼音方案》和《通用规范汉字表》为基础,从学术角度提出制订新韵的国家标准的可行性方案和韵书初稿。经过几年来的共同努力,2019年3月13日,国家语委语言文字规范标准审定委员会于教育部召开专题会议,原则通过了由中华诗词学会提出的《中华通韵》方案,并决定作为推荐标准在全国颁布试行。这是新中国成立以来,首次由国家语委颁布试行的新韵书,是传承与发展中华诗词优秀传统的一大盛事,必将促进中华诗词的创新性发展。笔者作为这一课题制定的参与者与见证者,更是由衷地感到促进中华诗词的传承与发展,需要不断地试行与完善《中华通韵》,并愿意为此尽一点绵薄之力。《通韵新编》正是基于这一理念,在《诗词通韵(十三部二十一韵)》的基础上,本着既与新颁布的《中华通韵》相衔接,又促进其不断完善、方便查用的思路重新编纂的。这里,笔者将对相关问题的学习与思考简述如下,恳请广大诗韵专家和诗词创作者不吝赐教。

编纂当代韵书的“三个依据”

江苏师范大学与中华诗词学会分别承担了《中华通韵》的编纂工作。前者的课题报告认为:“根据音韵学研究成果和对现当代新格律诗的分析,现代汉语普通话应当设立12个韵部,也就是比‘十三辙’少一个韵部。”即将“十三辙”中的“梭坡”“乜斜”二韵合为一个韵部。与此同时,江苏师范大学的课题报告还明确提出了《中华通韵》编纂要遵循三个原则:“一是要有法律法规的依据,二是要有音韵学理的依据,三是要有创作实践的依据。法律法规依据决定了这部新韵书必须以国家通用语言——普通话语音系统为音系基础,以汉语拼音方案为编纂依据;音韵学学理的依据和创作实践的依据又要求这部韵书不是简单的按照普通话 39 个韵母来列字，而是要在普通话音系基础上根据现代诗歌等韵文创作实践归纳韵部，形成韵书。”笔者认为，上述“三个原则”，也就是“三个依据”，不但是编纂《中华通韵》的依据，同样也是试行和完善《中华通韵》的依据。

通常，上述“三个依据”中的“有法律法规的依据”是很容易做到的，亦不会有任何分歧，其实质就是依据《国家通用语言文字法》《汉语拼音方案》《通用规范汉字表》等语言文字法律法规和规范标准来编纂韵书。然而，在确保依法依规的前提下，如何科学合理地体现“有音韵学学理的依据（应包括音韵学、语音学与音位学等学科的相关理论）”与“有创作实践的依据”，也许就是试行和完善《中华通韵》过程中需要进一步探讨的问题，这也是本文讨论的重点。

基于音韵学学理与创作实践的几个问题

一、押韵与韵部

编纂现代韵书，最为核心的问题是如何根据韵母来划分韵部。然而，“韵部”这一概念用得很多，且在不同场合下的含义又不尽相同，所以，个中差异却又被人忽略。王力教授在《汉语音韵》一书中写道：“我们作诗是按照韵部押韵的。韵部和韵母不同：韵母包括韵头（如果有韵头的话），而韵部不包括韵头。不同韵头的字，只要主要元音和韵尾相同（如果有韵尾的话），就算是韵部相同，可以互相押韵了。”“音韵学的标准和语音学的标准不同，音韵学并不要求韵母的主要元音完全一致，音色近似的元音也可以认为是属于同一个韵部。”①王力教授的这段话说明，“韵部”的划分有两个标准：即“音韵学的标准”和“语音学的标准”。其中，

①王力：《汉语音韵》，中华书局 2013 年版，第 21—22 页。

"语音学的标准"是"不同韵头的字,只要主要元音和韵尾相同(如果有韵尾的话),就算是韵部相同";而"音韵学"的标准,则"不要求韵母的主要元音完全一致,音色近似的元音也可以认为是属于同一个韵部"。薛凤生《北京音系解析》同样认为:"押韵是最能表现语感的现象。不论什么语言,押韵的基本道理都是一样的,一般人也都承认凡是可以互押的音节,必须具有共同的韵基,即相同的主要元音与相同的元音后缀部分(假如有后缀的话)。汉语在这一方面当然也不例外,因此我们分析是否符合这一原则,也就成为该分析是否正确的一个检验标准。"①显然,所谓韵基,指的就是主要元音与韵尾(如果有韵尾的话),即薛氏所讲的押韵,其标准就是王力教授所说的语音学标准。不过,薛氏的这段话,针对押韵还提出了一个更为根本的问题,即"押韵是最能表现语感的现象",也就是说押韵的根本标准是"语感"。显然,"不要求韵母的主要元音完全一致"就是不要求"韵腹"完全一致,或者说不要求"韵基"完全一致。当然,这里说的不是形式上的一致。所以,对于王力教授提出的两个标准而言,"语音学的标准"严于"音韵学的标准"。

然而,《汉语拼音方案》并没有规定如何划分韵部,即没有规定韵母与韵部的对应关系,相关著作对韵部的解释也不尽相同。例如,谢德馨在《中华新诗韵》(即十八韵《中华新韵》)载《押韵基本知识》中指出:"'韵部'的含义原本与'韵''韵辙'相同,如《佩文》106 韵也可称为 106 个韵部。'韵部'的另一含义是指研究者对某一专集或对象进行音韵分析后得出的分类。例如有的研究者把《诗经》的用韵分为 13 部。"②

正因为如此,实践中使用的一些韵书,虽然它们都是以汉语拼音方案为依据编纂的现代韵书,但是,各自的韵部划分却不尽一致。实证分析表

①薛凤生著:《北京音系解析》,北京语言学院出版社 1986 年版,第 6 页。

②谢德馨:《中华新诗韵》,汉语大词典出版社 2004 年版,第 7 页。

明，有些韵书韵部划分的标准，既不完全符合王力教授所说的“语音学的标准”，也不完全符合他所说的“音韵学的标准”。例如，在十四韵《中华新韵》中，韵母“i”“ü”“er”，其“主要元音”并不相同，但却被划分为同一韵部，即“十二齐”。又如，在十五韵《中华今韵》中，韵母“i”“er”“-i”，其“主要元音”也并不相同，但却被划分为同一韵部，即“一衣”。再如，“eng”“ueng”与“ing（ieng）”三个韵母，其韵基完全相同，十八韵《中华新韵》等韵书将它们列入同一韵部，而二十韵《中华韵典》却将其划分为两个韵部，即“二庚”与“十九青”。再如“en”“un（uen）”“in（ien）”“ün（üen）”四个韵母，也是韵基完全相同，但有的韵书将它们归为同一韵部，而有的韵书却把它们分列为两个韵部。

就《中华通韵》而言，“依据汉语拼音韵母表划分韵部，也就是将《汉语拼音方案》韵母表中全部的‘韵基’选出。韵母表中具有领起作用的横数第一排3个韵母和竖排左边的12个韵母是汉语普通话的全部韵基，以这15个韵基为标准，确定《中华通韵》的15个韵部”。[①] 然而，在未来试行和完善的过程中，有几个问题尚需进一步深入探讨：一是“三鹅”中的三个韵母“e”“ie”“üe”，从形式上看，三者的韵基相同。对于“e”而言，实际上包含“e”与“ê”两个韵母。“韵母ㄝ单用的时候写成ê”[②]。例如，根据王宁主编的《通用规范汉字字典》（商务印书馆2013年版），作为叹词的“欸”字[③]，其韵母为“ê”，“耶”字的韵母为“ie”，“约”字的韵母为“üe”；又如，“e”的注音符号是“ㄜ”，“ie”与“üe”的注音符号分别是“ㄧㄝ”与“ㄩㄝ”。这就说明，无论是“ê”与“ie”和“üe”，还是“e”与“ie”和“üe”，从韵母表上看，它们的韵基好像相同，但个中差异还是明显的。

---

①中华诗词学会：《〈中华通韵〉研制报告》。

②见《汉语拼音方案》注释。

③根据《通用规范汉字字典》（王宁主编，商务印书馆2013年版），“欸”分别作为叹词与拟声词，有两种读音，作为叹词的“欸”本韵书未收录。

二是“四衣”中的“i”，从韵母表上看，看似只有一个韵母，其实还包括另一个韵母“-i”。三是十二恩中的四个韵母“en”“in”“un”“ün”和十四英中的三个韵母“eng”“ing”“ueng”，由于略写的习惯，使得它们的韵基看似不尽相同而实际相同。四是有些韵基相同的韵母，“语感”的差别还是明显存在的，例如“衣”韵与“知”韵、“乌”韵与“迂”韵、“安弯”韵与“烟冤”韵、“恩温”韵与“因晕”韵、“亨翁”韵与“英”韵等。

二、韵部的自押与通押

王力教授在研究分析古代韵书的韵部时，沿用了《广韵》所采用的“独用”与“同用”两个概念，进而可以将韵部分为两类：即独用自押韵部与同用通押韵部。所谓独用自押韵部，即只用该韵部中的字押韵。例如，十八韵《中华新韵》中的“十姑”与“十一鱼”。所谓同用通押韵部，也就是允许两个或两个以上的独用自押韵部中的字同时使用，进而形成一个可以通押的韵部。例如，十八韵《中华新韵》在“凡例”中明确规定：十姑“通鱼”、十一鱼“通姑”，即形成一个可以通押的韵部。谢德馨在《押韵基本知识》中指出：“时至今日，也有人为了分别指称大类或小类的方便，把韵的大类称为‘部’，而把韵的小类称为‘韵’。如把‘十三辙’的‘庚东’这一个韵称为‘庚东部’，在它下面把 ong、iong 韵母的字称为‘东韵’，把 eng、ing 韵母的字称为‘庚韵’。或以‘庚’为部，下面分为 eng 韵和 ing 韵等。”[①]这里是对“有分有合”而言的，其中所谓“小类”，是对独用自押韵部而言的，常称之为“韵”；而所谓“大类”，则是对同用通押韵部而言的，常称之为“部”。而对一些“稳定一韵部”的情况，则无所谓“小类”或“大类”之分。据此，对十八韵《中华新韵》而言，也就是十三“大类”、十八“小类”，即“十三部十八韵”。

①谢德馨：《中华新诗韵》，汉语大词典出版社 2004 年版，第 7—8 页。

三、押韵的宽严与韵部的分类方式

诗词创作实践表明，押韵的严和宽，既决定着音韵和谐程度的高与低，也影响着创作时选用韵脚字的难与易。实践表明，按照“小类 ”与“大类”，将韵部分为“韵”与“部”，“可分可合，启示韵文作者你要遵从大类还是遵从小类（小类明显比较和谐），即押韵宽一点还是严一点，悉听尊便。”①显然，韵部的划分方式与押韵的严和宽密切相关。若是按照“有分有合”的方式划分韵部，必然有利于实现押韵的“可严可宽”，为韵书使用者提供较大的选择空间。

但是，关于如何划分“小类”与“大类”的问题，技术上有两种方案：一种是《词林正韵》所代表的方案，即以“大类”为“部”，如“第一部东冬”；“小类”为韵，如“第一东冬”部中的平声“一东”“二冬”。另一种是十八韵《中华新韵》所代表的方案，即正文中只出现“小类”各“韵”；而“大类”各“部”，则在“凡例”中用文字明确，如在“二波”中注明“通歌”，在“三歌”中注明“通波”等。

显然，若是单纯采用独用自押韵部的方式来划分韵部（可称之为“一类分部法”），那么，韵部划分得越细，押韵就越严。例如，二十韵《中华韵典》将十八韵《中华新韵》中的“痕”部，分列为“侵（in、ün）”“真（en、un）”两部，就是“从严”的表现。但是，若是采用“有分有合”的韵部划分方式，即在按照独用自押划分韵部的基础上，再让相关独用自押的韵部同用共押（可称之为“两类分部法”），则出现另外的一种情形。例如，在十八韵《中华新韵》中，“波（o、uo）”与“歌（e）”分属两个韵部，而在十四韵《中华新韵》中，上述两部却被合并在一个新的“波（o、uo、e）”韵部。显然，单纯比较独用自押韵部，“十八韵”严于“十四韵”。然而，十八韵《中华新韵》又明确规定“二波”与“三歌”可以通押，这样就为韵书使用者提

①谢德馨：《中华新诗韵》，汉语大词典出版社 2004 年版，第 8 页。

供了既可“严”，又可“宽”的自由选择空间。又如，十八韵《中华新韵》将“儿(er)”单独作为一个“独用”韵部，而在十四韵《中华新韵》却将“儿”并入“十二齐”这一韵部，十五韵《中华今韵》则将“儿”并入“一衣”这一韵部，单纯从独用自押的角度看，前者较后面二者都严。但前者却增加了同用通押方式，明确规定“儿”部可以与“五支”“七齐”通押，其优越性不言而喻。

对《中华通韵》而言，其韵部划分方式总体上采用的是“一类分部法”。然而，在说明中又指出：“‘三鹅’和‘四衣’韵部的韵字，依据其韵母 e、ie、üe 和 i、-i，在本韵部中分别排列。创作时，可分押，也可通押。这就是说，《中华通韵》在局部又暗含了“两类分部法”。

笔者认为，编纂现代韵书在遵循法律法规依据与音韵学学理依据的基础上，有创作实践依据的韵部划分，还需要全面考虑如下三个问题：一是要考虑不同文体或不同作者对用韵宽严的需求不尽相同的问题。从文体的角度看，一般而言，律诗用韵往往相对词曲严格一些；而戏曲、歌词、辞赋或新诗这些文体，若是用韵的话又可以宽松一些。从作者来说，习惯于用韵从宽或从严当然是因人而异，但从总体上讲，用韵形式还是要服从内容表达的需要。若是韵部划分能彰显如何用韵为宽或如何用韵为严，当然就能更好地满足韵书使用者的需求。二是要考虑不同韵书使用者所形成的用韵习惯性问题。这是因为长期以来，社会上广泛使用的韵书，其韵部划分不尽相同，进而让使用者形成了相应的用韵习惯性。例如，从前面介绍的那些韵书可知，有的少到十三甚至十二(韵)部，有的多到二十一韵(部)。三是关于“儿”韵问题。从音韵学理来讲，“儿”韵需要单列，但由于这一韵部的字很少，所以，大多数韵书或是将其归入某一相邻韵部，或是采取与相关韵部同用通押的方式，而《中华通韵》却只是将其单列为附录，且又无通押的规则说明，这样就难于用“儿”韵中的字做韵脚了。四是要考虑入声字的特殊性问题。例如，读古典诗词时，入声全部作为仄声用。又如,创作诗词时,若是遵循"新四声",则入派三声了;若是遵循"古四声",入声还是做仄声用。显然,在试行和完善《中华通韵》的过程中,这些问题都是需要认真考虑的。

韵部与韵母之间的相互关系

笔者在参与《中华通韵》课题的过程中,曾运用统计分析方法,以当下诗词创作中常用的多部韵书为对象,研究了韵部与韵母之间的相互关系,并遵循"有分有合,可严可宽,分韵从严,合部从宽"的原则,采用"两类分部法"编纂了《诗词通韵》(华中师范大学出版社 2016 年版)。从统计分析中发现了两个数字:即分韵从严,但"严"不过二十一韵;合部从宽,但"宽"不少于十三部。理论与实证分析表明,无论是依据法理还是学理,都未对韵部与韵母之间的关系作出刚性的定义。所以,基于不同作者的理解或不同文体的需要(如主要用于戏曲创作的《十三辙》就最为宽松),同样是基于《汉语拼音方案》却有多种韵部划分方案。基于音韵学学理与"语感",韵部与韵母关系的稳定性与变通性又是相当明显的。

一、稳定不变的关系有如下韵母,其特点是这些韵母始终稳定在一个韵部,宽严不再细分。若是用《汉语拼音方案》中的韵母名称来称呼,即"啊呀蛙(a、ia、ua)"韵;"哀歪(ai、uai)"韵;"欸威(ei、ui)"韵;"熬腰(ao、iao)"韵;"欧优(ou、iu)"韵;"昂央汪(ang、iang、uang)"韵。在《中华通韵》中,与之相对应的韵部是一啊、七哀、八欸、九熬、十欧、十三昂。

二、有些变通性的其他韵母与韵部的对应关系。下面,仍用《汉语拼音方案》中的韵母名称,依次予以说明:

1. 关于"喔窝(o、uo)"韵"鹅(e)"韵"耶约(ie、üe)"韵五个韵母,"喔窝(o、uo)"韵与"耶约(ie、üe)"韵相当稳定,即各自稳定在一个韵部。但是,对"鹅(e)"韵,则有两种处理方式:一是单列为一个韵部;二是与“喔窝(o、uo)”韵或“耶约(ie、üe)”韵通押。其中,基于“语感”或“音色近似”,绝大多数韵书是让“鹅(e)”韵与“喔窝(o、uo)”韵通押;而《中华通韵》则是将“鹅(e)”韵与“耶约(ie、üe)”韵划为一个韵部。有鉴于此,若是采用“两类分部法”划分韵部,“小类”分三韵,即“喔窝(o、uo)”韵、“鹅(e)”韵、“耶约(ie、üe)”韵。至于说,在诗词曲创作中,对于“鹅(e)”韵是否通押以及如何通押,则由读者自主选择。

需要说明的是,本着“合部从宽”的原则,若是在《中华通韵》试行的过程中,音韵学专家与诗词爱好者都能接受让“鹅(e)”韵与“耶约(ie、üe)”韵通押的话,那么,接下来也为“喔窝(o、uo)”韵、“鹅(e)”韵、“耶约(ie、üe)”韵这五个韵母的通押提供了可能性。这样一来,采用“两类分部法”,本着“分韵从严,合部从宽”的原则,由“21韵”合成通押的“部”,就不是“十三部”,而是“十二部”了。这也就是江苏师范大学提出的《中华通韵》方案,不过该方案采用的是“一类分部法”。《通韵新编》(合部21韵)中的“十二表”,其实就是表示“合部从宽”可以“宽”到“十二部”。

2. 关于“衣(i)”韵、“儿(er)”韵、“知(-i)”韵三韵母,其处理方式有三种。一是三韵单列,但可通押;二是“衣(i)”韵与“知(-i)”韵为一个韵部,“儿(er)”韵为一个韵部,但可通押;三是“衣(i)”韵与“知(-i)”韵为一个韵部,“儿(er)”韵单列。有鉴于此,若是采用“两类分部法”划分韵部,“小类”分为三韵,即“衣(i)”韵、“儿(er)”韵、“知(-i)”韵。至于说,在诗词创作中,对于“儿(er)”韵是否通押以及如何通押,则由读者自主选择。

3. 关于“乌(u)”韵与“迂(ü)”韵二韵母,有的韵书将其合并为同一韵部,有的韵书将其分为两个韵部。有鉴于此,若是采用“两类分部法”划分韵部,“小类”分为两韵,即“乌(u)”韵与“迂(ü)”韵,而“大类”将两者合为一“部”,则是合适的。

4. 关于"安弯(an、uan)"韵、"烟冤(ian、üan)"韵四韵母,"安弯(an、uan)"韵与"烟冤(ian、üan)"韵各自都相当稳定。根据韵基相同,大多数韵书将这四个韵母作为一个韵部。但是,遵循"语感"相同,有的韵书将它们分为两个韵部。王力教授亦曾指出:"[an]　[iɛn]　[uan]　[yan]被认为是同一韵部。[iɛn]是实际读音,但是,既然不另有[ian]跟它对立,我们尽可以把它看成[ian]。"①有鉴于此,若是采用"两类分部法"划分韵部,本着"分韵从严"的原则,作为"小类"分为两韵,即"安弯(an、uan)"韵与"烟冤(ian、üan)"韵;但作为"大类",上述两"韵"则合为一个同用通押的"部"。

5. 关于"恩温(en、un)"韵、"因晕(in、ün)"韵四韵母,有的韵书将它们分为两个韵部,而有的韵书将它们合并为一个韵部。有鉴于此,若是采用"两类分部法"划分韵部,本着"分韵从严"的原则,作为"小类"可分为两韵,即"恩温(en、un)"韵与"因晕(in、ün)"韵;而作为"大类",则让这两韵合为一个同用通押的"部"。

6. 关于"亨翁(eng、ueng)"韵、"英(ing)"韵、"轰雍(ong、iong)"韵五韵母,有的韵书将它们分为三个韵部,有的韵书将它们合为两个韵部(即"亨翁"与"英"两韵合并)乃至一个韵部(即三韵合并)。有鉴于此,若是采用"两类分部法"划分韵部,本着"分韵从严"的原则,作为"小类"可分为三"韵",即"亨翁(eng、ueng)"韵、"英(ing)"韵与"轰雍(ong、iong)"韵;而作为"大类",则可将它们合为同用通押的两部或一部。

根据上述分析,基于"三个依据",本着试行和完善《中华通韵》的基本思路,《通韵新编》坚持"有分有合,可严可宽,分韵从严,合部从宽"的"两类分部法",其韵部与韵母之间的相互关系可概括为"合部21韵"。其中,"通"字的含义:一是普通话音系之"通";二是与《中华通韵》相衔接

①王力著:《汉语音韵》,中华书局2013年版,第23页。

之“通”；三是与其他现代韵书相协调之“通”（可参见本书的相关比较表）；四是诗词曲及歌词、辞赋、新诗创作之“通”。

关于入声字问题

由于《汉语拼音方案》已经没有入声这个概念了，所以，从这个意义上讲，编纂现代韵书可以不考虑入声字问题。然而，若是还要考虑到诗词创作实践与古典诗词鉴赏需要的话，那么，又不能完全不考虑入声字的问题了。尤其是《中华通韵》提出了“知古倡新、双轨并行”这个原则，与平水韵、《词林正韵》、《中原音韵》等各种韵书并行但不交叉使用。有鉴于此，《通韵新编》在坚持“三个依据”的基础上，对于旧读入声字采取如下技术性处理：一是在相应字的下面一律下加圆点，以便一目了然；二是在附录中，按照“大类”十二部，将旧读入声字分阳平、阴平、上声、去声分别汇集。这样处理的目的在于：

1. 充分体现“知古倡新”原则，对那些旧读入声字，让使用者一看就能知晓，并可作出比较，即哪些字今读平声，哪些字今读仄声，进而有利于诗词创作与鉴赏。所谓新声韵或古声韵，其主要区别不在于韵部划分的多少，而在于如何处理入声字。新声韵遵循“入派三声”，而古声韵，则规定入声为仄声。所以，在坚持按照汉语拼音将旧读入声字分派三声的前提下，通过特定记号告知读者，不但有利于他们阅读古典诗词，还有利于对一首诗词新作做出如下判断：或是既符合新声韵，又符合古声韵；或是只符合新声韵，不符合古声韵；或是只符合古声韵，不符合新声韵。

2. 参照附录集中汇集的旧读入声字，有利于创作要求押入声韵的相关词牌（如《念奴娇》《满江红》等）。对于一首要求押入声韵的词作而言，若是全部韵脚用字都是今天仍然读仄声的那些旧读入声字，就说明它既合“新”，又不悖“古”。

3. 十八韵《中华新韵》将旧读入声字统一规定为“仄声·入声”，对于那些习惯于将旧读入声字作为“仄声”对待的读者而言，使用《通韵新编》同样与十八韵《中华新韵》贯通。

《中华通韵》与《通韵新编(合部21韵)》比较表

<table>
<tr><th>韵母</th><th>中华通韵
(15+1)韵</th><th>通韵新编
(合部21韵)</th><th>韵母</th><th>中华通韵
(15+1)韵</th><th>通韵新编
(合部21韵)</th></tr>
<tr><td>a ia u a</td><td>一啊</td><td>1. 啊呀蛙</td><td>ou iu</td><td>十欧</td><td>13. 欧优</td></tr>
<tr><td>o uo</td><td>二喔</td><td>2. 喔窝</td><td>an uan</td><td rowspan="2">十一安</td><td>14. 安弯</td></tr>
<tr><td>e</td><td rowspan="2">三鹅</td><td>3. 鹅</td><td>ian üan</td><td>15. 烟冤</td></tr>
<tr><td>ie üe</td><td>4. 耶约</td><td>en un</td><td rowspan="3">十二恩</td><td>16. 恩温</td></tr>
<tr><td>i</td><td rowspan="2">四衣</td><td>5. 衣</td><td rowspan="2">in ün</td><td rowspan="2">17. 因晕</td></tr>
<tr><td>-i</td><td>6. 知</td></tr>
<tr><td>u</td><td>五乌</td><td>8. 乌</td><td rowspan="2">ang iang uang</td><td rowspan="2">十三昂</td><td rowspan="2">18. 昂央汪</td></tr>
<tr><td>ü</td><td>六迂</td><td>9. 迂</td></tr>
<tr><td>ai uai</td><td>七哀</td><td>10. 哀歪</td><td>eng ueng</td><td rowspan="2">十四英</td><td>19. 亨翁</td></tr>
<tr><td>ei ui</td><td>八欸</td><td>11. 欸威</td><td>ing</td><td>20. 英</td></tr>
<tr><td>ao iao</td><td>九敖</td><td>12. 敖腰</td><td>ong iong</td><td>十五雍</td><td>21. 轰雍</td></tr>
</table>

注:《中华通韵》将“儿韵”(与本韵书“7. 儿”相对应)作为附录,故称之为(15+1)韵。

目　录

凡 例

一、条目及编排

1. 本韵书遵循《中华人民共和国国家通用语言文字法》,以“汉语拼音方案”为分韵依据,坚持“有分有合,可严可宽,分韵从严,合部从宽”的“两类分部法”,其韵部与韵母之间的相互关系概括为“合部21韵”。

2. 按中华书局出版的《中华诗韵大辞典》(罗辉、赵世举、罗积勇主编,2018年版)收字,并参照相关韵书予以补充。每韵所包括的字及多音多义字在各韵的分隶、排序,略有变动。非常见常用的汉字、词汇不予收录。

3. 各韵部划分,先列“韵部划分表”,说明分韵、合部的依据;次列韵部名称;再按“平声 · 阴平”“平声 · 阳平”“仄声 · 上声”“仄声 · 去声”等收入相应韵字。

4. 以韵字立目,标现代读音,以【古】为标记,给出该字的古代诗韵地位;多音字列音项参见;【例】后给出该字常用逆序词,按首字汉语拼音顺序依次排列,词语以《中华诗韵大辞典》的逆序词语为基础,并参照相关词典、韵书、类书予以遴选增补。若该字无逆序词语,则给出字义或有代表性的顺序词语。

5. 单字条目先按平仄、声调分类排列,再依现代汉语读音的声调放入相应部分;每部分内的单字条目按汉语拼音顺序排列,为方便使用,同音字参照《诗韵新编》等韵书排序习惯排列，一般字形部件有相同者或字形相关者排在一起；各部分之旧读入声字排在其同音字之末，除在字下加圆点标出外，另按声调集中，附在每部之末，以供使用者参考。

二、字形的处理

1. 本韵书立目、释义、举例均用通行的简体字形。简体字形参照2013年中华人民共和国国务院发布的《通用规范汉字表》的相关规定，酌情采用部分异体字形、俗字形等。
2. 立目字如果有对应的繁体字，则以圆括号附列于后；如果有对应的异体字，亦列于圆括号中，置于繁体字后。
3. 有些异体字只与简体字一部分意义相同的，则以简体字重出，并标右上角码区别，后括出相应异体字。如扎[1]、扎[2]（紮、紥）。
4. 有些繁体字以归并的方式简化为另一个通行的字（如“髮”→“发”），它没有或不完全具有作为简体字的全部意义，此时也以简体字立分条表示，读音相同的，并标以右上角码区别，相应词语各按其意义分隶于不同条目下。

三、音项与义项

1. 单字条目以汉语拼音字母注音。注音以汉语普通话语音为准、有关异读词的注音，参照《汉语拼音方案》《普通话异读词审音表》，对于相对生僻的字，则参考《汉语大词典》《汉语大字典》，标出现代读音。《中华新韵》《中华通韵》等保留了一些字的旧音、旧读、方言音等，诗词中非常见者本书不予收录。现代音在诗词作品中非常见者亦酌省。本着有利于阅读或创作诗词作品的宗旨，旧读音与现代音有异，且诗词创作中常用常见者，则酌标“今读××”。

2. 如某韵字是多音字，则在此韵此声调下只标此处应读之音，然后注明别韵或此韵别处有何音项。另一音与此音所表示的意思不同者，则标“另见（某韵）某声某音读”；如另一音读与此音是又读关系，则注明“（某韵）某声调某音读同”。如第23页、第40页、第52页的“那”条。

3. 汉语拼音标注之后用【古】领起，标注《佩文诗韵》中该字相应的音韵地位，如果《佩文诗韵》中无该字，则依《广韵》《集韵》标其所属韵部，《佩文诗韵》《广韵》《集韵》之音与此处音义完全对应者，则简标之，三种韵书均无者，则古韵标注省标。

4. 参考《佩文韵府》等诗韵工具书的成例，在单字条方面，本韵书只给多音多义字和个别需要区别的异体字释义，无上述情况的常用单音字一般不予释义。

5. 多音多义字分列在不同韵部或同一韵部的不同地方，对这些单字条目分别释义，是为了说明某音可辖哪些义项，重在区别常见义项，不求全而无遗，此单字条目下所收词语与此音及其所辖义项保持一致。

一、啊(a)呀(ia)蛙(ua)三韵母的韵部

韵　母	啊(a)呀(ia)蛙(ua)
说　明	本表三韵母,稳定一韵部,即“啊呀蛙”韵;宽严不再分。

1.啊呀蛙韵

平声·阴平

阿ā 前缀词。另见 57 页 ē。

啊ā 叹词。

腌ā 脏。另见 470 页 yān。

巴bā【古】下平,六麻。【例】扯~楚~东~干~疙~锅~瓠~肩~僵~结~紧~卷~倔~利~裂~淋~伦~门~岷~匏~瓢~荞~秦~热~三~西~哑~盐~渝~愚~砸~獐~

吧bā【古】下平,六麻。【例】餐~茶~酒~喀~咔~泡~琴~球~书~水~陶~网~哑~

疤bā【古】下平,六麻。【例】瘢~疮~创~刀~痘~疙~揭~结~节~镜~枪~伤~血~

笆bā【古】下平,六麻。【例】车~荆~篱~篾~墙~扫~偃~苫~竹~

芭bā【古】下平,六麻。【例】传~板~芳~瓠~绛~荆~开~蓬~热~庭~

岜bā 用于地名。

粑bā【古】下平,六麻。【例】粑~糍~米~荞~糖~糌~

蚆bā【古】下平,六麻。【例】海~

羓bā【古】下平,六麻。【例】帝~

鲃bā【例】溪~

豝bā【古】下平,六麻。【例】两~牝~小~

八bā【古】入声,八黠。【例】阿~百~乘~尺~地~第~丁~斗~隔~开~腊~柳~木~前~丘~王~忘~乌~阴~丈~凿~

捌bā“八”的大写。【古】入声,九屑。

叭bā【古】入声,七曷。【例】叭~哈~喇~

扒bā【古】入声,八黠。另见 12 页 pá。【例】绷~

朳bā【古】入声,八黠。【例】棚~

擦cā【古】入声,八黠。【例】板~擦~搓~干~刮~滑~挤~磕~摩~轻~热~

揉~拭~涂~洗~

嚓cā【例】叭~咯~咔~喀~

差chā【古】下平,六麻。另见19页chà、171页cī、301页chāi。【例】补~等~反~分~计~景~落~逆~偏~色~扇~时~视~黍~数~顺~岁~温~误~阳~易~一念~

叉chā【古】下平,六麻。另见15页chǎ、19页chà。【例】八~扒~标~步~馋~丑~刀~飞~钢~禾~河~横~画~火~戟~交~灵~罗~洛~马~矛~劈~桑~声~手~铁~丫~鸦~杨~药~夜~野~音~鱼~玉~斗尖~仰八~

杈chā【古】下平,六麻。另见19页chà。【例】草~槎~柴~禾~杩~桑~桠~

扠chā【古】下平,六麻。【例】馋~共~鱼~

喳chā【古】下平,六麻。另见8页zhā。【例】唧~乱~喊~休~

馇(餷)chā 熬粥。

插chā【古】入声,十七洽。【例】安~板~版~半~畚~表~插~朝~穿~春~翠~高~根~花~箭~排~偏~屏~瓶~扦~钱~强~抢~偷~笑~斜~信~鱼~栽~簪~杖~针~种~繁红~芳心~

锸(鍤)chā【古】入声,十七洽。【例】版~畚~锄~短~负~荷~花~耒~锹~霜~铁~携~玉~云~攒~杖~筑~刘伶~

欻(歘)chuā 另见221页xū,277页xū。【例】飙~欻~砉~吸~翕~歇~奄~

答(荅)dā 另见10页dá。【例】裁~持~滴~条~响~抑~优~羞~

搭dā【古】入声,十五合。【例】百~摆~板~蹦~搀~衬~趁~承~抽~叱~雌~凑~低~滴~抵~顶~丢~兜~剁~附~挂~勾~瓜~晃~架~交~救~可~扣~括~刺~揽~连~溜~模~抹~拿~拈~捏~跑~配~拼~品~铺~捎~双~铁~头~闲~斜~椅~屹~

锴(鎝)dā【古】入声,十五合。【例】锄~镗~铁~

嗒dā【古】入声,十五合。另见25页tà。【例】叭~嗒~滴~咯~拍~劈~

褡dā【古】入声,十五合。【例】褙~布~衬~挂~肩~马~钱~胸~腰~

耷dā【古】入声,十五合。【例】垂~挂~下~朱~

瘩dā【古】入声,十五合。另见10页dá。【例】圪~

哒(噠)dā【古】入声,七曷。【例】嘀~巴~

发(發)fā【古】入声,六月。另见20页fà。【例】颁~暴~迸~表~并~勃~补~阐~畅~触~传~猝~催~诞~盗~递~垫~迭~恶~悱~奋~愤~风~富~感~告~耕~攻~关~核~轰~焕~斛~挥~恢~击~赍~激~寄~简~贱~降~交~揭~讦~津~进~警~竞~纠~举~镌~决~刔~抉~掘~俊~隽~浚~骏~开~慨~刊~垦~空~扣~狂~滥~漏~萌~偶~跑~配~喷~批~七~启~绮~签~潜~峭~清~趋~诠~散~沙~扇~缮~申~升~生~施~始~收~抒~输~爽~誊~剔~调~突~吐~问~悟~洗~掀~鲜~显~兴~性~秀~虚~训~迅~湑~烟~延~益~逸~引~隐~印~英~颖~映~牖~诱~愈~越~责~昭~召~照~

摘~谪~侦~振~阵~震~蒸~支~骤~转~走~

咖gā 咖喱。另见5页kā。

伽gā 用于音译。另见4页jiā、88页qié。

夹(夾)gā 胳窝。【古】入声,十七洽。另见5页jiā、12页jiá。

嘎gā 【古】入声,八黠。【例】嘎~吱~

戛(戞)gā 用于音译。另见12页jiá。~

旮gā 【古】入声,二沃。【例】旯~

瓜guā 【古】下平,六麻。【例】鲍~北~笨~碧~剥~菜~茶~尝~杵~翠~打~呆~奠~顶~冬~番~分~浮~甘~灌~寒~胡~瓠~黄~鸡~季~嘉~捡~剪~酱~金~磕~苦~癞~老~灵~陇~麦~卖~梅~美~蜜~脑~匏~破~剖~蒲~茄~秋~瑞~桑~搔~傻~邵~生~视~守~笋~天~甜~亭~偷~倭~窝~卧~西~溪~夏~献~绣~削~淹~油~鱼~御~越~枣~紫~青门~邵侯~

呱guā 【古】上平,七虞。另见215页gū。【例】呱~叽~拉~

騧guā 【古】下平,六麻。又:上平,九佳同。【例】白~飞~黄~季~骄~骏~蹓~六~疲~神~小~玉~犊鼻~拳毛~雪毛~玉蹄~

刮[1]guā 【古】入声,八黠。【例】擦~划~刀~寒~划~检~精~俊~磨~嚷~扫~刷~霜~搜~挺~洗~修~絮~削~竹~

刮[2](颳)guā 【古】入声,八黠。【例】吹~风~

聒guā 【古】入声,七曷。另见31页guō。【例】吵~喋~烦~沸~聒~咕~激~急~煎~焦~叫~惊~乱~咙~鸣~恼~鸟~清~扰~碎~琐~絮~聒~猿~噪~

鸹(鴰)guā 【古】入声,七曷。又:入声,八黠同。【例】鸧~老~炙~麋~

栝guā 【古】入声,七曷。【例】白~柽~枞~翠~枫~锋~机~检~箭~桧~茂~弩~破~榕~杉~束~松~弦~隐~

呵hā 弯。另见34页ō、59页hē。

哈hā 【古】入声,十七洽。另见16页hǎ。【例】啊~哎~达~呵~哼~呼~口~马~吸~作~

花huā 【古】下平,六麻。【例】暗~榜~笔~鬓~冰~彩~餐~残~插~茶~朝~池~穿~窗~春~莼~雌~翠~稻~灯~荻~雕~钿~靛~冬~额~幡~翻~凡~繁~飞~风~浮~葛~宫~挂~桂~国~寒~焊~护~画~槐~浣~蕙~昏~家~嘉~假~笺~剪~剑~江~浇~胶~椒~金~锦~槿~镜~九~韭~酒~橘~绢~枯~葵~腊~琅~浪~烙~泪~梨~篱~礼~莲~楝~蓼~林~灵~菱~岭~柳~六~陇~镂~芦~鸾~洛~麻~麦~眠~妙~梦~迷~墨~拈~酿~弄~藕~刨~泡~盆~蓬~飘~拼~蒲~奇~荠~琪~旗~铅~枪~荞~切~琼~秋~裙~绒~乳~瑞~散~桑~赏~生~诗~石~试~绶~霜~水~松~素~踏~昙~苔~贪~檀~探~藤~提~啼~天~挑~庭~桐~唾~晚~苇~卧~溪~峡~霞~夏~鲜~闲~衔~献~镶~谢~心~星~荇~胸~雄~绣~虚~玄~璇~雪~血~押~烟~岩~盐~檐~眼~艳~燕~杨~瑶~姚~药~野~银~隐~印~莺~樱~幽~邮~雨~苑~杂~簪~藻~泽~杖~柘~枕~芝~织~纸~枳~种~珠~竹~烛~渚~

棕~紫~笔生~长生~解语~连理~连枝~落梅~醉梅~

哗(嘩)huā 另见 11 页 huá。【例】哗~

砉huā 拟声词。【古】入声,十一陌。

家[1]jiā 【古】下平,六麻。另见 4 页 jiā、216 页 gū。【例】哀~安~败~邦~禅~兵~娼~抄~朝~承~持~赤~仇~处~传~船~词~村~丹~当~道~帝~店~东~独~对~恩~番~凡~梵~方~丰~封~佛~夫~妇~富~葛~沽~孤~酤~故~顾~官~管~惯~归~郭~国~过~还~寒~汉~行~豪~合~侯~虎~槐~宦~皇~毁~会~昏~婚~浑~伎~寄~建~金~晋~酒~旧~居~举~勘~克~客~乐~类~离~黎~理~吏~戾~隶~恋~良~邻~柳~芦~论~梦~米~民~名~命~墨~宁~牛~农~依~奴~贫~婆~破~齐~起~契~侨~樵~挈~亲~轻~倾~卿~罄~权~日~儒~阮~洒~丧~僧~山~善~赡~伤~商~上~省~诗~时~史~士~世~仕~势~室~释~术~谁~私~探~唐~陶~天~田~通~屠~外~玩~忘~闻~徙~系~仙~贤~显~县~乡~孝~歇~谢~星~刑~兴~修~选~雁~养~冶~医~宜~移~异~译~音~姻~寅~饮~迎~营~赢~渔~冤~园~怨~岳~杂~葬~宅~掌~杖~昭~诏~政~治~置~众~州~主~住~专~庄~宗~族~祖~百乘~邺侯~

家[2](傢)jiā 家具。另见 216 页 gū。

佳jiā 【古】上平,九佳。【例】安~倍~不~大~更~渐~近~精~景~绝~可~丽~宁~偏~气~清~晴~时~殊~菘~小~燕~亦~幽~转~阿依~此中~分外~景色~日夕~雨后~

加jiā 【古】下平,六麻。【例】褒~倍~补~参~递~叠~附~钩~交~禁~滥~累~略~勉~谬~内~普~迁~强~侵~日~施~首~特~添~外~妄~威~无~显~虚~益~愈~越~增~追~瞻卜~

笳jiā 【古】下平,六麻。【例】哀~悲~边~朝~吹~鼓~寒~胡~金~军~龙~芦~鸣~暮~凝~清~塞~霜~听~晚~萧~燕~怨~征~奏~柳城~陇上~

痂jiā 【古】下平,六麻。【例】餐~疮~痘~饭~结~嗜~收~脱~血~

茄jiā 【古】下平,六麻。又:下平,五歌异。另见 87 页 qié。【例】荷~雪~

袈jiā 袈裟。【古】下平,六麻。

枷jiā 【古】下平,六麻。又:下平,五歌同。【例】被~沉~大~带~戴~负~行~金~立~连~披~破~敲~锁~铁~脱~椸~鱼~榆~长~

珈jiā 【古】下平,六麻。【例】宝~副~笄~六~如~

耞jiā 【古】下平,六麻。【例】连~麦~

跏jiā 【古】下平,六麻。【例】趺~结~

迦jiā 【古】下平,六麻。又:下平,五歌异。【例】楞~梨~释~那落~

伽 jiā 译音用字。另见 3 页 gā、88 页 qié。

泇jiā 水名。【古】下平,六麻。

葭jiā 【古】下平,六麻。【例】苍~吹~春~浮~附~寒~汉~胡~荒~蒹~芦~鸣~蓬~青~秋~汀~衔~禹~栽~白露~虎在~

豭jiā 【古】下平,六麻。【例】艾~寄~鹿~犬~牲~豚~舆~

嘉jiā 【古】下平,六麻。【例】百~拜~褒~宠~东~丰~汉~亨~鸿~旌~靖~

静~可~孔~乐~麟~宁~乾~钦~秦~清~柔~筮~淑~素~岁~叹~天~欣~休~延~燕~阳~永~羽~元~允~旨~忠~春事~山水~

夹(夾)jiā【古】入声,十七洽。另见3页gā,12页jiá。【例】板~贝~逼~并~弹~发~梵~辅~裹~画~火~剑~紧~卷~篱~马~木~皮~钳~手~书~鼠~讯~衣~翼~纸~竹~

浃(浹)jiā【古】入声,十六叶。【例】郄~澄~恩~俯~该~感~汗~弘~欢~惠~交~均~款~沦~旁~普~洽~融~濡~润~完~稳~旬~淹~郁~泽~沾~周~春留~冷风~

咖kā 咖啡。另见3页gā。

咔kā 拟声词。另见17页kǎ。

喀kā【古】入声,十一陌。【例】唠~呛~

夸(誇)kuā【古】下平,六麻。【例】诞~盗~浮~豪~骄~矜~堪~夸~浪~陵~隆~谩~盛~说~素~诬~喜~相~笑~形~雄~虚~炫~争~自~恣~海内~

姱kuā【古】下平,六麻。【例】好~鸿~嫮~骄~贤~信~形~休~修~妍~

拉lā【古】入声,十五合。另见12页lá。【例】阿~安~摆~背~猋~扯~欻~捶~摧~夺~搭~踱~格~刮~挂~划~克~靡~批~扑~铺~牵~曲~撒~睃~趿~塌~踏~推~拖~轧~折~

垃lā 另见73页lè。【例】圪~坷~

啦lā【古】下平,六麻。【例】叭~嗤~呼~啯~哗~咔~喀~夸~啪~嘶~刷~嗞~

邋lā【古】入声,十六叶。【例】邋~遢~

吗(嗎、么、麽)mā 助词。另见17页mǎ。"么、麽"另见39页mó、60页mē。

妈(媽)mā【古】下平,六麻。【例】阿~爹~干~姑~后~舅~奶~使~姨~

蚂(螞)mā 蚂螂。另见17页mǎ、23页mà。

摩mā 摩挲。另见39页mó。

嘛ma 助词。

抹mā 擦拭。【古】入声,七曷。另见44页mǒ、51页mò。

葩pā【古】下平,六麻。【例】残~晨~春~丹~繁~芬~纷~丰~含~寒~红~花~嘉~绛~金~九~狂~丽~灵~六~梅~墨~滂~奇~晴~琼~商~诗~霜~素~天~吐~仙~新~绣~艳~阳~银~幽~藻~珍~众~重~紫~雨后~

趴pā【例】马~矮~

舥pā 用于地名。【古】下平,六麻。

啪pā【古】入声,十一陌。【例】啪~噼~

掐qiā【古】入声,十七洽。【例】半~促~抠~漏~嫩~搔~手~偷~微~细~爪~指~捉~

袷qiā 袷袢。【古】入声,十七洽。

葜qiā【古】入声,十七洽。【例】菝~

仨sā【例】哥~爷~

撒sā【古】入声,七曷。另见18页sǎ。【例】昏~决~露~弥~抹~抛~撇~泼~扑~铺~

沙shā【古】下平,六麻。另见24页shà。【例】岸~扒~白~碧~冰~蚕~尘~沉~澄~赤~虫~抽~吹~春~丹~堤~豆~飞~粉~海~含~寒~河~鹤~

恒~红~胡~虎~画~怀~浣~回~活~夹~界~金~惊~聚~流~龙~卢~麻~眠~鸣~鸥~鹏~披~平~浦~碛~青~晴~穷~秋~泉~盛~势~素~汰~滩~天~汀~抟~晚~乌~溪~星~烟~雁~扬~银~玉~浴~云~昭~重~朱~竹~渚~博浪~映浅~月笼~

纱(紗)shā【古】下平,六麻。【例】白~薄~碧~臂~蝉~抽~窗~春~翠~堆~绯~葛~宫~官~龟~杭~皓~黑~花~浣~绛~鲛~蕉~龙~笼~绿~麻~面~漆~青~轻~纱~素~铁~团~纬~乌~细~湘~眼~洋~摇~映~羽~玉~皂~缯~绉~紫~蝉翼~方目~霞彩~香云~

砂shā【古】下平,六麻。【例】辰~赪~赤~丹~硐~毒~翻~汞~海~黄~礁~金~锦~惊~矿~炼~灵~盆~蓬~鹏~铅~铁~细~型~瑶~银~云~针~朱~白金~守宫~星汉~

痧shā【古】下平,六麻。【例】发~刮~喉~挑~绞肠~子午~

莎shā 莎鸡。【古】下平,六麻。另见33页suō。

鲨(鯊)shā【古】下平,六麻。【例】白~捕~鳍~鲽~海~鲛~鲸~鲤~猎~

裟shā【古】下平,六麻。【例】披~袈~

吵shā 拟声词。吵哑。

杉shā 另见432页shān。【例】池~赤~枞~翠~枫~桧~绿~青~秋~水~松~铁~云~

刹shā 刹车。另见20页chà。

杀(殺)shā【古】入声,八黠。另见319页shài。【例】艾~暗~棒~暴~鞭~搏~捕~残~谗~笞~冲~仇~捶~刺~篡~打~酖~盗~斗~毒~断~扼~恶~饿~伐~反~放~封~俘~格~攻~蛊~合~绞~剿~劫~戒~禁~到~攫~砍~考~克~坑~酷~滥~戮~掠~骂~灭~抹~谋~恼~啮~虐~殴~烹~剽~拼~扑~气~枪~戕~强~侵~秋~囚~驱~屈~曲~攘~擅~伤~射~生~牲~嗜~收~衰~厮~死~肃~贪~讨~特~天~屠~王~枉~妄~威~诬~误~袭~相~萧~销~笑~刑~凶~掩~厌~夭~刈~缢~阴~幽~砸~宰~谮~诈~斩~杖~折~鸩~止~诛~专~椎~斫~自~族~罪~

煞shā【古】入声,八黠。另见24页shà。【例】八~愁~地~恶~风~关~黑~恨~结~抹~恼~气~强~丧~神~收~痛~尾~消~萧~笑~凶~阴~灾~折~赚~

铩(鎩)shā【古】入声,八黠。又:去声,十卦同。【例】摧~刀~雕~锋~翮~劲~鸟~禽~修~羽~长~

刷shuā【古】入声,九屑。【例】板~扁~铲~冲~吹~发~粉~风~钢~根~刮~锅~糊~湔~翦~胶~劲~拘~刊~括~浪~马~毛~抿~磨~抹~清~秋~扫~漱~搜~秃~涂~洗~选~牙~印~蝇~澡~照~振~整~棕~

他(佗)tā【古】下平,五歌。【例】匪~吉~利~靡~念~排~其~任~无~由~怨~自~

她tā【古】平声,五歌。【例】爱~忆~

它(牠)tā【古】平声,五歌。另见33页tuō。【例】靡~其~委~无~自~

趿tā 又读。另见24页sà。【例】搭~蜡~塌~蚊~

塌tā【古】入声，十五合。【例】崩~承~摧~倒~地~顿~滑~蜡~疲~倾~山~坍~天~停~颓~洼~下~糟~震~拽~

褟tā【古】入声，十五合。【例】汗~针~

遢tā【古】入声，十五合。【例】邋~

溻tā 汗湿透。【古】入声，十五合。

踏tā 踏实。【古】入声，十五合。另见24页tà。

蛙(鼃)wā【古】下平，六麻。又：上平，九佳同。【例】白~捕~产~瞋~池~春~稻~斗~官~惊~井~聚~林~乱~卖~鸣~泥~牛~怒~栖~青~群~轼~树~田~蜩~跳~听~闻~蚓~鱼~井底~

洼(窪)wā【古】下平，六麻。【例】卑~碧~低~蹄~泥~谷~坑~西~山~深~水~草~凹~窅~污~渥~玉~苍~鉴~

哇wā【古】下平，六麻。又：上平，九佳同。【例】哀~雏~瓜~激~流~呕~清~丝~新~咬~咿~淫~

呱wā 用于地名。【古】下平，六麻。

窊wā 用于地名。【古】下平，六麻。

娲(媧)wā【古】下平，六麻。又：上平，九佳同。【例】风~海~皇~娇~灵~女~庖~神~牺~羲~义~

挖wā【古】入声，七曷。【例】采~铲~刀~盗~雕~耳~剑~开~深~手~疏~挑~

虾(蝦)xiā【古】下平，六麻。另见11页há。【例】赤~虫~丹~对~鲋~磷~龙~芦~毛~茅~梅~米~明~青~人~素~天~鲜~线~蟹~银~鱼~珠~紫~醉~谢豹~

瞎xiā【古】入声，八黠。【例】白~戳~刺~昏~摸~穷~眼~抓~

呷xiā【古】入声，十七洽。【例】喋~唼~吸~翕~哮~

鸦(鴉、鵶)yā【古】下平，六麻。【例】白~碧~鬓~藏~朝~城~赤~春~慈~渡~堆~飞~风~宫~归~寒~黑~画~黄~昏~火~髻~江~今~金~老~林~乱~鸣~暝~墨~暮~恼~鸥~呕~盘~栖~青~群~乳~山~舍~神~双~霜~饲~松~啼~田~涂~晚~闻~乌~喜~晓~野~夜~雨~鸢~云~皂~纸~白门~反哺~风随~

桠yā【古】下平，六麻。【例】杈~林~三~树~枝~

呀yā【古】下平，六麻。【例】阿~嗳~喘~哈~啥~欢~嗟~惊~哦~呕~缺~咿~咤~

哑(啞)yā【古】下平，六麻。另见18页yǎ、26页yà。【例】嘎~呜~呕~哑~咿~

丫yā【古】下平，六麻。【例】碧~叉~发~髻~脚~老~手~树~小~丫~枝~

鸭(鴨)yā【古】入声，十七洽。【例】宝~春~刀~雕~斗~鹅~番~放~凫~浮~鹳~海~寒~护~江~金~腊~芦~罗~绿~墨~青~雀~瑞~水~庭~铜~土~卧~乌~溪~香~绣~雪~驯~雁~瑶~野~银~鱼~雨~玉~竹~子~春江~

压(壓)yā【古】入声，十七洽。另见26页yà。【例】按~宝~逼~尘~晨~冲~弹~低~督~锻~堆~风~负~覆~高~阁~光~海~寒~黑~花~坏~积~稽~挤~加~减~降~禁~抗~控~凌~柳~楼~露~梅~暮~碾~旁~平~迫~欺~气~钤~嵌~强~倾~沙~山~沈~升~声~霜~水~天~填~推~威~稳~西~

杏~雪~血~压~掩~眼~液~抑~雨~预~云~增~镇~重~

厌(厭)yā【古】入声,十七洽。见 471 页 yān、498 页 yàn。【例】克~

押yā【古】入声,十七洽。【例】保~标~部~出~抵~典~封~凤~拱~勾~关~管~行~花~画~羁~寄~监~捡~检~结~金~禁~拘~看~扣~领~判~起~佥~签~收~守~书~署~私~统~退~辖~宣~赝~印~玉~御~元~在~责~质~治~肘~朱~

臢(臜)zā【古】下平,十三覃。【例】腌~腤~

匝(帀)zā【古】入声,十五合。【例】挨~百~逼~不~沓~给~合~红~花~还~环~回~挤~交~锦~匼~磕~空~两~柳~骈~千~曲~绕~三~水~四~岁~遝~未~香~云~匝~遮~缜~周~年华~青山~苔纹~银蟾~

咂zā【古】入声,十五合。【例】咀~嗑~咯~唼~吮~呜~咂~

拶zā【古】入声,七曷。另见 449 页 zǎn。【例】挨~逼~蹙~夹~密~排~迫~竹~

扎(紮、紥)zā【古】入声,八黠。另见 8 页 zhā、15 页 zhá。【例】包~编~缠~穿~缚~裹~结~捆~束~诱~纸~

吒zhā【古】下平,六麻。又:去声,二十二祃异。【例】金~木~哪~

挓zhā 用于地名。【古】下平,六麻。

奓zhā 用于地名。【古】下平,六麻。另见 26 页 zhà。

查(査)zhā 姓。【古】下平,六麻。另见 9 页 chá。

楂(樝)zhā【古】下平,六麻。【例】柴~多~甘~猴~蜡~梨~毛~茅~榠~秋~瘙~山~鼠~酸~行~牙~

渣zhā【古】下平,六麻。【例】残~沉~豆~废~钢~圪~灰~矿~蜡~炉~麻~煤~泥~人~熔~筛~炭~铁~药~淤~渣~蔗~

揸zhā【例】刮~一~

喳zhā 另见 2 页 chā。【例】吧~波~格~唧~嗑~闹~喊~杀~喳~吱~

齇(皻)zhā【古】下平,六麻。【例】鼻~红~掩~齇~

扎(紮、紥)zhā【古】入声,八黠。另见 8 页 zā、15 页 zhá。【例】安~绑~駃~捆~立~麻~手~屯~针~纸~住~驻~

哳zhā【古】入声,八黠。【例】谗~嘲~咽~啁~

抓zhuā【古】下平,三肴。另见 364 页 zhāo。【例】点~虎~火~紧~攫~力~乱~频~撕~瞎~重~

髽zhuā【古】下平,六麻。【例】东~宫~髻~

挝(撾)zhuā【古】下平,六麻。另见 34 页 wō。【例】宝~鞭~参~掺~初~飞~鼓~节~抶~吏~乱~马~殴~频~三~手~阳~渔阳~

平声・阳平

嗄á 叹词。另见 24 页 shà。【例】做~

拔bá【古】入声,八黠。又:入声,七曷

异。【例】褒~标~采~忏~超~持~宠~抽~出~翠~倒~登~独~渡~奋~风~扶~符~攻~孤~海~豪~宏~掎~济~拣~柬~简~剑~荐~健~鉴~奖~醮~劲~进~精~警~迥~救~隽~眷~俊~开~朗~力~亮~遴~明~怒~漂~奇~迁~峭~翘~清~遒~赏~申~升~胜~识~收~爽~耸~竦~搜~特~腾~提~挺~推~危~洗~闲~显~险~携~鞋~新~雄~秀~玄~选~迅~偃~夷~引~英~颖~优~援~藻~展~招~甄~振~征~拯~直~昼~诛~卓~擢~自~连根~

跋bá【古】入声,七曷。【例】边~草~驰~出~颠~怙~画~回~见~驹~扣~揽~狼~猎~评~涉~题~托~拓~详~序~甄~疐~烛~

妭bá【古】入声,七曷。【例】女~素~

胈bá【古】入声,七曷。【例】无~

菝bá 菝葜。【古】入声,八黠。

魃bá【古】入声,七曷。【例】丹~旱~暵~骄~沴~女~虐~暑~炎~妖~

茇bá【古】入声,七曷。【例】茇~荜~草~丛~藁~根~禾~棠~

茶chá【古】下平,六麻。【例】熬~白~焙~边~冰~饼~采~草~吃~川~春~赐~代~点~斗~分~甘~葛~贡~瓜~官~花~幻~会~煎~涧~讲~椒~接~敬~苦~腊~蜡~兰~晶~凉~龙~绿~栾~麻~毛~闵~名~奶~南~闹~浓~泡~烹~片~品~沏~清~让~乳~蕊~山~食~试~受~蜀~私~素~笋~锁~藤~头~土~团~沱~晚~午~溪~献~香~小~新~绣~宣~雪~芽~酽~药~宜~引~饮~油~鬻~攒~早~斟~砖~陆羽~雨前~

查chá【古】下平,六麻。另见8页zhā。【例】挨~暗~备~崩~驳~抄~彻~乘~抽~存~待~钓~调~谍~督~泛~访~浮~复~古~海~核~讥~缉~稽~检~巨~开~勘~考~枯~灵~流~麻~盘~普~勤~清~善~审~搜~踏~探~协~巡~询~严~验~渔~谕~侦~支~追~

槎chá【古】下平,六麻。【例】崩~波~乘~钓~断~泛~飞~风~浮~古~海~汉~胡~江~角~节~客~枯~蛎~灵~流~杩~毛~栖~鹊~天~铁~乌~虾~仙~星~丫~牙~舣~银~游~渔~雨~月~云~竹~八月~博望~犯斗~星河~

搽chá【古】下平,六麻。【例】敷~麻~抹~涂~匀~

茬chá【古】下平,六麻。【例】答~倒~调~豆~断~对~翻~改~胡~换~回~活~接~连~麦~齐~善~头~找~重~竹~

嵖chá 嵖岈。

猹chá 獾类野兽。

檫chá 檫树。【古】入声,八黠。

碴chá【古】下平,六麻。另见19页zhǎ“砟”。【例】冰~道~胡~话~接~毛~跑~瓦~斜~找~

苴chá【古】下平,六麻。又:上平,六鱼异。又:上声,六语异。另见18页zhǎ、274页jū、283页jǔ。【例】草~浮~萑~栖~

垞chá【古】下平,六麻。【例】春~梅~南~山~土~竹~南北~

察(詧)chá【古】入声,八黠。【例】哀~按~暗~变~辩~补~不~猜~裁~采~参~查~澄~酬~垂~刺~聪~粗~

存～调～洞～督～断～耳～烦～防～访～俯～公～贡～钩～观～涵～诃～何～讥～稽～几～兼～监～检～简～鉴～皎～节～矜～谨～尽～禁～精～警～镜～纠～究～举～觉～开～勘～考～苛～科～刻～窥～览～礼～理～怜～廉～谅～了～临～逻～密～民～闵～明～默～盘～钤～浅～强～清～深～神～审～慎～省～失～识～视～试～熟～司～思～四～伺～肆～踏～台～探～体～听～痛～推～望～微～文～问～悉～习～下～相～详～晓～校～刑～幸～寻～巡～询～讯～严～研～阳～要～夜～遗～原～月～允～昭～照～侦～甄～诊～证～政～至～烛～

打dá 十二个。另见 15 页 dǎ。【例】一～

达(達)dá【古】入声,七曷。【例】傲～八～辨～表～禀～博～不～布～昌～畅～超～彻～陈～称～诚～冲～崇～抽～传～辞～聪～导～到～抵～典～洞～发～放～奉～该～高～贯～贵～哈～函～豪～和～亨～宏～鸿～宦～诙～恢～豁～济～简～荐～健～鉴～解～津～进～精～究～九～军～俊～开～慷～狂～旷～廓～朗～浪～雷～利～练～令～迈～芒～萌～妙～敏～名～明～清～穷～权～泉～任～荣～融～锐～睿～上～申～识～世～疏～舒～四～夙～速～遂～特～腾～佻～通～透～屯～晚～微～闻～悉～先～贤～显～乡～晓～秀～轩～宣～玄～恂～徇～雅～夷～英～宇～郁～渊～远～彰～昭～知～直～智～周～专～综～奏～

答(荅)dá【古】入声,十五合。另见 2 页 dā。【例】拜～褒～报～笔～辩～驳～裁～倡～承～宠～畴～酬～传～答～道～登～对～返～奉～附～诡～函～和～厚～还～回～嘉～笺～荐～解～抗～馈～礼～领～谬～批～乞～庆～赛～上～省～顺～条～问～戏～献～响～晓～效～宣～仰～抑～应～优～赠～昭～置～自～醉～作～

溚dá【古】入声,十五合。【例】煤～

瘩dá【古】入声,十五合。另见 2 页 dā。【例】疙～面～肉～土～

迖(逹)dá【古】入声,七曷。【例】蕉～

繨dá【例】纥～

靼(韃)dá【古】入声,七曷。【例】胡～拍～鞑～

怛dá【古】入声,七曷。【例】哀～悲～愊～惨～憯～恻～忡～怵～怆～惙～达～怛～忉～骇～惶～矜～惊～恳～慢～内～切～怯～伤～悚～恸～痛～惋～欣～忧～震～灼～

炟dá【古】入声,七曷。【例】灼～

妲dá 见于人名。【古】入声,七曷。

鞑dá【古】入声,九屑。【例】鞑～

沓dá【古】入声,十五合。另见 25 页 tà。【例】一～

笪dá【古】入声,七曷。【例】编～乌～一～竹～

乏fá【古】入声,十七洽。【例】罢～褊～病～补～不～承～绌～喘～单～殚～道～短～乏～告～寡～寒～饥～济～艰～俭～蹇～解～窘～救～窭～倦～绝～渴～空～亏～匮～困～劳～羸～累～力～疲～贫～破～惩～欠～罄～穷～屈～缺～饶～时～衰～颓～鲜～消～歇～行～虚～悬～养～阴～折～振～阻～

伐fá【古】入声,六月。【例】北～笔～贬～薄～步～采～参～残～划～称～春～诞～党～盗～吊～冬～断～放～戈～功～

攻~国~洪~鸿~火~积~间~剪~践~交~骄~矜~进~九~军~砍~考~克~口~夸~滥~劳~力~陵~轮~门~蒙~破~启~戕~樵~侵~攘~杀~山~伤~四~肆~挞~讨~天~外~析~袭~洗~相~勋~庸~择~责~斩~战~折~征~执~诛~主~斫~自~作~斧斤~

罚(罸、罰)fá【古】入声,六月。【例】贬~惩~笞~处~大~攻~毁~祸~极~奖~降~禁~纠~苛~科~刻~酷~量~谴~钦~认~赏~审~慎~失~受~私~讨~体~天~威~宪~削~刑~行~训~徇~逸~责~杖~谪~征~重~诛~罪~

茷fá【古】去声,九泰。又:去声,十一队同。【例】茷~乐~茅~

阀(閥)fá【古】入声,六月。【例】薄~财~崇~代~党~鼎~功~官~贵~华~婚~阖~积~绩~家~军~峻~门~名~气~前~庆~荣~盛~世~水~望~文~学~勋~战~胄~族~尊~

垡fá【古】入声,六月。【例】草~打~耕~垦~落~飘~起~秋~晒~土~榆~

砝fá 今读 fǎ。砝码。【古】入声,十五合。

筏(栰)fá【古】入声,六月。【例】宝~草~沉~乘~船~荻~放~浮~桴~缚~杭~津~梁~木~排~箄~皮~散~舍~石~溯~械~雪~玉~舟~竹~

尜gá【例】尜~

噶gá 译音字。【古】入声,七曷。

轧(軋)gá【古】入声,八黠。另见15页 zhá、26页 yà。【例】对~乱~牛~倾~

虾(蝦)há【古】下平,六麻。另见7页 xiā。【例】蛙~

华(華)huá【古】下平,六麻。另见21页 huà。【例】宝~贲~碧~鬓~冰~才~苍~昌~朝~承~澄~摛~川~春~淳~辞~翠~丹~道~德~帝~棣~法~繁~芳~纷~丰~风~凤~浮~高~贯~光~桂~衮~国~含~豪~皓~霁~剑~椒~金~京~菁~精~九~咀~泪~丽~莲~联~流~龙~露~绿~栾~梦~妙~名~南~年~凝~秾~女~葩~琪~铅~禽~青~轻~清~琼~秋~泉~鹊~日~戎~荣~容~韶~奢~神~升~声~时~收~曙~霜~水~蕣~岁~棠~天~桐~潼~吐~文~无~物~熙~仙~纤~香~撷~星~雄~秀~虚~玄~勋~烟~妍~阳~珧~瑶~英~莺~荧~莹~雨~玉~郁~毓~月~岳~云~皂~增~章~昭~贞~珍~织~摭~中~萼绿~

划huá【古】下平,六麻。另见21页 huà。【例】摆~荡~飞~轻~

哗(嘩、譁)huá【古】下平,六麻。另见4页 huā。【例】避~兵~大~刁~纷~哗~欢~啾~军~谓~市~涛~无~嚣~笑~虚~喧~噪~争~众~笑语~

铧(鏵)huá【古】下平,六麻。【例】犁~双~蹠~

骅(驊)huá【古】下平,六麻。【例】骏~骝~骥中~

滑huá【古】入声,八黠。另见243页 gǔ。【例】把~翠~大~刁~浮~甘~乖~光~诡~奸~尖~坚~狡~洁~口~冷~溜~流~没~沕~挠~泥~凝~泞~平~清~柔~软~润~慎~熟~耍~水~苔~贪~脱~温~细~鲜~涎~香~羞~滫~喧~莹~油~游~圆~贼~粘~滋~莺语~

猾huá【古】入声,八黠。【例】骜~把~猖~大~刁~诡~豪~横~积~奸~狡~桀~鲸~狙~巨~狯~狂~老~漓~佞~

剽~欺~强~轻~市~宿~贪~顽~黠~险~枭~骁~邪~凶~嚚~油~驵~躁~贼~

夹(夾)jiá【古】入声,十七洽。亦作"裌""袷"。另见5页jiā,3页gā。【例】白~穿~单~缎~锦~绣~油~

铗(鋏)jiá【古】入声,十六叶。【例】铲~长~弹~电~短~冯~歌~击~剑~鸣~贫~铁~握~醉~

荚(莢)jiá【古】入声,十六叶。【例】草~樗~椿~翠~豆~梵~花~雷~历~麻~茗~蓂~青~秋~瑞~山~素~苔~祥~榆~月~皂~棕~

颊(頰)jiá【古】入声,十六叶。【例】病~搏~谗~长~赪~齿~赤~泚~丹~方~丰~辅~鼓~挂~红~花~缓~黄~绛~颏~口~梨~脸~两~柳~马~梅~门~面~妙~弄~怒~批~披~颧~腮~瘦~双~桃~头~笑~绣~牙~颐~印~玉~月~枣~拄~著~醉~胭脂~

蛱(蛺)jiá【古】入声,十六叶。【例】蜂~

郏(郟)jiá 郏县。【古】入声,十七洽。

鴶jiá【古】入声,十七洽。【例】白~鹎~蜂~批~鸭~

戛(戞)jiá【古】入声,八黠。另见3页gā。【例】春~大~击~戛~交~铿~夔~龙~摩~排~硗~敲~痛~辖~衔~相~嘐~邪~玉~止~

恝jiá 恝然。【古】入声,八黠。

旯lá【古】下平,六麻。【例】旮~

砬lá 岩石。【古】入声,十四缉。

拉lá 亦作"剌"。【古】入声,十五合。另见5页lā、23页là"剌"。【例】割~

麻[1](麻,蔴)má【古】下平,六麻。【例】败~蓖~剥~布~蚕~草~赤~川~春~丛~缞~大~稻~豆~发~纺~葛~汉~蒿~禾~黑~胡~虎~花~黄~积~绩~缉~笺~剑~交~蕉~苴~局~灵~乱~麻~绵~免~墨~牡~沤~蓬~披~荨~青~秋~雀~柔~肉~如~散~桑~山~剡~石~守~寿~疏~熟~蜀~树~丝~苏~酸~天~贴~脱~顽~乌~锡~枲~县~线~香~续~宣~悬~押~鸦~亚~盐~养~野~油~折~针~芝~脂~种~周~竹~苎~缁~一窠~

麻[2](痳)má 一种病疾。【古】下平,六麻。

蟆(蟇)má【古】下平,六麻。【例】蛤~龟~金~井~老~蚊~虾~癞头~

拿ná【古】下平,六麻。【例】挨~捕~查~大~兜~访~纷~革~根~钩~购~胡~缉~交~截~纠~拘~龙~密~盘~擒~搜~腾~推~诬~误~严~杖~抓~追~捉~

南ná 南无。另见440页nán。

耙pá【古】下平,六麻。【例】钉~犁~农~搔~耥~铁~耘~竹~

爬pá【古】下平,六麻。【例】翻~伏~磕~马~泥~攀~搔~虱~梳~抓~

琶pá【古】下平,六麻。【例】凤~金~棚~琵~铜~筝~

杷pá【古】下平,六麻。又:去声,二十二祃异。【例】毂~谷~木~枇~拖~乌~竹~

筢pá 耙子。【古】下平,六麻。

潖pá 水名。【古】下平,六麻。

扒pá【古】入声,八黠。另见1页bā。

【例】翻~牛~肉~拖~煨~抓~

啥shá【例】任~说~无~

娃wá【古】下平，六麻。又：上平，九佳同。【例】春~村~宫~官~馆~闺~鸡~姣~娇~丽~莲~邻~美~女~虔~巧~少~市~僮~吴~细~夏~仙~阳~越~

霞xiá【古】下平，六麻。【例】班~碧~冰~裁~彩~餐~残~苍~岑~朝~赪~城~赤~崇~翠~丹~登~断~堆~饵~汎~泛~飞~绯~粉~风~峰~高~冠~广~归~海~红~霁~剪~绛~娇~金~锦~浪~脸~灵~陵~流~落~麻~明~暝~暮~凝~披~片~屏~栖~绮~青~轻~晴~秋~染~瑞~烧~升~昇~曙~漱~素~宿~梭~彤~晚~夕~西~吸~仙~香~湘~霄~晓~星~羞~雪~鸦~烟~炎~阳~阴~银~饮~映~余~玉~岳~云~早~枕~蒸~昼~朱~酌~紫~醉~碧云~赤城~万缕~雨后~

瑕xiá【古】下平，六麻。【例】斑~驳~不~赤~玼~疵~大~蹈~涤~抵~点~玷~祓~攻~痕~怀~击~瞷~瑾~绝~流~匿~弃~愆~求~深~宿~韬~微~为~无~细~纤~陷~掩~瑜~玉~指~罪~不掩~

遐xiá【古】下平，六麻。【例】八~边~昌~畅~大~登~地~迩~广~荒~九~浚~濬~清~情~人~上~深~升~四~幽~远~陟~岁月~

暇xiá【古】下平，六麻。另见25页xià。【例】安~不~抽~多~丰~公~官~晷~何~偟~遑~机~静~空~宽~农~清~时~舒~偷~未~无~闲~晓~休~须~逸~憋~优~悠~有~余~豫~整~资~

斜xiá 旧读。【古】下平，六麻。见88页xié同。另见90页yé。

侠（俠）xiá【古】入声，十六叶。【例】驰~大~党~盗~锋~贵~果~豪~佳~奸~剑~健~节~俊~伉~狂~奇~气~轻~秋~任~儒~诗~通~武~仙~行~凶~义~英~勇~游~有~驵~布衣~五陵~

狭（狹）xiá【古】入声，十七洽。【例】隘~卑~逼~鄙~庳~猵~褊~促~低~厄~迩~寡~广~诡~瘠~俭~介~窘~拘~窭~狷~峻~宽~阔~量~陋~路~埤~僻~偏~贫~迫~器~浅~硗~峭~曲~识~束~投~危~险~小~迂~迮~仄~窄~中~捉~柞~浮世~

峡（峽）xiá【古】入声，十七洽。【例】巴~冰~嶓~楚~川~穿~翠~倒~地~高~海~寒~红~急~涧~江~荆~空~夔~晴~穷~三~山~石~铁~湍~巫~雪~烟~岩~幽~月~云~瞿塘~神女~西陵~猿啼~

匣xiá【古】入声，十七洽。【例】暗~拜~宝~笔~册~尘~匙~抽~翠~地~钿~粉~丰~风~骨~匭~函~话~柬~剑~金~镜~奁~帘~木~牌~琴~生~石~室~书~霜~素~文~箱~晓~鬃~烟~砚~瑶~衣~印~幽~玉~云~枕~珠~妆~芙蓉~蛟龙~

辖（轄）xiá【古】入声，八黠。【例】部~车~丞~东~都~凤~抚~纲~管~迴~检~键~戒~进~纠~拘~铃~枢~四~台~提~通~统~投~右~脂~直~轴~总~左~

狎xiá【古】入声，十七洽。【例】爱~傲~谄~宠~串~恩~附~惯~酣~欢~骄~近~靳~款~笼~慢~昵~暱~狃~弄~鸥~旁~亲~轻~情~髯~扰~赏~

熟～素～佻～通～玩～侮～习～戏～相～亵～媟～儇～训～燕～淫～游～诱～

硖(硤)xiá【古】入声，十七洽。【例】杭～江～鹫～山～月～浙～

柙xiá【古】入声，十七洽。【例】出～拱～虎～画～检～槛～簾～笼～木～兽～玉～珠～

黠xiá【古】入声，八黠。【例】便～辩～痴～聪～刁～诡～鬼～豪～猾～惠～慧～积～奸～健～骄～狡～矫～桀～捷～警～狙～剧～狷～魁～丽～灵～敏～明～猱～强～巧～轻～鼠～爽～贪～通～顽～细～狎～枭～骁～醒～凶～雄～妍～艳～阴～颖～愚～驵～言语～

牙yá【古】下平，六麻。【例】聱～板～龅～碧～冰～伯～补～苍～槽～叉～查～差～豺～长～城～齿～冲～崇～抽～呲～翠～打～毒～发～佛～辅～高～硌～公～钩～谷～官～衡～红～吽～虎～护～花～豁～机～戟～假～尖～建～交～胶～角～杰～洁～金～鲸～韭～居～倨～嚼～军～刻～课～嗑～夔～狼～廊～獠～六～龙～镂～露～芦～绿～马～麦～门～萌～磨～奶～南～孽～弩～排～盘～奇～掐～青～犬～乳～三～桑～石～使～兽～叔～鼠～树～刷～随～挑～铜～吐～柁～象～行～押～鱼～渔～雨～玉～月～云～驵～蚤～炸～沾～张～獐～种～重～竹～渚～驻～爪～茁～紫～谷雨～

芽yá【古】下平，六麻。【例】蚕～茶～抽～出～春～椿～莼～催～翠～丹～荻～豆～发～芳～寒～红～护～花～槐～黄～姜～焦～金～荆～韭～菊～蕨～兰～莲～柳～龙～露～芦～绿～麦～萌～茗～嫩～逆～蘖～藕～胚～蒲～芹～青～肉～瑞～桑～山～笋～藤～吐～仙～新～修～萱～阴～银～玉～月～云～芝～珠～竹～渚～茁～滋～紫～谷雨～

伢yá【例】私～小～

玡yá【古】下平，六麻。【例】琅～

琊yá【古】下平，六麻。【例】琅～

崖(厓、崕)yá【古】上平，九佳。【例】白～宝～壁～边～冰～苍～层～巉～长～赤～崇～春～翠～丹～登～颠～巅～东～陡～端～断～法～拂～高～海～寒～红～洪～鸿～虎～回～剑～江～椒～九～巨～空～昆～莲～两～绿～麻～摩～磨～喷～平～栖～千～峭～嵚～青～琼～秋～山～神～石～束～霜～水～松～嵩～素～梯～天～铁～町～亭～铜～危～嵬～无～溪～削～霄～悬～雪～岩～炎～阳～瑶～阴～垠～幽～玉～月～云～曾～崭～畛～重～朱～珠～渚～紫～百丈～舍身～

涯yá【古】下平，六麻。又：上平，四支同。又：上平，九佳同。【例】边～滨～不～愁～端～根～过～海～洪～鸿～际～江～津～两～年～畔～浦～穷～生～水～天～无～幽～有～逾～雨～云～枕～重～

埡yá 用于地名。

衙yá【古】下平，六麻。又：上平，六鱼异。又：上声，六语异。【例】报～北～朝～晨～趁～放～蜂～府～高～公～官～贵～槐～匠～空～柳～内～南～排～强～乔～趋～三～散～私～随～退～屯～晚～午～县～行～押～由～早～正～坐～

蚜yá【古】下平，六麻。【例】菜～麦～棉～

睚yá【古】上平，九佳。【例】睚～眦～

枒yá【古】下平，六麻。【例】槎～阶～树～楿～楂～

岈yá【古】下平，六麻。【例】南～嵖～

槎~嵯~岩~

咱(喒、偺)zá【古】下平,六麻。另见443页zán。【例】不~多~那~这~

砸zá 打,捣。

杂(雜、襍)zá【古】入声,十五合。【例】鄙~驳~博~不~参~嘈~掺~羼~尘~稠~丑~舛~串~丛~粗~窜~错~沓~打~讹~烦~繁~纷~氛~浮~复~乖~诡~花~秽~昏~浑~混~溷~夹~交~搅~纠~苛~款~拉~鳞~凌~陵~零~流~乱~沦~龙~庞~蒙~猱~闹~庞~骈~平~歧~牵~侵~勤~情~扰~冗~揉~糅~散~骚~沉~渗~数~碎~琐~污~芜~闲~相~嚣~淆~喧~殽~医~殷~淫~游~余~攒~噪~珍~枝~滓~总~佐~

闸(閘)zhá【古】入声,十七洽。【例】岸~潮~车~船~点~电~风~关~涵~壕~河~开~两~浦~碶~桥~石~水~下~堰~

札(箚、劄)zhá【古】入声,八黠。【例】安~宝~笔~草~瘥~缠~抄~彻~宸~词~赐~存~寸~大~簜~刀~点~鼎~黩~短~给~贯~函~翰~候~画~黄~昏~甲~笺~缄~简~奖~解~空~搦~片~诗~试~手~书~霜~素~投~文~吴~犀~修~夭~瑶~遗~逸~玉~御~折~纸~谄~字~奏~

扎[1]zhá【古】入声,八黠。另见8页zā、8页zhā。【例】彻~

扎[2](紮、紥)zhá【古】入声,八黠。另见8页zā、8页zhā。【例】驻~

炸(煠)zhá【古】入声,十六叶。另见26页zhà。【例】煎~油~

轧(軋)zhá【古】入声,八黠。另见11页gá、26页yà。【例】击~交~陵~碾~侵~鸦~伊~茁~

铡(鍘)zhá【古】入声,八黠。【例】刀~轮~腰~

喋zhá【古】入声,十七洽。另见83页dié。【例】唼~喋~嗫~唼~吮~哓~闸~

仄声·上声

把bǎ【古】上声,二十一马。另见19页bà。【例】拜~柄~草~车~持~大~刀~翻~反~防~弓~拱~禾~话~火~拉~力~满~批~掐~扫~手~守~笞~拖~印~盈~慵~扎~掌~执~总~

靶bǎ 另见19页bà。【例】柄~打~飞~弓~红~话~环~回~活~肩~箭~举~落~枪~脱~胸~玉~中~焦尾~青冥~

礤cǎ 磨。【古】入声,七曷。

叉chǎ 分开;张开。另见2页chā、19页chà。【例】分~

衩chǎ【古】去声,二十二祃。另见19页chà。【例】裤~

蹅chǎ【古】平声,六麻。【例】波~践~乱~

镲(鑔)chǎ【例】钹~镲~打~击~铜~

打dǎ【古】上声,二十三梗。另见10页dá。【例】挨~棒~逼~鞭~猜~采~插~潮~冲~抽~吹~锤~箠~呲~单~吊~跌~斗~毒~短~锻~对~趸~跺~肥~攻~鬼~好~毁~击~寄~劫~开~磕~叩~宽~款~浪~乱~抡~逻~谜~摹~

扭~殴~拍~排~炮~扑~起~敲~拳~摔~撕~苏~讨~踢~痛~挝~武~严~悠~由~雨~攒~责~张~诊~

法(灋、灋)fǎ 【古】入声，十七洽。【例】按~办~邦~宝~比~笔~弊~变~兵~不~布~茶~差~禅~长~常~钞~车~成~乘~程~逞~持~除~传~词~打~大~刀~盗~典~调~定~斗~读~度~遁~讹~恶~繁~犯~梵~方~非~奉~佛~伏~符~付~赴~干~戈~革~古~官~冠~规~轨~国~海~弘~鸿~护~画~幻~活~纪~技~加~家~减~检~建~讲~矫~脚~教~解~矜~禁~九~句~军~峻~楷~刻~课~乐~礼~理~历~立~吏~隶~廉~良~律~率~乱~论~秘~密~妙~民~魔~拟~逆~念~篇~票~普~旗~枪~巧~琴~情~曲~拳~如~闰~善~上~设~身~慎~生~师~诗~施~史~使~示~式~谥~释~手~守~受~书~术~税~说~朔~司~私~死~嗣~算~天~田~条~听~通~痛~土~玩~王~枉~威~畏~文~无~侮~舞~戏~狎~宪~想~效~邪~写~心~刑~修~选~学~严~厌~谳~燕~养~妖~尧~依~仪~遗~倚~义~议~颖~逾~语~原~缘~约~越~匀~韵~占~战~章~真~诊~阵~正~政~执~止~指~治~致~智~中~重~主~篆~准~宗~纵~足~族~祖~罪~遵~做~世间~激将~

寡guǎ 【古】上声，二十一马。【例】才~辞~单~道~凋~多~犯~丰~抚~孤~乖~鳏~和~欢~简~矜~居~老~贫~情~穷~茕~弱~识~事~收~守~瘦~孀~素~填~希~小~新~恤~早~赈~指~治~众~诸~助~左~望门~

剐(剮)guǎ 【古】上声，二十一马。【例】刀~碎~剐~斩~

哈hǎ 方言，斥责。另见3页hā。

假jiǎ 【古】上声，二十一马。另见22页jià。【例】被~比~禀~掺~搀~打~贷~抵~调~浮~附~赴~狐~兼~骄~矫~节~藉~矜~浸~久~举~宽~廪~赁~满~弄~撇~轻~权~饶~容~识~私~天~通~无~相~虚~旬~谒~依~优~造~昭~真~制~治~装~

贾(賈)jiǎ 姓。【古】上声，二十一马。另见242页gǔ。

瘕jiǎ 【古】上声，二十一马。又：下平，六麻同。【例】鳖~赤~疵~痤~毒~发~攻~痕~积~结~疝~虱~仙~摘~症~治~

槚(檟)jiǎ 【古】上声，二十一马。【例】柏~茶~枌~就~六~美~墓~秋~楸~山~杉~松~梧~椅~榆~植~

夏jiǎ 通"槚"。另见25页xià。【古】上声，二十一马。

斝(斚)jiǎ 【古】上声，二十一马。【例】宝~杯~翠~奠~奉~虎~金~进~酒~举~罍~清~琼~觞~寿~献~瑶~彝~侑~玉~盏~樽~

甲jiǎ 【古】入声，十七洽。【例】鞍~鳌~澳~百~蚌~保~贝~比~敝~臂~汴~鳖~兵~卜~布~菜~草~车~坼~衬~赤~出~楚~春~翠~大~带~丹~党~帝~电~丁~鼎~定~盾~遁~发~伏~孚~负~附~富~皋~戈~弓~鼓~挂~贯~龟~裹~合~虎~护~花~画~火~坚~剑~解~介~金~旌~卷~军~开~铠~科~盔~魁~里~粮~邻~鳞~令~六~龙~羸~马~矛~萌~棉~内~

纳~年~怒~暖~牌~袍~朋~披~皮~片~缥~破~旗~绮~弃~枪~琴~青~虬~戎~柔~入~软~弱~三~衫~缮~蜃~升~授~蜀~束~霜~四~兕~素~岁~锁~铁~同~铜~晚~万~帷~卧~吴~犀~洗~下~先~象~销~卸~秀~玄~雪~芽~偃~阳~衣~蚁~义~银~隐~鱼~玉~元~斩~战~蘸~枕~纸~指~趾~舟~竹~爪~登科~

胛jiǎ【古】入声,十七洽。【例】背~臂~刺~覆~虎~花~肩~牛~袒~羊~左~

岬jiǎ【古】入声,十七洽。【例】赤~地~海~山~

钾(鉀)jiǎ【古】入声,十七洽。【例】金~袍~炮~

咔kǎ 咔叽布。另见5页kā。

卡kǎ【古】入声,十五合。另见18页qiǎ。【例】编~插~磁~的~碉~分~岗~贺~警~局~厘~林~绿~名~契~守~书~头~

咯kǎ【古】入声,十药。另见58页gē。【例】干~

垮kuǎ【例】冲~摧~打~斗~松~拖~压~整~

侉kuǎ【古】平声,六麻。【例】矜~

喇lǎ【古】入声,七曷。【例】拨~法~刮~唿~哗~豁~数~针~栗

俩(倆)liǎ 另见587页liǎng。【例】你~爷~咱~姊妹~

马(馬)mǎ【古】上声,二十一马。【例】鞍~班~斑~宝~奔~避~边~鞭~兵~驳~跛~曹~策~茶~车~辰~乘~骋~驰~叱~出~川~赐~骢~代~诞~倒~盗~灯~滇~貂~堕~砝~凡~蕃~飞~风~阜~驸~高~戈~弓~公~狗~官~归~鬼~海~汗~豪~好~河~胡~淮~换~疾~冀~骥~甲~蹇~剑~健~骄~角~轿~节~惊~厩~驹~军~俊~铠~珂~渴~课~骒~控~跨~坤~勒~骊~立~利~枥~敛~良~劣~烈~猎~流~骝~龙~辂~鹿~禄~路~驴~骡~骆~盲~旄~枚~美~绵~名~秣~牡~木~牧~牛~农~驽~怒~拍~盘~跑~珮~辔~匹~骈~牝~破~扑~齐~骑~秦~青~裘~驱~屈~趣~拳~犬~券~戎~瑞~塞~赛~哨~神~驶~士~市~试~蜀~数~朔~司~驷~粟~套~腾~天~田~畋~跳~铁~桐~铜~土~拖~宛~万~五~洗~戏~相~响~歇~心~信~行~绣~轩~旋~驯~盐~秧~扬~野~倚~驿~逸~意~饮~鹰~营~邮~舆~玉~御~辕~苑~阅~跃~云~泽~毡~斩~战~骣~阵~征~纸~指~种~竹~驻~骓~纵~走~大宛~汗血~骑竹~青骢~塞翁~识途~踏雪~

码(碼)mǎ【古】上声,二十一马。【例】暗~逼~编~补~草~尺~筹~代~电~砝~号~货~加~价~简~解~密~明~戏~序~页~译~注~字~

吗(嗎)mǎ 吗啡。另见5页mā。

玛(瑪)mǎ【古】上声,二十一马。【例】璠~珈~萨~

蚂(螞)mǎ【古】上声,二十一马。另见5页mā、23页mà。【例】切~

犸(獁)mǎ【古】去声,二十二祃。【例】猛~

哪nǎ 询问词。另见65页né。【例】嗯~

㖠nǎ 用于地名。

卡qiǎ【古】入声，十五合。另见 17 页 kǎ。【例】边～发～岗～关～路～哨～税～头～

洒(灑)sǎ【古】上声，二十一马。又：上声，九蟹异。另见 140 页 xǐ。【例】摆～倍～迸～滮～播～吹～泛～飞～高～花～挥～溅～交～浇～泪～离～沥～淋～流～露～漉～抛～喷～飘～泼～倾～清～泉～洒～飒～散～扫～疏～水～潩～天～脱～沃～析～淅～潇～雨～澡～泽～沾～昭～震～昼～珠～

撒sǎ【古】入声，七曷。另见 5 页 sā。【例】遍～播～吹～飞～广～抛～喷～扬～桌～

潵sǎ 水名。【古】上声，十四旱。

靸sǎ【古】入声，十五合。【例】草～履～马～蒲～弃～阘～罨～棕～

傻(儍)shǎ【古】上声，二十一马。【例】痴～呆～犯～疯～憨～愚～装～

耍shuǎ【古】上声，二十一马。【例】痴～当～颠～逗～诨～尖～惊～看～散～说～贪～玩～顽～嬉～戏～闲～游～杂～转～作～

塔(墖)tǎ【古】入声，十五合。【例】白～宝～贝～标～冰～层～灯～登～吊～发～梵～飞～佛～杆～高～宫～孤～古～鬼～虎～花～化～祭～尖～建～金～经～灵～铃～龙～楼～泖～庙～木～炮～桥～瑞～扫～僧～沙～山～身～师～石～双～水～寺～松～题～铁～仙～像～斜～雁～遗～银～玉～枣～砖～转～髭～祖～雷峰～凌云～六合～通天～

獭(獺)tǎ【古】入声，七曷。又：入声，八黠同。【例】拨～残～豺～海～旱～黑～祭～木～山～鼠～水～野～鱼～

鳎(鰨)tǎ【古】入声，十五合。【例】条～

瓦wǎ【古】上声，二十一马。另见 25 页 wà。【例】版～碧～冰～车～楚～椽～串～垂～瓷～翠～诞～殿～栋～盾～堕～飞～凤～盖～宫～古～汉～画～绛～廊～老～亮～流～绿～明～木～弄～片～缥～飘～破～漆～雀～石～兽～霜～陶～铁～土～万～瓮～烟～研～檐～砚～仰～邺～翼～鸳～云～震～掷～轴～竹～砖～铜台～

佤wǎ 佤族。

雅yǎ【古】上声，二十一马。【例】哀～奥～变～彬～博～不～仓～超～冲～楚～纯～淳～醇～粹～大～淡～蹈～典～都～笃～端～敦～尔～方～丰～风～高～古～广～和～弘～洪～慧～浑～简～洁～介～精～静～旧～隽～绝～俊～峻～宽～丽～明～南～平～朴～谦～欠～轻～清～遒～群～柔～儒～三～骚～赡～韶～沈～淑～素～邃～恬～通～望～温～文～贤～娴～详～宵～小～谐～新～修～秀～玄～循～训～淹～妍～俨～夷～逸～寅～雍～优～幽～渊～藻～正～中～仲～周～庄～奏～信达～

哑(啞)yǎ【古】上声，二十一马。另见 7 页 yā、26 页 yà。【例】嗄～暗～雌～粗～低～干～喉～灰～噤～枯～聋～讴～破～沙～声～嘶～笑～咽～咿～噫～阴～喑～装～

苴zhǎ【古】上声，二十一马。另见 9 页 chá、274 页 jū、283 页 jǔ。【例】土～

诈(詐)zhǎ 以言试探。另见 26 页 zhà。

鲊(鮓)zhǎ【古】上声，二十一马。

【例】肥~封~蚶~寒~寄~蛟~鲤~柳~龙~买~卖~美~藕~皮~鲭~秋~肉~山~笋~虾~鲟~盐~鱼~紫~菹~作~

砟zhǎ 同“碴”,“碴”另见9页chá。【例】道~焦~煤~碎~

拃zhǎ【古】上声,十五潸。【例】挤~一~

眨zhǎ【古】入声,十七洽。【例】忽~眼~眨~

鲝zhǎ【古】上声,二十一马。

爪zhuǎ 另见380页zhǎo。【例】鸡~棘~猫~前~鹰~

仄声·去声

罢(罷)bà【古】去声,二十二祃。又:上声,九蟹同。【例】报~毕~策~朝~斥~黜~赐~短~放~废~歌~革~官~拣~简~解~拘~麦~梦~免~疲~破~寝~秋~曲~却~任~省~停~退~舞~休~雪~诱~浴~欲~逐~住~妆~作~春赛~灯火~雨初~争席~

霸(覇)bà【古】去声,二十二祃。【例】超~称~创~定~独~杜~恶~反~丰~豪~横~湖~棘~骄~匡~偏~起~强~世~水~贪~图~土~王~无~五~乡~兴~雄~秀~学~渔~杂~争~宗~巨无~

坝(垻、壩)bà【古】去声,二十二祃。【例】暗~柴~打~大~堤~丁~拱~官~滚~河~开~拦~留~盘~坪~潜~沙~晒~石~水~塘~田~土~围~乡~院~炸~筑~雁门~

把(欛)bà【古】去声,二十二祃。另见15页bǎ。【例】柄~车~刀~弓~壶~花~话~剑~梨~门~枪~印~盈~

靶bà【古】去声,二十二祃。另见15页bǎ。【例】玉~执~车中~

爸bà【古】上声,二十哿。【例】阿~老~亲~

伯bà【古】去声,二十二祃。另见34页bó、309页bǎi。【例】五~偃~

灞bà【古】去声,二十二祃。【例】渡~泾~临~流~清~渭~

差chà【古】去声,二十二祃。另见2页chā、171页cī、301页chāi。【例】不~

岔chà【古】去声,二十二祃。【例】出~打~道~跌~分~过~交~路~旁~眼~衣~找~抓~

诧(詫)chà【古】去声,二十二祃。【例】悲~丑~大~恶~怪~骇~矜~惊~剧~夸~谩~奇~失~叹~希~笑~炫~疑~震~自~足~

叉chà 另见2页chā、15页chǎ。【例】劈~

杈chà【古】去声,二十二祃。另见2页chā。【例】打~顶~禾~枒~桑~树~丫~桠~枝~

汊chà【古】去声,二十二祃。【例】百~汊~港~海~河~湖~水~

衩chà【古】去声,十卦。另见15页chǎ。【例】夹~开~裙~腰~衣~

侘chà【古】去声,二十二祃。【例】侘~

姹(奼)chà【古】去声,二十二祃。又:去声,七遇同。【例】姹~丑~逴~恶~娇~希~娅~妖~玉~花争~

刹chà【古】入声，八黠。另见 6 页 shā。【例】宝~禅~尘~恶~幡~梵~凤~佛~孤~古~画~金~净~丽~利~列~灵~龙~罗~逻~名~琼~僧~上~寺~铁~霞~香~一~玉~

大dà【古】去声，九泰。又：去声，二十一箇同。另见 314 页 dài。【例】阿~奥~半~褒~葆~博~昌~侈~斥~充~崇~辞~粗~醋~措~呆~斗~惇~敦~哆~肥~丰~富~戆~高~光~广~瑰~憨~豪~浩~横~弘~宏~洪~鸿~厚~嫮~恢~浑~骄~杰~矜~寖~旌~久~巨~骏~夸~宽~旷~扩~阔~廓~联~麻~满~美~末~拿~庞~膨~溥~颀~乾~强~偌~深~胜~盛~事~硕~四~天~托~脱~伟~尾~位~五~显~享~雄~秀~许~遥~倚~意~殷~优~犹~原~远~月~增~张~长~正~治~肿~重~壮~自~足~尊~作~

发(髮)fà【古】入声，六月。另见 2 页 fā。【例】艾~白~被~编~辫~鬓~蚤~长~齿~愁~雏~畜~垂~翠~顶~断~封~佛~绀~膏~割~骨~贯~海~毫~豪~皓~鹄~花~华~黄~髻~假~剪~角~结~净~灸~卷~髡~括~髻~理~敛~鸾~乱~落~绿~毛~沐~暮~年~怒~蓬~披~漂~鬐~青~请~穷~秋~拳~衽~散~韶~生~绳~首~寿~束~树~甩~霜~水~丝~素~算~苔~烫~剃~龆~髫~头~秃~颓~拖~脱~佗~绾~握~晞~细~下~纤~晓~星~须~蓄~宣~玄~削~鸦~颜~养~银~云~鬒~织~植~炙~栉~薙~种~铢~驻~祝~壮~捉~濯~髭~鬃~总~钻~青溪~

珐(琺)fà 珐琅。

尬gà【古】去声，十卦。【例】尴~尪~

卦guà【古】去声，十卦。【例】八~半~变~卜~布~蚕~陈~打~跌~鼎~丢~翻~复~龟~互~画~火~吉~经~九~坤~立~论~买~卖~内~辟~起~求~神~蓍~筮~算~随~外~问~凶~血~阳~爻~易~阴~雨~遇~鬻~杂~躁~占~兆~之~掷~众~重~尊~作~否泰~损益~

挂(掛)guà【古】去声，十卦。【例】榜~壁~裱~冰~秤~虫~触~垂~搭~倒~灯~惦~吊~帆~刚~高~跟~钩~冠~诡~羁~计~架~静~罥~帘~练~龙~漏~披~牵~欠~扰~束~树~水~松~藤~拖~晚~误~席~晓~斜~熊~悬~遗~萦~月~簪~藻~张~宝幡~帘幕~新月~

褂guà【古】去声，十卦。【例】补~布~单~短~汗~行~号~龙~麻~马~袍~皮~外~长~罩~得胜~

诖guà【古】去声，十卦。【例】莫相~

坬guà 土堆。【古】去声，二十二祃。

罣guà【古】去声，十卦。【例】钩~记~罥~牵~萦~滞~

化huà【古】去声，二十二祃。【例】暗~褒~变~播~不~草~禅~蝉~昌~场~朝~尘~承~乘~虫~崇~丑~出~创~垂~春~纯~淳~醇~磁~殂~怛~淡~德~蝶~毒~独~度~蠹~敦~遁~恶~恩~法~飞~分~焚~风~佛~孵~孚~服~抚~辅~腐~改~钙~感~钢~革~躬~骨~顾~观~光~归~鹤~弘~洪~鸿~怀~幻~滤~皇~诲~火~激~简~僵~匠~焦~叫~觉~教~解~进~浸~精~景~净~静~鸠~开~鲲~老~冷~

礼~理~立~裂~灵~流~硫~龙~隆~沦~轮~虑~率~绿~茂~贸~懋~煤~美~蒙~秘~灭~泯~冥~默~募~慕~内~奴~欧~骈~贫~普~启~汽~洽~迁~潜~强~清~劝~染~热~仁~日~溶~熔~融~柔~如~儒~乳~入~软~睿~沙~善~伤~烧~摄~深~神~升~生~圣~盛~施~石~时~示~事~殊~淑~顺~铄~四~俗~速~炭~腾~体~调~通~同~投~土~颓~退~蜕~外~王~威~文~闻~武~物~西~噏~仙~先~显~向~象~肖~心~新~兴~宣~玄~训~雅~偃~演~阳~洋~氧~液~遗~彝~异~阴~隐~硬~蛹~优~游~诱~羽~元~缘~赞~造~沾~杖~正~政~知~指~至~制~治~致~骤~助~转~浊~自~坐~鱼鹏~

画(畫)huà【古】去声,十卦。又:入声,十一陌异。【例】版~笔~壁~边~辨~裱~宾~波~帛~擘~不~布~部~裁~采~彩~参~插~侈~筹~处~春~磁~措~点~雕~动~读~扉~佛~斧~黼~勾~古~规~国~黑~胡~绘~活~寄~建~讲~匠~界~经~镜~绢~刻~口~奎~揆~列~六~漫~秘~描~名~摹~谋~木~年~劈~平~漆~奇~棋~潜~乔~琴~区~鹊~染~如~入~摄~申~审~诗~石~饰~寿~书~硕~炭~眷~题~条~调~贴~铁~图~涂~婉~微~卫~文~文人~吴~谐~心~髹~岩~阳~爻~遗~议~印~营~油~院~匀~赞~枕~织~指~主~注~咨~字~综~作~麒麟~

话(話)huà【古】去声,十卦。【例】白~别~插~茶~禅~嘲~成~痴~丑~传~蠢~词~粗~村~搭~答~呆~歹~耽~淡~电~短~对~多~儿~发~乏~反~泛~放~废~费~疯~浮~高~共~古~汩~怪~官~诡~鬼~过~哈~海~喊~汉~行~好~黑~横~后~胡~花~坏~谎~回~会~昏~诨~活~佳~嘉~假~见~讲~净~酒~旧~绝~空~口~狂~诳~老~冷~例~亮~留~漫~梦~农~偶~攀~盘~陪~平~评~期~气~浅~抢~乔~清~情~趣~让~热~人~入~软~傻~神~诗~实~史~书~说~私~俗~琐~谈~讨~套~天~听~通~童~徒~土~顽~文~问~戏~细~瞎~下~闲~宵~笑~写~虚~叙~训~洋~野~夜~轶~逸~硬~幽~脏~长~真~重~赘~醉~清平~衷肠~衷走~

华(華)huà【古】去声,二十二祃。另见11页huá。【例】河~少~嵩~太~泰~条~岳~

桦(樺)huà【古】去声,二十二祃。又:下平,六麻同。【例】白~黑~红~松~

划(劃)huà【古】入声,十一陌。另见11页huá。【例】摆~比~笔~擘~布~裁~测~策~筹~点~分~勾~规~砉~划~计~界~刻~漏~谋~劈~迫~企~区~裁~支~指~

婳(嫿)huà 美好。【古】入声,十一陌。【例】徽~明~婠~

价(價)jià【古】去声,二十二祃。另见93页jiè。【例】保~报~备~倍~本~贬~标~差~常~成~酬~出~储~代~待~单~地~跌~定~二~飞~高~估~光~还~和~核~黑~划~基~贱~讲~降~交~净~酒~镌~决~开~廉~良~赁~论~美~名~票~平~起~让~杀~善~擅~上~身~声~诗~时~实~市~饰~适~守~售~书~赎~说~索~谈~

讨~特~提~调~退~文~无~物~晞~显~限~压~要~议~溢~优~原~运~造~涨~征~值~重~足~连城~青云~

架jià【古】去声,二十二祃。【例】绑~笔~彩~柴~吵~车~椽~床~担~缔~吊~飞~扶~符~杠~高~工~拱~构~骨~鼓~棺~桁~笏~花~画~货~戟~间~绞~金~禁~经~井~鹫~锯~开~框~拉~懒~连~梁~陵~陆~落~木~炮~棚~谱~擎~劝~群~散~山~石~书~树~松~塌~藤~屋~香~压~岩~药~邺~衣~攲~鹰~鹰~玉~云~杖~遮~支~竹~烛~

稼jià【古】去声,二十二祃。【例】百~冰~蚕~沉~春~稻~耕~躬~谷~观~国~禾~黄~力~麦~美~苗~墨~木~年~农~畦~起~勤~秋~劝~桑~生~时~首~树~岁~谈~田~晚~五~学~巡~野~馌~宜~刈~阅~云~稚~庄~樊迟~

假jià【古】去声,二十二祃。另见16页jiǎ。【例】病~朝~春~赐~冬~度~恩~放~服~赴~告~给~公~寒~婚~开~赍~例~批~乞~请~求~丧~赏~事~暑~田~销~孝~休~旬~严~在~长~准~奏~

嫁jià【古】去声,二十二祃。【例】逼~出~初~从~待~发~改~更~婚~哭~女~陪~配~聘~遣~送~逃~晚~未~下~新~许~炫~姻~远~再~赠~招~转~作~毕婚~

驾(駕)jià【古】去声,二十二祃。【例】安~伴~宝~保~崩~别~并~参~骖~策~朝~车~宸~乘~螭~饬~春~辍~从~翠~大~挡~导~道~动~法~返~泛~放~飞~凤~伏~驸~高~宫~构~官~光~还~行~鹤~鸿~候~鹄~虎~护~扈~回~监~见~降~接~金~酒~救~控~拦~劳~骊~连~麟~灵~凌~陵~龙~鸾~銮~命~驽~排~偏~萍~齐~起~轻~秋~虬~驱~屈~趣~劝~鹊~升~圣~侍~释~司~送~俗~肃~速~随~岁~台~抬~腾~停~晚~枉~往~西~息~仙~香~霄~星~休~轩~旋~巡~迅~烟~严~晏~宴~邀~轺~瑶~仪~移~轶~逸~迎~游~迂~舆~羽~远~月~云~长~征~整~芝~重~主~追~辎~总~驺~祖~尊~不俟~策高~

跨kuà【古】去声,二十二祃。【例】跸~跛~出~单~盗~飞~含~横~虹~驾~脚~款~旷~凌~蹑~骑~桥~腾~稳~雄~悬~逾~枕~足~征鞍~

胯kuà【古】去声,二十二祃。又:去声,七遇同。【例】带~股~姜~开~腿~犀~腰~玉~肘~

挎kuà 弯肘挂物。

落là 另见49页luò、386页lào。【例】遗~

辣là【古】入声,七曷。【例】川~毒~恶~发~干~古~寡~桂~狠~忽~滑~豁~火~焦~酒~苦~快~辣~老~麻~泼~蹼~热~山~手~疏~酸~歪~味~香~心~辛~疏~~

腊(臘、臈)là【古】入声,十五合。另见117页xī。【例】残~答~待~地~雕~二~伏~干~过~寒~汉~河~红~护~饯~胶~戒~旧~枯~蜡~梅~年~破~脯~穷~人~僧~烧~社~豖~松~送~岁~天~五~希~夏~熊~熏~腌~迎~正~瘃~祖~坐~

蜡(蠟)là【古】入声,十五合。【例】

宝~拨~茶~传~炊~爨~翠~滴~发~封~蜂~凤~伏~膏~红~花~画~黄~祭~绛~嚼~戒~鲸~炬~刻~口~枯~泪~绿~蜜~凝~漆~然~烧~麝~尸~石~烫~涂~脱~香~焰~洋~银~饮~由~油~娱~皂~栀~白费~

刺là【古】入声,七曷。参见12页lá"拉"。【例】阿~拔~不~楚~粗~搭~答~发~古~骨~刮~寡~乖~龇~赫~忽~狐~哗~隳~洄~豁~豁~火~焦~劳~牢~痨~离~历~泼~扑~热~涩~生~瓦~歪~兀~曳~噪~遮~支~

瘌là【古】入声,七曷。【例】疤~

蝲là 蝲蛄。【古】入声,七曷。

镴(鑞)là【古】入声,十五合。【例】白~焊~铅~钱~锡~

骂(駡、罵)mà【古】去声,二十二祃。【例】挨~谤~嘲~瞋~耻~叱~斥~箠~啐~村~打~诋~毒~对~咄~恶~诟~海~诃~呵~喝~吼~毁~唠~恚~秽~讥~煎~叫~瞧~浪~詈~漫~恼~怒~殴~诮~嚷~辱~讪~肆~俗~讨~跳~痛~唾~侮~笑~酗~喧~遭~责~谪~咒~诅~醉~

蚂(螞)mà 另见5页mā、17页mǎ。【例】切~

杩(榪)mà 床前横木。【古】去声,二十二祃。

祃(禡)mà【古】去声,二十二祃。【例】类~做~

那nà【古】去声,二十一个。另见40页nuó、52页nuò。【例】阿~刹~禅~伽~兰~霎~檀~腾~无~兀~移~争~支~

娜nà【古】去声,二十一个。另见40页nuó。【例】娜~雅典~

纳(納)nà【古】入声,十五合。【例】艾~包~褒~保~博~补~采~察~承~酬~出~存~导~登~泛~奉~抚~俯~辅~附~赋~傅~感~贡~关~归~轨~还~海~含~华~怀~回~汇~集~嘉~奖~降~交~缴~结~解~矜~进~聚~捐~开~款~揽~领~赔~聘~潜~亲~勤~赇~驱~取~认~荣~赏~上~申~哂~声~省~收~受~输~顺~私~送~绥~贴~听~吐~吞~外~完~绾~慰~吸~细~献~笑~信~悬~选~询~延~悒~引~迎~诱~俞~玉~援~允~招~折~珍~征~周~诛~贮~追~

衲nà【古】入声,十五合。【例】百~败~斑~敝~补~布~残~禅~楮~毳~翠~梵~绯~高~槁~挂~寒~厚~浣~袈~戒~锦~老~练~磨~衲~披~贫~破~千~琴~青~僧~山~诗~野~衣~游~云~皂~缁~祖~稻田~

捺nà【古】入声,七曷。【例】按~沉~遏~火~扣~撇~捼~铁~斜~延~轧~遮~重~筑~

呐nà【古】入声,九屑。【例】咄~呐~涩~唢~拙~嘴~

钠(鈉)nà【古】入声,六月。【例】氯化~

肭nà【古】入声,八黠。【例】腽~闪~

娜nà 女名。【古】下平,五歌。

怕pà【古】去声,二十二祃。【例】避~耽~胆~敢~骇~害~后~慌~惊~惧~恐~愧~哪~深~生~畏~嫌~休~

帕pà【古】去声,二十二祃。【例】鞍~表~布~黄~魂~绛~鲛~巾~锦~脸~罗~手~书~丝~唐~头~香~绡~绣~靴~纸~红绡~

髂qià【古】去声，二十二祃。【例】腰~右~左~

洽qià【古】入声，十七洽。【例】辨~博~不~布~畅~充~殚~道~典~洞~敦~丰~敷~孚~该~赅~鼓~贯~光~酣~汗~和~闳~宏~化~欢~混~辑~浃~兼~交~接~谨~浸~精~款~累~练~流~隆~履~密~敏~昵~滂~旁~霈~普~溥~契~谦~潜~惬~亲~仁~融~濡~赡~商~深~陶~通~投~妥~渥~雾~熙~习~喜~详~祥~翔~晓~协~休~宣~淹~叶~液~友~渊~允~匝~杂~沾~祖~

恰qià【古】入声，十七洽。【例】半~才~促~尖~颗~可~洽~恰~喜~狎~笑~

飒(颯)sà【古】入声，十五合。【例】哀~搭~答~拉~莅~飘~秋~闪~衰~爽~窣~塌~沓~淅~萧~翛~潇~哑~英~

卅sà【古】入声，十五合。【例】五~

萨(薩)sà【古】入声，七曷。【例】布~唱~华~豁~棘~拉~菩~现~

趿sà 另见6页tā。【古】入声，十五合。【例】搭~塌~踏~翕~珠~

厦(廈)shà【古】上声，二十一马。另见26页xià。【例】抱~成~大~高~构~广~贺~后~两~榕~商~云~千间~

嗄shà【古】去声，二十二祃。另见8页á。【例】不~号~沙~嘶~哑~音~

沙shà 经摇动使杂物集中，以便清除。另见5页shā。

煞shà【古】入声，八黠。另见6页shā。【例】八~避~愁~村~地~躲~恶~风~关~归~黑~回~急~结~解~看~闷~抹~恼~七~丧~神~势~收~速~忒~特~尾~吓~萧~凶~殃~阴~灾~

箑shà【古】入声，十六叶。又：入声，十七洽同。【例】宝~秉~厨~翠~鼓~画~蕉~金~卖~蒲~轻~扇~蜀~松~素~摇~展~珍~振~白羽~

霎shà【古】入声，十六叶。又：入声，十七洽同。【例】半~吹~片~霎~时~势~瞬~一~

唼shà【古】入声，十七洽。【例】博~嘈~鹅~唼~善~

歃shà【古】入声，十七洽。【例】盟~牲~石~

踏tà【古】入声，十五合。另见7页tā。【例】踩~蹭~踹~传~蹙~蹴~蹉~蹬~迭~对~蹲~蕃~行~检~践~脚~跙~款~凌~乱~跑~千人~雀~飒~踏~腾~踢~蹄~头~颓~瑶~杂~糟~蹧~躂~踝~踯~筑~转~足~作~

蹋tà【古】入声，十五合。【例】踢~跳~糟~

榻tà【古】入声，十五合。【例】凹~白~板~笔~宾~病~草~禅~尘~陈~床~登~东~短~对~风~凤~佛~高~格~挂~掴~合~画~机~几~寄~假~讲~解~借~净~炕~连~凉~龙~木~那~蒲~琴~扫~僧~设~绳~石~书~睡~藤~同~卧~席~下~响~象~小~绣~徐~悬~烟~椅~吟~玉~御~云~置~稚~竹~椎~棕~醉~陈蕃~管宁~弥陀~迎徐~

挞(撻)tà【古】入声，七曷。【例】榜~鞭~笞~楚~捶~觥~扢~挖~痕~恚~

决~辣~戮~扭~怒~殴~搒~批~扑~受~佻~挞~依~斩~杖~作~光~~市朝~

闼(闥)tà【古】入声,七曷。【例】八~板~宾~侧~朝~崇~窗~床~春~殿~钓~房~飞~凤~宫~关~闺~虎~皇~黄~阍~几~椒~阶~金~禁~兰~连~门~闷~内~排~披~青~琼~挻~省~石~邃~琐~锁~台~挑~帏~闱~帷~仙~星~绣~轩~严~扆~幽~牖~玉~云~重~紫~白兽~青琐~

拓(搨)tà【古】入声,十五合。另见54页tuò。【例】碑~改~官~鹤~横~宏~旧~阔~临~落~摸~摹~排~石~手~宋~誊~响~写~新~印~增~展~稚~朱~蝉翅~

跶(躂)tà【古】入声,七曷。【例】蹦~蹀~跺~跄~跑~踏~踢~跳~蹬~

阘(闒)tà【古】入声,十五合。【例】关~刺~辣~茸~冗~颓~庸~

鞳tà【古】入声,十五合。【例】鞺~镗~

沓tà【古】入声,十五合。另见10页dá。【例】案~暗~暴~坌~层~弛~稠~丛~蹙~怠~叨~蹲~纷~复~覆~诡~哈~合~回~积~骄~婪~戾~蓬~疲~骈~飘~裒~冗~飒~駊~山~沓~贪~饕~腾~填~颓~拖~韦~泄~喧~溢~潆~拥~庸~杂~座~重~周~谆~嶒~噂~

嗒tà 嗒然。【古】入声,十五合。另见2页dā。

漯tà【古】入声,十五合。【例】澮~济~临~鲁~漯~

瓦wà 铺瓦于屋。【古】上声,二十一马。另见18页wǎ。

袜(襪、韈)wà【古】入声,六月。另见52页mò。【例】半~布~角~结~巾~锦~净~裤~灵~罗~履~棉~青~素~脱~线~鞋~鞠~毡~长~凌波~马嵬~千重~鸦头~

嗢wà【古】入声,六月。【例】咽~噎~

下xià【古】去声,二十二祃。又:上声,二十一马异。【例】按~暴~卑~逼~鄙~陛~部~尘~厨~逮~当~低~殿~丰~垓~高~阁~厚~户~花~话~麾~棘~家~降~郡~胯~徕~怜~林~柳~漏~洛~门~目~年~辇~弩~圮~平~旗~气~谦~轻~倾~屈~泉~阙~日~如~润~上~舍~剩~时~示~手~属~私~松~台~堂~天~瓮~无~吴~膝~席~乡~虚~言~眼~以~意~牖~愚~宇~辕~月~在~枣~直~治~众~诸~足~座~家天~周柱~

夏xià【古】去声,二十二祃。另见16页jiǎ。【例】半~边~赤~楚~大~东~度~方~陔~华~槐~畿~京~九~立~晾~烈~蛮~梅~孟~纳~南~破~齐~清~区~染~潺~盛~首~叔~暑~肆~送~晚~王~五~舞~西~咸~消~销~歇~休~玄~炎~夷~迎~游~有~虞~早~章~长~昭~中~仲~诸~族~蝉报~

暇xià 旧读。【古】去声,二十二祃。另见13页xiá。【例】不~丰~公~静~空~宽~清~时~舒~偷~无~闲~晓~休~逸~优~悠~余~豫~资~

罅xià【古】去声,二十二祃。【例】碧~补~坼~乘~缝~豁~空~孔~栗~裂~林~门~石~隙~云~裂~天~投~岩~竹~

厦(廈)xià【古】去声,二十二祃。另见24页shà。【例】闽~汕~

吓(嚇)xià【古】去声,二十二祃。另见71页hè。【例】呃~惊~

亚(亞)yà【古】去声,二十二祃。【例】半~俦~低~高~邻~鳞~流~欧~匹~轻~倾~窊~相~掩~偃~依~姻~花枝~阑干~

迓yà【古】去声,二十二祃。【例】班~出~奉~郊~敬~款~路~送~肃~相~延~邀~仪~驿~迎~远~展~百辆~倒屣~

讶(訝)yà【古】去声,二十二祃。【例】猜~嗤~怪~骇~遑~嗟~惊~谴~钦~叹~佯~疑~不足~

砑yà【古】去声,二十二祃。【例】踹~光~磨~碾~揉~小~研~

哑(啞)yà 鸟声。【古】上声,二十一马。另见7页yā、18页yǎ。

掗(挜)yà【古】去声,二十二祃。【例】硬~

娅(婭)yà【古】去声,二十二祃。【例】姹~婚~朋~亲~姻~宗~

压(壓)yà 压根。【古】入声,十七洽。另见7页yā。

轧(軋)yà【古】入声,八黠。另见11页gá、15页zhá。【例】奋~滚~击~挤~交~诘~陵~磨~碾~讴~排~侵~倾~填~鸣~相~鸦~

揠yà【古】入声,八黠。【例】前~擢~

猰yà 猰貐。【古】入声,八黠。

诈(詐)zhà【古】去声,二十二祃。另见18页zhǎ。【例】鄙~变~辩~猜~谄~虚~打~诞~盗~刁~讹~诡~行~讦~怀~慌~机~奸~渐~僭~浇~骄~狡~矫~诘~灸~狙~局~谲~夸~诓~诳~娄~谩~谋~逆~骗~欺~敲~巧~倾~情~权~犬~设~饰~伺~肆~唆~索~态~贪~威~伪~诬~吓~险~陷~雄~虚~儇~疑~溢~淫~扎~诈~智~

炸zhà 另见15页zhá。【例】爆~轰~煎~油~

榨zhà【古】去声,二十二祃。【例】茶~干~酒~磨~乾~压~油~拶~蔗~

溠zhà 水名。【古】《广韵》:去声,四十祃。

奓zhà 张开。【古】《集韵》:去声,祃韵。另见8页zhā。

碴zhà【古】去声,二十二祃。

咤(吒)zhà【古】去声,二十二祃。又:下平,麻韵异。【例】悲~波~叱~怛~愤~怪~赫~恨~吼~惊~夸~鸣~怒~三~慎~叹~希~啸~凶~哑~仰~

乍zhà【古】去声,二十二祃。【例】惊~毛~猛~卒~

痄zhà 痄腮,腮肿。【古】上声,二十一马。

蚱zhà【古】入声,十一陌。【例】蚂~

柞zhà【古】入声,十一陌。另见56页zuò。【例】芟~五~槱~

栅(柵)zhà【古】入声,十一陌。又:去声,十六谏同。【例】柴~沟~鸡~篱~立~木~山~守~铁~豚~营~渔~筑~

霅zhà【古】入声,十七洽。【例】清~苕~煜~霅~

附:本韵部中的旧读入声字

1. 啊呀蛙韵

阴平

八捌叭扒朳擦插锸搭铬嗒褡耷瘩哒发伽嘎戛旮刮聒鸹栝哈砉夹浃喀拉邋抹啪掐袷萛撒杀煞铩刷塌禢遢溻踏挖瞎呷鸭压庆押匝咂拶扎哳

阳平

拔跋妭胈菝魃芨檫察达答怛溚瘩荙靼炟妲靼沓笪乏伐罚筏阀垡砝茷噶轧滑猾夹铗荚颊蛱郏鸩戛恝砬拉扒侠狭峡匣辖狎硖柙黠杂闸札扎炸轧铡喋

上声

礤法甲胛岬钾卡咯喇撒靸獭塔鳎拃眨

去声

刹发珐划婳辣腊蜡剌瘌蝲镴纳衲捺呐钠肭洽恰飒卅萨趿煞箑霎唼歃踏蹋榻挞闼拓跶阘鞳沓嗒漯袜嗢压猰轧揠蚱柞栅霅

二、喔(o)窝(uo)鹅(e)耶(ie)约(üe)五韵母的韵部

韵　母	喔(o)窝(uo)	鹅(e)	耶(ie)约(üe)
说　明	本表五韵母,严则分三韵,宽乃合两部。其中,"喔窝"韵与"耶约"韵分别稳定在一个韵部;对于"鹅"韵,《中华新韵》等或将其合入"喔窝"韵,或让"喔窝"韵与"鹅"韵通押;《中华通韵》则将其合入"耶约"韵。		

2. 喔窝韵

平声·阴平

波bō【古】下平,五歌。【例】安~岸~胞~奔~本~崩~碧~波~沧~苍~层~谗~蟾~长~潮~瞋~尘~澄~池~驰~尺~冲~楚~川~春~词~蹴~翠~黛~丹~荡~蹈~地~颠~电~钿~东~堵~恩~飞~沸~风~伏~甘~高~戈~鼓~光~海~寒~浩~河~黑~横~红~洪~湖~还~皇~湟~回~积~基~激~急~霁~检~箭~江~娇~浇~劫~金~惊~晶~鲸~静~镜~酒~涓~卷~潏~浚~枯~狂~兰~澜~浪~泪~荔~连~帘~涟~脸~练~凉~鳞~灵~泠~凌~流~隆~渌~滤~绿~沦~洛~漫~岷~溟~目~逆~鸥~平~起~千~潜~芹~青~倾~清~晴~穷~秋~涉~声~石~逝~舒~水~斯~泗~松~素~溯~随~滩~潭~涛~桃~腾~天~恬~跳~通~湍~颓~汪~微~渭~卧~夕~溪~香~湘~宵~心~兴~星~修~暄~玄~旋~雪~迅~压~烟~沿~炎~盐~偃~眼~砚~艳~扬~阳~瑶~夜~遗~音~银~萦~潆~优~游~余~逾~玉~浴~源~月~跃~云~载~增~湛~震~重~逐~纵~洞庭~潋滟~

菠bō【古】下平,五歌。【例】春~寒~霜~赤根~

玻bō 玻璃。【古】下平,五歌。

蕃bō【古】上平,十三元。【例】吐~

播bō【古】去声,二十一箇。另见45页bò。【例】奔~传~春~重~颠~都~法~飞~风~广~果~稷~降~钧~开~浪~联~流~柳~楼~名~弄~弃~迁~秋~撒~散~时~试~腾~条~徙~夏~掀~屑~兴~宣~穴~演~扬~萦~用~雨~远~愿~造~展~枝~直~种~转~自~

嶓bō 山名。【古】下平，五歌。【例】岷~汶~

饽（餑）bō【古】入声，六月。【例】碧~饽~麦~茗~沫~贴~香~蒸~

哱bō 用于地名。【古】入声，六月。

剥bō【古】入声，三觉。另见355页bāo。【例】斑~崩~毕~贬~剥~残~褫~抽~楚~殚~摧~皴~弹~凋~跌~弹~陊~粉~风~割~攻~勾~画~毁~活~击~歼~蹇~劫~解~句~开~刊~克~刻~困~敛~沦~漫~乌~盘~劈~皮~圮~剽~破~起~敲~切~侵~穷~如~伤~身~生~蚀~手~霜~撕~岁~损~笋~屠~土~团~推~颓~吞~屯~脱~洗~跣~藓~削~卸~雪~烟~阳~劓~雨~枣~征~枝~纸~诛~椎~迍~灼~腹~

拨（撥）bō【古】入声，七曷。【例】摆~荜~标~差~钞~嘲~撑~枨~叱~赤~抽~筹~触~刺~蹿~摧~弹~点~调~兑~反~分~扶~该~杆~革~根~弓~勾~鼓~关~捍~红~胡~划~桓~活~剑~截~解~科~拉~朗~撩~扪~木~那~弄~排~派~盘~配~披~破~剖~起~钎~轻~权~撒~树~送~唆~剔~提~挑~铁~头~土~选~牙~鱼~玉~乍~遮~支~指~箸~龙香~殷勤~

钵（鉢、盋、缽）bō【古】入声，七曷。【例】宝~晨~持~磁~赐~单~法~饭~飞~分~佛~覆~绀~合~华~火~击~家~巾~金~酒~米~木~纳~瓶~筇~乳~沙~石~食~水~天~铁~铜~托~瓦~锡~歙~香~行~鬃~崖~研~药~夜~衣~玉~云~斋~展~杖~指~传衣~优昙~

砵bō 用于地名。【古】入声，十五合。

鱍bō【古】入声，七曷。【例】鱍~活~

般bō 般若。【古】《龙龛手鉴》音拨。又：《佩文诗韵》：上平，十四寒异。又：上平，十五删异。另见426页bān。

啵bo【古】下平，五歌。【例】啵~打~嘚~

卜（蔔）bo【古】入声，一屋。另见238页bǔ。【例】萝~

戳chuō【古】入声，三觉。【例】刀~木~枪~日~手~邮~元~指~

踔chuō【古】入声，三觉。【例】超~踸~踔~腾~跳~

逴chuō【古】入声，十药。【例】警~巡~超~逴~覆~

搓cuō【古】下平，五歌。【例】搀~扯~绿~切~揉~如~挼~手~雨~挣~

磋cuō【古】下平，五歌。又：去声，二十一箇同。【例】磋~切~如~

蹉cuō【古】下平，五歌。【例】蹉~蹉~跌~爬~旁~平~跎~无~

瑳cuō【古】下平，五歌。又：上声，二十哿同。【例】璨~璀~瑳~切~巧笑~

撮cuō【古】入声，七曷。另见45页zuǒ。【例】把~抱~抄~扯~孤~圭~会~活~攫~挤~简~揪~拘~举~括~拉~揽~拈~捏~裒~牵~轻~取~热~市~收~探~讨~挑~缁~小孤~

多duō【古】下平，五歌。【例】陂~贝~备~倍~别~冰~采~草~充~虫~臭~川~春~大~地~顶~独~杜~帆~烦~蕃~繁~肥~风~佛~弓~钩~管~广~贵~过~寒~好~诃~恨~弘~鸿~户~花~桦~晦~秽~伙~击~几~艰~金~

尽~寝~静~酒~居~孔~口~苦~乐~类~莲~柳~六~率~美~弥~蜜~珉~暮~泥~年~盘~颇~蒲~钱~禽~蛩~犬~穰~饶~热~偌~三~桑~沙~山~闪~赏~少~甚~声~盛~虱~石~士~树~霜~水~獭~太~田~铁~猥~无~毋~溪~夏~弦~祥~心~欣~幸~修~许~鸦~妍~盐~蚁~英~盈~蝇~影~优~尤~鱼~余~逾~雨~语~玉~云~枣~增~战~真~正~至~智~滞~众~诸~自~总~足~不在~不争~不足~一芍~

哆duō【古】平声,六麻;上声,四纸异。另见187页chǐ。【例】侈~哕~哆~朵~唠~啰~披~邪~

咄duō【古】入声,六月。又:入声,七曷同。【例】叱~忉~咄~汩~骨~诃~惊~商~乌~相~咤~震~嗞~

掇duō【古】入声,七曷。又:入声,九屑同。【例】表~采~抄~串~窜~掂~掇~抚~高~鼓~喝~狐~集~借~驹~攫~搅~领~掳~掠~拿~拈~剽~裒~鸲~烧~拾~收~唆~提~夕~移~攒~摘~折~直~揍~

剟duō【古】入声,七曷。又:入声,九屑同。【例】刺~分~捷~刊~剽~削~

裰duō【古】入声,七曷。【例】麻~衲~直~

崞duō 山名。【古】入声,十药。

过(過)guō 古国名。【古】下平,五歌。又:去声,二十一箇异。另见47页guò。

锅(鍋)guō【古】下平,五歌。【例】熬~背~炒~当~鼎~炖~饭~分~釜~坩~滚~黑~回~火~揭~开~滤~罗~锣~暖~起~汽~砂~上~烧~石~送~汤~旋~烟~腰~银~油~浴~砸~炸~掌~蒸~销金~

埚(堝)guō【古】下平,五歌。【例】坩~瓜~沙~杏~一~

涡(渦)guō 水名。【古】下平,五歌。另见34页wō。

聒guō【古】入声,七曷。另见3页guā。【例】嘈~吵~炒~喋~渎~烦~沸~干~聒~喤~魇~咭~激~急~煎~焦~搅~叫~惊~乱~咙~鸣~恼~鸟~前~强~清~嚷~扰~碎~琐~闲~哓~嚣~絮~喧~聒~猿~噪~昼~渍~

郭guō【古】入声,十药。【例】北~边~廛~陈~城~尺~赤~春~村~大~带~东~耳~坊~肤~郛~负~附~傅~高~沟~棺~管~海~寒~环~黄~恢~机~贾~江~郊~近~郡~开~匡~棱~柳~轮~暮~南~裴~平~钱~青~绕~山~上~石~市~水~四~铁~铜~土~外~吴~西~晓~谢~许~崖~烟~蚁~倚~邑~溢~阴~月~周~折巾~

蝈(蟈)guō【古】入声,十一陌。【例】蝈~蝼~剪~蟆~蛙~

啯(嘓)guō【古】入声,十一陌。【例】啯~咽~

豁huō【古】入声,七曷。另见48页huò。【例】敞~畅~超~齿~出~除~洞~顿~哆~分~訇~宏~闳~恢~豁~剨~觊~解~躅~开~空~口~宽~朗~寥~明~披~剖~浅~倾~洒~散~申~深~疏~舒~爽~四~恬~通~危~稀~溪~响~消~唬~萧~窣~醒~虚~熏~呀~窅~夷~余~

耠huō 农具。【古】入声,十五合。

騞huō【古】入声,十一陌。【例】进~

擘~砉~

劐huō 划开。【古】入声,十一陌。又:入声,十药同。

嚄huō 叹词,表惊讶。【古】入声,十一陌。

擭huō【古】入声,十药。【例】辜~挥~扬~

啰(囉)luō【古】下平,五歌。另见39页luó。【例】哔~哆~哈~和~喽~哼~也~

捋luō【古】入声,七曷。另见284页lǚ。【例】轻~

摸mō【古】入声,十药。【例】猜~触~揣~打~抚~估~捞~扪~描~剽~扑~搔~水~思~索~探~掏~偷~踅~寻~约~咂~抓~捉~

坡pō【古】下平,五歌。【例】半~北~层~茶~春~大~堤~跌~东~陡~盖~冈~护~滑~缓~涑~椒~阶~金~菊~兰~老~林~龙~绿~鸾~满~漫~梅~茗~木~南~跑~平~起~千~山~上~深~石~水~田~土~退~脱~五~西~小~斜~阳~忆~阴~月~赵~朱~长乐~金銮~马嵬~燕支~杨柳~

颇(頗)pō【古】下平,五歌。又:上声,二十哿异。另见44页pǒ。【例】不~踦~廉~偏~平~颇~起~倾~无~

陂pō 陂陀。【古】下平,五歌。另见127页pí、322页bēi。

泊pō【古】入声,十药。另见35页bó。【例】湖~水~溪~血~梁山~

泼(潑)pō【古】入声,七曷。【例】翠~村~黛~刁~发~放~风~悍~活~浇~浪~墨~漂~瓢~泼~青~倾~撒~洒~耍~水~汤~凶~指~

酦(醱)pō【古】入声,七曷。【例】白~

钹(鏺)pō 一种镰刀。【古】入声,七曷。

朴pō 朴刀的朴。【古】缺。入声,三觉异。又:入声,一屋异。另见52页pò、246页pǔ、369页piáo。

说(說)shuō【古】入声,九屑。又:去声,八霁异。另见349页shuì。【例】稗~谤~报~备~辟~辨~别~谗~禅~缠~陈~称~成~骋~侈~刍~揣~传~词~辞~戴~宕~道~调~定~赌~敦~顿~恶~繁~反~泛~分~风~讽~佛~敷~浮~附~富~干~感~高~攻~孤~瞽~怪~关~管~归~诡~滚~好~和~黑~恒~横~胡~户~华~话~欢~谎~回~混~集~记~驾~假~奸~见~谏~讲~奖~剿~解~界~进~经~据~谲~嚼~开~可~空~夸~浪~俚~理~历~立~良~两~流~缕~乱~论~骂~漫~孟~秘~妙~明~缪~魔~末~纳~难~闹~佞~弄~俳~旁~僻~譬~偏~漂~平~凭~泼~颇~破~剖~浅~强~且~情~穷~曲~取~权~容~入~散~少~申~审~声~师~诗~饰~殊~述~数~税~顺~私~厮~诵~俗~诉~虽~唆~所~谭~腾~提~题~贴~听~廷~通~徒~途~推~托~外~枉~妄~微~诬~喜~戏~细~瞎~下~显~献~相~巷~象~小~晓~邪~欣~新~虚~序~叙~絮~宣~学~训~雅~言~衍~演~艳~邀~野~夷~怡~遗~议~异~轶~意~淫~硬~庸~幽~诱~谀~虞~语~驭~谕~誉~原~杂~赞~凿~造~怎~谮~诈~招~照~遮~这~真~争~正~证~枝~直~摭~指~滞~众~咒~注~赘~青乌~

梭suō【古】下平，五歌。【例】穿～垂～春～翠～防～飞～风～寒～机～交～金～绫～龙～明～鸣～弄～抛～巧～轻～虬～如～双～梭～天～跳～铁～停～通～投～万～网～文～绡～巡～阴～银～莺～鱼～玉～掷～杼～疾似～锦字～柳外～水面～陶氏～叶底～一掷～织女～

睃suō【古】去声，十二震。【例】栾～矇～蒙～睃～笑～斜～巡～

桫suō 桫椤。【古】下平，五歌。

睃suō【古】去声，十二震。【例】栾～蒙～笑～斜～巡～

嗍suō【古】入声，三觉。【例】唼～

蓑(簑)suō【古】下平，五歌。【例】被～长～垂～钓～短～断～耕～寒～黄～笠～绿～牛～披～千～青～轻～琼～苫～丝～蓑～田～烟～一～衣～鱼～渔～雨～织～钓雪～

莎suō 莎草。又通"蓑"。【古】下平，五歌。另见6页 shā。【例】摩～踏～

唆suō【古】下平，五歌。【例】暗～搬～撺～刁～调～哆～教～抠～啰～密～示～挑～颓～

嗦suō【古】缺。【例】哆～冷～啰～嗦～打哆～

娑suō【古】下平，五歌。又:上声，二十哿异。【例】金～逻～摸～摩～婆～毵～娑～

挲(抄)suō【古】下平，五歌。【例】搓～逻～摸～摩～挪～爬～挼～挼～挓～

缩suō 口语音。另见268页 sù。【例】避～掣～抽～出～搐～踧～蹙～蹴～挫～短～龟～寒～衡～减～简～节～筋～紧～窘～掬～局～举～卷～愧～羸～栗～慄～敛～挛～茅～囊～浓～恧～屏～乾～怯～鞧～拳～跧～蜷～逡～瑟～闪～伸～收～束～肃～缩～退～外～玩～萎～猥～畏～猬～窝～项～消～销～斜～羞～畜～蓄～压～盈～羸～赢～郁～展～皱～惴～

拖(拕)tuō【古】下平，五歌。又上声，二十哿同。【例】翠～沓～倒～顶～兜～横～缓～尽～磨～拍～牵～裙～失～娑～潭～斜～烟～杳～曳～

它tuō 旧读。【古】下平，五歌。另见6页 tā。

托tuō 用于地名。【古】去声，二十号。

脱tuō【古】入声，七曷。【例】挨～拔～白～捭～摆～迸～辨～禀～剥～不～残～颤～超～出～除～得～蹬～掉～丢～度～顿～讹～发～放～告～规～护～滑～贿～浑～活～济～简～解～戒～距～开～寇～夸～烂～老～攞～了～笼～漏～落～买～免～抹～欧～瓯～啪～劈～僻～撇～瞥～品～平～颇～轻～清～区～撒～洒～闪～失～疏～熟～甩～爽～松～绦～逃～踢～佻～条～跳～停～挺～通～透～兔～推～蜕～脱～刓～盌～椀～腕～亡～误～洗～屣～搳～下～闲～跣～陷～卸～幸～虚～叶～遗～颐～阴～营～颖～凿～躁～摘～展～挣～逐～转～赚～紫～自～纵～走～捽～坐～

托(託)tuō【古】入声，十药。【例】安～拜～半～杯～庇～裱～不～长～陈～衬～称～承～除～辞～顶～防～讽～奉～付～负～附～干～告～骨～顾～雇～关～诡～函～烘～红～狐～花～滑～回～贿～活～击～寄～假～见～交～矫～结～菌～靠～恳～款～赖～乐～立～旅～论～落～买～貌～靡～拟～凭～栖～契～谦～枪～桥～擎～请～求～赇～全～入～受～鼠～所～偷～投～推～退～托～外～挽～伪～委～

诿~系~相~信~兴~穴~偃~赝~央~阳~谒~依~诒~遗~倚~引~映~寓~远~造~盏~仗~枕~支~止~志~重~属~嘱~转~谆~自~欣有~

饦tuō【古】入声,十药。【例】餺~

侂tuō 见于人名。【古】入声,十药。

窝(窩)wō【古】下平,五歌。【例】抱~被~鼻~菜~蹭~踹~弹~灯~钿~掉~冬~赌~对~蹲~房~蜂~凤~根~狗~龟~积~肩~脚~颈~酒~旧~狼~老~肋~梨~龙~买~毛~泥~碾~趴~爬~抢~情~泉~热~沙~山~丝~土~万~项~笑~歇~胁~心~行~旋~穴~雪~烟~岩~眼~燕~吟~月~灶~造~贼~扎~炸~毡~真~肘~朱~坐~安乐~销金~

喔wō【古】入声,三觉。【例】嗌~呃~喔~咿~嘤~

涡(渦)wō【古】下平,五歌。另见31页guō。【例】白~崩~春~大~洞~横~淮~回~颊~酒~梨~黎~碾~盘~千~水~微~笑~漩~瑶~源~泗水~是非~

挝(撾)wō【古】下平,五歌。另见8页zhuā。【例】老~

蜗(蝸)wō【古】平声,六麻。又:平声,九佳同。【例】处~耳~浮~龟~灵~栖~蜒~银~玉~战~篆~望海~

莴(萵)wō【古】下平,五歌。【例】春~蔓~霜~

猧wō 小狗。【古】下平,五歌。【例】花~雪~玉~

倭wō【古】下平,五歌。【例】东~使~。另见45页wǒ。

唷yō【例】呵~啊~哎~夯~哼~吭~哦~

桌(槕)zhuō【古】入声,三觉。【例】案~板~餐~柴~搭~赌~饭~方~供~柜~果~几~讲~看~炕~课~灵~钱~食~书~条~围~压~椅~圆~月~账~折~八仙~天地~

捉zhuō【古】入声,三觉。【例】把~捕~缠~番~根~勾~活~摹~拿~擒~驱~收~守~双~吐~挽~晓~寻~巡~夜~招~追~水中~

涿zhuō 地名。【古】入声,三觉。

棁zhuō【古】入声,六月。【例】捭~节~粢~藻~

作zuō 作坊。【古】入声,十药。另见56页zuò。【例】夜~

呵ō 惊异叹词。【古】下平,五歌。另见3页hā、59页hē。

平声·阳平

脖bó【古】入声,六月。【例】顶~回~颈~围~窝~

桲bó【古】入声,六月。【例】榅~

馞bó【古】入声,六月。【例】馞~馧~馪~

襏(襮)bó【古】入声,七曷。【例】袯~襫~缊~

艴bó【古】入声,六月。【例】愧~怒~

白bó 旧读。【古】入声,十一陌。另见304页bái。

伯bó【古】入声,十一陌。另见19页bà、309页bǎi。【例】案~邦~笨~表~伯~禅~长~常~称~崇~词~从~都~

杜~阏~藩~方~风~歌~庚~谷~官~贯~鬼~国~海~合~河~宏~侯~户~猾~欢~皇~火~姬~箕~畿~将~匠~警~巨~郡~康~郎~老~黎~龙~洛~梅~媒~泯~冥~牧~南~年~女~偏~岐~起~千~强~秋~散~森~山~稍~邵~社~师~诗~世~市~叔~庶~水~遂~亭~屠~土~王~文~翁~伍~西~仙~贤~县~巷~小~雄~偃~阳~姻~鱼~渔~雨~御~原~岳~真~争~支~州~周~主~祝~宗~大宗~浮丘~金山~王官~文章~专城~

鲌(鮊)bó 鱼名。【古】入声,十一陌。

百bó 旧读。【古】入声,十一陌。另见309页bǎi。

柏bó 旧读。【古】入声,十一陌。另见309页bǎi。

箔bó【古】入声,十药。【例】笆~百~蚕~长~垂~簇~翠~画~金~帘~芦~塞~素~为~闱~帷~苇~锡~绣~银~幽~油~鱼~渔~玉~云~栈~珠~竹~青筱~

泊bó【古】入声,十药。另见32页pō。【例】安~澄~冲~丛~凑~存~淡~碇~翻~泛~访~纷~沽~厚~积~羁~寂~寄~湫~进~净~静~靠~流~旅~落~锚~漠~鸟~沤~盘~蟠~抛~漂~评~萍~栖~憩~捎~梢~宿~恬~停~屯~湾~委~雾~系~歇~虚~玄~淹~野~夜~寓~渊~湛~止~驻~鸳鸯~

博bó【古】入声,十药。【例】奥~褒~辩~炳~昌~逞~侈~充~丑~捭~淳~辞~打~典~赌~惇~鄂~繁~泛~丰~负~富~该~赅~广~瑰~浩~灏~褐~横~弘~宏~鸿~恢~浑~击~积~疾~謇~精~郡~峻~开~宽~魁~隆~卢~陆~密~敏~盘~庞~平~蒲~普~溥~棋~碁~洽~儒~睿~赡~深~沈~审~邃~踏~太~跳~通~屠~伟~翁~狎~闲~详~翔~雄~炫~学~淹~研~弋~饮~英~赢~优~游~鬻~渊~杂~瞻~折~掷~周~综~纵~褐宽~

薄bó【古】入声,十药。另见45页bò、365页báo。【例】隘~鄙~褊~丛~脆~悴~单~胆~淡~荡~德~菲~浮~寡~激~瘠~俭~茧~贱~降~浇~侥~克~刻~力~廉~林~绵~命~喷~浅~轻~清~日~佻~偷~顽~微~帏~帷~猥~稀~厌~庸~躁~榛~竹~

欂bó【古】入声,十药。【例】椽~

驳(駮、駁)bó【古】入声,三觉。【例】扳~班~斑~搬~逼~辟~贬~辩~标~斌~参~车~斥~赤~船~舛~醇~惷~疵~翠~弹~反~飞~非~封~攻~乖~诡~过~皇~回~踏~检~浇~侥~徼~较~诘~解~纠~举~句~骏~考~凉~六~论~蓦~难~盘~庞~批~偏~评~讪~数~讼~谈~条~铁~乌~芜~雾~霞~薛~详~癖~谳~议~杂~战~正~指~朱~

帛bó【古】入声,十一陌。【例】拜~宝~赍~币~弊~璧~布~财~彩~琛~尺~楮~赐~粗~重~大~飞~焚~谷~毫~浣~货~戋~缣~简~金~旌~绢~爵~空~勒~练~裂~缦~绵~面~内~衲~披~皮~篇~蒲~钱~秋~三~少~神~生~束~丝~帑~通~物~香~孝~缬~髹~絮~疋~雁~玉~杂~皂~缯~旃~折~织~执~纸~竹~拽~赀~澄水~

舶bó【古】入声,十一陌。【例】宝~船~帆~番~蕃~贡~估~广~归~海~

贾～巨～旅～轮～蛮～木～泉～商～师～市～停～游～运～昆仑～南海～

膊bó【古】入声，十药。另见 40 页 pó。【例】腷～臂～膊～赤～搭～褡～胳～肩～努～披～上～袒～屠～脱～小～胸～秀～掩～肘～

勃bó【古】入声，六月。【例】谤～暴～坌～苾～愎～勃～不～猖～遏～风～彗～狂～麻～马～面～旁～咆～喷～彭～蓬～平～气～色～溲～菀～滃～蓊～雾～凶～喧～郁～

钹（鈸）bó【古】入声，七曷。【例】出～钉～鼓～击～金～铃～螺～羸～门～铙～入～水～铜～钟～鬼打～

搏bó【古】入声，十药。【例】捕～采～触～拊～虎～击～攫～狸～脉～内～拼～肉～善～生～噬～螯～手～兽～司～撕～徒～外～相～心～阳～鹰～右～鹘～执～直～捽～

踣bó【古】入声，十三职。【例】毙～颠～跌～冻～顿～饿～偾～后～僵～蹶～困～倾～踣～偃～陨～踬～

礴bó【古】入声，十药。【例】般～磅～盘～蟠～旁～喷～

鹁（鵓）bó【古】入声，六月。【例】斑～鸠～雨～

渤bó【古】入声，六月。【例】渤～沧～马～茗～溟～滂～湔～蓬～清～溲～滃～雾～瀛～

孛bó【古】入声，六月。又：去声，十一队同。【例】孛～飞～彗～火～木～星～阳～

浡bó【古】入声，六月。【例】滂～漨～泉～溲～突～滃～郁～

葧bó 旧读。《正字通》：音孛。另见 119 页 bí。

镈（鎛）bó【古】入声，十药。【例】宝～金～钱～磬～直～钟～锄～

餺bó 餺飥。【古】入声，十药。

襮bó【古】入声，十药。又：入声，二沃同。【例】褒～表～震～朱～

僰bó【古】入声，十三职。【例】爨～氐～滇～黑～蛮～岷～邛～西～象～

铂（鉑）bó【古】入声，十药。【例】金～银～

瘥cuó 病，小疫。【古】下平，五歌。又：去声，十卦异。另见 313 页 chài。

痤cuó【古】下平，五歌。【例】弹～

鹾（鹺）cuó【古】下平，五歌。【例】白～贩～海～行～咸～醎～巡～盐～转～

嵯cuó【古】下平，五歌。又：平声，四支异。【例】嵾～崔～巇～呿～

矬cuó【古】下平，五歌。【例】矮～矬～欹～侏儒～

夺（奪）duó【古】入声，七曷。【例】白～暴～逼～贬～剥～博～裁～查～察～搀～划～抄～钞～褫～斥～揣～篡～忖～打～盗～颠～定～斗～顿～讹～遏～拂～改～丐～割～梗～攻～诡～鬼～豪～诃～核～嘿～横～红～回～昏～击～挤～掎～觊～歼～剪～僭～降～交～矫～讦～劫～截～救～遽～攫～抗～克～空～夸～亏～括～凌～漏～卤～掳～率～掠～略～攸～莽～迷～排～剽～平～乞～起～气～迁～谴～强～抢～窃～侵～倾～驱～取～权～攘～扰～丧～尸～施～拾～收～双～霜～讼～损～贪～天～吞～枉～违～侮～误～袭～先～香～详～削～胁～宣～眩～讯～掩～邀～摇～移～议～抑～易～意～翳～

撄~映~诱~渔~圉~诈~争~追~椎~卓~酌~紫~

度duó【古】入声，十药。又：去声，七遇异。另见253页dù。【例】猜~裁~测~揣~忖~窥~揆~量~商~审~推~臆~远~自~

踱duó【古】入声，十药。【例】摆~踮~蹀~蹑~闲~信步~

铎(鐸)duó【古】入声，十药。【例】宝~鞞~秉~单~风~凤~高~鼓~和~护~获~镬~金~两~铃~炉~轮~鸣~木~铙~牛~清~磬~遒~勺~设~双~司~天~铜~托~五~徇~檐~银~振~征~钟~占风~

裰duó【古】入声，七曷。【例】补~麻~衲~直~

澤duó【古】入声，十药。【例】冰~淋~凌~檐~

剟duó【古】入声，七曷。【例】刺~分~捷~刊~剽~削~

佛fó【古】入声，五物。另见228页fú。【例】呗~拜~报~辟~成~道~得~顶~番~供~古~灌~和~后~活~老~礼~木~泥~念~佞~乞~绕~设~神~生~诗~睡~送~叹~悟~仙~心~绣~学~依~玉~浴~赞~转~报身~大雄~护身~燃灯~如来~释迦~

国(國)guó【古】入声，十三职。【例】爱~安~八~把~霸~百~柏~败~邦~谤~宝~报~卑~北~背~本~鄙~敝~辟~避~边~骠~别~邠~宾~秉~柄~踣~裁~漕~觇~禅~昌~朝~成~侈~筹~雠~出~传~春~纯~疵~赐~蹙~篡~大~当~党~岛~盗~得~敌~帝~滇~吊~钧~鼎~定~东~动~都~独~杜~蠹~断~对~伐~法~藩~反~贩~方~枋~废~分~偾~丰~封~奉~佛~福~府~辅~父~负~附~复~富~覆~干~高~公~共~狗~孤~古~鹄~故~顾~关~观~管~光~归~鬼~贵~桂~海~寒~汉~何~和~鹤~侯~花~华~化~槐~欢~还~皇~桧~活~祸~饥~姬~济~家~猳~嘉~贾~兼~监~建~践~江~彊~郊~鲛~劫~尽~京~经~荆~净~靖~窘~酒~旧~救~居~举~距~窭~聚~捐~绝~军~君~郡~开~康~空~匡~兰~乐~羸~黎~理~历~立~莅~良~梁~蓼~列~邻~临~琳~柳~隆~娄~露~潞~乱~罗~裸~卖~美~盟~迷~灭~民~岷~冥~谋~母~内~纳~南~念~宁~女~暖~耦~叛~旁~沛~偏~贫~平~破~弃~迁~前~强~谯~窃~倾~清~穷~曲~衢~去~全~权~群~让~人~日~荣~辱~丧~山~擅~上~设~射~胜~圣~失~诗~石~食~世~收~守~寿~赎~蜀~树~庶~水~睡~丝~死~隧~锁~泰~体~天~通~同~桐~图~土~抟~托~外~万~亡~王~网~望~危~微~伪~委~倭~蜗~误~西~奚~熙~遐~下~夏~暹~弦~乡~相~香~享~飨~向~削~小~新~兴~行~雄~虚~许~悬~雪~血~徇~逊~殉~炎~盐~奄~阳~养~医~宜~移~蚁~异~邑~因~阴~殷~营~瀛~影~忧~幽~鱼~与~语~驭~远~云~陨~造~泽~战~杖~肇~柘~轸~镇~争~正~之~制~治~致~中~重~州~周~诛~竺~主~属~柱~专~宗~祖~芙蓉~槐安~清凉~文章~蜗牛~乌衣~轩辕~烟水~轴心~宗主~

掴(摑)guó 又读。【古】入声，十一陌。【例】耳~黄~

帼(幗)guó【古】入声，十一陌。【例】钗~巾~襦~鬓~

𬇹(漍)guó【古】入声，十一陌。【例】𬇹~

腘(膕)guó【古】入声，十一陌。又：入声，十三职同。【例】桡~

馘guó【古】入声，十一陌。【例】鏖~俘~黄~剪~禽~扫~屠~献~讯~陨~斩~折~执~斫~

虢guó【古】入声，十一陌。【例】东~二~南~起~秦~西~小~

㶁guó 水声。【古】入声，十一陌。

活huó【古】入声，七曷。【例】熬~长~成~出~辞~粗~存~打~独~度~复~干~搞~苟~泪~过~函~黑~红~花~还~活~激~济~家~救~绝~看~扛~抗~苦~快~赖~癞~揽~乐~灵~零~买~忙~觅~敏~谋~木~难~农~派~票~平~乞~窃~轻~全~柔~蠕~撒~杀~生~死~松~苏~稣~铁~铜~偷~托~脱~完~细~鲜~心~秀~雪~养~余~原~圆~月~杂~正~重~自~作~做~庄稼~

佸huó 相会。【古】入声，七曷。

螺luó【古】下平，五歌。【例】蚌~鲍~杯~碧~扁~吹~垂~翠~黛~钿~钉~法~佛~光~海~红~黄~髻~金~酒~陵~泥~青~轻~石~双~田~陀~文~倭~蜗~香~蟹~旋~研~烟~鹦~蠳~玉~钟~海川~几点~鹦鹉~

罗(羅)luó【古】下平，五歌。【例】阿~庵~百~包~苞~报~毕~碧~冰~波~孛~桲~博~簸~层~长~程~叱~赤~充~虫~楚~触~春~翠~搭~打~大~带~地~钓~迭~叠~兜~多~朵~蛾~番~藩~绯~纷~逢~凤~该~干~赶~高~宫~勾~过~哈~海~合~何~和~红~鸿~花~画~黄~活~祸~迦~兼~绛~交~解~九~拘~罝~觉~爵~蓝~礼~列~鳞~绫~笼~娄~喽~滤~缕~绿~弥~汨~摩~磨~幕~鸟~女~爬~帕~旁~骈~颇~笸~普~绮~钳~乾~茜~青~轻~秋~锹~雀~荣~三~森~沙~纱~筛~尸~世~收~熟~蜀~霜~丝~斯~四~松~搜~蒐~素~檖~娑~汤~藤~天~庭~同~陀~袜~网~罽~吴~武~洗~仙~纤~暹~香~湘~行~胸~修~巡~研~阎~弋~殷~婴~虞~玉~越~云~攒~皂~缯~张~招~罩~遮~折~侦~挣~织~摭~重~周~诸~蛛~纻~金叵~曼陀~

萝(蘿)luó【古】下平，五歌。【例】碧~薜~菠~赤~海~棘~结~径~樛~绿~扪~暮~茑~女~青~杉~石~莳~丝~松~藤~纤~烟~岩~阴~幽~云~苎~马尾~

箩(籮)luó【古】下平，五歌。【例】簸~稻~兜~饭~筐~篾~笸~筛~筲~食~笋~淘~投~折~竹~

骡(騾、驘)luó【古】下平，五歌。【例】草~产~蹇~健~骏~骒~跨~六~驴~马~驽~疲~青~梢~素~驮~乌~辕~走~

锣(鑼)luó【古】下平，五歌。【例】梆~抱~钞~传~打~大~斗~更~金~开~铓~鸣~沙~砂~筛~厮~镗~铜~头~小~腰~云~九音~九云~铺兵~

逻(邏)luó【古】下平，五歌。又：去声，二十一箇同。【例】逼~辟~觇~钞~斥~防~烽~候~护~街~津~警~拉~戎~守~戍~谁~搜~托~拓~晚~诇~

寻~巡~驿~游~遮~侦~

脶(腡)luó【古】下平,五歌。【例】箕~旋~

猡(玀)luó【古】下平,五歌。【例】猓~猡~猪~

椤(欏)luó【古】下平,五歌。【例】桲~桫~

啰(囉)luó 啰唣。【古】下平,五歌。另见32页luō。

覼luó【古】下平,五歌。【例】缕~

磨mó【古】下平,五歌。另见50页mò。【例】阿~挨~按~熬~摆~砭~擦~缠~淬~磋~打~荡~砥~笃~锻~盖~根~刮~规~过~耗~珩~横~夹~戛~湔~渐~讲~羯~镌~揩~括~连~磷~砻~轮~砢~灭~墨~耐~碾~盘~起~敲~切~穷~驱~揉~肉~软~石~刷~突~退~拖~洗~相~消~销~趦~研~疑~蚁~莹~迂~淤~照~折~者~铮~琢~钻~剑横~铁砚~

模mó【古】平声,七虞。另见231页mú。【例】裁~常~范~仿~功~规~轨~航~宏~鸿~楷~劳~临~面~描~墨~坯~剽~评~铺~谱~辱~砂~师~世~手~铜~土~形~雄~阳~样~遗~阴~硬~元~远~造~掌~铸~砖~准~万世~

摩mó【古】下平,五歌。另见5页mā。【例】按~笔~编~擦~猜~忏~刍~揣~磋~达~荡~盗~雕~抚~拊~竿~刮~观~过~戛~肩~渐~讲~矫~亮~凌~攀~切~揉~搔~手~思~昙~推~维~相~消~炎~研~阎~焰~鸯~云~轧~

魔mó【古】下平,五歌。【例】百~病~禅~痴~愁~除~词~恶~风~疯~伏~鬼~昏~降~九~酒~倦~炼~梦~灭~闹~棋~千~群~热~入~神~诗~书~睡~天~文~握~蝎~邪~魇~妖~阴~灾~造~中~诸~着~醉~

摹mó【古】平声,七虞。【例】猜~揣~传~大~定~翻~仿~彷~钩~规~绘~临~描~手~心~形~依~印~影~纸~指~追~

谟(謨、謩)mó【古】平声,七虞。【例】宝~边~才~朝~陈~宸~崇~筹~慈~帝~典~定~高~格~规~国~宏~洪~皇~诲~机~嘉~良~令~密~庙~谋~内~奇~前~睿~上~神~圣~师~世~枢~思~外~文~贤~显~邪~雄~玄~训~雅~英~禹~吁~吁~渊~远~忠~咨~祖~

膜mó【古】上平,七虞。另见40页mó。又:入声,十药,异。【例】瓣~笛~耳~膏~膈~巩~骨~鼓~刮~核~虹~胡~肓~黄~绛~角~结~筋~榴~南~脑~黏~农~皮~水~胎~天~网~苇~西~胸~眼~云~粘~竹~紫~

馍(饃、饝)mó【例】馍~蒸~

么(麽)mó【古】下平,五歌。另见5页"吗"mā、60页me。【例】笃~干~砢~么~眇~任~恁~辱~是~幺~幺~妖~也~与~则~遮~折~者~只~着~仔~子~作~当甚~任甚~少甚~

嬷mó【古】上声,二十哿。【例】薄~嬷~

蘑mó【古】去声,二十一箇。【例】萝~

蘑mó【古】下平,五歌。【例】口~香~

无(無)mó【古】平声,七虞。另见235页wú。【例】南~

嫫mó【古】平声,七虞。【例】嫱~盐~

劘mó【古】下平,五歌。又,平声,四

支，异。【例】触~攻~刮~讲~切~沙~

膜mó【古】入声，十药。又：上平，七虞，异。另见39页mó。【例】跪~

那nuó 移动。后作"挪"。【古】下平，五歌。又：上声，二十哿，异；去声，二十一箇，同。另见52页nuò、23页nà。

挪nuó【古】下平，五歌。【例】搓~迁~侵~揉~腾~通~移~支~

娜nuó【古】上声，二十哿。另见23页nà。【例】婀~袅~夭~

哦ó 叹词。另见56页ò、68页é。

婆pó【古】下平，五歌。【例】阿~白~鞞~伯~产~村~道~刁~阇~佛~公~姑~龟~鬼~黄~鸡~家~跏~脚~来~蓝~浪~老~卖~蛮~媒~孟~奶~泥~蓬~蘗~贫~蘋~婆~岐~耆~乞~虔~纴~三~梢~蛇~神~师~湿~叔~娑~塔~太~汤~偷~外~晚~稳~巫~相~香~小~行~牙~亚~阳~野~医~姨~优~月~斋~支~质~猪~主~祖~坐~春梦~

皤pó【古】下平，五歌。【例】斑~鬓~苍~发~腹~涪~皓~耄~皤~双~

番pó【古】下平，五歌。又：平声，十三元，异。另见428页fān、431页pān。【例】番~

鄱pó 用于地名。【古】下平，五歌。

膊pó 曝肉。【古】入声，十药。另见36页bó。

挼ruó【古】下平，五歌。【例】搓~揉~碎~

驼(駝)tuó【古】下平，五歌。【例】背~飞~风~袯~龟~疥~锦~骡~老~驴~骆~明~鸣~磨~魔~石~骀~铜~驼~橐~亚~厌~紫~

柁tuó【古】下平，五歌。【例】房~

铊(鉈)tuó【古】下平，六麻。【例】称~秤~

鸵(鴕)tuó【古】下平，五歌。【例】沙~驯~健走~

跎tuó【古】下平，五歌。【例】蹉~磨~乐~

陀tuó【古】下平，五歌。【例】宝~陂~崩~补~茶~车~等~吠~佛~伽~冈~金~窟~曼~弥~磨~母~难~盘~坡~婆~普~祇~峭~倾~臊~僧~沙~首~私~头~颓~托~透~韦~仙~须~岩~

酡tuó【古】下平，五歌。【例】半~酣~脸~魔~琼~酥~微~颜~醉~

驮(馱)tuó【古】下平，五歌。又，去声，二十一箇异。另见46页duò。【例】鞍~背~勃~递~兜~负~骡~马~没~驮~驼~韦~

沱tuó【古】下平，五歌。【例】淡~滴~恶~滹~江~滂~屈~潭~颓~涕泗~

坨tuó【例】蜡~盐~一~黄沙~

佗tuó【古】下平，五歌。【例】弟~华~靡~磨~其~骀~佗~橐~

砣tuó【古】下平，五歌。【例】秤~库~碾~油~

鮀(鮀)tuó【古】下平，五歌。【例】鳅~鲨~

鼍(鼉)tuó【古】下平，五歌。【例】龟~江~蛟~鲛~老~狸~灵~蛮~鸣~蜃~鼋~栈~

橐(槖)tuó【古】入声，十药。【例】笔~持~褚~垂~从~倒~负~革~鼓~官~归~闺~寒~宦~家~解~金~锦~巨~

灵~炉~录~囊~青~罄~胠~诗~私~驼~橐~项~行~虚~焱~腰~衣~越~簪~征~装~赀~资~紫荷~

拙zhuó【古】入声，九屑。【例】拗~犯~方~孤~诡~艰~鸠~口~旷~懒~劳~老~陋~卤~鲁~内~儜~驽~疲~朴~牵~浅~取~散~收~疏~騃~速~天~谢~眼~隐~幽~迂~余~政~质~滞~中~重~椎~坐~鸠计~

酌zhuó【古】入声，十药。【例】百~挹~杯~笨~鄙~别~薄~补~裁~参~残~藏~草~侧~孱~蚩~痴~弛~池~迟~惷~筹~丑~春~疵~粗~大~碟~洞~独~短~对~钝~菲~戆~工~躬~觥~共~古~寒~豪~稽~技~佳~蹇~进~洞~酒~兰~离~明~茗~命~品~平~栖~浅~琴~勤~清~山~商~觞~赏~申~审~盛~试~守~水~说~思~缩~顽~晚~猥~西~霞~湘~详~小~燕~养~野~遗~挹~引~饮~鱼~愚~远~斟~稚~自~祖~樽~

浊(濁)zhuó【古】入声，三觉。【例】潮~尘~沉~澄~痴~稠~黜~粗~村~东~钝~恶~凡~烦~放~纷~氛~腐~革~沟~垢~寒~河~涸~黑~黄~晦~秽~昏~浑~混~溷~激~泾~婪~滥~露~冒~迷~命~木~泥~浓~气~清~渠~全~冗~湿~水~贪~洪~渭~汶~龌~污~洿~下~夏~嚣~喧~烟~炎~阴~音~淫~游~愚~源~泽~湛~重~滓~醉~

斫(斮、斲、斵)zhuó【古】入声，十药。【例】采~刺~刀~雕~斧~钩~砍~砻~鲁~木~劈~樵~揉~芟~邀~夜~郢~豫~斩~执~

濯zhuó【古】入声，三觉。【例】淳~涤~祓~盥~赫~浣~辑~湔~浇~庙~磨~沐~溟~揉~濡~洒~视~漱~淘~蜕~沃~洗~滫~燕~淫~澡~栉~濯~子~沧浪~

茁zhuó【古】入声，四质。又：入声，九屑同。【例】鞭~肥~箭~皎~萌~怒~青~笋~天~芽~轧~茁~

着zhuó【古】入声，十药。另见60页zhe、364页zhāo、373页zháo。【例】沉~穿~附~固~胶~黏~无~吸~衣~粘~执~先鞭~

灼zhuó【古】入声，十药。【例】艾~暴~砭~惭~炽~楚~炊~悼~点~燔~沸~焚~耿~龟~红~惶~火~急~煎~焦~燋~惊~兢~镜~炙~恐~愧~烂~麋~明~燃~热~荣~闪~焫~烧~烁~四~腾~鲜~刑~宣~熏~薰~延~炎~荧~忧~幽~郁~燥~增~战~彰~昭~炤~照~震~炙~灼~钻~

啄zhuó【古】入声，三觉。【例】剥~餐~朝~鸱~啐~雕~蠹~俯~高~鹤~鸡~鹫~鹭~俛~鸟~禽~秋~善~树~万~乌~鸦~燕~野~夜~遗~饮~莺~右~鹞~啄~

琢zhuó【古】入声，三觉。【例】剥~裁~采~捶~槌~淬~磋~雕~锻~敦~斧~金~句~镌~刊~刻~砻~磨~暮~片~巧~镕~神~诗~施~饰~刓~未~细~研~玉~制~追~良工~

卓zhuó【古】入声，三觉。【例】毕~冰~超~倒~高~瑰~闳~鸿~后~恢~坚~谨~峻~看~可~款~魁~傀~廉~辽~南~奇~峭~清~散~食~殊~特~条~挺~锡~雄~烜~循~猗~英~陟~卓~

缴(繳)zhuó【古】入声，十药。另见376页jiǎo。【例】避~网~弋~矰~

镯(鐲)zhuó【古】入声，三觉。【例】钏~脚~金~手~玉~虾须~

擢zhuó【古】入声，三觉。【例】拔~拜~褒~表~采~超~成~宠~抽~除~登~横~柬~简~荐~奖~筋~进~旌~峻~迁~铨~荣~赏~申~升~识~饰~收~殊~耸~竦~挺~推~掀~显~秀~叙~选~异~引~优~招~召~甄~拯~中~转~擢~

诼(諑)zhuó【古】入声，三觉。【例】巧~谇~谣~蛾眉~

躅zhuó【古】入声，二沃。另见236页zhú。【例】蹭~尘~芳~风~高~轨~继~迥~銮~前~盛~束~跳~往~雅~仪~逸~遗~懿~幽~游~余~远~踯~蹢~踬~踵~躅~追~山踯~

彴zhuó【古】入声，十药。【例】隥~杠~孤~横~掠~略~桥~溪~小~野~长~

鷟(鸑)zhuó【古】入声，三觉。【例】鸾~瑞~凤~鷟~

浞zhuó【古】入声，三觉。【例】寒~浞~

昨zuó【古】入声，三觉。【例】成~畴~日~如~胜~忆~

笮zuó【古】入声，十药。【例】断~迫~青~

捽zuó【古】入声，六月。另见237页zú。【例】扯~摧~顿~交~井~揪~扭~擒~相~抑~撞~捽~

仄声·上声

跛bǒ【古】上声，二十哿。【例】躄~颠~蹇~脚~眇~偏~踦~

簸bǒ【古】上声，二十哿。又：去声，二十一箇同。另见45页bò。【例】摆~春~吹~颠~翻~劫~浪~飘~日~掀~锨~轩~扬~飏~迎风~

脞cuǒ【古】上声，二十哿。【例】丛~冗~琐~瘝~

朵(朶)duǒ【古】上声，二十哿。【例】鬓~钗~钿~吊~耳~繁~峰~骨~花~峻~莲~露~梅~耐~袅~抛~破~晴~山~数~霜~五~雪~瑶~颐~月~云~簪~初绽~青莲~

躲duǒ【古】上声，二十哿。【例】避~藏~倒~抛~潜~闪~逃~退~隐~

垛(垜)duǒ【古】上声，二十哿。另见46页duò。【例】城~打~门~墙~

亸(嚲)duǒ【古】上声，二十哿。【例】鬓~动~横~花~缓~柳~袅~抛~软~斜~云~腰肢~

埵duǒ【古】上声，二十哿。【例】吹~埵~海~

果guǒ【古】上声，二十哿。【例】白~饼~剥~不~菜~草~查~茶~成~池~赤~翅~春~赐~翠~丹~道~冬~蠹~断~堆~恶~繁~佛~肤~福~复~干~甘~柑~功~供~瓜~挂~寒~核~红~后~花~极~嘉~荚~假~荐~谏~江~浆~角~结~解~金~劲~禁~精~酒~开~壳~克~苦~快~乐~梨~裂~灵~露~蛮~芒~杧~美~檬~米~蜜~妙~明~茗~冥~木~南~潘~攀~抛~剽~

苹~气~前~强~巧~青~轻~秋~拳~饶~人~仁~肉~如~锐~若~桑~沙~山~善~上~生~胜~圣~石~时~收~瘦~蔬~树~霜~水~硕~松~送~蒜~糖~庭~投~晚~委~未~溪~喜~细~夏~仙~鲜~献~香~橡~骁~效~鋆~心~凶~雄~修~絮~崖~岩~炎~檐~腰~野~业~液~因~阴~英~颖~勇~幽~油~鱼~玉~园~缘~猿~愿~月~韵~载~斋~摘~战~贞~珍~真~榛~正~证~致~掷~忠~竹~贮~坐~海棠~行必~文冠~

裹guǒ【古】上声,二十哿。【例】包~苞~胞~查~缠~成~兜~封~服~覆~诨~浇~搅~缴~结~巾~紧~麋~梳~束~素~围~无~席~箱~胁~盐~腰~药~银~御~展~蒸~妆~装~足~马革~青箬~

粿guǒ 米食。【古】上声,二十一马。

馃(餜)guǒ【古】上声,二十哿。【例】油~

蜾guǒ 蜾蠃。【古】上声,二十哿。

椁(槨)guǒ【古】入声,十药。【例】柏~采~棺~井~里~龙~沐~梗~石~外~装~

火huǒ【古】上声,二十哿。【例】爱~暗~巴~把~败~扳~备~被~焙~迸~逼~边~变~熛~冰~兵~丙~禀~拨~驳~残~柴~馋~长~撤~炽~出~楮~触~传~吹~炊~春~鹑~赐~蹿~爨~淬~厝~打~大~丹~刀~蹈~盗~灯~镫~堤~底~地~点~电~动~斗~豆~妒~断~对~讹~饿~发~凡~防~放~飞~肺~愤~风~封~烽~锋~佛~伏~烰~付~附~赴~改~肝~钢~膏~隔~拱~篝~构~挂~观~爟~光~鬼~国~过~寒~汉~汗~号~合~恨~烘~红~候~堠~狐~怀~槐~缓~荒~灰~慧~昏~活~饥~积~绩~急~继~家~江~降~交~焦~醮~接~劫~洁~截~戒~借~近~进~禁~净~救~举~炬~爝~军~君~开~龛~堪~糠~烤~客~扣~跨~昆~拉~蜡~来~烂~郎~狼~老~雷~骊~藜~利~炼~燎~列~烈~猎~邻~磷~灵~陵~溜~流~榴~柳~龙~笼~隆~漏~炉~落~慢~忙~冒~煤~猛~灭~明~鸣~冥~内~耐~恼~闹~鸟~农~怒~炮~喷~平~泼~祈~骑~旗~乞~起~潜~枪~抢~敲~秦~情~请~秋~取~去~权~泉~燃~惹~热~人~日~软~三~散~煞~山~杉~上~烧~畲~社~身~神~慎~升~生~胜~圣~盛~失~石~实~势~兽~熟~戍~束~水~私~松~搜~宿~岁~燧~塌~痰~炭~探~汤~塘~掏~天~添~停~同~荼~吐~退~玩~煨~苇~温~文~窝~无~午~武~犀~熄~系~细~瞎~霞~下~鲜~香~祥~向~小~邪~泻~蟹~心~新~薪~星~行~性~虚~畜~悬~熏~哑~烟~炎~焰~扬~炀~洋~养~祆~野~业~遗~佚~阴~引~荧~萤~营~映~硬~油~余~渔~畲~榆~芋~欲~御~渊~煴~云~运~灾~攒~遭~藻~灶~燥~贼~战~掌~仗~柘~针~真~执~纸~智~中~种~朱~烛~壮~灼~着~琢~自~纵~走~钻~作~清明~无明~咸阳~柘燧~

伙(夥)huǒ【古】上声,二十哿。【例】帮~包~并~插~拆~充~稠~丛~打~大~店~斗~繁~丰~雇~贵~锅~合~哄~家~结~进~聚~开~明~朋~拼~瓶~起~入~散~社~探~停~同~团~退~小~行~贼~栈~众~孳~

夥huǒ 多也。【古】上声,二十哿。

濩huǒ【古】入声，十药。【例】泧～

裸（躶、臝）luǒ【古】上声，二十哿。【例】赤～虫～果～袒～髡～穴～赤裸～

砢luǒ【古】上声，二十哿。【例】磊～砍～硊～

蓏luǒ【古】上声，二十哿。【例】草～果～蔬～水～

蠃luǒ【古】上声，二十哿。【例】蜾～螟～

瘰luǒ【古】上声，二十哿。【例】瘯～族～

抹mǒ【古】入声，七曷。另见 5 页 mā、51 页 mò。【例】擦～除～触～揣～打～黛～淡～刀～倒～点～电～丢～都～改～盖～勾～裹～挥～毁～结～句～揩～口～量～领～漫～腻～捻～浓～批～浅～辱～删～石～拭～丝～帑～涂～削～一～油～札～遮～着～

颇（頗）pǒ 通"叵"。【古】上声，二十哿。又：平声，五歌异。另见 32 页 pō。

叵pǒ【古】上声，二十哿。【例】险～

笸pǒ 笸箩。【古】上声，二十哿。

所suǒ【古】上声，六语。【例】安～避～贬～便～别～厕～场～辰～处～次～翠～厝～得～邸～帝～定～顿～方～非～公～宫～关～官～海～恒～花～画～会～讳～火～家～嘉～禁～警～酒～居～瞿～军～君～控～跨～乐～理～烈～陵～楼～民～牧～墓～年～宁～配～栖～迁～前～寝～泉～任～山～哨～蛇～胜～失～适～收～戍～死～宿～塔～台～田～王～卫～席～闲～心～刑～行～虚～岩～羊～要～异～役～营～鱼～寓～远～云～斋～帐～谪～诊～治～竹～住～驻～馔～作～得其～风月～耕钓～

葰suǒ 见于人名。【古】上声，二十哿。另见 557 页 jùn。

锁（鎖、鎻）suǒ【古】上声，二十哿。【例】暗～闭～长～朝～尘～城～川～翠～地～动～洞～断～反～封～钩～挂～关～鹤～环～羁～骥～枷～缄～缰～交～金～扃～紧～静～扃～拘～连～联～镣～柳～落～眉～门～密～暮～钮～碰～愆～钳～琴～青～轻～囚～上～深～石～识～苔～铁～庭～雾～犀～系～星～宣～烟～曳～银～印～缨～鱼～玉～园～云～栅～镇～昼～珠～撞～寄名～横江～九重～眉间～

琐（瑣）suǒ【古】上声，二十哿。【例】卑～鄙～边～孱～尘～丛～凡～烦～繁～肤～服～佹～鸿～花～秽～金～拘～局～句～科～连～灵～旅～绿～靡～偏～青～冗～事～嗜～碎～琐～偎～微～嵬～尾～委～萎～猥～细～纤～庸～

唢（嗩）suǒ 唢呐。【古】上声，二十哿。

索suǒ【古】入声，十药。【例】捕～彩～草～缠～尺～齿～叱～吹～催～瘁～大～带～盗～籴～点～电～凋～吊～顶～定～东～冬～抖～督～度～讹～帆～泛～访～分～坟～丰～浮～赋～干～钢～根～公～攻～钩～关～贯～郭～过～函～捍～呵～横～呼～环～徽～溷～获～镬～迹～稽～羁～脊～检～缰～绛～绞～锦～进～鲸～井～究～擎～沮～考～苛～科～可～抠～枯～睽～困～括～拉～蜡～拦～婪～缆～勒～离～理～力～利～俐～连～莲～敛～辽～寥～列～铃～溜～露～履～绿～挛～轮～络～落～麻～茅～扪～觅～密～绵～篾～冥～摸～摹～派～磐～篷～披～贫～迫～裒～朴～乞～气～牵～穷～丘～求～取～诠～戎～瑟～森～绳～剩～石～收～

寿~疏~衰~丝~思~廋~搜~蒐~素~岁~索~锁~踏~贪~探~绦~淘~讨~套~天~跳~铁~通~透~推~桅~苇~卫~问~悉~弦~衔~线~象~萧~销~械~星~性~朽~须~需~宣~悬~寻~巡~询~研~邀~要~谒~遗~隐~缨~营~游~驭~则~诈~摘~窄~征~执~指~钟~周~诛~竹~追~绊脚~金络~

溹suǒ 用于地名。【古】入声,十药。

妥tuǒ【古】上声,二十哿。【例】安~办~风~懒~柳~平~欠~清~商~势~谈~贴~帖~停~通~妥~完~未~稳~详~烟~议~匀~镇~周~

椭(橢)tuǒ【古】上声,二十哿。【例】科~顺~油~

庹tuǒ 成人两手左右平伸的距离。【古】入声,十药。

我wǒ【古】上声,二十哿。【例】百~拜~饱~彼~愁~赐~大~得~敌~动~尔~非~福~阜~告~故~贵~害~呼~化~画~话~诲~疾~饯~旧~就~老~立~履~美~媚~梦~内~启~遣~人~舍~胜~寿~私~外~忘~危~唯~沃~无~毋~物~误~小~畜~迎~囿~悦~谪~真~知~自~勿忘~

倭wǒ 倭堕髻。【古】上声,五歌。又:平声,四支异。另见 34 页 wō。

左zuǒ【古】上声,二十哿。又:去声,二十一箇异。【例】表~骖~插~廛~车~蠢~从~道~公~关~湖~户~淮~击~江~居~举~辽~岭~陇~闾~蛮~盲~门~潘~旁~僻~奇~衽~山~尚~少~事~塔~袒~汤~堂~涂~勿~溪~先~相~虚~轩~验~羊~阳~印~院~浙~证~支~尊~

佐zuǒ【古】去声,二十一箇。【例】邦~保~弼~宾~参~臣~丞~储~从~德~帝~锻~坊~丰~凤~奉~扶~府~辅~干~纲~官~光~规~国~皇~假~将~酒~军~郡~孔~匡~历~吏~良~僚~寮~内~旁~毗~启~佥~卿~屈~师~史~书~亭~外~贤~县~乡~协~行~叶~翊~翼~阴~营~御~元~掾~运~赞~贞~证~置~州~属~股肱~

撮zuǒ 量词。【古】入声,七曷。另见 30 页 cuō。

仄声·去声

簸bò【古】去声,二十一箇。又:上声,二十哿同。另见 42 页 bǒ。【例】摆~春~吹~颠~翻~风~劫~浪~飘~跳~掀~轩~扬~摇~夜~迎风~

播bò 又读。【古】去声,二十一箇。另见 29 页 bō。

薄bò 薄荷。【古】入声,十药。另见 35 页 bó、365 页 báo。

擘bò【古】入声,十一陌。【例】掉~分~跪~河~虎~巨~去~蟹~学~昼~

檗bò【古】入声,十一陌。【例】冰~剉~发~含~黄~苦~茹~食~荼~子~

亳bò【古】入声,十药。【例】北~东~南~迁~三~西~

绰(綽)chuò【古】入声,十药。【例】绰~拂~和~宏~挥~豁~霍~宽~阔~略~曼~通~窸~闲~巡~约~

惙chuò【古】入声,九屑。【例】不~

忡~惙~患~羸~绵~瘽~危~

辍(輟)chuò【古】入声,九屑【例】不~辍~废~停~畛~中~

龊(齪)chuò【古】入声,三觉。【例】握~龊~黑~金~局~龃~冗~龌~龉~疑~整~

啜chuò【古】入声,九屑。【例】饱~哺~抽~啖~呷~咕~嚼~咀~口~烹~强~热~饮~赚~

错(錯)cuò【古】去声,七遇。【例】镑~贝~驳~不~彩~参~灿~厕~差~搀~缠~齿~出~舛~磢~丛~摧~璀~翠~大~贷~倒~颠~定~讹~烦~繁~分~纷~棼~附~改~干~隔~功~攻~钩~乖~怪~诡~过~海~合~互~花~慌~昏~混~甲~间~交~节~金~惊~纠~居~举~镌~离~连~林~鳞~砻~镂~铝~屡~履~绿~马~庞~昧~迷~谬~磨~拿~弄~盘~磐~蟠~赔~僻~骈~蒲~奇~棋~绮~愆~跄~切~磬~认~容~揉~闪~神~失~石~说~粟~算~挑~铁~听~绾~枉~违~文~午~误~雾~霞~闲~小~谢~星~刑~馐~绣~虚~眼~阳~爻~遗~疑~阴~淫~银~纡~云~杂~攒~展~珍~正~指~趾~诛~烛~注~铸~综~犬牙~他山~

措cuò【古】去声,七遇。【例】窆~博~筹~措~废~风~弗~规~举~美~内~迫~峭~容~设~失~施~时~罔~无~刑~幸~焉~折~支~止~置~注~枉直~朝中~

挫cuò【古】去声,二十一箇。【例】败~贬~裁~黜~揣~摧~倒~诋~顿~厄~肤~刚~力~凌~戮~挠~衄~闪~伤~失~受~颓~消~小~眼~抑~雨~折~挣~自~阻~

锉(銼、剉)cuò【古】去声,二十一箇。【例】板~扁~摧~捣~顿~钢~措~冷~磨~泥~青~慑~石~土~烟~眼~斩~折~斫~

厝cuò【古】去声,七遇。【例】安~窆~别~筹~浮~古~合~火~寄~交~举~迁~权~容~停~投~亡~刑~杂~暂~

莝cuò【古】去声,二十一箇。【例】豆~

惰duò【古】去声,二十一箇。又:上声,二十哿同。【例】敖~弛~怠~浮~隳~昏~积~奸~简~娇~解~矜~旷~懒~慢~疲~偏~贫~怯~勤~轻~疏~衰~肆~贪~恬~偷~媮~颓~退~顽~违~委~猥~纤~懈~休~燕~疑~淫~慵~游~窳~

堕(墮)duò【古】上声,二十哿。【例】白~逋~崇~怠~颠~废~花~隳~浇~骄~解~空~懒~泪~零~沦~落~慢~鸟~疲~飘~愆~倾~穷~山~跕~偷~媮~团~颓~退~危~倭~婑~下~纤~陷~销~懈~宴~遗~慵~游~雨~鸢~月~甑~折~谪~

舵duò【古】上声,二十哿。【例】把~摆~标~操~掠~满~起~失~使~水~司~营~掌~转~

驮(馱)duò【古】去声,二十一箇。又:平声,五歌异。另见 40 页 tuó。【例】盐~重~

垛(垜)duò【古】上声,二十哿。另见 42 页 duǒ。【例】标~草~柴~打~叠~堆~恶~粉~积~箭~金~码~麦~抛~棚~钱~桥~射~驮~寨~

剁(剁)duò【古】去声,二十一箇。【例】点~杀~碎~

跺(跥)duò 顿脚。【古】上声,二十哿。

柮duò【古】入声，六月。【例】榾~

饳(飿)duò【古】入声，六月。【例】餶~

缚(縛)fò 旧读。【古】去声，二十一箇。另：入声，十药同。另见256页fù。

过(過)guò【古】去声，二十一箇。又：平声，五歌异。另见31页guō。【例】暗~愎~补~不~超~闯~耻~饬~除~穿~蹉~挫~错~打~大~得~递~督~度~对~遏~贰~反~放~分~拂~服~附~覆~改~盖~公~功~供~寡~归~规~好~横~怙~划~换~悔~讳~积~记~见~谏~交~禁~经~酒~咎~救~空~口~匡~滥~滤~路~虑~掠~命~内~难~偏~铺~起~愆~翘~且~轻~趋~认~任~赛~闪~赦~升~胜~省~失~事~饰~贯~适~收~首~受~赎~司~私~思~讼~遂~碎~梭~太~通~透~突~退~亡~微~委~诿~文~闻~无~细~瑕~纤~显~相~小~卸~谢~衅~虚~谒~移~阴~引~隐~宥~远~越~责~折~谪~知~众~罪~作~不贰~高轩~

货(貨)huò【古】去声，二十一箇。【例】百~宝~本~闭~摽~舶~布~财~菜~残~茶~炒~陈~迟~仇~出~楮~川~船~蠢~次~蹿~存~大~呆~丹~低~底~地~订~定~渎~黩~趸~钝~发~乏~法~番~反~丰~阜~干~耕~公~古~谷~挂~广~龟~瑰~贵~国~海~汉~夯~好~黑~厚~花~滑~荒~黄~灰~贿~秽~活~积~家~甲~假~贱~江~交~脚~窖~节~金~进~赆~旧~居~聚~决~客~口~快~揽~懒~烂~滥~老~冷~良~凉~料~烈~路~掠~卖~蛮~毛~冒~贸~昧~末~纳~南~年~排~盘~泡~皮~平~泼~破~期~齐~奇~起~弃~钱~俏~秦~轻~赇~泉~缺~确~榷~入~山~商~上~捎~生~时~识~食~手~受~售~输~熟~耍~水~私~死~送~贪~提~田~窕~铁~通~铜~统~土~退~脱~歪~外~万~委~物~稀~鲜~现~香~小~邪~卸~信~星~行~压~腌~盐~宴~洋~要~易~益~淫~银~硬~右~余~狱~鬻~阅~越~杂~载~赃~责~增~毡~栈~珍~征~徵~殖~滞~重~转~装~浊~赀~山海~

祸(禍、旤)huò【古】上声，二十哿。【例】被~笔~避~边~兵~猜~惨~车~闯~逞~丑~触~戳~辞~党~蹈~毒~厄~番~飞~非~匪~构~鬼~国~旱~横~后~患~黄~悔~鸡~积~基~及~极~家~贾~驾~嫁~艰~鉴~侥~徼~阶~解~进~酒~救~巨~绝~疴~酷~乐~罹~丽~连~敛~烈~流~虑~乱~马~买~卖~门~免~灭~酿~牛~弩~女~旁~奇~起~潜~戕~秦~穷~趣~拳~犬~惹~人~稔~丧~啬~蛇~神~诗~时~实~史~世~首~受~纾~鼠~水~肆~速~宿~遂~贪~逃~梯~天~添~挑~脱~外~危~威~文~无~小~衅~刑~凶~虚~厌~殃~养~贻~移~遗~阴~淫~饮~忧~游~鱼~遇~豫~远~灾~遭~造~责~贼~战~召~肇~钟~种~重~撞~走~罪~池鱼~飞来~口舌~肘腋~

和huò【古】去声，二十一箇。又：平声，五歌异。另见63页hé、71页hè。【例】拌~搀~搅~匀~

惑huò【古】入声，十三职。【例】暗~悖~蔽~嬖~变~辨~不~猜~谗~谄~

长~尘~瞠~痴~宠~大~耽~荡~倒~烦~反~非~纷~浮~汩~蛊~瞽~怪~诡~鬼~骇~狐~幻~荒~惶~遑~簧~恍~回~晦~昏~溷~惑~激~骄~狡~矫~解~惊~久~沮~惧~恐~诓~狂~困~乱~沦~瞀~媚~魅~迷~麋~明~谬~魔~内~溺~佞~破~欺~迁~倾~却~染~扰~三~煽~扇~善~上~沈~失~爽~思~耸~宿~天~通~外~惘~违~伪~污~诬~五~物~误~悟~下~嫌~淆~晓~邪~炫~眩~妖~谣~遗~疑~倚~淫~荧~营~萦~忧~诱~迂~愚~蜮~震~众~重~拙~弓蛇~阳城~

获[1]（獲）huò【古】入声，十一陌。【例】赍~搏~捕~不~查~掣~虫~创~大~得~访~俘~攻~姑~固~贵~罕~后~护~积~缉~嘉~见~贱~缴~接~截~拘~巨~捃~克~课~敛~猎~麟~卤~虏~掳~履~略~拿~内~蹑~偶~盘~剽~破~七~旗~起~擒~秋~犬~荣~三~杀~赏~上~生~失~释~庶~顺~嗽~童~望~稳~乌~系~下~贤~献~枭~小~效~新~星~掩~夜~弋~佚~鹰~赢~诱~渔~育~殒~臧~斩~战~遮~执~抓~追~捉~坐~

获[2]（穫）huò【例】播~采~秎~丰~耕~剪~收~田~刈~耘~

豁huò【古】入声，七曷。另见 31 页 huō。【例】长~超~齿~豁~开~晴~疏~天~显~醒~轩~云~

或huò【古】入声，十三职。【例】而~烦~感~苟~或~即~间~界~借~莫~偶~容~如~若~设~甚~时~庶~倘~傥~脱~万~未~无~毋~抑~

霍huò【古】入声，十药。【例】昌~丹~电~窦~衡~忽~昒~习~华~挥~徽~霍~庐~吕~闪~倏~嵩~卫~翕~虚~欻~一~伊~黍月~

嚯huò【古】入声，十药。【例】乞~

藿huò【古】入声，十药。【例】长~场~朝~楚~春~茨~豆~飞~羹~姜~葵~藜~粝~蓼~鹿~牛~蓬~青~倾~秋~桑~时~菽~庭~薇~苋~园~芸~

镬（鑊）huò【古】入声，十药。【例】爨~大~鼎~斧~膏~锅~金~钜~露~麋~润~牲~石~豕~四~汤~铁~羊~油~斋~

臛huò【古】入声，十药。【例】丹~粉~金~青~朱~

蠖huò【古】入声，十药。【例】尺~斥~豆~蚚~龙~屈~桑~温~蝇~蜎~

彟huò 尺度。【古】入声，十药。【例】程~矩~规~模~准~

瓠huò 瓠落。【古】《集韵》：入声，十九铎。又：去声，七遇异。又：平声，七虞异。另见 229 页 hú、258 页 hù。

嚄huò【古】入声，十一陌。【例】嚄~啧~唶~

濩huò【古】入声，十一陌。【例】布~大~濯~溃~潜~韶~渭~咸~

砉huò【古】入声，十一陌。又：入声，十二锡同。【例】欻~歙~礫~

阔（闊、濶）kuò【古】入声，七曷。【例】波~长~敞~超~潮~成~承~池~侈~川~春~岛~地~电~峰~肤~浮~隔~乖~广~海~汉~豪~浩~横~弘~宏~恢~简~箭~江~迥~久~开~空~夸~宽~旷~睽~离~辽~寥~嶛~溜~弥~面~闹~派~契~慊~桥~全~散~上~奢~疏~水~说~滩~天~通~违~希~

溪~遐~闲~崄~雄~修~叙~悬~遥~野~悠~迂~雨~渊~援~云~再~泽~爹~壮~卓~阻~秋水~天地~胸怀~

廓kuò【古】入声,十药。【例】廛~城~澄~大~地~耳~肤~郛~俯~负~宏~闳~鸿~恢~开~空~宽~匡~旷~框~扩~廓~兰~辽~寥~嵺~寮~轮~邈~岷~清~鄯~式~是~水~太~土~推~外~巍~雾~胸~虚~烟~夷~倚~于~月~云~

括kuò【古】入声,七曷。【例】包~辨~鸽~策~该~赅~概~高~歌~根~勾~规~函~涵~浑~机~稽~监~检~简~箭~精~拘~刻~撩~笼~蒙~绵~敏~南~囊~弩~钤~檠~铨~扫~上~省~拾~矢~收~枢~刷~搜~蒐~肃~祖~套~题~帖~挺~通~统~五~弦~详~研~要~隐~橥~羽~孕~扎~竹~综~总~纂~

蛞kuò【古】入声,七曷。【例】蛞~

适kuò 见于人名。【古】入声,七曷。另见 201 页 shì、120 页 dí。

扩(擴)kuò【古】入声,十药。【例】冲~充~恢~开~推~展~天宇~胸襟~

鞟(鞹)kuò【古】入声,十药。【例】豹~虎~牛~犀~熊~羊~犬羊~

摞luò【古】去声,二十一箇。【例】一大~

落luò【古】入声,十药。另见 22 页 là、386 页 lào。【例】败~傍~暴~北~崩~迸~比~弊~碧~边~贬~标~摈~拨~剥~驳~博~薄~卜~部~残~差~掺~扯~承~弛~褫~斥~虫~出~除~俶~黜~踹~穿~舛~垂~殂~摧~村~错~搭~胆~宕~倒~低~蒂~凋~跌~丢~抖~逗~蠹~段~断~顿~陊~堕~讹~发~藩~访~霏~废~枫~伏~刜~附~阜~覆~槁~胳~阁~隔~各~钩~鹘~归~诡~滚~寒~撼~浩~河~涸~横~薨~虎~护~瓠~滑~涣~荒~隳~回~毁~豁~活~火~获~霍~击~挤~架~剪~简~蹇~溅~僵~降~浇~角~节~解~经~井~静~旧~居~聚~捐~菌~开~刊~看~考~跄~克~空~枯~阔~廓~牢~老~礌~磊~冷~离~篱~里~历~利~涟~凉~辽~聊~寥~廖~了~林~泠~零~流~留~笼~漏~庐~陆~闾~沦~罗~落~蛮~瞒~没~梅~莫~木~旁~抛~批~飘~贫~平~屏~破~扑~齐~起~迁~黔~丘~区~曲~阙~群~热~人~日~戎~荣~洒~散~桑~煞~筛~山~删~闪~上~生~失~实~市~疏~熟~数~衰~水~斯~松~送~诉~簌~隋~索~塌~剃~跳~贴~铁~亭~庭~停~秃~退~屯~托~脱~拓~围~萎~武~奚~稀~下~陷~削~消~销~歇~携~谢~星~朽~虚~湮~摇~夷~杝~遗~佚~邑~营~赢~隅~远~院~陨~殒~凿~扎~寨~涨~帐~谪~振~直~枳~种~重~周~竹~坠~卓~着~陬~族~坐~座~

雒luò【古】入声,十药。【例】合~河~京~九~雒~商~伊~

漯luò 用于地名。【古】入声,十五合。

络(絡)luò【古】入声,十药。另见 386 页 lào。【例】宝~缠~扯~兜~断~赶~纥~钩~管~贯~合~活~羁~缰~交~结~金~筋~经~井~橘~口~牢~连~联~笼~拢~娄~罗~络~马~脉~蒙~绵~莫~盘~蟠~钳~乾~青~热~绳~丝~网~系~星~沿~绎~缨~油~玉~

凿~织~周~珠~竹~幢~黄金~

酪luò 旧读。【古】入声，十药。另见386页lào。

洛luò【古】入声，十药。【例】汴~滨~卜~瀍~丹~顿~汾~皋~镐~巩~关~函~汉~河~闳~黄~济~津~京~泾~九~跨~牢~梁~绵~闽~荦~平~浦~汧~清~曲~汝~陕~商~上~石~蜀~水~嵩~铁~宛~渭~温~犀~鲜~咸~兴~许~阳~郢~伊~颍~右~原~造~中~作~

烙luò【古】入声，十药。另见386页lào。【例】刻~炮~

荦(犖)luò【古】入声，三觉。【例】驳~犄~丁~荦~廓~磊~确~拓~英~卓~

骆(駱)luò【古】入声，十药。【例】驳~赤~卢~瓯~汧~肉~山~驼~玉~鬻~越~

珞luò【古】入声，十药。【例】宝~珞~璎~珠~赛璐~

跞(躒)luò【古】入声，十药。【例】驳~横~跨~躏~凌~腾~扬~卓~

泺(濼)luò【古】入声，十药。【例】陂~草~长~湖~湫~柰~山~霜~塘~苇~盐~淫~鱼~雨~潴~梁山~鸳鸯~

磨mò【古】去声，二十一箇。又：平声，五歌异。另见39页mó。【例】牵~石~水~推~转~

糖mò【古】去声，二十一箇。【逆】耙~

嚜mò【古】入声，十三职。【例】嚜~渊~

陌mò【古】入声，十一陌。【例】长~塍~除~楮~春~翠~大~道~垫~东~渡~短~坊~丰~高~沟~广~槐~祭~郊~街~津~禁~井~九~逵~篱~里~柳~路~闾~平~畦~绮~千~阡~钱~楸~曲~衢~塞~桑~社~省~市~水~田~通~铜~途~驼~纬~乡~香~巷~宵~晓~绣~逸~畛~紫~足~江南~九城~铜驼~杨柳~

没mò【古】入声，六月。另见330页méi。【例】抄~沉~出~垂~覆~干~汩~籍~浸~戮~沦~埋~冒~昧~汩~灭~泯~辱~吞~淹~湮~隐~

墨mò【古】入声，十三职。【例】埃~宝~碑~笔~别~拨~黪~茶~沉~程~螭~池~尺~楮~川~赐~翠~沓~黛~丹~弹~刀~滴~点~刁~定~动~冻~堆~盾~二~发~房~分~粉~副~工~宫~贡~姑~古~光~含~翰~毫~和~黑~红~黄~灰~挥~徽~昏~积~即~亟~瘠~佳~缣~简~践~焦~儆~教~斤~鲸~纠~酒~矩~拒~刊~苛~孔~狂~奎~娄~滥~雷~力~梁~龙~螺~落~马~昧~霁~麋~妙~泥~拟~涅~弄~欧~泼~破~漆~起~铅~青~黥~求~儒~濡~洒~三~扫~杀~善~赡~麝~深~渗~慎~绳~剩~诗~石~食~试~舐~手~守~受~输~数~漱~刷~水~吮~顺~松~宿~贪~逃~天~贴~帖~铜~吞~托~拓~丸~纨~顽~王~网~闱~文~无~吴~奚~戏~咸~宪~香~削~绡~行~朽~烟~研~杨~养~宜~遗~义~益~引~蛹~用~幽~油~余~隃~御~赃~灶~造~择~毡~占~诏~赭~珍~芝~职~纸~制~滞~中~朱~朱~著~着~缁~子~字~渍~醉~釜脐~画眉~雷公~松烟~玉泉~

末mò【古】入声，七曷。【例】百~卑~本~弊~鞭~标~宾~草~茶~朝~尘~

饬~冲~丑~初~处~川~春~村~锉~错~妲~地~颠~冬~斗~端~多~发~粉~奋~丰~风~肤~浮~副~高~格~故~圭~贵~汉~毫~豪~后~荒~灰~极~芰~季~价~简~贱~浇~节~结~芥~禁~锯~卷~夸~理~利~栗~林~临~流~落~煤~苗~杪~木~目~暮~内~那~年~农~弩~篇~撇~珀~瀑~期~起~契~砌~浅~樯~切~亲~轻~秋~趋~壤~日~冗~肉~辱~桑~刹~砂~煞~赏~上~甚~什~矢~始~首~叔~疏~熟~树~衰~丝~四~送~俗~岁~琐~獭~挞~天~橦~偷~晚~微~尾~五~舞~席~隙~下~夏~纤~限~乡~香~像~小~屑~行~雪~崖~岩~燕~幺~要~抑~裔~姻~淫~营~庸~用~右~迂~余~约~月~云~遮~折~箴~正~支~枝~治~种~周~逐~柱~撞~

鞢mò【古】入声，七曷。【例】鞮~

脉(脈、衇)mò【古】入声，十一陌。另见318页mài。【例】脉~愁~眼~

漠mò【古】入声，十药。【例】暗~北~边~澈~澄~冲~出~错~大~淡~澹~广~瀚~荒~潢~寂~静~迥~绝~空~旷~冷~辽~寥~龙~骆~落~茫~蒙~迷~渺~冥~溟~漠~溥~碛~穷~沙~蛇~神~沈~石~朔~松~索~太~恬~微~玄~杳~阴~幽~渊~云~

貘mò【古】入声，十一陌。【例】豺~画~玄~

沫mò【古】入声，七曷。【例】白~迸~槎~叨~倒~电~兜~汎~飞~风~洑~浮~海~痕~红~吼~溅~江~津~惊~口~浪~流~龙~露~黏~排~泡~喷~漂~瀑~琼~濡~洒~水~素~痰~涛~跳~吐~唾~洿~涎~香~星~须~旋~银~鱼~雨~云~赭~珠~相濡~

麦(麥)mò 旧读。【古】入声，十一陌。另见317页mài。

莫mò【古】入声，十药。【例】晦~薄~朝~迟~斥~错~大~干~敢~公~广~合~昏~吉~寂~藉~静~昆~料~卢~落~蛮~昧~靡~冥~莫~侔~囊~怕~魄~恰~切~且~穷~日~辱~甚~适~衰~岁~索~晚~罔~微~文~无~奄~阴~瀛~约~蚤~遮~折~辄~者~主~

默mò【古】入声，十三职。【例】哀~暗~抱~悲~沉~冲~淳~淡~澹~动~杜~端~恭~拱~共~姑~寡~贵~晦~昏~寂~缄~简~皆~谨~噤~靖~静~窘~宽~闷~绵~眇~泯~悯~冥~默~凝~谦~钳~潜~悄~琴~寝~去~阒~泉~柔~软~塞~深~慎~石~守~顺~韬~恬~腆~退~闲~显~玄~循~哑~言~宴~雁~杳~窅~夜~喑~饮~隐~幽~语~渊~元~湛~贞~尊~

抹mò【古】入声，七曷。另见5页mā、44页mǒ。【例】挑复~

寞mò【古】入声，十药。【例】沈~冲~海~寂~静~寥~落~冥~辱~索~恬~窈~元~

殁mò【古】入声，六月。【例】败~病~垂~殂~存~汨~薨~酷~沦~亡~枉~陷~淹~湮~夭~殒~蚤~战~阵~终~故人~

瘼mò【古】入声，十药。【例】瘥~隔~疾~困~离~黎~六~民~求~人~瘵~政~

秣mò【古】入声，七曷。【例】饱~刍~挫~膏~稿~粮~钳~稍~饲~仰~

缧（縲）mò【古】入声，十三职。【例】担~徽~纠~縰~

袜mò 抹胸。【古】入声，七曷。另见 25 页 wà。

貊mò【古】入声，十一陌。【例】胡~秽~蛮~戎~濊~夷~越~

茉mò 茉莉。【古】入声，七曷。

蓦（驀）mò 突然。【古】入声，十一陌。【例】隔~蓦~骑~一~

万mò 万俟，复姓。【古】《广韵》：入声，德韵。另见 461 页 wàn。

冒mò 冒顿。【古】入声，十三职。另见 387 页 mào。

镆（鏌）mò【古】入声，十药。【例】干~钴~

懦nuò【古】去声，二十一箇。【例】卑~孱~迟~雌~妇~孤~后~昏~激~骄~酒~吏~良~驽~疲~贫~朴~怯~仁~冗~柔~儒~软~耎~弱~衰~阘~贪~偷~退~顽~尪~猥~畏~葸~纤~销~选~驯~逊~巽~阴~庸~愚~治~

糯（穤、稬）nuò【古】去声，二十一箇。【例】矮~白~粉~合~黄~粳~酿~秋~软~粟~籼~香~

那nuò【古】去声，二十一箇。又：阳平，五歌同。又：上声，二十哿异。另见 40 页 nuó、23 页 nà。【例】无~

诺（諾）nuò【古】入声，十药。【例】百~必~唱~承~酬~大~订~咄~凤~负~画~回~季~践~金~谨~敬~遽~卡~慨~领~诺~期~轻~秋~曲~然~声~书~夙~宿~同~唯~啸~心~许~一~遗~应~玉~越~允~责~重~主~作~千金~汝南~

喏nuò【古】入声，十药。【例】报~咄~肥~领~貌~喏~深~唯~牙~衙~应~平安~

搦nuò【古】入声，三觉。【例】捕~掣~抽~搐~娖~互~搦~手~团~捉~

破pò【古】去声，二十一箇。【例】爆~擘~猜~参~残~草~拆~扯~闯~承~塍~冲~出~除~穿~船~窗~戳~刺~蹴~打~单~胆~道~点~迭~叠~蝶~读~燔~分~粉~攻~关~圭~汉~喝~荷~红~瓠~淮~毁~击~戟~搅~叫~揭~解~界~进~惊~镜~橘~距~抉~勘~看~克~窥~溃~腊~兰~揽~雷~冷~莲~裂~楼~漏~缕~履~绿~沦~冒~梅~梦~谋~拈~碾~弄~贫~剖~扑~掐~穷~曲~泉~入~伤~石~识~说~岁~摊~讨~题~突~亡~五~西~稀~溪~袭~霞~陷~消~诇~言~遥~衣~夷~营~右~雨~玉~云~凿~甑~炸~占~绽~蘸~侦~支~指~竹~撞~椎~捉~椓~樽~左~凉州~

迫（廹）pò 口语音 pǎi。【古】入声，十一陌。【例】哀~暴~被~奔~崩~逼~鄙~褊~猜~仓~缠~怵~促~猝~蹙~蹙~催~督~敦~繁~骇~环~慌~惶~遑~火~激~急~肩~煎~荐~交~焦~讦~劫~紧~进~窘~挈~拘~局~遽~狷~悫~空~恐~恇~困~勒~陵~忙~内~剽~贫~牵~歉~强~憔~切~侵~情~穷~遒~驱~冗~扇~痛~危~威~畏~狭~胁~压~忧~诱~躁~责~直~追~卒~岁月~

拍pò 旧读。【古】入声，十一陌。另见 303 页 pāi。

朴pò【古】入声，三觉。另见 32 页 pō、246 页 pǔ、369 页 piáo。【例】厚~

魄pò【古】入声,十一陌。另见54页tuò。【例】抱~冰~残~蟾~褫~愁~初~楚~丹~胆~地~蝶~动~杜~夺~娥~飞~朏~伏~复~桂~寒~皓~颢~黑~虎~花~华~晦~魂~羁~僵~降~解~金~惊~精~酒~抗~枯~狂~朗~丽~炼~灵~六~落~满~馁~盘~旁~彭~魄~欺~气~秋~荣~丧~闪~神~升~生~失~逝~蜀~霜~死~素~体~兔~颓~晚~武~细~纤~险~宵~晓~心~新~形~续~雪~烟~颜~艳~养~耀~夜~璧~遗~毅~阴~莹~营~玉~冤~圆~怨~月~载~糟~贞~珍~滞~转~醉~蟾蜍~

珀pò【古】入声,十一陌。【例】琥~金~蜡~灵~璧~珠~

粕pò【古】入声,十药。【例】豆~酒~糟~

偌ruò【古】去声,二十二祃。【例】唱~

弱ruò【古】入声,十药。【例】暗~卑~鄙~病~薄~不~孱~僝~忡~惷~雌~粗~蹙~脆~大~带~单~殚~低~敌~雕~短~堕~恶~帆~凡~烦~蕃~扶~葛~弓~孤~寡~豪~好~合~和~荷~化~蕙~昏~击~积~瘠~家~尖~兼~减~剪~蹇~贱~姣~娇~精~恇~老~羸~篱~劣~灵~陵~柳~陋~鲁~孪~马~昧~靡~绵~面~灭~挠~淖~馁~年~驽~懦~疲~贫~破~起~谦~前~浅~强~怯~轻~清~穷~茕~冉~苒~桡~仁~荏~冗~柔~濡~软~耎~弱~色~善~上~少~示~瘦~衰~素~体~佻~童~退~外~刓~婉~尪~危~微~韦~萎~猥~痿~文~细~纤~削~销~小~胁~幸~朽~秀~虚~需~驯~颜~偃~幺~夷~婴~庸~幼~迂~逾~愚~窳~域~振~稚~中~众~竹~枝条~

若ruò【古】入声,十药。另见69页rě。【例】般~贳~辟~波~不~诚~丹~当~读~杜~仿~纷~苟~果~海~寒~何~曷~贺~蘅~忽~槲~焕~恍~蕙~或~稽~即~假~借~菌~兰~练~灵~茫~闷~沫~穆~乃~沛~譬~岂~钦~秋~阒~苒~蹂~如~若~设~胜~时~孰~水~似~倘~傥~天~脱~沱~宛~未~沃~奚~下~咸~相~向~心~泫~俨~晏~杳~宜~已~幽~犹~有~曰~粤~越~云~允~祗~芷~至~自~

鄀ruò【古】入声,十药。

婼ruò【古】入声,十药。

箬(篛)ruò【古】入声,十药。【例】采~风~黄~箭~露~樵~青~三~霜~下~缃~竹~

蒻ruò【例】菰~藿~蒟~露~蒲~青~苒~莞~香~旃~蔗~莞青~

爇ruò【古】入声,九屑。【例】刺~燔~焚~毁~燋~然~烧~遗~

数(數)shuò【古】入声,三觉。另见246页shǔ、265页shù。【例】频~

铄(鑠)shuò【古】入声,十药。【例】谤~灿~谗~初~焚~锋~瑰~火~煎~燋~金~景~矍~老~凌~流~沦~清~熔~镕~闪~讪~烧~石~倏~铄~陶~外~万~香~消~销~炎~冶~懿~于~允~轧~震~众~卓~

烁(爍)shuò【古】入声,十药。【例】爆~逼~炳~焯~的~电~焚~浮~赫~焕~辉~霍~煎~燋~凌~流~目~热~日~闪~扇~倏~烁~彤~炜~销~新~炎~烨~熠~懿~淫~煜~炤~照~震~铸~卓~灼~

朔shuò【古】入声，三觉。【例】颁～褒～饱～北～边～禀～朝～臣～定～度～方～奉～改～皋～告～关～海～汉～合～河～贺～后～怀～晦～积～吉～既～节～金～龙～命～幕～平～扑～气～请～庆～穷～秋～日～瑞～沙～上～涉～声～视～霜～思～岁～听～蔚～弦～新～玄～旬～燕～阳～杨～移～阴～元～月～云～正～卓～

槊shuò【古】入声，三觉。【例】鞭～冰～爬～步～长～赤～大～刀～断～夺～铎～弓～汉～横～戟～甲～剑～金～利～马～矛～牟～弄～排～槊～旗～枪～青～刃～善～诗～脱～万～握～细～玉～御～枣～

蒴shuò 蒴果。【古】入声，三觉。

勺shuò 旧读。【古】入声，十药。另见370页 sháo。

妁shuò【古】入声，十药。【例】盲～媒～

芍shuò 旧读。【古】入声，十药。另见371页 sháo。

蟀shuò 旧读。【古】入声，四质。另见319页 shuài。

硕(碩)shuò【古】入声，十一陌。另见185页 shí。【例】般～博～敦～肥～丰～瑰～和～宏～鸿～健～孔～魁～丽～髦～名～耆～颀～儒～硕～庭～修～壮～滋～

搠shuò【古】入声，三觉。【例】摆～枪～硬～整～指～

嗍shuò【古】入声，三觉。【例】唼～吮～

些suò【古】去声，二十一箇。又：平声，六麻异。另见81页 xiē。【例】哀～楚～九～

唾tuò【古】去声，二十一箇。另见268页 tù。【例】冰～馋～尝～交～津～堪～咳～口～猛～弃～拭～涕～雾～涎～香～噀～咽～玉～止～珠～拾余～

柝tuò【古】入声，十药。【例】边～城～弛～烽～鼓～关～寒～虎～击～金～警～靖～里～铃～鸣～霜～宵～严～偃～夜～城头～

拓tuò【古】入声，十药。另见25页 tà。【例】碑～饼～阐～充～传～防～改～鹤～横～宏～恢～开～闿～阔～临～落～摹～模～排～石～誊～推～响～向～写～雄～增～展～张～椎～乌金～

萚(蘀)tuò【古】入声，十药。【例】风～蓬～飘～秋～下～陨～紫～

箨(籜)tuò【古】入声，十药。【例】斑～迸～春～粉～风～槁～寒～红～篁～解～锦～卷～开～枯～笼～绿～飘～秋～扫～笋～晚～万～文～夏～薛～新～野～陨～竹～紫～

魄tuò【古】入声，十药。又：入声，十一陌异。另见53页 pò。【例】落～

跅tuò 跅弛。【古】入声，十药。

卧wò【古】去声，二十一箇。【例】安～避～病～踣～蚕～侧～沉～鸱～愁～春～倒～颠～犊～独～顿～恶～伏～俯～高～孤～鼓～归～酣～鼾～寒～虎～环～寄～假～坚～僵～静～据～觉～麟～柳～龙～陇～露～鹿～挛～马～梅～麋～眠～瞑～木～目～暮～牛～鸥～旁～罴～铺～起～弃～寝～虬～蜷～雀～软～熟～霜～睡～宿～坦～躺～恬～兔～退～驼～幄～夕～犀～仙～闲～晓～歇～雪～鸭～偃～晏～仰～夜～易～吟～硬～蛹～幽～雨～猿～

云~振~钟~舟~昼~醉~昨~坐~东山~高枕~连床~袁安~

硪wǒ【古】上声,二十哿。【例】打~砐~夯~砢~石~

涴wò【古】去声,二十一箇。【例】尘~粉~汗~激~洒~泥~沾~

沃wò【古】入声,二沃。【例】荡~垫~调~肥~丰~皋~膏~灌~浇~良~屡~妙~启~曲~泉~饶~濡~洒~汰~淘~田~土~沃~五~衍~腴~饫~云~珠~桑柘~

握wò【古】入声,三觉。【例】把~秉~部~持~春~鹘~角~紧~卷~领~扑~拳~柔~入~上~司~提~吐~外~绾~耀~殷~盈~郢~玉~运~在~掌~钧枢~

幄wò【古】入声,三觉。【例】宝~彩~襜~冲~筹~床~翠~大~丹~房~凤~黼~绀~公~宫~桂~汉~后~虎~华~槐~黄~机~讲~金~锦~经~九~阃~兰~莲~柳~龙~绿~萝~密~妙~庙~谋~陪~绮~衾~寝~青~裙~伞~山~麝~神~枢~天~帏~帷~雾~香~行~绣~薰~严~宴~油~云~藻~斋~毡~帐~重~珠~

渥wò【古】入声,三觉。【例】宠~纯~慈~大~丹~恩~蕃~丰~福~富~荷~鸿~涣~惠~奖~眷~隆~露~茂~沛~平~朴~气~乾~亲~庆~荣~融~濡~睿~深~神~圣~殊~天~新~颜~殷~优~郁~渊~沾~

喔wò【古】入声,三觉。【例】呃~喔~嘘~咿~咿~嘤~

斡wò【古】入声,七曷。【例】舛~逴~调~耳~风~航~回~流~排~烹~擅~旋~运~

龌(齷)wò【古】入声,三觉。【例】黑~

偓wò【古】入声,三觉。【例】韩~

坐zuò【古】去声,二十一箇。又:上声,二十哿异。【例】安~暴~卑~比~避~边~贬~便~柄~并~剥~参~侧~蹭~禅~朝~彻~晨~乘~澄~痴~齿~愁~传~床~从~促~簇~存~打~逮~弹~澹~倒~地~帝~典~跌~冻~都~独~端~蹲~法~反~奉~趺~敷~拂~高~槁~告~隔~公~拱~共~广~跪~阖~横~狐~胡~环~箕~芰~寄~跽~跏~坚~检~僭~讲~近~禁~经~惊~静~纠~久~酒~就~举~矩~俱~踞~卷~开~看~尻~窠~客~枯~跨~块~宽~款~匡~旷~狼~冷~离~连~列~灵~露~律~论~落~骂~满~密~免~瞑~末~默~暮~南~猊~凝~暖~偶~盘~旁~炮~配~平~破~跂~骑~踑~起~迁~佥~清~却~让~入~散~莎~上~设~深~神~升~绳~盛~食~侍~首~树~水~私~四~苏~肃~随~台~瘫~同~痛~徒~团~托~顽~晚~妄~危~围~幄~兀~狭~下~夏~闲~宪~相~宵~小~歇~刑~行~休~虚~叙~轩~宣~悬~逊~哑~雅~淹~延~岩~宴~晏~燕~夜~夷~倚~隐~莺~映~硬~幽~隅~玉~预~御~圆~缘~杂~在~斋~帐~正~中~重~昼~主~住~追~椎~拙~罪~吉祥~临风~千人~席地~

座zuò【古】去声,二十一箇。【例】安~鞍~宝~碑~本~碧~表~宾~蚕~草~插~茶~朝~车~尘~趁~池~传~串~倒~灯~登~底~帝~典~蹀~饤~都~墩~法~分~佛~趺~敷~拂~黼~赶~

高～隔～公～官～冠～管～广～桂～汉～合～虎～花～滑～环～机～基～讲～叫～金～惊～酒～就～举～军～钧～卡～龛～看～科～客～莲～邻～灵～龙～楼～律～落～骂～卖～满～铭～末～内～猊～暖～牌～旁～炮～起～迁～寝～倾～琼～屈～让～狨～入～散～上～神～升～狮～石～首～帅～塔～台～天～头～退～外～帷～相～香～像～晓～星～虚～雅～扆～右～玉～御～在～鳣～照～挣～正～支～中～众～竹～柱～风流～金刚～莲花～龙鳞～逍遥～

做zuò【古】去声，箇韵。【例】暗～把～承～当～定～敢～更～惯～胡～唤～假～叫～看～蛮～泼～乔～且～认～生～旋～装～总～

祚zuò【古】去声，七遇。【例】宝～禅～传～垂～大～德～登～帝～鼎～短～丰～福～辅～光～国～汉～洪～鸿～皇～徽～姬～基～家～嘉～践～降～景～克～莅～临～灵～龙～隆～禄～履～门～木～年～丕～启～庆～全～荣～绍～摄～升～世～首～受～天～万～遐～享～飨～协～兴～休～延～炎～业～遗～易～余～元～远～运～兆～祉～中～无穷～

阼zuò【古】去声，七遇。【例】奥～宾～登～即～践～进～莅～

胙zuò【古】去声，七遇。【例】赐～分～丰～福～复～祭～嘉～践～进～禄～散～世～受～腌～余～致～竺～主～

作zuò【古】入声，十药。又：去声，七遇同。另见 34 页 zuō【例】暴～辈～本～比～变～不～蚕～操～昌～称～串～创～春～大～代～单～当～底～佃～东～董～动～斗～讹～恶～发～罚～翻～复～改～高～革～耕～工～鼓～故～官～鬼～旱～合～横～鸿～护～化～画～唤～昏～混～火～积～激～疾～伎～忌～继～佳～甲～假～间～监～践～匠～交～矫～杰～解～近～静～居～拘～剧～绝～骏～客～劳～雷～力～连～赁～零～留～垄～陆～轮～落～蛮～名～末～内～拟～农～殴～偶～旁～平～洽～前～强～认～睿～色～少～设～生～圣～盛～诗～时～使～市～试～手～输～述～水～说～算～套～天～田～徒～土～外～妄～为～无～仵～忤～习～细～下～闲～校～协～偕～写～新～兴～行～修～绣～续～选～赝～夜～遗～义～役～译～英～营～佣～庸～玉～原～运～杂～早～造～躁～扎～振～挣～整～织～执～制～质～众～诸～竹～著～筑～铸～撰～装～拙～自～做～处女～日出～

岞zuò 山名。【古】入声，十药。

怍zuò【古】入声，十药。【例】不～惭～耻～感～沮～愧～腼～赧～讷～悚～羞～愠～

酢zuò【古】入声，十药。【例】酬～交～献～

柞zuò “栎”的通称。【古】入声，十药。另见 26 页 zhà。

凿（鑿）zuò 旧读。【古】入声，十药。另见 373 页 záo。

哦ò 表示领会、醒悟。【古】上声，二十哿。另见 40 页 ó、68 页 é。

3. 鹅韵

平声·阴平

阿ē【古】下平，五歌。另见1页ā【例】媕~不~层~城~崇~垂~党~东~涧~椒~九~卷~骊~林~灵~陵~门~盘~偏~丘~曲~荣~山~私~松~太~庭~纤~岩~依~曾~治~

屙ē【古】下平，五歌。【例】遗~

疴ē 旧读。【古】下平，五歌。另见60页kē。

娿ē【古】下平，五歌。【例】媕~

婀ē【古】下平，五歌。【例】娜~媕~

车(車)chē【古】下平，六麻。又：上平，六鱼同。另见273页jū。【例】安~鞍~扒~班~板~包~宝~葆~辟~便~飙~殡~兵~病~泊~布~彩~餐~柴~幨~铲~长~常~敞~超~巢~朝~乘~痴~驰~赤~冲~出~厨~传~次~从~倅~错~搭~大~单~挡~倒~道~德~帝~递~电~钿~雕~吊~钓~都~斗~督~犊~堵~鹅~发~法~翻~藩~纺~飞~粪~风~锋~凤~凫~服~辐~斧~辅~讣~副~覆~赶~高~膏~稿~革~跟~耕~弓~公~攻~宫~钩~鼓~刮~挂~官~管~罐~广~规~鬼~桂~国~过~罕~颔~河~鹤~黑~候~花~滑~还~徽~回~会~毁~魂~火~货~获~机~加~夹~袷~颊~甲~驾~坚~槛~将~绞~轿~巾~金~锦~惊~旌~警~鸠~酒~柩~军~卡~开~科~客~苦~快~矿~坤~缆~牢~雷~立~连~良~列~猎~临~灵~龙~耧~辂~鹿~路~鹭~驴~绿~鸾~轮~逻~骡~络~马~埋~慢~旄~木~犛~牛~弩~杷~炮~跑~棚~篷~皮~棹~蒲~漆~齐~奇~汽~器~牵~缫~樵~翘~轻~倾~请~囚~驱~轫~戎~容~软~瑞~塞~赛~散~丧~缫~刹~煞~山~上~神~蜃~升~尸~食~使~试~饰~轼~手~守~首~束~水~税~睡~丝~私~驷~送~素~随~踏~檀~陶~套~天~田~铁~停~通~同~彤~筒~涂~土~拖~驼~晚~王~网~帷~纬~苇~辒~文~卧~武~误~犀~喜~戏~霞~宪~陷~香~祥~象~萧~销~卸~星~刑~行~轩~悬~旋~雪~押~牙~严~盐~验~羊~洋~轺~摇~夜~衣~仪~役~驿~引~迎~邮~油~游~舆~羽~玉~月~云~运~晕~泽~轧~斋~毡~旃~战~栈~障~照~珍~阵~征~芝~脂~雉~舟~轴~朱~珠~烛~主~属~驻~专~转~装~撞~辎~子~租~坐~短辕~凤凰~鸡栖~霹雳~七香~七星~驱盐~辒辌~五云~辛夷~羽盖~云母~

哳chē【古】下平，六麻。【例】畅~嗻~

砗(硨)chē 砗磲。【古】下平，六麻。

蛼chē 蛼螯。【古】下平，六麻。

的dē【古】入声，十二锡。另见120页dí、147页dì。【例】划~出~点~兜~格~贯~果~荷~烘~忽~华~画~家~禁~精~克~莲~落~免~蓦~那~扑~旗~认~恁~撒~射~审~甚~生~省~使~

士～刷～似～檀～特～腾～秃～微～委～文～窝～伍～兀～闲～详～消～晓～虚～魖～淹～厌～仪～圆～怎～真～指～质～主～偏生～真格～

歌gē【古】下平，五歌。【例】哀～安～榜～悲～豳～伧～茶～长～唱～朝～嘲～宸～晨～杵～楚～传～春～村～丹～弹～灯～点～钓～斗～短～队～对～儿～法～凡～放～丰～凤～赋～高～赓～孤～鼓～国～酣～含～寒～夯～豪～好～浩～合～和～瓠～欢～缓～回～剑～郊～角～金～锦～京～荆～九～酒～鞠～军～凯～慨～康～狂～拉～狼～劳～乐～离～骊～黎～俚～恋～辽～菱～龙～旅～鸾～论～蛮～漫～氓～妙～民～牧～穆～南～铙～鸟～宁～牛～农～讴～欧～俳～排～盘～抛～凄～齐～樵～琴～禽～轻～清～情～琼～秋～衢～壤～桡～戎～瑟～山～商～觞～升～声～笙～诗～始～市～书～戍～霜～丝～颂～俗～遂～笋～踏～天～田～跳～听～童～徒～土～蛙～挽～薇～吴～晤～夕～习～喜～夏～纤～闲～弦～贤～献～乡～湘～巷～校～啸～薤～薪～兴～星～行～序～选～雅～妍～宴～艳～秧～阳～谣～野～夜～夷～遗～倚～逸～阴～吟～蚓～莺～鹦～郢～咏～优～幽～游～渝～渔～虞～舆～怨～月～云～杂～载～赞～展～战～棹～征～珠～竹～主～助～桩～自～奏～组～作～坐～欸乃～巴渝～白纻～碧玉～并州～采菱～敕勒～大风～洞仙～督护～鼓盆～击壤～扣角～袴襦～两岐～南风～沛中～绕梁～团扇～乌鹊～五噫～箫铙～扊扅～易水～郢市～芝房～竹枝～壮士～子夜～

哥gē【古】下平，五歌。【例】八～表～翠～丹～登～东～多～凤～憨～和～欢～郊～金～老～鹩～料～灵～宁～奴～袍～情～师～帅～滩～仙～莺～鹦～虞～侄～阿辩～小二～也麽～

戈gē【古】下平，五歌。【例】宝～毕～兵～操～长～乘～倒～雕～反～奋～锋～干～弓～罟～荷～横～画～挥～麾～回～戟～金～砺～敛～灵～鲁～矛～骑～铅～前～秦～寝～琼～戎～神～矢～授～霜～舜～司～探～韬～桃～天～铁～投～吴～息～象～销～兴～行～玄～寻～偃～阳～义～杖～枕～整～执～止～鲁阳～

鸽(鴿)gē【古】入声，十五合。【例】怖～苍～雏～放～飞～风～化～家～鸠～青～雀～肉～沙～信～野～遗～鹦～鹰～白鸽传书～

割gē【古】入声，七曷。【例】砭～别～剥～裁～采～操～抽～摧～但～地～东～断～方～分～封～宫～瓜～剐～贯～过～降～交～截～解～禁～竞～刻～刳～宽～离～缕～率～脔～虐～判～抛～配～烹～剖～齐～气～弃～切～亲～侵～删～骟～烧～生～收～祖～痛～屠～推～午～学～阉～氧～刈～抑～龈～引～玉～宰～折～正～自～

搁(擱)gē【古】入声，十药。【例】臂～不～沉～耽～架～交～平～浅～停～延～

胳(肐)gē【古】入声，十药。【例】遗～

咯gē【古】入声，十药。另见 17 页 kǎ。【例】饱～吡～唠～咯～

袼gē【古】入声，十药。【例】繄～

疙gē 疙瘩。【古】入声，四质。

纥(紇)gē 纥縫。【古】入声，六月。另见 65 页 hé。

仡gē 仡佬族。【古】入声，六月。

圪gē 土冈。【古】入声，四质。

呵hē【古】下平，五歌。另见 3 页 hā、34 页 ō。【例】暴～嗔～叱～斥～打～导～诋～殿～咄～护～麾～讥～诘～禁～訾～开～恐～乐～摩～逆～怒～哦～前～谴～欠～谯～消～声～收～索～诬～笑～嘘～吁～遭～诛～呰～冻笔～

诃(訶)hē【古】下平，五歌。【例】暴～嗔～叱～诋～抵～护～麾～讥～几～禁～罗～骂～摩～谴～谯～索～诛～

嗬hē【古】下平，五歌。【例】哦～

喝(欱)hē【古】入声，七曷。另见 71 页 hè。【例】唱～嗔～吃～喘～殿～恫～告～估～哼～挥～禁～恐～狂～流～骂～嚷～嘶～啊～吆～阴～赞～妆～

科kē【古】下平，五歌。【例】本～草～差～产～常～崇～出～疮～春～词～催～登～等～佃～鼎～定～豆～断～恩～儿～耳～发～罚～法～繁～犯～房～分～妇～骨～贵～桂～合～恒～横～后～棘～甲～绛～椒～解～金～井～景～旧～决～均～峻～开～宽～理～吏～连～六～录～禄～律～卖～茂～密～名～明～末～内～凝～农～女～蓬～偏～凭～起～前～茄～青～轻～秋～全～荣～儒～伤～设～射～升～盛～实～史～收～首～书～殊～术～树～随～特～天～田～条～同～童～推～蚪～外～危～巍～违～文～五～武～下～乡～新～刑～虚～宣～玄～悬～选～学～严～药～医～乙～应～盈～右～幼～逾～玉～芋～预～豫～杂～皂～斋～针～征～正～重～胄～诸～专～转～篆～庄～追～擢～罪～坐～春秋～词赋～小笑～

匼kē【古】上声，二十七感。【例】阿～乌～

柯kē【古】下平，五歌。【例】碧～并～操～长～赪～持～崇～翠～丹～典～东～逗～伐～繁～丰～风～斧～高～宫～古～顾～寒～合～横～洪～槐～交～金～静～空～烂～荔～镰～林～龙～绿～鸣～茗～木～南～宁～盘～千～乔～樵～青～倾～琼～虬～衢～荣～柔～疏～树～霜～素～条～庭～铜～危～斜～杏～阳～叶～阴～玉～云～牂～贞～珍～枝～执～百尺～烂斧～梦槐～

窠kē【古】下平，五歌。【例】擘～草～巢～虫～春～翠～大～灯～钿～雕～坟～蜂～凤～覆～龟～好～虎～花～凰～鸡～虮～金～锦～荆～旧～臼～龙～密～鸟～排～盘～起～衾～禽～鹊～山～鼠～水～私～缃～绣～眼～燕～移～蚁～银～印～鹰～营～月～争～猪～蛛～竹～庄～作～凤凰～燕子～

颗(顆)kē【古】上声，二十哿。【例】翠～丹～豆～饭～柑～汗～红～金～橘～颗～枯～梨～莲～露～麦～蓬～千～全～日～砂～熟～酥～粟～蒜～万～星～樱～余～玉～朱～珠～

苛kē【古】下平，五歌。【例】百～暴～残～除～烦～伎～浇～拘～蠲～酷～忍～上～深～贪～万～细～纤～严～治～

珂kē【古】下平，五歌。【例】朝～风～谏～金～磊～离～连～马～明～鸣～珮～琼～蜃～晓～瑶～银～游～玉～

牁kē【古】下平，五歌。【例】牂～

棵kē【例】茶～发～花～厮～

轲(軻)kē【古】下平，五歌。又：上声，二十哿异。又：去声，二十一箇同。【例】憾荆～坎～孟～尼～丘～

稞kē【古】下平，五歌。【例】黄～麦～青～

蝌kē【古】下平,五歌。【例】蚪~嫩~

疴kē【古】下平,五歌。另见57页ē。【例】抱~残~沉~陈~笃~烦~痱~负~怀~积~疾~贱~救~蠲~驽~疲~起~千~痊~染~瘆~宿~微~养~痒~婴~

髁kē【古】上声,二十一马。【例】两~没~膝~

颏(頦)kē【古】上平,十灰。又:上声,十贿同。另见306页hái。【例】颔~脑~抬~下~颐~

嗑kē【古】入声,十五合。【例】嗑~唠~嗓~噬~闲~

磕kē【古】入声,十五合。又:去声,九泰同。【例】拌~磅~捣~跌~轰~訇~磕~硠~排~砰~砌~碰~敲~嗓~窣~下~匌~撞~

瞌kē 瞌睡。【古】入声,十五合。

搕kē【古】入声,十五合。【例】敲~

榼kē【古】入声,十五合。【例】残~瓷~刀~龟~壶~花~金~酒~蛮~盘~瓶~倾~提~瓮~饷~野~银~鱼~执~钟~樽~

了le 助词。另见377页liǎo。【例】罢~毕~辨~除~到~得~分~干~高~够~黑~解~决~临~算~完~为~闲~晓~信~玄~

么(麽)me【古】下平,五歌。又:上声,二十哿同。另见5页mā“吗”、39页mó。【例】达~笃~多~肯~来~罗~眇~那~去~任~恁~辱~甚~什~是~信~妖~要~也~与~则~怎~者~这~只~妆~仔~作~

呢nē 助词。另见126页ní。

奢shē【古】下平,六麻。【例】侈~惰~繁~废~纷~丰~富~过~豪~华~僭~骄~戒~矜~救~夸~兰~穷~饶~声~肆~贪~凶~淫~纡~春色~

赊(賒)shē【古】下平,六麻。【例】遍~贷~交~酒~宽~来~敛~年~穷~未~犹~道路~岁月~望眼~兴不~

畲shē 畲族。【古】下平,六麻。

畬shē【古】下平,六麻。另见282页yú。【例】锄~春~耕~开~山~烧~石~新~菑~斫~

遮zhē【古】下平,六麻。【例】跋~半~碧~藏~草~尘~低~赶~高~横~后~候~昏~掎~徼~禁~开~拦~阑~柳~绿~密~屏~前~山~扇~奢~松~无~邀~迎~雨~云~杂~周~绿树~苏幕~望眼~

嗻zhē【古】下平,六麻。另见77页zhè。【例】啅~吱~啁~

着(著)zhe【古】入声,十药。另见41页zhuó、364页zhāo、373页zháo。“著”另见271页zhù。【例】爱~穿~传~放~赶~跟~管~合~晃~活~接~尽~近~看~刻~连~恋~明~黏~劈~品~迫~铺~染~认~删~省~随~贴~停~为~系~想~向~写~宿~压~沿~掩~要~倚~由~有~杂~占~住~明摆~

螫zhē【古】入声,十一陌。另见202页shì。【例】刺~毒~蜂~虺~噬~肆~险~蝎~辛~遗~

蜇zhē 毒虫叮刺。【古】入声,九屑。另见67页zhé。

平声·阳平

得dé【古】入声,十三职。【例】必~博~策~待~当~到~登~等~调~懂~独~多~夺~恶~分~赋~甘~格~苟~购~怪~果~过~何~会~获~记~检~见~捷~禁~净~讵~觉~看~靠~亏~来~赖~阑~懒~乐~利~两~了~料~落~没~免~谬~莫~那~难~偏~岂~取~去~忍~认~赏~舍~生~省~失~识~使~是~收~说~算~所~贪~特~天~投~闻~无~兀~喜~显~相~消~晓~心~幸~休~须~要~也~依~意~引~应~赢~由~有~欲~在~怎~照~争~知~直~值~只~致~中~赚~自~总~纵~作~巴不~不相~

德(悳)dé【古】入声,十三职。【例】安~败~拜~褒~饱~报~抱~背~悖~比~鄙~表~秉~播~薄~布~才~材~惭~禅~昌~常~称~承~齿~冲~崇~酬~储~春~淳~醇~达~大~戴~诞~蹈~道~砥~地~帝~冬~恶~恩~发~伐~反~方~防~访~非~风~凤~福~辅~妇~负~感~刚~高~工~公~功~恭~共~古~寡~观~冠~光~广~归~闺~贵~海~汉~合~和~恒~洪~厚~化~怀~徽~回~秽~慧~昏~火~饥~鸡~积~集~骥~嘉~监~俭~见~建~践~讲~降~椒~介~金~进~旌~井~静~酒~旧~巨~隽~君~钧~骏~坎~康~孔~口~宽~揆~坤~阃~壶~乐~诔~累~狸~离~立~良~凉~亮~麟~灵~陵~令~流~龙~隆~履~率~论~迈~茂~美~妙~民~名~明~冥~末~母~木~慕~内~逆~年~凝~庞~配~嫔~品~铺~瀑~欺~齐~耆~谦~乾~潜~琴~勤~清~秋~全~缺~让~人~仁~日~荣~容~柔~入~瑞~睿~丧~善~赏~上~神~慎~圣~盛~失~师~施~时~实~食~史~世~市~守~淑~树~衰~爽~水~顺~说~烁~硕~私~俟~嗣~诵~颂~夙~素~宿~岁~遂~损~滔~体~天~听~通~同~图~土~完~王~忘~威~违~伟~温~文~污~五~武~戏~下~夏~鲜~贤~显~险~飨~象~宵~小~孝~效~校~协~谢~心~欣~馨~兴~星~刑~行~凶~休~修~秀~畜~宣~玄~选~勋~训~雅~言~炎~阳~养~耀~医~夷~移~遗~疑~逸~溢~懿~阴~荫~淫~尹~饮~隐~应~庸~雍~咏~宥~迂~玉~育~浴~预~谕~裕~毓~渊~元~远~媛~月~允~载~藻~章~杖~昭~贞~震~正~政~知~执~植~至~治~忠~种~重~周~资~祖~醉~遵~

格gé【古】入声,十药。又:入声,十一陌异。【例】拗~颁~本~变~标~表~别~宾~才~常~超~耻~充~出~窗~创~词~辞~登~调~顶~定~斗~凡~饭~方~仿~废~丰~风~复~缚~感~刚~高~根~公~够~骨~关~规~柜~国~合~鹤~恒~化~画~机~基~及~极~价~架~检~简~鉴~降~交~杰~金~旧~局~沮~句~拒~峻~考~科~空~揆~朗~冷~离~黎~立~丽~炼~令~龙~律~论~梅~妙~木~募~内~耐~能~逆~盘~旁~炮~配~偏~品~平~破~棋~气~迁~琴~清~躯~铨~人~入~润~僧~赏~赦~升~失~诗~

石～食～手～书～数～水～死～松～俗～台～腾～体～天～填～条～图～外～网～违～文～物～仙～象～削～新～性～秀～悬～选～雪～勋～训～雅～延～严～眼～砚～衣～彝～逸～意～音～应～影～拥～庸～优～逾～语～玉～月～越～韵～战～杖～昭～诏～真～枕～正～枝～志～中～竹～准～姿～资～字～阻～柞～九宫～卷帘～嵌字～

阁(閣)gé【古】入声,十药。【例】拜～宝～宾～草～层～禅～沉～城～池～出～窗～春～翠～丹～倒～道～邸～帝～殿～东～梵～飞～粉～风～凤～佛～复～高～宫～谷～观～官～馆～闺～海～汉～扃～花～画～黄～蕙～架～减～剑～江～讲～椒～阶～杰～金～禁～镜～举～郡～开～靠～快～奎～魁～壶～兰～廊～礼～连～帘～凉～麟～铃～龙～楼～绿～鸾～纶～马～茅～门～秘～庙～木～内～辇～暖～鸥～排～棚～蓬～麒～绮～欠～桥～谯～青～琼～曲～入～扫～僧～山～蜃～省～石～史～书～蜀～束～双～水～寺～松～台～堂～韬～天～亭～庭～彤～万～危～帷～舞～雾～溪～霞～仙～贤～香～像～霄～杏～绣～悬～雪～烟～淹～延～燕～尧～瑶～野～夜～倚～诣～银～幽～玉～月～云～斋～栈～芝～知～直～纸～置～中～周～朱～竹～妆～紫～组～凤凰～九重～魁星～凌烟～龙图～蓬莱～麒麟～晴川～天禄～文渊～紫光～

革gé【古】入声,十一陌。另见 123 页 jí。【例】豹～闭～变～兵～病～裁～参～铲～车～惩～鸱～齿～褫～斥～赤～帱～除～黜～创～逮～调～鼎～废～肤～改～感～戈～更～骨～鼓～轨～裹～寒～虎～画～击～肌～疾～枷～甲～检～降～鲛～矫～金～筋～禁～荆～军～开～刊～匡～老～厘～鳞～鹿～沦～马～面～鸟～匏～皮～漆～迁～清～柔～鞣～删～生～事～书～顺～丝～兕～添～铜～土～推～危～韦～问～乌～希～犀～洗～详～协～兴～休～修～朽～训～沿～偃～羊～曳～议～易～因～责～增～毡～杖～整～支～执～制～朱～

葛gé【古】入声,七曷。另见 68 页 gě。【例】白～采～赤～钩～瓜～怀～黄～积～莔～交～蕉～纠～樛～箩～毛～邛～裘～食～衰～索～细～夏～冶～野～瞻～

隔gé【古】入声,十一陌。【例】闭～变～并～波～窗～春～地～顶～杜～断～顿～防～分～愤～高～亘～更～乖～关～河～阂～横～花～肌～架～间～简～江～界～津～迥～旷～睽～浪～类～离～篱～亮～辽～路～绵～缅～磨～丕～圮～痞～浦～畦～迁～壤～塞～山～事～殊～疏～岁～天～违～雾～遐～闲～县～限～相～休～修～袖～悬～奄～遥～杳～遗～阴～拥～永～攸～幽～犹～原～远～云～障～昭～遮～竹～阻～

蛤gé【古】入声,十五合。【例】蚌～车～吠～风～海～花～魁～蛎～螺～马～牡～青～沙～蜃～蛙～文～虾～瑕～香～玄～夜～圆～月～珠～

骼gé【古】入声,十一陌。【例】春～骨～骸～筋～枯～龙～象～朽～穴～掩～遗～

轕gé【古】入声,七曷。【例】轰～胶～轇～幽～

膈gé【古】入声,十一陌。【例】饱～肺～拊～肝～蛊～关～横～喉～胸～郁～中～

嗝gé【古】入声，十一陌。【例】饱~打~干~嗝~噎~

鬲gé【古】入声，十一陌。另见156页lì。【例】肝~关~焦~襟~痞~平~人~胸~重~

和hé【古】下平，五歌。另见71页hè、47页huò。【例】安~饱~保~逼~参~餐~禅~羼~畅~倡~澄~冲~崇~处~舛~春~纯~淳~醇~慈~凑~粹~答~带~蹈~调~迭~发~焚~丰~奉~抚~辅~感~赓~恭~共~媾~汩~寡~乖~诡~含~函~合~鹤~弘~呼~滑~怀~欢~缓~换~回~贿~惠~混~缉~戢~辑~技~济~夹~浃~驾~讲~交~节~结~解~荆~静~就~均~康~宽~乐~垒~厘~连~凉~邻~灵~流~六~履~鸾~买~密~民~鸣~内~宁~凝~讴~攀~烹~碰~脾~平~齐~乞~气~洽~谦~愆~亲~钦~秦~清~情~请~求~趋~痊~劝~人~仁~溶~柔~撒~扇~善~伤~商~韶~神~渗~失~时~守~舒~熟~爽~顺~说~私~松~肃~素~绥~随~太~题~天~恬~甜~通~同~统~外~婉~微~违~委~温~五~物~牺~熙~嬉~羲~闲~咸~乡~祥~响~孝~歇~协~胁~谐~休~虚~许~宣~暄~淹~妍~言~宴~阳~养~叶~医~怡~颐~义~议~懿~阴~音~饮~影~雍~犹~裕~豫~元~圆~悦~云~匀~蕴~杂~赞~贞~至~致~中~众~周~属~追~酌~总~万国~

盉hé【古】下平，五歌。【例】风~调~

禾hé【古】下平，五歌。【例】拔~蚕~柴~尝~车~锄~丹~得~感~归~耗~黑~黄~火~嘉~剪~粳~九~馈~粱~麦~茅~美~米~命~木~农~起~青~秋~瑞~三~晒~神~首~黍~霜~田~晚~乌~衔~献~祥~杨~养~野~宜~遗~刈~玉~早~珍~芝~稙~稚~重~玉山~

河hé【古】下平，五歌。【例】爱~暗~拔~白~倍~碧~濒~冰~并~波~残~沧~漕~汉~禅~瀍~长~潮~沉~成~城~池~筹~滁~川~船~磁~葱~翠~带~丹~坻~滇~冻~斗~渡~断~顿~洱~沸~汾~沣~封~滏~负~干~高~梗~弓~沟~谷~关~观~官~鹳~洸~海~黑~恒~洪~后~瓠~淮~黄~浍~济~夹~监~剑~江~绛~胶~截~界~金~津~泾~荆~九~筠~浚~开~枯~苦~涝~泪~澧~连~辽~蓼~灵~柳~龙~芦~缕~绿~滦~洛~漯~明~洺~幕~内~泥~逆~碾~淠~平~凭~蒲~漆~淇~签~沁~轻~倾~清~晴~秋~泉~鹊~荣~汝~沙~山~上~沈~绳~石~驶~市~疏~曙~朔~死~祀~泗~嵩~泰~洮~逃~淘~天~填~跳~通~铜~潼~透~徒~兔~沱~挽~潍~渭~汶~握~西~溪~熙~夏~先~香~祥~象~晓~斜~星~行~悬~沿~堰~洋~沂~阴~银~引~饮~雩~榆~玉~御~月~云~运~增~闸~漳~枕~枝~治~珠~浊~滋~大渡~大运~挽天~永定~织女~

荷hé【古】下平，五歌。另见71页hè。【例】碧~勃~承~出~担~翻~蕃~风~寒~伎~芰~髻~肩~金~卷~眷~枯~绿~藕~蒲~青~曲~铜~缃~银~玉~圆~稚~望舒~

何hé【古】下平，五歌。【例】儋~而~公~几~两~那~奈~耐~潘~谴~任~如~阮~若~孰~谁~苏~奚~徒~亡~

为～谓～无～毋～萧～伊～亦～阴～庸～于～原～缘～云～左～奈之～如之～

菏hé 菏泽。【古】下平，五歌。

阂(閡)hé 【古】去声，十一队。【例】辍～抵～格～隔～挂～关～艰～九～拘～凝～塞～伤～限～疑～障～遮～支～窒～阻～

涸hé 【古】入声，十药。【例】潮～池～川～凋～冬～肺～干～寒～耗～湖～冱～焦～竭～津～渴～枯～匮～困～龙～凝～泮～穷～秋～泉～润～渗～水～滔～溪～消～油～渊～源～燥～泽～滞～文思～

合hé 【古】入声，十五合。另见 68 页 gě。【例】百～捭～蚌～鸰～闭～碧～璧～辨～宾～冰～并～波～不～采～参～草～掺～场～尘～称～成～重～畴～出～揣～串～凑～辏～簇～翠～错～沓～道～缔～钿～调～动～冻～洞～斗～端～断～对～分～粉～风～缝～肤～伏～符～福～附～复～高～宫～共～苟～构～鼓～寡～关～圭～闺～诡～裹～好～和～互～花～化～欢～环～回～汇～会～浑～或～缉～稽～激～集～辑～嘉～假～兼～剑～交～搅～剿～阶～接～结～解～纠～鸠～久～聚～开～勘～考～扣～匡～睽～离～理～历～连～莲～联～练～料～柳～龙～笼～罗～满～蔓～媒～门～弥～弭～密～妙～泯～冥～磨～谋～暮～内～纳～脑～拟～辇～念～捏～啮～凝～偶～拍～排～派～盘～判～泮～旁～袍～跑～配～朋～匹～片～骈～姘～拼～萍～破～裒～蒲～期～起～绮～气～弃～契～砌～恰～千～牵～签～嵌～墙～巧～窍～切～轻～求～驱～趋～取～雀～溶～融～糅～入～杀～稍～射～神～审～渗～升～省～失～十～市～适～收～书～双～水～顺～说～私～四～苏～索～苔～韬～天～贴～庭～通～同～偷～投～屯～瓦～外～晚～绾～未～猬～吻～乌～雾～痦～析～翕～熹～贤～乡～相～香～祥～响～啸～协～谐～欣～星～岫～悬～鸦～严～餍～雁～阳～咬～野～夜～依～蚁～诣～阴～印～应～迎～营～幽～游～迂～雨～玉～遇～愈～圆～岳～云～允～韵～杂～簪～攒～札～斋～粘～张～折～只～周～宙～骤～转～装～追～缀～综～组～作～青嶂～

盒hé 【古】入声，十五合。【例】宝～笔～钿～端～饭～粉～果～奁～灵～蛮～墨～食～抬～提～香～烟～印～妆～

饸hé 饸饹。【古】入声，十七洽。

颌hé 【古】入声，十五合。【例】下～

鞨hé 【古】入声，七曷。【例】靺～貊～

劾hé 【古】入声，十三职。又：去声，十一队同。【例】按～参～弹～诋～告～检～禁～纠～鞫～举～勘～考～空～露～论～抨～深～绳～收～投～文～诬～系～讯～厌～验～移～阴～辄～滞～重～追～自～奏～坐～

核hé 【古】入声，十一陌。【例】按～辨～表～博～裁～参～查～察～丹～地～典～翻～复～覆～该～根～勾～果～稽～捡～减～检～简～鉴～讲～焦～皦～结～精～纠～橘～沮～糠～考～刻～课～览～练～量～绿～论～敏～明～磨～内～披～品～评～气～峭～锲～清～情～穷～铨～确～慎～实～树～碎～桃～讨～通～推～洗～详～校～巡～严～研～验～肴～阴～隐～振～征～直～酌～

翮hé 【古】入声，十一陌。【例】长～翅～雕～叠～飞～奋～风～凤～浮～弓～归～翰～合～鸿～戢～假～剪～健～矫～

接~锦~劲~举~倦~连~敛~鳞~六~旅~鸾~轮~鸟~鹏~飘~企~起~绮~骞~轻~全~铩~施~舒~霜~耸~素~腾~文~仙~纤~迅~遗~逸~翼~鹰~羽~云~振~冲天~扶摇~辽天~

阖(闔)hé【古】入声,十五合。【例】捭~闭~辟~阊~城~护~开~间~门~排~桑~挝~牙~幽~

龁(齕)hé【古】入声,六月。又:入声,九屑同。【例】啖~龁~马~啮~饮~啄~

貉hé【古】入声,十药。【例】狐~表~一丘~

纥(紇)hé【古】入声,六月。另见58页gē。【例】绯~纥~回~乌~袁~

曷hé【古】入声,七曷。【例】恒~恐~

盍(盇)hé【古】入声,十五合。【例】筮~燕~簪~

鹖(鶡)hé【古】入声,七曷。【例】备~戴~貂~雕~珥~虎~鸡~

揢ké【古】下平,六麻。【例】促~打~

咳(欬)ké【古】去声,四寘。又:去声,十一队同。又:去声,十卦异。另见302页hāi、306页hái、316页kài。"欬"另见316页kài"咳"。【例】謦~喘~风~呛~磬~声~痰~鸲鹆~

壳(殻)ké【古】入声,三觉。另见389页qiào。【例】蚌~贝~剥~驳~蝉~出~蛋~锭~鹄~龟~甲~介~卡~空~蠡~卵~螺~脑~鸟~皮~破~躯~身~素~蜕~脱~外~蜗~蚬~销~朽~雪~椰~硬~蛹~枳~

哪né 哪吒。【古】下平,五歌。另见17页nǎ。

蛇(虵)shé【古】下平,六麻。另见133页yí。【例】巴~白~杯~奔~蝉~长~赤~虫~斗~毒~断~飞~蝮~弓~钩~龟~海~化~画~虺~蛟~金~惊~蛙~鳞~灵~龙~绿~埋~蟒~鸣~殴~盘~蟠~烹~蕲~青~蛐~蚺~髯~蠕~射~神~石~水~睡~素~腾~螣~天~铁~王~蝼~文~锡~虾~象~熊~修~玄~盐~遗~疑~蜴~银~斩~竹~常山~赤练~画箧~酒中~越王~走龙~

佘shé 姓。【古】下平,六麻。

舌shé【古】入声,九屑。【例】拔~百~豹~笔~敝~辩~苍~谗~忏~长~齿~赤~唇~戳~刺~沓~弹~电~调~掉~毒~短~断~铎~恶~烦~反~返~犯~贩~费~告~钩~鼓~刮~挂~广~诡~海~喉~簧~火~鸡~箕~颊~健~讲~浇~矫~结~截~金~锦~噤~鹫~剧~卷~駃~嚼~麋~口~浪~犁~利~莲~龙~鹿~绿~卖~扪~麋~妙~茗~母~木~佞~弄~破~岐~巧~雀~鹊~饶~柔~弱~诗~试~收~说~缩~谈~韬~剔~挑~铁~吐~吞~吻~犀~哓~晓~心~绣~学~鸭~摇~咬~仪~银~莺~鹦~谀~造~噪~咋~诤~直~忠~众~嘴~广长~君卿~三寸~鹦哥~张仪~

折shé【古】入声,九屑。另见67页zhé。【例】耗~亏~

则(則)zé【古】入声,十三职。【例】本~变~表~才~差~常~朝~崇~垂~淳~赐~等~帝~典~定~罚~法~分~风~否~附~概~敢~古~乖~规~轨~过~恒~鸿~化~唤~或~极~嘉~检~简~矩~楷~柯~科~课~坤~壶~礼~理~丽~令~律~略~茂~美~民~模~姆~内~拟~丕~譬~嫔~平~恰~徳~前~乾~且~清~取~然~容~柔~上~

升~圣~盛~时~实~士~世~式~是~守~殊~树~水~税~顺~虽~天~铁~通~往~文~物~细~宪~象~形~学~训~雅~要~也~仪~夷~贻~遗~彝~议~于~原~再~章~贞~真~正~制~中~准~总~祖~作~

择(擇)zé【古】入声,十一陌。另见308页zhái。【例】别~不~财~裁~采~参~差~程~持~抽~错~掸~导~耳~访~后~监~拣~柬~检~简~谨~精~决~抉~考~口~栗~练~料~遴~论~妙~品~弃~取~攘~审~慎~筵~收~搜~算~汰~天~推~嫌~详~撷~选~甄~治~自~

泽(澤)zé【古】入声,十一陌。【例】宝~陂~布~草~钗~畅~承~池~尺~充~楚~川~春~慈~大~丹~稻~德~滇~东~都~兑~恩~繁~芳~肥~粉~丰~风~逢~服~福~甘~皋~膏~格~功~宫~古~鹄~灌~光~国~海~含~寒~沆~和~河~荷~鹤~洪~厚~湖~虎~化~淮~涣~皇~汇~惠~积~济~稷~葭~嘉~江~郊~洁~竭~解~津~浸~沮~浚~凯~口~枯~宽~兰~雷~丽~利~笠~辽~林~灵~流~陆~禄~洛~蒙~梦~绵~貊~墨~沐~淖~滂~袍~霈~彭~蓬~平~萍~蒲~秋~遒~泉~仁~荣~柔~濡~睿~润~山~圣~施~时~世~手~澍~水~顺~舜~薮~天~田~同~涂~王~威~微~苇~渥~污~洿~潟~香~消~休~岩~盐~邀~野~沂~贻~遗~阴~荫~饮~渔~雨~玉~渊~云~沼~震~周~洲~珠~渚~浊~梓~祖~

贼(賊)zé 旧读。【古】入声,十三职。另见332页zéi。

窄zé 旧读。【古】入声,十一陌。另见311页zhǎi。

责(責)zé【古】入声,十一陌。【例】按~榜~褒~备~贬~驳~薄~逋~簿~偿~嗔~称~惩~笞~叱~斥~饬~出~黜~窜~弹~调~督~笃~负~公~觥~诟~怪~官~归~规~诡~鬼~诃~呵~诲~恚~毁~讥~枷~检~见~降~诘~尽~纠~咎~拘~拘~具~镌~决~峻~勘~考~苛~科~刻~尅~课~空~括~詈~免~诺~迫~裒~弃~谴~诮~切~驱~取~权~让~任~塞~赏~深~审~绳~失~收~受~数~私~死~宿~岁~逃~讨~痛~退~诿~文~戏~嫌~显~校~卸~谢~刑~悬~训~讯~雅~言~殃~贻~已~阴~忧~余~怨~杖~职~指~质~重~诛~专~转~追~酌~訾~自~罪~

赜(賾)zé【古】入声,十一陌。【例】奥~烦~繁~钩~广~浩~几~精~秘~妙~冥~庞~穷~深~探~讨~微~纤~玄~研~殽~幽~至~

帻(幘)zé【古】入声,十一陌。【例】岸~白~布~赤~缥~戴~单~凤~绀~高~挂~冠~华~绛~介~巾~卷~鹿~绿~落~冕~墨~青~轻~丧~素~苔~祖~脱~乌~吴~缃~衣~朝~

舴zé 舴艋。【古】入声,十一陌。

啧(嘖)zé【古】入声,十一陌。【例】欢~唧~怨~啧~

箦(簀)zé【古】入声,十一陌。【例】床~华~家~虚~易~帐~招~竹~

哲(喆)zhé【古】入声,九屑。【例】邦~秉~才~聪~诞~迪~高~鸿~后~家~旧~隽~俊~良~鲁~髦~明~曩~

耆~前~儒~睿~上~圣~诗~时~淑~宿~往~西~先~贤~乡~雄~宣~玄~彦~遗~懿~英~颖~允~蕴~至~众~宗~作~

折zhé【古】入声，九屑。另见 65 页 shé。【例】拗~百~拜~波~存~挫~荡~刀~低~跌~叠~鼎~栋~斗~蠹~短~断~对~钝~顿~遏~方~丰~风~覆~改~干~刚~歌~骨~合~荷~后~花~会~火~葭~剑~谏~槛~箭~揭~诘~进~经~九~沮~矩~拒~具~卷~峻~亏~困~拉~莲~廉~梁~撩~凌~柳~六~绿~卖~矛~密~面~磨~末~木~暮~内~挠~逆~拈~鸟~攀~盘~磬~判~破~千~欠~戕~劁~敲~倾~清~罄~穷~曲~跧~伤~殇~苕~手~书~树~水~随~廷~颓~柁~宛~晚~委~侮~雾~险~心~袖~旋~雪~偃~夭~遗~抑~幽~邮~迂~玉~圆~杖~柘~中~周~专~转~庄~装~奏~阻~丹槛~

摘zhé 旧读。【古】入声，十一陌。又：入声，十二锡同。另见 304 页 zhāi。

谪(謫、讁)zhé【古】入声，十一陌。【例】百~贬~并~逋~参~蚩~黜~窜~发~非~过~祸~讥~降~交~诘~咎~沮~考~科~流~沦~冥~迁~遣~亲~始~祖~逃~讨~天~徒~外~瑕~小~刑~训~阴~迁~远~灾~指~诛~罪~坐~长沙~

宅zhé 旧读。【古】入声，十一陌。另见 308 页 zhái。

蛰(蟄)zhé【古】入声，十四缉。另见 186 页 zhí。【例】虫~出~冬~动~冻~发~伏~谷~蝼~江~解~惊~久~雷~龙~沦~蟠~栖~楼~启~起~潜~入~蛇~深~土~兔~万~卧~永~幽~振~昆虫~龙蛇~

磔zhé【古】入声，十一陌。【例】鞭~波~扯~寸~钝~分~风~槁~戈~格~辜~刳~枯~妙~旁~披~破~攘~碎~土~蛙~猬~枭~须~张~磔~支~诛~

辄(輒、輙)zhé【古】入声，十六叶。【例】动~灵~擅~专~

辙(轍)zhé【古】入声，九屑。【例】冰~车~尘~出~蹈~返~分~偾~覆~改~隔~故~归~轨~晷~合~涸~还~环~宦~结~拒~离~良~鸾~没~弭~明~蹊~岐~前~穷~扫~圣~轼~殊~苏~铁~通~同~途~往~危~卧~显~邪~遗~易~游~余~辕~云~遮~轸~驻~踪~改弦~

翟zhé 姓。旧读。【古】入声，十二陌。另见 308 页 zhái、120 页 dí。

蜇zhé【古】入声，九屑。另见 60 页 zhē。【例】海~

晢(晣)zhé【古】入声，九屑。又：去声，八霁异。【例】昭~晢~

鹅(鵝、鵞)é【古】下平，五歌。【例】白~苍~春~都~斗~放~封~鹳~贺~鸿~画~换~驾~借~金~腊~立~笼~木~闹~酿~企~群~乳~桑~神~水~天~铜~头~小~雁~养~野~银~玉~皂~只~稚~子~道士~换白~雒阳~右军~

涐é 大渡河古名。【古】下平，五歌。

蛾é【古】下平，五歌。【例】白~蚕~蝉~赤~虫~愁~翠~黛~淡~澹~灯~低~毒~飞~粉~蜂~鬼~喉~槐~灰~蝇~火~娇~金~夸~敛~绿~麦~眉~螟~墨~木~闹~颦~蛲~青~轻~秋~桑~双~素~天~铁~弯~文~夕~纤~

香~新~修~羞~烟~扬~野~夜~衣~玉~烛~

娥é【古】下平,五歌。【例】冰~曹~常~嫦~楚~翠~大~帝~鼎~粉~宫~桂~韩~姮~恒~皇~健~江~姣~娇~金~娉~丽~灵~龙~妙~墨~女~嫔~颦~栖~榛~齐~秦~青~琼~秋~柔~石~双~霜~舜~素~娲~巫~吴~羲~仙~湘~小~星~烟~妍~燕~扬~妖~瑶~影~玉~月~云~

讹(訛、譌)é【古】下平,五歌。【例】弊~辨~差~传~舛~大~雕~订~定~浮~附~乖~骇~互~火~奸~浇~矫~较~鸾~民~拿~迁~寝~缺~山~豕~弯~误~淆~兴~形~凶~沿~妖~音~语~正~踵~

峨(峩)é【古】下平,五歌。又:上声,二十哿同。【例】参~嶒~嵯~大~峨~冠~岌~轲~岢~空~魁~岷~岭~邛~潭~危~巍~仙~险~业~郁~

莪é【古】下平,五歌。【例】匪~蒿~菁~蓼~蓬~

俄é【古】下平,五歌。【例】白~迟~帝~俄~傀~沙~傞~限~延~

哦é【古】下平,五歌。另见40页ó、56页ò。【例】长~嗟~沈~微~夕~咿~吟~咏~幽~

额(額)é【古】入声,十一陌。【例】白~榜~宝~碑~匾~兵~差~蝉~产~长~超~程~螭~敕~槌~赐~蹙~翠~点~顶~定~洞~矾~方~坊~粉~份~丰~封~凤~赋~高~宫~贯~广~横~红~后~花~画~黄~火~加~焦~解~巾~金~锦~禁~鲸~酒~巨~军~搕~磕~课~空~叩~扣~款~旷~烂~狼~吏~帘~莲~麟~龙~楼~络~满~梅~楣~门~面~庙~名~抹~陌~脑~年~帕~牌~配~票~前~钱~巧~全~缺~阙~日~色~山~省~试~署~数~税~岁~堂~题~田~铁~厅~铜~头~透~袜~挽~万~犀~限~香~小~绣~虚~悬~学~盐~颜~檐~偃~溢~引~印~油~余~逾~玉~员~原~月~灶~帐~折~正~中~篆~总~租~足~

仄声·上声

扯(撦)chě【古】上声,二十一马。【例】白~扳~操~风~挂~横~胡~揪~均~拉~唠~连~拧~扭~攀~牵~撕~通~拖~瞎~闲~咬~沾~

尺chě【古】入声,十一陌。另见187页chǐ。【例】工~

恶(惡、噁)ě 恶心。【古】入声,十药。另见77页è、221页wū、269页wù。

舸gě 船。【古】上声,二十哿。【例】百~乘~楚~船~单~峨~法~泛~方~凤~凫~航~虹~画~江~客~兰~连~龙~齐~青~轻~诗~素~万~仙~烟~夜~鹢~游~鱼~渔~斋~舟~走~鸥~夷~凌风~龙凤~

哿gě 可。【古】上声,二十哿。

合gě 旧容量单位。【古】入声,十五合。另见64页hé。【升】圭~升~

葛gě 姓。【古】入声,七曷。另见62页gé。【例】诸~

盖gě 姓。【古】入声,十五合。另见

315 页 gài。

可kě【古】上声,二十哿。另见 72 页 kè。【例】报~才~裁~差~缠~常~诚~赐~从~粗~大~担~但~岛~多~概~画~际~较~尽~讵~堪~可~肯~癞~两~聊~猛~乃~耐~能~宁~岂~恰~且~轻~痊~然~忍~认~任~容~尚~少~省~时~适~书~庶~顺~通~未~无~夕~闲~贤~献~小~欣~行~幸~许~也~议~易~意~印~庸~犹~悦~赞~乍~诏~真~争~止~自~奏~

炣kě 火。【古】上声,二十哿。

坷kě【古】上声,二十哿。又:去声,二十一箇同。【例】坎~困~

岢kě 岢岚。【古】上声,二十哿。

渴kě【古】入声,七曷。【例】病~馋~尘~烦~肺~干~鹄~害~鸿~怀~饥~济~焦~解~近~久~酒~剧~口~枯~苦~疗~龙~马~墨~疟~倾~穷~秋~热~释~殊~暑~思~午~夏~消~夜~燥~瞻~止~夸父~文园~相如~

惹rě【古】上声,二十一马。【例】绊~缠~嘲~传~蝶~干~勾~好~空~揽~罹~撩~逻~慢~迁~牵~苒~染~苔~挑~兀~藓~香~袖~烟~易~引~萦~云~沾~招~

若rě【古】上声,二十一马。另见 53 页 ruò。【例】般~兰~

喏rě【古】上声,二十一马。【例】报~唱~肥~深~声~

舍(捨)shě 另见 75 页 shè。【古】上声,二十一马。【例】不~遁~抛~弃~取~趣~施~违~

者zhě【古】上声,二十一马。【例】比~笔~编~宾~病~伯~卜~禅~长~此~从~达~谍~读~尔~方~丐~宫~古~瞽~卦~冠~贵~何~侯~后~户~画~宦~患~阍~火~或~获~记~坚~间~匠~介~净~静~眷~狂~老~獠~猎~盲~门~莫~墨~某~内~乃~曩~犛~农~讴~其~启~前~钳~强~顷~热~仁~儒~若~弱~桑~赏~甚~圣~识~使~侍~术~死~田~听~屠~退~外~万~王~往~兀~昔~下~仙~闲~弦~相~向~星~刑~行~眩~学~言~炀~药~也~夜~谒~译~意~忧~右~驭~御~云~再~赞~宅~占~杖~侦~甄~之~智~主~渚~属~著~浊~尊~昨~作~

赭zhě【古】上声,二十一马。【例】赤~岱~丹~龛~流~煤~美~钳~山~酸~渥~腥~雄~野~缁~断霞~

褶(襵)zhě【古】入声,十六叶。又:入声,十四缉异。【例】襞~打~绯~绛~接~掮~裤~绿~千~裙~顺~细~衣~褶~皱~

仄声 · 去声

策(筞)cè【古】入声,十一陌。【例】哀~边~鞭~布~才~朝~陈~筹~棰~辍~赐~答~得~帝~典~定~督~短~对~发~梵~方~坟~封~凤~扶~符~负~覆~改~高~诰~孤~谷~关~圭~龟~规~诡~国~汉~鸿~画~计~嘉~简~蹇~建~金~进~警~决~抗~科~空~揆~坤~连~敛~良~漏~录~论~

马～秘～妙～庙～谋～辔～遣～强～亲～轻～驱～全～权～仁～瑞～散～善～上～设～射～深～神～圣～盛～失～时～史～试～释～手～首～书～殊～数～顺～朔～探～天～廷～投～外～枉～微～委～文～问～无～玺～衔～献～协～挟～携～行～玄～悬～烟～严～言～盐～衍～瑶～要～野～遗～议～印～萦～用～优～幽～游～愚～玉～吁～御～月～云～赞～赠～仗～杖～诏～振～政～枝～执～至～制～智～竹～专～佐～倒杖～东堂～方略～连环～秦人～时务～太平～天人～

测（測）cè【古】入声，十三职。【例】变～辨～不～猜～草～测～抽～初～揣～忖～俄～腹～观～罕～监～检～精～究～勘～考～窥～揆～蠡～目～难～颇～叵～普～穷～上～慎～实～溯～探～讨～体～图～推～校～悬～遥～夜～仪～亿～臆～预～豫～原～质～自～

册（冊）cè【古】入声，十一陌。【例】哀～板～褒～宝～边～表～簿～草～长～琛～赐～丹～档～底～典～点～丁～定～蠹～对～梵～方～访～分～封～俸～符～圭～珪～汉～狐～户～画～黄～辉～徽～简～金～进～课～口～类～丽～鳞～另～鲁～纶～卯～懋～祕～免～愍～名～墨～木～鸟～篇～启～琴～清～神～审～诗～史～市～谥～手～受～书～司～素～天～田～铁～图～兔～文～玺～遐～烟～瑶～遗～阴～玉～赞～造～账～诏～真～正～竹～注～祝～门户～烟户～鱼鳞～

侧（側）cè【古】入声，十三职。【例】库～边～谄～赤～充～倒～帝～反～户～攲～近～君～棱～两～邻～旁～陛～僻～偏～平～颇～轻～倾～丘～山～侍～悚～体～外～危～纤～舷～险～轩～偃～欹～翼～幽～枕～挣～清君～卧榻～

厕（厠、廁）cè【古】去声，四寘。【例】参～仓～尝～叨～登～东～都～赶～公～溷～获～夹～间～井～踞～滥～临～茅～陪～屏～仆～如～侍～抒～忝～同～猥～闲～相～轩～匽～牏～杂～置～杼～奏～

恻（惻）cè【古】入声，十三职。【例】哀～悲～惭～惨～恻～楚～怆～慈～忖～怛～动～悱～忿～感～骇～焦～嗟～矜～恺～恳～款～愧～悃～怜～悯～愍～恓～凄～仁～伤～谁～酸～痛～惋～温～呜～兴～隐～轸～肫～

澈chè【古】入声，九屑。【例】冰～澄～洞～绀～贯～光～泓～鉴～皎～洁～镜～朗～明～凝～清～融～色～通～透～悟～消～秀～虚～莹～藻～湛～寒流～秋月～

彻（徹）chè【古】入声，九屑。【例】碧～标～冰～唱～朝～澄～穿～串～吹～抵～洞～逗～发～废～分～拂～感～高～贡～贯～贵～寒～汉～狐～化～坏～火～既～減～见～鉴～结～警～镜～迥～决～朗～亮～燎～了～弭～明～平～清～融～上～申～深～省～疏～竖～说～损～天～通～透～闻～悟～雾～息～下～响～秀～虚～业～莹～映～雍～远～月～云～赞～章～照～钟～周～珠～柱～

坼chè【古】入声，十一陌。【例】岸～半～崩～迸～冰～擘～地～发～覆～干～龟～寒～火～甲～焦～拘～菊～决～皲～开～离～栗～梅～木～泮～圮～萍～亲～沙～石～书～颓～峡～衅～星～杏～芽～崖～岩～燥～占～东南～寒光～

撤chè【古】入声，九屑。【例】敝～贬～裁～参～除～发～拂～告～后～毁～减～凯～损～雾～赞～卒～

掣chè【古】入声，九屑。又：去声，八霁同。【例】摆～傍～波～颤～持～抽～电～飞～风～钩～金～缆～雷～牵～钳～挽～未～下～携～曳～鹰～右～战～肘～

拆chè 旧读。【古】入声，十一陌。另见302页chāi。

个(個、箇)gè【古】去声，二十一箇。【例】矮～此～顶～独～多～高～各～好～换～几～九～朗～某～哪～那～能～宁～若～身～谁～通～无～些～有～咱～则～怎～遮～这～真～整～只～逐～作～赶明～好些～竹万～

各gè【古】入声，十药。【例】比～彼～各～盍～人～

和hè【古】去声，二十一箇。另见63页hé、47页huò。【例】百～唱～酬～附～随～相～应～

贺(賀)hè【古】去声，二十一箇。【例】拜～班～陛～表～参～朝～嘲～陈～称～酬～答～大～道～电～奉～恭～候～交～进～敬～客～齐～庆～入～赏～申～疏～岁～同～吐～夕～喜～相～飧～谢～宴～燕～赞～致～踵～祝～奉觞～亲朋～燕雀～

荷hè【古】上声，二十哿。另见63页hé。【例】拜～惭～承～担～负～感～肩～眷～克～愧～荣～辱～是～所～为～袭～衔～谢～仰～依～应～载～战～珍～重～

熇hè【古】入声，十药。又：入声，一屋同。又：入声，二沃同。又：下平，二萧同。【例】出～烦～熇～炎～氲～骄阳～

嗃hè【古】入声，三觉。【例】嗃～

垎hè【古】入声，十一陌。【例】坚～

喝hè【古】入声，七曷。另见59页hē。【例】棒～嘈～唱～嗔～叱～喘～殿～恫～断～呵～呼～挥～禁～恐～骂～怒～嚷～啊～虚～吆～赞～厉声～

赫hè【古】入声，十一陌。【例】暖～彪～炳～赤～崇～惮～地～电～都～光～贵～豪～熇～赫～洪～焕～辉～徽～火～恐～诳～隆～马～暖～驱～日～荣～扇～彤～王～威～翕～曦～赩～显～汹～喧～炫～熏～炎～烨～奕～阴～于～彰～震～

鹤(鶴)hè【古】入声，十药。【例】白～别～苍～池～虫～宠～啖～吊～调～独～访～放～风～蜂～凤～凫～高～鹄～寡～鹳～归～龟～海～皓～鸿～化～画～黄～灰～鸡～嵇～寄～驾～剑～江～绛～椒～金～控～跨～鹍～离～辽～灵～留～龙～露～绿～鸾～梅～鸣～木～鸥～烹～牝～栖～棲～骑～琴～青～秋～鹙～鹊～瑞～沙～砂～蛇～笙～使～寿～瘦～双～霜～水～松～素～宿～田～铁～听～庭～铜～驼～卫～仙～鹇～献～轩～玄～雪～烟～雁～养～野～夜～瘗～玉～寓～园～猿～云～纸～竹～乘轩～冲天～丁家～缑山～孤山～华亭～辽阳～青田～扬州～羊公～知时～

隺hè【古】入声，十药。【例】辽东～

黑hè 旧读。【古】入声，十三职。另见324页hēi。

吓(嚇)hè【古】入声，十一陌。另见26页xià。【例】逼～鸱～喘～恫～呵～唬～惊～恐～诓～骗～驱～啊～威～相～汹～诱～诈～

褐hè【古】入声，七曷。【例】矮～败～被～敝～布～苍～草～茶～赤～鹑～貂～短～冠～黑～黄～寄～解～巾～锦～荆～恐～宽～髡～练～露～旅～绿～马～毛～披～皮～蒲～青～裘～濡～山～苫～食～

释~竖~袒~素~蓑~獭~檀~绦~兔~脱~驼~韦~委~无~细~霄~袖~野~衣~银~缨~拥~幽~羽~云~褞~组~枣~皂~毡~赭~重~朱~缁~枯竹~山谷~麝香~

壑hè【古】入声，十药。【例】哀~鳌~冰~苍~岑~层~川~翠~大~黛~丹~洞~风~峰~沟~谷~龟~桂~回~豁~积~挤~剑~涧~江~井~巨~绝~浚~坑~枯~鲲~林~临~陵~峦~满~漫~溟~盘~喷~鹏~凭~蹊~千~峭~清~穹~丘~秋~泉~畎~山~深~石~松~耸~素~贪~潭~鳀~天~填~万~污~雾~溪~晓~岫~绣~虚~崖~烟~岩~炎~夜~义~阴~幽~欲~渊~鼋~月~云~众~舟~填沟~

暍hè【古】入声，六月。又：入声，七曷同。【例】~病~道~烦~寒~解~救~渴~热~扇~暑~宛~炎~荫~燠~瘴~中~冻~

郝hè 姓。【古】入声，十药。另见375页 hǎo。

课(課)kè【古】去声，二十一箇。【例】罢~办~备~避~逋~卜~补~茶~常~朝~趁~程~充~抽~窗~大~代~党~盗~登~砥~跌~定~冬~督~对~敦~发~矾~蜂~负~复~赋~工~功~供~官~国~汉~户~还~会~嘉~兼~讲~结~进~酒~郡~开~考~科~旷~揆~劳~类~吏~例~柳~论~卖~美~米~蜜~面~缗~内~年~蒲~起~牵~清~秋~曲~驱~劝~缺~榷~任~日~上~神~升~师~诗~实~史~试~授~书~数~税~算~岁~田~铁~听~停~退~晚~温~文~问~无~习~夏~相~校~笑~新~雪~旬~训~盐~窑~药~夜~溢~吟~银~引~隐~优~余~鱼~渔~月~杂~早~责~占~针~征~正~珠~竹~主~庄~追~赀~资~自~奏~租~

锞(錁)kè【古】上声，二十一马。【例】纸~金~银~锭~松纹~

可kè 可汗。【古】上声，二十哿。另见69页 kě。

骒(騍)kè【古】去声，二十一个。【例】起~

客kè【古】入声，十一陌。【例】拜~邦~暴~边~辩~标~镖~宾~病~逋~布~才~茶~槎~禅~常~朝~尘~闯~乘~痴~愁~出~楚~船~串~词~刺~村~待~丹~刀~道~典~佃~吊~钓~东~赌~渡~断~恶~恩~番~凡~贩~方~房~浮~赋~港~高~估~孤~顾~馆~归~闺~鬼~贵~桂~国~过~海~豪~好~贺~胡~欢~宦~徽~会~货~羁~寄~佳~家~嘉~贾~见~饯~剑~娇~接~酒~倦~隽~看~狂~髑~乐~离~留~陇~旅~论~马~卖~蛮~慢~媚~门~墨~谋~木~幕~女~陪~嫖~贫~普~棋~洽~迁~掮~侨~樵~秦~琴~清~请~穷~屈~泉~让~儒~骚~山~剡~商~觞~赏~上~少~设~社~生~剩~诗~食~书~熟~蜀~术~戍~水~说~私~送~俗~素~速~宿~谈~堂~外~晚~文~稀~溪~喜~戏~侠~狎~仙~闲~显~乡~香~饷~行~雅~烟~岩~盐~宴~野~夜~揖~异~邑~逸~吟~寅~饮~应~迎~郢~佣~庸~幽~游~右~羽~寓~渊~园~远~月~岳~越~云~札~斋~招~谪~真~征~正~政~知~滞~重~舟~逐~主~属~铸~庄~赘~醉~尊~作~白社~餐霞~蟾宫~吹箫~词翰~骢马~雕龙~钓鳌~

东山~冯虚~江湖~隆中~鹿鸣~平原~凭虚~齐山~骑鲸~青城~青琐~秋风~虬髯~衣食~迎仙~郢中~渔竿~玉堂~鸳鸯~云水~杖锡~珠履~紫芝~

刻kè【古】入声，十三职。【例】版~暴~碑~猜~残~惨~察~谗~划~初~传~此~丛~锉~丹~雕~蠹~断~顿~俄~迩~发~翻~烦~仿~复~感~公~古~骨~剐~寡~晷~汉~狠~汇~即~急~辑~记~忌~奸~尖~监~减~剪~检~狡~截~金~谨~精~景~镌~峻~刊~苛~刻~扣~枯~苦~酷~蜡~立~砻~漏~镂~率~明~铭~摹~模~墨~木~墓~内~虐~佩~片~偏~裒~期~绮~迁~椠~峭~切~锲~侵~倾~清~顷~缺~任~日~伤~少~深~诗~石~时~蚀~双~瞬~私~宋~速~酸~算~贪~题~停~铜~偷~刓~枉~未~文~午~犀~溪~细~暇~纤~险~现~陷~削~销~校~秀~续~严~赝~阳~夜~移~遗~译~阴~银~幽~迂~渔~逾~玉~元~原~诈~贞~忮~鸷~重~昼~竹~撰~篆~琢~梓~自~祖~纂~金石~

克kè【古】入声，十三职。【例】必~卞~不~猜~懆~冲~犯~妨~刚~攻~毫~忌~济~夹~甲~俭~减~进~扣~腊~力~镂~麦~谋~难~掊~扑~祈~千~谦~侵~清~柔~啬~伤~深~审~生~省~师~坦~威~温~武~相~枭~刑~休~阴~营~战~坐~

恪kè【古】入声，十药。【例】陂~备~不~诚~纯~端~敦~恭~共~俭~谨~兢~敬~廉~明~谦~虔~勤~清~慎~孝~严~俨~允~贞~祇~陟~忠~

溘kè【古】入声，十五合。【例】溘~朝露~

缂(緙)kè【古】入声，十一陌。【例】打~农家~

乐(樂)lè【古】入声，十药。另见103页yuè、391页yào。【例】安~伯~昌~侈~宠~醇~大~耽~独~敦~遁~富~祴~合~欢~荒~极~嘉~钧~凯~康~可~快~宽~贫~清~荣~散~傻~山~陶~恬~同~偷~玩~卫~武~嬉~喜~享~笑~谐~欣~新~逸~淫~优~忧~游~娱~愉~悦~杂~展~

勒lè【古】入声，十三职。另见326页lēi。【例】鞍~宝~贝~鞭~表~部~敕~摧~登~端~遏~封~凤~浮~柑~格~隔~勾~钩~红~羁~鞯~减~检~缰~诫~金~谨~纠~鸠~句~镌~刊~克~刻~控~叩~龙~率~罗~马~弥~铭~摹~模~摩~抹~辔~迫~铃~钳~谴~强~渠~涩~申~绳~失~疏~特~铁~斡~衔~宣~严~邀~抑~逸~银~玉~约~轧~诈~整~珠~驻~撰~捉~黄金~金鸡~

垃lè 又读。另见5页lā。

肋lè 旧读。【古】入声，十三职。另见346页lèi。

泐lè【古】入声，十三职。【例】变~剥~残~陊~谨~刊~漫~铭~摹~磨~圮~石~手~肃~刓~销~

鳓(鰳)lè 鱼名。【古】入声，十三职。

仂lè【古】入声，十三职。另见156页lì。【例】岁~余~

讷(訥)nè【古】入声，六月。【例】鄙~辩~惭~吃~钝~凡~戆~寡~謇~蹇~谨~口~羸~鲁~木~讷~朴~悫~柔~涩~外~言~迂~质~拙~

热(熱)rè【古】入声,九屑。【例】懊~白~避~残~潮~趁~炽~出~触~传~春~瘅~导~地~电~冬~毒~耳~发~烦~沸~风~伏~浮~腹~赶~高~隔~羹~怪~光~贵~滚~寒~欢~回~昏~火~急~焦~解~觉~均~亢~苦~酷~狂~冷~凉~隆~忙~闷~面~内~耐~恼~闹~暖~袢~蓬~乾~潜~亲~清~情~晴~秋~去~溽~伤~身~生~盛~湿~时~受~暑~水~汤~烫~疼~天~痛~退~晚~煨~温~蚊~午~吸~夏~歇~心~兴~虚~喧~炎~眼~夜~宜~遗~余~郁~预~燠~云~燥~增~掌~烝~执~炙~挚~致~滞~中~昼~灼~

色sè【古】入声,十三职。另见310页shǎi。【例】艾~黯~傲~败~惫~鄙~辟~避~变~波~补~财~采~彩~参~惭~茶~察~嗔~尘~成~愁~出~楚~黜~川~春~纯~慈~辞~粗~村~黛~耽~惮~德~灯~低~底~调~动~斗~妒~犯~蜚~匪~分~粉~风~凤~肤~服~傅~改~格~古~寡~观~管~光~归~诡~贵~国~海~骇~酣~寒~好~褐~恨~湖~花~华~画~槐~荒~诲~晦~蕙~货~饥~肌~疾~瘠~霁~佳~价~俭~减~降~骄~脚~戒~矜~旌~景~净~窘~惧~倦~绝~愧~老~乐~羸~理~厉~丽~利~戾~栗~敛~脸~练~亮~吝~令~柳~乱~脉~貌~美~媚~秘~面~妙~名~暝~瞑~墨~目~暮~内~男~难~赧~泥~捻~佞~弄~怒~女~暖~煖~藕~配~缥~品~齐~起~气~器~洽~铅~浅~怯~轻~情~磬~秋~屈~染~桡~容~柔~瑞~润~山~神~生~声~食~殊~曙~树~刷~衰~霜~水~死~态~贪~桃~套~特~体~天~铁~外~玩~望~温~五~忤~物~喜~戏~霞~鲜~闲~显~香~晓~行~形~玄~炫~雪~血~逊~鸦~烟~颜~眼~艳~养~瑶~野~怡~义~异~意~阴~音~淫~隐~印~萤~忧~幼~渔~愉~愚~雨~玉~鬻~鸳~渊~原~远~怨~月~悦~愠~杂~增~战~瘴~贞~阵~振~正~执~掷~众~重~昼~诸~竹~庄~姿~足~作~怍~

瑟sè【古】入声,四质。又:去声,四寘同。【例】宝~楚~触~大~点~调~抖~风~鼓~胶~蛟~金~锦~静~鹍~拉~离~灵~毛~明~鸣~农~破~凄~绮~秦~琴~清~琼~飒~骚~瑟~颂~素~缩~索~畏~淅~羲~弦~湘~萧~箫~挟~携~屑~雅~瑶~倚~幽~竽~玉~援~赵~筝~制~钟~昼~朱~注~

璱sè【古】入声,四质。【例】璱~

塞sè【古】入声,十三职。另见303页sāi、318页sài。【例】闭~充~堵~杜~否~哽~茅~栓~搪~拥~壅~淤~语~郁~滞~阻~

涩(澀、澁)sè【古】入声,十四缉。【例】暗~拗~奥~板~薄~颤~迟~尺~船~粗~粗~酢~呆~诞~冻~钝~发~风~干~格~根~梗~古~怪~管~骇~憨~寒~河~花~晦~棘~艰~简~謇~蹇~剑~涧~脚~结~谨~窘~枯~苦~冷~吝~路~秘~囊~讷~黏~凝~僻~朴~奇~悭~浅~强~峭~沙~生~声~诗~疏~水~嘶~酸~饧~铁~脱~顽~畏~弦~咸~险~藓~羞~绣~锈~哑~喑~莺~硬~庸~幽~淤~语~藻~燥~粘~指~质~滞~拙~莺语~

啬(嗇)sè【古】入声,十三职。【例】爱~保~葆~报~鄙~丰~寒~稼~艰~

俭~节~靳~力~敛~吝~毛~贫~悭~啬~省~司~琐~贪~顽~先~纤~颐~羸~珍~

穑(穡)sè【古】入声,十三职。【例】宝~本~蚕~产~丰~耕~禾~稷~稼~力~农~秋~桑~生~省~田~吐~务~香~重~

轖sè【古】入声,十三职。【例】车~郁~结~

圾sè 又读。另见110页jī、120页jí。

社shè【古】上声,二十一马。【例】白~邦~北~祓~亳~曹~茶~长~朝~城~赤~樗~锄~楚~春~词~丛~郫~村~党~灯~杕~帝~鼎~东~读~法~番~方~枌~祓~附~复~公~攻~官~圭~鬼~国~过~侯~会~几~祭~建~郊~结~诫~净~静~酒~剧~军~空~蜡~里~立~栎~栗~莲~陵~戮~闾~旅~栾~洛~马~茅~庙~民~明~南~闹~农~鸥~配~甓~凭~蒲~歧~千~青~秋~入~赛~僧~神~诗~誓~书~祀~松~送~太~泰~坛~汤~天~田~土~王~卫~文~五~舞~汐~锡~下~夏~乡~香~新~衅~玄~穴~血~巡~宜~以~义~邑~殷~吟~营~拥~右~雩~榆~圆~载~枣~置~冢~州~周~主~宗~左~坐~东笏~洛阳~耆英~神农~远公~

厍(厙)shè 用于地名。【古】去声,二十二祃。

舍shè【古】去声,二十二祃。另见69页shě。【例】庵~鲍~辟~别~兵~丙~蚕~仓~操~草~茶~廛~车~承~厨~传~椿~次~赐~村~厝~代~道~稻~邸~第~店~殿~定~斗~顿~耳~返~房~吠~废~凤~佛~服~福~府~岗~告~割~给~公~宫~狗~官~馆~寒~号~横~后~候~环~浑~鸡~家~甲~兼~谏~槛~箭~讲~郊~劫~解~谨~进~精~酒~厩~居~沮~郡~客~宽~逵~郎~垒~离~里~吏~寮~撩~列~邻~赁~令~留~龙~楼~庐~闾~旅~茅~民~墓~内~南~难~牛~农~旁~棚~毗~贫~屏~铺~齐~迁~钱~樵~芹~罄~区~圈~全~人~容~入~阮~僧~山~设~石~市~室~守~书~署~树~墅~税~私~寺~祀~宿~檀~田~厅~亭~土~退~托~瓦~外~晚~王~委~蜗~屋~庑~夕~席~徙~宵~校~廨~蟹~兴~行~幸~休~虚~玄~学~烟~野~谒~义~异~驿~隐~营~用~邮~游~渔~狱~寓~园~垣~原~云~躁~斋~宅~掌~仗~止~指~质~智~塚~竹~

射shè【古】去声,二十二祃。另见169页yì。【例】暗~迸~博~骋~驰~饬~触~赐~丛~簇~打~大~弹~邸~点~电~钓~赌~对~蹲~发~伐~反~放~飞~沸~风~辐~覆~弓~姑~贯~耗~合~横~晃~会~火~击~迹~积~基~激~溅~箭~讲~郊~角~劲~快~礼~立~猎~流~马~逆~弩~排~旁~抛~喷~频~聘~平~仆~曝~齐~骑~棋~日~如~散~扫~闪~神~圣~侍~试~受~数~速~腾~贴~投~透~外~卧~无~武~西~习~掀~乡~校~斜~悬~学~衍~宴~艳~仰~邀~夜~弋~饮~隐~影~映~游~诱~雨~驭~郁~蜮~阅~占~战~照~折~针~正~知~直~指~治~重~逐~注~斫~长弓~藐姑~

麝shè【古】去声,二十二祃。【例】暗~柏~冰~沉~春~捣~逢~蕙~惊~兰~

狸~龙~鹿~脑~山~湿~水~松~宿~香~衣~逐~

赦shè【古】去声,二十二祃。【例】不~裁~大~恩~放~逢~复~观~洪~将~降~郊~蠲~开~宽~蒙~免~曲~饶~容~时~贯~赎~数~肆~特~天~听~无~宣~宥~遇~原~载~诏~诛~专~杀无~

猞shè 猞猁。

设(設)shè【古】入声,九屑。【例】安~摆~备~辟~布~常~陈~敕~筹~创~春~地~额~费~分~敷~附~公~供~诡~欢~幻~计~佳~架~假~俭~建~阶~进~警~矩~具~开~看~犒~空~罗~埋~门~排~铺~启~赏~生~施~宿~天~添~徒~拓~外~席~先~显~象~修~虚~严~宴~燕~野~豫~造~增~乍~张~昭~置~重~

涉shè【古】入声,十六叶。【例】跋~病~博~步~参~朝~驰~胆~蹈~登~冬~洞~渡~泛~浮~该~干~隔~更~关~贯~过~淮~济~渐~交~揭~津~进~经~精~径~迳~跨~窥~历~利~猎~冒~扪~目~盘~披~牵~搴~潜~秋~驱~染~深~豕~暑~霜~水~溯~通~徒~推~晚~溪~夏~相~学~沿~夜~衣~游~渔~逾~远~瞻~招~争~烝~陟~昼~褰裳~

摄(攝)shè【古】入声,十六叶。【例】保~卑~逼~补~差~持~充~瘁~调~动~督~分~符~该~勾~管~护~假~兼~监~检~将~谨~静~纠~救~居~拘~控~揽~临~领~迷~目~拍~屏~取~权~善~试~收~首~署~讨~提~通~统~绾~威~卫~文~吸~修~遥~颐~韵~宰~珍~镇~震~征~追~综~总~

慑(懾、慴)shè【古】入声,十六叶。【例】隘~怖~瘁~胆~惮~悼~怪~悸~捷~惊~窘~沮~惧~恐~恇~屏~迫~气~怯~悚~惕~退~威~畏~心~悒~忧~战~章~震~

滠(灄)shè 水名。【古】入声,十六叶。

拾shè 蹑足而上。【古】入声,十四缉。另见185页shí。

歙shè 地名。【古】入声,十六叶。

特tè【古】入声,十三职。【例】标~不~超~崇~单~敌~独~防~非~丰~伏~刚~耿~攻~孤~寡~怪~瑰~诡~豪~浩~恢~辉~加~郊~杰~介~迥~绝~峻~伉~夸~魁~明~凝~怒~偏~奇~岂~峭~翘~褥~森~胜~殊~庶~粟~檀~特~挺~瓦~微~伟~险~新~雄~秀~轩~佚~英~渊~卓~

慝tè【古】入声,十三职。【例】逼~鄙~逋~谗~仇~疵~刺~大~恶~烦~方~氛~负~构~蛊~过~怀~回~秽~奸~僭~浇~狡~纠~咎~狙~巨~军~苛~狂~露~靡~强~亲~群~稔~省~示~淑~水~私~搜~贪~瑕~险~消~邪~凶~修~遗~阴~淫~引~隐~游~怨~云~仄~谮~诈~罪~作~

忒tè【古】入声,十三职。【例】忐~

仄zè【古】入声,十三职。【例】逼~惭~赤~反~极~湫~径~路~旁~平~骞~歉~倾~日~上~深~悚~狭~纤~险~晓~斜~攲~幽~仄~

昃zè【古】入声,十三职。【例】旰~晷~昏~景~倾~日~下~盈~月~中~昼~

啧zè【古】入声,十一陌。【例】悲~咄~嗟~咳~迫~啧~咋~

萴zè【古】入声，十三职。【例】房～巉～岃～

蔗zhè【古】去声，二十二祃。【例】赐～啖～荻～都～杜～甘～竿～果～姜～蕉～蜡～芳～梨～畦～甜～压～宜～芋～种～诸～竹～紫～

鹧(鷓)zhè【古】去声，二十二祃。【例】斑～山～

柘zhè【古】去声，二十二祃。【例】白～蚕～樗～椒～栎～屈～桑～食～潭～檀～贞～诸～

嗻zhè 应诺声。【古】去声，二十二祃。另见 60 页 zhē。

浙(淛)zhè【古】入声，九屑。又：去声，八霁同。【例】丹～淮～江～两～西～

这(這)zhè【古】去声，十七霰。【例】得～的～

饿(餓)è【古】去声，二十一箇。【例】挨～蝉～猝～冻～多～乏～槁～鹄～寒～饥～俭～解～久～匮～困～羸～殍～贫～寝～穷～诗～喂～隐～

恶(惡)è【古】入声，十药。另见 68 页 ě、221 页 wū、269 页 wù。【例】百～暴～悖～本～鄙～库～辟～弊～薄～惨～操～懆～谗～沉～惩～逞～蚩～弛～崇～仇～丑～黜～从～粗～犓～窜～萃～怠～瘅～党～诋～刁～吊～毒～短～遏～发～罚～凡～烦～犯～腐～构～姑～故～怪～贯～犷～诡～国～过～豪～很～狠～横～怙～猾～怀～患～讳～秽～毁～讥～积～极～嫉～忌～济～奸～见～贱～交～骄～狡～桀～进～旧～咎～疚～剧～距～绝～峻～苦～酷～匡～滥～羸～俚～理～领～卖～美～猛～谬～逆～狞～佞～怒～欧～僻～偏～泼～破～弃～前～遣～寝～忍～稔～柔～善～少～沈～十～使～守～首～淑～疏～衰～肆～溲～俗～宿～岁～祟～贪～饕～逃～痛～顽～万～畏～文～瑕～纤～险～相～枭～小～邪～衅～星～性～凶～移～疑～意～溢～阴～喑～淫～隐～盈～尤～元～远～怨～愠～造～谮～昭～蛰～争～忮～众～重～诛～诸～拙～纵～罪～作～

姶è 见于人名。【古】入声，十五合。

堨è 阻塞。【古】入声，七曷。

崿è【古】入声，十药。【例】岑～错～丹～坻～崿～艮～飞～峻～嵁～峭～挺～嵬～崖～岩～巘～垠～云～仄～

颚(顎)è【古】入声，十药。【例】领～下～

萼è【古】入声，十药。【例】宝～朝～赪～承～翠～丹～棣～冬～趺～跗～含～红～花～华～桧～绛～椒～接～金～累～丽～连～莲～联～柳～露～绿～梅～嫩～骈～破～绮～千～青～琼～乳～瑞～瘦～素～桃～托～晚～万～夏～仙～香～杏～秀～绣～须～璇～雪～炎～艳～瑶～野～遗～雨～云～枝～脂～重～朱～紫～胭脂～

轭(軛)è【古】入声，十一陌。【例】车～雕～顿～服～负～荷～衡～羁～亢～犁～轮～马～牛～缥～衔～绣～辕～

鳄(鰐、鱷)è【古】入声，十药。【例】海～蛟～鲛～鲸～烹～驱～潮州～

鹗(鶚)è【古】入声，十药。【例】苍～大～雕～蹲～荐～金～鸠～鹫～祢～鹏～秋～霜～枭～野～鹰～鹯～鸷～

厄(戹、阨)è【古】入声，十一陌。【例】隘～逼～闭～兵～沉～赤～当～砥～度～乏～衡～火～饥～羁～疾～艰～蹇～解～金～窘～拘～沮～苦～困～难～逆～贫～

迫~穷~屈~人~水~屯~危~蟹~刑~凶~湮~陻~幽~遇~灾~遭~震~迍~阻~作~

锷(鍔)è【古】入声,十药。【例】宝~冰~词~淬~翠~顿~锷~焚~锋~皓~花~饥~剑~惊~举~雷~莲~镰~露~马~芒~鸟~铅~染~渑~石~时~释~霜~天~险~要~垠~隐~忧~玉~

遏è【古】入声,七曷。【例】陂~逼~冰~埭~隄~底~抵~杜~断~铎~防~抚~扞~横~检~禁~靖~静~沮~控~梁~驱~式~水~肃~塘~土~吞~枉~掩~堰~邀~抑~拥~壅~郁~障~遮~镇~止~制~阻~不可~行云~

呃(哤)è【古】入声,十一陌。【例】饱~打~呃~呜~逆~气~阻~

腭(顎)è【古】入声,十药。【例】辅~颌~领~软~上~下~龈~颐~断~

谔(諤)è【古】入声,十药。【例】错~谔~鲠~蹇~謇~忠~

噩è【古】入声,十药。【例】噩~骇~灏~昏~浑~惊~可~作~

鄂è【古】入声,十药。【例】褒~坻~棣~殿~东~栋~跗~华~謇~蹇~江~节~荆~惊~沔~圻~夏~湘~沂~垠~英~郢~

愕è【古】入声,十药。【例】诧~瞠~错~瞪~愕~发~感~怪~骇~惶~诙~謇~蹇~嗟~惊~可~愧~马~切~慑~叹~惋~眙~震~怍~

垩(堊)è【古】入声,十药。【例】白~鼻~丹~粉~黄~庐~美~泥~铅~青~石~素~涂~微~黝~赭~

扼è【古】入声,十一陌。【例】缠~防~衡~见~进~卡~控~险~要~遮~镇~阻~

阏(閼)è【古】入声,七曷。另见 471 页 yān。【例】隄~遏~番~提~填~夭~抑~堙~拥~壅~淤~郁~

頞è ①鼻梁。②同“额”,额头。【古】入声,七曷。【例】蹙~灸~矉~曲~缩~塌~折~

4. 耶约韵

平声·阴平

鳖(鼈、鱉)biē【古】入声,九屑。【例】白~跛~赪~成~螭~春~稻~地~赌~胹~凫~干~龟~汗~旱~酒~巨~老~绿~梦~木~烹~鳅~蛇~石~天~田~土~鼍~蛙~舞~夏~献~饮~鱼~鼋~致~珠~紫~东海~马蹄~长沙~瓮中~

憋biē【古】入声,九屑。【例】拗~烦~脾~气~歪~抑~

爹diē【古】下平,六麻。又:上声,二十哿同。【例】阿~彼~爹~干~公~姑~后~老~姨~

跌diē【古】入声,九屑。【例】暴~踣~差~磋~宕~颠~蹎~顿~毁~蹶~靡~摩~旁~倾~踒~撞~

街jiē【古】上平,九佳。【例】背~尘~螭~冲~当~东~都~犯~赶~槀~官~河~横~花~槐~阶~禁~静~九~跨~兰~拦~临~流~柳~笼~骂~盘~跑~清~曲~扫~市~寿~天~填~通~铜~西~洗~香~星~行~雪~巡~沿~洋~遥~瑶~游~雨~玉~御~云~章~正~花满~铜驼~

阶(階、堦)jiē【古】上平,九佳。【例】宝~北~陛~碧~宾~殡~兵~侧~超~朝~辰~宸~螭~崇~丹~道~登~殿~遁~翻~泛~封~浮~福~官~贵~寒~鸿~华~槐~环~皇~积~基~夹~降~结~金~晋~九~捐~军~兰~历~栗~连~灵~龙~露~绿~鸾~乱~没~玫~门~珉~抹~内~南~排~砌~侵~清~穹~琼~绕~散~莎~山~上~升~石~受~霜~司~台~苔~太~堂~梯~天~庭~通~彤~土~文~乌~午~武~西~析~仙~削~霄~叙~轩~璇~勋~循~徇~崖~檐~瑶~药~夜~音~寅~银~楹~优~幽~右~玉~御~圆~缘~云~振~征~中~重~紫~阼~苔封~雪满~影侵~

秸(稭)jiē【古】上平,九佳。另:入声,八黠同。【例】剥~稻~豆~堆~赋~槁~环~苴~麻~麦~茅~纳~蒲~秫~黍~张~

皆jiē【古】上平,九佳。【例】尽~孔~率~悉~咸~处处~禹绩~

喈jiē【古】上平,九佳。【例】伯~凤~哕~胶~喈~两~说~嗈~雍~

楷jiē【古】上平,九佳。另见310页kǎi。【例】多~两~强~蜀~杖栽~

湝jiē【古】上平,九佳。【例】湝~

嗟jiē【古】下平,六麻。另79页juē同。【例】哀~悲~惨~长~称~叱~猝~蠹~咄~拊~共~何~呼~赍~嗟~矜~惊~久~堪~可~来~怜~谩~悯~莫~戚~钦~呿~伤~叹~徒~嘻~兴~行~嘘~猗~噫~喑~忧~于~吁~怨~咤~咨~风雨~阮生~田父~贤人~仰面~

接jiē【古】入声,十六叶。【例】傍~宾~博~补~宠~酬~穿~船~窗~垂~搭~待~地~殿~叠~端~短~锻~对~恩~反~逢~扶~赴~高~勾~媾~顾~关~过~候~湖~诲~嫁~间~剪~降~交~觐~救~眷~款~髡~劳~礼~连~联~邻~鳞~铆~密~内~逆~黏~捻~攀~盼~旁~陪~骈~拼~聘~軿~桥~切~亲~倾~磬~壤~衽~容~熔~赏~上~收~手~树~水~顺~私~绥~梯~天~通~外~晚~溪~下~衔~相~镶~携~形~逊~芽~烟~延~燕~邀~依~蚁~引~应~迎~影~诱~援~云~沾~霑~招~枝~直~踵~周~昼~转~追~缀~短兵~耳目~烟波~尧风~舳舻~

揭jiē【古】入声,九屑。【古】入声,十六叶。另见160页qì。【例】按~变~标~表~打~调~斗~发~风~负~高~阁~呼~揭~旌~开~孔~括~厉~帘~冽~密~披~签~翘~轻~揠~若~赏~深~树~提~条~掀~衔~轩~檐~扬~银~冤~载~札~昭~日月~

疖(癤)jiē【古】入声,九屑。【例】疮~毒~患~火~脓~热~

嗟juē 又读。见79页jiē。

撅juē【古】入声,六月。【例】劣~翘~搜~嘴~

噘juē【古】入声,六月。同“撅”。【例】嘴~

撧juē【古】入声，九屑。【例】拗~生~

屩juē【古】入声，十药。【例】敝~帛~布~草~屐~菅~芒~木~蹑~樵~绳~释~双~雪~烟~云~织~棕~居士~

乜miē【古】上声，二十一马。【例】斜~

咩miē【古】上声，四纸。【例】咩~

捏（揑）niē【古】入声，九屑。【例】编~串~打~扶~谎~架~拿~扭~排~揉~手~抟~诬~虚~隐~指~装~

瞥piē【古】入声，九屑。【例】电~飘~瞥~斜~眼~风花~去如~

撇piē【古】入声，九屑。另见90页piě。【例】傲~波~道~丢~顿~分~鬼~揪~开~排~抛~漂~弃~欠~清~撒~闪~脱~歪~水面~

切qiē【古】入声，九屑。另见96页qiè。【例】哀~悲~倍~逼~辨~不~裁~惨~操~恻~诚~楚~揣~刺~催~磋~丹~谠~刀~祷~低~典~阽~动~督~毒~笃~端~多~翻~繁~反~方~分~愤~风~讽~浮~该~感~刚~割~鲠~工~关~规~果~过~狠~横~激~急~寄~剪~简~謇~谏~讲~交~焦~绞~较~讦~紧~劲~禁~精~警~究~镌~峻~恺~慨~苛~渴~刻~恳~酷~愧~牢~缕~律~论~谩~密~悯~明~摩~聂~盼~频~迫~剖~凄~戚~恰~虔~强~翘~切~亲~清~情~惓~确~热~深~适~悚~酸~贴~恸~透~妥~外~惋~稳~细~下~显~详~削~辛~新~悻~旋~训~雅~严~要~音~殷~隐~郁~怨~允~躁~斩~真~箴~诊~正~直~指~挚~忠~种~专~谆~琢~

缺quē【古】入声，九屑。【例】败~谤~崩~彼~剥~补~裁~残~差~褫~出~疵~点~玷~凋~顶~洞~短~断~讹~额~繁~放~飞~肥~废~缶~斧~候~壶~花~灰~晦~毁~敧~间~简~蹇~紧~就~开~空~亏~匮~离~粮~列~劣~烈~陵~沦~买~卖~美~缪~啮~罄~圮~破~奇~欠~秦~禽~散~伤~升~实~瘦~署~损~讨~题~挑~兔~颓~刓~亡~微~无~夕~稀~隙~瑕~罅~闲~悬~雅~湮~要~欹~遗~蚁~印~盈~优~余~员~圆~月~陨~暂~中~属~公道~金瓯~青山~

阙（闕）quē 缺点。空缺。【古】入声，六月。另见97页què。【例】败~傍~碑~备~崩~补~残~层~蟾~晨~崇~辞~丹~地~电~玷~洞~断~讹~鹅~犯~废~负~高~观~规~衮~过~荒~毁~冀~简~绛~警~旧~巨~空~旷~匮~漏~露~谬~圮~欠~青~穷~日~如~散~山~守~树~颓~亡~王~罔~微~违~象~星~玄~烟~淹~严~衍~燕~遗~疑~嬴~忧~幽~游~逾~垣~圆~月~暂~箴~中~

贴（貼）tiē【古】入声，十六叶。【例】安~帮~补~衬~叨~倒~饭~服~瓜~锅~户~花~剪~揭~津~紧~静~刊~录~门~米~灭~抹~宁~赔~票~平~恰~签~切~入~射~私~体~妥~偎~蔚~稳~药~依~熨~赠~粘~张~招~

帖tiē 另见91页tiě、98页tiè。【例】安~拜~榜~谤~笔~补~部~草~出~传~丛~贷~单~调~读~鹅~房~俸~服~符~讣~阁~故~官~黑~回~婚~吉~甲~驾~监~缄~简~教~解~津~晋~绢~钧~括~类~论~弭~摹~墨~年~宁~凝~批~票~平~破~谱~契~签~钱~羌~全~权~泉~券~汝~赏~

射~身~诗~手~书~赎~税~速~潭~堂~体~填~帖~妥~蔚~文~稳~犀~禊~县~缃~小~行~宣~牙~颜~偃~雁~邀~药~遗~楹~由~玉~谕~允~熨~招~真~支~直~转~资~奏~祖~醉~伯远~二王~兰亭~升元~圣母~

些xiē【古】下平,六麻。另见 54 页 suò。【例】哀~半~楚~九~骚~晚~无~险~些~许~争~

歇xiē【古】入声,六月。【例】安~半~闭~波~草~程~辞~凋~顿~风~故~红~黄~火~记~间~将~靠~款~零~露~沦~梅~暮~栖~憩~荣~少~收~衰~宿~停~晚~舞~雾~希~息~闲~香~消~兴~休~厌~晏~野~夜~盈~暂~止~昼~雨初~

蝎(蠍)xiē【古】入声,六月。【例】抱~壁~虫~毒~蠹~蜂~蝮~露~全~权~如~桑~蛇~螯~朽~蚁~萤~双尾~

楔xiē【古】入声,九屑。【例】拔~绰~打~祓~楫~枷~雷~栗~门~樴~木~气~榫~遗~凿~棹~竹~霹雳~

揳xiē【古】入声,九屑。【例】擭~

靴(鞾)xuē【古】下平,五歌。【例】鞭~长~朝~穿~钉~短~服~革~弓~宫~管~红~花~麂~胶~脚~锦~袴~裤~快~猎~鹿~绿~鸾~马~蛮~纳~暖~煖~袍~捧~皮~青~裙~石~双~素~同~脱~乌~舞~绣~银~油~雨~皂~战~掷~

削xuē【古】入声,十药。另见 362 页 xiāo。【例】卑~逼~笔~砭~编~贬~别~剥~补~财~裁~残~铲~褫~锄~黜~蠹~绰~蹙~窜~地~雕~陡~分~焚~斧~腹~改~割~革~孤~刮~毁~籍~家~尖~减~剪~剑~截~斤~金~京~句~镌~蠲~峻~浚~刊~砍~苛~刻~剞~髡~利~零~屡~掠~免~刨~批~披~剽~迁~敲~峭~侵~青~庆~染~如~洒~三~删~芟~绳~瘦~书~竦~酸~岁~剃~添~剟~危~洗~纤~消~雄~秀~戌~恤~严~歆~抑~郢~影~渊~载~志~诛~追~斫~琢~奏~朘~左~

薛xuē【古】入声,九屑。【例】褚~斛~刘~卢~毛~岐~怯~滕~

耶yē 译音字。另见 90 页 yé。

椰yē【古】下平,六麻。【例】枣~

倻yē 译音字。【例】伽~

掖yē 另见 102 页 yè、166 页 yì。【例】藏~

噎yē【古】入声,九屑。【例】悲~抽~喘~打~堵~防~感~嗝~哽~鲠~茹~艰~溺~凝~呕~潘~溢~气~如~塞~涩~酸~填~阗~呜~五~胸~掩~噎~噫~因~喑~壅~幽~郁~祝~废食~

约(約)yuē【古】入声,十药。又:去声,十八啸异。【例】暗~背~本~鞭~贬~辨~博~草~成~程~愁~绰~词~大~淡~缔~订~断~罚~繁~反~废~服~负~附~赴~甘~稿~公~恭~故~寡~关~贯~规~函~好~合~闳~后~换~悔~会~毁~婚~机~集~坚~俭~践~骄~节~解~戒~界~诫~金~谨~禁~精~靖~纠~旧~刊~科~孔~款~立~赁~令~陋~履~掠~略~盟~密~名~明~谋~聘~栖~期~契~谦~签~勤~轻~券~如~删~商~申~绳~省~失~誓~守~爽~私~素~韬~条~通~僮~博~退~婉~违~委~畏~文~限~乡~相~削~协~新~信~续~寻~训~

艳～邀～要～依～遗～议～隐～应～忧～逾～预～职～止～制～质～重～卓～租～族～遵～林泉～平生～云山～

曰yuē【古】入声,六月。【例】名～若～谁～语～赞～制～子～

平声·阳平

别bié【古】入声,九屑。另见92页biè。【例】拗～拜～辨～裁～差～长～怅～澄～持～宠～处～辞～大～道～分～奉～符～傅～告～隔～各～拱～钩～话～焕～级～间～简～件～饯～鉴～较～界～旌～迥～久～隽～诀～叩～款～旷～睨～睽～阔～类～离～劣～临～留～面～派～判～抛～品～评～剖～弃～泣～轻～区～取～全～色～伤～少～审～生～识～殊～爽～死～送～特～条～违～握～晤～析～惜～细～小～性～叙～悬～腰～揖～异～永～远～孕～赠～甄～执～作～垂老～从军～河梁～挥袂～泾渭～经年～南浦～

蹩bié【古】入声,九屑。【例】病～跛～扭～气～

蝶(蜨)dié【古】入声,十六叶。【例】白～彩～蝉～痴～春～簇～翠～冬～冻～蛾～飞～粉～风～蜂～凤～绀～鬼～寒～韩～蝴～花～化～灰～魂～蛱～狂～冷～连～两～露～媚～梦～迷～扑～秋～裙～蕊～赏～霜～水～素～晚～舞～戏～仙～新～野～蚁～莺～游～玉～逐～庄～菜畦～穿花～

叠(疊、曡)dié【古】入声,十六叶。【例】百～遍～并～帛～侧～岑～层～稠～翠～叠～斗～堆～垛～峰～复～歌～红～花～积～集～架～荐～交～金～锦～九～浪～磊～累～棱～连～两～鳞～排～旁～骈～平～铺～砌～前～山～石～双～水～套～颓～瓦～万～雾～溪～绣～巘～蚁～倚～玉～月～云～匝～折～褶～振～整～重～千嶂～阳关～

迭dié【古】入声,九屑。【例】百～并～帛～层～差～趁～稠～错～调～迭～斗～堆～垛～复～覆～更～衮～互～积～间～荐～交～累～棱～连～迷～排～铺～沏～千～恁～三～嬗～少～甚～抬～颓～雾～相～蚁～约～匝～遮～振～重～梅花～屏风～兴废～

牒dié【古】入声,十六叶。【例】案～版～宝～碑～编～薄～簿～彩～尺～赤～敕～出～词～度～飞～符～告～公～勾～关～官～画～怀～宦～积～记～家～监～简～交～阶～解～戒～金～禁～军～勒～绫～录～密～名～平～蒲～谱～儒～瑞～僧～摄～申～石～史～收～书～水～讼～诉～素～腾～通～投～图～文～缃～信～行～选～雪～讯～瑶～移～银～影～玉～狱～韵～状～宗～青玉～鸳鸯～

堞dié【古】入声,十六叶。【例】板～城～传～翠～垛～粉～冯～傅～高～戈～古～故～龟～荒～绛～金～鹫～楼～逻～鸟～女～陴～山～戍～霜～铜～危～行～绣～遗～墉～玉～云～雉～粃蜉～

谍(諜)dié【古】入声,十六叶。【例】邦～边～传～谍～斗～反～芳～防～烽～怪～汉～号～合～记～家～奸～间～谱～遣～庆～如～瑞～史～受～讼～图～往～系～仙～闲～宵～行～诇～谣～阴～贼～侦～

碟dié【古】入声,九屑。【例】杯~匕~便~菜~茶~飞~光~画~冷~凉~声~碗~影~盏~转~

喋dié【古】入声,十六叶。另见15页zhá。【例】啑~喋~斗~烦~嗫~吮~哓~咽~闻~空腹~群雁~

蹀dié【古】入声,十六叶。【例】朝~蹴~蹈~蹀~捷~连~马~蹑~跷~蹉~蹂~踏~腾~跕~细~跣~躞~远~足~城上~踌躇~依风~

耋dié【古】入声,九屑。【例】鬓~齿~大~耋~耇~老~髦~耄~暮~耆~龆~童~乡~遗~稚~

鲽(鰈)dié【古】入声,十五合。【例】东~海~鹣~鲆~鳎~鲫~高眼~

瓞dié【古】入声,九屑。【例】瓜~绵~绍~秀~

昳dié【古】入声,九屑。另见169页yì。【例】曝~日~

垤dié【古】入声,九屑。【例】坳~坟~封~阜~高~灌~荒~隆~鸣~纽~硗~丘~邱~土~小~瑶~依~遗~蚁~蹶~众~蹶于~

咥dié【古】入声,九屑。另见162页xì。【例】诃~虎~啮~

绖(絰)dié【古】入声,九屑。【例】弁~戴~葛~环~苴~麻~茅~免~墨~释~首~衰~腰~杖~

跕dié【古】入声,十六叶。【例】蹲~废~鸟~跕~鸢~

结(結)jié【古】入声,九屑。【例】哀~巴~百~板~编~冰~彩~惨~草~缠~陈~成~澄~炽~愁~初~穿~怆~春~鹑~促~翠~带~缔~顶~冬~冻~兜~断~恩~饵~纷~愤~蜂~蜉~抚~附~复~干~甘~感~高~哽~耿~勾~构~遘~愲~固~锢~贯~归~跪~海~红~喉~厚~候~互~护~沍~鬟~活~积~集~记~夹~假~缄~检~交~绞~解~纠~樛~旧~句~具~聚~科~款~括~兰~揽~劳~蠡~理~连~联~链~了~领~瘤~露~赂~绿~挛~眉~秘~密~缪~谋~内~南~黏~凝~扭~盘~槃~蟠~蚍~痞~凭~破~铺~起~绮~气~千~钤~钳~乾~翘~切~亲~清~虬~渠~取~绻~绕~溶~融~如~山~扇~善~赏~上~烧~审~蜃~释~收~绶~熟~霜~思~死~算~髓~缩~琐~绦~套~题~田~通~团~魋~完~宛~绾~枉~维~委~猬~蔚~雾~西~下~衔~显~相~香~啸~谐~心~绣~悬~讯~延~岩~邀~衣~疑~蚁~倚~议~悒~阴~银~蚓~印~萦~忧~友~诱~纡~迂~雨~郁~冤~苑~怨~约~蕴~增~粘~症~支~执~止~滞~终~重~蛛~状~椎~赘~总~灯花~丁香~蝴蝶~相思~鸳鸯~

洁(潔)jié【古】入声,九屑。【例】保~贬~表~冰~诚~出~楚~纯~淳~淡~端~敦~芳~丰~刚~高~耿~孤~光~好~皓~鹤~蕙~坚~简~皎~矫~介~谨~精~净~静~镜~娟~蠲~狷~隽~俊~朗~廉~灵~露~履~茅~明~凝~暖~癖~贫~屏~朴~齐~虔~俏~峭~轻~清~琼~全~染~柔~圣~饰~守~霜~水~素~苔~天~完~温~鲜~闲~香~新~衅~行~修~秀~雅~阉~严~妍~掩~瑶~莹~幽~逾~玉~斋~贞~整~纸~忠~自~蟾光~冰壶~风蝉~情素~秋山~秋霜~

劼jié【古】入声,八黠。【例】勋~

岊jié【古】入声，九屑。【例】地～高～山～危～英～云～

杰(傑)jié【古】入声，九屑。【例】骜～邦～笔～才～材～长～称～词～刚～高～怪～瑰～汉～豪～闳～环～孑～巨～隽～俊～魁～礼～髦～名～明～飘～七～奇～清～人～三～诗～时～双～竦～挺～万～文～闲～贤～枭～骁～雄～秀～逸～英～宗～杜陵～

节(節)jié【古】入声，九屑。【例】案～拜～邦～抱～被～避～鞭～变～秉～并～才～裁～惨～操～豺～常～臣～趁～诚～逞～骋～持～初～传～雌～促～翠～丹～诞～蹈～灯～砥～调～冬～蹲～顿～遁～堕～贰～发～幡～繁～犯～芳～粉～奋～丰～凤～伏～符～抚～拊～赴～改～概～甘～高～根～耿～恭～古～骨～乖～关～管～贯～轨～鬼～贵～过～寒～汉～合～鸿～虎～环～会～晦～毁～货～击～机～积～激～急～戟～季～佳～假～检～简～建～健～降～绛～骄～角～矫～结～竭～介～戒～金～矜～筋～谨～尽～劲～旌～警～靖～旧～菊～举～绝～均～俊～峻～抗～苦～夸～款～狂～亏～朗～棱～礼～厉～立～吏～励～廉～链～亮～谅～烈～灵～凌～陵～令～六～龙～露～路～履～绿～略～旄～弭～妙～名～命～末～纳～霓～逆～农～藕～拍～盘～偏～缥～品～蒲～期～奇～旗～启～起～绮～气～清～情～邛～穷～秋～曲～取～全～权～忍～软～瑞～散～桑～删～善～慎～声～省～圣～盛～时～使～士～示～事～饰～誓～守～授～殊～淑～疏～树～衰～霜～爽～顺～死～四～松～送～素～岁～缩～踏～天～停～挺～通～同～痛～脱～完～晚～伟～午～武～雾～息～玺～细～夏～闲～弦～贤～限～宪～香～缃～孝～效～械～谢～心～新～信～雄～宣～悬～旬～迅～殉～雅～严～偃～阳～仪～移～义～易～音～拥～庸～逾～羽～玉～御～远～约～月～陨～章～掌～仗～折～贞～真～枝～执～直～止～至～志～制～忠～竹～住～驻～著～专～转～壮～幢～追～着～字～足～阻～遵～柏舟～柴市～穿石～桃李～

截jié【古】入声，九屑。【例】半～裁～漕～查～抄～钞～搭～打～盗～东～堵～断～遏～割～隔～海～横～虹～剪～简～翦～剿～峤～径～刻～脍～拦～阑～暝～末～迫～齐～禽～水～肃～雁～邀～玉～约～云～斩～崭～遮～追～阻～

竭jié【古】入声，六月。又：入声，九屑同。【例】崩～波～诚～池～川～单～殚～断～乏～告～谷～海～耗～河～涸～泓～极～减～焦～湫～津～尽～泾～窘～决～烤～刻～空～枯～旷～匮～困～劳～力～露～摩～内～南～凝～疲～贫～乾～倾～罄～穷～屈～泉～沙～稍～输～衰～水～嘶～下～咸～虚～血～源～泽～展～

羯jié【古】入声，六月。【例】丑～戎～拓～獯～赭～柘～

劫(刦、刧、刼)jié【古】入声，十七洽。【例】百～暴～被～避～兵～惨～抄～尘～雠～盗～厄～焚～风～俘～攻～浩～黑～华～幻～皇～灰～火～积～金～惊～拘～开～空～寇～旷～拦～累～历～凌～流～掳～路～掠～灭～磨～魔～年～剽～迫～棋～前～钳～强～抢～驱～扰～沙～山～生～时～数～搜～逃～万～往～威～洗～遐～贤～胁～刑～行～玄～悬～邀～要～亿～逸～应～永～幽～诱～渔～遇～远～灾～贼～执～制～昼～诸～浊～红羊～

蜐jié【古】入声，十七洽。【例】石～

捷jié【古】入声，十六叶。另见 97 页 qiè。【例】百~报~边~便~辩~才~超~逞~大~斗~刚~高~告~功~惯~海~豪~慧~机~急~剪~简~健~矫~较~捷~劲~近~惊~警~径~狷~军~俊~凯~克~快~朗~累~利~连~猎~灵~龙~猛~敏~明~暮~绮~巧~翘~轻~清~秋~遒~权~拳~戎~神~胜~双~爽~速~腾~佻~万~悟~喜~黠~闲~献~乡~枭~骁~效~谐~幸~雄~须~宣~迅~妍~勇~猿~祝~奏~

睫jié【古】入声，十六叶。【例】承~垂~倒~堕~反~交~倦~厘~眉~瞑~目~上~双~蚊~眼~盈~萦~映~重~转~坠~泪湿~

婕jié【古】入声，十六叶。【例】班~

碣jié【古】入声，六月。又：入声，九屑同。【例】碑~标~残~钓~断~丰~古~观~恒~荒~巨~立~辽~猎~隆~铭~墓~蓬~砯~诗~石~兽~苔~题~刓~卧~遗~玉~贞~堕泪~扶风~

诘(詰)jié【古】入声，四质。【例】傲~逼~辩~驳~参~查~酬~次~弹~诋~督~反~攻~诟~呵~艰~检~禁~究~沮~克~苦~论~密~面~摩~难~睨~盘~偏~迫~乔~消~穷~塞~条~廷~庭~推~询~讯~研~验~责~质~致~诛~追~阻~

孑jié【古】入声，九屑。【例】单~孤~胡~孑~句~黎~茕~授~衰~遗~自~

撷(擷)jié 又读。另见 89 页 xié。

桀jié【古】入声，九屑。【例】傲~邦~暴~步~材~大~豪~荒~鸡~奸~骄~狡~桀~桔~俊~骏~魁~栖~乔~庶~竦~五~黠~夏~贤~枭~骁~小~凶~雄~秀~尧~阴~英~助~跖诈~

讦(訐)jié【古】入声，六月。又：入声，九屑。【例】谤~嘲~丑~诋~刁~非~刚~告~鲠~攻~构~互~哗~讳~激~骄~侥~狡~徼~讦~纠~面~逆~排~峭~讪~肆~诬~讯~指~訾~奏~

桔jié【古】入声，九屑。【例】桄~锁~

拮jié【古】入声，四质。又：入声，九屑同。【例】巴~采~窘~

楬jié【古】入声，六月。又：入声，九屑同。【例】椌~书~秃~物~置~作~

颉(頡)jié【古】入声，八黠。另见 89 页 xié。【例】仓~盗~丐~羹~颃~皇~坚~谨~勉~勤~轩~勋~邀~鱼~

角jué【古】入声，三觉。另见 376 页 jiǎo、262 页 lù“角”。【例】丑~旦~红~净~坤~名~女~配~捧~生~主~

玃jué【古】入声，十药。【例】白~赤~猴~狙~略~猱~犬~肉~熊~猿~

脚(腳)jué【古】入声，十药。另见 376 页 jiǎo。

觉(覺)jué【古】入声，三觉。另见 385 页 jiào。【例】本~不~猜~察~触~错~大~嫡~独~顿~发~肤~感~乖~后~幻~慧~机~肌~惊~警~净~开~冷~灵~寐~眠~妙~前~色~善~省~圣~视~听~挺~痛~罔~味~温~无~悟~寤~先~新~醒~嗅~预~圆~缘~正~知~直~自~清梦~一念~

决(決)jué【古】入声，九屑。【例】按~崩~辨~表~裁~参~操~觇~瞋~齿~冲~筹~酬~处~辞~摧~胆~荡~刀~盗~的~堤~刁~定~冬~斗~断~发~泛~分~否~附~敢~刚~公~勾~关~

果～河～横～衡～缓～回～击～机～积～亟～戟～坚～监～健～绞～讦～解～介～就～浚～科～溃～离～理～立～量～临～留～论～漫～猛～面～敏～明～内～逆～判～陪～披～漂～评～破～剖～气～遣～枪～秋～取～仁～日～商～射～审～省～筮～疏～速～条～听～亭～庭～通～痛～吐～湍～外～委～未～先～详～枭～孝～谐～雄～休～悬～讯～淹～谳～阳～议～溢～臆～预～赞～择～斩～占～指～制～中～踵～专～咨～谘～自～眦～奏～

绝(絕)jué【古】入声,九屑。【例】隘～奥～迸～闭～贬～摒～惨～诧～巉～刬～长～肠～钞～超～痴～弛～斥～祟～愁～楚～垂～踔～辍～辞～窜～篡～摧～寸～错～待～地～斗～独～杜～断～顿～遏～乏～防～放～废～分～烽～高～告～割～隔～亘～梗～孤～刮～乖～冠～贯～瑰～过～海～寒～阂～横～户～画～荒～回～毁～火～机～继～寂～佳～剪～剿～接～截～竭～介～戒～界～诫～筋～尽～禁～惊～精～警～径～迥～句～拒～距～隽～决～诀～峻～抗～空～旷～睽～阔～礼～隶～辽～了～裂～临～陵～禄～路～纶～迈～卖～梦～绵～缅～眇～邈～妙～灭～泯～敏～冥～内～僻～偏～屏～凄～奇～气～弃～迁～潜～堑～峭～轻～清～罄～穷～遒～缺～却～阙～日～塞～散～山～闪～赏～胜～殊～疏～衰～丝～汰～叹～逃～讨～特～天～殄～停～恸～痛～屠～颓～亡～枉～危～伟～委～芜～稀～溪～遐～弦～险～崄～限～削～消～霄～歇～邪～谢～新～星～休～朽～秀～袖～悬～崖～咽～言～掩～厌～艳～阳～夭～杳～要～夷～遗～抑～诣～堙～隐～英～缨～拥～壅～永～幽～雨～欲～援～远～越～云～殒～晕～斩～崭～针～钟～诛～卓～自～阻～音尘～音书～

爵jué【古】入声,十药。【例】拜～班～宝～本～宾～伯～步～齿～宠～辞～赐～酢～弹～夺～发～罚～封～凤～浮～负～高～公～觥～官～珪～贵～国～汉～好～侯～黄～加～交～阶～进～酒～举～巨～军～峻～康～空～孔～劳～累～列～麟～禄～买～卖～美～门～民～名～命～男～品～平～祈～迁～琴～琼～驱～权～让～荣～散～觞～上～设～神～升～施～食～世～寿～受～授～疏～兕～嗣～逃～天～铜～五～西～希～锡～袭～夏～先～显～献～削～行～修～虚～序～勋～燕～阳～瑶～益～逸～盈～媵～勇～羽～玉～越～宰～诏～正～重～主～追～子～足～尊～

诀(訣)jué【古】入声,九屑。【例】宝～长～辞～丹～道～方～奉～告～歌～弓～箭～口～离～临～脉～秘～密～妙～棋～气～掐～签～窍～神～生～诗～手～送～素～通～图～仙～心～穴～眼～药～要～引～隐～永～玉～远～真～正～指～咒～长生～丹砂～锦囊～良工～千金～

谲(譎)jué【古】入声,九屑。【例】背～倍～辨～辩～逞～诞～孤～怪～瑰～诡～鬼～果～诙～恢～机～奸～交～胶～狡～矫～狙～狂～浓～奇～巧～权～讪～韬～险～邪～阴～隐～用～诱～纡～云～诈～中～卓～

厥jué【古】入声,六月。又:入声,五物异。【例】暴～痹～播～刁～杜～发～愤～肝～寒～蛔～啰～昏～煎～惊～冷～劣～膂～末～木～气～热～尸～痰～突～痿～痫～诒～贻～晕～

蕨jué【古】入声,六月。【例】采～春～釜～寒～姜～藜～迷～木～芹～山～蒜～笋～薇～烟～野～紫～春岭～拳如～

蹶(蹷)jué【古】入声,六月。另见342页guì。【例】暴~蹈~跛~猖~吃~触~踶~颠~蹎~跌~堕~偾~风~高~国~横~昏~蹇~僵~诘~竭~惊~窘~隽~蹶~狂~溃~困~劣~屡~起~倾~蛩~趋~伤~尸~腾~蹄~跳~屯~痿~衔~屹~陨~招~蹶~足~

镢(鐝)jué【古】入声,六月。【例】桀~锹~洋~

崛(崫)jué【古】入声,五物。又:入声,六月同。【例】崇~诡~豪~魁~龙~隆~奇~耆~峭~嵬~郁~崒~丘陵~

抉jué【古】入声,九屑。【例】采~阐~撑~革~钩~构~刮~厘~捺~披~搜~探~剔~挑~摘~指~诛~

嚼jué【古】入声,十药。另见366页jiáo。【例】馋~大~啖~咍~独~恶~含~久~咀~苦~慢~啮~品~软~始~吞~细~咬~供诗~屠门~夜深~

掘jué【古】入声,五物。又:入声,六月同。【例】采~穿~倒~盗~发~翻~负~攻~尽~开~可~垦~力~龙~罗~埋~内~锹~善~深~收~淘~挖~熏~移~凿~斲~力须~心刃~

橛jué【古】入声,六月。【例】长~高~楗~解~橛~梡~鹿~马~冒~没~门~木~青~绳~屎~桃~铁~衔~置~桩~干矢~

噱jué【古】入声,十药。另见89页xué。【例】惭~嘲~大~发~欢~诙~哈~谈~嗢~喜~笑~谐~噱~咽~言~饮~谀~

鐍(鐍)jué【古】入声,九屑。【例】背~带~封~固~关~环~缄~金~扃~门~纽~锁~箱~玉~钥~

獗jué【例】猖~

鴂jué【古】入声,九屑。【例】鹎~春~锦~鸣~啼~鹈~题~秭~花上~

潏jué【古】入声,四质。【例】浡~渤~荡~沸~沕~汩~泂~激~

玦jué【古】入声,九屑。【例】宝~赐~带~得~钩~环~金~举~捐~离~美~珮~破~阙~水~瑶~玉~乌玉~偃珥~月似~

珏(瑴)jué【古】入声,三觉。【例】成~方~名~佩~双~

孓jué【古】入声,九屑。【例】孑~

觖jué【古】入声,九屑。【例】骄~觖~倾~摘~

攫jué【古】入声,十药。【例】北~搏~采~蝉~雕~鹤~虎~老~龙~拿~鸟~蟠~攘~肉~噬~兽~贪~乌~鸦~鸷~昼~诛~抓~

桷jué【古】入声,三觉。【例】百~彩~螭~抽~椽~榱~翠~雕~方~栱~华~金~巨~刻~橑~梁~龙~轮~楄~朴~松~屋~细~绣~烟~楹~质~朱~柱~

劂jué【古】入声,六月。【例】刻~剞~剞~

爝jué【古】入声,十药。又:上声,十八啸同。【例】烽~累~微~星~遗~荧~萤~

倔jué【古】入声,五物。另见93页juè。【例】干~奇~跀~

矍jué【古】入声,十药。【例】惊~矍~

苶nié【古】入声,九屑。又:入声,十六叶同。【例】发~蹇~羸~疲~气~神~衰~嵬~萎~

茄qié【古】下平,五歌。另见4页jiā。【例】菜~澄~倒~地~颠~番~风~瓜~

荷~黄~芰~苦~喇~缅~青~秋~乳~蛇~水~野~银~种~紫~

伽qié【古】下平，五歌。另见4页jiā，3页gā。【例】阿~恒~楞~卢~弥~那~毗~频~婆~揭~殑~僧~提~隈~仙~瑜~摩登~

瘸qué【古】下平，五歌。【例】跛~摔~腿~

斜xié【古】下平，六麻。另见13页xiá、90页yé。【例】半~褒~鬓~漕~钗~铲~低~斗~风~隔~横~红~辉~回~攲~井~景~径~裾~篱~柳~略~乜~偏~桥~倾~日~山~石~树~丝~随~歪~无~兀~西~溪~狭~巷~心~烟~岩~夭~欹~迤~阴~由~雨~月~云~北斗~雁行~玉钩~

鞋xié【古】上平，九佳。【例】便~冰~布~草~楚~赐~刀~貂~钉~凤~弓~宫~花~胶~锦~京~坤~凉~笼~履~罗~麻~芒~棉~木~纳~暖~皮~破~蒲~青~球~靸~僧~睡~丝~笋~套~藤~跳~铁~拖~翁~吴~系~线~象~绣~吟~油~雨~芸~皂~竹~

谐(諧)xié【古】上平，九佳。【例】安~弼~变~阐~嘲~调~诽~辅~寡~合~和~欢~诙~缉~酒~钧~克~敛~敏~难~偶~俳~齐~佥~谈~婉~嬉~协~信~训~阴~音~应~迎~愿~允~八音~素志~万国~

邪xié【古】下平，六麻。另见90页yé。【例】百~诐~辟~避~谗~谄~侈~敕~虫~触~刺~从~非~风~革~乖~官~诡~寒~怀~回~昏~积~攲~嫉~奸~检~建~骄~结~禁~蠲~客~匡~琅~魔~逆~佞~朋~毗~平~破~奇~气~弃~佥~愆~倾~曲~驱~祛~却~入~上~胜~时~是~私~随~贪~外~枉~危~微~文~污~洿~无~昔~侠~狎~狭~纤~闲~泻~心~信~凶~胥~虚~夭~妖~也~倚~阴~淫~庸~迂~玉~嚣~远~止~中~忠~众~思无~

携(攜、擕)xié【古】上平，八齐。另见114页xī。【例】不~猜~乘~宠~带~分~扶~负~嘉~解~客~睽~馈~离~民~内~瓶~牵~挈~骚~手~提~外~袭~相~笑~招~自~酒瓢~诗卷~玉壶~醉中~左右~

偕xié【古】上平，九佳。【例】步~计~孔~俪~偶~齐~相~偕~雁~庸~与~针~金石~苦乐~夙夜~天地~晚风~携手~与君~

鲑(鮭)xié【古】上平，九佳。另见324页guī。【例】赤~食~市~鱼~珍~菜有~

协(協)xié【古】入声，十六叶。【例】按~毕~调~锋~符~福~附~和~化~怀~嘉~剧~克~民~普~时~妥~外~稳~翕~吓~衔~相~谐~心~宣~议~映~友~诱~远~允~赞~周~律吕~万民~音韵~

胁(脅、脇)xié【古】入声，十七洽。又：去声，二十九艳异。【例】逼~辟~长~抽~带~恫~短~峰~讽~腐~鼓~裹~诃~脊~季~劫~进~拘~举~恐~诳~篮~滥~两~凌~骈~骗~迫~剖~驱~山~石~束~体~条~铁~帖~豚~威~畏~诬~心~胸~崖~邀~要~诱~月~招~折~正~中~诛~追~

挟(挾)xié【古】入声，十六叶。【例】扶~负~诡~裹~怀~火~邀~自~

缬(纈)xié【古】入声，九屑。【例】碧~波~采~残~春~错~点~绯~枫~宫~

红~湖~花~夹~绞~锦~连~帘~林~罗~绮~蜀~桃~纹~细~霞~缬~绣~眼~韵~紫~醉~冰如~波纹~红绿~醉眼~

颉(頡)xié【古】入声,九屑。另见85页jié。【例】仓~盗~颠~丐~颃~皇~轩~邀~鱼~

撷(擷)xié【古】入声,九屑。另见85页jié。【例】采~催~掇~翻~广~揽~牟~搴~蹇~手~探~玩~细~稡~芳丛~芳时~露中~秋英~

勰xié【古】入声,十六叶。【例】和~调~同~

絜xié【古】入声,九屑。【例】拔~辨~纯~淳~大~方~丰~刚~高~耿~公~孤~简~矫~皦~介~矜~精~静~拘~蠲~廉~凛~领~履~明~齐~清~完~鲜~闲~新~行~修~严~禋~玉~月~增~斋~贞~整~自~

踅xué【古】入声,九屑。另见193页chì。【例】蹩~打~倒~乱~盘~转~

学(學、斈)xué【古】入声,三觉。【例】罢~颁~办~饱~抱~辨~禀~博~不~才~裁~参~禅~承~逞~持~崇~出~初~楚~醇~辍~词~从~粹~村~达~大~耽~道~登~帝~典~东~冬~洞~督~读~独~笃~短~敦~钝~耳~法~番~梵~仿~放~废~佛~肤~浮~府~妇~负~附~复~富~高~阁~耕~公~宫~孤~古~骨~寡~官~馆~国~海~汉~翰~好~贺~红~鸿~黉~后~宦~积~绩~寄~家~葭~监~讲~匠~郊~教~解~今~进~禁~京~经~敬~久~旧~就~居~拘~狙~绝~郡~开~科~课~苦~旷~困~赖~懒~老~乐~礼~理~历~留~龙~陋~鲁~律~论~洛~脉~茂~耄~懋~美~蒙~秘~密~庙~灭~民~闽~敏~名~末~目~暮~内~南~脑~拟~农~女~僻~品~朴~谱~旗~浅~强~勤~秋~求~曲~劬~劝~群~人~荣~儒~入~睿~散~善~赡~上~少~社~涉~神~升~生~声~圣~失~师~诗~时~识~史~世~仕~市~侍~视~室~释~嗜~守~受~书~术~数~硕~私~讼~宋~俗~宿~算~太~逃~提~帖~停~通~同~退~屯~外~晚~微~为~伪~文~问~无~武~西~习~狭~下~显~县~宪~乡~庠~向~邪~心~新~兴~星~行~形~幸~性~休~修~许~玄~选~炫~训~雅~眼~洋~养~药~夜~医~遗~义~艺~议~异~译~诣~音~银~隐~迎~优~游~幼~愚~语~远~韵~蕴~杂~赞~哲~正~郑~直~志~治~质~智~置~众~重~州~朱~助~转~缀~资~自~宗~遵~平生~青缃~

穴xué【古】入声,九屑。【例】弊~巢~虫~出~穿~丹~盗~邓~地~点~东~冬~洞~斗~匪~风~封~蜂~凤~袝~庚~巩~瓜~管~贯~龟~贵~桂~郭~海~寒~鹤~黑~吼~狐~虎~户~回~秽~火~蛟~狡~窖~结~金~禁~经~井~掘~爵~蹶~空~孔~窟~圹~矿~逵~雷~利~临~流~龙~峦~庙~墓~鸟~瓯~僻~气~潜~窍~寝~蛩~区~曲~泉~汝~乳~塞~扫~山~蛇~蜃~生~石~兽~鼠~树~水~素~隧~缩~獭~潭~陶~铁~通~同~铜~土~兔~万~西~锡~徙~郤~隙~夏~罅~仙~熊~熏~崖~岩~野~蚁~阴~银~鱼~俞~禹~鼋~源~猿~云~凿~灶~贼~针~正~主~走~

噱xué另见87页jué。【例】摆~发~

耍～

鸞xué【古】入声，三觉。【例】蜩～鸡～

峃（嶨）xué【古】入声，三觉。【例】荦～山～

爷（爺）yé【古】下平，六麻。【例】阿～大～倒～尔～佛～副～干～公～姑～龟～呼～皇～家～将～舅～军～老～律～契～少～神～师～太～天～晚～王～相～养～灶～宗～总～族～祖～

耶yé【古】下平，六麻。另见 81 页 yē。【例】阿～柏～非～何～浑～赖～摩～镆～毗～去～人～若～是～谁～松～天～昔～行～耶～

铘（鋣）yé【古】下平，六麻。【例】镆～

琊yé【古】下平，六麻。【例】琅～玉～

揶yé【古】下平，六麻。【例】揄～

斜yé【古】《集韵》：下平，九麻。另见 88 页 xié、13 页 xiá。【例】褒～

邪yé【古】下平，六麻。另见 88 页 xié。【例】莫～

仄声·上声

瘪（癟）biě【古】入声，九屑。【例】凹～干～空～气～瘦～缩～

解（觧）jiě【古】上声，九蟹。另见 93 页 jiè、98 页 xiè。【例】谙～暗～辨～别～冰～兵～拨～勃～猜～参～查～潮～酲～弛～初～辞～聪～篡～错～达～代～怠～倒～调～顿～霏～匪～费～分～讽～辐～府～诂～骨～关～光～广～和～护～化～缓～涣～患～挥～汇～慧～获～机～迹～集～监～见～讲～降～经～救～句～钧～开～宽～魁～阔～类～离～理～谅～憭～了～领～缕～脔～马～满～免～妙～明～谬～默～拿～南～难～能～扭～排～判～譬～偏～平～破～剖～漆～奇～签～秋～求～曲～取～趣～诠～劝～缺～确～禳～溶～融～散～涉～申～深～神～审～省～尸～失～识～始～释～收～疏～赎～说～私～松～送～俗～酸～索～提～题～体～天～停～通～投～图～屠～推～蜕～瓦～诿～尉～文～无～误～悟～雾～夕～析～晞～觿～闲～咸～县～详～消～晓～协～携～械～心～形～性～玄～悬～选～学～训～压～验～要～移～颐～译～隐～迎～营～谕～招～真～征～正～支～枝～知～肢～直～指～注～转～追～自～卒～作～倒悬～老妪～

檞jiě【古】上声，九蟹。【例】山～

姐jiě【古】上声，二十一马。【例】阿～胞～表～家～靓～空～牢～老～美～弥～乳～师～小～窑～姨～

咧liě【例】胡～

苤piě【例】芣～

撇piě【古】入声，九屑。另见 80 页 piē。【例】点～丢～顿～分～鬼～横～捺～抛～坡～弃～竖～投～歪～现～

且qiě【古】上声，二十一马。另见 273 页 jū。【例】并～乘～次～粗～俄～而～烦～反～方～更～苟～姑～固～果～会～或～即～急～兼～久～狂～况～聊～略～漫～蒲～钳～权～然～尚～甚～思～行～要～亦～抑～犹～豫～暂～咨～

铁（鐵、銕）tiě【古】入声，九屑。【例】白～宝～镔～炒～尺～赤～楚～磁～寸～打～地～点～锭～冻～锻～凡～废～峰～

钢~古~贯~寒~焊~化~浑~击~甲~角~截~金~精~错~烙~炼~两~镠~毛~美~木~啮~檠~铅~钱~钳~窃~青~屈~榷~热~柔~砂~生~圣~驷~索~棠~蹄~铜~瓦~顽~锡~衔~响~削~心~鸦~盐~檐~洋~浴~跃~陨~铸~六州~绵里~

帖tiě【古】入声,十六叶。另见80页tiē、98页tiè。【例】榜~报~碑~禀~草~春~法~房~府~讣~覆~庚~官~画~换~回~柬~简~揭~军~钧~括~礼~临~六~论~门~名~年~批~破~谱~契~请~诗~试~手~喜~下~谢~宣~雁~邀~药~谕~字~奏~龙凤~试墨~朱笔~

写(寫)xiě【古】上声,二十一马。【例】暗~备~编~拚~标~补~采~草~抄~陈~传~大~独~对~仿~敷~复~改~好~横~环~绘~极~简~竞~镜~刻~课~口~烂~隶~连~临~漫~密~描~摹~默~披~铺~谱~倾~染~熔~濡~缮~申~失~施~誓~手~书~抒~舒~输~水~速~缩~抬~陶~特~誊~题~填~条~帖~听~图~拓~闲~小~心~形~虚~宣~移~译~吟~影~针~撰~状~醉~

血xiě 口语音。另见100页xuè。

雪xuě【古】入声,九屑。【例】皑~暗~白~报~辨~鬓~冰~残~苍~茶~朝~澄~池~尺~赤~初~楚~窗~吹~春~葱~丹~冬~冻~堆~翻~犯~飞~霏~吠~分~风~负~高~勾~古~谷~关~海~皓~鹤~红~鸿~花~滑~浣~回~积~急~霁~稷~嘉~湔~剪~涧~江~降~绛~镜~珂~克~枯~快~腊~兰~梨~离~理~立~粒~连~灵~岭~凌~零~楼~芦~履~麦~漫~眉~梅~面~茗~暝~暮~酿~啮~瓯~喷~披~铺~乾~堑~秦~青~清~晴~秋~染~融~瑞~扫~沙~山~赏~申~沈~胜~暑~黍~霜~水~朔~丝~松~素~宿~踏~汤~涛~听~庭~瓦~晚~微~闻~沃~卧~屋~舞~雾~夕~溪~洗~喜~霞~夏~霰~香~霄~晓~新~严~岩~檐~瑶~野~夜~阴~吟~荧~郢~映~咏~雨~玉~原~岳~云~载~澡~毡~昭~照~阵~舟~朱~煮~紫~竹~鹅毛~寒江~梁苑~六月~郢中~

野(埜)yě【古】上声,二十一马。【例】暗~稗~北~鄙~碧~蔽~边~遍~布~参~苍~草~廛~朝~赤~畴~楚~垂~春~鹑~粗~翠~村~大~东~垌~都~斗~遁~发~芳~分~亘~孤~古~广~犷~寒~鹤~横~荒~灰~极~霁~冀~江~郊~锦~晋~经~荆~静~迥~九~巨~捐~狂~旷~阔~莱~兰~俚~连~凉~燎~烈~林~龙~陋~鹿~率~绿~略~麦~蛮~满~漫~秘~绵~漠~谋~牧~僻~平~坡~朴~青~清~穷~秋~区~让~饶~撒~桑~沙~山~上~识~实~视~适~疏~曙~衰~霜~朔~四~肆~俗~宿~邃~桃~田~外~沃~雾~西~下~闲~险~乡~湘~襄~巷~莘~行~秀~墟~穴~雪~烟~岩~炎~妖~遗~邑~易~盈~于~愚~羽~郁~域~园~原~越~云~在~泽~照~治~质~中~烛~涿~走~

冶yě【古】上声,二十一马。【例】百~赤~大~淡~邸~东~洞~都~富~公~古~蛊~合~扈~黄~佳~疆~郊~娇~金~九~钧~坑~矿~丽~炼~良~炉~南~欧~铅~轻~熔~融~柔~水~駃~桃~陶~窕~铁~铜~婉~吴~锡~纤~

鲜~闲~销~炫~雅~妍~盐~艳~夭~妖~姚~遥~佚~淫~银~踊~游~原~跃~造~珍~甄~铸~

也yě【古】上声,二十一马。【例】安~白~耳~非~更~归~何~今~静~久~可~命~母~难~去~然~顺~天~往~未~行~宜~者~

哕(噦)yuě【古】入声,六月。另见345页huì。【例】发~干~口~呕~唾~嗢~咽~

仄声·去声

别(彆)biè 另见82页bié。【例】拗~劣~扭~窝~

界jiè【古】去声,十卦。【例】百~边~标~尘~赤~出~楚~川~促~地~定~法~凡~犯~梵~分~风~封~佛~福~府~隔~各~官~鬼~国~过~海~汉~阛~花~画~寰~极~监~江~疆~交~接~金~锦~经~景~净~径~境~军~郡~空~乐~莲~临~伶~灵~六~绵~冥~末~墨~畔~袍~圻~千~前~区~壤~入~三~色~沙~山~商~上~射~身~诗~世~视~守~水~俗~天~田~拓~外~文~武~西~遐~下~仙~县~限~香~斜~心~秀~学~汛~眼~瑶~艺~译~意~阴~欲~远~越~灶~畛~政~周~属~浊~租~碧落~青莲~三千~阎浮~阴阳~

介jiè【古】去声,十卦。【例】偪~鄙~褊~鳖~宾~操~草~虿~驰~次~赐~倅~寸~端~刚~高~隔~耿~梗~鲠~孤~贵~果~海~黑~后~环~皇~夹~坚~简~江~矫~节~洁~九~拘~狷~峻~廉~僚~鳞~媒~绵~命~僻~偏~评~千~勤~清~裙~群~绍~身~生~盛~使~守~书~疏~树~税~驷~通~推~微~乌~无~侠~遐~纤~献~行~严~一~隐~幽~迂~鱼~玉~战~贞~正~志~忠~众~重~朱~錙~走~尊~

玠jiè【古】去声,十卦。【例】圭~璪~

骱jiè【古】去声,十卦。【例】脱~

届(屆)jiè【古】去声,十卦。【例】本~搭~管~换~节~历~靡~如~上~时~首~所~天~往~夕~限~夷~应~永~又~欲~远~越~致~

戒jiè【古】去声,十卦。【例】八~秉~策~惩~持~饬~传~垂~刺~登~典~法~犯~奉~佛~高~告~关~官~规~闺~号~诲~极~家~监~检~谏~鉴~交~教~谨~近~禁~兢~警~净~敬~镜~酒~咎~具~镌~开~勒~力~练~面~明~铭~内~女~破~齐~前~切~清~劝~日~僧~杀~设~申~深~慎~生~省~时~示~誓~受~曙~束~水~说~朔~肃~宿~天~托~为~畏~闻~乌~下~先~心~熏~训~夜~遗~豫~责~斋~昭~箴~诤~祇~至~重~珠~谆~灼~自~钻~覆车~金钲~具足~钟鼓~

诫(誡)jiè【古】去声,十卦。【例】备~偏~惩~饬~敕~垂~讽~告~规~家~监~谏~鉴~教~禁~警~镜~炯~明~女~谴~曲~劝~申~圣~束~天~为~武~新~训~严~遗~箴~至~作~与书~执秤~

芥jiè【古】去声,十卦。【例】埃~白~

草~蚕~尘~地~蒂~浮~浮~腐~负~毫~横~花~姜~荆~葵~毛~南~青~壤~山~石~拾~蜀~菘~苏~台~土~纤~香~遗~泽~针~紫~掌中~舟如~

疥jiè【古】去声,十卦。【例】疮~风~患~经~疗~马~牛~扫~体~秃~痈~癣~羊~痒~

借jiè【古】去声,二十二祃。又:入声,十一陌同。【例】褒~亵~庇~薄~不~拆~称~宠~筹~出~撮~贷~抵~典~垫~恩~分~风~浮~告~更~雇~关~互~换~假~奖~揭~举~醵~卡~宽~括~赁~流~挪~凭~祈~乞~求~劝~饶~仍~容~商~上~赊~探~天~通~推~息~下~幸~续~仰~倚~邑~优~预~豫~暂~摘~支~枝~周~转~资~租~不待~不及~谁能~随处~天公~虚辞~

藉jiè【古】去声,二十二祃。另见123页jí。【例】草~承~单~涵~假~荐~践~交~牢~凌~蹂~踏~胎~通~投~推~慰~温~席~依~倚~豫~酝~蕴~藻~谪~诊~枕~资~阻~

解(鲜)jiè【古】去声,十卦。另见98页xiè、90页jiě。【例】拔~贬~点~发~府~护~获~畿~魁~领~卖~起~佥~签~秋~囚~取~送~提~选~押~验~移~

价jiè 旧称仆人。【古】去声,十卦。另见21页jià。【例】贵~良~陪~遣~盛~小~走~尊~

蚧jiè【古】去声,十卦。【例】蛤~

倔juè【古】入声,五物。另见87页jué。【例】干~太~性~

岗liè【古】上声,四纸。【例】岗~

列liè【古】入声,九屑。【例】案~班~备~陛~编~辩~彪~并~布~部~簿~参~蚕~厕~长~朝~陈~齿~叱~充~抽~俦~出~此~次~从~错~单~等~地~典~鼎~堆~队~对~分~风~附~高~功~孤~古~贯~龟~函~鹤~横~后~画~环~回~棘~记~兼~谏~践~角~近~精~纠~就~具~爵~军~款~类~离~僚~寮~鳞~胪~伦~论~罗~麻~枚~庙~末~内~囊~排~旁~陪~配~偏~骈~瞥~平~剖~铺~谱~栖~齐~棋~千~前~清~人~冗~入~丧~森~申~升~声~盛~失~市~事~守~首~殊~束~数~双~霜~诉~填~条~庭~同~推~吞~屯~外~蜎~舞~鹭~系~纤~显~限~偕~星~行~修~序~巡~牙~言~岩~艳~雁~殽~夷~翼~拥~鸳~载~攒~张~昭~遮~贞~针~真~阵~争~整~指~重~柱~专~庄~驺~卒~左~从班~

烈liè【古】入声,九屑。【例】暴~炳~残~惨~操~长~诚~赤~炽~崇~醇~胆~毒~笃~燔~芳~芬~奋~愤~丰~风~馥~干~刚~高~耿~鲠~功~古~乖~光~犷~果~寒~豪~赫~横~轰~弘~宏~洪~鸿~后~辉~徽~火~激~謇~节~劲~祲~景~旬~剧~决~俊~峻~骏~亢~酷~狂~朗~劳~理~栗~烈~隆~茂~猛~名~明~谟~曩~浓~虐~丕~劈~撇~迫~前~强~清~遒~热~日~深~沈~声~盛~石~倏~霜~爽~诵~肃~腾~通~往~威~伟~文~武~侠~遐~先~显~骁~宵~孝~馨~雄~休~宣~烜~勋~迅~严~炎~扬~夜~遗~义~谊~毅~英~勇~余~郁~远~躁~昭~贞~直~忠~壮~灼~烘炉~

劣liè【古】入声,九屑。【例】暗~卑~

鄙～憋～薄～伧～丑～雌～粗～悴～单～低～颠～刁～毒～钝～顿～惰～恶～乏～凡～匪～寡～乖～寒～狠～谫～蹇～贱～骄～谨～蹶～狂～困～滥～老～羸～陋～驴～绵～狞～驽～懦～疲～朴～浅～怯～癯～弱～衰～俗～琐～贪～顽～尫～微～伪～猥～污～芜～狭～下～雄～朽～虚～硬～庸～优～幽～愚～窳～智～拙～

裂liè【古】入声，九屑。【例】百～暴～崩～迸～逼～敝～冰～剥～布～惨～拆～车～扯～拆～赤～抽～唇～摧～皴～寸～胆～地～垫～冻～断～分～焚～偾～风～辐～干～割～鲠～钩～谷～瓜～乖～管～龟～坏～环～隳～秽～毁～激～睑～焦～孑～解～襟～决～皲～开～枯～酷～溃～褛～卵～疮～灭～目～挠～磐～判～劈～匹～圮～剽～瞥～破～剖～牵～峭～青～鳃～散～晒～山～石～时～水～撕～碎～苔～天～屠～土～颓～瓦～挽～紊～五～雾～析～罅～陷～枭～朽～崖～羽～玉～越～云～殒～燥～炸～摘～绽～蛰～磔～震～支～摭～中～竹～眦～纵～擘霞～肝胆～珠蕾～

猎（獵）liè【古】入声，十六叶。【例】捕～采～驰～出～打～犯～访～伏～告～扈～会～见～谏～较～捷～禁～燎～猎～凌～骑～禽～射～涉～侍～狩～搜～蒐～讨～田～畋～偷～围～狎～校～行～弋～淫～游～渔～羽～鬻～直～逐～饥鹰～

鬣liè【古】入声，十六叶。【例】白～鬃～拔～长～赤～翠～动～繁～奋～风～封～刚～膏～古～鼓～黑～红～金～鲸～葵～鲲～狼～两～鬣～淋～鳞～翎～龙～马～毛～美～七～旗～鳍～鬐～青～髯～蛇～狮～豕～松～素～蹄～铁～兔～万～尾～五～雾～豨～虾～狎～须～鱼～雨～针～振～彘～朱～猪～紫～鬃～奋髯～鱼翻～

洌liè【古】入声，九屑。【例】芳～风～甘～红～井～酒～浚～潦～洌～泠～凝～浓～澈～清～泉～涌～风味～

冽liè【古】入声，九屑。【例】冰～惨～澄～醇～冻～芳～风～甘～桂～寒～涸～激～井～酒～腊～栗～溧～凉～冽～凛～泠～凌～凝～扑～凄～清～泉～锐～淅～香～辛～酽～湛～

躐liè【古】入声，十六叶。【例】超～齿～蹈～犯～践～僭～侥～离～凌～狎～越～陟～

捩liè【古】入声，九屑。【例】拗～拨～插～关～机～纠～扭～批～撇～捎～转～凌风～

趔liè 趔趄。

埒liè【古】入声，九屑。【例】宝～长～场～塍～等～堤～地～富～河～红～界～金～旧～梨～连～列～马～埔～圻～钱～水～隧～坛～同～瓦～相～校～新～形～玉～云～何足～

略（畧）lüè【古】入声，十药。【例】奥～霸～邦～豹～边～遍～辩～兵～才～材～操～草～策～抄～诚～筹～传～粗～撮～大～胆～诞～道～东～短～讹～繁～方～风～封～俘～概～刚～高～攻～广～规～诡～宏～鸿～忽～虎～化～画～豁～蠖～机～畿～辑～纪～简～鉴～将～疆～节～劫～藉～进～经～拘～巨～躅～倦～谲～军～开～寇～跨～宽～旷～阔～埒～领～流～陋～漏～虏～录～率～乱～罗～昧～秘～妙～庙～明～谬～摹～末～谋～剽～朴～奇～气～器～浅～侵～琴～勤～轻～驱～渠～权～缺～榷～戎～睿～杀～删～

商~上~涉~神~沈~声~省~圣~盛~识~事~收~殊~疏~摅~术~思~肆~算~邃~缩~韬~体~脱~外~王~往~威~伟~武~遐~详~胁~心~行~雄~宣~崖~涯~演~养~要~遗~异~意~淫~隐~英~拥~勇~猷~诱~远~约~韵~赞~诈~瞻~战~帐~账~畛~征~政~知~执~指~志~治~质~智~中~忠~状~资~总~纂~帝王~经济~匡时~文武~纵横~

掠lüè【古】入声，十药。又：去声，二十三漾同。【例】榜~饱~暴~摽~剥~采~残~抄~笞~楚~捶~打~盗~毒~飞~焚~拂~俘~攻~梏~奸~劫~拷~寇~酷~敛~卤~虏~陆~搒~剽~抢~窃~侵~驱~蹂~骚~扫~杀~删~烧~收~梳~输~私~肆~搜~屠~袭~洗~斜~讯~野~抑~淫~壅~游~栉~纵~

灭(滅)miè【古】入声，九屑。【例】埃~半~暴~变~宾~残~刬~尘~乘~除~锄~促~摧~打~荡~灯~雕~断~遏~燔~防~废~焚~风~腐~覆~革~攻~汩~灌~规~坏~幻~涣~滮~灰~晦~毁~击~寂~寄~歼~熸~剪~翦~践~焦~剿~烬~救~镌~决~绝~刊~克~枯~溃~兰~浪~泐~裂~沦~埋~漫~蒙~糜~泯~名~明~冥~磨~劘~鸟~破~扑~欺~起~迁~侵~秦~禽~寝~轻~倾~阒~入~散~丧~扫~升~生~石~识~示~逝~水~澌~死~讨~剃~殄~屠~吞~亡~微~诬~芜~雾~夕~息~晞~霞~现~陷~香~枭~削~消~歇~兴~星~朽~眩~淹~湮~艳~夷~翳~堙~隐~萤~影~郁~殒~贼~斩~诛~烛~自~族~芳音~甘露~红颜~鲸鲵~暮光~人迹~万象~妖氛~

蔑miè【古】入声，九屑。【例】傲~暴~放~垢~姑~横~寂~贱~冷~凌~面~欺~弃~侵~轻~佻~微~诬~侮~竹~

篾miè【古】入声，九屑。【例】白~编~翠~荻~黄~连~笼~濛~蒙~劈~破~剖~青~束~藤~苇~席~细~织~竹~象牙~

蠛miè 蠛蠓。【古】入声，九屑。【例】扑~蠓~

啮(囓，齧、嚙)niè【古】入声，九屑。【例】暗~剥~博~擘~草~冲~触~淙~啖~踶~龁~虎~互~蝗~咀~嚼~攫~啃~浪~吏~牛~侵~缺~喽~蛇~蚀~食~噬~鼠~漱~水~涛~蹄~兔~吞~衔~咬~有~咋~崩湍~金蟾~龙齿~苔痕~

孽(孼)niè【古】入声，九屑。【例】苞~卑~笔~嬖~边~残~草~槎~谗~臣~虫~宠~嫡~毒~蠹~恶~发~革~孤~贵~过~海~狐~虎~花~宦~蝗~秽~昏~火~祸~奸~揭~羯~巨~寇~狂~沴~流~龙~乱~媒~萌~逆~孽~旁~戚~情~曲~群~煽~蛇~生~石~适~书~疏~庶~思~夙~宿~天~微~邪~衅~凶~畜~牙~殃~妖~遗~殷~幽~鱼~余~羽~冤~灾~遭~造~贼~支~种~宗~罪~作~活冤~遗腹~

镊(鑷)niè【古】入声，十六叶。【例】宝~钗~翠~弹~刀~发~花~华~夹~金~镜~满~钳~轻~数~铜~新~羞~银~掷~抓~紫~愁里~黄金~

蹑(躡)niè【古】入声，十六叶。【例】乘~蹴~蹈~登~高~跟~后~践~蛟~进~跨~阔~攀~轻~趋~踏~腾~推~相~寻~厌~邀~踵~追~足~坐~飞

步~人争~

臬nie【古】入声，九屑。【例】标~秉~陈~枨~梔~藩~圭~闽~矩~科~克~磨~时~水~司~危~兀~置~

蘖niè【古】入声，九屑。【例】苞~冰~残~查~槎~尺~达~地~蠹~发~繁~分~葛~根~花~黄~寇~枯~梅~萌~葩~粤~秋~曲~山~烧~生~食~秫~树~霜~松~条~夏~纤~朽~秀~牙~芽~殷~由~余~育~栽~枝~株~珠~枯城~始生~

糵(糱)niè【古】入声，九屑。【例】白~豆~蠹~酒~良~媒~米~曲~麴~秫~糟~诸~

涅niè【古】入声，九屑。【例】赤~刺~拂~海~黑~鸡~刻~罗~面~磨~墨~泥~墙~入~石~渝~玉~竹~淄~滓~渍~黑于~

聂(聶)niè【古】入声，十六叶。【例】荒~荆~聂~呫~昼~

嗫(囁)niè 嗫嚅。【古】入声，十六叶。【例】谤~伧~喋~狐~嗫~群~嚅~呫~儿女~口徒~

陧(*隉)niè【古】入声，九屑。【例】杌~

虐nüè【古】入声，十药。【例】傲~魃~暴~悖~鄙~猜~残~惨~逞~侈~丑~楚~篡~大~德~刁~定~毒~恶~构~害~旱~悍~狠~横~昏~僭~娇~桀~禁~苛~刻~寇~酷~狂~厉~戾~凌~乱~弥~戕~强~侵~驱~仁~忍~骚~扇~奢~施~弑~首~嗣~肆~汰~贪~饕~顽~威~险~削~邪~凶~酗~雪~严~炎~妖~遗~淫~冤~灾~躁~贼~谮~诈~政~诛~助~灼~恣~纵~

疟(瘧)nüè【古】入声，十药。【例】辟~病~瘴~断~多~发~风~鬼~寒~患~疾~痎~疗~秋~驱~祛~热~痁~疝~暑~逃~温~治~鬼行~齐后~

趄qiè 另见273页jū。【例】趔~

切qiè【古】入声，九屑。另见80页qiē。【例】哀~悲~倍~裁~操~诚~翻~反~关~过~激~极~急~简~交~焦~近~精~警~峻~剀~恳~缕~律~密~摩~聂~盼~迫~凄~恰~切~亲~情~确~热~深~声~适~思~贴~痛~心~一~殷~韵~真~挚~悲风~称说~肝胆~归心~金闺~蛩声~求贤~思归~莺语~钟情~

惬(愜)qiè【古】入声，十六叶。【例】畅~称~词~孚~和~欢~快~目~内~情~赏~深~胜~婉~未~稳~喜~谐~心~幸~意~应~允~自~百事~心志~众情~

窃(竊)qiè【古】入声，九屑。【例】扒~摽~草~抄~钞~闯~窜~篡~叨~盗~干~狗~惯~规~诡~积~假~奸~剪~僭~剿~讦~劫~据~攫~寇~窥~绺~冒~摹~内~睥~剽~撬~侵~攘~尸~失~鼠~私~邃~贪~饕~佻~偷~行~弋~隐~莺~贼~沾~椓~

怯qiè【古】入声，十七洽。【例】卑~薄~怖~惭~孱~蝉~迟~脆~胆~孤~寒~花~惶~姣~娇~惊~惧~倦~恐~苦~恇~愧~懒~劳~老~力~凌~露~马~忙~民~馁~奴~驽~懦~怕~乔~怯~轻~冗~软~商~慑~士~瘦~鼠~水~悚~贪~退~外~尪~威~畏~弦~心~性~羞~虚~庸~勇~忧~愚~躁~獐~昼~惴~自~情更~勇若~

箧(篋)qiè【古】入声,十六叶。【例】百~半~谤~宝~尘~倒~动~囊~发~箧~负~鼓~汉~画~缄~揭~巾~金~苌~开~筷~筐~匮~柳~笼~绿~满~囊~牛~蓬~皮~胠~诗~石~书~束~私~笥~藤~韦~委~线~香~箱~行~衍~谳~药~衣~吟~盈~玉~珍~竹~赀~相思~珠玑~

妾qiè【古】入声,十六叶。【例】爱~班~榜~悲~婢~嬖~蚕~谗~宠~处~催~嫡~妃~副~宫~孤~闺~贵~汉~还~换~姬~伎~贱~江~骄~鲛~津~丽~隶~列~美~内~男~孽~陪~贫~嫔~仆~妻~弃~侍~室~庶~童~微~虾~仙~先~绣~畜~艳~姻~媵~鬻~园~灶~主~衾裯~

契qiè 契阔。【古】入声,九屑。另见100页xiè、160页qì。

挈qiè【古】入声,九屑。【例】帮~蕈~掣~带~分~扶~负~割~均~领~壤~提~相~携~右~畛~总~租~左~名卿~

锲(鍥)qiè【古】入声,九屑。【例】雕~钩~刻~湍~

捷qiè【古】入声,十六叶。另见85页jié。【例】捷~

却(*卻)què【古】入声,十药。【例】拗~败~别~摈~划~车~除~窜~第~貂~丢~夺~翻~放~复~勾~固~过~后~火~减~拒~捐~峻~空~溃~冷~离~了~免~灭~泯~馁~判~抛~披~撇~屏~破~迁~谦~前~潜~遣~切~攘~如~沙~善~舍~胜~省~失~识~暑~水~死~缩~推~退~脱~枉~忘~畏~误~消~邪~谢~行~研~偃~遗~引~壅~云~占~折~诛~半途~万夫~

确(確)què【古】入声,三觉。【例】不~查~诚~醇~的~底~端~敦~埆~瘠~坚~俭~疆~谨~精~拘~肯~老~砢~荦~明~硗~确~认~商~实~竖~挺~通~妥~险~详~虚~严~意~郁~贞~真~正~至~志~质~忠~准~

埆què【古】入声,三觉。【例】丰~寒~坑~荦~硗~

鹊(鵲)què【古】入声,十药。【例】阿~暗~白~抱~扁~褊~藏~巢~楚~鹑~翠~丹~刀~抵~雕~凫~鹳~寒~和~河~红~鸿~花~化~鸡~驾~惊~鸠~倦~练~灵~庐~鸬~绿~鸾~门~鸣~鸟~蓬~栖~千~青~乳~瑞~山~神~暑~双~宋~听~庭~乌~溪~喜~衔~邪~蟹~宣~驯~鸦~鸭~野~夜~莺~玉~鸢~月~枝~掷~雕陵~驾乌~南枝~闹梅~银河~玉抵~云间~珠弹~

雀què【古】入声,十药。另见379页qiǎo、360页qiāo。【例】白~百~宾~捕~钗~赤~雏~楚~鹑~翠~丹~弹~钿~冻~斗~放~负~工~冠~鹳~鬼~寒~贺~鸿~黄~金~巨~孔~零~龙~鸾~罗~麻~鸟~蓬~青~乳~山~射~神~鼠~饲~桃~田~铜~瓦~袜~仙~驯~鸦~燕~云~噪~鹯~中~朱~碧鹳~帝女~金屏~金丝~空城~麻尾~梅花~凭霄~太平~五色~衔环~知更~

悫(慤、愨)què【古】入声,三觉。【例】哀~抱~诚~纯~淳~醇~粹~端~敦~古~坚~谨~尽~静~悬~励~民~朴~谦~切~勤~清~情~容~柔~沈~信~严~已~愚~渊~原~愿~贞~真~质~致~忠~专~

阙(闕)què【古】入声,六月。另见80

页 quē。【例】鳌~拜~宝~碑~北~贝~蟾~宸~城~辞~丹~帝~殿~东~峨~凤~伏~负~赴~高~宫~观~桂~华~还~绛~金~禁~京~九~巨~叩~阆~连~恋~琳~陵~龙~楼~鸾~门~墓~寝~趋~蜃~石~守~双~天~庭~兔~望~魏~仙~星~烟~严~峣~瑶~诣~银~逾~玉~圆~云~造~芝~中~终~重~朱~紫~白虎~丹凤~黄金~太室~玄武~

榷què【古】入声,三觉。【例】采~茶~程~大~辜~酤~关~官~管~海~监~禁~酒~拘~利~纳~商~收~税~研~盐~扬~掌~征~

搉què【古】入声,三觉。【例】大~辜~管~商~研~扬~

阕(闋)què【古】入声,九屑。【例】八~词~服~歌~后~睽~匮~乐~藕~曲~日~心~新~宴~雨~云~奏~金管~礼乐~留春~

帖tiè【古】入声,十六叶。另见 80 页 tiē、91 页 tiě。【例】拜~碑~春~丛~读~法~古~画~换~晋~绢~类~临~门~摹~模~墨~赏~手~书~潭~禊~颜~遗~楹~柱~字~祖~醉~辨颠~兰亭~狸骨~隶书~秘阁~平章~秦邮~双钩~习字~

餮tiè【古】入声,九屑。【例】叨~饕~不为~蟾贪~

谢(謝)xiè【古】去声,二十二祃。【例】罢~拜~班~报~鲍~北~避~璧~遍~表~秉~禀~裁~参~惭~曹~忏~长~陈~称~诚~耻~酬~辍~辞~徂~摧~答~代~祷~道~递~凋~雕~复~感~高~告~恭~固~顾~跪~薨~厚~候~花~悔~贿~继~寄~解~谨~进~敬~咎~沮~恳~叩~款~愧~馈~厘~李~莲~零~卢~陆~赂~沦~枚~梅~门~面~名~鸣~铭~披~起~迁~谦~虔~切~赇~曲~禳~荣~入~色~沈~时~输~暑~衰~私~肃~孙~索~台~檀~陶~填~通~推~退~王~往~微~委~诿~萎~析~小~兴~形~朽~宣~逊~颜~奄~阳~仰~夭~遥~谒~阴~殷~引~应~营~陨~运~造~瞻~展~占~知~致~踵~众~诸~祝~作~

懈xiè【古】去声,十卦。【例】不~弛~怠~堕~惰~放~匪~弗~隳~沮~宽~离~疲~气~轻~瘦~疏~松~送~酥~体~替~嬉~虚~淹~自~筋力~守者~

蟹(蠏)xiè【古】上声,九蟹。【例】螯~把~鳖~捕~采~蚕~蟾~炒~橙~赤~稻~腹~膏~羹~海~寒~河~湖~活~江~进~酒~巨~老~螃~烹~青~秋~鳅~取~肉~沙~拾~食~双~霜~水~糖~鲖~虾~鲜~新~盐~夜~遗~银~鱼~玉~煮~紫~醉~大闸~横行~金钱~

榭xiè【古】去声,二十二祃。【例】冰~池~楚~樊~芳~风~府~复~高~歌~宫~故~观~花~迴~菌~兰~离~凉~柳~楼~露~梅~凝~绮~千~琴~琼~曲~山~水~台~堂~亭~危~文~舞~香~轩~宣~烟~岩~燕~阳~峣~瑶~歆~幽~玉~园~月~云~竹~

廨xiè【古】去声,十卦。【例】除~倅~府~公~官~换~郡~山~外~尉~县~小~修~汛~驿~营~州~

解xiè【古】上声,九蟹。另见 93 页 jiè、90 页 jiě。【例】二~卖~艺~

獬xiè【古】上声,九蟹。【例】怒~石~郑~

邂xiè【古】去声,十卦。

澥xiè【古】上声,九蟹。【例】渤~沧~湖~澻~溟~汪~瀛~

齘xiè【古】去声,十卦。【例】噤~齘~

械xiè【古】去声,十卦。【例】兵~持~刀~盗~耕~工~关~贯~机~甲~缴~解~斤~警~军~利~粮~民~碾~杻~农~破~剖~器~枪~手~守~天~铁~脱~威~系~刑~穴~药~异~舆~赃~战~仗~杖~重~赀~辎~锱~短器~

卸xiè【古】去声,二十二祃。【例】剥~拆~弛~辞~躲~规~交~解~马~起~倾~推~脱~委~诿~下~装~尘冠~帆初~银甲~征鞍~

泻(瀉)xiè【古】去声,二十二祃。又:上声,二十一马异。【例】奔~崩~迸~补~长~冲~倒~洞~沸~分~腹~攻~鹄~鼓~河~湖~酒~浚~流~卤~喷~劈~倾~清~泉~散~舒~输~水~飧~涛~淘~通~吐~湍~泄~悬~遥~溢~涌~雨~泽~斟~止~珠~注~春流~

灺(炧)xiè【古】上声,二十一马。【例】半~残~灯~飞~寒~花~灰~金~无~香~药~烛~

薤xiè【古】去声,十卦。【例】拔~白~吹~春~葱~倒~分~蒿~椒~芥~金~韭~葵~露~绿~马~蒲~蔬~霜~蒜~天~野~用~玉~早~致~种~龙爪~

瀣xiè【古】去声,十卦。又:去声,十一队同。【例】碧~沆~夜~玉~

屑xiè【古】入声,九屑。【例】白~卑~鄙~冰~勃~不~尘~沉~绰~粗~锉~滴~豆~繁~霏~黄~秽~火~羁~芥~金~经~鳞~露~麦~煤~靡~末~木~泥~皮~嫳~迫~恓~凄~栖~棲~浅~切~轻~琼~忍~冗~骚~杉~沈~松~酸~琐~锁~谈~炭~铁~威~猥~雾~细~纤~香~橡~萧~屑~偞~盐~掩~玉~纸~珠~锯霏~饮金~

渫xiè【古】入声,九屑。【例】奥~汲~浃~井~决~浚~开~漏~潜~清~疏~通~渫~越~欢未~

泄(洩)xiè【古】入声,九屑。另见165页yì。【例】餐~承~导~洞~黩~发~放~攻~孤~寒~简~沮~决~蹶~开~流~漏~露~慢~漫~怒~欧~呕~沤~排~披~脾~桥~倾~溶~融~濡~渗~舒~飧~溏~陶~通~透~吐~玩~五~下~消~洩~蓄~宣~泄~遗~阴~涌~语~越~展~烝~支~钟~肿~注~走~

绁(紲、絏)xiè【古】入声,九屑。【例】白~彩~掣~断~放~负~绠~羁~槛~解~拘~控~来~缧~累~巧~檠~穷~受~系~衔~褕~执~终~

燮(爕)xiè【古】入声,十六叶。【例】北~布~参~调~迭~叠~和~赫~弘~难~烹~毗~天~贴~土~玉~远~

屧(屟)xiè【古】入声,十六叶。【例】宝~步~穿~脆~倒~梵~飞~凤~画~鸣~木~蹑~轻~散~脱~响~绣~研~移~遗~鸳~著~抱木~生香~随花~

亵(褻)xiè【古】入声,九屑。【例】安~谤~卑~鄙~敝~嘲~丑~烦~秽~混~溷~简~交~骄~俚~慢~轻~私~偎~委~猥~污~嬉~戏~狎~媟~燕~淫~

媟xiè【古】入声,九屑。【例】鄙~丑~酣~秽~交~蹶~慢~昵~暱~侵~戏~狎~谐~媟~宴~燕~诣~淫~鱼鼋~

躞xiè 躞蹀。【古】入声,十六叶。【例】蹀~跕~玉~

契(偰)xiè【古】入声，九屑。另见97页qiè、160页qì。【例】稷~郊~夔~生~使~般~禹~祖~

离(卨)xiè【古】入声，九屑。【例】稷~夔~

血xuè【古】入声，九屑。另见91页xiě。【例】碧~补~充~抽~出~啜~刺~滴~唓~喋~放~肝~膏~骨~含~汗~活~见~荐~溅~郊~筋~经~精~颈~沥~凉~淋~流~咯~漉~沫~尿~凝~脓~欧~喷~贫~评~气~泣~青~清~缺~热~溶~茹~洒~唼~歃~失~嗜~输~吮~淌~啼~铁~污~献~心~猩~熏~馔~验~瘗~饮~隐~淤~郁~浴~止~苌弘~城门~蚩尤~杜鹃~烈士~千秋~沾襟~战地~

谑(謔)xuè【古】入声，十药。【例】暴~嘲~丑~调~掉~恶~诽~酣~诃~欢~诙~恢~讥~间~矜~浪~论~慢~虐~俳~讪~善~哂~駃~谈~挑~玩~侮~嬉~戏~狎~相~笑~谐~亵~谑~雅~言~燕~饮~咏~优~娱~寓~嘲~庄~姿欢~

曳(抴)yè【古】去声，八霁。【例】白~蹩~跛~扯~掣~倒~电~顿~弗~扶~龟~晃~蹇~久~懒~陵~轮~逆~殴~疲~漂~撇~旗~牵~驱~屈~日~容~溶~融~伸~丝~忝~推~拖~沿~艳~摇~曳~引~游~臾~逾~舆~远~争~

夜(亱)yè【古】去声，二十二祃。【例】暗~熬~白~半~逼~丙~薄~不~残~查~长~朝~彻~辰~成~弛~冲~初~除~穿~春~村~当~得~灯~吊~丁~冬~冻~独~犯~放~分~风~缟~隔~更~过~寒~皓~黑~后~厚~花~话~晖~晦~昏~积~即~极~嘉~甲~兼~节~近~禁~景~警~竟~静~兰~朗~累~连~良~凉~两~岭~流~龙~漏~落~买~冒~美~明~冥~暮~年~平~起~前~潜~侵~青~清~穷~蛩~秋~日~入~僧~深~时~侍~守~叔~暑~霜~水~司~夙~宿~岁~遂~损~通~透~晚~望~午~喜~下~夏~闲~宵~晓~歇~星~行~修~宣~玄~雪~巡~雁~养~遥~耀~宜~吟~寅~银~夤~永~幽~雨~元~月~早~憎~照~镇~脂~值~中~终~昼~烛~住~专~灼~子~昨~坐~花月~花烛~鱼龙~

腋yè 口语音。【古】入声，十一陌。见166页yì。【例】薄~风~缝~鼓~狐~集~肩~解~两~群~山~提~肘~千狐~

液yè【古】入声，十一陌。另见166页yì。【例】柏~宝~鼻~碧~苍~肠~朝~赪~橙~仇~春~翠~丹~胆~冻~毒~蜂~凤~甘~膏~桂~寒~汗~和~黑~华~滑~黄~肌~浆~降~绛~金~津~筋~精~九~涓~蜡~醪~泪~梨~醴~沥~炼~灵~漏~滤~鸾~木~黏~酿~贫~铅~清~庆~琼~秋~泉~热~溶~融~柔~入~瑞~神~沈~石~矢~试~输~霜~水~松~素~太~泰~汤~体~天~铁~唾~晚~琬~胃~温~五~犀~洗~霞~仙~香~宵~消~晓~星~雪~血~旬~烟~偃~胰~阴~淫~银~幽~玉~月~云~粘~蔗~汁~芝~朱~珠~驻~滋~紫~

业(業)yè【古】入声，十七洽。【例】安~罢~霸~百~宝~北~本~毕~变~别~薄~财~操~产~昌~常~成~承~程~崇~传~创~垂~辍~从~村~大~待~怠~道~德~地~帝~典~鼎~定~垛~堕~恶~发~非~废~分~丰~风~

福~父~负~副~改~感~高~格~根~功~故~官~归~贵~汉~航~好~黑~恒~弘~洪~鸿~后~扈~还~宦~皇~徽~慧~活~积~基~箕~技~季~继~家~贾~兼~建~贱~将~讲~结~捷~进~经~兢~景~净~敬~静~旧~就~居~举~聚~捐~绝~骏~开~科~课~孔~跨~矿~阐~乐~理~立~隶~连~练~烈~林~陆~履~乱~满~茂~美~民~名~明~末~牧~宁~农~丕~篇~平~破~企~启~气~弃~器~迁~前~清~请~曲~全~劝~认~荣~儒~桑~杀~善~擅~商~上~舍~生~胜~圣~盛~失~诗~识~实~始~世~事~势~试~收~守~受~授~书~术~司~私~嗣~夙~素~宿~邃~孙~笋~所~探~天~田~停~通~同~统~偷~投~土~推~颓~托~王~往~伟~伪~位~文~问~无~武~物~习~徙~先~闲~贤~现~效~歇~信~兴~行~休~修~秀~绪~宣~学~勋~训~逊~殉~雅~遗~义~艺~邑~弈~意~肆~淫~隐~英~营~影~永~游~余~渔~鬻~冤~缘~远~杂~在~赞~造~增~展~障~振~震~正~证~执~职~植~志~治~终~重~主~专~转~着~赀~资~卒~祖~纂~罪~遵~作~锄农~烦恼~子孙~

谒(謁)yè【古】入声,六月。【例】拜~班~版~报~诐~宾~参~朝~晨~出~祠~辞~刺~答~道~典~顶~黩~访~奉~伏~妇~干~告~过~候~环~交~进~晋~觐~叩~款~礼~里~旅~面~内~南~鸟~妻~启~前~亲~请~庆~求~趋~入~上~省~时~书~私~肃~素~庭~通~投~夕~西~先~险~乡~晓~谢~昕~幸~修~阉~夜~诣~引~迎~游~赞~造~瞻~展~祗~周~走~公宜~

叶(葉)yè【古】入声,十六叶。参见88页xié"协"。另见101页yè"页"。【例】柏~宝~贝~病~残~蚕~册~茶~车~初~楮~传~吹~簇~翠~黛~丹~冬~斗~蠹~帆~繁~肺~枫~凤~浮~复~根~宫~故~桂~寒~合~和~红~后~护~瓠~花~华~黄~慧~机~季~迦~甲~剪~桨~椒~蕉~金~近~橘~卷~柯~壳~枯~旷~来~泪~累~历~连~凉~流~柳~露~陆~落~眉~末~木~囊~胚~片~撇~千~琼~秋~楸~瑞~桑~扫~商~上~射~摄~石~柿~树~霜~松~素~梭~桃~题~条~铁~通~铜~脱~晚~万~危~委~细~遐~香~缃~啸~雪~烟~瑶~奕~银~榆~玉~御~云~允~韵~燥~粘~柘~贞~针~枝~重~竹~柞~鹃尾~金荷~金枝~青芦~三蕉~舟如~

咽yè【古】入声,九屑。另见470页yān、498页yàn。【例】哀~悲~惨~抽~冻~断~感~哽~梗~鲠~管~激~姣~鸣~凝~凄~悽~气~穷~声~啼~痛~惋~委~乌~呜~哑~咽~掩~暗~萦~幽~怨~蝉声~风啸~流泉~子规~

靥(靨)yè【古】入声,十六叶。【例】宝~翠~倒~钿~粉~凤~辅~妇~花~欢~姣~金~酒~菊~开~两~榴~柳~眉~媚~面~浅~青~清~石~实~收~双~桃~铜~团~微~笑~星~杏~秀~颐~玉~圆~宫人~花近~佳人~

页(頁、葉)yè 参见101页yè"叶"。【例】白~百~残~册~插~翻~扉~附~副~合~护~画~活~内~篇~缺~散~扇~书~网~尾~靴~印~折~专~

馌(饁)yè【古】入声,十六叶。【例】

晨～春～亩～南～农～妻～田～忘～相～饷～行～野～东田～妇子～南亩～

靥(靨、擫)yè【古】入声，十六叶。【例】按～藏～耳～击～窠～手～偷～挹～寸管～

烨(燁、爗)yè【古】入声，十六叶。【例】焜～烂～飒～炜～玮～烨～雪～

晔(曄)yè【古】入声，十六叶。【例】赫～炜～耀～晔～荧～雪～

黦yè【古】入声，五物。【例】陈～污～汙～

邺(鄴)yè【古】入声，十七洽。【例】拔～壁～并～溉～会～来～洛～南～趣～守～完～围～魏～建～漳～征～治～走～

掖yè【古】入声，十一陌。另见166页yì、81页yē。【例】鳌～臂～藏～层～宸～词～丹～帝～东～反～房～逢～缝～凤～扶～宫～裹～狐～胡～槐～奖～椒～禁～匡～兰～辽～鸾～纶～秘～劝～阙～戎～枢～提～挽～西～仙～轩～引～右～诱～鸳～曾～振～中～左～鸣凤～

拽yè 用力拉。【古】入声，九屑。另见320页zhuài、304页zhuāi。

月yuè【古】入声，六月。【例】暗～白～半～包～宝～陂～悲～奔～彼～碧～蔽～璧～鞭～冰～波～布～步～残～蚕～禅～蟾～常～畅～唱～晨～成～承～乘～池～赤～出～初～除～触～喘～窗～春～达～带～待～戴～旦～诞～澹～宕～倒～堤～钓～冬～动～洞～毒～度～端～断～对～蛾～恶～珥～乏～飞～风～浮～高～告～弓～宫～钩～孤～古～关～归～圭～桂～过～海～含～寒～汉～好～皓～合～和～荷～候～湖～护～花～华～画～淮～唤～荒～黄～会～慧～吉～汲～记～忌～季～既～祭～霁～佳～浃～嘉～俭～涧～江～焦～皎～叫～阶～今～金～近～禁～经～镜～旧～救～菊～剧～嚼～开～阚～珂～可～苦～腊～兰～阑～揽～朗～累～冷～澧～历～丽～连～练～良～凉～亮～临～灵～岭～令～留～陇～楼～漏～屡～萝～落～买～麦～满～忙～眉～梅～扪～孟～梦～弥～迷～蜜～明～木～暮～南～年～农～弄～陪～彭～披～片～品～平～破～蒲～浦～期～骑～砌～碛～前～巧～琴～卿～清～顷～秋～全～缺～却～阙～热～日～如～孺～汝～入～瑞～闰～沙～山～杉～扇～善～赏～上～射～涉～麝～生～石～时～受～暑～曙～衰～双～霜～水～朔～嗽～嘶～松～嵩～素～宿～岁～碎～踏～滩～潭～桃～天～田～跳～汀～涂～吐～兔～玩～晚～旺～望～微～梧～午～夕～西～溪～曦～洗～徙～郤～隙～匣～霞～下～夏～纤～闲～弦～衔～湘～向～象～宵～霄～晓～协～斜～泻～心～新～星～行～修～羞～旭～玄～学～雪～旬～押～烟～淹～严～炎～檐～偃～阳～邀～瑶～要～野～夜～宜～易～阴～吟～寅～饮～印～盈～右～余～雩～逾～元～圆～岳～阅～云～孕～晕～匝～早～斋～占～章～帐～障～棹～照～柘～枕～正～直～值～指～中～重～周～竹～烛～逐～注～祝～壮～捉～子～紫～陬～足～醉～坐～蛾眉～关山～梨花～茅店～千里～秦楼～谈风～桃李～望汉～西江～先得～

悦yuè【古】入声，九屑。【例】爱～安～傲～抃～禅～承～诚～眈～耽～啖～陷～调～兑～敦～迩～法～咈～丰～佛～抚～附～感～歌～酣～和～贺～红～欢～恢～嘉～交～解～惊～静～阆～空～快～愧～乐～媚～慕～凄～洽～钦～倾～清～庆～取～容～赏～神～失～嗜～顺～私～玩～

婉～翫～尉～慰～舞～悟～喜～相～笑～欣～信～胥～摇～怡～怿～踊～娱～谀～愉～郁～豫～赞～招～贞～醉～

钥(鑰)yuè【古】入声,十药。另见391页 yào。【例】边～丹～电～放～更～宫～鹄～锢～关～管～鹤～缄～键～金～禁～扃～九～开～灵～门～祕～牡～枢～锁～天～铤～下～携～银～印～鱼～羽～玉～元～栅～掌～执～智～重～金柜～

跃(躍)yuè【古】入声,十药。【例】迸～忭～便～搏～超～虫～踔～蹈～电～迭～叠～鼎～动～翻～飞～沸～奋～风～凤～凫～浮～感～高～鼓～龟～海～鹤～虎～欢～活～角～金～惊～距～爵～蹶～蹻～跨～凌～陵～龙～鸣～咆～跂～潜～跷～庆～虬～雀～矢～豕～兽～疏～双～悚～耸～腾～田～跳～湍～抟～舞～喜～忻～欣～兴～燕～隐～踊～游～鱼～渊～鼋～跃～增～螽～转～走～

岳[1]yuè ①称妻家父母。②姓。【古】入声,三觉。【例】丰～封～韩～家～庐～丘～寿～叔～太～祖～

岳[2](嶽)yuè 高山。【古】入声,三觉。【例】北～苍～赤～崇～川～大～岱～东～堆～藩～蕃～方～高～艮～光～归～海～河～恒～衡～侯～华～槐～峘～机～畿～峤～金～觐～鹫～匡～昆～连～莲～列～灵～龙～隆～罗～岷～名～南～平～潜～乔～青～琼～秋～山～商～神～双～朔～四～嵩～台～泰～潭～天～铜～望～吴～五～西～遐～仙～巡～移～渊～远～云～中～

粤yuè【古】入声,六月。【例】百～楚～滇～东～港～桂～胡～两～闽～南～瓯～全～外～吴～扬～

越yuè【古】入声,六月。【例】跋～百～北～奔～逼～播～差～搀～超～骋～楚～穿～淳～踔～逴～窜～达～代～叨～蹈～颠～巅～东～洞～度～渡～对～发～翻～泛～放～飞～奋～葛～隔～勾～汩～乖～贯～诡～过～杭～黑～横～胡～患～荒～惶～击～激～僭～进～抗～铿～跨～狂～旷～类～辽～灵～岭～陵～漏～骆～迈～冒～闽～明～谬～蓦～暮～南～欧～瓯～攀～彭～纰～偏～蒲～迁～骞～侵～秦～轻～清～穷～遒～绕～杀～山～舍～射～神～升～恃～殊～疏～爽～私～思～檀～逃～腾～忝～迢～跳～通～偷～透～突～违～吴～相～消～屑～亵～信～秀～轩～薛～燕～扬～杨～夷～义～轶～逸～赢～影～优～幽～于～逾～羽～聿～跃～陨～杂～躁～战～贞～震～滞～诸～卓～宗～阻～

阅(閲)yuè【古】入声,九屑。【例】按～饱～备～参～查～察～谗～陈～呈～雠～传～大～点～调～订～定～敦～伐～翻～覆～荒～稽～监～拣～检～简～讲～教～解～借～谨～静～鸠～掘～考～堀～览～历～练～临～貌～门～判～披～评～亲～圈～日～容～赏～涉～审～省～水～肆～送～搜～蒐～讨～玩～问～细～详～校～选～巡～旬～训～月～赞～泽～赠～展～折～钻～北窗～躬不～

乐(樂)yuè【古】入声,三觉。另见73页 lè、391页 yào。【例】哀～按～伴～宾～播～侈～吹～典～敦～法～番～梵～拊～歌～宫～古～鼓～观～官～管～广～国～合～和～胡～伎～技～今～进～具～军～凯～恺～夔～礼～庙～民～命～内～南～女～配～起～清～散～神～声～笙～盛～诗～俗～西～戏～仙～弦～乡～谐～新～行～雅～偃～宴～燕～夷～遗～彝～

音~杂~张~至~致~周~奏~作~管弦~金石~破阵~清平~清商~云韶~钟磬~

龠yuè【古】入声，十药。【例】关~合~金~九~籥~牡~纬~元~铢~

籥yuè【古】入声，十药。【例】哀~笔~豳~吹~大~改~鼓~关~管~鹤~金~库~籥~灵~门~扪~鸣~牡~南~年~启~千~青~笙~素~岁~韬~缇~天~橐~万~苇~文~舞~夏~悬~璇~幽~竽~羽~玉~执~钟~左~元龠~

爚yuè【古】入声，十药。【例】炟~暮~烁~烜~炎~艳~熠~煜~爚~灼~

钺（鉞、戉）yuè【古】入声，六月。【例】宝~兵~秉~操~赐~大~奋~伏~斧~釜~弓~衮~黄~麾~假~将~节~金~旌~龙~旄~戚~齐~锵~戎~受~授~双~提~天~铁~玺~玄~用~玉~元~仗~钲~执~周~朱~左~假黄~将军~桥公~

樾yuè【古】入声，六月。【例】丛~翠~道~冻~桧~街~林~茂~青~清~请~深~双~庭~巷~岩~荫~榛~

轫（軏）yuè【古】入声，六月。【例】车~日~无~

鸑（鸑）yuè 凤的别名。【古】入声，三觉。【例】鸑~鸑~

瀹yuè【古】入声，十药。另见 392 页 yào。【例】煎~浚~濬~开~茗~烹~启~疏~潭~细~渝~渊~澡~

药（藥）yuè【古】入声，十药。另见 391 页 yào。

刖（跀）yuè【古】入声，六月。又：入声，八黠同。【例】悲~补~残~断~阍~髡~两~槷~蹑~黥~双~行~摇~劓~冤~再~遭~自~足~未尝~

玥yuè【古】入声，六月。【例】海~瑶~

附：本韵部旧读入声字

2. 喔窝韵

阴平

卜饽哱剥拨钵砵鏺般戳踔逴撮咄掇剟裰啅聒郭蝈啯豁秴鞹虢嚄擢捋摸泊泼酦鏺朴说脱托饦侂喔桌捉涿棁作

阳平

脖桲馞袯鲅白伯鲌百柏箔泊博薄欂驳帛舶膊勃钹搏踣礴鹁渤孛浡荸镈馎襮燹铂夺度踱铎裰泽剟佛国掴帼涸腘馘虢灇活佸膜膊橐拙酌浊斫濯茁着灼啄琢卓缴镯擢诼躅彴鹭浞昨笮捽

上声

桲滁抹索涑庹撮

去声

薄北擘檗亳绰惙辍龊啜柮蚀惑获豁或霍嚯藿镬臒蠖镬瓠嚄濩砉阔廓括蛞适扩鞟落雒漯络酪洛烙荦骆珞跞泺陌没墨末靺脉漠貘沫麦莫默抹寞殁瘼秣纆袜貊茉蓦万冒镆诺喏搦迫拍朴魄珀粕弱若鄀婼箬蒻爇数铄烁朔槊蒴勺妁芍蟀硕搠嗍柝拓箨萚魄跖沃握幄渥喔斡龌偓作岞怍酢柞凿

3. 鹅韵

阴平

的鸽割搁胳咯袼疙纥仡圪喝嗑磕
瞌搕榼着鳌蜇

阳平

得德额格阁革葛隔蛤骼輵膈嗝鬲
涸合盒饸颌鞨劾核翮阖龁貉纥
曷盍鹖壳舌折责则泽贼窄择赜帻
舴啧箦哲折摘谪宅蛰磔辄辙翟
蜇晢

上声

尺恶合葛盖渴褶

去声

策测册侧恻澈彻坼撤掣拆恶姶堨
崿颚萼轭鳄鹗厄锷遏呃腭谔噩鄂
愕垩扼阏頞各熇鬲垎喝赫鹤雀黑
吓褐壑暍郝客刻克恪溘绎乐勒垃肋
泐鳓仂讷热色瑟璱塞涩啬穑轖圾设
涉摄慑滠拾歙特慝忑仄昃啫崱浙

4. 耶约韵

阴平

鳖憋跌秸接揭疖撅噘撧屩捏瞥撇
切缺阙贴帖歇蝎楔揳削薛噎约曰

阳平

别蹩蝶叠迭牒堞谍碟喋蹀耋鲽瓞
昳垤咥绖跕结洁劼岊杰节截竭羯
劫蛱捷睫婕碣诘孑撷桀讦桔拮楬
颉角玃脚觉决绝爵诀谲厥蕨蹶镢
崛抉嚼掘橛噱镝獗鴂潏玦珏孓觖
攫桷劂爝倔矍芥协胁挟缬颉撷勰
絜趄学穴噱鷽峃

上声

瘪撇铁帖雪哕

去声

别偃列烈劣裂猎鬣洌冽躐捩趔埒
略掠灭蔑篾蠛啮孽镊蹑臬蘖蘗涅
聂嗫陧虐疟切惬窃怯箧妾契挈锲
捷却确埆鹊雀悫阙榷推阕帖餮渫
泄绁燮屧亵媟躞契离血谑腋液业
谒叶咽靥页馌擪烨晔黦邺掖拽月
悦钥跃岳粤越阅乐龠籥爚钺樾轫
鸑瀹药刖玥

三、衣(i)知(-i)儿(er)三韵母的韵部

韵　母	衣(i)	知(-i)	儿(er)
说　明	本表三韵母,严则分三韵,即“衣”韵、“知”、“儿”韵,宽乃合一部或两部。其中,合一部,即让“衣”韵、“知”韵、“儿”韵通押(如《诗韵新编》);合两部,即将“衣”韵与“知”韵合为一个韵部,“儿”韵单列(如《中华通韵》)。		
注:知(-i),是指“知、蚩、诗、日、资、雌、思”等七个音节的韵母。			

5. 衣韵

平声・阴平

逼(偪)bī【古】入声,十三职。【例】迸~褊~不~猜~残~朝~窗~春~蹙~催~单~地~东~豆~敦~多~风~俯~估~环~煎~俭~荐~僭~矫~劫~紧~进~惊~窘~拘~峻~恐~寇~窥~困~勒~立~临~凌~露~乱~逻~闷~内~南~骈~迫~迁~强~峭~侵~穷~驱~扰~森~山~上~时~树~四~危~威~畏~西~狎~险~相~胁~忆~抑~拥~忧~诱~雨~愈~诈~窄~终~专~追~

低dī【古】上平,八齐。【例】贬~潮~帆~风~伏~服~高~功~河~荷~红~花~减~降~看~眉~蒲~墙~桥~倾~山~树~天~下~檐~眼~雁~杨~右~原~月~云~枕~枝~竹~

堤(隄)dī【古】上平,八齐。【例】板~半~北~被~碧~汴~楚~穿~春~大~东~断~汾~高~海~河~红~后~湖~花~回~济~江~金~橘~决~溃~连~两~蓼~柳~路~缕~绿~莺~木~南~拍~平~签~潜~戗~沙~石~树~双~苏~隋~塘~铜~土~外~圩~魏~瓮~无~西~修~雪~杨~遥~银~右~榆~玉~御~缘~月~云~糟~障~陼~渚~筑~子~左~白沙~

氐dī【古】上平,八齐。【例】巴~白~回~青~白马~

羝dī【古】上平,八齐。【例】白~藩~缟~黑~蹇~两~牧~驱~乳~完~愠~

提dī 提防。【古】上平,八齐。另见 130 页 tí、182 页 shí。

碑(磾)dī 见于人名。【古】上平,八齐。

鞮dī【古】上平，八齐。【例】赤～狄～东～革～寄～络～鞔～若～铜～韦～象～译～白铜～

滴dī【古】入声，十二锡。【例】涔～馋～成～愁～醋～翠～点～箭～交～娇～阶～津～涓～苦～沥～漏～露～凝～瀑～千～穷～书～水～碎～万～细～鲜～涎～雪～血～研～檐～砚～遗～余～雨～玉～云～珠～竹～

菂dī【古】入声，十二锡。【例】金～莲～香～缃～紫～

鸡（鷄、雞）jī【古】上平，八齐。【例】白～宝～抱～辟～碧～搏～哺～鸧～草～柴～朝～晨～池～赤～虫～樗～雏～楮～传～窗～春～翠～村～大～丹～蛋～地～雕～斗～二～风～凤～伏～甘～皋～割～公～官～冠～鹳～海～醯～骇～寒～汉～禾～鹤～黑～化～画～槐～荒～黄～火～家～嫁～江～茭～椒～叫～金～锦～荆～看～昆～鹍～鲲～腊～黧～连～灵～龙～笼～露～鲁～鸾～马～麦～鸣～木～南～狞～牛～牝～凭～箐～驱～取～犬～攘～桑～沙～莎～山～杉～石～埘～绶～菽～蜀～曙～树～双～水～松～随～笋～谈～檀～天～田～贴～童～头～驼～瓦～文～闻～翁～瓮～乌～五～午～舞～夕～醯～夏～县～线～翔～晓～性～畜～雪～鸭～阉～养～野～雍～油～鱼～虞～玉～越～云～灶～粘～磔～枕～只～炙～雉～昼～猪～竹～逐～祝～捉～仔～子～汝南～铁公～吐绶～五更～

基jī【古】上平，四支。【例】安～坝～邦～本～昌～长～成～承～城～崇～初～创～垂～厝～丹～诞～砀～道～德～登～地～奠～殿～房～丰～福～阜～干～高～根～故～国～宏～洪～鸿～胡～皇～祸～阶～街～金～晋～开～灵～刘～隆～路～门～蹑～盘～槃～丕～平～起～前～乾～墙～羟～桥～庆～山～身～神～始～树～水～税～羧～台～堂～天～田～土～颓～王～屋～乡～相～硝～瑢～叶～遗～阴～墉～游～余～元～增～宅～兆～肇～砧～治～重～镃～祖～太平～万世～

机（機）jī【古】上平，五微。【例】暗～扳～班～笔～边～变～兵～秉～捕～残～藏～禅～长～唱～朝～尘～乘～愁～触～大～待～当～蹈～道～德～敌～地～帝～滇～电～调～动～斗～断～舵～耳～发～芳～飞～分～风～伏～赴～根～工～关～观～国～骇～寒～合～衡～后～花～化～话～皇～祸～见～践～将～接～劫～巾～金～锦～镜～就～决～绝～橛～军～开～轲～客～立～良～僚～临～灵～乱～轮～楣～昧～秘～密～鸣～冥～暝～磨～内～纳～脑～鸟～农～弄～弩～启～汽～契～浅～枪～秦～轻～清～蛩～祛～权～群～热～戎～入～杀～设～深～神～生～失～时～识～世～事～手～枢～输～顺～司～伺～俗～肃～随～谈～天～跳～停～同～投～万～亡～王～忘～危～微～违～握～无～息～仙～先～纤～陷～相～泄～械～心～新～星～玄～璇～研～养～样～要～奕～因～阴～隐～应～迎～盈～幽～舆～玉～遇～鸳～元～圆～云～战～杖～贞～真～争～政～支～知～织～至～主～杼～专～总～俎～座～回文～

饥[1]（飢）jī【古】上平，四支。【例】兵～朝～充～大～点～调～蜂～腹～告～害～寒～恒～救～口～苦～乐～疗～馁～年～青～失～水～啼～天～吾～压～噎～愈～赈～中～

饥[2]（饑）jī 灾荒。【古】上平，五微。

【例】大~洊~荐~小~凶~阻~

肌jī【古】上平,四支。【例】冰~病~孱~皴~冻~粉~丰~腹~刮~寒~黑~红~欢~肌~颊~刻~裂~镂~沦~脓~缥~侵~琼~秋~肉~伸~身~生~皙~死~素~鲐~土~仙~雪~鱼~玉~

讥(譏)jī【古】上平,五微。【例】谤~褒~贬~驳~谗~嘲~刺~大~诋~调~笃~诽~讽~负~诟~关~诃~见~交~捷~骂~内~排~评~颇~前~诮~取~讪~示~微~为~下~相~严~厌~诒~贻~遗~怨~乳妪~一蟹~

羁(羈、羇)jī【古】上平,四支。又:上平,五微同。【例】绊~镳~不~尘~充~顿~负~孤~丱~鸿~既~角~金~久~拘~可~旅~马~名~千~牵~亲~轻~穷~首~述~俗~素~腾~天~髻~同~童~脱~犀~系~衔~绁~新~玉~絷~迍~阻~黄金~

姬jī【古】上平,四支。【例】爱~袄~巴~班~嬖~伯~蚕~谗~昌~崇~宠~楚~从~村~大~丹~帝~樊~歌~宫~鼓~贵~汉~狐~胡~家~贾~江~姣~荆~孔~丽~栗~隆~卢~曼~毛~美~妙~名~齐~前~琼~桡~上~侍~淑~庶~双~四~桃~王~吴~夏~仙~小~新~幸~艳~燕~羊~妖~瑶~遗~阴~虞~怨~贞~郑~周~诸~竹~宗~族~左~杨柳~

几[1]jī【古】上声,四纸。另见135页jǐ。【例】案~变~茶~赐~蹴~刀~雕~蝶~冯~抚~高~鹤~横~巾~净~酒~炕~懒~灵~鸾~凭~琴~曲~仍~石~书~水~素~绨~条~彤~投~罔~魏~文~仙~香~心~行~髹~筵~燕~倚~隐~舆~玉~杖~砧~竹~俎~

几[2](幾)jī【古】上平,五微。另见135页jǐ。【例】刺~德~烦~非~祸~见~讵~遽~邻~沈~失~识~事~庶~俟~通~万~亡~危~未~先~相~研~知~

箕jī【古】上平,四支。【例】畚~筐~簸~谗~巢~持~抽~撮~斗~粪~扶~弓~狐~彗~降~九~举~龙~蒙~木~南~奴~骑~筲~水~嵩~溲~酸~箬~尾~淅~席~燕~伊~禹~张~召~竹~

齑(齏)jī【古】上平,八齐。【例】朝~橙~吹~春~葱~断~粉~瓜~寒~黄~芥~金~麋~脍~绿~飘~萍~芹~青~圣~湿~霜~酸~蒜~瓮~五~咸~香~蟹~盐~

稽jī【古】上平,八齐。另见139页qǐ。【例】避~卜~不~参~打~大~订~访~俯~复~改~皋~勾~过~和~滑~会~桧~简~久~居~句~浚~考~满~貌~面~旁~秦~上~射~审~四~素~同~无~相~淹~赞~掌~柘~诸~作~

畿jī【古】上平,五微。【例】邦~采~赤~帝~甸~东~都~蕃~方~封~关~国~侯~皇~江~郊~近~京~九~两~麦~蛮~门~男~南~清~日~神~四~外~王~卫~西~遐~夷~镇~中~

矶(磯)jī【古】上平,五微。【例】苍~长~楚~钓~断~凫~鹄~花~阶~蓼~马~七~秋~山~石~苔~鼍~湾~枭~鸦~倚~鱼~渔~远~渚~采石~城陵~赤壁~牛渚~

玑(璣)jī【古】上平,五微。【例】宝~贝~得~抵~雕~含~衡~化~环~刻~灵~明~鸣~青~琼~吐~象~璇~瑢~瑶~璎~玉~运~珠~照夜~

笄jī【古】上平,八齐。【例】初~刺~

恶~发~副~骨~冠~贯~衡~及~吉~加~箭~荆~可~履~摩~磨~鬖~弱~桑~设~始~铜~委~未~象~许~逾~玉~簪~折~珍~榛~执~栉~竹~总~

枅jī【古】上平,八齐。【例】栱~

跻(隮)jī【古】上平,八齐。【例】颠~攀~朝~

跻(躋)jī【古】上平,八齐。【例】扳~登~颠~跻~洊~践~躐~跄~升~逾~越~骤~擢~

奇jī【古】上平,四支。另见127页qí。【例】数~有~

剞jī【古】上平,四支。【例】雕~劫~

鲑(鮭)jī 金圭。【古】上平,八齐。

錤(錤)jī【古】上平,四支。【例】镃~

觭jī 偏向;侧重。【古】上平,四支。

期(朞)jī【古】上平,四支。另见112页qī。【例】大~服~弥~旁~未~一~再~

畸jī【古】上平,四支。【例】魁~零~耦~偏~左~

叽(嘰)jī【古】上平,五微。【例】哔~呱~叽~咔~

赍(賫、齎)jī【古】上平,四支。【例】班~赍~币~财~恩~敬~露~囊~轻~擎~入~赏~私~约~重~装~

嵇jī【古】上平,八齐。【例】滑~琴~阮~山~

乩jī【古】上平,八齐。【例】卜~扶~降~灵~厮~

其jī【古】上平,四支。另见128页qí、150页jì。【例】郦~兹~夜何~

犄jī【古】上平,四支。【例】左~

剞jī【古】上平,四支。又:上声,四纸同。【例】雕~劫~

居jī【古】上平,四支。另见272页jū。【例】何~

丌jī 姓。【古】上平,四支。

圾jī【古】入声,十五合。另见120页jí、75页sè。【例】垃~

缉(緝)jī【古】入声,十四缉。另见161页qì、113页qī。【例】补~裁~采~查~缔~访~广~化~刊~逻~旁~缫~缮~搜~提~通~熙~修~巡~夜~营~侦~制~装~追~缀~综~总~缵~纂~

积(積)jī【古】入声,十一陌。又:去声,四寘异。【例】辟~遍~逋~材~藏~柴~沉~成~乘~充~冲~储~铸~存~德~地~递~淀~定~堆~浥~囤~顿~垛~阏~发~烦~繁~方~愤~丰~俸~浮~阜~富~痱~槁~谷~厚~火~货~积~兼~瀸~简~渐~交~居~巨~聚~空~库~跨~廥~阔~岚~劳~累~敛~軨~隆~漏~露~麻~面~亩~凝~痞~裒~仞~日~容~冗~散~色~山~沈~盛~食~输~私~素~宿~潭~体~田~填~停~屯~外~委~猥~吸~隙~香~小~薪~兴~修~畜~蓄~压~淹~野~遗~殷~盈~壅~淤~余~隅~庾~郁~云~蕴~攒~湛~障~兆~珍~真~峙~滞~铢~潴~贮~著~桩~着~赀~阻~

激jī【古】入声,十二锡。【例】哀~昂~暴~悲~奔~迸~辨~波~搏~冲~触~刺~弹~荡~电~迭~反~沸~奋~忿~愤~风~拂~感~赣~沽~灌~诡~过~悍~河~环~矶~急~箭~奖~浇~矫~讦~沮~狷~峻~刻~悬~浪~铭~摩~恼~鸟~旁~喷~偏~漂~颇~迫~七~凄~切~清~劝~骚~赏~赏~石~时~矢~水~耸~唆~腾~天~挑~跳~霆~

潼~湍~推~外~雾~修~迅~羿~涌~诱~赞~躁~震~

绩(績、勣)jī【古】入声,十二锡。【例】败~邦~褒~躄~边~蚕~称~成~诚~骋~驰~绸~大~丹~登~底~砥~动~纺~丰~风~敷~符~干~高~功~孤~官~弘~鸿~徽~缉~纪~嘉~教~旧~考~课~劳~理~令~迈~茂~美~名~能~丕~奇~勤~清~蛩~纴~声~盛~实~史~事~收~殊~庶~苏~素~万~威~惟~伟~熙~瑕~夏~效~校~序~叙~宣~勋~循~养~野~业~夜~遗~异~懿~庸~猷~禹~御~远~载~战~政~织~治~著~奏~

击(擊)jī【古】入声,十二锡。【例】棓~暴~北~迸~鞭~驳~搏~跛~捕~侧~抄~晨~笞~冲~出~锄~触~槌~锤~刺~蹙~打~弹~荡~抵~电~东~兜~斗~堵~反~奋~风~伏~腹~戈~格~攻~毂~鼓~鬼~好~合~鹤~横~衡~轰~后~虎~笏~还~环~蹷~回~急~疾~技~夹~戛~歼~剿~劫~截~进~狙~距~攫~揩~抗~考~叩~狂~鲲~拦~浪~雷~擂~连~列~龙~猛~目~南~挠~逆~鸟~蹑~殴~拍~排~旁~炮~抨~飘~破~掊~扑~钳~枪~强~敲~拳~日~闪~赏~上~蛇~射~双~水~四~隼~挞~讨~腾~提~梃~痛~突~徒~湍~柝~往~围~尾~物~西~袭~县~陷~相~掩~邀~要~夜~鹰~迎~游~右~诱~远~攒~增~诈~战~掌~遮~震~鸷~撞~追~椎~斫~自~纵~阻~左~

屐jī【古】入声,十一陌。【例】帛~步~草~车~尘~衬~粗~大~得~丁~冻~方~飞~高~归~荷~画~解~蜡~蓝~老~笠~连~两~履~木~蹑~皮~秋~裙~认~阮~桑~山~双~笋~苔~万~响~晓~携~谢~野~游~雨~玉~月~云~折~柘~置~驻~著~登山~东山~谢公~

咭jī【古】入声,四质。【例】咭~

墼jī【古】入声,十二锡。【例】垒~炭~土~筑~砖~

芨jī【古】入声,十四缉。【例】白~

唧jī【古】入声,四质。又:入声,十三职同。另见123页jí。【例】长~诉~咕~呱~哼~唧~煎~啾~吭~骂~蜜~哝~啪~嘶~土~啁~

襀(襀)jī【古】入声,十一陌。【例】襞~

哩lī【古】上声,四纸。【例】吡~

咪mī【例】妈~笑~

眯(瞇)mī【古】上声,八荠。另见125页mí。【例】尘~眼~细~笑~

披pī【古】上平,四支。【例】半~猖~朝~鹑~倒~翻~分~纷~风~敷~拂~含~翰~横~红~击~肩~锦~离~荔~莲~露~马~靡~莫~木~暮~披~全~软~箕~雾~霞~夏~晓~薤~行~雪~烟~椅~雨~云~灶~执~左~肝胆~

批pī【古】上平,八齐。又:入声,九屑同。【例】挨~报~成~大~顶~趸~分~附~勾~核~横~夹~揭~解~钧~论~眉~内~排~旁~片~签~全~审~手~宪~御~脂~中~朱~竹~总~

丕pī【古】上平,四支。【例】丕~稳~石碑~

坯(坏)pī【古】上平,十灰。参见326页pēi“坏”。【例】钢~贱~毛~泥~杀~身~生~实~陶~土~脱~瓦~颜~凿~

砖～

砒pī【古】上平，八齐。【例】红～碎～

纰(紕)pī【古】上平，四支。【例】缟～素～胥～凿

狉pī【古】上平，四支。【例】犷～狉～獉～

駓(駓)pī【古】上平，四支。【例】黄～駓～

伾pī【古】上平，四支。【例】大～伾～

邳pī【古】上平，四支。【例】大～上～

噼pī 象声词。噼啪。

劈pī【古】入声，十二锡。另见 139 页 pǐ。【例】皴～刀～地～斧～尖～剑～箭～雷～力～猛～直～

霹pī 霹雳。【古】入声，十一陌。又：入声，十二锡同。

期qī【古】上平，四支。另见 110 页 jī。【例】按～班～半～比～冰～不～产～昌～长～常～场～潮～趁～程～弛～崇～初～春～椿～大～待～当～到～灯～等～地～蝶～丁～顶～订～定～短～返～分～风～服～抚～负～赴～改～告～更～工～瓜～归～癸～过～何～后～忽～花～化～欢～缓～会～婚～活～及～吉～即～极～集～佳～嘉～假～践～节～戒～届～津～衿～襟～近～经～久～讵～决～军～凯～刊～考～克～刻～兰～老～梁～两～了～临～满～旄～耄～弥～苗～冥～命～末～难～年～农～牌～旁～聘～凭～期～骐～乞～启～愆～骞～前～亲～情～请～庆～穷～秋～曲～屈～人～任～日～荣～如～丧～山～深～神～审～生～胜～售～圣～失～师～十～时～事～试～寿～输～暑～霜～爽～税～顺～死～夙～素～岁～所～天～同～偷～脱～晚～万～为～违～尾～未～无～务～误～喜～遐～仙～先～现～限～相～心～星～刑～行～休～墟～选～学～旬～汛～押～延～邀～要～以～阴～应～莺～膺～蛹～幽～有～余～逾～与～雨～预～御～豫～辕～远～约～孕～运～再～赞～早～责～斋～展～杖～诏～贞～真～征～指～中～终～钟～周～子～总～阻～鸡黍～菊花～黄发～

溪(谿)qī 旧读。【古】上平，八齐。另见 115 页 xī 同。

妻qī【古】上平，八齐。另见 160 页 qì。【例】初～次～村～嫡～丁～发～夫～故～寡～归～鬼～鸿～后～婚～忌～娇～荆～军～莱～老～令～梅～女～判～旁～偏～聘～弃～佥～前～茕～娶～仁～山～少～首～庶～衰～孀～停～头～外～下～小～孝～谐～休～畜～阎～艳～遗～义～逸～御～元～正～稚～窦家～负羁～老莱～梁鸿～杞梁～黔娄～太常～糟糠～

凄(淒)qī【古】上平，八齐。【例】悲～惨～憯～恻～愁～楚～怆～风～孤～饥～空～冷～凄～日～霜～酸～帷～衔～烟～眼～夜～阴～忧～幽～雨～晓寒～杳杳～

栖(棲)qī【古】上平，八齐。另见 115 页 xī。【例】卑～不～禅～巢～朝～晨～虫～单～登～蝶～遁～风～凤～高～鸽～共～孤～故～寒～鹤～红～瓠～篁～鸡～羁～寄～涧～鹪～孑～鸠～窟～栏～两～林～灵～鹭～鸾～冥～木～南～鸟～凝～鸥～偏～贫～穷～秋～鹊～日～山～双～宿～特～庭～同～投～乌～夕～遐～鸦～岩～羊～仰～依～鹰～蝇～幽～囿～郁～云～芸～贞～枝～专～一枝～

欺qī【古】上平，四支。【例】弊～病～不～谗～诞～诋～抵～调～风～干～弓～龟～诡～寒～和～贾～奸～见～可～狂～

诳～凌～谩～慢～面～平～侵～轻～晴～全～上～霜～谁～外～我～诬～闲～相～信～猩～虚～雪～徇～烟～燕～阳～隐～有～诈～譸～自～冰雪～岁寒～

萋qī【古】上平，八齐。【例】贝～菶～草～眯～萋～暄～贞～

郪qī 见于地名。【古】上平，八齐。

桤(榿)qī【古】上平，四支。【例】栎～绿～树～松～庭～园～

崎qī【古】上平，四支。【例】北～长～黄～崛～峻～岿～丽～嵚～倾～岖～石～巇～险～峣～崟～

攲qī【古】上平，四支。【例】半～不～低～饭～桥～倾～石～松～无～斜～枕～

蹊qī 蹊跷。【古】上平，八齐。另见114页xī。

諆qī 欺骗。【古】上平，四支。【例】诋～玄～

沏qī【古】入声，四质。【例】波～

七qī【古】入声，四质。【例】忏～断～逢～过～晦～火～棘～祭～加～角～金～开～累～理～连～两～柳～庙～秦～三～什～时～首～双～天～田～头～望～五～星～阳～阴～用～右～元～斋～做～不堪～

柒qī “七”的大写。【古】入声，四质。

戚[1]qī【古】入声，十二锡。【例】哀～悲～宾～惨～长～宠～愁～党～恩～藩～分～瓜～贵～桂～国～含～豪～后～怀～欢～黄～婚～俭～建～骄～今～金～近～鞠～局～遽～里～六～密～末～暮～内～宁～朋～迫～蒲～凄～戚～悄～愀～亲～情～穷～权～荣～盛～世～私～四～外～为～喜～乡～相～忻～欣～休～勋～伊～贻～悒～懿～姻～隐～忧～右～远～躁～枝～至～众～宗～族～

戚[2]qī 同“鏚”。【古】入声，十二锡。【例】干～玉～钺～

漆qī【古】入声，四质。【例】败～阪～并～糙～茶～豺～赤～垂～瓷～丹～底～点～淀～雕～榧～粉～割～桂～海～黑～红～黄～火～建～胶～椒～金～泾～沮～栲～刻～绿～螺～泺～南～泥～喷～清～乳～桑～山～捎～生～石～柿～熟～蜀～丝～似～填～彤～铜～投～乌～西～泻～蟹～髹～椅～油～黝～皂～泽～黰～至～朱～竹～斫～缁～梓～

嘁qī【古】入声，十五合。【例】嘁～

缉(緝)qī 密缝。【古】入声，十四缉。另见110页jī、161页qì。【例】纺～缝～纫～

体tī 体己。另见140页tǐ。

䴘tī【例】䴙～

擿tī【例】倍～采～抄～诋～发～钩～骨～掎～检～诘～解～纠～抉～铅～擒～搜～探～铁～投～瑕～甄～指～

梯tī【古】上平，八齐。【例】安～柏～板～车～冲～船～丹～蹬～电～吊～恩～飞～扶～高～阁～钩～胡～护～花～滑～画～祸～脚～阶～金～九～筠～楼～乱～盘～青～去～人～软～山～绳～石～楯～松～索～苔～唐～天～添～突～霞～仙～舷～悬～旋～烟～岩～倚～银～鱼～玉～鸾～云～珠～竹～罪～绿耳～青云～太平～

擿tī【古】入声，十一陌。

剔tī【古】入声，十二锡。【例】拨～剥～划～发～钩～刿～剪～纠～决～抉～考～刻～刳～刲～髡～厘～鳌～镂～明～爬～旁～披～扦～强～清～攘～蹂～疏～刷～

搜~锼~剃~挑~屠~刓~洗~削~修~熏~栉~

踢tī【古】入声，十二锡。【例】蹴~角~蹶~矍~淋~踏~挑~跃~

西xī【古】上平，八齐。【例】安~汴~瀍~车~城~池~川~春~祠~村~挫~稻~东~洞~兑~番~坊~汾~丰~峰~府~阁~格~公~宫~鼓~关~广~归~海~杭~河~湖~户~花~华~淮~济~稷~涧~江~胶~锦~景~军~昆~辽~岭~龙~陇~楼~洛~门~木~鸟~欧~沛~偏~平~蒲~濮~岐~畦~桥~秦~磬~雀~瀼~日~沙~山~陕~生~省~豖~市~寿~署~水~趑~索~台~泰~坛~潭~堂~洮~天~亭~晚~坞~峡~霞~湘~燕~沂~宜~邑~园~苑~月~岳~云~枣~浙~直~积~中~洲~竹~

舾xī 舾装。

稀xī【古】上平，五微。【例】蝉~晨~德~蝶~古~罕~红~花~见~渐~节~今~久~客~鸾~毛~梦~迷~苗~木~鸟~趴~奇~茄~取~全~人~悟~稀~星~依~疑~月~云~簪~珍~终~珠~

熙xī【古】上平，四支。【例】昌~崇~春~纯~淳~帝~丰~辅~阜~光~和~鸿~缉~嘉~骄~康~乐~林~龙~民~木~洽~攘~日~荣~绍~事~宋~恬~外~熙~霞~孝~谐~义~雍~永~于~玉~悦~重~滋~

希xī【古】上平，五微。【例】不~常~狄~古~儿~阔~龙~迷~奇~上~腾~无~鲜~相~攸~知~

曦xī【古】上平，四支。【例】奔~朝~晨~春~丹~东~冬~光~寒~和~赫~隆~清~晴~秋~沈~升~霆~晚~午~斜~新~行~炎~阳~朱~转~

嬉xī【古】上平，四支。【例】遨~冰~诋~斗~儿~凤~共~孤~归~酣~憨~欢~久~乐~林~龙~迷~乜~南~鸟~俳~盘~水~腾~恬~跳~童~乌~西~嬉~戏~下~翔~笑~谐~延~宴~燕~游~鱼~娱~五禽~竹马~

携（擕、攜）xī 又读。【古】上平，八齐。另见88页xié。

蹊xī【古】上平，八齐。另见113页qī。【例】半~傍~成~春~从~风~故~花~荒~虒~回~间~两~鹿~路~鸟~跷~山~殊~鼠~霜~笋~桃~闲~险~邪~野~幽~园~榛~踪~桃李~

犀xī【古】上平，八齐。【例】白~斑~宝~驳~爨~伏~瓜~骇~函~毫~黑~红~瓠~花~黄~挥~角~金~灵~马~毛~梅~明~木~匿~燃~蕊~三~山~沈~生~石~水~兕~谈~檀~剔~天~铁~温~文~乌~响~象~心~燕~遗~影~游~鱼~沅~攒~镇~珠~紫~牛渚~辟水~通天~镇帏~

唏xī【古】上平，五微。【例】感~鲠~嗟~累~凄~涕~歆~嘘~歔~晅~吁~滞~咨~噫吁~

嘻xī【古】上平，四支。【例】含~嗟~来~群~叹~嘻~苋~嘘~噫~吁~增~

熹xī 炽热。【古】上平，四支。

樨xī【古】上平，八齐。【例】木~庭~

晞xī【古】上平，五微。【例】朝~晨~风~赫~渐~露~日~未~新~阳~朝~

俙xī【古】上平，五微。【例】依~

睎xī【古】上平，五微。【例】眯~遐~追~

郗xī 姓。【古】上平,五微。

豨xī【古】上平,五微。又:上声,尾韵同。【例】封~狗~豪~呼~猳~辽~越~

傒(餏)xī 量词。

釐xī【古】上平,四支。另见 115 页 xī“禧”、125 页 lí“厘”。【例】保~春~祠~蕃~福~鸿~降~逆~庞~丕~时~受~新~延~祝~

禧(釐)xī【古】上平,四支。另见 115 页 xī“釐”、125 页 lí“厘”。【例】呈~祠~蕃~繁~福~鸿~嘉~降~逆~年~凝~庞~丕~茕~神~受~天~祥~新~延~陟~祝~综~

熹xī【古】上平,四支。【例】晨~福~赫~微~朱~自~

僖xī【古】上平,四支。【例】颂~

牺(犧)xī【古】上平,四支。【例】纯~大~丰~伏~豢~鸡~郊~庖~齐~牲~人~三~为~畏~文~象~骍~轩~

羲xī【古】上平,四支。【例】白~常~超~晨~风~伏~虙~赫~鸿~皇~黄~灵~宓~南~凝~庖~倾~沈~轩~阴~虞~朱~

爔xī【古】上平,四支。【例】赫~

兮xī【古】上平,八齐。【例】伯~粲~凤~父~悸~简~乐~麟~母~素~惟~豫~子~

奚xī【古】上平,八齐。【例】跛~成~达~丁~纥~宫~降~解~迷~南~女~提~童~菟~小~黄头~

溪(谿)xī【古】上平,八齐。另见 112 页 qī 同。【例】安~鳌~半~宝~北~碧~冰~磻~勃~苍~曹~侧~茶~长~车~池~赤~处~川~春~翠~带~丹~钓~东~洞~度~端~鹅~恶~鳄~璠~风~敷~拂~洑~高~葛~沟~龟~贵~桂~海~寒~好~河~后~湖~虎~花~画~黄~璜~回~藿~济~嘉~建~涧~江~蛟~斤~金~锦~泾~荆~鲸~韭~菊~筠~刻~兰~蓝~狼~雷~梨~澧~荔~莲~濂~灵~陵~菱~柳~龙~露~卢~鹿~绿~萝~洛~麻~马~麦~蛮~帽~梅~梦~茗~南~楠~泥~牛~盘~蓬~平~蒲~淇~綦~前~钱~茜~芹~琴~溱~清~秋~岖~全~染~瀼~箬~桑~沙~山~杉~剡~鳝~赏~上~苕~深~石~鼠~双~霜~水~松~嵩~苏~太~潭~檀~汤~唐~棠~桃~藤~天~田~铁~桐~尾~汶~蜗~浯~西~昔~犀~峡~下~香~邪~泄~嶰~杏~荇~绣~雪~烟~岩~砚~阳~杨~峣~瑶~耶~野~夜~阴~银~饮~楢~鱼~愚~榆~玉~沅~月~越~云~则~雩~障~沼~柘~芝~竹~濯~柞~若耶~武陵~子陵~

傒xī【古】上平,八齐。【例】近~侥~衫~小~优~

畦xī 旧读。【古】上平,八齐。另见 130 页 xí、128 页 qí 同。

栖xī【古】上平,八齐。另见 112 页 qī。【例】栖~

嚱xī【古】上平,四支。又:去声,四寘同。【例】呃~嚱~噫~噫吁~

鼷xī【古】上平,八齐。【例】岭~社~载~胆如~

鸂xī 鸂鶒。【古】上平,八齐。

醯xī【古】上平,八齐。【例】败~橙~醇~调~共~醢~邻~乞~食~瓮~盐~

觿xī【古】上平,四支。又:上平,八齐

同。【例】大~佩~小~玉~觿~

酅xī【古】上平,八齐。【例】纪~

巇xī【古】上平,五四。【例】登~抵~觗~嵚~同~危~隙~险~崄~崖~倚~崟~

狶xī【古】上平,五微。又:上声,五尾同。【例】封~海~江~履~

烯xī【古】上平,五微。【例】丙~环~乙~

浠xī 水名。【古】上平,五微。

屎xī【古】上平,四支。另见 189 页 shǐ。【例】殿~

粞xī【古】上平,八齐。【例】糙~糠~麦~雨~

恓xī【古】上平,八齐。【例】悲~孤~恓~

螅xī【古】去声,四寘。【例】水~

息xī【古】入声,十三职。【例】安~本~迸~鼻~闭~别~波~篰~残~侧~茶~拆~长~偿~尘~出~怵~啜~喘~慈~次~醋~存~大~怠~贷~悼~盗~得~低~弟~电~调~迭~慄~定~动~顿~儿~蕃~繁~盼~愤~风~伏~父~付~姑~股~顾~归~龟~滚~鼾~耗~和~鹤~后~呼~花~遑~唠~喙~机~戢~贾~假~肩~艰~减~贱~将~讲~解~筋~寝~精~鲸~儆~静~久~酒~救~居~举~躅~绝~慨~忾~课~哙~宽~纩~浪~乐~累~利~敛~龙~赂~旅~卵~脉~毛~寐~弭~谧~眠~娩~灭~泯~暮~内~年~鸟~宁~鹏~嫔~平~屏~栖~跂~起~气~讫~愒~憩~千~潜~禽~顷~全~雀~确~认~日~润~弱~稍~少~慑~摄~生~声~省~十~食~士~视~恃~逝~收~受~数~衰~双~水~税~睡~瞬~丝~嗣~竦~苏~稣~宿~岁~孙~胎~太~叹~堂~惕~天~殄~怗~帖~停~偷~透~颓~退~托~外~微~未~问~无~午~雾~夕~息~狎~暇~闲~贤~羡~消~销~小~歇~胁~懈~心~新~信~行~休~讯~咽~淹~延~奄~偃~掩~宴~晏~雁~燕~杨~仰~养~夜~一~遗~义~音~饮~隐~胤~幽~游~余~雨~玉~寓~月~暂~责~增~詟~真~镇~整~正~止~窒~中~钟~冢~踵~重~周~昼~驻~惴~孳~滋~子~足~作~坐~

熄xī【古】入声,十三职。【例】闭~废~火~迹~救~灭~捻~殄~销~

锡(錫)xī【古】入声,十二锡。【例】白~班~颁~鬓~禅~陈~赤~崇~宠~传~担~锻~顿~恩~放~飞~封~敷~负~孤~顾~挂~寒~焊~黑~花~赉~寄~嘉~降~解~金~警~九~爵~犒~赉~类~廪~令~龙~弭~纳~朋~瓶~铅~青~曲~赏~申~师~殊~缩~特~天~铁~铜~行~宣~巡~移~优~寓~赠~沾~仗~杖~肇~珍~真~振~赈~植~掷~竹~伫~驻~追~卓~缁~

夕xī【古】入声,十一陌。【例】晡~不~晁~朝~晨~除~窗~春~旦~当~灯~尔~风~闺~何~昏~火~即~既~霁~佳~兼~今~尽~景~竟~阑~朗~连~灵~漏~谋~七~前~巧~清~穷~秋~日~山~擅~暑~衰~双~霜~水~夙~宿~岁~通~屯~晚~望~雾~西~夏~先~向~宵~晓~昕~雪~熏~烟~养~遥~夜~依~寅~永~幽~游~逾~雨~元~月~云~抵~中~终~昼~

汐xī【古】入声,十一陌。【例】潮~海~

肸xī【古】入声,四质。又:入声,物韵同。【例】侨~肸~呹~振~

昔xī【古】入声,十一陌。【例】朝~畴~

初~旦~当~古~今~乃~曩~平~胜~谁~夙~素~宿~通~往~昔~一~伊~依~娱~远~在~属~自~

惜xī【古】入声,十一陌。【例】哀~爱~暗~懊~褒~保~悲~不~怅~宠~悼~吊~凤~抚~苟~蛊~顾~贵~憾~何~护~计~渐~将~嗟~矜~谨~靳~慨~忾~可~空~苦~愧~怜~恋~吝~马~秘~悯~敏~愍~拍~歉~怯~伤~赏~慎~省~贪~叹~疼~体~痛~完~惋~误~惜~遗~怨~珍~轸~争~重~追~

腊xī 干肉。【古】入声,十一陌。另见22页là。

穸xī【古】入声,十一陌。【例】殡~贯~泉~玄~幽~窀~

裼xī【古】入声,十二锡。另见161页tì。【例】裸~偏~袪~膻~袒~徒~祖~

翕xī【古】入声,十四缉。【例】辟~阖~呼~卉~既~翦~将~谨~静~鳞~强~始~吐~魋~翕~艴~欻~嘘~允~张~

熻xī 明亮。【古】入声,十四缉。

吸xī【古】入声,十四缉。【例】叱~抽~喘~倒~凤~龟~虹~呼~虎~解~鲸~酒~吮~吐~吞~相~欻~嘘~吁~

悉xī【古】入声,四质。【例】谙~备~辨~并~博~不~察~得~洞~烦~该~贯~骇~获~鉴~皆~谨~惊~精~究~具~据~款~阔~练~明~能~剖~洽~稔~赏~深~审~识~收~熟~探~体~条~通~委~闻~纤~详~小~欣~驯~询~知~周~谆~综~总~

膝xī【古】入声,四质。【例】抱~敝~酬~慈~促~点~动~对~顿~鹄~过~撼~貉~鹤~护~踝~加~夹~接~金~磕~克~敛~两~龙~马~扪~啮~牛~盘~前~倾~屈~绕~容~双~弯~危~乌~席~压~蹶~蚁~隐~拥~右~踰~悦~造~枕~支~肿~肘~

析xī【古】入声,十二锡。【例】崩~辨~薄~擘~粹~荡~放~分~改~割~公~供~乖~件~讲~解~开~厘~离~鳌~胪~缕~判~披~擗~破~剖~清~区~弱~赏~申~疏~淘~讨~条~通~推~微~无~雾~详~晓~寻~研~整~支~咨~综~

淅xī【古】入声,十二锡。【例】接~九~洒~竦~汰~淅~

蜥xī【古】入声,十二锡。【例】鳄~虺~蜴~

晰(晳)xī【古】入声,十二锡。【例】白~辩~初~洞~分~公~洁~缕~明~颀~清~条~透~晰~详~修~夜~昭~照~甄~子~

菥xī 菥蓂。【古】入声,十二锡。

窸xī 窸窣。【古】入声,四质。

蟋xī 蟋蟀。【古】入声,四质。

晳xī【古】入声,十二锡。【例】白~洁~晳~修~

衣yī【古】上平,五微。另见164页yì。【例】艾~败~班~颁~斑~胞~宝~褓~被~敝~裨~弊~褊~便~别~薄~补~布~裁~彩~蚕~操~草~衩~襜~禅~蝉~长~肠~氅~朝~车~尘~晨~衬~螭~赤~初~褚~触~传~垂~春~纯~鹑~赐~粗~翠~大~单~倒~捣~盗~道~地~递~典~貂~叠~蝶~冬~犊~端~短~夺~恶~法~反~绯~奋~丰~风~缝~凤~佛~拂~黻~腐~黼~复~缚~覆~高~缟~葛~更~弓~宫~篝~估~鹄~故~挂~官~冠~袿~衮~寒~

汗~号~皓~和~荷~褐~鹤~黑~横~红~护~花~化~画~坏~浣~黄~翚~卉~魂~诨~击~虮~戟~妓~祭~夹~袷~甲~嫁~兼~湔~缣~茧~减~简~剑~箭~绛~蕉~轿~节~解~戒~巾~金~锦~净~胫~靓~酒~鞠~举~涓~卷~罥~军~菌~铠~客~抠~宽~纩~腊~莱~揽~郎~礼~里~连~帘~莲~敛~练~殓~凉~撩~灵~领~柳~龙~露~芦~鹿~旅~缕~绿~鸾~罗~麻~马~卖~蟒~毛~蒙~棉~明~冥~抹~莫~墨~墓~内~衲~囊~霓~牛~暖~煖~炮~配~披~皮~偏~蒲~曝~绮~牵~骞~褰~枪~墙~衾~寝~青~秋~囚~求~毬~球~全~鹊~染~忍~戎~绒~容~宂~儒~襦~散~色~僧~沙~莎~山~善~裳~上~少~绍~设~摄~身~深~神~生~胜~石~时~试~寿~授~书~疏~暑~树~衰~霜~水~税~睡~丝~私~松~肃~素~笋~蓑~胎~苔~袒~糖~陶~绨~缇~题~裼~天~条~铁~蜕~脱~瓦~外~韦~委~文~乌~舞~雾~希~袭~洗~戏~绤~霞~下~夏~鲜~闲~险~藓~缃~象~宵~绡~小~孝~胁~亵~新~信~行~胸~熊~绣~絮~玄~雪~血~熏~逊~眼~宴~燕~瑶~遗~亦~衵~裛~莺~油~鱼~余~褕~羽~雨~玉~浴~御~垣~云~熨~早~皂~斋~翟~沾~旃~展~罩~赭~针~枕~袗~振~征~整~正~执~纸~豸~制~中~衷~重~朱~主~纻~缀~赘~卓~着~缁~子~紫~棕~百衲~薜荔~金缕~老莱~箨龙~五铢~

依yī【古】上平，五微。【例】巴~傍~背~倍~庇~博~畴~当~放~冯~斧~黼~负~附~归~皈~画~静~据~赖~褵~龙~绿~南~昵~攀~芘~凭~钦~倾~神~孰~四~托~罔~偎~无~相~挟~循~焉~沿~翳~因~隐~右~鱼~愚~瞻~照~遵~辅车~

医（醫、毉）yī【古】上平，四支。【例】痹~大~法~凡~高~国~恒~疾~忌~解~就~军~俚~良~铃~卢~马~盲~名~明~内~牛~遣~秦~求~缺~儒~乳~三~善~上~蛇~神~施~食~世~市~侍~兽~司~俗~太~天~投~巫~西~先~校~谢~行~宣~牙~疡~庸~游~御~中~众~诸~君子~折肱~

伊yī【古】上平，四支。【例】瀍~长~皋~怜~吕~雒~凭~岂~渠~嵩~汤~吾~淹~郁~志~

咿（吚）yī【古】上平，四支。【例】懊~嗢~喔~呜~哑~咿~嘤~郁~

噫yī【古】上平，四支。【例】唠~可~凭~秋~呜~五~噫~抑~喑~幽~吁~咤~雉~

漪yī【古】上平，四支。【例】碧~澄~黛~风~寒~回~澜~涟~芦~绿~沦~濛~明~南~平~清~湾~文~渊~沅~晕~

鹥（鷖）yī【古】上平，四齐。【例】白~乘~虫~风~凫~浮~鸽~鹭~鸾~鸥~秋~双~野~

繄yī【古】上平，八齐。【例】讫~障~

猗yī【古】上平，四支。【例】爱~长~涟~沦~平~陶~郁~

椅yī 木名。【古】上平，四支。另见 141 页 yǐ。

铱（銥）yī 化学元素。

祎（禕）yī【古】上平，四支。【例】祎~

蛜yī 蛜蝛。【古】上平，四支。

洢yī 水名。【古】上平,四支。

黟yī【古】上平,四支。【例】黟~

一yī【古】入声,四质。【例】百~抱~本~不~参~常~臣~澄~持~尺~崇~初~纯~醇~从~代~单~得~等~第~巅~调~董~独~端~逢~功~贯~惯~归~贵~合~和~划~画~浑~混~或~剑~借~精~井~径~静~九~均~敛~令~留~六~隆~履~没~美~妙~冥~念~宁~凝~牛~偶~平~齐~旂~千~前~欠~清~情~求~去~全~如~裳~上~申~深~生~省~十~什~石~守~绶~署~素~太~堂~天~通~同~统~万~唯~未~问~相~详~小~协~行~虚~玄~压~奄~夷~有~右~余~与~元~源~湛~贞~真~整~正~执~值~旨~至~制~治~致~智~中~忠~种~轴~逐~主~专~总~作~

壹yī【古】入声,四质。【例】不~常~诚~澄~纯~淳~醇~得~调~端~和~浑~混~监~宁~平~朴~清~沙~守~肃~泰~统~未~虚~严~郁~作~

揖yī【古】入声,十四缉。【例】拜~长~答~对~奉~抚~高~告~公~拱~顾~后~还~环~进~客~礼~旅~马~目~平~

平声·阳平

鼻bí【古】去声,四寘。【例】阿~鳌~巴~白~扁~侧~长~嗤~赤~触~穿~刺~蹙~鼎~犊~断~盾~鹅~反~粉~蜂~趺~勾~骨~鼓~关~龟~过~鼾~曷~荷~黑~虎~护~尖~剑~镜~巨~亢~腊~裂~麟~铃~龙~隆~马~猫~逆~牛~喷~破~扑~掐~牵~谦~褰~前~齁~屈~拳~让~上~蛇~深~石~时~拭~兽~楯~四~耸~肃~酸~损~缩~特~天~铜~土~瓮~卧~西~掀~跣~相~响~象~行~靴~穴~哑~岩~掩~羊~养~蚁~印~迎~蝇~拥~右~玉~杖~蜇~针~正~支~祇~执~众~猪~转~捉~斫~宗~嘴~左~作~

荸bí 荸荠。【古】入声,六月。另见36页bó。

嘀(啾)dí 嘀咕。【古】入声,十一陌。

敌(敵)dí【古】入声,十二锡。【例】暴~背~不~残~仇~酬~雠~从~蹙~大~待~当~蹈~抵~动~斗~妒~断~对~饵~附~赴~格~公~构~犷~捍~横~后~候~怀~坚~交~骄~尽~劲~酒~救~拒~剧~均~忾~龛~抗~克~寇~溃~量~料~临~免~灭~叛~匹~平~破~棋~前~强~轻~勍~情~全~权~却~弱~善~商~审~胜~省~诗~守~首~受~输~树~私~死~夙~宿~随~体~天~挑~挺~通~头~投~推~退~吞~外~玩~威~违~无~西~狎~陷~相~延~严~养~要~疑~殪~应~迎~诱~圉~御~遇~怨~阵~政~支~指~致~驻~资~纵~

笛dí【古】入声,十二锡。【例】长~吹~村~调~短~风~凤~篙~鼓~寒~号~横~胡~笳~角~警~柯~口~朗~两~邻~柳~龙~陇~芦~洛~鸣~牧~牛~品~蕲~汽~羌~樵~秋~哨~笙~戍~双~霜~铁~铜~闻~向~箫~晓~雅~腰~野~夜~银~引~鹰~鱼~渔~玉~

怨~筝~竹~紫~桓郎~梅花~武溪~

涤(滌) dí【古】入声,十二锡。【例】忏~澄~冲~除~宕~荡~涤~刮~盥~灌~涵~浣~灰~湔~涓~蠲~开~露~袂~平~清~穷~扫~申~视~疏~漱~刷~思~洗~削~雪~雨~澡~自~

的dí【古】入声,十二锡。另见 147 页 dì、57 页 dē。【例】的~

迪(廸) dí【古】入声,十二锡。【例】不~蠢~蹈~底~辅~光~诲~简~教~启~夏~训~演~允~

頔(頔) dí 美好。【古】入声,十二锡。

狄dí【古】入声,十二锡。【例】八~白~北~长~赤~黑~假~介~金~巨~康~六~蛮~旄~女~平~蒲~屈~阙~攘~戎~库~铜~五~遐~夏~仪~夷~有~揄~

荻dí【古】入声,十二锡。【例】岸~碧~大~枫~蒿~画~黄~枯~芦~茅~青~桑~苕~苇~

籴(糴) dí【古】入声,十二锡。【例】闭~边~博~出~对~兑~遏~贩~告~谷~归~贵~和~货~儆~寄~结~均~括~敛~买~贸~平~乞~讫~请~秋~劝~市~收~私~外~檄~旋~夜~抑~

适(適) dí 同“嫡”。【古】入声,十二锡。另见 49 页 kuò、201 页 shì。

觌(覿) dí【古】入声,十二锡。【例】毕~不~朝~光~会~可~良~眇~旁~披~赏~私~咸~显~遗~幽~瞻~展~众~

翟 dí 雉羽。另见 67 页 zhé、308 页 zhái。【古】入声,十二锡。【例】白~北~长~赤~代~拂~韩~画~翚~简~践~金~鞠~峻~孔~阙~戎~容~三~夏~驯~厌~摇~夷~褕~羽~重~

镝(鏑) dí【古】入声,十二锡。【例】犯~飞~锋~箭~交~金~流~鸣~破~矢~霜~银~

嫡dí【古】入声,十二锡。【例】长~崇~储~夺~立~配~匹~亲~慑~世~首~树~元~正~冢~重~

蹢dí【古】入声,十二锡。【例】白~豕~躅~

靮dí【古】入声,十二锡。【例】鞭~负~羁~鞦~执~

圾jí 危。【古】入声,十四缉。另见 110 页 jī、75 页 sè。

极(極) jí【古】入声,十三职。【例】爱~鳌~邦~北~备~倍~边~表~剥~博~苍~臣~宸~称~崇~储~慈~大~丹~单~殚~砀~道~得~登~等~底~抵~地~帝~电~定~东~动~斗~端~发~罚~方~垓~根~宫~拱~贵~过~寒~何~喉~化~环~寰~荒~皇~回~积~基~稽~建~践~侥~儌~揭~静~窘~究~倦~峻~抗~考~坤~乐~礼~理~立~两~临~灵~流~隆~履~孟~妙~民~冥~目~南~难~臬~宁~蟠~旁~配~疲~品~颇~清~情~穷~穹~热~人~日~上~设~沈~升~时~事~枢~顺~四~嵩~岁~太~泰~体~天~同~推~亡~王~罔~未~屋~无~夕~西~溪~锡~喜~限~宪~相~消~霄~协~偕~新~虚~玄~璇~璿~烟~研~厌~央~阳~要~野~仪~艺~诣~阴~幽~游~御~渊~元~圆~云~运~造~躁~栅~正~止~指~至~致~中~终~朱~柱~着~紫~宗~总~纂~尊~

级(級) jí【古】入声,十四缉。【例】班~

陛~兵~步~层~超~程~初~词~次~等~低~调~定~斗~吨~耳~泛~分~风~俘~高~各~官~基~戟~降~阶~节~进~晋~九~镌~爵~科~历~丽~廉~躐~零~留~名~亩~纳~年~蹑~品~评~千~清~戎~荣~上~摄~升~十~石~拾~首~殊~四~特~梯~提~跳~同~万~无~下~贤~衔~显~薛~限~效~行~学~勋~音~逾~狱~越~增~斩~涨~震~中~重~资~

疾jí【古】入声，四质。【例】暗~百~抱~暴~被~惫~逼~躄~便~飙~病~残~藏~差~谗~缠~产~长~常~沉~疢~称~迟~瘳~仇~愁~雠~除~遄~疮~辞~促~耽~痹~颠~调~笃~妒~遁~恶~发~废~奋~忿~愤~风~扶~负~腹~感~告~诟~孤~蛊~痼~国~寒~悍~横~吼~后~候~护~怀~患~讳~恚~秽~毁~瘣~火~惑~积~激~急~疾~忌~瘕~健~箭~江~将~脚~洁~捷~谨~劲~经~警~静~啾~久~酒~旧~疚~救~蹶~峻~苛~痾~客~苦~快~宽~狂~狼~老~羸~离~力~厉~痢~疗~六~癃~陋~马~蟊~冒~民~敏~末~目~内~馁~鸟~孽~疟~虐~痞~偏~剽~慓~贫~齐~起~气~弃~牵~前~怯~窃~禽~寝~轻~穷~去~染~热~戎~弱~痁~伤~少~沈~生~声~省~时~矢~示~侍~视~是~首~舒~水~顺~夙~速~宿~天~跳~同~痛~屯~托~顽~微~痿~畏~温~稳~问~卧~羲~闲~痫~相~消~笑~邪~谢~心~行~欻~徐~眩~血~讯~迅~淹~眼~扬~阳~养~夭~噎~业~移~遗~疑~刈~异~疫~阴~瘖~引~隐~婴~营~忧~有~右~瘀~舁~舆~遇~愈~燠~怨~月~灾~载~驵~遭~躁~憎~诈~瘵~贞~诊~枕~疹~整~治~痔~滞~中~众~舟~属~拙~阻~钻~罪~佐~腐胁~腹心~狐魅~

集jí【古】入声，十四缉。【例】安~办~暴~坌~迸~比~毕~编~别~并~补~部~采~参~蚕~抄~朝~尘~辰~成~筹~储~传~丛~辏~簇~萃~村~沓~点~调~冬~动~堆~囤~垛~鹅~法~蜚~棼~风~蜂~逢~凤~凫~辐~抚~附~赴~赶~鸽~勾~和~横~哄~后~厚~画~怀~徊~欢~环~唤~汇~会~荟~积~汲~辑~家~甲~检~简~降~交~结~憬~静~纠~鸠~拘~句~聚~眷~麇~科~括~来~类~丽~连~遴~鳞~龙~旅~鸾~论~密~螟~募~年~鸟~宁~凝~浓~鸥~滂~旁~骈~裒~栖~期~齐~棋~起~琴~溱~清~驱~渠~全~雀~鹊~群~荣~蚋~瑞~闰~山~胜~盛~诗~时~拾~矢~始~市~收~手~数~思~搜~蒐~绥~隼~遝~讨~鹈~天~条~团~屯~外~完~网~猥~猬~文~滃~窝~渥~乌~雾~吸~翕~嬉~歙~细~霞~下~闲~翔~响~宵~鸮~墟~续~选~雪~迅~鸦~衙~雅~烟~言~掩~宴~焱~雁~燕~邀~遥~夜~遗~蚁~吟~印~鹰~蝇~影~拥~游~诱~淤~鱼~余~雨~玉~御~誉~猿~远~约~云~允~陨~攒~招~召~镇~征~正~螽~舟~周~蛛~注~专~撰~缀~总~纂~天籁~

吉jí【古】入声，四质。【例】安~保~卜~初~春~从~大~迨~得~迪~独~逢~龟~即~嘉~借~涓~蠲~良~名~纳~宁~平~禽~清~请~取~全~日~上~审~水~俟~岁~台~万~勿~习~袭~祥~协~谢~新~殉~叶~元~月~

择~乍~占~贞~征~直~中~诹~

即jí【古】入声，十三职。【例】不~当~登~顿~赶~跟~赓~还~即~遽~刻~离~立~目~然~是~速~随~遂~未~乌~虾~旋~迅~在~

及jí【古】入声，十四缉。【例】比~遍~波~不~齿~触~垂~春~次~代~迨~逮~东~冬~尔~访~弗~俯~附~赶~顾~罕~火~几~兼~剑~渐~屦~可~滥~累~例~连~料~履~略~论~靡~莫~目~难~年~旁~普~跂~企~牵~前~青~仍~日~上~涉~世~示~书~顺~岁~所~覃~提~推~危~未~无~相~信~刑~玄~延~燕~央~殃~以~又~预~欲~豫~自~

伋jí 见于人名。【古】入声，十四缉。

急jí【古】入声，十四缉。【例】哀~暴~备~奔~逼~边~褊~卞~变~不~猜~惭~惨~憯~蝉~乘~遄~淙~促~猝~大~东~厄~阨~发~帆~烦~风~负~赴~干~赶~刚~高~篙~告~舸~鲠~管~憨~悍~横~喉~猴~花~缓~患~荒~皇~惶~火~机~激~疾~济~加~艰~彊~焦~绞~捷~矜~筋~紧~谨~劲~浸~寖~禁~惊~儆~警~径~窘~救~拘~狷~峻~浚~亢~苛~刻~倥~孔~恐~匮~困~厉~脸~溜~马~忙~眉~猛~民~悯~暮~内~鸟~剽~迫~凄~起~气~强~峭~切~锲~情~请~穷~屈~取~日~冗~上~甚~释~舒~束~数~水~私~死~速~酸~岁~所~滩~探~特~佻~通~兔~湍~晚~危~未~溪~夏~弦~险~心~性~凶~汹~袖~迅~严~眼~雁~要~谒~阴~应~忧~雨~遇~悁~躁~张~杖~周~骤~逐~灼~着~卒~作~

湁jí 水急状。【古】入声，十四缉。

籍jí【古】入声，十一陌。【例】按~版~邦~宝~本~崩~币~表~别~宾~兵~踣~簿~册~策~长~场~倡~唱~抄~超~朝~承~乘~尺~齿~赤~出~除~楚~传~船~代~党~蹈~道~等~地~帝~递~典~点~牒~丁~定~蠹~额~法~反~方~废~坟~封~符~附~复~赋~诰~耕~工~宫~贡~古~谷~固~故~铟~官~贯~闺~诡~鬼~贵~桂~国~过~汉~黑~侯~户~护~还~宦~黄~会~货~籍~记~妓~寄~家~监~简~匠~郊~解~金~锦~禁~经~旧~拘~橘~举~军~科~客~空~口~跨~括~狼~浪~乐~礼~里~隶~轹~列~廪~凌~六~鲁~录~禄~箓~履~落~冒~门~氓~秘~苗~民~名~冥~命~默~内~逆~凝~农~棚~篇~凭~谱~旗~起~迁~欠~巧~囚~球~却~群~人~戎~蹂~儒~入~僧~商~生~圣~食~湜~史~仕~市~势~收~书~术~戍~税~司~死~踏~跆~腾~田~填~条~通~同~图~土~屯~脱~外~猥~卫~温~文~无~伍~徙~系~遐~仙~宪~乡~削~校~玄~选~学~勋~盐~洋~移~遗~译~阴~荫~引~玉~寓~誉~原~酝~蕴~载~再~在~灶~占~战~帐~谪~珍~真~诊~枕~赈~正~置~主~属~注~祝~资~宗~租~罪~

瘠jí【古】入声，十一陌。【例】薄~柴~大~地~凋~繁~肥~干~槁~沟~寒~荒~毁~骥~碱~蹇~捐~黐~枯~苦~旷~羸~黧~流~卤~霉~牛~疲~贫~弃~硗~秦~穷~劬~癯~埆~确~身~瘦~损~土~尪~沃~狭~险~消~

嵴jí【古】入声，十一陌。【例】眉~

楫jí【古】入声,十六叶。【例】钓~帆~篙~估~鼓~归~桂~横~画~桧~击~巨~兰~理~弭~轻~桡~桃~统~维~无~小~拥~游~羽~棹~

辑(輯)jí【古】入声,十四缉。【例】安~比~编~补~采~柴~调~订~访~抚~拊~购~和~化~怀~辑~剪~简~降~较~鸠~论~逻~内~宁~裒~齐~冗~诗~收~搜~蒐~绥~特~外~完~慰~西~相~校~谐~新~修~宣~选~衍~允~招~镇~专~撰~装~缀~纂~

脊jí 同"鹡"。【古】入声,十一陌。另见136页jǐ。【例】脊~

耤jí 用于地名。【古】入声,十一陌。

堲jí【古】入声,四质。【例】窀~

姞jí【古】入声,四质。【例】姬~燕~

佶jí 佶屈。【古】入声,四质。

唧jí 拟声词。【古】入声,十三职。又:入声,四质同。另见111页jī。

笈jí【古】入声,十四缉。又:入声,十六叶同。【例】宝~尘~担~梵~风~负~黄~巾~锦~琅~灵~密~千~琼~胠~取~石~书~笥~箱~药~玉~云~织~

岌jí【古】入声,十四缉。【例】崇~地~高~岌~危~嵬~嶷~崟~

汲jí【古】入声,十四缉。【例】暗~不~朝~车~晨~春~穿~富~溉~绠~龚~钩~汩~谷~灌~汲~寄~井~匡~瓶~樵~日~析~新~行~夜~引~远~孜孜~

棘jí【古】入声,十三职。【例】抱~惨~草~柴~长~彻~撤~赤~抽~除~楚~穿~垂~茨~丛~大~丹~单~樊~杆~戈~梗~钩~枸~寒~蒿~槐~黄~火~饥~疾~棘~艰~翦~晋~荆~九~刻~空~孔~困~篱~藜~栗~列~栾~罗~马~茅~牛~平~鳍~青~秋~如~沙~设~矢~束~树~寺~素~檀~桃~天~荼~屯~王~危~围~闱~险~墟~雪~严~蝇~忧~越~枣~斩~柘~榛~止~枳~佐~柞~

亟jí【古】入声,十三职。另见160页qì。【例】病~凑~悍~疾~遽~孔~迫~危~勿~小~周~

革jí【古】入声,十一陌。另见62页gé。【例】病~

藉jí【古】入声,十一陌。另见93页jiè。【例】碧~春~蹈~帝~耕~藉~狼~浪~骀~相~道路~

嫉jí【古】入声,四质。【例】谤~猜~谗~谄~仇~雠~妒~忿~愤~忌~皆~吝~媢~释~素~痛~尤~怨~憎~忮~

芨jí【古】入声,十四缉。【例】白~榖~

墼jí【古】入声,十二锡。【例】垒~炭~土~筑~砖~

蹐jí【古】入声,十一陌。【例】躄~跼~蹩~蹴~踽~

吃jí 旧读。结巴。现此义亦读chī。【古】入声,五物。另见171页chī。【例】吃~哽~蹇~口~老~呐~邓艾~

蒺jí【古】入声,四质。【例】据~

鹡(鶺)jí 鹡鸰。【古】入声,十一陌。

蹐jí【古】入声,四质。【例】跼~蹩~俯~蹐~蹐~局~踽~跧~蹢~

戢jí【古】入声,十四缉。【例】安~北~不~顿~遁~凤~抚~感~戒~禁~儆~敛~露~弭~铭~莫~平~潜~悛~尚~韬~未~畏~武~衔~训~严~偃~营~

远~昼~

蕺jí【古】入声，十四缉。【例】蕺~

殛jí【古】入声，十三职。【例】窜~罚~放~歼~雷~明~天~投~诛~

离(離)lí【古】上平，四支。【例】百~背~被~奔~崩~辨~飙~别~剥~不~猜~长~超~朝~撤~棽~晨~侈~斥~出~鹑~贷~当~电~调~兜~断~贰~反~方~匪~分~夫~附~隔~构~孤~乖~合~和~胡~华~涣~膘~毁~火~羁~渐~僭~江~将~搅~接~节~解~距~坎~可~暌~累~离~林~流~陆~乱~迷~明~南~难~叛~畔~抛~佩~纰~披~偏~蚑~起~牵~青~倾~去~雀~群~如~散~骚~闪~伤~舍~生~淑~黍~衰~四~送~逃~天~铁~脱~完~违~委~析~纤~闲~相~携~星~休~叙~炎~眼~厌~要~诒~拥~壅~游~于~鱼~郁~远~怨~月~遭~摘~支~趾~钟~重~株~

篱(籬)lí【古】上平，四支。【例】巴~北~篦~编~柴~出~穿~荻~东~短~藩~樊~风~积~棘~槿~荆~菊~枯~阑~漉~绿~买~梅~幂~南~墙~抢~青~琼~绕~山~杉~疏~树~水~陶~笤~晚~筱~杏~雪~压~榆~远~栅~找~笊~枳~竹~抓~爪~豆花~

犁(犂)lí【古】上平，四支。又：上平，八齐同。【例】步~撑~锄~春~扶~耕~铧~火~疾~驾~开~耧~泥~牛~耦~爬~渠~扫~踏~祝~

丽(麗)lí【古】上平，四支。另见153页lì。【例】高~

鹂(鸝)lí【古】上平，四支。又：上平，八齐同。【例】白~春~黑~黄~听~皂~章~

黎lí【古】上平，四支。又：上平，八齐同。【例】巴~边~波~残~苍~楚~冻~洞~伽~汉~合~狐~饥~迦~匠~孑~龙~氓~萌~民~南~泥~牛~疲~贫~颇~黔~青~穷~渠~群~任~生~庶~突~乌~西~玄~悬~遗~远~灾~兆~烝~终~重~祝~

棃lí 树名。【古】上平，八齐。

梨(棃)lí【古】上平，八齐。【例】哀~白~碧~冰~苍~赤~醋~脆~啖~冻~凤~高~蛤~瓜~官~寒~诃~合~红~狐~胡~花~环~黄~疾~交~腊~栗~鹿~美~面~木~缥~剖~禽~秋~让~乳~桑~沙~山~鼠~树~霜~水~棠~糖~桃~藤~夏~仙~消~新~雪~鸭~雨~御~园~灾~枣~楂~蒸~种~哀家~僧伽~

藜lí【古】上平，八齐。【例】扶~虀~蒿~红~藿~击~蒺~茭~荆~枯~葵~配~蓬~青~秋~燃~似~县~校~野~杖~蒸~重~铁蒺~

璃(瓈)lí【古】上平，四支。【例】玻~琉~镕~悬~

缡(縭、褵)lí【古】上平，四支。【例】琛~凤~结~衿~鞶~佩~帨~襳~云~麝香~

骊(驪)lí【古】上平，四支。又：上平，八齐同。【例】常~盗~风~歌~汉~黄~江~匠~句~骏~鹿~青~驷~探~天~铁~温~乌~纤~鱼~

狸lí【古】上平，四支。【例】斑~暴~彪~搏~豺~风~佛~海~寒~河~狐~虎~花~獾~火~家~巨~猫~豨~毗~貔~青~山~神~兔~维~文~香~小~

穴~鱼~玉~

蠡lí【古】上平，四支。又：上平，八齐同。另见137页lǐ。【例】测~持~范~管~海~瓠~金~彭~奚~越~追~椓~左~测海~

漓(灕)lí【古】上平，四支。【例】淳~风~乖~瘠~浇~漓~淋~浏~流~南~缺~渗~衰~俗~唐~湘~

厘(釐)lí 参见115页xī"釐"、115页xī"禧"。【例】板~保~车~抽~祠~地~蕃~分~福~辅~公~毫~豪~鸿~季~降~酒~毛~密~木~逆~庞~丕~清~茕~榷~肉~市~受~税~训~延~盐~允~整~祝~综~

黧lí【古】上平，四支。又：上平，八齐同。【例】垢~枯~老~霉~黔~形~遗~缁~

醨lí【古】上平，四支。【例】醇~和~浇~情~酸~酾~糟~

鲡(鱺)lí【古】上声，八荠。【例】鳗~

喱lí【例】咖~

褵lí 褵褷。【古】上平，四支。

罹lí【古】上平，四支。【例】百~备~鸿~无~诒~遗~婴~遭~

蜊lí【古】上平，四支。【例】蛤~

嫠lí【古】上平，四支。【例】孱~孤~寡~鳏~节~贫~穷~茕~惸~孀~贞~

犛lí 犛靬。【古】上平，四支。又：下平，三肴同。

氂lí【古】上平，四支。又：下平，四豪同。另见368页máo"牦"。【例】长~毫~结~马~毛~丝~崖~铢~

剺lí【古】上平，四支。【例】分~钩~

蔾lí【古】上平，四支。【例】鳞~流~龙~淫~鼋~

蓠(蘺)lí【古】上平，四支。【例】夫~苻~江~茳~青~香~

迷mí【古】上平，八齐。【例】财~草~尘~沉~痴~大~耽~导~低~颠~发~返~棼~歌~官~鬼~过~红~狐~花~昏~积~荚~蕉~金~津~寖~径~九~狂~乐~离~鹿~瞀~蒙~梦~迷~明~冥~目~披~破~凄~歧~棋~迁~前~情~穷~茕~球~群~入~色~沈~生~失~书~遂~贪~痰~天~甜~头~顽~舞~雾~戏~系~宵~笑~行~雪~烟~魇~疑~淫~影~愚~月~云~晕~榛~执~指~智~竹~着~醉~阮郎~

谜(謎)mí【古】去声，八霁。【例】笨~猜~藏~春~灯~屐~解~破~商~诗~抟~蚊~哑~雅~疑~隐~字~填字~

眯(瞇)mí【古】去声，八霁。另见111页mī。【例】尘~眼~笑~

靡mí【古】上平，四支。另见138页mǐ。【例】伧~侈~浇~繁~斗~费~鸱~偷~丰~奢~奇~浮~夸~雕~琼~衰~殄~嬉~艳~要~淫~烂~丽~绮~泰~漫~流~诡~华~

糜mí【古】上平，四支。另见330页méi。【例】薄~哺~菜~程~赤~豆~费~浮~膏~糕~耗~灰~煎~焦~捐~糠~口~枯~闾~茗~淖~琼~冗~肉~乳~奢~施~碎~屠~息~稀~橡~消~行~虚~药~以~隃~榆~芋~甑~斋~珍~蒸~粥~烛~

麋mí【古】上平，四支。【例】白~鬓~哺~鸧~犨~浮~宫~荆~羚~六~牵~秋~乳~山~食~万~仙~献~须~雪~扬~野~隃~斋~獐~蒸~置~逐~

縻mí【古】上平，四支。【例】采~缠~长~断~绠~红~鸿~豢~藿~羁~拘~揽~蔷~荼~系~胥~虚~阳~缨~

蘼mí【古】上平，四支。【例】采~藿~蔷~荼~

醾mí【古】上平，四支。【例】酴~

弥(彌)mí【古】上平，四支。【例】阿~诞~霏~封~浩~鸡~拘~昆~漫~漭~弥~渺~且~渠~沙~赊~斯~系~消~笑~须~翳~扞~郁~愈~

祢(禰)mí【古】上声，八荠。【例】父~告~公~祖~

猕(獼)mí【古】上平，四支。【例】猿~

泥ní【古】上平，八齐。另见157页nì。【例】草~尘~澄~赤~冲~刍~春~丹~分~封~佛~庚~垢~汩~河~红~鸿~黄~娇~胶~椒~金~堇~锦~烂~滥~老~迷~抹~泥~泞~蟠~屏~芹~青~软~沙~山~深~沈~石~熟~水~蒜~塘~陶~涂~土~抟~脱~丸~碗~污~洿~洗~掀~香~行~雪~血~烟~燕~野~银~印~油~游~淤~鱼~云~枣~郭~芝~执~滞~朱~滋~紫~阻~醉~井中~雀金~隗嚣~絮沾~燕垒~一丸~醉如~

尼ní【古】上平，四支。另见138页nǐ。【例】阿~仇~刍~沮~末~牟~毗~贫~僧~圣~象~小~宣~伊~郁~仲~比丘~紫驼~

呢ní【古】上平，四支。另见60页nē。【例】毛~粗~线~格~花~

怩ní【古】上平，四支。【例】忸~恧~

妮ní【古】上平，四支。【例】婢~闺~亲~狎~姻~

伲ní【古】上声，四纸。【例】我~昨~

坭ní【古】上平，八齐。

霓(蜺)ní【古】上平，八齐。又：入声，十二锡同。【例】白~逼~彩~长~乘~锄~雌~读~断~氛~浩~横~虹~孑~青~蜃~素~霆~投~烟~阴~云~紫~

儿(兒)ní 姓。【古】上平，八齐。又：上平，四支异。另见210页ér。

倪ní【古】上平，八齐。【例】傲~俾~辟~端~堕~惰~讹~介~坤~旄~髦~耄~倪~陴~僻~天~无~右~迂~云~左~

猊ní【古】上平，八齐。【例】宝~发~粉~光~花~金~灵~怒~青~琼~狻~唐~天~铜~委~香~云~玉狻~

輗(輗)ní【古】上平，八齐。【例】车~輗~

齯(齯)ní【古】上平，八齐。【例】齿~

麑ní【古】上平，八齐。【例】锄~放~将~麟~麋~狻~纵~

婗ní【古】上平，八齐。【例】婴~

鲵(鯢)ní【古】上平，八齐。【例】鳍~大~惊~鲸~鲲~鲔~妖~

皮pí【古】上平，四支。【例】豻~扒~白~柏~斑~包~豹~表~剥~裁~苍~草~扯~陈~橙~赤~除~楮~椿~皴~丹~荻~地~貂~吊~调~肚~粉~封~麸~腐~柑~羔~革~根~弓~狗~鼓~瓜~挂~鬼~桂~果~红~厚~狐~虎~画~桦~黄~虺~鸡~脊~麂~痂~贱~胶~鲛~角~筋~橘~枯~夔~鹍~赖~狼~榔~狸~离~俪~栗~脸~鳞~榴~龙~鹿~绿~麻~马~毛~蒙~面~木~南~牛~暖~鳑~貔~泼~漆~墙~俏~

秦~寝~青~穷~裘~犬~肉~桑~臊~鲨~杉~蛇~尸~兽~书~输~熟~鼠~树~霜~水~松~笋~獭~鲐~佻~铁~通~桐~头~兔~蜕~鼍~顽~文~乌~西~犀~席~虾~夏~涎~香~象~削~邪~鞋~心~熊~靴~妍~眼~羊~椰~油~柚~鱼~榆~羽~玉~皂~燥~毡~张~针~真~织~植~皱~猪~竹~棕~嘴~豹留~五羖~

疲pí【古】上平,四支。【例】兵~冲~凋~国~昏~魂~饥~瘠~筋~酒~空~困~劳~力~龙~马~民~驽~神~适~书~衰~体~罔~忘~痿~无~形~致~中~足~

陂pí【古】上平,四支。另见 32 页 pō、322 页 bēi。【例】黄~

鲏(鮍)pí【古】上平,四支。【例】鳑~鱼~

毗(毘)pí【古】上平,四支。【例】茶~阇~夸~连~内~偏~屏~荼~犀~依~倚~

脾pí【古】上平,四支。【例】调~动~蜂~肝~寒~满~蜜~牛~沁~青~诗~石~守~通~土~胃~心~醒~虚~羊~益~右~玉~噪~

鼙pí【古】上平,八齐。【例】春~鼓~寒~击~谏~金~惊~擂~鸣~铙~秋~戍~霜~朔~鞀~万~晓~扬~应~战~征~钲~朱~左~

蜱pí 节肢动物。【古】上平,四支。

罴(羆)pí【古】上平,四支。【例】白~豹~赤~非~豪~虎~黄~貔~绿~批~万~象~熊~梦熊~

枇pí 枇杷。【古】上平,八齐。

琵pí 琵琶。【古】上平,四支。

貔pí【古】上平,四支。【例】皋~虎~前~武~熊~

比pí【古】上平,四支。另见 133 页 bǐ、138 页 pǐ、143 页 bì。【例】皋~

裨pí【古】上平,四支。另见 143 页 bì。【例】补~服~匡~绿~陪~偏~无~属~

啤pí【例】扎~

郫pí【古】上平,四支。【例】重~

陴pí【古】上平,四支。【例】城~登~东~隍~女~守~增~

蚍pí【古】上平,四支。【例】麻~蚂~

奇qí【古】上平,四支。另见 110 页 jī。【例】拔~假~颠~吊~多~风~甘~工~钩~诡~骇~怀~贾~矜~倔~谲~旷~魁~六~龙~跷~嵚~屈~权~吐~眩~用~幽~鬻~造~自~

骑(騎)qí【古】上平,四支。另见 149 页 jì。【例】驰~风~弧~射~探~突~

旗qí【古】上平,四支。【例】八~白~半~边~镳~表~兵~彩~参~苍~测~茶~车~晨~蚩~赤~船~春~鹑~翠~村~丹~党~雕~斗~队~鹅~幡~防~风~锋~蜂~凤~高~戈~公~鼓~桂~国~海~罕~汉~号~禾~黑~红~虹~虎~护~花~华~画~皇~黄~麾~回~火~获~鸡~祭~甲~建~槛~箭~奖~降~绛~节~锦~旌~九~酒~举~军~靠~兰~雷~离~立~连~灵~领~令~旒~龙~绿~鸾~銮~祃~门~靡~茗~磨~末~南~鸟~仆~旂~起~千~搴~枪~青~取~阙~认~戎~升~视~手~授~淑~戍~树~双~霜~水~兕~素~隼~涛~韬~天~投~团~晚~万~王~乌~献~晓~校~信~星~熊~绣~轩~玄~血~牙~偃~扬~义~易~阴~拥~

右~虞~羽~雨~玉~援~月~越~云~皂~斩~战~章~正~植~中~舟~朱~幢~斫~总~左~飞虎~风信~龙虎~日月~神武~五色~招风~

棋(棊、碁)qí【古】上平,四支。【例】摆~兵~博~残~持~弹~叠~斗~赌~对~飞~覆~宫~观~国~和~回~悔~会~活~举~绝~军~看~累~灵~六~盲~妙~抨~平~枰~敲~琴~儒~散~善~拾~矢~屎~数~说~槊~死~跳~驼~围~五~下~象~枭~骁~校~行~夜~弈~争~正~中~着~走~柯烂~谢安~

齐(齊)qí【古】上平,八齐。另见150页jì。【例】参~彻~处~等~调~董~督~对~耳~发~泛~分~贵~和~汇~会~彗~浑~姜~截~敬~酒~聚~均~浚~看~明~品~期~取~柔~散~舒~思~肃~缇~天~田~同~铜~文~限~修~训~徇~燕~药~叶~夷~抑~饮~郁~云~斩~遮~整~正~致~总~

歧qí【古】上平,四支。【例】差~成~多~分~纷~乖~互~郊~临~路~盘~旁~泣~殊~尾~邪~羊~异~征~村路~

鳍(鰭)qí【古】上平,四支。【例】背~腹~鼓~鲸~鳞~肉~臀~尾~胸~右~鱼~振~植~

鬐qí【古】上平,四支。【例】白~长~鬣~奋~丰~高~鼓~火~鲸~鳞~龙~马~青~鳅~水~素~万~骍~扬~鱼~朱~猪~

其qí【古】上平,四支。另见110页jī、150页jì。【例】彼~殆~尔~更~何~忽~极~来~郦~卢~乃~旁~凄~岂~阒~如~若~侍~亡~妄~忘~惟~奚~尤~与~赞~祝~兹~

脐(臍)qí【古】上平,八齐。【例】脖~肚~釜~瓜~过~尖~镜~邻~橹~磨~肶~燃~入~蛇~麝~噬~霜~天~团~蟹~鱼~玉~转~酒到~

荠(薺)qí 另见149页jì。【例】荸~春~荼~野~

萁qí【古】上平,四支。【例】茨~豆~龁~蕨~枯~棉~芗~香~燃豆~

蜞qí【古】上平,四支。【例】雷~马~螃~彭~虾~

琪qí【古】上平,四支。【例】九~李~绿~美~琼~玗~

骐(騏)qí【古】上平,四支。【例】白~弊~鞭~弁~苍~龙~牝~驷~素~象~秀~骃~游~朱~

鲯(鯕)qí 鲯鳅。【古】上平,四支。

跂qí【古】上声,四纸。另见160页qì。【例】长~登~踶~跂~蔚~延~

枝qí【古】上平,四支。另见175页zhī。【例】骈~

琦qí【古】上平,四支。【例】瑰~琊~老~良~灵~美~玉~珍~

祺qí【古】上平,四支。【例】春~多~福~吉~兰~秋~时~玄~祯~撰~

亓qí 姓。【古】上平,四支。

畦qí【古】上平,八齐。另见130页xí、115页xī。【例】碧~菜~春~稻~分~风~公~灌~花~荒~姜~郊~韭~菊~兰~垄~绿~麻~麦~满~墨~南~嫩~平~圃~千~桑~霜~町~畹~夕~夏~小~薤~烟~秧~阳~药~野~雨~芋~蔗~畛~治~畤~竹~笔墨~

麒qí【古】上平,四支。【例】玉~

祈qí【古】上平，五微。【例】哀～忏～陈～诚～春～祷～多～火～恳～犁～六～祈～商～庶～条～望～无～夏～享～央～伊～颙～雩～斋～无支～

祇qí 地神。【古】上平，四支。参见 191 页 zhǐ“只”。【例】百～苍～长～灯～登～地～方～后～皇～黄～金～灵～明～青～穹～人～柔～僧～山～神～水～颂～肃～素～土～玄～阴～雨～岳～

軝(軝)qí【古】上平，四支。【例】朱～

耆qí【古】上平，四支。【例】瘢～薄～村～黄～衿～拘～俊～老～里～两～马～年～三～绅～宿～同～屠～乡～胥～焉～养～伊～英～元～植～

愭qí 恭顺。【古】上平，四支。

芪qí【古】上平，四支。【例】黄～参～

锜(錡)qí【古】上平，四支。又：上声，纸韵异。【例】釜～兰～木～崎～甗～

埼qí【古】上平，四支。【例】礌～石～弯～湾～

綦qí【古】上平，四支。【例】步～赤～缟～公～河～绛～缕～履～素～五～香～珠～棕～南郭～

祁qí【古】上平，四支。【例】郊～乐～犁～黎～灵～女～祁～山～师～叔～西～续～伊～无支～

蛴(蠐)qí【古】上平，八齐。【例】螬～蛩～蝤～

圻qí【古】上平，五微。【例】邦～边～采～长～赤～地～甸～封～海～侯～淮～兼～江～疆～郊～京～九～连～蛮～男～南～蒲～青～山～上～石～田～王～五～遐～赭～镇～

俟qí【古】上平，四支。另见 202 页 sì。【例】万～

岐qí【古】上平，四支。【例】差～多～分～丰～过～狐～郊～泾～荆～梁～两～临～陇～路～鸣～南～宁～女～槃～岐～泣～汧～双～水～他～它～尾～无～西～轩～羊～阳～杨～枝～治～悲路～

淇qí【古】上平，四支。【例】在～河～顺～云～绿～漳～

颀(頎)qí【古】上平，五微。【例】丰～郭～恢～魁～颀～硕～秀～薛～子～

蕲(蘄)qí【古】上平，四支。又：上平，十二文异。【例】白～楚～方～马～勤～请～无～向～预～

啼(嗁)tí【古】上平，八齐。【例】豹～悲～蝉～盗～对～儿～含～嗥～好～号～红～饥～鸡～娇～惊～鸠～鹃～露～鸾～鸟～破～泣～禽～蛩～若～试～双～晚～闻～乌～衔～晓～猩～鸦～鸭～烟～雁～夜～莺～玉～猿～怨～詀～枝～雉～珠～诅～乌夜～子规～

题(題)tí【古】上平，八齐。【例】跋～榜～保～本～标～表～参～策～宸～承～尺～斥～出～词～次～搭～大～颠～点～雕～额～发～分～粉～封～副～棺～合～和～鸿～画～话～汇～缄～讲～奖～解～借～金～谨～阄～具～镌～开～课～口～离～例～列～留～论～骂～卖～漫～名～命～母～难～拟～偶～跑～偏～篇～品～破～谦～签～前～切～擒～山～省～诗～试～手～书～束～素～算～探～贴～头～问～无～五～习～肖～小～新～璇～选～颜～艳～议～咏～玉～御～鬻～月～昭～着～正～主～专～篆～走～

蹄(蹏)tí【古】上平，八齐。【例】碧～涔～穿～大～跌～放～奋～高～鹘～远～

赫～红～候～虎～花～蹇～金～局～踢～趹～蹶～骏～奎～连～龙～漏～鹿～驴～轮～马～枭～牛～驽～跑～千～筌～瘙～豕～兽～霜～踏～铁～头～兔～豚～驼～踠～万～忘～五～系～阒～象～熊～玄～悬～羊～银～莹～玉～跃～攒～凿～掌～辙～枝～朱～猪～白铜～碧玉～

递tí 用于地名。【古】上平，八齐。

提tí 【古】上平，八齐。另见107页dī、182页shí。【例】参～阐～羼～称～秤～捶～槌～榱～倒～掂～耳～访～钩～关～孩～会～迦～浸～酒～救～拘～偏～菩～前～摄～升～水～拓～顽～挟～携～行～焉～言～移～因～婴～招～支～重～朱～准～坐～阎浮～

荑tí 【古】上平，八齐。另见133页yí。【例】碧～春～丹～含～红～蕙～娇～枯～兰～留～绿～青～轻～柔～芰～生～芜～菼～新～瑶～玉～

稊tí 【古】上平，八齐。【例】与～生～柳～惜～稗～杨～枯杨～

鹈(鵜)tí 【古】上平，八齐。【例】膏～鹕～濡～维～

醍tí 【古】上平，八齐。【例】掇～齐～粢～

缇(緹)tí 【古】上平，八齐。又：上声，八荠同。【例】赤～青～

瑅tí 玉名。【古】上平，八齐。

鳀(鯷)tí 【古】上平，八齐。又：去声，霁韵同。【例】东～棱～鲭～

騠(騠)tí 【古】上平，八齐。【例】狄～玦～

鶗tí 鶗鴂。【古】上平，八齐。

騱(騱)xí 【古】上平，八齐。【例】驒～

畦xí 旧读。另见128页qí、115页xī。

席xí 【古】入声，十一陌。【例】艾～安～白～柏～半～包～宝～豹～备～陛～辟～弊～避～便～宾～擘～布～采～残～草～侧～长～彻～闯～翅～重～出～传～床～春～次～赐～促～翠～笞～玳～单～道～登～厎～底～帝～簟～貂～鼎～断～对～夺～法～帆～翻～梵～匪～粉～丰～风～讽～敷～拂～服～负～复～赴～覆～改～绀～高～割～公～刮～挂～关～广～桂～椁～函～寒～汗～红～壶～户～还～回～蕙～吉～即～几～加～嘉～饯～荐～讲～降～教～醮～阶～接～秸～揭～金～锦～酒～就～局～卷～绝～钧～�～开～看～抗～炕～客～孔～蒯～揆～阃～兰～累～离～丽～连～联～敛～良～凉～列～躐～蔺～灵～芦～马～毛～密～免～篾～命～末～幕～辇～暖～陪～篷～片～撤～屏～铺～蒲～普～起～绮～弃～迁～前～钱～曲～铨～缺～衽～儒～入～褥～软～散～缫～晒～山～苫～扇～上～设～失～诗～石～试～筮～首～寿～送～素～笋～台～坛～谈～逃～藤～帖～亭～同～退～莞～帷～苇～温～文～幄～舞～西～昔～膝～徙～下～仙～向～象～邪～鞋～卸～兴～刑～凶～熊～虚～暄～玄～研～盐～筵～砚～宴～燕～肴～瑶～椰～夜～倚～议～茵～裀～吟～饮～楹～硬～右～隅～舆～玉～预～御～豫～越～宰～造～择～仄～毡～旃～展～丈～照～折～珍～枕～争～正～纸～中～终～珠～竹～主～专～转～撞～桌～祖～昨～左～坐～胙～座～流水～龙须～

习(習)xí 【古】入声，十四缉。【例】安～谙～按～霸～暴～敝～嬖～便～变～博～补～操～常～尘～崇～宠～传～串～

耽~导~调~定~洞~独~笃~敦~恶~耳~仿~放~风~讽~服~浮~福~复~改~攻~固~故~痼~贯~惯~矔~贵~罕~豪~和~滑~积~简~见~讲~教~结~解~近~精~竞~静~究~久~旧~可~课~吏~隶~炼~流~砦~陋~靡~明~摹~模~末~慕~能~狃~癖~绮~气~前~亲~情~染~扰~柔~弱~善~少~声~时~识~实~士~世~视~试~守~熟~庶~顺~私~诵~俗~夙~素~宿~讨~套~听~通~童~颓~玩~温~吸~翕~狎~下~闲~娴~乡~相~祥~晓~校~新~行~性~修~学~熏~驯~循~雅~沿~研~衍~演~业~遗~异~益~肄~游~余~预~缘~阅~障~专~综~祖~遵~

鳛(鰼)xí【古】入声,十四缉。【例】鳛~

袭(襲)xí【古】入声,十四缉。【例】暗~板~北~奔~抄~晨~成~承~驰~冲~初~传~篡~代~蹈~盗~递~东~冬~伏~公~攻~规~积~急~继~践~降~剿~进~郡~考~空~掠~裸~冒~贸~摹~慕~内~南~逆~袍~剽~奇~葺~前~潜~强~箧~侵~趣~桡~扰~绕~绍~尸~什~拾~世~叔~数~嗣~踏~胎~韬~讨~套~缇~裼~偷~突~外~猥~西~下~銛~相~循~淹~沿~掩~夜~易~因~荫~应~迎~诱~远~允~韫~杂~再~藻~珍~踵~重~追~祖~缵~纂~

媳xí【古】入声,十一陌。【例】弟~儿~姑~令~婆~孙~小~养~子~

檄xí【古】入声,十二锡。【例】暗~版~草~策~长~唱~承~驰~传~飞~符~还~笺~简~军~蜡~露~木~捧~授~书~台~讨~投~文~宪~巡~移~鱼~羽~谕~章~诏~走~陈琳~相如~

隰xí【古】入声,十二锡。【例】阪~东~汾~皋~管~皇~郊~兰~陵~南~平~丘~塞~山~石~西~下~原~畛~中~长芷~

觋(覡)xí【古】入声,十二锡。【例】跛~朵~男~山~为~巫~

宜yí【古】上平,四支。【例】阿~安~百~便~别~不~从~得~等~地~分~丰~乖~合~和~后~机~儿~纪~九~来~礼~纳~偏~前~权~犬~商~失~师~时~实~豕~事~适~双~顺~随~所~天~土~物~夏~咸~相~谐~形~雅~厌~雁~羊~沂~遗~异~应~允~珍~知~指~制~治~众~诸~左~

仪(儀)yí【古】上平,四支。【例】邦~备~币~璧~标~表~别~宾~薄~不~茶~忏~常~朝~车~宸~程~丑~大~登~觌~典~奠~斗~杜~法~方~菲~丰~凤~佛~符~妇~赙~公~宫~古~官~光~规~轨~晷~国~函~汉~合~贺~亨~衡~鸿~候~皇~鶽~徽~婚~浑~祭~笺~讲~郊~醮~节~金~赆~井~九~旧~军~浚~科~款~旷~坤~阃~来~兰~乐~礼~立~两~麟~灵~令~六~陋~律~鸾~秘~妙~民~母~内~拟~愆~前~乾~秦~禽~穹~权~容~柔~如~丧~上~尚~韶~少~设~神~圣~盛~失~世~书~淑~束~顺~司~四~祀~颂~俗~素~台~太~天~腆~铜~图~土~外~婉~威~微~文~我~无~五~物~习~仙~献~乡~相~享~小~肖~谢~心~新~行~形~凶~修~脩~轩~玄~璿~巡~训~颜~扬~养~曜~仪~夷~遗~疑~彝~肄~阴~

音～由～游～羽～玉～郁～圆～月～越～云～杂～赞～葬～藻～赠～瞻～展～昭～真～震～整～正～贽～钟～众～姿～宗～尊～风来～汉官～

疑yí【古】上平，四支。【例】半～弼～辨～猜～参～迟～持～虫～传～赐～存～厝～错～答～大～怠～地～恫～洞～断～多～愕～罚～烦～犯～匪～凫～浮～共～乖～怪～诡～骇～衡～后～狐～胡～花～哗～滑～怀～惶～恍～回～或～惑～积～稽～计～夹～兼～见～江～交～解～矜～惊～惧～聚～蠲～决～可～睽～迷～内～难～破～剖～启～起～弃～前～歉～祛～全～权～缺～群～然～塞～扇～赏～设～涉～沈～生～师～始～释～书～思～四～俗～随～遂～亭～危～位～问～我～无～析～嫌～献～相～心～信～蓄～眩～意～阴～宂～莺～忧～幽～犹～游～宥～逾～增～折～谪～止～质～滞～置～众～驻～着～咨～滋～总～阻～

移yí【古】上平，四支。【例】岸～搬～半～北～变～不～差～抽～除～唇～钿～蝶～东～动～斗～对～夺～翻～分～风～奉～浮～符～改～感～更～公～关～归～河～滑～换～灰～回～火～渐～交～节～惊～景～雷～量～流～龙～芦～密～默～内～南～年～挪～佩～偏～漂～平～屏～启～起～弃～迁～潜～倾～悛～全～人～日～沙～山～刬～擅～设～时～双～松～岁～檀～逃～腾～替～天～通～推～委～位～文～武～寤～檄～徙～乡～枭～写～星～行～眩～淹～猗～倚～阴～踊～犹～游～右～渝～愚～豫～月～云～运～辗～珍～证～支～植～重～舟～竹～转～椎～走～

颐(頤)yí【古】上平，四支。【例】葆～蟾～持～冲～颠～朵～发～法～方～粉～丰～观～贯～颔～洪～伙～交～解～噤～君～开～颏～敛～期～歧～耆～钦～曲～锁～铁～脱～顩～燕～养～颐～隐～元～支～搘～拄～自～笑脱～

宧yí【古】上平，四支。【例】宧～

夷yí【古】上平，四支。【例】安～八～白～百～瘢～北～鄙～边～冰～秉～伯～不～参～残～长～巢～鸱～冲～俦～雠～丑～串～创～粹～鞑～荡～岛～等～调～东～蹲～伐～番～蕃～方～匪～封～冯～攻～孤～广～和～红～后～胡～华～淮～荒～黄～恢～毁～混～获～鸡～嘉～歼～剪～简～金～近～景～九～居～戡～旷～昆～莱～蓝～朗～陵～流～留～六～龙～隆～陆～沦～蛮～面～灭～蔑～民～明～南～逆～鸟～宁～呕～盘～平～蒲～杞～虔～戕～禽～清～丘～犬～攘～戎～扫～色～山～删～芟～伤～商～烧～收～说～随～坦～唐～腾～替～恬～殄～屯～外～望～威～逶～倭～乌～无～西～希～虾～遐～险～枭～消～小～辛～新～虚～徐～玄～衍～阳～旸～冶～野～裔～淫～犹～隅～郁～元～远～贞～烝～执～制～诛～逐～族～

遗(遺)yí【古】上平，四支。另见352页wèi。【例】补～传～赐～肥～奉～赗～敷～贡～孤～好～忽～贿～货～寄～见～孑～贶～旷～觊～馈～阑～劳～礼～留～录～赂～梦～靡～埤～乞～弃～情～阙～散～赡～剩～失～施～拾～史～受～疏～送～搜～岁～所～脱～忘～问～遐～下～献～饷～销～谢～形～佚～逸～慭～育～赠～摭～贽～掷～周～珠～坠～祖～

姨yí【古】上平，四支。【例】痴～大～风～封～呼～假～老～娘～女～婆～少～师～堂～细～小～邢～阿梨～封家～十

八~

怡yí【古】上平,四支。【例】安~不~承~愕~和~清~情~融~色~神~陶~熙~嬉~心~欣~养~怡~愉~悦~载~贞~自~融融~兄弟~醉貌~

饴(飴)yí【古】上平,四支。【例】成~得~甘~含~米~蜜~如~石~黍~饧~糖~桃~荼~羊~仰~玉~蔗~

贻(貽)yí【古】上平,四支。【例】宠~惠~见~馈~毋~下~燕~赠~

诒(詒)yí【古】上平,四支。【例】德~归~馈~欺~误~诶~相~训~燕~

彝(彜)yí【古】上平,四支。【例】邦~宝~秉~鸱~从~典~鼎~方~非~国~黑~虎~皇~黄~鸡~斝~简~居~壶~六~鸾~伦~蛮~民~鸟~牛~瓶~清~人~天~外~蜼~训~殷~玉~烝~钟~宗~尊~

胰yí【古】上平,四支。【例】鹅~滑~香~皂~猪~

痍yí【古】上平,四支。【例】瘢~疮~创~金~民~衄~伤~疡~濯~

荑yí【古】上平,八齐。另见130页tí。【例】碧~春~丹~含~红~蕙~娇~枯~兰~留~绿~青~轻~柔~芰~生~芜~菼~新~瑶~玉~

蛇yí【古】上平,四支。另见65页shé。【例】蛇~逶~遗~

施yí【古】上平,四支。另见166页yì、172页shī。【例】施~

椸yí【古】上平,四支。【例】楎~

圯yí【古】上平,四支。【例】高~中~下邳~

洟yí【古】上平,四支。【例】鼻~漫~泗~涕~唾~温~

咦yí 惊讶声词。【古】上平,四支。

迤(迆)yí【古】上平,四支。另见141页yǐ。【例】逶~

眙yí【古】上平,四支。另见193页chì。【例】盱~

沂yí【古】上平,五微。【例】城~海~汉~淮~溯~康~临~清~泗~浴~紫~

簃yí【古】上平,四支。【例】短~晴~

䑊yí【古】上平,四支。【例】駿~鹍~

匜yí【古】上平,四支。又:上声,四纸同。【例】螭~奉~盥~夔~流~旅~靡~盘~铜~瓦~洗~奉卮~

扅yí【古】上平,四支。【例】炊~扊~

嶷yí【古】上平,四支。另见158页nì。【例】九~嵫~

仄声·上声

比bǐ【古】上声,四纸。另见127页pí、138页pǐ、143页bì。【例】般~俦~雠~逢~附~贯~厘~流~伦~论~匹~骈~神~双~亡~犀~象~校~严~雁~仪~

彼bǐ【古】上声,四纸。【例】得~赫~嗜~见~节~憬~乐~取~去~如~舍~失~适~寿~一~挹~在~知~僧伽~

鄙bǐ【古】上声,四纸。【例】暗~八~卑~北~边~伧~草~尘~蚩~嗤~粗~村~东~都~凡~烦~非~负~戆~寒~昏~讥~俭~见~贱~郊~皆~近~居~可~硁~狂~老~俚~廉~陋~昧~蒙~

南~能~僻~贫~朴~齐~愆~前~浅~侨~轻~穷~权~仁~任~山~讪~善~赏~生~朔~俗~琐~贪~天~田~顽~微~猥~污~芜~西~嫌~县~乡~嚣~虚~许~妍~炎~弇~厌~野~庸~愚~远~岳~制~智~椎~

妣bǐ【古】上声,四纸。【例】皇~考~王~先~贤~显~祖~曾祖~

秕(粃)bǐ【古】上声,四纸。【例】稗~簸~尘~谷~糠~稂~隆~縻~米~蓬~粟~汰~稊~

吡bǐ【古】上声,四纸。【例】吡~

沘bǐ 水名。【古】上声,四纸。又:上平,支韵同。

俾bǐ【古】上声,四纸。【例】安~谄~率~思~无~占~

匕bǐ【古】上声,四纸。【例】鬯~持~匙~刀~饭~棘~加~梜~角~取~失~食~疏~桃~通~五~遗~玉~箸~锥~方寸~

舭bǐ 舭龙骨。【古】入声,六月。

笔(筆)bǐ【古】入声,四质。【例】把~败~班~榜~抱~贬~表~冰~秉~布~才~采~彩~操~侧~颤~宸~趁~逞~摛~持~赤~筹~出~椽~辍~词~辞~此~赐~措~大~代~丹~掸~当~刀~涤~颠~点~调~顶~动~冻~斗~短~断~对~怼~顿~珥~法~凡~方~放~飞~焚~粉~奋~丰~伏~附~赋~缚~改~钢~阁~格~工~恭~谷~鹄~鼓~顾~管~鬼~含~汉~豪~呵~荷~洪~鸿~湖~化~画~怀~还~灰~秽~毁~活~乩~极~寄~架~尖~笺~减~简~健~匠~降~焦~杰~结~界~金~荆~精~巨~倦~绝~掘~嚼~峻~开~渴~枯~狂~蜡~揽~老~练~良~临~麟~率~轮~落~漫~毛~媚~梦~描~妙~名~命~墨~木~挠~逆~弄~搦~排~陪~佩~批~缥~泼~扑~奇~起~弃~铅~乾~倩~强~翘~亲~秦~曲~屈~诠~缺~阙~染~冗~茹~濡~锐~润~洒~散~骚~色~涩~沙~煞~赡~涉~神~省~诗~石~史~试~舐~谥~手~书~抒~双~水~吮~顺~搠~肆~松~俗~素~随~笋~炭~韬~特~提~题~天~铁~停~投~秃~土~退~吞~托~橐~王~枉~为~苇~文~误~息~檄~洗~戏~细~下~仙~衔~象~削~挟~谢~懈~信~行~雄~朽~须~宣~悬~迅~言~偃~砚~谳~赝~养~摇~遗~译~逸~意~吟~银~引~应~迎~硬~佣~用~玉~御~鬻~援~云~运~杂~载~攒~燥~咋~揸~毡~战~真~振~正~执~直~纸~稚~咒~朱~竹~主~属~住~驻~转~篆~赘~卓~拙~捉~着~紫~纵~走~醉~董狐~江淹~凌云~龙门~生花~

抵dǐ【古】上声,八荠。【例】挨~安~撑~承~触~大~弹~当~蹈~过~彀~角~进~扣~历~两~流~论~朦~拟~排~群~头~相~隐~遮~直~作~

底dǐ【古】上声,八荠。【例】案~班~保~本~笔~碧~标~冰~波~草~彻~澈~池~船~床~打~大~单~荡~地~店~东~冬~洞~兜~端~凡~方~封~峰~釜~稿~个~根~功~谷~怪~罐~锅~海~何~河~黑~后~胡~湖~花~货~获~屐~基~家~见~涧~箭~交~蕉~脚~湫~揭~尽~井~镜~酒~腊~浪~老~犁~历~连~亮~龙~陇~漏~露~炉~履~卖~没~梅~谜~摸~末~

木~囊~能~年~宁~盘~盆~篷~平~铺~潜~桥~琴~清~恁~山~扇~实~树~水~蓑~摊~潭~掏~讨~特~天~头~透~托~柁~袜~卧~无~细~箱~峭~晓~鞋~泄~心~信~宣~选~雪~烟~岩~眼~砚~夜~阴~壅~有~狱~渊~原~缘~月~云~灶~盏~帐~杖~照~枕~知~滞~中~竹~柱~筑~梓~足~作~

砥dǐ【古】上声,四纸。【例】川~刻~砺~砻~平~如~玄~宜~玉~越~

诋(詆)dǐ【古】上声,八荠。又:上平,八齐同。【例】谤~谗~嗤~丑~疵~弹~非~诽~攻~诟~诃~毁~讥~极~镌~峻~陵~面~排~巧~峭~切~轻~伤~深~肆~痛~诬~攒~訾~

柢dǐ【古】上声,八荠。又:去声,八霁同。【例】本~根~结~宁~万~须~株~

牴(觝)dǐ【古】上声,八荠。【例】触~蹈~角~相~

邸dǐ【古】上声,八荠。【例】北~别~茶~廛~储~代~藩~凤~府~宫~官~贵~桂~国~寒~淮~皇~祸~甲~禁~京~僦~郡~康~客~立~梁~留~龙~垆~旅~蛮~内~岐~潜~亲~全~山~上~盛~守~私~寺~台~天~屯~外~王~西~象~燕~夜~驿~玉~寓~鹓~月~在~毡~璋~治~朱~筑~

骶dǐ 骶骨。【古】去声,八霁。

坻dǐ 侧坡。【古】上声,八荠。另见180页chí。

己jǐ【古】上声,四纸。【例】彼~持~揣~辍~妲~单~得~反~返~菲~肥~封~奉~抚~干~恭~躬~拱~共~钩~顾~后~及~甲~洁~矜~居~克~刻~老~利~两~量~履~律~率~契~谦~切~倾~清~屈~身~审~胜~省~适~守~恕~私~梯~体~替~贴~罔~忘~诬~无~毋~戊~小~孝~效~絜~行~修~虚~喧~徇~扬~养~一~遗~异~营~约~悦~责~正~知~直~终~专~颛~自~总~足~罪~

纪(紀)jǐ 姓。【古】上声,四纸。另见148页jì。

鱾(紀)jǐ 鱼名。

几(幾)jǐ【古】上声,五尾。另见109页jī。【例】德~凡~非~己~见~仍~失~识~事~庶~万~罔~危~未~乌~无~相~有~余~曾~知~

挤(擠)jǐ【古】上平,八齐。又:去声,八霁同。【例】挨~捱~搀~颠~圪~挤~见~紧~密~莫~排~倾~权~酸~推~围~阳~阴~拥~涌~攒~

济(濟)jǐ【古】上声,八荠。另见148页jì。【例】济~

掎jǐ【古】上声,四纸。又:去声,四寘同。【例】抵~扶~交~角~劫~牵~虚~右~

虮(蟣)jǐ【古】上声,五尾。【例】出~生~虱~水~素~蛭~

麂jǐ【古】上声,四纸。【例】白~苍~多~红~化~黄~麞~麅~山~无~银~獐~

庋(庪)jǐ 又读。【古】上声,四纸。另见334页guǐ。

给(給)jǐ【古】入声,十四缉。另见333页gěi。【例】毕~便~辨~禀~充~宠~辞~分~丰~富~关~怀~赉~家~交~捷~解~口~馈~廪~领~敏~佞~齐~切~饶~赡~肃~完~温~谐~薪~许~

仰~养~殷~盈~营~优~周~追~赀~訾~坐~

戟jǐ【古】入声，十一陌。【例】巴~傍~陛~辟~兵~长~车~持~吹~刺~赐~大~刀~倒~迪~电~雕~短~断~顿~幡~高~戈~弓~钩~横~后~虎~画~鸡~甲~剑~交~金~旌~句~立~撩~列~鬣~龙~矛~门~棨~枪~髯~钑~设~射~手~殳~舒~双~霜~素~桃~铁~万~苇~卫~戏~銛~雄~雪~衙~匽~燕~一~义~油~玉~杖~折~执~雉~朱~注~幢~走~方天~

脊jǐ【古】入声，十一陌。另见123页jí。【例】鳌~背~蝉~长~赤~出~刀~地~断~盾~冈~高~狗~合~黑~虎~黄~剑~鲸~局~跼~浪~狸~里~鲤~岭~龙~隆~楼~伦~茅~美~牛~旁~蓬~平~硗~青~曲~软~山~蛇~石~兽~瘦~书~疏~双~霜~素~铁~瓦~屋~朽~雪~要~鱼~云~杖~镇~正~

里[1] lǐ【古】上声，四纸。【例】百~北~本~比~廛~樗~党~道~底~帝~迭~东~都~阁~杜~返~方~封~凤~甫~赋~高~弓~公~故~关~官~归~贵~海~蒿~衡~华~阛~即~渐~疆~郊~街~锦~近~禁~京~就~居~爵~珂~客~栗~邻~禄~闾~蛮~毛~梅~农~贫~戚~绮~千~钱~亲~穷~丘~区~泉~阙~仁~日~桑~世~市~司~素~笋~田~贴~同~下~仙~乡~项~新~胥~虚~墟~旋~野~迤~遗~邑~姻~英~羑~宅~遮~轵~陟~梓~

里[2]（裏、裡）lǐ【古】上声，四纸。又：去声，四寘同。里边；内部。【例】表~城~底~肚~腹~官~家~近~禁~井~镜~毛~面~明~内~泉~拓~屋~雾~向~心~眼~夜~闲深~

理lǐ【古】上声，四纸。【例】按~奥~办~邦~抱~背~悖~本~变~病~播~伯~补~才~材~睬~蚕~侧~查~察~禅~长~常~唱~朝~成~诚~乘~赤~锄~处~词~辞~腠~皴~存~搭~达~答~打~代~待~当~谠~道~得~地~典~调~定~董~督~端~断~对~饿~法~访~非~分~佛~肤~浮~符~抚~辅~附~傅~覆~该~干~绀~纲~高~告~公~攻~共~卦~管~归~害~合~和~核~黑~横~护~化~画~环~黄~会~活~机~肌~积~辑~纪~济~寄~家~兼~监~剪~将~疆~讲~匠~教~节~结~近~经~精~净~敬~静~纠~究~就~鞫~拒~讵~具~据~遽~蠲~倦~决~绝~看~窾~揆~乐~厘~离~历~吏~栗~连~疗~撩~料~裂~领~漏~履~掠~伦~论~马~脉~满~曼~贸~密~面~妙~名~明~命~谬~莫~木~内~逆~腻~片~平~评~破~齐~葺~窍~亲~琴~清~情~穷~区~屈~人~认~入~色~缮~伤~韶~摄~申~神~审~生~胜~省~圣~失~诗~石~识~实~事~饰~适~收~手~受~书~梳~输~署~束~爽~睡~顺~说~司~私~思~讼~俗~诉~绥~邃~谈~讨~提~体~天~条~贴~廷~通~统~图~推~歪~外~完~微~违~位~温~文~纹~问~卧~无~物~悟~析~晰~犀~下~纤~襄~详~削~孝~校~协~燮~心~刑~行~性~修~恤~绪~玄~选~学~雪~寻~巡~循~讯~研~阳~洋~养~药~医~宜~遗~彝~义~议~易~诣~谊~意~殷~营~幽~有~语~玉~元~原~缘~源~远~越~运~杂~宰~在~赞~造~占~张~章~掌~账~招~

照~哲~贞~真~振~争~征~整~正~政~支~直~至~制~治~质~栉~致~中~众~周~甃~烛~主~助~转~装~追~酌~自~综~总~奏~遵~佐~

礼(禮)lǐ【古】上声,八荠。【例】安~拜~邦~背~悖~变~宾~泊~不~财~彩~参~蚕~册~茶~忏~常~唱~朝~臣~晨~成~齿~崇~初~疵~达~答~大~戴~道~得~德~登~敌~禘~典~奠~吊~顶~订~定~冬~读~黩~队~敦~多~夺~恩~发~烦~繁~非~费~风~奉~伏~服~福~复~告~割~公~供~贡~古~乖~观~官~冠~规~贵~跪~国~过~汉~喝~合~和~荷~盒~贺~后~厚~还~回~婚~稽~吉~籍~祭~加~家~嘉~俭~简~见~建~荐~践~僭~讲~降~交~郊~节~尽~晋~赆~觐~旌~敬~九~酒~旧~拘~巨~具~眷~军~均~钧~抗~苛~客~旷~馈~阔~牢~六~隆~率~脉~满~冒~昧~门~迷~免~庙~民~末~默~目~沐~纳~年~判~陪~赔~聘~平~破~岐~弃~前~乾~亲~情~庆~秋~曲~屈~全~容~缛~丧~杀~赡~赏~上~少~设~射~摄~申~审~慎~牲~眚~盛~失~诗~施~食~士~示~收~守~寿~受~书~殊~水~顺~司~祀~送~颂~俗~岁~套~慝~天~挑~通~土~外~王~望~威~违~文~问~无~夕~西~习~洗~细~禊~下~夏~献~乡~相~襄~享~飨~小~晓~协~谢~心~兴~行~凶~须~虚~叙~恤~轩~学~巡~循~压~演~宴~燕~阳~养~遥~野~仪~议~逸~阴~殷~引~用~优~有~逾~饫~遇~远~约~月~岳~悦~阅~越~杂~赞~葬~赠~瞻~展~掌~招~争~正~执~植~至~治~秩~致~贽~中~重~周~资~宗~足~祖~尊~遵~注目~

俚lǐ【古】上声,四纸。【例】巴~鄙~村~伧~凡~浮~陋~蛮~浅~市~俗~哇~无~芜~下~乡~野~质~

鲤(鯉)lǐ【古】上声,四纸。【例】白~冰~鲙~赪~乘~尺~赤~丹~得~鲂~放~凫~河~黑~红~黄~鳇~鸡~鲫~驾~荐~江~角~金~锦~九~控~脍~鲮~龙~鲈~缗~鲇~烹~剖~取~鳝~沈~守~双~素~文~鲜~象~夜~宜~遗~鱼~跃~杂~赠~鳣~朱~

李lǐ【古】上声,四纸。【例】奥~报~碧~避~擘~赤~楮~春~繁~赋~柑~高~瓜~红~黄~积~金~井~绿~麦~梅~觅~木~牛~秾~缥~青~商~识~食~鼠~苏~桃~温~乌~夏~萧~小~行~颜~杨~野~玉~郁~棫~御~枣~皂~车下~道傍~黄中~

逦(邐)lǐ【古】上声,四纸。【例】逶~迤~

醴lǐ【古】上声,八荠。【例】百~采~沉~陈~楚~春~醇~辞~赐~丹~稻~冻~湩~芳~覆~甘~冠~花~卉~嘉~醮~金~九~酒~菊~兰~牢~醪~粱~绿~麦~蜜~木~醅~清~琼~秋~如~醹~设~沈~牲~黍~天~饩~飨~玄~肴~饴~酏~鱼~玉~鸩~旨~置~酌~百花~

鳢(鱧)lǐ【古】上声,八荠。【例】黑~鲮~鲈~玄~

蠡lǐ【古】上声,八荠。另见 125 页 lí。【例】范~彭~越~种~追~左~

澧lǐ【古】上声,八荠。【例】兰~澧~临~南~湘~沅~

娌lǐ【古】上声，四纸。【例】妯～筑～小妯～

米mǐ【古】上声，八荠。【例】盎～白～稗～苞～帛～仓～糙～漕～柴～炒～车～陈～赤～刍～厨～炊～赐～粗～稻～籴～颠～丁～冬～斗～杜～碓～多～饭～费～分～粉～俸～佛～缶～负～干～纲～菰～谷～瓜～菰～海～毫～好～耗～禾～黑～红～斛～花～黄～火～货～机～赍～稷～甲～煎～见～江～茭～粳～精～酒～筥～聚～绢～口～赉～老～厘～粝～莲～粱～廪～菱～卢～禄～麦～美～觅～面～苗～南～囊～黏～酿～牛～糯～平～蒲～乞～弃～千～钱～樵～曲～沙～山～蛇～升～生～圣～食～释～瘦～疏～秫～黍～树～双～水～税～苏～粟～碎～索～洮～淘～讨～稊～田～贴～筒～酴～晚～沃～淅～虾～籼～限～香～饷～小～新～薪～薛～盐～颜～羊～样～药～苡～易～薏～阴～银～鱼～玉～御～圆～杂～早～赠～轧～治～秩～掷～珠～竹～渍～租～彭泽～五斗～

洣mǐ 水名。【古】上声，八荠。

靡mǐ【古】上声，四纸。另见 125 页 mí。【例】卑～鄙～边～波～薄～草～摧～风～封～攻～规～涣～灰～积～羁～肩～煎～江～蘼～惊～景～离～茅～弥～靡～妙～泯～明～牧～慵～旁～披～旗～墙～轻～倾～清～柔～韶～蛇～施～寿～俗～颓～陁～委～徙～纤～闲～相～消～邪～谐～胥～妍～偃～妖～猗～夷～迤～倚～云～震～逐～

弭mǐ【古】上声，四纸。【例】谤～鞭～鳄～防～风～骨～和～灰～拘～内～寝～清～渠～蛇～下～象～消～已～招～自～

敉mǐ【古】上声，四纸。【例】安～宁～平～

芈mǐ 姓。【古】上声，四纸。

你nǐ【古】上声，四纸。【例】管～迷～

拟(擬)nǐ【古】上声，四纸。【例】比～补～不～草～差～持～俦～揣～敌～定～非～公～供～规～假～见～僭～借～进～抗～酷～窥～伦～满～妙～摹～难～棿～攀～配～剽～企～铨～确～审～问～西～希～奚～详～虚～悬～研～议～易～预～杂～支～指～注～撰～准～酌～资～

薿nǐ【古】上声，四纸。【例】薿～

旎nǐ【古】上声，四纸。【例】旎～旖～

尼nǐ 阻止。【古】入声，四质。另见 126 页 ní。

否pǐ【古】上声，四纸。另见 408 页 fǒu。【例】安～闭～黜～艰～困～倾～穷～善～胜～泰～通～屯～显～校～休～壅～幽～遇～运～灾～臧～中～迍～

痞pǐ【古】上声，四纸。【例】兵～病～地～赌～积～坚～流～文～胸～阴～

圮pǐ【古】上声，四纸。【例】崩～不～蹙～摧～堕～海～见～零～沦～倾～穷～全～缺～损～坍～叹～通～颓～屯～臆～堙～陨～中～

比pǐ【古】上声，四纸。另见 127 页 pí、133 页 bǐ、143 页 bì。【例】敦～

庀pǐ【古】上声，四纸。【例】鸠～夜～

仳pǐ【古】上声，四纸。

嚭pǐ【古】上声，四纸。【例】伯～佞～朋～嚭～杀～宰～

匹pǐ【古】入声，四质。【例】百～布～侪～仇～俦～当～帝～端～缎～对～妃～好～获～旧～绢～离～恋～良～灵～令～鸾～伦～妙～莫～配～蜻～逑～全～群～

丧~殊~鼠~谁~头~无~吾~下~贤~相~绡~亚~盈~鸳~正~众~追~作~

癖pǐ【古】入声,十一陌。【例】抱~病~成~痴~传~词~地~恶~孤~痼~怪~官~瑰~画~洁~酒~橘~狂~马~眉~茗~墨~奇~棋~碁~谦~钱~清~山~诗~石~实~嗜~书~睡~痰~顽~香~烟~研~野~异~迂~症~左~陆云~文字~烟霞~左氏~

劈pǐ 分开。剥离。【古】入声,十二锡。另见 112 页 pī。

起qǐ【古】上声,四纸。【例】拔~暴~辈~坌~飙~病~波~蚕~朝~尘~晨~虫~初~踔~绰~大~黛~旦~登~迭~蝶~动~发~方~飞~坟~奋~偾~愤~风~烽~蜂~凤~浮~复~勾~鹘~汨~鹄~跪~汉~鹤~横~虹~后~花~淮~唤~火~激~继~甲~间~肩~剑~江~杰~桀~惊~竞~居~崛~掘~峻~雷~柳~龙~隆~楼~鹭~鸾~麻~脉~萌~猛~眠~暮~南~鹏~频~七~强~桥~窃~屈~鹊~惹~身~升~石~时~梳~双~水~说~私~四~岁~笋~涛~特~腾~提~挺~通~头~突~土~兔~晚~未~猬~蔚~蝟~蚊~卧~乌~无~雾~喜~霞~夏~翔~响~宵~小~晓~兴~性~雄~修~秀~歘~鸦~烟~晏~猋~雁~燕~扬~羊~阳~夜~引~隐~莺~萤~涌~郁~原~缘~源~月~岳~云~早~灶~仄~乍~张~振~征~雉~中~肿~踵~珠~走~坐~东山~

启(啓、啟)qǐ【古】上声,八荠。【例】哀~拜~备~辟~表~朝~陈~晨~创~刺~大~戴~牒~洞~端~飞~蜂~伏~副~干~公~关~贺~花~婚~笺~狡~谨~径~静~开~刊~款~来~览~门~密~墨~内~南~旁~乾~潜~请~日~荣~瑞~上~尸~诗~时~手~书~舒~双~司~肃~台~天~通~夏~谢~兴~筵~夜~遗~牖~佑~禹~爰~昭~肇~知~贽~昼~咨~最~山公~

绮(綺)qǐ【古】上声,四纸。【例】碧~薄~璨~错~丹~雕~迭~叠~飞~工~观~红~华~焕~黄~缣~交~角~结~锦~精~夸~蓝~绫~绿~罗~绵~明~浓~青~轻~清~晴~散~韶~奢~双~谈~缇~龆~纨~文~霞~纤~鲜~香~缃~绡~绣~虚~遗~鸳~鸩~园~云~缯~织~珠~纻~组~

岂(豈)qǐ【古】上声,尾韵。【例】乐~寿~抑~

稽qǐ 稽拜。【古】上声,八荠。另见 109 页 jī。

棨qǐ【古】上声,八荠。【例】幡~符~麾~戟~旌~戎~王~银~幢~

企qǐ【古】去声,四寘。又:上声,四纸同。【例】惭~侧~长~驰~鹄~鹤~怀~景~履~鸾~渺~慕~难~鸟~盼~翘~钦~勤~倾~群~孺~深~思~四~悚~耸~叹~望~慰~希~欣~悬~延~仰~遥~颙~远~允~瞻~踵~伫~追~

婍qǐ 容貌好。【古】上声,四纸。

芑qǐ【古】上声,四纸。【例】白~采~丰~枸~柳~糜~惟~须~

屺qǐ【古】上声,四纸。【例】翠~登~恃~陟~

杞qǐ【古】上声,四纸。【例】苞~城~枸~荆~菊~柳~忧~榛~种~梓~

乞qǐ【古】入声,五物。另见 161 页 qì。【例】哀~别~陈~赐~伏~丐~干~告~寒~恳~贫~启~千~窃~请~求~容~

讨～天～望～西～香～行～玉～征～

体(體)tǐ【古】上声,八荠。另见113页tī。【例】安～拗～百～卑～备～被～本～笔～蔽～便～变～遍～别～兵～禀～病～波～参～草～常～尘～称～趁～成～赤～储～船～创～垂～春～词～大～弹～导～道～得～德～敌～笛～地～雕～调～定～独～讹～发～法～凡～繁～放～非～分～丰～风～蜂～凤～服～高～蛤～个～根～宫～躬～古～骨～固～官～贵～国～皓～合～和～鹤～黑～鸿～互～踝～换～活～火～肌～集～继～甲～贱～降～交～胶～结～解～戒～今～金～锦～近～禁～晶～静～镜～旧～具～君～楷～抗～可～客～块～矿～昆～赖～蓝～骊～礼～理～立～吏～隶～俪～奁～连～联～两～灵～流～柳～龙～陋～镂～露～律～乱～论～落～媒～面～妙～名～命～母～木～内～宁～牛～弩～欧～俳～偏～篇～骈～品～平～破～齐～启～气～亲～轻～丘～球～诎～屈～躯～全～鹊～群～人～仁～日～容～肉～散～骚～涩～山～身～神～生～牲～圣～尸～失～诗～识～实～史～事～饰～适～书～曙～水～嗣～肆～耸～俗～素～所～祖～唐～陶～天～贴～铁～通～同～统～投～透～团～推～托～脱～外～伪～文～无～吴～物～衔～献～相～香～象～小～校～亵～谢～心～星～形～性～选～逊～芽～雅～颜～掩～艳～燕～赝～羊～阳～仰～养～野～液～一～仪～遗～议～阴～泳～幼～鱼～语～玉～渊～源～院～月～悦～杂～占～诏～赵～罩～贞～真～整～正～政～枝～知～肢～治～质～重～竹～主～转～篆～锥～坠～灼～姿～字～总～纵～柏梁～太康～同光～西昆～玉台～

喜xǐ【古】上声,四纸。【例】暗～报～悲～财～冲～诞～道～蝶～奉～福～感～恭～共～贡～国～害～和～贺～怀～欢～会～吉～嘉～惊～狙～酷～狂～浪～乐～利～龙～妙～民～鸟～鸥～祈～谦～青～庆～雀～鹊～色～深～神～失～饰～书～说～斯～送～速～随～索～讨～天～同～晚～忘～伪～慰～闻～笑～欣～醒～幸～延～宴～燕～阳～溢～殷～莺～迎～忧～有～娱～余～妪～遇～悦～赞～增～兆～至～志～竹～助～自～作～贡公～

憙xǐ【古】上声,四纸。【例】说～诱～自～

洗xǐ【古】上声,八荠。另见487页xiǎn。【例】笔～擦～拆～忏～澄～冲～出～搓～涤～干～姑～沽～盥～灌～换～浣～挤～湔～浆～浇～剿～劫～浸～净～镜～撩～领～略～马～梅～磨～墨～沐～耐～漂～清～筛～删～设～圣～施～受～梳～漱～刷～烫～陶～淘～腆～铜～沃～下～销～雪～血～浴～原～澡～昭～濯～

洒xǐ 古同“洗”。【古】上声,四纸。又:上声,十六铣同。另见18页sǎ。

徙xǐ【古】上声,四纸。【例】拔～北～倍～避～播～窜～东～鳄～发～放～丰～复～更～河～既～九～雷～流～靡～暮～内～南～蓬～迁～侨～丘～驱～三～散～适～滩～逃～徒～推～外～魏～西～悉～星～移～倚～议～莺～游～远～月～运～责～谪～骤～诛～转～陵谷～

屣xǐ【古】上声,四纸。又:去声,四寘同。【例】倍～敝～弊～步～踩～倒～芳～放～革～巾～利～麻～芒～蹑～弃～双～踏～跕～脱～舞～屧～遗～游～朱～珠～亟缚～

蟢xǐ【古】上声,四纸。【例】壁～得～挂～网～檐～

玺(壐)xǐ【古】上声,四纸。【例】宝~册~赤~传~赐~琮~得~东~封~凤~符~负~古~圭~国~汉~黑~怀~剑~降~解~金~进~连~六~蜜~墨~神~石~释~天~相~小~效~信~行~印~玉~御~卞璧~传国~受命~

葸xǐ【古】上声,四纸。又:上平,四支同。【例】倍~离~葸~

枲xǐ【古】上声,四纸。【例】常~典~槁~稿~胡~苴~麻~漆~桑~丝~素~缊~

葸xǐ【古】上声,四纸。【例】恇~懦~衰~退~畏~葸~

铣(銑)xǐ 另见487页 xiǎn。【例】北~金~镣~铭~陶~铁~瑶~

倚yǐ【古】上声,四纸。【例】挨~辟~跛~舛~丛~负~附~归~交~角~眷~逦~梁~攀~毗~偏~凭~切~亲~倾~却~腾~颓~偎~徙~斜~依~攒~枕~注~卓~醉~

椅yǐ【古】上声,纸韵。另见118页 yī。【例】禅~电~高~交~角~课~龙~轮~圈~睡~躺~藤~卧~校~悬~摇~折~转~安乐~东坡~鹅项~湘妃~逍遥~醉翁~

蚁(蟻)yǐ【古】上声,四纸。又:上声,五尾同。【例】白~冰~蚕~赤~虫~春~冻~斗~渡~泛~芳~飞~沸~蜂~浮~感~黑~红~槐~阶~酒~巨~聚~腊~螂~蝼~渌~绿~蚂~磨~牛~瓯~蚍~漂~堑~轻~琼~群~容~蓐~散~虱~鼠~素~碎~万~蚊~蜗~乌~香~穴~雪~鸦~羊~螾~忧~游~玉~蝝~杂~战~蛭~槐国~

矣yǐ【古】上声,四纸。【例】备~褊~大~高~归~焕~棘~嘉~可~乐~礼~落~美~某~秾~清~悫~甚~数~顺~铩~痛~危~行~已~有~允~彰~足~

已yǐ【古】上声,四纸。【例】病~不~辍~但~得~而~何~极~既~解~竟~久~良~诺~讫~穷~然~如~所~亡~罔~未~无~毋~勿~休~也~业~已~云~早~不获~

以yǐ【古】上声,四纸。【例】此~得~给~故~过~何~胡~及~既~加~借~藉~可~某~难~施~是~所~亡~无~屑~言~业~由~有~于~予~欲~足~

旖yǐ 旖旎。【古】上声,纸韵。又:平声,支韵同。

迤(迆)yǐ【古】上声,四纸。另见133页 yí。【例】长~东~逦~弥~靡~疏~坦~西~徙~衍~演~迤~遗~

齮(齮)yǐ 见于人名。【古】上声,四纸。

佁yǐ 见于人名。【古】上声,四纸。

苡yǐ【古】上声,四纸。另见204页 sì。【例】餐~芣~桴~薏~

舣(艤、檥)yǐ【古】上声,四纸。【例】戒~空~瓯~谁~小~夜~暂~醉~柳下~

扆yǐ【古】上声,五尾。【例】宸~丹~当~凤~斧~黼~负~宫~户~旒~屏~帷~香~璇~玉~云~中~

乙yǐ【古】入声,四质。【例】白~丹~党~独~飞~风~凫~勾~鸿~黄~甲~江~苦~李~令~面~某~匿~太~泰~天~图~涂~小~玄~乙~鱼~祖~左~

仄声·去声

闭(閉)bì【古】去声,八霁。又:入声,九屑同。【例】便~船~倒~殿~冻~杜~断~耳~反~封~否~鬲~锢~关~管~寒~阖~后~户~缄~紧~禁~噤~静~扃~久~拘~开~口~帘~门~密~内~尿~凝~启~潜~秋~圈~权~日~山~善~深~水~寺~锁~停~外~夕~雪~偃~掩~夜~阴~隐~拥~壅~幽~郁~月~云~张~障~重~周~昼~竹~

避bì【古】去声,四寘。【例】北~侧~齿~辞~窜~惮~遁~躲~辨~防~蜂~高~梗~顾~规~诡~鹤~鸿~还~蝗~回~讳~忌~降~谨~惊~趄~控~窥~愧~敛~免~匿~鸟~鸥~迁~谦~潜~屈~趋~却~鹊~禳~让~日~三~闪~虱~暑~逃~推~退~违~畏~毋~晞~嫌~晓~旋~雪~逊~雁~燕~移~引~隐~影~瞻~走~

臂bì【古】去声,四寘。另见339页bèi。【例】把~膀~缠~长~承~钏~刺~错~顶~断~扼~放~奋~封~胳~鼓~虎~护~机~交~金~锦~巨~克~刻~力~连~联~敛~炼~两~六~龙~镂~鹿~啮~牛~怒~女~骈~票~契~前~锲~攘~神~手~双~锁~踏~袒~螳~铁~通~绾~系~悬~扬~引~印~右~玉~爰~猿~约~折~振~直~指~重~肘~助~左~

毙(斃)bì【古】去声,八霁。【例】暴~鞭~踣~车~垂~待~单~倒~凋~钝~顿~服~垢~击~饥~歼~僵~溘~困~路~乱~马~靡~馁~溺~疲~贫~枪~取~犬~神~殄~途~危~相~鱼~瘐~殒~杖~阵~诛~自~坐~

币(幣)bì【古】去声,八霁。【例】宝~杯~贝~本~璧~边~搏~布~财~彩~苍~钞~车~琛~驰~斥~酬~楮~赐~大~刀~觌~发~法~方~奉~辅~赋~港~羔~更~公~圭~龟~轨~鬼~国~汉~厚~贿~婚~货~几~寄~嘉~金~锦~旌~筐~礼~奁~量~六~龙~鹿~旅~绿~马~靡~纳~镍~农~皮~聘~绮~器~钱~遣~青~庆~泉~却~入~上~生~牲~盛~释~受~授~书~输~束~私~岁~通~铜~外~伪~委~五~夕~息~牺~系~下~香~雁~赝~瑶~遗~益~银~硬~侑~玉~赞~皂~展~璋~珍~征~正~职~纸~制~质~贽~中~众~重~珠~祝~铸~赀~资~

弊bì【古】去声,八霁。【例】罢~卑~鄙~边~病~搏~踣~补~残~车~陈~承~除~穿~疵~粗~惝~待~殚~凋~杜~蠹~钝~顿~讹~法~烦~繁~防~革~共~垢~蛊~故~锢~观~诡~恒~荒~火~饥~积~家~奸~剪~翦~浇~窘~九~救~困~劳~老~羸~厘~利~裂~陵~流~隆~履~乱~沦~靡~疲~偏~贫~破~欺~惩~前~浅~歉~情~穷~癯~扰~日~锐~骚~扫~觞~舌~生~时~世~衰~私~搜~宿~岁~通~颓~顽~尪~委~文~舞~习~衅~朽~虚~掩~遗~隐~余~语~瘐~拯~治~舟~滋~作~

蔽bì【古】去声,八霁。【例】暗~鄙~边~病~襜~谗~缠~尘~凋~独~杜~耳~罚~藩~凡~妨~封~覆~盖~隔~

孤~固~贯~国~捍~翰~恒~后~讳~昏~惑~拘~狂~亏~括~帘~谩~髦~昧~蒙~懵~迷~南~丕~偏~屏~蒲~欺~牵~浅~强~侵~曲~塞~山~时~四~廋~苔~通~外~顽~伪~卫~诬~物~犀~限~宵~行~寻~徇~掩~炀~疑~翳~阴~隐~影~映~拥~庸~雍~幽~迂~愚~渊~云~藻~翟~障~遮~自~

敝bì【古】去声,八霁。【例】黯~罢~败~崩~秕~敝~补~残~穿~摧~待~凋~雕~蠹~钝~蔺~烦~腐~共~垢~蛊~冠~耗~隳~毁~昏~饥~积~极~奸~见~湫~窘~救~刻~困~劳~裂~陵~流~陋~沦~轮~靡~疲~贫~破~器~穷~裘~舌~衰~俗~损~土~颓~刓~抚~亡~文~屣~相~行~朽~衣~阴~幽~余~窳~滓~自~

庇bì【古】去声,四寘。【例】包~保~存~党~叨~德~鼎~凤~福~覆~高~洪~鸿~护~贿~赖~门~蒙~民~栖~窃~曲~荣~容~私~祖~麻~徇~掩~依~荫~隐~鹰~营~影~佑~余~宇~雨~援~障~照~遮~周~祝~

比bì 旧读。另见127页pí、133页bǐ、138页pǐ。【古】上声,四寘。

毕bì【古】去声,四寘。【例】骈~

髀bì【古】上声,四纸。又:上声,八荠同。【例】搏~赤~抚~拊~肱~股~击~肩~枯~髋~牢~拍~燕~周~坐~

萆bì 萆薢。【古】去声,八霁。

庳bì 地下。【古】去声,四寘。

裨bì【古】上平,四支。另见127页pí。【例】补~服~何~匡~绿~陪~偏~无~

婢bì【古】上声,四纸。【例】伧~厨~从~犓~爨~村~灯~丁~冻~傅~宫~官~瞶~好~户~家~贱~角~教~戒~静~菊~老~莲~两~榴~骂~纳~妮~奴~女~乳~嫂~赏~诗~使~侍~恕~亡~锡~细~仙~饷~小~婿~燕~羊~媵~鱼~越~赃~灶~中~梅花~

濞bì【古】去声,八霁。【例】濞~老~逆~滂~溢~泙~湖~澎~吴~滃~懿~右~

贲(賁)bì【古】去声,四寘。另见501页bēn、513页fén。【例】白~炳~光~

蓖bì 蓖麻。【古】《广韵》:平声,齐韵。

箆bì【古】上平,八齐。【例】宝~厕~翠~金~鸾~山~梳~铁~象~耀~银~予~云~战~竹~刮肠~云头~

秘(祕)bì ①闭。②姓。【古】去声,四寘。另见156页mì。

薜bì【古】去声,八霁。【例】解~萝~

嬖bì【古】去声,八霁。【例】便~谗~宠~奸~皆~内~昵~孽~女~亲~权~私~外~下~邪~幸~淫~媵~正~冢~

费(費)bì 地名。【古】去声,五未。另见341页fèi。

狴bì【古】平声,八齐。【例】犴~牢~同~圜~重~

陛bì【古】上声,八荠。【例】北~陛~层~螭~除~翠~丹~殿~东~飞~枫~高~宫~觚~虹~基~阶~金~禁~据~栏~廉~棂~龙~玫~珉~木~纳~南~千~青~琼~壤~上~升~受~司~堂~梯~天~彤~铜~文~午~西~侠~下~绣~轩~循~岩~檐~瑶~银~由~玉~云~中~朱~子~紫~

痹(痺)bì【古】去声,四寘。【例】病~

风~寒~喉~癃~麻~牝~热~肾~湿~酸~痛~顽~痿~五~行~胸~阴~坐~

泌bì【古】去声，四寘。又：入声，四质同。另见157页mì。【例】衡~江~洋~幽~

閟bì【古】去声，四寘。【例】大~遏~监~谨~静~癃~清~山~深~神~黠~象~一~疑~阴~隐~硬~幽~郁~珍~昼~自~尊~

毖bì【古】去声，四寘。【例】惩~诰~劼~谦~勤~清~深~慎~小~训~

畀bì【古】去声，四寘。【例】半~付~赋~顾~厚~简~投~委~倚~蒸~

箅bì【古】去声，八霁。【例】炉~铁~雨~竹~

赑(贔)bì【古】去声，四寘。【例】赑~内~澎~屃~

诐(詖)bì【古】去声，四寘。又：上平，四支同。【例】调~昏~奸~偏~倾~饕~屯~无~险~邪~凶~淫~

壁bì【古】入声，十二锡。【例】矮~岸~奥~笆~板~半~堡~北~崩~闭~苍~层~柴~车~尘~赪~城~螭~赤~穿~窗~床~翠~丹~殿~钉~东~冻~洞~陡~断~粉~拂~负~复~戈~隔~宫~固~挂~管~圭~汉~濠~好~皓~呵~红~后~护~画~缋~箕~棘~夹~坚~剑~江~椒~缴~桀~疥~金~进~井~九~居~绝~军~菌~峻~龛~空~孔~匡~奎~岚~垒~犁~梁~两~列~邻~灵~留~龙~鲁~旅~绿~罗~门~面~鸣~南~碰~缥~破~蒲~堑~墙~峭~秦~青~清~琼~荃~软~森~山~深~蜃~诗~石~室~书~双~水~寺~素~荪~踏~台~苔~题~天~铁~厅~亭~通~铜~徒~土~退~屯~危~苇~邬~屋~无~坞~西~隙~瑕~霞~夏~闲~薜~乡~向~削~雄~髹~秀~悬~穴~雪~崖~烟~严~岩~夜~遗~阴~银~营~影~幽~油~右~玉~垣~缘~月~云~凿~战~障~赵~照~止~中~重~柱~筑~

璧bì【古】入声，十一陌。【例】白~拜~半~宝~抱~苍~琛~沉~尺~楚~赐~琮~当~刀~得~抵~点~返~飞~奉~拱~珙~归~圭~珪~寒~皓~合~和~珩~鸿~怀~还~环~毁~加~嘉~荐~金~荆~敬~奎~阆~丽~连~联~灵~履~美~破~蒲~钱~潜~秦~青~琼~球~全~瑞~沈~牲~石~收~双~素~碎~铜~投~完~犀~系~下~衔~香~星~轩~玄~悬~璿~疑~玉~圆~载~赵~珍~执~重~珠~瑑~紫~和氏~连城~

必bì【古】入声，四质。【例】不~诚~固~果~何~胡~可~难~岂~取~势~是~未~无~毋~务~想~信~要~意~豫~专~自~

咇bì 见于地名。【古】入声，九屑。

邲bì 见于人名。【古】入声，四质

佖bì【古】入声，四质。【例】佖~

珌bì【古】入声，四质。【例】玚~鏐~珧~

碧bì【古】入声，十一陌。【例】宝~璧~冰~草~层~城~澄~池~春~醇~葱~翠~寸~丹~霏~浮~绀~高~圭~含~涵~寒~蘅~红~泓~花~化~环~黄~篁~剪~涧~江~绛~金~净~静~镜~空~蓝~老~连~撩~缭~临~琳~柳~绿~莫~暮~嫩~凝~暖~欧~缥~平~

翘~青~轻~清~晴~穹~琼~秋~软~沙~山~沈~收~舒~水~松~碎~唐~韬~天~顽~碗~溪~锡~夏~藓~香~湘~潇~晓~鬃~虚~血~遥~瑶~夜~宜~幽~黝~玉~渊~云~匀~湛~重~朱~珠~紫~眉峰~

毕(畢)bì【古】入声,四质。【例】参~曹~成~初~大~待~的~罕~浣~箕~简~将~讲~究~勒~离~礼~吏~了~罗~昴~岐~讫~轻~清~热~手~天~彤~外~完~万~胃~西~洗~星~业~右~雨~占~召~珍~

筚(篳)bì【古】入声,四质。【例】柴~圭~闺~衡~旧~蓬~启~

辟bì【古】入声,十一陌。另见158页pì。【例】骜~参~阐~独~敦~复~赴~宫~过~呵~后~皇~讳~祸~礼~立~令~免~明~墨~群~神~世~天~威~贤~选~邀~应~元~召~征~奏~

愎bì【古】入声,十三职。【例】暗~傲~骜~猜~刚~狠~昏~骄~狡~讦~矜~狂~偏~强~贪~顽~枉~鸷~凶~严~阴~庸~愚~直~莺~专~

弼(弻)bì【古】入声,四质。【例】保~丞~承~得~帝~笃~方~辅~傅~光~规~建~近~俊~匡~赉~良~亮~上~使~四~台~右~宥~聿~元~宰~赞~桢~忠~

愊bì【古】入声,十三职。【例】愊~恳~悃~

躄bì【古】入声,十一陌。【例】躃~蹩~跛~顿~哽~号~蹇~蹶~老~挛~蹒~起~屈~踒~谢~踊~尰~

襞bì【古】入声,十一陌。【例】灌~卷~青~摇~自~

哔(嗶)bì【古】入声,九屑。【例】呫~

跸(蹕)bì【古】入声,四质。又:去声,四寘同。【例】艾~备~宸~出~传~从~丹~动~返~犯~凤~呵~护~扈~还~回~金~惊~警~銮~鸣~南~辇~凝~陪~频~迁~前~清~耸~天~卫~徙~仙~相~晓~星~巡~移~迎~舆~御~云~诏~整~止~治~驻~

荜(蓽)bì【古】入声,四质。【例】柴~圭~闺~衡~旧~蓬~启~

皕bì 二百。【古】入声,十三职。

馝bì 浓香。【古】入声,四质。

苾bì【古】入声,四质。【例】苾~刍~岛~芳~芬~契~香~幽~

湢bì【古】入声,十三职。【例】庖~盘~浴~

腷bì 腷臆。【古】入声,十三职。

饆bì【古】入声,四质。【例】饠~

觱bì【古】入声,四质。【例】揘~

地dì【古】去声,四寘。【例】暗~拔~坝~宝~北~本~辟~碧~避~边~遍~博~卜~布~才~材~采~菜~草~测~茶~产~划~场~拆~辰~尺~斥~赤~抽~酬~丑~初~锄~楚~触~川~穿~吹~春~此~蹴~寸~带~丹~当~荡~倒~道~稻~登~等~低~获~典~点~甸~迭~叠~定~东~动~洞~兜~度~顿~堕~额~恶~恩~乏~法~翻~方~防~房~飞~非~分~坟~汾~粉~风~封~奉~伏~拂~福~富~腹~覆~盖~刚~岗~高~割~格~根~亘~耕~工~公~宫~谷~鼓~故~瓜~刮~观~官~馆~灌~光~贵~聒~海~骇~寒~汉~旱~合~黑~横~轰~红~厚~忽~胡~

户~花~画~还~荒~黄~火~霍~迹~基~吉~极~棘~瘠~籍~寄~祭~甲~艰~监~碱~见~荐~践~疆~绛~交~郊~脚~阶~接~揭~界~藉~金~紧~锦~近~禁~井~境~静~九~酒~旧~就~局~举~矩~拒~剧~据~瞿~卷~绢~绝~觉~郡~开~科~客~空~控~揆~括~赖~阑~涝~乐~雷~酹~黎~立~量~裂~林~灵~领~露~卤~陆~赂~禄~履~绿~掠~略~罗~落~麻~麦~锚~冒~没~美~门~猛~密~绵~面~名~蓦~某~牧~墓~内~南~能~耙~盘~蟠~旁~配~盆~丕~劈~圮~瞥~品~平~坡~扑~蒲~濮~栖~旗~起~弃~迁~潜~强~抢~亲~侵~秦~青~轻~清~情~罄~穷~衢~圈~却~壤~热~任~恁~散~扫~穑~杀~沙~山~扇~善~擅~赡~赏~烧~稍~身~审~甚~生~声~胜~绳~省~圣~失~湿~石~实~食~始~筮~狩~瘦~倏~熟~刷~霜~顺~铄~司~私~死~讼~肃~素~宿~随~缩~踏~台~滩~棠~趟~特~腾~提~题~天~田~贴~同~头~投~突~涂~土~拓~洼~外~完~亡~旺~望~危~围~委~猥~位~沃~无~吴~舞~膝~席~隙~闲~显~险~藓~现~乡~象~像~效~邪~心~信~行~性~凶~绣~嗅~轩~喧~穴~学~血~汛~徇~巽~押~亚~延~言~焰~阳~要~冶~野~曳~夜~鄴~依~宜~遗~义~异~易~逸~意~瘗~翳~因~阴~银~引~隐~茔~营~涌~右~宥~余~舆~玉~芋~园~原~远~苑~约~月~匝~载~枣~灶~皂~则~择~增~劄~札~乍~宅~占~战~蛰~阵~振~争~整~政~支~知~蹠~制~治~质~掷~彘~智~种~冢~众~重~甃~朱~烛~拄~属~驻~柱~专~转~庄~坠~卓~灼~斫~着~资~子~自~租~族~坐~

递(遞)dì【古】上声,八荠。又:去声,八霁同。【例】层~长~呈~传~递~短~顿~飞~风~附~更~共~馆~火~急~寄~快~里~逦~流~轮~马~配~铺~普~驲~嬗~诗~时~衰~水~顺~条~迢~通~投~透~握~下~先~县~演~迤~驿~迎~邮~远~置~转~

弟dì【古】上声,八荠。【例】阿~爱~表~不~长~崇~从~大~道~邸~妇~高~庚~贵~禾~后~皇~妓~季~家~介~敬~酒~舅~橘~厥~俊~恺~昆~老~劣~令~陆~门~盟~母~内~男~难~年~女~妻~岂~契~仁~如~若~弱~山~上~少~舍~师~世~侍~淑~庶~顺~太~徒~外~贤~乡~萧~小~孝~谢~兄~逊~宜~姨~姻~友~渔~御~元~赵~争~至~治~稚~冢~仲~诸~子~姊~宗~族~

第dì【古】去声,八霁。【例】班~北~避~别~卜~不~策~差~唱~城~床~辞~次~赐~大~叨~得~登~等~邸~东~番~访~府~高~公~构~故~官~馆~归~寒~阖~槐~还~环~昏~及~家~甲~简~椒~旧~就~居~卷~开~考~科~课~廊~里~连~联~列~露~庐~录~落~美~门~名~末~内~南~配~篇~品~谱~起~清~诠~入~山~上~升~失~室~税~私~琐~外~危~帷~未~无~西~下~新~行~姓~序~筵~移~乙~荫~营~寓~鬻~园~造~宅~治~主~筑~擢~祖~青琐~五侯~

蒂(蔕)dì【古】去声,八霁。【例】白~碧~并~病~翠~分~柑~根~共~瓜~

红~花~芥~近~橘~蜡~梨~连~莲~缥~茄~秋~弱~柿~双~霜~笋~同~无~香~烟~阴~萸~玉~

帝dì【古】去声,八霁。【例】白~北~宾~苍~称~赤~冲~春~大~东~梵~废~感~皋~高~古~关~汉~黑~后~皇~黄~火~简~荐~践~揭~金~觉~类~累~梨~两~灵~木~南~农~配~前~青~秋~群~让~日~上~少~圣~时~释~蜀~水~太~泰~天~土~望~乌~西~先~猃~象~萧~轩~玄~炎~义~阴~玉~育~岳~中~众~

睇dì【古】去声,八霁。【例】北~东~顾~含~横~后~还~徽~回~极~静~镜~款~流~龙~曼~南~凝~稌~盼~琼~认~兽~偷~危~微~遐~邪~斜~淹~燕~遥~引~迎~游~右~瞻~注~

谛(諦)dì【古】去声,八霁。【例】安~奥~诚~佛~覆~揭~精~静~空~密~妙~诠~审~圣~诗~十~世~俗~下~详~要~义~谊~瞻~真~

棣dì【古】去声,八霁。【例】白~常~城~赤~棣~鄂~瓜~连~青~唐~棠~

缔(締)dì【古】去声,八霁。又:上平,八齐同。【例】宝~构~搆~交~取~泽~毡~珠~壮~

娣dì【古】上声,八荠。又:去声,八霁同。【例】昆~良~妹~内~乳~姒~艳~侄~诸~姊~

逮dì【古】去声,八霁。另见309页dǎi、314页dài。【例】逮~

螮(蝃、蝃)dì 螮蝀。【古】去声,八霁。

杕dì【古】去声,八霁。【例】苦~

的dì【古】入声,十二锡。另见120页dí、57页dē。【例】的~点~鹄~贯~画~破~旗~射~无~有~准~

计(計)jì【古】去声,八霁。【例】安~百~邦~饱~本~鄙~边~便~变~财~参~漕~测~谗~长~常~尘~称~痴~筹~大~诞~得~典~点~定~冬~毒~度~短~断~多~方~房~非~蜂~奉~丐~公~共~贡~估~顾~官~归~诡~鬼~国~过~合~核~衡~后~户~会~活~伙~祸~极~家~奸~检~建~将~狡~搅~较~金~衿~进~久~就~句~决~谲~科~客~课~苦~款~累~立~良~两~量~料~灵~留~虑~率~略~罗~秘~密~面~妙~明~谬~默~谋~逆~年~盘~千~前~潜~巧~情~秋~权~日~善~商~上~尚~设~身~深~审~生~胜~失~时~事~收~首~受~书~术~数~司~私~俗~宿~算~随~岁~他~通~同~统~图~推~外~完~万~望~微~委~猥~文~误~夕~下~献~详~小~校~协~邪~心~行~言~遗~亿~议~异~意~阴~隐~用~右~鱼~愚~预~远~约~月~早~贼~诈~掌~正~支~职~至~志~智~中~重~主~转~追~拙~赀~自~综~总~奏~左~作~做~锦囊~

际(際)jì【古】去声,八霁。【例】北~比~边~波~草~村~地~耳~发~分~缝~根~贵~国~海~河~后~花~极~江~交~津~井~空~苦~礼~垄~芦~密~脑~倪~鸟~蟠~畔~鹏~萍~前~穷~热~人~日~沙~山~赏~盛~石~实~市~事~殊~霜~水~潭~天~亭~庭~棖~无~午~物~霞~相~谐~心~星~形~胸~崖~涯~烟~岩~檐~垠~鱼~渊~云~遭~真~中~洲~竹~渚~

霁(霽)jì【古】去声,八霁。【例】碧~

不～朝～晨～澄～初～川～垂～春～大～风～光～海～和～烘～佳～江～景～开～旷～朗～浪～林～岭～柳～明～难～暖～祈～气～褰～清～晴～秋～全～日～色～时～霜～爽～宋～宿～天～晚～威～温～午～雾～夕～喜～霞～鲜～晓～新～旭～暄～雪～烟～延～颜～阳～野～夜～阴～余～雨～月～云～

济(濟)jì【古】去声，八霁。另见135页jǐ。【例】安～拔～办～俵～博～补～不～阐～成～存～达～代～得～登～调～渡～分～辅～溉～干～给～供～共～固～光～弘～宏～鸿～互～恢～惠～获～既～济～兼～简～接～杰～解～津～经～救～开～戡～康～克～匡～旷～理～利～两～亮～隆～敏～明～难～宁～浓～平～普～潜～跄～强～勤～清～取～全～痊～仁～容～润～赡～申～沈～升～施～实～世～事～水～顺～通～同～未～无～遐～下～相～详～宵～协～旋～淹～养～医～营～诱～于～渊～遭～沾～贞～振～赈～拯～支～中～周～自～

继(繼)jì【古】去声，八霁。【例】傍～承～酬～出～传～迭～独～父～过～后～画～继～假～可～匡～连～莫～牛～旁～日～闰～上～绍～收～殊～嗣～天～外～伪～相～续～有～援～中～终～踵～伫～足～缵～纂～

记(記)jì【古】去声，四寘。【例】谙～案～暗～稗～碑～彼～笔～壁～标～表～补～簿～侧～茶～场～谶～齿～传～垂～戳～聪～存～答～道～登～地～帝～典～惦～谍～东～读～睹～耳～坟～封～佛～符～府～附～腹～古～故～挂～管～国～号～鸿～后～花～徽～火～籍～笺～简～江～结～金～谨～精～刻～牢～礼～两～录～论～马～密～铭～默～内～念～蹑～牌～片～偏～篇～票～凭～谱～牵～签～前～钤～强～切～青～秋～认～日～散～山～上～省～失～诗～石～识～史～手～受～授～书～疏～熟～署～水～说～硕～私～诵～速～琐～胎～题～条～铜～图～枉～忘～文～稳～无～下～行～玄～悬～讯～雅～移～遗～忆～逸～银～隐～印～应～茔～硬～幽～游～鱼～杂～载～札～摘～掌～杖～诏～照～志～中～朱～主～注～篆～追～奏～

纪(紀)jì【古】上声，四纸。另见135页jǐ。【例】案～邦～本～辟～别～兵～常～朝～称～成～饬～传～存～大～代～丹～党～道～登～地～帝～洞～度～恩～法～方～风～凤～符～干～纲～官～规～国～河～衡～后～皇～火～积～监～节～经～九～旧～救～军～郡～窥～来～理～历～龙～录～律～乱～伦～满～枚～秘～妙～庙～民～命～木～暮～南～年～鸟～女～偏～谱～奇～千～前～遣～情～穷～群～人～入～瑞～丧～山～神～绳～时～世～寿～受～数～水～顺～祀～岁～天～统～万～违～握～西～遐～宪～小～星～行～袖～选～牙～淹～炎～演～阳～遥～遗～阴～忧～友～逾～玉～援～远～月～云～杂～载～贞～甄～政～治～重～纂～尊～

忌jì【古】去声，四寘。【例】谤～辟～避～褊～兵～不～怖～猜～蚕～谗～仇～雠～触～春～大～抵～妒～多～恶～犯～防～刚～狗～诟～顾～瓜～归～国～害～悍～还～患～回～讳～恚～疾～嫉～骄～戒～矜～禁～敬～拘～龙～媢～秘～悯～内～年～千～钳～强～切～庆～沈～生～诗～时～食～疏～私～死～俗～速～贪～天～违～畏～无～物～嫌～险～限～蟹～

血~严~厌~杨~妖~疑~亿~意~隐~语~怨~月~遭~憎~照~奢~忮~

季jì【古】去声,四寘。【例】标~伯~储~春~淡~冬~分~早~后~换~艰~浇~节~昆~乐~陵~柳~楼~麦~孟~杪~末~南~绮~乾~秋~群~盛~湿~时~叔~衰~四~旺~危~午~夏~像~小~逊~阳~渔~雨~玉~月~展~彘~中~

冀jì【古】去声,四寘。【例】北~沧~赤~非~供~规~河~侥~徼~荆~觖~陇~谬~蒲~期~企~荣~私~安~无~希~咸~幸~邀~痈~幽~豫~云~镇~中~

骥(驥)jì【古】去声,四寘。【例】白~绊~鞭~称~赤~船~伏~附~贵~骏~渴~老~枥~良~龙~绿~鸾~鸣~牛~骐~神~素~索~天~徒~讬~万~希~仙~养~驿~逸~御~云~驵~展~骤~骓~千里~

寄jì【古】去声,四寘。【例】拜~邦~边~标~俵~部~朝~持~宠~酬~窜~鞮~递~顿~恩~飞~封~浮~高~孤~诡~函~怀~汇~缄~柬~奖~津~静~眷~郡~客~阃~流~隆~旅~妙~民~木~内~能~旁~漂~飘~萍~栖~期~遣~侨~亲~情~请~趣~权~任~荣~如~胜~实~事~书~数~廷~投~推~托~危~委~我~无~象~心~兴~悬~怡~遗~意~隐~忧~邮~欲~渊~远~直~重~主~嘱~转~祖~腹心~

技jì【古】上声,四纸。【例】百~薄~才~材~长~倡~车~逞~骋~词~殚~蹬~方~工~孤~故~惯~国~贾~贱~角~竞~绝~科~口~卖~末~农~篇~齐~奇~巧~穷~球~曲~拳~神~声~绳~试~手~殊~鼠~特~鼯~武~舞~险~献~效~炫~演~痒~异~音~余~鬻~杂~争~中~众~奏~屠龙~

骑(騎)jì 旧读。【古】去声,四寘。另见127页qí。【例】百~边~骠~策~车~春~从~单~敌~归~候~胡~剑~旌~连~联~猎~千~轻~探~铁~突~万~轩~驿~游~羽~征~坐~

荠(薺)jì【古】上声,八荠。另见128页qí。【例】春~挑~荼~香~野~

芰jì【古】上声,四寘。【例】碧~荷~菱~鹿~绿~蘋~芡~青~嗜~香~制~

妓jì【古】上声,四纸。【例】爱~鸨~娼~丑~村~匪~歌~宫~官~汉~红~呼~画~家~甲~贱~角~酒~军~乐~流~留~美~妙~名~内~女~嫖~嫔~青~驱~群~散~山~赏~声~绳~土~武~舞~狎~仙~湘~谢~畜~选~夜~艺~异~饮~营~御~筝~雉~中~周~珠~作~

髻jì【古】去声,八霁。【例】安~包~宝~蔽~辫~鬓~侧~插~长~垂~翠~顶~堆~堕~峨~发~凤~佛~覆~高~宫~冠~诡~合~花~鬟~黄~假~剪~翦~角~街~科~龙~绿~鸾~罗~螺~羸~毛~盘~蓬~漆~千~青~倾~囚~鬈~肉~散~蛇~梳~双~睡~松~剃~髫~头~丸~挽~绾~危~握~仙~项~小~新~玄~丫~鸦~瑶~义~拥~玉~云~簪~楂~鬟~治~珠~抓~髽~椎~坠~总~

祭jì【古】去声,八霁。另见320页zhài。【例】哀~拜~笾~遍~宾~兵~册~柴~豺~谄~尝~常~春~祠~赐~大~禫~道~禘~奠~吊~丁~豆~黩~堕~播~燔~汎~泛~奉~伏~祔~赙~

告~公~供~共~瓜~归~旱~合~还~吉~家~郊~醮~谨~开~腊~牢~类~酹~练~燎~临~路~马~命~墓~内~炮~陪~配~扑~秋~禳~赛~丧~扫~商~上~设~社~生~尸~师~时~食~侍~室~私~祀~绥~隋~缩~獭~田~外~望~禊~祫~下~献~祥~享~巷~凶~血~牙~衍~厌~遥~野~绎~殷~淫~尹~雩~虞~谕~寓~月~礿~瀹~宰~赞~斋~振~蒸~正~直~中~重~周~主~助~祝~祖~

剂(劑)jì【古】去声,八霁。又:上平,四支异。【例】砭~补~裁~参~冲~处~丹~滴~调~酊~锭~毒~方~分~粉~膏~焊~糊~滑~火~煎~劫~浸~峻~腊~量~猛~秘~蜜~片~券~溶~乳~软~散~涩~试~栓~汤~通~丸~洗~下~限~泄~醑~药~医~酏~约~针~斟~制~质~酌~

悸jì【古】去声,八霁。【例】悲~病~怖~惭~惨~颤~吃~怵~胆~动~发~顾~骇~寒~荒~惶~恍~悸~惊~兢~恐~狂~频~慑~心~虚~萦~忧~余~再~战~耆~震~惴~

既jì【古】去声,五未。【例】拜~曷~皆~靡~时~蚀~食~肆~罔~无~雍~终~

暨jì【古】去声,四寘。又:去声,五未异。【例】傍~不~来~市~无~遐~远~越~

蓟(薊)jì【古】去声,八霁。【例】辨~刺~大~枹~虎~辽~马~猫~山~檀~燕~幽~涿~

鱀(鱀)jì 白鳍豚。【古】去声,五未。

洎jì【古】去声,四寘。【例】不~东~来~临~双~水~延~爰~

觊(覬)jì【古】去声,四寘。【例】非~还~侥~徼~窥~默~难~贪~无~希~幸~

伎jì【古】上声,四纸。【例】百~薄~才~材~倡~逞~骋~灯~方~歌~工~故~国~伎~家~贱~进~绝~口~马~末~女~奇~曲~神~声~绳~手~仙~效~音~淫~营~游~鬻~杂~奏~作~高丽~清商~

跽jì【古】上声,四纸。【例】长~降~跼~擎~拳~跪~乳~

齐(齊)jì 同“剂”。【古】去声,八霁。另见128页qí。【例】和~火~

鲚(鱭)jì【古】上声,八荠。【例】刀~江~鳅~

垍jì 硬土。【古】去声,四寘。

漈jì 水边。【古】去声,八霁。

穄jì【古】去声,八霁。【例】稻~黑~粳~芦~荞~野~种~煮~

鰶(鰶)jì 鱼名。【古】去声,八霁。

瀱jì 泉涌状。【古】去声,八霁。

徛jì 石桥。【古】上声,四纸。

偈jì【古】去声,八霁。【例】宝~呗~笔~禅~梵~佛~呼~金~句~妙~墓~山~诗~颂~真~郅~贝叶~青莲~雁门~

系(繫)jì【古】去声,八霁。另见162页xì。【例】逮~羁~缰~紧~拘~缆~牵~囚~收~锁~维~械~萦~缀~

其jì 语助词。【古】去声,四寘。另见110页jī、128页qí。

惎jì【古】去声,四寘。【例】谗~忌~刻~离~启~嫌~

罽jì【古】去声，八霁。【例】白~斑~宝~赤~丹~鹅~绀~裹~花~绘~缋~绛~金~锦~麟~龙~缕~绿~罗~蛮~毛~纰~裘~绒~山~绨~缇~文~香~毡~旃~赭~朱~纻~

瘈jì【古】去声，八霁。【例】狂~痫~

迹(跡、蹟)jì【古】入声，十一陌。【例】安~拔~霸~败~瘢~宝~比~笔~闭~蔽~避~摈~伯~捕~参~厕~划~铲~畅~超~朝~车~尘~陈~骋~齿~虫~黜~船~创~垂~辞~从~粗~窜~大~弹~盗~道~等~帝~迭~叠~犊~顿~遁~鹅~恶~发~凡~返~泛~梵~芳~放~奋~风~凤~佛~趺~浮~抚~斧~高~割~绠~梗~功~古~故~规~轨~诡~过~汗~翰~航~合~河~鹤~黑~痕~红~鸿~狐~虎~花~化~画~宦~皇~黄~回~讳~晦~秽~混~溷~畸~戢~记~继~寄~嘉~假~剪~检~贱~践~僭~交~矫~脚~接~杰~斤~金~近~景~警~径~敬~迥~炯~旧~局~跼~举~巨~卷~绝~开~侃~抗~考~来~狼~浪~泪~累~狸~理~俪~连~敛~亮~劣~鳞~麟~灵~龙~陋~漏~鹿~驴~履~乱~轮~马~迈~慢~懋~美~昧~迷~麋~密~妙~灭~名~冥~铭~末~墨~侔~谋~难~拟~逆~匿~鸟~蹑~牛~判~鹏~媲~骈~飘~屏~萍~栖~齐~奇~綦~迁~前~潜~亲~寝~情~穷~屈~跧~人~日~容~濡~瑞~散~扫~埽~蛇~神~沈~声~胜~绳~圣~盛~失~石~实~史~示~事~收~手~兽~售~书~鼠~数~双~肆~缩~汰~坛~韬~腾~蹄~同~投~图~涂~兔~推~退~蜕~托~脱~拓~外~踠~王~往~忘~危~微~伟~伪~委~文~蜗~污~无~物~袭~遐~仙~显~相~象~削~校~心~行~形~凶~血~勋~寻~逊~哑~亚~言~奄~掩~赝~遥~仪~夷~遗~异~逸~银~隐~印~应~萤~影~幽~游~禹~寓~渊~猿~远~云~肇~辙~针~真~朕~征~政~纸~趾~治~踵~重~朱~逐~住~状~追~着~字~踪~纵~足~祖~遵~

寂jì【古】入声，十二锡。【例】黯~悲~避~岑~禅~沉~澄~冲~愁~淳~大~淡~地~动~梵~蜂~孤~归~荒~灰~慧~寂~简~静~空~扣~枯~冷~寥~龙~漏~沦~门~冥~寞~凝~屏~凄~迁~潜~悄~清~阒~全~入~森~沈~时~示~顺~死~松~肃~岁~邃~太~恬~晚~悟~闲~香~宵~萧~兴~形~虚~玄~淹~晏~养~杳~野~夜~幽~圆~远~越~湛~照~真~滞~昼~

鲫(鯽)jì【古】入声，十一陌。又:入声，十三职同。【例】白~比~尺~莼~鳜~河~江~金~巨~类~鲤~绿~买~木~青~石~嗜~潭~玉~圆~朱~

稷jì【古】入声，十三职。【例】备~彼~大~稻~东~膏~官~后~稷~郊~龙~美~木~沐~农~契~日~社~石~菽~秫~黍~太~天~细~下~玄~伊~宜~益~禹~宗~龙爪~

利lì【古】去声，四寘。【例】爱~百~宝~暴~北~备~背~倍~本~便~辩~兵~秉~病~薄~布~财~茶~产~长~畅~成~乘~迟~叱~崇~宠~怵~川~创~纯~聪~大~单~忉~蹈~得~低~地~钓~调~毒~睹~兑~顿~防~飞~肥~分~丰~风~锋~蜂~伏~浮~福~复~富~甘~钢~高~公~功~苟~谷~股~骨~官~贯~广~规~国~海~含~

好～和～龢～壑～红～后～厚～互～花～滑～怀～环～黄～会～诲～惠～火～货～获～机～及～吉～几～觊～迦～贾～奸～尖～坚～兼～剑～简～交～娇～侥～徼～颉～解～锦～劲～近～进～精～井～警～净～久～酒～就～狷～峻～浚～开～克～课～口～库～快～赖～兰～牢～乐～连～廉～伶～灵～令～流～笼～禄～麻～马～蛮～毛～贸～没～美～昧～猛～米～民～名～明～磨～抹～末～牟～木～慕～内～南～年～瘩～剽～平～溥～奇～耆～起～浅～枪～轻～清～遒～趋～趣～全～权～泉～榷～饶～日～荣～柔～锐～润～洒～散～钐～剡～擅～商～舍～设～射～生～声～胜～尸～失～石～时～实～食～世～市～事～势～嗜～收～疏～刷～霜～爽～水～税～顺～私～死～窣～岁～遂～贪～套～田～贴～铁～通～同～图～土～屯～外～完～网～罔～微～委～硙～稳～乌～五～骛～吸～息～犀～细～下～涎～羡～享～泄～新～兴～行～休～修～徇～盐～洋～邀～遗～义～役～逸～溢～淫～盈～营～蝇～颖～游～有～余～渔～欲～裕～远～月～赃～债～蔗～贞～争～征～正～殖～忠～众～重～周～朱～逐～专～颛～撰～资～子～自～足～

例lì【古】去声，八霁。【例】按～比～变～病～部～常～成～除～创～达～大～盗～等～笛～典～定～断～恶～恩～发～法～凡～范～分～高～格～公～故～惯～规～恒～价～检～荐～禁～旧～举～据～捐～开～苛～科～老～类～理～两～流～律～门～名～年～攀～判～品～破～起～前～赛～山～实～食～史～市～示～事～试～适～释～赎～说～俗～随～岁～特～体～条～铁～通～同～图～往～违～先～向～刑～选～循～押～沿～义～引～用～语～援～缘～月～则～战～照～诊～震～知～滞～诸～准～字～罪～遵～

厉(厲)lì【古】去声，八霁。【例】哀～百～褒～暴～北～奔～婢～边～表～兵～勃～部～惨～草～策～常～臣～踸～程～饬～敕～崇～宠～丑～储～楚～踔～疵～粗～淬～大～带～蹈～狄～底～砥～东～督～毒～敦～饿～噩～犯～方～分～氛～奋～愤～风～讽～俘～浮～俯～附～改～感～刚～高～割～公～诟～孤～古～鼓～怪～犷～规～寒～汉～悍～翰～和～河～貉～熇～横～弘～扈～悔～祸～跻～激～疾～祭～加～家～尖～坚～检～贱～奖～皎～矫～湫～阶～揭～诫～今～矜～谨～劲～祲～精～警～旧～祖～狷～诀～郡～峻～楷～亢～苛～克～刻～课～酷～跨～狂～愧～括～雷～沴～

隶(隸、隷)lì【古】去声，八霁。【例】廉～炼～僚～冽～懔～陵～流～砻～率～蛮～门～门～萌～猛～勉～民～闽～摩～抹～墓～内～鸟～狞～凝～奴～女～盘～鞶～陪～沛～配～疲～漂～仆～凄～期～淇～气～迁～强～峭～切～秦～勤～清～黥～秋～驱～劝～鹊～群～仁～锐～散～杀～上～涉～深～神～眚～世～饰～守～竖～庶～帅～霜～顺～司～私～飔～厮～悚～耸～肃～素～琐～台～泰～腾～惕～通～童～徒～外～危～威～温～五～武～夕～西～奚～遐～下～纤～乡～相～小～刑～行～凶～雄～修～胥～虚～勖～玄～训～迅～严～炎～扬～夭～夜～贻～遗～役～邑～驿～阴～淫～鹰～佣～庸～优～幽～余～舆～圉～御～跃～云～灾～藻～皂～责～增～札～瘴～遮～贞～振～震～整～正～支～直～治～钟～众～专～篆～壮～卓～訾～自～驺～走～卒～族～祖～

钻~罪~佐~

丽(麗)lì【古】去声，八霁。另见124页lí。【例】哀~被~璧~辨~博~才~参~粲~侧~长~敞~琛~澄~逞~侈~崇~楚~纯~宕~底~典~雕~昳~都~斗~杜~端~繁~丰~风~浮~附~傅~富~工~怪~光~广~瑰~诡~豪~浩~弘~宏~闳~鸿~华~焕~辉~慧~极~佳~匠~娇~骄~劲~精~警~靓~静~驹~巨~娟~绝~峻~亢~夸~朗~罹~丽~梁~流~隆~陆~罗~曼~美~媚~靡~绵~妙~敏~明~抹~末~秾~耦~俳~骈~铺~凄~奇~绮~芊~倩~巧~俏~峭~轻~清~晴~穹~遒~髯~日~柔~缛~润~森~赡~韶~奢~神~盛~殊~淑~硕~俗~邃~完~宛~透~巍~嵬~伟~骫~温~文~稳~妩~细~纤~鲜~闲~娴~显~险~相~详~谐~新~雄~修~秀~儇~玄~绚~眩~雅~严~妍~艳~掞~夭~窈~冶~依~轶~逸~淫~英~幽~遊~鱼~余~裔~圆~组~藻~贞~珍~整~庄~壮~组~

吏lì【古】去声，四寘。【例】案~傲~罢~百~暴~卑~笔~辟~避~边~驳~部~簿~才~材~残~仓~藏~曹~察~差~长~尘~承~程~充~厨~储~川~传~春~纯~辞~从~村~达~大~导~邸~典~耋~都~蠹~法~凡~犯~防~符~府~该~幹~纲~鼓~故~关~官~鬼~柜~汉~悍~豪~横~后~候~虎~滑~宦~患~阍~疾~戟~家~甲~假~奸~监~贱~健~江~将~疆~狡~街~解~津~京~警~酒~就~剧~军~郡~苛~刻~课~库~酷~快~郎~老~里~联~廉~良~僚~料~廪~铃~泷~禄~闾~论~逻~马~门~蒙~明~冥~命~墨~木~幕~南~能~农~旁~贫~平~圃~欺~漆~骑~迁~前~强~桥~亲~清~请~赇~驱~全~人~戎~冗~儒~散~山~善~少~省~师~什~世~市~试~饰~收~守~书~暑~税~司~送~俗~宿~琐~台~贪~堂~天~廷~亭~外~王~委~文~污~武~黠~下~仙~闲~贤~县~乡~相~厢~巷~小~邪~刑~行~胥~虚~恤~选~巡~循~牙~衙~盐~野~邑~驿~隐~邮~鱼~虞~庾~驭~狱~园~苑~掾~芸~赃~皂~贼~增~札~谪~征~职~治~主~属~专~庄~驺~走~佐~刀笔~

励(勵)lì【古】去声，八霁。【例】褒~鞭~贬~并~策~饬~淬~砥~雕~督~笃~敦~奋~风~讽~改~感~鼓~激~坚~奖~矫~戒~诫~谨~精~儆~警~克~刻~课~匡~凌~率~勉~磨~泣~谯~切~勤~劝~悫~申~肃~惕~慰~修~勖~训~扬~阳~邀~阴~诱~逾~责~振~祗~自~

戾lì【古】去声，八霁。【例】拗~傲~暴~背~悖~鄙~愎~辟~孛~不~残~差~划~舛~蠢~疵~粗~错~大~得~登~恶~反~忿~风~佛~否~咈~怫~拂~浮~负~干~刚~軱~乖~怪~关~犷~诡~悍~捍~很~狠~悔~昏~获~击~疾~降~交~骄~胶~角~狡~湫~楬~颈~纠~咎~狷~谲~匡~狂~刺~狼~离~沴~寥~憀~缭~飗~了~料~凛~飂~嫚~慢~漫~猛~谬~缪~木~虐~叛~畔~旁~纰~僻~凄~悽~愆~钳~强~曲~取~稔~缥~飒~三~生~守~首~霜~水~肆~速~贪~饕~天~枉~违~伪~系~下~显~险~相~小~效~邪~凶~虚~丫~崖~谒~贻~阴~

隐~用~尤~迂~冤~怨~灾~躁~贼~诈~紾~蹠~止~窒~骘~騂~重~螯~罪~作~

唳lì 【古】去声，八霁。【例】哀~飙~朝~凤~孤~寒~鹤~鸿~寥~嘹~鸣~凄~清~夕~远~

痢lì 【古】去声，四寘。【例】赤~红~痢~疟~下~泄~泻~疫~

鬁lì 【例】鬎~鬣~

莉lì 【古】去声，四寘。【例】茉~

俐lì 【例】伶~麻~俏~清~飒~刷~爽~

荔lì 【古】去声，八霁。【例】蓖~薜~侧~赤~翠~大~丹~都~豆~粉~扶~红~蕉~锦~龙~萝~马~闽~撒~山~霜~香~芸~

疠（癘）lì 【古】去声，八霁。【例】奔~病~瘥~疢~疮~疵~毒~寒~饥~疾~疥~沴~疟~驱~群~水~土~温~炎~夭~疫~灾~札~瘴~

俪（儷）lì 【古】去声，八霁。【例】参~棽~俦~罕~伉~偶~耦~配~骈~嫔~升~失~淑~无~鲜~相~谐~携~倚~鱼~作~

莅（涖、蒞）lì 【古】去声，四寘。又：去声，八霁同。【例】抚~监~践~近~开~来~莅~临~浏~往~宰~

砺（礪）lì 【古】去声，八霁。【例】诚~粗~淬~带~刀~砥~锻~规~奖~金~砻~磨~劘~山~药~镞~钻~

沴lì 【古】去声，八霁。【例】百~孛~毒~恶~氛~乖~旱~横~虹~鸿~荒~饥~祲~历~谬~逆~偏~伤~眚~水~屯~温~邪~炎~妖~阴~余~灾~菑~

粝（糲）lì 【古】去声，八霁。又：去声，九泰同。又：入声，七曷同。【例】稗~粗~含~粱~鹿~蔬~粢~

猁lì 【例】猞~

栵lì 本名。【古】去声，八霁。又：入声，九屑同。

蛎（蠣）lì 【古】去声，八霁。【例】蛤~蚶~蚝~蠔~牡~玄~

詈lì 【古】去声，四寘。【例】谤~嘲~瞋~叱~斥~丑~刺~诋~颠~斗~毒~忿~诟~诃~秽~骂~殴~泣~辱~讪~肆~痛~哓~怨~责~咒~诅~

力lì 【古】入声，十三职。【例】鳌~葆~暴~笔~必~毕~敝~臂~兵~并~病~不~才~财~测~策~茶~陈~称~诚~逞~骋~吃~弛~齿~斥~赤~饬~敕~冲~出~揣~春~辞~磁~辏~代~殚~胆~弹~道~得~底~地~帝~丁~鼎~定~动~斗~独~赌~多~惰~恩~耳~乏~法~帆~肥~费~分~奋~忿~风~佛~夫~扶~浮~福~负~富~格~根~耕~弓~公~功~骨~寡~怪~官~惯~诡~鬼~国~海~豪~好~耗~合~很~横~花~化~画~慧~活~火~货~肌~积~激~极~疾~伎~鲚~骥~俭~简~见~角~脚~较~接~竭~解~借~勔~筋~谨~尽~劲~进~精~鲸~酒~局~沮~举~巨~决~绝~捔~军~骏~苦~拉~劳~吏~利~炼~量~料~赁~留~龙~禄~戮~驴~旅~膂~论~落~麻~马~卖~蛮~魅~猛~绵~勉~妙~民~魔~末~谋~目~内~耐~脑~能~年~牛~扭~农~弩~偶~鹏~拼~迫~魄~朴~齐~奇~棋~乞~起~气~奔~牵~钱~潜~樯~勤~秋~劬~全~权~劝~壤~热~人~任~韧~日~弱~色~杀~山~扇~摄~身~神~升~生~胜~省~

盛~诗~十~时~识~实~食~使~事~势~视~手~殊~输~霜~水~私~思~死~肆~贪~韬~讨~体~替~天~添~挑~贴~铁~听~挺~通~同~透~土~抟~推~外~挽~腕~威~微~伟~蚊~武~物~息~悉~惜~下~贤~羡~效~歇~协~心~信~性~凶~畜~宣~学~血~勋~压~眼~赝~阳~养~徭~药~业~叶~夜~一~遗~佚~役~诣~逸~意~毅~阴~吟~引~鹰~佣~勇~有~诱~余~豫~缘~愿~岳~运~载~诈~展~张~杖~棹~真~知~祇~志~质~致~智~寘~忠~众~重~舟~烛~主~助~专~资~自~足~阻~作~

朸ⅰ 用于地名。【古】入声，十三职。

立ⅰ【古】入声，十四缉。【例】安~岸~拔~班~卑~背~本~笔~壁~标~并~跛~操~草~册~侧~岑~柴~巉~长~成~痴~迟~赤~崇~矗~创~绰~从~篡~存~错~代~倒~道~调~鼎~定~东~陡~独~堵~对~蹲~鹗~而~发~方~废~分~风~凤~肤~负~高~更~公~拱~共~狗~孤~骨~鹄~寡~官~过~海~寒~鹤~衡~衡~鸿~狐~还~环~会~瘠~既~继~建~剑~僭~僵~角~孑~杰~桀~截~介~矜~谨~茎~惊~迥~久~俱~倨~崛~君~峻~刊~考~可~枯~跨~匡~垒~离~林~龙~露~鹭~驴~履~罗~缦~庙~螟~木~鸟~宁~凝~耦~排~旁~片~骈~齐~颀~跂~企~起~强~墙~侨~峭~翘~清~琼~虬~却~雀~鹊~群~人~柔~入~锐~森~山~赏~设~神~生~石~始~侍~束~树~竖~双~私~嗣~悚~耸~肃~岁~特~铁~亭~挺~突~晚~危~蜎~卧~兀~夕~显~削~宵~小~写~新~信~兴~行~修~秀~虚~序~夜~疑~屹~迎~拥~有~逾~雨~玉~欲~爰~岳~跃~云~攒~早~造~增~崭~站~蘸~贞~争~整~正~植~只~豸~制~峙~置~中~昼~伫~贮~驻~柱~转~卓~自~

历(歷)ⅰ【古】入声，十二锡。【例】谙~颁~宝~备~毕~辟~徧~病~拨~步~簿~藏~槽~册~昌~长~宸~齿~充~筹~创~赐~大~傣~登~典~调~斗~短~犯~访~废~凤~佛~伏~符~釜~改~干~给~亘~更~公~古~故~挂~关~观~官~惯~龟~国~过~黑~横~鸿~花~华~化~皇~黄~回~火~激~计~纪~寂~家~甲~简~建~荐~践~江~阶~劫~谨~进~经~径~久~旧~开~课~跨~来~览~历~轹~辽~临~凌~龙~芦~履~律~略~懋~门~弥~幂~绵~民~命~南~年~鸟~蹑~农~旁~披~劈~平~碛~迁~巧~亲~清~庆~阒~铨~日~瑞~涉~圣~时~世~适~手~寿~授~枢~述~水~司~私~嗣~苏~算~岁~台~探~堂~天~亭~通~铜~推~万~魏~文~西~遐~夏~先~祥~校~新~星~行~休~瞑~学~巡~延~沿~炎~扬~洋~瑶~依~殷~印~膺~由~游~右~逾~玉~驭~御~元~月~阅~运~遭~皂~造~账~正~政~治~中~周~转~坠~资~总~走~纂~

呖(嚦)ⅰ【古】入声，十二锡。【例】呖~嘹~淅~哰~

坜(壢)ⅰ 坑。【古】入声，十二锡。

雳(靂)ⅰ【古】入声，十二锡。【例】霹~

沥(瀝)ⅰ【古】入声，十二锡。【例】柏~残~楚~滴~浇~金~酒~控~沥~霖~

披~罄~洒~渗~吐~淅~溪~血~遗~余~玉~竹~滋~

栗lì【古】入声,四质。【例】柏~板~爆~悲~觱~弁~冰~怖~惭~惨~颤~橙~怵~春~醋~大~丹~胆~悼~风~抚~钩~股~鼓~瑰~骇~汗~好~和~红~猴~胡~槐~惶~肌~鸡~佶~栭~悸~嘉~惊~兢~恐~枯~宽~愧~婪~梨~聊~憀~憭~烈~惏~懔~浏~茅~梅~密~木~齐~起~芡~倾~秋~取~山~烧~石~拾~柿~收~霜~水~悚~肃~缩~潭~惕~佚~土~危~威~畏~猬~温~橡~眩~恂~严~野~屹~颖~忧~芋~郁~御~菑~凿~枣~楂~斋~战~贞~榛~缜~振~震~整~祗~竹~杼~庄~惴~

枥(櫪)lì【古】入声,十二锡。【例】白~槽~樗~翠~伏~槲~骥~栌~马~木~青~万~皂~

笠lì【古】入声,十四缉。【例】裨~草~车~村~戴~道~簟~斗~短~贯~荷~葵~绿~马~皮~瓢~青~却~箬~莎~扇~竖~松~笋~蓑~台~铁~王~乌~行~雪~烟~雨~御~耘~毡~竹~缁~棕~青箬~苏公~

粒lì【古】入声,十四缉。【例】不~茶~产~尝~翠~戴~饭~丰~甘~谷~贵~汗~蒿~红~火~椒~鵖~粳~聚~绝~颗~孔~麻~麦~米~铅~琼~求~却~糁~沙~拾~黍~数~水~松~素~粟~团~脱~丸~微~细~香~新~雪~野~遗~银~余~玉~云~珍~种~铢~籽~

栎(櫟)lì【古】入声,十二锡。【例】白~苞~樗~丁~槲~棘~京~栲~雷~麻~猫~青~散~社~檀~橡~重~梓~柞~

轹(轢)lì【古】入声,十二锡。【例】驳~抵~刻~跨~辚~躏~陵~蹂~轧~辗~震~

砾(礫)lì【古】入声,十二锡。【例】丹~的~滴~风~釜~涧~礓~金~锦~凌~砛~漂~碛~砂~石~素~瓦~细~瑕~燕~银~玉~磔~贞~珠~卓~

跞(躒)lì 跳跃。【古】入声,十药。

珞(瓅)lì【古】入声,十二锡。【例】玓~

叻lì 叻埠。

仂lì【古】入声,十三职。另见 73 页 lè。【例】岁~

苈(藶)lì【古】入声,十二锡。【例】葶~

疬(癧)lì【古】入声,十二锡。【例】黑~瘌~鬁~瘰~

篥lì【古】入声,四质。【例】悲~筚~觱~

溧lì【古】入声,四质。【例】凛~清~

鬲lì【古】入声,十二锡。另见 63 页 gé。【例】鼐~大~鼎~否~釜~肝~关~灰~毁~焦~襟~痞~平~人~瓦~胸~翼~有~针~重~

傈lì【古】入声,四质。【例】佶~

溧lì【古】入声,四质。【例】浏~

秘(祕)mì【古】去声,四寘。另见 143 页 bì。【例】奥~宝~保~便~肠~冲~崇~道~地~发~梵~封~赋~戈~怪~瑰~诡~黄~机~缄~谨~靳~静~谲~灵~密~僻~奇~清~深~神~慎~实~枢~索~韬~天~土~行~玄~严~掩~阳~隐~幽~渊~珍~枕~中~自~尊~青琐~枕中~

祕mì【古】去声,四寘。参见"秘"。

密mì【古】入声,四质。【例】奥~拔~保~闭~层~沉~稠~纯~丛~凑~粗~

促~蹙~翠~丹~低~地~调~钉~逗~笃~敦~蛾~阏~遏~烦~繁~风~伽~该~高~告~恭~固~诡~桂~过~海~红~厚~护~花~华~槐~晦~机~几~寂~加~葭~坚~缄~溶~荐~渐~交~胶~洁~解~紧~谨~近~寖~禁~旌~精~靖~静~绝~谲~峻~款~朗~牢~丽~栗~柳~砻~隆~露~挽~满~缦~茂~昧~蒙~迷~靡~嫲~秘~密~绵~妙~明~冥~木~内~浓~拍~蒲~气~契~悄~窃~亲~勤~清~情~穷~遒~曲~茸~荣~锐~桑~森~山~衫~善~深~神~沈~审~甚~慎~失~石~枢~疏~树~丝~四~松~碎~邃~笋~太~檀~堂~填~土~妥~完~旺~微~委~稳~乌~芜~雾~稀~细~狎~纤~显~详~向~效~谐~泄~心~信~修~绪~雪~循~严~岩~偃~阳~窅~药~要~沂~荑~意~阴~隐~幽~友~右~宥~逾~雨~郁~渊~圆~藻~湛~嶂~榛~缜~整~职~芷~治~栉~致~中~忠~重~周~昼~皱~竹~仔~

蜜mì【古】入声,四质。【例】采~藏~草~茶~刺~咀~刀~斗~分~蜂~甘~膏~含~和~红~护~花~黄~煎~橘~课~口~苦~蜡~炼~溜~木~囊~酿~漆~清~然~热~山~椹~石~收~树~松~酥~饧~糖~偷~土~香~新~穴~雪~崖~摇~椰~野~饴~营~油~玉~蔗~朱~

觅(覔、覓)mì【古】入声,十二锡。【例】访~雇~苦~觅~乞~求~取~搜~添~万~相~寻~询~燕~要~莺~营~

幂(冪)mì【古】入声,十二锡。【例】彻~乘~积~降~巾~扃~罗~幂~绵~面~纱~升~霞~

谧(謐)mì【古】入声,四质。【例】安~沉~澄~冲~化~寂~静~旷~谧~冥~南~宁~清~上~恬~星~徐~夜~抑~宥~

泌mì 另见144页bì。【古】入声,四质。又:去声,四寘同。【例】分~

汨mì【古】入声,十二锡。【例】拂~卉~湘~

腻(膩)nì【古】去声,四寘。【例】懊~薄~潮~尘~楚~烦~肥~粉~丰~垢~黑~红~滑~洁~津~酒~苦~绿~起~绮~稔~柔~润~膻~生~刷~水~松~鬆~宿~甜~温~乌~污~细~藓~香~腥~厌~莹~余~郁~云~枕~脂~质~醉~

泥nì【古】去声,八霁。另见126页ní。【例】拘~滞~

睨nì【古】去声,八霁。【例】傲~北~辟~侧~倒~谛~睇~雕~愕~方~高~顾~忽~还~环~回~鸡~骄~久~瞰~窥~临~瞵~眄~眇~蔑~南~怒~旁~睥~起~前~熟~西~下~涎~笑~邪~斜~鸭~鹰~右~鱼~

逆nì【古】入声,十一陌。【例】拗~暴~背~悖~勃~逋~侧~谗~车~承~雠~丑~处~触~舛~喘~踳~从~篡~错~党~荡~倒~刁~顶~呃~恶~发~伐~反~犯~风~佛~拂~负~附~复~覆~干~感~梗~钩~构~乖~龟~悍~捍~横~猾~回~哕~昏~羁~奸~剪~僭~郊~骄~讦~结~桀~沮~拒~距~厥~欬~抗~咳~可~寇~狂~魁~临~留~乱~嫚~迷~莫~谋~目~内~南~呕~叛~气~请~曲~驱~染~绕~上~弑~嗜~噬~首~顺~肆~送~讨~廷~通~

同~吐~微~违~忤~迕~牾~袭~陷~邪~衅~行~凶~蓄~雁~祆~亿~阴~迎~右~语~造~诈~忠~重~诛~助~恣~罪~作~

溺nì【古】入声,十二锡。另见388页niào。【例】爱~沉~出~耽~颠~垫~燔~焚~覆~汩~蛊~锢~龟~惑~饥~胶~焦~桀~浸~烬~救~沮~陆~乱~沦~没~迷~淖~泥~溺~排~圮~漂~飘~染~濡~撒~失~屎~私~溲~贪~狎~陷~泄~胥~压~淹~滓~燕~遗~淫~援~湛~拯~钟~

昵(暱)nì【古】入声,四质。【例】爱~比~嬖~宠~串~地~缔~匪~丰~欢~近~款~偏~亲~情~沈~疏~私~委~猥~狎~相~邪~亵~幸~燕~倚~姻~淫~友~远~枝~

匿nì【古】入声,十三职。【例】百~赑~辟~閟~蔽~避~贬~藏~侧~初~窜~盗~得~遁~躲~遏~繁~伏~服~干~告~规~讳~晦~秽~寄~奸~龙~漏~沦~埋~猫~没~凭~屏~谦~乾~潜~侵~容~塞~瑟~舍~沈~饰~首~邃~缩~韬~逃~跳~退~亡~违~畏~西~衔~销~掩~幺~依~遗~阴~引~隐~众~状~走~

嶷nì【古】入声,十三职。另见133页yí。【例】嶒~端~高~岌~九~明~岐~奇~歧~嵬~秀~峣~英~渊~哲~嵫~

惄nì【古】入声,十二锡。【例】惄~

衵nì 近身之衣。【古】入声,四质。另见195页rì。

譬pì【古】去声,四寘。【例】比~便~敦~合~环~假~解~谲~开~宽~启~切~曲~取~全~劝~设~为~慰~晓~燕~抑~引~责~旨~

睥pì 睥睨。【古】去声,八霁。

埤pì【古】去声,八霁。【例】城~雉~竹~

淠pì【古】去声,八霁。【例】淠~

屁pì【古】去声,四寘。【例】马~放~狗~吃~

媲pì【古】去声,八霁。【例】堪~美~譬~前~无~相~追~

辟(闢)pì【古】入声,十一陌。另见145页bì。【例】鞭~摽~斗~机~奇~穷~柔~瘠~

僻pì【古】入声,十一陌。【例】傲~奥~陂~背~秕~边~褊~便~惨~侧~冲~村~诞~地~东~斗~多~讹~放~非~戆~高~梗~孤~古~谷~乖~怪~瑰~诡~荒~晦~畸~坚~简~骄~介~静~狂~旷~冷~历~辽~流~陋~衺~谬~纰~偏~颇~奇~峭~穷~涩~沙~山~赊~深~生~疏~私~寺~邃~猥~汙~污~西~稀~遐~闲~险~乡~巷~效~邪~行~性~淫~隐~慵~幽~迂~远~仄~摘~

澼pì【古】入声,十二锡。【例】洴~

擗pì【古】入声,十一陌。【例】鞭~顿~俯~号~盘~搯~踊~

甓pì【古】入声,十二锡。【例】翠~金~累~瓴~砻~履~青~琼~陶~瓦~踊~运~灶~甃~砖~作~

䴙(鷿)pì 䴙䴘。【古】入声,十一陌。

气(氣)qì【古】去声,五未。【例】哀~艾~昂~傲~奥~霸~白~背~鼻~闭~愎~碧~璧~变~憋~兵~禀~病~薄~补~才~财~彩~草~茶~岔~产~朝~

车~尘~晨~程~逞~骋~持~赤~充~虫~抽~臭~出~川~喘~串~春~纯~淳~蠢~词~翠~村~打~大~丹~胆~旦~氮~导~倒~捣~道~稻~低~地~调~鼎~冬~动~斗~逗~毒~赌~短~断~顿~夺~惰~厄~恶~发~凡~烦~反~芳~放~废~分~雰~奋~愤~风~疯~佛~伏~服~浮~福~腐~负~肝~刚~罡~高~根~鲠~供~古~谷~骨~蛊~鼓~寡~卦~乖~怪~官~贯~光~鬼~贵~桂~过~海~害~憨~含~寒~汗~悍~豪~好~浩~合~和~河~荷~壑~黑~恨~红~宏~虹~候~呼~胡~虎~护~怙~花~化~槐~欢~环~缓~换~患~黄~晦~秽~惠~魂~活~火~积~吉~瘠~戟~加~佳~碱~见~剑~江~匠~降~绛~交~娇~蕉~角~脚~节~解~金~津~襟~劲~禁~惊~精~井~景~靖~静~酒~局~菊~沮~剧~隽~绝~军~俊~骏~客~吭~空~口~狂~阔~岚~老~雷~累~冷~理~力~历~厉~丽~戾~疠~敛~炼~凉~亮~量~料~洌~烈~凛~灵~岭~陵~令~流~龙~漏~露~炉~卤~禄~氯~乱~落~迈~麦~脉~锘~梅~煤~霉~媚~闷~猛~蒙~迷~米~妙~民~名~母~木~暮~内~纳~南~脑~逆~凝~牛~怒~暖~怄~排~判~跑~喷~脾~痞~癖~缥~贫~平~屏~破~谱~齐~奇~骑~起~强~窍~惬~青~轻~清~穷~丘~秋~屈~泉~惹~热~人~仁~忍~任~日~狨~荣~容~柔~茹~乳~锐~瑞~睿~润~撒~散~丧~骚~色~啬~杀~傻~煞~山~膻~疝~善~伤~商~尚~韶~少~蛇~射~慑~神~肾~蜃~升~生~声~胜~省~盛~失~施~湿~石~时~实~食~使~士~恃~手~守~受~书~抒~淑~舒~输~暑~鼠~术~衰~霜~爽~水~顺~朔~死~松~苏~俗~肃~素~宿~酸~蒜~岁~损~缩~胎~太~痰~潭~坦~叹~涛~淘~讨~体~天~通~同~透~土~吐~抟~颓~退~吞~脱~外~宛~晚~王~旺~望~危~伟~尾~卫~胃~蔚~温~瘟~文~窝~乌~忤~武~物~雾~夕~西~吸~息~惜~习~袭~喜~匣~侠~霞~下~夏~仙~鲜~闲~香~祥~骁~消~霄~小~晓~笑~歇~协~邪~斜~泄~瀣~心~星~腥~行~形~幸~性~凶~休~修~秀~虚~絮~宣~暄~玄~雪~血~窨~寻~压~崖~雅~烟~严~言~炎~眼~厌~扬~阳~洋~养~氧~妖~药~噎~野~叶~夜~壹~颐~义~异~疫~逸~意~阴~音~淫~引~饮~英~迎~营~硬~勇~幽~游~迂~余~雨~语~玉~驭~吁~郁~狱~御~冤~原~缘~怨~月~岳~越~云~运~杂~燥~泽~贼~增~宅~占~战~鄣~仗~杖~瘴~沼~召~折~蛰~贞~真~阵~震~争~挣~蒸~正~净~直~志~制~治~滞~稚~中~钟~种~众~重~竹~驻~专~壮~浊~着~紫~醉~江湖~

器(噐)qì【古】去声,四寘。【例】暗~邦~宝~抱~杯~鄙~币~便~兵~不~才~材~财~蚕~草~茶~常~车~陈~成~出~触~祠~瓷~磁~酢~篡~爨~粹~大~刀~道~德~涤~电~调~鼎~定~锭~赌~伐~法~凡~燔~饭~范~分~风~干~根~耕~公~供~古~故~棺~祼~瑰~鬼~贵~国~害~褐~衡~弘~宏~瑚~皇~秽~溷~火~货~机~赍~吉~忌~祭~佳~家~嘉~假~稼~剑~将~醮~金~近~净~酒~巨~隽~军~君~钧~俊~扣~苦~老~乐~蠡~

礼~丽~利~良~量~料~令~隆~庐~炉~卤~赂~滤~缕~美~盟~秘~妙~庙~民~皿~名~明~茗~冥~木~纳~南~溺~年~农~弄~盘~甓~蒲~漆~奇~钦~全~刃~任~纴~戎~容~锐~丧~芟~烧~射~身~深~神~蜃~生~牲~盛~什~石~时~识~炻~食~世~饰~守~寿~授~殊~数~水~私~肆~溲~素~随~碎~塔~汤~陶~体~天~田~铁~铜~土~瓦~玩~椀~万~伟~玮~瓮~武~物~鋈~锡~细~夏~显~乡~响~象~小~孝~亵~信~兴~刑~行~形~性~凶~鬃~虚~训~雅~严~雁~燕~炀~养~窑~瑶~药~衣~欹~仪~遗~彝~异~阴~淫~银~饮~应~瘿~媵~庸~宥~渔~玉~御~渊~远~越~杂~臧~脏~泽~贼~战~贞~珍~震~正~知~治~智~滞~重~周~竹~主~煮~姿~梓~宗~廊庙~青云~

弃(棄)qì【古】去声,四寘。【例】傲~谤~暴~背~倍~鄙~敝~避~贬~变~摈~播~不~残~划~撤~斥~黜~辍~怠~底~抵~丢~杜~断~顿~遁~放~废~焚~腐~割~乖~耗~横~荒~毁~昏~剪~简~翦~见~剑~贱~践~禁~酒~沮~捐~蠲~绝~离~沦~慢~灭~蔑~泯~馁~排~抛~偏~撇~屏~破~遣~倾~却~攘~扔~散~扫~删~讪~舍~沈~时~疏~束~岁~损~汰~投~吐~退~脱~唾~违~委~畏~紊~遐~瑕~闲~嫌~消~休~湮~奄~掩~厌~扬~贻~遗~永~余~揄~玉~谪~掷~诛~逐~自~阻~

汽qì【古】去声,五未。【例】水~蒸~

砌qì【古】去声,八霁。【例】迸~碧~璧~冰~步~朝~池~春~打~丹~点~钿~雕~堆~寒~红~花~画~槐~交~阶~金~锦~静~迥~峻~兰~凉~两~鳞~露~绿~珉~鸣~排~铺~铅~琼~曲~绕~惹~沙~山~石~霜~水~松~苔~填~庭~晚~危~文~卧~藓~香~向~轩~阳~瑶~夜~阴~隐~雨~玉~月~杂~植~甃~装~

契(栔)qì【古】去声,八霁。另见97页qiè、100页xiè。【例】参~诚~道~等~订~顿~分~感~高~共~龟~合~互~交~结~金~衿~襟~勘~款~盟~密~妙~冥~齐~契~潜~情~深~神~绳~世~事~书~松~夙~素~宿~同~投~贤~相~协~谐~心~玄~雅~要~叶~逸~姻~印~幽~鱼~玉~缘~约~赞~凿~真~知~执~

碶qì 多用于地名。

憩(憇)qì【古】去声,八霁。【例】朝~假~静~倦~流~旅~屡~栖~泉~少~玩~晚~午~夕~咸~小~歇~休~偃~游~寓~止~中~昼~

揭qì【古】去声,八霁。另见79页jiē。【例】高~厉~

妻qì 以女妻人。【古】去声,八霁。另见112页qī。

跂qì 跂坐。【古】去声,八霁。又:上声,纸同。另见128页qí。

亟qì【古】入声,十三职。另见123页jí。【例】屡~

泣qì【古】入声,十四缉。【例】哀~暗~悲~下~承~抽~愁~啜~垂~丹~东~对~凤~俯~感~歌~呱~号~河~狐~环~晦~剑~蛟~嗟~聚~哭~揽~沥~涟~麟~露~沫~眇~抿~暮~瓶~秋~孺~洒~石~啼~涕~天~恸~兔~颓~

夕~衔~相~巷~屑~歔~絮~泫~雪~血~咽~掩~夜~遗~饮~蚓~莺~鱼~余~雨~殒~诈~沾~知~珠~祖~牛衣~新亭~

讫(訖)qì【古】入声,五物。【例】查~城~断~付~勾~两~流~起~讫~去~收~疏~头~下~晓~言~验~

汔qì【古】入声,五物。【例】涤~漉~

湅qì 见于人名。【古】入声,十一陌。

缉(緝)qì 旧读。【古】入声,十四缉。另见 110 页 jī、113 页 qī。

葺qì【古】入声,十四缉。【例】补~缔~剪~节~理~蒙~密~善~缮~完~小~兴~修~营~增~整~芷~治~中~追~缀~

乞qì 给予。【古】入声,五物。另见 139 页 qǐ。

碛(磧)qì【古】入声,十一陌。【例】暗~白~北~冰~春~大~砥~断~风~高~广~寒~黄~晦~江~锦~空~枯~龙~满~平~绮~秋~砂~蛇~石~霜~踏~滩~万~西~雪~烟~雁~阴~银~竹~

迄qì 到。【古】入声,五物。

槭qì【古】入声,一屋。【例】凋~槭~梢~萧~

替tì【古】去声,八霁。【例】残~弛~冲~崇~抽~除~代~怠~抵~凋~顶~堕~讹~废~更~雇~毁~昏~荐~降~交~接~截~久~亏~厘~鳌~凌~陵~隆~沦~轮~买~满~冒~靡~迁~潜~日~软~嬗~上~衰~厮~讨~填~停~通~颓~罔~袭~下~闲~献~兴~星~淹~义~终~纵~

涕tì【古】上声,八荠。又:去声,八霁同。【例】悲~迸~鼻~出~啜~垂~感~鲠~含~横~挥~揽~零~流~破~泣~清~忍~洒~失~刷~衰~双~泗~酸~叹~唾~危~衔~泄~屑~雪~洵~掩~雨~陨~贾生~

悌tì【古】去声,八霁。又:上声,八荠异。【例】不~长~范~和~谨~恺~立~能~仁~顺~死~孝~逊~益~友~张~

嚏tì【古】去声,八霁。【例】阿~打~颠~喷~愿~

裼tì【古】去声,八霁。另见 117 页 xī。【例】褫~

屉(屜)tì【古】去声,八霁。【例】鞍~抽~窗~绯~镜~笼~软~绣~毡~

剃tì【古】去声,八霁。【例】划~铲~锄~发~截~披~芟~烧~施~梳~刷~猕~羊~簪~斩~珍~鬓~诛~

殢tì【古】去声,八霁。【例】娇~梦~迷~淹~

锑(銻)tì【古】平声,八齐。【例】唐~

绨(綈)tì【古】上平,八齐。【例】白~绯~绀~葛~寒~黄~锦~绿~绵~青~纨~文~线~弋~皂~缯~紫~

惕tì【古】入声,十二锡。【例】抱~冰~惭~惨~忡~惆~愁~怵~怛~惮~惶~惊~兢~警~惧~遽~恐~愧~启~乾~悛~思~悚~惕~畏~夕~析~心~悩~忧~增~战~詟~震~祇~窒~惴~

趯tì【古】入声,十二锡。【例】距~趯~跳~心~涌~逾~

倜tì【古】入声,十二锡。【例】倜~

逖(逷)tì【古】入声,十二锡。【例】简~晋~迥~纠~离~亲~疏~搜~泰~逷~遐~佚~悠~

戏(戲、戱)xì【古】去声,四寘。【例】傲~把~百~扮~本~博~不~步~采~蹭~倡~唱~嘲~车~嗤~出~串~村~大~怠~诋~垫~调~蝶~侗~斗~赌~恶~儿~翻~诽~粉~伏~虐~歌~宫~勾~观~官~鬼~憨~好~赫~鹤~猴~胡~虎~幻~回~火~讥~家~交~角~京~阄~鞠~局~剧~聚~开~看~可~乐~猎~鹿~裸~马~慢~漫~孟~迷~宓~妙~墨~南~闹~昵~鸟~嬲~弄~虐~傩~鸥~偶~拍~排~盘~庖~配~朋~评~蒲~抢~诮~禽~清~泅~热~入~散~沙~设~社~绳~手~耍~水~说~摊~谈~堂~跳~听~土~玩~顽~晚~文~乌~无~武~嬉~狎~险~笑~谐~行~熊~学~谑~牙~雅~言~眼~演~宴~谳~夜~噫~饮~隐~影~优~于~鱼~娱~语~玉~猿~阅~杂~壮~作~做~梨园~连台~秋胡~轩轾~野云~纸影~

细(細)xì【古】去声,八霁。【例】卑~备~鄙~别~孱~尘~出~穿~丛~粗~底~烦~繁~非~分~丰~风~浮~工~贵~过~寒~豪~洪~鸿~花~黄~火~奸~简~娇~讦~谨~精~敬~巨~涓~苛~浪~力~良~鳞~吝~露~缕~律~罗~靡~眯~苗~缗~明~木~能~片~贫~黔~轻~清~取~泉~冗~柔~入~弱~啬~沈~审~慎~实~绶~疏~黍~树~丝~碎~笋~琐~探~藤~头~土~莞~微~委~猥~纹~五~纤~闲~香~详~屑~心~腰~雨~月~云~芸~至~治~质~致~周~逐~仔~

系xì【古】去声,八霁。另见150页jì。【例】榜~本~闭~捕~长~驰~逮~反~根~官~贯~劾~拘~缆~履~谱~牵~轻~囚~容~山~绳~圣~世~收~束~讼~锁~条~统~徒~枉~文~诬~先~象~校~械~姓~悬~血~淹~爻~萦~幽~狱~元~援~占~征~宗~族~祖~纂~

屃(屓)xì【古】去声,四寘。【例】赑~𡰪~

饩(餼)xì【古】去声,五未。【例】常~充~丰~脯~工~馆~酒~可~馈~牢~礼~粮~廪~禄~马~牛~稍~生~牲~食~事~田~赒~馔~资~

盻xì【古】去声,八霁。又:上声,八荠同。【例】眈~顾~回~凝~青~盼~眼~转~左~

禊xì【古】去声,八霁。【例】春~袚~解~洛~秋~修~饮~濯~

咥xì【古】去声,四寘。又:入声,四质同。另见83页dié。【例】诃~咥~

隙xì【古】入声,十一陌。【例】壁~边~猜~谗~乘~仇~吹~寸~怠~蹈~抵~地~冬~洞~杜~对~忿~缝~构~过~红~鸿~蕙~祸~积~疾~集~间~兼~讲~驹~决~开~空~孔~窥~离~裂~漏~门~农~排~破~启~千~窍~缺~壤~纱~山~少~生~时~事~树~私~伺~俟~宿~苔~天~田~庭~投~突~土~脱~微~无~务~细~暇~下~罅~纤~衔~嫌~小~晓~携~衅~修~虚~穴~寻~循~岩~檐~疑~蚁~幽~尤~游~余~隅~缘~怨~窒~驻~罪~

汐xì【古】入声,十一陌。【例】残~潮~海~

卌xì 四十。【古】入声,十四缉。

舄xì【古】入声,十一陌。【例】白~豹~敝~赤~础~雕~钉~尔~方~飞~凤~

凫~复~缟~革~冠~广~衮~海~黑~红~剑~巾~金~陵~龙~露~卤~履~马~命~纳~佩~青~失~石~双~素~通~脱~韦~咸~缃~悬~曳~遗~玉~云~皂~杖~整~正~朱~尚方~王乔~

潟xì【古】入声,十一陌。【例】广~卤~咸~

阋(鬩)xì【古】入声,十二锡。【例】谗~斗~忿~控~闾~内~强~讼~衅~盱~

糼xì【古】入声,九屑。【例】糠~

绤(綌)xì【古】入声,十一陌。【例】絺~风~暑~下~纤~

郤xì【古】入声,十一陌。【例】八~过~空~豂~前~天~闲~嫌~修~

意yì【古】去声,四寘。【例】安~败~拜~宝~卑~本~笔~鄙~便~变~表~别~兵~秉~不~猜~操~测~禅~谄~昌~畅~尘~称~趁~承~诚~澄~逞~驰~侈~虫~出~初~触~传~创~垂~春~淳~词~辞~从~醋~存~寸~措~达~大~歹~逮~耽~胆~诞~导~道~得~德~敌~迭~蝶~动~斗~笃~妒~端~断~讹~恶~恩~发~法~翻~反~芳~放~分~奋~愤~丰~风~逢~讽~拂~附~复~改~甘~高~公~构~古~故~顾~挂~关~官~规~瑰~贵~果~过~含~涵~寒~好~合~何~鹤~横~红~厚~候~花~画~话~欢~还~宦~回~会~魂~活~惑~积~激~极~记~寄~加~嘉~假~坚~建~匠~降~解~介~借~尽~经~精~敬~酒~菊~举~讵~倦~决~绝~亢~可~克~刻~客~酷~快~款~腊~来~懒~乐~冷~离~礼~理~历~立~炼~凉~领~留~柳~率~绿~略~落~满~眉~美~迷~密~勉~妙~灭~民~铭~命~魔~默~谋~目~内~恼~逆~匿~溺~鸟~宁~凝~暖~偏~平~栖~戚~奇~歧~起~气~契~恰~洽~遣~歉~惬~芹~琴~轻~倾~清~情~秋~曲~取~筌~鹊~人~任~如~入~锐~睿~散~山~善~商~赏~上~设~射~涉~摄~申~伸~身~深~神~生~圣~盛~失~诗~实~示~事~适~守~授~书~抒~束~帅~爽~水~睡~顺~私~思~肆~送~俗~夙~素~宿~随~遂~他~探~特~题~体~天~贴~通~同~颓~歪~外~玩~晚~安~望~微~违~伪~委~文~无~毋~忤~物~西~希~息~悉~徙~喜~系~细~下~先~鲜~显~宪~乡~向~笑~协~邪~写~屑~谢~懈~心~新~兴~形~修~虚~叙~畜~蓄~宣~玄~雪~徇~雅~言~厌~艳~雁~扬~野~叶~壹~遗~颐~议~异~易~音~淫~隐~婴~迎~用~幽~游~有~纡~娱~余~愚~雨~语~谕~寓~渊~原~远~愿~月~悦~云~陨~运~凿~造~折~贞~真~正~执~直~植~旨~指~至~志~致~智~中~重~诛~逐~主~属~注~祝~专~颛~篆~壮~缀~着~姿~自~恣~纵~足~祖~醉~尊~作~东山~林下~青云~

义(義)yì【古】去声,四寘。【例】安~奥~拜~褒~保~本~比~贬~辩~别~不~布~才~倡~陈~谌~成~鸱~驰~崇~创~词~辞~从~存~寸~达~大~带~戴~胆~党~蹈~道~得~德~地~帝~典~订~定~独~笃~对~多~恩~发~法~访~非~分~风~奉~佛~扶~服~负~附~赴~富~概~高~公~功~古~鼓~故~广~归~贵~害~含~函~好~合~和~荷~弘~宏~后~画~慧~

急~集~纪~嘉~艰~兼~建~讲~交~郊~教~节~结~解~介~金~襟~经~旌~精~就~举~聚~绝~康~抗~空~乐~类~礼~理~立~廉~烈~六~履~律~率~论~美~门~秘~妙~民~名~明~墨~木~慕~难~年~朋~破~歧~起~气~契~愆~钱~琴~清~情~取~全~权~诠~仁~认~茹~善~上~申~伸~胜~剩~诗~时~识~世~市~事~释~嗜~守~首~疏~树~竖~顺~说~硕~私~思~死~肆~宿~碎~邃~谈~通~同~投~外~王~违~畏~文~闻~武~析~徙~侠~贤~显~乡~向~晓~孝~效~协~挟~心~新~信~兴~行~性~修~畜~玄~学~训~徇~衍~演~养~要~夜~遗~疑~彝~异~译~轶~逸~意~懿~阴~音~引~隐~由~鱼~余~语~谕~鬻~渊~远~悦~赞~责~贼~展~仗~杖~贞~真~正~郑~知~执~直~植~旨~志~制~治~质~滞~中~忠~重~主~转~字~遵~

异(異)yì【古】去声,四寘。【例】悖~鄙~辟~贬~变~辨~标~表~别~剥~驳~材~诧~差~超~持~宠~丑~初~绰~错~德~等~诋~地~独~讹~愕~恩~罚~翻~反~分~风~冯~佛~符~高~革~隔~苟~古~乖~怪~归~瑰~诡~贵~国~海~骇~罕~豪~好~何~湖~互~花~幻~回~积~畸~即~极~嘉~见~僭~奖~交~浇~矫~嗟~杰~桀~介~矜~惊~旌~警~迥~沮~隽~眷~绝~谲~俊~骏~考~可~夸~狂~魁~睽~傀~离~礼~立~猎~灵~隆~迈~茂~美~妙~谬~纳~藕~偏~悽~奇~歧~器~峭~翘~清~曲~荣~瑞~闪~赏~上~神~胜~殊~疏~树~爽~水~四~悚~耸~叹~特~天~同~突~外~万~妄~违~伟~委~文~无~溪~狎~遐~鲜~贤~显~县~相~香~祥~小~新~雄~秀~轩~悬~炫~崖~讶~妖~殽~冶~疑~倚~逸~因~英~颖~优~幽~尤~远~月~杂~灾~增~咤~贞~珍~祯~执~志~雉~众~卓~

易yì【古】去声,四寘。另见168页yì。【例】安~傲~鄙~辟~贬~便~变~博~不~采~弛~粗~大~代~淡~籴~递~点~调~番~返~改~革~更~钩~乖~光~广~汉~禾~和~忽~互~滑~化~换~黄~飑~回~货~惑~姬~假~艰~俭~简~贱~僭~疆~讲~交~骄~佼~矫~解~近~径~居~剧~决~剀~克~课~宽~狂~乐~离~陵~流~陋~路~率~买~慢~贸~懋~谬~难~平~迁~浅~轻~清~榷~容~柔~入~删~善~嬗~奢~省~施~市~倏~疏~顺~朔~私~速~所~太~坦~陶~佻~通~脱~玩~伪~痿~未~五~侮~蜥~险~谐~兴~循~阎~演~厌~摇~夷~移~逸~有~愉~语~造~躁~质~注~转~拙~

裔yì【古】去声,八霁。【例】八~边~别~丑~诞~嫡~东~凡~方~孤~贵~海~洪~鸿~后~华~宦~荒~黄~江~九~昆~来~流~蛮~苗~末~南~孽~戚~庆~穷~容~融~塞~缮~圣~世~殊~水~朔~松~彤~投~外~完~西~遐~夏~贤~炎~艳~遥~遗~裔~淫~涌~幽~悠~油~余~远~支~胄~族~

衣yì 穿衣。【古】去声,五未。另见117页yī。

刈yì【古】去声,十一队。【例】采~铲~朝~惩~锄~创~割~禾~获~剪~暮~劁~秋~若~删~芟~莳~收~速~岁~斩~诛~斫~

艺(藝)yì【古】去声，八霁。【例】播~博~薄~才~逞~纯~词~大~道~德~典~笃~伐~丰~负~高~耕~工~贡~古~果~画~伎~技~嘉~剑~讲~角~较~矜~经~绝~课~垦~乐~卖~孟~妙~末~农~偏~裒~棋~器~亲~球~曲~群~色~射~时~识~试~手~授~书~殊~术~树~说~谈~谭~通~玩~亡~闱~玮~文~无~武~舞~习~宪~献~骁~小~校~协~兴~行~修~学~涯~遗~逸~游~园~耘~蕴~杂~扎~战~植~至~制~种~众~作~雕虫~

毅yì【古】去声，五未。【例】卞~沉~方~敢~刚~鲠~果~豪~弘~恢~坚~疆~亢~魁~猛~强~清~扰~柔~沈~温~武~骁~雄~轩~严~英~勇~贞~忠~重~庄~壮~

谊(誼)yì【古】去声，四寘。【例】本~不~陈~窗~词~大~道~断~恩~风~高~公~古~归~厚~嘉~交~节~借~峻~礼~联~两~僚~隆~伦~庙~睦~年~品~戚~气~契~亲~情~仁~世~私~夙~通~文~武~贤~乡~信~行~训~雅~疑~意~姻~寅~应~友~云~造~正~旨~忠~重~

议(議)yì【古】去声，四寘。【例】八~谤~本~边~贬~病~驳~博~参~察~唱~朝~陈~成~持~筹~处~疵~磋~大~弹~党~谠~诋~调~发~法~诽~分~风~讽~浮~腐~复~腹~覆~高~格~更~梗~鲠~公~宫~瞽~馆~国~和~横~宏~鸿~会~讥~集~嘉~建~谏~讲~较~进~聚~抗~课~款~窥~理~吏~禀~流~论~密~庙~谬~末~谋~难~拟~平~评~濮~佥~切~窃~清~群~申~生~省~时~识~士~世~首~殊~霜~私~思~肆~俗~谈~讨~体~廷~庭~通~图~物~下~献~乡~巷~询~雅~言~谚~谣~遗~彝~异~逸~舆~语~豫~辕~杂~赞~诏~争~正~政~执~指~众~主~追~酌~咨~谘~滋~訾~诹~奏~坐~

翳yì【古】去声，八霁。【例】柏~蔽~岑~蝉~尘~翠~点~玷~繁~氛~棼~丰~浮~负~黑~痕~幻~昏~祸~棘~蛟~解~金~静~兰~敛~林~沦~萝~埋~媒~蒙~密~冥~目~屏~铺~萋~气~潜~青~日~桑~森~沈~螳~委~蓊~芜~雾~析~瑕~纤~掩~眼~翳~阴~堙~愔~隐~壅~幽~越~云~菑~鄣~障~遮~榛~执~雉~重~竹~幢~

乂yì【古】去声，十一队。【例】安~保~不~惩~淮~获~隽~俊~康~宁~期~清~扰~时~熙~英~政~中~作~

艾yì【古】《广韵》：去声，废韵。另见311页ài。【例】惩~创~自~

呓(囈、讛)yì【古】去声，八霁。【例】哼~唵~谗~嘲~狂~梦~热~睡~谇~魇~谵~醉~

诣(詣)yì【古】去声，八霁。【例】避~参~超~朝~晨~传~东~独~方~分~孤~赍~稽~极~兼~简~精~径~绝~朗~理~率~品~前~遣~切~趋~深~识~送~晚~西~险~献~行~叶~渊~造~展~真~征~旨~

泄(洩)yì【古】去声，八霁。另见99页xiè。【例】泄~

肄yì【古】去声，四寘。【例】存~都~亟~讲~教~诵~素~条~习~夏~校~修~训~芽~研~演~

栺yì 树名。【古】去声，八霁。

廙yì【古】去声，四寘。【例】廙~

施yì【古】去声，四寘。另见133页yí、172页shī。【例】远~

懿yì【古】去声，四寘。【例】纯~淳~醇~慈~端~敦~芳~丰~高~弘~鸿~徽~明~戚~潜~亲~清~荣~融~柔~沈~淑~温~遐~贤~显~休~勋~雅~遗~姻~渊~愿~昭~贞~忠~

瘗(瘞)yì【古】去声，八霁。【例】地~发~燔~焚~封~浮~鹤~毁~假~敛~旅~埋~祈~潜~收~守~私~肆~望~夕~禋~玉~攒~

缢(縊)yì【古】去声，四寘。【例】胡~绞~自~

螠yì 无脊椎动物。【古】去声，四寘。

曀yì【古】去声，四寘。【例】晻~尘~晨~氛~风~复~昏~霾~烟~阴~淫~云~

殪yì【古】去声，四寘。【例】剪~兕~殄~湆~郁~

羿yì【古】去声，八霁。【例】非~后~皆~仁~如~使~适~夷~

嫕yì【古】去声，八霁。【例】美~柔~婉~愔~贞~

勚(勩)yì【古】去声，四寘。【例】积~坚~劳~疲~勤~劬~辛~勋~

劓yì【古】去声，四寘。【例】黔~黥~天~

腋yì【古】入声，十一陌。另见100页yè。【例】缝~狐~集~两~络~马~山~素~提~胸~叶~右~肘~朱~左~千狐~

掖yì 旧读。【古】入声，十一陌。另见102页yè、81页yē。

液yì【古】入声，十一陌。另见100页yè。【例】宝~碧~苍~朝~沉~赪~橙~仇~出~春~翠~丹~胆~冻~毒~蜂~凤~甘~膏~桂~寒~汗~和~黑~华~滑~黄~肌~浆~降~金~津~筋~精~九~涓~口~蜡~醪~泪~梨~醴~沥~炼~灵~漏~露~滤~鸾~木~黏~酿~贫~铅~清~庆~琼~秋~泉~热~溶~融~柔~瑞~神~矢~试~输~霜~水~松~素~太~汤~体~天~铁~唾~晚~琬~胃~温~犀~霞~仙~香~宵~消~晓~星~雪~血~旬~烟~偃~湌~阴~淫~银~幽~玉~御~月~云~粘~蔗~汁~芝~朱~驻~滋~

益yì【古】入声，十一陌。【例】褒~暴~禆~伯~补~长~成~垂~大~得~调~多~法~辅~附~傅~富~公~广~规~弘~化~诲~惠~讲~教~进~浸~荆~开~匡~夔~利~梁~隆~没~弥~毗~埤~裒~谦~请~权~饶~日~闰~山~实~受~私~损~天~无~效~校~延~盈~有~诱~欲~愈~月~赞~曾~增~赈~中~忠~助~转~资~滋~

役yì【古】入声，十一陌。【例】避~边~兵~捕~蚕~差~尘~臣~程~初~厨~传~从~大~代~待~当~递~甸~调~丁~董~督~蠹~番~费~分~奉~夫~服~革~给~跟~工~公~功~供~顾~雇~关~官~禾~河~恒~后~户~护~猾~怀~还~缓~阍~羁~极~甲~驾~贱~匠~解~久~就~拘~剧~军~竣~苛~科~课~苦~劳~里~力~吏~疠~隶~栎~虏~掠~免~民~募~宁~农~奴~配~疲~庀~平~仆~欺~起~讫~千~牵~勤~丘~驱~趋~趣~人~戎~冗~散~色~身~师~使~世~事~侍~收~书~输~戍~斯~岁~台~堂~塘~田~

贴~同~僮~头~徒~退~外~王~猥~物~下~县~现~宪~乡~小~校~屑~谢~兴~行~形~胥~需~巡~衙~徭~遥~野~义~役~应~营~邮~员~远~运~杂~皂~战~征~正~政~祇~执~职~指~质~滞~属~专~资~走~作~

翼yì【古】入声,十三职。【例】鼻~比~庇~并~侧~蝉~长~赪~赤~饬~翅~楚~垂~翠~戴~党~登~电~殿~东~动~鹅~藩~凡~飞~蜚~粉~奋~风~冯~凤~奉~伏~扶~服~福~抚~辅~附~傅~覆~高~供~鼓~挂~冠~龟~过~海~合~赫~鹤~鸿~虎~护~化~皇~回~机~箕~戢~稷~剪~健~角~矫~接~金~锦~荆~鸠~居~举~匡~厉~敛~鳞~灵~龙~鸾~卵~美~弭~明~冥~谋~内~鸟~牛~攀~旁~鹏~毗~骈~栖~旗~绮~千~潜~钦~禽~青~轻~秋~鹊~濡~蚋~铩~施~试~饰~舒~双~霜~水~竦~素~隼~塌~鹈~蜩~铁~蜓~抟~托~拓~外~忘~尾~卫~蚊~乌~屋~无~武~西~翕~翔~协~星~绣~宣~旋~训~迅~鸦~严~檐~宴~雁~燕~鹞~诒~翼~引~蝇~油~右~诱~伛~羽~玉~鸳~猿~岳~云~赞~展~障~折~轸~鸩~振~祇~中~肘~壮~左~青霄~

逸yì【古】入声,四质。【例】安~遨~傲~般~饱~奔~辩~播~逋~昌~长~超~骋~冲~楚~处~从~窜~诞~宕~荡~颠~洞~独~顿~遁~遏~鲂~放~肥~焚~奋~丰~风~浮~富~高~孤~古~逛~瑰~诡~贵~豪~横~闳~鸿~后~欢~昏~骥~驾~简~僭~骄~惊~静~久~酒~居~举~隽~均~俊~康~狂~旷~溃~阑~烂~劳~乐~丽~良~流~龙~漏~鹿~驴~旅~沦~马~迈~媚~秘~南~秾~盘~飘~七~栖~棲~奇~潜~轻~清~求~遒~缺~阙~荣~锐~山~赡~赏~上~奢~神~诗~势~适~寿~疏~爽~思~贪~逃~腾~天~恬~挺~脱~驼~亡~我~无~暇~鲜~闲~贤~翔~响~象~宵~晓~馨~雄~休~秀~迅~雅~衍~宴~艳~扬~飏~冶~野~夷~怡~遗~翳~吟~淫~引~隐~英~颖~永~踊~优~幽~悠~游~鱼~娱~愉~远~愿~越~云~择~赡~壮~坠~卓~自~恣~纵~

抑yì【古】入声,十三职。【例】卑~悲~逼~贬~摈~不~裁~黜~摧~挫~诋~顿~厄~遏~防~愤~抚~格~晦~挤~剪~检~降~矫~谨~禁~警~沮~科~控~困~勒~敛~陵~屡~灭~挠~排~譬~平~谦~欠~穷~屈~攘~忍~蹂~沈~受~损~庭~退~菀~枉~违~西~巽~压~掩~厌~抑~拥~忧~幽~郁~冤~怨~遮~制~窒~滞~訾~阻~

疫yì【古】入声,十一陌。【例】赤~疵~大~防~虎~饥~疾~检~厉~戾~沴~疠~免~牛~气~驱~湿~时~鼠~水~送~岁~土~瘟~问~邪~畜~夭~灾~逐~

邑yì【古】入声,十四缉。【例】阿~拜~邦~北~比~鄙~弊~边~汴~采~菜~残~昌~朝~陈~城~赤~楚~辞~赐~村~大~地~甸~鼎~东~都~分~枌~忿~愤~丰~封~奉~俘~辅~富~高~公~宫~故~官~馆~郭~国~鹤~户~桓~皇~畿~棘~祭~家~建~江~郊~京~井~纠~居~剧~绝~爵~郡~骊~黎~立~栎~林~陵~龙~陋~禄~闾~滦~洛~马~茅~内~南~旁~骈~平~

蒲~漆~岐~骑~启~迁~塞~山~商~赏~石~食~市~试~守~税~私~四~宋~台~叹~汤~堂~棠~天~田~通~同~外~万~屋~西~辖~下~夏~闲~县~乡~萧~虚~徐~诩~菸~岩~阳~野~郸~夜~伊~遗~邑~裔~阴~忧~于~余~郁~悄~园~远~宰~增~知~中~竹~涿~宗~陬~左~作~

裛yì【古】入声，十四缉。【例】翠~熏~裛~郁~运~

釴yì 见于人名。【古】入声，十三职。

佾yì【古】入声，四质。【例】葆~轻~舞~羽~

易yì【古】入声，十一陌。另见164页yì。【例】变~窜~代~递~点~反~改~革~更~钩~回~货~姬~疆~克~流~卖~懋~迁~榷~删~嬗~市~倏~朔~陶~玩~无~兴~演~摇~逡~移~黯~折~

驿（驛）yì【古】入声，十一陌。【例】边~仓~乘~驰~楚~传~春~翠~村~递~短~飞~废~风~烽~凤~附~给~孤~古~故~馆~贵~寒~汉~候~槐~荒~霍~畿~嘉~江~郊~金~津~近~柳~陇~陆~骆~落~马~梅~铺~骑~骚~沙~山~上~使~霜~水~亭~通~投~土~推~西~下~信~星~野~音~邮~远~站~郑~置~竹~避贤~筹笔~

忆（憶）yì【古】入声，十三职。【例】谙~愊~长~朝~风~更~鹤~怀~还~回~记~静~久~慨~苦~虑~漫~缅~暮~鸟~日~省~思~诵~西~相~想~燕~遥~夜~忧~幽~余~远~追~

亿（億）yì【古】入声，十三职。【例】百~不~供~共~诡~积~巨~丽~逆~凭~千~时~绥~万~饷~心~庚~兆~

薏yì【古】入声，十三职。【例】莲~珠~青~

臆（肊）yì【古】入声，十三职。【例】膈~逞~出~翠~丹~凡~粉~凤~凫~服~拊~腹~膈~红~虎~记~金~锦~决~抗~空~阔~鳞~率~马~逆~凭~启~禽~任~私~素~谢~心~胸~绣~宣~膺~右~沾~中~衷~恣~

繶（繶）yì【古】入声，十三职。【例】丹~黄~

癔yì 癔病。【古】入声，十三职。

溢yì【古】入声，四质。【例】盎~百~暴~崩~迸~波~渤~侈~充~冲~垫~洞~额~泛~放~飞~沸~丰~浮~富~沟~贯~灌~光~贵~海~寒~豪~河~横~化~荐~僭~江~骄~湫~皆~金~浸~井~决~潏~溃~滥~潦~连~流~露~绿~满~漫~谧~逆~潘~盘~滂~旁~喷~瓮~盆~溢~匹~骈~漂~平~千~沁~清~庆~渠~饶~荣~溶~融~冗~乳~山~奢~神~盛~水~四~腾~填~外~危~瓮~西~羡~晓~衍~演~扬~阳~洋~溢~殷~淫~银~盈~涌~游~右~鱼~逾~越~沾~湛~涨~自~眦~纵~

轶（軼）yì【古】入声，四质。又：入声，九屑同。【例】北~奔~超~车~驰~窜~宕~荡~放~废~焚~蜂~高~功~冠~贯~瑰~过~横~驾~僭~结~可~跨~乐~陵~侵~屈~缺~散~上~韬~天~突~湮~遗~游~越~

弋yì【古】入声，十三职。【例】毕~波~磻~布~驰~出~钓~钩~罟~机~理~栗~罗~逻~鸣~鸟~蒲~牵~清~射~绨~畋~铫~晚~万~乌~玄~巡~游~

鱼~渔~矰~罾~豕~訾~左~

亦yì【古】入声,十一陌。【例】不~而~无~抑~意~张~

㑊yì【古】入声,十一陌。【例】解~

佚yì【古】入声,四质。【例】残~宕~遁~讹~遏~放~丰~横~辑~骄~久~乐~虑~沦~愆~侵~轻~清~情~遒~阙~散~奢~沈~疏~逃~亡~暇~邪~湮~遗~隐~优~游~娱~愉~自~纵~

浥yì【古】入声,十四缉。【例】败~陈~春~露~瀼~润~香~厌~浥~郁~沾~滋~

奕yì【古】入声,十一陌。【例】布~赫~焕~霍~焜~蒲~棋~琴~婉~巍~显~煊~奕~英~悠~游~昱~

弈yì【古】入声,十一陌。【例】博~对~角~落~蒲~琴~设~戏~游~

译(譯)yì【古】入声,十一陌。【例】笔~编~标~传~导~鞮~梵~贡~海~辑~今~九~口~累~偏~破~曲~诠~圣~使~双~司~死~鳀~通~误~西~象~新~胥~宣~选~演~移~意~音~硬~摘~郑~直~重~转~

绎(繹)yì【古】入声,十一陌。【例】阐~抽~绸~导~谛~翻~讽~凫~葛~霍~讲~皦~解~考~理~连~灵~论~络~冥~披~铺~舒~熟~思~诵~探~讨~推~玩~温~文~翕~熊~寻~训~衍~演~绎~吟~由~游~籀~

鹢(鷁)yì【古】入声,十二锡。【例】白~鸨~彩~翠~泛~放~风~鹄~鹳~鸿~花~画~黄~巨~龙~戮~绿~青~轻~石~双~水~似~退~文~象~行~鸦~羽~御~战~智~转~

翊yì【古】入声,十三职。【例】导~冯~扶~辅~环~匡~凭~屏~右~祐~赞~中~助~左~

怿(懌)yì【古】入声,十一陌。【例】不~畅~感~和~欢~辑~闿~内~平~爽~说~外~无~喜~忻~夷~怡~怿~娱~愉~悦~载~

镒(鎰)yì【古】入声,五质。【例】百~金~

屹yì【古】入声,五物。【例】昂~惊~南~屹~

蜴yì【古】入声,十一陌。【例】蜂~虺~蛇~蜥~易~

射yì 厌也。【古】入声,十一陌。另见75页shè。

昳yì 特出。【古】入声,九屑。另见83页dié。

唈yì【古】入声,十四缉。又:入声,十五合同。【逆】呜~心~

挹yì【古】入声,十四缉。【例】杓~採~餐~朝~陈~冲~高~拱~奖~降~久~滥~披~谦~钦~让~损~叹~推~夕~下~相~延~挹~注~左~

嗌yì【古】入声,十一陌。另见312页ài。【例】干~吭~嘶~头~下~

悒yì【古】入声,十四缉。【例】悲~怅~愁~愤~佛~耿~恨~鸣~悽~悄~叹~惋~呜~息~悬~怏~抑~悒~阴~引~忧~幽~郁~悁~

翌yì【古】入声,十三职。【例】扈~翌~

峄(嶧)yì【古】入声,十一陌。【例】翠~葛~邹~

斁yì【古】入声,十四缉。另见254页dù。【例】怠~恶~无~厌~

潩yì 水名。【古】入声,十三职。

焲yì 火貌。【古】入声，十一陌。

鹝(鷊)yì 鸟名。【古】入声，十二锡。

虉(虉)yì 水草。【古】入声，十一陌。

熠yì【古】入声，十四缉。【例】电～煌～辉～内～融～闪～庭～翕～鲜～宵～烨～熠～

埸yì【古】入声，十一陌。【例】邦～边～疆～郊～

杙yì【古】入声，十三职。【例】长～椽～狙～桷～橛～木～桃～铁～中～椓～

6. 知韵

平声·阴平

痴(癡)chī【古】上平，四支。【例】白～笔～船～大～呆～颠～雕～妒～儿～发～风～憨～寒～虎～花～魂～娇～骄～狂～柳～卖～迷～墨～弄～钱～情～如～撒～诗～书～四～太～贪～桃～徒～柁～外～顽～文～邪～佯～蝇～游～愚～鸢～增～诈～挣～醉～了事～贪嗔～涎不～

嗤chī【古】上平，四支。【例】谤～嘲～嗤～点～共～呼～讥～见～可～吭～扑～千～诮～窃～笑～贻～益～增～自～燕雀～

媸chī【古】上平，四支。【例】色～万～笑～妍～众～嫫母～

笞chī【古】上平，四支。【例】榜～鞭～捶～笪～督～击～教～就～苦～髡～掠～怒～搒～谴～挞～痛～勿～系～杖～重～折捶～

螭chī【古】上平，四支。【例】阿～白～斑～豹～奔～陛～碧～璧～苍～赤～翠～丹～东～蹲～鳄～蜚～怪～龟～黑～虎～绘～驾～绛～蛟～金～鲸～老～麟～灵～六～龙～绿～鸾～盘～蟠～青～虬～球～如～神～石～双～素～铜～雌～文～吻～峡～邪～熊～轩～玄～延～玉～云～朱～左～黑蛟～玉盘～

哧chī【例】咕～哈～号～呼～吭～抠～扑～噗～

蚩chī【古】上平，四支。【例】氓～妍～

黐chī【古】上平，四支。【例】胶～投～粘～

鸱(鴟)chī【古】上平，四支。【例】鸱～愁～村～踆～蹲～饿～飞～风～伏～怪～寒～化～画～饥～角～金～鸠～两～六～龙～茅～鸣～鸟～鹊～群～双～蹋～乌～吓～枭～啸～鸦～鹰～鸢～纸～北山～饿老～酒千～纸老～

眵chī【古】上平，四支。【例】兜～昏～迷～目～拭～眩～眼～

絺(絺)chī【古】上平，四支。【例】采～粗～单～葛～巾～轻～裘～上～暑～纨～文～细～绤～夏～纤～绣～盐～以～织～治～绉～竹～纻～夏有～

䣘chī【古】上平，四支。【例】酒～一～

魑chī【古】上平，四支。【例】荒～山～投～魈～妖～御～照～

摛chī 舒展。【古】上平,四支。【例】辞~雕~花~锦~铺~舒~霞~徐~远~葩花~笔下~山霞~四始~

吃(喫)chī【古】入声,五物。另见123页jí。【例】白~饱~吃~噇~大~分~哽~好~呼~鸡~蹇~嚼~堪~吭~口~快~窥~老~零~驴~屡~难~呐~偏~扑~请~取~赛~少~生~试~贪~讨~通~同~偷~吞~未~小~饮~中~嘴~坐~趁时~邓艾~

疵cī【古】上平,四支。【例】八~瘢~卑~谗~斥~疮~醇~得~涤~诋~玷~多~根~护~毁~伋~痂~瘕~建~剧~刻~李~疠~令~毛~求~讪~微~无~五~暇~小~掩~隐~玉~箴~织~指~赘~濯~

差cī【古】上平,四支。另见2页chā、19页chà、301页chāi。【例】参~等~

骴cī【古】上平,四支。又:去声,四寘。【例】白~除~腐~枯~裂~霜~掩~遗~

诗(詩)shī【古】上平,四支。【例】悲~邶~编~邠~豳~裁~采~长~唱~陈~驰~楚~春~刺~赐~催~得~杜~短~恶~反~废~风~赋~改~歌~格~赓~宫~贡~古~佹~诡~过~韩~好~和~箕~祭~嘉~教~戒~进~旧~剧~绝~看~课~誇~乐~李~联~恋~留~六~鲁~律~论~毛~梅~美~描~妙~明~暮~能~逆~配~凭~绮~泣~千~签~前~敲~琴~溱~卿~清~情~求~赛~删~声~笙~省~史~矢~试~嗜~收~寿~书~诵~素~唐~陶~题~筒~徒~歪~挽~往~望~仙~弦~献~小~写~蟹~新~雄~序~选~雪~寻~艳~野~译~轶~逸~吟~咏~右~韵~杂~造~赠~展~战~治~周~轴~属~著~组~作~八哀~鲍家~催妆~大风~迭韵~杜门~断肠~风人~画中~回文~锦囊~六笙~木客~七步~赏花~四家~颂今~引雏~

邿shī 地名用字。【古】上平,四支。

师(師)shī【古】上平,四支。【例】阿~翱~八~拜~班~般~颁~保~本~裨~弁~镖~宾~兵~饼~镈~卜~不~步~蚕~禅~常~场~车~陈~成~出~厨~褚~川~船~从~徂~达~大~丹~单~导~道~邓~笛~地~帝~颠~甸~钓~东~都~督~惇~顿~恶~恩~二~贰~发~法~房~分~偾~风~烽~凤~伏~符~抚~父~妇~负~傅~覆~篙~共~姑~罟~鼓~瞽~官~冠~馆~归~鬼~贵~衮~国~海~函~河~后~护~花~画~还~缓~幻~皇~黄~挥~回~会~活~火~货~机~楫~妓~技~济~祭~嘉~贾~简~荐~讲~匠~教~戒~金~进~京~泾~经~荆~九~久~炙~军~君~犒~矿~逵~夔~溃~狼~劳~老~乐~雷~羸~李~连~练~炼~良~两~猎~陵~六~龙~隆~漏~露~陆~闾~旅~律~率~论~罗~洛~马~满~茂~帽~门~蒙~梦~民~名~明~末~母~姆~牧~内~衲~南~尼~鸟~农~驽~女~旁~偏~骑~棋~乞~起~器~前~潜~亲~琴~轻~磬~曲~全~拳~群~人~儒~阮~锐~三~丧~山~擅~少~蛇~社~射~笙~圣~石~时~始~士~世~市~视~誓~书~塾~水~硕~讼~俗~宿~遂~太~陶~天~田~祧~条~同~桐~投~徒~土~退~屯~柁~橐~瓦~外~王~网~韦~伟~伪~魏~文~我~乌~巫~无~吴~武~舞~物~西~息~仙~先~弦~贤~县~宪~陷~乡~

相～翔～小～邪～蟹～心～兴～行～雄～胥～玄～悬～旋～选～眩～穴～学～寻～巡～训～牙～延～严～扬～阳～幺～药～耀～业～医～椸～移～义～译～鹰～用～右～鱼～余～渔～虞～舆～雨～圉～御～远～院～钥～籥～云～载～葬～择～栈～贞～针～朕～征～整～致～中～钟～舟～周～呪～咒～主～驻～祝～转～追～梓～宗～族～诅～祖～尊～遵～作～坐～座～百世～轨范～天人～问罪～宣教～一字～

施shī【古】上平，四支。又：去声，四寘。异。另见133页yí、166页yì。【例】报～被～遍～禀～并～博～布～财～谄～衬～逞～疵～厝～措～答～贷～倒～德～点～东～恩～法～方～分～丰～敷～阜～丐～给～沟～官～光～好～横～洪～鸿～厚～回～惠～济～兼～交～讦～戒～救～卷～况～癞～乐～礼～利～鳞～令～龙～隆～绿～毛～逆～判～滂～旁～偏～平～铺～普～戚～乾～潜～遣～嫱～庆～日～荣～散～舍～设～声～实～矢～首～术～顺～四～檀～天～条～通～推～外～妄～威～务～西～先～纤～邪～星～行～穴～阳～夷～遗～印～优～雨～聿～云～造～赠～诈～展～张～章～彰～赈～重～周～德政～芳泽～粉薄～无畏～雨露～醉西～

狮（獅）shī【古】上平，四支。【例】伏～海～吼～虎～花～画～黄～金～卷～毛～猛～骑～青～石～双～睡～素～铁～铜～舞～戏～献～醒～雄～驯～幼～玉～坐～奋鬣～河东～啸天～

浉（溮）shī 水名。【古】上平，四支。

鰤（鰤）shī【古】上平，四支。【例】鲦～

尸[1]shī【古】上平，四支。【例】背～宾～傧～踣～黜～戳～遁～贰～飞～冯～赶～告～公～归～横～皇～鸡～积～祭～奸～检～简～饯～僵～荆～柩～捐～决～枯～滥～立～流～六～僇～戮～裸～马～名～逆～女～彭～骈～起～权～劝～热～认～蹂～三～身～事～收～送～躺～停～挺～脱～妥～袭～下～献～相～衅～行～烟～艳～载～灶～正～祝～撞～坠～坐如～

尸[2]（屍）shī 死尸。【古】上平，四支。【例】暴～鞭～陈～传～刿～锉～分～焚～伏～浮～负～覆～干～狗～棺～裹～活～积～检～简～僵～决～流～戮～裸～骈～起～弃～热～认～蹂～闪～身～收～死～躺～挺～行～验～遗～舆～玉～磔～枕～转～走～

鸤（鳲）shī 鸤鸠。【古】上平，四支。

䴓（鳾）shī 鸟名。【古】上平，四支。

蓍shī【古】上平，四支。【例】别～卜～操～丛～捣～揲～端～龟～黄～灵～露～凭～设～神～生～守～寿～数～问～萧～心～羊～占～自～莫问～

葹shī【古】上平，四支。【例】卷～绿～

失̣shī【古】入声，四质。【例】不～察～差～疵～挫～错～打～荡～倒～得～殿～跌～丢～队～顿～惰～讹～遏～放～废～费～负～故～挂～乖～官～过～耗～禾～横～护～患～荒～灰～机～积～稽～计～渐～矫～酒～救～捐～蹶～空～旷～亏～两～流～漏～鹿～乱～沦～马～漫～冒～迷～名～谬～末～内～纳～逆～年～蹑～颇～七～弃～愆～前～亲～去～缺～阙～日～如～若～三～散～丧～闪～深～时～是～疏～输～爽～四～遂～损～听～通～同～侻～外～惋～亡～危～违～勿～误～雾～陷～相～消～小～晓～行～言～阳～夜～遗～佚～易～逸～意～阴～淫～隐～语～抎～陨～责～执～中～重～坠～自～走～罪～醉～坐～法当～风浪～交臂～数

峰~壮图~

湿(濕、溼)shī【古】入声，十四缉。【例】卑~进~痹~草~朝~潮~翠~道~得~低~地~垫~恶~繁~风~干~海~寒~红~花~秽~积~濈~溅~浇~湫~津~精~酒~沮~均~岚~流~露~芦~漉~绿~霉~泥~黏~佩~旆~埤~平~旗~青~祛~濡~洳~软~润~沙~湿~暑~束~水~宿~溻~苔~田~晚~违~温~吸~稀~溪~下~晓~讶~烟~雁~衣~阴~饮~萤~雨~遇~原~月~黦~云~燥~沾~蒸~中~苍苔~花露~渔蓑~

虱(蝨)shī【古】入声，四质。【例】壁~辨~捕~虫~得~地~狗~贯~鹤~烘~嫉~虮~嚼~裈~狼~老~麄~六~龙~骂~扪~蜢~牛~烹~鹏~七~遗~沙~蛇~射~豕~颂~体~跳~铁~头~悬~蚁~有~鱼~羽~蚤~择~针~治~竹~捉~处裈~邯郸~口中~

鳾(鳾)shī 鱼名。

思sī【古】上平，四支。又：去声，四寘。异。另见202页sì、303页sāi。【例】哀~宝~抱~悲~笔~边~别~才~禅~长~常~尘~沉~陈~澄~驰~抽~愁~筹~储~楚~创~怆~春~从~存~忖~措~达~耽~荡~道~谛~笃~遁~多~翻~繁~反~费~罘~浮~俯~复~感~歌~格~构~顾~关~归~含~函~汉~浩~画~怀~回~讯~机~积~羁~极~记~佳~葭~见~匠~焦~矫~杰~谨~尽~近~精~敬~静~炯~九~酒~惧~抗~轲~客~苦~来~劳~离~理~丽~敛~炼~凉~灵~留~柳~隆~旅~虑~论~耄~梦~梦~梦~秘~缅~眇~邈~妙~民~敏~冥~缪~默~慕~难~念~凝~弄~讴~期~奇~绮~潜~巧~翘~勤~清~情~琼~秋~求~去~锐~睿~弱~三~桑~骚~山~善~少~深~神~沈~审~慎~圣~诗~抒~摅~熟~鼠~恕~睡~俗~损~所~潭~叹~天~颓~隤~退~托~玩~危~惟~文~我~寤~侠~遐~衔~乡~相~详~想~孝~邪~写~心~兴~蓄~玄~悬~寻~雅~淹~研~演~艳~仰~遥~冶~野~伊~遗~疑~役~绎~弈~逸~意~淫~萦~永~咏~用~忧~幽~游~有~余~寓~渊~元~远~怨~愿~越~运~宰~再~藻~造~曾~瞻~展~湛~哲~辄~镇~征~正~志~致~智~滞~众~重~属~伫~佇~杼~注~撰~壮~追~缀~祖~钻~坐~长相~故园~火不~痛定~

私sī【古】上平，四支。【例】阿~爱~便~不~查~场~成~逞~宠~从~盗~多~遏~恩~犯~贩~肥~感~公~购~顾~光~贵~贺~横~弘~洪~话~怀~还~缉~己~济~夹~家~奸~贱~交~赆~捐~眷~刻~亮~邻~隆~虑~率~买~卖~昧~灭~谋~偏~情~屈~任~入~赡~赏~设~胜~圣~释~收~受~殊~树~贪~天~忝~停~通~图~退~外~忘~我~乌~无~枭~挟~谢~行~幸~蓄~徇~言~宴~艳~燕~阴~姻~隐~营~忧~有~鬻~缘~赞~赃~殖~至~中~忠~衷~自~走~不受~一己~造物~

丝(絲)sī【古】上平，四支。【例】哀~拔~白~斑~悲~绷~碧~鞭~冰~采~彩~蚕~长~称~橙~赤~虫~抽~愁~出~楚~触~垂~春~莼~赐~翠~单~弹~灯~电~钓~调~顶~豆~断~珥~二~纺~绯~棼~风~凤~岗~钢~羔~

贡～钩～挂～管～海～寒～汗～毫～豪～核～荷～黑～横～红～虹～狐～湖～华～化～怀～鬟～黄～蠖～机～甲～缣～茧～姜～绛～鲛～金～筋～锦～九～举～绢～克～刻～缂～狂～鹍～拉～蓝～纇～冷～理～练～料～灵～菱～柳～龙～缕～履～绿～鸾～乱～螺～络～麻～鳗～茅～贸～梦～绵～篾～缗～鸣～袅～暖～藕～沤～盘～鞶～皮～漆～牵～铅～千～敲～缲～荞～秦～琴～青～轻～情～晴～琼～秋～染～攘～日～茸～熔～柔～肉～如～弱～散～缫～色～鳝～商～生～市～寿～熟～黍～术～刷～双～霜～水～素～叹～绦～天～添～铁～桐～铜～吐～兔～菟～瓦～绾～万～网～危～纹～乌～钨～吴～芜～五～雾～喜～细～弦～香～新～荇～绣～悬～雪～血～烟～言～畬～檿～雁～漾～野～伊～衣～遗～银～引～萦～用～犹～游～虞～雨～玉～御～缘～越～云～孕～在～皂～柘～治～朱～珠～蛛～竹～属～纻～篆～棕～悲素～烦恼～镜中～袅晴～七千～曲尘～纫如～五户～

咝(噝)sī 拟声词。【例】咝～

司sī【古】上平,四支。又:去声,四寘。同(州名又姓独用)。【例】班～北～本～边～漕～茶～朝～臣～厨～春～村～大～当～典～鼎～东～董～都～二～法～藩～枋～分～风～凤～府～公～宫～鼓～官～瓯～衮～寒～候～计～祭～家～监～贱～谏～进～禁～京～警～九～旧～狙～局～军～库～阃～里～吏～两～寮～陵～留～鸾～逻～毛～茅～门～密～冥～牧～内～南～鸟～臬～牌～派～判～铺～泉～铨～群～三～伤～上～社～神～省～市～守～庶～帅～四～岁～所～台～堂～通～统～土～团～外～微～五～辖～闲～宪～乡～相～饷～小～选～铉～巡～押～雅～盐～仪～邑～驿～阴～幽～邮～有～右～庾～狱～员～云～运～宰～攒～宅～帐～正～职～制～中～冢～众～州～诸～主～专～子～宗～作～缙云～前八～缱绻～仪鸾～阴阳～钟鼓～

峒sī 用于地名。

嘶sī【古】上平,八齐。【例】嗄～悲～蝉～长～寒～嗥～号～鸿～饥～骄～惊～恋～驴～马～鸣～南～喷～频～群～呻～声～嘶～酸～蜩～哑～雁～夜～寒蜩～枥上～陌上～汽笛～踏花～望驿～仰首～玉骢～紫骝～

斯sī【古】上平,四支。【例】冰～波～常～睹～恩～方～封～嘎～高～赫～斛～虎～怀～鸡～来～栗～留～露～密～缪～勤～荣～如～若～色～数～竦～粟～瓦～万～奚～挟～宴～鞅～痒～咏～游～于～聿～在～蛄～枝～螽～宙～籀～竹～纵～说项～意在～

撕sī 扯开。【古】上平,八齐。【例】扯～乱～怒～轻～手～提～

飔(颸)sī【古】上平,四支。【例】薄～长～乘～风～寒～汉～江～金～惊～凉～鲁～暮～南～轻～清～晴～秋～霜～顽～晚～微～细～绪～阴～曾～晨凉～濯凉～风飔～

蛳(螄)sī【古】上平,四支。【例】螺～赢～拾蚌～

虒sī【古】上平,四支。【例】卑～绵～上～委～

鸶(鷥)sī【古】上平,四支。【例】鹭～稳卧～客如～

偲sī【古】上平,四支。【例】邓～切～功～服～美～麻～偲～四世～

楒sī 相思树。【古】上平,四支。

缌(緦)sī【古】上平,四支。【例】功~缌~

厮(廝)sī【古】上平,四支。【例】兵~波~村~呆~淡~东~寒~黑~谎~马~迷~那~女~仆~樵~穷~趋~恁~傻~哨~秃~小~幺~庸~舆~谎乔~

澌sī【古】上平,四支。【例】冰~春~寒~涧~结~凌~流~凝~晚~夜~大泽~河生~江无~履薄~踏寒~吐微~

凘sī【古】上平,四支。又:去声,四寘。异。【例】冰~春~断~寒~涧~尽~离~漓~凌~流~沦~迷~灭~凝~溯~泉~澌~微~消~销~潆~二月~风凘~雪凘~

酾(釃)shī 又音 shāi。【古】上平,四支。又:上声,四纸同。【例】狂~浓~频~椎~自~临江~

罳sī【古】上平,四支。【例】垂~挂~复~罘~罝~罦~寻~

知zhī【古】上平,四支。【例】谙~报~本~遍~辩~禀~不~参~察~觇~饬~愁~酬~出~踹~传~粗~达~大~道~得~的~迪~地~谍~洞~都~独~恩~访~风~肤~感~高~告~格~故~寡~关~贯~广~贵~过~函~何~后~画~怀~回~获~机~极~己~监~见~鉴~奖~交~角~久~旧~举~眷~决~觉~可~空~窥~理~良~量~了~料~灵~虑~明~牟~慕~内~你~逆~匿~朋~偏~启~弃~前~浅~且~亲~情~秋~求~曲~权~人~稔~认~辱~睿~叡~赡~赏~上~摄~深~神~审~谂~生~圣~识~示~饰~受~孰~熟~术~谁~说~私~四~夙~素~宿~所~探~特~体~天~通~同~推~微~惟~委~闻~问~我~无~五~舞~习~先~贤~衔~相~小~晓~絜~心~新~信~行~诇~须~悬~养~祆~遥~要~移~遗~益~意~隐~有~予~愚~与~预~谕~遇~豫~愿~早~蚤~责~贼~怎~昭~照~侦~真~争~征~证~至~致~中~重~周~烛~专~灼~自~报君~百不~寸心~答故~鬼神~两心~明月~莫我~鸟先~三不~殊不~四海~岁寒~天下~猿鸟~

枝zhī【古】上平,四支。另见128页qí。【例】爱~安~柏~卑~北~本~碧~变~标~别~残~苍~藏~侧~插~禅~蝉~蟾~长~畅~柽~抽~传~垂~春~丛~翠~大~丹~倒~低~地~帝~蝶~东~豆~蠹~凡~繁~芳~分~风~枫~封~疯~凤~扶~附~干~高~槁~钩~古~鼓~故~挂~桂~果~寒~好~黑~横~红~洪~后~花~槐~皇~黄~蕙~火~鸡~几~戟~嘉~剪~交~鹪~接~金~荆~静~纠~樛~九~菊~橘~柯~科~空~枯~狂~兰~离~劙~荔~连~莲~两~灵~翎~菱~流~榴~柳~六~龙~漏~露~芦~绿~挛~栾~鸾~轮~落~满~梅~密~蓂~木~柰~南~嫩~泥~腻~捻~袅~柠~蘖~宁~凝~佞~攀~蟠~旁~骈~缥~七~戚~千~枪~亲~青~邛~穷~穹~筇~琼~秋~虬~鹊~绕~日~柔~瑞~弱~桑~杉~上~诜~十~疏~树~双~霜~四~素~孙~苔~饧~桃~藤~天~条~庭~同~桐~铜~兔~万~限~卧~梧~西~析~细~郤~下~纤~鲜~香~缃~小~晓~歇~斜~新~杏~荇~修~秀~须~璇~雪~寻~丫~压~桠~杨~瑶~叶~依~银~莺~萦~荚~玉~援~云~陨~枣~噪~折~

栀～贞～珍～整～中～众～珠～竹～濯～紫～宗～柞～傲霜～百尺～碧玉～巢南～出墙～合欢～鹤膝～蛱蝶～连理～绿玉～攀高～鹊踏～上林～松柏～岁寒～桃李～雪封～月桂～折桂～最高～醉琼～

吱zhī【古】上平，四支。另见178页zī。【例】哔～咯～格～嗝～硌～吱～

脂zhī【古】上平，四支。【例】柏～板～豹～馋～车～赤～唇～丹～稻～地～点～芳～肪～枫～蜂～凤～傅～富～膏～宫～灌～桂～红～画～黄～祭～绛～金～酒～桕～口～矿～灵～流～麻～麋～米～面～民～脑～凝～牛～皮～弃～铅～窃～琼～取～去～然～乳～软～蛇～蜃～石～树～松～头～涂～脱～驼～韦～香～消～萧～熊～血～鸭～烟～胭～燕～羊～硬～油～鱼～玉～浴～鬻～蚖～鼋～载～皂～猪～白猿～补骨～赤石～芳泽～枫香～黑石～水腻～

卮(巵)zhī【古】上平，四支。【例】残～传～涤～夺～翻～反～泛～芳～风～浮～盖～干～接～金～进～酒～举～兰～两～流～漏～鲁～螺～羸～满～千～琴～倾～清～琼～屈～沙～失～寿～庭～瓦～五～衔～瑶～蚁～银～饮～鹦～盈～侑～宥～羽～玉～酌～白玉～不尽～虹贯～金屈～九霞～香螺～万寿～

之zhī【古】上平，四支。安。【例】鞭～辩～补～藏～朝～迟～崇～次～从～代～待～蹈～得～登～等～定～东～动～反～丰～赋～鼓～顾～贵～何～和～贺～呼～激～楫～嘉～假～兼～缄～戒～尽～进～敬～久～葵～劳～乐～离～陋～炉～履～罗～美～靡～勉～内～譬～顷～劝～任～赏～上～涉～绳～视～顺～所～逃～听～吐～退～为～无～舞～陷～泄～欣～修～畜～嗅～焉～养～药～要～宜～艺～引～由～犹～右～再～占～折～珍～知～置～中～筑～撰～总～任所～心许～信有～羞见～

芝zhī【古】上平，四支。【例】白～宝～采～菜～餐～苍～藏～赤～楚～丹～啖～地～遁～芳～焚～凤～鬼～桂～黑～红～虹～华～黄～火～金～九～菌～兰～揽～老～雷～灵～留～龙～鲁～梅～木～禽～青～琼～肉～茹～瑞～三～上～神～石～双～水～素～铜～土～葨～五～仙～衔～香～祥～玄～雪～荧～幽～黝～玉～云～芸～泽～中～竹～紫～白石～独摇～飞节～黄金～龙仙～木渠～万年～五鼎～续命～养神～夜光～雨驿～玉脂～

支zhī【古】上平，四支。【例】百～傍～本～辟～憋～不～蚕～搀～长～超～撑～持～赐～搭～大～地～垫～东～动～度～兑～额～反～放～分～扶～嘎～干～格～各～供～肱～扢～关～官～龟～过～洪～胡～皇～黄～戟～家～蹇～节～解～借～金～近～九～开～离～荔～泠～零～令～咯～龙～南～年～旁～骈～七～起～枪～亲～檾～日～生～十～实～收～私～四～松～素～岁～探～特～条～透～外～五～西～析～鲜～相～小～萱～寻～烟～焉～燕～阳～腰～要～阴～右～语～预～远～月～杂～张～折～赭～正～支～指～郅～中～众～宗～总～足～左～坐～昧履～

肢zhī【古】上平，四支。【例】残～断～胳～红～后～假～接～截～肋～前～缺～上～身～瘫～同～细～下～胁～雪～烟～腰～义～羽～折～白玉～斗腰～

蜘zhī【古】上平，四支。【例】毒～蛛～

祇zhī【古】上平，四支。【例】波～不～敦～金～敬～徕～民～内～能～屏～谦～

虔~顺~肃~雅~严~庸~

胝zhī【古】上平,四支。【例】瘢~皴~累~胼~颇~重~足~青鞋~僧伽~手生~夏后~坐有~

泜zhī 水名。【古】上平,四支。

禔zhī【古】上平,八齐。【例】福~

榰zhī 柱脚。【古】上平,四支。

栀(梔)zhī【古】上平,四支。【例】粉~红~桑~山~水~种~同心~

氏zhī【古】上平,四支。另见199页shì。【例】阏~乌~月~

搘zhī 支柱。

只(隻)zhī【古】入声,十一陌。另见191页zhǐ。【例】半~不~察~船~单~果~罕~踦~几~舰~乐~鹭~千~勤~人~任~数~双~天~万~影~猪~

汁zhī【古】入声,十四缉。【例】白~菜~残~草~尝~豉~楮~纯~啜~醋~丹~胆~豆~毒~多~葛~果~寒~黑~瓠~花~灰~涸~鸡~挤~姜~浆~酱~浇~绞~金~堇~桔~菊~刻~苦~兰~蓝~溇~榴~卤~漉~露~梅~米~密~蜜~茗~墨~木~柰~脑~泥~牛~浓~前~清~取~糅~肉~乳~沈~石~树~水~松~粟~笋~炭~汤~藤~铁~铜~鲜~咸~香~腥~雪~烟~盐~叶~液~鱼~余~雨~芋~原~棹~蔗~煮~杼~渍~

稙zhī 早种或早熟。【古】入声,十三职。

织(織)zhī【古】入声,十三职。【例】编~蚕~缠~促~东~断~幡~纺~缝~耕~躬~钩~横~徽~机~绩~交~鲛~裂~罗~孟~旗~巧~亲~青~趋~趣~纴~桑~手~丝~梭~挑~停~文~新~学~夜~衣~营~酝~针~组~当户~斗促~天孙~烟如~

姿zī【古】上平,四支。【例】豹~碧~冰~禀~骋~春~纯~诞~冬~多~繁~芳~丰~风~凤~高~瑰~桂~含~寒~赫~鹤~恒~红~洪~鸿~贱~娇~骄~皎~杰~金~静~姱~兰~岚~丽~灵~令~龙~鸾~美~媚~妙~明~凝~浓~弄~蒲~奇~轻~清~琼~秋~虬~容~睿~身~神~沉~生~声~圣~殊~淑~霜~素~琐~檀~天~顽~舞~仙~小~雄~秀~烟~妍~艳~妖~耀~野~异~逸~音~殷~英~幽~余~玉~贞~纵~冰雪~不世~绰约~丹霄~绝代~麋鹿~青冥~松柏~岁寒~雪霜~

资(資)zī【古】上平,四支。【例】本~笔~别~兵~禀~不~材~财~茶~超~朝~衬~成~斥~赤~出~川~次~寸~大~盗~敌~东~独~赌~乏~饭~放~费~分~丰~冯~俸~斧~府~复~港~高~工~卦~官~贵~还~行~耗~合~核~恒~华~话~货~积~集~藉~寄~家~贾~嫁~兼~匠~脚~阶~借~金~进~赆~经~鸠~酒~巨~醵~捐~蠲~军~隽~科~鲙~劳~乐~利~奁~两~量~路~旅~马~门~灭~民~冥~末~募~纳~内~年~盘~旁~片~聘~脯~器~钱~欠~侨~轻~倾~清~取~全~人~荣~融~睿~润~三~丧~山~上~神~升~生~师~世~私~台~谈~体~天~调~通~投~外~王~文~物~下~先~限~相~香~笑~薪~性~循~烟~养~衣~依~遗~以~易~轶~懿~阴~英~邮~游~余~怨~贞~诊~正~中~重~诸~转~装~自~稻粱~德才~沽

酒～虎狼～济胜～润笔～手力～万金～

赀(貲)zī【古】上平,四支。【例】宝～不～财～出～贷～待～地～发～分～丰～俸～富～高～官～货～计～家～嫁～金～鸠～酒～旧～捐～库～敛～马～破～窃～取～入～散～山～生～田～万～无～先～献～辛～血～遗～赢～游～余～增～珍～殖～致～中～重～

兹(茲)zī【古】上平,四支。另见 182 页 cí。【例】布～才～长～从～徂～度～负～龟～赫～及～加～兼～鉴～今～鸠～葵～来～留～龙～媚～念～讫～迄～任～如～若～受～松～騠～替～卫～淹～弇～由～于～在～昭～祝～兹～自～不如～方负～复以～华尔～流在～路穷～实由～系于～

滋zī【古】上平,四支。【例】爱～碧～菜～草～朝～潮～初～春～丛～丹～蕃～繁～丰～阜～甘～含～黑～横～红～花～华～化～兰～乐～泪～灵～菱～流～露～绿～漫～美～木～翘～清～泉～日～荣～润～色～盛～殊～霜～水～松～岁～遂～苔～甜～吐～芜～务～雾～夕～喜～仙～衔～晓～玄～烟～痒～液～益～溢～阴～鱼～余～逾～雨～浴～云～珍～滋～绿草～新雨～宿云～雨露～

嗞zī【古】上平,四支。【例】嗞～

辎(輜)zī【古】上平,四支。【例】车～电～行～火～雷～两～列～囊～琼～霞～香～盐～盈～云～载～无遗～

缁(緇)zī 黑帛。【古】上平,四支。【例】被～禅～尘～成～点～纺～黑～黄～髡～磷～乱～名～披～染～石～脱～洗～庸～近墨～林下～涅不～轻纨～素衣～玉颜～

髭zī【古】上平,四支。【例】白～鬓～苍～赤～愁～冻～断～黑～胡～虎～美～拈～捻～泣～虬～霜～素～剃～乌～须～雪～吟～银～摘～薙～髭～冰生～初有～鼠御～雪染～

锱(錙)zī【古】上平,四支。【例】铢～

鲻(鯔)zī【古】上平,四支。【例】鲛～

菑zī【古】上平,四支。【例】畴～德～东～断～厄～发～敷～耕～蛊～害～旱～祸～疾～既～救～垦～栖～畲～沉～石～时～水～天～停～危～邪～新～畲～蝝～犍石～纳接～

嵫zī【古】上平,四支。【例】唐～西～崦～

淄zī 水名。【古】上平,四支。【例】黑～临～磷～渑～潍～

粢zī【古】上平,四支。【例】仓～陈～稻～俸～供～洁～絜～粝～明～牲～黍～馨～供盛～

咨zī【古】上平,四支。【例】辩～博～不～部～参～畴～酬～愁～动～访～飞～阜～高～关～赍～记～哜～见～讲～嗟～究～军～叩～来～民～谋～旁～请～茹～所～叹～同～悉～询～训～仰～移～于～俞～谕～怨～周～昼～咨～诹～隔宿～事事～周所～

谘(諮)zī【古】上平,四支。【例】辩～博～参～畴～酬～访～关～记～军～谋～旁～询～周～咨～诹～

吱zī【古】上平,四支。另见 176 页 zhī。【例】嘎～

孜zī【古】上平,四支。【例】卑～美～喜～孜～孳～

孖zī 双生子。【古】上平,四支。

鼒zī【古】上平,四支。【例】错～金～

鄑zī 用于地名。【古】上平,四支。

孳zī【古】上平,四支。又:去声,四寘。同。【例】蕃~繁~厘~孳~乳~孕~种~孳~

趑(趦)zī【古】上平,四支。【例】趑~

龇(齜)zī 张嘴露出。【古】上平,四支。又:上平,佳韵同。

觜zī【古】上平,四支。【例】丹~毒~凤~红~铧~角~蜡~茨~沙~山~铜~鸦~燕~鹰~陬~云出~

镃(鎡)zī【古】上平,四支。【例】感铁~耒翻~富贵~

平声·阳平

持chí【古】上平,四支。【例】把~霸~帮~蚌~薄~宝~保~抱~标~秉~操~撑~成~啜~撮~单~掸~倒~动~独~讽~奉~扶~福~负~伽~干~拱~共~裹~行~恒~护~惠~赍~齎~急~记~加~迦~挟~夹~坚~械~僭~僵~角~劫~洁~介~戒~矜~谨~禁~兢~久~拘~军~控~匡~揆~拉~揽~乐~力~连~敛~料~凌~露~内~抛~捧~铺~牵~谦~前~倩~挈~任~摄~手~守~受~授~束~谁~四~诵~所~探~维~衔~相~胁~携~修~循~夜~移~易~引~拥~右~狱~御~援~争~挣~支~执~植~制~主~住~柱~自~总~左~

驰(馳)chí【古】上平,四支。【例】背~奔~飙~并~波~差~车~晨~骋~舛~踳~颠~电~东~冬~独~方~飞~分~风~高~光~横~化~涣~火~疾~箭~交~竞~驹~绝~雷~龙~陆~名~南~能~年~匹~骈~骑~驱~屈~趋~神~沉~声~驶~兽~四~腾~通~突~橐~外~骛~西~下~宵~晓~星~羊~漾~异~逸~游~远~瞻~争~周~坐~背道~寸心~风雨~浮云~清风~任驱~日西~日月~素羽~星夜~羽檄~

池chí【古】上平,四支。【例】灞~半~宝~陂~杯~碑~碧~壁~璧~便~鳖~冰~波~钵~蚕~苍~沧~草~柴~蟾~城~仇~楚~川~穿~春~傑~翠~丹~單~稻~地~滇~电~东~鹅~蛾~恶~耳~方~焚~粪~风~逢~凤~镐~宫~沟~故~观~龟~贵~海~寒~汉~翰~壕~滈~河~荷~鹤~洪~鸿~猴~后~湖~花~华~豢~黄~回~火~剑~江~茭~教~解~金~禁~鲸~井~酒~攫~浚~坎~亢~枯~昆~鲲~兰~涝~乐~雷~连~莲~两~林~临~琳~灵~菱~柳~龙~笼~卤~渌~漉~罗~洛~绿~麻~马~茅~美~麋~沔~黾~渑~溟~墨~南~暖~藕~泮~喷~盆~蓬~鹏~辟~片~平~萍~蒲~前~青~清~琼~秋~湫~曲~泉~洒~三~沙~莎~山~上~涉~深~神~石~书~双~水~台~汤~唐~堂~塘~天~田~填~阗~铁~亭~通~铜~湍~吞~洼~瓦~苇~乌~污~洿~五~舞~鹜~西~习~褉~虾~夏~咸~香~晓~谢~星~玄~血~熏~荀~濬~研~盐~砚~雁~阳~杨~瑶~药~野~夜~液~阴~引~印~囿~鱼~雩~雨~玉~浴~鸳~渊~鹓~园~月~晕~云~藻~长~沼~珍~中~重~周~珠~竹~装~凤凰~高阳~积翠~昆明~凝碧~喷水~蓬莱~谢家~

迟(遲)chí【古】上平,四支。另见 208 页 zhì。【例】杯~步~侧~持~重~春~耽~低~钝~歌~工~行~花~怀~稽~羁~结~来~凌~留~马~暮~沛~铺~栖~棲~企~迁~巧~钦~倾~日~濡~赊~沉~舒~疏~衰~思~推~威~委~尉~倭~西~信~虚~暄~悬~淹~延~奄~雁~依~疑~意~纡~语~早~瞻~至~伫~阻~去帆~夕阳~消息~雁来~

匙chí【古】上平,四支。另见 182 页 shí。【例】半~背~茶~羹~灰~金~两~流~马~黏~锁~汤~调~铜~香~钥~银~印~玉~金钥~利名~

墀chí【古】上平,四支。【例】碧~宾~赤~丹~殿~枫~凤~官~寒~回~椒~阶~金~禁~空~扣~兰~龙~隆~鸾~绿~埧~前~青~秋~沙~霜~琐~苔~天~庭~彤~铜~文~香~轩~玄~璇~璿~瑶~幽~玉~鹓~紫~白玉~滴瑶~

漦chí【古】上平,四支。【例】鳞~流~龙~淫~鼋~

踟chí【古】上平,四支。【例】蹰~

篪(箎)chí【古】上平,四支。【例】吹~大~笙~埙~壎~竽~云~左~

弛chí【古】上声,四纸。另见 189 页 shǐ。【例】爱~崩~逋~跅~灌~怠~彫~堕~惰~放~废~乖~涣~隳~机~积~简~浇~解~寖~纑~厥~宽~旷~敛~陵~慢~驽~懦~寝~倾~散~少~伸~松~偷~颓~拓~刓~玩~携~懈~刑~遗~暂~张~纵~

坻chí【古】上平,四支。另见 135 页 dǐ。【例】京~川~渚~

茌chí 用于地名。【古】上平,四支。

词(詞)cí【古】上平,四支。【例】哀~拜~版~谤~褒~卑~笔~鄙~边~贬~宾~禀~茶~谗~唱~陈~谶~呈~逞~骋~摛~侈~仇~楚~春~粗~措~答~呆~代~单~弹~谠~祷~悼~灯~笛~刁~动~度~断~对~遁~翻~烦~繁~芳~放~费~分~丰~封~凤~肤~伏~服~浮~复~副~覆~高~告~诰~歌~根~宫~供~构~鼓~瞽~瑰~诡~颔~翰~行~合~贺~宏~鸿~互~哗~谎~诨~吉~藉~记~寄~假~谏~僭~娇~醮~解~介~静~剧~决~峻~隽~抗~考~口~夸~诳~拦~谰~滥~仂~诔~离~俚~丽~连~量~柳~麻~谩~慢~盲~梅~门~民~名~铭~命~南~挠~脑~昵~念~捏~偶~判~骈~片~骗~品~平~启~砌~谦~遣~强~青~清~情~曲~权~诠~桡~睿~骚~山~设~生~声~圣~失~诗~实~矢~饰~释~誓~收~寿~受~书~抒~摅~属~数~霜~说~司~私~讼~宋~颂~搜~廋~诉~孙~台~谈~叹~韬~题~体~天~填~调~通~投~吐~托~挽~婉~危~微~伟~谓~温~文~诬~芜~五~息~戏~系~弦~献~邪~谢~媟~新~兴~雄~修~虚~序~喧~选~谑~训~讯~逊~巽~崖~雅~严~言~妍~演~艳~谳~谣~遗~疑~异~逸~溢~音~淫~隐~英~郢~优~游~谀~舆~语~狱~原~载~赞~灶~造~责~斋~占~长~帐~幛~贞~证~支~卮~执~直~制~质~致~置~中~主~助~祝~铸~撰~庄~状~赘~欸乃~白纻~冰雪~步虚~断肠~绝妙~凉州~柳枝~郢客~柘枝~竹枝~醉妆~

辞(辭、辤)cí【古】上平,四支。【例】哀~拜~陂~卑~悲~北~贬~变~辨~别~禀~驳~卜~才~裁~侧~察~谄~

昌~唱~朝~忱~陈~谶~呈~逞~骋~摛~驰~侈~丑~出~楚~春~篡~措~答~单~诞~淡~澹~说~祷~盗~得~典~吊~斗~端~断~敦~遁~恶~贰~繁~反~泛~肥~费~奋~讽~奉~肤~服~浮~甘~敢~高~诰~歌~鲠~苟~构~古~鼓~瑕~瞽~固~卦~冠~瑰~诡~过~含~寒~好~号~合~贺~恒~宏~鸿~互~华~诙~激~急~集~寄~嘉~假~蹇~降~交~郊~教~醮~讦~谨~尽~进~敬~剧~决~谲~峻~开~抗~考~刻~恳~空~控~口~叩~苦~姱~睽~愧~兰~谰~牢~乐~诔~离~礼~俚~醴~厉~丽~利~俪~詈~联~两~鸾~乱~论~麻~马~曼~慢~嫚~美~媚~盟~妙~铭~谬~南~挠~昵~逆~酿~宁~弄~偶~判~偏~篇~片~颇~剖~朴~奇~琦~谦~遣~强~巧~切~挈~青~清~请~秋~驱~曲~权~鹊~桡~冗~润~散~色~涩~歃~善~赡~伤~尚~设~深~沉~慎~失~诗~矢~饰~誓~受~书~属~树~恕~水~顺~说~四~讼~颂~廋~诉~素~碎~孙~琐~谈~叹~逃~腾~题~调~通~同~吐~象~推~退~托~外~玩~挽~婉~往~危~微~伟~伪~委~畏~温~文~诬~午~误~析~习~衔~婉~象~小~些~邪~谐~谢~兴~雄~修~虚~炫~谑~训~逊~巽~雅~严~言~妍~衍~演~艳~祆~爻~繇~要~谒~遗~疑~义~逸~溢~阴~音~淫~引~隐~胤~英~永~优~游~有~余~谀~瑜~语~狱~欲~寓~原~约~载~暂~赞~造~躁~增~轧~诈~占~长~诏~贞~争~征~正~诤~支~卮~执~直~制~质~致~置~中~助~祝~铸~专~颛~转~撰~壮~缀~赘~作~白纻~绝妙~易水~鹧鸪~

慈cí【古】上平,四支。【例】宝~宸~等~恩~割~和~弘~洪~皇~惠~家~俭~矜~酒~钧~孔~宽~令~流~明~母~亲~仁~柔~睿~舍~深~圣~顺~天~温~乌~先~孝~心~宣~严~余~止~重~尊~左~

瓷(甆)cí【古】上平,四支。【例】白~绷~柴~电~定~红~花~绿~缥~青~烧~宋~素~搪~陶~土~细~洋~越~紫~景德~虾青~

茨cí【古】上平,四支。【例】采~蚕~凫~棘~塈~具~茅~苗~蓬~墙~屈~如~苫~石~属~树~藤~苇~尧~遥~尚茅~施皮~

祠cí【古】上平,四支。【例】罢~柏~宝~豹~撤~沉~斥~楚~春~从~丛~岱~祷~道~吊~方~房~汾~丰~奉~佛~伏~丐~宫~诡~鬼~行~河~荒~祭~稷~家~监~郊~醮~节~解~晋~蜡~滥~类~礼~立~灵~柳~六~龙~潞~祺~沔~庙~明~内~宁~七~齐~乞~亲~秋~仁~山~上~神~生~石~侍~岁~亭~望~西~禊~祆~贤~乡~享~修~羊~尧~遥~业~夜~遗~禋~淫~侑~源~礿~岳~云~斋~湛~贞~真~职~中~种~主~祝~专~宗~祖~碧霞~洞霄~佛狸~黄陵~柳子~铜马~武侯~湘女~

鹚(鷀)cí【古】上平,四支。【例】鸬~鹭~

糍cí【例】饭~分~糕~焦~米~香~油~

磁cí【古】上平,四支。【例】电~充~地~防~激~抗~励~洛~剩~退~顽~

牙～洋～永～针～

兹cí【古】上平，四支。另见 178 页 zī。【例】龟～

雌cí【古】上平，四支。【例】半～纯～慈～雌～地～蝶～伏～孤～鬼～护～饥～羁～挟～惊～两～鸣～求～群～柔～山～蛇～守～双～孀～素～雄～猿～月～支～执～望风～雉来～

时（時）shí【古】上平，四支。【例】哀～按～拜～半～报～背～倍～比～彼～必～毕～避～变～并～播～伯～晡～补～才～蚕～刹～昌～常～朝～辰～趁～称～乘～持～丑～初～触～春～此～从～大～待～亶～旦～当～到～得～登～等～笛～诋～抵～丁～定～冬～动～对～顿～遁～多～儿～而～迩～法～饭～芳～非～废～费～分～逢～奉～敷～辅～负～赴～复～傅～感～工～古～瓜～观～冠～规～诡～晷～贵～亥～寒～汉～行～合～何～和～恒～后～候～花～化～画～皇～黄～会～蕙～昏～火～或～积～及～吉～极～即～疾～忌～济～佳～浃～嘉～嫁～奸～俭～矫～节～届～今～进～近～经～惊～竟～静～久～旧～救～就～举～厥～康～考～刻～课～孔～跨～匡～旷～睽～兰～累～历～立～利～良～两～劣～临～零～留～六～隆～履～率～绿～卯～梅～昧～弥～民～明～某～曩～逆～年～恁～农～偶～丕～僻～片～平～迫～其～起～牵～愆～前～倾～清～顷～秋～区～趋～去～趣～权～人～日～入～若～三～桑～霎～善～伤～上～少～申～审～慎～生～圣～盛～失～识～实～食～适～守～首～受～授～书～倏～暑～帅～水～顺～瞬～巳～四～俟～随～岁～他～泰～谈～逃～天～田～髫～通～同～推～佗～蛙～王～往～忘～危～微～为～违～维～未～无～五～午～忤～务～夕～昔～惜～喜～暇～下～夏～先～闲～现～乡～相～向～小～些～协～谢～欣～兴～休～戌～须～旋～学～雪～薰～旬～寻～淹～眼～阳～邀～要～夜～宜～移～遗～以～异～阴～寅～引～莺～迎～应～忧～有～酉～幼～于～逾～踰～与～雨～驭～芋～遇～月～阅～匝～灾～载～暂～遭～早～斋～战～昭～赭～赭～争～正～知～中～周～昼～逐～主～准～子～走～卒～晬～遵～佐～几多～麦秋～

鲥（鰣）shí【古】上平，四支。【例】江～烹～食～鲜～咸～银～富春～四月～

莳（蒔）shí【古】上平，四支。另见 200 页 shì。【例】产～佃～花～移～栽～种～

埘（塒）shí【古】上平，四支。【例】栖～鸡～雉～

提shí【古】上平，四支。另见 107 页 dī、130 页 tí。【例】朱～

匙shí【古】上平，四支。另见 180 页 chí。【例】钥～

炻shí 炻器。

石shí【古】入声，十一陌。另见 453 页 dàn。【例】岸～暗～白～拜～斑～半～宝～抱～碑～崩～笔～碧～砭～鞭～窆～标～鳖～磻～博～采～苍～草～侧～岑～超～赪～乘～程～螭～叱～础～楚～处～触～船～春～慈～磁～粗～翠～错～岱～带～丹～担～儋～岛～磴～底～砥～点～电～碇～董～动～冻～端～断～掇～恶～耳～饵～发～番～矾～燔～饭～方～飞～匪～肺～焚～丰～风～封～锋～珐～伏～浮～拊～负～甘～研～汵～绀～赣～刚～高～篝～孤～谷～鼓～鹘～怪～关～贯～冠～鹳～圭～龟～桂～跪～滚～海～醢～

寒~旱~好~禾~合~黑~狠~衡~斛~湖~虎~花~滑~化~画~黄~灰~辉~火~击~机~鸡~积~基~激~即~嘉~瑊~荐~剑~涧~践~江~僵~讲~匠~焦~礁~角~绞~劫~结~碣~介~戒~界~斤~金~津~锦~鲸~井~镜~鹫~距~镌~卷~玦~钧~刊~康~克~刻~空~矿~夔~蜡~兰~岚~蓝~老~乐~勒~雷~垒~擂~离~立~砺~砾~连~廉~练~炼~粮~料~列~蔺~灵~陵~流~龙~砻~楼~鹿~卵~络~履~绿~麻~脉~毛~没~美~礞~麋~觅~密~瑂~明~鸣~磨~墨~木~墓~纳~楠~碾~涅~蹑~盘~抛~炮~烹~甓~骈~片~骗~漂~平~坡~璞~跂~碁~企~起~砌~憩~千~钱~桥~诮~秦~寝~青~磬~穹~琼~秋~球~驱~泉~拳~鹊~然~壤~热~任~乳~软~碝~瑞~桑~磉~扫~砂~砦~山~闪~韶~牲~识~矢~市~瘦~蜀~树~漱~双~霜~水~税~四~泗~松~悚~颂~素~遂~碎~燧~笋~筍~锁~踏~苔~滩~坛~潭~逃~梯~提~蹄~条~跳~铁~庭~通~铜~投~湍~娲~瓦~顽~万~危~未~温~文~乌~吴~梧~五~碔~西~息~锡~溪~洗~峡~霞~夏~衔~藓~县~祥~响~消~硝~小~校~谢~薪~信~星~嗅~玄~悬~牙~崖~崕~岩~炎~研~盐~檐~砚~羊~阳~瑶~药~冶~遗~倚~阴~音~吟~银~饮~印~英~婴~萦~郢~幽~油~右~鱼~雨~玉~员~鼋~缘~月~岳~越~云~陨~增~罾~长~杖~沼~赵~照~赭~贞~针~珍~砧~榛~箴~枕~轸~镇~支~志~治~钟~种~甃~朱~竹~煮~柱~铸~砖~转~琢~斫~缁~子~紫~走~钻~醉~翠生~捣衣~点金~鹅卵~凤血~衡遥~花蕊~浣纱~金刚~孔雀~灵璧~摩挲~女娲~盘陀~千金~千人~青田~三生~蛇含~试剑~太湖~桃花~燕然~支机~

鼫shí【古】入声,十一陌。【例】松~

祏shí【古】入声,十一陌。【例】典~江~庙~松~主~宗~

食shí【古】入声,十三职。参见 203 页 sì"饲"。【例】安~白~伴~薄~饱~暴~鄙~贬~扁~变~别~宾~冰~饼~禀~拨~播~卜~晡~捕~财~采~餐~蚕~茶~馋~尝~朝~趁~吃~初~刍~锄~畜~传~炊~辍~赐~从~粗~存~寸~打~大~代~单~箪~啖~帝~鼎~斗~椟~蠹~对~顿~惰~恶~耳~饵~乏~法~饭~菲~粉~凤~俸~伏~服~浮~福~祔~副~赋~丐~甘~干~旰~给~羹~工~狗~谷~官~桂~果~寒~行~合~胡~环~环~会~讳~活~火~伙~藿~饥~积~吉~忌~寄~稷~加~家~夹~颊~假~艰~监~荐~交~嚼~嗟~节~戒~进~晋~禁~酒~就~疽~绝~军~看~康~克~客~空~口~馈~廊~冷~礼~礼~丽~粒~良~粮~料~列~猎~廪~零~流~六~禄~路~洛~旅~马~麦~猫~毛~卯~美~觅~蜜~眠~面~庙~民~末~牟~谋~木~沐~奶~南~内~鸟~啮~农~刨~炮~配~偏~品~铺~仆~乞~绮~器~强~窃~侵~全~券~热~日~冗~肉~乳~蓐~软~三~散~丧~杀~唼~膳~伤~上~尚~稍~摄~生~施~时~豕~市~侍~噬~收~蔬~熟~朔~四~饲~素~胎~贪~堂~糖~天~畋~甜~填~舔~挑~调~停~椁~同~偷~头~投~徒~吐~抟~推~退~吞~讬~晚~喂~温~揾~侮~

吸～饩～暇～下～鲜～闲～咸～享～饷～飨～消～小～宿～序～续～血～衍～掩～晏～餍～燕～印～仰～养～野～夜～衣～壹～以～酏～益～阴～饮～营～佣～雍～游～侑～鱼～余～渔～媮～玉～御～寓～月～杂～再～糟～蚤～造～昃～咤～斋～真～震～蒸～指～致～中～种～昼～猪～逐～主～蛀～转～馔～啄～资～粢～訾～自～足～族～尊～佐～坐～易子～

实(實)shí【古】入声,四质。又:入声,十三职(寔)同。【例】谙～柏～稗～傍～本～宾～播～博～补～才～材～参～仓～草～查～诚～橙～赤～充～崇～初～楮～处～春～椿～纯～淳～瓷～磁～从～粗～翠～丹～捣～蹈～道～稻～得～的～登～滴～荻～地～谛～颠～典～鼎～订～定～冬～豆～笃～端～惇～敦～恶～恩～方～访～非～肥～匪～榧～丰～风～枫～凤～浮～符～府～负～阜～富～腹～覆～甘～柑～干～绀～告～根～公～功～贡～谷～固～故～瓜～乖～官～光～篡～贵～桂～果～过～顸～憨～悍～夯～行～荷～核～红～洪～后～厚～槲～瓠～花～华～槐～欢～蕙～浑～火～惑～积～稽～棘～记～纪～芰～既～佳～嘉～荚～坚～茧～检～简～见～荐～健～践～江～绛～椒～蕉～诘～结～金～谨～尽～经～荆～精～九～柏～鞠～菊～橘～举～据～军～勘～考～靠～克～课～空～款～魁～括～蓝～琅～牢～老～雷～离～梨～李～丽～荔～栎～莲～敛～练～楝～良～谅～量～料～灵～榴～乱～落～率～绿～麻～麦～满～蔓～毛～茂～梅～美～密～苗～妙～名～木～暮～耐～内～藕～皮～骈～平～萍～朴～其～荠～魃～芑～弃～器～芡～强～切～勤～青～清～情～琼～秋～机～求～权～全～悫～确～认～任～荣～如～桑～煞～山～沉～审～甚～声～失～著～史～事～柿～手～首～菽～输～属～树～恕～双～霜～爽～顺～朔～四～松～素～岁～塌～踏～帑～桃～讨～藤～体～填～贴～铁～庭～挺～同～桐～土～吐～托～妥～外～完～晚～万～亡～枉～旺～望～为～委～温～文～稳～沃～无～五～务～杌～枭～夏～弦～苋～现～香～详～翔～橡～校～写～心～信～星～杏～修～秀～虚～恂～讯～雅～严～验～雁～羊～阳～瑶～药～要～椰～野～依～遗～异～诣～益～阴～殷～银～隐～盈～营～应～硬～用～优～柚～玉～渊～鹓～圆～阅～云～匀～陨～再～枣～蚤～造～责～楂～柞～章～照～折～着～贞～珍～真～榛～征～证～芝～知～摭～旨～指～枳～质～治～致～中～忠～种～重～朱～珠～竹～壮～坠～茁～资～子～籽～梓～紫～自～综～足～俎～尊～左～坐～仓廪～名副～

识(識)shí【古】入声,十三职。【例】谙～拔～跋～拜～饱～保～鄙～辨～辩～别～博～才～藏～测～察～常～朝～惝～聪～搭～达～胆～定～洞～断～多～恶～耳～凡～封～符～高～共～故～寡～贵～含～宏～徽～魂～积～记～谫～见～鉴～交～觉～结～解～谨～近～精～究～旧～巨～镌～眷～绝～俊～考～刻～款～朗～理～练～量～灵～六～陋～漫～茂～迷～妙～敏～名～明～铭～默～谋～目～脑～盼～朋～妍～评～七～旗～气～器～洽～钤～前～潜～浅～亲～清～情～穷～趣～圈～诠～认～睿～赏～身～深～神～审～生～省～史～熟～所～特～题～体～天～通～图～亡～唯～伟～闻～无～五～物～习～先～贤～相～小～晓～心～信～形～性～玄～悬～学～训～雅～淹～眼～阳～遥～业～遗～疑～忆～意～懿～阴～印～

颖~有~渊~元~远~杂~沾~真~甄~知~指~至~志~智~缀~卓~资~自~祖~

蚀(蝕)shí【古】入声,十三职。【例】半~薄~备~冰~剥~驳~蚕~虫~斗~蠹~风~腐~蛊~海~环~晦~交~浸~亏~沕~磨~偏~侵~全~缺~阙~日~溶~融~水~岁~苔~土~吞~下~销~蝎~锈~阳~阴~雨~月~晕~灾~贼~震~昼~蛀~朘~苔藓~

拾shí【古】入声,十四缉。另见76页shè。【例】采~撮~蹈~掇~飞~俯~骨~寒~缉~捡~剿~芥~纠~决~抉~掯~蒙~剽~樵~筌~删~收~数~诵~探~下~燕~蚁~欲~援~招~整~摭~筑~

湜shí【古】入声,十三职。【例】籍~湜~

十shí【古】入声,十四缉。【例】百~半~撮~地~釜~合~角~累~数~双~息~盈~知~重~半九~一当~

什shí【古】入声,十四缉。另见518页shén。【例】豳~裁~澄~短~风~高~戈~哈~合~怀~佳~家~嘉~杰~近~丽~联~没~篇~器~琼~生~诗~收~说~天~铁~文~伍~物~雅~艳~章~郑~做~

硕(碩)shí【古】入声,十一陌。另见54页shuò。

直zhí【古】入声,十三职。【例】抱~豹~爆~本~迸~逼~笔~鄙~褊~表~秉~布~参~侧~茶~钗~抄~朝~扯~诚~承~酬~垂~淳~赐~大~丹~惮~当~谠~诋~递~殿~动~陡~端~敦~钝~发~罚~番~矾~方~匪~分~夫~辐~府~敢~干~刚~戆~高~给~耿~鲠~公~供~沽~孤~古~骨~瞽~顾~雇~果~过~还~憨~豪~好~和~恒~衡~虹~后~厚~皇~积~汲~计~贾~价~奸~坚~检~剪~简~蹇~贱~江~僵~交~角~绞~矫~脚~讦~洁~捷~介~谨~进~劲~靳~禁~京~旌~竟~迥~酒~僦~狷~峻~恺~侃~衎~康~亢~抗~恳~口~快~匡~狂~矿~牢~理~厉~例~廉~良~亮~谅~烈~领~溜~龙~鲁~禄~轮~驴~率~马~买~卖~蒙~蓦~南~讷~内~凝~女~平~评~朴~七~岂~气~器~铅~浅~强~桥~峭~切~勤~轻~清~秋~峭~遒~趋~曲~权~全~券~悫~入~散~山~赏~社~伸~绳~时~实~矢~市~侍~守~受~疏~赎~树~竖~恕~爽~水~顺~司~死~肆~讼~素~随~岁~塌~坦~条~岩~调~听~停~挺~通~同~退~脱~外~枉~温~无~武~物~夕~奚~下~弦~限~相~宵~悻~雄~修~宿~靴~洵~雅~烟~严~盐~眼~夜~夷~遗~易~硬~佣~友~迂~愚~寓~元~月~允~展~长~照~贞~正~祇~执~质~中~忠~重~昼~珠~专~准~拙~资~嘴~作~帆影~孤烟~

值zhí【古】入声,十三职(以"直"字下通)。又:去声,四寘。同。【例】保~傫~比~币~贬~不~侧~产~偿~承~触~担~当~地~对~峰~逢~负~根~还~会~货~极~计~贾~价~贱~理~赁~轮~蒙~面~潜~巧~券~日~入~升~时~实~适~数~天~调~退~物~相~宿~音~佣~余~阈~允~遭~增~正~支~直~中~钟~资~总~阻~千金~

植zhí【古】入声,十三职。又:去声,四寘。同。【例】百~薄~并~播~材~操~产~丛~檟~党~倒~定~动~发~蕃~繁~房~丰~封~扶~干~耕~固~豪~鹤~回~嘉~假~金~净~决~垦~列~林~密~木~农~培~匹~骈~迁~强~丘~弱~森~生~手~树~陶~天~托~误~新~形~穴~学~偃~移~遗~艺~营~栽~攒~植~种~孳~滋~庭前~

殖zhí【古】入声,十三职。【例】苞~薄~保~髀~播~不~产~炽~崇~倒~对~蕃~繁~丰~封~富~耕~骨~豪~诲~货~韭~垦~灵~禄~内~农~生~私~岁~田~挺~拓~五~兴~学~养~移~营~允~增~殖~种~众~孳~滋~打髀~五谷~

执(執)zhí【古】入声,十四缉。【例】百~边~秉~搏~捕~部~残~操~穿~春~存~旦~定~对~法~方~封~俘~父~公~孤~古~固~筦~管~横~怀~幻~回~坚~见~交~胶~劫~禁~敬~窘~九~久~拘~揽~良~论~貌~迷~面~泥~宁~拗~朋~僻~譬~偏~破~仆~谦~强~擒~囚~驱~确~深~生~侍~收~随~挺~外~妄~违~我~诬~无~闲~邪~修~循~要~幽~友~迂~允~宰~遭~择~掌~争~指~挚~滞~主~专~准~自~祖~遵~左~牛耳~

职(職)zhí【古】入声,十三职。【例】罢~拜~颁~版~卑~备~本~笔~边~贬~宾~秉~不~布~部~材~参~操~常~撤~趁~称~诚~弛~褫~出~春~辍~词~辞~大~代~带~当~到~道~得~地~典~顶~渎~夺~贰~非~废~分~讽~凤~奉~服~府~辅~负~妇~赴~复~副~赋~革~阁~公~宫~恭~共~贡~供~锢~挂~乖~官~馆~贵~衮~国~还~合~华~换~隳~火~假~兼~贱~谏~降~教~阶~揭~解~借~谨~尽~进~晋~禁~京~敬~九~久~旧~就~居~举~剧~捐~镌~军~刊~课~旷~阃~滥~浪~乐~累~离~礼~理~历~吏~莅~连~联~僚~临~领~留~落~率~猫~縻~免~冥~谬~末~幕~纳~内~溺~女~弃~迁~浅~侵~勤~清~趋~去~权~劝~让~任~冗~儒~塞~散~善~摄~神~慎~省~尸~失~识~实~食~史~世~事~试~视~适~守~首~受~授~殊~署~述~庶~帅~水~顺~司~四~耸~岁~碎~所~台~天~忝~条~调~帖~贴~停~通~同~退~外~王~微~委~文~无~武~西~袭~下~闲~閒~显~现~限~巷~效~协~卸~谢~新~刑~雄~修~选~削~循~逊~殉~牙~衙~言~要~野~阴~营~右~寓~原~越~陨~运~杂~宰~在~责~张~振~争~正~政~执~职~治~中~重~州~专~转~子~宗~倅~祖~遵~文墨~

侄(姪)zhí【古】入声,四质。又:入声,九屑异。【例】阿~表~从~弟~娣~儿~孤~姑~皇~令~虀~门~年~女~舍~生~甥~叔~贤~乡~小~子~宗~族~从表~

跖(蹠)zhí【古】入声,十一陌。【例】白~避~挡~盗~对~跗~跟~鸡~践~桀~巨~孔~柳~千~跷~蹻~食~舜~项~鸭~颜~偃~夷~远~耆~跱~踵~足~

蛰(蟄)zhí 又读。【古】入声,十四缉。另见67页zhé。

絷(縶)zhí【古】入声,十四辑。【例】不~缠~从~樊~方~缚~羁~见~将~

拘~可~缧~笼~马~縻~牵~囚~驱~身~维~系~幽~南冠~受在~

埴zhí【古】入声,十三职。又:去声,四寘。同。【例】抟~斥~赤~范~封~黑~垆~黏~埏~陶~抟~瓦~挻~擿~

摭zhí【古】入声,十一陌。【例】采~掎~窘~捃~罗~拾~收~顺~诬~远~招~指~

跖(蹠)zhí【古】入声,十一陌。【例】豹~号~虎~腾~跳~鱼~

仄声·上声

齿(齒)chǐ【古】上声,四纸。【例】拔~白~龅~薄~贝~冰~病~博~不~残~齿~唇~刺~大~德~颠~叠~儿~发~反~犯~佛~弗~高~庚~挂~丱~龟~鬼~贵~含~寒~皓~合~黑~恒~后~虎~瓠~毁~慧~豁~获~屐~哜~骥~戛~坚~见~建~燋~嚼~角~金~尽~九~旧~臼~驹~锯~眷~可~口~叩~拉~冷~历~隶~砺~连~两~龄~六~龙~露~轮~论~履~绿~马~茂~没~门~面~殁~牡~木~暮~鲵~年~涅~啮~牛~龋~钯~朋~骈~漆~齐~耆~启~起~前~敲~切~龋~去~犬~让~绕~荣~容~孺~乳~弱~僧~上~尚~韶~少~生~盛~石~拾~食~收~梳~疏~鼠~衰~双~霜~顺~素~忝~龆~髫~铁~同~童~忘~未~问~无~勿~相~镶~象~小~楔~宿~序~炫~牙~雅~雁~羊~仰~咬~义~银~印~有~幼~鱼~余~玉~熨~凿~枣~折~治~栉~智~稚~种~蛀~壮~啄~尊~犬马~

耻(恥)chǐ【古】上声,四纸。【例】悲~鞭~不~惭~仇~丑~达~反~愤~负~复~诟~垢~国~还~怀~悔~积~贱~骄~解~可~愧~衅~廉~明~内~齐~忍~荣~辱~深~刷~岁~谈~为~洿~无~五~鲜~笑~羞~宿~雪~贻~益~引~忧~有~怨~招~振~知~滞~

胣chǐ 剖腹。【古】上声,四纸。

侈chǐ【古】上声,四纸。【例】傲~褒~陂~不~侈~崇~雕~惰~繁~丰~浮~富~甘~广~瑰~贵~豪~浩~横~弘~宏~怙~华~济~僭~骄~矫~戒~夸~滥~丽~弥~靡~轻~穷~饶~奢~庶~肆~太~汰~贪~邪~凶~雄~徇~弇~已~淫~游~逾~珍~治~自~纵~

豉chǐ【古】去声,四寘。另见201页shì。【例】草~莼~丹~淡~豆~临~鲁~麦~面~秦~曲~蒜~沃~下~咸~盐~玉~紫~

褫chǐ【古】上声,四纸。又:上平,四支异。("夺衣"同)【例】崩~褫~剥~夺~辑~沦~庬~绵~平~魄~扑~气~三~贪~颓~未~误~沿~装~追~

哆chǐ 张口。另见31页duō。【古】上声,四纸。又:下平,六麻同。又:上声,二十哿同。又:上声,二十一马同。又:去声,四寘。同。

尺chǐ【古】入声,十一陌。另见68页chě。【例】百~半~宝~标~表~部~裁~崇~赐~寸~刀~得~钿~斗~度~方~幅~抚~腹~钢~高~格~工~公~钩~刮~关~圭~过~衡~后~画~火~积~挟~简~角~戒~界~金~进~径~

九~局~蹋~矩~卷~卡~累~两~轮~律~码~米~木~皮~铺~七~千~前~琼~曲~软~绳~十~市~书~黍~水~四~缩~腾~铁~铜~土~万~枉~羡~襄~象~寻~讯~压~牙~亿~英~盈~玉~月~丈~折~镇~只~直~指~咫~中~众~周~足~寸关~古律~金粟~鲁班~铜龠~玉界~

此cǐ【古】上声，四纸。【例】彼~才~出~从~端~而~凡~方~奉~敢~故~后~及~即~竟~久~就~拘~据~乐~类~恋~明~前~遣~钦~取~如~若~三~十~顺~肃~特~外~为~向~繇~已~以~因~于~造~臻~只~至~钟~专~准~坐~技止~直如~

鲨(鮆)cǐ 鱼名。【古】上声，八荠。

玼cǐ 光洁鲜明。【古】上声，八荠。

泚cǐ【古】上声，四纸。又：上声，八荠同。【例】泚~汗~濩~净~清~颡~微~颡有~

始shǐ【古】上声，四纸。又：去声，四寘。同。【例】本~伯~倡~初~创~大~发~反~方~昉~复~更~古~贵~祸~谨~经~敬~开~历~虑~末~谋~能~年~七~起~乾~趋~却~然~慎~事~饰~顺~太~泰~托~隈~隗~未~文~无~物~部~旬~伊~由~原~缘~远~造~兆~肇~正~终~重~宙~资~祖~万物~

驶(駛)shǐ【古】上声，四纸。【例】奔~飙~驰~东~帆~风~行~急~疾~驾~开~流~马~牛~起~轻~清~甚~停~湍~骛~雄~虚~迅~云~岁月~

使shǐ【古】上声，四纸。又：去声，四寘。异。【例】八~北~备~婢~边~部~材~财~裁~策~朝~臣~称~诚~骋~驰~敕~出~从~粗~促~大~单~当~得~第~殿~蝶~东~动~贰~番~凡~烦~泛~奉~肤~符~妇~副~给~公~宫~觥~贡~勾~官~馆~惯~瓯~鬼~国~函~行~鹤~横~华~皇~激~羁~即~藉~假~间~讲~降~郊~街~节~介~借~浸~就~斸~军~客~来~里~廉~临~陵~领~留~虏~禄~马~密~命~内~鸟~臬~奴~虐~女~牌~譬~聘~迫~破~仆~气~器~潜~遣~且~青~轻~驱~趋~趣~权~任~如~若~散~设~神~盛~十~事~侍~收~枢~帅~送~虽~唆~台~探~倘~特~天~通~僮~脱~外~王~委~乌~唔~五~仙~闲~衔~乡~向~信~星~绣~绪~宣~学~巡~言~雁~养~徭~业~遗~颐~役~译~驿~音~邮~远~院~悦~运~长~诏~征~正~支~只~直~指~至~制~质~致~中~重~诸~竹~主~驻~专~总~纵~走~卒~尊~左~苍水~骢马~飞鸟~观风~馆伴~护军~金翼~锦城~青鸟~清风~劝农~巡察~阳关~一介~译经~氤氲~支度~追风~

史shǐ【古】上声，四纸。【例】安~霸~稗~班~谤~北~备~别~病~仓~曾~厂~丞~尺~丑~春~词~刺~从~村~大~代~丹~党~邸~典~洞~读~惇~范~坟~凤~府~腐~公~宫~古~鼓~瞽~国~汉~合~侯~狐~花~画~秽~记~祭~家~监~缣~讲~近~镜~酒~旧~君~历~丽~连~良~麟~令~六~鲁~闾~马~盲~眉~梅~门~祕~秘~庙~民~南~内~佞~女~迁~前~琴~青~阙~儒~瑞~僧~杀~省~诗~士~侍~筮~书~司~私~台~太~铁~廷~

通~彤~铜~僮~统~痛~图~外~尉~文~污~巫~五~仙~萧~箫~小~新~信~刑~修~胥~许~炫~血~延~演~砚~艳~野~遗~邑~佚~驿~轶~逸~因~咏~右~谀~虞~狱~御~掾~悦~杂~战~长~掌~帐~贞~针~正~直~众~周~诸~柱~祝~专~字~走~卒~左~佐~百代~创业~门下~周柱~柱下~

矢shǐ【古】上声,四纸。【例】安~八~拔~白~奔~库~熛~兵~博~蚕~操~乘~抽~传~赐~寸~镝~砥~奠~毒~锻~发~放~飞~锋~逢~茀~负~戈~弓~狗~孤~贯~鬼~函~捍~蒿~嚆~豪~恒~后~弧~壶~鲑~黄~火~激~棘~集~辑~剑~箭~矫~截~金~尽~荆~九~楛~狂~雷~利~连~流~六~卢~轮~马~矛~没~虻~密~命~木~囊~年~牛~弄~弩~蓬~蒲~契~前~钳~敲~琴~驱~鹊~三~杀~伤~舍~神~十~石~拾~逝~受~鼠~束~四~讼~素~天~田~铁~彤~拓~亡~枉~危~锻~弦~相~小~信~悬~鸭~烟~羊~遗~蝇~拥~永~游~踰~雨~御~约~再~矰~长~柘~贞~争~只~执~止~志~中~猪~竹~注~锥~自~骀~镞~

豕shǐ【古】上声,四纸。【例】白~豺~大~丰~封~冯~负~狗~亥~河~呼~狐~黄~鸡~猳~酒~剧~侩~羸~辽~鹿~牧~驱~犬~群~人~三~蛇~食~四~特~天~田~豚~献~熊~羊~野~夜~鱼~泽~众~负涂~辽东~

弛shǐ【古】上声,四纸。另见180页chí。

屎shǐ 另见116页xī。【古】上声,四纸。【例】鼻~蚕~殿~屙~耳~狗~拉~鸟~牛~脐~青~鼠~鸭~烟~眼~遗~燥~

死sǐ【古】上声,四纸。【例】爱~傲~百~败~半~榜~暴~逼~毙~壁~变~濒~兵~偿~出~除~处~触~遄~垂~赐~从~促~猝~窜~贷~倒~蹈~道~得~抵~底~阽~吊~钉~冬~冻~毒~赌~断~扼~发~返~分~焚~奋~伏~附~赴~该~敢~槁~梗~构~归~好~劾~横~后~坏~缓~逭~灰~毁~讳~贿~昏~火~即~籍~寄~假~减~僵~降~焦~绞~节~尽~经~鸩~九~酒~救~决~看~考~客~溘~枯~苦~楛~狂~愧~浪~老~乐~累~敛~良~临~流~戮~论~买~卖~冒~没~昧~迷~觅~暮~拟~逆~溺~牛~弄~怕~判~偏~拼~魄~仆~七~齐~祈~起~弃~掐~谴~强~桥~青~轻~情~屈~取~却~忍~杀~山~善~赊~生~失~矢~市~试~贳~逝~誓~守~受~殊~赎~水~说~四~送~逃~讨~填~投~托~脱~万~亡~枉~妄~危~未~无~毋~五~夕~惜~下~夏~先~相~详~小~效~心~凶~虚~魆~寻~殉~阳~夭~药~要~喝~野~遗~义~缢~幽~瘐~冤~蚤~贼~赠~诈~找~折~鸩~争~致~重~诛~转~走~族~罪~作~爱流~狡兔~

止zhǐ【古】上声,四纸。【例】安~罢~跸~弊~波~裁~车~彻~辍~次~萃~逮~道~得~底~抵~底~地~电~定~动~顿~遏~发~方~防~匪~废~风~蜂~凤~奉~苻~辐~干~告~跟~艮~钩~苟~觏~观~馆~归~行~呵~合~和~河~鹤~户~徽~火~鸡~即~疾~掎~际~寄~霁~嘉~谏~鉴~降~节~截~解~届~尽~进~禁~景~敬~静~

救~居~沮~举~拒~坎~苛~匮~劳~乐~雷~戾~莅~临~麟~留~龙~露~马~涣~靡~磨~难~匿~鸟~宁~凝~攀~譬~栖~岂~起~憩~谯~寝~请~曲~劝~鹊~容~孺~杀~舍~时~仕~逝~守~衰~双~水~顺~所~谈~庭~停~投~豚~外~往~为~无~五~息~闲~限~晓~歆~兴~休~宿~须~旋~雪~燕~阳~仰~夜~依~仪~宜~疑~抑~驿~阴~引~蝇~庸~游~右~雨~寓~爰~遮~镇~知~至~制~滞~中~终~众~驻~柷~足~阻~作~一篑~

指zhǐ【古】上声,四纸。【例】阿~百~柏~扳~班~搬~半~北~背~本~臂~变~标~鬓~擘~布~称~承~驰~初~传~戳~词~辞~错~大~代~弹~倒~点~顶~东~冻~短~断~堕~发~燔~泛~粉~风~顾~合~红~宏~虹~后~护~划~回~戟~季~剑~将~匠~脚~教~截~戒~靳~禁~拘~举~巨~句~君~开~科~烂~厘~历~炼~六~隆~偻~轮~漫~密~妙~鸣~拇~目~南~内~逆~拈~喃~攀~偏~骈~耆~掐~千~前~亲~诎~屈~确~燃~染~绕~柔~软~森~上~烧~盛~失~食~使~事~噬~手~授~书~殊~束~爽~顺~四~素~特~条~同~僮~妄~微~违~诬~五~迕~西~希~纤~弦~衔~小~啸~邪~玄~悬~血~巡~迅~烟~言~遥~要~颐~意~音~盈~右~玉~谕~远~约~运~咋~展~章~掌~招~针~支~枝~知~织~直~制~中~主~锥~赘~宗~足~左~千夫~

纸(紙)zhǐ【古】上声,四纸。【例】矮~白~百~败~半~磅~报~笔~壁~表~布~蚕~草~抄~嘲~衬~呈~持~尺~赤~楮~川~窗~词~刺~簇~寸~得~点~吊~杜~度~番~幡~仿~费~凤~讣~钢~港~稿~贡~古~谷~故~官~贵~海~寒~翰~毫~号~红~厚~糊~花~化~坏~黄~惠~火~寄~嘉~笺~茧~剪~简~谏~界~借~金~尽~经~精~九~蠲~绢~卡~刻~匮~蜡~蓝~烂~雷~累~历~连~两~列~裂~临~绫~领~罗~落~绿~滤~麻~麦~蛮~绵~棉~名~冥~陌~年~蟠~抨~皮~匹~片~票~扑~契~千~阡~钱~墙~青~染~绕~如~砂~山~上~烧~生~试~手~授~熟~署~蜀~霜~素~随~苔~炭~藤~题~通~图~土~托~万~五~锡~峡~相~香~写~谢~信~宣~穴~剡~洋~养~遗~银~引~印~油~云~灾~造~诏~折~镇~织~终~绉~竹~著~状~坠~硾~紫~字~渍~奏~表心~蔡侯~蚕茧~澄心~东坡~高丽~孤魂~金粟~鸾凤~罗纹~洛阳~松花~桃花~投身~乌田~销金~鸦青~玉版~玉镇~朱笺~钻故~左伯~

徵zhǐ【古】上声,四纸。另见605页zhēng“征”。【例】变~宫~嚼~流~清~协~

祉zhǐ【古】上声,四纸。【例】奥~百~宝~呈~褫~储~垂~祷~帝~发~番~繁~丰~福~告~鸿~积~家~嘉~见~降~介~俪~灵~流~龙~禄~丕~骈~祈~清~庆~全~时~世~寿~受~颂~天~锡~遐~祥~效~休~玄~延~燕~遗~应~余~元~昭~种~

芷zhǐ【古】上声,四纸。【例】岸~白~薜~芳~罩~衡~蘅~蕙~兰~乱~绿~佩~辟~蘋~青~清~素~汀~闻~夏~缬~沅~泽~

址(阯)zhǐ【古】上声,四纸。【例】储~地~定~废~故~贯~坏~会~基~建~交~阶~界~旧~居~灵~丕~墙~山~坛~堂~颓~维~西~校~新~玄~选~寻~阳~遗~余~原~住~

趾zhǐ【古】上声,四纸。【例】跰~步~层~丹~颠~雕~顶~鼎~动~断~多~方~芳~趺~绀~跟~行~鸡~基~茧~趼~交~脚~举~立~利~林~麟~露~没~妙~命~南~骈~蹼~跂~前~翘~瑞~山~伤~神~石~疏~台~踠~系~下~雄~玄~雪~崖~岩~遗~鹰~游~余~玉~远~糟~趾~蹔~足~左~

沚zhǐ【古】上声,四纸。【例】北~碧~川~岛~矶~涧~江~京~兰~林~清~沙~溪~湘~玄~幽~沼~中~洲~

旨zhǐ【古】上声,四纸。【例】奥~被~本~鄙~布~裁~禅~朝~宸~趁~称~成~承~敕~冲~初~传~醇~词~辞~慈~大~得~恩~法~芳~丰~风~讽~奉~佛~符~甘~高~归~和~弘~宏~后~画~皇~赍~嘉~简~矫~教~节~进~九~钧~空~来~乐~令~六~纶~论~秘~妙~明~墨~内~譬~票~歧~清~情~请~遒~趣~全~诠~缛~睿~三~骚~上~深~神~圣~盛~失~食~释~书~顺~邃~台~特~题~天~条~调~托~王~微~味~温~文~悟~希~遐~纤~显~香~晓~宣~玄~雅~严~言~要~遗~颐~义~谊~意~懿~音~英~优~幽~俞~余~玉~谕~御~渊~元~远~章~诏~珍~中~重~主~滋~宗~尊~

咫zhǐ【古】上声,四纸。【例】尺~径~离~天~盈~不逾~

轵(軹)zhǐ【古】上声,四纸。【例】车~狗~交~两~涉~

枳zhǐ【古】上声,四纸。【例】八~北~多~伐~甘~化~淮~棘~荆~橘~椇~六~鸾~野~榛~

只[1]zhǐ 语尾助词。【古】上声,四纸。另见177页zhī。【例】刚~果~伬~乐~人~天~

只[2](祇、衹)zhǐ 仅有。【古】上平,四支。另见177页zhī。“祇”另见129页qí。【例】不~

黹zhǐ【古】上声,四纸。【例】针~

扺zhǐ【古】上声,四纸。【例】排~批~

子zǐ【古】上声,四纸。【例】哀~爱~袄~靶~坝~柏~稗~扳~班~板~半~绊~梆~榜~蚌~包~孢~雹~鸨~堡~杯~被~鼻~婢~篦~襞~鞭~别~瘪~冰~饼~伯~脖~才~蚕~伧~草~册~杈~茬~察~钗~禅~铲~肠~臣~蛏~呈~程~橙~痴~池~尺~翅~冲~虫~宠~筹~出~厨~锄~雏~橱~楚~处~船~椽~串~钏~窗~锤~村~皴~呆~袋~单~胆~掸~蛋~刀~岛~稻~戥~凳~滴~笛~嫡~弟~帝~癫~点~甸~簟~吊~碟~蝶~钉~定~锭~洞~斗~豆~痘~独~肚~渡~端~段~缎~队~对~兑~墩~蹲~垛~蛾~儿~饵~筏~法~幡~凡~泛~贩~坊~房~放~飞~妃~榧~封~疯~蜂~凤~佛~夫~伕~浮~斧~父~负~妇~附~复~富~袱~盖~甘~竿~杆~冈~缸~杠~羔~膏~篙~稿~鸽~歌~阁~裓~根~埂~栱~钩~孤~姑~箍~古~谷~股~瓜~褂~拐~冠~罐~鬼~柜~桂~桧~国~果~孩~汉~行~毫~号~耗~合~鹤~壑~黑~红~瘊~后~胡~斛~鹄~虎~瓠~花~划~猾~化~獾~黄~幌~灰~回~

会～火～伙～货～镬～机～鸡～赍～箕～激～棘～集～藉～虮～麂～季～继～偈～髻～骥～家～跏～嘉～铗～甲～假～嫁～尖～奸～犍～茧～趼～剪～贱～毽～腱～骄～角～饺～轿～教～窖～秸～街～节～结～碣～解～介～金～襟～精～颈～镜～鸠～酒～舅～驹～鞠～橘～锯～君～菌～龛～铐～颗～壳～客～课～孔～扣～裤～胯～款～夔～鲲～辣～赖～篮～浪～老～乐～耒～狸～篱～李～里～历～例～栗～笠～粒～帘～莲～鲢～梁～量～列～林～檩～翎～绫～领～绺～龙～聋～笼～炉～虏～橹～路～乱～轮～骡～络～履～麻～码～麦～蛮～幔～毛～矛～帽～枚～梅～媒～妹～媚～门～孟～麋～面～苗～末～貉～墨～眸～母～木～牧～暮～衲～男～猱～脑～内～妮～逆～镊～孽～农～奴～弩～女～耙～牌～潘～盘～膀～胖～刨～狍～袍～篷～坯～貔～痞～骗～票～婆～妻～起～奔～钳～枪～樵～亲～青～卿～屈～圈～犬～裙～群～人～仁～任～日～孺～入～馓～嗓～骚～嫂～臊～沙～傻～山～艄～勺～哨～婶～升～生～绳～圣～虱～狮～豕～士～仕～侍～室～释～瘦～书～叔～姝～梳～竖～庶～双～私～嗣～松～苏～俗～梭～索～坛～檀～探～唐～桃～陶～套～藤～梯～体～天～田～挑～条～调～帖～厅～听～艇～桐～铜～童～僮～瞳～统～筒～头～骰～屠～兔～团～腿～驼～娃～袜～外～弯～丸～望～微～位～蚊～倭～吴～五～兀～西～息～戏～虾～瞎～匣～仙～贤～弦～馅～箱～巷～鸮～孝～楔～蝎～鞋～芯～信～星～杏～袖～玄～靴～学～荀～伢～衙～颜～燕～羊～阳～养～窑～鹞～椰～叶～遗～义～易～翼～荫～银～引～印～缨～蝇～影～优～由～邮～犹～游～幼～柚～余～渔～玉～育～狱～鬻～元～园～崽～簪～枣～贼～渣～札～宅～毡～长～帐～障～爪～棹～照～贞～砧～榛～争～净～之～知～栀～侄～枳～质～彘～稚～冢～仲～众～舟～肘～朱～诸～竹～主～柱～箸～庄～状～锥～赘～桌～镯～宗～粽～卒～安期～北宫～薛萝～亳丘～卜算～不肖～步虚～采桑～参寥～餐霞～沧浪～婵娟～蝉灵～巢居～乘鸾～鸱夷～赤帝～赤松～重瞳～纯阳～村夫～捣练～登徒～斗筲～逗乐～独笋～儿女～二三～风流～风信～浮屠～富家～更漏～公羊～古冶～骨朵～挂幌～关捩～管城～广成～韩非～韩湘～寒山～行香～何满～狐媚～淮南～家生～江城～金铃～金吾～崆峒～傀儡～昆仑～老莱～良家～柳阴～鲁连～螟蛉～青衿～青丘～轻薄～散淡～丧家～舍利～生查～世家～市井～水仙～田家～铁算～菟丝～延陵～玉真～竹管～

紫 zǐ【古】上声，四纸。【例】阿～碧～惨～苍～姹～蝉～陈～赪～赤～吹～垂～赐～翠～带～黛～丹～斗～端～绯～绀～宫～龟～酣～含～荷～核～黑～红～黄～甲～兼～剑～绛～酱～借～金～烂～梨～丽～练～绿～梅～暮～凝～佩～皮～缥～齐～茄～青～秋～日～肉～山～沉～椹～拾～笋～太～檀～缇～拖～晚～万～魏～鲜～蟹～血～烟～酽～油～纡～玉～皂～窄～展～朱～左～暮山～

姊 zǐ【古】上声，四纸。【例】阿～伯～处～从～大～姑～寡～贵～候～家～盟～三～事～四～贤～小～鱼～月～中～

滓 zǐ【古】上声，四纸。【例】秕～残～查～尘～沉～氛～浮～垢～秽～酒～蜡～沦～蜜～溟～泥～漆～铁～铜～无～瑕～纤～嚣～阴～余～糟～渣～蔗～汁～昼～

梓zǐ【古】上声,四纸。【例】白~大~丹~得~剢~翻~枌~付~复~贡~湖~虎~槐~涧~荆~井~刻~梅~美~梦~命~楠~杞~乔~桥~锲~楸~入~桑~杉~上~社~守~授~鼠~松~桐~文~乡~校~绣~灾~种~重~贤乔~

仔zǐ 仔细。幼小家畜。【古】上声,四纸。另见311页zǎi。

訾zǐ【古】上声,四纸。又:上平,四支同("諏訾"平声独用)。【例】百~谤~鄙~财~谗~诋~兜~非~诽~高~苟~诟~呵~毁~恚~秽~讥~家~沮~詈~侔~排~跂~窃~取~省~肆~谈~无~西~滃~瑕~限~相~余~怨~指~秩~中~訾~諏~足~

籽zǐ【例】菜~结~麦~棉~耘~雪末~

耔zǐ【古】上声,四纸。又:上平,四支同。【例】春~耕~耘~

笫zǐ【古】上声,四纸。【例】床~帷~筵~

秭zǐ【古】上声,四纸。【例】遗~亿~

仄声·去声

翅(翄)chì【古】去声,四寘。【例】半~鼻~不~侧~插~蝉~朝~赤~虫~垂~翠~蝶~冻~粉~奋~凤~高~鼓~鹘~冠~蛤~皓~何~鹤~黑~鸿~鹄~虎~鸡~剪~角~接~金~锦~酒~倦~鹍~敛~两~晾~列~龙~鹭~鸾~虻~鸟~鸥~鹏~平~禽~青~轻~秋~鹊~日~弱~沙~铩~鲨~晒~扇~双~四~塌~蹋~铁~拓~文~乌~奚~小~雪~鸦~鸭~烟~雁~燕~腋~莺~鹰~蝇~右~鱼~羽~玉~展~张~折~梅花~摩天~垂天~凤晒~

痓chì【古】去声,四寘。【例】痫~

瘛chì【古】去声,八霁。【例】狂~痫~

炽(熾)chì【古】去声,四寘。【例】悖~俾~昌~猖~赤~充~崇~电~毒~蕃~繁~方~丰~风~熯~赫~横~讧~欢~灰~火~孔~隆~强~情~煽~扇~盛~炭~外~旺~凶~熏~炎~宜~益~溢~殷~愈~增~湛~张~昼~

啻chì【古】去声,四寘。【例】不~匪~弗~何~奚~

眙chì【古】去声,四寘。另见133页yí。【例】瞪~愕~鹗~骇~目~竦~盱~眙~站~伫~

趐chì 一足行。另见89页xué。

傺chì【古】去声,八霁。【例】插~侘~干~坎~

赤chì【古】入声,十一陌。【例】保~鼻~苍~陈~大~丹~单~地~洞~耳~飞~柑~谷~光~贵~孩~赫~黑~红~狐~化~黄~火~畿~棘~挟~驾~绛~酱~金~精~黎~李~六~毛~面~莫~内~泥~扑~蒲~前~青~秋~全~然~日~涩~砂~山~石~饰~水~四~粟~天~铁~通~彤~土~推~外~五~兀~霞~夏~心~星~徐~血~岩~扬~夜~衣~黝~玉~载~枣~站~遮~赭~正~只~质~中~忠~衷~珠~紫~足~近朱~探马~

斥chì【古】入声,十一陌。【例】罢~逼~鄙~贬~辩~摈~兵~驳~猜~叱~

斥~冲~充~黜~窜~诋~放~非~废~革~诟~广~诃~互~挥~麾~讥~简~贱~讦~诘~禁~拒~镌~开~考~陵~流~卤~论~面~拟~逆~怒~排~辟~屏~弃~迁~谴~诮~侵~驱~去~攘~讪~申~沉~疏~诵~搜~汰~痛~推~退~唾~外~污~削~训~烟~湮~言~议~阴~远~责~谪~指~致~诛~逐~

饬(飭)chì【古】入声,十三职。【例】雕~督~端~敦~恭~规~诲~检~矫~诫~矜~谨~禁~警~匡~厘~厉~敛~令~明~谦~勤~劝~日~申~挑~通~文~褖~校~修~训~雅~严~谕~缘~约~匀~札~甄~振~整~祗~庄~自~

叱chì【古】入声,四质。【例】鞭~嘲~嗔~瞋~笞~叱~斥~啜~大~诋~咄~诟~呵~喝~后~呼~虎~麾~目~怒~驱~痛~晓~咤~訾~

彳chì 彳亍。【古】入声,二沃。

鷘chì【古】入声,十三职。同"鶒"。【例】鸂~

敕(勅、勑)chì【古】入声,十三职。【例】跋~毖~驰~出~箠~赐~刀~敦~发~奉~符~诰~格~画~黄~诲~赍~甲~检~降~矫~教~诫~谨~警~决~爵~口~訾~匡~露~明~命~墨~母~批~前~谴~切~申~十~手~台~特~天~帖~衔~修~宣~训~押~严~遗~阴~应~玉~豫~元~约~诏~整~正~制~自~遵~

次cì【古】去声,四寘。【例】挨~捱~安~班~版~本~比~笔~避~编~表~别~宾~不~部~操~草~层~差~躔~场~超~朝~车~迟~齿~䌷~出~初~除~此~匆~萃~大~待~档~道~等~递~第~点~迭~叠~东~斗~顿~番~防~非~分~焚~峰~复~袝~副~更~功~乖~官~馆~贯~过~海~行~航~河~后~话~回~汇~会~鸡~积~即~集~季~家~甲~架~渐~江~将~郊~阶~节~介~今~进~酒~居~卷~爵~考~客~揆~括~类~累~厘~离~历~连~两~料~列~躐~鳞~陵~垄~陆~禄~路~露~乱~伦~论~罗~旅~屡~门~名~模~目~幕~南~内~年~排~篇~频~品~裒~谱~齐~其~迁~前~秋~取~诠~铨~人~日~荣~如~入~丧~删~苫~觞~舍~设~摄~生~尸~失~石~食~世~市~首~衰~水~顺~思~俟~艘~随~岁~坛~谈~梯~天~条~亭~途~涂~推~屯~外~帏~位~幄~无~夕~西~席~袭~徙~先~限~相~巷~晓~校~笑~信~星~胸~须~需~序~叙~绪~旬~循~压~亚~烟~淹~言~雁~野~业~依~移~以~印~营~庸~右~榆~羭~语~员~月~越~运~杂~再~造~这~整~正~职~止~秩~中~舟~珠~诸~逐~主~渚~撰~妆~资~纂~左~座~

刺cì【古】去声,四寘。【例】白~拜~板~版~谤~贬~标~补~炒~撑~冲~触~黜~穿~粗~促~蹙~带~单~倒~刁~雕~铤~冻~毒~对~劙~防~非~粉~缝~讽~负~感~攻~骨~规~行~䗖~贺~狐~虎~画~怀~毁~讥~击~赍~激~棘~戟~笺~拣~搅~金~灸~酒~狙~举~考~客~封~六~论~马~漫~芒~毛~美~门~祢~面~灭~名~明~逆~劈~拼~訾~黔~枪~肉~讪~诗~螫~手~守~书~松~探~挑~条~调~通~投~枉~文~斡~袭~侠~笑~斜~诇~修~袖~绣~雪~讯~眼~谒~遗~鱼~玉~欲~遇~怨~再~攒~奓~

炸~针~侦~榛~箴~正~执~指~竹~斫~钻~泥中~肉中~眼中~

赐(賜)cì【古】去声，四寘。【例】拜~班~颁~褒~禀~裁~赤~敕~宠~出~存~大~德~鼎~冬~恩~封~奉~赗~复~赙~给~贡~行~好~横~厚~回~惠~获~赉~嘉~见~郊~金~军~犒~贶~馈~腊~赍~劳~礼~两~廪~禄~密~免~命~木~七~钦~庆~曲~日~荣~散~赡~商~赏~上~时~受~岁~抬~特~天~卫~无~锡~享~飨~宣~押~燕~遗~阴~优~游~淤~予~玉~饫~御~月~宰~赠~沾~珍~赈~支~重~赒~追~尊~

伺cì 另见 203 页 sì。【古】去声，四寘。

日rì【古】入声，四质。【例】安~暖~白~半~抱~蔽~璧~鞭~辨~并~卜~不~残~灿~侧~常~朝~尘~成~城~乘~程~迟~尺~赤~冲~崇~畴~出~初~除~川~春~次~笪~带~戴~丹~旦~诞~当~倒~道~登~等~敌~地~递~颠~迭~东~冬~动~度~端~短~队~对~多~厄~恶~尔~贰~发~法~翻~泛~吠~费~分~风~佛~伏~扶~拂~服~负~改~旰~刚~杲~格~隔~各~更~工~汞~谷~观~贯~贵~海~亥~含~寒~汉~行~杭~好~皓~何~阂~赫~黑~恒~红~后~湖~花~化~画~黄~挥~晖~麾~回~会~讳~晦~慧~火~或~鸡~积~畸~吉~极~即~疾~集~忌~继~祭~霁~加~佳~挟~嘉~夹~甲~假~兼~贱~舰~江~降~骄~皎~接~节~诘~截~解~戒~今~尽~近~竟~镜~九~旧~救~就~涓~看~康~渴~克~刻~空~酷~旷~窥~揆~腊~来~朗~了~累~离~历~丽~连~练~良~两~烈~临~岭~另~令~留~六~垄~鲁~露~轮~落~马~买~满~每~梦~弥~靡~明~命~摩~末~沐~纳~曩~泥~宁~暖~排~捧~贫~频~平~破~栖~期~奇~骑~弃~愒~碛~千~迁~前~遣~欠~敲~轻~晴~顷~请~穷~秋~取~去~人~容~柔~如~瑞~睿~闰~桑~沙~山~善~商~上~少~社~射~生~圣~胜~盛~失~时~食~矢~市~试~视~是~逝~筮~寿~曙~双~霜~水~顺~舜~烁~朔~思~四~松~送~夙~素~岁~锁~他~它~汤~韬~天~田~龆~通~同~暾~托~佗~外~晚~亡~往~望~圬~畏~沃~五~午~舞~兀~夕~西~昔~息~晞~系~细~隙~禊~暇~霞~夏~闲~祥~飨~向~消~宵~销~晓~协~斜~欣~新~星~凶~休~戌~虚~墟~旭~旋~选~烜~曛~旬~衔~咽~淹~延~妍~炎~檐~掩~厌~晏~阳~养~曜~野~曳~夜~移~遗~倚~异~翊~翌~翼~引~迎~映~永~游~余~逾~虞~雨~禹~昱~浴~预~燠~元~圆~远~月~阅~云~运~早~蚤~藻~造~噪~择~昃~斋~展~占~长~障~兆~赵~照~镇~整~正~值~指~至~致~中~终~周~昼~朱~珠~竹~逐~烛~主~驻~柱~翥~转~撰~追~灼~紫~诹~奏~祖~晬~昨~霸代~

衵rì 又读。【古】入声，四质。另见 158 页 nì。【例】解~衷~

驲(馹)rì【古】入声，四质。【例】驰~飞~锋~古~回~

廿rì 旧读。【古】入声，十四辑。另见 495 页 niàn。

事shì【古】去声，四寘。【例】碍~谙~

霸～白～百～败～办～邦～暴～北～备～本～比～鄙～毕～弊～避～边～变～便～辨～宾～兵～秉～柄～并～伯～逋～部～参～餐～蚕～惨～曹～漕～策～茶～察～岔～诧～僝～谄～蒇～忏～常～场～抄～朝～臣～尘～辰～陈～晨～碜～称～撑～成～承～持～斥～充～崇～筹～丑～出～初～处～触～揣～闯～炊～春～蠢～祠～次～刺～从～粗～篡～错～大～怠～丹～淡～惮～弹～当～党～得～灯～等～笛～抵～底～地～帝～顶～鼎～东～冬～董～懂～动～睹～断～煅～对～多～恶～儿～贰～乏～伐～法～凡～反～犯～梵～方～房～访～肥～废～费～分～偾～封～奉～佛～伏～服～福～抚～父～妇～附～副～赋～感～干～高～告～给～耕～更～工～公～功～宫～恭～共～供～古～蛊～鼓～故～瓜～寡～怪～观～官～馆～管～冠～惯～裸～盥～归～规～轨～诡～鬼～贵～国～过～海～害～寒～罕～汉～憾～行～好～合～何～和～河～黑～恨～恒～横～红～后～花～划～画～坏～蝗～回～悔～会～绘～缋～婚～混～火～祸～机～积～缉～羁～及～吉～即～急～集～几～计～记～济～稷～佳～家～嘉～稼～奸～间～监～检～见～建～践～鉴～将～疆～讲～交～醮～接～节～解～介～仅～紧～进～近～经～惊～警～敬～静～九～久～旧～举～剧～决～军～竣～康～课～口～苦～快～来～赖～揽～烂～浪～劳～乐～了～类～厘～礼～理～历～立～吏～丽～利～隶～俪～连～联～练～两～辽～料～临～领～留～六～庐～录～乱～论～逻～率～略～麻～忙～猫～没～梅～每～美～媚～蒙～弥～米～密～庙～民～茗～冥～命～魔～末～谋～耐～男～南～难～闹～内～能～逆～年～酿～捏～农～女～怕～判～庀～僻～品～平～评～屏～圃～欺～齐～奇～启～起～讫～弃～佥～签～前～浅～欠～巧～切～亲～勤～寝～清～情～请～庆～秋～球～毬～屈～趋～曲～取～去～趣～权～铨～缺～染～让～惹～人～仁～忍～任～戎～荣～赛～丧～穑～山～善～擅～赏～稍～设～社～涉～摄～身～神～生～牲～省～圣～胜～盛～尸～失～师～施～时～识～实～食～史～使～始～世～市～试～视～是～适～室～释～收～守～首～受～殊～熟～署～述～树～庶～水～顺～说～司～丝～私～思～死～嗣～讼～俗～诉～素～算～随～岁～遂～碎～所～琐～坛～探～堂～天～田～厅～听～通～同～统～图～土～推～腿～托～外～完～玩～万～王～往～危～微～为～违～畏～文～问～诬～屋～毋～五～武～物～误～西～息～熙～习～袭～喜～憘～细～禊～袷～夏～先～闲～现～相～香～襄～详～享～饷～向～象～小～晓～校～协～谢～蟹～心～星～刑～醒～兴～幸～凶～修～许～序～叙～恤～玄～选～学～寻～训～逊～雅～严～言～盐～厌～验～燕～秧～阳～药～要～野～业～夜～医～遗～疑～已～倚～亿～义～艺～议～异～佚～役～译～驿～轶～逸～阴～姻～殷～淫～隐～营～影～应～用～幽～游～右～余～渔～狱～预～欲～遇～御～豫～鬻～缘～阅～运～韵～杂～赞～遭～造～斋～詹～展～战～掌～招～找～肇～珍～真～甄～征～整～正～政～知～祗～执～值～职～指～志～制～治～致～滞～中～众～重～周～诛～诸～主～颛～壮～赘～咨～滋～宗～综～奏～尊～佐～做～身外～意中～

世（卋）shì【古】去声，八霁。【例】阿～安～暗～傲～霸～百～半～保～暴～比～毕～辟～避～并～伯～卜～不～策～昌～

长~常~超~尘~成~持~出~初~处~传~创~垂~辞~次~刺~从~当~砥~帝~钓~度~短~遁~恶~凡~范~梵~访~放~非~愤~风~逢~讽~扶~拂~浮~福~抚~辅~富~该~盖~干~感~高~革~隔~更~故~观~冠~贯~惯~归~诡~过~骇~汉~贺~横~后~护~哗~化~还~幻~昏~祸~惑~机~积~即~急~疾~季~济~继~家~嘉~甲~间~见~鉴~匠~降~浇~矫~诫~尽~近~靳~经~惊~警~竟~九~久~救~就~拘~举~捐~倦~绝~君~龛~康~亢~抗~夸~跨~匡~诳~旷~来~老~乐~累~离~理~历~厉~励~连~料~隆~陋~路~乱~论~迈~慢~茂~没~媚~门~面~邈~妙~悯~名~明~鸣~命~末~殁~暮~难~年~虐~偶~耦~频~平~七~齐~弃~器~千~牵~前~强~轻~倾~清~顷~驱~趋~去~泉~劝~人~仍~镕~入~瑞~三~善~伤~赏~上~绍~涉~身~神~生~圣~盛~时~世~示~适~逝~寿~售~淑~衰~顺~斯~四~似~嗣~苏~俗~夙~宿~邃~韬~逃~陶~殄~统~托~拓~玩~挽~晚~万~往~忘~违~伟~纬~委~文~问~污~稀~系~狎~遐~下~先~闲~险~现~享~嚣~晓~邪~偕~谢~行~秀~续~轩~眩~学~训~徇~延~厌~阳~养~邀~一~夷~宜~遗~亦~异~易~弈~逸~阴~应~英~永~用~忧~游~宥~逾~驭~寓~御~远~阅~越~陨~运~宰~载~再~在~赞~早~蚤~昭~照~振~拯~正~制~治~中~终~众~重~周~逐~驻~转~浊~擢~资~族~祖~升平~

势(勢)shì【古】去声,八霁。【例】比~笔~变~兵~病~波~财~长~常~潮~趁~乘~逞~骋~持~处~忖~大~当~得~地~定~斗~度~讹~法~帆~分~奋~风~峰~凤~符~辅~负~附~赴~富~割~弓~攻~共~鼓~官~贵~国~寒~豪~合~河~横~虹~虎~怙~谎~火~机~积~极~集~架~假~江~角~借~矜~尽~劲~竞~酒~就~居~局~捐~军~均~寇~来~浪~里~理~力~吏~利~连~劣~溜~流~龙~冒~眉~门~面~妙~名~末~慕~派~奇~棋~气~强~乔~桥~妾~情~丘~秋~球~趋~取~去~趣~权~缺~热~任~日~荣~锐~沙~山~擅~伤~蛇~审~生~声~盛~失~诗~石~时~世~事~恃~手~守~书~树~水~顺~私~随~态~贪~滩~体~听~头~颓~托~威~位~文~无~物~西~溪~席~下~现~销~晓~挟~兴~星~形~雄~岫~虚~蓄~腌~眼~焰~养~样~要~野~依~倚~异~逸~因~荫~音~用~优~右~余~雨~语~远~云~在~增~战~张~仗~阵~知~肢~执~直~职~治~重~逐~专~篆~姿~字~作~做~破竹~凌云~龙蛇~

是shì【古】上声,四纸。【例】比~便~表~别~长~畅~称~诚~但~当~倒~的~等~凡~反~非~弗~改~敢~高~格~个~公~故~管~国~果~好~横~还~或~即~极~既~假~今~尽~近~竟~就~可~赖~老~立~莫~乃~怕~且~求~全~却~鹊~然~任~仍~如~若~煞~审~甚~生~实~熟~睹~说~似~算~虽~所~索~统~为~维~委~五~系~先~相~幸~须~许~繇~要~也~以~因~应~硬~用~由~犹~于~云~早~则~真~正~只~自~总~坐~常则~浑不~若不~闻如~无过~有

道～

谡(謖)shì【古】上声,四纸。【例】谛～顾～目～审～

媞shì 灵巧,聪慧。【古】上声,八荠。

市shì【古】上声,四纸。【例】岸～罢～霸～北～闭～边～并～帛～菜～蚕～草～茶～柴～廛～朝～尘～趁～成～城～楚～春～辍～村～大～蛋～灯～登～地～东～都～断～发～反～坊～废～复～赴～赶～耕～工～公～宫～贡～狗～购～估～股～故～关～官～归～鬼～贵～桂～过～海～亥～行～豪～合～和～河～鹤～黑～哄～后～胡～互～花～槐～灰～会～昏～货～集～贾～奸～监～贱～江～绛～交～街～金～津～锦～京～井～九～酒～居～橘～决～军～开～糠～逵～括～廊～雷～立～利～敛～两～獠～菱～柳～六～僇～闾～洛～马～骂～买～卖～蛮～贸～梅～门～面～庙～内～南～闹～年～鸟～女～平～弃～钳～强～抢～桥～秦～倾～穷～秋～衢～人～入～三～沙～山～扇～善～擅～商～上～赊～蛇～蜃～试～室～收～书～鼠～水～司～私～死～四～粟～岁～笋～挞～饧～天～田～铁～停～通～头～屠～土～蛙～瓦～外～晚～王～为～圩～蚊～吴～午～舞～雾～夕～西～徙～下～县～香～巷～小～晓～杏～熊～休～绣～虚～墟～许～玄～悬～学～徇～牙～燕～阳～药～要～野～夜～移～倚～易～阴～应～营～蝇～郢～鱼～渔～狱～预～月～阅～早～造～增～炸～招～镇～征～郑～直～治～珠～门如～莺花～

士shì【古】上声,四纸。【例】巴～邦～贲～辟～辨～傧～兵～博～卜～步～才～策～察～禅～朝～车～厨～处～词～达～大～丹～道～得～德～地～钓～谍～鼎～都～斗～端～遁～多～法～凡～方～放～费～拂～富～敢～感～戆～高～公～恭～贡～孤～谷～拐～冠～归～诡～贵～国～寒～汉～悍～豪～好～恒～哄～虎～护～画～淮～幻～皇～会～晦～慧～机～畸～吉～技～佳～嘉～甲～驾～假～兼～蹇～剑～荐～贱～谏～将～讲～降～矫～脚～较～教～节～杰～洁～桀～介～衿～劲～进～晋～警～竟～静～酒～居～拘～狷～隽～谲～爵～军～俊～开～堪～课～枯～夸～快～匡～狂～旷～魁～滥～浪～乐～里～力～立～吏～廉～练～良～谅～列～烈～猎～灵～令～禄～论～逻～马～漫～髦～茂～美～猛～蒙～弥～妙～名～瞑～命～谟～末～墨～谋～某～幕～男～南～馁～能～农～弩～女～虐～讴～匹～剽～票～贫～聘～评～朴～七～奇～骑～乞～弃～佥～巧～青～卿～清～庆～穷～秋～区～曲～屈～趋～取～全～权～悫～确～群～髯～饶～人～仁～任～戎～儒～锐～若～骚～善～上～射～摄～绅～深～胜～盛～时～食～世～试～适～书～淑～蜀～术～戍～庶～说～硕～私～思～死～俗～素～宿～酸～琐～锁～它～泰～谈～特～天～田～通～徒～推～退～挽～伟～猥～卫～文～闻～武～喜～细～侠～遐～下～夏～仙～先～贤～显～险～县～乡～相～庠～缃～校～胁～新～信～星～雄～休～修～秀～胥～虚～选～炫～学～巡～训～牙～雅～讶～彦～养～冶～野～夜～医～遗～义～艺～异～译～邑～轶～谊～逸～懿～殷～瘖～吟～隐～英～营～佣～咏～勇～幽～游～右～迂～愚～舆～羽～驭～寓～御～元～远～院～约～韵～宰～造～择～战～仗～昭～哲～贞～真～阵～征～正～诤～知～直～志～质～致～窒～智～中～忠～众～爪～庄～壮～宗～鲰～卒～

左~白衣~箪瓢~林下~门下~名下~青云~陶居~天下~卫道~羽林~

示shì【古】去声,四寘。【例】暗~班~颁~榜~暴~标~表~剥~博~裁~阐~抄~陈~呈~惩~出~传~垂~赐~大~导~盼~风~讽~复~告~公~勾~观~光~广~归~函~诲~寄~枷~兼~检~见~教~揭~戒~矜~警~揪~抉~开~夸~来~览~领~留~屡~率~明~默~目~牌~批~披~破~启~请~色~申~神~手~帅~讨~提~天~透~图~土~外~枉~文~五~显~现~相~枭~晓~宣~悬~炫~训~演~扬~颐~引~隐~游~预~谕~展~张~章~昭~诏~旨~指~遵~

视(視、眡、眎)shì【古】上声,四纸。【例】傲~白~卑~北~并~侧~察~觇~朝~嗔~尘~瞠~澄~鸱~仇~雌~存~达~打~大~眈~旦~盗~等~瞪~敌~抵~谛~睇~典~点~电~盯~洞~督~独~端~短~对~愕~耳~二~发~反~分~抚~拊~俯~复~改~概~高~给~更~钩~顾~观~管~归~豪~核~衡~候~忽~虎~护~还~环~幻~回~讥~鸡~极~嫉~忌~监~检~简~贱~鉴~僭~降~骄~芥~近~进~惊~警~镜~久~就~鞠~看~瞰~考~夸~窥~阔~老~冷~廉~两~量~辽~疗~料~临~流~留~鹿~乱~掠~谩~慢~盲~瞀~昧~密~绵~俛~眄~眇~藐~蔑~敏~明~瞑~末~漠~默~目~内~纳~南~泥~逆~睨~鸟~狞~凝~奴~怒~偶~旁~披~偏~瞥~平~迫~剖~歧~前~浅~遣~窃~轻~清~肉~弱~扫~善~上~蛇~申~神~审~省~识~豕~侍~收~守~孰~瞬~私~四~耸~绥~他~探~天~听~通~投~透~妥~唾~外~玩~往~望~危~微~慰~无~忤~迕~夕~西~狎~遐~下~鲜~相~详~小~晓~邪~斜~亵~行~雄~盱~宣~旋~选~炫~巡~询~延~验~仰~养~遥~夜~夷~眙~遗~颐~蚁~易~淫~引~鹰~营~影~幽~游~右~预~寓~豫~渊~远~阅~攒~瞻~鹯~展~占~章~针~侦~珍~诊~正~直~指~鸷~众~重~周~昼~瞩~注~自~左~坐~逢蒙~拭目~

试(試)shì【古】去声,四寘。【例】按~百~比~笔~别~补~不~部~才~漕~测~策~茶~尝~趁~呈~程~充~初~除~春~从~大~待~道~典~点~殿~调~都~斗~放~府~附~复~赴~改~阁~弓~公~贡~鹘~关~观~后~会~监~简~讲~角~较~解~金~扃~酒~就~郡~考~科~课~口~览~类~累~里~历~帘~两~量~免~明~茗~磨~墨~内~拍~秋~铨~肉~入~摄~身~省~试~私~岁~锁~探~堂~讨~挑~帖~廷~通~童~武~檄~下~县~乡~详~小~效~校~选~研~演~验~药~夜~诒~义~银~引~应~寓~御~院~月~阅~召~中~昼~主~自~

氏shì【古】上声,四纸。另见177页zhī。【例】百~保~碧~伯~赤~触~慈~赐~多~阏~二~梵~风~凤~佛~凫~妇~戈~葛~函~寒~汉~和~黑~侯~后~狐~虺~剞~季~甲~江~匠~介~咎~舅~君~莱~老~黎~梁~柳~潞~驴~吕~栾~纶~罗~蛮~媒~门~猛~名~冥~命~母~鸟~萍~谱~琴~人~圣~师~石~史~世~室~释~筮~庶~庭~外~尉~五~西~夏~萧~姓~穴~

冶~仪~逸~尹~英~嬴~仲~周~宗~族~包牺~丹鸟~方雷~凤鸟~伏羲~葛天~吼天~豢龙~季孙~夸娥~厉山~宓羲~鸟俗~女娲~庖牺~青鸟~穷桑~燧人~太史~陶唐~无怀~轩辕~异史~有巢~有虞~中央~

誓shì【古】去声，八霁。【例】背~本~朝~打~典~订~鞑~赌~恶~发~罚~负~高~诰~汉~弘~鸿~监~揭~诫~鞠~立~六~盟~明~默~起~设~矢~受~说~私~汤~铁~惜~心~信~宣~训~言~要~遗~约~质~重~咒~祝~自~诅~作~黄龙~击楫~

逝shì【古】去声，八霁。【例】奔~崩~病~长~川~遄~殂~悼~电~凋~东~独~飞~感~高~过~横~薨~火~迥~溘~雷~流~沦~鸟~飘~弃~迁~潜~倾~丧~善~伤~上~时~逝~驷~岁~叹~逃~亡~往~逶~夕~西~遐~仙~先~宵~消~淹~雁~夭~遥~隐~永~远~殒~早~从此~日月~

恃shì【古】上声，四纸。【例】北~冯~负~怙~介~矜~据~空~偏~凭~失~所~外~挟~信~依~倚~仗~自~阻~不足~

侍shì【古】去声，四寘。【例】安~长~常~朝~承~词~慈~貂~防~奉~伏~扶~服~妇~给~供~鹄~户~扈~欢~环~宦~阍~姬~监~阶~解~近~进~禁~径~久~立~僚~列~门~密~内~昵~女~旁~陪~偏~嫔~前~妾~趋~日~荣~入~省~私~随~外~卫~侠~幸~选~严~宴~燕~夜~迎~营~媵~娱~虞~御~在~瞻~直~中~昼~走~左~坐~弟子~

仕shì【古】上声，四纸。【例】避~臣~出~从~达~得~登~官~贵~贱~将~进~来~历~禄~美~南~能~诺~贫~强~荣~辱~入~三~侁~筮~贪~退~外~伟~显~学~养~优~游~责~致~

柿（梯）shì【古】去声，十一队。【例】橙~赐~丹~蕃~盖~烘~红~醂~梨~栗~流~绿~椑~软~山~霜~酸~塔~乌~野~油~柚~苑~枣~榛~朱~丁香~

噬shì【古】去声，八霁。【例】犴~搏~啖~啗~嗽~柢~毒~反~肥~含~龁~横~虎~攫~狂~狼~龙~内~啮~脐~侵~犬~狮~螫~鼠~水~腾~屠~吞~咥~枭~哮~蝎~咬~援~咋~

嗜shì【古】去声，四寘。【例】阿~爱~不~馋~耽~笃~甘~酣~好~见~贱~酷~廉~驴~癖~僻~偏~情~私~獭~贪~同~晚~尤~

莳（蒔）shì【古】去声，四寘。另见182页shí。【例】产~佃~花~移~栽~种~

舐shì　古同“舓”。【古】上声，四纸。【例】啖~狗~龙~鹿~犬~鼠~吮~兔~相~

筮shì【古】去声，八霁。【例】北~卜~策~卦~龟~九~枚~谋~亲~取~蓍~使~守~泰~五~遗~易~预~占~

澨shì【古】去声，八霁。【例】海~淮~江~睢~洛~南~派~水~西~湘~崖~漳~障~陬~

贳（貰）shì【古】去声，八霁。又：去声，二十二祃同。【例】贷~假~降~酒~宽~容~赊~赦~

谥（謚、諡）shì【古】去声，四寘。【例】表~补~册~丑~除~赐~恶~复~号~嘉~爵~诔~论~美~命~荣~上~私~

显~虚~议~增~赠~追~

豉shì【古】去声,四寘。另见187页chǐ。【例】草~莼~丹~淡~豆~临~鲁~麦~面~秦~曲~蒜~沃~下~咸~盐~玉~紫~

式shì【古】入声,十三职。【例】把~颁~版~榜~边~匾~标~表~卜~不~常~钞~朝~成~程~崇~垂~道~等~典~调~定~发~法~范~方~放~分~冯~伏~服~抚~拊~干~格~根~弓~公~古~鼓~故~官~规~轨~国~过~合~花~稽~祭~架~金~矜~景~酒~旧~局~矩~句~据~楷~科~课~款~老~立~良~灵~令~马~莽~模~南~弩~派~票~拼~品~凭~破~谱~前~乾~俏~琴~毬~球~全~镕~如~入~生~绳~师~诗~时~式~手~受~水~算~套~体~天~条~通~图~违~限~宪~新~形~旋~训~洋~样~仪~遗~印~永~远~葬~造~杖~昭~照~阵~正~中~转~状~准~着~姿~祖~遵~天下~

栻shì【古】入声,十三职。【例】楷~

饰(飾)shì【古】入声,十三职。【例】摆~宝~豹~壁~边~变~表~鬓~采~彩~长~车~侈~崇~丑~窗~垂~错~待~抵~雕~钉~顶~端~遁~耳~藩~繁~非~废~粉~服~袚~浮~妇~附~傅~干~革~功~钩~冠~棺~盥~光~龟~诡~黑~华~画~黄~潢~讳~绘~嘉~假~剪~奖~矫~借~巾~金~矜~谨~锦~尽~颈~净~靓~镜~鸠~屦~刻~夸~匡~诳~黎~厉~丽~练~镂~马~矛~美~靡~眄~面~妙~木~内~男~泥~捏~秾~盼~佩~配~欺~漆~绮~器~谦~强~桥~巧~勤~青~曲~雀~容~瑞~润~缮~上~设~审~盛~手~首~刷~水~丝~私~四~素~祖~提~天~铜~头~涂~外~完~玩~晚~伪~诿~文~纹~渥~诬~肸~下~鲜~显~项~象~橡~校~凶~熊~修~虚~轩~炫~绚~严~妍~岩~掩~艳~燕~邀~瑶~靥~衣~仪~饮~隐~缨~营~油~羽~玉~缘~云~藻~造~增~赠~张~昭~遮~珍~振~整~支~制~治~珠~瑑~妆~庄~装~缀~琢~紫~自~

适(適)shì【古】入声,十一陌。又:入声,十二锡异。另见49页kuò、120页dí。【例】安~不~畅~稠~出~从~得~调~敦~夺~二~贰~改~更~过~酣~合~何~逅~欢~祸~寄~颊~节~静~酒~均~钧~康~科~快~宽~旷~立~利~凉~妙~平~恰~遣~切~惬~清~取~荣~三~散~擅~赏~神~时~守~舒~爽~顺~嗣~所~他~泰~恬~甜~妥~玩~温~无~奚~戏~遐~暇~闲~娴~偕~谐~忻~休~宴~仪~宜~已~异~意~应~游~娱~远~晕~正~政~之~指~中~冢~众~重~自~纵~作~七科~

室shì【古】入声,四质。【例】安~暗~奥~鲍~北~贲~比~敝~碧~编~便~别~冰~病~薄~餐~蚕~草~侧~禅~朝~车~陈~成~螭~冲~筹~出~楚~处~川~祠~茨~此~爨~大~代~丹~当~刀~道~灯~嫡~砥~地~帝~第~鼎~东~峒~斗~阨~垩~迩~贰~法~反~梵~房~夫~伏~府~复~副~富~高~阁~隔~弓~公~宫~孤~鼓~故~官~馆~龟~瑰~贵~桂~椁~海~寒~汉~蒿~合~和~阖~黉~后~弧~虎~画~还~宦~皇~黄~晦~毁~婚~火~

货～蠖～集～记～季～继～寄～夹～家～葭～郏～监～缄～茧～剑～贱～箭～讲～椒～蛟～鲛～教～阶～金～锦～尽～进～晋～禁～京～荆～井～阱～净～靖～静～扃～九～酒～柩～就～鹫～居～鞠～局～巨～窭～掘～爵～龛～埳～考～科～客～课～空～堀～窟～觇～阃～兰～廊～雷～离～里～俚～历～丽～磿～连～凉～辽～灵～凌～令～柳～龙～蒌～陋～庐～鲁～路～闾～绿～幔～茅～美～门～密～绵～庙～民～冥～磨～木～牧～墓～内～纳～脑～念～暖～潘～旁～蓬～偏～贫～屏～蒲～妻～漆～其～绮～憩～千～前～樵～鞘～窃～琴～寝～青～清～请～庆～琼～丘～秋～囚～曲～衢～取～泉～群～壤～热～入～瑞～弱～丧～山～擅～上～少～射～深～神～诗～石～祐～矢～始～世～饰～适～守～受～授～书～庶～水～私～四～松～嵩～素～邃～台～太～泰～坛～炭～唐～堂～滕～缇～天～田～铁～停～通～同～透～涂～土～瓦～外～万～亡～王～围～帏～温～文～翁～蜗～卧～屋～无～夕～西～玺～下～夏～仙～先～贤～藓～相～香～校～谢～心～新～刑～行～兄～岫～虚～序～续～轩～萱～玄～璇～穴～学～鸦～烟～严～岩～研～晏～焰～燕～阳～瑶～夜～医～宜～移～遗～议～异～易～翌～翼～阴～荫～银～隐～盈～营～影～幽～酉～右～鱼～隅～宇～雨～玉～狱～浴～欲～陨～鬻～元～月～岳～云～攒～凿～箦～啧～仄～缯～斋～展～丈～诊～正～芝～织～治～置～中～冢～重～舟～周～昼～朱～珠～竹～住～筑～专～壮～拙～子～紫～宗～作～芝兰～

拭shì【古】入声，十三职。【例】擦～拂～抚～刮～浣～湔～揩～摩～磨～袍～披～扫～收～土～拉～洗～净如～

释(釋)shì【古】入声，十一陌。【例】保～辨～辩～冰～不～阐～雠～除～次～道～帝～冻～洞～敦～梵～放～分～敷～孚～诂～和～划～欢～涣～获～集～嘉～假～笺～将～讲～解～矜～九～救～蠲～开～考～孔～宽～隶～排～判～赔～譬～评～剖～七～遣～曲～诠～劝～融～儒～入～散～赦～申～审～省～释～殊～舒～逃～通～委～未～慰～稀～仙～消～校～旋～雪～训～烟～演～译～意～音～庸～右～宥～原～躁～张～真～治～逐～注～自～纵～左～

奭shì【古】入声，十一陌。【例】旦～酣～

襫shì【古】入声，十一陌。【例】袯～青～下～

轼(軾)shì【古】入声，十三职。【例】登～冯～伏～抚～横～华～画～回～据～鹿～泥～凭～前～苏～熊～茵～玉～轵～转～

螫shì又读。【古】入声，十一陌。另见60页zhē。【例】蚤～虫～刺～毒～蜂～蝮～蠚～虺～蛇～噬～肆～险～相～蝎～辛～遗～蜇～蛛～

似sì【古】上声，四纸。【例】把～逼～比～辨～不～俦～得～分～怪～好～何～忽～浑～活～计～寄～假～近～举～酷～类～了～令～貌～匹～譬～恰～强～切～赛～神～胜～送～脱～宛～无～奚～相～想～像～肖～写～形～雅～亚～也～一～疑～意～有～欲～真～争～直～浑不～恰便～

思sì旧读。【古】去声，四寘。另见173页sī、303页sāi。【例】愁～

寺sì【古】去声，四寘。【例】北～碧～

藏~草~禅~朝~城~春~祠~村~大~邸~貂~东~都~法~番~坟~佛~府~高~宫~孤~古~观~官~海~寒~好~河~湖~花~淮~宦~荒~阇~棘~监~江~讲~峤~禁~静~麟~灵~岭~柳~庐~洛~内~南~尼~蒲~迁~卿~秋~僧~刹~山~省~水~松~塔~台~天~亭~晚~乌~溪~乡~萧~小~玄~崖~烟~岩~奄~野~遗~尹~营~岳~云~知~钟~竹~祖~鹫峰~香积~

肆sì【古】去声，四寘。【例】傲~骜~宝~鲍~卜~茶~廛~倡~朝~车~尘~城~逞~骋~侈~炽~楚~川~村~大~怠~诞~邸~典~店~东~惰~贩~坊~勾~构~酤~卦~广~规~过~海~酣~涵~豪~和~横~弘~画~患~恢~鸡~贾~贱~僭~讲~骄~街~金~矜~锦~井~酒~旧~居~倨~开~枯~宽~狂~婪~廊~帘~练~列~陵~垆~炉~驴~闾~率~罗~马~慢~南~酿~镊~女~平~奇~棋~钱~强~窃~秦~轻~衢~日~儒~扇~商~食~市~书~贪~唐~偷~屠~瓦~汪~霞~闲~小~凶~雄~玄~烟~言~筵~偃~羊~药~夜~阴~淫~佣~游~鱼~逾~浴~月~云~正~质~专~自~恣~纵~

四sì【古】去声，四寘。【例】苍~朝~除~垂~地~第~方~房~封~后~驾~连~乞~时~数~望~象~挟~衣~再~挣~

嗣sì【古】去声，四寘。【例】报~不~承~出~储~传~嫡~乏~法~辅~根~孤~广~归~国~过~洪~后~还~皇~继~稷~建~绝~开~立~令~乱~苗~起~世~适~谁~统~万~王~为~无~系~遐~先~贤~享~凶~血~衍~宜~遗~义~胤~元~允~择~哲~枝~冢~胄~追~子~宗~族~

祀sì【古】上声，四纸。【例】百~邦~碑~常~承~崇~春~祠~次~从~大~代~祷~登~典~奠~黩~乏~法~燔~方~房~丰~封~凤~奉~附~格~供~故~贵~国~合~洪~鸿~后~继~祭~家~嘉~建~讲~郊~醮~洁~解~进~旌~旧~绝~坎~馈~来~滥~酹~厘~礼~灵~庙~明~命~逆~年~陪~配~千~前~亲~清~阙~群~禳~人~赛~社~神~时~世~侍~守~受~双~顺~肆~岁~唐~特~通~统~外~万~望~西~袷~遐~夏~先~闲~乡~享~飨~小~孝~邪~馨~修~恤~训~烟~延~阳~遥~瑶~野~遗~亿~奕~阴~禋~淫~迎~雩~元~月~礿~载~赞~斩~昭~兆~赵~秩~中~种~冢~周~宗~祖~尊~

饲(飼)sì【古】去声，四寘。参见183页shí“食”。【例】鼻~哺~冬~饭~管~秣~牛~喂~系~养~饮~

伺sì【古】去声，四寘。另见195页cì。【例】参~察~觇~闯~谛~防~伏~候~环~监~静~狙~看~窥~瞵~逻~密~眄~内~潜~私~探~听~蛙~微~闲~诇~掩~侦~

笥sì【古】去声，四寘。【例】宝~壁~边~长~单~箪~腹~革~鼓~画~家~巾~金~经~囊~箧~琼~山~石~绶~书~橐~韦~文~匣~箱~行~岩~药~衣~玉~枕~重~竹~五经~

巳sì【古】上声，四纸。【例】辰~除~吉~三~上~元~岁在~

耜sì【古】上声，四纸。【例】春~翠~黛~负~黑~耒~良~农~剡~石~双~

覃～悬～载～执～剸～

俟sì【古】上声，四纸。另见 129 页 qí。【例】安～不～鹄～何～静～久～且～顺～俟～万～小～虚～言～夷～跓～百世～倚马～

驷(駟) sì【古】去声，四寘。【例】百～车～骋～驰～醇～房～风～缟～骇～结～九～钧～赢～良～龙～鸾～千～壤～上～双～天～宛～万～文～隙～下～小～骍～玄～燕～逸～月～中～

泗sì【古】去声，四寘。【例】汴～鲠～海～濠～淮～挥～济～清～涕～汶～兖～沂～颍～雨～陨～洙～

兕sì【古】上声，四纸。【例】白～奔～仓～苍～豺～多～匪～伏～古～虎～击～蛟～金～九～绿～麋～寝～青～射～石～兽～水～随～犀～野～逸～酌～独角～出柙～

姒sì【古】上声，四纸。【例】褒～伯～乘～大～娣～姬～任～上～太～羲～兴～姚～诸～子～

涘sì【古】上声，四纸。【例】灞～川～沣～海～河～淮～江～津～两～洛～水～渭～浔～崖～涯～渚～无涘～

汜sì【古】上声，四纸。【例】东～盖～寒～涧～江～兰～滥～濛～南～清～沱～西～朱～左～江有～

苡sì【古】上声，四纸。另见 141 页 yǐ。【例】薏～芣～桴～餐～

志[1] zhì【古】去声，四寘。【例】安～碑～本～笔～辨～标～秉～才～昌～畅～承～诚～逞～骋～驰～侈～赤～酬～初～传～词～瘁～存～寸～达～大～丹～耽～胆～荡～导～道～得～等～地～典～定～动～斗～独～笃～端～断～遁～多～夺～迩～贰～发～法～梵～方～放～奋～风～封～佛～辅～负～概～高～告～鹄～固～故～观～归～诡～国～果～悍～合～和～鸿～后～灰～徽～悔～秽～豁～获～惑～积～赍～纪～继～冀～嘉～俭～见～降～交～节～洁～谨～尽～精～靖～静～旧～狷～决～郡～亢～刻～恳～苦～姱～快～款～圹～旷～乐～类～离～礼～厉～立～励～砺～僚～烈～灵～留～六～龙～率～乱～迈～满～曼～慢～美～猛～眇～邈～民～明～冥～铭～命～末～默～谋～墓～慕～内～挠～逆～溺～年～农～畔～僻～平～七～栖～齐～奇～旗～气～器～迁～谦～前～潜～强～惬～勤～青～倾～清～情～诎～屈～取～悛～全～确～忍～日～荣～如～锐～弱～散～丧～山～善～上～尚～申～深～神～慎～圣～失～石～实～矢～适～誓～守～输～水～顺～说～硕～私～死～肆～诵～夙～肃～素～宿～遂～隧～他～覃～题～天～通～同～图～颓～退～托～玩～晚～王～往～枉～微～违～伟～武～洗～喜～遐～霞～先～衔～显～县～销～效～协～邪～写～心～信～行～雄～修～序～畜～蓄～逊～雅～严～言～演～养～沂～移～遗～颐～疑～义～异～佚～役～抑～邑～绎～逸～意～溢～淫～隐～咏～用～游～右～幼～娱～愚～喻～远～悦～越～杂～藻～增～张～诏～贞～正～执～职～植～帜～治～致～忠～众～周～属～专～壮～恣～鸿鹄～经世～廊庙～凌云～青云～桑蓬～四方～题柱～烟霞～移山～

志[2](誌) zhì【古】去声，四寘。【例】榜～碑～标～传～地～方～封～记～谨～款～圹～铭～墓～石～隧～题～图～杂～

制zhì【古】去声，八霁。【例】班～鄙～

币~陛~弊~边~编~变~别~兵~剥~财~裁~采~操~草~长~常~朝~掣~臣~称~承~秤~赤~除~楚~处~创~吹~淳~祠~达~大~待~禫~当~道~抵~地~帝~典~调~顶~订~定~东~度~断~扼~阏~遏~法~方~防~仿~非~风~缝~奉~服~符~感~高~割~革~格~更~公~构~古~关~官~冠~管~灌~规~轨~诡~国~过~汉~捍~豪~合~和~荷~恒~横~弘~画~还~黄~绘~机~羁~戢~计~忌~芰~佳~嘉~监~缄~检~简~建~讲~交~矫~街~节~讦~劫~结~解~矜~襟~锦~近~禁~经~精~九~旧~拘~巨~钜~决~军~峻~开~科~克~课~控~跨~宽~款~匡~亏~乐~狸~礼~力~立~廉~敛~两~临~凌~笼~陋~录~履~脔~螺~羸~麻~冒~米~密~庙~名~明~墨~亩~内~拟~逆~酿~泡~配~匹~偏~篇~品~迫~谱~期~齐~弃~器~牵~前~钤~钱~钳~遣~强~琴~禽~清~囚~曲~驱~全~权~壤~日~容~揉~丧~瑟~僧~擅~上~烧~摄~申~神~圣~盛~失~时~市~事~试~室~手~守~受~书~殊~束~述~数~税~顺~私~岁~台~坛~特~提~体~天~田~条~通~同~统~土~外~王~威~违~维~委~文~梧~遐~辖~下~闲~限~宪~相~象~胁~挟~心~新~兴~刑~行~形~徐~轩~宣~玄~选~学~熏~驯~压~雅~腌~严~言~研~仰~样~遥~野~衣~仪~遗~彝~异~抑~译~邑~易~奕~意~音~印~应~英~营~拥~永~优~右~余~逾~玉~驭~预~御~约~月~宰~皂~造~增~轧~杖~诏~肇~整~政~治~雉~中~终~众~周~专~颛~装~壮~追~姿~自~综~祖~遵~

帜(幟)zhì【古】去声,四寘。【例】拔~白~标~表~摽~赤~赐~代~丹~幡~鼓~官~汉~黑~红~黄~麾~徽~降~金~旌~酒~军~旗~青~升~树~缇~摇~疑~易~张~招~

治zhì【古】去声,四寘。又:上平,四支异(小异)。【例】办~邦~保~贲~本~辟~砭~辨~补~捕~布~裁~参~城~乘~惩~饬~出~除~锄~处~穿~达~大~逮~道~典~调~鼎~督~毒~独~断~对~耳~法~烦~犯~防~分~敷~抚~府~辅~付~富~覆~改~干~割~根~攻~钩~故~观~官~管~贵~劾~和~报~护~化~皇~潢~积~缉~极~辑~济~寄~驾~监~检~将~讲~矫~教~诘~洁~进~禁~经~静~纠~究~灸~旧~救~居~鞠~镌~郡~浚~开~考~科~克~刻~课~厘~礼~理~立~吏~连~疗~隆~录~掠~论~没~民~名~明~磨~木~内~逆~刨~柸~烹~平~剖~葺~签~侨~擒~清~穷~群~人~删~善~申~绳~省~圣~盛~时~世~饰~收~疏~束~顺~思~肃~宿~泰~讨~挑~条~听~通~同~统~痛~图~抟~推~外~完~玩~文~卧~诬~无~徙~系~辖~挦~县~宪~小~孝~校~协~挟~心~行~修~训~讯~牙~研~奄~验~谳~养~医~移~益~肄~隐~营~寓~怨~愿~耘~杂~宰~在~赞~责~杖~谪~针~诊~拯~整~正~净~植~至~志~制~致~众~重~州~株~主~筑~妆~装~追~斫~琢~资~自~综~诹~佐~

稚(穉)zhì【古】去声,四寘。【例】齿~雏~悼~丁~儿~二~蜂~抚~妇~孤~

孩～盍～红～后～娇～骄～鞠～君～狂～老～峦～髦～蒙～年～孥～贫～浅～柔～乳～弱～韶～树～笋～鲐～田～髫～童～土～阉～秧～养～野～遗～引～婴～幼～竹～

致zhì【古】去声，四寘。【例】笔～毕～标～表～别～不～布～才～裁～成～淳～辞～丛～大～呆～导～都～钝～凡～丰～风～附～傅～感～高～告～鸽～格～工～功～攻～勾～构～孤～乖～光～豪～鸿～化～获～跻～极～佳～嘉～坚～降～胶～尽～进～精～景～径～久～拘～局～倦～绝～考～款～馈～来～理～力～笼～罗～贸～美～密～辇～秾～缥～品～奇～牵～强～清～情～曲～屈～趣～日～润～申～深～神～生～胜～诗～时～识～实～饰～是～殊～双～思～随～所～体～同～推～外～委～文～五～细～遐～咸～详～械～兴～幸～休～叙～玄～驯～雅～延～言～邀～要～野～以～异～驿～奕～轶～逸～意～引～迎～营～幽～诱～余～舆～语～玉～渊～远～阅～韵～张～招～缜～直～志～周～嘱～转～姿～自～宗～

至[1]zhì【古】去声，四寘。【例】标～采～潮～尘～沉～晨～诚～春～纯～淳～丛～沓～大～逮～单～旦～东～冬～独～笃～敦～方～分～丰～风～锋～凤～凫～福～甫～甘～告～工～攻～光～果～寒～贺～鹤～衡～后～虎～还～环～火～及～几～既～继～嘉～坚～兼～简～荐～渐～交～郊～胶～截～界～金～精～景～竟～静～酒～麇～恺～溘～恳～款～来～礼～理～龙～隆～卢～率～纶～弥～麋～密～莫～暮～乃～南～年～秾～旁～偏～平～企～迄～前～切～秋～曲～确～热～日～褥～润～觞～赏～上～深～甚～时～势～倏～暑～水～顺～司～思～四～岁～所～涛～特～天～头～投～外～往～微～委～无～五～夕～西～喜～细～狎～下～夏～详～枭～小～行～须～驯～奄～焱～燕～阳～夜～以～阴～饮～莺～鹰～蝇～鱼～雨～远～云～张～贞～真～臻～缜～知～直～治～致～忠～踵～周～骤～烛～专～总～

至[2]（厔）zhì【例】周～盩～

智zhì【古】去声，四寘。【例】爱～悲～比～辨～并～才～诚～逞～聪～达～大～胆～斗～读～独～伐～凡～福～攻～鼓～故～寡～管～诡～贵～合～后～慧～机～积～极～急～戢～计～嘉～奸～谫～匠～角～杰～竭～旌～静～谲～俊～开～类～理～灵～龙～泯～迷～妙～民～敏～明～冥～谋～内～能～鸟～偏～齐～弃～浅～巧～亲～曲～权～仁～锐～睿～弱～色～赡～上～深～神～圣～盛～虱～施～识～实～事～饰～殊～术～说～私～四～诵～夙～琐～天～通～退～晚～无～舞～黠～贤～象～小～心～性～畜～徇～言～燕～养～遗～蚁～役～益～意～淫～用～右～余～愚～运～早～贼～增～张～獐～真～中～忠～种～众～拙～足～瞒天～囊底～挈瓶～

置zhì【古】去声，四寘。【例】安～摆～备～闭～辟～编～变～标～别～冰～并～拨～补～不～布～侧～常～处～触～传～创～措～错～倒～等～叠～丢～东～断～钝～顿～多～放～废～分～改～搁～隔～各～更～供～购～馆～广～归～皮～后～候～积～疾～计～恝～建～久～厩～开～阔～空～两～量～列～留～漠～南～抛～配～偏～屏～铺～栖～骑～棋～弃～牵～铅～前～侨～寝～容～散～舍～设～施～收～署～束～树～私～添～填～亭～投～

推~罔~位~无~骛~徙~下~先~闲~畜~悬~选~移~遗~易~驿~慭~迎~营~邮~隅~预~运~增~招~召~谪~整~直~制~掷~中~周~转~装~

峙zhì【古】上声,四纸。【例】北~层~鸥~躇~储~错~岛~鼎~东~独~对~顿~崿~方~峰~凤~高~孤~鹄~鹤~环~夹~交~介~京~踞~崛~峻~跨~列~麟~龙~罗~南~鸟~盘~磐~蟠~骈~栖~棋~峭~森~山~双~悚~耸~竦~停~巍~夕~西~险~枭~霄~雄~秀~轩~雪~屹~英~映~岳~云~争~中~卓~左~

畤zhì 用于地名。【古】上声,四纸。

跱zhì【古】上声,四纸。【例】鸥~躇~储~岛~鼎~鹗~高~鹄~好~鹤~虎~基~桀~跨~狼~麟~盘~栖~棋~潜~神~轩~英~鹰~岳~张~

滍zhì 用于地名。【古】去声,四寘。

疐zhì【古】去声,四寘。【例】颠~

觯zhì【古】去声,四寘。【例】举~瓢~象~扬~樽~

彘zhì【古】去声,八霁。【例】白~赍~赤~狗~豪~黄~牢~母~烹~犬~人~乳~豕~司~田~豚~熊~羊~野~异~玉~众~猪~

滞(滯)zhì【古】去声,八霁。【例】跋~板~笨~鄙~冰~病~逋~缠~沉~痴~迟~出~磁~粗~呆~导~抵~钝~顿~厄~废~分~否~梗~锢~阂~涸~化~灰~晦~昏~积~稽~羁~集~蹐~坚~蹇~僵~胶~荩~窘~久~拘~跼~沮~决~旷~困~立~连~恋~流~留~沦~慢~瞢~迷~泥~腻~年~黏~凝~泞~判~圮~僻~偏~破~栖~迁~牵~愆~怯~寝~穷~屈~冗~濡~散~涩~释~守~疏~水~宿~停~屯~顽~枉~危~违~委~系~下~闲~陷~需~循~淹~延~遗~疑~噎~阴~淫~隐~拥~邕~壅~幽~尤~迂~淤~愚~郁~冤~沾~粘~湛~振~执~窒~重~舟~住~贮~迍~拙~阻~

踬(躓)zhì【古】去声,四寘。【例】跋~踣~跛~蹉~倒~颠~顿~分~伏~蹇~跻~蹇~蹶~困~沦~马~骈~贫~牵~倾~屯~淹~陨~遭~迍~自~

贽(贄)zhì【古】去声,四寘。【例】承~奉~干~圭~珪~和~还~嘉~贶~馈~礼~陆~媒~纳~禽~卿~士~投~委~骛~修~玉~载~执~雉~

挚(摯)zhì【古】去声,四寘。【例】禀~搏~残~沉~谌~诚~纯~大~奠~笃~还~积~极~剀~刻~悫~夔~狼~六~龙~毛~鸟~浓~偏~岐~切~琴~情~拳~深~始~坦~忳~委~渥~轩~殷~勇~真~执~治~周~肫~谆~斫~

雉zhì【古】上声,四纸。【例】白~城~鸥~崇~雏~春~雌~翠~鼎~堵~飞~粉~羔~宫~贡~雊~喝~禾~红~狐~化~画~环~黄~鸡~基~角~金~锦~腒~科~寇~楼~卢~鲁~鹿~峦~南~千~青~穷~蛆~全~雀~如~乳~桑~山~蛇~射~双~似~素~万~鹬~下~祥~枭~萧~小~新~绣~悬~驯~鹞~野~鹰~勇~隅~玉~元~越~云~泽~增~翟~斟~执~朱~秭~如皋~

鸷(鷙)zhì【古】去声,四寘。【例】百~愎~慓~搏~猜~沉~电~雕~忿~蝮~刚~戆~悍~豪~狠~虎~劲~攫~厉~毛~猛~朴~强~忍~霜~隼~贪~险~骁~凶~雄~驯~猋~养~阴~英~鹰~

勇～卓～

痣zhì【古】去声，四寘。【例】赤～黑～红～面～紫～足～朱砂～

忮zhì【古】去声，四寘。【例】褊～猜～妒～忿～豪～忌～懻～苛～刻～偏～强～权～忍～贪～险～修～阴～贞～

轾（輊）zhì【古】去声，四寘。【例】车～轩～

痔zhì【古】上声，四纸。【例】鼻～疥～苦～内～秦～舐～外～阴～临风～

庤zhì【古】上声，四纸。【例】仓～

迟（遲）zhì 等待。【古】去声，四寘。另见180页chí。【例】久～虚～

懥zhì【古】去声，四寘。【例】忿～

豸zhì【古】上声，四纸。【例】貏～赤～虫～触～跐～冠～黑～花～解～灵～鲈～铁～獬～有～蛰～豸～

猘zhì【古】去声，八霁。【例】狂～老～下～

质（質）zhì【古】入声，四质。【例】白～宝～保～本～鄙～辟～变～标～兵～秉～病～薄～才～参～孱～呈～诚～持～侈～丑～出～传～纯～淳～粗～粹～错～大～丹～诞～道～地～典～调～定～对～敦～方～访～风～凤～伏～扶～斧～负～附～赴～赋～钙～干～刚～槁～孤～古～瑰～诡～鬼～贵～皓～鹤～黑～互～还～幻～唤～皇～秽～慧～浑～魂～货～肌～稽～寄～检～简～贱～匠～交～角～皎～劫～诘～介～谨～锦～劲～进～靓～拘～抗～考～壳～空～悃～丽～连～廉～炼～良～镣～劣～临～灵～令～流～留～龙～陋～卤～鲁～伦～论～马～卖～毛～媒～美～盟～麋～面～眇～妙～明～木～纳～拟～凝～皮～偏～品～破～仆～蒲～期～气～器～钱～清～情～穹～确～人～容～柔～肉～入～睿～弱～散～沙～商～尚～神～审～椹～生～圣～实～事～殊～淑～疏～霜～水～素～隼～琐～特～体～天～廷～挺～通～同～蜕～托～箨～外～纨～顽～微～违～伟～委～文～无～吴～物～纤～贤～相～心～形～性～朽～秀～玄～绚～讯～牙～雅～艳～瑶～要～仪～遗～异～音～郢～影～佣～优～釉～余～愚～玉～燠～元～原～杂～载～招～昭～贞～真～执～直～稚～置～重～柱～转～浊～咨～姿～资～冰玉～郢中～

桎（櫍）zhì 柱下垫木。【古】入声，九屑。

锧（鑕）zhì【古】入声，四质。【例】秉～伏～斧～铁～砧～

炙zhì【古】入声，十一陌。又：去声，二十二祃同。【例】熬～暴～杯～焙～驳～爨～鹅～燔～焚～贯～火～煎～焦～酒～炕～烤～脍～冷～燎～脔～貊～脯～牛～炮～烹～亲～烧～食～豕～铜～筒～煨～衔～鸮～行～熏～薰～鱼～馔～赤日～蜡蚱～无心～

掷（擲）zhì【古】入声，十一陌。【例】鳌～白～驰～大～倒～抵～颠～飞～焚～奋～格～果～吼～虎～戟～交～金～鲲～浪～漫～怒～抛～屏～弃～腾～提～跳～投～透～鼍～五～虚～扬～遥～野～莺～拥～鱼～跃～振～左～飞梭～孤注～

秩zhì【古】入声，四质。【例】百～班～颁～卑～本～贬～辨～宾～兵～部～残～常～称～崇～宠～辞～第～典～鼎～东～贰～泛～肥～丰～封～奉～俸～服～改～高～故～官～贵～恒～厚～华～还～降～阶～解～进～晋～京～九～镌～卷～爵～峻～开～考～孔～郎～厘～礼～吏～列～

廪~禄~满~美~名~命~末~年~篇~品~平~迁~前~亲~清~穹~日~戎~荣~散~赏~上~升~诗~食~使~视~试~私~粟~琐~台~天~田~条~望~微~位~下~仙~咸~显~宪~削~小~谢~序~要~益~殷~永~优~有~藻~增~争~执~职~秩~中~资~租~左~

栉(櫛)zhì【古】入声,四质。【例】比~不~楂~典~风~冠~盥~薅~假~巾~金~镜~鳞~密~沐~暮~爬~容~濡~榫~少~石~梳~晚~犀~细~象~晓~修~衣~银~月~栉~庄~执巾~

桎zhì【古】入声,四质。【例】不~槎~梏~锢~解~钳~穷~囚~绕~

晊zhì 大。【古】入声,四质。

铚(銍)zhì【古】入声,四质。【例】钩~铚~

帙zhì【古】入声,四质。【例】八~宝~贝~编~部~残~道~典~梵~奉~负~挂~龟~荷~积~缃~简~锦~经~旧~巨~卷~开~琅~绿~满~妙~披~篇~缥~铺~谱~千~签~琴~散~诗~史~书~韬~绨~缇~天~图~晚~万~五~湘~缃~瑶~遗~隐~盈~余~芸~札~展~斑竹~

窒zhì 窒塞。【古】入声,四质。【例】鼻~惩~呆~颠~愕~阂~晦~蹇~闷~穹~如~实~屯~息~相~音~堙~凿~轧~中~阻~

陟zhì【古】入声,十三职。【例】跋~扳~超~斥~黜~登~东~跻~稽~荐~践~降~进~暮~攀~迁~搴~乔~升~梯~踢~西~遐~咸~显~游~逾~峻岭~

骘(騭)zhì【古】入声,质韵。【例】草~论~牡~品~评~天~阴~

蛭zhì【古】入声,四质。又:入声,九屑同。【例】虫~蜍~蜚~马~泥~山~蛇~石~水~蝗~田~吞~蛙~鱼~

郅zhì 极。【古】入声,四质。

自zì【古】去声,四寘。【例】暗~本~别~才~出~从~独~顿~敢~各~更~躬~古~骨~固~故~顾~管~何~会~紧~尽~径~竟~空~来~另~面~判~且~亲~擅~尚~身~生~私~缩~枉~我~兀~奚~先~幸~要~一~由~犹~有~原~肇~正~只~思所~

字zì【古】去声,四寘。【例】拗~八~白~榜~宝~碑~本~表~别~草~测~茶~拆~尘~衬~赤~春~雌~刺~赐~错~打~大~代~待~丹~单~点~迭~东~冬~动~蠹~对~讹~恶~发~番~繁~梵~方~粉~风~凤~抚~负~复~古~瓜~观~冠~龟~闺~国~汉~好~合~和~黑~横~狐~花~画~槐~坏~换~黄~讳~活~火~稷~嘉~茧~减~剪~检~简~翦~贱~结~解~介~借~今~金~锦~井~静~旧~楷~刊~刻~快~款~冷~隶~练~炼~两~灵~柳~龙~绿~码~满~盲~猫~梅~美~谜~描~妙~名~明~谬~摹~墨~默~母~牧~内~南~难~蜺~涅~鸥~排~片~骈~拼~平~坡~破~奇~绮~铅~签~前~切~清~琼~泉~犬~认~融~如~乳~瑞~僧~杀~山~善~尚~少~舍~生~省~十~石~识~实~手~书~疏~熟~署~数~刷~松~送~俗~遂~胎~苔~题~天~田~铁~帖~通~同~铜~透~吐~脱~外~伪~纬~未~文~问~乌~误~西~析~惜~习~细~下~限~香~响~小~晓~写~心~姓~虚~许~学~雪~驯~押~涯~颜~衍~艳~雁~

阳~洋~咬~夜~遗~易~逸~阴~音~银~印~莺~咏~右~鱼~雨~玉~渊~韵~杂~脏~造~札~张~赵~真~阵~正~之~织~只~制~中~重~朱~珠~逐~助~铸~篆~状~左~壁中~蚕眠~换鹅~龙鸾~相思~蟹行~蝇头~云锦~

恣 zì【古】去声,四寘。【例】阿~暴~残~宠~从~诞~放~酣~豪~很~恒~横~荒~昏~疾~忌~简~僭~骄~夸~狂~窥~美~僻~奇~强~侵~擅~奢~肆~贪~喜~凶~益~淫~优~游~娱~躁~专~颛~自~纵~

眦(眥)zì【古】去声,四寘。又:去声,八霁同。又:去声,十卦异。【例】毁~决~捩~裂~目~内~蚋~锐~拭~外~睚~眼~衣~盈~隅~不盈~

渍(漬)zì【古】去声,四寘。【例】尘~大~丹~含~涵~汗~秽~积~渐~津~浸~汩~露~蜜~墨~泥~染~濡~渗~湿~水~苔~汤~污~血~熏~淹~油~沾~湛~渍~

胾 zì【古】去声,四寘。【例】大~羹~狗~酒~枯~木~牛~炮~豕~噬~盐~羊~肴~殽~右~职~炙~池酒~

胔 zì【古】上平,四支。【例】陈~腐~毁~僵~举~枯~露~埋~收~死~朽~遗~余~殒~

牸 zì【古】去声,四寘。【例】慈~黄~良~青~乳~五~犀~畜~卷角~

7. 儿韵

平声·阳平

儿(兒)ér【古】上平,四支。又:上平,八齐异。另见 126 页 ní。【例】斑~帮~鸨~冰~卜~哺~蚕~伧~岔~痴~虫~宠~筹~从~大~担~旦~犊~髑~鹅~蛾~法~幡~贩~方~份~封~蜂~富~哥~歌~根~哏~狗~孤~龟~果~孩~汉~猴~后~呼~忽~胡~护~花~化~活~火~货~伎~佳~家~贾~娇~剿~姐~可~浪~捞~龙~蛮~媚~母~男~孥~女~漂~贫~妻~乞~弃~曲~犬~群~孺~乳~少~狮~市~侍~竖~厮~孙~髫~童~童~秃~娃~猧~吴~奚~小~些~雄~丫~养~样~幺~爷~义~婴~幼~侄~主~爪~壮~碧眼~并州~大耳~倒绷~寒乞~黄口~黄须~黄莺~宁馨~弄潮~麒麟~绮纨~铁骑~屠沽~五陵~笑靥~养家~游侠~

唲 ér【古】上平,四支。【例】嗫~呕~嚅~殴~

而 ér【古】上平,四支。【例】不~怅~从~殆~俄~蛾~反~故~乎~忽~惠~既~继~假~进~竟~衎~可~涟~馁~偶~凄~颀~然~若~甚~时~始~倏~恬~伟~奚~幸~旋~学~已~意~因~远~暂~之~卒~

洏 ér【古】上平,四支。【例】连~洏~凄~涟~悽~

耏 ér【古】上平,四支。【例】髡~冒~鬐~

鸸(鳾)ér【古】上平，四支。【例】鹪~

鲕(鮞)ér【古】上平，四支。【例】鲲~

仄声·上声

耳ěr【古】上声，四纸。【例】白~豹~逼~鼻~辟~病~苍~侧~谄~长~车~赤~充~楮~穿~垂~刺~聪~大~儋~到~涤~地~鼎~动~冻~洞~尔~凡~飞~沸~风~拂~附~感~狗~刮~贯~盥~贵~聒~骇~禾~横~红~壶~湖~虎~护~哗~槐~缓~焕~黄~罣~渐~交~焦~金~谨~惊~净~静~纠~啾~举~具~卷~抉~爵~开~快~括~犁~李~里~俚~沥~辽~苓~柳~龙~鹿~驴~绿~挛~马~猫~迷~弭~妙~抿~木~睦~内~乃~逆~牛~暖~煖~蒲~普~钳~青~倾~清~酋~取~犬~揉~入~软~洒~塞~桑~伤~石~世~鼠~树~双~顺~松~耸~竦~俗~慆~提~天~挑~帖~偷~头~凸~兔~豚~唾~挖~外~无~枭~洗~象~心~熊~秀~畜~熏~焉~掩~养~倚~因~银~引~盈~幽~右~余~榆~悦~云~在~震~正~执~直~植~彘~中~重~猪~竹~属~注~驻~濯~顺风~枕流~执牛~竹批~

饵(餌)ěr【古】去声，四寘。【例】爱~鳌~宝~表~饼~餐~朝~垂~丹~钓~毒~芳~鲂~焚~粉~服~甘~膏~格~钩~桂~果~寒~和~厚~骄~饺~犒~金~酒~乐~利~龙~禄~落~麦~美~蜜~牛~蓬~糗~食~兽~黍~死~投~吞~夕~仙~弦~香~晓~嗅~肴~药~宜~饴~油~诱~鱼~针~珍~蒸~重~

珥ěr【古】上声，四纸。又：去声，四寘同。【例】宝~抱~背~钗~蝉~珰~貂~堕~耳~服~冠~晖~刉~笄~解~金~两~祈~青~日~脱~象~遗~瑜~玉~月~晕~簪~栉~珠~

洱ěr【古】上声，四纸。【例】西~普~

駬ěr【古】上声，四纸。【例】骅~绿~

尔(爾)ěr【古】上声，四纸。【例】霭~黯~傲~百~逼~泊~不~惨~怅~出~俶~蠢~猝~蹴~的~顿~俄~额~尔~翻~凡~反~斐~甫~复~故~果~过~颢~赫~嘿~乎~忽~嘷~豁~及~既~寂~假~皎~较~竟~炯~具~遽~慨~侃~铿~喟~廓~烂~丽~聊~率~谩~密~谧~蔑~摩~漠~默~乃~淖~能~诺~偶~配~飘~瞥~普~阒~阙~汝~若~飒~尚~审~式~适~倏~输~帅~顺~谡~遂~闼~挺~突~徒~颓~脱~宛~莞~皖~王~为~兀~翕~遐~莞~嚣~哑~焉~俨~宴~燕~杳~窅~嶷~已~翼~攸~云~暂~札~辄~政~直~只~卓~倬~灼~咨~自~卒~蕞~

迩(邇)ěr【古】上声，四纸。【例】逼~道~临~密~能~室~遐~乡~向~修~伊~隃~远~

仄声·去声

二èr【古】去声，四寘。【例】不~尺~储~得~第~杜~封~副~故~怀~加~

肩~连~莫~体~无~小~巽~幺~疑~元~丈~

贰(貳)èr【古】去声,四寘。【例】背~倍~不~猜~参~谗~长~储~楚~杜~端~非~负~副~乖~篡~汉~怀~继~介~囧~离~凉~靡~陪~配~卿~上~守~讨~体~违~无~闲~嫌~携~榣~疑~怨~赞~赘~自~卒~佐~不迁~

附:本韵部旧读入声韵

5. 衣韵

阴平

逼滴菂圾缉积激绩击屐咭鼙芨唧積劈霹沏七桼戚漆嘁缉擿剔踢息熄锡夕汐肸昔惜穸裼翕熻吸悉膝析淅蜥晰菥窸蟋皙一壹揖

阳平

荸嘀敌笛涤的迪頔狄荻籴适觌翟镝嫡蹢靮圾极级疾集吉即及伋急湒籍瘠嵴楫辑脊耤塈姞佶唧笈岌汲棘亟革藉嫉芨鼙踖吃蒺鹡蹐蕺殛席习鳛袭媳檄隰腊觋

上声

舭笔给戟脊尼匹癖劈乞乙

去声

壁璧必咇邲佖珌碧毕筚辟愎弼愊躃襞哔跸荜皕谧苾湢腷鞞鷩的迹寂鲫稷力朸立历呖坜雳沥栗枥笠粒栎轹砾跞珠叻仂艻疬篥溧鬲傈溧密蜜觅幂谧泌汩逆溺昵匿嶷惄衵辟僻澼擗甓鷿亟泣讫汔涑缉葺乞碛迄槭惕趯倜逖隙汐卌舄潟阋籺绤郤腋掖液益役翼逸抑疫邑裛釴佾易驿忆亿薏臆繶瘾溢轶弋亦俶浥奕弈译绎鹢翊怿镒屹蜴射昳唈挹嗌悒翌峄斁湨燚鹝虉熠埸杙

6. 知韵

阴平

吃失湿虱只汁稙织

阳平

石鼫祏食实识蚀拾湜十什硕直值植殖执职侄跖掷蛰絷埴摭蹠

上声

尺

去声

赤斥饬叱彳骘敕日衵驲廿式栻饰适室拭释奭襫轼螫质桎锧炙秩栉桎眰铚帙窒陟骘蛭郅

四、乌(u)迂(ü)两韵母的韵部

韵　母	乌(u)	迂(ü)
说　明	本表两韵母,严则分两韵,即“乌”韵与“迂”韵(如《诗韵新编》);宽乃合一部,即让“乌”韵与“迂”韵通押(如《诗韵新编》等)。	

8. 乌(u)韵

平声·阴平

逋bū【古】上平,七虞。【例】败~毕~偿~负~官~归~积~稽~迦~将~久~酒~旧~蠲~林~零~流~戎~柔~诗~私~宿~索~逃~完~亡~窝~先~遗~责~招~折~无所~

晡bū【古】上平,七虞。【例】晨~春~昳~过~日~三~上~晚~未~下~晓~晏~中~朝~

初chū【古】上平,六鱼。【例】本~春~从~大~当~冬~反~复~更~古~国~寒~汉~浩~花~还~皇~黄~交~谨~厥~开~腊~露~率~年~廿~劈~期~起~潜~秋~去~如~慎~始~岁~遂~邃~太~泰~髫~往~维~午~物~夏~星~一~易~虞~元~原~月~真~正~拜谒~绿阴~识面~天地~晚凉~杏花~永和~

貙(貙)chū【古】上平,七虞。【例】豺~狂~虎~熊~貔~豹~黑~获~

樗chū【古】上平,六鱼。【例】柽~臭~椿~櫄~多~恶~寒~栎~散~桑~山~寿~田~荼~杌~薪~寻~庄~壮~蔽芾~不材~

摴chū 摴蒱。【古】上平,六鱼。

出[1]chū【古】入声,四质。又:去声,四寘异。【例】拔~暴~被~辈~本~播~侧~层~岔~产~超~虫~创~辞~错~沓~得~嫡~迭~叠~鼎~洞~独~发~翻~放~费~锋~蜂~付~附~复~革~公~横~互~汇~魂~豁~挤~简~贱~降~交~角~杰~桀~进~浸~迥~揪~举~倦~绝~崛~俊~开~刊~看~科~跨~阑~雷~类~亮~列~六~漏~露~路~买~迈~冒~没~娩~拟~撵~孽~努~排~旁~抛~喷~捧~偏~平~岐~奇~歧~迁~潜~谴~轻~清~磬~趋~认~任~日~入~伸~渗~生~失~时~使~世~首~输~庶~说~耸~岁~所~

他~特~腾~剔~提~跳~贴~挺~同~突~吐~推~退~脱~外~晚~析~显~现~相~新~秀~宣~演~燕~亿~异~轶~逸~溢~臆~引~颖~涌~逾~欲~远~越~匀~展~涨~正~支~指~重~逐~卓~

出[2]（齣）chū 独立剧目量词。【例】零~

粗（觕、麤、麄）cū 【古】上平，七虞。【例】人~心~手~气~出~加~打~老~村~性~抵~衰~粗~通~短~精~腿~豪~蔬~动~声~细~胆~药~贪~驯~

都dū 【古】上平，七虞。另见 395 页 dōu。【例】拔~邦~北~边~别~赤~楚~大~帝~奠~定~东~鄂~方~酆~改~公~姑~孤~古~谷~故~关~官~国~过~汉~洪~鸿~嫣~花~还~皇~建~江~京~净~旧~军~浚~郎~乐~丽~两~列~留~卢~碌~滦~洛~曼~煤~密~名~末~南~鸟~陪~迁~青~清~庆~邛~琼~人~三~山~上~设~申~神~甚~首~桃~天~添~通~拓~王~吴~西~徙~下~仙~闲~娴~乡~小~信~星~行~雄~玄~燕~扬~野~邺~移~遗~邑~郢~幽~玉~置~中~仲~州~诸~子~紫~

嘟dū【古】上平，七虞。【例】嘟~咕~骨~鼓~咽~胖~~

阇（闍）dū【古】上平，七虞。又：下平，六麻异。【例】阿~兰~罗~耆~阓~

督dū【古】入声，二沃。【例】鞭~部~程~笞~催~董~都~非~河~基~家~监~检~教~进~警~看~课~理~骑~趣~劝~稽~绳~戍~肃~提~天~校~巡~训~缘~责~杖~指~总~

夫fū【古】上平，七虞。另见 226 页 fú。【例】敖~百~傍~病~薄~伧~差~谗~孱~娼~长~车~城~出~厨~船~春~蠢~爨~村~达~大~堤~递~调~谍~丁~兜~斗~独~钝~遁~堕~饿~贩~坊~防~非~夫~浮~腐~妇~丐~杠~跟~更~耕~工~功~姑~瞽~故~雇~寡~鳏~贵~海~悍~河~褐~后~虎~宦~火~急~疾~籍~奸~肩~煎~贱~健~脚~轿~嗟~节~洁~姐~介~惊~精~九~巨~窭~克~课~夸~狂~旷~矿~髡~拉~癞~老~乐~黎~里~力~戾~廉~良~烈~猎~泷~聋~鲁~驴~骡~洛~马~莽~耄~妹~门~蒙~免~民~命~谋~牧~男~辇~农~懦~叛~庖~匹~姘~贫~仆~铺~妻~畦~骑~起~弃~千~前~潜~浅~强~樵~趫~且~怯~亲~青~情~黥~穷~髯~人~驲~若~散~啬~穑~山~扇~膳~矢~士~事~戍~竖~水~说~私~思~讼~俗~速~贪~体~田~挑~贴~僮~徒~涂~屠~屯~顽~挽~万~往~旺~望~危~伪~武~息~系~细~仙~先~纤~贤~乡~想~象~小~孝~行~幸~雄~婿~玄~徇~疋~阳~妖~徭~也~野~夜~姨~已~义~役~驿~逸~阴~寅~淫~隐~庸~慵~饔~勇~邮~游~迂~舁~余~渔~愚~舆~驭~御~元~园~芸~运~宰~择~贼~闸~斋~战~站~丈~棹~哲~贞~征~正~众~逐~柱~抓~壮~拙~姊~逐臭~

呋fū 古同“趺”。【古】上平，七虞。

玞fū【古】上平，七虞。【例】珉~珷~

鈇fū【古】上平，七虞。【例】戈~窃~霜~王~砧~质~锧~资~辕门~

跗fū【古】上平，七虞。又：去声，七遇同。【例】宝~丹~萼~丰~鼓~踞~剑~

绛~胫~栗~卢~骈~岐~石~跣~俞~喻~朱~足~

稃fū(粰)fū【古】上平,七虞。【例】麸~

肤(膚)fū【古】上平,七虞。【例】冰~剥~赪~丹~地~都~发~芳~丰~附~割~寒~花~换~肌~裂~镂~卵~裸~倮~慢~麋~铭~木~嫩~凝~皮~切~亲~侵~青~冗~山~身~噬~树~烁~硕~素~体~完~鲜~险~香~雪~玉~愈~云~振~竹~钻~冰雪~沁香~玉为~红玉~凉生~

敷fū【古】上平,七虞。【例】贲~笔~播~不~阐~朝~晨~床~春~诞~地~繁~纷~芬~敷~光~横~弘~宏~华~黄~回~敬~开~科~冷~罗~内~滂~披~平~铺~气~虔~潜~青~琼~荣~森~上~式~覃~外~晚~罔~遐~谢~星~宣~阴~永~郁~燠~匀~增~遮~祇~德化~瑞色~夏阴~云霞~枝叶~

孵fū【古】上平,七虞。【例】雹~春~炕~

麸(麩)fū【古】上平,七虞。【例】甘~红~酱~金~糠~麦~无~金粟~

趺fū【古】上平,七虞。【例】宝~碑~翠~萼~方~鼓~光~龟~鬼~湖~花~跏~绛~僧~山~舍~石~双~驼~纤~小~璇~右~织~足~蟠螭~

柎fū【古】上平,七虞。【例】匾~别~萼~柿~花~栗~椳~束~竖~丝~松~天~榆~

鄜fū【古】上平,七虞。【例】陕~

砆fū【古】上平,七虞。【例】珉~碔~

姑gū【古】上平,七虞。【例】阿~班~伴~鲍~表~伯~鹁~蚕~慈~从~村~大~道~妇~公~姑~故~顾~卦~和~黑~花~皇~黄~箕~继~家~藉~舅~君~亏~蝲~蓝~柳~龙~洛~麻~梅~鮸~貌~嫫~摹~尼~泥~贫~仆~蒲~漆~青~秋~仁~桑~山~稍~少~圣~师~湿~石~叔~鼠~庶~孀~四~祀~铜~外~王~威~苇~翁~溪~虾~仙~先~乡~饷~像~小~雪~血~亚~严~养~夜~义~扎~遮~针~帚~朱~诸~竹~紫~宗~祖~尊~插秧~金仆~青溪~椓月~

轱(軲)gū 轱辘。【古】上平,七虞。

孤gū【古】上平,七虞。【例】哀~抱~不~称~存~单~道~独~抚~给~公~寡~鳏~鹤~畸~羁~继~坚~教~荆~久~睽~怜~零~楼~鸾~盟~藐~偏~欺~轻~清~穷~茕~鹊~弱~少~赦~身~势~授~孀~祀~夙~托~乌~屋~飧~小~心~性~恤~盐~雁~阳~养~遗~萤~影~优~幼~育~郁~云~蚤~贞~职~妆~装~自~楚山~旅情~片云~形影~

辜gū【古】上平,七虞。【例】罢~保~报~备~毕~蔽~不~沉~愁~非~伏~副~何~酒~罹~理~厉~论~蒙~泣~深~沉~速~亡~无~修~恤~余~招~知~窒~终~重~罪~

沽gū【古】上平,七虞。另见257页gù。【例】博~廛~村~待~贩~坊~功~官~海~津~酒~开~泸~屡~求~榷~市~特~屠~行~炫~直~自~典衣~俸钱~踏雪~

鸪(鴣)gū【古】上平,七虞。【例】鹁~愁~春~晴~山~啼~鹈~雪~鹧~

呱gū【古】上平,七虞。另见3页guā。【例】顶~呱~叽~嘷~拉~

菇gū【古】上平，七虞。【例】草～春～慈～雕～冬～芳～厚～花～菌～蘑～平～青～鲜～香～云～竹～

菰gū【古】上平，七虞。【例】茨～慈～雕～芳～灰～巨～蘑～青～水～思～溪～香～新～竹～

估gū【古】上声，七麌。另见257页gù。【例】本～编～驳～帛～布～踩～茶～抄～错～大～低～惦～定～封～高～公～官～海～豪～加～较～旧～绢～料～禄～蛮～毛～难～平～评～推～散～商～时～市～书～输～台～推～物～下～盐～游～预～越～赃～增～章～酌～

家gū 同"姑"。【古】上声，七麌。另见4页jiā。

觚gū【古】上平，七虞。【例】百～裁～操～奉～剑～举～踞～谲～棱～木～破～剖～奇～弃～觞～寿～腾～象～削～灶～执～美人～

酤gū【古】上平，七虞。又：上声，七麌同。又：去声，七遇异。【例】村～断～贩～芳～酒～倾～清～推～市～私～屠～香～行～酌～

咕gū【古】上平，七虞。【例】啜～叨～嘀～嘎～咕～咯～叽～唧～挤～呛～掖～贼～喳～吱～

箍gū【古】上平，七虞。【例】发～加～戒～金～紧～轮～篾～脑～束～铁～铜～桶～头～脱～针～

蛄gū【古】上平，七虞。【例】蟪～蝼～蝲蝲～

骨gū 骨碌。【古】入声，六月。另见242页gǔ。

蓇gū 蓇葖。【古】入声，六月。

乎hū【古】上平，七虞。【例】谙～白～瞠～出～凑～断～恶～反～关～归～寒～合～焕～几～已～洎～嗟～介～近～迥～觉～恐～况～乐～类～乱～忙～芒～茫～讴～缥～全～确～然～热～软～神～时～使～庶～思～似～温～呜～嫌～险～邪～玄～悬～严～繇～噫～宜～已～矣～于～於～愉～渊～圆～云～匀～在～至～～庶几～巍巍～犹之～

呼（虖、嘑、謼）hū【古】上平，七虞。【例】奔～鞭～惨～长～唱～潮～称～叱～传～喘～吹～大～点～恶～奋～高～歌～骇～酣～鼾～嗥～嚎～号～欢～极～疾～见～噭～叫～嗟～惊～鸠～快～狂～雷～漓～胪～鸣～目～狞～呕～齐～前～强～抢～热～三～山～呻～声～四～嵩～腾～啼～妄～谓～我～呜～吸～吓～先～相～枭～哓～嚣～哮～啸～邪～徐～喧～旋～寻～幺～邀～遥～夜～一～应～于～吁～猿～远～噪～咋～喳～扎～乍～咤～招～照～指～踵～追～自～海鹤～入云～万人～

轷（軤）hū【古】上平，七虞。【例】邪～

糊hū 涂抹。【古】上平，七虞。另见228页hú、258页hù。

滹hū 水名。【古】上平，七虞。

忽hū【古】入声，六月。【例】岸～谙～晻～傲～暴～贬～飙～伯～长～超～粗～怠～淡～短～俄～感～洸～含～豪～忽～幻～荒～悦～恍～挥～火～简～见～倨～拉～凌～沦～落～芒～猛～迷～杪～蓦～年～飘～翩～瞥～平～欺～弃～轻～顷～穷～遒～闪～睒～睥～倏～疏～瞬～丝～恬～头～突～玩～顽～忘～微～无～侮～翕～纤～邪～懈～迅～鸦～淹～奄～焱～杳～殗～遗～佚～易～隐～悠～远～轧～

治~仲~骤~岁月~

惚hū【古】入声,六月。【例】恍~慌~茫~惚~惛~悦~

唿hū【古】入声,六月。【例】唿~

滹hū【古】入声,六月。【例】汩~浴~

昒(曶)hū【古】入声,五物。又:入声,六月同。【例】晦~

枯kū【古】上平,七虞。【例】柏~扁~冰~草~茶~肠~初~春~摧~悴~挫~凋~雕~堕~焚~干~槁~海~涸~红~华~疾~集~瘠~焦~荆~惊~空~窾~葵~拉~兰~麻~麦~木~偏~清~秋~泉~荣~桑~山~伤~石~树~衰~水~松~搜~苏~笋~童~外~菀~萎~下~夏~纤~心~嘘~悬~血~湮~严~檐~掩~眼~砚~叶~荑~遗~油~泽~芝~枝~海田~万骨~万物~形容~

骷kū 骷髅。【古】上平,七虞。

刳kū【古】上平,七虞。【例】刲~屠~

哭kū【古】入声,一屋。【例】~哀~悲~长~朝~晨~大~代~吊~对~愤~抚~干~歌~蛤~谷~归~鬼~嚎~号~皆~节~惊~绝~狂~雷~鸟~陪~泣~犬~丧~送~祖~叹~啼~恸~痛~巷~宵~邪~行~野~夜~猿~止~昼~助~卒~鬼夜~鲛人~杞妻~穷途~吞声~掩面~杨朱~

窟kū【古】入声,六月。【例】奥~宝~冰~禅~蟾~巢~城~春~盗~地~凋~洞~赌~法~匪~蜂~凤~佛~富~鬼~桂~海~寒~狐~虎~花~荒~蛟~金~酒~鹫~龛~窠~理~林~龙~隆~马~迷~黾~魔~墓~嵌~窍~情~丘~泉~日~乳~三~蛇~深~蜃~石~识~守~兽~水~私~铁~土~兔~鼍~刓~峡~仙~香~蟹~熊~穴~雪~岩~艳~蚁~银~营~幽~鱼~羽~玉~月~云~贼~豺狼~奸邪~龙蛇~神仙~销金~饮马~云水~

矻kū【古】入声,六月。【例】矻~款~

噜(嚕)lū【古】上声,七麌。【例】啵~嘟~咕~呼~唿~胡~吐~呜~噗~一咕~

撸(擼)lū 捋。【古】上声,七麌。

铺(鋪)pū【古】上平,七虞。另见264页pù。【例】广~横~花~金~密~平~青~柔~舍~霜~苔~摊~霞~斜~延~叶~茵~银~云~毡~锦绣~落红~月色~

潽pū 液体沸腾溢出。【古】上声,七麌。

痡pū【古】上平,七虞。【例】毒~民~沦~贫~龁~力~

扑pū【古】入声,一屋。【例】鏖~摆~逼~鞭~笞~扶~楚~捶~摧~打~颠~跌~叠~断~翻~反~粉~赴~关~合~红~花~环~击~歼~剪~交~剿~进~搯~救~磕~雷~乱~买~卖~猛~囊~蓬~劈~匹~骞~敲~倾~闪~扇~厮~讨~腾~跳~拓~闲~相~香~掩~责~杖~震~直~追~飞蛾~红尘~杨花~

仆pū【古】入声,一屋。又:去声,七遇、二十六宥异。另见231页pú。【例】弊~宕~蹎~跌~顿~偾~合~僵~惊~立~倾~跧~填~颓~危~消~兴~眩~偃~欹~蹶~

书(書)shū【古】上平,六鱼。【例】哀~暗~白~拜~班~榜~宝~报~贝~背~辟~壁~边~标~别~兵~驳~帛~簿~裁~残~蚕~藏~草~册~策~察~谗~禅~唱~抄~车~陈~谶~成~驰~持~尺~赤~敕~虫~出~除~储~传~

春~词~赐~丛~村~代~丹~耽~倒~祷~道~帝~典~吊~牒~读~牍~赌~蠹~短~恶~鹗~法~番~翻~反~梵~房~仿~访~飞~废~分~焚~讽~凤~奉~佛~符~讣~负~附~复~腹~稿~诰~攻~贡~购~古~鹄~鼓~故~关~官~龟~轨~鬼~国~过~函~汉~好~贺~鹤~红~鸿~狐~胡~虎~护~花~怀~还~皇~回~惠~婚~赍~疾~籍~记~寄~寄~家~监~笺~牋~缄~剪~检~简~荐~谏~箭~讲~降~浇~蕉~教~捷~解~戒~借~金~筋~谨~锦~进~晋~禁~经~旧~就~捐~军~郡~楷~刊~看~刻~课~库~快~款~狂~蜡~老~乐~类~离~礼~理~鲤~历~吏~隶~连~梁~猎~临~麟~吝~赁~灵~令~六~龙~露~录~鸾~纶~螺~洛~脉~蛮~漫~盲~盟~秘~密~妙~悯~名~命~缪~默~内~囊~能~泥~逆~念~鸟~农~奴~讴~判~批~披~缥~聘~评~曝~漆~奇~棋~契~迁~谦~签~前~遣~琴~青~清~情~琼~全~权~券~雀~群~让~儒~晒~删~善~上~尚~蛇~射~赦~诗~史~侍~嗜~誓~手~受~摅~束~说~私~讼~诵~送~俗~素~隋~祟~谈~唐~特~腾~誊~题~天~条~帖~听~通~投~图~托~外~完~亡~王~伪~魏~文~蜗~舞~误~檄~玺~系~细~狎~仙~闲~贤~宪~献~乡~相~香~削~嚣~校~邪~写~薤~星~刑~行~休~修~玄~悬~选~学~血~雁~谳~赝~样~叶~医~移~遗~异~佚~译~驿~逸~音~淫~银~隐~印~楹~郢~影~拥~慵~邮~鱼~羽~禹~玉~御~爰~原~韵~杂~载~赞~责~札~占~战~掌~诏~真~枕~征~正~证~政~直~指~志~制~致~众~朱~竹~篆~追~锥~字~奏~醉~佐~作~八分~八行~柏叶~壁中~才子~倡议~封禅~故人~换鹅~黄石~汲冢~金匮~锦鳞~蝌蚪~阆苑~两地~鲁连~青鸟~畏简~邺侯~云锦~紫泥~

陎shū 见于地名。【古】上平，七虞。

鄃shū 见于地名。【古】上平，七虞。

毹shū【古】上平，七虞。【例】氍~毡~

殊shū【古】上平，七虞。【例】不~差~超~舛~等~地~独~分~乖~瑰~诡~何~境~迥~绝~魁~礼~曼~邈~年~清~人~荣~散~时~事~势~私~天~万~文~屋~无~行~形~性~悬~烟~宜~音~优~卓~自~斐然~物候~

输（輸）shū【古】上平，七虞。【例】逼~兵~传~代~调~贩~方~伏~服~负~赋~给~工~贡~贯~灌~归~交~敬~捐~均~科~课~亏~乐~流~陆~论~免~民~辇~起~倾~罄~秋~认~儒~神~输~双~税~岁~田~挽~委~夏~佯~赢~远~运~征~转~租~百川~

舒shū【古】上平，六鱼。【例】安~惨~苍~昌~畅~篁~高~哥~亘~濠~和~闳~回~骄~荆~卷~开~柯~宽~莲~柳~龙~麻~眉~梅~平~铺~气~轻~清~秋~群~日~散~山~申~伸~寿~舒~稣~素~体~望~温~雾~曦~霞~闲~星~阳~叶~夜~义~意~玉~圆~云~展~征~志~仲~广袖~筋骨~心神~

疏（踈）shū【古】上平，六鱼。另见266页shù。【例】百~碧~辨~表~别~鬓~才~草~尺~齿~斥~传~粗~麤~翠~

村~大~单~道~凋~雕~调~二~分~封~敷~扶~浮~附~覆~刚~高~乖~贵~果~鸿~花~槐~荒~恢~积~计~记~笺~简~贱~渐~谏~讲~交~醮~进~寝~精~举~具~蠲~决~阔~抗~空~孔~宽~狂~旷~阔~篱~连~帘~两~列~林~柳~龙~论~梅~密~拟~年~爬~纰~朴~戚~齐~绮~签~亲~青~轻~清~情~渠~诠~森~上~生~诗~手~书~疏~讼~搜~肃~题~条~廷~通~桐~顽~网~文~稀~霞~纤~闲~消~萧~潇~写~星~邢~凶~胥~虚~宣~玄~血~研~遗~议~阴~影~庸~慵~迂~雨~玉~云~章~诏~直~竹~属~注~拙~奏~故人~意气~音信~

枢(樞)shū【古】上平,七虞。【例】奥~北~髀~兵~秉~参~宸~枨~持~尺~丹~当~登~地~电~东~斗~蠹~贰~梵~扉~辅~干~古~关~昊~衡~鸿~户~化~环~皇~黄~祸~机~极~借~金~钧~揆~坤~灵~门~秘~密~妙~内~钮~乾~棬~戎~桑~山~上~神~绳~事~树~松~特~天~铁~铜~万~文~握~西~星~玄~璇~言~瑶~要~右~元~运~政~治~中~紫~左~不蠹~

姝shū【古】上平,七虞。【例】彼~朝~妒~宫~闺~国~娇~锦~靓~静~丽~间~绿~洛~名~明~暖~嫔~清~色~盛~世~侍~姝~天~文~吴~舞~霞~仙~妍~艳~妖~夜~玉~院~庄~娉婷~陌上~倾城~燕赵~灼灼~

梳shū【古】上平,六鱼。【例】宝~蓖~钗~晨~风~鹤~红~胡~精~木~杷~耙~千~琼~刃~天~犀~香~象~牙~盈~慵~玉~月~簪~针~栉~妆~粧~装~碧玉~三角~

蔬shū【古】上平,六鱼。【例】百~冰~菜~餐~草~春~得~豆~饭~芳~丰~茯~瓜~灌~鲑~果~寒~家~嘉~甲~煎~剪~荐~涧~嚼~牢~冷~绿~美~盘~烹~畦~弃~青~秋~柔~茹~三~山~时~霜~挑~庭~挽~晚~溪~晓~新~薪~烟~肴~药~野~余~鱼~玉~园~枣~择~摘~珍~煮~

纾(紓)shū【古】上平,六鱼。又:上声,六语同。【例】发~夹~解~宽~申~燕~

抒shū【古】上声,六语。【例】表~畅~发~各~力~略~难~情~申~喜~直~胸臆~

摅(攄)shū【古】上平,六鱼。【例】表~搒~超~发~愤~风~龙~气~散~绣~志~欢易~幽怀~

荼shū【古】上平,七虞。另见234页tú。【例】荆~神~

殳shū【古】上平,七虞。【例】祋~干~竿~戈~荷~举~连~锐~桃~铁~执~

叔shū【古】入声,一屋。【例】班~胞~鲍~表~伯~步~长~刍~从~大~范~方~管~和~皇~惠~季~家~康~老~路~茂~女~磬~戎~荣~申~世~叔~庶~衰~孙~堂~同~贤~萧~小~血~养~幺~爷~夷~姻~岳~仲~子~族~

淑shū【古】入声,一屋。【例】才~纯~淳~慈~端~和~嘉~娇~静~灵~令~美~明~清~柔~若~圣~淑~私~陶~婉~温~稳~闲~贤~娴~祥~谐~妍~懿~英~渊~允~贞~珍~

菽(尗)shū【古】入声,一屋。【例】

巴~采~茶~赤~刍~啜~稻~豆~瓜~禾~藿~嘉~葵~藜~粱~绿~麻~麦~荏~茂~申~蔬~秫~黍~水~粟~五~幽~鱼~芋~

倏(倐、儵)shū【古】入声,一屋。【例】惊~闪~倏~黝~

苏[1](蘇、蘓)sū【古】上平,七虞。【例】白~长~赤~大~二~扶~皋~姑~骨~阖~鹃~红~鸡~积~金~块~来~老~酪~利~两~流~旒~落~梅~蜜~摸~诺~欧~蒲~樵~青~清~琼~髯~三~骚~水~田~涂~屠~酴~洗~遐~小~薪~萱~昭~紫~紫~

苏[2](蘇、甦)sū【古】上平,七虞。【例】病~翻~复~更~回~雷~却~苏~徯~心~醒~昭~重~草木~万象~

苏[3](囌)sū【古】上平,七虞。【例】噜~啰~

稣(穌)sū【古】上平,七虞。【例】耶~昭~

酥sū【古】上平,七虞。【例】冰~蟾~春~搓~点~雕~豆~粉~寒~和~红~花~酪~灵~流~麻~凝~牛~暖~撇~起~清~琼~柔~如~软~桃~屠~酴~团~驼~酡~香~新~杏~胸~盐~痒~雍~油~玉~御~晕~脂~雨如~

窣sū【古】入声,六月。【例】勃~黑~摩~窣~析~悉~窸~屑~偲~

秃tū【古】入声,一屋。【例】白~斑~半~笔~发~光~郭~护~簪~燋~酒~老~扑~硗~蜷~山~树~剔~童~头~突~兀~贼~光陆~

突tū【古】入声,六月。【例】鏖~拔~白~雹~趵~奔~逼~苍~钞~超~晨~闯~撑~痴~驰~冲~触~窜~怛~荡~诋~堕~飞~伏~干~感~高~孤~鹘~古~鼓~窒~骇~寒~狠~横~后~呼~忽~狐~胡~滑~灰~隳~喙~毁~火~惑~棘~进~快~狂~来~狼~冷~凌~流~马~冒~米~墨~木~纳~排~盘~庖~飘~贫~欺~奇~黔~侵~曲~驱~屈~热~乳~豕~水~耸~唐~楪~逃~腾~天~跳~突~吐~乌~兀~豨~显~宵~晓~烟~窅~欹~岳~灶~直~撞~锥~

葖tū【古】入声,六月。【例】雹~菁~

凸tū【古】入声,六月。又:入声,九屑同。【例】凹~雹~凸~窊~外~

乌(烏)wū【古】上平,七虞。【例】哀~白~柏~苍~朝~晨~城~鸱~赤~楚~春~慈~丹~东~飞~风~宫~孤~寒~皓~狐~火~吉~江~金~锦~惊~九~渴~狼~林~灵~陵~木~南~鸟~栖~乞~樯~秦~琴~青~穷~仁~日~乳~赛~山~射~事~视~曙~霜~水~素~台~啼~田~铜~童~兔~晚~望~乌~西~喜~宪~相~祥~翔~孝~玄~驯~鸦~颜~檐~燕~阳~旸~夜~衣~意~鱼~玉~鸢~瞻~织~众~朱~朝夕~三足~

污(汙、汚)wū【古】上平,七虞。【例】斑~卑~辟~避~尘~耻~丑~臭~触~疵~点~玷~防~焚~粪~垢~含~汗~合~潢~活~积~奸~瀸~贱~溅~践~旧~亏~困~烂~潦~陋~漫~蔑~墨~纳~淖~泥~涅~排~骞~去~染~受~损~贪~填~忝~涂~洗~险~陷~邪~亵~羞~血~易~淫~油~愚~杂~赃~臧~沾~霑~展~浊~滓~渍~青蝇~

呜(嗚)wū【古】上平,七虞。【例】叹~呜~哑~咽~咿~噫~喑~

恶(惡)wū 叹词,表惊讶。【古】上平,七虞。另见269页wù、68页ě、77页è。

洿wū【古】上平,七虞。【例】卑~粉~垢~潢~旧~纳~泥~盘~沉~贪~渟~诬~淫~渊~沾~浊~

邬(鄔)wū 姓。【古】上声,七麌。

钨(鎢)wū 化学元素。【古】上平,七虞。

圬(杇)wū【古】上平,七虞。【例】雕~纹~

巫wū【古】上平,七虞。【例】巴~楚~村~大~祷~焚~公~鬼~河~衡~箕~荆~老~里~灵~男~女~曝~黔~僧~神~师~史~投~卫~问~觋~乡~小~信~行~野~医~淫~庸~用~越~葬~杖~召~钟~汉宫~

诬(誣)wū【古】上平,七虞。【例】谤~辩~不~谗~谄~丑~诋~讹~反~飞~怪~厚~华~秽~毁~嫉~加~简~见~矫~矜~近~捃~夸~诳~谬~捏~攀~霹~欺~巧~侵~上~沉~枉~昔~下~相~虚~燕~訞~愚~冤~栽~赃~遭~造~诈~妆~装~自~坐~曲直~焉可~

於wū 古叹词。【古】上平,七虞。另见280页yú“于[2]”。

屋wū【古】入声,一屋。【例】矮~爱~奥~白~柏~板~壁~别~冰~蔀~篰~蚕~草~侧~茶~场~敞~车~彻~撤~城~乘~穿~床~祠~茨~粗~翠~大~岱~帝~第~殿~东~洞~碓~耳~发~方~房~舫~飞~丰~夫~浮~斧~覆~盖~高~阁~宫~广~龟~鬼~过~海~寒~荷~黑~横~后~花~华~画~槐~环~皇~黄~箕~家~架~槛~椒~接~杰~结~金~井~净~九~旧~居~库~跨~廊~老~里~连~梁~列~林~陵~楼~漏~庐~驴~萝~落~马~幔~茅~梅~门~庙~民~鸣~冥~木~幕~内~南~牛~暖~庖~棚~蓬~披~偏~贫~平~坡~破~铺~蒲~起~葺~墙~青~秋~曲~群~壤~润~箬~山~上~社~神~升~诗~石~室~书~戍~税~寺~松~宿~邃~台~坛~堂~帑~梯~天~田~铁~厅~通~同~铜~土~瓦~外~万~王~帷~苇~乌~无~西~席~隙~下~夏~厦~闲~巷~筱~新~行~学~雪~崖~岩~仰~野~杙~邑~阴~银~营~墉~渔~寓~垣~圆~云~灶~斋~宅~寨~毡~战~正~中~重~朱~竹~筑~专~棕~祖~黄金~郁金~

欻(歘)xū 忽然。【古】入声,六月。另见2页chuā,277页xū。

朱[1]zhū【古】上平,七虞。【例】草~陈~唇~翠~大~丹~点~夺~尔~飞~分~公~勾~欢~黄~界~金~看~口~蓝~离~练~描~摹~墨~凝~浓~轻~沉~施~霜~顺~素~陶~铁~彤~涂~土~渥~五~萧~猩~行~雄~髹~轩~琄~研~偃~杨~靥~银~印~樱~余~玉~治~紫~

朱[2](硃)zhū 朱砂。【古】上平,七虞。

邾zhū 古国名。【古】上平,七虞。

珠zhū【古】上平,七虞。【例】白~蚌~宝~报~迸~碧~编~鳖~采~朝~赪~赤~出~穿~串~垂~赐~丹~啖~珰~得~滴~貂~顶~东~鹅~额~耳~凤~佛~附~绀~钢~歌~贯~光~龟~贵~滚~海~含~函~汉~汗~焊~蚝~好~荷~鹤~黑~红~狐~护~滑~怀~还~环~火~鸡~髻~间~兼~简~江~绛~鲛~戒~金~鲸~橘~口~蜡~朗~泪~

离～骊～利～连～联～良～量～料～临～灵～流～龙～露～绿～买～满～曼～美～媚～觅～绵～明～目～南～泥～念～弄～胚～佩～捧～甓～玭～浦～泣～嵌～枪～秦～青～琼～秋～虬～泉～日～蕊～散～丧～上～蛇～舍～神～石～数～双～水～素～隋～随～探～堂～啼～天～跳～铁～彤～铜～吐～宛～万～亡～网～委～魏～乌～吸～衔～献～香～项～晓～泻～心～星～玄～悬～璇～璿～雪～烟～眼～养～瑶～椰～夜～遗～逸～意～樱～璎～鱼～雨～玉～渊～月～云～孕～摘～掌～真～中～烛～紫～大秦～沧海～洛神～如意～探骊～一斛～

株zhū【古】上平，七虞。【例】傲～避～病～残～苍～赤～雌～大～丹～冬～分～柑～高～根～鸡～建～荆～菌～枯～兰～老～连～劣～履～挛～梅～茗～母～蟠～千～琼～秋～桑～守～树～霜～松～素～兔～万～五～犀～杏～雄～朽～鸦～妖～幼～榛～植～傲霜～珊瑚～陶令～

诛（誅）zhū【古】上平，七虞。【例】笔～必～兵～逋～捕～出～锄～大～殚～抵～东～伐～法～伏～鬼～汉～哗～缧～稽～极～皆～诘～谨～尽～禁～惧～抗～刻～口～滥～连～灵～戮～门～冥～内～骈～惩～窃～轻～穷～擅～首～受～速～讨～天～屠～蛙～外～王～枉～妄～屋～西～显～刑～行～严～夷～遗～阴～用～遇～遭～贼～磔～征～种～重～专～追～族～罪～佐～坐～春秋～奸伪～

猪（豬）zhū【古】上平，六鱼。【例】草～騬～蠢～瘟～遏～肥～高～犵～公～海～蒿～豪～花～獾～貆～獂～豢～活～鸡～猳～箭～江～赉～龙～娄～鹿～鸾～猫～毛～媚～孟～麋～苗～墨～母～牧～朴～骑～青～圈～肉～乳～丧～山～烧～社～生～石～豕～宿～岁～汤～喂～瘟～雾～鸭～牙～偃～养～野～迎～玉～种～仔～子～

诸（諸）zhū【古】上平，六鱼。【例】贲～扁～藏～蟾～当～方～夫～付～公～忽～或～加～鉴～荆～居～揆～蓝～揽～梅～孟～绵～藐～匹～譬～偏～其～诉～桃～望～无～悉～宜～因～有～于～瞻～众～专～自～

铢（銖）zhū【古】上平，七虞。【例】半～二～分～毫～金～毛～十～黍～数～碎～万～五～星～锱～租～

蛛zhū【古】上平，七虞。【例】壁～垂～毒～黑～饥～巨～老～螯～神～网～喜～檐～园～蜘～蛛～乞巧～

侏zhū【古】上平，七虞。【例】伶～倜～勇～伛～侏～

茱zhū【古】上平，七虞。【例】食～朱～

洙zhū【古】上平，七虞。【例】会～泗～沂～

潴（瀦）zhū【古】上平，六鱼。【例】复～涵～积～漏～孟～泉～水～停～渟～沃～污～修～堰～夜～滞～楚泽～

槠（櫧）zhū【古】上平，六鱼。【例】伐～苦～栎～杉～双～甜～铁～桐～

橥（櫫）zhū【古】上平，六鱼。【例】揭～楬～

租zū【古】上平，七虞。【例】包～本～逼～逋～残～茶～承～吃～出～除～赐～催～打～当～地～典～佃～顶～定～斗～房～分～封～夫～负～复～赋～诟～谷～顾～雇～官～国～海～还～减～缴～酒～旧～蠲～抗～课～垦～廉～赁～麦～卖～免～年～牛～批～起～钱～欠～秋～葚～

实~食~市~收~输~税~宿~岁~索~讨~田~退~屯~完~夏~小~蓄~悬~学~押~义~邑~庸~鱼~月~运~载~占~栈~招~召~征~职~转~追~赀~

菹(葅)zū【古】上平,六鱼。【例】菜~昌~瓜~寒~瓠~黄~韭~茅~梅~七~芹~桃~咸~盐~肴~鱼~鲊~昌蒲~

平声·阳平

除chú【古】上平,六鱼。【例】拔~拜~辟~璧~摒~剥~册~差~拆~禅~划~铲~忏~超~撤~乘~斥~锄~黜~丹~禫~荡~倒~涤~雕~冬~断~泛~防~废~焚~拂~服~祓~改~割~革~格~根~公~勾~刮~归~化~灰~豁~籍~歼~减~剪~简~建~降~椒~剿~阶~洁~解~戒~句~捐~蠲~峻~开~刊~克~垦~扣~躐~论~美~弭~免~灭~泯~内~殴~排~抛~刨~平~屏~破~起~弃~迁~前~遣~切~钦~轻~清~驱~祛~蘧~去~铨~禳~荣~洒~塞~扫~筛~删~芟~烧~赦~升~拭~岁~损~所~汰~堂~讨~特~剔~天~殄~廷~庭~脱~外~屋~息~洗~禊~羡~相~祥~枭~削~消~小~卸~谢~新~修~轩~璇~选~雪~依~刈~优~玉~原~耘~摘~斩~诏~折~振~整~制~诛~逐~

刍(芻)chú【古】上平,七虞。【例】苾~秉~哺~巢~陈~传~春~豆~断~反~飞~棼~凫~负~孤~呼~将~茭~九~厩~粮~龙~马~秣~牧~鹏~匹~樵~青~若~生~牲~束~探~涂~王~香~新~询~鸦~益~引~育~孕~秩~置~雉~甘露~三品~

雏(雛)chú【古】上平,七虞。【例】百~哺~长~翠~鹅~凤~凫~孤~鹄~鹳~寒~鹤~胡~虎~黄~鸡~将~鸠~灵~龙~鸾~逆~鸥~鹏~匹~鹊~乳~僧~少~生~失~宿~探~吐~宛~乌~小~新~鸦~鸭~檐~雁~燕~养~鹞~遗~莺~鹰~幼~育~冤~鸳~鹓~鸩~雉~众~凤将~

锄(鋤、耡、鉏)chú【古】上平,六鱼。【例】把~锛~划~持~春~舂~摧~镫~短~负~耕~公~钩~挂~薅~荷~花~挥~火~经~开~扛~犁~耧~秋~芟~设~铁~晚~忘~夏~香~携~兴~烟~药~银~櫌~芸~耘~诛~啄~带月~当午~

储(儲)chú【古】上平,六鱼。【例】邦~边~兵~仓~存~帝~东~冬~斗~藩~公~宫~官~广~国~汉~皇~积~建~节~京~久~旧~军~库~立~粮~留~笼~内~瓶~戎~设~升~司~宿~岁~帑~外~王~瓮~无~西~夏~新~蓄~衣~遗~易~饮~赢~余~预~鸢~元~芸~甾~哲~正~周~贮~椎~赀~资~天府~

厨(廚)chú【古】上平,七虞。【例】八~帮~壁~冰~兵~朝~春~东~丰~公~宫~狐~郇~家~监~酒~俊~开~内~庖~贫~签~入~僧~纱~山~神~试~书~私~汤~堂~天~外~蚊~洗~下~仙~香~行~羊~移~阴~御~云~造~斋~掌~中~主~碧纱~香积~郇公~樱笋~

橱(櫥)chú【古】上平,七虞。【例】被~壁~菜~大~吊~挂~柜~货~炕~木~纱~神~书~书~碗~箱~衣~百宝~碧纱~十景~五斗~

蹰(躕)chú【古】上平,七虞。【例】踟~踌~躇~

躇chú【古】上平,六鱼。【例】踟~踌~蹰~蹴~

蜍chú【古】上平,六鱼。【例】蟾~癞~魄~铜~吸~砚~玉~砚滴~玉蟾~

滁chú【古】上平,六鱼。【例】环~平~临~

篨chú【古】上平,六鱼。【例】籧~

徂cú【古】上平,七虞。【例】北~奔~凋~风~汩~横~马~迈~眇~明~南~年~沛~迁~秋~时~岁~逃~同~西~偕~炎~夜~云~自~日月~

殂cú【古】上平,七虞。【例】崩~病~告~薨~沦~命~迁~丧~逝~夭~

读(讀)dú【古】入声,一屋。另见415页dòu。【例】把~百~拜~伴~饱~必~遍~藏~畅~抽~初~传~粗~错~耽~导~倒~谛~点~对~翻~泛~范~讽~奉~趺~伏~复~耕~工~攻~共~古~观~横~急~寄~讲~教~解~借~进~精~就~剧~开~堪~课~快~览~懒~朗~领~略~默~判~捧~披~拼~破~勤~涩~赏~审~省~侍~试~释~授~熟~竖~死~诵~俗~宿~跳~通~玩~未~温~卧~误~习~喜~细~闲~校~徐~宣~选~训~研~夜~异~音~阅~赞~展~正~重~骤~籀~属~住~助~祝~转~走~卒~坐~灯下~拥炉~

毒dú【古】入声,二沃。【例】拔~百~败~辟~边~便~病~猜~残~惨~憯~草~虿~常~瞋~疢~逞~虫~愁~丑~楚~疮~创~大~歹~丹~酖~导~疗~痘~蠹~蛾~恶~饵~烦~贩~防~放~奋~忿~愤~风~蜂~伏~服~腐~负~蝮~攻~狗~辜~蛊~鼓~刮~鬼~含~寒~狠~厚~呼~怀~患~黄~虺~火~祸~鸡~积~缉~疾~忌~奸~艰~渐~箭~椒~蕉~燋~嗟~结~解~介~金~进~禁~酒~巨~剧~捐~坎~抗~苛~克~刻~剋~苦~酷~愦~困~括~腊~狼~罹~厉~撩~烈~流~龙~慢~梅~煤~霉~命~孽~狞~虐~痛~棋~掐~揵~侵~穷~驱~染~热~忍~杀~蛇~舍~身~沉~螫~受~鼠~水~肆~酸~笋~唆~胎~贪~潭~天~亭~停~铜~痛~投~涂~荼~屠~瘏~微~喂~乌~污~无~五~吸~奚~下~险~崄~宵~消~小~蝎~心~辛~行~凶~蕈~烟~严~炎~眼~厌~殃~仰~摇~药~贻~遗~以~阴~淫~银~忧~余~鱼~雨~怨~灾~憎~斩~障~瘴~疹~鸩~至~忮~鸷~中~肿~蛛~恣~河豚~马肝~

独(獨)dú【古】入声,一屋。【例】抱~大~单~耽~非~峰~孤~寡~鳏~合~何~鹤~黄~羁~简~见~介~矜~谨~敬~狷~块~嫠~连~鹿~葩~贫~岂~穷~茕~全~群~僧~慎~孀~私~速~统~危~微~唯~无~闲~影~幽~猿~张~贞~直~终~专~

牍(牘)dú【古】入声,一屋。【例】案~百~版~抱~笔~秉~禀~补~簿~策~陈~尺~赤~牒~短~竿~公~觚~函~汉~翰~虎~还~积~笺~简~荐~进~巨~卷~军~累~吏~连~两~留~谬~木~判~篇~前~箧~寝~庆~刻~诗~史~试~书~私~讼~素~粟~往~文~

宪~削~讯~谳~遗~玉~狱~援~札~章~奏~萧氏~

犊(犢)dú【古】入声,一屋。【例】白~斑~抱~产~叱~带~短~饭~羔~耕~孤~归~黑~虎~唤~黄~驾~茧~健~金~酒~驹~跨~栗~留~买~毛~鸣~摸~牧~牛~佩~骑~牵~禽~青~乳~桑~牲~失~舐~双~水~四~童~豚~卧~小~新~骍~羊~养~野~引~饮~黝~远~雉~初生~春山~

渎(瀆、瀆)dú【古】入声,一屋。【例】别~谄~尘~陈~池~川~大~玷~东~烦~干~港~沟~瓜~灌~海~河~湖~沪~瓠~淮~环~秽~混~豁~激~济~江~绛~津~泾~经~井~决~浚~开~狂~蠡~练~龙~漫~冒~浼~岷~木~南~挠~耦~前~侵~轻~穷~畎~冗~山~笙~水~四~泗~琐~炭~塘~通~刓~罔~污~洿~西~戏~下~夏~泄~亵~媟~盐~沇~央~淫~引~幽~右~禹~沅~岳~枝~赘~自~

椟(櫝、匵)dú【古】入声,一屋。【例】笔~藏~发~竿~故~棺~柜~阖~几~缄~金~筐~匮~阓~连~买~密~木~启~箧~殊~笥~松~帑~醯~匣~雁~盈~玉~蕴~皂~珠~

讟dú 怨言。【古】入声,一屋。【例】谤~谗~诽~忿~诟~毁~祸~人~讪~嚣~谣~怨~众~

黩(黷)dú【古】入声,一屋。【例】谤~备~鄙~惨~谄~尘~陈~斥~烦~富~垢~秽~毁~货~僭~惊~攫~乱~慢~冒~侵~轻~穷~润~上~神~私~贪~玩~畏~侮~响~嚣~亵~媟~喧~疑~淫~郁~怨~

髑dú 髑髅。【古】入声,一屋。

碡dú【古】入声,一屋。【例】碌~

顿(頓)dú【古】入声,六月。另见525页dùn。【例】冒~

纛dú 旧读。【古】入声,一屋。另:入声,二沃同。另见383页dào。

浮fú【古】下平,十一尤。【例】碧~鳖~茶~槎~朝~沉~晨~虫~黜~川~船~春~次~粗~东~汎~泛~飞~纷~风~浮~高~汞~瓜~光~龟~海~寒~好~红~花~化~江~浇~骄~金~矜~酒~狷~抗~空~夸~浪~莲~绿~罗~冥~鸥~拍~柸~漂~飘~平~萍~溥~起~潜~浅~樯~青~轻~清~磬~丘~泅~日~山~上~沉~石~食~受~树~双~水~苔~坛~天~佻~托~西~弦~险~香~嚣~谢~心~星~虚~谖~喧~悬~烟~阎~雁~秧~扬~阳~野~蚁~淫~幽~鱼~鼋~云~湛~镇~珠~画舫~岚翠~

扶fú【古】上平,七虞。【例】帮~搀~倡~撑~持~搭~担~东~给~加~将~开~匡~力~两~轮~鸟~攀~频~强~挈~神~升~昇~手~输~索~塔~天~抟~相~协~挟~携~阎~掖~倚~翼~拥~鹓~杖~拽~醉~左~红袖~倩人~

符fú【古】上平,七虞。【例】艾~邦~宝~边~表~兵~不~藏~钗~昌~谶~赤~敕~出~传~赐~丹~得~地~调~洞~飞~分~风~封~凤~奉~府~干~高~割~庚~公~官~圭~龟~轨~合~黑~鸿~虎~换~皇~黄~璜~火~机~吉~嘉~简~降~绛~节~金~荆~景~蠲~军~郡~刻~麟~灵~六~龙~录~路~绿~卖~门~冥~默~木~呕~佩~剖~前~钤~乾~潜~青~日~戎~瑞~蛇~神~声~省~使~示~守~受~兽~

书～疏～双～送～蒜～台～探～韬～桃～天～铁～同～铜～土～万～卫～文～握～武～玺～县～线～相～祥～信～兴～星～休～玄～悬～训～牙～阳～叶～移～益～意～阴～音～银～隐～印～应～幽～邮～右～余～鱼～玉～郁～元～远～云～允～韵～灾～召～哲～贞～珍～真～祯～征～徵～执～旨～州～朱～竹～字～左～催命～护身～黄金～休止～驺虞～

孚fú【古】上平，七虞。【例】不～发～感～广～简～交～谨～旁～颇～潜～深～庶～未～諴～相～信～秀～尹～永～远～允～贞～中～忠～作～

俘fú【古】上平，七虞。【例】被～捕～反～告～归～馘～换～贱～降～累～南～虐～遣～禽～囚～砂～伤～赏～生～释～受～赎～卫～献～遗～战～阵～

夫fú【古】上平，七虞。另见214页fū。【例】可～信～如斯～

蚨fú 虫名。【古】上平，七虞。【例】番～飞～花～还～京～钱～青～铜～洋～

芙fú【古】上平，七虞。【例】红～华～绿～霜～晚～芝～

枹fú【古】上平，七虞。又：下平，十一尤同。【例】秉～发～鸣～扬～玉～援～

桴fú【古】上平，七虞。又：下平，十一尤异。【例】编～操～乘～栋～发～浮～鼓～挥～蒉～鸣～怒～设～陶～土～扬～渔～玉～援～重～

凫(鳬、鳧)fú【古】上平，七虞。【例】白～蚕～晨～春～翠～单～飞～孤～冠～龟～海～鹤～候～化～鸡～江～金～锦～惊～寇～葵～浪～梁～灵～履～绿～南～嫩～蹑～鸥～青～轻～舄～乳～沙～伤～神～舒～双～水～松～宿～铜～王～翁～戏～仙～信～畜～鸭～雁～野～游～鱼～玉～浴～藻～舟～

苻fú【古】下平，七虞。另见231页pú。【例】白～萑～芦～呕～莞～

蜉fú【古】下平，十一尤。【例】蟞～蚍～

莩fú【古】上平，七虞。【例】寒～葭～流～芦～柔～

垺fú 古同“郛”。【古】上平，七虞。

琈fú 玉。【古】下平，十一尤。

苿fú【古】下平，十一尤。【例】芣～

罘fú【古】下平，十一尤。【例】解～罝～网～之～芝～

榑fú【古】上平，七虞。【例】东～

郛fú【古】下平，七虞。【例】北～城～大～都～郭～江～郊～近～郡～说～外～完～西～邑～

涪fú【古】下平，十一尤。【例】湛～

福fú【古】入声，一屋。【例】安～百～保～本～薄～昌～长～成～承～痴～崇～传～春～赐～诞～叨～祷～得～帝～多～恩～耳～发～分～丰～逢～归～洪～鸿～后～厚～祸～积～赉～吉～极～家～嘉～戬～建～荐～徼～介～借～景～净～康～口～厘～利～俪～禄～路～履～曼～梅～冥～内～纳～旁～蒲～祈～祺～起～千～清～请～庆～求～全～饶～荣～瑞～散～身～神～生～失～实～寿～受～授～顺～私～速～宿～梭～提～天～同～图～托～完～顽～晚～万～威～卫～五～惜～锡～喜～细～遐～显～享～飨～兴～幸～休～修～徐～延～眼～艳～养～邀～业～贻～遗～亿～逸～阴～饮～营～永～佑～余～驭～御～院～灾～载～造～增～折～禔～

植~祉~致~种~助~祝~追~社稷~享清~愚者~作威~

服fú【古】入声，一屋。另见256页fù。【例】败~拜~豹~卑~被~毕~弁~便~遍~宾~兵~禀~补~布~裁~采~餐~惭~常~朝~尘~臣~晨~称~诚~笞~絺~持~侈~赤~冲~宠~出~初~除~楚~传~春~纯~鹑~辞~赐~从~粗~摧~村~丹~单~惮~淡~道~蹬~底~帝~甸~貂~雕~吊~调~东~冬~端~短~断~顿~夺~蛾~伐~法~藩~反~梵~绯~分~俯~父~附~复~副~改~甘~感~缟~葛~弓~公~宫~拱~贡~官~冠~归~诡~鬼~衮~国~海~骇~寒~号~和~衡~侯~呼~胡~华~化~怀~欢~缓~荒~黄~悔~卉~毁~机~箕~畿~稽~羁~吉~极~集~芰~祭~嘉~戛~贾~驾~艰~煎~简~蹇~剑~贱~僭~箭~江~降~姣~教~巾~金~衿~锦~进~惊~警~敬~靓~旧~鞠~惧~绝~爵~军~君~克~款~纩~愧~莱~兰~羸~黎~礼~历~丽~荔~敛~练~麟~龙~隆~旅~律~率~掠~卖~蛮~满~慢~蟒~帽~美~弭~冕~妙~民~明~命~母~内~南~霓~鸟~帕~叛~袍~佩~帔~频~品~牝~平~蒲~妻~期~齐~奇~器~潜~倩~强~樵~箧~亲~钦~衾~轻~倾~请~穷~囚~屈~犬~劝~染~攘~扰~衽~戎~容~柔~儒~入~丧~色~杀~膳~殇~裳~赏~上~蛇~设~射~慑~身~神~声~盛~施~时~矢~士~世~饰~释~收~守~首~受~叔~殊~疏~舒~输~暑~衰~帅~税~顺~说~私~思~缌~嗣~耸~竦~肃~素~绥~襚~损~梭~琐~鲐~袒~叹~讨~套~缇~天~田~填~帖~土~推~吞~外~玩~忘~威~微~伪~委~卫~畏~文~乌~诬~吴~五~翕~锡~习~喜~戏~遐~霞~下~夏~鲜~闲~显~险~乡~向~象~孝~校~协~胁~亵~心~欣~新~歆~信~行~形~凶~雄~修~羞~绣~玄~绚~靴~熏~窨~驯~逊~压~雅~讶~言~厌~宴~艳~餍~燕~仰~妖~要~冶~野~衣~仪~夷~宜~义~异~袘~阴~淫~引~饮~膺~忧~游~右~纡~鱼~舆~羽~禹~玉~御~元~远~悦~云~杂~赞~蚤~藻~皂~缯~章~招~赵~折~赭~镇~震~征~正~祗~执~制~治~秩~雉~中~终~衷~重~朱~诛~缁~紫~老莱~

伏fú【古】入声，一屋。【例】拜~卑~避~鳖~宾~惭~藏~尘~臣~称~承~赤~出~初~黜~辞~雌~蹴~窜~摧~搭~倒~抵~鼎~独~蹲~蛾~凫~覆~甘~槁~庚~拱~归~龟~诡~跪~虎~怀~回~晦~蠖~稽~戢~骥~僵~降~狡~嗟~惊~镜~踞~克~窟~款~鸾~埋~弭~俛~末~泥~涅~趴~蟠~佩~平~屏~匍~栖~起~慫~潜~窃~钦~寝~秋~屈~趋~蜷~柔~入~三~杀~蛇~设~摄~深~收~首~兽~暑~鼠~束~数~帅~睡~四~搜~缩~踏~叹~韬~逃~惕~帖~兔~推~退~托~枉~委~畏~卧~诬~翕~夏~消~歇~信~煦~驯~压~偃~掩~邀~倚~逸~阴~茵~喑~引~隐~影~幽~诱~鱼~伛~郁~冤~悦~招~蛰~詟~镇~制~滞~雉~昼~醉~虎豹~

拂fú【古】入声，五物。【例】褒~辟~摽~朝~尘~除~吹~泛~霏~粉~风~拂~拊~辅~顾~规~过~寒~鹤~红~花~挥~击~湔~剪~翦~矫~巾~旌~

静~空~快~匡~帘~撩~露~炉~灭~摩~磨~劚~逆~鸟~鸥~排~抛~披~剽~飘~琴~青~轻~驱~扫~扇~拭~竖~双~霜~水~松~题~天~违~尾~无~洗~霞~香~袖~徐~燕~攖~莹~营~蝇~雨~郁~猿~云~飐~招~照~振~整~执~帚~竹~棕~红袖~

幅fú【古】入声,一屋。【例】襞~边~播~布~成~尺~楮~单~调~跌~独~短~帆~方~河~横~后~画~环~笺~捡~检~降~巾~锦~巨~绢~宽~阔~累~立~满~篇~屏~旗~前~全~裙~升~绳~数~双~诉~素~梭~堂~条~邪~斜~盈~余~鱼~员~增~窄~涨~帐~振~直~字~

辐(輻)fú【古】入声,一屋。【例】车~触~断~伐~挂~橑~栎~轮~千~揉~弱~檀~天~脱~员~折~置~驺~

袱fú【古】入声,一屋。【例】包~夹~锦~镜~龙~锁~绣~腰~椅~鸳鸯~龙凤~

芾fú【古】入声,五物。另见342页fèi。【例】芾~

韨fú【古】入声,五物。【例】赤~斗~解~玺~徐~印~组~朱~

菔fú【古】入声,一屋。【例】莱~芦~萝~

佛(彿)fú【古】入声,五物。另见37页fó。【例】仿~

茀fú【古】入声,五物。【例】蔽~咇~赤~大~道~簟~芬~茀~葛~荒~彗~田~郁~翟~朱~

绋(紼)fú【古】入声,五物。【例】池~赤~徽~辁~行~引~缨~越~执~朱~

祓fú【古】入声,五物。【例】刬~赍~湔~蠲~傩~祈~清~秋~驱~洗~禊~熏~禓~澡~斋~祇~祝~

绂(紱)fú【古】入声,五物。【例】赤~辞~冠~华~怀~解~搢~麟~绿~冕~墨~青~衮~释~投~玺~印~缨~纡~簪~章~朱~紫~组~

洑fú【古】入声,一屋。【例】白~泊~倒~回~洄~曲~湍~漩~渊~

匐fú【古】入声,一屋。又:入声,十三职同。【例】颠~扶~匍~

蝠fú【古】入声,一屋。【例】蝙~血~

黻fú【古】入声,五物。【例】朝~丹~黼~珩~冕~佩~珮~释~缨~章~朱~

幞fú【古】入声,二沃。【例】被~开~襕~衣~

沸fú 水声。【古】《集韵》:入声,勿韵。另见341页fèi。

怫fú【古】入声,五物。【例】愤~亢~郁~

艴fú【古】入声,五物。又:入声,六月同。【例】愧~怒~

鵩fú【古】入声,一屋。【例】赋~贾~枭~贾谊~

茯fú 茯苓。【古】入声,一屋。

弗fú【古】入声,五物。【例】滭~弗~莫~铁~亡~乙~郁~莫贺~

糊hú【古】上平,七虞。另见216页hū、258页hù。【例】裱~稠~含~浆~焦~马~麦~漫~迷~眯~模~腻~黏~热~粘~遮~纸~

胡[1]hú【古】上平,七虞。【例】安~坳~跋~板~豹~柴~愁~垂~凋~鼎~东~肥~风~封~高~古~海~含~函~阖~狐~稽~戟~贾~骄~羯~京~酒~狳~阑~狼~领~咙~麻~曼~迷~模~逆~

攀~泼~岐~乞~羌~秋~三~山~商~侍~梭~鹈~田~乌~五~黠~旋~训~椰~樱~远~云~杂~钟~诸~坠~碧眼~鼓龙~酒家~玉兔~

胡[2](鬍)hú【例】髭~髯~连腮~

胡[3](衚)hú【例】~同

湖hú【古】上平,七虞。【例】陂~冰~长~澄~池~川~春~莼~带~堤~淀~东~鹅~泛~丰~沟~桂~寒~濠~鹤~洪~后~花~环~涧~江~蛟~荆~镜~雷~犁~蠡~里~澧~莲~练~两~灵~菱~柳~龙~卤~鹭~麻~马~瑁~梅~明~南~鸥~平~鄱~钱~青~晴~沙~山~石~台~太~唐~桃~藤~天~通~铜~五~西~溪~虾~湘~泻~炎~盐~雁~阳~隐~右~渔~玉~鸳~月~云~诈~柘~浙~震~重~洞庭~高士~昆明~郎官~老江~莫愁~西子~

壶(壺)hú【古】上平,七虞。【例】百~杯~碧~匾~便~冰~博~残~苍~茶~蟾~乘~春~翠~箪~倒~帝~断~方~丰~风~凫~高~弓~宫~官~横~瓠~花~华~箭~浆~椒~金~酒~开~孔~狼~两~料~漏~卤~鲁~溺~尿~暖~匏~喷~蓬~碰~瓢~瓶~挈~琴~倾~入~沙~哨~双~水~汤~提~彤~铜~投~吐~唾~醯~仙~县~骁~携~行~悬~烟~雁~药~夜~银~瀛~油~玉~圜~侦~烝~执~甃~尊~碧玉~击唾~

狐hú【古】上平,七虞。【例】白~豹~苍~草~城~赤~纯~雌~貂~冬~董~短~飞~蜚~丰~封~管~寒~黑~化~黄~火~稷~狡~狸~令~笼~陇~魅~南~凭~青~轻~裘~沙~射~神~双~水~素~天~吞~文~黠~仙~枭~雄~玄~驯~阳~妖~野~疑~银~蝇~幼~元~月~云~紫~九尾~履冰~

弧hú【古】上平,七虞。【例】操~长~垂~鹑~电~雕~短~飞~弓~挂~关~横~金~括~狼~矛~蝥~门~木~蓬~桑~设~桃~天~彤~弯~威~弦~象~星~绣~轩~悬~燕~优~圆~张~

瓠hú 旧读。【古】上平,七虞。又:去声,七遇同。另见258页hù、48页huò。

猢hú【古】上平,七虞。【例】狲~犹~

蝴hú 蝴蝶。【古】上平,七虞。

瑚hú【古】上平,七虞。【例】琱~珊~夏~鸦~玉~

醐hú【古】上平,七虞。【例】醍~

鹕(鶘)hú【古】上平,七虞。【例】犁~鹙~鹈~

葫hú 葫芦。【古】上平,七虞。

鹄(鵠)hú【古】入声,二沃。另见243页gǔ。【例】哀~白~别~苍~晨~调~独~放~凫~高~鹄~寡~贯~鹳~龟~贵~海~汉~皓~和~黑~鸿~化~黄~鸡~江~鸠~刻~控~鹍~离~灵~龙~露~鸾~鸣~木~烹~栖~齐~乾~潜~射~术~双~水~素~文~系~翔~绣~玄~悬~雁~养~野~夜~隐~寓~鹓~云~中~准~

鹘(鶻)hú【古】入声,六月。又:入声,八黠同。【例】苍~雕~饿~飞~海~画~黄~回~健~江~惊~俊~快~鹭~青~秋~瑞~沙~石~霜~松~吐~兔~乌~鸦~鹞~野~银~鹰~穿云~渡海~摩天~玉兔~

斛hú【古】入声,一屋。【例】百~漕~愁~斗~负~古~官~过~花~金~开~粮~麦~米~木~钱~权~上~升~石~

水～铜～万～物～浴～盅～钟～珠～椓～

縠hú【古】入声，一屋。【例】白～碧～冰～薄～尺～楚～翠～叠～动～凤～黄～锦～净～绫～罗～绮～轻～纱～生～霜～纨～文～纹～舞～雾～细～郤～先～纤～绡～绣～雪～烟～云～皱～

囫hú 囫囵。【古】入声，六月。

槲hú【古】入声，一屋。【例】木～黄～榆～

觳hú【古】入声，一屋。【例】成～大～瘠～脊～俭～恐～五～质～

芦（蘆）lú【古】上平，七虞。【例】岸～苞～笔～碧～苍～赤～吹～丛～稻～荻～短～断～多～菇～菰～瓜～寒～蒿～荷～横～壶～葫～黄～葭～茭～结～惧～卷～藜～绿～茅～蓬～蒲～茄～秋～塞～沙～湿～汀～菟～苇～系～衔～修～两岸～

庐（廬）lú【古】上平，六鱼。【例】庵～庳～敝～别～剥～菜～草～巢～车～村～稻～地～殿～犊～垩～飞～佛～赣～宫～故～顾～瓜～蒿～阖～衡～壶～虎～黄～结～禁～精～井～旧～居～康～客～叩～匡～林～陵～陋～茅～美～木～墓～弩～蓬～侨～寝～青～穷～穹～区～蘧～入～僧～苫～神～士～式～饰～室～轼～宿～陶～田～桐～外～温～蜗～巫～屋～吾～玄～学～雪～野～倚～玉～寓～园～云～造～斋～毡～中～冢～缁～梓～紫～班氏～承明～处士～东山～许氏～诸葛～

炉（爐、鑪）lú【古】上平，七虞。【例】宝～拨～茶～晨～承～螭～锤～翠～丹～当～地～鼎～冬～锻～风～负～缸～高～膏～宫～篝～官～跪～锅～骇～寒～烘～红～洪～怀～黄～灰～回～蕙～火～钾～焦～蛟～脚～金～酒～爵～筠～烤～燎～笼～卖～煤～茗～猊～暖～平～萁～钱～琼～虬～鹊～熔～瑞～烧～设～手～兽～司～松～檀～炭～提～铁～铜～投～土～瓦～王～围～温～香～行～袖～宣～熏～鸭～炎～阳～药～阴～银～拥～油～玉～御～跃～云～熨～毡～湛～治～竹～篆～博山～狻猊～檀香～天地～造化～

卢（盧）lú【古】上平，七虞。【例】碧～扁～卜～成～崔～丹～的～滴～都～豆～樊～凫～扶～皋～葛～弓～觚～韩～呼～胡～壶～黄～嫁～禁～酒～开～黎～鹿～呲～平～蒲～钳～清～杉～田～彤～头～兔～托～物～枭～鹰～湛～掷～毳～雉～属～尊～玉川～

鲈（鱸）lú【古】上平，七虞。【例】碧～莼～鲂～鳜～活～江～脍～鲙～烹～秋～热～思～松～献～新～行～忆～银～鳙～步兵～季鹰～忆莼～玉花～

垆（壚、鑪）lú【古】上平，七虞。【例】边～茶～春～村～当～东～坟～风～官～黑～洪～鸿～酒～空～龙～卖～琼～鹊～山～市～袖～悬～鸭～野～埴～竹～金鹤～文君～卓氏～

颅（顱）lú【古】上平，七虞。【例】～豹～鬓～垂～当～的～髑～额～丰～解～枯～髡～龙～隆～蒙～脑～千～青～确～僧～霜～提～头～投～秃～兔～犀～悬～圆～毳～

胪（臚）lú 陈列。【古】上平，六鱼。【例】冰～唱～钞～传～牸～腹～汉～鸿～句～列～逆～鹈～

轳（轤）lú【古】上平，七虞。【例】轱～辒～辘～轴～

舻（艫）lú【古】上平，七虞。【例】彩～漕～乘～艟～船～摧～登～钓～飞～浮～

高~归~画~回~接~巨~钓~峻~连~停~仙~衔~行~扬~游~云~战~征~中~舟~舳~

纑lú【古】上平,七虞。【例】辟~擘~纺~缉~五~细~

泸(瀘)lú【古】上平,七虞。【例】川~滇~渡~岷~渝~

鸬(鸕)lú【古】上平,七虞。【例】鸿~鹍~鸥~青~

栌(櫨)lú【古】上平,七虞。【例】薄~层~栋~椟~枫~甘~洪~黄~枅~梁~龙~櫖~栾~枰~千~山~拾~绣~杨~银~

模mú【古】上平,七虞。另见 39 页 mó。【例】冲~锭~锻~蜡~墨~木~砂~胎~铜~样~印~铸~字~

奴nú【古】上平,七虞。【例】阿~豹~嬖~伧~从~悴~丁~番~飞~负~耕~宫~恭~狗~官~冠~龟~鬼~海~豪~貉~黑~呼~狐~胡~花~怀~寄~家~尖~监~贱~鲛~桀~金~锦~桔~橘~狂~昆~髡~老~酪~狸~蛎~獠~留~龙~蛮~猫~妙~木~牧~念~农~仆~齐~铃~青~琼~囚~驱~群~髯~人~诗~石~侍~私~寺~粟~檀~田~童~僮~秃~徒~顽~倭~乌~忤~奚~锡~黠~仙~枭~谐~蟹~匈~雅~阉~俨~雁~洋~佣~庸~玉~越~竹~主~驺~卒~治书~名利~

孥nú【古】上平,七虞。【例】不~从~归~寄~纳~鸟~妻~人~示~收~送~徒~养~执~止~罪~

驽(駑)nú【古】上平,七虞。【例】罢~惫~策~凡~谷~桀~筋~羸~良~劣~疲~弃~铅~驱~随~骀~顽~尪~羸~庸~愚~

笯nú【古】上平,七虞。又:下平,六麻同。【例】雕~笼~凤在~

蒲pú【古】上平,七虞。【例】碧~编~裁~菖~苌~城~初~樗~春~翠~东~芳~风~伏~幅~菰~藋~寒~河~荷~呼~虎~桓~荒~棘~葭~菅~缣~江~绛~茭~蕉~截~金~津~旌~枯~兰~莲~菱~柳~龙~路~绿~茅~葺~茨~枪~青~箑~深~束~水~笋~摊~团~莞~苇~乌~溪~弦~香~烟~阳~伊~衣~优~瞻~折~织~芷~渚~苎~

脯pú【古】上平,七虞。另见 241 页 fǔ。【例】胸~

菩pú【古】上平,七虞。【例】王~涅~

匍pú 匍匐。【古】上平,七虞。

葡pú 葡萄。【古】上平,七虞。

莆pú【古】上平,七虞。另见 226 页 fú。【例】萑~芦~呕~

酺pú【古】上平,七虞。又:去声,七遇同。【例】赐~观~酣~合~祭~酒~看~蜡~内~设~禜~

蒱pú【古】上平,七虞。【例】樗~

莆pú【古】上声,七麌。【例】蚝~莲~

仆(僕)pú【古】入声,一屋。又:入声,二沃同。另见 217 页 pū。【例】媪~婢~弊~宾~骖~昌~车~尘~臣~村~担~佃~跌~短~顿~偾~格~更~公~虎~唤~姬~羁~祭~家~兼~监~健~金~惊~蹶~老~隶~僚~赁~令~马~门~内~奴~陪~仆~樵~倾~群~戎~丧~世~司~厮~台~太~田~填~僮~外~顽~危~犀~携~行~胥~偃~佣~御~陨~赞~臧~皂~斋~忠~主~驺~

璞pú【古】入声,三觉。【例】宝~抱~卞~楚~反~攻~瑰~贵~和~化~毁~浑~金~荆~镜~巨~矿~昆~蓝~良~露~美~妙~坯~剖~奇~石~守~隋~随~太~韬~天~完~顽~魏~献~砚~耀~逸~隐~玉~蕴~郑~

醭pú【古】入声,一屋。【例】白~醋~酒~梅~药~

濮pú【古】入声,一屋。【例】巴~百~昌~城~渡~豪~济~泾~荆~梁~临~彭~桑~

蹼pú【古】入声,一屋。【例】跌~脚~跳~

墣pú【古】入声,三觉。【例】坯~

穙pú 草密。【古】入声,一屋。

如rú【古】上平,六鱼。又:去声,六御同。【例】蔼~傲~炳~粲~襜~怅~澹~敦~斐~纷~焚~何~恍~晖~浑~豁~即~济~假~交~胫~九~狙~具~瞿~玃~铿~旷~廓~利~例~栗~涟~了~瞭~列~凛~浏~茫~懵~密~谧~邈~蔑~莫~穆~匹~譬~凄~齐~其~恰~慊~锵~强~且~阒~阙~濡~洒~赛~设~胜~适~似~肃~所~倘~屯~宛~炜~无~物~奚~翕~相~焉~俨~晏~杳~一~漪~绎~逸~翳~翼~犹~裕~湛~昭~真~争~正~只~诸~灼~自~

茹rú【古】上平,六鱼。又:上声,六语同。又:去声,六御同。另见 246 页 rǔ、264 页 rù。【例】饱~饼~菜~草~朝~臭~春~啖~烦~芳~果~藿~饥~佳~堇~嚼~连~灵~茅~青~髯~柔~山~食~蔬~素~笋~吐~退~仙~野~饮~瀹~竹~

洳rú 水名。【古】上平,六鱼。另见 264 页 rù。

嬬rú 柔弱。【古】上平,七虞。

颥rú【古】上平,七虞。【例】颞~

儒rú【古】上平,七虞。【例】八~鄙~崇~纯~村~大~盗~道~腐~寒~汉~好~鸿~贱~旌~旧~拘~巨~坑~酷~魁~老~俚~隆~陋~鲁~耄~名~批~僻~贫~朴~耆~穷~臞~犬~上~舍~圣~师~世~释~竖~硕~宋~俗~夙~宿~酸~通~偷~外~文~喜~侠~仙~先~小~邪~新~雄~秀~雅~业~遗~英~庸~迂~谀~愚~渊~元~真~侏~宗~鲰~尊~小人~

濡rú【古】上平,七虞。【例】垫~耳~灌~涵~和~怀~济~渐~浸~酒~辽~露~履~磨~洽~染~柔~濡~天~头~土~温~无~涎~相~行~歔~煦~译~雨~憎~沾~烝~滋~

孺rú【古】上平,七虞。又:去声,七遇同。另见 264 页 rù。【例】长~妇~孤~孩~和~宦~老~耄~孙~髫~童~翁~徐~婴~幼~稚~

襦rú【古】上平,七虞。【例】白~豹~敝~帛~布~襜~长~赐~翠~单~裆~短~复~垢~汗~红~荐~解~锦~裾~袴~裤~练~绿~罗~麻~袍~绮~衾~青~裙~群~上~托~脱~无~霞~小~褉~绣~缥~腰~衣~赠~沾~衷~珠~袾~著~紫~合欢~

嚅rú【古】上平,七虞。【例】咀~嗫~嚅~呫~咮~

蠕(蝡)rú【古】上声,十六铣。【例】虫~蜫~跂~蝚~蠕~

繻rú【古】上平,七虞。【例】符~关~合~裂~弃~契~絁~度关~

蕠rú【古】上平，七虞。【例】香~

熟shú【古】入声，一屋。另见406页shóu。【例】谙~蚕~茶~昌~朝~趁~成~赤~炊~春~莼~淳~醇~促~催~大~丹~倒~稻~登~调~冬~耳~蕃~饭~丰~风~伏~腐~柑~赶~根~瓜~惯~寒~禾~和~红~鲕~后~湖~虎~黄~火~机~家~嘉~蕉~进~精~橘~烂~滥~醪~练~邻~菱~溜~榴~鲈~麦~梅~梦~密~面~目~暮~年~懦~鸥~洽~浅~亲~清~秋~全~鹊~热~认~饪~葚~软~善~上~少~谂~生~时~识~柿~收~手~黍~霜~睡~速~岁~炭~汤~桃~田~通~透~托~外~完~晚~未~温~稳~乌~五~习~狎~夏~娴~献~相~详~硝~小~晓~谐~新~杏~悬~驯~眼~药~野~刈~樱~庸~鱼~雨~圆~匀~酝~早~诈~逐~谆~醉~

婌shú 女官名。【古】入声，一屋。

赎(贖)shú【古】入声，二沃。【例】偿~酬~赐~代~抵~罚~放~购~厚~还~回~减~金~买~莫~纳~取~赦~收~私~荫~赃~拯~重~助~自~百身~

孰shú【古】入声，一屋。【例】成~粹~大~登~恶~蕃~丰~亨~进~精~馈~溜~睦~洽~强~秋~上~申~生~收~顺~岁~五~下~夏~相~庸~至~中~

塾shú【古】入声，一屋。【例】村~党~东~公~横~黉~家~里~门~蒙~石~书~私~逃~西~乡~庠~学~训~养~义~右~宗~

秫shú【古】入声，四质。【例】春~丹~稻~公~杭~粳~粱~蛮~酿~秫~黍~蜀~陶~种~彭泽~元亮~

俗sú【古】入声，二沃。【例】阘~傲~败~卑~背~鄙~弊~避~贬~变~表~病~薄~不~裁~仓~伧~侪~鄽~常~超~尘~陈~侈~丑~出~楚~春~醇~蠢~从~粗~村~低~雕~动~笃~蠹~遁~讹~恶~法~凡~繁~返~梵~方~访~风~肤~浮~抚~腐~负~附~阜~改~革~垢~故~观~犷~归~轨~诡~骇~汉~合~和~恒~化~还~秽~惛~混~讥~积~嫉~忌~季~济~家~驾~浇~娇~近~泾~荆~惊~静~旧~拘~捐~倦~隽~绝~俊~康~跨~匡~乐~离~黎~礼~里~厉~灵~流~聋~陇~陋~率~乱~落~迈~蛮~美~媚~泯~萌~蒙~靡~免~邈~民~悯~末~宁~疲~剽~品~破~齐~气~弃~牵~浅~轻~穷~曲~趋~群~软~僧~善~伤~涉~胜~省~失~时~世~市~适~释~殊~疏~衰~税~顺~酸~随~贪~逃~甜~通~同~颓~脱~玩~顽~违~伪~纬~猥~文~污~物~习~狎~遐~纤~险~乡~嚣~邪~谐~炫~寻~循~训~雅~厌~袄~繇~遗~异~易~轶~逸~瘖~淫~庸~雍~愚~驭~远~越~杂~镇~正~稚~众~追~拙~浊~

图(圖)tú【古】上平，七虞。【例】霸~版~邦~插~尺~帝~典~鼎~都~独~佛~浮~符~附~覆~改~概~构~鹘~龟~规~国~海~航~何~河~鸿~画~皇~黄~绘~浑~火~鸡~极~冀~简~江~讲~椒~金~镜~局~菊~厥~骏~看~框~亏~窥~蓝~良~龙~箓~略~秘~描~谋~南~配~鹏~丕~披~谱~企~前~潜~浅~琴~庆~瑞~审~圣~失~诗~视~授~通~妄~纬~线~相~

祥~星~形~雄~徐~轩~璇~璿~砚~尧~要~仪~遗~异~意~阴~印~膺~营~舆~预~原~云~早~阵~制~壮~总~八阵~

骖(駼)tú【古】上平,七虞。【例】昆~龙~陶~

梌tú 树名。【古】上平,七虞。

腯tú【古】入声,六月。【例】博~肥~牲~腯~膃~牺~

徒tú【古】上平,七虞。【例】暴~博~侪~谗~车~丑~从~达~歹~丹~党~盗~道~刁~钓~赌~恶~凡~贩~放~非~风~佛~该~高~公~寡~棍~海~恒~家~奸~简~见~教~金~谨~酒~聚~决~厥~骏~箘~课~狂~髡~劳~獠~列~猎~林~灵~流~乱~门~迷~民~逆~叛~朋~庀~痞~钳~强~轻~黥~穷~囚~群~僧~生~圣~师~使~士~收~授~赎~塾~司~私~厮~俗~顽~亡~我~吾~息~狎~枭~骁~邪~信~刑~行~凶~胥~选~学~训~雅~盐~养~遗~蚁~艺~役~饮~佣~优~舆~羽~遭~贼~掌~杖~诏~征~烝~蒸~证~治~擢~缁~宗~卒~罪~左~

屠tú【古】上平,七虞。【例】毕~城~村~刀~钓~断~贩~焚~浮~攻~狗~孤~户~剪~禁~就~开~酷~戮~卖~烹~杀~沙~申~胜~施~豕~市~手~苏~先~向~凶~休~宰~诛~邹~鼓刀~铁浮~

涂[1](塗)tú【古】上平,六鱼。【例】笔~长~尘~除~触~川~遄~辍~词~丛~错~大~当~道~登~钿~垩~分~封~负~改~公~沟~孤~归~贵~海~后~胡~糊~化~画~环~回~极~骥~家~假~兼~渐~椒~戒~金~津~谨~禁~经~憬~径~扃~究~就~康~客~旷~犁~利~粮~临~龙~陆~旅~履~乱~迷~密~抹~末~泥~黏~喷~僻~平~岐~歧~跂~启~前~桥~清~情~穷~衢~泉~荣~洒~塞~沙~失~世~仕~首~殊~顺~朔~滩~坦~堂~通~同~土~晚~王~危~围~伪~畏~问~污~洿~显~向~霄~嚣~心~行~幸~修~髹~鸦~沿~遥~要~野~夷~幽~迂~圉~渊~云~载~在~则~粘~邅~争~征~正~政~指~织~掷~中~州~资~菆~遵~麝香~

涂[2](涂)tú 姓。【古】上平,六鱼。

途tú【古】上平,七虞。【例】半~邦~本~别~长~常~尘~趁~程~冲~崇~出~触~川~当~道~登~砥~短~分~负~改~梗~广~归~轨~贵~亨~后~宦~回~羁~骥~家~假~江~阶~街~截~戒~金~津~近~进~经~荆~径~迥~究~康~客~旷~逵~犁~利~临~路~旅~迷~冥~暝~命~末~暮~泥~鸟~平~歧~启~前~樵~清~情~穷~取~泉~阮~塞~生~胜~失~识~世~仕~事~首~殊~顺~朔~速~他~坦~堂~通~晚~王~危~纬~畏~问~乡~晓~邪~修~悬~沿~遥~要~野~异~荫~用~幽~迂~远~云~杂~载~在~贞~榛~争~征~正~指~织~中~遵~阮籍~忠义~

荼tú【古】上平,七虞。另见 219 页 shū。【例】剥~残~芳~甘~桂~含~荒~堇~荆~苦~蓼~捋~荠~乾~青~秋~如~如~茹~神~神~香~吁~臧~遭~

菟tú【古】上平,七虞。另见 268 页 tù。【例】飞~伏~顾~郊~乌~畜~玄~於~

稌tú【古】上平,七虞。又:上声,七麌

同。【例】稻~粳~奇~黍~香~

瘏tú【古】上平,七虞。【例】马~疲~痡~

酴tú 酒名。【古】上平,七虞。

无(無)wú【古】上平,七虞。另见39页mó。【例】本~辨~不~草~得~都~独~断~非~更~贵~毫~合~即~将~俱~决~绝~空~了~领~虑~略~冥~能~旁~平~凭~全~如~若~善~胜~实~谁~素~所~太~昙~谈~题~万~文~虚~杳~因~有~暂~乍~真~之~至~淡欲~绝世~旷代~入时~天下~我独~一尘~有若~

吾wú【古】上平,七虞。【例】非~干~故~金~魁~昆~锟~陆~丘~融~橐~畏~奚~伊~犹~真~驺~

铻(鋙)wú【古】上平,六鱼。【例】鉏~

鹀(鵐)wú 鸟名。【古】上平,七虞。

珸wú【古】上平,七虞。【例】琨~

峿wú【古】上声,六语。【例】岨~岩~

唔wú【古】上平,七虞。【例】咀~吱~咿~嘤~

郚wú 古邑名。【古】上平,七虞。

芜(蕪)wú【古】上平,七虞。【例】艾~碧~才~苍~草~尘~春~丛~翠~道~冬~烦~繁~芳~闺~寒~蘅~红~荒~黄~秽~剪~将~街~旷~莱~灵~绿~沦~蘼~蘼~平~青~秋~荃~冗~删~深~疏~衰~霜~堂~田~庭~颓~薇~芜~烟~湮~野~欲~杂~榛~紫~笔砚~边城~故园~榛芜~

吴(吳)wú【古】上平,七虞。【例】崇~出~赐~大~东~富~勾~淮~江~骄~劲~京~荆~鲸~旧~句~连~联~鹿~南~瓯~聘~平~破~侨~勍~三~圣~施~适~思~孙~天~田~通~吞~外~望~西~湘~续~延~游~怨~越~沼~不忘~失吞~

梧wú【古】上平,七虞。【例】碧~苍~长~巢~城~椿~翠~柢~彫~董~风~高~槁~宫~海~寒~鸿~黄~蕉~津~井~据~枯~魁~柳~栾~栖~强~青~秋~杉~双~霜~桃~藤~庭~夕~修~烟~岩~檐~椅~峄~柚~朝阳~凤栖~掖垣~

毋wú【古】上平,七虞。【例】得~将~能~胡~巨~鸲~宁~綦~兹~

蜈wú 蜈蚣。【古】上平,七虞。

鼯wú【古】上平,七虞。【例】晨~狖~飞~寒~饥~麋~林~栖~青~山~鼪~松~晓~狌~猩~狖~鼬~

浯wú 水名。【古】上平,七虞。

竹zhú【古】入声,一屋。【例】斑~爆~碧~编~斸~冰~裁~残~苍~草~侧~茶~柴~柽~成~池~篪~楚~船~窗~吹~槌~春~茨~慈~雌~刺~丛~醋~翠~大~代~箪~淡~荻~笛~帝~簟~动~断~恶~方~分~粉~风~凤~扶~符~腐~高~格~弓~狗~孤~觚~挂~桂~笙~寒~汉~汗~豪~好~合~螯~黑~横~后~虎~花~画~槐~篁~击~积~棘~夹~嘉~驾~剪~涧~箭~江~交~阶~截~借~斤~金~筋~锦~晋~荆~径~鸠~久~筠~看~磕~可~空~枯~哭~苦~葵~昆~笏~勒~泪~冷~篱~良~两~燎~裂~廪~柳~龙~笼~露~芦~菉~鹿~律~绿~栾~擽~罗~麻~蔓~猫~毛~茅~梅~美~孟~密~绵~妙~庙~墨~木~暮~楠~炮~匏~沛~喷~劈~篇~缥~品~破~剖~蒲~濮~骑~蕲~泣~桥~青~邛~邛~筇~

楸~取~雀~鹊~肉~瑞~箬~桑~扫~涩~山~杉~深~胜~诗~石~食~瘦~疏~束~树~双~霜~水~丝~松~宿~邃~孙~笋~苔~潭~桃~藤~涕~天~庭~桐~菟~瓦~晚~万~苇~文~梧~溪~豁~洗~戏~细~湘~象~小~孝~新~雄~修~秀~绣~续~萱~选~雪~寻~烟~岩~盐~野~义~异~阴~银~幽~雨~玉~驭~院~月~云~笮~篔~斩~栈~杖~贞~纸~掷~稚~种~朱~烛~梓~紫~棕~祖~醉~参差~丹青~钓丝~东坡~分虎~佛面~鹤膝~君子~孟宗~南天~人面~湘妃~湘君~萧萧~新妇~郑生~

逐zhú【古】入声,一屋。【例】罢~北~奔~进~逼~避~贬~搏~捕~参~谗~趁~骋~驰~斥~黜~春~窜~篡~毒~发~放~废~风~赶~革~攻~共~呵~缓~交~角~较~诘~解~惊~窘~夸~款~猎~流~裸~马~梦~免~南~撵~蹑~傩~殴~排~屏~迫~破~奔~迁~前~遣~驱~日~散~扇~绳~尸~示~随~隼~踏~讨~腾~土~推~晚~骛~西~嬉~徙~相~寻~汛~阳~邀~夜~役~鹰~鱼~云~噪~谪~争~征~枝~诛~诸~追~香风~

烛(燭)zhú【古】入声,二沃。【例】岸~跋~柏~北~秉~炳~波~残~插~朝~撤~传~椽~赐~翠~寸~大~丹~灯~地~电~调~东~洞~蛾~发~法~坟~风~凤~俯~高~膏~宫~孤~关~官~贯~光~瑰~桂~寒~合~红~后~花~华~画~桦~辉~慧~火~极~继~监~剪~绛~燋~借~金~禁~镜~炯~举~炬~刻~蜡~兰~牢~莲~燎~列~邻~燐~龙~笼~猛~蜜~明~暮~南~难~腻~旁~漆~青~秋~燃~上~盛~石~世~手~寿~双~私~岁~天~添~田~停~通~外~文~犀~遐~下~衔~香~象~宵~晓~星~玄~靴~薛~延~炎~夜~遗~银~荧~萤~幽~油~游~鱼~玉~预~月~照~烝~蒸~脂~执~纸~智~置~朱~竹~转~妆~风帘~风前~金莲~调玉~同心~仙人~仙音~

躅zhú【古】入声,二沃。另见42页zhuó。【例】蹭~踢~鸾~銮~茂~迷~牛~前~轻~盛~兽~束~跳~往~巡~雅~仪~遗~逸~懿~幽~游~远~踯~蹢~蹶~躅~追~

轴(軸)zhú 旧读。【古】入声,一屋。另见408页zhóu、423页zhòu。

筑zhú【古】入声,一屋。另见272页zhù。【例】悲~鼓~击~铅~笙~筝~筑~

斸(斸)zhú【例】畚~波~锄~穿~耕~鹤~斤~砍~露~晴~月~

蠋zhú【古】入声,二沃。【例】阘~蚕~虫~蝶~蛾~藿~蚂~桑~蛇~乌~蜎~蜎蜎~

舳zhú 旧读。【古】入声,一屋。另见423页zhóu。

妯zhú 旧读。【古】《广韵》:入声,屋韵。另见408页zhóu。

竺zhú【古】入声,一屋。【例】敦~干~金~灵~乾~石~天~西~云~中天~

朮zhú【古】入声,四质。参见266页shù"术"。【例】白~参~苍~饵~灵~龙~秋~山~松~仙~芝~煮~冰埋~桃朱~云头~

瘃zhú【古】入声,二沃。【例】皴~冻~寒~灶~

足zú【古】入声,二沃。另见291页jù。

【例】安~鳌~拔~跋~百~败~饱~豹~备~跰~毕~躄~跛~补~不~步~侧~策~插~缠~长~常~超~骋~赤~充~踳~踹~垂~凑~踧~措~大~澹~蹈~蹬~抵~调~跌~蹀~鼎~短~断~蹲~顿~跺~鄂~发~繁~方~放~飞~丰~凤~趺~富~甘~高~给~跟~弓~鼓~龟~贵~果~裹~过~酣~皓~何~后~急~疾~寄~骥~趼~蹇~健~节~捷~尽~禁~灸~酒~局~举~具~跙~聚~绝~骏~开~抗~款~乐~累~立~利~敛~良~了~龙~马~满~扪~妙~内~拟~蹑~驽~拍~盘~捧~平~齐~跂~企~洽~慊~跷~翘~轻~取~拳~却~饶~仁~容~濡~弱~三~搔~山~赡~商~上~蛇~涉~神~失~十~实~事~适~舐~手~首~睡~素~探~蹄~天~头~投~托~完~宛~腕~亡~危~伪~卫~未~温~稳~无~息~系~纤~跣~削~效~歇~邪~斜~心~信~熊~休~修~旋~雪~迅~岩~眼~厌~雁~餍~摇~曳~义~逸~殷~赢~优~疣~余~雨~饫~圆~远~刖~躁~笮~仄~札~沾~踬~折~知~植~止~至~中~重~周~肘~躅~伫~驻~专~濯~自~春雨~夔一~千里~蛇添~万事~阳遂~衣食~追风~

崒zú【古】入声，四质。【例】勃~巉~崇~崔~来~嶙~隆~嵂~嶵~岩~屹~崭~崒~

族zú【古】入声，一屋。【例】百~邦~胞~本~鄙~别~部~昌~齿~赤~丑~词~赐~悴~大~单~党~帝~鼎~番~访~非~分~凤~父~富~覆~高~公~官~冠~贯~犷~鬼~贵~国~海~寒~汉~豪~合~洪~后~华~宦~皇~回~汇~婚~鸡~忌~家~甲~贱~节~近~纠~鸠~九~旧~救~举~巨~聚~眷~壳~兰~类~辽~鳞~麟~灵~令~六~龙~陋~卤~乱~蛮~茂~美~门~苗~灭~民~名~母~睦~内~南~逆~凝~旁~圮~骈~贫~品~破~妻~戚~千~强~亲~清~权~群~认~润~三~散~上~盛~士~氏~世~势~室~收~殊~疏~庶~水~私~素~素~琐~太~堂~天~腆~通~同~外~万~王~望~微~维~系~细~显~乡~巷~枭~小~姓~凶~恤~血~勋~夷~遗~异~邑~阴~姻~胤~右~鱼~畬~羽~语~远~云~湛~帐~枝~种~胄~诛~宗~钟鼎~

卒zú【古】入声，六月。【例】败~板~暴~敝~边~兵~病~步~部~材~仓~漕~倡~成~赤~出~从~匆~倅~大~递~丢~顿~恶~负~复~更~公~勾~鬼~悍~候~击~极~急~甲~假~监~见~贱~健~将~骄~教~街~介~津~劲~禁~厩~句~遽~军~客~旷~逵~老~勒~羸~吏~隶~练~列~临~鳞~旅~逻~马~门~偏~迫~仆~铺~骑~起~倢~轻~黥~趣~人~戎~锐~散~哨~生~时~始~驶~士~市~适~输~戍~水~吮~私~琐~探~塘~逃~田~亭~挺~徒~退~脱~弯~挽~尪~亡~王~为~卫~武~兀~戊~犀~黠~下~羡~乡~骁~小~兴~凶~休~选~巡~训~迓~养~遗~义~役~驿~应~营~游~虞~舆~狱~援~驵~早~战~棹~谪~侦~阵~正~中~众~壮~偬~驺~走~卒~抱关~过河~河清~马前~司更~吴门~

捽zú 旧读。【古】入声，六月。另：入声，四质同。另见 42 页 zuó。

镞(鏃)zú【古】入声,一屋。【例】拔~大~丹~砥~短~飞~锋~刚~弓~骨~后~箭~金~劲~括~利~芒~没~木~啮~铅~石~矢~铁~铜~吞~万~系~遗~逸~羽~雨~玉~中~镞~穿杨~风如~目中~

仄声·上声

补(補)bǔ【古】上声,七麌。【例】拔~帮~抱~裨~禆~采~参~差~羼~偿~超~出~寸~撮~搭~待~抵~递~点~垫~调~顶~订~恶~发~缝~复~赙~割~勾~关~规~衮~何~后~候~互~还~混~辑~加~简~解~借~进~拘~俊~刊~匡~厘~连~遴~轮~萝~买~弥~描~能~泥~黏~赔~毗~品~平~起~迁~牵~签~巧~清~诠~热~纫~删~缮~升~食~示~试~兽~搜~蒐~岁~提~替~添~填~挑~贴~推~挖~娲~外~剜~完~温~无~夕~洗~捋~相~小~校~修~绣~选~揠~药~衣~遗~荫~增~沾~粘~照~箴~整~织~豸~筑~转~追~资~滋~奏~纂~桑榆~一字~

鵏(鵏)bǔ 鸟名。【古】去声,七遇。

捕bǔ【古】去声,七遇。【例】被~采~踩~察~驰~饬~打~逮~兜~督~根~跟~勾~购~广~海~劾~迹~缉~剿~徼~禁~警~就~拘~拒~攫~课~困~滥~捞~猎~罗~逻~密~名~拿~蹑~批~茸~擒~穷~赏~生~收~首~疏~伺~搜~探~讨~题~网~微~围~西~行~巡~讯~严~盐~掩~阴~应~鹰~油~诱~鱼~渔~贼~斩~张~招~征~治~逐~抓~追~捉~

哺bǔ【古】去声,七遇。【例】报~抱~朝~啜~撮~待~盗~反~负~含~怀~还~鸠~就~均~乌~气~日~乳~三~收~索~吐~望~喂~乌~下~衔~相~削~鸦~咽~燕~仰~养~昼~馔~资~谁与~胎禽~

堡bǔ【古】上声,十九皓。另见373页bǎo。【例】石~筑~

卜bǔ【古】入声,一屋。另见30页bó。【例】败~北~达~大~得~定~耳~分~风~改~瞽~龟~后~虎~花~货~鸡~箕~吉~极~茧~简~郊~镜~开~考~狼~蠡~莅~螺~嬴~买~卖~茅~贸~枚~梦~缪~穆~难~能~逆~鸟~瓯~钱~虱~筮~鼠~岁~太~筳~瓦~违~未~问~巫~徙~献~响~晓~协~心~星~行~须~檐~羊~阳~医~易~隐~预~豫~鬻~诈~占~贞~帚~竹~自~阻~百钱~

处(處、処)chǔ【古】上声,六语。另见252页chù。【例】安~奥~暴~背~逼~避~贬~遍~并~补~捕~不~裁~参~查~常~朝~橅~乘~惩~错~单~窨~当~底~地~调~定~独~敦~顿~恶~方~分~逢~伏~负~个~共~古~谷~故~寡~鳏~归~规~贵~何~混~极~寂~寄~佳~家~见~贱~讲~郊~谨~静~究~久~居~绝~科~客~苦~困~量~了~留~搂~露~陆~论~满~冒~密~木~难~宁~判~匹~僻~平~屏~栖~棋~启~起~潜~侨~寝~穷~区~屈~衢~群~认~散~善~设~审~室~水~私~所~索~他~条~同~徒~土~

推~退~托~卧~无~徙~狎~下~闲~显~相~详~枭~歇~星~行~雄~许~悬~穴~严~岩~衍~宴~要~野~议~逸~阴~隐~营~用~游~有~余~逾~誉~原~杂~在~择~责~赠~蛰~正~中~重~州~诸~酌~自~

楚chǔ【古】上声,六语。又:去声,六御异。【例】哀~霸~榜~悲~鞭~惨~伧~恻~苌~愁~楚~创~怆~捶~葱~存~错~悼~登~烦~含~鹤~衡~华~欢~荒~挥~积~激~棘~济~贾~艰~谏~江~荆~隽~俊~考~苦~酷~掠~蛮~木~南~篣~平~恓~凄~齐~翘~秦~清~三~散~伤~呻~束~宿~酸~挞~痛~吴~西~鲜~献~项~辛~新~冤~责~杖~

濋chǔ 水名。【古】上声,六语。

齭chǔ【古】上声,六语。【例】齭~

杵chǔ【古】上声,六语。【例】宝~碧~场~城~赤~春~槌~促~村~捣~孤~桂~寒~后~花~击~急~江~臼~练~邻~灵~铃~流~鸣~木~漂~琴~清~琼~石~霜~蒜~天~铁~听~兔~万~夕~香~巷~药~夜~倚~婴~雨~玉~月~柘~砧~昼~捣衣~金刚~蓝桥~降魔~

础(礎)chǔ【古】上声,六语。【例】白~笔~璧~巢~沉~大~断~方~凤~龟~红~后~花~华~画~坏~基~阶~刻~莲~弃~千~润~石~亭~万~香~绣~瑶~遗~楹~玉~镇~柱~筑~花侵~泉涌~润柱~云生~云柱~

楮chǔ【古】上声,六语。【例】白~笔~敝~碧~尺~寸~大~锭~断~发~枫~关~毫~缣~江~精~旧~刻~临~柳~墨~囊~片~桑~刿~檀~铜~兔~万~香~绡~雪~玉~凿~缯~芝~植~种~

褚chǔ【古】上声,六语。【例】殚~积~巾~空~欧~倾~入~私~药~衣~虞~原~缊~素锦~

睹(覩)dǔ【古】上声,七麌。【例】阿~备~遍~侧~察~觇~旦~洞~凤~观~回~记~见~快~快~窥~目~南~难~逆~逆~旁~瞥~前~亲~忍~上~熟~谁~岁~探~望~乌~无~习~先~欣~玄~遥~右~预~再~瞻~植~重~百世~梦中~披云~万物~

堵dǔ【古】上声,七麌。【例】阿~案~暗~百~半~北~车~城~栋~堆~发~防~分~粉~横~红~环~旧~路~泥~堑~墙~磬~如~窣~填~陁~万~围~严~遗~幽~垣~圜~周~观如~无遗~

赌(賭)dǔ【古】上声,七麌。【例】博~查~抄~打~当~斗~关~官~豪~好~轰~积~交~角~戒~禁~竞~局~聚~决~开~牌~朋~嫖~嗜~摊~窝~戏~诱~箴~争~抓~捉~彻夜~

肚dǔ【古】上声,七麌。另见254页dù。【例】爆~空~牛~收~束~凸~羊~鱼~猪~

笃(篤)dǔ【古】入声,二沃。【例】病~诚~崇~纯~醇~慈~诞~滴~笃~敦~工~骨~厚~狐~疾~渐~谨~精~静~狷~克~课~恳~款~困~老~俚~良~窿~论~弥~绵~耐~勤~劝~仁~诵~天~宛~婉~危~委~稳~行~淹~益~逾~责~增~战~真~志~忠~周~颛~谆~

府fǔ【古】上声,七麌。【例】奥~八~霸~柏~拜~宝~北~本~祕~璧~边~别~兵~仓~藏~漕~册~策~长~朝~

车～城～池～赤～厨～川～春～词～大～丹～道～地～鼎～东～洞～都～斗～督～恩～方～坊～肺～凤～公～宫～谷～故～官～归～贵～桂～国～过～寒～豪～合～河～阂～阖～侯～花～华～画～槐～回～会～魂～火～机～记～家～俭～将～绛～焦～锦～禁～京～荆～九～酒～军～郡～开～孔～库～夔～昆～兰～乐～莲～林～麟～灵～领～留～六～率～马～蛮～盟～秘～庙～明～冥～莫～谋～幕～内～南～脑～臬～平～器～迁～前～钱～清～球～全～泉～囷～热～戎～瑞～色～沙～山～膳～上～少～设～神～省～盛～诗～市～守～首～书～枢～署～庶～帅～双～霜～水～私～讼～台～太～潭～檀～帑～天～统～外～王～委～文～乌～西～仙～贤～县～宪～相～湘～心～行～胸～玄～学～衙～盐～阳～夜～谒～疑～已～义～阴～营～瀛～雍～幽～右～宥～鱼～雨～玉～御～渊～元～圜～远～怨～月～宰～赞～造～珍～政～知～制～智～中～州～周～朱～珠～紫～尊～左～鬼神～蛟龙～清虚～秋宫～鹰扬～云韶～

㕮fǔ 㕮咀。【古】上声，七麌。

頫(頫)fǔ【古】上声，七麌。【例】众～

簠fǔ【古】上声，七麌。【例】簋～

腐fǔ【古】上声，七麌。【例】败～板～半～变～不～仓～肠～尘～陈～臭～唇～呆～豆～防～浮～槁～红～焦～酒～枯～溃～烂～老～麋～木～贫～肉～乳～尸～书～鼠～速～粟～酸～顽～腥～朽～熏～易～庸～迂～欲～诈～属～啄～龋～

斧fǔ【古】上声，七麌。【例】爱～般～板～暴～冰～操～镵～持～赤～大～刀～登～雕～剁～负～关～鬼～衮～汉～荷～挥～节～斤～金～劲～举～巨～拒～柯～科～快～宽～雷～利～落～眉～木～弄～破～齐～樵～窃～桑～丧～神～椹～石～投～萧～绣～玉～月～运～砧～伐桂～开山～霹雳～舌如～修蟾～

釜fǔ【古】上声，七麌。【例】盎～澳～铛～厨～炊～赐～翠～鼎～负～黄～鑊～机～嘉～焦～爁～金～栎～铄～漏～破～燃～热～神～石～硕～铁～铜～土～瓦～西～悬～银～鱼～玉～灶～甑～钟～资～虹饮～饴沃～鱼游～

俯fǔ【古】上声，七麌。【例】拜～卑～常～龟～进～客～龙～偻～黾～容～顺～退～畏～先～兴～仰～众～

腑fǔ【古】上声，七麌。【例】肺～肝～襟～六～内～心～绣～脏～胏～

甫fǔ【古】上声，七麌。【例】安～臣～亶～杜～端～公～皇～黄～吉～交～梁～明～某～尼～年～颀～莲～山～尚～申～神～生～台～同～翁～新～章～支～众～尊～

抚(撫)fǔ【古】上声，七麌。【例】爱～安～按～案～北～边～触～慈～存～吊～调～东～督～独～恩～凤～扶～规～捍～和～厚～怀～惠～监～将～剿～救～就～揆～厉～怜～媚～摸～摩～南～拍～亲～勤～倾～柔～收～手～绥～探～填～外～慰～西～夏～宣～巡～循～训～养～优～豫～招～镇～拯～制～治～中～左～

辅(輔)fǔ【古】上声，七麌。【例】弼～裨～车～丞～承～出～次～错～大～帝～鼎～东～藩～蕃～梵～防～扶～该～干～鲠～公～关～光～国～河～基～畿～夹～颊～谏～疆～交～教～金～近～京～隽～钧～开～口～匡～良～留～龙～明～内～南～陪～毗～屏～七～戚～强～卿～颧～上～摄～师～首～枢～硕～四～台～天～

外~王~为~卫~无~五~西~侠~下~贤~相~香~协~挟~兴~修~训~彦~靥~颐~翊~翼~英~映~右~元~宰~召~哲~中~众~资~左~佐~伊吕~

脯fǔ【古】上声,七麌。另见231页pú。【例】蚌~膊~擘~豆~锻~枏~肥~福~干~果~醢~瓠~獾~火~进~酒~梨~敛~麟~漏~鹿~麋~螟~蒲~肉~脘~莲~膳~鳝~设~市~束~笋~苔~桃~兔~胃~芗~杏~修~燕~遗~鱼~枣~鲊~榛~瘃~

父fǔ【古】上声,七麌。另见254页fù。【例】伧~大~夸~梁~尼~尚~神~田~亚~渔~召~

拊fǔ【古】上声,七麌。【例】鞭~搏~棰~击~节~铿~摩~山~收~手~填~为~慰~小~循~妪~掌~执~髀空~舒翼~

黼fǔ【古】上声,七麌。【例】禅~刺~负~衮~画~璜~绡~绣~衣~右~藻~章~豸~

滏fǔ【古】上声,七麌。【例】涉~漳~

古gǔ【古】上声,七麌。【例】奥~变~憨~博~薄~不~苍~常~池~冲~畴~酬~雠~初~淳~醇~达~待~耽~淡~蹈~道~迪~地~殿~吊~东~笃~度~发~法~翻~反~仿~访~放~非~抚~复~亘~高~亘~冠~贯~好~合~鸿~怀~荒~皇~浑~积~稽~汲~简~鉴~讲~今~尽~近~迥~据~开~抗~考~况~旷~来~览~廊~乐~理~丽~隶~猎~茏~隆~楼~胪~率~迈~貌~蒙~绵~邈~妙~摹~模~磨~慕~暮~曩~泥~拟~盘~撇~屏~朴~奇~千~前~清~穹~遒~劬~染~忍~荣~上~尚~盛~师~石~是~嗜~守~树~顺~说~思~松~颂~遂~邃~苔~太~泰~谈~特~亭~通~通~土~万~往~乌~五~希~遐~下~先~兴~行~雄~修~玄~学~循~严~言~赝~疑~引~硬~永~有~渊~元~远~詈~扎~兆~贞~振~执~志~治~质~中~终~踵~酌~自~尊~作~风俗~岁月~

羖gǔ【古】上声,七麌。【例】童~五~

蛄gǔ【例】蝲~

愲(䭅)gǔ 愲蚀。【古】入声,六月。

榖gǔ【古】入声,一屋。【例】斑~迷~

鹘(鶻)gǔ【古】入声,六月。另:入声,八黠同。【例】按~苍~海~黄~回~健~俊~青~沙~霜~吐~兔~鸦~鹰~

瀔gǔ 水名。【古】入声,一屋。

鼓gǔ【古】上声,七麌。【例】梆~贲~迸~边~鞭~步~操~鼛~茶~掺~朝~城~赤~初~传~船~串~槌~磁~鼙~催~村~打~捣~笛~地~帝~点~迭~叠~冬~耳~发~伐~法~幡~饭~放~风~烽~凤~枹~浮~桴~拊~釜~负~陔~皋~罣~歌~更~攻~宫~共~关~管~汉~合~何~和~河~横~烘~堠~胡~花~画~簧~会~昏~火~击~鸡~急~笳~甲~驾~建~剑~谏~讲~绛~交~街~节~羯~戒~金~津~进~晋~禁~旌~鲸~警~静~九~咎~军~坎~扛~跨~夔~腊~雷~擂~连~联~量~灵~铃~令~楼~漏~路~鹭~锣~骡~蛮~满~冒~庙~鸣~暮~铙~逆~牛~傩~盘~皮~鼙~飘~齐~骑~旗~起~谯~樵~侵~琴~衢~任~日~散~瑟~鲨~山~扇~善~舌~社~升~笙~圣~石~手~兽~书~曙~戍~树~霜~顺~朔~司~四~踏~堂~鼗~提~天~田~

铁～听～通～铜～土～驼～鼍～蛙～瓦～丸～晚～万～挝～卧～巫～五～骛～夕～息～戏～下～夏～县～箫～小～晓～信～衅～矕～行～悬～牙～衙～雅～迓～烟～严～檐～偃～眼～秧～洋～腰～摇～野～夜～义～银～引～应～迎～楹～镛～鱼～渔～雩～愚～玉～韵～噪～札～战～杖～胀～征～钲～直～止～制～钟～粥～铸～转～椎～三通～胜利～太平～细腰～新岁～迎神～渔阳～柘枝～

股gǔ【古】上声，七麌。【例】八～豹～参～拆～钗～炒～持～赤～刺～刀～动～对～多～拊～割～公～肱～勾～官～合～花～集～交～脚～进～句～控～鹭～脔～麻～配～碰～屁～奇～起～渠～认～入～商～束～私～送～剔～腿～蛙～玩～新～修～玄～选～阴～玉～掌～招～折～趾～锥～左～

贾(賈)gǔ【古】上声，七麌。另见16页jiǎ。【例】舶～茶～大～待～服～富～海～豪～奸～巨～廉～良～卖～贸～铺～善～商～市～书～贪～通～行～众～坐～鸡林～洛阳～西域～勇可～

瞽gǔ【古】上声，七麌。【例】暗～不～道～感～工～狂～聋～盲～矇～冥～目～披～神～顽～喑～愚～御～中～师旷～

臌gǔ【例】虫～气～水～血～

诂(詁)gǔ【古】上声，七麌。【例】达～间～解～确～诗～释～书～通～闲～详～训～雅～义～引～传～字～

罟gǔ【古】上声，七麌。【例】藏～弛～独～断～芳～罘～罛～鲸～良～撩～橹～罗～麋～鸟～曝～设～施～收～守～兽～数～水～汤～兔～团～拖～网～微～无～小～渔～罾～毚～帚～罪～

蛊(蠱)gǔ【古】上声，七麌。【例】暗～败～避～病～蚕～藏～谗～成～饬～虫～吹～毒～飞～腹～干～菇～古～谷～蛊～害～翰～狐～簧～惑～掘～狂～昆～雷～埋～妙～泥～气～犬～蛇～沉～虱～食～受～庶～水～搜～粟～握～巫～物～畜～魇～厌～妖～淫～雨～御～裕～瘵～贞～振～中～作～

嘏gǔ【古】上声，二十一马。【例】产～纯～醇～丰～福～降～祥～祝～

牯gǔ【古】上声，七麌。【例】黑～老～牛～怒～水～猪～

钴(鈷)gǔ　金属元素。【古】上声，七麌。

鹽gǔ【古】上声，七麌。【例】遑～靡～行～

谷[1](穀)gǔ【古】入声，一屋。另见299页yù。【例】百～斑～板～苞～秕～辟～播～不～布～粲～仓～草～尝～场～陈～吃～舂～锄～春～葱～打～稻～丰～甘～葛～馆～藿～果～禾～瓠～槐～积～嘉～金～韭～嚼～葵～荔～蓼～禄～稆～迷～米～秣～木～年～钱～箐～桑～生～石～食～收～秫～黍～汤～桃～田～桐～晚～五～夏～橡～薤～新～硎～烟～野～宜～贻～鱼～榆～雨～玉～原～稙～竹～

谷[2]gǔ【古】入声，一屋。另见299页yù。【例】岸～豳～昌～川～村～断～鬼～函～寒～壑～槐～夹～井～驹～峻～空～蠡～林～灵～陵～隆～峦～骆～满～蒙～黾～冥～坡～栖～迁～嵌～箐～蛇～黍～霜～邃～汤～退～维～温～峭～厓～崖～烟～燕～阳～旸～阴～莺～颖～幽～隅～愚～渊～

骨gǔ【古】入声，六月。另见216页

gū。【例】傲~白~暴~逼~闭~髀~贬~扁~髌~冰~并~病~卜~菜~残~缠~谄~长~常~彻~澈~成~痴~尺~耻~赤~揣~炊~锤~词~磁~次~刺~粗~脆~弹~道~镫~滴~骶~短~断~多~额~颚~凡~反~腓~焚~粉~丰~风~锋~佛~跗~腐~富~钢~高~槁~蛤~鲠~肱~枸~股~刮~归~龟~贵~骸~寒~核~鹤~恨~后~虎~画~换~灰~慧~肌~鸡~脊~甲~胛~贱~楗~降~接~结~解~金~筋~烬~惊~颈~胫~酒~巨~距~骏~尻~刻~枯~胯~剩~老~雷~肋~炼~灵~龙~镂~露~颅~旅~马~埋~买~毛~没~梅~媚~靡~面~冥~铭~磨~木~沐~内~泥~啮~颞~排~盆~皮~骈~品~仆~奇~跂~起~气~契~切~青~穷~秋~权~泉~颧~桡~肉~入~软~弱~伞~颡~筛~山~扇~身~神~生~声~尸~诗~石~拾~誓~寿~瘦~束~霜~水~松~俗~酸~髓~锁~胎~特~剔~体~天~填~铁~痛~头~透~土~蜕~脱~外~腕~微~尾~文~卧~无~犀~侠~霞~仙~香~枵~销~胁~屑~懈~心~胸~朽~秀~续~雅~岩~偃~燕~腰~遗~异~臆~吟~英~膺~莹~硬~玉~怨~云~殒~泽~战~掌~障~照~折~真~砧~枕~正~支~跖~指~趾~智~忠~椎~灼~醉~坐~建安~

鹄(鵠)gǔ【古】入声,二沃。另见229页hú。【例】标~贯~立~射~悬~贼~正~中~准~

滑gǔ 旧读。【古】入声,六月。另见11页huá。

毂(轂)gǔ【古】入声,一屋。【例】宝~并~不~柴~长~畅~车~尘~赤~春~翠~丹~单~顿~贰~方~飞~扶~辐~杠~挂~关~归~过~华~画~击~夹~接~金~京~雷~笠~连~笼~鸾~轮~鸣~辇~轻~琼~日~双~蹄~推~挽~绾~万~韦~帷~侠~香~挟~行~绣~旋~轺~银~右~榆~月~炙~重~朱~驻~转~左~

汩gǔ【古】入声,六月。另见299页yù。【例】淙~荡~拂~浮~汩~洄~卉~赍~决~陵~沦~没~宓~灭~滂~漂~泉~瑟~沉~淟~湮~扬~

榾gǔ【古】入声,六月。【例】柮~榾~燃~株~

虎hǔ【古】上声,七麌。【例】艾~白~班~半~蚌~包~豹~暴~笔~壁~避~彪~搏~豺~瞋~乘~痴~螭~持~赤~虫~雏~祠~雌~刺~打~啖~导~蹈~灯~帝~殿~雕~扼~饿~放~飞~非~匪~分~风~伏~浮~符~缚~庚~孤~龟~棍~孩~寒~黑~后~化~画~蝗~季~假~监~谏~蛟~叫~解~金~窘~九~菊~刻~跨~蜡~狼~老~撩~猎~龙~芦~履~律~捋~马~猫~猛~挠~馁~鸟~牛~罴~貔~扑~骑~铅~擒~穷~丘~虬~驱~却~如~乳~山~蛇~射~神~沉~诗~石~市~噬~鼠~术~水~四~兕~松~谈~探~腾~天~铁~铜~投~韦~卫~畏~文~卧~溪~戏~虾~狎~哮~歇~蝎~邪~熊~岫~绣~畜~驯~鸦~盐~养~野~夜~逸~翼~迎~蝇~右~鱼~嵎~雨~玉~遇~猿~云~贼~斩~召~真~值~纸~制~咒~昼~朱~逐~殿上~拦路~听经~胭脂~纸老~

许(許)hǔ【古】上声,七麌。另见286页xǔ。【例】邪~许~

唬hǔ【例】吹~骇~唬~惊~警~喇~瞒~吓~嫌~哮~胁~雄~咋~镇~

浒(滸)hǔ【古】上声,七麌。另见286页xǔ。【例】沧~芳~皋~汉~河~淮~隍~江~荆~漓~灵~潜~神~水~乌~西~溪~湘~阳~颍~

琥hǔ【古】上声,七麌。【例】白~赐~双~玉~

苦kǔ【古】上声,七麌。又:去声,七遇异。【例】挨~哀~八~悲~病~惨~吃~斥~愁~大~阽~毒~厄~烦~繁~甘~功~攻~孤~害~寒~好~何~恨~觳~患~饥~积~羁~极~疾~瘠~寂~坚~艰~俭~焦~叫~嗟~精~窘~救~拘~倦~刻~恳~口~苦~困~劳~老~离~良~闷~命~耐~难~疲~偏~贫~凄~气~前~慊~侵~勤~清~穷~趋~劬~确~忍~茹~涩~伤~誓~受~诉~愬~酸~痛~荼~屯~挖~枉~危~微~味~五~咸~心~辛~行~腌~严~言~厌~燕~忧~幽~尤~冤~怨~杂~贞~罪~风尘~歌者~关山~行役~越吟~征战~

楛kǔ【古】上声,七麌。另见258页hù。【例】功~贡~槚~荆~良~僈~轻~山~问~窳~跃~榛~

鲁(魯)lǔ【古】上声,七麌。【例】奥~北~城~迟~处~淳~蠢~赐~粗~村~东~嘟~钝~高~广~过~扈~还~居~君~梁~鲁~莽~秘~南~蓬~朴~齐~生~颂~顽~宛~西~小~胁~幸~性~雅~檐~益~吟~鱼~愚~月~责~质~稚~专~椎~卓~酌~邹~

橹(櫓、艣、艪)lǔ【古】上声,七麌。【例】蔽~标~朝~城~冲~船~大~登~帆~飞~棼~烽~干~竿~高~篙~戈~归~号~急~楫~夹~架~劲~楼~矛~门~鸣~闹~棚~漂~屏~器~樯~谯~轻~柔~双~楯~棠柁~望~闻~犀~摇~夜~增~战~转~横江~千村~数声~

虏(虜)lǔ【古】上声,七麌。【例】白~北~避~边~捕~抄~臣~仇~丑~鞑~敌~反~俘~格~汉~悍~胡~猾~羁~降~骄~狡~桀~剧~寇~老~掠~蛮~梦~民~逆~奴~剽~平~破~仆~齐~迁~强~禽~轻~穷~囚~驱~却~群~戎~塞~生~收~守~首~淘~讨~通~徒~外~亡~为~袭~系~黠~遗~杂~贼~征~赀~

掳(擄)lǔ【古】上声,七麌。【例】捕~扯~打~匪~俘~胡~劫~掠~强~抢~驱~讨~

卤[1](鹵)lǔ 通"鲁",迟钝。【古】上声,七麌。【例】粗~敌~盾~掠~莽~剽~漂~疏~顽~庸~愚~

卤[2](鹵、滷)lǔ【古】上声,七麌。【例】财~茶~村~大~点~干~甘~瘠~碱~井~旷~梅~剽~碛~沙~水~潟~咸~行~雪~盐~油~泽~

氇(氌)lǔ【例】氆~

亩(畝、畮、畒、畂)mǔ【古】上声,二十五有。【例】百~半~北~逋~畴~地~东~膏~公~孤~归~蕙~疆~井~莱~陇~垄~履~绿~畎~民~南~农~栖~畦~阡~青~顷~畎~市~受~数~税~田~文~宣~异~殷~英~越~灾~终~

母mǔ【古】上声,二十五有。【例】阿~拜~鸨~蚕~产~倡~淳~慈~醋~地~帝~电~妒~杜~遁~凡~分~风~奉~佛~蚨~父~隔~姑~寡~鬼~国~旱~

航~后~黄~祸~季~继~教~酵~金~酒~君~雷~骊~黎~邻~灵~令~龙~螺~马~孟~蜜~民~名~嫫~泥~漂~贫~婆~妻~歧~气~弃~契~铅~亲~拳~乳~少~蛇~神~婶~生~圣~侍~守~寿~鼠~水~嗣~酸~同~屠~外~晚~王~文~翁~物~喜~先~贤~续~鸭~养~尧~瑶~姨~义~异~益~姻~银~月~岳~云~瘴~哲~贞~珠~竹~主~宗~族~祖~

姆mǔ【古】去声,二十六宥。【例】阿~保~斗~负~傅~嫫~欧~师~天~

拇mǔ【古】上声,二十五有。【例】盖~巨~履~骈~手~枝~踵~

姥mǔ【古】上声,七麌。另见377页lǎo。【例】阿~婢~茶~慈~东~斗~公~酒~老~媒~孟~乳~侍~天~仙~鹦~越~

牡mǔ【古】上声,二十五有。【例】白~辰~赤~犉~典~飞~肥~关~广~黑~户~火~坚~荐~键~金~骊~两~隆~门~黏~牝~求~生~盛~驷~铁~新~骍~雄~玄~钥~左~

钼(鉬)mǔ【例】钴~

弩nǔ【古】上声,七麌。【例】白~兵~车~赤~刀~伏~负~弓~合~荷~火~机~戟~甲~建~剑~角~劲~蹶~铠~连~流~马~末~木~牛~排~强~善~射~神~收~水~踏~天~投~万~犀~溪~习~引~玉~竹~煮~作~千钧~诸葛~

砮nǔ【古】上声,七麌。又:上平,七虞同。【例】碧~楛~石~遗~

努nǔ【古】上声,七麌。【例】钩~目~揉~嘴~

浦pǔ【古】上声,七麌。【例】蚌~别~沧~春~丹~岛~荻~钓~枫~港~海~寒~汉~合~鹤~横~湖~浒~淮~还~黄~济~江~蛟~镜~橘~蠡~莲~蓼~柳~绿~洛~南~溢~蘋~青~晴~秋~曲~鹊~沙~山~湾~犀~溪~夏~湘~象~荇~溆~雪~涯~烟~雁~夜~银~迎~渔~远~月~漳~舟~洲~珠~竹~

圃pǔ【古】上声,七麌。又:去声,七遇同。【例】岸~半~辩~菜~草~茶~场~朝~橙~池~春~村~东~樊~芳~皋~瓜~桂~寒~汉~后~花~荒~蕙~绛~藉~槿~禁~井~菊~橘~窥~昆~兰~阆~老~乐~荔~邻~林~灵~龙~陋~绿~梅~苗~茗~南~农~平~畦~琼~秋~茹~沙~书~疏~苏~唐~田~庭~外~苇~文~夏~仙~县~玄~悬~学~雪~瑶~药~野~艺~隐~幽~玉~园~苑~月~郑~芝~芷~

普pǔ【古】上声,七麌。【例】德~恩~弘~还~科~利~流~洽~庆~施~优~赞~泽~周~祖~

谱(譜)pǔ【古】上声,七麌。【例】按~百~摆~北~背~菜~茶~抄~钞~春~词~词~打~牒~歌~根~光~广~国~合~花~画~宦~换~极~记~家~笺~简~锦~酒~菊~绝~菌~兰~老~乐~离~历~连~脸~律~洛~没~眉~梅~媒~墨~年~牌~频~棋~签~钱~腔~琴~曲~瑞~色~声~石~实~食~氏~世~谥~守~书~通~图~文~无~舞~系~仙~乡~香~箫~协~蟹~行~修~砚~医~依~遗~译~弈~印~韵~在~治~质~周~竹~准~宗~总~族~梨园~新声~

溥pǔ【古】上声,七麌。【例】大~德~恩~宏~既~利~隆~露~率~溥~深~施~阳~泽~沾~周~

氆pǔ 氆氇,毛织品。【古】上声,二十二养。

埔pǔ 【例】黄~

朴(樸)pǔ 【古】入声,三觉。另见 32 页 pō、52 页 pò、369 页 piáo。【例】抱~笨~鄙~鞭~材~诚~迟~赤~饬~箠~纯~淳~醇~粗~犓~村~大~淡~惇~敦~钝~返~复~刚~戆~鲠~古~和~鸿~厚~浑~坚~俭~简~竭~谨~荆~静~宽~矿~圹~灵~露~鲁~木~讷~凝~沤~敲~勤~清~穷~仁~散~桑~沉~守~疏~鼠~素~太~坦~顽~温~文~玄~驯~野~遗~银~幽~愚~郁~棫~愿~真~直~至~质~忠~椎~谆~拙~资~李公~

蹼pǔ 【古】入声,一屋。【例】足~跳~

汝rǔ 【古】上声,六语。【例】报~承~尔~抚~告~和~淮~济~江~教~临~念~乞~弃~求~舍~似~送~桐~托~惟~惜~嫌~谢~醒~颍~语~玉~怨~漳~助~

乳rǔ 【古】上声,七麌。【例】哺~茶~产~吹~春~淳~催~撮~代~诞~瓶~滴~豆~断~鹅~发~芳~粉~丰~凤~凫~腐~覆~甘~膏~共~跪~花~寄~胶~金~九~举~狼~酪~狸~炼~龙~隆~露~驴~绿~泌~娩~母~孳~牛~胚~泼~求~犬~雀~鹊~神~生~石~食~兽~菽~漱~水~吮~酥~酸~碎~醍~桐~土~兔~细~香~泄~悬~穴~雪~鸦~燕~羊~幽~鱼~玉~孕~泽~稚~钟~竹~壮~滋~

茹rǔ 旧读。另见 232 页 rú、264 页 rù。

辱rǔ 【古】入声,二沃。【例】败~谤~卑~贬~剥~笞~耻~叱~宠~丑~楚~黜~箠~窜~摧~萃~挫~锉~叨~诋~玷~顿~烦~负~缚~诟~垢~过~呵~后~秽~毁~溷~获~祸~见~贱~践~降~诘~截~窘~抗~愧~詈~凌~陵~戮~沦~骂~嫚~蔑~殴~迫~欺~弃~前~谴~诮~亲~侵~勤~轻~穷~诎~忍~荣~讪~守~受~谇~损~挞~忝~廷~庭~痛~唾~危~猥~污~洿~无~迕~侮~戏~吓~陷~胁~衅~刑~幸~羞~虚~讯~夜~贻~淫~忧~幽~冤~遭~责~折~众~訾~胯下~

数(數)shǔ 另见 265 页 shù、53 页 shuò。【古】上声,七麌。【例】暗~不~倒~独~可~历~列~面~逆~善~悉~细~责~重~何足~

暑shǔ 【古】上声,六语。【例】抱~备~辟~避~冰~残~尘~撑~炽~处~触~徂~大~惮~敌~毒~遁~烦~繁~犯~泛~防~伏~拂~寒~旱~熇~火~积~骄~焦~解~九~剧~苦~酷~凉~烈~隆~冒~梅~耐~逆~虐~破~遣~轻~清~秋~驱~祛~热~溽~扇~伤~韶~盛~时~试~受~熟~霜~司~逃~陶~天~彤~温~午~夏~消~销~歇~谢~炎~阳~宜~隐~游~燠~蕴~烝~蒸~中~昼~骤~

鼠shǔ 【古】上声,六语。【例】白~饱~豹~冰~捕~仓~厕~赤~雏~袋~稻~点~貂~洞~斗~豆~堕~耳~饭~飞~伏~腐~拱~狗~寒~黑~狐~怀~昏~溷~火~饥~家~涧~金~老~狸~犁~栗~邻~灭~鸟~牛~禽~青~雀~沙~山~蛇~社~石~鼫~首~水~硕~松~天~田~投~豚~陀~畏~猬~文~蜗~屋~鼷~黠~仙~相~香~啸~行~穴~雪~檐~鼹~养~野~夜~义~阴~银~隐~鼬~玉~獐~炙~掷~逐~子~

黍shǔ【古】上声,六语。【例】赤~炊~稻~登~膏~歌~菰~谷~毫~禾~华~穫~鸡~禽~稷~嘉~角~秬~累~离~粱~六~陇~麻~麦~茅~糜~黏~弄~蒲~秋~啬~盛~食~秫~黍~蜀~抟~豚~晚~渭~香~新~羊~刈~蓺~雨~蒸~种~铢~啄~

署shǔ【古】去声,六御。【例】柏~辟~编~补~部~参~曹~差~朝~城~词~道~地~调~东~督~法~分~粉~封~抚~府~附~副~纲~公~宫~关~官~寒~合~宦~荒~棘~假~兼~监~检~谏~节~解~锦~禁~警~鸠~局~阃~兰~郎~冷~离~联~列~灵~陵~龙~密~内~判~平~签~钱~亲~卿~清~权~省~使~市~受~霜~私~寺~台~题~通~外~违~委~乌~仙~县~宪~廨~行~押~牙~衙~严~盐~遥~掖~医~译~印~鹰~营~右~玉~芸~暂~职~制~治~专~总~

薯(藷)shǔ【古】去声,六御。【例】白~豆~番~甘~红~凉~木~山~甜~

曙shǔ【古】去声,六御。【例】逼~彻~迟~初~窗~春~村~达~待~发~峰~拂~海~昏~开~离~犁~凌~破~启~清~秋~霜~爽~通~未~霞~向~烟~迎~欲~远~增~晨鸡~东方~云彩~

属(屬)shǔ【古】入声,二沃。另见 250 页 zhǔ。【例】裨~辟~宾~部~裁~曹~侪~臣~丞~乘~纯~从~道~帝~丁~对~耳~贰~藩~分~伏~附~顾~官~归~皇~羁~寄~家~兼~交~戒~金~九~眷~军~郡~吏~隶~联~僚~烈~领~略~密~莫~目~幕~内~逆~配~期~侨~亲~勤~倾~情~摄~施~使~所~天~停~通~同~统~徒~委~吾~系~下~仙~乡~星~旋~血~延~央~遗~役~意~姻~优~与~寓~御~掾~云~宰~政~支~直~指~缀~缁~宗~族~尊~佐~

蜀shǔ【古】入声,二沃。【例】巴~川~祠~得~滇~发~归~后~化~荆~陇~岷~宁~平~前~全~入~讨~望~西~夏~治~不思~

土tǔ【古】上声,七麌。【例】埃~安~邦~本~辟~边~薄~尘~尺~斥~赤~畴~出~杵~川~寸~岱~东~动~冻~堆~发~犯~梵~方~飞~肥~坟~粪~风~封~奉~佛~浮~负~覆~改~膏~攻~贡~古~故~广~归~滚~国~海~汉~夯~耗~和~褐~黑~横~红~后~厚~化~怀~坏~寰~荒~皇~黄~灰~秽~积~吉~棘~祭~碱~践~焦~洁~解~金~进~禁~荆~净~境~九~聚~卷~掘~爵~均~开~旷~廓~狼~老~乐~骊~丽~恋~列~裂~岭~陵~领~笼~垆~陆~率~落~蛮~茅~妙~墨~纳~南~泥~黏~农~培~脾~剽~坡~破~抔~齐~启~起~气~迁~亲~青~轻~取~群~壤~热~忍~任~入~弱~桑~扫~沙~山~实~守~受~殊~熟~蜀~庶~水~朔~私~思~祀~松~粟~岁~坛~陶~梯~田~填~抟~拓~王~沃~吾~物~西~息~稀~下~闲~衔~献~乡~香~泻~墟~暄~玄~穴~熏~烟~炎~盐~掩~阳~野~业~遗~异~邑~瘗~阴~殷~隐~赢~硬~拥~淤~原~远~载~脏~增~渣~宅~粘~甄~蒸~植~中~冢~州~筑~祚~五色~

吐tǔ【古】上声,七麌。另见 268 页 tù。【例】尝~初~词~辞~发~供~含~鹤~红~虹~急~剧~咳~口~快~麟~榴~

龙~露~鸬~论~梅~猛~呕~旁~喷~倾~罄~山~蛇~神~食~吮~谈~潭~推~吞~唾~雾~涎~衔~香~宣~言~焰~音~月~云~孕~占~珠~蛛~

武wǔ【古】上声,七麌。【例】备~比~辩~布~步~材~侧~豺~昌~常~城~崇~慈~粗~胆~蹈~觌~动~渎~黩~奋~富~干~刚~缟~广~汉~豪~洪~皇~黄~戢~继~健~讲~角~诘~捷~劲~经~景~举~卷~隽~军~孔~厉~练~烈~灵~龙~履~马~卖~猛~民~蹑~怒~貔~齐~前~强~轻~穷~柔~锐~睿~尚~韶~神~绳~圣~示~数~司~嗣~泰~汤~天~威~纬~委~魏~文~舞~习~喜~贤~象~骁~校~雄~熊~修~宣~玄~训~颜~偃~演~阳~耀~业~遗~肄~毅~隐~英~鹰~勇~用~元~原~阅~允~章~掌~招~真~振~致~忠~踵~朱~烛~属~壮~宗~祖~

仵wǔ【古】上声,七麌。【例】等~刑~

迕wǔ【古】去声,七遇。【例】触~舛~错~噩~反~犯~格~遘~乖~逆~旁~穷~违~相~

潕wǔ 古水名。【古】上声,七麌。

旿wǔ 光明。【古】上声,七麌。

珷wǔ【古】上声,七麌。【例】玞~

侮wǔ【古】上声,七麌。【例】傲~骜~卑~变~怠~抵~腹~敢~诟~讧~讥~简~贱~骄~靳~倨~诳~詈~凌~陵~骂~卖~慢~蔑~纳~凭~欺~诮~侵~轻~取~姗~讪~受~肆~外~玩~威~戏~阋~狎~笑~亵~荧~御~冤~止~

午wǔ【古】上声,七麌。【例】傍~晨~冲~舛~达~戴~当~抵~典~端~蜂~

蠡~贯~过~禾~及~甲~交~近~倦~罗~南~旁~平~破~日~晌~赏~上~书~啼~题~亭~庭~头~溪~饷~向~歇~夜~移~映~逾~月~正~重~昼~转~卓~子~

伍wǔ【古】上声,七麌。【例】伴~保~编~兵~步~部~簿~参~曹~侪~超~俦~村~党~队~法~符~官~轨~剑~哗~火~籍~甲~军~哙~揆~连~邻~流~庐~闾~伦~落~门~氓~民~配~囚~群~戎~荣~入~失~什~士~逃~同~退~乡~行~虚~学~夷~营~佣~庸~贼~阵~驺~卒~

五wǔ【古】上声,七麌。【例】参~尺~第~鼎~端~遁~房~格~鼓~韩~合~呼~加~进~九~破~什~数~望~夏~咸~行~阳~重~

舞wǔ【古】上声,七麌。【例】按~拜~伴~蚌~碧~忭~冰~兵~步~畅~晨~城~绸~楚~窜~翠~代~蹈~蝶~蹀~斗~独~对~蹲~铎~鹅~幡~方~飞~风~蜂~凤~拂~皋~高~歌~鸽~鼓~鬼~酣~鹤~恒~红~后~呼~花~欢~挥~会~鸡~季~剑~健~蛟~节~巾~鸠~酒~峻~狂~莱~乐~丽~莲~龙~率~鸾~乱~罗~曼~慢~旄~秘~妙~鸣~鸟~傩~鸥~俳~盘~鞶~飘~奇~起~巧~翘~软~色~扇~善~韶~笙~狮~手~兽~踏~跳~庭~外~万~文~锡~喜~戏~献~翔~象~兴~旋~选~学~鸦~雅~艳~燕~野~佾~渝~羽~雨~御~钥~杂~赵~郑~钟~字~奏~醉~白纻~干戚~胡旋~回鸾~霓裳~闻鸡~鱼龙~柘枝~

䳇(鵡)wǔ【古】上声,七麌。【例】鹦~

忤(啎)wǔ【古】去声,七遇。【例】猜~

触~舛~错~诋~多~反~犯~佛~攻~乖~忌~讦~戒~矜~泾~客~孔~睽~愆~色~违~毋~相~婴~憎~不可~

捂(摀)wǔ【古】去声,七遇。【例】拔~抵~横~逆~掩~支~

庑(廡)wǔ【古】上声,七麌。【例】步~除~大~殿~东~蕃~繁~丰~盖~高~官~桂~后~寄~夹~阶~空~廊~帘~凉~赁~庐~茅~门~内~千~前~室~堂~庭~外~屋~贤~轩~檐~照~读书~坐廊~

妩(嫵、娬)wǔ【古】上声,七麌。【例】红~娇~眉~妍~

膴wǔ【古】上声,七麌。【例】蕃~繁~丰~膴~华~眉~靡~荣~腴~

怃(憮)wǔ【古】上声,七麌。【例】哀~爱~悲~怅~欢~眉~泰~

碔wǔ 碔砆。【古】上声,七麌。

牾wǔ【古】上平,七虞。【例】悖~错~牴~干~乖~犄~讦~逆~疏~

主zhǔ【古】上声,七麌。【例】暗~奥~骜~霸~班~帮~暴~背~本~变~鳖~宾~兵~伯~舶~财~藏~曹~常~车~城~冲~出~储~船~词~祠~次~荡~盗~道~地~典~点~店~东~动~洞~恩~法~凡~饭~防~房~夫~服~府~辅~祔~副~阁~公~宫~共~贡~蛊~故~顾~雇~馆~管~龟~鬼~贵~国~汉~豪~禾~合~后~户~花~化~环~昏~货~惑~吉~季~寄~祭~家~嫁~监~剑~荐~骄~教~劫~津~精~局~举~谲~爵~军~君~郡~客~哭~苦~矿~魁~郎~狼~劳~擂~力~恋~猎~灵~领~令~鹿~旅~乱~论~买~卖~媒~门~盟~庙~民~明~末~谋~木~牧~拟~女~配~贫~铺~谱~旗~前~钱~侵~曲~犬~人~日~荣~入~弱~桑~丧~僧~山~上~尚~少~设~社~摄~申~神~生~圣~盛~尸~诗~施~石~时~识~世~事~适~受~戍~寺~嗣~俗~宿~所~台~坛~檀~天~田~祧~土~外~亡~王~危~卫~位~翁~窝~屋~无~物~息~狎~仙~先~祆~贤~献~像~小~兴~星~行~形~雄~轩~学~羊~阳~业~遗~议~邑~谊~阴~英~营~拥~庸~幼~鱼~愚~虞~狱~浴~园~原~院~月~韵~宰~责~贼~斋~债~寨~战~帐~真~振~政~枝~职~治~致~中~诸~主~桩~幢~宗~罪~作~座~东道~风雅~风月~湖山~社稷~造物~

詝zhǔ 智慧。【古】上声,六语。

煮zhǔ【古】上声,六语。【例】熬~炊~爨~亨~火~镬~煎~烂~卤~糜~庖~烹~羌~热~如~烧~石~水~私~笋~新~修~鱼~郁~蒸~

拄zhǔ【古】上声,七麌。【例】撑~小~支~

渚zhǔ【古】上声,六语。【例】北~碧~冰~波~渤~苍~草~乘~池~川~春~翠~丹~岛~帝~钓~东~洞~断~鄂~鳄~泛~纷~凤~凫~浮~皋~菰~瓜~桂~海~寒~汉~濠~河~鹤~衡~红~鸿~花~华~淮~环~浣~荒~蕙~江~津~荆~橘~濑~兰~雷~栗~莲~练~蓼~菱~流~柳~龙~露~芦~鹭~绿~鸾~洛~梅~媚~萌~梦~庙~牛~潘~蘋~蒲~浅~晴~秋~鹊~沙~山~剡~苕~石~霜~水~泗~送~潭~炭~汤~桃~汀~湍~蛙~晚~枉~渭~雾~夕~西~犀~溪~湘~晓~斜~蟹~星~轩~玄~雪~烟~雁~阳~瑶~野~夜~沂~

阴～银～印～幽～鱼～玉～渊～远～云～中～舟～洲～

麈zhǔ【古】上声，七麌。【例】白～长～多～凤～贡～黄～挥～旄～麋～命～青～僧～松～谈～停～蚊～犀～燕～玉～竹～王谢～

属(屬)zhǔ【古】入声，二沃。另见247页shǔ。【例】贯～接～连～随～相～依～

嘱(囑)zhǔ【古】入声，二沃。【例】此～叮～敦～付～贿～计～买～切～请～赇～托～委～相～雅～医～遗～遮～至～谆～

瞩(矚)zhǔ【古】入声，二沃。【例】宸～春～电～洞～俯～高～顾～观～骇～环～惊～眷～览～丽～眸～凝～盼～旁～亲～钦～倾～天～眺～遐～下～向～欣～轩～延～遥～遗～咏～忧～游～远～瞻～照～

祖zǔ【古】上声，七麌。【例】霸～鼻～妣～禅～长～出～初～次～道～帝～法～佛～父～高～告～公～汉～后～皇～徽～积～继～祭～家～老～乐～雷～嫘～累～辽～列～灵～吕～念～彭～启～睿～上～圣～师～诗～石～始～世～书～述～太～泰～田～铁～同～外～忘～文～物～先～显～香～玄～严～艺～元～原～远～曾～昭～肇～宗～族～尊～

珇zǔ【古】上声，七麌。【例】圭～

组(組)zǔ【古】上声，七麌。【例】班～邦～碧～璧～编～弁～鬓～采～彩～蝉～长～尺～赤～楚～垂～春～词～翠～党～分～粉～改～冠～圭～龟～黑～怀～机～玑～继～解～金～锦～剧～丽～联～裂～临～履～纶～綦～绮～青～绕～缛～设～素～缇～绾～帷～文～系～绣～绚～曳～遗～印～缨～纡～褕～玉～簪～章～织～执～重～朱～缀～纂～

阻zǔ【古】上声，六语。【例】隘～拗～奥～阪～兵～驳～城～崇～川～辞～摧～耽～道～地～颠～东～断～顿～恶～遏～风～负～附～梗～谷～乖～海～喝～河～火～积～计～间～艰～涧～谏～截～禁～峻～睽～暌～困～拦～辽～林～陵～陇～路～难～挠～泥～歧～倾～曲～劝～世～室～受～水～外～万～危～违～雾～遐～闲～险～消～邪～修～淹～延～岩～雁～邀～遥～伊～依～夷～疑～抑～意～幽～右～越～云～遮～窒～重～关塞～

俎zǔ【古】上声，六语。【例】笾～彻～陈～晨～大～刀～雕～鼎～豆～堆～繁～芳～房～丰～凤～负～高～姑～桂～寒～嘉～椒～进～开～旷～兰～牢～醪～列～牛～盘～漆～设～牲～豕～素～缩～五～夏～象～燕～羊～肴～瑶～彝～鱼～玉～越～杂～载～折～尊～胙～

诅(詛)zǔ【古】去声，六御。【例】谤～大～腹～诟～詈～骂～盟～万～厌～怨～众～咒～祝～

仄声·去声

布[1]bù ①做衣服的材料。②钱币。【古】去声，七遇。【例】白～班～邦～抱～辟～帛～财～餐～侧～茶～差～廛～衬～成～尺～春～粗～刀～帆～幡～绯～赙～葛～贡～姑～官～桂～好～和～花～画～灰～火～货～笺～缣～绛～蛟～蕉～锦～荆～绢～箹～夸～昆～冷～黎～帘～练～露～纶～麻～麦～缦～毛～绵～棉～面～

墨~尿~女~盘~篷~披~飘~票~平~屏~萍~瀑~旗~钱~青~泉~裙~绒~纱~衫~上~申~市~式~疏~鼠~蜀~丝~素~穗~梭~榻~腾~铁~桐~土~韦~卫~文~乌~夕~犀~溪~细~遐~夏~悬~烟~盐~洋~印~油~幼~雨~岳~越~云~皂~缯~毡~旃~织~绉~纻~椎~赀~

布[2](佈)bù ①宣告。②分布。③布置。【古】去声,七遇。【例】跛~摆~颁~雹~遍~播~陈~出~传~传~辞~次~赐~诞~道~调~发~罚~分~敷~工~公~功~广~环~加~夹~均~开~刊~雷~列~流~罗~满~密~排~配~棋~散~森~施~疏~舒~私~肃~堂~外~霞~信~星~行~修~宣~选~延~遗~远~杂~攒~展~张~昭~征~整~质~转~总~

瓿bù【古】上声,二十五有。另:上平,七虞同;下平,十一尤同。【例】覆~壶~酱~酒~

蔀bù【古】上声,二十五有。【例】草~撤~丰~覆~噎~章~

步bù【古】去声,七遇。【例】安~遨~残~测~超~朝~尘~晨~骋~驰~初~踌~船~春~绰~辍~促~蹴~村~寸~大~代~单~笛~地~迭~冬~动~独~蹲~踱~鹅~返~方~放~飞~风~凤~俯~负~高~弓~鼓~故~顾~瓜~龟~规~贵~国~过~河~横~狐~虎~滑~还~环~缓~蠖~积~羁~疾~骥~间~健~箭~阶~戒~津~进~禁~径~窘~局~举~矩~踽~骏~开~考~跨~款~跬~阔~狼~莲~联~敛~麟~留~龙~鸾~马~迈~漫~猫~蹑~牛~怒~挪~盘~跑~七~齐~骑~起~潜~轻~顷~秋~趋~趣~却~雀~攘~让~软~散~山~善~少~失~收~兽~鼠~水~顺~肃~随~碎~踏~台~腾~天~停~投~徒~土~推~退~拖~晚~枉~微~稳~巫~夕~溪~膝~屣~遐~仙~闲~跣~香~携~谢~信~星~行~雄~徐~悬~旋~学~循~迅~鸭~哑~雅~檐~演~冶~野~曳~夜~移~蚁~驿~逸~音~幽~游~余~鱼~舆~伛~禹~玉~渊~远~月~云~展~占~折~正~止~咫~踵~骤~逐~渚~驻~追~纵~走~醉~邯郸~金莲~凌波~玉墀~紫庭~

部bù【古】上声,七麌。【例】按~案~八~班~版~本~比~边~别~兵~参~残~朝~祠~村~党~丁~都~法~番~藩~梵~方~分~腹~覆~干~阁~工~后~户~花~回~集~甲~驾~肩~讲~降~交~界~经~颈~胫~九~旧~局~菊~剧~军~乐~雷~礼~吏~卤~闾~面~民~名~内~农~曲~全~铨~膳~赡~商~声~省~史~释~水~说~朔~算~所~桃~臀~外~尾~文~武~膝~仙~宪~刑~行~选~学~雅~腰~医~仪~乙~异~营~虞~韵~瞻~章~甄~正~支~州~主~属~子~总~

怖bù【古】去声,七遇。【例】悲~惭~惨~愁~蹙~怛~怪~骇~惶~悸~惊~窘~惧~可~恐~魅~泯~迷~怕~慑~危~畏~汹~眩~疑~忧~诈~战~振~

簿bù【古】上声,七麌。【例】版~别~兵~朝~登~典~牍~短~对~官~号~黑~候~户~黄~计~军~课~空~库~卤~门~名~内~披~票~佥~青~曲~阙~髯~善~上~手~书~疏~税~私~岁~堂~帑~图~文~校~星~选~讯~玉~战~账~赀~资~点鬼~花名~金

兰~生死~鸳鸯~

埠bù【例】本~茶~船~大~店~港~高~瓜~河~沪~开~轮~商~市~水~外~香~鱼~

餔bù【古】去声,七遇。【例】糖~

篰bù【古】上声,二十五有。【例】笼~篛~天~竹~

不bù【古】入声,五物。【例】并~从~得~独~鄂~非~夫~敢~毫~好~何~盍~侯~胡~决~绝~可~了~莫~能~怕~岂~且~然~若~善~十~孰~谁~无~险~须~牙~哑~要~也~已~以~再~暂~臧~则~占~遮~争~

处(處、処)chù【古】去声,六御。另见238页chǔ。【例】暗~鄙~敝~别~长~出~处~触~此~存~错~大~到~短~厄~该~高~各~贵~过~害~好~何~坏~患~佳~贱~近~绝~科~苦~来~理~每~妙~明~某~难~僻~浅~去~深~生~胜~是~要~宿~随~他~痛~玩~下~小~讯~痒~遥~异~益~用~余~寓~原~远~站~逐~住~尊~坐~

亍chù【古】去声,七遇。【例】彳~

憷chù【古】去声,六御。【例】胆~发~犯~

畜chù【古】入声,一屋。又:去声,二十六宥同(养也,止也,入声独用)。另见294页xù。【例】耕~公~豢~活~火~家~骊~六~陆~马~蛮~母~牧~奶~逆~农~禽~仁~肉~乳~牲~豕~兽~水~头~驮~五~物~养~业~役~幼~孕~种~重~仔~孳~

矗chù【古】入声,一屋。【例】撑~矗~高~骈~屏~上~耸~斜~遥~月~云~攒~直~

触(觸)chù【古】入声,二沃。【例】奔~拨~薄~参~尘~枨~驰~刺~蹴~觝~击~戛~鹿~蛮~面~摩~怒~押~扬~婴~涌~遭~

黜chù【古】入声,四质。【例】罢~贬~摈~裁~嗤~斥~窜~摧~弹~放~废~革~减~简~降~进~禁~纠~考~流~免~暮~批~屏~弃~迁~谴~谯~倾~讪~赏~稍~申~升~陟~试~受~疏~肃~汰~退~外~威~未~咸~显~削~抑~阴~责~谪~陟~诛~罪~左~坐~

绌(絀)chù【古】入声,四质。【例】奔~贬~斥~殚~短~放~极~见~窘~匮~力~歉~穷~升~受~疏~秫~损~退~削~抑~盈~优~支~

怵chù【古】入声,四质。【例】打~胆~悼~发~犯~悱~惶~惊~利~目~迫~青~心~忧~诱~增~

搐chù【古】入声,一屋。【例】潮~抽~抖~风~惊~扭~奚~

俶chù【古】入声,一屋。【例】俶~

琡chù 八寸之璋。【古】入声,一屋。

斶chù 见于人名。【古】入声,二沃。

醋cù【古】去声,七遇。【例】白~薄~惨~陈~吃~酬~啜~发~风~寡~喝~坏~极~酱~酒~苦~米~俏~榷~酸~糖~头~呷~香~熏~盐~酽~油~糟~蘸~

促cù【古】入声,二沃。【例】哀~卑~悲~偪~鄙~褊~别~仓~恻~愁~刺~匆~促~蹙~催~脆~督~短~敦~多~烦~繁~方~慌~惶~极~急~煎~检~紧~窘~局~力~露~忙~密~年~迫~戚~气~浅~切~穷~汝~赊~势~曙~衰~岁~偓~狭~遐~弦~修~延~夭~

夜~展~

簇cù【古】入声,一屋。【例】榜~逼~蚕~春~丛~簇~点~钉~堆~蜂~凤~红~花~环~挤~金~紧~锦~聚~浪~乱~密~俏~山~收~树~太~腾~万~围~雾~绣~拥~玉~云~攒~遮~竹~缀~

蔟cù【古】入声,一屋。【例】蚕~叉~柴~蔟~打~大~泰~

蹙cù【古】入声,一屋。【例】悲~奔~犇~逼~惭~惨~草~潮~愁~刺~蹙~悴~单~殚~颠~东~额~风~颊~煎~蹇~江~嗟~竭~解~金~紧~锦~荆~鲸~窘~踘~局~窭~蹶~困~浪~鳞~岭~陵~眉~排~盘~颦~迫~凄~气~浅~穷~驱~拳~跧~日~沙~势~水~踏~讨~腾~跳~危~效~崖~忧~郁~云~攒~躁~蛰~绉~珠~追~

蹴(蹵)cù【古】入声,一屋。【例】逼~圪~竞~窘~鞠~局~困~乱~马~怒~排~迫~曲~踏~天~象~雪~燕~右~

猝cù【古】入声,六月。【例】苍~草~匆~猝~迫~

槭cù【古】入声,一屋。【例】凋~槭~梢~萧~

踧cù【古】入声,六月。【例】踧~蹜~局~踡~困~穷~驱~躯~瑟~瑟~踏~

度dù【古】去声,七遇。另见37页duó。【例】暗~杯~参~操~策~差~忏~长~超~程~尺~筹~初~穿~纯~寸~达~大~德~典~调~额~法~范~风~幅~刚~高~格~公~共~估~乖~官~规~轨~晷~国~过~合~横~衡~弘~弧~荐~角~节~襟~进~经~精~刻~宽~揆~礼~理~力~廉~亮~量~料~律~落~明~难~年~黏~浓~频~品~评~坡~普~期~气~器~千~强~轻~曲~权~热~韧~溶~色~深~省~湿~适~叔~数~私~速~宿~酸~剃~天~弯~纬~温~文~限~详~象~斜~谐~凶~胸~虚~玄~涯~雅~淹~遥~仪~逸~意~营~硬~用~幼~预~约~韵~再~章~支~制~智~准~浊~资~自~

渡dù【古】去声,七遇。【例】暗~摆~半~杯~冰~超~车~晨~船~春~催~村~待~东~筏~飞~风~浮~古~关~官~过~海~寒~河~桁~横~虎~花~唤~黄~急~济~江~津~兢~径~竞~轮~马~买~卖~南~年~牛~普~强~抢~桥~秋~泅~鹊~让~设~涉~水~偷~透~晚~问~溪~晓~烟~雁~野~夜~引~欲~远~云~争~蛭~中~舟~芙蓉~桃叶~乌江~西陵~杨柳~银汉~

杜[1]dù【古】上声,七麌。【例】霸~碧~曹~乘~赤~川~崔~芳~房~谷~韩~远~蘅~兰~老~李~内~南~梍~青~秋~桑~邵~守~宋~王~韦~问~下~小~羊~预~云~召~

杜[2]dù 阻塞。【古】上声,七麌。【例】防~要~预~阻~

蠹(蝱、蠧)dù【古】去声,七遇。【例】邦~蚌~秕~敝~弊~财~残~仓~尘~齿~虫~穿~讹~蜂~浮~腐~垢~谷~蛊~桂~棍~国~豪~耗~怀~积~奸~简~狡~巨~枯~魁~吏~流~柳~芦~禄~毛~民~螟~木~内~囊~曝~欺~侵~秋~祛~阙~冗~桑~书~司~松~宿~贪~桃~桐~刓~五~隙~瑕~纤~薛~乡~蝎~邪~凶~朽~胥~衙~盐~遗~蚁~淫~幽~鱼~灾~枣~贼~柘~政~纸~中~竹~淄~

肚dù【古】上声，七麌。另见 239 页 dǔ。【例】饱～爆～菜～肠～饿～腹～鼓～画～空～牛～暖～熟～梭～头～凸～腿～蛙～袜～瓮～香～鸦～鱼～灶～

妒(妬)dù【古】去声，七遇。【例】暗～鄙～避～猜～谗～嗔～痴～醋～妇～负～悍～花～诲～嫉～忌～娇～骄～狡～酷～疗～谩～情～贪～羡～心～性～羞～谮～憎～争～蛾眉～风雨～群芳～

镀(鍍)dù【古】去声，七遇。【例】薄～彩～电～金～喷～银～重～

斁dù【古】去声，七遇。另见 169 页 yì。【例】无～厌～耗～沦～衰～隳～渎～怠～恶～堕～秕～诡～

赴fù【古】去声，七遇。【例】奔～毕～病～趁～承～驰～除～逮～抵～调～独～分～赶～勾～归～诡～解～进～惊～径～开～雷～南～鸟～派～齐～潜～趋～水～速～投～往～响～心～星～迅～押～掩～夜～应～影～远～云～争～云雨～

赙(賻)fù【古】去声，七遇。【例】吊～法～赗～合～祭～赉～赏～赠～

负(負)fù【古】上声，二十五有。【例】抱～背～赑～博～逋～步～惭～偿～贷～担～抵～地～东～堕～贩～废～告～辜～荷～怀～积～肩～减～矜～久～疚～空～亏～愧～陆～免～民～逆～凭～欺～愆～谴～欠～襁～钦～任～伤～身～胜～失～噬～税～私～夙～宿～讨～徒～退～驮～挽～违～蚊～衔～相～虚～倚～殷～永～远～载～责～债～重～自～罪～

妇(婦、媍)fù【古】上声，二十五有。【例】鸨～鄙～蚕～产～娼～倡～晨～出～厨～黜～船～炊～春～爨～村～荡～嫡～刁～妒～恶～贩～冯～夫～宫～笱～故～寡～闺～贵～寒～悍～好～后～缉～佳～家～奸～健～骄～节～洁～荆～鸠～君～懒～老～离～嫠～里～俚～烈～邻～令～媒～美～孟～命～谋～内～纳～农～匹～姘～贫～嫔～泼～仆～妻～旗～杞～弃～樵～巧～情～秋～妊～乳～阮～桑～山～善～少～石～室～寿～戍～庶～孀～丝～思～孙～田～僮～外～媳～贤～乡～孝～新～艳～雁～野～淫～迎～佣～幼～渔～愚～怨～孕～择～哲～贞～征～织～中～冢～众～主～属～赘～拙～子～

父fù【古】上声，七麌。另见 241 页 fǔ。【例】阿～伯～伧～慈～从～大～姑～国～皇～季～继～家～假～教～舅～君～夸～老～力～乃～尚～神～生～师～弑～叔～天～田～先～雄～亚～严～养～姨～义～猿～岳～曾～仲～众～诸～族～祖～

富fù【古】去声，二十六宥。【例】暴～辩～博～财～昌～逞～侈～炽～鼎～斗～发～烦～繁～丰～瑰～贵～国～海～豪～宏～鸿～获～积～骄～精～巨～康～丽～亮～隆～露～禄～卖～年～贫～强～权～饶～仁～荣～善～赡～奢～事～首～寿～望～温～文～先～显～心～兴～雄～学～殷～迎～优～渊～致～重～金谷～五车～

附(坿)fù【古】去声，七遇。【例】阿～逼～比～裨～宾～簿～参～谄～臣～承～筹～党～蛾～奉～感～高～归～和～花～怀～欢～饥～迹～集～寄～坚～降～胶～结～金～景～款～来～乐～离～连～鳞～谩～媚～密～内～昵～黏～宁～攀～叛～朋～凭～企～迁～牵～强～亲～钦～曲～屈～趋～散～赏～收～疏～述～顺～私～琐～梯～添～听～徒～托～外～威～畏～猬～污～务～吸～跣～相～香～响～向～胁～谐～欣～新～驯～依～蚁～倚～义～

荫~引~迎~蝇~影~游~豫~援~缘~悦~再~增~粘~招~支~忠~属~转~赘~梓~宗~望风~

赋(賦)fù【古】去声,七遇。【例】邦~暴~弊~别~兵~秉~禀~并~播~财~蚕~草~蝉~朝~车~称~尺~充~楚~词~辞~从~答~大~等~笛~蝶~丁~读~额~风~封~凤~鹏~歌~格~更~公~贡~古~关~官~国~海~汉~槐~箕~籍~甲~荆~井~酒~橘~蠲~均~苛~课~粮~两~律~论~洛~马~买~卖~梅~梦~民~农~俳~鹏~骈~琴~轻~丘~秋~屈~榷~日~骚~扇~擅~盛~诗~施~市~书~输~蜀~税~丝~宿~算~岁~笋~逃~天~田~投~完~文~献~乡~湘~谢~修~雪~盐~徭~夜~役~银~莺~萤~杂~征~治~重~作~横槊~凌云~相如~子虚~

阜fù【古】上声,二十五有。【例】阿~安~昌~长~崇~畴~川~翠~大~地~洞~堆~敦~蕃~繁~丰~冈~高~沟~鹤~虎~锦~康~孔~块~匡~林~灵~陵~龙~庐~麻~茅~民~幕~丘~曲~沙~生~石~俗~岁~堂~童~土~物~熙~香~小~殷~幽~鱼~陟~钟~重~孳~滋~

副fù【古】去声,二十六宥。【例】坼~称~成~储~道~端~稿~光~国~解~牧~戎~社~使~枢~成~相~写~厌~仰~应~赢~昭~状~

傅fù【古】去声,七遇。【例】白~班~保~储~大~帝~蛾~粉~冯~皋~宫~汉~昏~火~姬~贾~良~梁~吕~墨~内~攀~皮~曲~少~师~疏~台~太~外~王~贤~谢~选~亚~雁~羊~伊~蚁~印~援~缘~主~

付fù【古】去声,七遇。【例】颁~畀~禀~拨~偿~承~抽~出~传~凑~催~垫~兑~发~分~割~给~关~划~还~即~寄~交~缴~拒~密~清~觌~全~实~收~手~托~委~宣~选~窨~遥~移~遗~暗~应~预~暂~责~札~照~支~指~质~属~祝~专~

咐fù【例】安~吩~呕~嘱~

鲋(鮒)fù【古】去声,七遇。【例】池~春~寸~谷~涸~鲫~井~枯~鲤~鲩~求~射~蛙~鲜~游~辙~庄~洞庭~

讣(訃)fù【古】去声,七遇。【例】奔~承~传~电~国~驲~闻~凶~远~

赙(賻)fù【古】去声,七遇。【例】吊~法~赗~给~合~祭~赉~求~赏~赠~助~

驸(駙)fù【古】去声,七遇。【例】额~随~左~

蝜fù　蝜蝂。【古】上声,二十五有。

复(複、復)fù【古】入声,一屋。【例】安~包~报~避~变~辨~禀~剥~驳~补~布~裁~层~持~酬~穿~赐~答~单~电~叠~烦~繁~反~返~非~非~奉~概~给~顾~光~归~规~规~函~还~环~恢~回~讲~矫~进~径~迳~捐~蠲~开~凯~戡~康~克~垦~匡~况~来~连~屡~买~迷~耙~帕~批~骈~骈~平~扑~启~起~迁~牵~且~曲~渠~痊~却~冗~宂~柔~森~绍~申~时~收~孰~熟~苏~虽~掏~题~拓~完~往~为~唯~猥~无~习~消~销~小~兴~行~修~叙~旋~雪~循~研~阳~要~亦~益~优~招~甄~政~终~重~周~追~赘~谆~遵~作~

覆fù【古】入声,一屋。又:去声,二十六宥异。【例】案~败~被~庇~辩~禀~并~踣~布~部~裁~层~巢~车~雠~逴~存~答~荡~忝~登~颠~电~鼎~断~恩~发~翻~反~返~盖~勾~顾~关~光~含~核~宏~洪~鸿~回~歼~兼~剪~检~翦~僵~较~敬~卷~勘~考~恐~料~露~沦~埋~没~蒙~灭~幕~藕~盆~批~披~偏~漂~帡~颇~普~倾~取~铨~容~丧~射~申~身~深~审~生~食~示~束~私~肃~题~体~天~屠~推~危~违~厦~陷~详~校~巡~循~讯~压~研~掩~厌~验~衣~夷~移~遗~议~荫~拥~盂~陨~载~占~障~照~遮~中~舟~坠~自~综~奏~

腹fù【古】入声,一屋。【例】白~蚌~饱~抱~豹~边~便~鳖~蝉~蟾~肠~拆~痴~充~穿~船~大~地~鼎~肚~帆~肺~丰~峰~鼓~龟~果~裹~海~鹤~壶~虎~瓠~画~肌~俭~江~绛~洁~决~空~口~刳~溃~懒~量~裂~岭~龙~露~马~满~扪~梦~抹~陌~饿~牛~帕~捧~披~平~瓶~皤~破~剖~气~骞~切~琴~热~日~晒~山~少~蛇~豕~束~笥~梭~缩~坦~袜~丸~碗~胃~乌~枵~小~蟹~心~胸~虚~窨~牙~岩~偃~鼹~腰~贻~遗~鱼~圆~鼋~韵~泽~指~中~猪~将军~小人~

缚(縛)fù【古】入声,十药。另见47页fò。【例】帮~绑~臂~鞭~缠~尘~反~返~虎~机~羁~急~剪~检~交~劫~结~解~纠~就~拘~狙~捆~腊~累~掠~面~牵~禽~擒~杀~生~释~收~束~拴~锁~袒~系~鹰~辕~扎~执~絷~制~中~自~鲲鹏~

馥fù【古】入声,一屋。【例】暗~柏~草~芳~芬~风~馥~膏~桂~含~寒~红~蕙~兰~流~浓~清~秋~剩~腾~吐~温~鲜~香~香~馨~遗~异~幽~余~郁~

蝮fù【古】入声,一屋。【例】毒~虺~巨~蛇~

鳆(鰒)fù【古】入声,三觉。【例】鲍~黑~石~

服fù【古】入声,一屋。另见227页fú。【例】骖~车~

固gù【古】去声,七遇。【例】安~班~保~北~备~本~鄙~必~蔽~长~城~绸~纯~淳~醇~党~捣~地~凋~独~笃~杜~惇~敦~凡~负~根~鲠~巩~规~恒~鸿~获~基~稽~疾~加~坚~俭~疆~骄~胶~解~金~紧~禁~警~久~倨~狷~峻~恪~尅~牢~垒~练~吝~悋~隆~陋~毛~锚~弥~秘~密~宁~凝~盘~磐~蟠~僻~偏~仆~迁~钳~浅~强~穷~确~娆~摄~申~深~慎~石~时~守~丝~思~夙~天~填~外~顽~稳~握~毋~险~歆~兴~雄~严~岩~义~阴~永~愚~玉~裕~辕~增~掌~障~贞~执~植~滞~忠~重~专~壮~阻~金城~金石~山河~

堌gù【古】去声,七遇。【例】山~

鲴(鯝)gù【古】去声,七遇。【例】鱼~

故gù【古】去声,七遇。【例】弊~变~宾~病~常~陈~粗~大~道~典~敦~多~恩~反~复~革~更~故~诡~国~寒~何~怀~欢~稽~吉~记~忌~家~奸~监~解~靳~敬~旧~僚~履~命~朋~破~巧~亲~情~曲~然~如~身~深~世~事~是~守~思~送~素~虽~

岁~琐~特~推~退~托~亡~微~温~无~物~习~细~先~显~乡~新~衅~循~训~雅~疑~已~议~异~意~因~姻~佣~游~有~遇~原~缘~灾~早~诈~掌~障~榛~知~智~重~主~状~绨袍~

顾(顧)gù【古】去声,七遇。【例】爱~傍~北~不~采~长~承~鸱~迟~宠~垂~赐~存~东~笃~鹗~恩~反~返~防~感~高~关~观~管~光~龟~和~鹤~后~还~环~惶~回~惠~兼~见~奖~湫~矜~惊~局~眷~麇~肯~款~狂~来~狼~乐~怜~临~吝~马~憋~鸣~慕~内~纳~念~盼~旁~岂~牵~乾~曲~却~鹊~荣~山~善~审~省~熟~思~四~宿~他~疼~退~外~枉~卫~温~遐~相~幸~徐~恤~雅~延~掩~遗~意~游~右~鱼~远~瞻~辗~张~照~只~指~雉~中~主~转~自~左~茅庐~周郎~

雇(僱)gù【古】去声,七遇。【例】出~辞~典~管~和~贿~解~九~老~贫~倩~受~投~写~选~佣~召~主~转~

沽gù【古】《广韵》:去声,遇韵。另见215页gū。【例】屠~

痼gù【古】去声,七遇。【例】抱~痹~沉~废~根~疾~解~理~绵~匿~癖~起~深~宿~体~霞~癖~烟~淹~隐~忧~症~滞~重~烟霞~

锢(錮)gù【古】去声,七遇。【例】闭~蔽~沉~窜~党~废~封~复~规~环~枷~监~禁~扃~久~沙~深~锁~铁~顽~徙~下~永~愚~臧~增~遮~

估gù 估衣。【古】上声,七麌。另见216页gū。

崮gù【例】孟良~

告gù【古】入声,二沃。另见384页gào。【例】忠~

梏gù【古】入声,二沃。【例】羁~免~钳~脱~械~杖~桎~重~罪~

牿gù【古】入声,二沃。【例】凌~

户hù【古】上声,七麌。【例】犴~比~闭~狴~碧~薜~边~编~便~菜~蚕~藏~草~侧~茶~柴~禅~蟾~昌~潮~车~城~储~楚~船~串~窗~春~醋~翠~村~存~大~蛋~当~宕~岛~地~佃~殿~钓~丁~订~定~东~峒~洞~囤~珥~番~房~蜂~俸~浮~府~负~富~丐~高~公~宫~关~官~诡~桂~锅~国~过~海~寒~豪~合~阖~黑~姮~侯~后~花~坏~宦~灰~棘~戟~家~甲~监~减~见~涧~舰~键~姜~匠~降~椒~鲛~脚~阶~解~金~谨~禁~荆~井~扃~九~酒~距~绝~军~开~客~课~坑~空~扣~揽~牢~乐~黎~立~隶~帘~粮~猎~灵~陵~流~龙~庐~闾~落~门~氓~密~庙~灭~民~牧~内~脑~匿~牛~农~女~拍~排~旁~培~配~棚~蓬~坯~偏~贫~牝~屏~铺~畦~启~绮~千~潜~侨~樵~寝~清~琼~秋~虬~驱~泉~鹊~染~人~日~儒~入~三~散~桑~僧~沙~商~上~蛇~升~生~省~十~石~实~士~市~势~室~守~首~书~枢~疏~熟~霜~水~税~司~私~寺~祀~隧~滩~坛~堂~棠~逃~天~田~填~贴~亭~庭~铜~突~屠~土~脱~颓~万~亡~网~圩~帷~温~窝~溪~席~细~下~夏~纤~乡~相~小~蟹~行~岫~绣~轩~悬~雪~牙~烟~岩~盐~檐~掩~雁~燕~阳~窑~瑶~药~业~

夜~移~遗~异~役~邑~驿~阴~殷~引~隐~莺~茔~营~拥~壅~用~幽~油~游~牖~右~鱼~渔~雨~玉~狱~园~月~云~酝~杂~灶~责~增~债~站~帐~蛰~正~纸~中~种~众~重~朱~竹~主~住~妆~庄~赀~资~子~紫~租~

昈hù【古】上声,七麌。【例】昈~

岵hù【古】上声,七麌。【例】冈~屺~陟~

鳠(鱯)hù　鳠鱼。【古】去声,七遇。

鄠hù【古】上声,七麌。【例】鄠~

嫭hù【古】去声,七遇。【例】圻~妒~丰~娇~夸~娉~淑~修~倄~夭~幽~

鹱hù(鸌)hù　鸟名。【古】去声,七遇。

护(護)hù【古】去声,七遇。【例】爱~帮~保~庇~蔽~避~辨~辩~布~柴~持~春~匆~搭~挡~党~等~典~刁~雕~调~都~督~椟~敦~防~封~扶~辅~覆~拱~固~顾~关~管~诃~荷~花~环~黄~回~济~加~监~缄~将~奖~交~教~戒~谨~禁~久~救~鞠~看~康~宽~匡~拦~牢~疗~领~龙~楼~逻~悯~愍~穆~盘~槃~陪~偏~曲~全~容~赡~韶~摄~神~慎~侍~视~守~谁~祖~特~完~韦~围~维~卫~卧~乌~惜~屃~相~巡~训~掩~堰~养~叶~夜~医~翊~翼~隐~营~拥~幽~佑~云~瞻~占~障~招~照~遮~赈~拯~治~周~风云~金铃~

互hù【古】去声,七遇。【例】变~参~差~舛~错~递~迭~更~乖~诡~回~机~交~纠~间~绵~盘~磐~蟠~歧~相~疑~云~障~

瓠hù【古】去声,七遇。又:上平,七虞同。另见229页hú、48页huò。【例】白~卜~雕~甘~瓜~花~嘉~坚~金~苦~落~嫩~盘~匏~窍~青~石~陶~魏~仙~悬~摘~植~

糊hù　另见216页hū、228页hú。【例】糨~麦~面~

戽hù【古】去声,七遇。【例】车~风~水~踏~

扈hù【古】上声,七麌。【例】跋~卑~倍~毕~春~当~东~冬~符~公~煌~棘~狼~老~龙~苗~农~陪~强~青~趋~桑~随~顽~宵~修~玄~鱼~

沪(滬)hù【古】上声,七麌。【例】淞~渔~

怙hù【古】上声,七麌。【例】负~何~偏~失~恃~依~

祜hù【古】上声,七麌。【例】承~俶~垂~帝~多~丰~福~灵~隆~禄~蒙~命~神~受~天~羊~

冱(沍)hù【古】去声,七遇。【例】冰~寒~涸~洄~积~隆~凝~泉~霜~

楛hù【古】上声,七麌。另见244页kǔ。【例】贡~楛~荆~跃~榛~

笏hù【古】入声,六月。【例】把~板~抱~笔~朝~出~赐~典~动~端~堆~故~挂~滑~槐~还~借~巾~搢~楷~敛~良~冕~木~囊~袍~佩~衫~绅~石~书~孰~爽~投~万~象~玄~靴~牙~曳~遗~缨~鱼~玉~簪~择~瞻~整~执~植~竹~拄~击贼~

库(庫)kù【古】去声,七遇。【例】敖~宝~别~冰~兵~布~部~仓~茶~车~船~词~存~大~典~东~藩~饭~府~斧~皋~高~公~宫~骨~官~管~国~衡~火~季~寄~甲~解~金~禁~酒~

厩~军~抗~冷~里~粮~廪~楼~庙~内~盘~皮~入~诗~书~水~司~四~寺~台~炭~帑~天~贴~土~外~文~五~武~香~厢~血~盐~眼~衣~银~油~月~运~斋~宅~镇~正~质~置~雉~甲仗~九经~钱谷~周礼~

绔(絝)kù【古】去声,七遇。【例】袍~穷~纨~韦~五~

裤(褲、袴)kù【古】去声,七遇。【例】弊~布~裁~长~衬~单~短~缚~歌~画~绛~锦~久~裈~廉~龙~罗~马~毛~棉~溺~女~袍~皮~穷~裘~裙~绒~襦~纱~睡~套~筒~脱~袜~纨~韦~五~膝~绣~靴~衣~皂~罩~褶~

酷kù【古】入声,二沃。【例】暴~悲~残~惨~憯~荼~楚~烦~刚~寒~狠~横~祸~艰~峻~苛~刻~苦~冷~烈~偏~忍~扇~深~酸~贪~痛~枉~威~衔~香~凶~循~严~炎~遇~冤~怨~

喾(嚳)kù【古】入声,二沃。【例】轩~尧~

路lù【古】去声,七遇。【例】隘~白~半~陂~筚~避~汴~便~别~波~财~漕~草~叉~岔~柴~谗~廛~长~常~朝~车~尘~宸~晨~趁~乘~出~楚~川~船~春~次~促~村~蹉~带~弹~当~挡~导~道~登~堤~砥~鼎~峒~短~断~对~遁~夺~恶~繁~返~飞~分~风~伏~扶~改~赶~冈~革~公~宫~沟~谷~骨~故~锢~关~官~管~归~轨~诡~鬼~桂~过~海~汉~旱~河~黑~痕~亨~横~虹~鸿~后~候~湖~虎~护~花~话~淮~槐~还~环~宦~皇~篁~回~蕙~活~极~疾~棘~季~继~骥~夹~奸~兼~剪~饯~剑~涧~谏~江~降~交~郊~脚~峤~街~劫~截~戒~届~界~借~金~津~锦~近~进~禁~荆~径~静~迥~窘~九~柩~剧~距~倦~绝~觉~卡~开~坎~客~逵~揆~馈~兰~拦~老~累~理~利~连~临~领~柳~泷~陇~陆~鹿~旅~鸾~轮~落~马~买~门~迷~名~明~冥~命~末~陌~墨~南~辇~鸟~牛~攀~旁~跑~鹏~僻~平~铺~蹊~歧~棋~启~起~泣~碛~牵~前~樵~青~球~曲~渠~衢~取~去~泉~拳~让~日~戎~荣~塞~桑~沙~山~商~上~哨~神~生~胜~失~石~时~识~食~世~仕~势~适~逝~首~兽~殊~熟~暑~术~霜~水~顺~丝~私~思~死~松~送~岁~隧~邃~踏~贪~探~逃~套~梯~天~田~填~铁~通~同~途~退~外~弯~挽~晚~王~往~枉~望~危~畏~纹~溪~戏~隙~瞎~峡~狭~遐~霞~仙~先~纤~闲~贤~线~乡~湘~象~消~销~霄~小~晓~邪~斜~心~星~行~修~玄~雪~血~徇~鸦~烟~延~言~岩~沿~雁~燕~阳~养~要~野~夜~夷~遗~义~异~驿~逸~鹢~引~盈~郢~永~幽~邮~油~迂~鱼~渔~玉~御~原~猿~远~月~岳~云~运~宰~载~凿~栈~照~遮~榛~争~征~正~政~支~枝~织~指~中~重~朱~竹~烛~逐~躅~属~筑~追~拙~斫~紫~走~阻~遵~碧霄~青云~

露lù【古】去声,七遇。另见418页lòu。【例】埃~霭~白~柏~败~宝~暴~贲~毕~碧~表~炳~剥~布~残~草~蝉~朝~尘~陈~晨~承~赤~丑~初~触~川~垂~春~粗~丹~单~旦~岛~电~调~抖~逗~蠹~恶~发~繁~泛~防~汾~丰~风~敷~浮~覆~甘~赶~

高~膏~宫~孤~锢~乖~圭~桂~过~含~寒~蒿~毫~颢~灏~和~荷~鹤~红~鸿~花~华~槐~欢~鬟~黄~惠~豁~棘~嘉~践~江~绛~交~阶~揭~讦~金~矜~警~径~久~菊~橘~涓~抉~觉~菌~箘~刻~溘~库~葵~兰~羸~冷~凉~淋~灵~零~流~柳~漏~裸~茅~梅~美~迷~蜜~明~南~倪~凝~旁~抛~披~偏~贫~平~破~剖~曝~启~泣~前~浅~怯~青~清~擎~罄~穷~琼~秋~泉~染~荣~柔~溽~瑞~沙~山~杉~闪~善~上~失~石~首~霜~水~松~宿~苔~袒~天~甜~汀~桐~透~凸~吐~外~晚~危~微~薇~苇~畏~文~武~雾~夕~吸~晞~溪~仙~显~跣~现~香~祥~宵~晓~泄~亵~薤~星~行~轩~萱~泫~炫~烟~延~扬~阳~野~夜~衣~宜~饴~遗~溢~裛~银~饮~迎~颖~鱼~雨~玉~月~云~藻~躁~沾~绽~湛~章~彰~昭~照~珍~芝~中~珠~竹~坠~金茎~

赂(賂)lù【古】去声,七遇。【例】宝~财~琛~宠~大~得~瑰~厚~贿~货~馈~礼~利~纳~琦~赇~润~赏~使~饰~受~私~岁~贪~通~喜~饩~行~许~邀~遗~诱~臧~责~赠~珍~重

鹭(鷺)lù【古】去声,七遇。【例】岸~白~班~苍~朝~池~雌~供~鹄~鹳~海~寒~鹤~鸿~江~鸥~鸾~木~鸥~沤~栖~鸳~沙~霜~水~宿~田~汀~晚~苇~溪~晓~雪~烟~雁~野~幽~鸳~月~振~只~朱~渚

辂(輅)lù【古】去声,七遇。【例】白~宝~贝~筚~碧~苍~车~乘~春~次~翠~雕~服~副~缟~革~管~鹤~桁~夹~袷~降~较~金~枢~龙~鹿~鸾~銮~冕~木~辇~青~戎~蜃~饰~嵩~推~挽~王~辒~犀~侠~先~象~轩~玄~轺~瑶~鹥~颐~黝~舆~玉~云~翟~朱~竹~篆~缀~

潞lù【古】去声,七遇。【例】罢~磁~丹~汾~附~焦~留~上~西~泽~治~

璐lù【古】去声,七遇。【例】宝~大~洪~黄~联~琏~

六lù 口语读音。【古】入声,一屋。另见418页liù。

陆(陸)lù 参见418页liù“六”。【古】入声,一屋。【例】安~岸~宝~北~博~苍~曹~崇~川~大~丹~登~东~都~敷~阜~复~皋~高~顾~关~海~寒~和~鸿~湖~回~京~魁~栗~岭~陵~刘~陆~马~漫~内~南~潘~皮~平~蒲~棋~起~翘~青~穷~秋~让~桑~山~商~沉~双~水~随~坛~文~西~险~星~行~熏~循~岩~炎~羊~阳~夷~幽~鱼~原~源~朱~着~遵~

戮(剹)lù【古】入声,一屋。【例】贬~剥~残~惨~谗~笞~创~辜~横~灰~歼~剪~翦~劓~窘~纠~就~戡~坑~暮~奴~骈~剽~弃~迁~杀~受~庶~挞~讨~天~殄~屠~枉~威~显~笑~刑~行~羞~殃~夷~阴~淫~隐~婴~遭~斩~重~诛~株~专~追~罪~

鹿lù【古】入声,一屋。【例】白~踣~苍~掣~乘~赤~厨~触~得~独~樊~分~逢~赴~覆~缟~古~谷~鸹~骇~寒~衡~胡~虎~花~画~唤~荒~隍~绘~饥~鸡~鹿~家~见~涧~蕉~角~借~金~狙~巨~钜~麇~跨~狼~历~猎~麟~鹿~缕~洛~马~买~梦~麋~鸣~牛~萍~骑~牵~秦~禽~青~犬~

困~群~人~绒~如~瑞~沙~山~哨~麝~失~石~豕~兽~蜀~似~讼~桃~天~铁~挺~铤~兔~驼~挽~亡~文~卧~溪~冼~仙~象~玄~驯~岩~羊~养~野~夜~倚~银~友~鱼~园~栈~张~獐~掌~争~指~置~朱~猪~逐~撞~涿~紫~

碌lù【古】入声,一屋。【例】丹~顿~凡~谷~骨~滚~黄~活~劳~历~厉~碌~忙~茅~扑~扑~热~石~琐~陶~䃭~银~庸~碡~

录(録)lù【古】入声,二沃。【例】跋~褒~宝~笔~编~标~别~薄~簿~采~参~苍~草~抄~钞~谶~齿~出~传~存~道~登~鼎~东~都~对~掇~翻~防~符~抚~附~高~觥~骨~顾~灌~龟~鬼~果~过~海~汉~横~后~虎~画~集~辑~籍~记~兼~检~节~矜~进~旌~酒~拘~钧~课~乐~历~领~令~录~漫~梅~秘~名~冥~摹~目~内~牛~旁~品~裒~谱~前~钤~钱~乾~钦~囚~曲~驱~诠~铨~雀~僧~缮~赏~摄~审~省~实~史~试~收~手~书~述~司~算~誊~天~同~图~武~系~显~香~详~校~写~序~叙~恤~选~学~荀~讯~押~砚~药~要~野~移~遗~逸~隐~膺~语~玉~员~月~杂~宰~载~摘~辄~真~甄~知~执~志~质~注~贮~著~专~撰~追~总~纂~点将~

绿(綠)lù【古】入声,二沃。另见 292 页 lǜ。【例】鸭~

禄lù【古】入声,一屋。【例】倍~避~薄~哺~不~财~称~持~宠~出~辞~赐~待~盗~得~底~斗~独~笃~断~发~封~奉~俸~福~富~赋~割~给~耕~公~贡~苟~谷~官~光~贵~国~鹤~后~厚~怀~回~吉~寄~家~戬~解~金~晋~景~就~爵~君~魁~吏~利~廪~禄~履~梅~美~命~内~纳~佞~弃~千~窃~求~全~让~荣~赏~生~尸~食~世~仕~受~蜀~司~死~贪~逃~天~田~偷~外~万~王~微~诬~遐~闲~显~蓄~悬~殉~餍~阳~衣~宜~逸~盈~余~增~诏~祉~秩~致~重~逐~资~宗~租~

麓lù【古】入声,一屋。【例】苍~翠~东~峰~冈~高~寒~旱~衡~江~峻~林~麓~纳~平~秋~沙~山~瓮~西~岩~阴~岳~云~

漉lù【古】入声,一屋。【例】滴~独~巾~浸~涝~练~淋~泷~漉~囊~泥~扑~沁~渗~湿~掏~淘~沱~阴~沾~

簏lù【古】入声,一屋。【例】笔~橱~胡~酒~筐~簇~困~书~疏~素~箱~竹~字~

箓(籙)lù【古】入声,二沃。【例】宝~秘~昌~谶~翠~丹~道~得~地~帝~度~法~凤~符~诰~龟~鬼~虎~黄~慧~金~旧~诀~秘~命~讫~秦~青~雀~僧~上~受~授~天~图~仙~校~写~轩~玄~炎~应~玉~韫~主~紫~

辘(轆)lù【古】入声,一屋。【例】孛~轱~骨~历~辘~

渌lù【古】入声,二沃。【例】菖~春~芳~湖~镜~酃~醽~渌~醅~青~山~山~湿~淘~下~鸭~涨~

醁lù【古】入声,二沃。【例】春~芳~醽~醅~瓮头~

勠lù 并,合。【古】入声,一屋。又:下平,十一尤同。

蓼lù【古】入声，一屋。另见 377 页 liǎo。【例】蓼~

騄(騄)lù 骏马。【古】入声，二沃。

甪lù 甪里。【古】入声，一屋。

暮mù【古】去声，七遇。【例】晻~逼~必~薄~长~朝~辰~晨~迟~齿~垂~春~大~旦~高~昏~浇~来~岭~鸾~沦~埋~昧~冥~末~暮~年~疲~迫~栖~穷~秋~日~入~山~伤~商~时~衰~岁~投~颓~退~晚~夕~西~闲~向~晓~行~曛~夜~伊~幽~雨~早~昼~桑榆~

慕mù【古】去声，七遇。【例】爱~悲~称~驰~愁~敦~奉~浮~感~顾~归~贵~好~号~怀~欢~毁~觊~嘉~嗟~惊~景~敬~久~眷~慨~渴~恋~缅~攀~企~契~翘~窃~钦~倾~绻~劝~荣~孺~师~私~思~耸~竦~夙~贪~叹~涕~推~托~外~望~畏~希~遐~羡~乡~相~响~想~向~孝~效~欣~信~兴~悬~雅~延~艳~仰~蚁~永~诱~怨~悦~增~瞻~轸~注~追~尊~

墓mù【古】去声，七遇。【例】拜~邦~鞭~表~祠~辞~赐~盗~防~坟~封~覆~公~拱~故~祭~浇~掘~看~陵~垄~庐~闾~庙~迁~侨~丘~扫~上~生~省~誓~墟~崖~严~遗~邑~易~茔~谀~誉~展~占~兆~冢~祖~

募mù【古】去声，七遇。【例】榜~筹~点~多~垛~访~购~顾~雇~化~简~鸠~捐~开~率~乞~劝~赏~收~肆~岁~宣~选~延~养~冶~夜~应~月~占~招~召~征~众~重~

目mù【古】入声，一屋。【例】碍~卑~比~碧~编~弁~标~表~鳖~别~兵~病~部~惨~侧~策~茶~豺~蟾~谄~常~畅~嗔~瞋~撑~瞠~骋~鸱~驰~侈~齿~赤~敕~除~触~垂~春~词~慈~刺~赐~从~存~大~戴~荡~盗~瞪~第~睇~点~电~雕~跌~牒~动~斗~断~夺~鹅~耳~番~凡~反~方~放~蜂~风~弗~浮~符~釜~感~纲~梗~骨~罟~瞽~刮~关~观~鬼~过~海~骇~害~悍~蒿~好~合~河~阂~鹤~横~狐~湖~虎~画~环~焕~晖~回~恚~慧~豁~击~即~极~记~寄~价~件~讲~胶~椒~角~节~金~近~经~惊~鲸~镜~鸠~举~剧~倦~抉~绝~军~郡~开~科~课~孔~夸~款~睽~栏~烂~朗~泪~历~吏~丽~敛~流~留~龙~陋~漏~录~乱~满~盲~眊~眉~美~门~迷~面~名~瞑~睨~鸟~狞~凝~怒~暖~篇~瞥~品~平~牵~愆~潜~惬~青~倾~清~穷~曲~鸲~犬~雀~惹~入~色~闪~伤~蛇~涉~深~虱~时~拭~舐~受~兽~书~殊~鼠~数~刷~爽~税~瞬~死~肆~耸~送~俗~探~剔~题~天~恬~条~通~头~突~土~兔~推~网~威~问~乌~无~犀~洗~戏~细~虾~显~项~象~小~写~蟹~心~醒~雄~盱~须~序~悬~旋~选~眩~眴~熏~雅~延~眼~阳~养~遥~药~夜~怡~移~异~逸~溢~引~鹰~莹~游~鱼~娱~愉~玉~寓~誉~远~悦~运~晕~韵~在~仄~贼~展~张~账~照~正~指~治~中~众~瞩~注~贮~驻~著~转~拙~咨~子~总~纵~醉~

木mù【古】入声，一屋。【例】柏~谤~抱~鲍~表~兵~病~檗~材~采~草~梣~槎~乘~尺~赤~椆~樗~杵~楚~船~春~椿~丛~翠~呆~丹~道~登~

冬~动~冻~度~蠹~端~断~墩~恶~发~伐~凡~繁~芳~风~枫~扶~桴~榑~斧~腐~附~甘~肝~竿~感~刚~高~槁~革~拱~沟~枸~构~孤~觚~鼓~关~棺~贯~灌~瑰~桂~滚~果~海~寒~禾~横~衡~花~划~桦~槐~坏~黄~灰~卉~火~机~积~棘~集~佳~嘉~江~胶~峤~桀~楬~金~荆~惊~旌~井~樛~柏~拘~橘~楷~刊~抗~栲~刻~坑~空~刳~枯~浪~檑~楞~立~丽~栎~荔~栗~连~梁~林~灵~陵~柳~龙~露~辂~鹿~萝~落~麻~面~苗~名~墓~楠~泥~牛~椈~盘~蟠~朴~桤~漆~岐~奇~墙~乔~窍~梫~青~檠~琼~丘~秋~桡~人~任~荣~榕~柔~入~软~瑞~睿~若~散~桑~森~沙~山~杉~社~神~生~绳~圣~拾~柿~寿~授~书~疏~树~霜~水~松~苏~素~岁~燧~檀~棠~桃~踢~铁~庭~桐~童~土~瓦~晚~万~围~桅~伟~文~乌~屋~析~溪~徙~夏~仙~弦~衔~香~响~削~邪~行~朽~秀~玄~旋~寻~芫~岩~阳~杨~养~瑶~药~野~夜~异~阴~饮~茔~影~硬~幽~柚~鱼~榆~窬~寓~原~缘~云~杂~灾~宰~枣~择~楂~栈~樟~柘~贞~珍~桢~砧~枕~植~质~置~朱~株~竹~斫~啄~梓~钻~柞~连理~相思~

沐mù【古】入声,一屋。【例】采~朝~晨~宠~出~赐~丐~膏~盥~灌~归~骇~浣~精~露~溟~枇~飘~勤~晒~梳~汤~陶~晚~枉~晞~洗~新~衅~休~鬃~熏~薰~夜~雨~浴~澡~斋~沾~甄~栉~濯~

幕mù【古】入声,十药。【例】暗~报~闭~辟~碧~宾~布~巢~除~楚~褚~翠~都~飞~府~黑~夹~俭~饯~揭~结~藉~锦~绝~军~开~黎~帘~莲~僚~留~露~旅~鸾~罗~络~落~幔~门~蒙~内~脑~屏~绮~穷~戎~入~沙~神~使~穗~邃~缇~天~铁~帷~卫~幄~雾~席~饷~绡~孝~谢~行~袖~序~玄~雪~烟~燕~野~夜~疑~议~银~萤~营~油~游~雨~远~云~毡~战~张~帐~障~竹~爪~字~

牧mù【古】入声,一屋。【例】邦~卑~北~伯~产~晨~仇~出~刍~楚~德~典~奠~犊~杜~放~焚~革~耕~官~广~河~衡~侯~监~郊~京~荆~井~垧~九~厩~郡~考~老~黎~力~良~领~龙~轮~马~民~明~南~牛~农~谦~樵~驱~群~人~散~垧~神~誓~守~司~田~童~僮~屠~外~乌~徙~贤~修~畜~蓄~羊~养~夷~膺~游~舆~圉~豫~岳~宰~皂~缯~治~州~舟~周~昼~诸~孳~自~纵~

睦mù【古】入声,一屋。【例】爱~褒~慈~笃~惇~敦~顾~贵~和~欢~还~缉~辑~寄~邻~睦~内~平~亲~柔~肃~悌~外~孝~协~修~邕~雍~友~舆~

穆mù【古】入声,一屋。【例】安~澄~冲~淳~粹~敦~法~风~古~和~化~浑~缉~辑~简~静~龙~穆~内~旁~洽~亲~清~淑~肃~睟~邃~天~恬~通~微~物~西~熙~娴~协~谐~玄~淹~怡~邕~雍~友~于~郁~渊~悦~允~昭~贞~周~

骛(鶩)mù　旧读。【古】入声,一屋。另见 269 页 wù。

霂mù【古】入声,一屋。【例】霡~夏~

苜mù【古】入声,一屋。【例】水~

怒nù【古】去声,七遇。又:上声,七麌同。【例】爱~拗~百~谤~暴~悲~赑~波~薄~惭~惨~藏~谗~嗔~瞋~赪~逞~触~蹙~电~动~斗~毒~断~怼~发~犯~奋~忿~愤~风~冯~怫~感~诟~鹄~鼓~骇~含~悍~豪~号~诃~呵~赫~恨~横~吼~虎~哗~惶~悔~恚~积~赍~激~急~嫉~忌~骄~蛟~解~狙~惧~狂~愧~雷~龙~闷~猛~鸣~赧~恼~咆~气~迁~谴~谯~轻~穷~取~惹~日~讪~神~盛~市~饰~水~私~肆~宿~螳~涛~啼~天~突~湍~蛙~惋~威~武~息~喜~吓~衔~虓~笑~泄~星~凶~汹~畜~蓄~轩~悬~血~阳~淫~余~愚~郁~怨~愠~造~躁~责~震~指~滞~中~众~重~江声~蛟龙~

傉nù【古】入声,二沃。【例】笃~

铺(鋪、舖)pù【古】去声,七遇。另见217页pū。【例】板~边~拨~材~查~茶~衬~城~诞~当~递~典~店~饭~浮~卦~红~画~火~监~轿~解~津~酒~军~开~冷~沦~马~门~面~命~钱~墙~青~琼~犬~染~肉~商~市~试~书~送~贴~同~铜~霞~香~鲞~行~巡~徇~押~烟~盐~药~义~驿~银~揄~质~状~总~坐~

曝pù【古】入声,一屋。【例】炽~负~芹~晒~献~盐~偃~

暴pù【古】入声,一屋。另见382页bào。【例】槁~枯~

瀑pù【古】入声,一屋。另见382页bào。【例】迸~冰~飞~观~弄~泉~山~松~湍~新~悬~濡~岩~雨~千丈~

茹rù 旧读。另见232页rú、246页rǔ。

孺rù 旧读。另232页rú。

洳rù【古】去声,六御。另见232页rú。【例】垫~渐~浸~沮~涟~沙~湿~淤~

入rù【古】入声,十四缉。【例】悖~编~步~参~侧~长~朝~出~穿~传~存~洞~督~独~顿~番~风~俸~高~谷~縠~惯~鬼~寒~黑~横~后~花~晦~混~溷~挤~加~江~介~进~径~阑~滥~利~量~龙~禄~洛~麦~没~麋~暮~纳~牌~旁~鹏~潜~嵌~强~切~侵~秋~日~锐~烧~射~涉~深~渗~失~收~输~霜~税~粟~岁~田~投~外~晚~微~未~猬~悟~夕~吸~先~陷~晓~协~蟹~延~夜~宜~邑~诣~阴~引~印~赢~月~杂~造~辄~征~正~昼~转~赘~钻~

肉rù 旧读。【古】入声,一屋。另见419页ròu。

蓐rù【古】入声,二沃。【例】蚕~草~产~除~诞~地~就~临~鹿~落~苔~卧~席~晓~茵~在~竹~追~坐~

缛(縟)rù【古】入声,二沃。【例】崇~稠~典~雕~敦~烦~繁~芳~纷~丰~浮~工~华~焕~锦~苛~丽~绿~靡~浓~秾~绮~赡~通~婉~猥~文~纤~鲜~缃~详~雅~掩~优~藻~珍~

褥rù【古】入声,二沃。【例】拜~抱~被~草~床~垫~簟~貂~烦~芳~凤~厚~锦~卷~累~练~芦~绿~罗~毛~棉~皮~罽~蒲~衾~软~条~驼~帏~席~绣~衣~裀~毡~旃~重~柔毫~

溽rù【古】入声,二沃。【例】埃~烦~晦~梅~祥~润~暑~午~炎~燠~蒸~

树(樹)shù【古】去声,七遇。又:上声,七麌异。【例】爱~桉~宝~贝~碧~标~材~茶~崇~宠~出~道~灯~冻~独~椴~伐~梵~芳~风~封~佛~扶~宫~拱~官~果~寒~何~鹤~红~鸿~怀~槐~皇~火~鸡~佳~嘉~建~剑~溅~讲~绛~街~禁~井~酒~橘~觉~枯~蜡~栎~列~林~灵~陵~龙~陇~旅~茂~密~沐~女~漆~祇~琪~绮~骞~褰~钱~乔~樵~青~琼~丘~壤~榕~社~神~双~霜~私~松~讼~锁~潭~棠~韬~梼~铁~庭~秃~温~闲~乡~香~祥~心~兴~朽~璇~烟~炎~杨~瑶~野~驿~意~引~鹦~莹~营~硬~拥~雍~游~玉~毓~鸳~原~月~刖~云~宰~植~将军~连理~菩提~珊瑚~邵伯~月桂~召伯~

隃shù【古】去声,七遇。【例】西~

腧shù【古】去声,七遇。【例】肝~肺~

数(數)shù【古】去声,七遇。另见246页shǔ、53页shuò。【例】暗~半~报~倍~辈~本~比~编~变~辩~卜~不~才~参~策~查~差~禅~常~称~成~齿~充~宠~除~次~凑~答~大~代~单~道~得~等~底~地~点~调~顶~定~读~度~对~趸~多~额~恩~法~凡~烦~繁~方~分~负~复~垓~概~给~诟~够~轨~诡~函~号~合~和~恒~画~幻~荒~徽~回~火~机~积~基~级~伎~加~家~奸~蹇~见~件~荐~讲~狡~教~劫~解~金~尽~经~景~九~局~具~窭~谲~口~滥~离~礼~理~量~料~列~零~偻~禄~路~缕~率~满~枚~面~民~名~冥~命~缪~目~逆~年~偶~排~派~抛~僻~篇~票~仆~期~奇~气~器~浅~情~顷~求~趋~趣~全~权~确~人~任~如~商~少~设~射~审~生~实~世~事~筮~收~守~寿~书~殊~疏~术~数~朔~死~诵~素~算~岁~套~天~条~通~涂~推~往~为~尾~问~无~五~系~细~夏~象~小~校~械~心~信~星~形~虚~序~恤~淹~言~盐~衍~验~阳~样~仪~彝~异~易~意~因~阴~盈~赢~有~余~语~豫~员~远~约~月~运~灾~在~责~占~丈~招~兆~照~折~真~征~整~正~支~知~指~至~制~治~质~智~中~众~酌~着~訾~字~总~足~作~恒沙~

竖(竪、豎)shù【古】上声,七麌。【例】袄~逼~碧~嬖~谗~矗~村~倒~儿~发~贩~峰~妇~高~横~猾~宦~阍~疾~家~贾~奸~建~僭~骄~狡~桀~晋~獗~狂~毛~牧~内~逆~孽~牛~匹~仆~戚~强~樵~权~群~乳~森~上~厮~贪~剔~踢~童~顽~凶~阉~袄~野~庸~鱼~驵~贼~直~驺~

恕shù【古】去声,六御。【例】安~哀~察~诚~慈~度~放~佛~公~姑~贵~和~弘~怀~简~见~降~矜~镜~宽~怜~廉~明~内~平~乞~谦~强~情~曲~饶~仁~容~赦~顺~通~推~退~惟~先~详~宥~原~治~忠~

庶shù【古】去声,六御。【例】卑~鄙~侧~长~臣~稠~殆~嫡~地~凡~蕃~繁~肥~富~寒~贱~黎~理~僚~氓~甿~萌~民~明~孽~匹~贫~品~黔~权~人~容~商~士~适~徒~外~无~物~器~亿~殷~芸~兆~烝~支~枝~众~宗~走~

墅shù【古】上声,六语。【例】别~畴~春~村~东~赌~杜~花~家~江~郊~

林~露~乞~穷~秋~山~胜~水~田~晚~西~溪~乡~谢~墟~烟~野~映~幽~渔~原~

疏shù 旧读。【古】去声,六御。另见218页shū。

漱shù【古】去声,二十六宥。【例】晨~东~斗~飞~汩~盥~寒~汲~湔~净~鸣~瀑~清~泉~水~搜~天~吐~湍~夕~洗~晓~咽~仰~饮~澡~朝~濯~

戍shù【古】去声,七遇。【例】北~边~别~常~城~出~村~东~番~防~烽~抚~高~更~孤~古~瓜~关~海~河~虎~淮~羁~极~忌~郊~津~进~久~郡~客~列~流~留~陇~遣~屈~戎~入~山~舍~适~守~水~田~亭~屯~外~卫~西~下~湘~晓~行~徭~野~夜~诣~用~右~远~谪~镇~征~中~诸~驻~总~

澍shù【古】去声,七遇。【例】大~丰~甘~灌~嘉~连~霖~滂~溥~祈~清~时~听~雨~

术(術)shù【古】入声,四质。参见236页zhú"朮"。【例】白~变~兵~伯~才~材~参~蚕~苍~操~长~臣~谶~逞~驰~丹~刀~道~典~赌~蛾~饵~法~方~房~讽~符~格~蛊~广~诡~棍~国~海~横~鸿~化~怀~幻~宦~火~惑~机~计~技~家~兼~剑~贱~教~街~禁~靳~经~径~矿~阃~壶~礼~力~历~吏~炼~灵~陋~略~马~美~媚~秘~妙~命~魔~谋~能~盘~鹏~骗~七~骑~棋~浅~枪~曲~衢~权~拳~鹊~人~仁~任~柔~儒~啬~上~神~生~师~时~事~手~首~书~术~数~私~四~松~算~天~通~途~王~往~危~纬~玮~文~巫~无~武~雾~戏~细~侠~仙~乡~相~巷~小~晓~啸~邪~心~新~星~行~性~修~玄~学~阎~魇~妖~要~医~遗~蚁~艺~异~阴~隐~郁~远~杂~葬~诈~占~战~正~政~芝~知~至~治~智~咒~主~缀~时宪~养生~枕中~纵横~左道~

述shù【古】入声,四质。【例】褒~备~背~笔~编~表~补~布~茶~阐~陈~称~传~创~次~撮~殚~倒~递~订~蛾~讽~敷~复~概~冠~回~亟~记~继~笺~简~讲~诫~具~考~口~沥~龙~缕~论~枚~美~缅~描~铭~披~篇~评~铺~启~轻~倾~罄~曲~诠~山~删~上~绍~申~声~诗~殊~说~嗣~诵~颂~诉~溯~孙~谈~叹~条~推~往~无~勿~系~下~贤~详~写~行~修~序~叙~宣~学~研~演~译~引~攸~郁~预~载~赞~造~昭~甄~制~中~重~诸~注~著~箸~转~撰~追~缀~赘~咨~自~综~祖~缵~纂~遵~作~

束shù【古】入声,二沃。【例】隘~偪~草~缠~穿~纯~粗~砥~地~斗~轭~风~缚~阁~锢~棺~管~光~归~裹~禾~合~花~徽~羁~集~菅~检~槛~角~节~劫~结~解~矜~窘~拘~局~卷~敛~芦~茅~屏~迫~牵~钤~钳~陗~峭~屈~榷~绕~散~森~山~绅~绳~收~拴~素~笋~绾~苇~未~系~峡~狭~险~削~薤~薪~训~烟~俨~要~余~约~云~窄~整~栉~妆~装~

沭shù【古】入声,四质。【例】輆~沂~

銤(鉥)shù【古】入声,四质。【例】剡~

诉(訴)sù【古】去声,七遇。【例】哀~

败~辩~表~禀~谗~谄~嘲~撤~陈~称~呈~愁~词~辞~低~牒~烦~反~分~赴~告~公~号~奸~笺~叫~讦~诘~抗~客~控~口~哭~苦~理~论~披~剖~起~泣~倾~请~求~上~申~伸~声~胜~首~孰~私~讼~谈~通~痛~投~吐~枉~诬~衔~喧~鸦~焉~依~狱~冤~原~越~谮~诤~主~追~咨~自~

傃sù【古】去声，七遇。【例】下~

鹔(鷫)sù【古】入声，一屋。【例】鸿~

傈sù【古】入声，四质。【例】佶~

蹜sù【古】入声，一屋。【例】踧~蹙~局~蜷~蹜~

素sù【古】去声，七遇。【例】哀~白~波~布~尘~赪~诚~吃~持~尺~冲~楮~传~春~纯~淳~醇~词~粗~丹~淡~道~德~缔~颠~点~雕~毒~笃~惇~敦~鹅~樊~返~分~坟~风~负~肝~高~缟~根~公~恭~光~贵~海~含~寒~翰~毫~豪~浩~皓~鹤~红~后~花~华~怀~黄~晖~绘~缋~浑~机~鸡~积~激~笺~缄~槭~缣~俭~茧~检~简~酵~洁~解~金~襟~谨~锦~进~净~静~九~酒~卷~绢~开~楷~蓝~酪~鲤~立~廉~练~凉~裂~鳞~灵~流~六~陋~卤~履~率~绿~梅~门~名~命~难~年~捏~坯~匹~飘~贫~平~朴~器~铅~谦~悫~乔~惬~青~轻~情~穷~秋~染~荣~茹~儒~色~裳~神~蜃~尸~势~守~书~蔬~蜀~束~霜~夙~宿~泰~绨~缇~体~天~恬~退~脱~纨~顽~晚~往~微~未~味~无~夕~奚~鲜~闲~献~香~湘~缃~绡~心~形~醒~虚~玄~悬~绚~雪~雅~养~要~野~因~音~银~樱~庸~幽~油~黝~鱼~语~玉~元~原~约~月~韫~皂~缯~斋~贞~真~振~织~职~纸~制~质~重~朱~竹~篆~缁~醉~观音~香兰~鱼中~

溯(泝、遡)sù【古】去声，七遇。【例】北~驰~电~洄~流~流~逆~清~上~泝~推~遐~沿~追~

塑sù【古】去声，七遇。【例】壁~彩~雕~复~改~画~绘~可~面~泥~捏~唐~土~

嗉(膆)sù【古】去声，七遇。【例】风~鹤~喉~鸡~鸟~填~

愫sù【古】去声，七遇。【例】诚~丹~积~悃~情~心~幽~愚~中~衷~

速sù【古】入声，一屋。【例】暴~变~辩~不~车~沉~成~迟~初~遄~从~匆~促~带~等~低~地~电~都~独~笃~烦~飞~忿~风~赶~高~光~诡~航~忽~慌~火~机~即~急~疾~加~减~侥~捷~戒~峻~空~快~流~妙~敏~末~飘~迫~扑~戚~齐~巧~亲~轻~秋~全~逡~赡~射~神~生~声~失~时~星~行~迅~淹~严~邀~逸~阴~音~欲~躁~斋~转~

粟sù【古】入声，二沃。【例】宝~冰~财~仓~漕~柴~陈~赤~刍~锄~船~赐~丹~稻~得~登~甸~钿~斗~堆~鹅~飞~奉~夫~府~赋~槁~给~公~谷~故~官~贵~国~海~寒~汗~禾~黑~红~黄~肌~积~家~嘉~甲~缣~茧~金~进~泾~旧~军~粝~粮~粱~廪~流~芦~禄~麻~马~芒~米~绵~免~木~纳~糯~盘~起~钱~请~雀~乳~入~瑞~蛇~受~菽~输~蔬~秫~黍~霜~水~税~丝~脱~挽~握~屋~五~纤~籼~闲~衔~薪~盐~宜~刈~

邑~银~莺~罂~玉~赠~轸~赈~蒸~治~秩~稚~周~转~粽~

宿sù 【古】入声，一屋。另见 413 页 xiǔ、421 页 xiù。【例】伴~长~齿~递~迭~逗~独~顿~番~隔~归~鬼~过~河~豁~火~寄~假~奸~兼~将~借~惊~居~客~老~连~留~柳~露~路~旅~眠~名~嫖~栖~棲~耆~寝~任~入~三~膳~食~侍~守~硕~锁~台~通~同~投~土~屯~托~安~温~文~五~寤~霞~下~宵~歇~心~信~虚~玄~淹~野~逾~寓~御~斋~照~值~止~中~住~驻~尊~

肃(肅)sù【古】入声，一屋。【例】安~不~惨~晨~澄~春~弹~祇~东~端~敦~顿~防~风~干~恭~瓜~寒~闳~激~简~谨~惊~警~静~峻~宽~匡~浪~礼~厉~凛~露~鲁~明~穆~宁~凝~平~凄~齐~谦~虔~矜~勤~清~秋~遒~森~慎~肃~体~外~威~惟~畏~慰~无~下~玄~训~严~俨~阴~迎~雍~渊~月~斋~贞~振~震~整~祇~忠~庄~尊~

缩(縮)sù 植物名。【古】入声，一屋。另见 33 页 suō。

夙sù【古】入声，一屋。【例】昏~名~耆~宵~震~尊~

蔌sù【古】入声，一屋。【例】莼~笋~录~朴~山~时~蔬~蔌~溪~薪~肴~野~鱼~韩侯~

餗(餗)sù【古】入声，一屋。【例】鼎~覆~公~庖~饪~殽~

簌sù【古】入声，一屋。【例】低~底~笃~碌~扑~扑~簌~战~

骕(驌)sù【古】入声，一屋。【例】骕~

涑sù 水名。【古】入声，一屋。

觫sù【古】入声，一屋。【例】抖~斛~觫~

谡(謖)sù【古】入声，一屋。【例】尸~谡~斩马~

兔(兎)tù【古】去声，七遇。【例】白~冰~蟾~赤~蜍~鹑~跛~待~飞~伏~顾~桂~寒~狐~虎~鸡~家~蹇~金~罝~老~燎~灵~马~猫~木~魄~千~秋~犬~守~兽~双~霜~跳~秃~脱~卧~乌~夕~玄~雪~瑶~野~逸~阴~银~玉~月~獐~制~毚~雉~逐~坠~走~捣药~青蟾~迎霜~

吐tù【古】上声，七麌。另见 247 页 tǔ。【例】蟾~初~辞~发~饭~风~供~桂~含~鹤~虹~花~唠~急~剧~咳~快~麟~龙~露~鸬~论~梅~闷~猛~墨~鸟~欧~呕~旁~喷~前~倾~罄~山~食~吮~谈~谭~推~吞~唾~雾~涎~衔~宣~言~焰~咬~音~蚓~月~云~孕~占~止~蛛~烛~醉~

堍tù【例】桥~

唾tù 旧读。另见 54 页 tuò。

菟tù【古】去声，七遇。又：上声，七麌异。另见 234 页 tú。【例】羔~

务(務)wù【古】去声，七遇。【例】报~百~本~必~边~兵~部~财~曹~漕~常~场~朝~尘~成~承~侈~船~春~村~单~当~党~等~断~多~耳~烦~繁~防~非~废~费~分~服~港~公~官~国~过~河~会~机~亟~急~家~嘉~贱~教~近~警~酒~局~剧~军~开~康~矿~揆~劳~厘~理~领~留~买~民~末~墨~内~农~彭~浅~侨~切~勤~秋~趣~劝~榷~群~任~戎~

冗～入～商～上～生～盛～时～识～实～世～事～首～枢～殊～庶～税～司～私～俗～素～碎～琐～特～停～外～万～物～西～细～先～器～校～兴～行～休～学～徇～研～盐～砚～洋～窑～要～业～医～夷～遗～义～异～役～淫～印～应～营～忧～邮～鱼～余～缘～运～杂～宰～赞～债～赈～正～政～知～执～职～至～治～滞～众～重～诸～专～篆～综～总～

悟wù【古】去声，七遇。【例】变～辨～标～才～参～测～禅～超～彻～触～聪～大～点～动～洞～独～顿～发～拂～改～感～高～寡～规～后～恍～悔～会～慧～豁～机～积～几～渐～鉴～讲～劫～解～惊～儆～憬～警～静～觉～俊～开～朗～燎～了～灵～领～率～迷～妙～敏～明～冥～默～内～启～契～谴～强～清～穷～曲～悛～融～赏～摄～神～省～识～疏～爽～思～夙～虽～体～天～通～透～晚～晓～欣～惺～醒～秀～玄～悬～英～颖～贞～证～追～

误(誤、悮)wù【古】去声，七遇。【例】鄙～承～舛～跌～故～诖～乖～惑～旷～迷～歧～愆～曲～阙～爽～枉～违～诬～沿～衍～贻～遗～疑～追～白首～

晤wù【古】去声，七遇。【例】把～逢～过～会～机～聚～俊～良～面～敏～明～清～如～神～谈～相～谐～秀～言～英～瞻～走～

雾(霧)wù【古】去声，七遇。【例】埃～白～豹～碧～冰～拨～波～薄～布～裁～苍～层～长～朝～尘～晨～乘～赤～愁～川～春～翠～澹～冻～毒～断～霏～氛～风～峰～服～光～海～寒～合～鹤～花～槐～黄～篁～昏～积～霁～江～峤～金～卷～苦～岚～雷～连～敛～撩～流～露～绿～霾～濛～迷～密～蜺～霓～凝～浓～暖～排～盘～喷～披～飘～破～青～轻～清～秋～热～溽～瑞～山～深～霜～水～朔～松～素～宿～涛～腾～天～土～吐～晚～文～蚊～夕～溪～仙～香～祥～宵～晓～暄～学～雪～烟～炎～妖～野～夜～阴～隐～游～雨～玉～郁～云～早～贼～嶂～瘴～重～昼～紫～

恶(惡)wù【古】去声，七遇。另见 221 页 wū、68 页 ě、77 页 è。【例】爱～鄙～曹～怠～诋～恶～尔～烦～怪～好～患～疾～可～同～痛～嫌～羞～厌～溢～怨～愠～憎～众～重～

坞(塢、隖)wù【古】上声，七麌。【例】堡～城～出～船～村～东～候～花～椒～金～橘～据～蓝～栎～蓼～林～梅～郿～茗～陴～秋～渠～桑～沙～山～石～松～桃～藤～屯～湾～夕～溪～橡～烟～宴～野～蚁～莺～营～瀛～幽～云～竹～筑～桃花～辛夷～

骛(騖)wù【古】去声，七遇。【例】别～并～长～车～尘～晨～骋～驰～川～舛～电～东～繁～高～广～横～缓～交～惊～景～竞～厉～迷～旁～齐～轻～驱～殊～腾～外～遐～迅～烟～逸～云～争～

鹜(鶩)wù【古】去声，七遇。另见 263 页 mù。【例】阿～驰～鹅～烦～凫～孤～鸡～江～群～水～外～遐～霞～雁～野～逸～游～

戊wù【古】去声，二十六宥。【例】丁～六～青～上～五～

寤wù【古】去声，七遇。【例】不～大～发～讽～改～感～和～悔～解～惊～觉～开～朗～燎～寐～敏～启～寝～倾～晚～武～晓～兴～醒～讯～夜～幽～自～

焐wù 使暖。

婺wù【古】去声，七遇。【例】宝～娥～

痦wù 痦子。【古】上平，十灰。

屼wù【古】入声，六月。【例】崪～峭～突～屼～峣～屹～崒～

芴wù【古】入声，五物。【例】芒～轧～

鋈wù 镀。【古】入声，二沃。

物wù【古】入声，五物。【例】傲～宝～被～本～比～辨～博～簿～财～采～长～常～超～朝～尘～陈～成～乘～痴～虫～崇～酬～处～穿～创～春～蠢～疵～赐～从～粗～存～呆～待～当～地～典～定～冬～动～毒～读～睹～段～敦～多～恶～发～法～凡～反～范～方～放～废～丰～风～伏～浮～福～抚～辅～腐～负～赋～感～膏～格～公～供～贡～购～古～谷～鼓～故～怪～轨～诡～鬼～过～海～罕～汉～好～何～和～核～红～候～互～化～灰～徽～卉～秽～活～货～赍～及～吉～济～寄～家～假～兼～茧～见～件～贱～僭～讲～匠～降～酱～骄～角～接～节～介～金～矜～锦～禁～景～境～静～究～旧～救～居～具～绝～君～均～俊～开～刊～壳～苦～库～矿～览～老～乐～类～狸～黎～礼～理～历～丽～利～例～廉～练～凉～料～猎～鳞～灵～凌～陵～龙～隆～率～乱～裸～美～妙～民～名～魔～拟～逆～年～念～鸟～嫔～品～聘～泼～期～漆～齐～旗～弃～器～牵～钱～轻～情～秋～求～区～全～然～染～热～人～容～瑞～润～丧～色～山～善～赏～稍～韶～神～审～蜃～生～牲～省～失～什～时～实～食～世～市～示～事～饰～适～逝～噬～守～兽～殊～输～束～庶～水～税～顺～司～祀～俗～肃～宿～随～岁～碎～炭～赕～汤～陶～体～天～甜～听～通～铜～图～土～托～外～玩～万～微～伪～委～文～无～忤～侮～悟～细～下～闲～乡～香～祥～饷～象～肖～效～邪～写～新～信～形～凶～朽～恤～畜～煦～训～殉～压～烟～盐～厌～阳～养～样～妖～药～野～衣～仪～遗～亿～异～役～阴～淫～应～英～婴～盈～咏～尤～游～鱼～余～羽～玉～寓～御～遇～渊～原～圆～远～悦～云～运～杂～宰～载～赃～皂～造～泽～贼～缯～兆～照～珍～甄～赈～镇～争～拯～证～织～脂～植～只～指～制～质～种～众～重～烛～逐～贮～状～赘～浊～赀～资～综～作～阿堵～壶中～黄白～囊中～

勿wù【古】入声，五物。【例】得～顿～何～居～密～切～请～是～勿～幸～恤～

兀wù【古】入声，六月。【例】傲～寡～摧～荡～鹘～静～浪～崪～马～麦～臬～飘～扫～尚～石～睡～陶～特～突～兀～摇～屹～仄～崒～醉～蜀山～

甈wù【古】入声，六月。【例】甈～

杌wù【古】入声，六月。【例】楚～床～动～槁～马～肉～梼～突～屠～杌～椅～郁～崭～梓～

蓿xù【古】入声，一屋。【例】苜～菽～

注[1]zhù 灌入。集中。【古】去声，七遇。【例】奔～侧～冲～宠～出～绰～澹～滴～东～赌～丰～负～格～攻～孤～汩～关～贯～灌～归～寒～横～回～汇～肩～交～浇～金～津～锦～廛～涓～郦～连～流～陆～目～鸟～凝～滂～喷～平～绮～钱～潜～浅～巧～翘～倾～神～尸～矢～水～顺～私～檀～眺～投～瓦～外～盌～委～下～销～泄～泻～悬～押～沿～衍～洋～仰～仪～移～遗～倚～挹～阴～淫～

营~雨~渊~匀~诈~指~钠~专~

注[2](註)zhù　解释。【古】去声，七遇。【例】~备~标~补~参~措~点~附~改~更~勾~诖~合~集~籍~记~夹~笺~简~脚~解~句~拟~旁~批~偏~评~谱~签~诠~审~疏~题~添~通~详~小~校~写~选~训~译~引~原~郑~朱~转~传~篆~咨~自~水经~

纻(紵)zhù【古】上声，六语。【例】白~都~缟~徽~夹~解~麻~沤~青~雪~

砫zhù【古】上声，七麌。【例】砥~

疰zhù【古】去声，七遇。【例】鬼~尸~

住zhù【古】去声，七遇。【例】安~绊~并~常~褫~春~跐~打~带~地~盯~定~冬~顿~缚~跟~鹄~好~花~唤~记~寄~结~截~借~进~禁~久~居~踞~扣~枯~苦~款~阑~愣~留~买~难~凝~陪~七~栖~潜~侨~去~刹~煞~山~少~收~水~停~同~屯~挽~绾~网~稳~无~捂~闲~小~行~羞~选~移~营~永~有~约~扎~站~舟~和春~

助zhù【古】去声，六御。【例】阿~奥~帮~裨~臂~补~党~鼎~多~风~扶~福~辅~附~赴~赙~告~更~耕~公~贡~寡~寒~互~护~赍~济~夹~假~将~奖~借~藉~贶~景~救~捐~匡~乐~冥~内~毗~埤~签~求~劝~人~日~僧~赡~神~施~守~输~顺~谈~天~贴~外~卫~虾~贤~相~襄~协~勖~宣~邀~翼~阴~友~佑~祐~与~欲~援~赞~泽~赠~赈~赒~妆~资~滋~自~佐~解衣~

柱zhù【古】上声，七麌。【例】鳌~宝~抱~鼻~笔~标~冰~财~础~促~丹~底~砥~雕~都~冱~飞~浮~膏~汞~拱~光~晷~合~鹤~火~击~脊~江~胶~界~金~景~矿~鹍~棱~立~梁~龙~露~门~木~幕~品~秦~琴~倾~琼~虬~肉~乳~刹~石~疏~双~水~楯~题~天~铁~铜~望~危~弦~烟~雁~瑶~倚~楹~影~玉~云~筝~支~珠~梓~钻~螭头~凤凰~交午~六合~擎天~题桥~图腾~仙人~

著zhù【古】去声，六御。又：上声，六语异。参见41页zhuó“着”、60页zhe“着”、364页zhāo“着”、373页zháo“着”。【例】编~表~炳~阐~焯~超~崇~传~淳~定~防~废~耿~合~赫~积~检~巨~论~漫~茂~懋~名~明~屏~洽~删~申~事~淑~私~素~宿~土~未~位~显~宣~掩~译~原~远~允~组~章~昭~众~重~专~撰~卓~拙~纂~

箸(筯)zhù【古】去声，六御。【例】罢~杯~匕~碧~别~冰~裁~长~匙~筹~赐~翠~倒~点~放~火~交~较~借~金~搅~论~盘~前~入~沙~失~食~铁~停~析~犀~下~显~象~鬃~玄~牙~玉~渊~元~运~止~只~众~竹~

翥zhù【古】去声，六御。【例】翱~东~鹗~翻~飞~凤~凤~高~鹤~横~鸿~雷~力~凌~龙~露~鸾~鸟~鹏~飘~骞~升~腾~先~翔~轩~翾~逸~阴~鹓~雉~

杼zhù【古】上声，六语。【例】岸~风~凤~妇~寒~机~祭~鲛~雷~龙~鸣~弄~蛩~申~疏~霜~梭~投~夏~鸳~泽~轴~

炷zhù【古】去声，七遇。又：上声，七麌

同。【例】艾~宝~残~尝~灯~蕙~燋~炙~兰~炉~麝~檀~细~香~一~

驻(駐)zhù【古】去声,七遇。【例】常~蝶~鹗~峰~鹤~解~进~禁~久~来~留~鹭~派~翘~少~时~停~屯~小~晓~星~轩~淹~延~遥~营~云~镇~整~止~

铸(鑄)zhù【古】去声,七遇。【例】盗~锻~范~鼓~官~合~奸~监~浇~金~菊~刊~炉~模~内~凝~泉~仁~熔~山~岁~陶~天~铁~铜~冶~造~自~

蛀zhù【古】去声,七遇。【例】虫~蠹~虱~

贮(貯)zhù【古】上声,六语。【例】半~苞~饱~存~发~封~腹~积~窖~库~廪~囊~青~秋~困~盛~收~私~夏~箱~雪~延~衣~余~赀~金屋~锦囊~

苎(苧)zhù【古】上声,六语。【例】白~都~缟~葛~徽~夹~解~麻~沤~青~桑~细~雪~

伫(佇、竚)zhù【古】上声,六语。【例】并~侧~蚩~迟~踟~踌~淡~澹~久~眷~凝~跂~企~翘~钦~勤~倾~石~停~宵~虚~延~元~终~足~

祝zhù【古】入声,一屋。【例】~暗~卜~册~策~祠~赐~大~祷~甸~读~饭~封~奉~符~告~蛊~呵~回~吉~教~进~禁~敬~酒~叩~髡~酹~盟~秘~庙~默~年~祈~切~青~倾~庆~癯~瑞~商~觞~申~尸~术~水~顺~司~私~颂~太~泰~巫~献~胥~亚~遥~野~遗~殷~雩~愚~玉~预~粤~宰~赞~诏~致~周~祝~宗~诅~

筑(築)zhù【古】入声,一屋。另见236页zhú。【例】版~悲~畚~卜~操~锸~春~穿~创~堤~钓~顿~高~耕~功~构~鼓~灌~汉~护~击~基~架~建~金~进~内~沛~起~铅~琴~缮~笙~说~填~推~拄~碱~小~写~新~兴~修~岩~燕~遗~营~幽~油~造~筝~筑~自~奏~

粥zhù 旧读。【古】入声,一屋。另见400页zhōu、299页yù。

柷zhù【古】入声,一屋。【例】左~图~鼓~

9. 迂韵

平声·阴平

居jū【古】上平,六鱼。另见110页jī。【例】安~卑~本~比~辟~弊~避~别~卜~部~侪~禅~廛~常~巢~宸~成~乘~澄~出~楚~鹑~蠢~从~簇~村~错~丹~单~盗~底~帝~奠~定~都~独~端~遁~梵~废~分~丰~趺~浮~改~干~甘~高~更~宫~共~孤~故~寡~官~鳏~归~贵~寒~浩~何~和~恒~化~怀~环~荒~皇~火~货~积~集~籍~寄~家~假~俭~荐~践~僭~

降~郊~湫~街~孑~洁~进~禁~净~静~鸠~九~久~旧~僦~聚~鹖~麇~龛~康~客~恪~空~窟~匡~旷~困~狼~乐~离~嫠~里~连~邻~林~赁~灵~陵~令~流~留~龙~楼~露~庐~陆~闾~旅~罗~冒~民~名~尼~逆~匿~宁~农~耦~蓬~匹~姘~贫~平~凭~屏~瓶~栖~起~迁~乾~潜~侨~谯~穷~穹~茕~屈~跧~群~让~容~锐~三~散~丧~瑟~僧~山~摄~深~尸~事~势~室~兽~孀~税~私~宿~所~索~琐~天~同~偷~徒~土~退~屯~托~柝~王~位~温~稳~蜗~析~徙~仙~闲~乡~新~兴~星~休~岫~轩~悬~穴~延~严~岩~盐~宴~燕~野~夷~移~遗~义~异~译~邑~逸~隐~忧~幽~游~寓~鬻~爰~约~跃~云~杂~择~责~斋~宅~占~蛰~谪~贞~止~重~昼~住~专~转~赘~自~族~祖~卞田~弃平~水云~五柳~燕雀~

车(車)jū【古】上平,六鱼。又:下平,六麻同。另见57页chē。【例】保~

驹(駒)jū【古】上平,七虞。【例】矮~白~奔~骖~草~乘~春~得~攻~孤~谷~过~黑~骅~黄~驹~捐~骏~莱~离~骊~恋~麟~骝~龙~驴~骡~马~名~鸣~秣~驽~青~琼~如~乳~神~生~收~腾~天~土~豚~宛~隙~闲~新~骍~騂~玄~雪~炎~蚁~用~黝~幼~玉~育~元~辕~栈~征~执~株~子~牸~白额~伏枥~过隙~汗血~空谷~千里~渥水~隙中~辕下~紫骝~

拘jū【古】上平,七虞。【例】绊~被~关~管~箕~解~拘~倨~例~挛~袂~免~牛~牵~囚~认~生~释~束~无~小~行~虚~右~迂~枝~执~株~自~坐~樊笼~井蛙~脱尘~

裾jū【古】上平,六鱼。【例】白~襒~长~朝~鹑~葱~翠~动~短~方~分~奋~风~缝~冠~浩~红~后~华~画~湔~结~巾~金~衿~襟~锦~绝~连~帘~联~廉~敛~裂~绿~鸾~罗~袂~彯~牵~轻~琼~曲~缺~裙~裳~雾~霞~下~仙~香~行~烟~燕~曳~衣~引~缨~鸳~云~簪~赭~振~捉~老莱~

琚jū【古】上平,六鱼。【例】华~环~解~灵~绿~珮~琪~琼~双~瑶~瑛~玉~

菹jū【古】上平,六鱼。【例】剥~菜~昌~莼~冬~篚~甘~瓜~寒~瓠~黄~葭~荐~芥~菁~韭~葵~藜~茅~茆~梅~蒲~七~荠~芹~柔~蒻~生~笋~箬~桃~为~咸~盐~肴~侑~鱼~云~泽~鲊~

且jū【古】上平,六鱼。另见90页qiě。【例】姑~既~狂~思~扬~只~

疽jū【古】上平,六鱼。【例】鼻~瘭~病~不~长~创~痤~瘴~弹~疔~发~风~坏~溃~疗~猛~内~脑~漂~乳~生~吮~炭~蜗~夭~痈~赘~

岨jū 用于地名。【古】上平,六鱼。另见275页qū。

雎jū【古】上平,六鱼。【例】次~痤~范~关~雎~王~趑~

趄jū【古】上平,六鱼。另见96页qiè。【例】低~陡~趔~趋~心~咨~趑~

罝jū【古】上平,六鱼。【例】繁~罘~罦~高~横~结~罗~难~平~破~禽~设~收~疏~丝~铁~投~兔~网~为~

张~重~茂陵~季氏~

鶋jū【古】上平，六鱼。【例】鹎~鸿~鶋~鷄~

砠jū【古】上平，六鱼。【例】翠~水~仙~陟~山~

狙jū【古】上平，六鱼。又：去声，六御同。【例】奔~猵~从~狡~狙~笼~猛~潜~巧~群~山~市~伺~腾~猲~养~阴~猿~跃~众~恣~栏中~争芧~

据jū【古】上平，六鱼。另见 289 页 jù。【例】拮~

痀jū 痀偻。【古】上平，七虞。

鮈(鮈)jū 鱼名。【古】上平，七虞。

泃jū 水名。【古】下平，十一尤。

腒jū【古】上平，六鱼。【例】乾~雉~

娵jū【古】上平，七虞。【例】闾~孟~区~訾~

俱jū【古】上平，七虞。另见 291 页 jù。【例】不~道~家~莫~母~难~起~相~与~

苴jū【古】上平，六鱼。又：上声，六语同。另见 9 页 chá、18 页 zhǎ、283 页 jǔ。【例】巴~苞~敝~补~草~粗~浮~含~蕠~蓖~履~麻~茅~蒲~栖~椄~且~秋~祛~穰~如~土~望~芸~

沮jū 水名。【古】上平，六鱼。另见 283 页 jǔ、291 页 jù。【例】长~西~

椐jū【古】上平，六鱼。又：去声，六御同。【例】柽~椒~桐~椐~

锔(鋦)jū【古】入声，二沃。【例】钉~钥~把缸~

掬jū【古】入声，一屋。【例】半~俯~击~拮~堪~可~升~手~一~以~挹~盈~

鞠jū【古】入声，一屋。【例】按~捕~蹙~蹴~抚~拊~覆~击~鸡~诘~勘~块~驴~牡~皮~贫~乞~穹~曲~阘~踏~趯~廷~推~讯~谳~育~展~

踘jū【古】入声，一屋。【例】蹴~击~踏~

鞫jū【古】入声，一屋。【例】按~捕~逮~读~会~诘~勘~拷~面~乞~亲~穷~芮~审~廷~推~询~讯~严~研~谳~育~拶~杂~自~

区(區)qū【古】上平，七虞。另见 397 页 ōu。【例】奥~八~白~笔~边~别~采~尘~城~塍~赤~村~大~盗~敌~地~东~防~分~烽~工~管~灌~鬼~海~汉~红~忽~寰~赦~贾~郊~教~街~禁~景~警~九~巨~具~眷~绝~军~考~垦~旷~矿~老~雷~里~猎~邻~林~灵~六~陋~盲~绵~棉~名~明~牧~偏~仆~邱~人~荣~沙~山~社~神~时~市~视~水~苏~特~天~外~畏~遐~辖~霞~乡~小~新~星~玄~选~学~炎~盐~一~畝~疫~音~营~影~油~渔~雨~隩~灾~战~震~中~专~

趋(趨)qū【古】上平，七虞。【例】败~拜~奔~避~变~不~步~朝~晨~驰~蹙~得~定~风~凫~鼓~归~罕~急~疾~渐~角~节~进~径~竞~敬~蹶~抠~乐~鲤~龙~南~怕~旁~频~歧~跂~起~趋~劝~群~入~善~时~殊~束~顺~舜~所~腾~庭~往~卫~吴~骛~西~喜~隙~相~翔~徐~迅~宜~异~意~影~幽~右~诱~云~真~争~直~指~志~走~扶杖~接履~

岖(嶇)qū【古】上平，七虞。【例】蹊~岐~崎~嵚~希~岩~

驱(驅、敺)qū【古】上平,七虞。又:去声,七遇同。【例】安~比~鞭~飙~并~长~车~驰~催~电~调~东~风~弗~呵~横~麾~饥~箕~疾~驾~进~竞~骏~浪~驴~南~齐~前~强~侵~驱~戎~扇~申~跳~卧~五~西~先~相~胁~心~星~夜~右~鱼~云~载~增~争~执~风云~绝尘~利欲~日月~世故~

躯(軀)qū【古】上平,七虞。【例】安~宝~保~本~鄙~彪~病~薄~残~孱~此~悴~登~凡~焚~光~鹤~虎~化~幻~灰~贱~娇~金~捐~立~陋~鹿~埋~糜~奇~弃~青~轻~倾~全~荣~柔~丧~蛇~舍~身~神~慎~生~体~投~托~顽~亡~忘~危~微~惜~形~血~徇~遗~庸~雉~重~百年~不訾~黄金~金石~七尺~千金~

岨qū 用于地名。【古】上平,六鱼。

岨qū 又读。另见 273 页 jū。

蛆qū【古】上平,六鱼。【例】白~碧~冰~虫~放~粪~浮~蚼~怀~蝍~嚼~梦~灭~喷~生~水~土~螇~蝎~蟹~新~雪~蝇~涌~玉~甕浮~

呿qū【古】上平,六鱼。又:去声,六御同。【例】鲸~呿~睢~

袪qū【古】上平,六鱼。【例】蔽~病~合~惑~祛~全~儴~僧~微~消~邪~斩~执~尘俗~俗态~疾未~

胠qū 旁开。【古】上平,六鱼。

袪qū【古】上平,六鱼。【例】豹~尘~断~分~合~矜~襟~开~连~齐~攘~湿~袖~衣~斩~左~嫦娥~执子~

曲qū【古】入声,二沃。另见 279 页 qú、285 页 qǔ。【例】陂~部~城~大~顿~繁~犯~坊~勾~河~诘~井~樛~九~拘~跼~句~倨~卷~款~悃~理~缭~挛~买~麦~媚~挠~扭~女~盘~蟠~崎~翘~倾~曲~诎~屈~拳~蜷~桡~深~神~鼠~水~私~祀~讼~邃~特~歪~弯~枉~隈~微~委~猥~歙~物~纡~险~乡~香~详~小~邪~心~新~墟~欹~颐~抑~阴~隐~迂~窳~辕~糟~曾~褶~榛~枕~衷~

屈qū【古】入声,五物。【例】阿~謷~百~抱~卑~北~躄~憋~兵~驳~不~步~谄~吃~充~楚~辞~摧~挫~大~殚~悼~奉~否~负~谷~诡~耗~后~环~回~讳~蠖~佶~济~贾~降~叫~嗟~杰~诘~蛣~今~樛~久~局~沮~卷~可~刻~愧~劳~理~力~蓼~龙~律~挛~沦~冥~南~挠~能~盘~蟠~贫~蒲~谦~前~强~亲~穷~虬~曲~屈~蜷~日~柔~鳝~伤~上~慑~伸~沈~声~绳~受~讼~诉~退~枉~罔~委~消~销~小~淹~偃~夭~邀~要~夜~抑~隐~有~迂~郁~冤~怨~在~则~谪~知~指~制~滞~周~訾~自~

蛐qū【古】入声,二沃。【例】步~蜓~

诎(詘)qū【古】入声,五物。【例】避~贬~充~辞~挫~道~俯~后~祸~讥~见~诘~敬~沮~俛~木~前~屈~取~身~受~相~胁~议~抑~隐~诱~支~摭~撙~

须[1](須)xū【古】上平,七虞。【例】边~不~参~待~当~底~定~夫~供~管~好~何~会~亟~急~径~军~科~立~莫~那~女~欠~切~求~稍~少~时~事~是~谁~斯~所~索~渥~无~

毋~务~相~香~小~些~须~印~要~也~应~有~征~直~终~资~摩厉~

须[2]（鬚）xū【古】上平，七虞。【例】拔~白~冰~苍~赤~储~触~蝶~短~风~蜂~拂~高~根~挂~颔~皓~黑~红~胡~虎~花~黄~鲸~卷~癞~狼~理~莲~燎~麟~溜~留~龙~间~捋~麦~眉~梅~蒙~密~拈~镊~怒~搴~虬~曲~鬈~髯~染~柔~濡~鼠~树~霜~獭~苔~剃~头~挽~猬~蝟~虾~纤~衔~蟹~熊~蓄~牙~吟~银~蝇~鱼~磔~朱~髭~紫~拔虎~

需xū【古】上平，七虞。【例】按~罢~百~必~边~供~急~军~科~契~日~柔~濡~少~所~田~无~毋~相~些~要~适时~

吁xū【古】上平，七虞。另见 296 页 yù。【例】哀~长~感~咍~骇~嗟~日~欷~嘻~歔~响~呀~自~无怨~掩卷~仰面~噫嘻~

圩xū【古】上平，七虞。另见 332 页 wéi。【例】赶~民~寨~

盱xū 水名。【古】上平，七虞。

讦（訏）xū【古】上平，七虞。

虚xū【古】上平，六鱼。【例】抱~碧~步~参~澈~尘~趁~乘~澄~吃~尺~充~冲~崇~窗~踔~聪~翠~大~丹~单~殚~胆~诞~捣~蹈~盗~登~抵~地~雕~蹀~东~洞~发~丰~风~冯~浮~高~攻~孤~沽~谷~广~归~贵~海~亥~含~涵~浩~合~衡~花~化~荒~击~饥~积~架~假~槛~骄~静~九~拘~巨~岠~据~空~叩~堀~跨~筐~旷~亏~理~戾~邻~临~廪~灵~凌~履~掠~买~满~魅~冥~墓~内~囊~闹~蹑~凝~弄~女~排~撇~贫~平~凭~齐~气~谦~青~轻~清~晴~穷~丘~秋~人~沙~山~涉~深~神~肾~升~盛~失~饰~室~释~守~水~朔~四~岁~太~谈~潭~堂~逃~桃~淘~腾~天~恬~听~亭~庭~土~外~顽~纬~务~夕~溪~喜~夏~枵~嚣~心~星~形~玄~悬~血~旬~岩~阳~养~夜~阴~殷~盈~赢~庸~幽~右~玉~渊~元~月~陨~凿~贞~至~中~舟~子~紫~返照~方寸~名不~弄玄~石根~燕巢~

嘘（歔）xū【古】上平，六鱼。又：去声，六御同。【例】长~喘~吹~抵~呵~呼~嗟~静~可~口~龙~马~如~豕~吸~欷~歙~嘘~煦~噫~吁~仰面~

墟xū【古】上平，六鱼。【例】参~长~趁~成~楚~春~鹑~村~东~斗~废~赴~赶~歌~故~归~海~寒~荒~黄~秽~火~基~郊~金~旧~拘~灵~梅~民~秦~丘~桑~沙~山~商~神~市~四~涛~陶~天~星~凶~烟~杨~姚~遗~阴~殷~幽~隅~园~云~栅~榛~昆仑~少皞~

胥xū【古】上平，六鱼。【例】包~仓~长~抄~储~村~大~蝶~丁~蠹~范~扶~盖~跟~姑~豪~赫~华~猾~化~奸~贱~江~狡~金~居~乐~里~吏~隶~粮~灵~闾~沦~沐~幕~蒲~群~少~史~宿~徒~黠~县~乡~相~象~小~蟹~刑~熏~燕~役~译~于~余~宰~诈~追~斫~咨~子~走~狼居~

谞xū【古】上平，六鱼。【例】才~权~韬~遗~诈~智~

繻（繻）xū【古】上平，七虞。【例】符~关~合~裂~罗~弃~

呕(嘔)xū【古】上平,七虞。另见397页ōu、411页ǒu。【例】相~呴~

盱xū【古】上平,七虞。【例】曹~侧~瞪~广~目~睢~希~盱~阳~眕~

媭(嬃)xū【古】上平,七虞。【例】吕~女~

顼xū【古】入声,二沃。【例】昊~顼~轩~颛~

魆xū【古】入声,五物。【例】魆~

欻xū 忽然。【古】入声,五物。另见2页chuā,221页xū。

戌xū【古】入声,四质。【例】东~甲~建~留~屈~山~戌~晓~

迂yū【古】上平,七虞。【例】鄙~痴~道~腐~乖~怪~恢~回~拘~阔~路~谬~盘~曲~深~书~疏~酸~停~透~嫌~敻~萦~语~院~古人~岁月~笑我~性灵~与时~仄径~

淤yū【古】上平,六鱼。又:去声,六御同。【例】潮~赤~淀~发~放~沟~寒~河~花~黄~积~渐~胶~湫~沮~阒~泥~浅~祛~润~塞~沙~刷~填~通~壅~涨~洲~潴~浊~滓~

瘀yū【古】去声,六御。《集韵》平声,鱼韵。【例】放~气~祛~通~血~愠~

纡(紆)yū【古】上平,七虞。【例】缠~长~沉~翻~烦~缲~环~回~绿~盘~槃~蟠~七~曲~绕~沈~威~逶~言~阳~杨~悒~萦~忧~游~右~郁~周~阻~笔文~归思~沙路~舞裙~

平声·阳平

局jú【古】入声,二沃。【例】隘~败~宝~卑~褊~变~镖~博~布~部~才~彩~残~仓~曹~长~常~钞~陈~丞~成~承~城~吃~迟~敕~筹~出~创~带~丹~当~抵~地~递~定~赌~对~堕~翻~饭~方~坊~分~风~伏~抚~腐~负~覆~干~格~跟~弓~公~宫~鼓~拐~官~馆~诡~过~寒~和~哄~护~花~活~机~羁~甲~假~捡~检~鉴~箭~僵~搅~揭~结~近~京~静~窘~九~酒~拘~局~踞~捐~倦~决~开~库~款~乐~冷~厘~离~敛~了~临~龙~隆~路~落~鸣~木~内~南~排~牌~蹒~炮~骗~平~谱~奇~棋~起~气~器~前~钱~浅~楸~曲~全~拳~跧~蜷~踡~冗~入~散~设~胜~失~诗~时~识~史~世~事~势~收~书~水~税~顺~司~私~耸~踏~体~铁~厅~通~骰~外~完~踠~网~危~伪~猥~纹~舞~西~闲~弦~现~限~象~箫~斜~信~形~虚~谳~阳~药~要~夜~异~驿~弈~意~阴~银~饮~邮~玉~狱~月~越~芸~诈~毡~战~震~政~支~知~植~踯~纸~志~制~质~智~置~中~终~主~转~妆~准~总~鸡黍~美人~迷魂~楸玉~

橘jú【古】入声,四质。【例】包~比~变~尝~枨~橙~楚~赐~丛~大~丹~邓~冻~枫~福~甘~柑~贡~枸~广~桂~红~壶~湖~化~怀~黄~鸡~寄~嘉~嫁~剪~姜~椒~金~兰~老~栗~露~卢~绿~洛~蜜~茗~秋~乳~瑞~沙~山~狮~双~霜~松~酸~塌~榻~晚~万~溪~徙~夏~香~新~厌~野~油~有~玉~园~越~栽~摘~漳~蔗~植~枳~朱~洞庭~淮南~陆氏~千头~

菊jú【古】入声,一屋。【例】爱~岸~把~白~采~残~插~茶~常~持~雏~楚~丛~翠~大~丹~冬~泛~芳~风~奉~甘~贡~古~灌~寒~荷~花~画~黄~家~嘉~椒~今~金~晋~咀~兰~老~篱~莲~林~露~茅~梅~墨~牡~南~嫩~盆~棚~圃~畦~杞~秋~山~赏~时~蜀~霜~水~松~送~陶~藤~甜~亭~庭~晚~无~晓~撷~蟹~新~墟~楥~崖~烟~岩~艳~野~艺~咏~幽~有~萸~雨~浴~园~栽~簪~丈~种~众~重~紫~东篱~樊川~凌霜~陶令~

侷jú 侷促。【古】入声,二沃。

跼jú【古】入声,二沃。【例】隘~畚~高~羁~鸣~蹒~曲~拳~踡~耸~踏~微~震~踯~

鶪(鵙、鴡)jú【古】入声,十二锡。【例】鸣~啼~蜩~

驴(驢)lǘ【古】上平,六鱼。【例】白~碧~剥~跛~草~策~车~乘~赤~出~蠢~村~堕~海~寒~黑~花~画~黄~饥~蹇~脚~叫~金~精~驹~骡~跨~括~老~柳~骡~马~买~毛~觅~民~鸣~磨~母~木~牛~跑~疲~骑~黔~驱~山~神~石~嗜~死~秃~瞎~小~雪~养~野~驿~贼~纸~掷~稚~舟~坠~走~灞桥~策蹇~倒骑~面似~踏雪~张果~

闾(閭)lǘ【古】上平,六鱼。【例】邦~北~比~辟~表~栟~并~常~充~村~东~坊~飞~妇~故~海~合~阖~衡~阛~家~街~戒~旌~井~旧~里~林~陋~门~拿~南~女~踦~千~穷~穹~衢~三~沈~石~市~式~室~轼~田~同~外~尾~委~仙~乡~胥~阎~爻~医~倚~邑~俞~垣~州~棕~楚三~微母~仙人~医无~

榈(櫚)lǘ【古】上平,六鱼。【例】栟~花~拼~棕~凤尾~

渠[1](佢)qú 第三人称代词。【古】上平,六鱼。

渠[2]qú【古】上平,六鱼。【例】暗~白~败~陂~北~汴~冰~漕~长~车~穿~春~大~盗~东~斗~方~扶~芙~溉~干~沟~贯~灌~寒~汉~河~红~洪~鸿~荒~黄~获~积~济~奸~江~绛~街~金~津~禁~泾~井~沮~浚~枯~魁~兰~醴~怜~梁~两~灵~六~龙~镂~绿~洛~毛~门~明~木~南~逆~宁~漆~岂~勤~青~清~顷~秋~酋~蛆~渠~沙~上~石~识~树~水~台~天~通~宛~望~问~汙~污~犀~小~笑~凶~兇~熊~轩~岩~袄~野~仪~义~阴~殷~庸~雍~右~玉~芋~御~元~运~凿~章~漳~遮~枕~郑~支~指~治~中~诸~竹~白玉~防洪~富民~红旗~六辅~天河~温香~燕尾~

蕖qú【古】上平,六鱼。【例】白~鞭~丹~扶~芙~故~荷~红~金~菱~露~木~秋~素~晚~夏~新~玉~渚~巢翠~

瞿qú【古】上平,七虞。另见 291 页 jù。【例】猜~东~勾~骙~强~商~下~

癯qú 同"臞",消瘦。【古】上平,七虞。【例】哀~病~肥~鹤~瘠~老~羸~疗~马~貌~猊~青~清~忍~儒~诗~瘦~尪~形~竹~抱石~骨相~老梅~列仙~琢句~

衢qú【古】上平,七虞。【例】宝~禅~昌~长~充~冲~春~丹~当~道~分~

风~高~广~窒~亨~花~槐~阛~皇~江~交~郊~街~津~禁~经~径~九~开~康~逵~莲~临~柳~镂~陆~路~门~南~鹏~平~渠~让~深~诗~市~术~檀~天~填~通~望~仙~霄~修~烟~盈~云~治~中~淄~紫~九通~康庄~四达~醉花~

劬qú【古】上平,七虞。【例】惮~饥~艰~劳~念~勤~情~劬~思~忘~慰~志~千里~食子~

朐qú【古】上平,七虞。【例】临~

鼩qú【古】上平,七虞。【例】鼱~

濯qú 水名。【古】上平,七虞。

蠷qú 蠷螋。【古】上平,七虞。

氍qú 氍毹。【古】上平,七虞。

鸲qú【古】上平,七虞。【例】彩~大~鸜~

磲qú【古】上平,六鱼。【例】砗~

蘧qú【古】上平,六鱼。【例】几~菅~惊~宁~蘧~卫~

璩qú 姓。【古】上平,六鱼。

籧qú【古】上平,六鱼。【例】绿~竹~

曲(麯、麴)qú 酒母。【古】入声,一屋。另见 275 页 qū、285 页 qǔ。【例】红~酒~神~香~新~糟~枕~

徐xú【古】上平,六鱼。【例】安~迟~低~东~风~韩~淮~稽~疾~江~荆~款~梅~南~潘~青~轻~时~舒~微~虚~徐~严~言~颜~应~悠~迂~庾~载~张~执~步自~好风~日影~

鱼(魚)yú【古】上平,六鱼。【例】鳌~斑~板~硥~鲍~婢~壁~边~鳊~鳖~冰~伯~博~膊~才~餐~草~叉~馋~鲳~鲿~车~嗔~陈~趁~赪~螭~池~赤~虫~垂~春~玼~刺~赐~打~带~待~丹~刀~稻~灯~荻~钓~鼎~斗~毒~蠹~多~鳄~恩~发~法~鲂~放~飞~绯~肺~焚~风~凫~釜~鲋~甘~泔~港~皋~高~歌~蛤~钩~狗~鼓~刮~观~鳏~贯~龟~鲑~鳜~海~寒~旱~豪~河~涸~鹤~黑~亨~红~鸿~湖~虎~戽~滑~化~画~淮~黄~火~寄~祭~鲫~家~嘉~甲~兼~煎~剑~荐~健~箭~江~蛟~鲛~金~京~鲸~井~镜~刻~脍~鲙~馈~鲲~缆~鲤~连~良~梁~菱~流~留~龙~鲈~鲁~鹿~漉~绿~赢~麦~猫~梅~寐~民~缗~名~溟~墨~木~鲵~鲇~鸟~牛~潘~袍~泡~佩~烹~鹏~扑~蒲~其~骑~泣~牵~前~潜~强~妾~禽~青~穷~琼~鳅~求~毬~球~驱~泉~筌~人~柔~茹~乳~沙~山~鳝~蛇~神~沈~牲~石~时~食~鲥~矢~豕~兽~书~倏~赎~庶~双~水~饲~素~梭~锁~鲐~潭~探~塘~鳀~天~田~彤~桐~铜~头~投~团~退~豚~鼍~蛙~万~望~为~卫~尉~文~卧~乌~溪~戏~虾~仙~鲜~咸~羡~香~湘~祥~鲞~宵~腥~熊~修~玄~悬~雪~鲟~雁~燕~羊~阳~养~药~夜~衣~夷~义~瘗~淫~银~蟫~印~忧~游~鱿~右~余~玉~鸢~渊~元~蝝~月~钥~跃~糟~泽~罾~鳣~章~针~箴~知~纸~制~治~炙~钟~种~粥~朱~竹~拙~仔~鲻~子~棕~俎~醉~左~坐~婢屣~曹白~察渊~蠹字~府丞~挂壁~涸辙~化龙~季鹰~锦江~漏网~骑鲸~秦皇~上竿~食无~使宅~双鲤~獭祭~文昌~武昌~忆鲈~

渔(漁)yú【古】上平,六鱼。【例】采~蚕~出~佃~东~耕~观~海~涸~护~将~

浸~禁~乐~李~猎~牧~牛~农~樵~侵~秋~汝~始~侍~贪~陶~田~畋~夜~自~坐~大泽~晚可~武陵~直钓~

余[1]（餘）yú【古】上平，六鱼。【例】镑~比~币~编~别~宾~伯~逋~残~长~春~词~存~大~斗~多~耳~丰~俸~夫~敷~扶~腐~附~副~富~陔~工~公~贡~姑~关~归~过~耗~荒~积~畸~贾~戋~接~孑~节~劫~结~烬~儆~净~军~餕~课~空~宽~零~戮~梦~盘~平~其~奇~弃~秦~庆~穷~饶~日~荣~冗~闰~三~筛~商~剩~诗~睡~唾~王~惟~无~西~暇~下~闲~羡~宵~小~刑~胥~绪~蓄~血~旬~盐~燕~业~伊~遗~盈~赢~优~由~有~纡~娱~雨~珠~诸~祝~赘~自~胙~半亩~爨下~乐有~拾唾~岁月~

余[2]yú【古】上平，六鱼。【例】弼~避~愁~告~后~接~詈~名~欺~弃~同~侮~伊~忆~知~祝~

艅yú 艅艎。【古】上平，六鱼。

予yú【古】上平，六鱼。另见 286 页 yǔ。【例】愁~起~弃~问~

妤yú【古】上平，六鱼。【例】婕~

于[1]yú【古】上平，七虞。【例】濒~唱~单~归~将~近~苦~铺~往~刑~揄~友~有~朱~诸~

于[2]（於）yú【古】上平，七虞。另见 221 页 wū"於"。【例】扶~况~譬~相~刑~繇~依~

邘yú 用于地名。【古】上平，七虞。

盂yú【古】上平，七虞。【例】半~杯~盏~钵~茶~饭~覆~概~觥~花~酒~敛~马~茗~盘~槃~盆~瓢~瓶~倾~如~僧~肾~石~漱~水~痰~铁~铜~吐~唾~碗~烟~眼~罨~衣~银~右~玉~左~

竽yú【古】上平，七虞。【例】吹~大~盗~调~风~寒~好~将~籁~滥~捋~鸣~齐~瑟~笙~听~彤~箫~钟~南郭~声似~音以~

娱yú【古】上平，七虞。【例】哀~暴~搏~长~骋~调~多~观~酣~欢~极~家~嘉~交~借~康~可~乐~耦~清~神~所~恬~偷~文~嬉~熹~戏~细~相~心~欣~延~宴~夜~意~游~愉~至~自~足~得心~翰墨~静无~琴书~入耳~山水~声色~诗酒~弋钓~钟鼓~

愉yú【古】上平，七虞。【例】不~酬~敷~孚~和~欢~宽~平~劬~色~舒~恬~佚~婉~吴~心~欣~欷~煦~喧~夷~怡~佚~忧~愉~悦~足~

榆yú【古】上平，七虞。【例】矮~碧~璧~剥~长~沉~赤~垂~春~啖~地~枋~枌~粉~风~荇~肝~赣~高~关~合~槐~黄~夹~枯~榔~朗~老~零~柳~绿~品~枪~青~桑~杉~闪~神~沈~收~枢~树~双~斯~素~棠~天~西~仙~晓~屑~星~杨~椰~宜~隐~援~植~种~槠~梓~钻~落钱~

渝yú【古】上平，七虞。【例】爱~巴~成~川~凋~敢~官~和~昏~临~泸~矛~盟~难~驽~迁~色~数~未~无~戏~丹青~黑白~吴锦~终始~

臾yú【古】上平，七虞。【例】从~凫~夹~瓯~上~属~耸~须~颛~纵~

萸yú【古】上平，七虞。【例】插~丹~红~菊~囊~攀~秋~吴~香~簪~茱~紫~门佩~长房~

谀(諛)yú【古】上平,七虞。【例】阿~褒~不~谗~谄~称~从~导~道~奉~贡~诡~讳~讥~奸~戒~近~进~恐~口~谩~媚~面~昵~佞~巧~倾~群~善~嗜~谁~颂~贪~听~偷~诬~险~献~邪~谐~寅~誉~赞~

腴yú【古】上平,七虞。【例】充~垂~道~芳~肥~坟~丰~肤~富~腹~甘~高~膏~海~含~寒~红~华~豢~圂~溷~肌~金~枯~琳~麻~美~浓~清~琼~瓤~柔~膻~赡~上~神~诗~漱~松~天~田~沃~霞~鲜~香~秀~雪~右~鱼~玉~云~珍~真~脂~中~滋~自~白玉~稻苗~河豚~明月~水草~紫琳~

虞yú【古】上平,七虞。【例】边~不~猜~川~典~东~多~尔~贰~反~防~飞~寡~观~海~何~衡~后~欢~黄~火~嘉~艰~郊~近~九~可~乐~料~林~麟~沦~蒙~靡~谟~内~欧~盘~槃~嫔~蒲~愆~侵~桑~山~上~韶~深~胜~师~兽~叔~疏~水~司~唐~天~吞~外~无~五~西~细~先~鲜~效~笑~心~形~修~轩~学~燕~野~隐~忧~游~有~渊~远~灾~再~葬~泽~诈~昭~朕~郑~至~终~舟~自~宗~邹~驺~君安~无尔~衣食~

愚yú【古】上平,七虞。【例】安~暗~鄙~才~柴~孱~臣~诚~憧~纯~蠢~村~大~丹~钝~顿~尔~凡~戆~孤~古~谷~贵~骇~憨~后~回~昏~惛~积~谫~贱~骄~教~竭~矜~尽~狂~悃~笼~慢~貌~蒙~迷~悯~冥~驽~懦~僻~凭~朴~欺~钱~黔~浅~诮~全~如~若~上~胜~守~疏~孰~梯~天~添~芚~外~顽~忘~昔~溪~下~贤~献~乡~效~性~凶~阳~佯~淫~庸~幽~迂~愈~韫~诈~郑~衷~朱~专~幢~椎~鲰~左~北山~宁武~佯藏~一得~哲人~

隅yú【古】上平,七虞。【例】奥~八~赍~边~岑~层~场~承~城~崇~床~翠~道~德~地~东~兑~反~方~坊~防~汾~封~负~鲋~高~艮~宫~海~淮~疆~角~阶~烬~九~娵~举~峻~坤~廉~龙~路~踦~南~欧~鹏~偏~墙~丘~区~曲~趋~缺~山~室~天~庭~王~隈~屋~西~席~乡~向~巽~一~阴~淫~幽~右~隩~渊~滞~渚~陬~坐~座~大荒~凤城~剑阁~五湖~

玙(璵)yú【古】上平,六鱼。【例】璠~琳~罗~

欤(歟)yú【古】去声,六御。【例】呈~非~归~容~是~谁~微~伟~休~也~猗~

舆(輿)yú【古】上平,六鱼。【例】安~板~版~宝~编~篗~步~彩~参~车~宸~乘~饬~翠~岱~担~儋~得~德~地~雕~方~凤~扶~服~福~抚~附~赋~干~函~皇~黄~回~毁~魂~混~肩~降~接~金~旌~堪~尻~坤~兰~篮~连~灵~龙~路~鸾~銮~轮~马~眠~慕~辇~农~暖~潘~攀~陪~辔~仆~气~亲~轻~权~染~软~山~扇~舍~神~升~食~司~厮~筭~檀~题~停~同~徒~王~苇~文~仙~县~香~象~小~星~悬~腰~仪~舆~玉~鹓~员~云~载~皂~栈~整~执~舟~竹~棕~驺~醉~佐~狂接~六龙~鸾鹤~卿相~追风~

俞yú 用于答应的词。【古】上平,七虞。【例】巴~伯~帝~都~离~唯~吁~响~俞~允~

逾[1]（踰）yú【古】上平，七虞。【例】不～超～迟～东～过～昏～积～僭～径～窥～陵～邈～年～跄～升～忝～无～轶～逸～踰～远～越～钻～日月～

逾[2]yú【古】上平，七虞。【例】超～迟～过～昏～

揄yú【古】上平，七虞。【例】春～春～鬼～攘～闪～神～桃～邪～揶～佩扶～

瑜yú【古】上平，七虞。【例】百～碧～伯～璠～孚～珪～怀～金～瑾～揆～琨～鸣～佩～璞～叔～韬～温～握～瑕～瑶～瑛～镆～玉～掌～不掩～何生～燕石～

窬yú【古】上平，七虞。【例】暗～穿～圭～闺～窥～偷～械～钻～

崳yú【例】昆～

覦（覦）yú【古】上平，七虞。【例】觇～窦～觊～侥～窥～觑～无～

禺yú【古】上平，七虞。【例】赍～虫～番～封～附～鲋～海～季～疆～闽～木～南～日～温～耶～禺～日转～

喁yú【古】上平，七虞。另见 651 页 yóng。【例】唱～呕～煦～喁～于～陬～

嵎yú【古】上平，七虞。【例】八～东～封～负～高～海～莱～南～三～山～隈～西～嵎～谷～虎负～

髃yú【古】上平，七虞。另：上声，二十五有同。【例】右～

舁yú【古】上平，六鱼。【例】百～担～兜～蜂～扶～共～肩～举～扛～篮～练～齐～软～抬～

雩yú【古】上平，七虞。【例】春～大～祷～二～风～复～共～呼～唤～郊～龙～明～秋～时～舞～夏～修～咏～月～山川～

蝓yú【古】上平，七虞。【例】蛞～

褕yú【古】上平，七虞。【例】襜～翟～翚～

歈yú【古】上平，七虞。【例】巴～清～色～婉～吴～西～邪～歔～揶～

狳yú【古】上平，六鱼。【例】犰～

畬yú【古】上平，六鱼。另见 60 页 shē。【例】春～高～耕～经～开～山～新～菑～

仄声·上声

举（舉、擧）jǔ【古】上声，六语。【例】按～案～拔～百～柏～包～苞～褒～保～暴～备～毕～辟～遍～辩～标～飙～表～摽～并～博～不～惨～察～陈～称～冲～翀～出～创～刺～犓～撮～错～大～待～弹～道～得～德～登～电～殿～调～牒～东～动～独～杜～对～恩～发～访～飞～非～废～风～烽～凤～凫～扶～福～赴～该～概～干～高～更～公～贡～孤～鹄～癸～国～过～豪～核～覈～鹤～横～鸿～后～化～欢～悔～火～嘉～检～简～件～荐～健～渐～交～椒～矫～揭～进～旌～纠～九～就～俊～峻～科～克～快～筐～狂～老～类～厘～力～例～廉～两～列～六～龙～陋～胪～屡～缕～率～鸾～略～论～毛～枚～美～觅～密～妙～明～谬～内～鸟～鹏～偏～飘～聘～七～骞～褰～遣～茜～翘～轻～清～擎～请～秋～遒～鹊～権～任～日～辱～删～善～赡～上～韶～舌～申～神～慎～升～绳～盛～时～识～食～式～势～试～收～疏～帅～双～顺～夙～岁～遂～抬～唐～特～腾～提～

条~挺~同~推~外~万~帷~伟~五~武~夕~徙~遐~霞~显~乡~协~兴~行~修~秀~轩~选~艳~焱~雁~扬~摇~业~一~仪~移~义~逸~印~应~玉~翳~援~远~云~杂~再~暂~乍~章~招~诏~棹~甄~振~征~正~枝~知~制~中~重~抓~壮~擢~自~族~大功~高帆~舞袖~

榉jǔ【古】上声,六语。【例】山毛~

矩(榘)jǔ【古】上声,七麌。【例】标~步~茶~尘~崇~大~蹈~叠~度~方~芳~丰~风~高~根~钩~贯~规~合~后~机~洁~旧~句~力~灵~龙~绵~扭~企~谦~前~绳~圣~师~石~受~顺~司~宋~通~下~宪~小~絜~挈~寻~偃~仪~遗~易~应~右~逾~矱~折~执~中~转~左~不逾~

沮jǔ【古】上声,六语。另见274页jū、291页jù。【例】黯~败~谤~奔~崩~怖~惭~惨~谗~长~瞋~惩~愁~酬~丑~遄~摧~悴~挫~惮~非~汾~愤~格~梗~功~乖~呵~坏~惶~悔~毁~惛~谏~解~惊~窘~愧~离~排~破~气~怯~侵~穷~曲~劝~挠~丧~色~伤~势~衰~思~湍~望~畏~洿~消~销~携~懈~言~掩~邀~疑~壅~忧~怨~志~窒~自~阻~怠者~神色~形神~

咀jǔ【古】上声,六语。又:上平;六鱼异。【例】~齿~叱~啜~耽~含~涵~噍~轻~吐~吞~微~细~循~吟~流膏~书卷~

筥jǔ【古】上声,六语。【例】百~敝~笾~篚~秉~持~斗~豆~饭~负~禾~筐~满~桑~沙~提~箱~圆~竹~作~寒食~文竹~

龃(齟)jǔ【古】上声,六语。【例】龉~

柜jǔ【古】上声,六语。另见342页guì。【例】枳~

枸jǔ【古】上声,七麌。另见396页gōu、409页gǒu。【例】香~枳~

踽jǔ【古】上声,七麌。【例】踽~蹶~奎~

苴jǔ 又读。另见9页chá、18页zhǎ、274页jū。

莒jǔ【古】上声,六语。【例】柏~保~奔~东~莱~平~齐~杞~揉~滕~沂~园~在~郏~邹~走~

弆jǔ【古】上声,六语。【例】藏~密~珍~

蒟jǔ【古】上声,七麌。【例】橙~姜~邛~

旅lǚ【古】上声,六语。【例】豹~辈~鄙~边~宾~兵~愁~出~賨~大~党~邸~独~反~奋~附~孤~故~归~过~汉~和~后~虎~画~还~皇~饥~羁~骥~讲~介~劲~进~禁~鞠~俱~据~倦~军~刊~客~苦~懒~类~里~练~刘~庐~旅~命~南~逆~贫~仆~栖~前~强~禽~穷~秋~群~日~戎~锐~弱~三~商~上~神~师~时~士~释~誓~琐~天~庭~通~同~徒~退~万~王~惟~武~西~峡~下~咸~协~新~兴~行~训~亚~义~游~右~虞~偶~御~远~云~宰~在~泽~战~振~征~整~左~八百~麾下~熊罴~

侣lǚ【古】上声,六语。【例】爱~百~伴~宾~曹~侪~禅~尘~俦~丹~道~得~钓~法~凡~梵~凤~富~高~共~鹄~故~官~鹤~后~呼~怀~宦~佳~嘉~渐~结~净~静~旧~俊~客~空~僚~鸾~命~慕~鸟~农~鸥~朋~匹~

棋~前~樵~琴~情~群~儒~僧~山~商~胜~失~诗~释~衰~俗~宿~同~徒~橐~为~瓮~无~昔~侠~仙~香~箫~啸~协~携~新~行~学~雪~烟~燕~野~遗~义~逸~幽~游~渔~鸳~云~杂~真~征~追~缁~宗~醉~骖鸾~乘槎~吹箫~方外~翰墨~会心~崆峒~明月~蓬瀛~青云~神仙~诗酒~啸云~烟霞~鸳鸯~

履lǚ【古】上声,四纸。【例】安~跋~摆~备~禀~帛~补~不~步~操~草~长~衬~赐~丛~粗~蹴~翠~错~戴~倒~蹈~德~帝~雕~动~顿~堕~贩~方~菲~扉~福~复~赴~高~革~葛~跟~更~弓~躬~挂~冠~跪~郭~黑~厚~花~化~还~黄~回~屐~假~剑~践~接~结~巾~金~锦~近~进~经~荆~句~决~客~空~蒯~揽~临~柳~率~麻~卖~芒~冒~昧~命~墨~木~纳~蹑~平~瓶~蒲~踦~綦~钱~挈~趋~取~舄~如~濡~桑~丧~裳~涉~摄~绳~石~识~视~饰~适~双~顺~丝~四~素~所~趿~縢~体~听~停~桐~袜~完~万~望~文~袭~屣~系~细~舄~霞~下~仙~献~饷~孝~缬~鞋~星~行~性~绣~靴~雪~寻~燕~业~曳~一~衣~遗~阴~幽~玉~载~簪~皂~毡~蹍~杖~贞~真~枕~振~正~郑~执~只~朱~珠~坠~资~足~尊~遵~抱香~薄冰~东郭~飞云~凤头~瓜田~九光~君子~青芒~踏青~王乔~文成~无忧~远游~

缕(縷)lǚ【古】上声,七麌。【例】半~备~碧~帛~布~彩~蚕~草~粗~翠~寸~丹~叨~繁~凤~绀~葛~鳜~红~甲~茧~绛~交~蕉~结~金~筋~锦~屦~涓~鲙~褴~柳~缕~罗~麻~脉~命~纳~千~青~琼~泉~如~濡~摄~绳~霜~丝~琐~条~铜~兔~菟~万~微~雾~细~霞~纤~弦~涎~线~香~絮~雪~血~烟~一~衣~银~玉~云~缊~甑~针~箴~织~直~朱~竹~长命~独茧~黄金~同心~五色~鸳鸯~

吕lǚ【古】上声,六语。【例】背~大~鼎~东~费~凤~复~傅~干~皋~宫~韩~姬~嵇~姜~坤~乐~六~陆~律~命~南~轻~曲~泰~夏~仙~衔~小~协~心~阳~伊~阴~音~玉~月~中~钟~仲~诸~新调~

梠lǚ【古】上声,六语。【例】大~衡~梁~雀~屋~檐~

稆lǚ【古】上声,六语。【例】秋~

铝(鋁)lǚ【例】镀~炼~磨~铸~

膂lǚ【古】上声,六语。【例】背~肝~肱~共~贯~脊~江~筋~踞~鳞~强~曲~心~腰~

屡(屢)lǚ【古】去声,七遇。【例】迭~屡~厌~直~不可~来往~乞诗~韶弦~

褛(褸)lǚ【古】上声,七麌。【例】褴~

捋lǚ【古】入声,七曷。另见32页luō。【例】采~低~鸹~摩~磨~撕~郁~

女nǚ【古】上声,六语。另见292页nǜ。【例】阿~爱~罢~班~榜~褒~奔~婢~嬖~辩~才~材~采~彩~蔡~蚕~茶~姹~谗~产~娼~长~倡~称~斥~丑~出~处~串~春~从~葱~村~大~待~得~嫡~帝~电~店~东~毒~独~妒~鹅~恶~恩~儿~风~凤~伏~福~父~妇~腹~皋~歌~工~宫~孤~寡~贯~归~妫~闺~贵~桂~海~寒~汉~豪~好~河~红~虹~虎~宦~皇~慧~

机~笄~绩~伎~妓~季~寄~假~嫁~贱~江~娇~鲛~节~金~禁~惊~靓~静~九~拘~客~姱~旷~老~乐~离~黎~丽~莲~两~獠~烈~邻~灵~菱~龙~卢~鹿~螺~嬴~洛~盲~毛~茅~美~门~魔~母~木~内~纳~男~逆~溺~牛~农~暖~漂~贫~齐~杞~倩~樵~巧~秦~琴~青~秋~曲~取~戎~乳~蕊~弱~桑~山~善~商~少~神~蜃~生~甥~圣~石~实~使~士~仕~侍~室~淑~蜀~庶~衰~双~霜~顺~硕~思~素~碎~孙~天~髫~童~僮~土~外~王~巫~舞~婺~西~奚~息~觋~侠~峡~夏~仙~贤~娴~湘~孝~谢~信~行~秀~绣~须~玄~炫~衒~雪~鸦~雅~炎~艳~燕~养~妖~冶~野~液~遗~义~佚~椸~谊~逸~淫~嬴~媵~攸~幽~游~右~鱼~舆~玉~聿~育~御~元~怨~媛~越~云~赵~棹~谪~贞~针~甄~振~正~郑~织~侄~致~稚~中~众~子~宗~族~采桑~痴儿~当垆~河汉~浣纱~暨罗~孟姜~秦淮~散花~桃叶~无盐~燕赵~

籹nǔ【古】上声,六语。【例】呈~粔~粮~

取qǔ【古】上声,七麌。【例】聱~拗~拔~办~备~标~剥~搏~捕~财~裁~采~参~抄~朝~掣~趁~抽~穿~春~刺~窜~篡~催~萃~存~撮~待~盗~点~调~东~兜~斗~赌~断~劙~夺~发~伐~分~丰~俯~改~丐~割~公~攻~勾~购~怪~关~管~规~豪~核~护~唤~换~货~获~缉~汲~集~籍~记~驾~嫁~兼~剪~检~简~贱~鉴~侥~剿~徼~叫~接~节~劫~截~借~尽~进~浸~禁~径~救~朘~掘~攫~开~看~考~科~可~诳~窥~魁~括~婪~揽~捞~乐~勒~镰~料~猎~聆~领~留~笼~录~掠~略~罗~买~冒~贸~貌~觅~莫~牟~谋~暮~内~挪~派~骗~票~捊~掊~裒~扑~乞~弃~搴~强~窃~侵~轻~情~请~秋~求~曲~去~全~铨~榷~攘~饶~认~丧~删~上~赊~摄~深~失~识~拾~收~受~狩~赎~束~双~吮~私~岁~索~探~讨~套~梯~提~体~挑~听~偷~徒~唾~外~晚~妄~围~问~无~西~吸~袭~夏~消~销~胁~携~撷~行~宣~选~学~寻~押~言~掩~养~邀~遗~义~弋~刈~诣~挹~阴~印~应~迎~赢~右~诱~渔~约~择~责~诈~榨~摘~占~战~召~争~征~正~支~直~指~智~诛~追~捉~酌~资~自~

娶qǔ【古】去声,七遇。【例】毕~春~改~冠~和~后~婚~继~嫁~内~妻~前~丧~山~始~外~完~未~续~议~姻~迎~元~早~蚤~赘~

龋(齲)qǔ【古】上声,七麌。【例】齿~防~愈~治~蚛~

曲qǔ【古】入声,二沃。另见275页qū、279页qú。【例】按~巴~北~别~步~部~蚕~插~唱~晨~城~词~促~大~丹~弹~调~杜~度~顿~法~繁~坊~凤~佛~赴~歌~古~鼓~顾~过~和~花~环~集~记~伎~鉴~衿~禁~旧~句~剧~空~昆~乐~里~俚~丽~邻~灵~令~录~慢~媚~米~妙~名~南~念~讴~抛~配~谱~琴~情~泉~瑞~睿~塞~散~觞~审~声~时~识~祀~俗~踏~套~文~武~舞~西~戏~仙~献~小~心~新~行~序~选~雅~艳~谣~野~夜~沂~遗~逸~音~郢~原~杂~正~郑~制~中~终~衷~众~周~奏~奏~作~

欸乃~八风~采莲~长干~楚调~大风~甘州~纥那~鼓吹~邯郸~河女~横吹~江南~金缕~钧天~凉州~凌波~梅花~鸣珂~平陵~前溪~秦姬~清商~塞上~铜鞮~吴越~西洲~仙韶~相思~阳春~阳关~郢上~渔阳~竹枝~自度~

许(許)xǔ【古】上声,六语。另见 243 页 hǔ。【例】褒~不~裁~曹~岑~巢~称~敕~酬~赐~从~倒~底~恶~尔~分~负~敢~高~管~何~淮~还~或~几~嘉~见~鉴~奖~金~矜~久~夸~来~浪~里~两~亮~量~面~默~那~能~逆~聂~宁~诺~片~期~器~亲~全~权~然~忍~认~容~如~若~稍~少~设~申~深~石~誓~顺~似~素~粟~遂~孙~唐~特~天~听~推~为~伪~吾~相~详~小~些~邪~谐~心~兴~行~幸~许~燕~耶~也~郰~依~逸~应~优~预~允~赞~怎~张~支~忠~诸~专~准~淄~自~作~寸心~肝胆~子云~

浒(滸)xǔ 用于地名。【古】上声,六语。另见 244 页 hǔ。

煦xǔ【古】上声,七麌。又:去声,七遇同。【例】吹~春~地~恩~发~拂~含~涵~和~江~灵~流~明~暖~呕~气~谦~轻~晴~日~柔~濡~陶~微~温~煦~暄~阳~余~妪~朝~照~众~朗照~清光~韶阳~

诩(詡)xǔ【古】上声,七麌。【例】称~高~华~骄~矜~夸~眉~奢~虚~诩~眩~扬~虞~妪~主~自~

栩xǔ【古】上声,七麌。【例】苞~称~枌~红~栩~止~宛丘~

珝xǔ 玉名。【古】上声,七麌。

昫xǔ 见于人名。【古】上声,七麌。

醑xǔ【古】上声,六语。【例】春~醇~芳~浮~桂~酣~壶~欢~黄~椒~酒~菊~兰~露~醁~篚~绿~美~酿~蒲~倾~清~琼~醍~香~宴~肴~玉~饫~酌~桂花~箬溪~瓮中~

糈xǔ【古】上声,六语。又:上平,六鱼同。【例】边~播~夺~俸~割~工~核~怀~椒~军~粮~灵~禄~美~窃~牲~菽~握~饷~驿~余~蒸~重~粢~怀椒~香稻~

咻xǔ【古】上声,七麌。另见 399 页 xīu。【例】噢~

雨yǔ【古】上声,七麌。另见 296 页 yù。【例】白~暴~悲~避~辨~残~常~朝~车~痴~冲~楚~触~春~慈~弹~挡~祷~冻~断~顿~躲~法~防~飞~丰~风~伏~甘~膏~谷~鬼~寒~汗~豪~好~和~贺~红~虹~花~化~话~淮~蝗~晦~慧~积~急~疾~霁~降~解~锦~经~鸠~久~旧~渴~苦~腊~潦~雷~泪~冷~淋~霖~灵~凌~零~溜~龙~露~落~麦~盲~冒~梅~霉~蒙~梦~密~闵~鸣~冥~沫~暮~凝~盼~片~凄~祈~勤~青~晴~秋~求~缺~如~润~沙~社~沈~甚~时~驶~试~疏~澍~睡~丝~松~酥~宿~酸~踏~逃~桃~透~土~望~雾~喜~细~下~霰~宵~小~渫~新~兴~星~行~杏~血~迅~噀~烟~岩~炎~檐~艳~燕~药~夜~谒~疑~阴~淫~硬~欲~越~云~泽~瘴~阵~止~众~昼~骤~珠~竹~注~阻~芭蕉~催花~过云~黄梅~及时~椒花~梨花~连宵~留客~牛脊~清明~巫山~潇潇~杨花~

予yǔ【古】上声,六语。另见 280 页 yú。【例】赐~赋~给~寄~授~

宇yǔ【古】上声，七麌。【例】奥～八～畈～宝～北～碧～遍～标～冰～卜～苍～禅～敞～宸～晨～祠～茨～村～大～道～德～地～帝～第～甸～殿～栋～杜～法～凡～蕃～反～返～梵～房～访～飞～丰～风～佛～郛～福～复～干～绀～高～公～宫～故～观～馆～广～圭～桂～海～函～汉～黑～衡～黉～花～化～环～寰～基～疆～讲～阶～结～襟～净～境～九～旧～居～局～谲～峻～开～空～宽～旷～阛～兰～廊～丽～连～凉～寥～琳～灵～陵～六～陋～庐～绿～马～茅～眉～梅～门～氓～甍～秘～绵～庙～旻～南～宁～泮～蓬～启～气～器～乾～墙～清～罄～穹～琼～丘～区～衢～人～仁～日～僧～山～苫～神～识～室～守～双～水～四～寺～肆～松～邃～塔～泰～坛～堂～天～厅～亭～庭～土～拓～外～晚～万～王～屋～西～隙～遐～下～夏～厦～仙～县～香～霄～廨～星～胸～胥～轩～玄～延～檐～雁～燕～业～仪～邑～银～营～伛～玉～驭～御～裔～院～月～韵～斋～宅～珍～真～芝～雉～中～竹～姿～

羽yǔ【古】上声，七麌。【例】八～鸨～葆～被～璧～便～变～冰～薄～插～豺～蝉～车～尘～沉～赪～鸱～赤～翅～赐～簇～毳～翠～大～丹～党～貂～雕～调～蝶～东～冬～斗～顿～鹅～凡～反～飞～粉～奋～丰～风～凤～凫～拂～负～高～缟～戈～鸽～宫～贡～鹄～怪～关～皓～鹤～红～鸿～化～画～还～换～挥～鸡～积～羁～戢～家～箭～解～芥～金～锦～惊～旌～鸠～鹫～决～嚼～楛～括～栝～两～列～鳞～灵～翎～流～六～龙～鹭～绿～鸾～纶～落～毛～旄～没～美～绵～木～目～暮～穆～呢～鸟～皮～片～欺～琴～禽～青～轻～清～琼～秋～全～鹊～染～日～绒～瑞～弱～沙～铩～商～少～设～沈～十～拾～饰～树～刷～水～顺～四～素～宿～讨～鹈～铜～突～徒～脱～尾～乌～舞～析～牺～檄～仙～鲜～衔～项～绣～玄～雪～驯～迅～巽～雁～燕～阳～养～仪～逸～阴～饮～莺～蝣～右～舆～玉～鹬～鸳～月～簦～张～珍～鸩～振～征～值～纸～帜～滞～雉～螽～朱～酌～子～垂天～翡翠～蜉蝣～南飞～

语(語)yǔ【古】上声，六语。另见296页yù。【例】按～案～暗～拗～跋～把～谤～胞～褒～悖～本～笔～鄙～贬～弁～标～表～别～宾～冰～补～不～裁～参～伧～谗～禅～谄～长～常～称～谶～成～侈～敕～俦～丑～出～储～楚～传～词～辞～刺～赐～粗～粹～妲～答～代～当～党～导～道～德～的～灯～低～敌～诋～谛～钓～定～东～短～断～对～钝～铎～讹～俄～恶～阏～儿～耳～发～法～番～翻～凡～反～梵～放～非～蜚～诽～废～分～风～疯～蜂～凤～肤～敷～弗～扶～浮～腐～付～附～复～赋～高～诰～给～苟～古～瞽～故～寡～犷～诡～国～过～汉～豪～好～合～何～和～鹤～恒～哄～呼～胡～华～话～欢～谎～诙～回～会～秽～慧～诨～乩～机～吉～偈～寄～佳～家～嘉～讲～交～娇～杰～结～解～诫～借～今～尽～禁～京～景～警～敬～静～迥～剧～隽～眷～决～俊～看～考～课～空～口～苦～快～宽～款～诳～辣～谰～浪～老～仂～乐～冷～俚～理～立～俪～詈～连～了～铃～流～漏～鲁～率～略～论～蛮～曼～谩～漫～没～眉～美～寐～梦～谜～眯～密～蜜～妙～民～名～谬～默～母～目～难～脑～昵～腻～鸟～偶～耦～俳～判～批～僻～譬～片～篇～骈～

评～屏～泼～其～旗～乞～起～绮～谦～钳～潜～浅～倩～悄～俏～亲～侵～禽～倾～清～情～蛩～取～权～鹊～让～热～容～软～散～骚～痁～讪～深～神～审～生～圣～剩～失～诗～施～时～实～世～市～饰～手～授～书～疏～孰～熟～术～述～谁～睡～说～私～送～颂～廋～俗～诉～宿～酸～谇～缩～所～琐～踏～泰～谈～套～体～天～通～同～徒～土～推～外～枉～妄～危～微～畏～谓～温～文～问～无～吴～晤～瘖～西～锡～戏～细～狎～闲～险～乡～相～湘～详～小～校～笑～些～谐～亵～媟～心～新～行～形～秀～虚～许～絮～玄～学～谑～训～讯～巽～哑～雅～咽～妍～言～眼～魇～宴～晏～艳～谚～谳～燕～赝～谣～要～也～野～猗～夷～遗～议～呓～译～易～意～溢～音～引～隐～英～莺～楹～硬～咏～用～优～犹～游～右～迂～谀～余～促膝～伐山～肺肝～花解～鹦鹉～

与(與)yǔ【古】上声，六语。另见296页yù。【例】赠～诈～摘～谵～诏～遮～辄～真～争～筝～直～只～指～致～稚～咒～朱～诛～主～助～注～铸～转～庄～状～赘～姿～自～祖～醉～左～坐～不我～不足～谁能～知所～

屿(嶼)yǔ【古】上声，六语。【例】白～碧～鼊～长～丹～岛～登～钓～芳～枫～凫～高～孤～桂～海～红～花～环～江～峤～金～锦～荆～蓼～鹭～绿～峦～梅～鸥～浦～青～秋～全～沙～石～双～潭～誊～瓦～晚～西～霞～秀～崖～烟～岩～药～瀛～鱼～远～月～云～只～洲～竹～沧海～芦花～

禹yǔ【古】上声，七麌。【例】伯～崇～大～服～纪～荐～今～举～命～神～使～授～舜～汤～万～微～夏～兴～尧～耶～造～属～助～缵～左～

庾yǔ【古】上声，七麌。【例】敖～鲍～边～禀～不～仓～漕～大～釜～官～贵～斛～浑～积～夹～京～厩～库～廪～满～贫～千～秋～困～实～帑～陶～天～万～王～我～箱～饷～小～余～亿～盈～在～掌～钟～米藏～粟塞～

窳yǔ【古】上声，七麌。【例】败～笨～瘪～病～侈～粗～怠～堕～惰～浮～腐～槁～宂～合～浑～骱～苦～楛～羸～俚～良～隆～偏～浅～勤～上～疏～隋～偷～宛～行～朽～猰～淫～幽～呰～呰～滓～

圉yǔ【古】上声，六语。【例】蔽～边～昌～崇～敦～顿～高～固～贵～扞～捍～豢～疆～禁～厩～居～隶～囹～马～牧～仆～强～圈～睿～守～四～西～下～一～应～幽～圄～苑～朱～柷～

瘐yǔ【古】上声，七麌。【例】瘐～

龉(齬)【古】上声，六语。又：上平，六鱼同。又：上平，七虞同。【例】齿～龃～孽～岩～龉～口齿～

圄yǔ【古】上声，六语。【例】犴～狴～敦～牢～囹～马～满～守～宋～铁～刑～幽～狱～冤～祝～

郾yǔ 用于地名。【古】上声，七麌。

瑀yǔ【古】上声，七麌。【例】琚～双～瑀～

貐yǔ【古】上声，七麌。【例】猰～

俣yǔ【古】上声，七麌。【例】俣～

伛(傴)yǔ【古】上声，七麌。【例】变～病～俯～肩～蹇～偻～起～尪～伛～鳖伸～

敔yǔ【古】上声，六语。【例】鼓～画～击～戛～举～用～右～柷～祝～

仄声·去声

具jù【古】去声,七遇。【例】拜~办~备~被~比~毕~辨~兵~博~薄~才~材~彩~餐~蚕~草~茶~产~陈~乘~吃~出~初~厨~储~炊~祠~粗~爨~大~刀~盗~道~灯~佃~钓~斗~独~赌~顿~帆~反~方~敷~服~干~耕~工~攻~共~刮~冠~棺~国~寒~夯~画~火~机~赍~祭~夹~家~将~绞~教~洁~戒~谨~进~敬~酒~具~军~卡~开~考~科~口~裤~脍~鲙~诳~牢~檑~理~奁~两~量~猎~六~龙~炉~略~马~锚~美~面~茗~模~内~捻~酿~牛~农~弄~器~千~遣~寝~取~全~刃~戎~塞~赛~丧~生~诗~什~时~识~食~始~守~寿~受~书~梳~四~素~岁~索~胎~田~填~条~完~玩~顽~网~文~卧~五~武~夕~席~戏~校~笑~写~械~信~刑~行~凶~修~选~牙~雅~烟~严~燕~阳~要~馌~弈~阴~饮~隐~营~用~游~渔~雨~玉~狱~浴~豫~月~阅~灶~造~笮~战~张~帐~招~珍~治~贽~终~馔~妆~装~资~自~钻~作~坐~功名~廊庙~

据(據)jù【古】去声,六御。另见274页jū。【例】保~本~逼~笔~辨~参~酬~窜~篡~存~单~叨~蹈~盗~的~典~定~扼~反~非~俯~高~割~给~根~公~攻~轨~稽~疾~僭~借~进~经~九~考~可~跨~狼~理~龙~论~迷~明~南~盘~蟠~判~偏~票~凭~跂~契~欠~碻~窃~侵~确~人~失~实~事~收~数~四~碎~饕~讨~条~抟~吞~屯~文~无~西~袭~下~写~信~雄~熊~讯~焉~依~义~引~拥~右~援~约~赃~枣~粘~占~镇~征~证~执~指~中~衷~专~准~灼~资~字~左~

炬jù【古】上声,六语。【例】宝~持~楚~传~丛~大~导~灯~荻~电~法~繁~飞~凤~高~膏~割~焊~红~花~慧~火~燋~金~久~快~蜡~冷~莲~两~燎~列~烈~龙~芦~绿~麻~猛~蜜~明~评~千~秦~青~燃~如~束~四~松~岁~庭~投~晚~万~苇~夕~犀~夜~银~云~脂~智~烛~紫~星如~雉尾~

聚jù【古】上声,七麌。【例】逼~毕~并~部~财~曹~巢~城~崇~储~丛~凑~簇~蹙~萃~村~存~甸~调~斗~堆~蹲~囤~繁~蜂~辐~府~改~共~关~归~海~合~欢~环~汇~会~火~积~集~讲~结~金~纠~鸠~擎~眷~麇~块~类~离~历~连~敛~良~鳞~陵~笼~鹿~麇~鸟~凝~旁~骈~萍~捊~掊~裒~酺~栖~棲~群~散~森~沙~扇~哨~生~市~收~四~绥~缩~贪~天~团~抟~屯~完~围~委~蚊~窝~晤~雾~吸~翕~衔~乡~小~啸~星~墟~畜~蓄~训~雅~烟~宴~燕~蚁~义~邑~营~拥~涌~游~诱~鹬~冤~云~蕴~杂~攒~臧~噪~粘~招~征~钟~重~州~属~贮~赘~资~总~掫~族~落英~群龙~五星~细柳~英豪~

拒jù【古】上声,六语。【例】拔~北~

闭～撑～辞～挡～抵～东～反～防～敢～格～梗～攻～钩～固～扞～捍～后～坚～九～久～峻～抗～力～连～旅～内～南～逆～排～欺～谦～前～日～色～石～搪～螳～推～外～婉～违～迕～西～相～阳～隐～迎～拥～右～折～枝～中～阻～俎～左～

句jù【古】去声，七遇。参见 396 页 gōu“勾”、415 页 gòu“勾”。【例】拗～败～比～笔～弊～标～病～禅～长～衬～成～齿～出～传～捶～词～辞～从～窜～单～淡～倒～得～德～的～点～迭～叠～都～赌～短～断～对～发～飞～费～分～复～歌～隔～管～过～豪～环～活～棘～集～偈～佳～嘉～检～杰～结～捷～截～锦～警～迥～旧～居～倨～隽～绝～刻～仂～乐～累～冷～丽～例～俪～连～联～练～炼～留～偻～镂～胪～落～觅～妙～名～偶～俳～排～片～篇～骈～频～破～起～敲～青～清～筌～冗～散～骚～赏～申～深～省～诗～束～数～四～搜～俗～索～题～往～尾～文～毋～析～洗～闲～险～小～协～谐～新～雄～秀～须～雪～巡～雅～言～衍～祆～瑶～冶～遗～异～逸～音～隐～媵～有～予～余～语～怨～韵～造～章～折～只～枳～重～逐～主～属～转～赘～拙～琢～子～字～足～鲍家～锦囊～惊人～梅花～凝香～青牛～题叶～相思～燕台～折腰～

惧(懼)jù【古】去声，七遇。【例】哀～逼～禀～怖～猜～惭～惩～耻～愁～怵～大～悼～慄～恫～多～愕～感～骇～寒～荷～惶～悔～恚～嗟～戒～惊～兢～儆～警～窘～可～恐～恇～愧～懔～腼～南～怕～慊～怯～悛～扰～荣～慑～悚～耸～惕～外～危～畏～无～喜～胁～心～欣～凶～恟～恂～休～恂～言～雁～阳～疑～寅～忧～余～陨～增～战～詟～震～祗～治～追～惴～自～足～淮南～

屦(屨)jù【古】去声，七遇。【例】苞～敝～弊～弁～草～穿～倒～鞮～地～扉～服～革～葛～功～冠～黑～还～黄～吉～辑～菅～践～巾～进～句～巨～决～客～蒯～捆～敛～两～履～麻～芒～命～纳～乃～皮～踦～轻～散～绳～盛～疏～双～税～说～丝～素～穗～笋～藤～韦～雾～夏～小～靴～衣～遗～踊～游～簪～杖～织～诛～坠～花粘～青芒～霜人～王乔～

遽jù【古】去声，六御。【例】边～薄～怖～仓～乘～传～匆～忽～丛～促～飞～蜚～骇～何～慌～惶～迹～急～惊～凌～鲁～忙～迫～岂～驲～时～水～奚～夭～庸～鱼～躁～偬～卒～光明～夜未～

巨(鉅)jù【古】上声，六语。【例】材～长～创～繁～非～丰～锋～刚～功～钩～广～宏～闳～济～艰～吕～岂～邛～树～双～乌～细～纤～轩～重～壮～江海～

岠jù【古】上声，六语。【例】峰～崎～蛩～雄～

秬jù【古】上声，六语。【例】玄～

锯(鋸)jù【古】去声，六御。【例】板～带～刀～电～鼎～斧～负～钢～环～火～解～链～木～钳～如～绳～手～霜～台～条～铁～线～削～衣～引～圆～运～执～

踞jù【古】去声，六御。【例】不～窜～对～蹲～高～贵～狐～虎～箕～偃～骄～矜～进～跨～狼～盘～蟠～栖～楼～踑～窃～肆～屯～袭～雄～熊～偃～夷～猿～占～醉～儿狼～

倨jù【古】去声，六御。【例】傲～骜～并～辞～诞～恭～贵～浩～后～箕～简～

骄~矜~句~倨~伉~廉~骂~前~轻~形~性~偃~奴仆~

俱jù【古】上平,七虞。另见274页jū。【例】不~道~家~莫~难~起~相~与~赤松~好风~泥沙~日月~四岳~心赏~雪月~与云~

椇jù【例】插~犁~

距jù【古】上声,六语。【例】拔~笔~测~差~蟾~长~超~车~撑~错~等~抵~定~东~对~蹲~峰~锋~凤~隔~钩~冠~轨~后~虎~滑~黄~鸡~间~见~焦~角~节~金~进~浚~离~旅~鸾~螺~盘~蛩~石~视~双~腾~脱~违~无~西~奚~闲~相~销~星~行~修~虚~牙~严~鹰~踊~踰~羽~玉~障~鸷~轴~株~爪~觜~

苣jù【古】上声,六语。【例】白~脆~翠~绯~蒿~红~金~苦~芦~绿~苣~青~束~束~莴~同心~

讵(詎)jù【古】上声,六语。又:去声,六御同。【例】何~奚~庸~

飓(颶)jù【古】去声,七遇。【例】防~风~海~抗~飐~

足jù 过分。【古】去声,七遇。另见236页zú。

澽jù 水名。【古】去声,六御。

醵jù【古】去声,六御。又:上平,六鱼同。又:入声,十药同。【例】共~合~集~进~醵~扛~科~敛~率~酺~相~宴~犹~

窭(寠)jù【古】上声,七麌。另见404页lóu。【例】辞~单~凋~孤~寒~羁~艰~困~偻~瓯~贫~穷~受~屯~衔~终~

瞿jù【古】去声,七遇。另见278页qú。【例】勾~惊~瞿~睽~目~强~心~

沮jù 湿润。【古】去声,六御。另见274页jū、283页jǔ。

剧(劇)jù【古】入声,十一陌。【例】悲~博~惨~潮~崇~丑~楚~川~匆~丛~滇~凋~雕~侗~笃~短~恶~儿~烦~繁~纷~干~赣~歌~更~广~桂~寒~汉~杭~豪~湖~沪~花~华~话~淮~幻~徽~活~机~激~吉~急~加~艰~简~晋~寖~京~寇~苦~狂~昆~困~劳~乐~理~庐~吕~绵~闽~睦~闹~疲~偏~贫~平~评~祁~前~黔~勤~清~琼~曲~趣~饶~热~冗~稍~绍~沈~诗~石~史~枢~水~苏~碎~太~谈~危~五~武~侮~舞~婺~锡~喜~戏~闲~显~芗~湘~笑~谐~新~幸~雄~谑~哑~演~扬~姚~要~彝~役~易~殷~影~邕~甬~优~尤~豫~猿~粤~越~杂~则~增~正~治~众~壮~

虑(慮)lǜ【古】去声,六御。【例】百~边~伯~猜~参~策~长~尘~沉~陈~宸~澄~愁~筹~怆~大~殚~淡~澹~涤~独~笃~度~短~贰~发~烦~繁~防~非~浮~革~更~顾~寡~挂~罣~关~归~规~过~何~后~皇~回~机~积~极~计~嘉~奸~焦~竭~介~衿~惊~精~警~静~九~考~可~恐~苦~聊~密~免~渺~明~谟~默~谋~脑~逆~念~凝~畔~平~魄~杞~千~牵~前~潜~浅~轻~清~情~屈~取~摧~锐~睿~散~设~深~神~沈~审~慎~生~圣~识~世~事~输~孰~熟~顺~硕~私~思~俗~宿~惕~托~万~亡~危~无~五~勿~息~洗~详~心~须~玄~悬~雅~焉~研~遗~疑~异~役~

意～引～隐～营～忧～猷～余～愚～预～欲～远～杂～蚤～斋～轸～知～至～志～智～忠～众～周～属～缀～智者～

滤(濾)lǜ【古】去声,六御。【例】澄～过～淋～沙～纱～筛～渗～网～细～纸～

律lǜ【古】入声,四质。【例】拗～被～编～变～标～兵～残～草～茶～禅～长～常～成～程～持～赤～出～吹～春～词～大～盗～笛～典～调～定～东～冬～动～读～杜～法～犯～风～凤～佛～附～改～概～篙～格～公～宫～觥～古～圭～规～轨～国～过～寒～汉～合～鸿～忽～斛～换～计～纪～葭～江～讲～角～节～诫～今～金～谨～进～禁～净～酒～厩～句～军～焌～开～科～宽～夔～乐～礼～历～吕～律～论～门～妙～庙～明～鸣～谋～暮～内～难～年～暖～排～婆～破～奇～起～气～铃～乾～青～清～穷～秋～曲～屈～全～戎～如～入～桑～丧～僧～沙～商～上～审～声～绳～失～师～诗～时～事～试～守～受～述～司～素～岁～唐～体～天～田～条～贴～通～同～铜～童～统～图～违～尉～温～文～五～析～夏～宪～萧～晓～协～谐～嶰～心～新～兴～星～刑～行～魆～獝～玄～旋～循～雅～严～阳～爻～药～耶～叶～仪～移～疑～阴～音～应～幽～右～余～玉～郁～月～韵～早～造～正～直～质～中～钟～周～朱～竹～准～自～邹～诹～足～卒～崒～罪～郢中～

率lǜ【古】入声,四质。另见 319 页 shuài。【例】倍～比～变～标～差～分～奉～概～高～功～豪～荒～汇～几～检～简～进～军～科～课～控～枯～款～利～民～配～频～强～收～疏～税～速～效～心～总～

绿(綠)lǜ【古】入声,二沃。另见 261 页 lù。【例】碧～采～惨～苍～草～常～澄～赤～愁～垂～葱～翠～黛～滴～豆～娥～萼～繁～绯～粉～挂～桂～含～寒～黑～湖～江～娇～结～静～空～黎～潋～柳～墨～嫩～凝～缥～品～平～漆～沁～青～轻～柔～森～石～水～松～铜～头～吐～卧～娄～细～鲜～缃～小～新～鸭～盐～艳～秧～漪～蚁～阴～鹦～油～黝～郁～涨～稚～朱～杯中～春酒～烟波～

垒(壘)lǜ【古】《集韵》:入声,质韵。另见 334 页 lěi。【例】郁～荼～

女nǜ 嫁女于人。【古】去声,六御。另见 284 页 nǚ。

恧nǜ【古】入声,一屋。又:入声,十三职同。【例】惭～哽～顾～渐～鞠～愧～内～恧～懦～怂～悚～缩～退～外～西～羞～中～自～神理～虑赍～

衄(衂)nǜ【古】入声,一屋。【例】败～奔～鼻～兵～不～齿～摧～挫～大～耳～后～肌～惊～沮～朘～蹶～亏～前～倾～穷～势～缩～退～畏～小～心～易～战～折～祝～

趣qù【古】去声,七遇。【例】奥～本～笔～别～成～澄～辞～凑～催～大～道～得～逗～督～敦～多～恶～乏～风～赴～高～古～寡～归～鬼～鹤～欢～机～寄～佳～嘉～监～见～解～进～精～景～径～局～苦～况～乐～理～六～没～媚～妙～冥～奇～歧～琴～清～情～曲～入～涉～深～神～生～诗～时～识～适～殊～随～讨～体～天～通～同～童～微～无～细～霞～闲～协～谐～心～兴～性～雅～要～野～业～遗～义～异～逸～意～幽～由～有～余～远～贞～真～争～证～知～旨～指～志～助～着～醉～耕桑～林壑～平

生~山水~烟波~渔樵~

去qù【古】去声,六御。又:上声,六语异。【例】罢~北~避~拨~藏~撤~斥~出~除~辞~大~遁~夺~儿~帆~放~飞~废~革~故~归~过~好~化~还~回~击~即~简~解~进~蠲~决~老~敛~临~略~免~排~屏~起~弃~前~却~入~散~删~舍~圣~失~收~疏~跳~同~退~脱~亡~望~委~仙~相~向~消~星~遗~以~逸~引~隐~攸~雨~臧~阵~转~自~乘风~东流~拂衣~赋归~花落~青云~随月~

觑(覷、覰、覻)qù【古】去声,六御。【例】~暗~饱~觇~打~点~观~胡~飏~回~监~见~近~狙~看~窥~瞟~轻~善~厮~偷~下~相~小~斜~羞~穴~巡~鸢~猿~张~照~正~凡眼~偷眼~鬓边~

阒(闃)qù【古】入声,十二锡。【例】隘~寂~空~寥~虚~窅~幽~

絮xù【古】去声,六御。【例】白~败~被~帛~擘~布~蚕~赤~春~叨~烦~繁~方~飞~粉~风~故~聒~寒~汉~皓~红~花~话~会~击~鸡~茧~巾~金~纩~冷~柳~芦~乱~落~冒~绵~棉~泥~披~漂~飘~轻~晴~弱~散~霜~丝~琐~苔~吐~万~韦~香~晓~雪~烟~盐~杨~衣~咏~玉~缊~缯~沾~毡~治~纻~吹纶~风旋~漫天~天公~

叙(敘、敍)xù【古】上声,六语。【例】班~褒~补~插~畅~陈~澄~齿~传~次~代~亶~倒~道~得~登~等~敦~分~封~敷~官~贯~河~核~后~欢~回~会~即~纪~讲~奖~节~金~锦~进~旌~九~具~款~揆~类~聊~列~六~龙~胪~录~伦~面~描~内~品~平~评~铺~谱~迁~牵~琴~诠~让~删~少~申~升~声~失~时~式~收~书~述~顺~谈~套~题~天~位~晤~洗~详~小~校~选~燕~遗~彝~议~荫~优~攸~御~允~载~展~章~昭~甄~直~帙~治~秩~转~追~缀~赘~擢~咨~资~自~

序xù【古】上声,六语。【例】班~褒~标~别~布~参~策~差~常~倡~朝~辰~陈~承~程~澄~齿~传~春~词~次~撮~大~代~诞~党~倒~地~第~调~东~冬~笃~端~惇~敦~芳~分~风~凤~改~革~工~瓜~乖~官~冠~贯~桂~过~寒~合~贺~鸿~黉~后~花~华~槐~黄~诲~火~积~吉~即~集~纪~继~简~讲~胶~阶~节~进~景~菊~客~腊~礼~历~连~两~列~麟~令~流~录~鹭~伦~麦~旻~暮~拍~排~佩~平~七~凄~气~迁~愆~清~秋~诠~荣~散~商~上~盛~失~诗~时~识~式~事~守~首~寿~书~述~衰~霜~顺~说~素~随~岁~堂~题~天~条~脱~违~位~文~物~夕~西~禊~夏~相~庠~祥~小~校~协~新~星~修~轩~宣~玄~选~循~炎~雁~瑶~叶~仪~彝~阴~荫~音~寅~应~樱~有~右~逾~羽~语~鸳~鹓~元~运~赞~赠~鳣~甄~征~正~证~政~治~秩~中~州~胄~撰~擢~资~自~遵~四时~尊卑~

垿xù 见于人名。【古】上声,六语。

绪(緒)xù【古】上声,六语。【例】懊~霸~百~悲~敝~别~才~蚕~肠~成~承~崇~抽~愁~触~春~次~悰~寸~错~单~地~帝~耑~端~多~纷~风~

福~根~公~功~官~光~归~汉~合~洪~华~话~欢~环~基~绩~缉~极~继~家~阶~就~绝~开~离~连~令~伦~茂~美~门~绵~苗~妙~名~末~丕~铺~起~泣~千~前~琴~清~情~庆~秋~筌~入~睿~伤~神~圣~诗~世~事~衰~顺~丝~思~四~谈~天~祧~条~统~头~拓~万~文~紊~无~遐~先~纤~闲~心~兴~蓄~玄~炎~杨~遥~曳~遗~意~吟~引~胤~萦~忧~幽~由~余~元~源~月~云~缊~正~植~治~胄~坠~宗~缵~纂~

婿(壻)xù【古】去声,八霁。【例】爱~宾~得~帝~儿~凤~夫~姑~官~贵~国~寒~汉~后~佳~快~郎~良~僚~脔~妹~门~觅~纳~女~亲~少~甥~私~孙~猥~娟~魏~翁~小~新~娅~迎~友~岳~择~招~主~赘~子~姊~宗~乘龙~金龟~

湑xù【古】上声,六语。【例】酣~乐~沦~湑~

溆xù【古】上声,六语。【例】别~草~春~岛~芳~风~海~花~淮~林~绿~平~浦~前~曲~沙~石~湍~溪~烟~妍~玉~远~洲~竹~

酗xù【古】去声,七遇。【例】沉~浇~陋~沈~凶~夜~淫~醉~

鱮xù【古】上声,六语。【例】白~出~鲂~鲋~鳜~鲤~鲨~素~鳣~

续(續)xù【古】入声,二沃。【例】百~补~承~骋~持~触~存~代~待~貂~断~迹~更~赓~狗~恒~后~狐~继~假~胶~接~解~久~绝~连~陆~录~缕~鸾~络~绍~收~手~顺~似~嗣~祧~沃~相~续~寻~延~引~胤~永~踵~属~转~撰~缀~缵~凫胫~狗尾~琴弦~

旭xù【古】入声,二沃。【例】朝~晨~初~春~丹~旦~颠~东~负~杲~皓~红~昏~朗~黎~明~清~晴~始~望~煦~曛~阳~朱~醉~

畜xù【古】入声,一屋。另见 252 页 chù。【例】池~放~拊~耕~豢~家~聚~六~牧~难~仁~容~生~小~畜~养~役~杂~

蓄xù【古】入声,一屋。【例】包~宝~闭~财~采~藏~储~蹙~存~黛~地~府~含~涵~怀~积~久~居~聚~累~廪~内~钤~潜~生~霜~私~素~韬~停~渟~土~养~余~豫~渊~蕴~旨~跱~潴~贮~资~千金~秋气~

恤(卹)xù【古】入声,四质。【例】哀~爱~安~褒~禀~不~惨~怆~慈~赐~存~贷~眈~吊~恩~访~俸~抚~拊~赋~顾~国~厚~惠~济~检~简~矜~经~旌~救~蠲~眷~宽~赉~劳~理~怜~悯~明~念~钦~勤~庆~屈~仁~任~赡~赏~省~收~送~体~通~同~憧~罔~慰~温~问~下~衔~相~淹~养~议~荫~隐~营~优~赠~沾~昭~振~赈~拯~周~助~追~不足~

勖(勗)xù。【古】入声,二沃。【例】讲~教~诫~警~敬~开~愧~懋~勉~期~前~亲~罄~让~善~深~束~相~欣~训~珍~自~

洫xù【古】入声,十三职。【例】北~城~封~沟~浚~漻~石~田~西~洫~震~治~

淢xù 水流状。【古】入声,四质。

遇yù【古】去声,七遇。【例】爱~被~标~摽~不~惨~尘~齿~崇~宠~媾~

大~待~得~冬~对~恩~逢~抚~感~遘~顾~乖~诡~过~后~厚~会~机~际~嘉~见~奖~接~节~矜~谨~景~境~鸠~居~眷~客~款~冷~礼~怜~良~两~隆~路~眄~冥~虐~偶~盼~匹~奇~器~遣~巧~亲~邛~秋~任~荣~善~赏~神~胜~时~识~视~殊~暑~谁~顺~宿~随~推~外~晚~委~未~位~无~喜~显~相~巷~谐~欣~信~幸~艳~邀~夜~异~意~淫~引~优~游~运~遭~知~值~重~宗~冯唐~千载~

誉(譽)yù【古】去声,六御。又:上平,六鱼同。【例】阿~爱~谤~褒~标~冰~才~材~谄~称~逞~驰~传~大~诞~党~导~道~得~德~登~钓~反~芳~飞~非~诽~讽~浮~负~干~高~功~沽~鼓~光~广~过~含~华~徽~毁~籍~嘉~贾~奸~荐~奖~交~洁~借~咎~隽~俊~空~跬~廉~令~流~掠~买~卖~美~面~妙~民~名~明~佞~齐~窃~亲~清~庆~曲~取~劝~人~仁~荣~商~赏~声~盛~诗~时~世~市~收~淑~私~俗~素~谈~叹~腾~推~妄~望~威~伟~文~闻~无~物~息~喜~暇~显~享~信~凶~休~虚~循~雅~延~燕~扬~阳~邀~要~遗~溢~饮~永~游~玉~欲~远~载~赞~早~章~终~众~重~走~足~

御yù【古】去声,六御。【例】败~备~跸~嬖~宾~部~骖~策~长~朝~臣~乘~惩~侈~出~达~当~得~登~抵~典~调~动~督~堵~对~遏~返~防~房~奉~服~抚~傅~供~宫~共~贡~冠~馆~诡~贵~捍~呵~鸿~缓~患~回~缉~戢~驾~监~检~简~见~饯~荐~僭~将~近~进~禁~九~救~拒~抗~控~匡~窥~来~隶~良~临~领~流~六~龙~率~美~内~能~辇~女~配~嫔~仆~强~妾~秋~权~日~戎~善~膳~上~射~摄~神~失~施~时~侍~守~戍~绥~天~僮~统~徒~屯~王~维~羲~徙~献~相~香~享~消~亵~幸~巡~训~要~移~遗~义~役~逸~引~婴~媵~壅~驭~豫~远~月~张~帐~珍~镇~正~支~执~制~贽~中~周~诸~总~驺~奏~阻~百夫~

裕yù【古】去声,七遇。【例】博~充~冲~垂~绰~德~惇~方~丰~富~干~光~广~和~弘~谨~康~宽~平~谦~清~饶~容~赡~叔~恬~威~违~温~袭~暇~闲~休~雅~衍~怡~遗~盈~优~由~猷~有~余~玉~

悆yù【古】去声,六御。【例】不~鸿~怡~悦~

预(預)yù【古】去声,六御。【例】备~不~参~搀~杜~多~干~关~何~两~侵~署~未~无~已~淫~引~游~

喻yù【古】去声,七遇。【例】安~暗~逼~比~辟~博~称~敦~方~讽~抚~高~告~共~换~海~假~谏~降~教~解~诫~借~开~理~勉~面~妙~明~默~拟~逆~呕~旁~譬~企~钦~曲~取~劝~确~善~设~深~审~托~慰~象~晓~兴~晌~训~言~引~隐~诱~云~招~征~直~指~自~

愈yù【古】上声,七麌。【例】安~病~差~瘳~初~除~创~当~富~获~即~康~轲~良~平~全~稍~沈~遂~悉~小~阴~愈~治~自~脱然~

寓(庽)yù【古】去声,七遇。【例】暗~邸~分~感~公~海~羁~寄~蹇~久~

僦~客~流~旅~默~漂~萍~栖~楼~侨~区~书~水~税~私~宿~托~外~徙~向~行~移~意~隐~营~游~暂~属~尊~作~做~天地~万物~

豫yù【古】去声,六御。【例】安~备~不~参~厕~宸~迟~侈~冲~出~春~大~底~调~奋~丰~弗~富~干~乖~关~和~欢~江~荆~恺~康~诳~两~茂~鸣~冥~南~能~庞~谦~潜~亲~清~秋~汝~赏~奢~神~时~淑~水~说~违~西~戏~暇~夏~闲~欣~休~燕~阳~怡~逸~淫~雍~优~由~犹~游~鼬~悦~缊~蚤~展~仲~长生~无时~

与(與)yù【古】去声,六御。另见288页yǔ。【例】参~方~干~关~将~可~强~侵~容~无~席~犹~与~

驭(馭)yù【古】去声,六御。【例】奔~鞭~飙~宾~骖~策~车~乘~弛~叱~宠~大~调~冬~防~风~凤~服~抚~鹄~鬼~鹤~驾~检~进~骏~控~临~六~龙~鸾~青~驱~鹊~日~善~射~升~失~使~绥~台~通~统~徒~仙~象~轩~驯~烟~炎~宴~驿~逸~月~云~掌~执~制~治~总~驺~左~羲和~

语(語)yù【古】去声,六御。另见287页yǔ。【例】告~可~谁~晓~相与~

芋yù【古】去声,七遇。【例】稻~冻~番~瓜~鬼~旱~红~姜~菊~栗~蔓~芒~民~魔~雀~僧~山~损~甜~土~煨~乌~新~轩~洋~野~鹳~竹~芭蕉~君子~岷下~

吁(籲)yù【古】去声,七遇(以"籲"字)。另见276页yū。【例】哀~喘~吹~哈~骇~呼~惊~留~率~手~覃~叹~欷~嘻~歔~仰~掩卷~仰面~噫嘻~

谕(諭)yù【古】去声,七遇。【例】班~榜~褒~宝~遍~布~陈~敕~宠~传~存~导~电~调~敦~讽~抚~告~诲~寄~嘉~见~谏~奖~教~解~诫~镌~谲~钧~开~口~来~论~密~勉~面~明~能~拟~譬~谯~曲~劝~善~上~申~神~审~省~圣~示~手~说~坛~通~托~违~谓~慰~温~宪~晓~兴~响~宣~学~训~严~阴~引~诱~语~悦~赞~诏~旨~朱~谆~宗~遵~

雨yù【古】去声,七遇。另见286页yǔ。【例】遍~似~天~主~

饫(飫)yù【古】去声,六御。【例】饱~朝~鼎~肥~膏~槁~酣~欢~犒~岁~外~温~厌~宴~餍~宜~饮~甘芳~鲜肥~

妪(嫗)yù【古】去声,七遇。【例】媪~病~村~道~富~覆~公~孤~瞽~假~健~酒~老~俚~邻~媒~牛~潘~贫~群~乳~山~少~神~市~叟~翁~巫~姁~妪~持扇~解诗~邻家~守闾~

滪(澦)yù【古】去声,六御。【例】滟~

蓣(蕷)yù【古】去声,六御。【例】山~薯~茴~

育yù【古】入声,一屋。【例】爱~安~苞~保~赉~并~哺~不~产~长~成~齿~宠~春~慈~丛~存~诞~泰~德~地~恩~发~蕃~繁~孵~敷~孚~扶~抚~拊~俯~复~丐~含~涵~杭~贺~化~海~惠~济~奖~教~节~矜~浸~鞠~绝~坤~乐~理~率~卵~茂~美~冥~培~普~庆~仁~乳~赡~生~时~水~顺~嗣~胎~陶~提~体~天~推~晚~熙~下~夏~煦~选~熏~训~阳~

养~遗~颐~荫~赢~优~牖~妪~育~悦~孕~蕴~载~甄~智~滞~资~孳~滋~子~字~作~天地~万物~英才~

浴yù【古】入声,二沃。【例】辨~漕~池~出~川~淬~鹅~佛~凫~谷~鹄~盥~海~好~鹤~火~浃~浸~净~淋~鹭~裸~沐~暮~鸟~盆~鹊~入~沙~拭~双~水~汤~乌~五~洗~晓~谢~新~衅~薰~鸦~燕~药~夜~澡~圳~自~坐~春水~

欲(慾)yù【古】入声,二沃。【例】爱~财~趁~逞~骋~侈~垂~从~大~耽~诞~多~恶~放~公~苟~寡~规~贵~欢~浑~货~极~觊~见~将~节~金~禁~究~久~绝~可~窥~乐~离~理~利~敛~六~民~内~遣~侵~情~人~肉~色~少~奢~深~神~胜~剩~失~食~适~嗜~兽~顺~私~肆~素~遂~贪~体~同~外~枉~味~无~五~物~下~先~羡~邪~泄~性~凶~悬~焉~阳~养~佚~逸~意~溢~淫~营~愿~躁~止~志~窒~追~恣~纵~足~

玉yù【古】入声,二沃。【例】哀~白~宝~抱~杯~贝~贲~比~币~碧~璧~卞~冰~采~餐~仓~苍~赪~承~螭~尺~赤~楚~钏~吹~炊~赐~丛~翠~大~带~戴~丹~倒~得~抵~雕~钓~叠~鼎~椟~多~堕~珥~燔~饭~风~冯~奉~服~浮~改~绀~刚~割~弓~公~攻~钩~谷~挂~冠~贯~裸~归~圭~龟~珪~瑰~贵~桂~含~寒~琀~撼~皓~合~和~黑~横~红~虹~湖~华~化~怀~还~鬟~黄~火~霍~积~笄~吉~祭~嘉~戛~检~绛~截~解~金~荆~琚~脍~窥~昆~琨~辣~兰~朗~冷~礼~丽~栗~良~两~料~六~镂~鹿~绿~沦~埋~蟒~美~麋~珉~鸣~墨~嫩~腻~碾~弄~挪~佩~喷~烹~片~缥~破~璞~泣~潜~茜~切~青~轻~琼~秋~球~鹊~群~如~茹~软~瑞~润~善~牲~时~食~莳~拭~授~疏~树~庶~漱~双~水~瞬~私~四~宋~素~粟~碎~笋~汤~庭~头~颓~拖~唾~万~卫~温~文~乌~惜~淅~犀~洗~玺~系~匣~纤~衔~献~香~镶~响~象~削~萧~泻~屑~谢~瑄~玄~璇~璿~炫~压~檐~燕~瑶~药~椰~夜~夷~宜~移~遗~疑~倚~瘗~隐~婴~莹~硬~瑜~元~韫~簪~藻~赠~赵~赭~浙~贞~珍~真~轸~振~芝~执~治~峙~种~珠~属~馔~琢~紫~自~醉~卞和~蓝田~连城~

域yù【古】入声,十三职。【例】奥~阪~邦~保~北~本~边~薄~惨~尘~城~出~川~穿~村~大~地~东~兑~堕~范~方~分~封~艮~宫~光~广~鬼~海~和~宏~华~化~环~寰~荒~兼~疆~郊~界~禁~京~净~境~静~九~鞠~绝~开~空~阃~离~里~裂~邻~灵~陵~领~流~墓~南~耆~谴~穷~区~去~日~儒~商~神~声~圣~世~寿~殊~庶~水~司~思~四~素~坛~天~通~同~土~外~万~西~遐~仙~先~限~乡~香~象~墟~玄~瑶~异~逸~音~茔~营~有~禹~远~月~兆~肇~轸~畛~震~正~制~中~州~竺~桑梓~

蜮(魊)yù【古】入声,十三职。【例】魃~大~鬼~含~黑~狐~化~虺~蝼~黾~鸣~螟~蛇~射~水~为~溪~魆~淫~含沙~

狱(獄)yù【古】入声,二沃。【例】犴~

岸~按~犴~北~狴~弊~变~辨~惨~仓~察~厂~成~弛~出~楚~词~大~逮~党~盗~地~典~断~对~法~烦~反~丰~赴~覆~蛊~官~贯~归~鬼~国~黑~画~缓~火~积~监~劫~谨~禁~敬~静~鞠~具~决~掘~滥~牢~理~炼~梁~留~乱~埋~卖~秘~民~南~平~破~起~钱~秦~攘~沈~慎~诗~市~书~鼠~庶~水~司~死~讼~速~宿~台~探~逃~天~听~脱~外~威~文~五~系~下~陷~相~兴~刑~凶~恤~雪~讯~押~淹~谳~宜~疑~议~阴~幽~由~鬻~冤~阅~越~造~炸~战~诏~折~哲~执~制~治~滞~罪~坐~阿鼻~文字~

聿yù【古】入声,四质。【例】不~牍~舌~郁~

埭yù 用于地名。【古】入声,六月。

郁(鬱)yù【古】入声,五物。【例】哀~埃~霭~奥~抱~悲~彬~勃~浡~苍~草~岑~畅~朝~沉~冲~愁~醇~葱~蹙~翠~达~阏~遏~发~烦~芳~沸~忿~愤~丰~佛~馥~肝~感~桂~和~黑~洪~火~积~江~茭~解~久~崛~酷~兰~流~茏~隆~闷~朦~祕~冥~酿~浓~沤~盘~蟠~骈~气~慊~青~屈~全~荣~森~赡~深~沈~时~食~淑~暑~树~水~陶~腾~天~土~委~温~蓊~乌~雾~销~雄~宣~血~淹~湮~妍~炎~弇~掩~怏~夭~杳~窈~噎~伊~依~噫~抑~悒~浥~翳~阴~氤~堙~隐~荧~萦~拥~忧~幽~纡~余~怨~云~蒸~窒~滞~阻~

鬻yù【古】入声,一屋。【例】博~传~待~盗~典~饭~贩~粜~酤~货~贾~贱~夸~买~卖~贸~廛~市~收~私~天~炫~薰~淫~鬻~孕~赈~质~増~转~自~

毓yù【古】入声,一屋。【例】产~诞~抚~浸~利~萌~提~亭~蓄~养~拥~郁~孕~照~钟~

彧yù【古】入声,一屋。【例】彬~谩~彧~

淯yù【古】入声,一屋。【例】北~沮~

堉yù 沃土。【古】入声,一屋。

昱yù【古】入声,一屋。【例】晃~晦~焜~倏~熊~昱~

煜yù【古】入声,一屋。【例】炳~晃~晖~辉~日~倏~炜~熻~曜~晔~熠~燠~月~雪~

燠yù【古】入声,一屋。又:上声,十九皓异。又:去声,二十号异。另见381页ào。【例】安~残~常~冬~烦~风~寒~和~开~凉~暖~祥~气~轻~晴~时~微~温~暄~炎~旸~郁~安且~貂狐~和风~

矞yù【古】入声,四质。【例】炳~堂~矞~

遹yù【古】入声,四质。【例】回~祗~卓~

燏yù 火光。【古】入声,四质。

潏yù【古】入声,四质。【例】渤~荡~沸~汩~回~潏~沕~濊~

鹬(鷸)yù【古】入声,四质。【例】白~蚌~彩~翠~怪~冠~聚~蛎~钳~丘~死~鹬~

尉yù 尉迟。【古】入声,五物。另见351页wèi。

蔚yù 地名。【古】入声,五物。另见352页wèi。

熨yù 【古】入声，五物。另见352页wèi、562页yùn。【例】砭~毒~攻~汤~澡~针~炙~

谷yù 吐谷浑。【古】入声，一屋。另见242页gǔ。

峪yù 【古】入声，二沃。【例】苍~虎~嘉~茅~入~山~石~水~瓦~阳~玉~马兰~

钰(鈺)yù 【古】入声，二沃。【例】宝~金~

鹆(鵒)yù 【古】入声，二沃。【例】鹳~鸣~鸲~鹦~

澳yù 【古】入声，一屋。另见381页ào。【例】兰~淇~幽~

汩yù 【古】入声，四质。另见243页gǔ。【例】汩~泂~

粥yù 【古】入声，一屋。另见272页zhù、400页zhōu。【例】荤~粥~

阈(閾)yù 【古】入声，十三职。【例】层~城~藩~闺~桂~户~践~界~境~阃~闾~履~门~屏~清~视~堂~听~庭~痛~闱~限~异~逾~造~

棫yù 【古】入声，十三职。【例】枞~芃~栖~吴~檽~梓~柞~

菀yù 茂盛。通"蕴"。【古】入声，五物。另见449页wǎn。

附：本韵部旧读入声字

8. 乌韵

阴平

出督忽惚唿淴昒哭窟矻仆叔淑菽倏窣秃突葖凸屋欻

阳平

读毒独牍犊渎椟讟黩髑碡顿纛福服伏拂幅辐袱茀韨菔佛茀绋袯绂洑匐蝠黻幞沸怫艴鹏茯弗鹄鹘斛觳囫槲縠仆璞醭濮蹼墣樸熟娖赎孰塾秫俗腯竹逐烛躅轴筑劚蠋舳妯竺朮瘃足崒族卒捽镞

上声

卜笃馉榖鹘濲谷骨鹄滑毂汩榾朴蹼辱属蜀属嘱瞩

去声

不畜矗触黜绌怵搐俶琡斶促簇蔟蹙猝槭蹴复覆腹缚馥蝮鳆服告梏牿笏酷喾六陆戮鹿碌录绿禄麓漉簏箓辘渌醁勠蓼琭角目木沐幕牧睦穆鹜霂苜僇曝暴瀑入肉蓐缛褥溽术述束沭钵鹔傈蹜速粟宿肃缩夙蔌餗簌骕涑觫谡屼芴鋈物勿兀卼杌蓿祝筑粥柷

9. 迂韵

阴平

锔掬鞠踘鞫曲屈蛐诎顼魆欻戌

阳平

局橘菊侷跼鶪曲

上声

挶曲

去声

剧律率绿垒恧衄阒续旭畜蓄恤勖洫淢育浴欲玉域狱聿肀郁鬻毓淯堉昱煜燠蜮矞遹燏潏鹬尉蔚熨谷峪钰鹆澳汩粥阈棫菀

五、哀(ai)歪(uai)两韵母的韵部

韵　母	哀(ai)歪(uai)
说　明	本表两韵母,稳定一韵部,即"哀歪"韵;宽严不再分。

10. 哀歪韵

平声·阴平

哀āi【古】上平,十灰。【例】八~奔~蝉~沉~成~愁~垂~夺~发~赴~告~割~顾~国~过~含~韩~寒~鸿~极~见~节~矜~尽~惊~九~居~举~可~乐~怜~悯~愍~鸣~莫~默~穆~佞~牛~七~凄~祁~乞~遣~清~求~荣~杀~山~伤~沉~生~死~酸~遂~恸~吞~衔~祥~心~新~修~叙~扬~遗~忧~余~娱~禹~怨~志~治~致~奏~笛声~风雨~后人~黄雀~万壑~猿啸~

埃āi【古】上平,十灰。【例】薄~碧~边~尘~沉~愁~点~芳~飞~氛~雰~焚~风~拂~浮~高~寒~红~灰~积~涓~绝~梁~落~帽~浅~青~轻~清~俗~天~纤~翔~嚣~喧~烟~炎~扬~阴~远~云~赭~袜生~万里~袖拂~

挨āi【古】上平,九佳。另见 304 页 ái。【例】擦~迟~宕~轮~搪~延~应~

唉āi【古】上平,十灰。【例】唉~讯~

哎āi【例】嗯~嘿~

掰bāi【例】对~力~两~手~瞎~

猜cāi【古】上平,十灰。【例】沉~愁~蝶~多~贰~防~费~估~胡~花~怀~昏~忌~见~骄~惊~浪~量~料~乱~虑~难~忍~深~是~搜~无~嫌~相~凶~雄~悬~寻~疑~鹰~鱼~怨~左~做~不须~燕雀~

偲cāi 有才能。【古】上平,十灰。

差chāi【古】上平,九佳。另见 2 页 chā、19 页 chà、171 页 cī。【例】暗~帮~打~待~勾~关~卡~开~看~科~陵~冥~辟~起~签~升~试~司~堂~讨~闹~消~销~宣~徭~遗~优~杂~走~走阴~

钗(釵)chāi【古】上平,九佳。【例】安~拔~宝~鬓~插~垂~翠~盗~得~钿~断~堕~分~凤~宫~古~鬼~桂~横~花~髻~鹅~金~荆~旧~爵~兰~理~龙~露~鸾~秦~雀~裙~双~松~素~铜~晓~斜~悬~雁~燕~瑶~遗~

银～鱼～羽～玉～鸳～长～折～珠～凤凰～美人～蟠龙～辟寒～水精～铜鼓～玉臂～玉鸦～

拆chāi 口语音。【古】入声，十一陌。另见71页chè。【例】崩～壁～菜～除～发～翻～分～乖～红～花～毁～甲～跰～江～解～金～锦～拘～开～离～裂～榴～露～密～启～山～星～验～燕～云～支～

搋chuāi【古】上平，九佳。【例】暗～怀～揉～扇～洗～怀里～

呆(獃)dāi【古】上平，十灰。另见304页ái。【例】阿～痴～翠～大～发～憨～僵～惊～愣～卖～木～书～胃～吴～吓～佯～迂～直～滞～妆～装～卖痴～

呔dāi 叹词。

待dāi 另见313页dài。【例】久～

该(該)gāi【古】上平，十灰。【例】备～本～必～遍～博～不～当～典～该～公～含～合～活～兼～理～穷～双～谁～魏～文～详～淹～应～只～总～六法～万卷～

陔gāi【古】上平，十灰。【例】春～阶～九～兰～南～三～韶～田～循～阵～奏～

垓gāi【古】上平，十灰。【例】八～半～城～崇～荒～会～京～九～累～南～闹～三～埏～天～田～亿～大会～山城～秭生～

晐 gāi 同"赅"。【古】上平，十灰。【例】通～

赅(賅)gāi【古】上平，十灰。【例】备～概～兼～简～奇～通～意～众妙～

荄gāi【古】上平，九佳。又：上平，十灰同。【例】草～陈～春～冻～豆～芳～浮～根～姑～寒～枯～流～麻～菟～野～芋～云～

乖guāi【古】上平，九佳。【例】悖～避～乘～丑～词～打～道～刁～动～分～风～乖～行～好～精～狂～暌～离～礼～理～两～卖～谋～内～弄～日～撒～伤～时～使～逃～讨～体～偷～挝～无～相～心～奄～眼～意～音～远～运～张～长～政～志～中～终～骤～嘴～百事～大义～恩泽～好恶～名实～趣尚～

咳hāi 叹息。【古】上平，十灰。另见306页hái、316页kài、65页ké。

咍hāi【古】上平，十灰。【例】嘲～孩～齁～欢～诙～可～目～咍～相～自～老堪～气咍～俗子～吴儿～众人～醉成～

嗨hāi 叹词。

开(開)kāi【古】上平，十灰。【例】避～冰～拨～擘～岔～拆～敞～绰～朝～掣～晨～初～除～窗～创～春～翠～打～大～弹～电～丢～东～洞～堵～断～对～顿～躲～发～繁～房～放～分～粉～风～峰～缝～高～割～隔～公～广～龟～滚～函～汉～行～好～荷～鹤～横～虹～后～湖～花～计～假～剪～讲～交～揭～解～镜～裾～菊～看～靠～磕～库～廓～拉～兰～浪～雷～离～帘～莲～两～亮～撩～裂～灵～岭～龙～笼～楼～迈～眉～梅～明～闹～泥～年～派～旁～抛～劈～撇～屏～瓶～萍～剖～启～全～瑞～散～闪～扇～擅～伸～盛～石～疏～曙～甩～双～撕～四～松～摊～祖～堂～桃～陶～天～调～推～托～拓～晚～网～武～雾～隙～霞～夏～掀～详～想～向～小～晓～心～星～形～训～烟～颜～眼～阳～漾～曳～夜～园～远～云～砸～展～绽～张～召～肇～支～智～中～昼～斫～白云～浮萍～画图～林霏～柳眼～腻粉～浅深～清域～夕阳～晓色～笑口～药栏～郁不～月华～

揩kāi【古】上平，九佳。【例】净~蜡~摩~抹~雪~盐~指~鉴已~

拍pāi 口语音。另见52页pò。【例】按~八~遍~长~趁~筹~吹~凑~促~打~弹~点~蝶~独~顿~翻~凤~抚~俯~歌~鼓~挂~合~横~花~挥~急~节~开~快~浪~两~六~拍~劈~搊~破~气~千~腔~抢~敲~轻~球~曲~人~煞~实~手~霜~水~随~稳~舞~小~歇~蝇~右~直~重~坐~十八~

腮(顋)sāi【古】上平，十灰。【例】穿~丹~朵~粉~鼓~红~花~颊~梨~莲~脸~流~龙~梅~曝~双~檀~桃~托~我~无~霞~香~杏~颐~盈~于~鱼~玉~鸳~痄~钻~莲花~鹳骨~桃杏~越女~红杏~点霞~

鳃(鰓)sāi【古】上平，十灰。【例】暴~丹~鼓~贯~陪~曝~潜~双~四~鱼~

思sāi【古】上平，十灰。另见173页sī、202页sì。【例】于~

塞sāi 另见74页sè、318页sài。

筛(篩)shāi【古】上平，四支。【例】簸~分~过~红~离~篱~箩~米~筛~细~药~竹~把酒~花满~炎风~月影~

衰shuāi【古】上平，四支。另见322页cuī。【例】避~不~布~草~成~承~持~齿~触~粗~大~德~递~凋~雕~迭~端~钝~讹~风~功~红~积~减~焦~槿~寖~苴~菊~距~葵~兰~老~麻~耄~墨~木~暮~年~起~前~寝~却~日~荣~森~摄~盛~时~疏~水~缌~岁~穗~逃~颓~猥~梧~五~锡~绤~消~兴~凶~朽~悬~厌~阳~养~疑~源~早~斩~振~中~住~驻~资~蒲柳~

摔shuāi【古】入声，四质。【例】抖~撴~顿~狠~乱~抛~手~下~缨~砸~自~

台tāi 见于地名。【古】上平，十灰。另见308页tái。

胎tāi【古】上平，十灰。【例】安~蚌~胞~薄~保~豹~补~蚕~车~出~打~弹~多~夺~堕~翻~凡~风~凤~富~缸~鹘~怪~鬼~蛤~含~寒~鹤~黑~花~化~怀~恢~祸~畸~浆~蛟~结~借~金~刳~龙~鹿~轮~马~麦~腜~棉~母~木~内~泥~娘~坯~骈~品~漆~神~生~圣~食~受~双~死~天~铁~头~投~兔~托~脱~外~玄~燕~养~夭~营~玉~元~珠~竹~坠~坐~豆蔻~紫豹~

苔tāi【古】上平，十灰。另见308页tái。【例】舌~

歪wāi【古】上平，九佳。另见310页wǎi。【例】攲~

栽zāi【古】上平，十灰。【例】遍~不~春~倒~稻~分~旧~轮~偶~盆~乞~树~松~晚~诬~新~须~移~鱼~种~自~傍墙~趁春~和雨~烂漫~任意~入梦~十年~倚云~

灾(災)zāi【古】上平，十灰。【例】雹~备~避~兵~参~潮~成~虫~除~楮~淡~澹~当~地~吊~东~笃~断~躲~厄~防~飞~非~分~风~浮~干~辜~蛊~害~旱~横~洪~鸿~后~候~蝗~火~祸~减~降~救~勘~抗~涝~罹~沴~潦~凌~乱~弭~木~闹~年~女~偏~取~禳~桑~沙~身~生~眚~受~兽~霜~水~思~伺~速~踏~天~外~玩~祥~消~幸~凶~恤~压~炎~挺~妖~贻~遗~异~因~遇~援~蝝~远~

遭~招~赈~震~迍~作~伯牛~无妄~血光~

哉zāi【古】上平，十灰。【例】哀~安~大~咄~富~高~觚~怪~归~果~何~厚~乎~户~皇~假~艰~嗟~敬~康~快~乐~麟~美~难~念~钦~善~伤~省~盛~时~寿~水~唐~痛~喜~小~也~宜~矣~幽~悠~游~冤~直~至~壮~安生~何有~甚矣~思深~噫吁~亦佳~云乎~云雨~

斋(齋)zhāi【古】上平，九佳。【例】白~便~禅~晨~吃~持~船~春~村~打~大~道~登~东~斗~犯~封~奉~佛~祓~赶~高~阁~官~寒~行~后~花~化~忌~寄~监~洁~解~静~橘~郡~开~空~苦~冷~凉~两~麟~铃~六~罗~茅~木~南~破~仆~起~琴~寝~清~秋~茹~三~散~僧~莎~山~上~设~摄~施~十~石~书~水~顺~四~松~素~酸~藤~天~投~退~外~卧~午~西~溪~县~祥~萧~小~心~新~修~宿~叙~雪~衙~瑶~药~野~益~营~幽~寓~愿~云~长~直~致~中~重~竹~追~作~黄箓~散生~水陆~云水~

摘zhāi【古】入声，十一陌。又：入声，十二锡同。另见67页zhé。【例】倍~摽~嗤~抽~疵~抵~发~攻~钩~讥~解~纠~句~抉~捃~刊~离~撩~剽~剖~牵~铅~搜~讨~瑕~小~撷~

拽zhuāi 使劲扔。另见102页yè、320页zhuài。

平声·阳平

挨(捱)ái【古】上平，九佳。另见301页āi。【例】迟~打~耽~骨~肩~闷~难~厮~推~硬打~

呆(獃)ái 呆板。【古】上平，十灰。另见302页dāi。

癌ái【例】防~肺~肝~骨~抗~恐~生~胃~血~治~致~

皑(皚)ái【古】上平，十灰。【例】皑~

啀ái【古】上平，九佳。【例】啀~

白bái【古】入声，十一陌。另见34页bó。【例】斑~半~保~辨~标~表~别~宾~禀~襮~补~不~惨~苍~拆~畅~唱~抄~潮~彻~掣~陈~乘~齿~赤~垂~春~纯~淳~醇~葱~粹~村~答~大~戴~丹~淡~道~稻~地~点~电~蝶~冻~独~对~发~帆~翻~泛~飞~绯~肥~分~粉~风~奉~浮~甫~附~干~告~各~庚~菰~寡~关~观~圭~鬼~桂~还~韩~蚝~皓~和~河~黑~红~侯~狐~鹄~花~话~淮~荒~黄~灰~鸡~夹~坚~建~江~绛~茭~蕉~皎~皦~揭~洁~解~介~谨~尽~进~惊~精~净~纠~鸠~韭~举~具~卡~开~科~空~口~夸~蜡~来~连~廉~靓~刘~留~柳~鹭~露~罗~羸~绿~马~梅~密~面~明~南~内~嫩~念~鸟~涅~镊~凝~弄~鸥~旁~骈~漂~平~凭~破~剖~铺~启~铅~浅~强~抢~呛~茄~青~轻~清~秋~泉~犬~鹊~染~壤~日~柔~蠕~乳~瑞~飒~塞~散~扫~色~沙~煞~酾~山~商~尚~申~生~省~食~豕~守~刷~衰~霜~水~说~丝~私~死~四~苏~诉~

肃~素~笋~踏~太~坦~饧~唐~淌~涛~陶~天~条~调~跳~帖~通~彤~头~荼~涂~吐~脱~外~王~文~乌~五~物~晰~洗~下~纤~鲜~显~象~小~晓~孝~写~薤~雄~熊~羞~绣~虚~宣~削~雪~牙~眼~酽~扬~羊~杨~养~野~业~曳~夜~一~衣~夷~银~莹~幽~由~右~鱼~雨~玉~芋~棫~元~远~月~云~韵~皂~长~晳~赭~着~贞~真~正~郑~芝~中~洲~皱~朱~竹~祝~著~拽~斫~咨~兹~缁~自~奏~祖~醉~坐~

才[1] cái【古】上平,十灰。【例】抱~边~禀~伧~程~骋~粗~当~砥~菲~丰~负~瑰~含~豪~衡~弘~忌~兼~蹇~近~惊~隽~阐~练~遴~令~抡~馁~轻~睿~三~收~违~叙~衔~艳~养~轶~滞~百里~

才[2](纔)cái 副词。【古】上平,十灰。【例】乃~恰~正~只~刚~

材 cái【古】上平,十灰。【例】板~薄~抱~碑~笔~边~便~辨~别~不~禅~车~撤~晨~称~成~程~逞~持~饬~出~樗~储~楚~船~春~蠢~粗~村~达~大~道~登~笛~殿~斗~剟~凡~犯~方~非~菲~废~封~奉~袚~辅~腐~赋~赶~干~钢~高~阁~狗~官~棺~管~瑰~寒~行~鹖~宏~鸿~后~花~化~画~话~怀~货~积~赍~集~忌~季~寄~嘉~监~兼~简~谫~建~贱~箭~将~角~教~洁~解~谨~精~静~酒~居~橘~巨~钧~俊~郡~隽~骏~开~看~课~空~口~苦~吏~栎~敛~练~良~凉~两~量~遴~麟~檩~灵~铃~令~六~龙~论~罗~马~茅~茂~美~门~蜜~妙~名~命~末~谋~木~南~楠~内~奴~驽~庞~偏~破~仆~奇~起~弃~器~前~枪~乔~翘~衾~琴~寝~清~秋~躯~取~全~辁~人~茹~三~散~僧~杀~莎~山~杉~上~设~摄~身~生~诗~施~十~石~时~寿~受~兽~书~疏~双~水~顺~硕~四~松~俗~素~酸~遂~琐~堂~藤~题~体~亭~通~桐~投~退~袜~外~微~违~卧~屋~午~武~西~溪~仙~贤~县~线~祥~萧~小~协~心~型~雄~修~朽~宿~秀~叙~选~雪~衙~雅~砚~阳~养~瑶~药~野~遗~异~轶~益~逸~因~阴~印~英~庸~幽~玉~育~寓~圆~愿~云~造~贼~轧~樟~长~珍~真~桢~枕~征~正~直~徵~至~中~众~重~周~竹~追~资~梓~足~栋梁~廊庙~

裁 cái【古】上平,十灰。又:去声,十一队异。【例】贬~变~辨~别~处~典~独~丰~风~改~恒~宏~鸿~化~缉~检~剪~鉴~矜~镌~钧~刊~俪~论~密~妙~墨~品~评~剖~巧~清~取~镕~睿~删~上~身~神~声~绳~圣~识~史~手~思~讨~套~体~通~威~五~宪~心~新~训~雅~一~英~运~斟~整~指~制~仲~主~准~卓~酌~自~总~奏~撙~长短~

财(財)cái【古】上平,十灰。【例】爱~败~宝~畜~达~单~盗~得~底~地~垫~黩~多~发~费~分~丰~浮~腐~阜~富~公~共~归~规~贵~国~害~行~耗~横~后~荒~贿~货~积~吉~家~见~节~金~靳~禁~净~鸠~军~浚~空~库~诓~老~理~敛~临~露~论~率~贸~靡~民~冥~谋~纳~娉~破~七~弃~钱~轻~让~饶~荣~散~

善~伤~生~嗜~守~疏~输~私~贪~天~田~通~同~推~退~托~外~宛~万~委~羡~邪~徇~洋~养~遗~异~赢~用~游~余~鬻~杂~诈~招~珍~殖~助~赀~资~自~足~昧心~

柴chái【古】上平,九佳。【例】半~编~参~餐~城~刺~稻~掉~燔~焚~干~胡~火~棘~郊~荆~举~聚~枯~临~芦~鹿~茅~棉~木~劈~钦~桑~生~实~束~溪~薪~崖~掩~曳~禋~引~营~斫~

侪(儕)chái【古】上平,九佳。【例】丑~登~等~例~凌~伦~朋~匹~同~吾~逸~

豺chái【古】上平,九佳。【例】畀~恶~虺~林~隆~猛~如~声~瘦~鼠~腾~

喍chái【古】上平,九佳。【例】啀~

膗chuái 肥貌。【古】上平,九佳。

孩hái【古】上平,十灰。【例】保~儿~二~拊~孤~狼~莲~毛~男~泥~女~弃~生~始~胎~桃~提~童~未~戏~小~血~遗~婴~

骸hái【古】上平,九佳。【例】百~暴~病~残~痴~炊~焚~槁~孤~骨~官~归~龟~会~魂~积~籍~筋~捐~枯~羸~六~龙~露~乞~弃~躯~人~沉~尸~收~束~树~体~蜕~微~委~心~形~遗~冤~葬~枕~肢~忠~灼~胔~

颏(頦)hái【古】上平,十灰。又:上声,十贿同。另见60页kē。【例】承~抬~

咳hái 小儿笑声。【古】上平,十灰。另见302页hāi、316页kài、65页ké。【例】笑~

怀(懷)huái【古】上平,九佳。【例】悲~北~别~病~不~常~宸~澄~驰~畴~愁~怆~春~厝~淡~澹~东~独~短~恩~烦~放~肺~风~感~干~高~孤~归~海~含~好~积~羁~记~寄~家~介~襟~近~经~惊~究~久~酒~可~渴~客~空~孔~款~旷~阔~老~离~理~历~两~亮~灵~旅~率~满~娩~缅~内~凝~凄~奇~企~绮~器~遣~强~清~情~茕~琼~秋~绻~人~仁~荣~入~善~伤~赏~圣~诗~示~释~舒~摅~属~述~素~遂~损~所~天~通~同~土~托~往~忘~委~畏~寤~下~写~屑~心~兴~性~胸~宿~虚~雅~疑~逸~吟~隐~婴~萦~拥~永~忧~幽~有~余~娱~玉~聿~寓~远~允~展~长~招~轸~志~滞~置~中~重~壮~追~鸿鹄~

淮huái【古】上平,九佳。【例】边~汴~长~冲~春~过~汉~河~黄~济~祭~江~泾~荆~两~南~宁~平~潜~秦~清~汝~山~吞~巡~引~逾~栅~漳~

槐huái【古】上平,九佳。又:上平,十灰同。【例】蝉~刺~登~鼎~榑~公~宫~古~官~棘~禁~兰~绿~梅~孟~三~踏~台~桃~洋~

徊huái【古】上平,十灰。【例】迟~低~徘~徕~徘~淹~纡~邅~

踝huái【古】上声,二十一马。【例】跌~孤~脚~两~膝~削~掩~重~

来(來)lái【古】上平,十灰。【例】北~本~比~别~舶~槎~朝~晨~虫~出~初~春~从~徂~大~当~到~得~登~蝶~鼎~东~冬~都~而~迩~帆~饭~方~风~凤~扶~福~歌~格~公~古~怪~归~过~还~含~寒~行~航~合~河~鹤~鸿~后~乎~胡~虎~花~怀~蝗~回~悔~惠~火~记~见~江~将~

觉~皆~嗟~今~金~进~近~静~鸠~酒~旧~俱~距~看~肯~劳~老~历~谅~料~麟~六~录~鹿~乱~慢~暮~南~年~鸟~牛~鸥~旁~朋~起~恰~前~枪~朅~禽~顷~请~庆~秋~去~劝~却~日~如~入~上~少~神~生~石~时~适~暑~数~双~霜~丝~四~素~算~岁~沓~泰~檀~倘~涛~讨~特~听~脱~外~晚~往~妄~未~乌~无~夕~西~昔~瞎~夏~先~闲~乡~香~想~向~宵~小~晓~偕~新~幸~熊~修~徐~许~雁~燕~阳~繇~夜~引~莺~蝇~慵~用~尤~由~有~鱼~雨~芋~原~缘~月~悦~云~载~再~暂~早~招~真~知~直~重~昼~朱~珠~转~自~坐~归去~卷土~仙客~

莱(萊)lái【古】上平，十灰。【例】草~登~东~燔~扶~蒿~湖~荒~荆~空~寇~老~菱~蓬~栖~邛~山~桃~田~污~洿~伊~遗~榛~淄~

涞(淶)lái 水名。【古】上平，十灰。

崃(崍)lái【古】上平，十灰。【例】邛~崌~

梾(棶)lái 梾木。【古】上平，十灰。

俫(倈)lái 用于地名。【古】上平，十灰。

徕(徠、倈)lái【古】上平，十灰。【例】从~徂~村~单~旦~扶~抚~归~禾~后~怀~俊~徕~劳~杓~绥~往~招~

埋mái【古】上平，九佳。另见440页mán。【例】半~殡~藏~尘~春~伏~覆~龟~狐~毁~活~棘~假~金~久~坑~敛~泥~屈~烧~蛇~沉~生~收~书~霜~苔~土~安~香~雪~掩~瘗~阴~营~芋~云~栽~葬~昼~筑~椎~斫~

霾mái【古】上平，九佳。【例】冰~层~尘~毒~氛~风~旱~黑~黄~昏~青~沙~沉~烟~盐~翳~阴~幽~云~重~昼~

排pái【古】上平，九佳。【例】挨~安~傍~编~摈~冰~并~裁~彩~差~倡~嘲~冲~春~大~诋~都~发~放~付~攻~钩~鼓~诃~横~讥~击~赍~挤~肩~接~俱~开~连~列~马~密~木~南~牛~旁~彭~皮~品~铺~迁~前~枪~倾~肉~上~石~水~调~推~显~宣~岩~萤~玉~鸳~圆~裁~长~支~珠~猪~竹~装~訾~左~作~济济~

牌pái【古】上平，九佳。【例】挨~靶~拜~板~傍~标~摽~兵~布~辰~出~词~大~单~挡~底~吊~斗~赌~对~盾~发~坊~防~访~放~粉~夫~符~府~庚~工~公~功~勾~骨~挂~滚~捍~行~号~黑~红~护~花~黄~魂~火~籍~驾~肩~箭~奖~叫~解~界~金~禁~酒~钧~看~老~联~亮~灵~令~龙~芦~辂~路~马~蛮~冒~门~名~铭~摸~抹~木~旁~品~铺~旗~起~签~桥~曲~山~杉~膳~申~神~圣~诗~石~时~食~手~水~松~摊~淌~逃~藤~题~铁~铜~头~玩~王~未~午~檄~洗~衔~宪~象~小~新~信~宣~牙~亚~验~腰~衣~银~印~硬~鱼~玉~云~韵~杂~毡~长~招~折~正~纸~朱~竹~主~虎头~金字~烟月~

簰pái 同"箄"。见于地名。【古】上平，九佳。

徘pái 徘徊。【古】上平，九佳。

俳pái【古】上平，九佳。【例】倡~官~

诙~谈~谐~喑~优~罪~

台[1](臺)tái【古】上平,十灰。另见303页tāi。【例】悲~补~漕~船~吹~澹~帝~颠~都~抚~闺~桂~璜~魂~椒~醮~爵~军~钓~昆~棱~梁~麟~鸾~轮~麋~臬~陪~曲~雀~鹊~容~辱~煞~生~世~戍~帅~霜~泰~望~危~隗~魏~梧~夏~宪~献~香~箫~啸~心~璇~雪~燕~瑶~夜~仪~簃~隐~瀛~雍~囿~雩~舆~芸~镇~重~紫~祖~尊~

台[2](颱)tái【古】上平,十灰。【例】强~

苔tái【古】上平,十灰。另见303页tāi。【例】碧~醭~苍~春~翠~点~海~寒~红~画~淮~涧~芥~金~锦~径~鳞~绿~莓~眠~苹~青~秋~石~水~梯~瓦~文~无~溪~衔~藓~香~阴~银~雨~紫~

抬(擡)tái【古】上平,十灰。【例】跺~高~哄~加~扛~擎~软~虚~转~

邰tái姓。【古】上平,十灰。

跆tái踏;踩。【古】上平,十灰。

薹tái【古】上平,十灰。【例】菜~抽~芥~食~蒜~芸~

炱tái【古】上平,十灰。【例】灰~煤~松~烟~釜~

鲐(鮐)tái【古】上平,十灰。【例】鲯~黄~鲵~

骀(駘)tái【古】上平,十灰。另见314页dài。【例】荡~羸~驽~迁~台~朽~

择(擇)zhái 口语音。【古】入声,十一陌。见66页zé。

宅zhái【古】入声,十一陌。另见67页zhé。【例】安~拔~本~避~别~卜~廛~尺~赤~邸~帝~第~泛~分~府~割~宫~故~官~馆~光~甲~旧~居~眷~窟~连~列~庐~民~冥~内~暖~贫~迁~田~外~屋~徙~仙~相~小~谢~凶~阳~阴~永~幽~元~园~云~真~镇~正~冢~住~祖~栖霞~陶令~烟波~

翟zhái 口语音。【古】入声,十一陌。另见67页zhé、120页dí。

仄声·上声

矮ǎi【古】上声,九蟹。【例】鄙~矬~

毐ǎi【古】上声,十贿。又:上平,十灰同。【例】嫪~

蔼(藹)ǎi【古】去声,九泰。【例】埃~晻~懊~不~低~高~花~匮~沦~瑞~沓~温~菴~杳~窅~窈~蕴~黝~贞~

霭(靄)ǎi【古】去声,九泰。【例】晻~断~氛~高~暖~卿~瑞~宿~炎~块~窅~篆~

欸ǎi【古】上声,十贿。另见341页èi"诶"。【例】欸~猥~牙~

乃ǎi另见310页nǎi。【例】欸~

嗳(噯)ǎi 否定叹词。【古】去声,九泰。另见312页ài。

摆[1](擺)bǎi【古】上声,九蟹。【例】捭~调~赶~唆~铁~哑~

摆[2](襬)bǎi 上衣、长袍的最下端部分。

【古】上声,九蟹。【例】直~

捭bǎi 捭阖。【古】上声,九蟹。

百bǎi【古】入声,十一陌。另见 35 页 bó。【例】半~倍~当~夺~凡~钩~贯~旅~千~十~则~增~直~

佰bǎi “百”的大写。【古】入声,十一陌。

伯bǎi 口语音。【古】入声,十一陌。另见 34 页 bó、19 页 bà。

柏(栢)bǎi 口语音。【古】入声,十一陌。另见 35 页 bó。【例】扁~苍~侧~柽~池~樗~椿~刺~翠~黛~饵~坟~高~古~桧~海~寒~汉~黑~黄~蓟~建~椒~锦~晋~桔~卷~筠~科~栝~黎~列~陵~柳~龙~陇~露~绿~梅~攀~绮~秋~山~杉~麝~石~食~寿~蜀~树~双~霜~水~松~素~台~桐~文~乌~溪~夏~仙~香~修~续~雪~崖~烟~宜~阴~饮~玉~园~圆~枣~贞~稚~种~竹~梓~

采[1](採)cǎi【古】上声,十贿。另见 313 页 cài。【例】倸~掇~泛~揪~捃~镰~铨~收~搜~摭~

采[2]cǎi【古】上声,十贿。另见 313 页 cài。【例】邦~豹~本~标~晁~瞅~服~果~翰~虹~鸿~晖~鉴~僚~列~鸾~珉~酿~颇~搴~榷~缛~深~释~韬~听~完~渥~髹~玄~旋~询~淹~雁~耀~逸~有~渔~缯~纂~

彩[1]cǎi【古】上声,十贿。【例】蔼~白~驳~虫~打~旦~雕~夺~丰~符~傅~高~规~贵~岚~灵~轮~芒~明~命~器~缛~渥~炎~逸~鸳~杂~赠~掷~

彩[2](綵)cǎi 彩绸。【古】上声,十贿。【例】春~方~笺~缣~交~莱~门~墨~寓~缯~重~驻~

睬(倸)cǎi【古】上声,十贿。【例】不~揪~理~认~张~

踩(跴)cǎi【古】上声,十贿。【例】践~

茝chǎi【古】上声,十贿。【例】白~崇~杜~芳~皋~蕙~兰~揽~蕲~荣~山~香~藻~泽~

揣chuǎi【古】上声,四纸。【例】保~必~不~钩~怀~讥~控~没~摸~摹~摩~磨~默~难~囊~逆~捏~钳~软~探~悬~循~研~疑~臆~阴~挣~自~

歹dǎi【古】上声,十贿。【例】低~放~诡~好~口~赖~心~莽古~无道~知好~

傣dǎi 傣族。

逮dǎi 捕捉。【古】去声,十一队。另见 314 页 dài、147 页 dì。

改gǎi【古】上声,十贿。【例】悛~冲~创~回~湔~斠~进~镌~默~迁~悛~省~贴~剜~洗~销~沿~颜~臆~优~黵~追~幡然~

拐guǎi【古】上声,九蟹。【例】出~串~盗~刁~吊~孤~踝~交~马~迷~木~骗~手~逃~铁~膝~硬~诱~肘~拄~转~沉香~流星~鸳鸯~

海hǎi【古】上声,十贿。【例】暗~鳌~稗~薄~宝~赍~禅~璧~德~贩~风~负~桂~瀚~恨~寰~慧~极~驾~架~觉~巨~掠~闽~孽~铺~气~迁~秦~情~穷~琼~榕~腾~文~卧~香~心~性~炎~洋~瑶~银~饮~玉~怨~愿~运~瘴~转~酌~遵~

醢hǎi【古】上声,十贿。【例】蚳~覆~亨~醓~祭~龙~鹿~嬴~马~梅~麋~

酿～烹～蜱～脯～七～潜～肉～蜃～四～醯～屠～兔～蜗～醯～相～晓～蟹～盐～雁～鱼～鲊～诛～俎～龙可～

慨kǎi【古】去声，十一队。【例】悲～惭～怅～愤～感～浩～寄～嗟～节～慷～伉～潸～赏～爽～悚～叹～同～惋～遐～昕～欣～遗～永～忧～增～轸～忠～昼～

凯(凱)kǎi【古】上声，十贿。【例】八～唱～大～献～衍～燕～元～奏～凯～

楷kǎi【古】上声，九蟹。另见79页jiē。【例】八～寸～大～度～端～工～恭～汉～行～精～隶～梁～两～妙～摹～模～强～师～书～通～细～小～章～真～正～作～蝇头～

锴kǎi【古】上声，九蟹。【例】铅～

铠(鎧)kǎi【古】上声，十贿。又：去声，十一队同。【例】鞍～白～被～禅～重～大～刀～刚～戈～弓～官～鸡～甲～解～金～盔～两～廪～马～牟～弩～袍～旗～忍～石～首～兽～司～私～韬～藤～天～铁～万～犀～献～小～玄～衣～用～玉～杂～纸～制～装～

恺(愷)kǎi【古】上声，十贿。【例】八～慈～大～和～宏～后～慷～乐～寿～爽～物～孝～元～悦～

闿(闓)kǎi【古】上声，十贿。【例】明～疏～爽～

垲(塏)kǎi【古】上声，十贿。【例】乘～高～垲～宽～胜～爽～塽～幽～

剀(剴)kǎi【古】上平，十灰。【例】诚～

㧟(擓)kuǎi 轻抓。【古】上平，九佳。

蒯kuǎi【古】去声，十卦。【例】蕉～苍～䓣～二～缤～菅～麻～南～榛～

买(買)mǎi【古】上声，九蟹。【例】办～博～补～采～承～抽～盗～斗～贩～更～躬～购～酤～贵～和～回～贿～货～劫～金～科～括～赂～卖～贸～扑～铺～蒲～求～却～日～赊～剩～石～市～收～赎～先～邀～移～抑～易～诱～预～责～招～质～置～酎～

荬(蕒)mǎi 苣荬菜。【古】上声，九蟹。

乃(迺、廼)nǎi【古】上声，十贿。另见308页ǎi。【例】欸～暖～便～不～而～尔～非～顾～禾～何～胡～或～既～况～来～俚～砺～丕～普～然～若～遂～无～毋～焉～已～越～直～至～

奶(嬭)nǎi【古】上声，九蟹。【例】阿～媪～催～断～姑～花～黄～挤～忌～娇～妗～郎～老～恋～马～孟～奶～牛～少～喂～瞎～下～小～漾～姨～益～

艿nǎi【古】下平，十蒸。【例】陂～芋～

色shǎi 骰子。另见74页sè。

甩shuǎi【例】拨～扑～

崴wǎi 用于地名。

歪wǎi 扭伤。另见303页wāi。

载(載)zǎi【古】上声，十贿。另见320页zài。【例】百～半～备～表～并～侧～持～畤～初～传～促～诞～泰～登～帝～额～方～附～覆～该～赓～功～荷～厚～积～戢～几～纪～寄～驾～揭～经～具～镌～开～刊～旷～暌～坤～揽～累～历～连～论～贸～盟～曩～年～盘～配～偏～千～前～轻～容～盛～失～世～收～束～述～说～司～私～四～条～同～图～托～驮～王～往～熙～遐～夏～详～象～宵～写～卸～欣～形～遗～亿～译～逾～甄～治～转～赀～祖～

宰zǎi【古】上声，十贿。【例】邦～不～操～朝～臣～出～厨～储～传～大～登～

地~二~辅~改~工~宫~官~衡~虎~槐~家~匠~君~封~揆~里~良~寮~茂~民~名~牧~内~瓯~庖~炮~烹~蒲~卿~荃~稔~丧~膳~上~少~社~神~时~试~守~司~私~四~台~太~天~屠~王~乌~无~物~牺~贤~县~萧~小~阳~邑~驿~应~右~元~园~圜~真~冢~州~主~祝~卓~左~作~百里~廊庙~武城~

崽zǎi【古】上平,九佳。【例】烂~满~西~细~

仔zǎi 另见193页zǐ。【例】渡~矾~肥~敢~阁~蛤~胡~鲸~烂~靓~龙~马~牛~衰~田~西~小~些~猪~打工~后生~柳阴~

窄zhǎi【古】入声,十一陌。另见66页zé。【例】逼~匾~城~地~斗~短~河~湖~户~急~湫~紧~噤~径~局~宽~量~迫~石~天~蜗~狭~险~心~

跩zhuǎi【例】步步~

仄声·去声

爱(愛)ài【古】去声,十一队。【例】葆~嬖~遍~博~常~称~痴~崇~宠~垂~春~慈~存~错~耽~道~冬~笃~耑~端~敦~恩~泛~分~风~抚~拊~覆~感~割~顾~寡~关~光~广~归~闺~贵~过~和~厚~怀~欢~豢~惠~积~极~兼~见~将~娇~节~结~矜~尽~近~敬~久~旧~鞠~眷~绝~可~渴~苦~酷~款~劳~礼~利~怜~廉~恋~霖~吝~悋~令~流~六~隆~媚~秘~密~民~悯~愍~谬~母~睦~昵~溺~暱~旁~朋~癖~偏~剖~溥~七~戚~奇~契~器~切~亲~钦~情~求~曲~染~热~人~仁~忍~荣~柔~擅~赏~失~十~市~恃~嗜~顺~私~四~夙~抬~贪~覃~叹~疼~天~通~痛~推~讬~外~玩~威~偎~畏~温~乌~吾~五~惜~羲~喜~狎~羡~相~孝~协~心~新~歆~信~幸~性~畜~训~雅~贻~遗~颐~倚~义~意~姻~隐~优~友~余~御~隩~月~悦~造~憎~珍~知~挚~忠~钟~重~专~资~子~字~自~尊~做~

碍(礙)ài【古】去声,十一队。【例】鳌~避~不~草~缠~鬯~尘~触~辍~蝶~方~妨~峰~干~格~隔~梗~勾~挂~乖~关~花~恚~羁~艰~蹇~拘~巨~两~留~柳~楼~沦~鹏~丘~山~天~隈~违~无~限~檐~遗~疑~迎~壅~沾~障~遮~榛~止~质~窒~滞~竹~阻~

艾ài【古】去声,九泰。另见165页yì。【例】白~保~彼~采~苍~草~插~刬~菖~长~锄~耋~福~槁~葛~榖~海~汉~蒿~好~横~荒~悔~火~及~几~娇~金~荆~俊~苦~魁~兰~老~罗~木~嫩~年~沛~蓬~蘋~蒲~奇~耆~蕲~青~求~芟~上~韶~少~蓍~食~淑~熟~肃~宿~未~夕~仙~衔~猕~橡~萧~秀~蓄~悬~养~药~野~夜~银~幼~怨~耘~斩~哲~针~芝~稚~灼~兹~紫~

隘ài【古】去声,十卦。【例】暗~卑~逼~低~垫~笃~扼~岔~刚~津~窘~

局～拒～狷～峻～困～廉～鄙～冥～僻～偏～贫～迫～朴～浅～湫～冗～设～束～填～危～狭～险～宣～迮～仄～窄～

嫒(嬡)ài【例】令～

暧(曖)ài【古】去声，十一队。【例】暧～晻～暗～黯～诡～绵～明～微～掩～噎～堙～隐～映～云～香～幽～暖～

叆(靉)ài【古】去声，十一队。【例】叆～黯～晻～

嗳(噯)ài 伤感叹词。【古】去声，九泰。另见308页ǎi。

瑷(璦)ài 美玉。【古】去声，十一队。

餲ài 食物变味。【古】去声，十卦。又：入声，七曷同。

嗌ài【古】去声，十卦。另见169页yì。【例】嗌～干～吭～嘶～头～

败(敗)bài【古】去声，十卦。【例】补～残～惨～成～臭～穿～船～酢～摧～蹉～挫～打～大～刀～颠～凋～东～蠹～遁～泛～废～偾～丰～否～腐～负～覆～槁～故～汉～后～虎～花～坏～灰～隳～毁～祸～击～郊～窘～九～酒～咎～救～沮～倦～决～枯～旷～亏～溃～兰～烂～羸～莲～两～零～漏～乱～沦～帽～迷～墨～拿～内～南～挠～馁～叛～颇～破～七～前～戕～侵～倾～阙～娆～散～丧～山～善～伤～胜～失～蚀～疏～衰～水～司～死～宿～损～逃～殄～颓～退～脱～亡～危～帷～萎～屋～五～西～详～消～小～兴～凶～朽～烟～掩～殃～扬～佯～一～衣～因～鱼～窳～陨～泽～战～彰～阵～正～炙～中～舟～迍～捉～斫～

拜bài【古】去声，十卦。【例】八～褒～抱～北～帛～不～参～册～策～唱～超～朝～崇～酬～除～传～答～大～代～旦～道～顶～独～端～泛～封～奉～拱～跪～汉～横～后～候～胡～虎～还～环～回～会～稽～吉～即～几～继～寄～祭～跽～加～夹～家～嘉～肩～剪～将～讲～降～结～进～叩～礼～两～列～柳～龙～旅～罗～冒～美～面～瞑～膜～纳～男～陪～奇～起～迁～前～庆～趋～日～丧～设～省～手～受～殊～署～双～肃～特～体～投～团～王～望～夕～西～侠～相～晓～兴～雅～遥～夜～谒～倚～迎～载～再～赞～瞻～展～占～召～真～征～正～致～重～追～擢～坐～妇人～

稗bài【古】去声，十卦。【例】拔～秕～穇～菰～谷～精～藜～艿～偏～蒲～雀～水～似～粟～苔～稊～夏～雁～野～莠～有～种～

呗(唄)bài【古】去声，十卦。【例】梵～讽～歌～经～螺～膜～清～诵～仙～吟～鱼～赞～钟～赢～

菜cài【古】去声，十一队。【例】播～草～柴～巢～炒～厨～锄～川～春～莼～葱～酢～大～淡～点～冬～酷～耳～番～笋～饭～肥～风～芣～干～供～菰～瓜～鲑～果～海～蚶～寒～瓠～花～滑～画～黄～秽～荤～戢～祭～嘉～捲～胶～蕉～解～芥～金～堇～韭～酒～蕨～看～壳～苦～葵～莲～蓼～卤～路～买～蔓～名～瞑～南～年～盘～蘋～蒲～畦～芑～荠～茄～芹～青～秋～拳～茹～沙～山～舍～生～拾～食～释～蔬～水～睡～菘～苏～酸～笋～薹～摊～汤～藤～添～甜～挑～荼～土～薇～瓮～莴～五～西～溪～细～虾～夏～蚬～香～薤～薪～行～荇～盐～燕～洋～药～椰～野～油～鱼～园～杂～枣～燥～择～鲊～种～紫～东风～

蔡cài【古】去声，九泰。【例】汴～陈～

崔~萃~大~范~封~高~管~龟~后~淮~灵~流~迷~谋~内~平~汝~神~蓍~唐~望~吴~徙~下~新~荀~奄~谒~颍~右~珍~

采(埰)cài【古】去声,十一队。另见309页cǎi。【例】宫~

縩cài【古】去声,十一队。【例】綷~

瘥chài【古】去声,十卦。另见36页cuó。【例】荐~渐~疠~诊~痊~天~小~札~

虿(蠆)chài【古】去声,十卦。【例】蜂~蝮~芥~蠢~蛄~如~水~蛊~

膗chuài【古】去声,十卦。【例】囊~

啜chuài 姓。

踹chuài【古】上声,十六铣。【例】胡~践~

嘬chuài【古】去声,十卦。【例】咕~姑~吮~呜~余~咂~惊~蝇蚋~

代dài【古】去声,十一队。【例】百~补~布~禅~朝~充~畴~传~担~当~地~递~迭~顶~定~断~番~改~盖~告~革~隔~亘~更~攻~古~瓜~冠~汉~后~互~换~皇~积~即~季~济~继~简~交~骄~今~近~晋~惊~绝~旷~来~累~礼~理~历~两~列~六~乱~没~弥~绵~缅~明~命~末~曩~年~庖~齐~千~迁~前~倩~桥~顷~请~求~取~攘~人~三~嬗~尚~摄~生~胜~圣~盛~十~时~世~受~叔~殊~岁~替~挽~晚~万~往~违~五~稀~遐~先~闲~现~谢~兴~休~选~厌~燕~亿~异~易~奕~永~远~云~运~战~昭~辄~中~重~注~著~浊~资~祖~篡~

待dài【古】上声,十贿。另见302页dāi。【例】薄~本~便~哺~才~敢~给~供~顾~行~何~欢~酷~拟~偏~企~器~恰~翘~却~任~殊~停~外~信~须~延~要~倚~异~欲~遇~展~支~知~株~资~坐~刮目~倚马~引颈~云霓~

怠dài【古】上声,十贿。【例】罢~逋~不~弛~迟~冲~堕~惰~废~忽~缓~荒~遑~积~贾~简~骄~解~寖~倦~宽~懒~慢~疲~愆~勤~轻~疏~衰~恬~玩~伪~戏~懈~厌~佚~逸~意~淫~庸~游~窳~豫~中~

袋dài【古】去声,十一队。【例】白~背~被~冰~钵~布~叉~靫~缠~传~饭~方~封~符~弓~龟~胡~黄~灰~夹~甲~剑~锦~绢~口~料~绫~龙~卵~麻~马~脑~佩~皮~钱~茄~肉~撒~鞁~沙~梢~稍~筲~诗~书~水~睡~顺~嗉~算~网~香~小~卸~信~烟~盐~眼~引~邮~鱼~榨~醉~照~紫~走~掉书~飞鱼~绯鱼~

带(帶)dài【古】去声,九泰。【例】帮~绑~宝~贝~背~绷~辟~碧~薜~璧~边~弁~表~帛~博~彩~草~侧~钗~禅~缠~朝~持~褫~赤~川~穿~垂~春~磁~赐~从~簇~翠~错~答~大~担~耽~登~地~递~钿~刁~吊~绖~顶~东~肚~风~凤~帔~负~附~甘~缟~革~葛~给~亘~恭~钩~挂~拐~冠~管~龟~绲~裹~海~寒~号~皓~河~盒~黑~蘅~红~虹~后~笏~扈~花~还~环~缓~黄~迴~蕙~赍~急~戟~夹~肩~剑~江~将~胶~角~绞~解~巾~金~衿~襟~锦~镜~裾~具~绢~卡~控~袴~裤~跨~宽~裈~兰~里~荔~砺~连~联~练~链~梁~林~麟~菱~领~柳~搂~露~履~率~绿~

鸾～轮～罗～络～麻～马～帽～冕～抹～墨～南～脑～鸟～纽～袍～佩～配～披～皮～飘～频～脐～绮～牵～前～浅～挈～轻～琼～裘～裙～让～热～轫～日～如～襦～瑞～洒～散～纱～山～衫～闪～捎～摄～麝～身～绅～沈～声～绳～狮～饰～誓～绶～书～叔～束～双～霜～水～顺～丝～素～随～穗～藤～铁～鞓～挺～铜～统～腿～拖～袜～外～晚～韦～温～乌～舞～西～溪～锡～系～细～霞～下～限～挟～携～鞋～星～荇～胸～绣～须～悬～靴～勋～循～腰～遥～瑶～要～一～衣～遗～易～音～银～引～缨～萦～影～映～拥～右～余～雨～玉～远～月～云～杂～簪～藻～皂～缯～窄～沾～毡～战～帐～纸～钟～重～轴～朱～珠～装～缁～紫～组～左～通犀～同心～乌角～犀角～香佩～鸳鸯～

戴dài【古】去声，十一队。【例】爱～鳌～抱～不～侧～插～重～穿～大～担～顶～访～奉～扶～辅～负～盖～感～贯～归～荷～鹖～愧～履～毛～民～铭～佩～捧～披～钦～擎～庆～取～日～上～师～悚～徒～推～喜～衔～小～忻～欣～胥～寻～仰～依～忆～翊～翌～翼～拥～颙～忧～簪～瞻～

黛dài【古】去声，十一队。【例】昂～宝～薄～惨～赪～愁～春～翠～倒～低～点～钿～蝶～蛾～粉～丰～拂～绀～红～画～金～开～敛～柳～绿～螺～羸～眉～描～浓～泼～铅～浅～巧～青～散～扫～埽～山～石～双～锁～铜～绣～渊～远～怨～转～梁家～

逮dài 及。【古】去声，十一队。另见309页dǎi、147页dì。

贷(貸)dài【古】去声，十一队。【例】败～倍～禀～逋～不～差～馋～称～成～出～春～大～恩～放～丐～告～给～过～含～横～弘～赍～加～贾～假～湔～借～矜～举～蠲～宽～隆～率～末～农～旁～平～破～乞～轻～曲～取～容～善～赊～赦～圣～贳～恕～特～天～无～洗～信～行～衍～优～宥～欲～原～沾～振～赈～质～资～

岱dài【古】去声，十一队。【例】东～海～华～嵩～泰～望～游～渊～中～

殆dài【古】上声，十贿。【例】不～车～沉～怵～垂～废～衡～昏～稽～几～解～困～羸～疲～欺～阙～辱～三～沉～势～四～罔～危～违～毋～行～休～疑～淫～至～

襶dài【古】去声，十一队。【例】襶～

大dài 大王。【古】去声，九泰。又：去声，二十一箇。另见20页dà。

轪dài【古】去声，九泰。【例】玉～紫～

埭dài【古】去声，十一队。【例】陂～北～堤～古～湖～花～津～南～牛～牵～前～石～四～塘～晓～堰～野～翠樾～

绐(紿)dài【古】上声，十贿。【例】负～诡～诳～欺～巧～受～谁～诬～勿～误～余～诈～

骀(駘)dài【古】上声，十贿。另见308页tái。【例】哀～荡～羸～驽～骀～朽～

迨dài【古】上声，十贿。【例】不～

叇(靆)dài【古】去声，十一队。【例】叆～

玳(瑇)dài【古】去声，十一队。【例】纹～珠～

溉gài【古】去声，十一队。又：去声，五未同。【例】朝～传～旦～涤～盥～灌～

旱~沆~江~浇~浸~流~渠~四~田~夕~洗~下~盐~养~药~淤~赞~凿~澡~增~沾~潴~注~濯~

概gài【古】去声,十一队。【例】傍~鄙~并~操~达~大~方~风~感~高~梗~节~襟~景~峻~猛~能~匹~品~平~气~清~权~胜~素~退~细~要~壹~义~意~英~远~贞~至~志~忠~

丐gài【古】去声,九泰。【例】哀~贷~干~何~贱~讲~诳~立~敛~流~乞~启~迄~强~请~求~诗~文~行~巡~邀~营~佣~游~友~沾~

盖(蓋)gài【古】去声,九泰。又:入声,十五合异。另见68页gě。【例】庵~白~版~宝~葆~暴~被~弊~避~髀~藏~车~宸~成~赤~穿~翠~顶~斗~短~幡~飞~风~封~凤~扶~覆~绀~杠~高~功~鹄~鼓~冠~棺~鬼~海~含~涵~合~荷~褐~鹤~衡~华~还~麾~浑~加~交~揭~节~金~旌~九~孔~阔~梨~灵~陵~龙~笼~楼~露~颅~辂~绿~鸾~轮~弭~铭~谟~墓~脑~骈~平~铺~旗~起~气~钤~钳~青~轻~倾~晴~擎~丘~虬~区~曲~容~如~若~鳃~伞~散~桑~苫~扇~上~神~食~树~霜~水~似~驷~松~耸~缇~天~头~涂~晚~帏~帷~雯~屋~五~膝~席~仙~相~香~霄~星~行~修~轩~玄~雪~偃~掩~燕~倚~嬴~影~拥~油~游~舆~羽~雨~御~圆~圜~云~皂~毡~张~障~瑶~遮~征~支~芝~执~直~重~朱~竹~驻~筑~篆~幢~紫~彤芝~

钙(鈣)gài 化学元素。

隑(隑)gài 梯子。【古】上平,十灰。

戤gài【古】去声,九泰。【例】影~

夬guài【古】去声,十卦。【例】处~刚~夬~居~象~

怪(恠)guài【古】去声,十卦。【例】百~辟~变~不~诧~嗔~逞~骋~嗤~叱~饬~丑~粗~村~错~大~地~颠~刁~蠹~愕~非~吠~丰~古~蛊~顾~光~瑰~诡~鬼~海~骇~何~恨~狐~怀~幻~荒~诙~火~奸~见~祲~惊~精~憰~可~刻~空~狂~傀~来~沴~灵~龙~秘~眇~魔~莫~木~难~鸟~捏~欧~僻~奇~跷~窃~日~山~深~神~石~殊~谁~水~司~叹~天~贴~腊~土~巍~诬~无~物~遐~险~邪~谐~行~凶~言~妖~诒~疑~阴~隐~幽~迂~语~吁~怨~灾~责~招~珍~真~征~志~自~作~

骇(駭)hài【古】上声,九蟹。【例】奔~崩~变~飙~波~不~怖~猜~惭~从~大~砀~荡~电~蝶~恫~风~蜂~鼓~怪~唬~户~哗~欢~环~惶~机~鸡~悸~嗟~惊~沮~惧~矍~可~恐~恇~诳~雷~栗~龙~鹿~马~内~鸟~旁~奇~侵~倾~驱~去~日~骚~慑~兽~鼠~水~四~悚~叹~天~跳~霆~外~惋~危~威~虾~响~星~恟~喧~雁~夜~眙~疑~邑~轶~逸~踊~鱼~雨~吁~云~詟~振~震~昼~惴~

害hài【古】去声,九泰。【例】隘~暗~扳~暴~被~逼~避~边~病~波~剥~猜~残~谗~虫~仇~雠~除~楚~疮~敌~地~丁~定~冻~毒~妒~蠹~敦~遁~厄~繁~犯~妨~费~风~干~更~公~共~构~谷~牿~规~鬼~国~憨~悍~横~后~患~毁~火~祸~积~疾~挤~忌~加~贾~见~焦~蛟~狡~搅~讦~浸~噤~静~咎~狙~钜~克~刻~

坑~寇~苦~酷~亏~涝~雷~累~冷~离~厉~利~两~流~戮~民~磨~莫~谋~恼~能~逆~鸟~虐~排~攀~骗~迫~破~前~潜~戕~切~侵~倾~屈~扰~娆~忍~辱~骚~杀~沙~伤~受~兽~霜~水~损~滩~涛~天~图~土~枉~危~为~违~畏~乌~诬~无~毋~侮~袭~显~险~陷~刑~凶~淹~严~邀~要~贻~遗~阴~隐~雍~有~诱~玉~遇~冤~远~灾~栽~菑~赃~遭~糟~造~贼~谮~扎~诈~障~忮~治~鸷~中~诛~逐~自~阻~作~坐~

亥hài【古】上声,十贿。【例】丁~逢~高~吉~己~建~两~取~豕~竖~西~系~下~辛~戌~鱼~章~朱~

嗐hài 感叹声。【古】去声,九泰。

坏(壞)huài【古】去声,十卦。另见 326 页 pēi、331 页 péi。【例】败~惫~崩~弊~变~剥~残~撤~成~弛~酢~摧~倒~断~陊~堕~惰~废~腐~蛊~官~隳~毁~积~揃~寖~沮~决~堪~烂~梁~凌~沦~挠~啮~圮~破~寝~缺~阙~散~杀~伤~使~损~踏~淘~替~突~颓~陀~污~隙~消~兴~朽~颜~易~斁~灾~遭~陁~炙~终~撞~阻~

忾(愾)kài【古】去声,十一队。又:去声,五未同。【例】感~慷~忼~悽~同~王~

咳(欬)kài【古】去声,十一队。又:去声,四寘同。另见 302 页 hāi、306 页 hái、65 页 ké。“欬”另见 65 页 ké“咳”。【例】謦~风~干~磬~奇~呛~謦~

愒kài【古】去声,九泰。【例】恐~流~玩~小~游~诱~

炌kài 明火。【古】去声,十卦。

快kuài【古】去声,十卦。【例】笔~捕~步~畅~称~乘~逞~骋~粗~脆~道~洞~番~飞~风~锋~府~赶~豪~何~欢~疾~加~佳~尖~简~渐~尽~警~隽~俊~侃~口~宽~旷~利~凉~灵~马~买~民~敏~明~命~磨~普~抢~峭~惬~勤~轻~清~晴~庆~取~手~疏~舒~爽~松~速~抬~特~通~痛~偷~透~外~喜~贤~现~欣~雄~迅~盐~眼~厌~益~娱~愉~雨~皂~直~自~嘴~

块(塊)kuài【古】去声,十一队。【例】板~大~地~埵~方~锅~黄~积~堇~巨~垒~磊~偏~历~凌~蓬~瘩~破~琪~砌~碛~壤~如~润~沙~苫~石~受~投~完~顽~晞~衔~悬~压~遗~玉~这~枕~种~株~砖~字~

会(會)kuài 会计。另见 342 页 huì。【古】去声,九泰。

筷kuài【例】杯~碗~

脍(膾)kuài【古】去声,九泰。【例】鳖~充~风~脯~羹~红~鲫~金~鲸~鸠~砍~可~魁~鲤~缕~脔~美~牛~庖~干~切~蛇~丝~思~同心~屠~豚~细~鲜~鲟~羊~鱼~玉~杂~炙~斫~作~金齑~鲈鱼~

狯(獪)kuài【古】去声,九泰。又:去声,十卦同。【例】姡~猾~奸~狡~狙~谲~狂~老~贪~黠~险~

哙(噲)kuài【古】去声,十卦同。【例】赐~恶~樊~麾~哙~使~释~燕~执~肿~子~

侩(儈)kuài【古】去声,九泰。【例】倡~贾~狙~巨~魁~马~卖~牛~女~庖~钱~商~市~书~税~屠~文~牙~主~

桧(檜)kuài 另见342页guì。

浍(澮)kuài 【古】去声，九泰。【例】汾~沟~晋~九~涓~决~清~畎~入~涑~田~绣~郑~至~

郐(鄶)kuài 【古】去声，九泰。【例】歌~郏~自~

鲙(鱠)kuài 【古】去声，九泰。【例】冰~莼~赐~江~鲸~鲈~梦~霜~屠~鲜~野~忆~银~鱼~玉~斫~鲈鱼~水晶~

赖(賴)lài 【古】去声，九泰。【例】挨~白~惫~庇~便~不~测~赤~达~打~大~叨~抵~刁~讹~恶~放~冯~附~顾~好~荷~贺~胡~悔~昏~混~伙~济~嘉~狡~俚~利~聊~僇~慕~派~皮~茈~骗~撇~凭~泼~欺~迁~亲~钦~情~庆~撒~上~深~甚~生~时~侍~恃~是~要~水~顺~厮~俗~索~贪~图~托~亡~委~我~乌~诬~无~下~欣~信~幸~仰~依~倚~影~有~悦~允~诈~债~瞻~展~仗~摭~属~资~足~卒~

籁(籟)lài 【古】去声，九泰。【例】百~吹~春~地~断~丰~风~寒~机~涧~金~惊~空~林~灵~鸣~起~千~潜~清~秋~人~山~神~沉~笙~疏~霜~爽~松~天~桐~晚~万~夕~溪~遐~夏~仙~箫~晓~心~虚~岩~音~吟~幽~竽~玉~真~朱~竹~

癞(癩)lài 【古】去声，九泰。【例】白~测~疮~恶~风~痂~疥~煞~渗~

睐(睞)lài 【古】去声，十一队。【例】瞠~睹~角~眷~眄~盼~旁~青~善~右~转~

濑(瀨)lài 【古】去声，九泰。【例】北~奔~碧~侧~长~楚~春~翠~丹~钓~釜~高~灌~寒~鸿~花~回~鸡~激~急~涧~江~蛟~津~锦~惊~净~浚~清~秋~曲~泉~沙~渗~石~素~滩~潭~涛~铜~湍~晚~涴~涡~溪~下~悬~雪~迅~严~岩~羊~阳~夜~拥~幽~雨~玉~远~月~子陵~

赉(賚)lài 【古】去声，十一队。【例】班~颁~褒~赍~宠~酬~赐~大~帝~恩~分~赙~厚~欢~赍~奖~郊~眷~犒~蒙~普~前~庆~荣~赏~锡~饩~飨~恤~宴~燕~遗~优~赠~沾~

卖(賣)mài 【古】去声，十卦。【例】榜~变~标~倈~拆~常~炒~斥~出~传~贷~当~倒~盗~典~掉~订~兜~趸~发~贩~歌~公~沽~卦~拐~官~贵~过~贿~活~货~鸡~寄~贱~叫~禁~居~拘~绝~科~侩~零~掠~略~买~拍~盘~叛~抛~剽~平~破~强~轻~榷~烧~赊~生~售~甩~私~岁~粜~外~夕~相~小~炫~吆~义~佣~鬻~杂~占~张~质~粥~住~专~转~

迈(邁)mài 【古】去声，十卦。【例】傲~北~长~超~朝~逞~骋~齿~冲~遄~逴~宕~登~电~东~独~遁~发~放~风~高~孤~瑰~豪~宏~昏~将~杰~矜~进~景~警~俱~隽~俊~开~抗~夸~跨~旷~朗~老~凌~流~卢~禄~缅~敏~南~年~奇~前~强~清~遒~驱~日~上~时~逝~衰~爽~肃~西~遐~闲~宵~星~行~雄~朽~秀~玄~旋~迅~阳~杨~遥~业~轶~逸~引~英~颖~勇~游~逾~远~运~振~征~周~

劢(勱)mài 勉力。【古】去声，十卦。

麦(麥)mài 口语音。另见51页mò。

【例】白~稗~逼~碧~蚕~茶~尝~炒~赤~春~翠~打~大~丹~稻~地~冬~豆~粉~风~浮~高~寒~汉~蒿~禾~黑~后~还~佳~嘉~窖~金~瞿~稞~枯~葵~流~柳~陇~陆~稆~裸~麻~马~莽~美~米~牟~募~糯~漂~荠~荞~青~秋~曲~雀~瑞~赛~桑~山~芟~伤~稍~食~收~菽~蔬~秫~黍~树~税~宿~粟~天~田~晚~乌~夏~销~小~新~秀~旋~雪~燕~莠~野~宜~樱~油~莜~鱼~玉~元~种~

脉(脈、衇)mài【古】入声,十一陌。另见51页mò。【例】按~案~把~别~侧~察~长~迟~尺~赤~冲~愁~春~促~寸~搭~带~道~嫡~地~冬~动~督~对~方~绯~风~伏~肝~膏~革~沟~骨~关~贯~国~过~号~合~河~洪~候~滑~缓~黄~疾~节~结~斤~金~津~觔~筋~紧~经~井~静~句~诀~绝~看~芤~矿~牢~老~理~龙~卤~路~缕~络~毛~苗~命~木~评~凭~气~跷~窍~切~青~请~琼~秋~泉~壤~任~弱~散~涩~濇~沙~山~深~沉~生~省~石~食~视~兽~水~丝~损~同~土~外~微~文~息~喜~细~夏~心~行~学~血~言~岩~盐~眼~阳~养~叶~遗~义~意~阴~缨~右~俞~余~语~玉~月~针~真~诊~正~支~肢~株~主~捉~左~

耐nài【古】去声,十一队。【例】挨~等~禁~讵~可~宁~颇~叵~守~争~

褦nài 褦襶。【古】去声,十一队。

佴nài 见于人名。【古】去声,十一队。

奈nài【古】去声,九泰。又:去声,二十一箇同。【例】多~何~禁~宁~颇~叵~其~岂~守~素~亡~争~

柰nài【古】去声,九泰。【例】白~碧~赤~此~赐~丹~捣~冬~多~二~甘~嘉~李~绿~蜜~切~山~守~熟~素~亭~庭~楟~无~毋~杏~枣~植~朱~紫~

鼐nài【古】去声,十一队。又:上声,十贿同。【例】鼎~

派pài【古】去声,十卦。【例】百~帮~编~别~涔~承~川~传~词~党~嫡~点~调~二~法~反~分~风~该~高~鸽~官~海~后~湖~画~徽~会~急~加~简~交~教~锦~京~九~旧~均~科~来~老~勒~蠡~两~遴~灵~流~轮~洛~梅~闽~末~南~泙~铺~起~气~千~遣~腔~钦~青~泉~认~洒~身~沈~诗~时~势~双~水~摊~特~题~天~条~头~托~皖~万~委~文~吴~五~小~邪~新~选~学~压~演~洋~异~鹰~右~雨~源~远~杂~栽~赃~造~征~正~政~支~枝~直~指~竹~宗~左~作~坐~乐天~两面~临川~桐城~吴门~西泠~逍遥~

湃pài【古】去声,十卦。【例】滂~惊~九~滂~泙~砰~澎~溯~

塞sài【古】去声,十一队。另见74页sè、303页sāi。【例】边~出~河~涸~划~绝~黾~沙~四~亭~偃~雁~要~榆~紫~

赛(賽)sài【古】去声,十一队。【例】报~杯~比~笔~博~参~逞~酬~出~初~春~祠~村~答~大~祷~敌~赌~复~告~厚~祭~径~竞~决~开~联~没~暮~祈~起~秋~球~社~时~田~许~亚~迎~预~雉~

晒(曬)shài【古】去声,十卦。又:去

声，四寘同。【例】白～暴～薄～大～翻～高～检～灸～晾～日～摊～西～晞～炙～

杀(殺) shài【古】去声，十卦。另见6页 shā。【例】丰～减～噍～隆～

帅(帥) shuài【古】去声，四寘。又：入声，四质异。【例】拜～边～表～别～兵～长～储～大～盗～殿～董～督～队～惇～方～府～挂～官～鬼～豪～河～还～监～将～节～劫～堇～纠～军～郡～魁～阃～连～领～旅～名～命～谋～偏～票～牵～签～酋～渠～取～戎～儒～三～少～师～缇～统～文～县～乡～相～枭～骁～勖～亚～营～舆～与～责～贼～斋～债～制～主～总～遵～

率 shuài 口语音。另见292页 lǜ。【例】表～草～粗～大～督～督～豪～简～军～轻～坦～统～责～真～直～总～

蟀 shuài 口语音。另见54页 shuò。【例】蟋～斗～

态(態) tài【古】去声，十一队。【例】暧～傲～八～百～本～变～标～表～病～波～步～馋～蝉～常～丑～春～绰～调～动～钝～粉～风～凤～富～狗～古～固～故～寡～诡～酣～憨～含～寒～浩～鹤～恒～虎～花～畸～极～奸～交～娇～浇～尽～静～窘～酒～旧～狂～兰～狼～浪～老～乐～敛～柳～绿～鸾～媚～妙～拟～凝～弄～绮～气～千～情～琼～秋～容～柔～山～身～神～生～声～失～时～世～事～势～视～殊～淑～鼠～水～睡～俗～酸～体～条～宛～万～伪～玮～五～物～习～霞～献～相～香～象～像～宵～晓～笑～斜～心～行～形～性～修～雪～雅～烟～艳～野～液～仪～轶～逸～意～幽～尤～余～雨～语～云～诈～真～旨～稚～仲～状～姿～组～醉～作～儿女～

泰 tài【古】去声，九泰。【例】安～邦～变～昌～畅～侈～岱～道～东～睹～丰～否～富～国～和～亨～华～欢～俭～将～交～骄～解～矜～晋～静～开～康～宽～隆～门～宁～狃～平～齐～起～谦～清～庆～穷～稔～荣～融～三～奢～身～升～时～受～舒～恬～帖～通～屯～外～王～五～熙～下～闲～咸～险～祥～小～协～兴～休～循～叶～伊～夷～已～淫～永～渊～运～昭～祯～

太 tài【古】去声，九泰。【例】保～辰～侈～姑～国～老～毛～奢～婶～师～嵩～姨～

汰 tài【古】去声，九泰。【例】簸～裁～澄～侈～黜～荡～涤～鼓～豪～滑～划～击～湔～拣～俭～柬～减～简～江～骄～矜～精～镌～蠲～冷～遴～埋～铨～融～沙～筛～删～奢～升～洮～淘～洗～选～淫～纵～

外 wài【古】去声，九泰。【例】安～案～八～柏～北～壁～边～编～彪～别～波～补～不～畅～车～尘～城～仇～出～除～窗～岛～等～堤～地～典～殿～调～动～洞～犊～度～额～而～发～反～方～房～分～风～封～俸～敷～辐～府～丐～阁～格～隔～宫～孤～关～郭～海～好～号～河～鹤～后～湖～户～花～化～画～淮～槐～荒～寄～甲～简～见～剑～舰～槛～江～疆～郊～侥～徼～峤～禁～静～九～酒～居～局～开～课～空～口～阃～栏～老～篱～里～例～帘～林～岭～领～另～流～柳～笼～陇～露～庐～虑～媚～门～氓～膜～幕～内～南～鸟～鸥～排～跑～贫～平～屏～其～乞～弃～墙～桥～芹～请～区～券～攘～人～日～塞～散～沙～山～埫～舌～涉～身～生～绳～失～诗～

时~世~事~饰~室~疏~树~霜~水~四~松~隧~蓑~塔~题~天~同~望~瓮~无~勿~务~物~鹜~溪~匣~峡~遐~霞~限~相~向~象~霄~嚣~休~修~轩~炫~雪~徇~烟~言~檐~雁~燕~野~遗~疑~以~异~驿~意~垠~营~楹~影~有~余~雨~语~驭~域~御~员~援~辕~远~苑~月~岳~越~云~在~帐~谪~浙~枕~治~中~钟~洲~宙~竹~驻~装~自~作~

在zài【古】去声,十一队。又:上声,十贿异。【例】安~不~常~春~存~定~苟~骨~鹄~顾~寒~好~何~鹤~红~花~话~晦~间~简~见~健~将~教~藉~井~久~具~龙~忙~内~乃~年~平~起~潜~亲~日~如~辱~山~尚~舌~实~是~随~岁~所~外~无~闲~现~香~行~雪~遗~莺~攸~鱼~云~昭~正~只~旨~自~左~

再zài【古】去声,十一队。【例】不~复~却~一~再~

载(載)zài【古】去声,十一队。另见310页zǎi。【例】超~车~承~搭~倒~负~覆~过~满~运~重~装~万斛~

债(債)zhài【古】去声,十卦。【例】保~背~逼~笔~避~逋~偿~抵~顶~赌~躲~放~负~告~公~国~画~还~揭~解~借~京~酒~举~赖~老~冷~理~了~免~内~孽~前~欠~取~诗~睡~私~宿~逃~讨~填~拖~外~文~息~乡~血~药~业~遗~吟~营~佣~余~冤~责~征~质~众~字~租~儿女~风月~相思~烟花~鸳鸯~

寨zhài【古】去声,十卦。【例】拔~堡~边~城~村~洞~官~夹~脚~劫~两~鹿~起~山~石~水~四~铁~西~下~营~硬~鱼~御~遮~莺花~

祭zhài 姓。【古】去声,十卦。另见149页jì。

瘵zhài 痨病。【古】去声,十卦。【例】罢~抱~凋~笃~顿~风~痼~毁~疾~瘠~痨~羸~疲~寝~沉~衰~尪~

拽zhuài 口语音。另见102页yè、304页zhuāi。【例】掤~层~搀~扯~呈~勾~浪~驴~扭~牵~拖~摇~飙~支~

附:本韵部旧读入声字

10. 哀歪韵

阴平

拆摔摘

阳平

白择宅翟

上声

佰伯柏窄

去声

脉

六、欸(ei)威(ui)两韵母的韵部

韵　母	欸(ei)威(ui)
说　明	本表两韵母,稳定一韵部,即"欸威"韵;宽严不再分。

11. 欸威韵

平声·阴平

杯(盃)bēi【古】上平,十灰。【例】把~宝~残~茶~传~春~措~递~渡~对~耳~罚~分~风~浮~覆~盖~干~觥~海~寒~荷~花~欢~换~奖~交~椒~焦~金~酒~菊~举~空~冷~离~蠡~醴~莲~量~溜~流~柳~渌~绿~鸾~螺~嬴~门~末~木~捧~碰~偏~瓢~倾~清~擎~琼~劝~荣~桑~山~觞~烧~蛇~深~圣~石~试~寿~贪~逃~桃~套~藤~题~天~铁~停~铜~推~瓦~为~虾~霞~衔~香~小~鞋~蟹~行~巡~烟~邀~瑶~药~椰~遗~银~引~饮~莺~盈~瘿~鱼~余~羽~玉~御~月~照~珍~粥~竹~酌~碧瑶~承露~合卺~解语~连理~流霞~上马~尉迟~虾头~夜光~鹦螺~

悲bēi【古】上平,四支。【例】暗~惭~沉~称~虫~愁~慈~丛~悼~笛~独~风~凫~腹~鲋~含~鸿~花~酒~堪~可~空~怜~罗~鸣~墨~暮~内~凄~前~愀~蛩~秋~孺~山~伤~沈~收~松~酸~所~叹~吞~五~西~弦~衔~心~欣~兴~叙~遥~忧~幽~娱~余~自~老大~老来~牛山~宋玉~望月~湘女~有余~壮志~

卑bēi【古】上平,四支。【例】哀~安~卑~辨~臣~称~崇~丛~地~独~凡~高~后~化~怀~积~兼~俭~贱~酒~居~空~能~蒲~凄~牵~谦~墙~秋~沙~山~少~申~事~守~太~堂~天~听~危~位~汙~污~屋~下~鲜~胥~叙~喧~养~抑~因~阴~娱~泽~职~至~自~尊~不厌~道不~势位~

碑bēi【古】上平,四支。【例】拜~残~苍~曹~翠~村~党~德~灯~断~坟~丰~高~圭~郭~韩~汉~后~桓~鸡~建~戒~界~金~口~勒~泪~立~路~庙~木~墓~南~秦~穹~神~沈~生~牲~诗~石~谥~首~树~双~寺~素~苔~亭~琬~为~魏~卧~衔~赝~羊~遗~幽~禹~玉~怨~贞~制~撰~百衲~碧落~曹娥~曹全~常棣~党人~堕

泪~歌风~岣嵝~黄绢~纪功~纪念~梅花~庙堂~磨崖~三段~三萧~神道~史晨~受禅~双兔~四绝~棠棣~头陀~韦丹~无字~岘山~羊公~遗爱~峄山~

椑bēi【古】上平，四支。【例】棺~属~霜~乌~梓~

陂bēi【古】上平，四支。另见32页pō、127页pí。【例】草~澄~春~稻~雕~东~复~葛~横~鸿~荒~皇~陵~路~绿~渼~南~平~倾~入~山~芍~唐~田~无~西~险~峭~邪~烟~阳~夷~遗~月~泽~作~鸿隙~叔度~

背(揹)bēi 负荷。另见338页bèi。

鹎(鵯)bēi【古】上平，四支。又：入声，四质同。

吹chuī【古】上平，四支。另见339页chuì。【例】鼻~边~彩~笛~风~凤~告~鬼~寒~豪~横~胡~灰~角~金~劲~钧~愧~滥~凉~流~龙~鸾~梅~妙~铙~暖~鼙~飘~齐~骑~枪~窃~清~山~商~神~时~霜~蛙~晚~卧~瞎~弦~香~箫~徐~雅~阳~野~阴~玉~纸~

炊chuī【古】上平，四支。【例】茶~晨~春~爨~存~断~分~给~鬼~举~烂~软~黍~淘~晚~先~新~野~甑~朝~烝~执~剑头~族人~

催cuī【古】上平，十灰。【例】饬~传~督~风~蜂~滚~函~花~火~鸡~紧~经~拘~累~领~漫~迫~晴~驱~碎~猥~旋~雨~攒~征~筝~主~住~追~坐~

摧cuī【古】上平，十灰。【例】哀~败~悲~崩~藏~低~堤~凋~风~锋~花~隳~激~挤~剑~九~魁~困~梁~柳~南~山~伤~衰~霜~松~腾~威~屋~西~销~心~夭~抑~玉~追~肝肠~

崔cuī【古】上平，十灰。【例】崔~错~杜~二~高~天~嵬~

衰cuī【古】上平，四支。另见303页shuāi。【例】粗~等~苴~齐~

榱cuī【古】上平，四支。【例】栋~飞~华~枅~连~千~文~柱~

堆duī【古】上平，十灰。【例】冰~柴~成~堆~翠~坟~风~孤~寒~红~煎~金~魁~垒~累~擂~离~料~龙~绿~米~面~培~披~扑~铺~千~青~人~沙~石~粟~塘~天~土~万~屋~霞~雪~盐~蚁~玉~云~扎~阿滥~白龙~风陵~拂云~故纸~金粟~锦被~是非~土骨~望乡~滟滪~鹖烂~

追duī 雕琢。钟钮。【古】上平，十灰。另见327页zhuī。

诶(誒)ēi 招呼声。另见328页éi、333页ěi、341页èi。

飞(飛)fēi【古】上平，五微。【例】阿~饱~卑~北~迸~笔~壁~蝙~搏~蚕~豺~蝉~朝~尘~遄~踔~佽~低~坻~雕~蝶~东~栋~鹅~帆~翻~放~分~纷~奋~凤~凫~高~鸽~归~翰~鹤~恒~横~红~鸿~花~蝗~灰~翚~婚~交~金~荆~惊~静~鸠~九~裾~倦~脍~鲲~岚~乐~聊~灵~凌~流~龙~鹭~鸾~乱~虻~牡~南~鸟~鸥~旁~鹏~平~迁~骞~桥~轻~鹙~泉~群~肉~桑~色~笙~时~试~双~霜~水~隼~潭~天~铁~突~兔~抟~晚~乌~西~翕~锡~霞~下~骞~祥~宵~鸮~星~雄~熊~悬~雪~寻~循~鸦~烟~岩~盐~焱~雁~叶~夜~逸~莺~鹦~

鹰~萤~营~蝇~邮~雨~鸢~蜎~跃~云~款款~满天~燕于~

非fēi【古】上平,五微。【例】百~辟~车~除~次~错~导~得~独~分~负~格~黑~胡~加~嫁~奸~迥~绝~觉~理~莫~岂~前~强~全~却~日~若~善~饰~是~素~遂~阛~为~违~未~无~闲~相~向~邪~行~寻~要~知~中~众~追~兹~自~昨~

霏fēi【古】上平,五微。【例】纷~雰~噣~红~急~岚~连~凉~林~飘~霜~谈~夕~霰~香~雪~烟~严~依~阴~珠~

扉fēi【古】上平,五微。【例】板~北~碧~柴~禅~闾~敞~宸~城~窗~村~丹~当~荻~殿~东~洞~风~冈~高~宫~寒~红~户~画~皇~黄~郊~金~禁~荆~扃~九~�~扣~牢~两~林~灵~芦~纶~茅~门~庙~民~片~启~千~寝~琼~泉~绕~山~扇~石~书~曙~双~水~松~苔~天~汀~庭~外~晚~屋~吾~夕~席~霞~心~轩~玄~烟~岩~阳~瑶~野~夜~幽~渔~玉~园~云~重~昼~朱~竹~左~玉女~

菲fēi【古】上平,五微。另见 333 页 fěi、342 页 fèi。【例】卑~恶~芳~菲~芬~葑~菅~凉~芦~鹿~麻~萋~绳~蔬~

骈(騑)fēi【古】上平,五微。【例】輶~六~轮~双~征~左~

啡fēi 唾声。【古】上平,十灰。

绯(緋)fēi【古】上平,五微。【例】赐~服~黄~绛~金~裂~缦~浅~青~深~桃~霞~牙~衣~银~员~皂~重~著~着~紫~借牙~

蜚fēi【古】上平,五微。另见 333 页 fěi。【例】刺~高~六~蠕~退~循~蜎~

妃fēi【古】上平,五微。【例】侧~蟾~宸~储~楚~大~东~宫~贵~后~花~皇~吉~江~金~晋~荆~九~丽~灵~令~龙~洛~落~梅~宓~明~木~内~嫔~溱~启~千~妾~秦~琼~少~淑~庶~霜~水~娥~送~郜~太~天~土~王~魏~夏~仙~贤~香~湘~萧~星~徐~杨~妖~瑶~揖~遗~羿~玉~元~院~月~贞~真~正~竹~

规(規、槼)guī【古】上平,四支。【例】半~帮~北~敝~裁~禅~长~常~朝~陈~成~出~春~刺~谠~道~定~东~度~恩~罚~法~犯~芳~丰~风~官~合~恒~弘~洪~滑~画~环~皇~会~家~监~角~教~戒~尽~进~九~军~孔~块~匡~例~良~量~灵~陋~路~履~明~末~齐~前~潜~秦~青~卿~清~日~戎~柔~塞~上~深~神~绳~圣~示~式~双~素~条~通~同~外~西~鲜~宪~相~象~校~协~新~兴~行~雄~玄~悬~学~训~雅~盐~样~夜~遗~阴~英~友~逾~玉~狱~渊~圆~月~越~增~贞~箴~正~职~中~忠~重~转~子~族~

鬶(鬹)guī 炊具。【古】上平,四支。

归(歸)guī【古】上平,五微。【例】安~拔~罢~办~伴~保~北~并~长~潮~诚~饬~敕~出~川~遄~春~辞~催~大~当~递~钓~定~东~动~犊~独~返~放~飞~风~蜂~凤~复~赋~告~孤~鹄~寒~曷~鹤~虹~鸿~划~怀~还~回~迴~汇~会~昏~疾~将~戒~锦~究~九~聚~凯~可~客~空~来~老~乐~了~龙~鸾~马~免~暮~内~南~辇~鸟~牛~鸥~屏~乞~遣~禽~

青～晴～秋～去～全～犬～却～鹊～日～荣～三～僧～失～师～诗～适～抒～水～思～嘶～算～所～逃～替～同～投～涂～退～脱～外～亡～忘～夕～西～夏～先～星～凶～休～旋～押～鸦～烟～言～晏～雁～燕～羊～要～夜～谒～依～蚁～意～引～莺～咏～由～于～予～鱼～舆～羽～雨～远～月～云～载～蚤～折～谪～真～知～指～终～秭～宗～总～阮郎～三不～

闺(閨)guī【古】上平,八齐。【例】宸～重～愁～春～翠～冬～风～宫～寒～红～金～禁～惊～九～空～阃～兰～灵～鸾～南～牛～清～穷～秋～儒～深～霜～司～天～庭～仙～香～绣～虚～璇～夜～莺～幽～玉～正～中～九重～

圭(珪)guī【古】上平,八齐。【例】白～宝～碧～璧～秉～啚～朝～赤～楚～大～刀～窦～方～访～分～封～复～躬～谷～裸～寒～桓～黄～吉～简～角～介～玠～康～梁～两～琳～命～青～日～瑞～身～水～四～瑱～廷～桐～土～琬～析～锡～袭～纤～信～玄～琰～衣～玉～月～簪～藻～璋～珍～镇～执～周～组～

瑰guī【古】上平,十灰。【例】碧～冰～诡～魁～玫～瑰～蒲～奇～琪～琼～殊～伟～璇～瓒～瑶～珍～

傀guī【古】上平,十灰。另见 334 页 kuǐ。【例】大～倔～奇～琦～倭～雄～

龟(龜)guī【古】上平,四支。另见 398 页 qiū、参见 536 页 jūn"皲"。【例】白～宝～赍～卜～巢～鸱～螭～赤～传～错～大～地～东～鹗～飞～伏～拂～公～海～河～侯～环～解～金～巨～枯～老～类～丽～灵～苓～洛～毛～命～谋～泥～疟～佩～凭～耆～秦～穹～山～蛇～摄～神～升～生～石～筵～守～庶～双～泰～天～涂～问～乌～西～香～象～衅～玄～旋～鸯～腰～银～玉～元～占～炤～兆～贞～支～珠～灼～总～九尾～

鲑(鮭)guī【古】上平,八齐。另见 88 页 xié。【例】鱼～庾～珍～

皈guī【古】上平,五微。【例】迴～三～依～

邽guī【古】上平,八齐。【例】上～下～

妫(嬀、媯)guī【古】上平,四支。【例】翠～二～

硅guī 化学元素。【古】入声,十一陌。

黑̣hēi【古】入声,十三职。另见 71 页 hẹ̀。【例】挨～暗～白～败～班～卑～苍～测～尘～沉～城～吃～赤～黜～窗～纯～翠～黛～丹～灯～地～洞～断～风～光～海～红～昒～湖～花～黄～蝗～灰～晦～昏～江～焦～焌～孔～蓝～骊～黎～黧～力～罗～落～马～梅～霉～冥～摸～抹～墨～木～漆～黔～堑～侵～青～阒～泉～鹊～入～色～杀～煞～山～蛇～沈～椹～时～手～守～瘦～树～水～贪～潭～炭～碳～塘～腾～天～铁～头～突～土～外～乌～汙～污～五～雾～夏～咸～骍～魆～嚜～压～烟～阳～窅～窈～野～夜～黟～蚁～抑～阴～银～迎～映～幽～油～黝～淤～雨～郁～渊～原～月～云～鬒～正～中～珠～

嘿hēi【古】入声,十三职。【例】嘿～

辉(輝、煇)huī【古】上平,五微。【例】冰～炳～蟾～昌～焯～沉～成～澄～驰～崇～初～垂～春～淳～徂～寸～丹～旦～诞～德～鼎～娥～恩～发～凤～高～孤～光～诡～涵～恒～虹～鸿～华～黄～晦～惠～交～金～晶～景～净～览～烂～连～燎～烈～灵～龙～绿～轮～铿～明～凝～

潜～青～倾～清～庆～全～日～荣～闪～生～圣～霜～素～韬～腾～彤～吐～兔～文～霞～纤～鲜～弦～祥～协～斜～雪～炎～扬～阳～夜～遗～倚～荫～银～映～右～余～玉～月～云～芸～增～贞～织～昼～珠～烛～庆云～

晖(暉)huī【古】上平，五微。【例】璧～瑸～冰～残～昌～长～朝～晨～澄～驰～迟～春～徂～翠～丹～帝～冬～发～方～飞～奋～高～光～诡～桂～含～寒～红～鸿～华～皇～黄～晖～积～减～江～晶～景～抗～兰～朗～离～连～灵～流～落～明～暮～凝～弄～启～铅～前～乾～潜～青～轻～倾～清～秋～日～瑞～韶～沈～盛～收～曙～霜～素～天～晚～未～五～夕～西～晞～峡～弦～湘～祥～宵～霄～斜～星～行～玄～炎～扬～阳～飏～燿～耀～挹～幽～余～玉～曾～增～贞～争～中～重～珠～三春～

挥(揮)huī【古】上平，五微。【例】布～电～发～法～高～戈～挥～兰～前～扇～石～手～素～弦～袖～扬～招～旨～指～

灰huī【古】上平，十灰。【例】扒～拨～白～薄～彩～残～惨～草～叉～尘～池～赤～吹～春～冬～垩～飞～风～高～蛤～骨～锅～寒～蒿～和～黑～红～候～画～火～积～葭～熸～劫～浸～烬～惊～菊～捐～库～蓝～蛎～淋～炉～麻～梅～抹～墨～泥～年～藕～爬～炮～漆～起～弃～秦～青～轻～秋～燃～热～日～洒～桑～砂～烧～沈～蜃～施～石～死～塔～炭～桃～铁～同～土～兔～委～香～心～新～薪～烟～焰～洋～银～印～用～油～展～脂～纸～

咴huī【古】上平，十灰。【例】哆～咴～

恢huī【古】上平，十灰。【例】不～重～规～诡～宏～恢～魁～廓～拓～雄～轩～

诙(詼)huī【古】上平，十灰。【例】嘲～诡～俳～谐～

袆(褘)huī【古】上平，五微。【例】副～冕～翟～

麾huī【古】上平，四支。【例】白～长～大～丹～电～东～幡～旝～高～还～黄～建～绛～节～借～金～进～旌～举～军～离～旄～旗～乞～戎～三～缇～天～望～五～行～偃～一～右～云～再～招～征～旨～指～幢～

徽huī【古】上平，五微。【例】安～长～承～崇～崔～弹～党～道～德～帝～钿～队～犯～风～高～圭～袿～国～航～宏～洪～鸿～会～急～继～节～解～金～军～连～流～隆～路～绿～帽～明～黏～裴～齐～前～琴～清～慎～双～嗣～图～团～王～文～弦～相～祥～校～协～星～宣～扬～瑶～仪～遗～懿～音～英～缨～邮～余～玉～簪～赞～贞～珠～族～

虺huī【古】上平，十灰。另见334页huǐ。【例】豺～虫～毒～虺～蟒～蛇～水～土～王～雄～熊～蛰～积～

豗huī【古】上平，十灰。【例】奔～堆～轰～訇～欢～惊～掀～喧～

翚(翬)huī【古】上平，五微。【例】春～翠～飞～凤～高～画～江～名～南～斯～素～翔～修～训～云～

隳huī【古】上平，四支。【例】镵～弛～荡～颠～潜～颓～消～湮～窳～贼～

㧑(撝)huī【古】上平，四支。【例】裁～廉～谦～视～一～指～

亏(虧)kuī【古】上平，四支。【例】暗～镑～弊～变～成～吃～待～得～顿～多～夺～负～覆～悔～激～屡～礼～理～凌～

命~难~扭~前~倾~全~缺~阙~仁~认~日~肾~生~蚀~受~输~颓~望~无~小~心~幸~虚~血~义~盈~赢~永~有~羽~月~政~知~中~赘~

窥(窺、闚)kuī【古】上平,四支。【例】北~觇~觖~蝶~东~凤~俯~狗~观~管~鹳~罕~鹤~虎~进~静~浚~篱~帘~鹭~默~南~鸟~平~潜~窃~禽~识~伺~肆~微~遐~相~详~斜~穴~仰~易~阴~狖~欲~猿~瞻~争~正~直~自~钻~

盔kuī【古】上平,十灰。【例】钢~锅~红~铠~帽~头~凤翅~

刲kuī【古】上平,八齐。【例】屠~乍~

岿(巋)kuī 高大。【古】上平,五微。

悝kuī 嘲笑;诙谐。【古】上平,十灰。

勒lēi 口语音。另见 73 页 lè。【例】紧~

醅pēi【古】上平,十灰。【例】拨~楚~炊~春~村~官~寒~黄~金~酒~旧~腊~醁~绿~嫩~泼~酸~黍~瓮~香~新~蚁~玉~绿蚁~

胚(肧)pēi【古】上平,十灰。【例】成~话~贱~毛~杀~身~油~贼~

坏pēi 同"坯"。另见 331 页 péi、316 页 huài。【古】上平,十灰。【例】土~

呸pēi【古】上平,四支。【例】呸~

衃pēi【古】上平,十灰。【例】虮~

尿suī 小便。参见 388 页 niào"溺"。【例】尿~

虽(雖)suī【古】上平,四支。【例】然~

眭suī 姓。

睢suī【古】上平,四支。【例】恣~

濉suī 水名。【古】上平,四支。

荽suī【古】上平,四支。【例】胡~蓼~芫~盐~蒝~

推tuī【古】上平,四支。又:上平,十灰异。【例】挨~察~出~辞~恩~付~公~会~极~假~见~节~解~禁~乐~类~逆~杷~排~旁~陪~敲~亲~群~盛~顺~廷~通~挽~下~相~刑~选~牙~衙~严~移~援~重~助~宗~

忒tuī【例】悖~贰~轨~毫~僭~靡~明~谬~愆~爽~忐~忒~无~僻~凶~衍~忮~

威wēi【古】上平,五微。【例】逼~兵~秉~宸~成~逞~崇~春~雌~大~当~德~等~电~动~斗~毒~独~盾~恩~发~罚~犯~分~奋~风~福~国~寒~衡~洪~鸿~后~狐~虎~皇~火~积~疾~霁~假~奸~简~建~剑~降~骄~藉~金~劲~祲~军~苛~孔~睽~阃~棱~廉~敛~灵~陵~龙~灭~明~木~南~凝~虐~偏~乾~轻~清~屈~权~让~任~戎~如~山~少~摄~申~神~声~盛~施~狮~示~事~势~授~树~庶~霜~肆~素~宿~遂~损~探~堂~天~霆~同~外~玩~惟~畏~无~武~夏~鲜~衔~器~心~信~刑~行~凶~雄~熊~修~宣~雪~严~炎~扬~阳~养~曜~伊~遗~阴~淫~英~迁~余~增~振~震~执~制~助~专~尊~作~八面~

危wēi【古】上平,四支。【例】安~岸~把~逼~壁~边~濒~病~巢~城~乘~持~垂~殆~单~蹈~地~颠~阽~犯~峰~浮~高~孤~国~害~敧~羁~急~几~济~艰~践~胶~解~兢~径~匡~临~隆~楼~履~卵~贫~崎~倾~穷~日~山~涉~身~时~实~守~司~梯~屯~无~五~险~心~行~凶~悬~欹~遗~忧~刖~灾~邅~栈~自~

微wēi【古】上平,五微。【例】卑~表~参~侧~察~差~孱~畅~尘~刍~辞~翠~达~大~殚~德~低~凋~动~洞~发~防~霏~风~烽~扶~孤~鹄~乖~贵~寒~忽~昏~火~迹~积~极~几~既~家~谫~见~贱~渐~鉴~金~谨~寖~禁~精~镜~究~九~久~涓~抉~空~溃~羸~漏~虑~略~密~绵~眇~妙~明~冥~贫~剖~凄~起~浅~轻~倾~清~穷~日~入~稍~少~深~神~慎~声~胜~识~式~疏~衰~丝~私~缩~索~琐~太~谈~探~体~通~万~微~文~希~析~晞~熹~细~纤~嫌~显~销~笑~些~歇~兴~星~行~玄~寻~烟~湮~研~阳~幺~杳~依~抑~翳~阴~隐~幽~雨~渊~原~造~则~仄~照~知~织~至~志~中~烛~总~

薇wēi【古】上平,五微。【例】白~采~餐~春~翠~饿~菲~盥~蘅~红~藿~蕨~绿~蔷~青~茹~山~豕~薰~芸~芝~周~紫~

溦wēi【古】上平,五微。【例】浽~

鳂(鰃)wēi 鱼名。【古】上平,十灰。

隈wēi【古】上平,十灰。【例】岸~城~重~崇~涧~江~林~路~浦~墙~曲~山~潭~亭~兔~乌~析~岩~夜~淫~隅~

煨wēi【古】上平,十灰。【例】段~燔~烬~炉~炮~煻~烟~芋自~

偎wēi【古】上平,十灰。【例】低~相~依~

巍wēi【古】上平,五微。参见 332 页 wéi“嵬”。【例】崔~峨~高~岿~山~巍~嵔~嵬~雄~岩~颤巍~

蝛wēi【古】上平,五微。【例】蛜~

委wēi 委蛇。【古】上平,四支。另见 337 页 wěi。

逶wēi【古】上平,四支。【例】逦~外~逶~迤~

葳wēi【古】上平,五微。【例】紫~鲜葳~

追zhuī【古】上平,四支。另见 322 页 duī。【例】步~踩~查~存~代~东~芳~风~奉~赴~高~根~勾~监~冥~牟~拿~蹑~攀~穷~术~溯~跳~无~毋~严~夜~驿~玉~逋~逐~悔难~

隹zhuī【古】上平,四支。【例】斑~畏~

锥(錐)zhuī【古】上平,四支。【例】冰~柴~长~刀~地~光~毫~霍~尖~角~解~棱~李~立~凌~露~芦~毛~囊~如~石~丝~铁~銛~玉~圆~攒~针~置~竹~卓~钻~火山~解结~两钱~透颖~

椎zhuī【古】上平,四支。另见 328 页 chuí。【例】长~骶~钝~改~回~脊~犍~颈~雷~炉~麻~沙~桃~犀~胸~袖~牙~腰~针~

骓(騅)zhuī【古】上平,四支。【例】斑~楚~骏~神~乌~望云~项别~

平声·阳平

垂chuí【古】上平,四支。【例】北~辟~鬓~钗~床~创~垂~赐~倒~低~地~东~耳~发~幡~方~高~宫~勾~关~桂~海~河~红~后~瓠~花~荒~攲~

江～疆～阶～襟～久～累～帘～联～林～溜～柳～露～路～绿～洛～马～蛮～名～末～南～旁～佩～鹏～披～前～巧～庆～鞦～曲～少～郊～水～朔～丝～堂～藤～天～脱～威～汶～西～下～县～玄～悬～衣～依～欹～贻～缨～右～玉～园～云～昭～折～中～周～昼～竹～左～百世～

圌chuí 山名。【古】上平，四支。

椎chuí【古】上平，四支。另见327页zhuī。【例】棒～奋～金～举～轮～木～砧～博浪～张良～

槌chuí【古】上平，四支。【例】白～鬓～蚕～床～创～赐～倒～低～地～东～方～勾～海～花～敧～疆～榔～累～林～炉～路～麻～马～蛮～名～末～南～鹏～巧～曲～乳～闪～朔～藤～天～威～西～犀～县～小～玄～悬～牙～爻～贻～昭～周～

棰（箠）chuí【古】上平，四支。又：上声，纸韵异。【例】榜～棒～鞭～笞～尺～楚～画～荆～马～批～扑～铁～投～衔～遗～杖～折～走～

陲chuí【古】上平，四支。【例】八～北～边～封～关～疆～九～卷～路～偏～沙～山～朔～天～西～燕～

倕chuí【古】上平，四支。【例】班～般～耳～工～匠～镂～巧～输～心～

锤（鎚、鎚）chuí【古】上平，四支。又：去声，四寘同。又：上平，十灰异。【例】闭～称～秤～钉～锻～钝～纺～风～金～连～炉～枰～汽～钳～琴～天～铜～袖～钟～锱～

捶（搥）chuí【古】上声，四纸。【例】鞭～参～笞～尺～楚～打～玷～考～搯～炉～麻～马～欧～搒～驱～挝～牙～杖～折～

诶（誒）éi 叹词，表诧异。另见322页ēi、333页ěi、341页èi。

肥féi【古】上平，五微。【例】膘～饼～菜～草～乘～吃～痴～充～滁～春～催～大～肉～道～底～地～冬～堆～遁～分～丰～浮～干～甘～高～含～合～河～鹤～黑～红～瓠～花～化～淮～环～鸡～积～基～加～家～嘉～减～江～骄～窖～酒～厩～橘～举～蕨～菌～魁～腊～栗～莲～磷～流～鲈～绿～马～麦～梅～面～灭～泥～尿～啮～牛～沤～偏～畦～乾～青～轻～清～秋～驱～取～圈～全～壤～软～山～膻～上～施～豕～兽～鼠～树～霜～水～私～穗～笋～塘～藤～梯～田～土～推～外～鲜～薤～蟹～畜～腰～宜～逸～盈～鱼～雨～语～芋～饫～育～杂～增～珍～龘～壮～追～茁～滋～自～

淝féi 水名。【古】上平，五微。

腓féi【古】上平，五微。【例】草～胫～外～萎～咸～

烠huí 光辉。【古】上平，十灰。

回（囘、囬、迴、廻）huí【古】上平，十灰。【例】辟～避～璧～飙～驳～参～缠～肠～撤～迟～抽～筹～春～倒～低～调～斗～翻～返～方～纷～复～告～给～归～护～环～驾～奸～江～角～九～卷～康～客～来～利～鸾～轮～缦～梦～迷～徘～盘～批～飘～颇～千～迁～倾～取～煞～山～释～收～纾～赎～私～溯～缩～天～头～图～湍～退～湾～挽～往～吴～先～翔～星～凶～徐～旋～巡～循～淹～延～潆～庸～纡～渊～云～章～昭～召～遮～折～争～祗～滞～周～祝～转～纵～左～

洄huí【古】上平，十灰。【例】洑～泓～渌～沦～上～泝～溯～渟～下～漩～沿～

潆~纡~云~

茴huí【古】上平,十灰。【例】香~

蛔(蚘、蛕)huí【古】上平,十灰。【例】蛲~

魁kuí【古】上平,十灰。【例】八~漕~从~大~党~盗~道~都~斗~夺~范~负~高~根~羹~豪~河~花~会~祸~酱~杰~经~九~酒~巨~磊~里~联~聊~律~伦~酋~渠~省~市~讼~廷~崴~王~文~吴~五~凶~雄~胥~亚~瑶~倚~玉~芋~元~占~赭~罪~瑞草~

櫆kuí 见于人名。【古】上平,十灰。

暌kuí【古】上平,八齐。【例】分~乖~相~颜~

睽kuí【古】上平,八齐。【例】孤~乖~迹~睽~阻~

葵kuí【古】上平,四支。【例】拔~碧~采~楚~莼~丹~冬~杜~方~房~汾~凫~灌~亨~红~猴~黄~藿~锦~荆~榴~龙~露~闾~旅~绿~蒲~钱~倾~戎~山~蜀~树~水~兔~吴~夕~萱~忧~园~泽~终~钟~紫~

揆kuí【古】上声,四纸。【例】百~卜~测~道~度~端~法~阁~韩~合~机~稽~览~揽~量~纳~难~首~枢~庶~同~协~一~右~宅~瞻~准~总~左~

骙(騤)kuí【古】上平,四支。【例】骙~

戣kuí 兵器。【古】上平,四支。

馗kuí 同"逵"。【古】上平,四支。【例】古~九~通~修~野~殷~钟~庄~舞钟~

奎kuí【古】上平,八齐。【例】璧~宸~埋~上~西~

蝰kuí 蝰蛇。【古】上平,八齐。

夔kuí【古】上平,四支。【例】皋~后~伶~灵~龙~蟠~山~首~四~伊~钟~

逵kuí【古】上平,四支。【例】长~大~方~古~怪~鸿~九~康~兰~平~潜~青~衢~神~通~薛~野~云~庄~

雷léi【古】上平,十灰。【例】百~奔~鼻~佈~车~沉~乘~春~大~地~电~冬~冻~法~风~骨~旱~撼~轰~吼~忽~火~饥~疾~荐~江~焦~惊~旧~空~狂~龙~南~狞~怒~起~乾~黔~轻~驱~肉~山~石~水~踏~天~铁~霆~桐~晚~万~闻~蚊~五~夏~响~笑~新~雄~迅~夜~阴~殷~云~张~蛰~震~转~作~

檑léi 滚木。【古】上平,十灰。

擂léi 敲;打。【古】上平,十灰。另见346页lèi。

羸léi【古】上平,四支。【例】柴~孱~顿~负~老~三~

累(纍)léi【古】上平,四支。另见334页lěi、346页lèi。【例】俘~羁~解~拘~累~系~

缧(縲、纝)léi【古】上平,四支。【例】拘~缧~愆~铁~系~

嫘léi 嫘祖。【古】上平,四支。

罍léi【古】上平,十灰。【例】大~壶~金~酒~瓶~山~食~瓦~玉~云~瓒~尊~

蔂(虆)léi【古】上平,四支。【例】葛~蔓~蓬~

镭(鐳)léi 化学元素。

眉méi【古】上平,四支。【例】白~碧~鬓~病~薄~蚕~察~长~赤~虫~愁~

促~踧~摧~翠~村~寸~黛~低~点~吊~娥~峨~蛾~放~覆~宫~广~毫~黑~横~虎~画~黄~茧~剑~蛟~睫~介~井~灸~开~抗~连~敛~两~燎~列~柳~龙~绿~螺~龙~美~门~俛~描~捻~撚~浓~庞~颦~齐~青~轻~晴~秋~虬~曲~渠~然~燃~扫~山~伤~赏~烧~伸~寿~书~舒~双~霜~宿~粟~天~通~蚊~娭~细~仙~纤~小~斜~信~星~修~秀~须~轩~玄~雪~牙~眼~扬~榆~约~月~攒~灶~眨~展~张~帐~珍~真~芝~炙~皱~朱~案齐~柳叶~却月~小山~远山~

瑂méi 美石。【古】上平,四支。

鹛(鶥)méi 鸟名。【古】上平,四支。

縻méi 縻子。【古】上平,四支。另见125页mí。

煤méi【古】上平,十灰。【例】埃~白~宝~采~灯~饭~肥~斧~寒~和~黑~红~焦~块~蜡~龙~末~泥~藕~奇~气~青~轻~麝~拾~市~瘦~霜~松~臭~桐~洗~香~烟~硬~元~原~脏~灶~纸~蛛~烛~

媒méi【古】上平,十灰。【例】白~保~冰~虫~触~传~翠~大~风~蜂~凤~构~官~合~鹤~红~虎~火~祸~鸡~贱~鸠~良~龙~笼~鹿~莺~乱~鸟~跑~神~诗~书~霜~睡~说~梯~为~无~象~骁~谢~行~鸭~雁~原~鸩~纸~雉~自~做~

梅(楳、槑)méi【古】上平,十灰。【例】白~摽~残~藏~茶~出~楚~吹~春~刺~醋~脆~村~大~党~笛~调~冻~妒~断~多~访~风~槁~羹~宫~观~官~海~寒~鹤~红~猴~花~画~黄~寄~江~嚼~刺~蜡~兰~榔~棱~楞~梨~李~栗~岭~柳~龙~露~绿~落~茅~墨~弄~欧~盘~绮~巧~青~雀~入~山~椹~石~寿~双~霜~松~送~苏~酸~苔~潭~探~甜~庭~晚~望~乌~吴~溪~醢~洗~香~缃~小~写~杏~雪~寻~烟~盐~燕~杨~野~驿~英~樱~迎~玉~浴~园~月~越~韵~栽~折~植~朱~妆~作~椒萼~岭上~绿萼~一剪~

莓(苺)méi【古】上平,十灰。【例】蚕~草~刺~洞~寒~莓~木~山~蛇~树~

霉[1]méi 背时。【例】背~倒~

霉[2](黴)méi【古】上平,十灰。【例】出~发~黑~生~洋~

脢(脄)méi【古】上平,十灰。又:去声,十一队同。【例】敦~麋~

酶méi【古】上平,十灰。【例】辅~蛋白~

嵋méi【古】上平,四支。【例】峨~徽~雪~

湄méi【古】上平,四支。【例】长~川~海~河~淮~江~湫~井~两~绿~洛~水~朔~湘~云~漳~

郿méi 用于地名。【古】上平,四支。

楣méi【古】上平,四支。【例】长~赪~倒~棼~横~红~揭~楼~门~荪~县~悬~檐~云~芝~竹~柱~

枚méi【古】上平,十灰。【例】猜~筹~伐~龟~酒~马~千~三~数~双~条~王~衔~行~延~纸~邹~

玫méi【古】上平,十灰。【例】龙~琼~黄刺~

没méi 没有。另见50页mò。

培péi【古】上平，十灰。另见 411 页 pǒu。【例】代～垒～饶～意～壅～栽～凿～滋～

陪péi【古】上平，十灰。【例】参～叨～奉～家～将～久～攀～偏～欠～趋～日～少～失～忝～相～夜～支～追～资～阻～作～

赔(賠)péi【例】认～填～贴～通～

坏péi【古】上平，十灰。另见 326 页 pēi、316 页 huài。【例】凿～

邳péi【古】上平，四支。【例】大～丰～钦～任～下～

裴péi【古】上平，十灰。【例】八～轻～沈～师～四～萧～

蕤ruí【古】上平，四支。～【例】白～冰～赤～重～初～春～粗～翠～丹～芳～霏～红～黄～绛～绿～青～琼～蕤～霜～素～葳～委～纤～香～缃～璇～扬～英～缨～玉～云～朝～贞～朱～紫～

谁(誰)shuí 又读 shéi。【古】上平，四支。【例】阿～大～共～果～何～和～书～孰～他～兀～邀～伊～依～语～怨～择～

随(隨)suí【古】上平，四支。【例】班～伴～奔～编～卞～并～参～长～常～倡～车～船～春～从～旦～弹～蝶～蜂～凤～附～根～跟～苟～规～诡～和～稣～鹤～红～缓～黄～鸡～季～肩～紧～距～雷～陪～偏～亲～侵～秋～任～莎～衫～霜～顺～天～听～逶～微～围～尾～委～西～相～雁～依～阴～迎～雨～鹓～远～月～悦～云～遭～雉～追～

隋suí【古】上平，四支。【例】笭～弹～果～和～黄～解～齐～前～西～相～祎～赞～周～

绥(綏)suí【古】上平，四支。【例】安～保～策～宠～垂～大～德～福～抚～拊～负～供～狐～惠～缉～葭～建～降～交～靖～纠～抗～良～前～劝～扰～蕤～散～上～时～授～死～绥～讨～妥～外～威～慰～夏～小～盐～养～缨～永～玉～援～约～镇～正～执～朱～竹～纵～

遂suí 义同“遂(suì)”。另见 349 页 suì。

颓(頹)tuí【古】上平，十灰。【例】半～崩～摧～倒～抵～颠～凋～堕～风～坏～灰～虺～隳～陵～隆～驴～倾～如～山～树～衰～水～踏～推～西～下～消～垣～泰山～玉山～

隤(隤)tuí【古】上平，十灰。【例】陂～崩～摧～坻～坏～虺～隳～回～瘣～隆～倾～沙～山～扇～四～西～崖～

为(爲、為)wéi【古】上平，四支。另见 352 页 wèi。【例】不～称～成～代～当～等～非～分～改～更～寡～过～何～胡～极～进～狂～略～谬～目～南～难～能～偏～颇～饶～人～若～稍～甚～施～时～事～私～所～特～亡～妄～谓～无～奚～相～象～行～修～佯～已～以～营～优～猷～有～愿～云～运～早～造～至～作～无能～

桅wéi【古】上平，十灰。【例】灯～高～眠～前～烟～月～舟～主～

帷wéi【古】上平，四支。～【例】～敝～布～幨～车～赤～筹～出～窗～床～垂～慈～翠～丹～殿～董～房～翡～黼～盖～闺～谏～鉴～讲～绛～锦～经～旌～开～空～孔～帘～灵～龙～罗～披～屏～褰～青～如～纱～深～书～素～穗～缇～武～犀～下～雨～运～毡～中～周～朱～珠～桌～缁～组～

维(維)wéi【古】上平，四支。【例】

八～北～边～弛～淳～地～调～东～斗～藩～方～防～伏～纲～艮～恭～国～皇～火～羁～迦～姜～解～九～拘～匡～坤～缆～廉～缅～谋～南～磐～岂～乾～挈～时～水～思～四～檀～天～图～屠～王～委～胃～斡～西～相～巽～耶～阴～月～震～中～舟～朱～主～追～陬～

琟 wéi 美石。【古】上平，四支。

违（違）wéi【古】上平，五微。【例】背～弼～辟～逋～不～差～长～常～迟～辞～从～错～弹～遁～多～非～分～告～隔～故～乖～合～弘～稽～奸～僭～久～拒～距～抗～揆～离～面～攀～僻～愆～侵～阙～人～伤～绳～私～岁～顽～无～毋～下～相～小～心～行～依～猗～庸～尤～远～朕～重～

围（圍）wéi【古】上平，五微。【例】百～长～撤～城～出～春～辍～翠～打～大～带～犯～范～方～蜂～攻～箍～合～花～火～基～棘～妓～解～金～进～禁～九～空～溃～猎～目～屏～棋～绕～日～山～沈～十～式～树～水～四～天～铁～铜～突～犀～涎～陷～小～谢～行～腰～夜～营～壅～御～重～周～珠～竹～烛～卓～

帏（幃）wéi【古】上平，四支。【例】敝～绨～充～窗～床～春～慈～翠～丹～低～帆～房～风～凤～黼～宫～孤～闺～讲～锦～经～空～帘～两～灵～罗～门～暮～佩～屏～褰～衾～青～琼～裳～麝～书～素～穗～琐～庭～彤～下～香～孝～绣～萱～鸳～云～枕～中～重～朱～珠～桌～

惟 wéi【古】上平，四支。【例】不～独～非～匪～洪～缅～谋～切～钦～深～思～图～永～诸～追～

唯 wéi【古】上声，四纸。【例】阿～诺～唯～一～应～

韦（韋）wéi【古】上平，五微。【例】白～弊～编～布～乘～赤～刺～荻～汉～合～黑～绛～绝～爵～麟～盘～佩～彭～桑～裳～尚～石～豕～室～四～陶～温～猪～弦～羊～依～庸～毡～脂～子～

涠（潿）wéi 涠洲岛。【古】上平，五微。

沩（溈）wéi 水名。【古】上平，四支。

洈 wéi 水名。【古】上平，四支。

峗 wéi 水名。【古】上平，四支。【例】崜～峻～岿～崎～嵎～

鲍（鮠）wéi 鱼名。【古】上平，五微。

沣（湋）wéi【古】上平，五微。【例】野～

闱（闈）wéi【古】上平，五微。【例】北～漕～出～储～春～词～慈～东～端～粉～凤～高～公～宫～贡～闺～鹤～衡～虎～皇～黄～会～棘～讲～椒～金～禁～京～凯～阃～兰～郎～礼～两～纶～南～绮～亲～青～秋～铨～省～试～双～琐～锁～天～庭～彤～文～武～仙～乡～星～萱～玄～御～中～重～紫～

嵬 wéi【古】上平，十灰。又：上声，十贿同。【例】背～崔～岿～磊～马～确～崴～葳～嵬～邪～

潍（濰）wéi 水名。【古】上平，四支。

圩 wéi 又读。另见 276 页 xū。

贼（賊）zéi【古】入声，十三职。另见 66 页 zé。【例】～暴～诐～避～猜～残～蚕～草～谗～蠹～遁～飞～诡～海～豪～讧～猾～劫～桀～剧～克～刻～寇～狂～流～戮～乱～蝥～剽～戕～深～私～顽～枉～乌～污～险～相～枭～心～凶～逸～阴～隐～愚～怨～正～

鲗（鰂）zéi【古】入声，十三职。【例】金～石～乌～鯿～朱～

仄声·上声

北běi【古】入声,十三职。另见338页bèi。【例】罢~败~奔~磁~摧~挫~大~代~东~遁~反~分~奋~拱~古~海~河~湖~华~淮~冀~江~降~口~羸~岭~漠~幕~南~碛~青~穷~塞~三~山~社~慑~朔~台~退~西~砚~雁~佯~折~直~终~逐~追~走~

璀cuǐ【古】上声,十贿。【例】璀~

漼cuǐ 水深状。【古】上声,十贿。

诶(誒)ěi 表示否定。另见322页ēi、328页éi、341页èi。

菲fěi【古】上声,五尾。另见323页fēi、342页fèi。【例】材~采~荒~礼~物~斋~

朏fěi 见于地名。【古】上声,五尾。

棐fěi【古】上声,五尾。【例】笃~贡~几~天~玉~

斐fěi【古】上声,五尾。【例】斐~狂~萋~依~有~周~

匪fěi【古】上声,五尾。【例】白~绑~兵~盗~匪~股~惯~海~胡~剿~莫~叛~票~散~水~通~土~顽~窝~枭~宵~逸~淫~粤~贼~

翡fěi 翡翠。【古】去声,五未。

蜚fěi 害虫名。【古】去声,五未。又:上声,五尾同。另见323页fēi。

悱fěi【古】上声,五尾。【例】恻~悱~愤~怨~

诽(誹)fěi【古】上声,五尾。又:上平,五微同。又:去声,未韵同。【例】谤~谗~大~得~诋~诽~腹~欢~毁~获~讥~沮~群~外~怨~

榧fěi【古】上声,五尾。【例】山~似~香~玉~榛~

篚fěi【古】上声,五尾。【例】包~苞~贡~厥~筠~筐~罍~三~斯~箱~璇~瑶~玉~竹~樽~

给(給)gěi【古】入声,十四缉。另见135页jǐ。【例】毕~便~辨~充~宠~辞~丰~富~共~关~揽~接~口~赉~禀~敏~齐~券~饶~日~温~谐~印~养~殷~盈~营~优~赡~赀~

轨(軌)guǐ【古】上声,四纸。【例】霸~并~不~常~朝~车~尘~崇~二~发~方~风~高~合~宏~洪~后~极~继~奸~结~九~隽~俊~丽~灵~令~祕~骈~齐~前~日~扫~圣~盛~书~殊~双~顺~天~铁~通~同~涂~万~往~文~无~物~遐~先~轩~循~仪~遗~彝~异~轶~逸~英~渊~越~辙~贞~正~卓~作~

鬼guǐ【古】上声,五尾。【例】白~百~敝~伧~佽~出~啖~捣~帝~点~调~掉~恶~饿~枫~搞~孤~故~海~贺~狐~滑~活~畸~家~见~居~老~潦~厉~吏~料~灵~禄~买~迷~魔~馁~逆~弄~疟~贫~青~穷~驱~人~日~煞~山~蛇~设~社~神~生~诗~水~死~讼~送~苏~天~跳~退~瘟~乌~五~黠~小~新~雄~洋~养~野~夷~遗~疫~阴~有~冤~载~灶~战~若敖~送穷~

癸guǐ【古】上声,四纸。【例】庚~呼~甲~坎~六~讴~壬~三~天~土~夏~

辛~

晷guǐ【古】上声,四纸。【例】案~别~步~藏~朝~辰~晨~尺~寸~短~膏~光~华~昏~急~继~进~刻~淩~暮~宁~片~乾~清~穷~日~时~顺~天~停~同~惜~暇~斜~星~迅~淹~耀~移~阴~游~余~逾~月~昃~中~终~昼~驻~不移~

诡(詭)guǐ【古】上声,四纸。【例】奥~谄~诞~繁~纷~浮~瑰~恢~奸~艰~崛~谲~魁~昧~僻~欺~轻~倾~权~饰~诬~黠~纤~邪~幸~凶~虚~阴~淫~英~自~

庋(庪)guǐ【古】上声,四纸。另见135页jǐ,同。【例】板~藏~梵~高~珍~

姽guǐ【古】上声,四纸。【例】诡~

匦(匭)guǐ【古】上声,四纸。【例】白~包~丹~封~函~黑~谏~开~理~票~铜~投~诣~招谏~

簋guǐ【古】上声,四纸。【例】八~笾~鹾~鼎~簠~簋~桂~胡~瑚~六~土~彝~俎~

宄guǐ【古】上声,四纸。【例】盗~诡~奸~内~凶~御~

悔huǐ【古】上声,十贿。又:去声,十一队同。【例】败~背~变~疵~恫~番~翻~寡~过~恨~疚~亢~漏~闵~迁~前~先~衔~贻~尤~余~灾~贞~中~

毁[1]huǐ【古】上声,四纸。【例】哀~败~谤~背~崩~兵~猜~残~拆~谗~撤~嗤~除~疵~摧~捣~诋~凋~迭~断~非~焚~改~构~诟~国~诃~讥~积~疾~间~焦~禁~咎~沮~枯~劳~羸~零~沦~排~批~平~破~萋~弃~谴~消~侵~倾~全~讪~善~伤~蚀~撕~诉~损~廷~痛~颓~屋~诬~陷~销~夷~轶~忧~誉~憎~众~坠~啄~訾~

毁[2](燬)huǐ 烈火。焚烧。【古】上声,四纸。

毁[3](譭)huǐ 诽谤。【古】上声,四纸。

虺huǐ【古】上声,五尾。另见325页huī。【例】虿~狐~蹑~蛇~水~王~雄~熊~玉~鸩~

傀kuǐ【古】上声,十贿。另见324页guī。

跬kuǐ【古】上声,四纸。【例】倍~举~旋~一~足~不旋~

炷kuǐ 火貌。【古】上声,四纸。

頍(頍)kuǐ 发饰。【古】上声,四纸。

累(纍)lěi【古】上声,四纸。另见329页léi、346页lèi。【例】石~

磊lěi【古】上声,十贿。【例】碚~痱~瑰~块~魁~磈~磊~落~五~鲜~

垒(壘)lěi【古】上声,四纸。另见292页lǜ。【例】堡~被~本~壁~边~城~饬~愁~敌~地~缔~堞~堆~对~多~犯~坟~负~高~沟~孤~古~固~故~积~坚~疆~郊~街~九~旧~军~窟~块~魁~连~梁~摩~炮~弃~砌~堑~枪~秦~穷~戎~骚~少~深~诗~食~戍~竦~荼~土~屯~完~畏~乌~校~墟~烟~燕~遗~悒~营~玉~月~云~栅~战~中~重~筑~作~沪渎~偃月~诸葛~

耒lěi【古】去声,十一队。【例】把~笔~秉~锄~黛~负~耕~祭~寝~释~耜~倚~执~

诔(誄)lěi【古】上声,四纸。【例】哀~碑~传~赙~铭~天~

儡lěi【古】上声,十贿。【例】傀~儡~

水～思～水傀～

蕾lěi【古】上声，十贿。【例】蓓～棉～嫩～破～香～珠～

蘲lěi【古】上声，四纸。【例】芭～半～苞～蓓～薜～冻～葛～红～虎～花～金～萝～蔓～梅～枪～山～寿～瘦～菽～素～味～杏～萦～玉～椎～紫～

瘰lěi【古】上声，十贿。【例】疤～痱～

美měi【古】上声，四纸。【例】奥～备～蔽～播～长～陈～称～成～侈～醇～粹～大～笃～敦～肥～斐～丰～风～甘～功～共～光～归～洪～徽～惠～济～继～兼～将～嗟～尽～酒～巨～具～姱～两～埒～令～内～欧～媲～偏～前～清～遒～全～泉～攘～饶～软～擅～赡～韶～盛～姝～双～顺～四～诵～颂～岁～邃～荪～檀～叹～五～鲜～闲～香～新～歆～修～秀～宣～研～夭～溢～懿～饮～予～鱼～员～贞～鬒～整～中～踵～众～专～颛～咨～訾～自～

渼měi 用于地名。【古】上声，四纸。

媄měi 美丽。【古】上声，四纸。

每měi【古】上声，十贿。【例】那～你～恁～他～我～贤～

浼měi【古】上声，十贿。【例】尘～奉～干～和～浼～求～污～相～央～若将～

镁(鎂)měi 化学元素。

馁(餒)něi【古】上声，十贿。【例】饱～充～冻～饿～丰～腹～寒～饥～瘠～接～困～羸～鸥～贫～气～怯～穷～兽～偷～媮～鱼～猿～中～自～

蕊(蕋、蘂)ruǐ【古】上声，四纸。【例】鼻～碧～冰～插～茶～朝～赪～春～雌～翠～丹～冻～繁～粉～敷～桂～含～寒～红～花～槐～黄～金～九～菊～葵～兰～浪～冷～梨～丽～莲～榴～龙～露～绿～梅～内～嫩～泥～暖～扑～千～浅～青～琼～散～莎～石～双～霜～素～檀～桃～万～溪～夏～香～缃～小～新～杏～雄～须～嗅～雪～烟～艳～瑶～意～英～樱～玉～圆～绽～稚～洲～朱～紫～金鹅～

水shuǐ【古】上声，四纸。【例】艾～岸～暗～鳌～奥～灞～白～暴～陂～杯～背～奔～迸～逼～碧～壁～辨～滨～冰～波～补～布～苍～操～漕～涔～茶～柴～馋～潮～车～辰～澄～秤～吃～痴～池～尺～赤～抽～出～楚～湆～川～传～船～垂～春～泚～簇～翠～丹～胆～淡～当～荡～蹈～得～德～堤～滴～荻～地～滇～点～奠～吊～钓～跌～定～冻～洞～斗～渎～堵～杜～渡～断～敦～鹅～恶～遏～发～法～反～泛～防～放～肥～废～沸～分～汾～粉～丰～风～沣～凤～敷～伏～凫～洑～浮～涪～福～滏～负～赴～富～腹～覆～甘～泔～钢～高～阁～给～根～宫～沟～沽～谷～刮～管～洸～癸～桂～滚～过～海～骇～邗～含～涵～寒～汉～汗～濠～好～喝～禾～河～荷～壑～黑～恒～衡～红～泓～洪～鸿～后～候～湖～户～戽～瓠～花～滑～化～画～淮～槐～坏～还～环～洹～浣～皇～黄～湟～潢～回～汇～会～浍～桧～慧～浑～活～火～祸～击～迹～积～激～汲～急～棘～济～夹～架～煎～枧～剪～健～涧～溅～江～浆～降～洚～绛～浇～胶～椒～蛟～蕉～醮～节～洁～解～巾～金～津～锦～浕～浸～禁～泾～经～荆～井～净～静～镜～酒～救～菊～橘～沮～决～绝～开～抗～可～客～空～口～枯～窟～苦～跨～涯～狂～濑～蓝～浪～潦～涝～乐～雷～耒～泪～冷～漓～黎～澧～醴～沥～栎～荔～栗～

涟～脸～凉～梁～蓼～灵～岭～瓴～陵～领～溜～流～柳～陇～漏～露～泸～卤～渌～漉～履～绿～掠～洛～落～买～毛～泌～蜜～绵～沔～岷～名～明～洺～沫～墨～暮～奶～耐～嫩～能～泥～鲵～拟～逆～溺～辇～涅～弄～怒～排～潘～盘～槃～泮～沛～喷～盆～湃～平～瓶～萍～蒲～濮～浦～瀑～七～漆～奇～淇～起～汽～砌～铅～潜～浅～堑～戗～镪～抢～桥～亲～溱～沁～清～秋～泅～曲～渠～取～去～权～泉～缺～热～如～濡～汝～乳～软～若～弱～散～瑟～沙～煞～山～伤～上～勺～苕～潲～摄～神～沈～肾～渗～升～生～胜～绳～圣～盛～失～食～试～逝～寿～菽～熟～束～耍～霜～顺～司～死～泗～松～素～酸～濉～岁～缩～踏～泰～贪～潭～檀～探～汤～塘～糖～趟～涛～洮～淘～腾～天～田～甜～跳～贴～铁～停～通～头～投～透～徒～涂～湍～退～脱～沱～洼～外～王～辋～潍～洧～卫～渭～温～汶～瓮～涡～沃～渥～乌～污～雾～夕～淅～溪～习～徙～戏～细～峡～霞～下～夏～鲜～咸～涎～香～湘～象～潇～小～晓～泄～心～新～信～行～醒～锈～虚～蓄～玄～悬～穴～雪～血～噀～押～咽～烟～岩～盐～沇～眼～砚～堰～雁～燕～扬～羊～漾～瑶～药～野～液～伊～匜～异～易～逸～银～引～饮～颍～硬～壅～幽～油～游～右～余～鱼～榆～雨～玉～浴～御～渊～沅～源～月～悦～跃～云～涢～运～赞～脏～早～枣～泽～闸～雪～澶～蹍～湛～漳～涨～棹～照～遮～折～赭～浙～针～真～枕～汁～芝～枝～知～脂～止～治～智～滞～钟～螽～重～舟～咒～昼～珠～诸～猪～竹～烛～渚～驻～柱～转～涿～酌～渍～走～长流～娥姜～功德～蔷薇～桃花～阴阳～

髓suǐ【古】上声，四纸。【例】豹～笔～碧～赤～丹～得～滴～地～凤～肝～膏～汞～骨～桂～和～鹤～华～魂～肌～脊～浃～金～筋～精～乐～麟～流～龙～鹿～绿～羸～麋～民～脑～牛～皮～青～鹊～入～神～圣～石～书～松～素～獭～透～兔～吸～洗～香～蟹～心～星～雪～血～延～羊～义～易～玉～云～獐～真～芝～脂～朱～白獭～

腿tuǐ【古】上声，十贿。【例】拔～绑～扯～床～戳～粗～打～大～弹～蹬～蹲～鹅～狗～拐～裹～寒～后～护～花～火～鸡～精～开～袴～裤～拉～蹽～溜～泥～盘～跑～骗～跷～瘸～撒～哨～伸～四～谭～潭～踢～蹄～通～弯～小～歇～戌～宣～宜～压～腰～云～坠～勾镰～金华～柳木～琵琶～素火～

尾wěi【古】上声，五尾。【例】斑～榜～豹～彪～鳖～渤～虿～长～潮～辰～赪～乘～蚩～鸱～赤～虫～雏～楚～川～船～鹑～词～祠～翠～带～稻～的～地～貂～掉～东～毒～牍～遁～鹅～犯～斐～蜂～凤～附～绀～狗～鹳～蛊～鼓～河～鹤～黑～红～后～湖～虎～护～话～黄～挥～虺～箕～戢～骥～豭～间～江～茭～焦～樵～娇～羯～介～颈～鸠～九～锯～掘～厥～腊～婪～阑～蓝～莨～狸～栗～镰～练～临～龙～鸾～落～麻～马～毛～眉～煤～美～末～木～泥～鸟～牛～排～牌～盘～陪～批～旗～碛～佥～铃～桥～青～屈～鹊～濡～桑～扫～沙～山～上～梢～烧～蛇～蜃～收～手～首～兽～书～署～鼠～束～刷～送～燧～琐～滩～蹄～天～田～挑～桐～头～秃～豚～脱～妥～洼～豌～乌～屋～五～武～犀～徙～下～衔～

相~象~莘~压~眼~燕~羊~摇~曳~鹢~鹰~鱼~羽~语~玉~鸢~月~韵~皂~针~枝~纸~彘~雉~舟~竹~追~孳~字~梧桐~玉尘~

伟(偉)wěi【古】上声,五尾。【例】崇~端~肥~丰~功~怪~瑰~豪~弘~闳~恢~杰~巨~隽~绝~俊~骏~块~魁~傀~奇~颀~遒~视~殊~腯~温~雄~修~秀~轩~雅~严~猗~懿~英~渊~壮~卓~足~儿郎~

萎wěi【古】上平,四支。又去声,四寘,同。【例】不~草~摧~雕~腓~干~既~茎~貌~气~颓~退~菸~夜~猗~众~哲人~

纬(緯)wěi【古】去声,五未。【例】八~白~宝~璧~朝~辰~谶~赤~鹑~弹~地~典~符~戆~高~圭~晷~国~寒~红~经~景~九~嫠~灵~六~络~秘~南~鸟~七~气~秋~三~上~思~四~天~图~土~万~纬~五~先~象~晓~星~恤~轩~璿~玉~元~月~珠~诸~紫~综~组~

苇(葦)wěi【古】上声,五尾。【例】岸~白~草~大~泛~岔~菰~藋~寒~航~荷~萑~黄~篁~葭~菅~蒹~茭~结~枯~芦~绿~麻~茅~蓬~皮~蒲~疏~束~索~炭~苋~小~行~朽~一~郑~朱~竹~

委wěi【古】上声,四纸。另见327页wēi。【例】谙~本~边~波~部~差~尘~撑~垂~丛~党~地~颠~端~顿~辨~烦~繁~纷~奉~牿~会~积~纪~寄~加~见~降~交~遽~捐~眷~谲~军~遴~盘~槃~蟠~旁~偏~评~前~强~亲~任~冗~山~蛇~神~守~输~衰~说~填~阗~推~蜕~外~婉~未~无~雾~县~宪~相~详~消~销~谢~信~选~野~印~萦~潆~幽~由~原~源~云~札~政~支~知~质~周~赒~注~租~

猥wěi【古】上声,十贿。【例】卑~鄙~仳~丛~粗~沓~凡~烦~繁~积~冒~驽~浅~冗~弱~厮~琐~贪~细~狎~殷~淫~庸~杂~众~惚~总~蕞~

伪(僞、偽)wěi【古】去声,四寘。【例】暗~袄~百~半~辨~谄~诚~侈~雠~酢~篡~大~敌~雕~讹~番~烦~敷~浮~蛊~诖~乖~诡~华~猾~幻~晦~机~积~假~奸~僭~浇~狡~矫~矜~空~苦~滥~暮~南~欺~浅~巧~轻~情~请~世~饰~树~似~遂~慝~托~污~诬~无~五~邪~行~凶~虚~厌~养~妖~邀~翼~淫~隐~右~杂~诈~真~智~众~作~

鲔(鮪)wěi【古】上声,四纸。【例】叔~王~鱼~

隗wěi 姓。【古】上声,十贿。

嵬wěi 见于人名。【古】上声,十贿。

颜(頠)wěi 安静。【古】上声,十贿。

薳wěi 见于人名。【古】上声,四纸。

芳(蔿)wěi 见于人名。【古】上声,四纸。

亹wěi【古】上声,五尾。【例】悱~斐~皃~浩~亹~

娓wěi【古】上声,五尾。【例】霏~娓亹~

玮(暐)wěi 光盛。【古】上声,五尾。

炜(煒)wěi【古】上声,五尾。【例】白~赤~卉~青~瑞~炜~炎~烨~煜~

玮(瑋)wěi【古】上声,五尾。【例】

璀~瑰~奇~琦~珍~足~

韪（韙）wěi【古】上声，五尾。【例】不~才~深~五~大不~

诿（諉）wěi【古】去声，四寘。【例】推~諯~諈~

痿wěi【古】上平，四支。【例】痹~筋~橛~蹶~起~肉~衰~下~阴~

痏wěi【古】上声，四纸。【例】瘢~成~疮~创~二~痍~疣~疻~

洧wěi【古】上声，四纸。【例】釜~鬴~结~沐~溱~

嘴zuǐ【古】上声，四纸。【例】搬~拌~扁~辩~别~瘪~拨~驳~博~叉~插~馋~吵~撤~趁~撑~逞~吃~赤~传~雌~搭~答~打~大~淡~刁~调~顶~动~兜~斗~逗~堵~度~对~碓~墩~多~翻~反~返~费~粉~封~改~赶~箍~顾~鬼~过~焊~合~红~糊~花~滑~还~换~谎~回~豁~矶~忌~讲~犟~交~接~撅~口~夸~快~诓~诳~蜡~捞~利~脸~料~咧~零~溜~笼~漏~掳~买~卖~满~抿~磨~奶~闹~鸟~弄~努~拍~喷~偏~骗~撇~贫~瓶~欺~芡~强~抢~亲~轻~穷~缺~绕~热~沙~山~讪~输~熟~耍~水~顺~说~松~碎~唆~塌~贪~挑~铁~偷~围~向~信~絮~学~鲟~烟~咬~应~鹰~油~游~鱼~匝~噪~择~札~张~掌~争~住~爪~走~做~

仄声·去声

背bèi【古】去声，十一队。另见322页bēi。【例】把~暴~崩~鄙~傧~蟾~徂~瘩~抵~陡~犊~发~反~分~拊~负~艮~乖~薨~浃~见~襟~狂~冷~偻~迷~偭~叛~偏~曝~弃~抢~倾~趋~却~攘~沙~时~熟~骀~鲐~逃~驼~唾~文~乡~项~携~心~旋~佯~疑~隐~伛~远~怨~装~新先~

北bèi 古同“背”，违背。【古】去声，十一队。另见333页běi。

辈（輩）bèi【古】去声，十一队。【例】八~百~班~伧~曹~侪~长~俦~刍~此~党~等~儿~凡~父~个~过~鹤~后~贱~老~累~两~流~六~伦~名~年~侬~奴~朋~平~前~渠~群~汝~若~散~上~时~鼠~四~俗~随~同~徒~晚~我~无~吾~五~下~先~贤~小~行~幼~贼~侄~中~种~子~祖~

被bèi【古】上声，四纸。【例】包~褒~祼~被~彪~布~裼~赐~翠~大~垫~雕~东~鄂~幞~复~覆~肱~共~光~广~滚~横~花~加~夹~驾~姜~锦~空~扩~离~鳞~流~蒙~棉~衲~囊~牛~滂~缥~洽~衾~覃~通~土~温~遐~咸~香~袖~淹~衣~饮~拥~鸳~原~远~泽~沾~昭~甄~植~纸~珠~兜罗~鄂君~合欢~姜肱~李恂~鸳鸯~

备（備、偹）bèi【古】去声，四寘。【例】办~北~必~毕~边~表~博~不~常~彻~撤~弛~持~饬~敕~充~筹~储~纯~淳~大~堤~笃~顿~防~丰~服~富~该~晐~攻~供~宫~购~光~国~寒~和~后~互~浑~火~稽~加~家~兼~简~戒~谨~禁~精~儆~警~九~具~俱~军~款~匡~两~隆~美~明~

内~逆~排~旁~陪~配~齐~器~求~曲~全~权~戎~三~上~设~审~胜~时~适~守~戍~水~顺~岁~提~田~屯~外~完~委~畏~文~武~夕~悉~详~小~晓~星~行~修~宣~巡~严~岩~雁~养~宜~疑~异~益~营~逾~雨~预~御~豫~渊~圆~允~责~战~昭~臻~征~整~正~执~制~治~置~周~贮~麈~撰~装~准~资~自~足~

倍bèi【古】上声,十贿。【例】鄙~不~功~兼~慢~偏~相~逾~再~

贝(貝)bèi【古】去声,九泰。【例】白~斑~宝~北~编~舶~财~琛~齿~楮~川~翠~大~蒂~梵~分~干~古~骨~龟~海~含~洪~黄~货~玑~吉~兼~劫~金~九~拷~珂~兰~连~两~螺~羸~美~米~南~齐~绮~钱~乾~取~泉~饶~扇~蜃~绶~双~丝~铜~文~五~细~霞~小~行~玄~幺~瑶~贻~译~玉~元~藻~珍~真~织~朱~珠~壮~濯~紫~梵楮~

浿(浿)bèi【古】去声,九泰。

狈(狽)bèi【古】去声,九泰。【例】颠~狼~

臂bèi【古】去声,四寘。另见142页bì。【例】胳~

焙bèi【古】去声,十一队。【例】艾~北~煏~茶~春~贡~官~烘~红~黄~火~龙~茗~南~私~土~熏~研~夜~蒸~制~

琲bèi【古】上声,十贿。【例】百~琛~玑~球~珠~

鞁bèi 马具。【古】上声,四纸。

鐾bèi 鐾刀。【古】去声,四寘。

孛bèi【古】去声,十一队。【例】飞~彗~

悖(誖)bèi【古】去声,十一队。又:入声,六月同。【例】傲~暴~悖~鄙~不~狷~骋~诋~烦~放~诟~乖~很~横~荒~悔~骄~桀~惊~狂~老~戾~履~乱~慢~眊~迷~内~逆~强~忍~私~贪~讨~突~顽~违~诬~无~相~枭~邪~心~凶~喧~言~淫~愚~政~诛~出入~

蓓bèi【古】上声,十贿。【例】金~玉~

褙bèi【古】去声,十一队。【例】裱~褫~打~袼~绫~皂~

惫(憊)bèi【古】去声,十卦。【例】罢~弊~顿~寒~耗~昏~惛~饥~疾~瘠~倦~困~狼~劳~老~羸~癃~绵~疲~贫~起~衰~体~颓~歪~顽~消~虚~羸~余~足~

糒bèi【古】去声,四寘。【例】餔~哺~脯~干~醪~粝~粮~麦~米~糗~潞~枣~

鞴bèi【古】去声,四寘。【例】鞍~鞴~臂~鹅~鼓~绛~巾~金~韝~炉~射~脱~韦~鹰~

碚bèi【例】北~

邶bèi 诸侯国名。【古】去声,十一队。

吹chuì 旧读。另见322页chuī。【古】去声,四寘。【例】鼓~

脆(脃)cuì【古】去声,八霁。【例】崩~迸~碧~薄~遳~大~肥~风~肤~浮~腐~干~甘~攻~菰~尖~娇~骄~焦~韭~隽~黧~菱~镂~茗~懦~轻~清~柔~软~耎~石~爽~丝~松~酥~恬~危~鲜~险~新~性~雪~贞~三白~

翠cuì【古】去声,四寘。【例】岸~白~

摆~半~碧~彩~苍~草~岑~抽~愁~垂~春~葱~丛~簇~淡~滴~点~钿~迭~叠~东~冬~堆~夺~弹~娥~发~翻~翡~粉~风~峰~凫~孤~谷~含~寒~好~合~荷~黑~横~红~虎~花~怀~环~积~集~几~娇~峤~结~金~锦~菁~静~筠~空~孔~兰~岚~冷~敛~菱~柳~龙~绿~莓~密~幕~浓~暖~鞶~平~乞~青~轻~清~晴~秋~入~山~生~石~拾~疏~双~水~松~耸~踏~苔~天~挺~吐~晚~万~夕~鲜~香~晓~撷~新~腥~雪~烟~岩~雁~燕~养~瑶~野~倚~拥~幽~鱼~逾~郁~鹓~云~攒~增~辗~柘~织~朱~珠~竹~擢~紫~

粹cuì【古】去声,四寘。【例】禀~哺~充~冲~淳~端~丰~脯~干~高~弘~闳~浑~警~宽~醪~粝~粮~麦~米~明~凝~秾~朴~粮~全~深~温~闲~淹~养~夷~雍~毓~渊~枣~贞~真~忠~

瘁cuì【古】去声,四寘。【例】邦~悲~病~憯~愁~殚~颠~凋~雕~槁~寒~毁~积~瘠~艰~交~焦~尽~孔~枯~况~困~劳~零~疲~贫~憔~癄~懃~穷~劬~癯~日~荣~瘦~衰~殄~颓~痿~朽~隐~忧~

萃cuì【古】去声,四寘。【例】青~群~毹~柔~萸~森~霜~四~素~屯~驼~文~雾~纤~鹑~啸~撷~轩~雪~羊~蚁~玉~鹓~月~云~攒~毡~旃~招~臻~治~雉~钟~总~

啐cuì【古】去声,十一队。【例】嘈~斥~咄~唾~

悴(顇)cuì【古】去声,四寘。【例】哀~懊~悲~贬~病~残~惨~憯~沉~愁~丑~丛~粗~摧~凋~顿~丰~槁~孤~寒~耗~后~荒~毁~昏~煎~燋~尽~窘~枯~困~兰~劳~老~羸~零~蔓~悯~愍~疲~贫~朴~憔~勤~穷~劬~荣~伤~沈~瘦~衰~殄~洟~瘏~屯~尪~萎~夕~萧~朽~偃~夭~忧~贞~

淬(焠)cuì【古】去声,十一队。【例】哺~锤~砥~锻~浸~醪~砺~粮~砻~麦~磨~陶~

綷cuì【古】去声,十一队。【例】縩~兰~皮~霞~

毳cuì【古】去声,八霁。【例】拔~白~斑~北~奔~犇~辟~采~苍~出~丛~摧~萃~毳~大~蹈~雕~东~顿~鹅~反~芬~甘~共~皓~鹤~鸿~狐~汇~会~荟~火~集~戟~蕉~金~枯~来~类~鳞~毛~鸟~鸥~七~

橇cuì 重捣。见360页qiāo。【古】去声,八霁。

对(對)duì【古】去声,十一队。【例】摆~扳~比~毕~匾~辨~簿~参~册~策~查~陈~撑~成~酬~雠~辞~次~赐~蹉~答~大~待~单~当~得~的~登~敌~抵~掂~点~丁~顶~东~独~反~犯~访~放~敷~伏~负~给~鳏~诡~酣~候~花~会~婚~机~挤~佳~假~坚~交~接~诘~进~觐~静~旧~举~绝~勘~抗~可~克~口~款~理~鲤~例~俪~轮~密~面~敏~磨~偶~旁~配~披~屏~裒~强~巧~切~请~入~撒~山~扇~赏~上~失~时~实~事~试~寿~双~水~肃~素~岁~谈~堂~天~条~廷~头~晚~问~悟~晤~夕~相~校~宣~巡~训~延~言~药~臆~姻~引~印~应~映~右~语~冤~原~韵~择~瞻~占~召~照~正~支~

质~置~昼~主~属~专~颛~转~追~捉~擢~咨~奏~左~作~流水~

队(隊)duì【古】去声，十一队。【例】案~拔~摆~本~编~标~兵~步~部~插~长~车~趁~船~凑~辏~颠~掉~斗~废~分~风~归~旱~横~后~虎~护~火~舰~结~锦~军~客~空~乐~离~连~联~练~两~辽~列~领~六~马~排~七~旗~千~前~枪~强~清~球~区~曲~入~商~失~十~四~肃~素~台~梯~亭~同~驼~万~卫~陷~象~校~行~雪~压~押~牙~衙~蚁~饮~右~鱼~羽~云~陨~賨~攒~站~仗~整~支~中~逐~主~幢~追~总~纵~走~左~作~夹毂~角抵~团云~莺花~柘枝~

碓duì【古】去声，十一队。【例】槽~舂~锉~捣~地~电~风~孤~机~脚~离~麦~磨~沙~山~石~水~踏~溪~行~野~夜~雨~玉~云~

兑duì【古】去声，九泰。【例】白~闭~摈~拨~操~搀~承~出~打~弹~抵~发~风~改~勾~和~后~换~汇~挤~交~借~开~科~领~龙~磨~佞~入~商~上~收~损~贴~停~西~雩~雨~匀~砸~折~正~

怼(懟)duì【古】去声，四寘。【例】不~雠~忿~愤~高~恚~愧~陷~冤~怨~愠~

憝duì【古】去声，十一队。【例】大~豪~巨~夙~元~怨~

祋duì 兵器。【古】去声，九泰。

敦duì【古】去声，十一队。另见502页dūn。【例】鼎~

诶(誒、欸)èi 表示同意。另见322页ēi、328页éi、333页ěi。"欸"另见308页ǎi。

废(廢)fèi【古】去声，十一队。【例】罢~百~报~逼~闭~贬~摈~病~薄~残~车~撤~弛~池~黜~疵~怠~荡~凋~雕~杜~钝~顿~堕~惰~遏~放~改~蛊~秏~耗~痕~湖~坏~荒~隳~毁~稽~间~蹇~寝~久~沮~捐~空~枯~旷~困~浪~两~流~隆~挛~沦~盲~排~畔~抛~圮~偏~屏~破~仆~起~弃~桥~寝~犬~缺~阙~伤~沈~疏~衰~损~瘫~田~殄~停~颓~退~陀~违~委~痿~芜~徙~闲~消~廞~兴~形~休~修~虚~玄~淹~湮~言~抑~陻~幽~郁~苑~疹~中~诛~追~作~坐~

沸fèi【古】去声，五未。另见228页fú。【例】百~奔~崩~鬵~波~浡~茶~鏖~鼎~繁~粉~羹~涫~灌~滚~海~哗~欢~火~煎~焦~金~井~九~口~雷~龙~麻~满~糜~喷~漂~潜~秋~水~滩~汤~腾~天~蜩~星~喧~炎~扬~蚁~溢~涌~云~震~箫鼓~

费(費)fèi【古】去声，五未。另见143页bì。【例】白~般~傍~倍~边~驳~部~财~漕~车~侈~出~川~词~辞~大~党~道~顶~烦~繁~浮~稿~公~功~共~官~规~国~裹~过~豪~耗~横~厚~化~化~会~疾~匠~解~经~僦~巨~醵~军~空~口~浪~劳~敛~廪~漏~陆~路~糜~免~末~盘~抛~破~牵~求~日~冗~省~水~私~岁~所~贴~枉~罔~违~匮~献~消~小~凶~虚~选~学~药~赢~游~月~运~杂~札~珍~支~赀~自~租~

肺fèi【古】去声，十一队。【例】尘~地~动~风~腑~肝~硅~海~合~祭~

焦~枯~离~龙~切~秋~石~书~水~夙~削~心~羊~膺~珍~徐家~

吠fèi【古】去声,十一队。【例】蛤~狗~嗥~号~警~狂~鸣~犬~时~蛙~夜~狺~迎~昼~嘷~龙也~

菲fèi 菜名。【古】去声,五未。另见323页fēi、333页fěi。

痱(疿)fèi【古】去声,五未。【例】痤~风~暑~喑~

剕fèi 刑名。【古】去声,五未。

芾fèi【古】去声,五未。另见228页fú。【例】蔽~鞸~赤~棠~

狒fèi【古】去声,五未。【例】狒~猩~

桂guì【古】去声,八霁。【例】八~白~碧~苍~蟾~赤~楚~炊~春~椿~爨~丹~得~灯~冬~掇~芳~风~枫~古~官~衡~红~鸡~贾~姜~椒~金~菌~筠~箘~兰~懒~零~流~柳~绿~买~牡~木~楠~攀~培~鄱~浦~梫~青~秋~却~然~肉~如~森~山~杉~诜~失~石~束~双~霜~水~松~天~筒~文~梧~五~郤~仙~香~晓~薪~雪~岩~阳~野~吟~银~幽~玉~月~云~折~贞~芝~珠~擢~紫~樽~东堂~仙人~一枝~玉山~月中~

贵(貴)guì【古】去声,五未。【例】安~昂~八~宝~暴~标~朝~崇~宠~辞~达~大~道~地~鼎~东~发~丰~凤~负~富~甘~高~故~贵~豪~后~华~槐~火~极~缣~简~僭~箭~降~娇~金~矜~靳~酒~旧~倨~可~旷~浪~良~两~六~隆~履~马~卖~冒~蒙~靡~名~明~七~迁~钱~亲~钦~琴~清~取~全~权~荣~儒~射~神~盛~时~世~素~宿~腾~天~通~铜~万~希~显~乡~翔~小~新~雄~勋~雅~炎~盐~阳~印~要~议~懿~涌~踊~右~鱼~欲~鬻~云~宰~贞~珍~征~整~纸~中~骤~主~专~姿~尊~金屋~五马~

柜(櫃)guì【古】《广韵》:去声,至韵。另见283页jǔ。【例】暗~壁~橱~储~春~沓~顶~佛~货~轿~金~酒~僦~卷~炕~拦~栏~立~箩~钱~轼~书~竖~水~躺~屉~条~铁~碗~箱~押~牙~衣~银~渣~掌~专~坐~地掌~

桧(檜)guì【古】去声,九泰。另见317页kuài。【例】矮~八~苍~枞~翠~榧~高~孤~古~桂~海~寒~翰~枯~老~练~两~岭~孟~绵~青~秋~杉~双~霜~松~庭~土~晚~万~雾~雪~岩~雨~乍~贞~紫~白公~凌云~

跪guì【古】上声,四纸。【例】八~长~单~跌~方~胡~互~跽~鹿~挛~前~跄~抢~少~双~下~义~刖~越~

刽(劊)guì 砍断。【古】去声,九泰。又:入声,七曷同。

刿(劌)guì【古】去声,八霁。【例】不~雕~割~廉~诸~

筀guì【古】去声,八霁。【例】晚~

炅guì 姓。【古】去声,八霁。另见651页jiǒng。

鳜(鱖)guì【古】去声,八霁。又:入声,六月同。【例】河~鲈~桃花~

蹶guì【古】去声,八霁。另见87页jué。【例】蹶~

会(會)huì【古】去声,九泰。另316页kuài。【例】八~百~拜~半~扮~帮~宝~笔~便~宾~才~财~采~参~茶~昌~常~朝~冲~出~初~传~春~此~

待~旦~道~灯~地~吊~东~都~多~厄~法~繁~饭~分~丰~风~逢~凤~佛~符~福~抚~附~复~赴~傅~赶~感~高~工~公~贡~构~关~官~惯~广~逛~国~过~海~邯~好~呵~合~和~鹤~黑~亨~后~花~华~画~淮~欢~还~环~婚~伙~机~箕~激~集~计~记~际~季~佳~嘉~检~简~见~江~讲~交~侥~教~醮~接~节~劫~结~解~界~津~襟~觐~径~迳~境~纠~酒~句~巨~聚~决~开~勘~康~苦~窾~狂~腊~来~兰~乐~类~离~里~理~例~良~林~灵~领~流~龙~露~旅~马~卖~蛮~盟~密~面~庙~冥~谬~默~难~逆~年~鸟~凝~农~朋~娉~醋~期~棋~綦~启~起~绮~契~前~钱~潜~强~窍~勤~清~请~庆~取~趣~全~権~群~日~荣~融~入~赛~散~僧~歃~山~善~商~赏~设~社~神~胜~省~圣~盛~失~诗~石~时~识~使~市~事~适~书~熟~水~顺~司~私~四~宿~岁~谈~探~堂~逃~体~天~听~庭~通~统~头~土~晚~绾~王~委~文~乌~吴~武~舞~误~悟~晤~雾~西~隙~夏~贤~咸~乡~相~香~享~飨~宵~嚣~小~晓~啸~协~谐~心~衅~兴~星~行~幸~休~叙~学~衙~雅~筵~宴~燕~阳~邀~摇~要~野~夜~移~议~意~阴~银~饮~应~迎~影~幽~右~渔~与~玉~预~遇~鸳~渊~元~缘~约~月~云~运~再~攒~臧~遭~乍~斋~展~招~照~这~珍~征~烝~整~正~支~知~指~至~中~周~昼~抓~追~宗~综~总~走~醉~作~八音~白莲~白衣~风云~蝴蝶~金兰~金钱~九老~楞严~骊山~龙华~龙山~龙象~蟠桃~扑蝶~七老~耆英~曲江~群英~阮家~三点~三合~山阳~神仙~渑池~同年~无碍~无遮~五猖~五老~巡风~樱笋~盂兰~鱼篮~鸳鸯~茱萸~

惠huì【古】去声，八霁。【例】爱~拜~保~本~辩~布~才~察~宠~慈~赐~聪~达~大~单~德~等~邓~敦~恩~分~风~福~顾~光~和~洪~互~怀~机~积~济~寄~加~佳~嘉~贾~简~见~徽~矜~谨~警~九~眷~骏~康~口~宽~流~柳~禄~敏~明~茗~偏~平~凭~清~庆~曲~仁~柔~若~少~神~施~实~市~受~姝~淑~硕~私~损~覃~特~天~威~温~文~渥~黠~贤~小~晓~秀~宣~雅~邀~夷~遗~阴~淫~饮~英~优~早~泽~贞~珍~赈~知~志~智~忠~终~种~重~周~子~柳下~

慧huì【古】去声，八霁。【例】百~辨~炳~才~察~禅~慈~聪~单~道~德~定~端~恶~佛~浮~福~海~机~姑~狡~精~警~净~静~狷~獧~俊~空~口~狂~了~灵~令~六~妙~敏~明~内~佞~奇~清~上~淑~爽~夙~宿~琐~檀~天~通~婉~闻~无~悟~黠~贤~小~晓~秀~儇~牙~英~营~颖~愚~早~诈~真~甄~知~智~姿~拾牙~牙后~

硊huì【古】去声，四寘。

浍(澮)huì【古】去声，九泰。【例】汾~沟~九~涓~清~畎~田~

绘(繪)huì【古】去声，九泰。【例】宝~标~别~采~测~雕~访~粉~黼~复~勾~画~锦~狙~镂~描~摹~绮~天~图~文~下~绣~营~藻~装~浮世~

秽(穢)huì【古】去声，十一队。【例】

埃~暗~奥~秕~鄙~弊~逋~参~残~草~查~刬~尝~尘~陈~虫~丑~丛~粗~大~叨~涤~点~玷~恶~烦~繁~氛~棼~粪~浮~腐~负~梗~垢~痕~横~荒~秽~溷~疾~奸~贱~解~净~苛~廉~两~凌~鹭~腻~弃~潜~群~冗~帑~臊~芟~膻~矢~损~贪~提~田~汪~蓊~污~洿~诬~无~芜~瑕~险~销~嚣~邪~衅~腥~形~凶~朽~畜~厌~遗~翳~阴~淫~隐~幽~余~耘~杂~赃~臧~泽~榛~浊~濯~滋~滓~

翙(翽)huì【古】去声，九泰。【例】翙~

喙huì【古】去声，十一队。【例】白~百~病~谗~长~喘~唇~丹~地~雕~鹅~饿~方~凤~钩~狗~合~黑~虎~鸡~葭~角~金~利~马~鸟~跂~黔~犬~群~容~锐~豕~鼠~腾~万~蚊~乌~息~象~雁~谣~鹦~鱼~玉~张~针~置~众~猪~拄~三尺~

晦huì【古】去声，十一队。【例】背~悖~蔽~贬~沉~陈~迟~初~代~遁~多~繁~蛊~诡~患~晦~昏~积~艰~景~静~就~开~沦~霾~濛~蒙~迷~明~冥~暝~难~迫~潜~晴~顷~秋~任~日~如~深~沈~时~疏~霜~朔~四~岁~韬~外~婉~先~弦~显~向~宵~晓~心~星~曛~旬~烟~湮~养~野~疑~曀~阴~隐~用~幽~迂~雨~郁~月~韫~灾~贞~正~志~滞~昼~竹~浊~自~遵~

诲(誨)huì【古】去声，十一队。【例】宠~慈~道~迪~笃~惇~法~高~规~后~化~还~嘉~检~谏~讲~教~戒~鞠~矩~镌~灵~纳~启~清~劝~仁~诜~圣~示~手~胎~往~慰~训~雅~燕~遗~音~诱~谕~札~诏~斟~箴~正~指~忠~谆~作~

卉huì【古】去声，五未。又：上声，五尾同。【例】百~池~赤~虫~春~翠~冻~毒~凡~芳~沸~服~果~寒~禾~花~嘉~蕉~昆~烂~灵~美~葩~秋~泉~仁~山~生~蔬~庶~斯~万~溪~夏~仙~鲜~象~旭~烟~炎~艳~阳~野~异~原~珍~榛~众~椎~

汇[1]（匯、滙）huì 聚集。聚集之物。【古】上声，十贿。【例】东~结~侨~溶~水~逃~迤~总~

汇[2]（彙）huì 综合。【古】去声，五未。【例】部~品~裒~庶~条~万~综~

阓huì【古】去声，十一队。【例】鄽~革~阛~圈~市~驵~廛~

蕙huì【古】去声，八霁。【例】碧~春~芳~风~绀~蘅~菅~剪~九~兰~猎~露~绿~萝~密~秋~荃~茹~树~霜~荪~香~瑶~幽~芝~芷~紫~

槥huì 树名。【古】去声，八霁。

譓(譿)huì 辨察。【古】去声，八霁。

蟪huì【古】去声，八霁。【例】金~菌~危~

嘒huì【古】去声，八霁。【例】蝉~嘒~

彗(篲)huì【古】去声，四寘。又：去声，八霁同。【例】拔~白~孛~苍~操~策~赤~丛~短~袚~高~虹~黄~剪~警~九~流~绮~若~扫~水~四~天~燕~妖~拥~云~帚~竹~

𬭬(鏏)huì【古】上声，八霁。

讳(諱)huì【古】去声，五未。~【例】褒~辟~避~惭~称~斥~触~大~抵~法~犯~奉~干~革~公~观~官~国~

后~护~忌~家~皆~拒~空~连~密~庙~名~内~匿~偏~前~曲~山~上~圣~时~顺~私~胎~台~题~填~问~无~下~小~凶~掩~疑~抑~隐~尤~有~御~月~正~

贿(賄)huì【古】上声,十贿。【例】宝~财~黩~方~富~寡~后~货~积~荐~居~赂~买~蛮~冒~纳~拏~器~迁~赇~收~受~私~索~贪~通~万~行~赃~臧~责~赠~珍~征~重~赀~资~

恚huì【古】去声,四寘。【例】爱~悲~病~惭~嗔~瞋~耻~毒~奋~忿~愤~怫~感~怪~憾~恨~悔~记~忌~解~怒~穷~私~忘~淹~忧~怨~愠~憎~震~

溃(潰)huì (疮)溃烂。【古】去声,十一队。另见345页kuì。

荟(薈)huì【古】去声,九泰。【例】崇~丛~鸿~秽~灵~芦~潜~蔚~蓊~芜~翳~云~榛~

烩(燴)huì【例】杂~油炸~一勺~

哕(噦)huì【古】去声,九泰。另见92页yuē。【例】哕~

靧huì【古】去声,十一队。【例】盥~沐~洮~增~

愧(媿)kuì【古】去声,四寘。【例】抱~崩~不~惭~惨~耻~发~愤~俯~负~感~怀~荒~惶~迹~涧~近~惊~疚~堪~可~空~廉~冒~腼~悯~名~默~内~赧~忍~悚~讨~腆~痛~无~勿~心~欣~兴~羞~逊~贻~应~忧~余~怍~折~追~

馈(饋、餽)kuì【古】去声,四寘。【例】边~哺~传~爨~典~奠~鼎~督~反~丰~敢~供~馆~盥~稷~进~敬~犒~贶~礼~粮~内~亲~寝~牲~盛~食~送~糖~沃~饩~献~饷~飨~新~燕~羊~野~遗~玉~月~赠~中~主~转~馔~资~祖~

溃(潰)kuì【古】去声,十一队。另见345页huì。【例】奔~贲~崩~残~川~淬~大~倒~堤~东~洞~遁~燔~方~防~沸~粉~愤~蜂~河~横~讧~哗~坏~瘀~晦~击~饥~惊~沮~决~烂~雷~霖~乱~漫~糜~民~内~南~旁~披~破~奔~潜~散~沙~沈~慎~疏~四~逃~屠~退~西~陷~宵~消~汹~疡~夜~蚁~邕~鱼~陨~涨~灼~

篑(簣)kuì【古】去声,四寘。又:去声,十卦同。【例】覆~进~溺~亏一~

蒉(蕢)kuì【古】去声,四寘。【例】荷~

聩(聵)kuì【古】去声,十卦。【例】耳~烦~瞽~昏~聩~老~聋~盲~眊~耄~双~愚~

喟kuì【古】去声,十卦。【例】长~发~感~慨~慷~喟~叹~

愦(憒)kuì【古】去声,十一队。【例】惨~愁~凡~烦~愤~惶~昏~惛~愦~乱~蒙~悯~释~退~心~修~喧~庸~忧~

匮(匱)kuì【古】去声,四寘。【例】褊~茶~沓~大~代~椟~乏~丰~告~金~窘~九~僦~开~空~库~困~灵~木~馁~疲~贫~钤~箧~倾~罄~茕~穷~屈~石~书~双~水~铜~投~外~无~匣~香~央~药~一~玉~韫~

泪(淚)lèi【古】去声,四寘。【例】蚌~悲~碑~迸~碧~别~涔~谄~眵~垂~春~慈~弹~堕~粉~阁~梗~含~寒~红~挥~急~缄~煎~饯~溅~鲛~巾~

客~枯~蜡~乐~敛~滲~零~流~飋~落~凄~泣~铅~清~秋~热~忍~洒~潸~声~拭~释~收~衰~双~丝~松~酸~涕~拉~衔~乡~湘~晓~泻~屑~新~血~掩~眼~夜~浥~淫~饮~余~雨~玉~珠~竹~烛~妆~追~坠~眥~眦~胡桐~贾生~牛山~牛衣~山阳~西州~岘山~相思~新亭~杨朱~

类(類)lèi【古】去声,四寘。【例】拔~败~辈~比~愎~编~不~部~侪~蝉~常~鸥~充~畴~丑~出~触~从~粗~篡~大~党~德~等~地~雕~动~笃~恶~凡~方~非~分~告~贯~归~诡~含~蒿~合~狐~花~槐~蝗~汇~鸡~将~噍~介~鸠~韭~菊~举~绝~空~酷~葵~连~联~僚~埒~流~龙~乱~伦~马~毛~梅~门~靡~木~慕~孽~驽~朋~譬~品~颇~裒~蒲~气~器~千~切~亲~丘~取~雀~鹊~群~人~荏~箬~色~善~生~时~士~事~柿~寿~兽~书~殊~淑~树~庶~水~似~肆~苏~粟~笋~琐~贪~藤~体~同~统~推~宛~万~苇~无~物~析~晰~锡~仙~相~象~宵~形~性~凶~畜~掩~阳~一~依~遗~义~异~逸~阴~姻~引~柚~诱~余~鱼~羽~语~玉~缘~芸~杂~藻~樟~兆~贞~珍~正~证~支~芝~知~植~种~状~字~宗~族~纂~无畴~无噍~无遗~

累lèi【古】去声,四寘。另见329页léi、334页lěi。【例】熬~百~谤~鄙~贬~病~波~逋~层~缠~尘~吃~嗤~炊~疵~带~逮~点~玷~迭~叠~多~乏~烦~繁~房~非~费~逢~浮~负~干~竿~垢~孤~顾~挂~国~过~害~荷~痕~后~患~秽~架~贱~咎~拘~口~苦~酷~亏~魁~劳~联~麻~民~孥~攀~陪~蓬~疲~偏~贫~仆~砌~迁~谴~枪~诮~亲~情~祛~取~染~扰~弱~色~沈~生~时~世~释~受~束~私~俗~速~碎~忝~颓~脱~外~枉~微~芜~忤~物~瑕~陷~小~邪~衅~舋~形~序~延~扬~飏~业~贻~遗~婴~萦~尤~幼~缘~杂~赃~遭~曾~增~障~质~滞~重~株~属~赘~滓~自~罪~尊~坐~

纇lèi【古】去声,十一队。【例】锄~鉏~玼~疵~忿~花~荒~纰~颇~无~芜~瑕~瑜~珠~

酹lèi【古】去声,九泰。又:去声,十一队同。【例】酬~啜~奠~祭~荐~龙~三~沃~湘~祝~一杯~

肋lèi【古】入声,十三职。另见73页lè。【例】板~骨~鸡~季~九~软~山~胁~

擂lèi【古】去声,十一队。另见329页léi。【例】打~赌~

昧mèi【古】去声,十一队。【例】靄~暧~晻~暗~黯~鄙~草~孱~尘~陈~晨~冲~惷~舛~踳~叨~妒~顿~阿~扼~干~戆~攻~寡~乖~鸿~荒~晦~昏~寂~鉴~老~凉~灵~聋~沦~瞒~谩~芒~盲~厖~茫~冒~蒙~迷~眇~明~冥~欺~耆~乾~浅~绍~深~沈~尸~耸~贪~童~顽~忘~微~芜~宵~凶~曛~压~湮~魇~杳~窅~窈~夷~疑~翳~堙~隐~庸~幽~幼~迂~愚~渊~造~昭~质~稚~拙~

寐mèi【古】去声,四寘。【例】安~长~成~得~盹~假~监~鉴~靖~寐~梦~潜~寝~入~失~熟~睡~讬~托~无~寤~夕~遐~宵~魇~夜~昼~

妹mèi【古】去声,十一队。【例】阿~表~长~从~弟~帝~寡~归~季~姐~九~老~两~令~盲~梅~妹~母~内~女~舍~师~室~叔~天~外~贤~咸~蚬~新~姨~姊~青溪~盐水~

媚mèi【古】去声,四寘。【例】阿~爱~百~嬖~薄~侧~谄~称~成~逞~川~调~丰~风~弗~服~浮~附~干~皋~贡~苟~蛊~怪~和~红~鲎~狐~花~惑~霁~嘉~奸~姣~娇~紧~谨~靓~娟~豊~莲~流~驴~媚~迷~明~抹~木~暮~内~宁~佞~绮~千~巧~俏~亲~轻~清~求~遒~曲~趋~取~容~柔~软~嫂~韶~淑~顺~送~俗~岁~桃~婉~妩~武~希~纤~鲜~闲~显~献~香~效~邪~谐~行~幸~秀~逊~雅~嫣~妍~偃~厌~艳~妖~映~游~诱~谀~圆~悦~泽~仄~增~珠~姿~自~云壑~

袂mèi【古】去声,八霁。【例】把~别~布~操~掺~长~侈~翠~大~缔~短~烦~反~飞~分~奋~风~覆~缟~拱~寒~红~挥~结~解~襟~捐~离~连~联~敛~罗~蒙~判~捧~缥~绮~牵~茜~青~轻~攘~弱~裳~摄~石~手~双~蓑~投~霞~仙~香~湘~削~行~绣~掩~扬~瑶~衣~移~引~拥~右~揄~雨~玉~云~斩~障~振~执~左~留客~

魅mèi【古】去声,四寘。【例】病~魑~出~伏~谷~鬼~狐~精~咎~老~离~魅~魔~木~山~物~遐~魈~邪~魇~厌~妖~阴~

痗mèi【古】去声,十一队。【例】疢~倒~发~积~疾~久~祛~沈~心~婴~幽~

内nèi【古】去声,十一队。【例】安~奥~拜~暴~陂~北~壁~编~划~抄~尘~陈~城~池~尺~出~村~大~第~调~东~动~都~度~堆~对~方~房~分~份~封~辐~府~腹~阁~宫~关~管~广~闺~国~海~好~河~户~化~环~寰~畿~家~见~贱~舰~槛~江~郊~劫~禁~酒~惧~开~坑~口~窟~阃~腊~帘~流~录~门~南~宁~娉~屏~其~墙~区~券~任~日~茹~入~塞~杀~山~少~身~生~省~实~视~室~疏~署~鼠~数~水~说~岁~锁~台~堂~体~天~庭~同~统~筒~土~外~王~帷~卧~幄~无~西~袭~匣~峡~下~先~贤~县~限~信~行~蓄~厓~衙~养~依~遗~以~易~意~营~楹~宇~域~御~苑~云~在~凿~造~泽~帐~正~知~直~职~治~众~周~洲~柱~

佩[1]pèi【古】去声,十一队。【例】垂~风~鈸~衿~惊~景~媿~铭~青~倾~叹~委~衔~仰~缨~豸~汉皋~水苍~五兵~

佩[2](珮)pèi【古】去声,十一队。【例】珌~钗~翠~带~汉~荷~珩~环~璜~解~金~捐~玦~珂~联~鸾~珉~鸣~丧~委~缨~鱼~杂~簪~组~青霜~

辔(轡)pèi【古】去声,四寘。【例】安~鞍~按~鞭~镳~秉~并~策~长~骋~螭~驰~垂~促~雕~顿~弭~返~方~飞~奉~抚~高~共~孤~诡~寒~鹤~衡~红~还~环~缓~皇~回~迴~羁~急~鞯~缰~韁~降~交~金~锦~绝~揽~连~联~敛~钉~灵~六~龙~鸾~马~弥~弭~内~七~齐~千~窃~青~轻~日~戎~柔~受~霜~税~丝~四~

竦~天~同~外~踠~万~枉~无~五~西~曦~遐~仙~衔~宵~轩~旋~阳~瑶~仪~逸~引~缨~游~纡~玉~御~云~争~征~整~执~紫~总~纵~驺~组~

配pèi【古】去声,十一队。【例】班~般~比~编~标~差~称~成~崇~刺~搭~德~登~嫡~抵~地~调~迭~定~断~发~分~割~勾~合~婚~籍~继~佳~嘉~兼~简~交~郊~解~决~科~隶~流~美~冥~偶~攀~匹~平~迁~前~黥~求~区~铨~散~上~失~饰~淑~送~摊~贴~统~徒~讬~托~外~完~无~下~先~贤~相~镶~修~许~选~严~抑~阴~有~元~原~择~昭~谪~正~支~指~陟~桩~装~追~祖~作~

沛pèi【古】去声,九泰。【例】充~颠~泛~丰~河~还~济~鲸~李~梁~流~南~滂~沛~湍~漂~起~谯~汝~渥~雾~幸~雍~雨~泽~沾~至~滞~属~

霈pèi【古】去声,九泰。【例】大~恩~丰~甘~鸿~郊~滂~霶~霈~濡~覃~雾~泽~沾~

帔pèi【古】去声,四寘。【例】宝~丹~道~绯~葛~冠~鹤~虎~花~环~黄~巾~金~锦~龙~绿~罗~霓~袍~青~裙~蕊~衫~天~拖~霞~香~衣~油~羽~月~云~紫~稻畦~黄罗~

旆(斾)pèi【古】去声,九泰。【例】白~宝~必~车~辰~晨~迟~赤~春~翠~村~大~丹~帝~电~幡~反~返~风~烽~宫~鼓~关~桂~寒~韩~汉~红~虹~还~麾~回~火~锦~旌~酒~凯~麟~龙~绿~銮~蛮~南~霓~旆~疲~旗~前~茜~青~戎~舒~树~双~霜~素~隼~天~彤~危~文~西~霞~县~小~晓~心~星~绣~悬~旋~牙~轺~野~旟~羽~雨~玉~云~旃~征~整~朱~驻~青玉~

瑞ruì【古】去声,四寘。【例】百~班~邦~宝~本~茶~昌~琛~谶~呈~逞~传~春~赐~大~砀~地~典~丰~凤~符~贡~圭~龟~国~海~合~河~贺~鸿~花~黄~吉~辑~嘉~金~景~琨~麟~灵~留~龙~鸾~马~美~祕~鸟~奇~启~前~庆~雀~鹊~群~人~仁~日~洒~善~上~身~神~圣~石~时~识~世~双~水~司~四~天~庭~土~吐~王~文~乌~五~下~献~祥~象~效~协~信~休~哑~雅~言~岩~异~阴~应~玉~云~贞~珍~真~祯~征~徵~中~珠~诸~江山~随车~

锐(銳)ruì【古】去声,八霁。【例】笔~飙~岑~骋~床~挫~锋~刚~高~孤~犷~圭~果~悍~豪~挥~火~尖~坚~简~讲~劲~进~精~口~快~棱~稜~利~栗~慄~敛~练~芒~猛~敏~明~衄~剽~前~轻~清~山~剡~神~盛~霜~速~铫~完~武~悉~犀~下~銛~陷~枭~骁~新~形~凶~畜~蓄~焱~杨~养~英~勇~玉~员~躁~执~中~珠~专~阻~

蚋ruì【古】去声,八霁。【例】黄~虻~蠓~闽~蚊~宵~一~蝇~

睿(叡)ruì【古】去声,八霁。【例】聪~宽~敏~明~神~圣~天~心~英~愚~哲~知~智~中~

汭ruì【古】去声,八霁。【例】灞~妫~汉~淮~江~泾~罗~洛~沙~桐~沩~渭~夏~伊~颍~

枘ruì 榫头。【古】去声,八霁。【例】

方~凿~

睡shuì【古】去声,四寘。【例】爱~安~半~沉~春~打~低~盹~酣~鼾~貉~鹤~虎~花~昏~鸡~蕉~惊~瞌~渴~客~困~睏~龙~鹿~卯~美~眠~鸟~浓~疲~破~憩~寝~清~入~晌~深~沈~省~嗜~兽~熟~瘫~甜~晚~午~喜~小~醒~宜~益~引~莺~余~蛰~昼~装~红窗~

税shuì【古】去声,八霁。【例】版~半~保~报~暴~避~边~薄~逋~补~财~残~茶~差~廛~舂~抽~舂~催~鹾~当~盗~地~丁~定~反~放~夫~赋~稿~公~贡~估~关~官~国~过~海~黑~户~籍~家~驾~假~茧~交~缴~津~井~九~酒~僦~橘~捐~蠲~均~郡~抗~科~课~矿~厘~练~漏~率~麦~泯~免~民~木~纳~平~起~秋~榷~山~商~上~身~食~市~输~丝~赇~逃~田~统~偷~透~退~完~王~行~牙~盐~雁~洋~徭~引~印~余~鱼~杂~灶~责~征~正~重~竹~住~资~租~

蜕shuì 又读。另见350页tuì。

帨shuì【古】去声,八霁。【例】帉~纷~感~汗~花~结~巾~缡~褵~练~辇~鞶~佩~设~饰~帅~悬~

说(說)shuì【古】去声,八霁。另见32页shuō。【例】辞~漂~权~税~行~游~

岁(歲、嵗)suì【古】去声,八霁。【例】百~拜~报~比~毕~避~别~卜~残~常~龀~成~齿~冲~初~除~椿~辞~徂~大~带~当~得~登~迭~度~短~多~恶~迩~发~乏~法~犯~芳~分~丰~富~改~故~观~冠~丱~过~寒~贺~后~华~荒~饥~积~笄~稘~计~忌~浃~嘉~间~兼~俭~饯~洊~荐~节~今~尽~近~覲~竟~旧~科~客~旷~馈~潦~乐~累~历~连~流~履~乱~满~弥~杪~眇~明~末~暮~曩~年~宁~农~频~平~期~绮~弃~千~前~歉~强~青~顷~穷~去~穰~稔~弱~善~上~韶~生~时~守~首~寿~受~嗣~送~宿~太~天~龆~髫~隶~同~晚~万~往~望~问~无~午~昔~先~闲~献~小~新~星~凶~虚~旬~亚~淹~晏~宜~移~亿~引~迎~永~逾~阅~匝~早~蚤~占~章~照~肇~正~直~稚~中~终~重~週~壮~撞~足~卒~

遂suì【古】去声,四寘。另见331页suí。【例】白~补~不~长~畅~皂~朝~称~成~宠~达~大~得~丰~夫~斧~高~果~贺~化~寰~郊~井~径~决~六~茂~乃~蹊~曲~全~畎~上~生~双~顺~岁~坦~陶~盘~未~问~希~下~乡~谐~须~阳~夭~邑~允~直~冢~梓~尊~

䍁(䍁)suì 车饰。【古】去声,四寘。

镃(鐩)suì【古】去声,四寘。

穟suì【古】去声,四寘。【例】稻~禾~槐~嘉~麦~青~黍~穟~挺~祥~遗~

襚suì【古】去声,四寘。【例】册~吊~赗~赙~含~衾~庶~襖~赠~

旞suì 一种旌旗。【古】去声,四寘。

璲suì【古】去声,四寘。【例】珮~系~

穗suì【古】去声,四寘。【例】碧~秉~草~抽~稻~灯~获~断~弹~粉~共~菰~谷~穀~果~好~禾~合~红~花~嘉~接~金~蓼~六~炉~绿~麦~骈~

歧~青~乳~散~杉~拾~黍~双~霜~粟~同~吐~晚~五~香~协~秀~烟~遗~缨~孕~滞~中~珠~烛~紫~

碎suì【古】去声，十一队。【例】璧~卑~鄙~冰~柴~齿~锤~翠~蹉~捣~钿~雕~断~剁~烦~繁~分~粉~风~怪~过~寒~花~毁~鸡~焦~金~锦~局~苛~刻~口~兰~烂~砾~零~沦~糜~靡~捻~碾~盘~破~绮~曲~冗~亢~散~松~琐~瓦~委~猥~文~紊~稀~细~霞~纤~宵~小~心~雪~殷~幼~玉~月~殒~杂~砸~炸~枝~珠~椎~浊~嘴~铁山~

祟suì【古】去声，四寘。【例】饱~沉~魑~祠~鬼~祸~忌~解~咎~厉~马~埋~魔~谴~驱~沈~诗~送~外~为~物~邪~延~魇~邑~云~灾~作~

谇(誶)suì【古】去声，四寘。又：去聲，十一队同。【例】谤~调~诟~交~凌~侮~

繐suì【古】去声，四寘。【例】素~

隧suì【古】去声，四寘。【例】鼻~长~除~大~地~封~衡~洪~郊~金~经~井~径~迳~辽~陵~陇~麻~门~木~墓~蒲~蹊~潜~桑~山~埏~松~亭~陀~王~徯~溪~下~邪~薰~蚁~陨~宰~鄗~郰~

燧suì【古】去声，四寘。【例】边~兵~巢~出~传~燔~烽~改~关~槐~灰~火~熸~鉴~金~举~狼~烈~木~熢~萁~取~松~亭~万~息~象~削~星~熏~炎~阳~阴~柘~钻~

邃suì【古】去声，四寘。【例】奥~冲~崇~洞~该~高~谷~弘~宏~华~精~静~迥~宽~寥~祕~凝~奇~嵚~清~曲~森~深~神~沈~天~窕~透~闲~轩~学~严~杳~阴~幽~迂~渊~增~贞~重~

退tuì【古】去声，十一队。【例】哀~罢~败~奔~避~贬~摈~病~裁~潮~撤~晨~斥~冲~黜~辞~促~摧~打~淡~倒~跌~东~遁~放~废~风~佛~丐~告~革~公~鼓~寒~和~后~还~火~击~拣~俭~减~简~筋~谨~进~靖~静~空~亏~溃~廉~敛~留~龙~旅~乱~沦~马~免~南~挠~逆~懦~披~屏~栖~乞~谦~前~潜~嗛~清~请~穷~求~祛~却~让~日~荣~擅~蛇~沈~省~收~暑~衰~水~顺~素~恬~吐~伪~息~闲~消~星~行~休~衔~阳~宜~抑~挹~鹢~阴~引~隐~勇~迂~鱼~云~早~蚤~贞~止~雉~中~昼~逐~左~

褪tuì【古】去声，十四愿。另见531页tùn。【例】倒~

煺tuì 煺毛。【古】上平，十灰。

蜕tuì【古】去声，八霁。又：去聲，九泰同。另见349页shuì。【例】薄~蚕~蝉~尘~鹤~化~龙~人~蛇~圣~蜩~委~仙~演~遗~蚴~坐~凤凰~

位wèi【古】去声，四寘。【例】安~拜~班~板~宝~卑~本~避~辨~宾~步~部~禅~常~朝~臣~称~成~齿~赤~充~崇~宠~出~储~处~传~辞~篡~错~大~代~单~当~叨~盗~得~登~等~地~帝~奠~鼎~定~段~方~非~分~佛~复~岗~高~各~公~功~构~固~官~贵~国~果~过~鹤~后~槐~皇~即~极~加~践~僭~将~郊~借~金~近~进~惊~就~居~具~爵~君~坎~客~空~旷~郎~离~历~寮~列~

灵~龙~禄~履~冒~贸~名~末~慕~宁~牌~陪~配~品~铺~牵~愆~窃~清~秋~权~让~人~褥~闰~散~上~设~摄~神~生~声~盛~尸~失~师~石~世~势~释~守~受~授~庶~水~顺~嗣~素~台~贪~坛~天~同~退~王~卧~席~袭~衔~显~星~幸~虚~序~学~逊~宴~阳~爻~移~异~瘗~阴~寅~月~越~在~战~震~正~职~陟~秩~致~中~重~诸~主~转~资~祖~尊~左~座~

卫(衛、衞)wèi【古】去声,八霁。【例】保~葆~备~庇~陛~边~汴~骠~兵~采~餐~厂~撤~臣~宸~承~城~冲~宠~从~调~定~短~蕃~防~飞~分~扶~府~辅~歌~宫~巩~拱~扞~捍~呵~恒~侯~后~虎~户~护~扈~环~戟~迦~蹇~剑~将~教~襟~谨~近~禁~精~警~莒~据~军~珂~匡~离~列~陵~龙~鲁~逻~没~门~庙~冥~男~陪~屏~淇~綦~千~前~巧~亲~侵~驱~戎~荣~容~森~上~设~摄~神~蜃~侍~守~戍~说~司~四~耸~宋~宿~唐~陶~填~徒~屯~维~文~五~武~仙~骁~宵~校~行~勋~牙~养~仪~颐~翊~翼~英~营~拥~右~舆~羽~御~赞~藻~鄣~仗~遮~珍~镇~直~中~周~诸~自~左~豹韬~贵赤~金吾~俱那~

味wèi【古】去声,五未。【例】备~变~辨~菜~茶~禅~尝~逞~臭~楚~春~醇~辍~辞~醋~大~单~耽~淡~澹~当~道~得~地~谛~调~鼎~毒~乏~法~饭~风~讽~甘~高~膏~古~瓜~寡~怪~海~含~好~和~后~厚~还~宦~回~火~寄~佳~嘉~兼~江~嗟~井~酒~橘~咀~隽~嚼~俊~开~口~苦~况~昆~腊~兰~类~累~梨~两~了~灵~露~陆~论~漫~没~梅~美~妙~茗~柰~藕~旁~披~脾~贫~品~齐~气~芹~清~情~秋~趣~泉~人~荣~入~色~伤~赏~上~少~深~神~声~诗~时~识~食~時~世~适~书~蔬~熟~霜~爽~水~睡~司~思~四~诵~酥~酸~笋~桃~体~天~甜~同~荼~土~外~玩~忘~渥~吴~羲~喜~细~先~鲜~咸~乡~香~详~享~想~小~邪~亵~兴~形~羞~玄~铉~寻~研~盐~阳~药~野~一~遗~义~异~绎~逸~意~吟~盈~余~鱼~玉~芋~远~匀~韵~蔗~珍~真~正~旨~至~志~致~中~重~滋~族~俎~不二~

畏wèi【古】去声,五未。【例】逼~禀~怖~猜~愁~出~貙~惮~憺~多~反~服~恭~顾~虎~惶~戢~忌~检~鉴~谨~惊~兢~儆~警~敬~拘~沮~可~恐~愧~困~廉~凛~龙~内~屏~牵~谦~怯~清~曲~犬~慑~鼠~耸~天~外~晚~威~无~西~夏~险~羞~严~疑~抑~喑~寅~夤~忧~予~鱼~憎~震~祗~众~重~周~惴~尊~

慰wèi【古】去声,五未。【例】安~拜~褒~宠~赐~存~道~吊~独~敦~恩~奉~抚~附~感~告~鲠~贺~欢~懽~浣~嘉~奖~解~开~快~宽~困~劳~聊~勉~闵~佩~庆~劝~赏~申~甚~式~侍~斯~绥~谈~外~望~温~问~喜~相~晓~忻~欣~宣~唁~宴~以~优~诱~娱~谕~招~镇~知~自~

尉wèi【古】去声,五未。另见298页yù。【例】兵~簿~差~丞~赤~大~都~副~感~国~户~嵇~畿~将~较~竞~军~

垒～里～梅～门～旗～上～少～守～太～廷～妄～仙～县～香～校～宣～巡～延～邑～舆～中～醉～龙禁～神仙～石太～

蝟wèi 白蚁。【古】去声，五未。

霨wèi 云起貌。【古】去声，五未。

煟wèi 【古】去声，五未。【例】煟～

硙wèi 【古】去声，十一队。【例】碓～井～碾～水～硙～

磑wèi 【古】去声，十贿。【例】磊～

未wèi 【古】去声，五未。【例】辰～春～丁～讹～花～来～晴～全～壤～午～辛～验～着～

魏wèi 【古】去声，五未。【例】阿～北～丙～邴～曹～昌～赐～东～房～观～韩～恒～后～皇～黄～荆～梁～隆～前～青～冉～赏～胜～盛～天～王～戊～西～象～阳～姚～元～赵～

为(爲、為)wèi 【古】去声，四寘。另见331页wéi。【例】曷～特～因～

遗(遺)wèi 【古】去声，四寘。另见132页yí。【例】分～厚～不我～

胃wèi 【古】去声，五未。【例】败～瓣～肠～调～翻～反～复～腹～关～护～健～开～口～瘤～鹿～驴～脾～伤～洗～穴～羊～益～渊～针～皱～

喂[1]wèi 招呼声。

喂[2](餵)wèi 【古】去声，四寘。【例】饮～

渭wèi 水名。【古】去声，五未。【例】灞～北～长～钓～东～洞～沸～浮～甘～函～寒～河～鸿～济～脚～泾～兰～猎～吕～南～泥～汧～秦～清～西～洗～峭～晓～烟～迎～中～淄～

谓(謂)wèi 【古】去声，五未。【例】不～称～非～何～呼～见～可～名～切～所～提～亡～无～相～以～意～有～愿～自～无所～无为～

猬(蝟)wèi 【古】去声，五未。【例】白～鳖～刺～锋～见～马～蚊～攒～

蔚wèi 盛貌。另见298页yù。【古】去声，五未。【例】庵～黯～豹～彪～彬～斌～炳～灿～岑～葱～丛～雕～对～繁～丰～焕～荟～隽～蓝～烂～平～芊～茜～蒨～清～森～赡～隈～蓊～霞～雄～秀～窈～猗～翳～阴～映～幽～彧～渊～云～攒～藻～贞～整～圆光～

熨wèi 用药物热敷。另见299页yù、562页yùn。【古】去声，五未。【例】砭～擦～毒～攻～青～时～汤～澡～针～炙～

讆(躗)wèi 【古】去声，八霁。【例】谰～訾～

坠(墜)zhuì 【古】去声，四寘。【例】崩～必～踣～不～朝～沉～澄～弛～带～荡～颠～凋～跌～堕～鹅～耳～废～丰～风～覆～横～红～荒～虺～火～剑～僵～交～槿～抗～空～旷～溃～累～岭～零～流～柳～露～沦～马～迷～泯～木～鸟～排～偏～漂～破～弃～倾～日～扇～沈～绳～失～双～水～天～殄～颓～晚～网～危～委～问～夕～下～香～项～宵～笑～星～湮～遗～蚁～鹰～蝇～雨～玉～猿～岳～云～殒～暂～折～谪～中～昼～瘃～

赘(贅)zhuì 【古】去声，八霁。【例】不～出～词～痤～多～附～瘊～句～累～瘤～纳～黏～骈～齐～倩～秦～冗～肉～入～杉～贤～肬～疣～粘～招～枝～志～重～作～

缀(綴)zhuì 【古】去声，八霁。【例】比～编～表～补～裁～采～参～钞～彻～

赤~稠~词~点~风~缝~拂~附~构~后~缉~甲~剪~拘~揽~累~连~联~旒~挛~罗~绵~末~剽~拼~裒~牵~前~闪~沈~挑~停~尾~委~文~舞~校~行~悬~仪~音~针~整~支~朱~属~装~缀~

縋(縋)zhuì【古】去声,八霁。【例】绠~绢~系~下~悬~夜~

惴zhuì【古】去声,四寘。【例】愁~惊~沮~慑~慴~危~忧~惴~

醉zuì【古】去声,四寘。【例】白~半~病~薄~残~灿~长~朝~沉~晨~醒~春~醇~村~大~旦~洞~独~放~蜂~扶~骨~灌~酣~喝~轰~洪~虎~花~荒~昏~极~酱~尽~酒~狂~困~烂~劳~梨~露~麻~买~卯~迷~暮~泥~前~浅~强~秦~秋~取~日~如~山~上~沈~胜~盛~剩~时~熟~暑~霜~宿~棠~陶~天~同~恸~痛~托~驮~晚~午~夕~稀~下~夏~香~心~猩~醺~阳~野~夜~宜~怡~倚~吟~莺~余~沾~纸~竹~山公~

罪(辠)zuì【古】上声,十贿。【例】办~抱~被~本~蔽~避~辨~不~布~惭~吃~笞~出~除~触~待~贷~戴~当~蹈~得~抵~第~刁~定~断~锻~多~伐~罚~法~犯~放~非~伏~服~腐~负~甘~告~公~功~宫~辜~怪~归~过~后~悔~活~获~祸~稽~极~加~驾~嫁~减~见~降~矫~谨~净~咎~鞫~具~决~军~开~科~罹~丽~连~两~领~流~戮~论~迷~免~耐~拟~赔~片~平~启~泣~愆~前~谴~情~黥~请~取~认~三~赏~赦~深~声~释~首~受~赎~恕~数~私~死~俟~讼~速~宿~遂~逃~讨~替~听~同~徒~委~畏~问~诬~无~五~下~夏~纤~小~谢~刑~行~悬~洋~疑~议~阴~引~婴~宥~余~原~远~刖~赃~臧~遭~造~责~斩~杖~折~正~治~致~中~重~诛~追~自~族~坐~风流~公冶~

最zuì【古】去声,九泰。【例】报~边~簿~称~殿~凡~功~合~会~计~居~举~考~课~吏~连~论~强~清~善~赏~为~要~尤~玉~征~治~奏~

蕞zuì【古】去声,九泰。【例】会~荟~绵~

晬zuì【古】去声,十一队。【例】百~方~及~试~未~周~

槜(檇)zuì 槜李。【古】去声,四寘。

附:本韵部旧读入声字

11. 欸威韵

阴平

硅黑嘿

阳平

鲗

上声

北给

七、熬(ao)腰(iao)两韵母的韵部

韵　母	熬(ao)腰(iao)
说　明	本表两韵母,稳定一韵部,即“熬腰”韵;宽严不再分。

12. 熬腰韵

平声·阴平

坳(垇)āo【古】下平,三肴。另:去声,十九效同。另见381页ào。【例】鼻~车~螭~池~殿~荷~泓~积~沦~盘~山~潭~堂~塘~洼~污~砚~窈~云~枕~

凹āo【古】下平,三肴。【例】鼻~低~湫~内~盘~山~凸~险~砚~遇~枕~

包bāo【古】下平,三肴。【例】敖~背~病~草~馋~承~川~脆~褡~打~弹~稻~调~顶~豆~肚~鹅~发~饭~坟~封~跟~鼓~荷~红~货~兼~浆~浸~荆~卷~麇~开~糠~挎~莲~搂~麻~马~面~牧~脑~脓~皮~蒲~钱~潜~窍~琼~曲~软~沙~山~书~霜~随~汤~掏~提~土~外~席~香~心~熊~玄~盐~腰~衣~银~邮~毡~粽~绿荷~献世~

枹bāo 枹树。【古】下平,三肴。

龅(齙)bāo 龅牙。【古】下平,三肴。

孢bāo【古】上声,十八巧。【例】芽~

胞bāo【古】下平,三肴。【例】腹~鹤~目~难~侨~山~神~胎~台~同~细~血~眼~衣~玉~转~姹女~菡萏~

苞bāo【古】下平,三肴。【例】碧~春~翠~芳~粉~丰~负~含~寒~花~黄~兼~渐~金~锦~九~菊~橘~兰~莲~鳞~绿~梅~千~潜~青~琼~嫩~桑~霜~松~素~笋~天~吐~团~脱~苇~鲜~香~新~星~杏~药~遗~银~蝇~右~竹~豆蔻~雨緎~

煲bāo【例】铜~

褒(襃)bāo【古】下平,四豪。【例】嬖~贬~称~崇~宠~贷~东~独~鄂~过~嘉~奖~旌~龙~荣~善~腾~罔~相~扬~衣~擢~赐金~一字~

炮(炰)bāo【古】下平,三肴。另见369页páo、388页pào。【例】燔~烹~

剥bāo 口语音。【古】入声,三觉。另见30页bō。

标(標)biāo【古】下平,二萧。【例】岸~靶~榜~漕~草~层~插~觇~城~

崇~达~导~得~灯~定~督~独~夺~发~芳~丰~风~浮~抚~高~阁~孤~国~航~建~界~锦~军~峻~开~立~连~灵~龙~路~木~目~奇~青~清~秋~权~容~色~森~商~上~神~诗~世~双~霜~松~素~天~投~团~文~遐~霞~下~仙~雄~袖~音~英~游~鱼~玉~云~招~贞~争~植~指~治~中~自~座~万世~

镖（鏢）biāo 【古】下平，二萧。【例】保~打~毒~飞~鸣~起~水~梭~走~

彪biāo【古】下平，十一尤。【例】斑~彬~炳~赤~刺~伏~黑~亨~虎~克~空~土~熊~颜~彰~

镳（鑣）biāo 【古】下平，二萧。【例】鞍~保~镳~骖~长~分~凤~扶~花~华~还~回~鞬~金~惊~拘~连~联~龙~鸾~轮~马~鸣~齐~轻~驱~铁~停~翔~象~行~扬~游~玉~簻~征~走~

瀌biāo【古】下平，二萧。【例】瀌~

儦biāo【古】下平，二萧。【例】儦~

藨biāo【古】下平，二萧。【例】蛇~栽秧~

骠(驃)biāo【古】去声，十八啸。【例】斑~赤~黄~马~袅~逸~陀罗~

摽biāo【古】下平，二萧。另见 382 页 biào。【例】不~嵩~

膘（臕）biāo 【古】下平，二萧。【例】长~抽~催~掉~蹲~肥~积~落~扑~退~脂~猪~

熛biāo【古】下平，二萧。【例】尘~赤~电~灰~

幖biāo【古】下平，二萧。【例】幖~

瘭biāo 瘭疽。【古】下平，二萧。

杓biāo【古】下平，二萧。另见 370 页 sháo。【例】斗~拂~衡~魁~星~玉~转~

飙（飊、飈、飇）biāo【古】下平，二萧。【例】奔~长~冲~春~寸~大~丹~冻~飞~风~高~海~骇~寒~衡~洪~回~金~惊~景~狂~类~凉~灵~浏~流~龙~盲~梅~鸣~狞~鹏~蘋~凄~青~轻~清~秋~商~神~生~霜~朔~飔~松~素~梯~天~停~顽~温~夕~夏~鲜~香~祥~凶~旋~迅~严~炎~阳~阴~英~云~曾~飐~朱~

飑biāo【古】下平，三肴。【例】飑~

骉（驫）biāo 众马奔腾。【古】下平，二萧。

操cāo【古】下平，四豪。【例】兵~秉~禀~才~差~常~成~城~持~冲~出~楚~大~德~砥~端~方~风~抚~改~高~躬~孤~古~轨~鹤~恒~洪~会~赍~坚~检~节~杰~洁~介~劲~局~军~苦~厉~廉~练~烈~妙~末~内~盘~骑~琴~清~情~秋~曲~趋~趣~圈~士~守~殊~霜~水~俗~特~体~挺~无~舞~下~贤~行~雅~养~野~仪~遗~异~逸~隐~英~幽~远~阅~早~贞~执~植~至~志~中~驻~姿~八公~别鹤~采芝~尅商~梁山~履霜~岐山~神凤~水仙~松风~文王~猗兰~渔阳~醉翁~

糙cāo【古】去声，二十号。【例】粗~干~毛~米~

超chāo【古】下平，二萧。【例】才~崇~出~独~反~飞~赶~高~功~孤~技~境~迥~龙~鹿~马~猛~名~迁~

前~清~入~上~神~升~势~腾~遐~悬~勋~艺~缘~远~钊~志~质~智~万里~

抄chāo【古】下平,三肴。又:去声,十九效异。【例】包~查~传~邸~兜~发~饭~附~阁~攻~集~监~科~寇~掠~漫~闹~侵~请~日~入~诗~史~手~书~讨~誊~小~盐~杂~摘~照~转~瓜蔓~辕门~

钞(鈔)chāo【古】下平,二萧。【例】宝~簿~赤~出~大~盗~邸~费~俸~官~户~会~惠~讲~交~劫~科~课~寇~料~陆~律~落~漫~毛~美~冥~赔~票~破~钱~侵~省~诗~史~市~手~书~税~贴~铜~现~响~小~行~盐~夜~银~邮~杂~摘~照~中~朱~

駋chāo 马名。【古】下平,二萧。

怊chāo【古】下平,二萧。【例】怊~

刀dāo【古】下平,四豪。【例】宝~弊~冰~兵~并~博~布~裁~菜~餐~操~侧~柴~铲~长~尺~赤~刺~锉~大~短~钝~顿~铎~法~飞~奋~风~封~服~钢~杠~割~弓~钩~瓜~刮~关~衮~横~环~慧~鸡~尖~剪~剑~荐~交~戒~金~进~莒~军~据~开~砍~刻~叩~鲙~狂~黎~立~镰~龙~露~芦~鸾~銮~马~梦~篾~明~陌~牛~欧~刨~佩~朴~虔~钱~枪~锲~钦~青~秋~球~泉~软~韶~畲~石~授~书~蜀~竖~霜~顺~剃~铁~屠~瓦~弯~倭~朽~吴~削~悬~靴~腰~银~畲~玉~御~錾~赠~铡~战~杖~竹~捉~伐性~交股~金错~昆吾~柳叶~湛卢~

叨dāo【古】下平,四豪。另见 361 页 tāo。【例】叨~横~俱~劳~磨~念~频~数~贪~幸~絮~玉~

忉dāo【古】下平,四豪。【例】惨~忉~忧~远~

魛(魛)dāo【古】下平,四豪。【例】鳞~鳅~

舠dāo【古】下平,四豪。【例】金~酒~轻~吴~渔~征~

雕[1](彫)diāo【古】下平,二萧。【例】贝~辩~冰~彩~城~虫~炊~瓷~发~浮~根~骨~蛊~贯~寒~花~画~俭~金~镌~开~刻~龙~镂~名~木~漆~锲~荣~散~石~铜~透~微~形~性~牙~映~玉~圆~皂~竹~斫~琢~字~浅浮~

雕[2](鵰)diāo【古】下平,二萧。【例】白~鸥~大~鹘~黑~鸿~老~盘~鹏~青~秋~射~养~鹞~鹰~云~鹳~坐山~

凋(彫)diāo【古】下平,二萧。【例】半~虫~冬~槁~荷~后~黄~俭~枯~兰~零~秋~荣~桑~霜~夙~未~白发~岁寒~

鲷(鯛)diāo【古】下平,二萧。【例】真~

刁diāo【古】下平,二萧。【例】逞~刁~放~乖~击~奸~使~竖~耍~作~

貂(鼦)diāo【古】下平,二萧。【例】八~白~补~蝉~传~赐~珥~丰~宫~冠~贵~汉~黑~狐~虎~金~帽~青~轻~竖~水~脱~香~续~雪~银~右~玉~皂~左~七叶~阮孚~侍中~

叼diāo 嘴衔。【古】下平,二萧。

汈diāo 汈汉湖。

碉diāo【古】下平,二萧。【例】石~

高gāo【古】下平，四豪。【例】拔～柏～扳～标～伯～尘～乘～澄～冲～崇～登～垫～飞～风～奉～盖～格～功～拱～贡～孤～归～汉～好～河～荷～鹤～红～架～坚～剑～矜～荆～净～居～举～绝～峻～抗～厉～廉～料～瞭～隆～楼～妙～名～鸣～攀～凭～期～气～迁～清～穷～秋～泉～日～荣～山～身～升～盛～守～树～水～斯～嵩～素～抬～提～天～跳～亭～头～望～位～心～行～性～雄～岩～颜～眼～仰～养～音～月～云～晕～增～贞～自～足～尊～当涂～燕雀～

膏gāo【古】下平，四豪。另见 384 页 gào。【例】春～唇～地～恩～播～肥～焚～丰～风～甘～桂～含～寒～槐～肓～火～金～鲸～酒～兰～梨～狸～流～龙～轮～麋～民～鸟～铅～琼～热～人～乳～软～山～神～石～豕～松～溲～桐～土～屯～乌～豨～鲜～香～销～腥～杏～血～牙～烟～研～药～银～油～鱼～榆～玉～云～针～脂～雉～竹～滋～芙蓉～玄明～玉龙～

糕（餻）gāo【古】下平，四豪。【例】艾～冰～糍～蛋～鹅～饵～发～蜂～花～菊～凉～龙～麦～奶～年～黏～片～切～柿～黍～丝～松～题～雪～油～糟～枣～鲊～粘～烝～龙凤～麻葛～食禄～榆钱～云片～

羔gāo【古】下平，四豪。【例】白～璧～接～俊～炮～炰～饰～松～土～豚～献～香～雁～羊～紫～

篙gāo【古】下平，四豪。【例】半～长～撑～船～春～翠～点～放～横～阑～篷～千～轻～释～头～投～卧～渔～竹～著～点水～

皋（臯）gāo【古】下平，四豪。【例】北～城～春～东～寒～汉～鹤～蘅～湖～畿～江～洁～九～夔～兰～林～绿～鸣～诺～平～芹～青～秋～泉～山～神～疏～霜～潭～田～汀～亭～庭～芜～雾～隰～烟～阳～伊～阴～玉～云～泽～九方～

槔（橰）gāo【古】下平，四豪。【例】桔～跷～

蒿hāo【古】下平，四豪。【例】艾～白～草～柴～赤～赐～荻～莪～黄～荚～焦～角～荆～老～藜～菱～乱～萝～麻～茅～牡～蓬～皤～蒌～青～秋～沙～束～松～天～庭～桐～香～萧～邪～薪～熏～薰～烟～野～芸～簪～煮～黄花～剪春～

嚆hāo 呼叫。【古】下平，三肴。

薅hāo【古】下平，四豪。【例】晨～春～耕～科～苗～勤～田～耘～荼蓼～

交jiāo【古】下平，三肴。【例】邦～谄～成～吃～初～处～打～缔～订～定～断～伐～泛～复～故～寡～管～广～贵～好～合～鹤～厚～虎～互～怀～欢～回～贿～魂～混～货～建～结～解～借～旧～绝～开～款～兰～滥～礼～立～利～连～良～量～邻～鸾～乱～论～眉～门～面～内～纳～南～昵～攀～贫～齐～绮～契～亲～清～情～穷～秋～全～雀～壤～善～上～蛇～社～深～神～审～慎～失～石～时～矢～世～市～朔～硕～私～死～素～岁～缩～泰～谈～藤～提～通～同～托～外～雾～息～贤～相～详～邪～心～新～信～养～移～阴～雨～玉～豫～远～约～月～云～杂～择～争～知～至～布衣～车笠～杵臼～方外～肺腑～管鲍～金石～莫逆～生死～忘年～刎颈～枝柯～总髻～总角～

峧jiāo 用于地名。

焦jiāo【古】下平，二萧。【例】鲍～肠～

唇~调~对~发~风~干~根~龟~锅~喉~黄~煎~金~聚~枯~苦~宽~兰~炼~茅~山~上~烧~石~土~团~沃~闲~心~须~叶~遗~忧~余~熨~灼~鬓发~草木~爨下~客心~琴尾~炙勃~

蕉jiāo【古】下平,二萧。【例】芭~番~覆~甘~鸡~江~金~荔~鹿~绿~罗~蛮~茅~梦~水~铁~庭~团~香~越~胆瓶~凤尾~佛手~覆鹿~龙牙~

教jiāo【古】下平,三肴。另见385页jiào。【例】错~方~好~尽~空~苦~来~莫~往~枉~先~应~元~真~争~

郊jiāo【古】下平,三肴。【例】北~边~卜~苍~长~常~城~赤~初~楚~春~鹑~村~大~地~帝~芳~国~寒~荒~江~疆~金~近~京~乐~柳~满~岷~命~南~农~配~平~栖~圻~亲~秦~青~穷~丘~秋~绕~桑~山~市~霜~天~投~西~夏~玄~雪~逊~烟~宜~阴~禋~迎~语~原~远~云~驻~迦梨~

娇(嬌)jiāo【古】下平,二萧。又:上声,十七筱异。【例】阿~爱~藏~扯~宠~楚~春~黛~多~放~风~含~花~娇~俊~柳~媚~弄~女~拼~千~倩~撒~态~烟~艳~妖~姻~莺~余~玉~作~百般~步步~满池~念奴~瘦香~

骄(驕)jiāo【古】下平,二萧。【例】兵~逞~侈~惰~繁~偾~富~贵~悍~狠~花~将~揭~戒~矜~纠~倨~恐~羸~吝~龙~屡~要~天~乌~歇~凶~虚~轩~宣~阳~淫~止~雉~狐兔~马蹄~贫贱~气势~玉骢~

茭jiāo【古】下平,三肴。【例】长~刍~东~附~寒~棱~青~收~苇~蓄~玉~竹~渚~紫~吕公~

胶(膠)jiāo【古】下平,三肴。去声,十九效同。【例】阿~螯~膘~鳔~冰~虫~楮~春~大~东~对~割~弓~钩~骨~寒~皓~和~槐~开~孔~梨~麟~灵~柳~鹿~鸾~马~麋~明~牛~皮~漆~秋~乳~神~世~鼠~树~松~桃~投~脱~西~犀~弦~橡~雪~烟~阴~鱼~芸~粘~折~脂~煮~

蛟jiāo【古】下平,三肴。【例】白~搏~苍~螭~雌~刺~翠~伐~飞~黑~虎~化~怀~鲸~巨~灵~龙~毛~怒~蟠~潜~禽~髯~蛇~射~神~蜃~水~素~逃~腾~舞~玄~鱼~玉~斩~

浇(澆)jiāo【古】下平,二萧。【例】膘~淳~风~浮~沟~灌~精~酒~喷~情~水~俗~汤~文~扬~羿~预~增~块垒~

椒jiāo【古】下平,二萧。【例】秉~餐~层~豉~春~大~丹~单~铎~番~芳~焚~浮~桂~郭~海~汉~胡~花~辣~兰~茅~泥~秦~青~全~山~申~豕~蜀~颂~握~岩~引~榆~彘~

咬jiāo【古】下平,三肴。另见380页yǎo。【例】哑~咬~

礁jiāo【古】下平,二萧。【例】暗~触~浮~海~环~乱~浅~沙~石~珊瑚~

噍jiāo 噍杀。另见386页jiào。【古】下平,二萧。

姣jiāo【古】下平,三肴。又:上声,十八巧异。【例】长~娥~姣~夸~佻~娃~纤~妍~颜~艳~群巫~

鲛(鮫)jiāo【古】下平,三肴。【例】白~大~海~河~化~灵~马~群~鱼~舟~珠~合浦~南海~

跤jiāo【古】下平,三肴。【例】跌~贯~

滑~搰~摔~载~

艽jiāo【古】下平,三肴。【例】秦~

僬jiāo【古】去声,十八啸。【例】僬~

鹪(鷦)jiāo【古】下平,三宵。【例】班~鹏~青~

翔~

鸡(鵁)jiāo【古】下平,三肴。【例】飞~青~头~翔~鱼~雨~钟山~

轇jiāo【古】下平,三肴。【例】輵~

尻kāo【古】下平,四豪。【例】洞~高~黑~肩~兔~臀~尾~衣~孔雀~

捞(撈)lāo【古】下平,四豪。另见367页láo。【例】捕~采~打~救~揽~赏~贪~渔~

撩liāo 提。掀起。【古】下平,二萧。另见367页liáo。

猫(貓)māo【古】下平,二萧。【例】白~斑~豹~调~躲~公~贡~好~黑~花~家~金~郎~狸~灵~绵~木~乞~犬~人~山~骗~狮~铁~仙~香~熊~野~迎~枣~赠~獐~醉~

孬nāo【古】去声,十卦。【例】好~

抛(拋)pāo【古】下平,三肴。【例】高~掬~浪~乱~难~年~弃~轻~忍~徒~笑~休~应~远~彩球~岁月~未能~

泡pāo【古】下平,三肴。另见388页pào。【例】发~尿~松~眼~

脬pāo【古】下平,三肴。【例】白~呵~尿~鱼~胀~猪~

漂piāo【古】下平,二萧。另见379页piǎo、389页piào。【例】波~沉~发~焚~风~凫~浮~练~洌~流~沦~麦~没~萍~穷~遐~炎~鱼~

飘(飃、飂)piāo【古】下平,二萧。【例】飙~尘~晨~电~蝶~发~帆~纷~坟~粉~风~浮~高~孤~花~回~金~惊~流~鸾~沦~梅~蓬~翩~飘~萍~旗~轻~秋~衫~耍~霞~香~虚~絮~雪~衣~云~酒旗~舞袖~游丝~

螵piāo 螵蛸。【古】下平,二萧。

缥(縹)piāo【古】上声,十七筱。【例】缥~

剽piāo【古】去声,十八啸。【例】剥~钞~盗~焚~浮~刚~攻~悍~劫~寇~轻~驱~攘~散~肆~佻~行~凶~勇~

嫖piāo 嫖姚。【古】下平,二萧。另见369页piáo。

敲qiāo【古】下平,三肴。又:上声,十七筱同。【例】鼓~胡~静~可~刻~乱~旁~棋~轻~磬~推~夜~玉~杖~晨钟~

跷(蹺、蹻)qiāo 举足。【古】下平,二萧。【例】踩~乘~飞~高~蹑~蹊~轻~释~踏~

悄qiāo【古】上声,十七筱。另见379页qiǎo。【例】孤~魂~洁~静~空~梦~凄~悄~清~未~雾~哑~夜~影~幽~林霏~

硗(磽)qiāo【古】下平,三肴。【例】地~肥~蒿~瘠~

橇qiāo【古】下平,二萧。又:入声,九屑同。另见340页cuì。【例】冰~高~滑~镠~泥~跚~踏~雪~

锹(鍬、鍫)qiāo【古】下平,二萧。【例】铧~火~灭~泥~铁~洋~

缲qiāo 缝纫之法。【古】下平,二萧。

雀qiāo 雀斑。【古】入声,十药。另见

379 页 qiǎo、97 页 què。

劁qiāo 骟也。【古】下平,二萧。

缲(繰) 缝纫方法。qiāo【古】下平,二萧。另:上声,十九皓同。另见 361 页“缫”。

骚(騷) sāo【古】下平,四豪。【例】楚~雕~风~疥~惊~牢~离~拟~蒲~穷~诗~肆~萧~选~绎~震~庄~

搔sāo【古】下平,四豪。【例】把~隔~疥~爬~搔~徒~抑~玉~隔靴~首频~

溞sāo【古】下平,四豪。【例】溞~

缫(繅、繰)sāo【古】下平,四豪。【例】蚕~缰~山~

艘sāo 又读。另见 398 页 sōu。

臊sāo【古】下平,四豪。另见 389 页 sào。【例】膏~狐~辣~膻~羶~生~腥~腋~

烧(燒) shāo【古】下平,二萧。另见 389 页 shào。【例】白~宝~焙~残~叉~插~赤~锄~摧~低~煅~发~燔~焚~高~红~火~劫~狂~烈~穷~燃~热~山~生~退~霞~熏~烟~延~野~远~灼~

梢shāo【古】下平,三肴。【例】柏~碧~边~鞭~辫~兵~拆~长~彻~垂~春~翠~丁~盯~端~碓~放~风~篙~弓~寒~后~花~黄~枷~健~街~睫~金~炕~捞~犁~寥~林~柳~芦~麦~眉~梅~鸣~末~木~藕~蒲~青~晴~桑~森~椮~手~赎~树~松~笋~桃~藤~通~头~维~尾~苇~萧~新~杏~烟~眼~玉~月~云~阵~枝~执~竹~豆蔻~

稍shāo【古】去声,十九效。【例】鞭~车~俸~花~枷~寥~廪~末~蒲~上~稍~手~树~头~脱~挽~维~饩~下~乡~眼~枝~秩~

捎shāo【古】下平,三宵。【例】长~掉~风~挢~蒲~莺~鸢~扎~舟~

艄shāo【古】下平,三肴。【例】船~兜~退~鸭~

蛸shāo【古】下平,三宵。另见 363 页 xiāo。【例】列~蜱~蠨~

筲shāo【古】下平,三肴。【例】斗~营~绿~瓶~水~竹~

叨tāo【古】下平,四豪。另见 357 页 dāo。【例】横~谬~贪~忝~

掏(搯)tāo 探取。【古】下平,四豪。

滔tāo【古】下平,四豪。【例】白~不~沦~汤~滔~

韬(韜)tāo【古】下平,四豪。【例】豹~车~伏~弓~虎~晦~解~金~锦~六~龙~钤~潜~犬~戎~深~天~玉~载~珠~龙虎~

弢tāo【古】下平,四豪。【例】豹~伏~剑~锦~天~

饕tāo【古】下平,四豪。【例】风~果~老~吏~虐~贪~

慆tāo【古】下平,四豪。【例】不~流~慢~慆~吞~日月~

涛(濤)tāo【古】下平,四豪。【例】白~奔~碧~波~苍~层~潮~春~翠~翻~愤~风~观~海~骇~寒~浩~洪~江~惊~鲸~空~狂~浪~林~龙~绿~逆~弄~怒~清~秋~驱~山~诗~石~霜~松~素~涛~湍~晚~胥~悬~雪~烟~扬~玉~云~八月~百尺~广陵~万顷~

焘(燾)tāo【古】去声,二十号。【例】

覆~宏~载~

绦(縧、絛、縚)tāo【古】下平,四豪。【例】赤~宫~钩~黄~结~解~金~锦~帘~铃~绿~鸾~麻~郿~盘~束~丝~线~衣~银~皂~制~吕公~仙人~

挑tāo【古】下平,四豪。另见362页tiāo、379页tiǎo。【例】细~

挑tiāo【古】下平,二萧。另见379页tiǎo。【例】扁~出~大~钩~横~肩~揭~谲~老~零~木~挠~捻~频~扑~轻~剔~头~剜~斜~悬~琴心~双肩~夜灯~

佻tiāo【古】下平,二萧。又:上声,十七筱同。【例】不~奸~鸠~狷~狂~轻~佻~纤~儇~愚~

祧tiāo【古】下平,二萧。【例】不~承~合~兼~庙~迁~守~双~私~享~议~宗~

消xiāo【古】下平,二萧。【例】白~冰~病~长~撤~春~打~道~抵~兜~顿~风~烽~浮~勾~骨~骇~含~合~红~花~化~魂~火~缴~金~惊~鲸~酒~开~龙~鹭~芒~内~怒~朴~潜~取~日~溶~肉~霜~土~雾~霞~夏~闲~削~雪~烟~淹~盐~摇~阴~隐~玉~远~云~晕~灾~折~支~注~铸~

销(銷)xiāo【古】下平,二萧。【例】包~报~冰~插~产~畅~撤~充~冲~促~打~代~抵~吊~定~动~对~燔~繁~返~焚~供~勾~购~骨~官~寒~核~荷~红~花~回~魂~活~火~煎~缴~金~经~竞~静~蠲~开~客~兰~鸾~冒~内~泥~逆~坯~倾~取~热~赊~试~适~速~榫~题~天~铁~统~推~脱~拓~外~旺~下~香~行~形~雪~烟~药~议~溢~远~运~展~支~滞~昼~注~奏~志未~

削xiāo 另见81页xuē。【例】刮~刀~尖~减~陡~切~铣~车~

肖xiāo 姓。【古】下平,二萧。另见390页xiào。

宵xiāo【古】下平,二萧。【例】百~半~碧~残~长~彻~尘~晨~初~春~此~灯~冬~分~旰~隔~广~寒~花~今~警~累~连~良~绵~明~前~清~秋~深~神~夙~太~通~微~闲~昕~玄~淹~严~夜~一~衣~迎~永~幽~元~中~终~昼~昨~

霄xiāo【古】下平,二萧。【例】昂~半~奔~逼~碧~层~承~赤~冲~翠~丹~登~洞~犯~飞~丰~干~拱~横~绛~黔~九~空~丽~连~灵~凌~陵~鸾~摩~囊~盘~鹏~缥~凭~青~轻~清~晴~庆~秋~三~森~上~神~霜~太~腾~天~通~微~遐~霞~玄~璇~烟~因~玉~云~真~中~重~紫~透碧~

萧(蕭)xiāo【古】下平,二萧。【例】艾~邓~二~管~焦~聊~寥~飘~翘~森~山~纬~苇~香~萧~

箫(簫)xiāo【古】下平,二萧。【例】鼻~碧~裁~长~赤~楚~吹~大~笛~洞~短~风~凤~弓~宫~鼓~管~横~凰~笳~角~教~金~籁~林~龙~鸾~鸣~排~齐~秦~琴~清~磬~琼~韶~笙~颂~饧~苇~文~雅~银~嬴~竽~玉~云~赵~筝~执~幢~紫~

潇(瀟)xiāo【古】下平,二萧。【例】潇~

嚣(囂、嚻)xiāo【古】下平,二萧。【例】骜~避~嘈~尘~斗~烦~纷~氛~

浮~哗~空~闹~旁~甚~市~顽~嚣~虚~轩~玄~炎~淫~遮~

枭(梟)xiāo【古】下平,二萧。【例】博~鸱~冻~毒~革~鹄~呼~湖~获~激~獍~老~鸮~私~素~桃~土~枭~鸺~悬~盐~斩~鸷~雉~

绡(綃)xiāo【古】下平,二萧。【例】白~碧~冰~长~窗~翠~单~蝶~飞~粉~凤~宫~海~红~绛~交~鲛~泪~帘~龙~绿~鸾~罗~轻~射~生~霜~素~纨~微~苇~吴~雾~霞~衣~玉~鸳~缯~朱~

硝xiāo【古】下平,二萧。【例】红~火~硭~皮~朴~青~生~土~烟~焰~

骁(驍)xiāo【古】下平,二萧。【例】爱~百~骏~马~骁~雄~扬~左~作~

蟏(蠨)xiāo 蟏蛸。【古】下平,二萧。

蛸xiāo【古】下平,二萧。另见 361 页 shāo。【例】列~蜱~螵~蟏~

枵xiāo【古】下平,二萧。【例】腹~饥~空~枵~玄~中~

逍xiāo 逍遥。【古】下平,二萧。

鸮(鴞)xiāo【古】下平,二萧。【例】鸰~鸱~春~飞~鹏~寒~饥~鸠~泮~狍~水~枭~鹰~云~泮林~

翛xiāo【古】下平,二萧。【例】翛~

哓(嘵)xiāo【古】下平,二萧。【例】纷~哓~哮~

嘐xiāo【古】下平,三肴。【例】夸~嘐~

魈xiāo【古】下平,二萧。【例】林~山~

歊xiāo【古】下平,二萧。【例】烦~凌~午~歊~炎~阳~瘴~

猇xiāo 虎吼。【古】下平,三肴。

虓xiāo【古】下平,三肴。【例】呼~阚~狃~喿~

邀yāo【古】下平,二萧。【例】电~奉~固~广~函~见~苦~强~时~谁~私~特~同~闲~相~虚~应~招~遮~重~群贤~

腰yāo【古】下平,二萧。【例】抱~蚕~叉~长~撑~楚~垂~等~低~垫~蜂~弓~宫~鼓~裹~呵~横~虹~后~护~花~黄~回~夹~鞬~袴~裤~拦~廊~领~溜~柳~龙~绿~落~蛮~猫~毛~拿~牛~盘~劈~平~齐~墙~青~屈~躯~裙~山~上~伸~身~沈~束~树~松~素~天~驼~弯~围~系~细~虾~下~纤~香~撷~压~岩~厌~吟~萤~玉~甑~扎~仗~折~

要yāo【古】下平,二萧。另见 391 页 yào。【例】固~久~伸~相~一~招~

夭[1]yāo 美盛貌。【古】下平,二萧。另见 380 页 ǎo。【例】柏~颠~桃~形~夭~

夭[2](殀)yāo【古】上声,十七筱。【例】鄙~残~殂~道~横~薨~昏~殇~寿~死~胎~天~遐~闲~形~凶~早~蚤~

妖yāo【古】下平,二萧。【例】草~逞~虫~春~魃~地~氛~妇~甘~构~鼓~怪~国~红~鸿~狐~胡~花~画~黄~践~厉~木~蜺~女~平~凭~千~驱~攘~人~瑞~山~蛇~射~诗~石~姝~水~天~鼍~妄~文~物~娴~祥~凶~妍~谣~夜~淫~幽~灾~斩~照~

幺(么)yāo【古】下平,二萧。【例】臭~单~告~呼~老~六~绿~么~微~弦~小~装~

吆yāo 吆喝。【古】下平,二萧。

喓yāo【古】下平,二萧。【例】喓~

遭zāo【古】下平,四豪。【例】惨~迭~逢~横~假~数~所~未~相~一~遇~周~千万~

糟zāo【古】下平,四豪。【例】麋~懊~白~哺~捕~承~楚~汉~红~齑~焦~酒~糠~腊~醪~买~麦~抹~馕~清~去~食~树~饧~污~稀~香~压~食糠~

朝zhāo【古】下平,二萧。另见365页cháo。【例】朝~参~崇~春~花~霁~诘~戒~丽~连~期~晴~三~生~素~岁~霞~雪~终~

招zhāo【古】下平,二萧。【例】柏~倍~避~成~承~宠~楚~打~大~翻~冯~感~高~弓~供~花~嘉~见~交~角~旌~九~绝~类~礼~旁~前~巧~情~屈~软~商~射~实~市~书~特~挑~舞~戏~相~携~心~叙~宣~选~要~鱼~谕~折~征~自~红袖~酒旗~折简~

抓zhāo 旧读。【古】下平,三肴。另见8页zhuā。

钊(鉊)zhāo 镰刀。【古】下平,二萧。

昭zhāo【古】下平,二萧。【例】柏~布~大~诞~登~光~鉴~厥~孔~灵~马~懋~明~亲~曲~戎~融~师~式~太~泰~文~武~显~飨~宣~燕~昭~功业~

嘲zhāo【古】下平,三肴。另见366页cháo。【例】嘲~啾~

钊(釗)zhāo【古】下平,二萧。【例】勔~邢~佐~

着zhāo【古】入声,十药。另见373页zháo、41页zhuó、60页zhe。【例】对~妙~上~失~

平声·阳平

翱(翶)áo【古】下平,四豪。【例】飞~翱~风~接~鹏~翔~云~青鸟~万里~

遨áo【古】下平,四豪。【例】独~酣~连~清~神~陶~嬉~仙~逸~游~秉烛~江湖~云中~

熬áo【古】下平,四豪。【例】暗~车~淳~打~煎~焦~久~苦~难~炮~烹~忍~设~

螯áo【古】下平,四豪。【例】并~车~持~独~绀~海~江~巨~满~双~霜~舞~蟹~银~粘~紫~

嗷áo【古】下平,四豪。【例】哀~嗷~哺~嘈~鸿~欢~饥~嗟~鸣~群~笑~啸~訾~众口~

鳌(鼇、鰲)áo【古】下平,四豪。【例】彩~乘~戴~钓~负~龟~海~驾~架~金~鲸~巨~跨~连~灵~六~龙~绿~鹏~琼~神~石~屃~仙~鱼~云~壮~玉山~

鏖áo【古】下平,四豪【例】酣~夜~

敖áo【古】下平,四豪。【例】敖~暴~仓~出~大~怠~堵~放~欢~煎~骄~倨~连~卢~莫~朋~黔~若~叔~忼~嬉~笑~虚~燕~游~愉~子~

璈áo【古】下平,四豪。【例】抚~金~叩~琅~龙~琼~玉~云~奏~

謷áo【古】下平,三肴。又:下平,四豪异。【例】暴~訾~

獒áo【古】下平,四豪。【例】藏~村~吠~海~金~狂~旅~神~嗾~西~夜~鹰~

聱áo【古】下平,三肴。【例】聱~佶~嶕~倔~硗~诮~

廒(厫)áo【古】下平,四豪。【例】仓~汉~进~库~铺~万~

薄báo【古】入声,十药。另见35页bó、45页bò。【例】地~情~味~

雹báo【古】入声,二觉。【例】冰~春~蹉~电~飞~风~化~火~积~降~雷~鸣~拟~怒~秋~散~霜~雾~夏~雪~夜~雨~灾~

曹cáo【古】下平,四豪。【例】敖~百~班~北~兵~部~仓~车~春~词~道~地~典~儿~尔~法~凡~分~凤~符~府~纲~公~功~宫~官~豪~户~计~记~驾~谏~京~警~军~客~郎~吏~联~列~留~马~民~墨~牧~朋~骑~卿~清~秋~铨~人~汝~若~散~僧~商~圣~使~市~侍~首~枢~水~寺~讼~孙~天~田~文~我~乌~吾~西~仙~闲~萧~校~心~星~刑~选~学~伊~仪~议~阴~印~英~右~愚~虞~狱~院~掾~贼~智~诸~属~

槽cáo【古】下平,四豪。【例】笔~布~茶~池~倒~钓~渡~方~分~沟~官~归~河~后~护~槐~架~涧~金~酒~窠~驴~马~木~平~破~桥~杉~烧~石~食~松~探~掏~跳~同~卧~盐~砚~药~夜~玉~猪~饮水~

螬cáo【古】下平,四豪。【例】蛴~

漕cáo【古】下平,四豪。又:去声,二十号异。【例】边~大~丁~额~海~河~减~开~钱~成~岁~通~挽~饷~运~折~征~舟~转~总~

嘈cáo【古】下平,四豪。【例】嗷~嘈~嘲~豪~狐~胡~假~啾~劳~嘹~热~嚣~心~喧~啁~

艚cáo【古】下平,四豪。【例】鸣~

朝cháo【古】下平,二萧。另见364页zhāo【例】罢~霸~班~北~本~柄~参~晨~趁~充~崇~出~辍~辞~旦~当~登~东~蕃~废~府~公~宫~归~贵~国~汉~合~还~换~皇~会~昏~诘~戒~京~郡~开~窥~来~累~历~立~临~六~龙~乱~慢~门~庙~末~谋~内~南~弃~千~前~清~趋~权~入~散~擅~上~设~升~圣~盛~时~仕~市~侍~视~受~私~宋~岁~天~同~退~外~晚~王~往~伪~午~先~显~相~行~逊~晏~燕~元~在~早~杖~振~征~正~治~终~专~坐~

巢cháo【古】下平,三肴。【例】安~补~层~春~大~盗~鹅~匪~蜂~凤~覆~高~构~鹘~故~龟~寒~鹤~毁~箕~寄~鸠~居~窠~老~垒~莲~辽~龙~橹~旅~鸾~卵~迷~匏~破~禽~寝~倾~雀~容~深~胜~书~松~通~同~危~窝~夏~香~枭~悬~穴~鸦~燕~野~夷~遗~蚁~鹰~营~由~玉~云~择~贼~曾~鸩~争~雉~蛛~筑~

潮cháo【古】下平,二萧。【例】暗~波~搏~乘~赤~初~春~沓~大~待~低~返~泛~防~风~高~观~归~海~骇~寒~红~候~淮~回~急~江~惊~鲸~酒~飓~狂~来~浪~泪~脸~凌~落~满~暝~暮~逆~弄~怒~平~秋~热~人~射~顺~思~送~随~踏~通~推~退~晚~望~微~伍~汐~心~新~信~学~血~夜~迎~鱼~增~涨~招~

政~治~中~主~八月~广陵~钱塘~伍胥~浙江~

嘲(謿)cháo【古】下平,三肴。另见364页zhāo。【例】白~谤~讽~孤~胡~诙~获~讥~解~啾~客~冷~旁~哂~谈~喜~戏~相~谑~贻~吟~自~落帽~猿鹤~

晁(鼂)cháo【古】下平,二萧。【例】会~阳~

捯dáo 捯线。【古】上声,十九皓。

豪háo【古】下平,四豪。【例】白~边~部~粗~村~大~丰~风~富~刚~贵~横~奸~骄~矜~酒~巨~涓~隽~俊~夸~狂~狼~里~龙~民~名~强~清~秋~遒~权~群~人~柔~儒~山~奢~神~诗~时~豕~势~收~宿~土~文~纤~贤~乡~凶~雄~畜~邑~饮~英~躁~振~毳~种~自~宗~醉~百代~意气~

嚎háo【古】下平,四豪。【例】嗷~唱~干~呼~哭~狼~

毫háo【古】下平,四豪。【例】白~笔~碧~采~彩~苍~长~宸~秤~驰~赤~抽~寸~丹~单~弹~貂~冻~洞~飞~分~锋~凤~腐~管~光~含~挥~尖~兼~笺~健~江~蛟~金~涓~枯~狼~厘~鳌~敛~麟~眉~绵~末~拈~栖~齐~千~青~秋~染~柔~濡~润~弱~申~生~诗~市~舐~手~寿~舒~鼠~霜~吮~丝~素~秃~兔~蚊~仙~纤~星~修~宣~玄~雪~羊~逸~吟~银~引~羽~玉~援~朱~锱~紫~醉~

号(號)háo【古】下平,四豪。另见384页hào。【例】哀~悲~虫~风~干~呼~虎~鸡~狼~立~怒~攀~神~兽~啼~乌~行~夜~永~猿~怨~万木~

壕háo【古】下平,四豪。【例】靶~城~穿~沟~古~坑~空~枯~堑~深~石~挖~外~掩~越~寨~战~护城~交通~

濠háo【古】下平,四豪。【例】城~穿~沟~古~观~津~坑~空~林~临~柳~庐~门~堑~石~跳~游~越~

嗥(嘷)háo【古】下平,四豪。【例】悲~惨~长~吠~风~嗥~虎~尖~叫~惊~哭~狂~狼~鸣~清~犬~群~兽~恸~乌~野~猿~虎豹~

蚝(蠔)háo【古】下平,四豪。【例】海~蛎~龙~剖~生~食~

嚼jiáo【古】入声,十药。另见87页jué。【例】餐~馋~缠~大~啖~含~胡~咀~啃~马~磨~木~啮~软~吞~咽~咬~吟~屠门~

劳(勞)láo【古】下平,四豪。另见386页lào。【例】罢~惫~奔~伯~博~不~操~尘~乘~骋~畴~酬~辞~赐~存~代~惮~道~吊~动~夺~烦~肺~服~抚~肝~告~功~国~何~怀~饥~积~极~嘉~简~奖~郊~焦~节~解~矜~旌~旧~剧~倦~军~坎~犒~空~孔~苦~馈~累~力~靡~勉~闵~耐~逆~疲~偏~贫~奇~勤~驱~劬~劝~任~蓐~赏~释~思~腾~徒~枉~忘~微~慰~问~无~贤~饷~飨~效~辛~朽~虚~恤~宣~勋~熏~喧~宴~燕~养~遗~议~逸~饮~迎~优~忧~有~远~在~暂~赞~赠~战~执~职~忠~资~自~汗马~

牢láo【古】下平,四豪。【例】哀~把~百~狴~补~不~城~持~虫~大~地~钉~犊~罣~攻~黑~虎~豢~机~坚~

监～劫～九～军～栏～牛～女～畔～貔～骈～蒲～齐～禽～囚～圈～上～少～牲～诗～实～豕～兽～水～死～搜～太～天～铁～同～土～五～武～牺～下～飧～枭～押～狱～越～皂～彘～坐～

痨(癆)láo【古】下平,四豪。另:下平,二萧;去声,二十号韵同。【例】馋～防～肺～干～骨～久～酒～钱～虚～

捞(撈)láo 又读。【古】下平,四豪。另见 360 页 lāo。

唠(嘮)láo【古】下平,三肴。另见 386 页 lào。【例】叨～唠～谈～闲～絮～

崂(嶗)láo 崂山。【古】下平,四豪。

醪láo【古】下平,四豪。【例】白～尝～澄～楚～春～醇～村～冬～冻～芳～甘～宫～家～江～酒～醴～绿～美～浓～清～秋～山～牲～时～松～酥～素～岁～豚～饩～仙～香～巷～新～玄～彝～蚁～御～酝～浊～

聊liáo【古】下平,二萧。【例】不～对～椒～聊～神～亡～乌～无～闲～萧～

寥liáo【古】下平,二萧。【例】伴～碧～参～草～寂～空～阔～森～渺～凄～清～阒～松～搜～无～萧～阳～翳～幽～

疗(療)liáo【古】去声,十八啸。【例】处～磁～电～攻～化～解～尽～灸～救～蜡～理～泥～痊～摄～施～食～水～体～佗～下～养～药～医～淫～营～浴～诊～治～

辽(遼)liáo【古】下平,二萧。【例】北～边～昌～超～大～东～度～间～金～迥～入～戍～松～燕～宜～幽～中～阻～关河～鹤归～江海～

潦liáo 水名。【古】上声,十九皓。另见 377 页 lǎo。

缭(繚)liáo【古】下平,二萧。【例】掉～环～回～纠～青～屈～绕～绍～收～相～萦～支～左～

嘹liáo【古】下平,二萧。【例】风～唳～嘹～萧～雁～

撩liáo【古】下平,二萧。另见 360 页 liāo。【例】暗～边～逗～拂～搅～氓～轻～下～相～

寮liáo【古】下平,二萧。【例】百～班～宾～参～草～茶～禅～娼～朝～臣～窗～打～敌～府～耕～弓～宫～官～寂～旧～具～剧～郡～茅～幕～陪～朋～篷～绮～群～散～僧～山～上～诗～疏～庶～私～松～糖～同～王～望～下～新～药～英～渔～元～属～太史～知客～

僚liáo【古】下平,二萧。又:上声,十七筱异。【例】霸～百～班～宾～采～参～常～朝～臣～达～大～端～迩～凡～府～干～阁～革～宫～馆～皇～鸠～旧～局～具～俊～末～幕～宁～陪～朋～卿～群～散～庶～同～外～王～文～吾～下～仙～贤～显～新～宜～邑～英～友～元～员～职～众～诸～属～佐～

燎liáo【古】下平,二萧。另见 377 页 liǎo、387 页 liào。【例】柴～沉～炽～甸～毒～燔～焚～高～告～桂～寒～火～郊～焦～门～肉～升～束～庭～望～薪～宣～烟～延～炎～阳～野～遗～荧～余～原～灶～焰～照～烛～灼～

鹩(鷯)liáo【古】下平,二萧。又:去声,十八啸异。【例】百～伯～鹪～丝～驯～

憭liáo【古】下平,二萧。【例】情～

獠liáo【古】下平,二萧。【例】馋～村～洞～伐～犵～海～憨～狐～降～黎～蛮～

岷~南~濮~群~山~生~土~五~夷~

獠(獠)liáo 又读。另见387页liào。【古】下平,二萧。

飉liáo【古】下平,二萧。又:下平,十一尤异。又:去声,二十六宥异。【例】寒~飉~飕~

膋liáo【古】下平,二萧。【例】肝~龙~萧~血~

毛máo【古】下平,四豪。【例】白~斑~豹~鼻~碧~匾~鬓~不~采~长~吹~春~疵~丛~粗~粹~翠~大~丹~地~颠~貂~鹅~二~发~翻~凡~风~凤~凫~附~刚~龟~寒~汗~翰~毫~豪~鹤~红~鸿~狐~虎~花~黄~秽~鸡~骥~剪~涧~睫~金~锦~胫~麋~髡~狸~翎~龙~陆~鹿~鹭~绿~马~眉~米~棉~鸟~牛~披~皮~普~七~奇~浅~青~去~拳~鬈~雀~群~绒~茸~柔~茹~乳~山~烧~疏~鼠~竖~刷~霜~松~素~胎~桃~田~髫~兔~退~脱~驼~猬~犀~溪~洗~细~纤~鲜~猩~秀~须~旋~雪~血~鸭~雁~羊~飏~业~腋~阴~鹰~羽~雨~择~炸~毡~彘~雉~珠~诸~锥~髭~棕~鬃~

茅máo【古】下平,三肴。【例】拔~白~苞~草~楚~椽~茨~大~丹~放~分~风~封~缚~割~圭~寒~衡~黄~汇~菅~江~茭~焦~结~荆~菁~酒~蕾~灵~露~芒~蓬~蒲~茸~前~芹~琼~秋~茹~桑~丝~蓑~田~汀~土~团~屋~仙~香~萧~薪~鸭~羊~瘗~隐~原~责~瘴~织~诛~

矛máo【古】下平,十一尤。【例】槽~长~刀~电~盾~飞~戈~弓~横~激~利~良~酋~蛇~殳~霜~铁~穴~夷~造~杖~竹~双刃~丈八~

牦(氂)máo【古】下平,四豪。又:下平,四支异。【例】长~毫~结~马~毛~牧~丝~藏~

旄máo【古】下平,四豪。【例】白~秉~采~翠~颠~幡~氛~干~黄~建~将~节~旌~举~郡~牦~霓~旗~设~素~文~犀~星~玄~应~英~拥~羽~云~朱~

髦máo【古】下平,四豪。【例】白~弁~才~赤~垂~丹~拂~昏~骥~节~巨~俊~髡~马~蛮~弭~群~时~剃~童~贤~香~秀~轩~烟~英~誉~云~哲~朱~紫~

锚(錨)máo【古】下平,二萧。【例】拔~冰~钢~落~抛~启~起~石~铁~

酕máo 酕醄。【古】下平,四豪。

蟊máo【古】下平,十一尤。【例】斑~虫~根~谷~歼~灭~螟~侵~蛇~贼~

苗miáo【古】下平,二萧。【例】白~宝~保~补~草~茶~愁~出~锄~楚~春~村~大~稻~灯~荻~定~豆~痘~独~蹲~丰~敷~扶~膏~格~葛~根~汉~禾~花~火~祸~嘉~箭~姜~茭~金~韭~菊~蕨~菌~枯~矿~昆~括~兰~老~黎~灵~龙~露~芦~绿~麦~美~孽~岐~畦~青~情~秋~全~三~桑~山~时~食~事~疏~黍~鼠~术~树~水~搜~蒐~蒜~藤~田~条~遐~夏~鲜~闲~心~新~芎~鸭~揠~烟~秧~养~药~遗~疫~忧~幼~余~鱼~雨~玉~育~月~云~蔗~枝~植~治~壮~擢~

描miáo【古】下平,二萧。【例】白~笔~勾~画~空~摹~扫~生~手~素~

线~铁线~

瞄miáo 瞄准。

铙(鐃)náo【古】下平,三肴。【例】鼓~节~金~鸣~清~铜~万~舞~箫~钲~执~镯~

挠(撓)náo【古】下平,四豪。又:上声,十八巧同。【例】悲~北~不~馋~刺~窜~大~调~掉~栋~逗~烦~纷~风~肤~干~聒~花~惶~回~昏~惑~搅~惊~窘~沮~括~利~旁~怯~侵~倾~曲~屈~攘~柔~色~手~数~痛~退~枉~危~违~挝~纤~陷~邪~挟~循~忧~郁~躁~曾~振~抓~阻~

桡(橈)náo 古同"挠",削弱。【古】去声,十九效。另见370页ráo。

猱náo【古】下平,四豪。【例】调~飞~狡~教~捷~玃~沐~女~青~山~升~生~鼯~戏~悬~吟~猿~挂壁~

呶náo【古】下平,三肴。参见245页nǔ"努"。【例】大~吩~纷~咕~酣~号~哗~欢~脰~叫~鸣~呶~哓~嚣~汹~喧~

憹náo【古】下平,四豪。另见648页nóng。【例】懊~煎~

硇(磠)náo【古】下平,三肴。【例】黄~

跑páo【古】下平,三肴。另见378页pǎo。【例】虎~鹿~足~

袍páo【古】下平,四豪。【例】白~敝~博~布~禅~长~朝~衬~春~赐~大~道~貂~短~夺~方~绯~风~葛~宫~鹄~冠~衮~褐~鹤~红~华~袷~绛~金~锦~客~麟~绫~龙~履~绿~罗~蟒~棉~衲~披~皮~旗~青~鹊~襦~衫~霜~睡~素~绨~同~韦~乌~猩~绣~靴~雪~曳~衣~吟~银~羽~御~云~缊~皂~赠~沾~战~罩~征~朱~缁~紫~

庖páo【古】下平,三肴。【例】充~大~代~佛~馆~寒~家~近~良~庙~内~烹~清~山~膳~司~天~吴~午~野~移~御~远~斋~掌~珍~治~置~中~族~佐~

匏páo【古】下平,三肴。【例】哀~大~风~奉~寒~合~嘉~金~苦~蔓~嫩~萍~浦~茄~青~笙~蔬~霜~陶~系~弦~悬~烟~酌~

炮páo【古】下平,三肴。另见355页bāo、388页pào。【例】煨~炙~

咆páo【古】下平,三肴。【例】虎~雷~龙~怒~呕~哮~熊~

刨páo【古】下平,三肴。另见382页bào。【例】镑~掘~刷~挖~连根~

瓢piáo【古】下平,二萧。【例】半~杯~茶~吹~箪~冻~风~宫~挂~合~鹤~瓠~画~箕~剑~江~酒~老~龙~鸣~木~脑~泼~弃~雀~诗~水~汤~天~铜~团~悬~颜~椰~饮~五石~

嫖piáo 嫖娼。【古】下平,二萧。另见360页piāo。

朴piáo 姓。另见32页pō、52页pò、246页pǔ。

桥(橋)qiáo【古】下平,二萧。【例】鞍~灞~拜~板~抱~便~冰~乘~春~村~道~登~吊~钓~东~渡~断~法~飞~汾~枫~封~浮~葛~拱~瓜~官~过~海~航~河~荷~横~虹~湖~花~画~黄~回~机~架~荐~江~金~津~泾~巨~孔~蓝~浪~连~梁~柳~龙~洛~门~偏~平~浦~秦~屈~鹊~山~

石～市～水～塔～躺～藤～梯～题～天～填～铁～汀～危～苇～渭～午～溪～仙～新～星～雁～阳～野～仪～圯～驿～引～玉～云～造～栈～舟～竹～垂虹～独木～卢沟～洛阳～廿四～咸阳～朱雀～

瞧qiáo【古】下平，二萧。【例】观～偷～细～闲～小～

憔（癄、顦）qiáo 憔悴。【古】下平，二萧。

樵qiáo【古】下平，二萧。【例】采～春～负～歌～耕～观～归～荷～肩～砍～丽～木～暮～农～山～晚～问～薪～野～渔～昼～醉～武陵～

翘（翹）qiáo【古】下平，二萧。另见389页qiào。【例】翠～丹～蜚～丰～风～鹤～花～鸡～金～兰～连～绿～翘～婉～肖～秀～阳～英～渊～云～藻～朱～竹～擢～紫～

乔（喬）qiáo【古】下平，二萧。【例】豹～吃～大～二～发～附～洪～陵～拿～迁～轻～时～松～仙～小～虚～阳～夭～莺～玉～云～曾～重～妆～子～作～王子～

侨（僑）qiáo【古】下平，二萧。【例】归～国～华～旅～难～时～外～王～征～子～

峤（嶠）qiáo【古】下平，二萧。另见386页jiào。【例】边～楚～丹～断～孤～鹤～衡～壶～九～领～炉～峦～髦～僻～山～松～梯～危～五～崖～烟～岩～炎～员～粤～

荞（蕎）qiáo【古】下平，二萧。【例】花～

趫qiáo【古】下平，二萧。【例】翘～悍～女～轻～跳～长～

谯（譙）qiáo【古】下平，二萧。【例】城～登～诋～诃～华～诘～丽～门～木～南～沛～危～雨～

荍qiáo【古】下平，二萧。【例】秜～

饶（饒）ráo【古】下平，二萧。【例】安～白～不～布～筹～耽～地～肥～丰～富～告～广～假～娇～宽～绿～民～乞～情～求～庶～岁～讨～沃～相～香～殷～盈～优～余～饫～裕～天下～

娆（嬈）ráo【古】下平，二萧。【例】娇～苛～娆～夭～妖～窈～赵～

荛（蕘）ráo 柴草。【古】下平，二萧。【例】刍～葑～齐～苕～薪～询～

桡（橈）ráo【古】下平，二萧。另见369页náo。【例】短～鼓～归～桂～画～回～江～兰～离～露～鸣～侵～轻～屈～柔～双～停～危～仙～虚～游～云～征～出浦～估客～

蛲（蟯）náo【古】下平，二萧。【例】出～蛔～蚑～

韶sháo【古】下平，二萧。【例】春～大～帝～凤～九～康～灵～聆～年～清～舜～闻～仙～咸～箫～雅～妖～仪～英～虞～云～

玿sháo 美玉。【古】下平，二萧。

柖sháo 树摇。【古】下平，二萧。

苕sháo【古】下平，二萧。另见371页tiáo。【例】红～

勺̣sháo【古】入声，十药。另见54页shuò。【例】半～杯～涔～长～炒～翠～饭～圭～壶～湫～酒～涓～莲～龙～漏～蜜～脑～盘～匏～瓢～蒲～觞～升～疏～汤～箫～掌～斟～

杓̣sháo【古】入声，十药。另见356页

biāo。【例】杯~翠~壶~金~魁~鸬~瓯~樽~牺~椭~玉~盏~柘~尊~鸬鹚~

芍shāo【古】入声,十药。另见54页shuò。【例】白~赤~美~赠~

逃(逊)táo【古】下平,四豪。【例】奔~辟~避~逋~出~窜~盗~遁~惊~卷~溃~目~难~匿~叛~迁~潜~闪~私~脱~外~亡~窝~形~逸~隐~诱~在~走~

桃táo【古】下平,四豪。【例】碧~扁~冰~春~打~放~绯~肥~分~宫~瓜~鬼~含~寒~核~洪~猴~胡~花~环~江~金~荆~李~灵~露~毛~梅~棉~木~盘~扑~蒲~蹊~窃~青~山~神~石~寿~双~天~偷~投~苇~溪~仙~缃~枭~新~杏~雪~鸭~阳~杨~夭~野~莺~樱~游~玉~御~园~越~种~露井~王母~武陵~

啕táo【古】下平,四豪。【例】叨~嚎~号~嗷~说~恸~哮~

陶táo【古】下平,四豪。另见372页yáo。【例】白~彩~复~皋~耕~黑~洪~解~咎~钧~匏~坯~蒲~镕~融~陶~温~雄~宣~熏~薰~一~咏~釉~郁~甄~蒸~铸~作~

淘táo【古】下平,四豪。【例】初~穿~春~豪~槐~开~浪~冷~千~汰~汤~温~洗~蒸~

萄táo【古】下平,四豪。【例】葡~

绹(綯)táo【古】下平,四豪。【例】茅~牛~皮~曲~索~寻~三尺~

醄táo【古】下平,四豪。【例】酕~醄~

鼗(鞉、鞀)táo【古】下平,四豪。【例】播~篪~大~单~鼓~雷~灵~路~鸣~弦~悬~执~钟~

洮táo【古】下平,四豪。【例】东~汾~临~洮~

梼(檮)táo【古】下平,四豪。【例】楚~公~青~

调(調)tiáo【古】下平,二萧。另见383页diào。【例】不~和~解~空~难~排~烹~失~微~味~弦~协~匀~风雨~琴瑟~阴阳~

条(條)tiáo【古】下平,二萧。【例】摆~颁~报~被~碧~便~长~畅~陈~赤~敕~抽~楮~椽~垂~春~词~翠~丹~单~发~蕃~繁~飞~粉~丰~风~封~敷~辐~刚~纲~隔~瓜~规~寒~焊~桁~洪~鸿~黄~回~假~教~戒~借~筋~锦~口~肋~梨~链~檩~柳~路~缕~律~麻~毛~梅~面~篾~鸣~木~藕~批~皮~铅~签~欠~青~轻~情~荣~柔~桑~生~收~手~衰~霜~蒜~笋~藤~天~违~细~纤~线~消~新~信~训~沿~艳~逸~阴~银~应~油~游~雨~玉~辕~远~栅~毡~诏~支~纸~逐~字~

蜩tiáo【古】下平,二萧。【例】不~残~蝉~承~寒~几~金~螂~良~马~鸣~鹏~青~蛩~秋~时~夏~蛭~枝上~

迢tiáo【古】下平,二萧。【例】迢~

苕tiáo【古】下平,二萧。另见370页sháo。【例】草~垂~翠~绀~寒~红~剪~荆~兰~连~陵~美~青~苕~苇~烟~玉~折~

笤tiáo【古】下平,二萧。【例】灵~圣~讨~执~

鲦(鰷、鯈)tiáo【古】下平,二萧。【例】白~轻~纤~游~

髫tiáo【古】下平,二萧。【例】龀~初~垂~抚~髦~双~霜~童~蜗~玄~椎~

岧(岹)tiáo【古】下平,二萧。【例】岧~

龆(齠)tiáo【古】下平,二萧。【例】龀~垂~玄~逾~

淆xiáo【古】下平,三肴。【例】不~参~丛~纷~绲~浑~混~溷~厖~霿~紊~杂~泾渭~声韵~玉石~真伪~

崤xiáo【古】下平,三肴。【例】登~东~二~古~函~千~石~双~土~西~

洨xiáo 水名。【古】下平,三肴。

摇yáo【古】下平,二萧。【例】波~步~超~齿~动~独~蜚~风~扶~皋~撼~晃~金~惊~旌~精~窥~飘~迁~倾~煽~手~拤~心~星~须~夭~疑~郁~云~招~震~

遥yáo【古】下平,二萧。【例】超~辽~飘~翘~塞~山~赊~水~太~迢~遐~远~梦魂~入望~岁月~天地~雁书~

谣(謡)yáo【古】下平,二萧。【例】辟~楚~传~村~迭~讹~飞~风~歌~鬼~汉~欢~俚~龙~氓~民~农~讴~清~衢~山~诗~颂~踏~童~诬~吴~溪~闲~行~音~吟~舆~云~造~康衢~褥裤~三户~紫芝~

窑(窰、窯)yáo【古】下平,二萧。【例】柴~成~瓷~地~弟~定~封~哥~官~寒~黑~建~旧~钧~煤~民~内~年~瓶~青~汝~竖~炭~土~瓦~碗~西~御~越~章~砖~

瑶yáo【古】下平,二萧。【例】白~碧~丹~姑~江~结~瑾~琨~苗~鸣~青~琼~沙~文~瑛~玉~月~朱~

肴(餚)yáo【古】下平,三肴。【例】菜~残~饭~丰~甘~果~蕙~溷~佳~精~酒~兰~盘~绮~山~觞~上~鲜~馐~杂~载~珍~旨~山海~

尧(堯)yáo【古】下平,二萧。【例】驳~大~帝~吠~歌~继~匡~梦~慕~匿~瑞~绍~神~舜~颂~唐~逃~轩~祝~遵~

姚yáo【古】下平,二萧。【例】北~大~二~黄~嫖~王~魏~有~玉~远~浙~

珧yáo【古】下平,二萧。【例】冯~弓~江~蜃~王~铣~玉~

爻yáo【古】下平,三肴。【例】财~出~二~分~卦~观~火~灵~六~论~命~乾~上~生~世~释~象~吞~屯~羲~系~阳~阴~中~重~

飖(颻)yáo【古】下平,二萧。【例】惊~飘~飒~飖~

徭(傜)yáo【古】下平,二萧。【例】备~兵~差~催~丁~发~飞~赋~更~官~家~均~科~宽~蛮~门~莫~依~轻~戍~外~王~小~兴~杂~征~租~

侥(僥)yáo【古】下平,二萧。另见376页jiǎo。【例】僬~佋~

峣(嶢)yáo【古】下平,二萧。【例】翠~嶕~嵺~崎~守~岧~岩~峣~

陶yáo【古】下平,二萧。另见371页táo。【例】皋~

鳐(鰩)yáo【古】下平,二萧。【例】赪~飞~海~江~犁~鲮~鲨~文~星~

鹞(鷂)yáo【古】下平,二萧。另见391页yào。【例】白~木~票~雀~铁~鹰~鱼~纸~

轺(軺)yáo【古】下平,二萧。【例】

乘~驰~贰~方~锋~凤~桂~锦~龙~轻~停~星~行~轩~云~征~辎~

凿(鑿)záo【古】入声,十药。另见56页zuò。【例】扁~不~充~穿~槌~淙~雕~斗~方~斧~耕~攻~机~剪~翦~斤~金~精~镌~开~刻~垦~空~栗~量~批~牵~敲~窍~确~枘~疏~椎~挖~刓~诬~五~修~熏~研~圆~錾~造~椎~钻~

着(著)zháo【古】入声,十药。另见364页zhāo、41页zhuó、60页zhe。【例】猜~燃~

仄声·上声

袄(襖)ǎo【古】上声,十九皓。【例】布~赤~短~缝~凤~花~黄~夹~袷~箭~锦~铠~棉~衲~袢~胖~袍~披~皮~破~裙~襦~团~絮~衣~皂~红衲~青衲~

拗(抝)ǎo【古】上声,十八巧。另见381页ào、419页niù。【例】摧~风~愚~折~

媪ǎo【古】上声,十九皓。【例】保~产~楚~慈~村~道~地~负~富~孤~皇~阍~酒~老~嫠~邻~灵~媒~魔~尼~女~乳~山~社~神~寿~汤~田~翁~巫~先~牙~

宝(寶、寳)bǎo【古】上声,十九皓。【例】八~百~卞~蚕~册~丑~出~川~错~典~法~封~凤~佛~符~拱~圭~瑰~国~海~汉~和~洪~鸿~怀~活~赍~髻~俭~荆~巨~聚~灵~美~秘~妙~灭~冥~墨~纳~偏~魄~奇~轻~琼~泉~赛~世~授~天~通~铜~万~威~玮~献~押~幽~玉~驭~御~元~杂~珍~至~重~珠~铸~赀~

保bǎo【古】上声,十九皓。【例】阿~安~边~城~慈~大~担~诞~地~都~对~辅~格~宫~沽~管~互~怀~嘉~缄~郊~酒~举~具~康~劳~里~力~联~列~邻~赁~灵~落~媒~密~明~内~难~鸥~铺~褓~取~全~确~禳~容~乳~少~视~收~守~顺~太~天~土~完~乡~训~押~驿~引~营~佣~庸~优~召~祇~植~治~准~作~

饱(飽)bǎo【古】上声,十八巧。【例】笔~蚕~层~充~粗~得~独~顿~丰~风~鹘~谷~酣~虎~荒~露~禄~蒙~耐~求~软~私~宿~岁~兔~温~眼~餍~殷~盈~赢~优~余~愉~雨~饫~致~租~醉~

堡bǎo【古】上声,十九皓。另见238页bǔ。【例】暗~边~别~城~村~地~碉~墩~顿~烽~古~关~黑~荒~棱~楼~逻~木~南~石~戍~霜~燧~台~亭~图~土~屯~外~岩~营~砦~寨~障~筑~

葆bǎo【古】上声,十九皓。【例】鬓~称~出~丛~翠~幡~凤~符~桂~麾~旌~旅~嫩~蓬~文~绣~永~羽~雉~竹~幢~自~

褓(緥)bǎo【古】上声,十九皓。【例】锦~鳞~襁~孺~文~香~绣~珠~解衣~洙洛~

鸨(鴇)bǎo【古】上声,十九皓。【例】乘~鹄~鸿~花~集~老~沙~射~雁~野~

表[1]biǎo【古】上声,十七筱。【例】八~

邦～牓～褒～报～碑～边～标～波～参～草～尘～陈～呈～持～尺～饬～崇～答～大～代～德～地～东～鹗～发～蕃～梵～方～封～奉～符～公～贡～姑～光～晷～国～海～汉～贺～鹤～后～华～话～桓～黄～赍～嘉～笺～贱～江～降～杰～解～锦～进～旌～景～抗～课～里～立～列～林～岭～陵～领～龙～露～略～伦～洛～美～门～民～模～墓～年～袍～平～谱～奇～阡～亲～诠～让～人～容～塞～山～赡～绳～师～世～试～饰～誓～寿～树～数～双～说～四～俗～随～睟～韬～特～题～体～天～田～图～退～外～文～物～犀～溪～霞～显～香～象～谢～星～形～修～言～扬～仪～夷～姨～遗～意～姻～瀛～影～邮～腴～玉～誉～月～云～皂～章～诏～贞～甄～征～志～制～装～自～宗～奏～过君～

表[2]（錶）biǎo【例】怀～秒～手～钟～

俵biǎo【古】去声，十八啸。【例】分～老～买～支～

婊biǎo 妓女。【古】上声，十七筱。

褾biǎo【古】去声，十八啸。【例】褙～分～糊～帍～潢～揭～锦～苏～托～纸～重～装～

草（艸）cǎo【古】上声，十九皓。【例】艾～岸～白～百～败～稗～本～笔～碧～编～残～柴～禅～池～虫～除～锄～川～传～春～茨～匆～翠～寸～打～黛～丹～稻～灯～堤～靛～冬～冻～斗～毒～杜～垛～恶～凡～芳～焚～丰～福～腐～干～甘～槁～藁～梗～菰～谷～海～寒～汉～旱～蒿～薅～禾～河～横～荭～虹～湖～蔛～花～化～环～浣～秽～蕙～积～芰～葭～嘉～笺～营～贱～涧～江～绛～郊～阶～结～劲～径～灸～就～菊～垦～空～枯～苦～狂～兰～潦～丽～隶～粮～林～陇～露～芦～绿～掠～论～落～麦～蔓～芒～莽～茅～媚～梦～秘～茗～蓂～牧～嫩～犛～盆～蓬～披～萍～蒲～圃～启～青～琼～秋～染～蘘～仁～荣～茹～褥～瑞～莎～山～蛇～诗～蓍～视～疏～霜～水～宿～蓑～苔～滩～田～汀～庭～通～薇～苇～舞～溪～隰～细～仙～苋～香～谢～薪～行～幸～秀～谖～喧～萱～玄～旋～薰～烟～芫～偃～演～砚～燕～瑶～药～野～夜～遗～异～殷～吟～幽～鱼～芸～蕴～杂～泽～展～章～诏～珍～真～芝～制～种～众～猪～奏～醉～寄生～缙云～指佞～

炒chǎo【古】上声，十八巧。【例】爆～炒～斗～翻～干～煎～烹～棋～清～热～生～断～现～小～油～蒸～

吵chǎo【古】上声，十八巧。另：上声，十七筱同。【例】打～大～圪～鼓～鬼～聒～哄～惊～闹～厮～相～喧～争～

导（導）dǎo【古】去声，二十号。【例】报～弼～编～傧～补～阐～倡～超～传～创～督～辅～傅～溉～感～告～鼓～呵～阖～哄～互～化～诲～笄～荐～讲～奖～教～节～进～军～浚～开～匡～窥～利～领～率～启～迁～前～潜～劝～善～疏～帅～顺～绥～通～推～误～犀～习～先～相～向～消～宣～训～养～仪～阴～引～缨～迎～牖～诱～谀～谕～载～赞～诏～执～指～制～主～

倒dǎo【古】上声，十九皓。另见 383 页 dào。【例】拜～扳～绊～崩～驳～扯～痴～出～丛～猝～矬～打～弹～颠～跌～丁～翻～放～伏～告～攻～估～跪～回～敧～楫～健～惊～绝～蹶～拉～潦～卖～眠～默～难～盘～偏～起～倾～摔～私～

瘫~躺~推~颓~文~卧~消~压~偃~欹~阴~栽~折~掷~玉山~

岛(島)dǎo【古】上声,十九皓。【例】半~本~碧~别~冰~池~翠~风~孤~鬼~海~江~郊~金~酒~鹭~绝~列~溟~桥~青~琼~秋~群~热~三~沙~山~潭~汀~雾~溪~仙~香~烟~雁~瑶~月~云~珍~洲~竹~蜉蝣~蓬莱~田横~徐福~

捣(擣、擣)dǎo【古】上声,十九皓。【例】舂~碓~鼓~鬼~胡~进~麻~磨~批~敲~熟~兔~细~夜~直~撞~鸣杵~心如~忧心~玉杵~

蹈dǎo【古】去声,二十号。【例】拜~躇~触~跐~蹴~犯~赴~高~躬~轨~迹~践~敬~跨~凌~履~蹑~钦~清~蹂~水~舞~袭~遐~循~远~允~筑~遵~白刃~

祷(禱)dǎo【古】上声,十九皓。又:去声,二十号同。【例】拜~祷~步~祠~恶~分~焚~跪~浇~解~恳~密~默~盼~祈~企~情~请~禳~塞~申~祀~颂~岁~晚~心~厌~雩~至~致~祝~桑林~

稿(稾)gǎo【古】上声,十九皓。【例】残~草~呈~初~创~打~底~电~定~夺~发~焚~腹~画~讲~截~藉~近~枯~来~默~馁~起~社~诗~史~手~书~疏~投~脱~文~削~校~写~演~样~遗~吟~余~札~征~撰~拙~奏~组~

槁(槀)gǎo【古】上声,十九皓。【例】苍~蝉~春~悴~凋~干~谷~管~禾~黄~灰~箭~僵~燋~藉~尽~枯~立~苗~木~穷~荣~杉~兽~万~梧~席~夏~形~遗~诏~振~千林~荣华~双鬓~天地~

搞gǎo【古】去声,二十号。【例】胡~乱~难~专~

缟(縞)gǎo【古】上声,十九皓。又:去声,二十号同。【例】白~穿~龙~鲁~绮~青~射~霜~素~吴~纤~鲜~衣~缯~纻~

镐(鎬)gǎo【古】上声,十九皓。另见385页hào。【例】锄~伐~丰~挥~手~铁~治~周~鹤嘴~

藁gǎo【古】上声,十九皓。

杲gǎo【古】上声,十九皓。【例】东~杲~日~崖~秋阳~

好hǎo【古】上声,十九皓。另见384页hào。【例】阿~安~侪~常~畅~成~充~崇~淳~缔~笃~敦~恩~肥~分~妇~刚~观~好~合~和~欢~还~惠~继~佳~见~讲~交~姣~佼~叫~较~结~精~竞~静~旧~娟~眷~绝~可~酷~夸~款~老~乐~良~卖~谩~美~媚~盟~妙~朋~聘~契~恰~亲~情~晴~群~容~睿~善~上~少~饰~淑~私~讨~通~完~温~问~鲜~贤~献~相~效~谐~新~幸~修~秀~嬛~雅~妍~宴~要~意~姻~寅~永~游~友~欲~月~贞~珍~正~至~志~秦晋~

郝hǎo 另见72页hè。【例】郝~娄~

搅(攪)jiǎo【古】上声,十八巧。【例】把~缠~打~兜~翻~烦~风~胡~混~惊~浪~屡~乱~盘~情~扰~骚~数~厮~搜~痛~掀~夜~萦~春风~繁思~诗肠~征尘~

皎jiǎo【古】上声,十七篠。【例】冰~初~鹤~华~皎~晶~竞~练~清~霜~素~皛~铮~丹心~明月~沙岸~

狡jiǎo【古】上声，十八巧。【例】刁～悍～昏～奸～狙～巨～狷～獶～谲～狂～剽～强～轻～宿～贪～佻～兔～顽～凶～雄～阴～淫～庸～智～壮～

饺(餃)jiǎo【古】去声，十九效。【例】煎～水～素～汤～油～蒸～煮～

绞(絞)jiǎo【古】上声，十八巧。【例】布～单～对～根～勾～钩～纠～扭～盘～绳～手～心如～

矫(矯)jiǎo【古】上声，十七筱。【例】猜～奋～孤～沽～诡～翚～奸～矫～矜～惊～抗～匡～灵～龙～奇～强～轻～清～屈～腾～天～痛～违～诬～遐～霞～虚～鸦～雁～夭～阴～云～

剿(勦)jiǎo【古】上声，十七筱。【例】包～捕～雕～兜～分～腐～攻～会～进～清～驱～搜～痛～屠～围～严～援～征～诛～追～陈言～

缴(繳)jiǎo【古】上声，十七筱。另见42页zhuó。【例】缠～掣～催～倒～弓～解～进～面～盘～欠～清～上～收～索～完～微～纤～消～销～引～缨～矰～追～凌云～青丘～

皦jiǎo【古】上声，十七筱。【例】皦～镜～贞～

佼jiǎo【古】上声，十八巧。【例】都～肥～佼～私～养～壮～

侥(僥)jiǎo【古】上声，十七筱。另见372页yáo。【例】焦～僬～闽～岩～远～侣～

铰(鉸)jiǎo【古】上声，十八巧。【例】宝～裁～钉～剪～铰～须～缨～胡钉～蝴蝶～

湫jiǎo 低洼。【古】上声，十七筱。另见396页qiū。

角jiǎo【古】入声，三觉。另见85页jué。参见262页lù“角”。【例】哀～八～悲～背～鬓～残～辰～城～赤～触～吹～地～调～鼎～斗～豆～独～对～额～风～锋～辅～革～宫～孤～觚～鼓～挂～乖～拐～圭～海～号～胡～画～夹～箭～岬～键～交～解～金～军～口～裤～坤～狼～棱～邻～鳞～麟～棂～菱～龙～鹿～螺～芒～毛～眉～麋～明～鸣～暮～牛～奴～鼙～浅～墙～倾～清～秋～虬～雀～阙～日～塞～沙～山～射～视～兽～戍～霜～蹄～天～头～吻～蜗～犀～晓～斜～丫～眼～燕～羊～银～营～隅～月～战～阵～直～豸～鬃～总～嘴～燃犀～嘴犄～

脚(腳)jiǎo【古】入声，十药。另见85页jué。【例】百～绊～抱～豹～卑～笔～蹩～膑～病～波～驳～跛～插～缠～车～趁～城～赤～抽～船～床～春～打～地～踮～跌～鼎～动～斗～顿～跺～帆～放～风～峰～凤～佛～赶～高～戈～跟～工～弓～供～钩～雇～国～裹～汗～黑～后～虎～花～滑～鬟～鸡～急～箭～阶～接～金～筋～鸠～酒～抗～袴～旷～立～撩～遛～龙～露～驴～落～盘～捧～碰～跂～旗～起～墙～跷～桥～衢～拳～鹊～认～日～入～软～山～伸～失～石～手～熟～双～顺～踏～汤～踢～挑～跳～贴～挺～通～痛～腿～驮～蚊～稳～焐～犀～霞～下～跣～线～歇～鞋～卸～蟹～信～行～熊～修～靴～鸭～盐～腰～移～蚁～游～雨～云～运～韵～贼～扎～杖～折～针～阵～支～驻～坠～滓～作～碍手～抱佛～元祐～

考kǎo【古】上声，十九皓。【例】报～备～妣～伯～博～补～参～查～察～朝～

程~抽~初~传~大~待~逮~道~订~房~府~赴~覆~赶~高~勾~过~覈~皇~击~稽~季~检~讲~镜~句~具~厥~科~劳~理~廉~烈~掠~满~年~宁~盘~期~谴~窍~穷~铨~确~仁~日~深~神~圣~识~试~收~寿~书~顺~思~岁~通~统~投~推~亡~王~文~系~先~显~县~详~小~校~信~宣~选~研~夷~翼~阴~引~应~预~院~月~杂~招~征~正~主~助~追~咨~资~祖~汾阳~

拷kǎo【古】上声,十九皓。【例】逼~鞭~楚~吊~掠~情~私~四~挞~刑~严~夜~追~

栲kǎo【古】上声,十九皓。【例】椿~刺~伐~讯~

烤kǎo【古】上声,十九皓。【例】烘~火~烧~煨~熏~炙~灼~

老lǎo【古】上声,十九皓。【例】阿~爱~安~罢~白~柏~半~邦~鄙~毕~宾~蚕~苍~长~楚~垂~春~辞~翠~村~达~单~到~耋~笃~顿~法~返~防~房~佛~扶~服~父~富~盖~告~阁~孤~古~故~寡~鳏~惯~归~贵~国~贺~鹤~瓠~回~讳~昏~火~寄~骥~绛~介~敬~九~菊~俊~羸~犁~黎~里~邻~柳~绿~麦~卖~耄~梅~暮~拿~年~牛~疲~罴~僻~耆~清~请~穷~躯~赡~上~赊~诗~石~释~寿~树~庶~衰~硕~四~松~送~宿~岁~天~田~投~颓~退~王~乌~悉~溪~羲~夏~先~显~乡~偕~心~莘~幸~休~朽~虚~阎~养~野~遗~颐~邑~逸~引~优~娱~愚~语~月~治~稚~终~自~宗~尊~策扶~长乐~痴顽~钓璜~杜陵~风情~冯唐~和事~江湖~廉颇~乔躯~商山~圯下~莺声~

潦lǎo【古】上声,十九皓。另见367页liáo。【例】沉~海~旱~黑~洪~黄~积~浸~潦~淋~霖~流~淖~泥~泞~秋~水~渟~涂~污~夏~行~淫~鱼~雨~灾~

栳lǎo【古】上声,十九皓。【例】栲~

姥lǎo 另见245页mǔ。【例】阿~宝~倡~斗~姑~酒~姥~媒~孟~乳~师~西~周~

佬lǎo【古】平声,二萧。【例】赤~大~鼓~寡~鬼~阔~佬~穷~头~细~贼~和事~喃呒~外江~

了liǎo【古】上声,十七筱。另见60页le。【例】罢~便~不~过~净~康~空~了~临~明~末~难~事~私~完~未~心~易~知~终~春事~何日~秦吉~世情~

蓼liǎo【古】上声,十七筱。另见262页lù。【例】白~蔫~甘~红~火~集~纠~枯~辣~蓼~马~茂~蓬~芹~青~秋~水~汀~荼~香~盐~野~紫~

燎liǎo【古】上声,十七筱。另见367页liáo、387页liào。【例】残~毒~焚~火~潜~肉~庭~野~原~

卯mǎo【古】上声,十八巧。【例】比~唱~辰~出~当~点~丁~犯~过~画~建~金~露~岁~榫~桃~退~脱~望~违~误~辛~阴~应~在~正~子~

泖mǎo【古】上声,十八巧。【例】碧~长~湖~巨~青~三~

昴 mǎo 星名。【古】上声,十八巧。【例】毕~参~大~犯~贯~金~蚀~守~星~虚~应~援~兆~日在~

渺miǎo【古】上声,十七筱。【例】奥~

波～浩～宏～幻～旷～莽～绵～缅～淼～渺～邈～缥～轻～森～深～天～迢～微～消～烟～杳～窅～窈～幽～云～风波～关河～

缈(緲)miǎo【古】上声，十七筱。【例】浩～缈～缥～便～

眇miǎo【古】上声，十七筱。【例】暗～跛～冲～闳～鸿～幻～僬～隆～盲～莽～么～矇～绵～瞝～眇～目～翩～瞟～浅～轻～清～茕～深～神～霜～琐～微～玄～杳～眑～窅～窈～要～幽～幼～渊～元～晢～至～蕞～左～

杪miǎo【古】上声，十七筱。【例】残～春～地～颠～冬～发～分～风～竿～忽～花～槐～林～末～年～秋～山～树～松～岁～天～烟～月～云～枝～竹～青云～云木～

秒miǎo【古】上声，十七筱。【例】读～夺～分～加～争～铢～争分～

淼miǎo【古】上声，十七筱。【例】淼～

藐miǎo【古】上声，十七筱。【例】冲～高～孤～眇～藐～欺～轻～三～遐～庸～悠～稚～

邈miǎo【古】入声，三觉。【例】超～尘～澄～冲～崇～地～高～古～广～浩～迥～眷～峻～旷～辽～寥～陵～隆～绵～缅～渺～泯～茗～溟～凝～飘～轻～清～深～疏～邃～韬～迢～遐～轩～玄～杳～窅～悠～迂～逾～渊～元～

脑(腦)nǎo【古】上声，十九皓。【例】冰～补～潮～沉～鸱～丹～电～凤～斧～肝～贯～龟～虎～夹～间～菊～卷～磕～狸～脸～流～龙～颅～络～马～丘～犬～鹊～热～瑞～韶～蛇～麝～神～石～首～书～鼠～髓～头～豚～闲～延～眼～鹰～用～鱼～玉～樟～主～左～梅花～

恼(惱)nǎo【古】上声，十九皓。【例】暗～懊～百～悲～逼～嗔～吃～愁～触～刺～道～发～烦～愤～风～蒿～薅～花～激～惊～可～苦～愧～困～怒～气～消～侵～娆～惹～热～蓐～宛～隙～羞～厌～忧～愠～躁～着～空自～诗翁～无情～

瑙nǎo【古】上声，十九皓。【例】龙～玛～

鸟(鳥)niǎo【古】上声，十七筱。【例】暗～百～宾～蚕～蝉～晨～鸱～池～虫～春～鹑～翠～村～呆～钿～雕～冻～度～鹗～凡～飞～蜂～凤～服～鹏～孤～谷～鹄～怪～冠～鹳～龟～鬼～海～寒～河～鹖～鸿～候～花～画～黄～慧～火～祸～羁～祭～驾～江～鹪～锦～惊～鸠～鹫～倦～攫～鵕～狂～雷～离～椋～遛～龙～笼～陇～鹭～鸾～猛～孟～梦～迷～鸣～孽～鸥～栖～禽～青～雀～瑞～沙～山～神～圣～逝～蜀～霜～水～素～宿～滩～天～田～铁～鸵～网～望～祥～翔～枭～鸮～星～玄～鸦～烟～岩～雁～阳～野～夜～益～鹥～吟～莺～幽～鱼～语～鸢～猿～怨～越～云～征～鸷～朱～逐～比翼～极乐～九头～木客～衔石～知来～

袅(裊、嫋、嬝)niǎo【古】上声，十七篠。【例】骠～颤～春～翠～风～孤～红～娜～袅～排～盘～飘～青～轻～苒～素～微～细～闲～香～烟～夭～遥～杳～窈～嫈～簪～柔条～香雾～

茑(蔦)niǎo【古】上声，十七筱。【例】萝～披～松～藤～烟～

嬲niǎo【古】上声，十七筱。【例】沓～剔～戏～相～谑～

跑pǎo【古】入声，三觉。另见369页

páo。【例】奔～长～驰～蹴～窜～短～飞～赶～溜～起～赛～逃～迅～助～

殍piǎo【古】上声，十七筱。参见 226 页 fú“莩”。【例】饿～浮～饥～殣～流～馁～冤～

瞟piǎo【古】上声，十七筱。【例】斜～轻～

漂piǎo【古】去声，十八啸。另见 360 页 piāo、389 页 piào。【例】清～水～

巧qiǎo【古】上声，十八巧。【例】变～辩～兵～不～谗～谄～逞～吃～迟～赐～丛～凑～刁～斗～繁～逢～浮～赶～刚～乖～怪～诡～花～幻～回～慧～机～技～嘉～奸～尖～狡～借～精～娟～隽～猥～绝～勒～丽～利～俪～灵～另～卖～弥～密～妙～谬～佞～弄～俳～碰～偏～欺～奇～乞～恰～轻～倾～情～取～善～神～生～施～饰～适～手～输～司～贪～讨～佻～贴～偷～颓～托～玩～危～微～文～细～黠～纤～贤～险～小～新～性～虚～炫～妍～遗～阴～淫～营～谀～遇～诈～正～知～至～智～嘴～作～春风～金梭～莺声～鹦舌～

悄qiǎo【古】上声，十七筱。另见 360 页 qiāo。【例】忧心～～

雀qiǎo 口语音。另见 97 页 què、360 页 qiāo。

愀qiǎo【古】上声，十七筱。【例】嵺～叹～

扰(擾)rǎo【古】上声，十七筱。【例】安～崩～逼～波～猜～草～缠～吵～愁～窜～打～叨～惆～顿～烦～繁～纷～风～奉～干～告～勾～聒～骇～耗～荷～横～欢～荒～惶～昏～混～饥～激～煎～搅～教～惊～警～纠～苛～寇～恇～困～劳～蓼～凌～挠～牵～戕～侵～倾～驱～群～攘～扰～冗～兽～肆～讨～袭～狎～相～嚣～汹～喧～驯～循～厌～夜～萦～郁～杂～遭～躁～震～撞～追～滋～自～阻～

扫(掃)sǎo【古】上声，十九皓。又：去声，二十号同。另见 389 页 sào。【例】拜～笔～闭～飙～长～冲～除～打～淡～电～风～贯～横～挥～麾～稽～祭～进～净～犁～闹～清～驱～如～洒～湿～梳～旋～汛～笔阵～魏公～

嫂sǎo【古】上声，十九皓。【例】阿～报～表～从～大～哥～姑～寡～家～敬～舅～巨～军～空～妻～如～嫂～叔～田～兄～牙～尊～桐严～

少shǎo【古】上声，十七筱。另见 389 页 shào。【例】薄～齿～单～短～多～乏～寡～耗～减～简～绝～眇～轻～缺～阙～尚～失～事～受～疏～衰～通～微～希～鲜～相～些～许～债～至～音书～

讨(討)tǎo【古】上声，十九皓。【例】按～逼～伯～捕～参～出～催～电～恶～奋～公～攻～归～国～检～简～进～精～究～领～论～命～难～平～乞～取～攘～散～商～声～搜～探～天～推～详～寻～训～研～掩～邀～议～游～瞻～战～招～镇～征～诛～追～自～

挑tiǎo【古】上声，十七筱。又：下平，二萧异。另见 362 页 tāo、362 页 tiāo。【例】高～横～檐～

窕tiǎo【古】上声，十七筱。【例】不～袅～睄～窍～轻～清～滔～窕～闲～杳～窈～

小xiǎo【古】上声，十七筱。【例】矮～爱～稗～卑～鄙～褊～痴～赤～初～春～矬～低～刁～短～发～防～伏～高～弓～家～奸～娇～谨～近～鸠～绝～苛～老～

羸~量~陋~藐~年~懦~僻~贫~迫~妻~起~器~浅~寝~轻~群~弱~示~瘦~输~苏~算~碎~缩~贪~讨~髫~忘~微~猥~细~狭~黠~纤~宵~些~养~遗~意~莺~幼~窄~稚~众~

晓(曉)xiǎo【古】上声,十七筱。【例】谙~白~半~报~碧~薄~察~蝉~唱~彻~敕~初~窗~春~催~洞~逗~敦~风~拂~寒~户~晦~昏~际~江~诘~解~开~连~凌~明~逆~譬~平~破~侵~琴~清~善~深~升~失~熟~霜~踏~天~通~投~闲~向~晢~知~鸡鸣~

筱(篠)xiǎo【古】上声,十八巧。【例】碧~窗~丛~翠~伐~分~粉~丰~风~高~孤~海~寒~篁~彗~涧~荆~径~露~绿~密~母~嫩~青~群~杉~生~霜~松~藤~庭~夏~雪~崖~岩~盐~幽~贞~竹~

咬(齩)yǎo【古】上声,十八巧。另见359页jiāo。【例】扳~炒~虫~撺~叮~反~狗~龁~嚼~乱~啮~蛇~撕~吐~蚊~相~牙~呷~淫~嘴~

夭ǎo【古】上声,十九皓。另见363页yāo。【例】胎~

窈yǎo【古】上声,十七筱。【例】洞~浮~宏~泓~清~秋~深~窕~岩~窈~幽~云~

杳yǎo【古】上声,十七筱。【例】幻~空~青~深~微~雾~玄~杳~窈~关河~音书~

窅yǎo【古】上声,十七筱。【例】幻~旷~辽~深~疏~穴~杳~窈~阴~幽~

舀yǎo【古】上声,十七筱。【例】水~

早zǎo【古】上声,十九皓。【例】趁~迟~春~打~多~赶~过~寒~及~即~急~诘~今~绝~可~老~明~平~起~侵~清~荣~守~提~闻~向~雁~预~豫~原~越~芳意~天光~

澡zǎo【古】上声,十九皓。【例】搓~盥~灌~抹~沐~泡~洗~濯~

枣(棗)zǎo【古】上声,十九皓。【例】白~碧~鬓~剥~残~赤~大~棣~杜~番~脯~官~桂~海~红~猴~壶~槐~火~棘~嫁~姜~绛~胶~焦~金~京~酒~巨~葵~梨~良~灵~龙~南~檽~青~乳~软~桑~沙~山~霜~酸~棠~桃~兔~问~夏~仙~椤~羊~椰~野~樗~榆~云~重~醉~如瓜~盐官~羊矢~缨络~

藻zǎo【古】上声,十九皓。【例】碧~才~彩~宸~骋~摛~池~春~词~辞~粹~翠~典~雕~发~粉~奋~丰~凤~敷~凫~服~浮~黻~斧~光~衮~海~寒~翰~红~洪~鸿~华~辉~缋~嘉~金~菁~井~兰~乐~狸~丽~连~莲~菱~流~龙~绿~蔓~枚~葩~泮~品~萍~蘋~蒲~绮~前~芹~清~情~琼~诠~瑞~睿~弱~山~赡~神~圣~盛~诗~水~速~天~文~仙~鲜~荇~雄~修~玄~艳~药~逸~鱼~玉~云~韵~薀~甄~振~

璪zǎo【古】上声,十九皓。【例】冕~

蚤zǎo【古】上声,十九皓。【例】捕~格~蛇~狗~麾~及~可~灭~明~沙~霜~水~跳~土~豫~鼓上~

爪zhǎo【古】上声,十八巧。另见19页zhuǎ。【例】八~拔~鳖~兵~布~苍~毒~断~鹗~奋~凤~钩~合~鹤~黑~鸿~虎~华~鸡~翦~金~句~鳞~留~鹿~锚~魔~暮~泥~鸟~葩~前~嗜~手~霜~素~獭~探~铁~透~握~系~

蟹~雪~牙~燕~鹰~玉~鸢~指~趾~赤龙~麻姑~

找zhǎo【例】遍~补~查~倒~零~难~清~搜~探~寻~自~

沼zhǎo【古】上声,十七筱。【例】碧~璧~冰~池~春~翠~东~锻~丰~凤~宫~寒~鸿~湖~江~茭~鲸~井~镜~兰~莲~林~灵~龙~露~墨~泥~盆~萍~清~磬~琼~曲~山~石~书~素~台~天~田~汀~亭~瓦~晓~星~研~盐~砚~雁~野~咏~幽~玉~渊~园~源~苑~竹~芙蓉~

仄声·去声

傲ào【古】去声,二十号。【例】悖~褊~侈~怠~诞~惰~放~刚~高~孤~骨~寄~简~蹇~僭~骄~桀~矜~倨~狷~夸~狂~凌~卖~慢~癖~欺~气~轻~讪~奢~疏~顽~违~侮~兀~黠~险~笑~啸~偃~迂~执~直~自~渔家~

奥ào【古】去声,二十号。【例】博~沉~淳~道~典~房~府~古~寒~宏~壶~华~秽~浑~简~鉴~禁~精~居~诀~窾~旷~阃~壸~朗~良~灵~龙~媚~秘~妙~明~冥~排~僻~奇~窍~清~穷~曲~山~尚~深~神~圣~湿~时~室~枢~邃~潭~堂~天~猥~温~遐~闲~险~雄~玄~雅~衍~隐~幽~隅~渊~援~远~组~蕴~旨~质~阻~

澳ào【古】去声,二十号。另见299页yù。【例】川~港~海~河~湖~江~口~淇~沙~湾~新~亚~鱼~

鏊ào 平底铁锅。【古】去声,二十号。

拗(抝)ào【古】去声,十九效。另见373页ǎo、419页niù。【例】救~违~执~

坳(垇)ào【古】去声,十九效。另:平声,三肴同。另见355页āo。【例】车~螭~池~荷~黄~积~盘~山~潭~塘~土~洼~污~砚~窈~枕~三仙~

燠ào 又读。【古】上声,十九皓。另见298页yù。

懊ào【古】去声,二十号。【例】烦~后~悔~惊~恼~悒~郁~怨~

骜(驁)ào【古】去声,二十号。又:下平,四豪异。【例】骜~暴~悖~不~怠~放~梗~犷~悍~骥~骄~桀~倨~夸~黠~枭~凶~雄~轩~游~鸷~恣~

岙ào【例】山~悬~

奡ào【古】去声,二十号。【例】奰~叫~桀~嫚~排~兀~羿~

报(報)bào【古】去声,二十号。【例】白~板~办~壁~边~遍~禀~补~测~层~觇~蝉~抄~朝~陈~呈~驰~酬~雠~传~丛~寸~答~待~党~德~登~邸~电~牒~订~讹~恶~耳~发~飞~奉~浮~福~府~讣~赋~覆~告~公~供~顾~关~官~规~果~海~喝~后~厚~花~画~还~缓~谎~回~汇~缉~祭~剪~简~见~交~捷~近~京~儆~警~鞠~举~具~涓~军~快~诳~来~立~论~买~密~冥~匿~捏~孽~佩~配~祈~启~迁~墙~情~琼~秋~鹊~日~善~赏~上~设~申~审~生~施~收~书~死~送~岁~探~堂~塘~天~填~通~头~投~图~外~晚~微~文~

喜~衔~显~相~详~响~飨~效~诇~虚~叙~宣~学~讯~谳~阳~业~移~义~异~驿~因~阴~应~邮~羽~预~欲~冤~月~悦~杂~遭~造~责~展~战~章~侦~烝~蒸~忠~重~周~追~咨~奏~罪~黄雀~平安~

抱bào【古】上声，十九皓。【例】保~鄙~尘~持~愁~春~丹~烦~芳~蜂~伏~扶~负~高~弓~拱~孤~鹄~关~过~孩~合~鹤~鸿~怀~环~回~积~衿~襟~紧~旷~揽~朗~离~龙~搂~旅~满~内~奇~器~清~情~乳~山~上~摅~双~水~素~宿~索~提~偎~围~伟~遐~翔~携~心~胸~寻~雅~野~疑~臆~盈~萦~影~拥~幽~右~渊~圜~远~云~蕴~贞~抮~志~中~周~

豹bào【古】去声，十九效。【例】白~变~慚~赤~丹~飞~丰~伏~海~黑~虎~户~豢~绘~窥~狸~龙~门~青~全~雀~狮~水~兕~王~文~雾~象~熊~玄~雪~隐~云~南山~

暴bào【古】去声，二十号。另见264页pù。【例】悖~避~冰~兵~猜~残~惨~操~懆~逞~骋~粗~猝~迭~斗~烦~反~犯~防~风~刚~鼓~犷~诡~海~悍~豪~横~昏~极~急~疾~奸~践~骄~狡~桀~窘~狷~峻~龛~抗~苛~刻~枯~酷~狂~雷~栗~凌~陵~露~乱~蛮~猛~逆~狞~虐~飘~强~侵~穷~忍~沙~兽~疏~肆~贪~讨~吞~枉~威~违~污~骜~显~险~骁~嚣~凶~严~厌~淫~愚~冤~灾~躁~诈~振~止~鸷~诛~恣~纵~作~亢寇~

瀑bào【古】去声，二十号。另见264页pù。【例】迸~冰~泉~山~湍~悬~雨~

爆bào【古】去声，十九效。另见388页pào。【例】熘~鞭~炳~灯~防~耗~花~火~煎~惊~栗~闪~引~油~震~竹~

鲍（鮑）bào【古】上声，十八巧。【例】腐~管~江~鲲~鲐~谢~熊~休~颜~鱼~鳜~

刨（鉋、鑤）bào【古】去声，十九效。另见369页páo。【例】刷~龙门~

趵bào【古】入声，三觉。【例】趵~

摽biào【古】上声，十七筱。又：去声，十八啸同。另见356页biāo。【例】不~耑~

鳔（鰾）biào【古】上声，十七筱。【例】胶~鲞~鱼~粘~

道dào【古】上声，十九皓。【例】安~霸~败~阪~邦~榜~背~本~跸~辟~避~便~辩~秉~伯~岔~柴~禅~产~常~畅~车~臣~称~驰~斥~赤~出~传~村~达~大~弹~当~盗~得~地~帝~谛~钓~订~东~端~断~恶~法~反~梵~访~凤~佛~服~辅~妇~复~改~干~赶~冈~高~公~贡~沟~古~故~怪~官~管~光~广~归~轨~诡~鬼~国~过~海~旱~好~合~河~貉~黑~横~衡~弘~厚~滑~化~还~皇~黄~诲~机~稽~汲~夹~家~假~奸~见~涧~箭~讲~交~叫~阶~街~截~竭~解~戒~筋~劲~进~靳~径~酒~就~觉~开~科~客~坑~空~孔~夸~窥~逵~坤~廊~老~乐~理~力~吏~粮~料~领~楼~陆~路~履~乱~论~漫~昧~门~弥~秘~妙~明~魔~墓~辇~鸟~尿~佞~盘~旁~贫~坡~岐~乾~琴~衢~让~绕~人~仁~任~柔~

儒~僧~山~商~韶~神~省~圣~师~诗~石~食~世~仕~市~释~守~蜀~术~水~顺~说~宿~岁~隧~索~探~体~天~铁~通~同~歪~外~王~危~微~卫~味~文~闻~问~诬~无~悟~徙~仙~显~乡~巷~象~孝~邪~信~行~性~修~叙~宣~玄~穴~学~循~训~殉~雅~烟~言~盐~野~业~医~夷~颐~艺~异~驿~逸~溢~阴~引~隐~营~甬~幽~游~友~有~纡~御~远~运~载~贼~栈~贞~真~正~证~知~执~至~志~治~周~宗~遵~长安~

稻dào【古】上声,十九皓。【例】白~打~饭~膏~旱~耗~禾~红~火~嘉~江~界~秔~粳~绿~糯~青~秋~生~收~蔬~秫~黍~霜~水~田~晚~籼~香~秧~野~刈~玉~早~中~种~啄~蝉鸣~

到dào【古】去声,二十号。【例】报~笔~迟~春~达~代~待~得~颠~独~风~符~赶~过~寒~还~家~见~捷~精~径~俱~恳~来~老~连~料~临~率~门~冥~默~念~签~辱~剩~头~投~稳~详~雁~药~阴~应~遇~远~乍~折~臻~直~至~周~

倒dào【古】去声,二十号。另见374页dǎo。【例】反~倾~

悼dào【古】去声,二十号。【例】哀~悲~鄙~惨~怅~怛~吊~感~嘉~荐~嗟~惊~怜~悯~愍~慕~凄~伤~叹~恸~痛~隐~忧~郁~赞~轸~追~

盗dào【古】去声,二十号。【例】邦~抄~篡~大~抵~递~断~防~匪~吠~攻~狗~惯~海~豪~化~海~缉~奸~见~江~劫~剧~寇~苦~窥~掠~鸣~内~剽~欺~强~窃~侵~勍~驱~取~攘~赏~失~视~鼠~水~宿~贪~偷~突~黠~显~行~逸~淫~远~怨~赃~贼~治~追~诘巨~

帱(幬)dào【古】去声,二十号。【例】赍~宾~翠~丹~恩~翡~覆~椁~罗~衾~素~远~

纛dào【古】去声,二十号。又:入声,二沃同。另见225页dú。【例】白~宝~大~鼓~麾~旌~狼~龙~鸾~祃~旄~牌~旗~押~牙~羽~皂~阵~横海~

调(調)diào【古】去声,十八啸。另见371页tiáo。【例】拗~笔~边~变~别~步~才~操~长~常~嘲~抽~出~楚~创~词~辞~促~单~道~低~定~短~对~发~翻~凡~反~风~赴~赋~改~高~歌~格~公~功~宫~古~乖~汉~合~横~胡~护~花~基~剂~寄~降~节~借~句~绝~均~课~苦~昆~滥~老~乐~冷~论~慢~免~末~俳~派~抛~跑~配~品~聘~平~起~气~前~腔~强~琴~情~曲~柔~入~色~商~上~声~失~诗~时~世~殊~双~水~税~说~俗~套~提~体~贴~同~推~外~文~吴~息~戏~下~乡~小~谐~新~选~谑~雅~野~移~遗~役~逸~意~阴~音~引~郢~优~语~渊~怨~匀~韵~杂~谪~珍~征~支~转~姿~走~祖~大石~凄凉~泗州~诸宫~

钓(釣)diào【古】去声,十八啸。【例】鳌~把~百~秉~晨~持~垂~春~纯~淳~翠~饵~凤~负~耕~观~归~国~和~衡~洪~鸿~化~静~冥~默~栖~琴~秋~善~韶~枢~蓑~筒~投~屠~晚~细~冶~夜~弋~引~渔~寒江~磻溪~清溪~太公~严滩~

掉diào【古】上声，十七筱。又：去声，十八啸同。【例】摆~簸~颤~除~打~荡~颠~丢~皤~拂~改~撩~溜~免~难~排~跑~敲~倾~去~删~失~腾~忘~掀~眩~巡~摇~运~振~走~尾不~

吊(弔)diào【古】去声，十八啸。【例】哀~绷~浮~赴~沽~鹤~会~讥~吉~祭~郊~撩~马~陪~盆~撇~评~凭~起~庆~上~设~塔~通~铜~慰~相~谢~行~悬~豫~展~诛~形影~

铫(銚)diào【古】去声，十八啸。又：下平，二萧异。【例】茶~长~覆~锅~金~镣~炉~沙~石~水~铜~瓦~犀~药~

窎(寫)diào【古】去声，十八啸。【例】丢~僻~深~

蓧diào【古】去声，十八啸。【例】白~灰~藜~芦~蓬~

告gào 另见257页gù。【古】去声，二十号。【例】哀~颁~报~被~变~遍~辨~禀~播~捕~布~参~策~陈~呈~传~赐~诞~祷~电~刁~渎~燔~反~放~讽~奉~敷~符~赴~诰~公~官~广~归~函~皇~谎~回~祭~假~见~荐~教~讦~戒~谨~进~警~敬~纠~举~具~恳~控~诳~拦~类~燎~露~论~罗~买~密~明~默~逆~捏~旁~陪~普~祈~乞~谴~求~劝~褥~上~申~谥~首~诉~愬~腾~通~投~文~诬~衔~飨~晓~谢~兴~休~宣~训~央~仰~谒~移~遗~予~吁~预~谕~原~责~赠~斋~诏~正~指~忠~嘱~祝~转~状~奏~

筶gào【古】上声，十九皓。【例】问~

郜gào 古地名。【古】去声，二十号。

膏gào 润泽。【古】去声，二十号。另见358页gāo。

诰(誥)gào【古】去声，二十号。【例】璧~裁~禅~垂~辞~赐~大~典~封~官~鸿~锦~酒~灵~鸾~纶~命~谟~亲~申~誓~汤~天~庭~通~往~文~玺~训~雅~言~演~遗~诏~真~制~周~金花~九云~

号(號)hào【古】去声，二十号。另见366页háo。【例】暗~宝~卑~本~币~编~变~标~表~别~病~拨~博~彩~惨~拆~禅~长~唱~称~乘~敕~宠~出~储~传~绰~赐~代~道~德~等~帝~谛~点~店~调~栋~逗~短~对~讹~发~法~番~封~佛~孚~符~府~革~格~更~弓~挂~官~诡~鬼~贵~国~鸿~吼~涣~皇~徽~浑~诨~火~疾~记~纪~祭~加~嘉~假~建~贱~僭~降~叫~晋~禁~惊~警~爵~军~郡~口~括~溜~螺~马~美~门~庙~名~鸣~年~排~牌~批~票~谱~旗~钱~窃~伤~商~升~生~牲~谥~书~殊~嘶~诵~堂~逃~特~题~天~跳~同~外~王~位~文~问~乌~锡~席~显~销~信~星~型~姓~虚~勋~讯~押~雅~谚~洋~仪~邑~易~银~引~印~冤~圆~远~越~赠~掌~账~诏~正~政~祝~专~追~字~尊~座~

好hào【古】去声，二十号。另见375页hǎo。【例】爱~笃~酷~癖~偏~时~嗜~俗~同~习~喜~心~性~雅~志~众~自~稽古~

浩hào【古】上声，十九皓。【例】奥~侈~繁~瀚~滂~穰~深~太~玄~养~渊~

皓(皜、暠)hào【古】上声，十九皓。

【例】白~苍~放~缟~汉~皓~华~箕~老~绮~清~商~首~霜~四~太~天~夕~遗~玉~月~贞~南山~

耗hào【古】去声,二十号。【例】哀~暗~罢~白~残~漕~偿~称~打~大~登~戥~低~凋~斗~蠹~噩~费~风~干~功~官~荒~慌~回~昏~混~火~饥~疾~加~嘉~减~脚~近~警~空~枯~亏~困~羸~煤~糜~密~磨~目~内~能~疲~罴~贫~愆~侵~劝~确~燃~仍~煞~伤~省~蚀~食~鼠~衰~死~损~无~息~鲜~消~小~信~凶~虚~抑~音~盈~远~造~赠~折~正~作~雀鼠~

昊[1]hào【古】上声,十九皓。【例】苍~层~昊~孔~类~清~晴~穹~泰~轩~玄~中~

昊[2](皞、皡)hào【古】上声,十九皓。【例】大~少~太~西~熙~炎~

淏hào 水清。【古】上声,十九皓。

鄗hào 古地名。【古】上声,十九皓。另:入声,十药同。

镐(鎬)hào【古】上声,十九皓。另见375页gǎo。【例】丰~侵~西~宴~周~

颢(顥)hào【古】上声,十九皓。【例】苍~大~皓~颢~西~鲜~虚~溔~

灏(灝)hào【古】上声,十九皓。【例】苍~瀚~灏~浑~霄~

教jiào【古】去声,十九效。另见359页jiāo。【例】拜~帮~保~布~阐~昌~畅~呈~承~骋~驰~敕~传~垂~慈~赐~从~叨~道~德~典~调~笃~敦~顿~法~番~犯~梵~方~风~奉~佛~服~抚~妇~富~诰~宫~管~闺~鬼~国~好~恒~鸿~候~惠~家~见~渐~景~旧~科~孔~匡~阃~礼~聆~领~率~密~妙~名~明~魔~末~默~姆~攀~判~普~浅~清~请~求~趋~权~儒~社~身~神~圣~师~诗~施~世~侍~释~受~束~帅~说~俗~胎~台~听~颓~王~往~枉~威~违~文~闻~武~误~习~袄~显~象~像~邪~新~信~刑~行~幸~修~宣~玄~训~殉~雅~严~言~演~遗~彝~义~异~翊~翼~阴~膺~诱~余~驭~谕~喻~豫~元~圆~掌~贞~真~箴~争~政~执~指~至~制~治~智~中~竺~主~助~宗~白莲~

觉(覺)jiào【古】去声,十九效。另见85页jué。【例】大~独~困~懒~寐~梦~眠~晌~睡~甜~无~午~寤~新~醒~中~昼~

叫(呌)jiào【古】去声,十八啸。【例】哀~碍~惨~蝉~唱~叱~大~鼓~管~聒~酣~喊~嗥~嚎~号~鹤~鸿~吼~呼~欢~急~尖~惊~绝~狂~龙~灭~齐~嚷~山~嘶~啼~夕~嚣~啸~喧~雁~夜~吟~猿~噪~秋虫~

校jiào【古】去声,十九效。另见390页xiào。【例】按~案~比~参~钞~雠~初~点~订~分~复~格~勾~估~衡~互~活~计~检~精~刊~勘~考~评~铨~缮~死~通~详~严~综~

较(較)jiào【古】去声,十九効。【例】比~参~雠~端~对~钩~估~辜~稽~计~检~角~考~课~猎~批~披~平~齐~诠~商~推~相~详~扬~彰~重~

轿(轎)jiào【古】去声,十八啸。又:下平,二萧同。【例】彩~车~乘~大~兜~发~风~官~过~花~魂~来~凉~骡~落~明~暖~起~山~扇~上~顺~抬~

梯～驼～喜～象～小～椅～舆～竹～棕～

峤(嶠)jiào【古】去声，十八啸。另见370页qiáo。【例】海～岭～闽～仙～圆～云～

徼jiào【古】去声，十八啸。【例】北～边～楚～丹～方～故～关～海～豪～候～荒～黄～火～疆～警～绝～款～岭～庐～蛮～闽～偏～青～穷～塞～骚～沙～山～守～亭～遐～险～行～玄～巡～岩～炎～夷～游～远～越～障～

窖jiào【古】去声，十九效。【例】冰～菜～仓～藏～出～大～丹～地～窦～发～粪～风～花～酒～掘～窟～老～露～墓～泉～困～诗～石～水～土～挖～雪～银～雨～

醮jiào【古】去声，十八啸。【例】杯～逼～初～祠～打～大～贰～符～改～冠～祭～建～科～配～亲～清～秋～设～曙～水～亡～微～新～修～夜～愿～再～斋～章～祝～尊～黄箓～平安～

噭jiào【古】去声，十八啸。另见389页qiào。【例】号～呵～鹤～激～嗷～千～啼～

酵jiào【古】去声，十九效。【例】饼～发～酒～老～起～引～糟～

噍jiào【古】去声，十八啸。另见359页jiāo。【例】倒～噍～镌～声～遗～饮～余～啁～嘴～

撟jiào【古】上声，十七筱。【例】担～撟～舌～夭～

靠kào【古】去声，二十号。【例】挨～傍～背～得～后～紧～可～牢～老～凭～青～求～软～锁～贴～停～投～托～妥～稳～斜～衣～依～倚～指～主～

犒kào【古】去声，二十号。【例】颁～酬～大～箪～丰～逢～给～馆～厚～激～劳～赏～谢～宴～燕～羊～饮～祖～

铐(銬)kào【例】带～反～毁～脚～镣～手～铁～

劳(勞)lào 旧读。【古】去声，二十号。另见366页láo。【例】厚～犒～馈～慰～

涝(澇)lào【古】去声，二十号。【例】防～干～旱～洪～荒～积～抗～沥～内～排～秋～水～夏～衍～雨～灾～螽～渍～

唠(嘮)lào 另见367页láo。【例】扯～叨～谈～闲～

络(絡)lào 口语音。【古】入声，十药。另见49页luò。

酪lào【古】入声，十药。另见50页luò。【例】鲍～楚～醇～狄～干～甘～羹～酒～漉～马～麦～蜜～茗～奶～牛～乳～苏～酥～蒜～糖～卧～杏～盐～羊～重～

落lào【古】入声，十药。另见22页là、49页luò。【例】莲花～

烙lào【古】入声，十药。另见50页luò。【例】锅～火～面～炮～热～印～

料liào【古】去声，十八啸。又：下平，二萧异。【例】北～备～被～边～禀～不～材～裁～草～茶～厨～揣～春～忖～打～大～谛～电～垫～调～迭～度～肥～废～俸～敷～辅～更～工～功～供～骨～鹤～糊～坏～货～集～剂～加～简～浇～节～精～讵～可～课～烂～理～炼～粮～领～禄～麻～马～毛～面～木～难～逆～旁～配～坯～品～青～秋～燃～染～审～生～诗～石～食～史～始～双～谁～饲～塑～谈～体～填～涂～物～下～香～想～想～向～笑～悬～颜～养～药～衣～驿～意～臆～饮～油～预～豫～原～约～月～杂～照～正～执～直～指～质～粥～浊～资～

自~佐~作~青云~

镣liào【古】去声,十八啸。另见368页liáo。【例】白~枷~脚~铐~钮~锁~

燎liào【古】去声,十八啸。另见367页liáo、377页liǎo。【例】柴~炽~甸~毒~燔~焚~高~桂~寒~火~郊~升~束~庭~望~薪~烟~延~炎~阳~野~原~灶~照~烛~灼~

撂(撩)liào 参见360页liāo"撩"、367页liáo"撩"。【例】乱~

瞭liào 瞭望。【古】上声,十七筱。另见377页liǎo"了"。

钌(釕)liào 钌铞。【古】上声,十七筱。

尥liào 尥蹶子。【古】去声,十八啸。又:平声,肴韵同。

廖liào 姓。【古】去声,二十六宥。

冒mào【古】去声,二十号。另见52页mò。【例】悖~被~庇~冲~触~沓~叨~泰~诋~抵~玷~顶~毒~黩~犯~仿~浮~负~覆~盖~感~苟~冠~诡~函~怙~昏~假~僭~侥~溃~滥~廉~陵~昧~蒙~腼~逆~丕~欺~侵~商~私~贪~忝~腆~偷~突~顽~罔~帷~猥~诬~袭~虚~眩~衒~掩~隐~郁~诈~占~

帽mào【古】去声,二十号。【例】艾~白~笔~鞭~便~草~侧~朝~吹~翠~戴~道~低~貂~顶~短~鹅~风~高~官~冠~胡~花~角~巾~锦~绢~军~礼~莲~凉~绫~纶~罗~落~绵~篾~暖~破~帢~裘~裙~软~箬~僧~纱~衫~书~睡~唐~藤~铁~脱~帏~温~乌~席~小~绣~絮~靴~雪~衣~缨~油~羽~簪~皂~毡~纸~珠~竹~鬃~

貌mào【古】去声,十九效。【例】变~才~谄~尘~春~词~辞~瘁~道~地~丰~风~改~概~高~古~骨~光~诡~好~鹤~红~花~近~绝~开~老~黧~礼~脸~龙~旅~美~腼~面~描~庙~拟~年~品~朴~戚~气~器~情~躯~全~容~山~身~神~声~失~诗~饰~姝~淑~霜~颂~素~苔~态~体~天~同~外~伟~文~无~物~仙~相~像~肖~笑~写~新~形~朽~须~雪~颜~衣~仪~遗~艺~佚~意~玉~原~月~悦~云~志~质~状~姿~醉~

茂mào【古】去声,二十六宥。【例】昌~畅~炽~充~崇~纯~淳~葱~丛~翠~德~端~敦~蕃~繁~肥~丰~阜~富~高~古~贵~宏~华~槐~蕙~活~机~嘉~景~菊~隽~峻~康~兰~廉~灵~零~隆~美~蒙~密~绵~敏~明~木~秾~朴~畦~气~清~遒~荣~柔~森~韶~深~神~盛~时~淑~硕~松~邃~腾~挺~旺~伟~尉~温~蓊~熙~夏~鲜~形~修~秀~淹~妍~掩~艳~益~翳~懿~英~优~幽~郁~岳~悦~早~哲~茁~孳~滋~

懋mào【古】去声,二十六宥。【例】邦~昌~长~敕~德~方~丰~骏~孔~灵~懋~美~明~时~肃~伟~慰~昭~

贸(貿)mào【古】去声,二十六宥。【例】边~贩~诡~化~集~贾~贱~交~贸~内~迁~双~外~相~转~

耄mào【古】去声,二十号。【例】悖~齿~悼~耋~耗~荒~昏~老~谬~衰~晚~野~重~

眊mào【古】去声,二十号。入声,三觉同。【例】白~悖~翠~钝~耗~昏~聩~老~瞭~眊~瞢~目~眩~愚~

媢mào【古】去声,二十号。又:上声,

十九皓同。【例】谗~妒~悍~嫉~忌~骄~权~贪~

瞀mào【古】去声,二十六宥。又:下平,十一尤同。又:入声,三觉同。【例】尘~瞀~风~佝~瞶~昏~交~曚~怐~狂~愦~盲~瞀~昧~闷~蒙~迷~浅~区~眩~眴~愚~

袤mào【古】去声,二十六宥。【例】长~侈~高~广~连~绵~邃~斜~延~周~

妙miào【古】去声,十八啸。【例】奥~笔~超~称~逞~冲~崇~粗~道~得~端~多~翻~高~寡~管~诡~宏~鸿~华~机~佳~简~姣~娇~徼~劲~精~警~娟~隽~绝~空~烂~丽~灵~露~曼~美~敏~墨~凝~奇~浅~巧~窍~轻~清~穷~上~韶~舌~深~神~胜~殊~熟~谈~婉~微~伟~贤~协~谐~写~新~秀~玄~雅~妍~妖~窈~要~益~英~幽~幼~渊~元~圆~造~智~众~

庙(廟)miào【古】去声,十八啸。【例】报~别~朝~楚~祠~辞~大~道~登~佛~复~祔~告~公~宫~汉~鹤~徽~毁~极~稷~家~江~郊~近~旧~龛~考~孔~哭~廊~立~灵~陵~迁~亲~清~秋~群~仁~赛~山~上~社~神~圣~世~水~私~寺~塔~台~太~坛~堂~特~天~祧~庭~文~武~祆~飨~行~学~岩~野~谒~仪~遗~邑~宇~园~原~远~岳~召~周~宗~湘妃~

缪(繆)miào 姓。【古】去声,十八啸。另见404页móu、419页miù。

闹(鬧)nào【古】去声,十九效。【例】挨~吵~趁~稠~刺~打~逗~讹~繁~沸~疯~蜂~割~海~浩~合~横~哄~胡~哗~欢~混~搅~狂~愦~绿~掠~取~嚷~热~骚~刷~耍~厮~讨~颓~蛙~嬉~瞎~嚣~笑~喧~寻~争~滋~醉~黄莺~

淖nào【古】去声,十九效。【例】浮~沟~滑~积~潦~霖~泥~泞~普~深~渟~涂~污~陷~雨~泽~濯~渍~

溺niào【古】去声,十八啸。另见158页nì。【例】便~龟~

炮(砲、礮)pào【古】去声,十九效。另见355页bāo、369页páo。【例】鞭~铳~串~打~大~发~放~钢~号~轰~花~火~舰~举~开~空~拉~冷~礼~排~枪~山~试~水~铁~午~哑~洋~野~重~竹~

泡pào【古】下平,三肴。另见360页pāo。【例】撮~灯~肺~浮~鲑~幻~燎~梦~尿~沤~泡~起~气~水~铜~烟~液~

疱(皰)pào【古】去声,十九效。【例】皴~火~燎~面~脓~起~水~血~

爆pào 灼。【古】入声,三觉。另见382页bào。

票piào【古】去声,十八啸。【例】白~绑~包~保~标~补~彩~差~拆~唱~钞~车~船~串~当~党~典~发~饭~房~浮~阁~股~关~官~鬼~海~红~汇~火~货~驾~监~剪~角~截~借~金~拘~开~客~矿~联~粮~令~龙~路~论~门~免~名~拟~牌~票~凭~期~起~佥~签~钱~欠~全~肉~赏~收~说~撕~送~逃~通~投~退~玩~宪~销~选~押~盐~验~洋~银~引~印~邮~月~支~纸~质~朱~庄~

僄piào【古】下平,二萧。又:去声,十

八啸同。【例】泛~轻~

漂piào【古】去声,十八啸。另见360页piāo、379页piǎo。【例】水~

俏qiào【古】去声,十八啸。【例】波~绰~撮~掉~发~花~疾~尖~娇~紧~俊~夸~嫽~伶~灵~卖~倩~轻~瘦~要~讨~甜~香~炫~雅~走~

窍(竅)qiào【古】去声,十八啸。【例】奥~鼻~出~丹~笛~肺~风~骨~关~痕~后~火~机~节~精~诀~开~空~孔~窟~窽~灵~六~毛~门~迷~木~内~七~情~山~肾~石~识~天~通~隙~瑕~心~玄~穴~阳~养~要~蚁~阴~蚓~凿~知~珠~椓~

诮(誚)qiào【古】去声,十八啸。【例】谤~鄙~嘲~嗤~诋~调~诽~负~诟~诃~讥~嗟~诘~解~夸~陵~面~怒~欺~取~让~讪~痛~侮~笑~雅~诒~尤~责~訾~汉阴~

峭(陗)qiào【古】去声,十八啸。【例】拗~奥~阪~奔~碧~波~峬~侧~岑~巉~崇~村~岛~斗~陡~方~丰~峰~刚~高~鲠~孤~古~寒~尖~简~紧~劲~峻~苛~刻~空~冷~廉~嶛~料~岭~陵~奇~清~森~深~要~竦~危~巍~险~崖~严~窈~逸~幽~阻~

翘(翹)qiào【古】下平,二萧。另见370页qiáo。【例】寥~上~

撬qiào【古】下平,二萧。【例】儿~踏~

鞘qiào【古】去声,十八啸。【例】拔~宝~翅~出~刀~铎~赶~剑~箭~鸣~皮~鞦~韬~脱~饷~银~鱼~玉~

噭qiào【古】去声,十八啸。另见386页jiào。【例】蹄~

壳(殼)qiào【古】入声,三觉。另见65页ké。【例】地~甲~躯~

绕(繞遶)rào【古】去声,十八啸。【例】缠~肠~窜~叠~拱~护~环~回~夹~缴~连~缭~袅~蟠~绳~藤~蜿~违~霞~香~悬~旋~巡~夭~营~萦~迂~遮~周~竹~余音~

扫(掃)sào 扫帚。【古】去声,二十号。另见379页sǎo。

臊sào 另见361页sāo。【例】害~羞~

少shào【古】去声,十八啸。另见379页shǎo。【例】齿~恶~返~贵~豪~鸿~还~阔~老~美~年~群~善~侠~遗~逸~英~幼~

哨shào【古】去声,十八啸。【例】暗~拔~鞭~布~步~查~出~吹~放~岗~鸽~号~唿~花~交~进~口~芦~马~摸~前~鸣~巡~汛~压~烟~营~游~站~侦~征~左~瞭望~

召shào ①姓。②古地名。【古】去声,十八啸。另见393页zhào。

绍(紹)shào【古】上声,十七筱。【例】拔~比~瓜~花~绩~继~介~克~媒~木~入~嗣~修~续~夭~遗~寅~远~肇~浙~追~卓~纂~

劭shào【古】去声,十八啸。另:下平,二萧同。【例】德~高~孤~光~宏~美~敏~清~

邵shào【古】去声,十八啸。【例】方~清~深~懿~周~

潲shào【古】去声,十九效。【例】猪~

烧(燒)shào【古】去声,十八啸。另见361页shāo。【例】秋~山~晚~野~

套tào【古】上声,十九皓。【例】碑~被~笔~策~常~陈~成~耳~法~封~

浮~腐~格~故~管~河~护~活~镜~旧~局~客~拉~老~龙~陋~乱~落~马~帽~棉~袍~配~圈~全~拳~入~褥~软~散~上~涉~绳~石~世~手~书~熟~俗~头~腿~袜~外~习~鞋~信~袖~虚~循~硬~院~枕~整~

跳tiào【古】下平,二萧。【例】迸~蹦~踣~出~蹿~弹~赌~飞~赅~虎~活~疾~惊~踊~狂~踉~龙~莽~起~轻~雀~肉~闪~腾~踢~心~掩~眼~踊~鱼~雨~珠~

眺 tiào 远望。【古】去声,十八啸。【例】北~长~登~独~俯~高~顾~观~还~环~回~极~览~劳~缭~临~流~暮~凝~旁~凭~清~赏~升~视~四~晚~夕~西~遐~下~闲~晓~邪~延~遥~野~殷~幽~游~瞻~

粜(糶)tiào【古】去声,十八啸。【例】闭~出~春~盗~籴~对~发~贩~谷~官~贵~和~减~贱~闹~平~秋~散~市~私~义~招~赈~

朓tiào【古】上声,十七筱。【例】晦~减~朒~谢~月~昃~

笑xiào【古】去声,十八啸。【例】暗~鄙~博~惨~谄~长~嘲~吃~嗤~痴~耻~调~逗~独~堆~发~诽~腹~干~高~歌~诟~顾~怪~观~诡~鬼~哈~孩~酣~憨~含~好~轰~哄~花~哗~欢~诙~毁~讥~疾~奸~见~娇~矫~惊~堪~咳~可~苦~狂~愧~浪~冷~敛~戮~买~卖~媚~悯~匿~睨~狞~凝~佞~俳~陪~颦~破~欺~浅~强~巧~诮~窃~轻~取~忍~色~傻~赸~赏~哂~失~耍~说~索~谈~叹~眺~讨~腾~玩~微~侮~熙~嬉~喜~戏~狎~献~枭~谐~欣~诩~喧~谑~雅~言~掩~眼~宴~冶~宜~贻~遗~阴~迂~娱~语~悦~赠~展~指~竹~訾~阳城~

效(効、傚)xiào【古】去声,十九效。【例】报~边~不~采~策~陈~成~诚~程~酬~寸~答~等~法~仿~肥~符~高~功~绩~课~劳~疗~列~灵~明~模~慕~拟~偶~企~勤~儒~神~生~失~施~时~实~使~事~视~收~殊~输~速~特~投~无~悉~下~显~相~象~信~叙~勋~阳~药~依~音~有~语~远~允~则~责~展~征~致~智~忠~众~追~自~奏~祖~遵~

校xiào【古】去声,十九效。另见 385 页 jiào。【例】村~大~党~干~高~官~黉~虎~将~军~列~民~母~农~偏~旗~亲~全~戎~商~上~体~退~武~夏~乡~庠~小~新~牙~衙~夜~营~诸~住~

肖 xiào【古】去声,十八啸。另见 362 页 xiāo。【例】逼~毕~不~克~酷~貌~妙~摹~翘~曲~生~宛~惟~形~

啸(嘯、歗)xiào【古】去声,十八啸。【例】悲~蝉~长~登~独~风~讽~凤~高~歌~鬼~海~嗥~嚎~鹤~吼~呼~虎~欢~叫~静~狂~朗~龙~鸾~命~牧~清~秋~山~善~兽~舒~嘶~闻~枭~喧~野~夜~吟~永~游~猿~坐~

孝xiào【古】去声,十九效。【例】被~诚~崇~出~除~纯~淳~慈~达~戴~递~吊~笃~发~服~福~恭~挂~广~国~含~弘~极~教~节~借~谨~尽~旌~克~廉~名~暖~破~勤~全~热~仁~睿~生~守~淑~顺~死~送~脱~望~贤~兴~行~修~秀~义~益~赠~昭~贞~至~治~忠~终~重~追~作~

哮xiào【古】去声，十九效。【例】嘲~咆~距~鸣~哓~

要yào【古】去声，十八啸。另见 363 页 yāo。【例】备~本~比~必~边~辩~兵~朝~冲~宠~辞~次~从~粹~达~大~待~道~得~典~端~扼~法~凡~繁~反~妨~符~负~概~纲~工~固~关~归~贵~国~合~核~华~会~机~畿~急~辑~计~纪~简~将~较~节~津~襟~紧~近~禁~精~径~久~旧~就~举~军~科~可~肯~快~理~练~领~六~录~略~伦~盟~秘~明~农~旁~佩~偏~期~繁~浅~窍~切~亲~青~曲~权~赏~伸~深~神~省~时~识~世~事~势~适~誓~收~守~首~枢~索~讨~提~题~体~通~突~威~微~委~握~务~细~仙~显~险~详~想~心~形~须~需~玄~役~殷~隐~元~约~月~择~责~摘~招~遮~真~正~政~执~只~旨~指~至~治~质~重~诸~主~宗~总~尊~

耀yào【古】去声，十八啸。【例】被~贲~彪~炳~焯~驰~宠~垂~淳~丹~道~德~地~电~二~发~耿~冠~光~皓~赫~闳~虹~户~华~幻~焕~煌~晃~辉~借~矜~惊~晶~精~景~靓~炯~颎~夸~诳~焜~朗~两~灵~流~龙~隆~明~穆~匿~奇~气~前~潜~寝~清~日~荣~闪~扇~神~升~势~霜~水~腾~吐~焞~微~炜~文~渥~晢~霞~鲜~衒~显~星~轩~玄~璇~烜~绚~眩~炎~艳~炀~耀~遗~阴~引~隐~英~萤~颖~映~玉~煜~月~藻~湛~昭~照~贞~震~烛~灼~

曜yào【古】去声，十八啸。【例】宝~炳~苍~宸~晨~驰~垂~淳~诞~德~登~电~洞~二~符~高~杲~光~晷~皓~华~焕~激~戢~精~景~九~诳~朗~敛~列~灵~龙~明~木~匿~凝~齐~乾~潜~清~秋~荣~盛~双~岁~天~彤~吐~文~夕~晞~熙~羲~曦~鲜~衒~显~轩~炫~绚~眩~艳~阳~曜~义~引~隐~月~昭~照~贞~震~争~重~烛~

乐(樂)yào【古】去声，十九效。另见 73 页 lè、103 页 yuè。【例】三~仁智~

靿yào【古】去声，十九效。【例】长~短~凤~高~锦~棉~袜~靴~

药(藥)yào【古】入声，十药。另见 104 页 yuè。【例】白~百~焙~砭~补~采~草~尝~成~杵~春~大~丹~弹~捣~调~逗~毒~恶~饵~发~方~风~服~复~膏~汗~焊~和~幻~黄~火~煎~解~酒~救~剧~峻~狂~醪~炼~良~凉~灵~麻~媚~魅~蒙~迷~秘~眠~面~妙~农~配~偏~平~铅~窃~鹊~热~乳~入~散~山~善~伤~上~烧~芍~蛇~神~生~圣~施~使~侍~熟~司~汤~土~丸~五~仙~香~泻~心~行~醒~旋~盐~眼~洋~医~引~饮~赠~炸~针~中~祝~抓~灼~子~佐~

鹞(鷂)yào【古】去声，十八啸。另见 372 页 yáo。【例】白~海~击~木~雀~霜~铁~鹰~鱼~纸~鸷~

钥(鑰)yào【古】入声，十药。另见 103 页 yuè。【例】哀~边~幽~电~铤~烦~宫~鼓~锢~关~管~鹤~鹄~户~键~金~禁~惊~扃~籥~灵~门~扪~秘~鸣~牡~南~囊~启~青~笙~岁~锁~韬~缇~天~铜~苇~文~下~宵~悬~璇~夜~银~印~幽~鱼~羽~玉~元~栅~执~智~

瀹yào【古】入声，十药。另见104页yuè。【例】白～开～茗～烹～启～疏～渊～澡～

造zào【古】上声，十九皓。又：去声，二十号异。【例】办～编～宸～成～敕～创～慈～打～大～登～缔～督～独～杜～锻～恩～翻～仿～改～盖～革～更～构～鼓～规～贵～涵～横～洪～幻～假～监～建～径～具～隽～俊～空～坤～类～良～模～酿～捏～起～屈～趣～镕～缮～深～神～升～生～收～首～殊～述～司～私～天～填～土～推～拓～晚～仙～邪～心～新～兴～修～秀～虚～玄～选～腌～演～夜～臆～印～营～游～雨～元～酝～再～早～肇～织～制～治～置～筑～铸～撰～装～

噪(譟)zào【古】去声，二十号。【例】憋～兵～蝉～鸱～大～忿～诟～鼓～聒～号～呵～呼～花～哗～欢～讥～鸡～焦～叫～噭～惊～狂～唠～雷～啰～鸣～鸟～怒～棲～逍～犬～雀～鹊～群～嘶～腾～蛙～枭～嚣～喧～鸦～燕～夜～莺～啄～

灶(竈)zào【古】去声，二十号。【例】避～病～茶～柴～祠～辞～爨～大～丹～倒～地～鼎～都～锻～分～釜～锅～户～火～镬～祭～监～减～解～金～井～敬～酒～军～跨～冷～燎～龙～聋～垄～炉～卤～媚～泥～贫～破～起～黔～上～蜃～石～祀～送～陶～天～亭～土～瓦～乌～仙～谢～行～穴～烟～盐～炀～窑～药～野～隐～营～掌～置～烛～

皂(皁)zào【古】上声，十九皓。【例】白～丹～番～绯～肥～黑～焦～吏～毛～末～牛～黔～卿～软～山～绨～铁～香～药～胰～展～

躁zào【古】去声，二十号。【例】懊～暴～鄙～褊～谄～蠢～丹～恶～发～烦～忿～肤～浮～刚～刮～诡～鬼～火～极～简～骄～焦～矜～劲～进～惊～竞～静～决～刻～狂～砾～凌～龙～率～毛～冒～闷～敏～恼～跑～起～浅～轻～倾～遒～热～视～疏～贪～体～佻～跳～险～阳～易～淫～浊～

燥zào【古】上声，十九皓。【例】暴～地～发～烦～风～干～高～弓～归～豪～熇～火～急～僵～焦～就～亢～烤～枯～辣～凉～熇～眊～明～恼～炮～千～秋～热～土～顽～闲～邪～虚～燕～泽～

唣(啅)zào【例】焦～啰～

慥zào【古】去声，二十号。【例】粗～慥～

照zhào【古】去声，十八啸。【例】按～逼～比～碧～辩～博～部～彩～参～残～察～车～晨～春～翠～存～达～地～点～洞～对～发～反～仿～辐～复～高～孤～顾～关～观～管～光～寒～合～横～红～后～护～花～辉～回～慧～火～稽～极～监～鉴～缴～锦～近～精～静～镜～久～开～孔～快～焜～蜡～览～朗～亮～燎～临～灵～流～笼～隆～沦～落～埋～明～磨～末～默～拍～牌～旆～批～偏～票～凭～普～情～晴～秋～日～善～摄～神～沉～石～识～手～刷～霜～水～探～韬～天～庭～通～外～晚～微～乌～夕～犀～遐～霞～先～详～销～斜～写～心～续～玄～雪～循～雅～夜～依～遗～逸～印～萤～映～鱼～玉～渊～圆～援～月～云～运～凿～照～知～执～质～智～烛～遵～坐～

棹(櫂)zhào【古】去声，十九效。【例】暗～别～春～刺～促～短～发～返～放～飞～风～拂～歌～宫～孤～鼓～归～桂～还～还～回～击～急～楫～江～进～惊～

举~兰~离~菱~买~鸣~命~轻~手~枉~微~雾~息~小~烟~野~倚~引~羽~雨~玉~战~枕~征~植~纵~青翰~

赵(趙)zhào【古】上声,十七筱。【例】璧~伯~奉~孤~归~后~坑~龙~前~吴~燕~

罩zhào【古】去声,十九效。【例】被~闭~玻~布~床~灯~钓~端~覆~棺~鸡~口~笼~蒙~面~袍~青~乳~纱~手~头~外~网~雾~烟~眼~鱼~浴~罾~钟~烛~

召zhào【古】去声,十八啸。另见389页shào。【例】被~辟~采~齿~宠~传~得~点~恩~发~方~奉~赴~感~关~管~号~贺~呼~缓~麾~吉~简~节~律~冥~命~募~内~聘~启~起~迁~前~遣~钦~请~赏~摄~申~收~讨~夕~檄~啸~新~行~宣~阳~邀~夜~役~驿~阴~应~诱~诏~征~周~

兆zhào【古】上声,十七筱。【例】坼~谶~端~恶~噩~发~丰~凤~符~福~卦~龟~规~贵~鹤~火~吉~佳~奸~郊~京~开~课~兰~裂~灵~陵~萌~梦~冥~魄~阡~前~丘~荣~诗~天~万~微~伟~喜~先~险~祥~象~协~衅~形~凶~亿~应~营~影~幽~游~预~域~豫~原~宅~占~昭~贞~朕~征~踪~

旐zhào【古】上声,十七筱。【例】白~丹~飞~孤~龟~旌~旒~龙~铭~旗~行~

鮡(鮡)zhào 鮡鱼。【古】上声,十九皓。

肇(肈)zhào【古】上声,十七筱。【例】初~观~祸~开~阮~生~万~

诏(詔)zhào【古】去声,十八啸。【例】哀~颁~宝~被~摈~帛~布~裁~草~称~承~尺~赤~传~答~待~丹~对~恩~讽~凤~奉~阁~汉~花~赍~嘉~矫~口~宽~蜡~鸾~纶~茫~密~明~命~墨~内~迁~钦~睿~申~圣~手~书~俟~特~天~温~玺~下~宣~训~遗~银~应~优~预~制~追~轮台~五色~衣带~罪己~

笊zhào 笊篱。【古】去声,十九效。

曌zhào【古】去声,十八啸。【例】武~

附:本韵部旧读入声字

12. 熬腰韵

阴平

雀

阳平

薄雹嚼勺杓芍凿着

上声

脚邈跑

去声

趵络酪落烙爆壳药钥瀹

八、欧(ou)优(iu)两韵母的韵部

韵　母	欧(ou)优(iu)
说　明	本表两韵母,稳定一韵部,即“欧优”韵;宽严不再分。

13. 欧优韵

平声 · 阴平

抽chōu【古】下平,十一尤。【例】鞭~长~春~刀~丁~风~勾~狠~花~篁~竞~空~莲~溜~麦~苗~茗~旁~齐~签~轻~全~若~纱~施~手~水~税~丝~松~穗~笋~探~纤~闲~祥~象~新~芽~药~叶~油~右~柳丝~紫困~

犨chōu 牛息声。【古】下平,十一尤。

瘳chōu【古】下平,十一尤。【例】暗~病~不~弗~曷~疾~渐~痊~善~微~未~先~夷~已~易~足~沉疴~

紬chōu【古】下平,十一尤。【例】白~碧~赤~贯~海~杭~黄~绩~罗~绵~平~山~丝~绎~朝霞~

搊chōu【古】下平,十一尤。【例】弹~扶~胡~

丢diū【古】下平,十一尤。【例】抹~

兜dōu【古】下平,十一尤。【例】半~抱~背~布~大~肚~共~红~欢~筋~锦~眍~裤~挎~连~漏~篓~暖~缯~山~提~铜~头~网~雪~鱼~伛~冤~云~竹~

都dōu 另见214页dū。【例】全~

篼dōu【古】下平,十一尤。【例】背~戽~柳~箩~筲~竹~

沟(溝)gōu【古】下平,十一尤。【例】暗~陂~鼻~笔~碧~潮~车~城~鸥~春~醋~代~道~稻~地~芳~葛~宫~海~邗~寒~濠~河~洪~鸿~湖~荒~黄~激~涧~楬~界~金~禁~浚~坑~犁~蓼~垄~卢~卖~美~明~泥~盘~漆~岐~畦~潜~芹~清~曲~渠~沙~山~墒~梢~深~渗~石~竖~双~水~笥~天~填~铁~通~铜~推~沱~挖~瓦~汙~污~下~血~沿~盐~檐~羊~阳~杨~洋~阴~右~玉~御~原~章~柘~碧瓦~封锁~

佝gōu【古】去声,二十六宥。【例】倨~

钩(鉤、鉤)gōu【古】下平,十一尤。【例】摆~病~藏~蟾~车~秤~锄~传~

窗~垂~纯~淳~带~单~刀~吊~钓~毒~钝~飞~富~挂~桂~滚~禾~户~画~环~火~棘~戟~检~交~金~酒~旧~拉~帘~莲~撩~灵~龙~笼~露~轮~幔~挠~抛~牵~窃~琼~曲~桑~沙~珊~上~射~伸~施~食~矢~手~受~舒~双~送~探~绦~铁~投~兔~吞~拖~脱~驼~吴~犀~纤~衔~香~蟹~星~行~悬~颜~衣~遗~刈~银~鱼~玉~月~钥~扎~帐~直~钓诗~钓鱼~挂心~珊瑚~玉帘~

勾gōu【古】下平，十一尤。参见415页gòu、290页jù"句"。【例】辰~打~单~返~奉~根~管~画~机~稽~检~结~尽~开~内~挠~能~却~摄~双~厮~炎~眼~营~赢~欲~灾~折~直~一笔~

枸gōu 通"钩"。【古】下平，十一尤。另见409页gǒu、283页jǔ。

篝gōu【古】下平，十一尤。【例】春~灯~寒~笼~满~麝~诗~宿~香~蟹~熏~衣~银~拥~

缑(緱)gōu【古】下平，十一尤。【例】剑~蒯~

韝gōu【古】下平，十一尤。【例】臂~鼓~绛~巾~金~射~脱~韦~鹰~

齁hōu【古】下平，十一尤。【例】打~鼾~提~

纠(糾)jiū【古】上声，二十五有。【例】暗~必~裁~缠~惩~弹~纷~讽~结~竞~匡~笠~寥~缭~霓~盘~绳~推~席~刑~雄~窈~雍~云~自~

赳jiū【古】下平，十一尤。另：上声，二十五有同。【例】赳~

究jiū【古】去声，二十六宥。【例】安~备~毕~辨~驳~博~参~测~查~察~阐~畅~沉~单~弹~洞~该~革~根~归~核~检~讲~诘~结~解~进~精~拘~刊~考~窥~览~练~霖~论~面~磨~默~拿~难~能~拏~盘~披~评~迫~潜~切~穷~稔~上~申~深~审~绳~省~舒~送~探~讨~提~体~通~推~委~细~下~详~行~宣~学~寻~询~讯~严~研~源~责~质~终~重~追~

鸠(鳩)jiū【古】下平，十一尤。【例】白~班~鹁~捕~苍~晨~鸱~楚~春~发~番~放~飞~鹘~寒~皓~滑~化~唤~佳~嫁~锦~荆~雎~刻~林~龙~绿~蒙~鸣~青~情~晴~泉~群~汝~桑~尸~食~寿~双~爽~饲~素~啼~蜩~抟~王~闻~午~献~雄~学~鷽~野~引~雨~玉~喻~鹯~杖~雉~凤池~唤雨~寄巢~陇上~啼桑~

揪jiū【古】下平，十一尤。【例】采~胡~划~紧~敛~

阄(鬮)jiū【古】下平，十一尤。【例】藏~花~迷~拈~诗~送~探~纸~抓~

湫qiū【古】下平，十一尤。另见376页jiǎo。【例】大~谷~寒~涧~江~灵~溜~龙~潜~清~山~石~潭~喧~雁~云~

啾jiū【古】下平，十一尤。【例】嘈~嘲~号~唧~啾~叹~喧~啁~

樛jiū【古】下平，十一尤。【例】樛~南~攀~相~

抠(摳)kōu【古】下平，十一尤。【例】刻~瓯~死~挖~

芤kōu【古】下平，十一尤。【例】洪~

弜(彄)kōu【古】下平，十一尤。【例】

藏~意~

眍(瞘)kōu【古】下平,十一尤。【例】深~陷~

溜liū【古】下平,十一尤。另见418页liù。【例】冰~残~晨~咻~嗤~出~初~春~醋~丹~滴~独~放~飞~肥~高~光~龟~寒~忽~胡~欢~黄~灰~活~唧~积~激~江~阶~紧~浸~涓~开~老~沥~亮~麻~鲶~瀑~潜~轻~清~秋~泉~绕~乳~软~沙~山~神~熟~刷~顺~丝~私~松~酸~岁~挽~万~危~乌~屋~溪~喜~鲜~闲~咸~线~香~晓~斜~泻~轩~玄~悬~雪~崖~岩~檐~颐~阴~圆~匀~贼~直~滋~

搂(摟)lōu【古】下平,十一尤。另见410页lǒu。【例】扣~提~

瞜lōu 一瞥。【古】下平,十一尤。

喽(嘍)lou 语气词。【古】下平,十一尤。另见404页lóu。

妞niū【古】下平,十一尤。【例】白~妞~泡~小~

讴(謳)ōu【古】下平,十一尤。【例】奥~悲~倡~嘲~村~调~东~汾~歌~酣~欢~江~朗~俚~氓~名~齐~樵~清~山~善~水~吴~兴~学~艳~谣~遗~吟~于~渔~粤~越~赵~棹~楚臣~击壤~竹枝~

坧(塸)ōu 沙堆。【古】下平,十一尤。

瓯(甌)ōu【古】下平,十一尤。【例】白~半~碧~冰~茶~东~汾~风~击~金~酒~闽~茗~瓶~升~素~铜~兔~瓦~西~银~盈~玉~越~碧玉~

鸥(鷗)ōu【古】下平,十一尤。【例】白~春~对~翻~泛~飞~凫~浮~海~寒~唤~江~来~浪~鹭~乱~落~盟~梦~眠~明~溟~暮~浦~栖~轻~群~沙~水~宿~汀~溪~戏~狎~翔~信~燕~野~夜~银~浴~远~众~渚~不惊~逐浪~

欧(歐)ōu【古】下平,十一尤。【例】东~韩~老~旅~美~仆~

沤(漚)ōu【古】下平,十一尤。另见419页òu。【例】波~净~聚~乱~泡~宿~

殴(毆)ōu【古】上声,二十五有。【例】捶~棰~斗~逗~毒~凌~逆~扭~群~伤~肆~痛~凶~杖~争~

呕(嘔)ōu【古】下平,十一尤。另见411页ǒu、277页xū。【例】哑~

区(區)ōu 姓。【古】下平,十一尤。另见274页qū。

剖pōu 今读。另见411页pǒu。【例】蚌~辨~剥~擘~裁~拆~刀~电~分~攻~瓜~核~横~击~解~决~开~刳~评~伸~析~细~玉~自~

秋(烁、穐)qiū【古】下平,十一尤。【例】百~悲~笔~边~残~长~初~窗~春~登~度~风~逢~感~高~觥~鼓~贯~桂~海~含~寒~好~横~红~后~护~花~怀~季~兼~江~锦~劲~经~惊~九~菊~兰~老~立~莲~凉~绿~麻~马~麦~杪~暮~平~破~千~青~清~穷~蛩~三~山~伤~商~上~涉~深~盛~石~收~首~霜~思~素~岁~讨~天~亭~庭~头~晚~望~夏~新~寻~烟~严~阳~咬~野~依~阴~迎~逾~怨~云~早~正~中~广寒~汉宫~黄茅~万木~玉箪~

萩qiū 蒿类。【古】下平,十一尤。

鞧qiū【古】下平,十一尤。【例】后~坐~

丘(坵)qiū【古】下平,十一尤。【例】哀~安~巴~苞~崇~楚~川~丹~帝~敦~方~坟~汾~风~浮~釜~阜~冈~高~孤~古~故~瓜~海~寒~蒿~和~貉~厚~狐~壶~虎~画~环~荒~皇~鸡~蓟~稷~蓟~家~降~郊~椒~嗟~介~京~荆~旧~沮~轲~孔~葵~黎~梁~蓼~林~廪~灵~陵~龙~陇~闾~峦~马~麦~曼~旄~秘~岷~亩~蓬~平~青~清~邛~渠~泉~阙~融~桑~沙~山~商~苕~蛇~神~市~首~寿~双~脽~水~松~嵩~素~檀~桃~陶~铁~兔~宛~万~梧~夏~咸~乡~萧~炎~盐~宴~雁~阳~姚~遗~蚁~寅~营~幽~虞~渊~圆~苑~云~陨~辒~糟~昭~珠~狐首~狐枕~昆仑~轩辕~

蚯qiū 蚯蚓。【古】下平,十一尤。

鳅(鰍)qiū【古】下平,十一尤。【例】海~江~鳗~泥~鲵~鳝~虾~

龟(龜)qiū 龟兹。【古】下平,十一尤。另见 324 页 guī、参见 536 页 jūn"皲"。

邱qiū【古】下平,十一尤。【例】丹~故~寒~和~虎~蓟~家~介~金~沮~昆~林~临~陵~陇~麦~旄~名~亩~青~神~石~寿~松~嵩~延~宴~遗~寅~愚~昭~

鹙(鶖)qiū【古】下平,十一尤。【例】鸧~梁~鸊~秃~

楸qiū【古】下平,十一尤。【例】刺~寒~槐~苦~木~青~山~松~庭~文~纹~梓~

收(収)shōu【古】下平,十一尤。【例】罢~保~被~薄~采~藏~查~察~创~催~稻~点~方~丰~风~浮~功~官~含~黄~回~加~监~减~缴~接~拒~聚~绝~库~揽~连~敛~廪~买~麦~灭~农~旁~平~签~歉~抢~侵~秋~全~稔~散~杀~赏~摄~失~实~霜~税~岁~屯~托~卧~雾~吸~相~行~选~烟~验~宜~逸~雨~预~云~增~招~征~重~追~酌~坐~带月~锦帆~岁晚~夕照~烟雨~

螋sōu【古】下平,十一尤。【例】蠼~

搜sōu【古】下平,十一尤。【例】遍~查~抄~大~雕~陡~监~检~罗~偏~潜~勤~穷~渠~搜~讨~细~遐~巡~研~幽~征~追~

馊(餿)sōu【古】下平,十一尤。【例】变~菜~饭~酸~

艘sōu【古】下平,十一尤。另见 361 页 sāo。【例】百~漕~楚~船~贡~海~客~连~粮~龙~千~轻~琼~游~运~征~众~

飕(颼)sōu【古】下平,十一尤。【例】搊~雕~风~寒~急~啾~冷~利~凉~亮~飗~青~商~萧~冷风~

溲sōu【古】下平,十一尤。另见 413 页 sǒu。【例】大~浮~后~解~溺~牛~泡~撒~小~遗~

蒐sōu【古】下平,十一尤。【例】出~春~大~巨~茅~岐~秋~山~讨~巡~

锼(鎪)sōu【古】下平,十一尤。【例】虫~雕~镌~龙~镂~水~玉斧~

廋sōu【古】下平,十一尤。【例】测~匿~渠~山~隐~安可~从者~

嗖̣sōu【古】入声,一屋。【例】利~嗖~

偷(媮)tōu【古】下平,十一尤。【例】怠~惰~放~狗~苟~惯~奸~寇~世~市~鼠~伪~小~淫~莺~

修(脩)xiū【古】下平,十一尤。【例】保~编~秉~藏~操~朝~陈~承~春~纯~大~德~雕~笃~锻~敦~顿~翻~返~焚~改~革~躬~官~广~好~浩~化~机~家~监~笺~剪~检~蹇~践~讲~交~洁~谨~尽~进~精~静~钧~刊~孔~苦~莅~灵~令~龙~屡~懋~密~免~勉~内~逆~培~偏~潜~抢~勤~清~日~删~缮~设~身~慎~胜~省~盛~失~时~事~嗜~束~述~顺~肃~素~添~退~外~往~维~遐~先~校~新~兴~行~玄~选~寻~旬~讯~研~夜~宜~阴~幽~悠~元~栽~载~枣~造~责~增~贞~整~证~执~重~昼~专~撰~装~追~自~组~纂~

休xiū【古】下平,十一尤。【例】罢~彪~兵~病~补~承~处~垂~辍~赐~存~倒~调~夺~恩~番~风~服~浮~福~甘~告~工~公~官~归~弘~宏~洪~鸿~祜~欢~皇~火~积~极~嘉~假~降~解~举~老~离~了~灵~轮~买~卖~暮~丕~匹~戚~乞~前~清~全~日~神~胜~时~始~数~双~私~诉~汤~提~天~停~退~午~息~闲~咸~显~小~心~行~玄~旬~偃~燕~扬~贻~遗~佚~逸~余~蚤~贞~整~止~自~万虑~志未~

羞[1]xiū【古】下平,十一尤。【例】包~惭~常~奠~芳~寒~汗~好~怀~荐~洁~兰~内~起~忍~神~识~水~腾~掩~遗~赞~重~立本~雪见~猿鹤~

羞[2](馐)xiū【古】下平,十一尤。【例】时~庶~珍~

咻xiū【古】下平,十一尤。另见286页xǔ。【例】嘲~楚~喋~噢~咆~气~咻~众~楚人~

髹(髤)xiū【古】下平,十一尤。【例】薄~金~涂~文~朱~

貅xiū【古】下平,十一尤。【例】罴~貔~

庥xiū【古】下平,十一尤。【例】庇~帝~恩~抚~洪~隆~神~天~袭~荫~

鸺(鵂)xiū【古】下平,十一尤。【例】鸱~枭~

悠yōu【古】下平,十一尤。【例】碧~颤~颤~淡~道~笃~忽~缓~晃~静~乐~路~慢~缪~飘~轻~天~外~遐~闲~笑~心~猋~窈~优~幽~郁~转~往事~

攸yōu【古】下平,十一尤。【例】湫~炎~攸~郁~

幽yōu【古】下平,十一尤。【例】暗~弊~碧~阐~超~澄~池~斥~崇~出~楚~黜~村~达~大~低~地~洞~遁~告~谷~鬼~含~简~涧~景~径~境~静~空~乐~冷~凉~林~灵~昧~明~冥~谬~蟠~僻~峭~清~穷~泉~色~山~赏~深~隧~潭~探~讨~庭~通~颓~托~玩~物~遐~暄~穴~寻~岩~研~意~阴~隐~渊~宅~贞~治~竹~春梦~径通~曲巷~庭院~万象~竹径~

优(優)yōu【古】下平,十一尤。【例】褒~才~娼~承~楚~从~大~待~德~俸~福~功~观~国~厚~幻~诙~兼~礼~伶~禄~美~名~弄~女~俳~品~评~齐~奇~清~示~谈~特~位~谐~选~学~伊~宜~意~悠~游~娱~谀~择~占~德业~

忧(憂)yōu【古】下平,十一尤。【例】百~报~悲~边~常~愁~大~耽~丁~恫~多~发~烦~分~负~顾~国~过~

后～华～怀～患～惛～积～减～焦～嗟～解～惊～兢～居～斸～堪～困～牢～乐～离～疗～埋～民～母～内～戚～杞～遣～切～饶～骚～伤～少～深～生～省～盛～舒～思～天～添～同～外～忘～危～违～无～勿～先～消～销～写～心～阳～遗～阴～殷～隐～幽～娱～郁～远～增～苍生～夙夜～贤者～

呦yōu【古】下平，十一尤。【例】呷～嘤～

麀yōu【古】下平，十一尤。【例】麌～聚～追～

耰yōu【古】下平，十一尤。【例】锄～耕～归～熟～耘～

舟zhōu【古】下平，十一尤。【例】柏～宝～扁～别～泊～彩～操～漕～车～沉～乘～池～春～单～荡～登～钓～渡～顿～泛～贩～方～访～舫～放～飞～蜂～凫～浮～负～覆～皋～歌～孤～官～归～桂～海～河～鹤～横～画～回～货～济～贾～江～胶～解～芥～进～鲸～酒～刻～客～兰～莲～舲～菱～龙～鸾～螺～买～弄～攀～篷～迁～樵～轻～琼～停～通～吞～文～卧～犀～系～仙～行～虚～雪～烟～盐～漾～瑶～野～叶～移～彝～舣～逸～鹢～鱼～渔～云～运～藻～棹～采莲～沧海～洞庭～鄂君～范蠡～木兰～水云～五湖～越女～载月～

鸼(鵃)zhōu【古】下平，十一尤。【例】鹘～鷗～

婤zhōu 美好貌。【古】下平，十一尤。

周zhōu【古】下平，十一尤。【例】比～成～城～充～道～东～高～贡～贯～贵～后～化～环～回～姬～近～京～克～孔～廓～隆～轮～美～梦～密～敏～宁～平～岐～庆～商～试～四～岁～天～外～西～夏～兴～星～烟～圆～月～运～杖～兆～抓～宗～

州zhōu【古】下平，十一尤。【例】本～边～汴～滨～豳～并～沧～宸～滁～春～大～亶～刀～道～帝～鼎～方～汾～丰～凤～扶～涪～福～府～富～高～故～冠～贵～海～汉～杭～濠～湖～淮～环～皇～黄～惠～火～济～蓟～冀～葭～嘉～锦～泾～荆～九～军～筠～夔～雷～凉～梁～辽～灵～庐～眉～梅～绵～沔～南～平～齐～青～穷～琼～泉～汝～瑞～散～神～朔～苏～潭～天～田～通～沃～仙～雄～炎～燕～扬～阳～伊～瀛～幽～知～中～涿～佐～帝王～岭外～太平～

洲zhōu【古】下平，十一尤。【例】鳌～澳～冰～春～荻～东～芳～凫～浮～孤～瓜～桂～寒～河～鹤～花～淮～环～荒～魂～火～葭～江～橘～连～莲～蓼～麟～灵～流～柳～龙～芦～鹿～鹭～绿～溟～欧～平～蒲～青～鹊～沙～莎～神～霜～汀～苇～沃～夏～仙～湘～星～玄～雪～亚～烟～炎～药～夷～瀛～白蘋～稻粱～红蓼～橘子～芦荻～鹦鹉～

啁zhōu【古】下平，十一尤。【例】嘲～诙～啾～谈～戏～啁～

赒(賙)zhōu【古】下平，十一尤。【例】相～岁时～

辀(輈)zhōu【古】下平，十一尤。【例】车～摧～扶～钩～衡～华～画～回～鞬～梁～龙～倾～驱～停～行～倚～驻～

譸zhōu【古】下平，十一尤。【例】张～

粥(鬻)zhōu【古】入声，一屋。另见299页yù、272页zhù。【例】熬～白～杯～薄～菜～晨～稠～粗～淡～豆～饭～放～佛～膏～

羹~寒~画~荤~贾~浆~酵~进~鞠~糠~酪~藜~栗~麻~麦~糜~茗~乳~僧~设~施~食~送~粟~汤~饧~糖~稀~蟹~杏~薰~饮~斋~馇~赈~煮~

诌(謅)zōu【古】下平,十一尤。【例】胡~顺~文~瞎~信口~

鄹zōu 古地名。【古】下平,十一尤。

驺(騶)zōu【古】下平,十一尤。【例】八~兵~步~车~绛~厩~吏~列~铃~轮~鸣~群~田~停~仙~行~役~引~皂~左~

邹(鄒)zōu【古】下平,十一尤。【例】东~乐~梁~鲁~枚~息~徙~

緅zōu 青赤色。【古】下平,十一尤。

陬zōu【古】下平,十一尤。【例】避~城~东~干~海~荒~江~郊~林~溟~偏~穷~庭~遐~乡~炎~夷~隅~远~昆仑~

诹(諏)zōu【古】下平,十一尤。又:上平,七虞同。【例】访~鬼~呵~嗟~旁~先~咨~谘~

鲰(鯫)zōu【古】下平,十一尤。又:上声,二十五有异。【例】狂~

平声·阳平

筹(籌)chóu【古】下平,十一尤。【例】边~兵~策~长~唱~持~得~赌~罚~费~更~觥~海~鹤~画~机~计~箭~借~酒~举~军~莲~良~灵~募~屏~签~散~商~上~神~诗~输~算~探~添~铜~统~头~象~晓~行~牙~夜~遗~玉~预~豫~远~运~执~箸~转~自~走~报晓~海屋~决胜~

帱(幬)chóu【古】下平,十一尤。【例】贲~宾~翠~丹~翡~椁~怙~罗~蜺~霓~衾~素~蚊~载~

愁chóu【古】下平,十一尤。【例】哀~暗~百~抱~悲~边~别~草~蝉~常~春~笛~蝶~毒~多~发~烦~犯~蜂~感~高~割~构~孤~古~归~害~含~寒~花~怀~积~羁~寄~笳~缄~浇~焦~解~客~浪~牢~离~疗~龙~旅~买~眉~莫~暮~凝~攀~破~起~牵~乾~遣~侵~清~穷~蛩~驱~雀~散~骚~扫~山~深~生~诗~岁~天~添~外~顽~晚~无~洗~遐~闲~乡~宵~消~新~烟~养~夜~医~遗~引~莺~萦~忧~幽~玉~猿~云~贮~坐~万斛~

酬(酧、醻)chóu【古】下平,十一尤。【例】报~薄~唱~酢~菲~奉~稿~更~赓~觥~和~厚~计~贱~交~进~九~举~眷~旅~论~默~片~清~取~劝~赏~受~通~同~献~相~饷~行~应~侑~愿~约~赠~甄~众~重~无资~志未~

绸(綢)chóu【古】下平,十一尤。【例】彩~绸~春~纺~府~宫~贯~杭~蕙~茧~绢~绵~棉~宁~丝~绎~羽~绉~柞~

仇chóu【古】下平,十一尤。另见406页qiú。【例】报~避~成~雠~大~党~恩~复~公~寡~国~记~家~结~解~寇~卖~民~泯~强~亲~如~深~世~事~释~私~夙~素~宿~随~同~相~

挟~雪~血~寻~养~冤~怨~执~

稠chóu【古】下平,十一尤。【例】繁~沸~荷~红~花~密~木~萍~人~山~穗~苔~稀~香~星~烟~夜~云~粘~粥~草木~人烟~桑柘~岁月~万绿~

畴(疇)chóu【古】下平,十一尤。【例】陈~春~翠~稻~等~范~服~膏~耕~故~瓜~龟~禾~鸿~荒~交~九~兰~乐~良~侣~绿~民~农~平~青~桑~田~同~沃~新~盈~营~园~原~珍~咨~芳菲~

俦(儔)chóu【古】下平,十一尤。【例】比~常~等~多~凡~高~故~寡~罕~鸿~结~酒~堪~可~良~灵~侣~鸾~朋~匹~品~千~上~失~师~私~同~无~吾~仙~相~携~伊~莺~鸳~征~管乐~将相~鸾凤~伊吕~鸳鸯~

踌(躊)chóu【古】下平,十一尤。【例】踟~躇~

惆chóu【古】下平,十一尤。【例】怅~怊~乞~

雠chóu(讎、讐)【古】下平,十一尤。【例】报~比~避~仇~敌~对~恩~复~攻~辜~寡~国~花~检~荐~较~解~举~寇~民~冥~朋~棋~亲~赦~深~世~私~夙~速~宿~讨~天~同~袭~隙~相~校~衅~雪~血~益~冤~怨~执~重~自~

裯chóu【古】下平,十一尤。又:上平,七虞异。【例】敝~第~荷~衾~轻~同~蚊~重~

侯hóu【古】下平,十一尤。另见416页hòu。【例】安~拜~邦~长~朝~称~崇~甸~藩~方~粉~丰~风~封~伏~公~故~关~贯~鬼~贵~河~虎~花~祭~建~绛~进~九~郡~坎~康~空~列~灵~留~龙~明~木~宁~欧~沛~彭~皮~偏~杞~前~屈~散~上~邵~射~史~守~兽~蜀~素~天~田~条~亭~通~徒~王~尉~五~武~犀~翕~袭~细~夏~贤~县~献~乡~屑~熊~悬~阳~邺~邑~殷~隐~元~鄭~重~周~诸~醉~尊~富平~万户~

鍭hóu【古】下平,十一尤。另:去声,二十六宥同。【例】鸣~

喉hóu【古】下平,十一尤。【例】嗌~白~春~触~寸~错~大~地~调~断~扼~割~歌~给~棘~戟~剑~娇~结~衿~襟~酒~抗~空~枯~狂~咙~清~心~咽~莺~玉~振~珠~转~啭~人香~

猴hóu【古】下平,十一尤。【例】楚~鸡~棘~金~狙~懒~猫~猕~棉~沐~猱~弄~群~石~耍~戏~小~训~猿~

篌hóu【古】下平,十一尤。【例】笙~箜~筝~

瘊hóu【古】下平,十一尤。【例】疣~

糇(餱)hóu【古】下平,十一尤。【例】负~干~裹~粮~囊~

骺hóu【古】下平,十一尤。【例】骨~

流liú【古】下平,十一尤。【例】安~暗~背~奔~本~迸~鄙~崁~碧~贬~汴~标~飙~别~波~播~薄~布~沧~苍~层~汊~岔~侪~禅~长~常~畅~潮~车~晨~承~乘~驰~冲~虫~川~穿~传~传~遄~春~淳~辍~词~从~窜~村~丹~荡~导~倒~蹈~地~递~电~东~堵~断~对~泛~放~飞~费~分~风~封~扶~负~赴~干~高~灌~归~海~寒~合~河~涸~横~洪~鸿~

淮~环~缓~荒~皇~黄~洄~汇~火~激~羁~急~疾~际~减~贱~涧~江~交~截~津~泾~荆~惊~静~九~旧~巨~涓~隽~决~绝~俊~浚~客~宽~狂~溃~泪~冷~栗~乱~轮~马~漫~盲~门~弥~名~末~内~逆~匿~女~暖~派~攀~旁~漂~品~平~气~迁~迁~牵~潜~遣~清~穷~渠~泉~热~人~日~如~儒~入~散~渗~诗~石~时~士~仕~逝~释~漱~水~顺~澌~肆~俗~溯~随~汰~汰~贪~探~铁~庭~通~同~徒~吐~颓~蜕~湾~万~枉~渭~文~吻~西~息~溪~细~仙~贤~祥~消~笑~星~宣~玄~悬~漩~驯~迅~雅~淹~延~堰~阳~仰~野~漪~遗~异~阴~殷~引~饮~英~涌~幽~羽~玉~渊~源~远~运~韵~泽~占~杖~招~遮~枕~争~整~支~直~中~重~周~逐~主~转~浊~濯~淄~

硫liú 硫黄。【古】下平，十一尤。

镏(鎦)liú 【古】下平，十一尤。另见418页liù。【例】鰛~

飗(飀)liú 【古】下平，十一尤。【例】金~飗~飕~

馏(餾)liú 【古】下平，十一尤。【例】分~干~精~炸~蒸~

鎏liú 鎏金。【古】下平，十一尤。

留(畱)liú 【古】下平，十一尤。【例】保~裁~残~长~迟~处~传~春~辍~存~忖~登~滴~逗~独~顿~费~封~扶~浮~勾~好~缓~积~稽~羁~即~际~寄~截~借~久~拘~驹~眷~苛~空~扣~苦~宽~款~勒~恋~量~马~弥~勉~匿~攀~频~迁~牵~强~去~圈~容~收~汰~提~停~蜕~屯~挽~慰~窝~无~息~相~笑~行~须~淹~延~奄~邀~夜~贻~遗~抑~影~暂~招~遮~滞~周~贮~驻~自~作意~

榴liú 【古】下平，十一尤。【例】安~丹~海~红~环~苦~葵~梅~楠~山~石~霜~珠~

骝(騮)liú 【古】下平，十一尤。【例】驳~赤~春~纯~果~鸿~华~骅~驾~金~马~牝~骐~驷~骍~枣~紫~

刘(劉)liú 【古】下平，十一尤。【例】安~曹~遏~公~汉~嵇~剪~江~柳~灭~虔~阮~孙~屠~咸~炎~依~忆~

浏(瀏)liú 【古】下平，十一尤。又：上声，二十五有同。【例】浏~清~

瘤liú 【古】下平，十一尤。又：去声，二十六宥同。【例】癌~垂~豆~毒~割~根~骨~木~楠~肉~树~宿~衔~血~牙~瘿~脂~肿~赘~

琉(瑠)liú 【古】下平，十一尤。【例】彩~琉~

旒liú 【古】下平，十一尤。【例】蔽~采~彩~宸~垂~翠~丹~衮~华~画~麾~绛~旌~九~龙~旄~冕~旗~饰~丝~韬~玉~藻~朱~珠~缀~组~

鹠(鶹)liú 【古】下平，十一尤。【例】鹂~鸺~枭~鸺~

楼(樓)lóu 【古】下平，十一尤。【例】宝~碑~碧~彩~岑~层~茶~倡~城~崇~船~春~翠~村~丹~灯~登~敌~碉~堞~垛~堕~梵~飞~凤~高~歌~阁~更~宫~鼓~关~官~桂~过~海~河~鹤~红~花~画~箭~江~角~津~锦~禁~警~酒~看~离~柳~龙~门~迷~名~木~暮~南~瓯~牌~炮~骑~起~绮~桥~谯~秦~青~琼~僧~山~哨~蜃~石~市~书~戍~水~寺~松~

塔~望~危~西~溪~戏~仙~箫~星~烟~燕~洋~野~夜~伊~倚~驿~银~萦~隅~庾~玉~月~雉~钟~重~朱~竹~妆~坠~

剅lóu 小裂。【古】下平，十一尤。

耧(耬)lóu【古】下平，十一尤。【例】帮~锄~耙~

娄(婁)lóu【古】下平，十一尤。【例】部~貙~兜~扶~符~附~赣~沟~降~嵝~卷~库~奎~离~黔~维~曳~伊~邾~属~

喽(嘍)lóu【古】下平，十一尤。另见397 页 lou。【例】喽~啰~

寠(寠)lóu【古】下平，十一尤。另见291 页 jù。【例】瓯~

蒌(蔞)lóu【古】下平，十一尤。又：上平，七虞同。又：上声，七麌异。【例】貙~瓜~括~蓝~

偻(僂)lóu【古】下平，十一尤。又：上声，七麌同。又：去声，二十六宥同。【例】背~俯~佝~曲~拳~上~偃~忧~伛~

蝼(螻)lóu【古】下平，十一尤。【例】大~蛄~蛇~天~土~蟹~腥~蚁~蚓~鸢~

髅(髏)lóu【古】下平，十一尤。【例】髑~枯~骷~撒~

谋(謀)móu【古】下平，十一尤。【例】弊~兵~猜~才~参~策~谗~倡~陈~宸~骋~筹~聪~窜~代~道~定~毒~多~伐~反~方~高~功~共~寡~广~规~诡~好~合~和~宏~祸~机~绩~稽~集~计~嘉~奸~狡~进~谲~军~狂~老~力~良~乱~密~庙~谟~逆~匿~虐~朋~奇~器~钤~潜~巧~钦~寝~区~曲~全~权~人~稔~任~睿~善~商~设~身~深~神~沈~审~圣~时~矢~首~术~硕~思~宿~贪~通~同~图~外~威~微~诬~无~吾~先~显~献~相~效~协~邪~凶~雄~休~蓄~玄~询~训~雅~延~演~燕~阳~贻~遗~疑~义~议~异~意~阴~淫~隐~英~营~勇~用~余~与~预~豫~渊~元~原~远~允~运~赞~造~诈~兆~折~知~至~治~智~忠~主~拙~咨~自~足~佐~苍生~稻粱~鸿鹄~

缪(繆)móu【古】下平，十一尤。另见419 页 miù、388 页 miào。【例】绸~缪~相~

眸móu【古】下平，十一尤。【例】碧~冰~病~瞋~寸~丹~瞪~低~电~凤~观~含~合~横~回~火~剑~睫~金~惊~抉~莲~敛~灵~六~明~凝~窃~清~秋~群~染~容~撒~舒~双~睡~星~修~悬~眼~吟~迎~盈~远~珠~注~转~纵~醉~

蛑móu【古】下平，十一尤。【例】蛤~螟~侵~鳅~蝤~

牟móu【古】下平，十一尤。【例】曹~岑~兜~顿~根~架~来~卢~弥~牟~侵~头~相~悬~夷~

侔móu【古】下平，十一尤。【例】比~不~揣~敌~功~好~混~可~力~难~侵~轻~势~相~羞与~

鍪móu【古】下平，十一尤。【例】白~鞮~兜~釜~象~

牛niú【古】下平，十一尤。【例】奔~笨~鞭~摽~菜~苍~草~车~城~仇~喘~吹~捶~春~赐~从~村~带~戴~盗~抵~帝~奠~顶~斗~犊~饭~放~

肥~风~封~疯~峰~负~缚~给~耕~公~牯~官~海~函~汗~豪~宦~黄~火~鸡~稷~犍~郊~脚~解~金~荆~九~菊~犒~快~侩~夔~坤~老~累~骊~犁~黎~连~羚~留~鹿~驴~马~猫~毛~牦~髦~觅~眠~磨~母~牡~木~牧~奶~泥~驽~疲~牝~仆~濮~期~蹊~齐~骑~牵~潜~青~勍~丘~囚~求~驱~全~认~肉~乳~瑞~骚~沙~山~烧~射~沈~失~石~食~市~视~瘦~蜀~竖~水~兕~嵩~索~叹~特~天~田~铁~铜~童~头~屠~土~吞~驼~纨~万~问~蜗~卧~乌~无~吴~牺~犀~相~箱~享~象~刑~休~阉~羊~养~野~逸~殷~鱼~冤~孕~载~斋~骣~杖~治~种~椎~梓~牸~喘月~风马~孺子~

抔póu【古】下平,十一尤。【例】满~污~一~

掊póu【古】平声,尤韵。又:平声,肴韵同。另见411页pǒu。【例】攻~强~搜~天~

裒póu【古】下平,十一尤。【例】剟~集~兼~敛~罗~搜~蒐~王~

求qiú【古】下平,十一尤。【例】哀~拜~博~财~采~参~痴~驰~穿~吹~祠~祷~得~调~反~访~奉~敷~刚~告~更~供~苟~购~姑~寡~关~广~规~诡~横~贿~货~稽~急~籍~冀~假~检~简~讲~侥~进~静~眷~堪~考~苛~刻~恳~空~苦~类~力~例~连~敛~麟~流~龙~论~买~盲~蒙~缅~敏~冥~默~谋~难~旁~聘~期~祈~蕲~乞~企~启~钳~强~侵~请~屈~趋~取~奢~深~审~剩~时~市~收~守~数~私~思~搜~索~他~贪~探~讨~推~外~妄~无~务~希~相~详~胁~行~须~需~选~寻~询~研~央~羊~仰~养~要~阴~应~莺~营~幽~游~吁~欲~远~载~躁~责~招~争~征~正~忮~重~诛~追~咨~谘~钻~无所~无厌~寤寐~缘木~

俅qiú【古】下平,十一尤。【例】俅~

銶(錸)qiú 凿子。【古】下平,十一尤。

逎qiú 逼迫。【古】下平,十一尤。

璆qiú【古】下平,十一尤。【例】琅~琳~

鼽qiú【古】下平,十一尤。【例】鼻~

泅qiú【古】下平,十一尤。【例】暗~东~鹿~善~卧~学~勇~

球qiú【古】下平,十一尤。【例】棒~冰~彩~铲~尘~持~抽~臭~传~垂~槌~蹴~打~灯~地~点~垫~顶~断~发~罚~飞~滚~棍~好~黑~画~环~寰~浑~火~击~假~角~接~结~进~钩~开~扣~篮~垒~泪~链~琳~柳~马~煤~鸣~抛~碰~皮~气~铅~跷~清~全~日~绒~赛~色~射~手~输~水~松~台~藤~踢~天~头~投~香~星~绣~絮~雪~血~眼~药~银~圆~月~运~珠~筑~桌~足~

裘qiú【古】下平,十一尤。【例】安~白~豹~贝~敝~表~布~苍~车~赐~粗~毳~翠~大~貂~冬~短~焚~风~凤~黻~羔~弓~功~狗~寒~好~貉~褐~鹤~黑~狐~虎~环~卉~箕~解~锦~旌~狼~狸~良~龙~鹿~毛~美~麋~名~麑~佩~披~皮~绮~秦~青~轻~僧~鼠~祖~绨~裼~同~兔~驼~委~文~乌~夏~缃~亵~轩~雁~羊~衣~英~拥~云~簪~皂~毡~旃~珍~

征~雉~重~翠云~鹤氅~千金~

囚qiú【古】下平，十一尤。【例】闭~楚~村~凡~俘~孤~锢~鬼~击~羁~禁~拘~决~拷~髡~缧~累~笼~虏~虑~论~免~木~鸟~禽~轻~穷~山~身~诗~释~死~宿~天~徒~土~王~系~献~休~讯~谳~要~夜~邑~幽~狱~冤~贼~诏~执~重~纵~罪~阶下~南冠~天地~

仇qiú【古】下平，十一尤。另见401页chóu。【例】好~贾~两~同~相~

虬(虯)qiú 虬龙。【古】上平，十一尤。【例】白~碧~苍~螭~赤~翠~丹~毒~飞~绛~蛟~金~惊~骊~灵~蟉~龙~怒~盘~蟠~潜~青~髯~神~松~素~腾~乌~逸~阴~银~蚴~玉~渊~云~

蝤qiú【古】下平，十一尤。【例】蛴~蜂~

酋qiú【古】下平，十一尤。【例】白~边~敌~洞~蕃~匪~贵~海~悍~豪~奸~魁~蛮~遗~渠~群~倭~雄~贼~

遒qiú【古】下平，十一尤。【例】逼~捣~方~呼~警~句~力~内~气~清~遒~声~势~岁~语~字~笔力~风骨~诗兴~岁月~万物~

犰qiú 犰狳。【古】下平，十一尤。

逑qiú【古】下平，十一尤。【例】好~民~诸~

赇(賕)qiú【古】下平，十一尤。【例】贿~货~吏~请~受~售~贪~通~行~赃~责~争~追~

柔róu【古】下平，十一尤。【例】卑~宾~春~慈~调~繁~芳~丰~风~敷~抚~甘~绀~刚~骨~和~花~滑~化~怀~欢~徽~辑~娇~克~宽~俚~丽~曼~猫~媚~绵~面~佞~气~谦~轻~清~情~晴~诎~屈~扰~仁~茹~软~桑~色~善~少~手~守~水~顺~思~酸~太~体~外~婉~薇~韦~温~熙~细~下~纤~鲜~谐~新~性~驯~巽~妍~夭~腰~懿~阴~优~幽~玉~渊~泽~贞~执~直~橹声~鸟语~绕指~

轹(輮)róu【古】去声，二十六宥。【例】车~践~矫~轮~深~仄~

揉róu【古】下平，十一尤。【例】搓~错~纷~风~拂~抚~和~摩~轻~痛~细~相~隐~造~

糅róu【古】去声，二十六宥。【例】驳~丛~错~纷~混~集~腾~同~相~雪~肴~杂~玉石~

蹂róu【古】下平，十一尤。又：去声，二十六宥异。【例】籔~残~驰~蹈~攻~践~马~芟~深~腾~

鞣róu【古】下平，十一尤。又：去声，二十六宥同。【例】铝~油~植物~

熟shóu 口语音。另见233页shú。

头(頭)tóu【古】下平，十一尤。【例】案~鳌~螯~霸~班~榜~棒~包~报~豹~被~奔~鼻~笔~镖~鳖~鬓~兵~并~捕~布~步~怖~部~埠~材~采~彩~蚕~仓~苍~藏~槽~草~插~槎~钗~孱~缠~潮~扯~彻~铛~承~城~痴~螭~池~尺~赤~出~锄~杵~船~床~垂~春~词~刺~葱~醋~村~寸~呆~带~戴~丹~担~弹~当~刀~道~灯~等~低~抵~地~点~店~钿~调~掉~都~兜~斗~逗~渡~断~堆~对~额~房~坟~粉~风~峰~凤~佛~扶~浮~袱~幞~斧~盖~戤~竿~篙~歌~工~弓~骨~鹄~寡~关~冠~贯~圭~

龟~鬼~裹~海~颔~号~鹤~黑~横~红~鸿~猴~虎~户~笏~滑~话~换~黄~昏~笄~髻~肩~剪~剑~箭~江~浇~焦~接~街~解~津~襟~劲~旌~景~酒~鹫~拘~举~聚~噱~爵~镢~军~刊~砍~科~磕~课~口~叩~扣~苦~裤~块~魁~夔~髡~癞~揽~榔~浪~牢~老~犁~篱~里~临~领~龙~笼~陇~楼~露~炉~鹿~路~绿~峦~馒~芒~毛~矛~髦~眉~霉~门~苗~杪~摩~魔~抹~陌~貊~衲~挠~年~牛~扭~帕~盼~辔~喷~蓬~碰~披~劈~票~姘~起~气~牵~枪~墙~敲~樵~俏~曲~拳~鹊~日~乳~搔~杀~梢~舌~蛇~事~势~收~手~梳~说~宿~蒜~穗~笋~榫~缩~滩~谈~探~汤~堂~烫~涛~提~题~剃~挑~铁~帖~停~铜~透~团~湾~腕~瓮~窝~舞~溪~膝~洗~戏~虾~瑕~香~削~绡~心~兴~行~袖~虚~悬~穴~丫~押~檐~眼~摇~印~迎~营~蝇~由~鱼~雨~浴~冤~源~月~晕~韵~簪~糟~灶~贼~兆~针~枕~阵~争~纸~指~钟~重~柱~箸~砖~转~

投tóu【古】下平,十一尤。【例】暗~报~奔~博~窜~大~访~归~皈~赍~金~空~浪~抛~弃~轻~情~拾~侍~速~探~跳~相~夜~依~隐~远~珍~雉~自~走~

骰tóu【古】下平,十一尤。~掐~掷~【例】赌~药~

尤(尢)yóu【古】下平,十一尤。【例】拔~常~蚩~宠~贡~寡~悔~祸~离~慢~愆~取~身~石~释~殊~淑~庶~速~推~无~瑕~相~效~溢~隐~冤~怨~择~招~自~罪~

浟yóu【古】下平,十一尤。【例】浟~

游(遊)yóu【古】下平,十一尤。【例】遨~翱~边~遍~宾~博~薄~步~畅~唱~朝~宸~晨~侈~出~川~串~春~从~导~登~钓~鼎~东~洞~独~惰~泛~方~风~蜂~凤~凫~浮~高~孤~鹄~观~逛~龟~贵~海~酣~豪~好~衡~扈~花~欢~环~宦~洄~羁~极~纪~交~郊~鲸~久~旧~居~拘~矩~倦~隽~俊~客~快~狂~浪~乐~鳞~龙~旅~漫~梦~幕~盘~陪~朋~鹏~匹~漂~贫~萍~栖~潜~亲~清~秋~泅~散~善~上~蛇~神~胜~侍~顺~四~溯~王~望~卧~嬉~喜~戏~禊~狎~遐~仙~先~闲~骁~邪~行~巡~雅~淹~宴~晏~艳~冶~野~夜~佚~逸~吟~英~雍~泳~优~娱~远~月~云~皂~知~至~滞~中~周~昼~转~壮~追~缀~恣~

油yóu【古】上平,十一尤。【例】熬~柏~碧~菜~茶~车~赤~稠~储~打~灯~豆~肥~浮~甘~膏~灌~光~蚝~黄~荤~机~加~煎~酱~焦~节~精~净~炼~粮~流~漏~麻~煤~奶~喷~皮~汽~青~轻~清~溶~石~松~酥~素~桐~头~涂~乌~香~鞋~杏~烟~洋~印~鱼~原~枣~榨~脂~重~猪~烛~注~

由yóu【古】下平,十一尤。【例】案~巢~端~故~关~奸~经~理~率~凭~情~事~帅~所~往~无~养~冶~夷~因~元~缘~

邮(郵)yóu【古】下平,十一尤。【例】奔~边~便~宾~传~代~都~督~杜~付~庚~惠~集~街~军~客~快~丽~秦~诗~书~速~亭~通~投~乡~星~

驿~音~置~转~罪~

犹(猶)yóu【古】下平,十一尤。又:去声,二十六宥同。【例】不~仇~谋~譬~且~尚~相~宣~夷~彝~

莸(蕕)yóu【古】下平,十一尤。【例】兰~薰~

輶(輶)yóu【古】下平,十一尤。又:去声,二十六宥同。【例】才~乘~德~輀~轩~

蝣yóu【古】下平,十一尤。【例】蜉~蚍~

疣(肬)yóu【古】下平,十一尤。【例】瘢~齿~疮~附~駙~疽~决~蛇~食~臀~瑕~悬~瘿~痣~缀~赘~

猷yóu【古】下平,十一尤。【例】才~大~帝~芳~风~高~光~国~宏~洪~皇~徽~机~嘉~骏~孔~良~令~茂~民~谟~谋~器~清~尚~神~声~圣~绥~王~威~武~先~显~献~相~新~宣~玄~勋~训~英~玉~裕~元~远~贞~忠~壮~资~宗~

鱿(魷)yóu【例】捕~海~鱼~

蚰yóu【古】下平,十一尤。【例】马~蜒~

轴(軸)zhóu【古】入声,一屋。另见236页zhú、423页zhòu。【例】当~杼~

碡zhóu【古】入声,一屋。【例】碌~

妯zhóu 妯娌。【古】下平,十一尤。另见236页zhú。

仄声·上声

丑[1]chǒu 地支之二。小丑。姓。【古】上声,二十五有。【例】地~丁~建~女~文~武~小~乙~子~

丑[2](醜)chǒu【古】上声,二十五有。【例】警~残~出~粗~大~丢~短~伏~诟~诡~鬼~狐~虎~花~猾~毁~获~极~家~咎~类~廉~辽~陋~露~明~缪~狞~弄~破~倛~奇~黔~鹊~群~忍~戎~善~石~嘶~隼~天~险~献~邪~凶~羞~妍~雁~夜~贻~遗~亿~蝇~逾~元~增~憎~遮~

瞅chǒu【古】下平,十一尤。【例】睬~溜~眼~

斗dǒu【古】上声,二十五有。另见414页dòu。【例】阿~拜~北~畚~冰~操~草~朝~车~辰~冲~抽~岱~抵~刁~吊~翻~犯~风~负~跟~榈~挂~贯~过~戽~火~箕~筋~跨~魁~漏~螺~门~墨~南~牛~匏~热~山~筲~升~市~枢~曙~踏~泰~烫~铜~威~维~蜗~蚬~象~星~烟~瑶~盈~玉~熨~皂~珠~杼~转~才八~天垂~无梁~无量~

钭(鈄)dǒu 酌酒器。【古】上声,二十五有。

抖dǒu【古】上声,二十五有。【例】颤~打~发~寒~活~伸~擞~兴~战~整~

陡dǒu【古】上声,二十五有。【例】逼~笔~峻~立~

蚪dǒu【古】上声,二十五有。【例】蝌~象~玄~阴~银~玉~

枓dǒu【古】上声,二十五有。【例】拱~铜~

否fǒu【古】上声,二十五有。另见138页pǐ。【例】存~当~否~归~果~健~

可~困~来~能~倾~穷~去~然~识~是~泰~听~通~屯~闻~显~校~信~休~疑~已~以~在~知~

缶fǒu【古】上声,二十五有。【例】盎~宝~鞭~抚~拊~鼓~壶~击~金~酒~叩~盆~瓶~陶~土~瓦~西~吟~罂~玉~质~相如~

苟gǒu【古】上声,二十五有。【例】不~乎~狗~苟~权~若~偷~妄~无~小~行~支~王孙~

狗gǒu【古】上声,二十五有。【例】卑~苍~豺~刍~盗~恶~饿~吠~疯~功~谷~冠~国~海~虎~画~环~瘈~鸡~狡~癞~狼~梨~猎~鬣~遛~庐~猫~猱~跑~烹~杞~热~丧~沙~山~噬~守~松~天~屠~土~瓦~溪~虾~畜~养~野~庸~玉~泽~猪~走~悲烹~

岣gǒu 岣嵝山。【古】上声,二十五有。

笱gǒu【古】上声,二十五有。【例】败~敝~操~发~梁~鱼~罶~置~竹~

枸gǒu【古】上声,二十五有。另见 396 页 gōu、283 页 jǔ。【例】刺~

耇(耈、耉)gǒu【古】上声,二十五有。【例】鄙~逮~负~胡~黄~旧~眉~耆~商~寿~遐~羞~遗~

吼hǒu【古】上声,二十五有。又:去声,二十六宥同。【例】暴~彪~长~唱~潮~大~风~鼓~挂~海~呼~虎~叫~鲸~狂~雷~龙~鸣~牛~怒~炮~喷~气~狮~兽~鼍~哮~啸~喧~夜~吟~震~洪涛~涧壑~蛟龙~狮子~熊罴~

犼hǒu 兽名。【古】上声,二十五有。

久jiǔ【古】上声,二十五有。【例】弊~不~长~常~陈~迟~持~地~亘~好~积~坚~简~将~交~浸~禁~经~历~良~弥~奈~耐~年~顷~日~少~时~岁~太~为~遐~宵~修~许~淹~延~遥~夜~迤~引~永~悠~迂~终~滋~

酒jiǔ【古】上声,二十五有。【例】艾~爱~盦~巴~把~柏~摆~办~杯~被~逼~碧~避~冰~病~薄~补~残~茶~尝~陈~澄~豉~崇~酬~厨~楚~春~醇~辞~赐~村~耽~得~颠~奠~刁~调~董~冻~斗~豆~毒~赌~杜~断~对~鹅~恶~罚~法~泛~坊~芳~汾~福~脯~腐~甘~柑~羔~公~宫~贡~沽~官~灌~桂~果~醢~酣~寒~好~贺~呼~壶~虎~花~黄~忌~祭~监~荐~浆~浇~椒~角~醮~节~解~戒~借~金~劲~进~禁~敬~菊~秬~渴~苦~困~腊~牢~醪~老~酹~礼~醴~沥~蓼~料~烈~猎~炉~虏~漉~醁~绿~麦~蛮~茅~卯~美~蜜~名~闹~年~酿~牛~女~暖~醅~陪~朋~啤~品~评~齐~耆~棋~汽~琴~倾~清~请~琼~曲~劝~缺~让~热~乳~筛~伤~觞~烧~蛇~社~麝~神~沈~椹~升~生~牲~圣~盛~诗~酾~十~时~食~使~市~事~侍~试~贳~嗜~首~寿~秫~黍~漱~送~颂~素~宿~岁~缩~索~贪~汤~烫~逃~醍~添~甜~投~酴~土~豚~外~晚~亡~望~猥~温~文~无~醯~喜~弦~衔~消~斜~谢~薤~新~行~醒~湑~絜~玄~雪~血~巡~噀~压~烟~盐~酽~羊~肴~药~夜~颐~彝~蚁~义~淫~饮~侑~鱼~娱~玉~御~酝~蔗~珍~斟~鸩~征~卮~止~旨~置~中~煮~祝~浊~酌~渍~醉~尊~樽~佐~鹅黄~扶头~金谷~临邛~刘伶~蒲桃~阮氏~绍兴~石榴~陶潜~屠苏~酴醾~文君~乌程~新醅~雄黄~重阳~茱萸~

九jiǔ【古】上声,二十五有。【例】昌~赤~出~戴~冻~荐~交~牢~梦~欧~牌~罴~乾~穷~入~上~什~数~鸦~阉~筵~燕~阳~窈~元~重~重霄~

灸jiǔ【古】去声,二十六宥。【例】艾~砭~刺~点~关~天~停~温~行~针~注~

韭jiǔ【古】上声,二十五有。【例】春~二~根~祭~剪~鹿~鼠~温~乌~野~禹~

玖jiǔ【古】上声,二十五有。【例】鸣~佩~琼~瑀~

口kǒu【古】上声,二十五有。【例】隘~拗~崩~闭~辟~边~辨~鳖~彩~舱~槽~插~岔~谗~谄~敞~唱~撑~池~尺~侈~赤~冲~出~川~疮~窗~创~粗~翠~村~撮~丹~当~刀~到~道~调~堞~丁~动~洞~斗~毒~堵~杜~渡~对~恶~发~凡~反~风~封~釜~改~甘~港~谷~挂~关~贯~惯~灌~归~海~汉~合~河~鹤~壑~鸿~壶~湖~糊~虎~户~话~淮~还~黄~回~惠~豁~活~箕~极~忌~家~缄~剑~荐~涧~江~交~接~街~借~藉~津~进~噤~鲸~井~净~臼~巨~决~绝~卡~开~可~坑~空~孔~苦~裤~夸~快~勒~垒~蠡~利~敛~裂~领~龙~陇~鲁~率~洛~满~弭~沔~灭~南~讷~逆~溺~佞~炮~溢~破~蒲~浦~齐~淇~启~钳~箝~黔~枪~切~怯~亲~磬~泉~缺~阙~髯~绕~刃~濡~入~弱~塞~伤~上~哨~蛇~射~滠~神~甚~慎~声~牲~矢~饰~螯~戍~铄~松~岁~隧~锁~潭~檀~堂~天~通~推~托~脱~妄~诿~胃~瓮~息~溪~峡~夏~香~巷~笑~鞋~心~信~胸~绣~袖~虚~悬~穴~血~窨~讯~汛~鸦~牙~崖~哑~垭~檐~奄~掩~窑~瑶~业~异~驿~逸~吟~应~莺~游~峪~矞~缘~源~悦~运~啧~闸~张~折~滞~注~转~

柳liǔ【古】上声,二十五有。【例】岸~碧~插~柽~池~川~穿~窗~垂~春~翠~堤~冻~访~风~枫~芙~拂~高~宫~古~官~广~柜~海~寒~汉~旱~河~红~湖~花~槐~剪~蒴~江~津~禁~径~倦~枯~露~绿~眉~梅~门~梦~陌~暮~年~蒲~浦~杞~桥~青~秋~曲~人~瑞~弱~桑~沙~蛇~射~石~疏~舒~衰~水~丝~思~松~素~台~桃~陶~亭~桐~晚~万~韦~乌~溪~细~纤~相~巷~泄~新~雪~烟~颜~杨~野~荫~银~莺~榆~雨~御~园~苑~栽~泽~折~植~竹~渚~长堤~春月~金城~青门~隋堤~堂前~陶公~武昌~章台~肘生~钻天~

珋liǔ【古】上声,二十五有。【例】璧~

绺(綹)liǔ【古】上声,二十五有。【例】垂~发~剪~麻~须~一~

罶liǔ【古】上声,二十五有。【例】罛~鱼~竹~星在~

搂(摟)lǒu【古】《正字通》:郎斗切。另见397页lōu。【例】扒~抖~合~热~挽~

篓(簍)lǒu【古】上声,二十五有。又:下平,十一尤同。又:上声,七麌同。【例】笆~背~酒~筐~篾~轻~箬~炭~驮~油~鱼~竹~

塿(塿)lǒu【古】上声,二十五有。【例】培~

嵝(嶁)lǒu【古】上声,二十五有。又:

上声,七麌同。【例】岣~衡~连~兀~

某mǒu【古】上声,二十五有。【例】归~某~男~如~谁~

纽(紐)niǔ【古】上声,二十五有。【例】暗~傍~波~车~秤~螭~地~斗~厄~反~纲~关~龟~虎~环~结~解~筋~龙~门~蟠~旁~圮~石~手~枢~锁~铁~通~同~铜~玄~压~衣~印~玉~正~钟~转~鹤头~

钮(鈕)niǔ【古】上声,二十五有。【例】按~鼻~电~钩~龟~虎~金~镣~门~雀~瑞~狮~锁~驼~瓦~掀~旋~压~印~玉~正~制~

扭niǔ【古】上声,二十五有。【例】别~蹩~瘪~结~撇~牵~钳~强~生~手~执~

狃niǔ【古】上声,二十五有。又:去声,二十六宥同。【例】彼~多~贪~无~习~狎~

忸niǔ【古】上声,二十五有。【例】惭~沮~取~无~

偶ǒu【古】上声,二十五有。【例】伴~辈~比~不~侪~成~仇~畴~党~敌~订~对~非~凤~寡~桂~合~会~获~机~觭~佳~伉~俪~连~良~鸾~密~命~木~泥~俳~配~匹~媲~骈~奇~求~丧~少~声~胜~失~诗~俗~索~桃~提~土~玩~未~喜~相~偕~幸~阴~应~优~有~鸳~怨~运~择~珍~只~鸳鸯~

怄(熰)ǒu 冒烟。【古】去声,二十六宥。

耦ǒu【古】上声,二十五有。【例】辈~比~并~不~参~曹~丹~敌~妃~寡~婚~佳~嘉~鸾~木~牛~配~匹~齐~奇~青~逑~去~人~三~万~贤~相~谐~耰~御~怨~只~

藕(蕅)ǒu【古】上声,二十五有。【例】白~碧~采~池~春~莼~丹~翻~粉~果~旱~荷~华~怀~莲~灵~菱~陆~蜜~嫩~秋~蕖~桑~素~踏~塘~糖~缃~雪~玉~珍~种~寻蔗~

呕(嘔)ǒu【古】上声,二十五有。另见397页ōu、277页xū。【例】嗌~发~歌~哕~呛~如~相~虚~哑~噎~醉~作~

剖pǒu 旧读。【古】上声,二十五有。又:上声,七麌同。另见397页pōu。

瓿pǒu【古】上声,二十五有。又:平声,尤虞韵同。【例】安~复~覆~壶~酱~酒~瓯~倾~

掊pǒu【古】上声,二十五有。另见405页póu。【例】攻~击~攘~

培pǒu 小阜。【古】上声,二十五有。另见331页péi。

糗qiǔ【古】上声,二十五有。【例】残~饭~芳~脯~含~浆~藜~粮~粱~宿~晚~饷~载~枣~

手shǒu【古】上声,二十五有。【例】碍~扒~把~罢~白~摆~扳~帮~背~搏~叉~插~缠~抄~掣~称~趁~赤~触~揣~垂~词~刺~丛~凑~搓~措~错~搭~打~代~挡~倒~到~得~敌~丢~动~冻~斗~抖~毒~对~翻~反~放~分~佛~伏~扶~拂~抚~拊~负~附~副~覆~高~搁~歌~格~弓~拱~勾~鼓~管~盥~国~好~合~护~还~换~挥~回~击~棘~假~箭~讲~匠~交~矫~接~解~藉~经~净~举~巨~绝~快~拉~辣~老~联~敛~猎~露~律~妙~敏~名~拿~嫩~能~暖~拍~

炮~配~捧~碰~劈~匹~平~扑~齐~骑~棋~旗~启~起~搴~枪~强~抢~巧~亲~去~拳~染~让~绕~热~人~入~撒~散~杀~善~上~射~伸~身~神~生~圣~失~诗~施~试~释~螫~收~授~熟~束~甩~水~顺~肆~俗~素~随~缩~抬~摊~探~烫~提~停~投~徒~推~脱~拓~唾~外~挽~绾~握~舞~檄~洗~下~仙~先~纤~险~歇~携~写~新~信~凶~修~袖~悬~旋~选~妍~赝~摇~咬~医~荑~义~异~役~抑~易~引~印~应~游~玉~驭~援~运~贼~扎~沾~展~招~遮~正~执~只~抵~炙~置~住~助~抓~转~着~攥~作~八叉~补天~钓鳌~调鼎~调元~缚虎~经纶~拿云~霹雳~射雕~屠龙~

守shǒu【古】上声,二十五有。【例】保~备~边~兵~病~操~常~承~持~冲~出~除~处~雌~存~胆~德~等~典~督~独~笃~遁~扼~贰~法~番~防~分~封~符~攻~共~固~官~闺~恒~护~环~会~魂~继~假~坚~监~检~徼~戒~警~静~救~居~拘~局~据~踞~均~郡~看~恪~控~枯~苦~困~牢~力~廉~良~留~名~墨~内~弃~穷~全~确~弱~善~缮~哨~设~摄~申~神~审~慎~失~事~试~戍~顺~厮~死~嗣~素~太~填~通~退~屯~完~偎~围~卫~握~武~贤~信~悬~学~巡~循~汛~严~沿~遗~婴~永~御~远~宰~责~战~兆~谪~贞~镇~争~征~执~职~止~株~驻~拙~自~遵~坐~虎豹~

首shǒu【古】上声,二十五有。又:去声,二十六宥异。【例】昂~案~白~拜~班~榜~碑~匕~弁~标~裱~兵~伯~部~侧~谄~倡~扯~辰~称~螭~仇~出~传~船~垂~春~鹑~词~党~导~盗~道~低~地~颠~顶~端~断~顿~恶~发~罚~番~反~匪~分~坟~伏~俯~竿~纲~杠~告~功~菰~官~冠~归~圭~函~颔~豪~浩~皓~鹤~狐~华~还~回~祸~击~稽~疾~辑~剑~降~交~矫~界~经~救~举~聚~卷~军~开~抗~科~肯~吭~空~叩~枯~魁~髡~雷~狸~黎~隶~敛~领~龙~陇~乱~马~埋~门~盟~麋~幂~面~帓~谋~内~囊~尼~泥~年~辔~蓬~批~篇~骈~品~破~铺~齐~岐~启~起~千~黔~翘~螓~倾~情~黥~丘~酋~渠~鬈~濡~搔~僧~山~赏~社~身~升~尸~诗~石~豕~授~书~束~帅~竦~送~岁~碎~逃~田~投~徒~袜~宛~蚊~诬~兀~犀~豨~夏~贤~县~岘~骧~枭~效~衅~行~凶~玄~悬~选~徇~牙~延~仰~抑~鹢~引~隐~营~颖~玉~冤~元~陨~攒~贼~斩~章~折~阵~正~枳~彘~诛~主~杼~状~擢~姿~族~罪~坐~权戎~

艏shǒu【古】上声,二十五有。【例】艋~

叟(叜)sǒu【古】上声,二十五有。【例】媪~病~村~店~钓~遁~富~篙~耕~瞽~鳏~国~汲~江~狂~老~梁~邻~林~鲁~矇~蒙~孟~农~耆~樵~渠~髯~荣~塞~山~诗~蜀~蓑~陶~田~童~溪~野~逸~迂~渔~愚~园~智~庄~赘~缁~醉~磻溪~沧浪~杜陵~渭滨~紫芝~

薮(藪)sǒu【古】上声,二十五有。【例】奥~弊~材~巢~崇~楚~川~春~

大~盗~冬~斗~抖~焚~蜂~伏~皋~宫~故~翰~河~花~荒~郊~九~旧~窭~窟~利~林~灵~陵~麓~穷~区~泉~山~邃~谈~逃~仙~象~岩~幽~冤~渊~园~远~泽~增~榛~诤~潴~竹~云梦~

擻(擻)sǒu【古】上声,二十五有。另见420页sòu。【例】抖~

溲sǒu【古】上声,二十五有。另见398页sōu。【例】浮~

瞍sǒu【古】上声,二十五有。【例】瞽~矇~

嗾sǒu【古】上声,二十五有。又:去声,二十六宥同。【例】谗~搀~犬~使~引~噪~指~

朽xiǔ【古】上声,二十五有。【例】罢~败~材~樗~摧~凋~蠹~顿~浮~腐~槁~骨~贯~护~灰~焦~俱~枯~拉~老~露~耄~糜~年~驽~疲~衰~速~颓~晚~枵~销~庸~愚~驭~御~糟~

滫xiǔ【古】上声,二十五有。【例】洁~

宿xiǔ【古】去声,二十六宥。另见421页xiù、268页sù。【例】半~隔~三~通~再~整~

有yǒu【古】上声,二十五有。【例】安~保~备~常~持~崇~处~春~大~独~凡~非~丰~抚~负~富~赋~割~公~共~固~故~惯~光~国~含~罕~何~兼~久~居~具~据~刻~空~跨~领~另~略~没~妙~蔑~民~能~旁~岂~强~区~全~群~饶~少~剩~识~始~庶~双~说~私~素~岁~所~堂~特~体~外~万~亡~惟~未~乌~无~勿~希~稀~鲜~现~享~小~形~幸~虚~奄~野~应~拥~犹~原~责~占~只~中~众~诸~主~专~自~总~纵~莫须~未必~无何~无所~胸中~

槱yǒu【古】上声,二十五有。另:宥尤韵同。【例】柴~薪~

友yǒu【古】上声,二十五有。【例】爱~笔~宾~病~不~禅~窗~蠢~词~党~道~德~帝~棣~笃~赌~队~法~房~访~工~故~贵~桂~豪~好~和~花~欢~桓~会~婚~伙~佳~嘉~谏~交~教~结~金~襟~近~酒~旧~橘~俊~狂~昆~老~乐~丽~良~凉~僚~寮~灵~龙~论~卖~盟~密~面~名~明~幕~睦~男~难~昵~腻~年~鸟~农~女~鸥~朋~票~贫~戚~欺~奇~棋~契~洽~亲~清~求~取~稔~山~善~尚~少~社~生~胜~师~诗~时~士~势~书~殊~熟~树~死~松~素~孙~损~悌~徒~外~亡~王~畏~文~溪~仙~先~贤~乡~相~孝~校~燮~心~信~玄~学~雪~讯~雅~宴~邀~义~益~谊~逸~吟~莺~玉~韵~择~战~招~哲~贞~争~诤~知~执~至~挚~忠~诸~方外~金谷~金兰~林泉~莫逆~琴瑟~青云~泗滨~忘年~烟霞~

酉yǒu【古】上声,二十五有。【例】大~咢~鬼~画~己~窥~卯~上~申~小~乙~寅~月~

莠yǒu【古】上声,二十五有。【例】不~谗~恶~蒿~禾~积~莨~稂~藜~茅~苗~蓬~榛~治~

牖yǒu【古】上声,二十五有。【例】暗~车~池~穿~窗~春~导~东~栋~芳~房~风~蜂~拂~高~闺~桂~寒~户~净~扃~开~龛~窥~兰~帘~邻~临~茅~门~默~纳~屏~启~窍~入~山~身~石~书~疏~曙~朔~松~天~瓮~星~虚~轩~穴~雪~

训~岩~檐~阴~殷~玉~垣~月~云~照~朱~竹~朱雀~

黝yǒu【古】上声,二十五有。【例】暗~沉~澄~赤~丹~绀~黑~昏~青~深~阴~黝~浮梁~

羑yǒu 羑里。【古】上声,二十五有。

卣yǒu【古】上声,二十五有。【例】宝~鬯~凤~圭~盛~兕~辛~尊~

帚(箒)zhǒu【古】上声,二十五有。【例】宝~敝~持~疮~炊~垩~饭~风~奉~拂~缚~挥~篲~箕~荆~筠~鸾~落~马~泥~扫~梳~松~诵~素~提~天~笤~铁~文~洗~筅~享~烟~拥~运~执~雉~竹~千金~扫愁~执箕~

肘zhǒu【古】上声,二十五有。【例】碍~被~臂~掣~鼓~拐~后~戟~见~酱~衿~露~拟~牵~曲~屈~手~舒~束~素~系~悬~引~盈~运~枕~

走zǒu【古】上声,二十五有。又:去声,二十六宥异。【例】败~北~奔~迸~避~逋~步~谄~撤~趁~驰~出~窜~遁~夺~踱~反~返~放~飞~伏~赶~刚~狗~拐~还~极~疾~贱~竭~惊~竞~绝~快~狂~溃~浪~离~俪~溜~陆~马~慢~难~逆~撵~跑~破~轻~驱~趋~趣~群~散~闪~使~兽~送~逃~腾~挺~透~兔~退~脱~亡~跣~翔~宵~校~行~旋~循~夜~逸~佣~游~远~逐~马牛~羽檄~珠盘~

仄声·去声

臭chòu【古】去声,二十六宥。另见421页xiù。【例】赤~恶~发~芳~腐~附~鹘~汗~狐~胡~怀~秽~焦~口~屁~奇~气~日~容~骚~膻~声~馊~酸~香~泄~腥~腋~贻~遗~余~逐~鲍鱼~

凑(湊)còu【古】去声,二十六宥。【例】帮~编~并~波~补~车~丛~大~东~斗~饾~繁~纷~锋~肤~福~辐~附~归~互~急~集~交~接~节~津~紧~竞~鳞~龙~骈~拼~气~迁~巧~穷~生~腾~题~填~阗~狭~险~相~阳~殷~杂~臻~直~指~

辏(輳)còu【古】去声,二十六宥。【例】奔~犇~饾~辐~鳞~厮~载~

腠còu【古】去声,二十六宥。【例】毒~肤~肌~营~

斗(鬥、鬭)dòu【古】去声,二十六宥。另见408页dǒu。【例】鏖~辩~笞~侈~抵~调~蛾~忿~赴~酣~健~解~戒~进~救~困~龙~破~骑~速~心~喧~蚁~邑~引~迎~麟角~

豆dòu【古】去声,二十六宥。【例】巴~爆~荜~笾~扁~傧~菜~蚕~炒~撤~赤~刍~锄~楚~箪~刀~登~地~雕~饭~佛~干~国~寒~黑~胡~虎~槐~黄~祭~豇~金~糠~兰~狸~黎~藜~恋~料~列~龙~菉~鹿~稆~绿~麻~马~麦~毛~米~面~磨~木~青~鹊~如~散~觞~菽~黍~泰~土~瓦~豌~乌~贤~献~象~羞~宴~燕~野~咏~雨~玉~元~芸~摘~栈~种~煮~俎~铜豌~相思~

痘dòu【古】去声,二十六宥。【例】出~

瘠~烂~牛~水~羊~洋~种~

窦(竇)dòu 【古】去声,二十六宥。【例】鼻~毙~笮~弊~碧~驳~长~翠~丹~短~飞~风~狗~圭~径~决~开~空~窟~梁~岭~乱~罗~落~马~潜~嵌~窍~情~渠~泉~乳~塞~砂~觞~蛇~石~田~瓦~性~穴~雪~血~崖~烟~岩~疑~阴~幽~渔~玉~云~凿~智~

读(讀)dòu 【古】去声,二十六宥。另见 224 页 dú。【例】传~点~句~

逗dòu【古】去声,二十六宥。【例】点~顿~鼓~哄~津~句~撩~漏~要~挑~停~拖~引~韵~

脰dòu 颈。【古】去声,二十六宥。【例】翠~短~断~葛~关~鸿~枷~颈~决~绝~鸟~躯~绕~缩~刎~项~延~引~莺~

餖dòu【古】去声,二十六宥。【例】飣~瓯~

垢gòu【古】上声,二十五有。【例】埃~藏~尘~齿~穿~疵~带~荡~涤~耳~氛~刮~含~汗~痕~灰~秽~积~结~解~口~离~偻~蒙~面~纳~泥~腻~蓬~轻~去~忍~身~书~水~宿~贪~头~外~污~无~洗~瑕~纤~嚣~心~牙~衣~淫~油~有~中~淄~滋~滓~眦~罪~

姤gòu【古】去声,二十六宥。【例】雠~婚~交~夷~

觏gòu【古】去声,二十六宥。【例】窥~披~涂~希~邂~叙~咨~

构(構)gòu 【古】去声,二十六宥。【例】宝~别~层~谗~承~崇~楮~缔~叠~斗~独~飞~丰~黼~傅~改~高~功~规~横~宏~虹~华~恢~翚~魂~机~挤~佳~架~间~交~杰~结~解~经~精~巨~克~空~揆~离~理~鳞~灵~妙~丕~绮~乾~潜~桥~巧~窃~倾~鹊~煽~擅~神~盛~实~衰~嵩~夙~素~宿~贪~堂~天~妄~危~巍~伟~诬~徙~仙~先~闲~陷~象~兴~修~虚~遗~臆~营~玉~云~造~增~肇~珍~争~筑~祖~

购(購)gòu 【古】去声,二十六宥。【例】采~代~订~定~访~函~惠~急~价~讲~开~觅~密~派~配~批~洽~抢~求~认~善~赊~设~申~收~套~统~县~悬~选~议~邮~预~争~征~重~追~

勾(句)gòu 勾当。【古】去声,二十六宥。参见 396 页 gōu、290 页 jù“句”。

彀gòu【古】去声,二十六宥。【例】避~出~的~机~尽~密~入~缇~悬~羿~游~志~

诟(詬)gòu 【古】去声,二十六宥。【例】谗~嘲~嗔~吃~笞~疵~诋~含~诃~何~恚~稽~将~交~罹~詈~凌~冒~怒~谯~巧~攘~忍~辱~思~谇~谈~威~相~喧~疑~尤~责~訾~罪~

够(夠)gòu 【古】去声,二十六宥。【例】不~吃~定~伙~尽~能~受~厮~足~

媾gòu【古】去声,二十六宥。【例】虎~欢~婚~交~媒~亲~相~姻~珍~

遘gòu【古】去声,二十六宥。【例】豺~初~得~叠~罕~机~交~解~弥~难~频~启~潜~适~诬~相~邂~婴~远~中~

冓gòu【古】去声,二十六宥。【例】内~

中~

雊gòu【古】去声，二十六宥。【例】晨~孤~惊~群~夜~朝~震~雉~

逅hòu【古】去声，二十六宥。【例】迦~邂~

郈hòu 古地名。【古】上声，二十五有。

侯hòu 另见402页hóu。【例】闽~

垕hòu 姓。【古】上声，二十五有。

鲘（鮜）hòu 鲘鱼。【古】去声，二十六宥。

厚hòu【古】上声，二十五有。又：去声，二十六宥同。【例】哀~褒~博~薄~沉~诚~冲~崇~绸~春~纯~醇~慈~亶~德~地~典~独~笃~端~敦~恩~方~肥~丰~福~富~高~广~归~贵~过~憨~豪~和~闳~化~浑~积~加~简~交~结~敬~静~久~眷~宽~坤~脸~凉~隆~禄~厖~美~蒙~内~昵~凝~浓~庞~骈~朴~契~谦~强~诮~窍~亲~勤~情~穹~仁~日~荣~柔~儒~擅~赏~深~慎~世~霜~水~松~嵩~苔~腆~铁~通~退~外~顽~温~稳~屋~贤~相~信~行~雄~雪~雅~淹~延~颜~养~业~阴~殷~隐~优~腴~隩~载~葬~泽~毡~湛~至~质~忠~重~周~自~尊~

后[1]hòu【古】上声，二十五有。又：去声，二十六宥异。【例】邦~并~赤~储~川~藩~风~高~宫~古~汉~坤~灵~明~女~齐~青~神~圣~娲~夏~羿~幽~元~哲~正~

后[2]（後）hòu【古】上声，二十五有。又：去声，二十六宥异。【例】背~抄~瞠~持~出~此~敌~殿~短~断~而~尔~迩~肥~顾~过~合~火~既~继~今~久~救~拒~绝~靠~立~敛~留~落~马~没~明~末~幕~脑~牛~其~前~秋~去~却~群~然~染~人~日~善~身~生~事~是~收~书~随~推~退~托~望~无~午~先~相~向~歇~谢~续~遗~已~以~有~雨~在~战~之~滞~置~肘~柱~自~最~

候hòu【古】去声，二十六宥。【例】拜~边~表~病~参~蚕~测~常~朝~潮~谶~承~尺~斥~赤~春~存~等~谍~都~端~恶~风~烽~奉~伏~根~恭~拱~鹄~卦~关~馆~晷~过~火~机~积~羁~季~假~监~疆~徼~节~届~谨~进~景~警~静~九~狙~军~菌~看~空~腊~来~里~立~履~律~逻~麦~脉~梅~门~明~宁~气~愆~怯~清~趋~雀~人~日~入~色~稍~少~神~省~失~时~视~守~淑~霜~顺~司~俟~岁~台~堂~体~天~听~亭~望~纬~问~物~先~相~形~凶~雪~延~秧~邀~要~野~叶~谒~移~异~驿~阴~饮~隐~应~迎~邮~虞~雨~远~在~早~占~侦~证~症~祇~指~致~状~咨~

堠hòu【古】去声，二十六宥。【例】边~兵~辰~斥~代~单~短~粉~封~烽~孤~古~关~官~火~津~狼~岭~石~亭~土~野~驿~邮~只~

鲎（鱟）hòu【古】去声，二十六宥。【例】彩~乘~东~分~观~海~媚~摇~

就jiù【古】去声，二十六宥。【例】保~辟~避~滨~不~草~成~初~从~得~低~点~俯~赋~高~功~苟~归~果~和~急~兼~监~剪~将~奖~金~近~进~酒~句~来~立~练~隆~率~名~难~昵~捻~迁~牵~亲~轻~曲~屈~

趋～去～日～生～私～夙～速～天～贴～徒～完～晚～未～夏～先～养～业～依～已～营～圆～云～杂～早～造～铸～妆～组～

咎jiù【古】上声，二十五有。【例】邦～谤～避～变～不～参～察～疵～大～得～负～归～过～害～何～哗～患～悔～获～击～疾～家～奸～愧～离～罹～免～内～念～偏～弃～愆～谴～任～塞～时～思～速～天～推～委～畏～瑕～谢～衅～凶～休～殃～妖～伊～贻～移～引～原～怨～灾～责～招～谪～征～执～重～追～訾～自～罪～

救(捄)jiù【古】去声，二十六宥。【例】拗～必～补～驰～存～搭～答～当～得～调～夺～防～扶～赴～改～捍～后～呼～护～获～急～济～解～借～矜～进～惊～康～匡～疗～论～没～悯～募～旁～扑～乞～泣～抢～请～求～赡～申～施～赎～挽～往～相～营～有～遇～援～远～轸～赈～拯～追～自～

旧(舊)jiù【古】去声，二十六宥。【例】爱～本～残～陈～齿～除～从～当～党～道～笃～敦～恶～恩～凡～访～废～腐～复～改～感～古～故～鹤～话～怀～欢～交～究～款～揽～劳～老～里～恋～僚～流～率～论～门～曩～年～念～朋～破～戚～耆～弃～契～侨～亲～勤～情～求～认～仍～如～少～失～世～室～守～述～庶～衰～思～夙～素～宿～通～托～完～顽～往～违～惟～先～贤～嫌～乡～新～兴～叙～絜～勋～循～雅～伊～依～遗～义～忆～肄～姻～游～友～有～原～远～增～昭～照～折～知～治～诸～追～祖～做～

臼jiù【古】上声，二十五有。【例】败～茶～畅～舂～杵～穿～炊～丹～捣～断～碓～枫～鬼～齑～井～九～酒～科～窠～门～木～敲～如～石～抒～霜～蒜～苔～脱～乌～鸦～药～婴～玉～玉杵～砧～纸～

舅jiù【古】上声，二十五有。【例】阿～表～伯～从～嫡～父～姑～国～虎～皇～继～家～君～郎～老～母～娘～妻～髯～上～甥～叔～送～堂～外～乌～先～贤～谢～鸦～鱼～元～哲～仲～诸～祖～

疚jiù【古】去声，二十六宥。【例】哀～抱～悲～病～惭～称～成～耻～遁～多～负～憾～疾～艰～今～矜～孔～愧～劳～利～内～难～歉～茕～宿～痛～衔～心～凶～遗～怨～灾～自～罪～

柩jiù【古】去声，二十六宥。【例】拜～抱～传～扶～负～祔～棺～椁～护～哭～灵～起～迁～丧～神～尸～失～双～停～完～望～献～幽～御～载～

厩(廄、廏)jiù【古】去声，二十六宥。【例】车～刍～厨～法～伏～宫～官～国～栏～廊～枥～廪～龙～骆～马～内～扫～私～天～外～闲～衅～驿～御～苑～院～治～中～伯乐～骅骝～

鹫(鷲)jiù【古】去声，二十六宥。【例】搏～雕～海～灵～羌～山～秃～兀～鹰～云～

桕jiù【古】上声，二十五有。【例】枫～红～乌～

僦jiù【古】去声，二十六宥。【例】逼～和～赁～侨～庸～佣～

叩kòu【古】去声，二十六宥。【例】哀～拜～参～持～抚～干～跪～击～九～款～漫～面～起～深～询～杖～咨～

扣kòu【古】去声，二十六宥。又：上声，二十五有同。【例】按～暗～逼～裁～参～查～搭～打～待～分～哗～环～回～活～击～检～解～金～紧～刻～空～领～漫～门～纽～入～深～绳～死～贪～摊～铜～微～详～鞋～衣～银～引～折～直～风纪～

寇kòu【古】去声，二十六宥。【例】暴～避～边～兵～尝～雠～荡～反～犯～伏～害～积～鲸～剧～聚～蛮～内～平～骑～潜～侵～稔～山～生～死～速～宿～通～土～响～凶～养～夷～游～御～资～

蔻kòu【古】去声，二十六宥。【例】豆～

鷇kòu【古】去声，二十六宥。【例】哺～巢～雏～鹑～鹗～卵～鸟～雀～探～燕～遗～

筘(簆)kòu 织布机机件。【古】去声，二十六宥。

六liù【古】入声，一屋。另见260页lù。【例】百～初～地～第～开～连～四～滕～象～阳～阴～用～丈～龟藏～

镏(鎦)liù 釜。【古】去声，二十六宥。另见403页liú。

鹨(鷚)liù【古】去声，二十六宥。【例】暮～

溜liù【古】去声，二十六宥。另见397页liū。【例】碧～承～池～

馏(餾)liù【古】去声，二十六宥。【例】干～馈～炸～蒸～

遛liù【例】逗～独～闲～

漏lòu【古】去声，二十六宥。【例】补～参～残～唱～朝～晨～虫～穿～传～春～促～错～待～灯～滴～地～洞～讹～更～宫～勾～鼓～锢～挂～罣～官～圭～轨～晷～锅～海～寒～壶～捡～箭～禁～井～刻～溃～笠～淋～龙～破～清～秋～泉～缺～阙～沙～渗～疏～逃～替～天～铜～统～透～颓～脱～网～瓮～沃～屋～午～仙～宵～晓～泄～行～宣～夜～移～遗～蚁～逸～银～隐～永～鱼～玉～云～早～钟～昼～转～走～

陋lòu【古】去声，二十六宥。【例】矮～隘～安～媕～闇～黯～卑～鄙～庳～敝～辟～弊～褊～薄～伧～侧～孱～僝～尘～蚩～媸～丑～蠢～疵～丛～粗～村～遳～脞～单～短～阨～凡～菲～肤～腐～戆～孤～固～锢～寡～怪～诡～寒～觳～还～荒～秽～俭～简～谫～贱～浇～湫～寖～居～拘～窭～枯～率～盲～么～昧～蒙～蔑～谬～缪～末～儜～疲～僻～贫～破～朴～浅～寝～穷～阙～塞～僿～时～疏～衰～俗～琐～贪～颓～侻～外～顽～尪～微～委～猥～屋～芜～狭～陿～遐～下～小～形～弇～揜～幺～野～圯～因～庸～幽～迂～愚～窳～远～仄～窄～质～专～椎～拙～蕞～不为～当时～风俗～贫家～容貌～颜巷～

镂(鏤)lòu【古】去声，二十六宥。【例】宝～参～虫～错～丹～雕～斗～金～镌～刊～刻～铭～切～题～彤～文～细～银～羸～玉～琢～龙文～

露lòu【古】去声，七遇。另见259页lù。【例】锢～泄～走～

瘘(瘻、瘺)lòu【古】去声，二十六宥。【例】肛～痀～鼠～痔～

谬(謬)miù【古】去声，二十六宥。【例】暗～背～悖～鄙～差～弛～斥～舛～疵～刺～错～大～诞～订～讹～翻～浮～诖～乖～怪～诡～过～悍～荒～昏～惑～积～纠～久～抗～匡～狂～诳～戾～陋～迷～僻～偏～欺～浅～曲～缺～冗～失～

时~疏~衰~佻~脱~顽~晚~枉~违~伪~诬~芜~误~虚~贻~遗~疑~盈~悠~尤~迂~愚~远~诈~彰~

缪(繆)miù【古】去声,二十六宥。另见404页móu、388页miào。【例】悖~鄙~舛~错~大~纠~狂~迷~浅~贪~刓~误~虚~贻~遗~悠~灾~拙~

拗(抝)niù【古】去声,十九效。另见381页ǎo,373页ào。【例】憋~偏~曲~违~愚~执~直~阻~

耨(鎒)nòu【古】去声,二十六宥。【例】锄~耕~垦~耒~勤~细~易~耘~

沤(漚)òu【古】去声,二十六宥。另见397页ōu。【例】池~浮~涪~海~幻~浪~青~轻~清~如~霜~水~

怄(慪)òu【古】下平,十一尤。【例】惹~招~

肉ròu【古】入声,一屋。另见264页rù。【例】熬~髀~鳖~菜~啖~鼎~冻~豆~断~炖~燔~飞~肥~丰~风~伏~脯~腐~膏~割~羹~狗~骨~刮~虎~画~怀~火~鸡~祭~兼~筋~禁~精~酒~烤~腊~牢~醪~廉~粱~龙~笼~鹿~脔~牛~皮~濡~弱~膻~羶~烧~社~豕~视~瘦~熟~丝~宿~袒~贴~屠~土~兔~豚~顽~祥~蟹~血~腌~雁~羊~肴~遗~颐~臆~瘀~鱼~宰~择~镇~炙~重~猪~竹~逐~赘~走~胙~

寿(壽、夀)shòu【古】上声,二十五有。又:去声,二十六宥同。【例】拜~避~苍~称~椿~慈~赐~大~得~德~登~耋~多~福~富~高~龟~贵~汉~贺~鹤~获~极~嘉~介~借~进~具~考~克~老~乐~麟~灵~龙~买~迈~眉~麋~米~冥~年~暖~平~祈~耆~千~强~庆~全~人~仁~山~上~舍~圣~世~损~天~添~万~遐~献~享~象~形~修~续~雅~延~阳~养~夭~宜~遗~益~阴~永~榆~玉~豫~猿~远~增~毡~折~正~中~驻~祝~自~尊~做~南山~彭祖~

受shòu【古】上声,二十五有。【例】拜~饱~禀~禅~承~触~传~辞~大~诞~登~顶~耳~肤~甘~感~够~广~函~好~活~继~兼~交~皆~接~禁~经~聆~领~冒~貌~蒙~面~纳~耐~难~盘~强~亲~情~擎~请~屈~取~饶~忍~任~容~商~摄~身~升~生~施~实~收~授~顺~嗣~听~稳~翕~享~消~心~信~虚~膺~迎~忧~诱~遭~正~指~坐~

授shòu【古】去声,二十六宥。【例】拔~褒~禀~播~补~册~禅~超~承~敕~崇~宠~初~除~传~带~调~恩~翻~泛~封~符~付~复~改~感~诰~给~馆~归~函~涵~横~后~换~诲~假~简~讲~交~教~节~进~晋~敬~刊~例~量~箓~论~美~面~目~迁~亲~荣~色~赏~神~升~施~实~试~手~受~私~特~天~廷~推~外~显~相~心~幸~虚~宣~选~训~遥~移~遗~荫~迎~爰~增~占~征~指~制~嘱~转~追~擢~造化~

瘦shòu【古】去声,二十六宥。【例】碧~病~春~地~肥~蜂~干~格~孤~骨~刮~寡~寒~鹤~花~黄~饥~瘠~减~焦~精~菊~枯~羸~鹿~梅~疲~贫~憔~清~秋~山~善~身~省~诗~石~疏~衰~水~松~损~琐~纤~消~腰~影~玉~月~竹~黄花~兰蕙~梅影~诗肩~相思~

兽(獸)shòu【古】去声,二十六宥。【例】百~宝~奔~捕~藏~产~螭~虫~大~毒~孤~怪~犷~归~海~害~寒~疾~祭~槛~狡~金~锦~惊~拘~困~雷~猎~林~鳞~灵~龙~露~戮~裸~猛~貊~鸟~烹~奇~禽~穷~虬~取~圈~仁~任~乳~瑞~杀~山~神~石~庶~水~天~田~庭~突~瓦~畏~文~吻~舞~狎~仙~鲜~献~香~畜~驯~牙~岩~阳~养~药~野~义~异~逸~阴~寅~英~娱~羽~玉~灾~泽~蛰~蛰~珍~诸~壮~走~开明~

售shòu【古】去声,二十六宥。又:下平,十一尤同。【例】必~标~不~出~搭~代~兜~发~贩~获~寄~贾~贱~奖~交~进~经~零~买~贸~难~抛~配~起~轻~求~速~索~投~推~脱~未~惜~消~销~邮~预~运~争~自~

绶(綬)shòu【古】上声,二十五有。又:去声,二十六宥同。【例】艾~宝~螭~赤~带~貂~分~风~公~挂~官~冠~龟~汉~虎~槐~结~解~金~锦~进~卷~绿~纶~佩~绮~茜~青~释~双~桃~天~吐~绾~文~玺~系~仙~萧~新~悬~勋~腰~衣~银~印~缨~映~章~朱~紫~组~郎官~紫艾~

狩shòu【古】去声,二十六宥。【例】搏~出~春~大~帝~冬~高~进~苗~狩~蒐~田~畋~西~狝~行~巡~远~岳~

擻sòu 通。【古】上声,二十五有。另见413页sǒu。

嗽sòu【古】入声,三觉。【例】喘~冬~干~寒~咳~痨~呛~清~散~讪~声~痰~吐~喀~杂~

透tòu【古】去声,二十六宥。【例】碧~冰~猜~参~澈~吃~穿~春~刺~倒~电~蝶~翻~风~凤~光~寒~恨~红~火~浸~惊~精~看~露~绿~摸~暖~沁~取~认~晒~深~渗~湿~识~熟~说~剔~通~外~下~香~星~月~正~撞~走~香汗~胭脂~

秀xiù【古】去声,二十六宥。【例】碧~标~禀~才~材~采~苍~层~朝~冲~崇~出~春~沓~丹~诞~地~叠~东~冬~独~端~发~丰~峰~高~孤~谷~广~闺~瑰~诡~贵~含~禾~洪~环~慧~鸡~积~嘉~简~杰~金~劲~进~精~警~竞~竟~迥~娟~隽~俊~楷~魁~兰~揽~朗~羸~林~灵~论~络~迈~麦~茅~髦~眉~美~媚~苗~民~敏~名~明~木~目~内~频~濮~朴~凄~岐~奇~歧~耆~颀~气~倩~峭~翘~清~荣~儒~森~山~善~韶~少~深~神~时~实~姝~疏~爽~水~松~耸~宿~邃~特~腾~条~髫~挺~同~吐~外~晚~伟~温~文~武~夏~纤~孝~心~新~雄~虚~轩~雅~妍~阳~夭~遗~逸~隐~英~颖~优~郁~岳~云~缊~早~造~贞~珍~整~植~稚~钟~竹~擢~作~

琇xiù 朽玉。【古】去声,二十六宥。

琇xiù【古】去声,二十六宥。另:上声,二十五有同。【例】砾~琼~莹~

袖xiù【古】去声,二十六宥。【例】把~摆~豹~碧~别~布~彩~长~出~楚~垂~翠~大~貂~短~断~弹~芳~飞~分~奋~风~凤~拂~抚~歌~宫~广~归~寒~皓~貉~鹤~红~狐~花~怀~挥~箭~衿~襟~锦~禁~裾~举~抗~宽~阔~敛~领~龙~笼~捋~罗~裸~

满~霓~弄~暖~袍~皮~飘~绮~翘~琴~青~轻~攘~襦~衫~水~檀~韬~套~通~纨~挽~舞~雾~香~缃~小~腰~冶~衣~吟~盈~玉~窄~障~柘~振~征~拙~醉~

岫xiù【古】去声,二十六宥。【例】抱~碧~层~崇~出~楚~川~翠~丹~岛~叠~冬~峒~断~风~峰~复~冈~高~孤~怪~海~虎~环~霁~峻~昆~岚~骊~列~林~灵~岭~龙~绿~峦~崎~峭~穷~泉~绕~日~沙~山~深~数~嵩~迢~晚~万~望~危~吴~霞~香~霄~晓~杳~虚~穴~雪~烟~岩~雁~阳~瑶~野~幽~雨~玉~远~云~重~

臭xiù【古】去声,二十六宥。另见414页chòu。【例】蠢~酒~兰~气~日~容~乳~声~为~闻~无~馨~鲍肆~恶闻~

宿xiù【古】去声,二十六宥。另见413页xiǔ、268页sù。【例】昂~北~毕~壁~参~常~辰~德~斗~房~鬼~河~火~角~井~景~亢~客~奎~魁~列~柳~娄~落~牛~女~日~射~氏~室~水~台~同~土~文~心~星~虚~玄~翼~余~

绣(繡)xiù【古】去声,二十六宥。【例】碧~布~彩~赤~刺~错~丹~发~繁~绯~粉~凤~黻~躬~衮~花~画~绘~机~绛~金~锦~京~缂~扣~灵~绫~缕~罗~蟒~描~绮~巧~绒~缛~裳~手~蜀~丝~苏~绨~缇~帖~铜~土~纨~文~湘~压~衣~拥~粤~杂~藻~皂~缯~章~针~织~豸~朱~组~

锈(銹、鏽)xiù【古】去声,二十六宥。【例】茶~除~防~刮~抗~灭~生~水~锁~铁~铜~银~转~

嗅xiù【古】去声,二十六宥。【例】饱~鼻~辨~触~俯~饥~频~卧~歆~吟~醉~

侑yòu【古】去声,二十六宥。【例】酬~登~独~鼓~降~戒~进~乐~配~劝~升~妥~献~娱~诏~钟~祝~樽~胙~

宥yòu【古】去声,二十六宥。【例】哀~保~别~参~慈~大~贷~恩~罚~分~逢~抚~该~含~涵~弘~惠~获~见~降~矜~宽~怜~谅~蒙~悯~命~乞~庆~曲~全~仁~赦~申~释~恕~特~完~洗~咸~相~兴~原~再~责~

囿yòu【古】去声,二十六宥。又:入声,一屋同。【例】辨~别~池~出~词~繁~古~花~郊~禁~拘~局~林~灵~笼~罗~圃~区~儒~入~上~射~诗~守~书~俗~文~墟~玄~学~药~野~逸~渊~园~垣~苑~珍~中~自~

幼yòu【古】去声,二十六宥。【例】卑~长~成~冲~慈~儿~扶~妇~孤~孩~积~纠~君~老~蒙~年~谦~尚~顺~髫~童~托~携~恤~养~稚~

诱(誘)yòu【古】上声,二十五有。【例】被~逼~谄~春~慈~导~敦~恩~饵~感~购~蛊~鼓~拐~哄~化~怀~簧~诲~羁~嘉~奖~教~开~夸~诓~诳~利~禄~略~迷~觅~骗~迫~启~牵~倾~顷~劝~煽~善~慑~说~唆~天~外~慰~物~胁~询~循~训~妖~引~诈~招~知~

右yòu【古】去声,二十六宥。又:上声,二十五有异。【例】卜~长~朝~车~处~道~鼎~端~反~关~贵~海~豪~河~湖~户~淮~极~江~居~辽~邻~陇~闾~启~契~趋~权~群~戎~如~山~尚~水~祖~天~庭~享~拥~御~尊~坐~座~

又 yòu【古】去声，二十六宥。【例】春～复～还～今～却～

佑（祐）yòu【古】去声，二十六宥。【例】保～庇～常～垂～得～孚～福～护～吉～降～眷～邻～灵～蒙～冥～默～纳～神～天～相～拥～赞～佐～万邦～无量～

柚 yòu【古】去声，二十六宥。【例】橙～楚～柑～怀～橘～绿～沙～霜～田～湘～杼～文旦～云梦～

鼬 yòu【古】去声，二十六宥。【例】碍～白～臭～貂～飞～皋～狸～鼪～鼯～鼷～香～

釉 yòu【古】去声，二十六宥。【例】彩～上～

狖 yòu【古】去声，二十六宥。【例】哀～愁～飞～寒～饥～惊～林～猱～霜～腾～啼～峡～啸～猿～

蚴 yòu【古】上声，二十五有。【例】毛～

宙 zhòu【古】去声，二十六宥。【例】层～浃～穷～区～上～世～宇～紫～

荮（葤）zhòu 草名。【古】上声，二十五有。

昼（晝）zhòu【古】去声，二十六宥。【例】白～残～长～朝～彻～春～旦～夺～分～昏～继～静～开～连～平～遣～清～晴～穷～日～如～胜～霜～宿～天～夏～宵～雪～巡～炎～阴～永～

骤（驟）zhòu【古】去声，二十六宥。【例】奔～车～骋～驰～风～忽～回～急～决～马～飘～轻～驱～矢～暑～文～骛～翔～雨～

胄 zhòu【古】去声，二十六宥。【例】宝～承～帝～高～冠～贵～国～洪～鸿～华～皇～甲～介～金～景～铠～龙～苗～名～旗～清～身～神～士～氏～世～释～脱～王～望～系～鲜～贤～绪～玄～悬～血～训～遗～裔～胤～英～缨～远～支～执～

绉（縐）zhòu【古】去声，二十六宥。【例】碧～红～湖～罗～褰～裙～纱～双～文～线～洋～衣～羽～

皱（皺）zhòu【古】去声，二十六宥。【例】碧～襞～波～残～吹～蹙～皴～打～额～发～疙～红～颊～皲～抗～枯～绿～眉～面～皮～萍～裙～水～靴～折～褶～紫～春水～鳞甲～松鳞～

咒（呪）zhòu【古】去声，二十六宥。【例】暗～持～祷～赌～遁～发～罚～梵～讽～符～腹～禁～经～咀～秘～密～魔～念～谴～入～神～受～诵～唾～巫～心～祝～诅～

甃 zhòu【古】去声，二十六宥。【例】岸～宝～碧～甓～冰～古～寒～鹤～荒～积～金～井～静～涓～琼～阙～深～石～苔～堂～瓦～瑶～遗～阴～玉～鸳～砖～银泉～

纣（紂）zhòu【古】上声，二十五有。【例】暴～避～车～村～伐～桀～商～养～殷～助～

繇 zhòu【古】去声，二十六宥。【例】暴～巢～仇～大～发～皋～根～姑～龟～皇～吉～咎～孔～宽～平～启～起～帅～外～问～无～相～象～爻～应～占～

籀 zhòu【古】去声，二十六宥。【例】充～虫～古～积～颉～鸟～史～书～诵～佚～篆～鲁宫～

咮 zhòu【古】去声，二十六宥。【例】短～凤～鸟～群～霜～心～

酎 zhòu【古】去声，二十六宥。【例】

尝~春~醇~芳~奉~贡~花~菊~客~腊~露~绿~名~酿~醅~清~秋~温~献~饮~玉~蔗~

轴(軸)zhòu【古】入声,一屋。另见236页zhú,408页zhóu。【例】压~

舳zhòu【古】入声,一屋。另见236页zhú。【例】连~

奏zòu【古】去声,二十六宥。【例】案~保~本~笔~陛~边~变~辨~表~幽~禀~拨~参~草~册~朝~陈~楚~传~吹~代~弹~笛~递~迭~独~断~发~烦~飞~封~伏~附~歌~宫~古~关~管~汉~合~劾~汇~籍~计~记~笺~交~缴~节~讦~进~纠~举~具~凯~口~乐~连~露~录~鸾~论~蒙~密~面~鸣~拟~骈~齐~启~洽~前~琴~清~入~剡~赏~上~申~试~手~书~疏~署~特~腾~题~条~通~文~诬~仙~闲~弦~详~晓~协~雅~演~谳~野~夜~遗~疑~议~驿~逸~音~引~羽~杂~占~章~折~正~执~重~准~钧天~凯歌~箫鼓~

揍zòu【古】去声,二十六宥。【例】挨~狠~猛~痛~

附:本韵部旧读入声字

13. 欧优韵

阴平

嗖粥

阳平

轴碡

去声

六肉嗽轴舳

九、安(an)弯(uan)烟(ian)冤(üan)四韵母的韵部

韵　母	安(an)弯(uan)	烟(ian)冤(üan)
说　明	本表四韵母，严则分两韵，即“安弯”韵与“烟冤”韵（如《诗词通韵》）；宽乃合一部，即将“安弯”韵与“烟冤”韵合为一个韵部（如《中华通韵》等）。	

14. 安弯韵

平声·阴平

安ān【古】上平，十四寒。【例】保~便~禀~昌~长~常~晨~承~崇~存~道~奠~丰~奉~福~抚~阜~富~公~固~归~海~航~和~怀~槐~惠~积~嘉~建~金~近~精~靖~静~久~救~居~凯~康~叩~宽~乐~理~临~龙~隆~洛~民~明~穆~宁~僻~偏~迁~轻~清~柔~谧~寿~舒~顺~绥~台~天~恬~偷~妥~晚~慰~习~闲~相~孝~心~歆~兴~行~悬~讯~延~晏~燕~阳~养~仪~遗~雍~永~舆~悦~招~贞~镇~治~自~容膝~

鮟(鮟)ān 鱼名。【古】去声，十五翰。

盦ān【古】下平，十三覃。【例】交虬~

谙(諳)ān【古】下平，十三覃。【例】饱~初~洞~深~熟~素~通~未~详~晓~旧曾~

鞍ān【古】上平，十四寒。【例】宝~备~尘~钿~雕~发~归~花~画~回~解~金~据~跨~释~税~霞~歇~卸~绣~吟~银~玉~云~征~驻~暖玉~杏叶~

庵(菴)ān【古】下平，十三覃。【例】柏~草~禅~村~道~坟~寒~花~荒~�~茅~密~尼~荣~僧~山~寺~陶~苇~行~野~鱼~云~竹~

媕ān 媕娿。【古】下平，十三覃。

鹌(鵪)ān 鸟名。【古】下平，十三覃。

桉ān【古】上平，十四寒。【例】捕~彻~牒~断~几~举~食~

班bān【古】上平，十五删。【例】按~白~报~本~边~插~常~朝~晨~趁~齿~崇~出~除~楚~春~从~催~带~当~倒~道~顶~放~高~跟~公~官~

归~汉~航~合~鹤~虎~扈~换~徽~加~匠~降~交~轿~接~进~旧~就~捐~卷~军~开~靠~科~跨~快~旷~老~立~连~恋~领~留~禄~轮~马~名~末~拿~内~南~逆~年~排~铺~齐~前~青~清~全~散~升~史~侍~首~兽~疏~随~替~跳~通~同~头~推~退~脱~外~王~微~畏~西~戏~仙~晓~歇~新~星~休~序~押~药~夜~依~尹~鱼~玉~鸳~鹓~杂~早~皂~站~掌~知~值~豸~诸~追~缀~走~左~坐~豹尾~草台~玳瑁~蛾眉~文武~

斑bān【古】上平,十五删。【例】白~斑~豹~彬~鬓~草~赤~摧~光~汗~虎~锦~筠~窥~阑~烂~狸~鹿~麻~谱~绮~雀~日~色~晒~诗~寿~霜~苔~文~犀~藓~锈~血~耀~鱼~玉~云~竹~缀~两鬓~

攽bān 分发。【古】上平,十五删。

般bān【古】上平,十四寒。又:上平,十五删异。另见 30 页 bō。【例】般~几~津~面~千~万~者~转~

搬bān【古】上平,十四寒。【例】硬~照~

瘢bān【古】上平,十四寒。【例】疤~疮~创~刀~痘~汗~枪~雀~伤~诗~树~消~战~

扳bān【古】上平,十五删。【例】错~高~牵~推~诬~仰~咬~指~嘱~

颁(頒)bān【古】上平,十五删。【例】春~赐~恩~分~平~荣~下~新~行~

参(參)cān【古】下平,十三覃。另见 501 页 cēn、507 页 shēn。【例】朝~辰~弹~督~放~公~交~揭~讦~进~纠~科~离~冥~趋~髯~仁~日~散~少~审~首~提~通~望~相~详~行~衙~疑~追~面壁~

骖(驂)cān【古】下平,十三覃。【例】飙~骖~朝~盗~浮~归~鹤~解~剧~羸~联~龙~鸾~驽~疲~虬~戎~双~素~脱~象~篆~倚~逸~雨~云~征~驻~

搀(攙)chān【古】下平,十五咸。【例】长~打~夹~天~相~邀~雨~

穿chuān【古】下平,一先。【例】拆~戳~刺~弹~道~洞~关~贯~击~揭~看~漏~履~磨~碾~旁~射~识~试~说~丝~踏~天~望~纤~线~想~眼~砚~钻~花径~蛱蝶~柳莺~日光~燕子~

川chuān【古】下平,一先。【例】百~奔~冰~苍~长~澄~大~钓~樊~防~海~寒~汉~河~横~洪~回~济~蛟~津~锦~泾~惊~鲸~镜~巨~雷~丽~辽~临~灵~流~龙~绿~裸~洛~迷~沔~名~暮~平~前~秦~琴~青~清~晴~绕~山~涉~逝~疏~蜀~朔~司~通~辋~望~渭~汶~吸~湘~晓~斜~行~玄~盐~遥~瑶~伊~颍~映~涌~远~阅~云~浙~稚~淄~

撺(攛)cuān【古】去声,十五翰。【例】打~点~乱~

蹿(躥)cuān【例】点~撵~上~鼠~

汆cuān。另见 523 页 tǔn。【例】水~

镩(鑹)cuān【古】去声,十五翰。【例】冰~排~

辿chān 徐缓。【古】下平,一先。

梴chān【古】下平,一先。【例】几~梴~

掺chān 用同“搀”。【古】下平，十五咸。另见452页càn、469页xiān。

襜chān【古】下平，十四盐。又：去声，二十九艳同。【例】车～貂～宫～锦～廉～镂～收～彤～

觇(覘)chān【古】下平，十四盐。【例】参～观～窥～密～伺～侦～

单(單)dān【古】上平，十四寒。另见434页chán、460页shàn。【例】拜～包～保～报～被～禀～不～部～菜～成～抽～传～床～存～打～单～订～定～发～饭～方～访～公～贡～孤～挂～滚～寒～红～回～汇～贿～货～羁～夹～简～交～借～卷～开～炕～客～课～空～款～礼～联～路～鸾～落～门～名～排～判～疲～贫～凭～凄～期～起～衾～轻～清～褥～僧～审～失～食～收～要～孀～税～私～提～徒～挖～微～卧～戏～限～消～虚～药～衣～议～幽～谕～运～账～知～中～

担(擔)dān【古】下平，十三覃。另见453页dàn。【例】抱～步～车～承～穿～打～当～束～招～

丹dān【古】上平，十四寒。【例】宝～碧～成～赤～唇～寸～东～饵～范～飞～鬼～寒～合～和～黑～红～虹～华～还～黄～火～颊～金～卷～蔻～荔～练～灵～岭～流～罗～骆～牡～内～喷～破～契～铅～青～人～仁～日～如～若～烧～蛇～神～生～书～霜～水～苏～桃～彤～外～丸～渥～乌～西～霞～仙～心～杏～休～玄～学～雪～眼～燕～养～宜～遗～阴～银～毓～元～圆～月～云～章～折～真～治～衷～左～八卦～枫叶～马缨～一寸～枕中～

耽(躭)dān【古】下平，十三覃。【例】安～沉～眈～管～好～怀～荒～句～酷～乐～深～士～私～素～玩～暹～心～淫～永～

眈dān【古】下平，十三覃。又：上声，二十七感同。【例】眈～瞵～遗～

殚(殫)dān【古】上平，十四寒。【例】不～财～骇～阑～乐～力～疲～飘～穷～岁～物～详～心～智～

聃(耼)dān【古】下平，十三覃。【例】孔～老～尼～彭～史～释～由～祝～子～

郸(鄲)dān【古】上平，十四寒。【例】邯～

箪(簞)dān【古】上平，十四寒。【例】蚕～空～瓢～珠～

瘅(癉)dān【古】上平，十四寒。另见453页dàn。【例】瘁～黄～消～

端duān【古】上平，十四寒。【例】报～鼻～笔～弊～变～兵～愁～储～盗～定～端～多～发～锋～故～过～毫～豪～花～话～祸～极～棘～尖～简～剑～箭～郊～角～借～藉～靖～酒～开～揆～利～梁～履～乱～论～矛～旌～眉～末～篇～品～平～起～墙～情～锐～善～上～舌～设～始～事～树～水～讼～素～台～谈～探～伪～委～席～先～笑～邪～衅～行～寻～言～要～遗～疑～异～忧～云～造～战～杖～兆～争～终～

帆fān【古】下平，十五咸。【例】白～蚌～布～出～楚～船～春～飞～风～高～孤～鼓～挂～归～海～横～回～贾～江～解～锦～进～惊～开～客～来～裂～流～旅～落～买～满～暮～篷～片～浦～千～前～樯～峭～轻～秋～去～石～晚～席～仙～卸～行～轩～雪～烟～扬～野～渔～远～云～战～张～征～制～主～转～足～

八字～吴楚～

番fān【古】上平，十三元。另见431页pān、40页pó。【例】北～边～短～放～分～更～和～老～旗～驱～生～通～外～押～

翻fān【古】上平，十三元。【例】缤～波～蹴～打～倒～颠～调～跌～兜～抖～翻～放～飞～风～覆～赶～耕～鼓～海～荷～鹤～洪～鸿～湖～花～魂～活～急～江～鲸～捆～澜～浪～联～龙～露～鹭～磨～墨～鸟～鸥～攀～鹏～翩～萍～棋～青～曲～驱～雀～鹊～裙～惹～拾～鼠～双～水～涛～腾～天～推～卧～霞～下～掀～翔～新～星～鸦～雁～莺～鱼～云～辗～昼～捉～

繙fān【古】上平，十三元。【例】缤～连～

幡(旛)fān【古】上平，十三元。【例】白～宝～布～彩～赤～春～赐～荡～绯～风～佛～绀～高～虎～花～画～黄～魂～火～降～节～金～旌～灵～铃～龙～鹿～罗～旄～翩～旗～青～丧～胜～素～童～文～乌～仙～信～熊～悬～烟～银～云～皂～执～纸～中～朱～幢～缀～豹尾～青龙～引魂～朱鸟～驺虞～

藩fān【古】上平，十三元。另见436页fán。【例】北～边～车～称～出～触～道～德～典～定～分～奉～归～贵～汉～还～棘～翦～巨～开～篱～列～邻～笼～芦～门～名～内～逆～屏～破～戚～启～潜～强～亲～全～戎～盛～守～殊～外～韦～惟～遐～贤～削～雄～偃～移～游～远～重～宗～

干[1]gān【古】上平，十四寒。另见454页gàn。【例】比～参～长～纥～何～河～江～进～栏～阑～镆～若～师～天～违～无～相～阳～谒～应～枕～中～朱～总～

干[2](乾、亁、乹)gān【古】上平，十四寒。另见454页gàn、474页qián“乾”。【例】杯～饼～抽～风～糕～汗～旱～烘～焦～枯～梨～晾～晴～肉～舌～笋～香～血～浥～阴～折～淡墨～

竿gān【古】上平，十四寒。【例】把～爆～标～叉～长～持～垂～翠～戴～刀～钿～钓～幡～风～高～篙～钩～花～滑～麾～戟～箭～胶～揭～筋～旌～筠～立～联～纶～轮～旄～密～幕～闹～拈～攀～拍～炮～栖～漆～旗～枪～樯～青～柔～伞～刹～上～霜～踏～铁～投～万～望～桅～衔～险～修～牙～倚～义～渔～舆～玉～缘～粘～斩～帐～招～棹～执～朱～珠～竹～幢～敲竹～青玉～

肝gān【古】上平，十四寒。【例】炒～摧～雕～动～肺～鬲～虮～夹～鲸～刳～脍～龙～马～内～纳～牛～披～平～青～石～食～鼠～獭～铁～心～胸～忠～伏龙～食无～

甘gān【古】下平，十三覃。【例】不～传～胆～啖～调～夺～飞～肥～分～丰～瓜～和～红～滑～回～经～井～菊～橘～绝～葵～流～露～绿～美～蜜～凝～荠～情～泉～陕～舌～水～笋～天～甜～同～微～味～温～香～心～言～宜～腴～增～珍～旨～自～作～

杆gān【古】上平，十四寒。另见445页gǎn。【例】标～测～吊～顶～滑～栏～旗～桅～鱼～

柑gān【古】下平，十三覃。【例】变～栟～苍～藏～传～赐～斗～分～广～海～红～壶～黄～金～荆～镜～芦～蜜～破～青～乳～嗜～霜～香～新～遗～真～朱～

苷gān 甘草。【古】下平,十三覃。

矸gān【例】去声,十五翰。【例】丹~南山~

玕gān【古】上平,十四寒。【例】琅~琅~明~翠琅~青琅~

泔gān【古】下平,十三覃。【例】米~潘~

疳gān【古】下平,十三覃。【例】口~牙~眼~软下~走马~

坩gān 陶器。【古】下平,十三覃。

尴(尷、尲)gān 尴尬。【古】下平,十五咸。

观(觀)guān【古】上平,十四寒。另见455页 guàn。【例】悲~遍~博~骋~传~创~达~大~睇~叠~洞~独~耳~反~泛~蜚~风~俯~改~概~高~骇~宏~幻~回~慧~极~佳~监~鉴~景~静~究~旧~巨~聚~考~可~客~空~旷~乐~历~美~冥~目~内~旁~奇~三~盛~史~适~书~殊~疏~通~同~统~外~往~微~围~伟~物~细~遐~闲~相~详~笑~雄~袖~雅~仰~遥~夜~仪~异~游~豫~远~瞻~贞~知~直~止~周~逐~主~壮~综~纵~坐~壁上~坐井~

关(關、関)guān【古】上平,十五删。【例】把~报~抱~豹~闭~边~博~层~插~柴~禅~钞~晨~城~重~出~楚~穿~春~当~帝~都~度~防~非~符~负~赴~公~攻~故~关~鬼~过~海~寒~汉~河~鸿~花~机~箕~间~江~蛟~津~京~荆~拒~距~开~扣~款~蓝~灵~陇~梅~门~迷~命~暮~内~难~年~破~启~翘~秦~轻~琼~衢~儒~入~塞~散~山~守~税~松~送~天~铁~通~铜~潼~脱~吴~武~徙~仙~险~乡~萧~心~星~雄~玄~牙~严~掩~验~雁~燕~阳~夜~谒~夷~阴~银~幽~榆~远~越~云~斩~昭~名利~玉门~

冠guān【古】上平,十四寒。另见455页 guàn。【例】白~宝~标~布~蝉~长~朝~齿~冲~初~楮~楚~翠~弹~道~貂~峨~法~凤~扶~高~缟~古~挂~桂~国~花~华~画~皇~婚~鸡~笄~及~极~加~角~解~巾~荆~笼~鹿~貌~冕~南~溺~女~皮~齐~清~戎~柔~儒~丧~纱~尚~升~始~首~树~衰~素~天~髫~铁~投~脱~箨~王~危~巍~武~霞~星~玄~厌~衣~缨~羽~雨~玉~鹬~云~簪~斋~毡~整~正~纸~指~豸~朱~竹~濯~尊~处士~沐猴~切云~青莲~束发~云母~竹皮~

官guān【古】上平,十四寒。【例】罢~霸~百~拜~稗~保~卑~本~辟~贬~兵~补~参~曹~策~察~差~长~朝~臣~畴~除~黜~春~词~祠~辞~次~赐~从~窜~村~达~代~党~导~到~道~得~抵~调~都~夺~恩~法~番~犯~贩~坊~放~封~服~符~府~赴~副~改~感~高~宫~贡~狗~贵~国~寒~汉~好~候~宦~昏~积~羁~疾~加~奸~兼~监~谏~将~教~解~锦~进~京~警~酒~居~具~捐~军~看~考~客~滥~郎~乐~礼~立~莅~伶~令~流~虏~论~卖~懋~媒~觅~免~民~命~谬~募~幕~纳~能~农~奴~判~抛~品~骑~旗~起~弃~迁~遣~清~秋~赇~权~热~任~荣~冗~儒~入~瑞~散~僧~商~赏~上~哨~设~

射~摄~神~审~升~省~失~诗~实~史~使~士~世~仕~事~侍~试~署~庶~司~送~素~台~贪~探~堂~逃~天~田~通~徒~外~王~微~为~尉~瘟~文~武~夏~仙~闲~显~县~宪~乡~效~校~新~星~刑~休~选~勋~巡~衙~言~盐~验~阳~要~医~仪~议~驿~阴~荫~隐~印~营~庸~逾~鬻~原~越~宰~赃~择~贼~赠~斋~谪~政~职~治~秩~众~州~逐~属~祝~尊~父母~

棺guān【古】上平，十四寒。【例】殡~薄~材~采~船~吊~钉~抚~盖~革~椁~阖~金~开~灵~埋~梦~命~木~凭~破~剖~起~石~饰~束~抬~铁~停~同~桐~瓦~悬~衣~舆~玉~纫~正~属~梓~白玉~

倌guān【古】上平，十四寒。【例】宝~茶~车~店~浑~看~老~马~门~牛~堂~新郎~

莞guān【古】上平，十四寒。另见446页guǎn、449页wǎn。【例】编~草~春~丛~黄~秸~蒲~青~苇~雨~

纶(綸)guān 纶巾。【古】上平，十五删。另见514页lún。

鳏(鰥)guān【古】上平，十五删。【例】恫~鲂~抚~孤~鳏~老~贫~茕~虞~

瘝guān【古】上平，十五删。【例】恫~旷~民~痌~痛~轸~

擐guān【古】上平，十五删。又：去声，十六谏同。另见457页huàn。【例】躬~

酣hān【古】下平，十三覃。【例】半~笔~长~沉~春~风~高~贯~酣~黑~红~花~昏~酒~婪~乐~琴~微~虾~兴~醺~夜~饮~云~战~草木~雪意~

憨hān【古】下平，十三覃。【例】痴~村~呆~憨~娇~狂~猛~强~愚~

顸(頇)hān【古】上平，十四寒。【例】颟~

蚶hān【古】下平，十三覃。【例】白~雕~海~螺~蠃~鳅~炙~蛛~醉~

鼾hān【古】上平，十四寒。又：去声，十五翰同。【例】鼻~打~齁~沈~

犴hān 驼鹿。【古】上平，十四寒。另见451页àn。

欢(歡、懽)huān【古】上平，十四寒。【例】悲~朝~称~成~承~春~得~割~歌~共~故~寡~酣~合~哗~活~讲~交~结~尽~旧~狂~乐~连~怜~留~买~谋~昵~洽~强~亲~轻~清~情~求~取~撒~少~神~失~市~收~贪~讨~腾~天~通~同~蛙~忘~望~喜~衔~相~谐~心~忻~欣~新~喧~寻~言~邀~拥~幽~虞~载~噪~至~众~逐~追~佐~两相~孺子~四座~慰亲~

獾(貛)huān【古】上平，十四寒。【例】狗~海~狢~狐~獾~狼~狸~沙~穴~猪~

讙(嚾)huān【古】上平，十四寒。【例】悲~哗~讙~极~趋~蛙~虓~喧~噪~众~

看kān 守护。【古】上平，十四寒。又：去声，十五翰同。另见457页kàn。

堪kān【古】下平，十三覃。【例】不~才~差~何~久~堪~可~克~那~难~岂~任~时~谁~未~无~雅~真~真~仲~自~

勘kān【古】去声，二十八勘。【例】保~比~驳~查~察~雠~谛~点~对~根~

归~核~会~计~检~简~禁~鞠~考~窥~履~磨~契~取~审~收~刷~送~踏~探~体~听~停~推~枉~委~系~校~行~验~斩~照~制~质~追~自~

刊(栞)kān【古】上平,十四寒。【例】报~不~雠~创~丛~刀~雕~发~附~复~副~改~合~画~会~集~辑~季~莫~年~期~日~试~书~特~停~校~休~选~旬~影~月~增~重~周~专~

龛(龕)kān【古】下平,十三覃。【例】半~宝~壁~禅~崇~灯~佛~高~寒~花~金~莲~灵~龙~木~山~神~诗~石~书~松~檀~仙~香~星~雪~夜~银~幽~玉~云~珠~

戡kān 武力平定。【古】下平,十三覃。

嵁kān 嵁岩。【古】下平,十三覃。

宽(寬)kuān【古】上平,十四寒。【例】绰~从~道~恩~放~姑~加~肩~江~扩~量~平~容~善~松~天~通~拓~外~心~性~胸~衣~优~幽~纡~裕~展~政~百忧~风月~酒杯~水云~眼界~衣带~

髋(髖)kuān【古】上平,十四寒。【例】髀~

颟(顢)mān 颟顸。【古】上平,十四寒。

攀pān【古】上平,十五删。【例】登~奉~附~高~供~跻~交~牵~趋~升~诬~许~仰~指~重~追~不可~

潘pān【古】上平,十四寒。【例】两~米~

番pān 番禺。【古】上平,十三元。另见428页fān、40页pó。

三sān【古】下平,十三覃。另见459页sàn。【例】瘪~传~存~道~封~复~连~两~满~行~旬~踰~再~攒~振~洽~重~

叁sān "三"的大写。

毵(毿)sān【古】下平,十三覃。【例】褴~毵~黑毵~

山shān【古】上平,十五删。【例】鳌~巴~拔~白~半~宝~北~本~鼻~碧~壁~边~弁~冰~博~采~残~蚕~苍~藏~草~岑~茶~槎~柴~朝~尘~城~乘~赤~重~崇~出~楮~楚~触~春~祠~丛~摧~翠~寸~岱~刀~道~灯~登~狄~地~鼎~东~洞~渎~断~恶~伐~方~飞~分~坟~焚~封~峰~佛~浮~负~阜~冈~高~葛~隔~公~攻~宫~姑~孤~鼓~故~雇~关~冠~归~龟~柜~桂~过~海~寒~喊~汉~蒿~河~阖~鹤~黑~很~恒~衡~后~湖~虎~花~怀~还~环~火~嵇~箕~霁~家~假~践~江~绛~郊~椒~金~荆~景~旧~鹫~崛~橘~捐~君~开~看~靠~空~矿~昆~阆~乐~雷~骊~黎~历~丽~连~裂~临~灵~凌~楼~峦~鸾~落~买~邙~蟒~茅~眉~梅~煤~米~密~绵~庙~岷~名~鸣~冥~墨~暮~南~尼~泥~排~盘~蓬~披~劈~屏~破~栖~齐~绮~千~铅~前~钱~乔~樵~青~穷~琼~丘~秋~驱~泉~鹊~群~肉~如~入~沙~深~神~石~收~蜀~松~崧~锁~他~塔~泰~坛~檀~汤~唐~涛~逃~梯~天~亭~颓~晚~望~文~巫~屋~吴~吾~溪~锡~峡~仙~岘~乡~香~湘~象~萧~崤~晓~挟~行~玄~悬~雪~寻~鸦~厓~崖~烟~岩~砚~仰~瑶~野~夜~移~阴~羽~玉~远~岳~云~泽~枕~镇~

智~众~竹~阻~祖~梦笔~燕然~

衫shān【古】下平,十五咸。【例】白~薄~布~蝉~朝~衬~垂~春~翠~单~短~绯~拂~服~葛~官~汗~夹~袷~绛~蕉~接~解~巾~裾~客~袴~裤~宽~蓝~练~凉~绿~罗~蟒~帽~蒙~衲~袍~披~偏~飘~青~轻~裙~唐~套~童~舞~戏~夏~绡~绣~靴~雪~衣~云~皂~毡~罩~征~白苎~

删shān【古】上平,十五删。【例】笔~不~节~刊~讨~增~斩~重~自~繁文~

芟shān【古】下平,十五咸。【例】裁~锄~戴~节~勤~秋~梢~始~夷~刈~耘~斩~

杉shān【古】下平,十五咸。另见6页shā。【例】苍~池~枞~翠~风~高~古~红~桧~冷~秋~水~松~铁~银~云~

膻(羶、羴)shān【古】下平,一先。【例】膏~秽~荤~慕~气~裘~肉~臊~腥~

扇(搧)shān【古】下平,一先。另见459页shàn。【例】波~鼓~骄~狡~驱~战~

跚shān【古】上平,十四寒。【例】跰~蹒~跚~

姗shān【古】上平,十四寒。【例】诮~姗~笑~

珊shān【古】上平,十四寒。【例】阑~盘~毵~珊~

苫shān【古】下平,十四盐。又:去声,二十九艳异。另见460页shàn。【例】草~茅~

舢shān 舢板。

潸(潜)shān【古】上平,十五删。又:上声,十五潸同。【例】长~潸~

埏shān【古】下平,一先。【例】八~坟~垓~海~寰~九~穷~陶~幽~周~

烻shān 光强。【古】下平,一先。

煽shān【古】下平,一先。【例】炽~飞~购~诱~

痁shān 痁疾。另见492页diàn。【古】下平,十四盐。

闩(閂)shuān【古】上平,十五删。【例】门~上~锁~

拴shuān【古】下平,一先。【例】打~牢~套~弯~

栓shuān【古】下平,一先。【例】螺~门~木~枪~血~

酸suān【古】上平,十四寒。【例】哀~悲~鼻~臂~齿~楚~醋~胆~调~发~泛~甘~鹄~果~含~寒~尖~脚~鸩~酒~橘~梅~耐~拈~酿~尿~捏~贫~凄~怯~青~穷~儒~乳~弱~馊~甜~痛~腿~味~胃~细~咸~心~辛~盐~腰~

狻suān【古】上平,十四寒。【例】狮~

贪(貪)tān【古】下平,十三覃。【例】豺~馋~嗔~痴~丑~沓~叨~苟~激~奸~骄~狼~廉~疗~悭~禽~去~攘~书~饕~顽~心~凶~淫~忧~赃~憎~酌~

摊(攤)tān【古】上平,十四寒。又:去声,十五翰异。【例】摆~报~薄~地~赌~饭~分~浮~公~画~货~均~冷~棚~铺~钱~软~散~收~书~舒~文~匀~

滩(灘)tān【古】上平,十四寒。又:去声,十五翰异。【例】暗~冰~春~钓~

风~赣~海~河~湖~虎~荒~回~急~江~礁~惊~鲸~蓼~芦~茅~明~鸣~暮~泥~牛~盘~坡~浦~浅~抢~秋~沙~石~溯~退~危~谿~险~晓~星~雪~岩~淤~渔~涨~河漫~惶恐~武陵~雁宿~滟滪~子陵~

瘫(癱)tān【例】跛~单~风~疯~痪~截~面~偏~软~松~

坍tān【古】下平,十三覃。【例】崩~倒~

啴(嘽)tān【古】上平,十四寒。另见444页chǎn。【例】啴~

湍tuān【古】上平,十四寒。【例】奔~崩~碧~冰~驰~春~飞~风~浮~鼓~豪~洪~回~激~急~江~锦~惊~临~流~鸣~怒~浅~清~曲~弱~逝~束~松~素~响~悬~雪~迅~夜~涌~争~

貒tuān【古】上平,十四寒。【例】角~

煓tuān 火炽盛。【古】上平,十四寒。

弯(彎)wān【古】上平,十五删。【例】臂~打~高~弓~拐~回~急~蹓~路~眉~牛~碰~绕~水~弯~膝~纤~压~腰~萦~折~肘~转~

湾(灣)wān【古】上平,十五删。【例】半~碧~池~春~风~港~拐~海~河~江~柳~浦~清~秋~沙~深~水~台~涛~汀~湾~溪~野~银~幽~渔~竹~芦荻~

蜿wān【古】上平,十三元。【例】盘~蟠~蜷~蜒~

豌wān 豌豆。【古】上平,十四寒。

剜wān【古】上平,十四寒。【例】刀~雕~神~剔~挑~

婠wān 婠妠。【古】上平,十四寒。

簪zān【古】下平,十二侵。又:下平,十三覃同。【例】笔~碧~朝~抽~翠~道~堕~凤~绂~冠~蒿~合~横~华~鬓~髻~解~巾~金~荆~龙~落~朋~瓶~琼~散~著~饰~投~脱~亡~犀~卸~修~瑶~衣~遗~缨~玉~云~帻~豸~珠~坠~碧玉~玳瑁~

糌zān 糌粑。

占zhān【古】下平,十四盐。另见462页zhàn。【例】吉~鸟~星~

瞻zhān【古】下平,十四盐。【例】傍~驰~高~顾~观~惊~具~旷~窥~欧~旁~平~企~前~翘~式~视~眺~喜~遐~斜~欣~岩~仰~遥~游~马首~天下~

毡(氈、氊)zhān【古】下平,一先。【例】拜~半~碧~餐~草~池~地~寒~锦~卷~蛮~毛~旃~铺~青~蛩~裘~戎~衣~拥~油~雨~针~

沾zhān【古】下平,十四盐。【例】不~赐~恩~均~露~普~濡~雨~预~沾~

粘zhān【古】下平,十四盐。另见473页nián。【例】稠~汗~糊~胶~霜~苔~沾~落花~

旃zhān【古】下平,一先。【例】辨~彩~翠~丹~赋~古~虹~画~绛~旌~龙~鸾~靡~勉~旆~曲~桡~戎~使~细~行~拥~载~张~致~

邅zhān【古】下平,一先。【例】乘~迴~屯~远~月~迍~

饘(饘、飦)zhān【古】下平,一先。【例】羹~粱~麦~饔~粥~

詹zhān【古】下平,十四盐。【例】宾~宫~顾~翰~詹~

谵（譫）zhān【古】下平，十四盐。【例】昏～呓～语～

鹯（鸇）zhān【古】下平，一先。【例】苍～赤～化～霜～鹰～鸷～

鳣（鱣）zhān【古】下平，一先。【例】海～鲛～鹏～王～衔～祥～有～

专（專、耑）zhuān【古】下平，一先。【例】宠～独～笃～骄～精～开～美～情～权～擅～万～位～心～行～意～造～贞～职～智～自～业贵～志虑～

砖（磚、甎、塼）zhuān【古】下平，一先。【例】标～冰～层～茶～瓷～地～雕～方～纺～宫～构～古～汉～红～花～怀～火～阶～金～面～磨～抛～砌～秦～青～沙～烧～陶～庭～铜～投～瓦～顽～文～押～盐～砚～玉～

颛（顓）zhuān【古】下平，一先。【例】颛～

钻（鑽）zuān【古】上平，十四寒。另见463页zuàn。【例】刁～雕～攻～铁凿～

躜（躦）zuān 躜动。【古】上平，十四寒。

平声·阳平

残（殘）cán【古】上平，十四寒。【例】暴～碑～鬓～病～逞～除～疮～窗～创～春～丛～摧～殚～灯～凋～冬～废～红～虎～花～回～火～酒～脍～鲙～阑～懒～零～榴～慢～髦～梅～梦～飘～破～棋～戕～侵～秋～驱～阙～辱～伤～烧～胜～衰～水～岁～贪～饕～屠～颓～香～星～刑～形～凶～朽～雪～鸦～烟～羊～夜～夷～遗～影～月～贼～致～诛～自～夕阳～

蚕（蠶）cán【古】下平，十三覃。【例】冰～樗～春～分～皂～耕～宫～寡～寒～红～呼～花～槐～火～家～茧～僵～金～巨～课～柳～露～论～马～眠～农～祈～起～亲～秋～劝～赛～桑～沙～山～神～石～始～熟～丝～天～田～头～土～晚～问～卧～吴～夏～仙～先～休～雪～养～繇～野～蚁～银～浴～原～螈～柘～柞～草石～

惭（慚、慙）cán【古】下平，十三覃。【例】抱～不～词～大～负～感～顾～何～怀～惶～悔～惊～疚～愧～腼～内～体～痛～无～谢～心～兴～羞～忧～震～自～

蟾chán【古】下平，十四盐。【例】半～冰～步～彩～窗～大～钓～孤～桂～海～寒～化～金～景～凉～灵～明～清～琼～秋～缺～霜～素～庭～铜～万～望～仙～晓～新～砚～养～瑶～银～玉～圆～髭～白玉～刘海～

单（單）chán 单于。【古】下平，一先。另见427页dān、460页shàn。

婵（嬋）chán【古】下平，一先。【例】婉～修～

禅（禪）chán【古】下平，一先。另见460页shàn。【例】安～班～避～参～出～初～传～打～狐～化～交～劫～经～康～枯～狂～论～貌～眠～栖～情～趣～入～诗～殊～谈～逃～外～问～悟～行～修～学～夜～渊～证～昼～坐～达摩～文字～野狐～祖师～

蝉（蟬）chán【古】下平，一先。【例】鬓～残～春～翠～钿～貂～飞～风～附～

高~寒~胡~槐~娇~金~刻~枯~立~联~凉~露~鸣~暮~黏~青~轻~清~秋~沙~山~石~蜩~听~蜕~晚~溪~夏~衔~晓~新~玄~鸦~哑~岩~耀~夜~银~玉~蚱~玄武~

缠(纏)chán【古】下平,一先。又:去声,十七霰异。【例】臂~搭~担~附~盖~钩~鬼~裹~和~胡~环~徽~混~羁~夹~交~绞~搅~缴~锦~纠~拘~连~恋~龙~乱~蛮~蔓~迷~绵~磨~难~攀~盘~皮~牵~软~丝~斯~藤~相~行~绣~烟~淹~腰~银~萦~粘~支~瓜蔓~鬼狐~

谗(讒)chán【古】下平,十五咸。又:去声,三十陷同。【例】谤~避~猜~谄~蜚~工~遘~毁~讥~奸~嗟~进~口~内~拟~伤~贪~替~听~投~顽~诬~邪~慵~忧~遇~冤~遭~

馋(饞)chán【古】下平,十五咸。【例】击~解~老~清~诗~手~贪~眼~慵~知~嘴~

廛chán【古】下平,一先。【例】百~编~村~东~附~耕~关~国~郊~旧~开~里~灵~氓~区~市~贯~受~肆~通~闲~邑~园~征~芝~

躔chán【古】下平,一先。【例】春~次~踆~斗~分~高~谷~合~箕~经~魁~龙~青~日~顺~台~夕~星~行~榆~月~灾~

瀍chán【古】下平,一先。【例】涧~伊~

孱chán【古】上平,十五删。又:下平,一先同。另见452页càn。【例】病~孱~肤~高~孤~惊~空~老~羸~驽~懦~贫~气~清~猥~虚~愚~

潺chán【古】上平,十五删。又:下平,一先同。【例】潺~淙~涟~危~

镵(鑱)chán【古】下平,十五咸。又:去声,三十陷异。【例】长~花~镌~犁~镂~雪~白木~采药~

巉chán【古】下平,十五咸。又:上声,二十九豏同。【例】巉~嵌~崖~崭~

欃chán【古】下平,十五咸。【例】天~

僝chán【古】上平,十五删。【例】昏~饥~鸠~

澶chán【古】下平,一先。【例】漫~宛~

劖chán【古】下平,十五咸。【例】刀~镌~削~

船(舩)chuán【古】下平,一先。【例】宝~冰~兵~拨~驳~泊~裁~彩~漕~草~茶~车~撑~乘~楚~春~村~荡~灯~登~钓~渡~趸~帆~翻~舫~放~风~凫~赶~戈~舸~贡~雇~官~贯~归~桂~海~旱~航~河~红~呼~湖~花~划~画~唤~回~火~货~机~驾~舰~江~津~进~酒~军~开~客~快~兰~缆~浪~雷~莲~邻~舲~菱~龙~楼~陆~轮~买~米~民~木~碾~炮~跑~篷~旗~起~绮~汽~樯~轻~秋~驱~赛~沙~商~哨~师~石~铁~停~土~推~拖~蚊~溪~系~行~巡~压~烟~盐~洋~摇~野~移~舣~驿~银~鹰~邮~游~渔~玉~造~贼~罾~斋~战~棹~征~舟~竹~租~坐~乌篷~剡溪~夜航~

传(傳)chuán【古】下平,一先。另见462页zhuàn。【例】播~宸~称~承~驰~词~单~嫡~递~典~电~短~讹~沸~分~风~讽~符~感~歌~给~功~

共~孤~河~轰~哄~哗~欢~火~赍~急~纪~寄~家~笺~讲~节~解~惊~久~旧~据~遽~绝~客~空~口~浪~流~胪~美~秘~名~谬~模~默~频~谱~驱~散~觞~声~盛~失~师~世~手~书~私~送~俗~宿~投~妄~伪~闻~误~习~袭~檄~遐~相~心~薪~虚~宣~喧~言~谣~遥~遗~驿~邮~周~宗~祖~暗香~尺书~古今~

椽chuán【古】下平,一先。【例】柏~采~尺~撺~翠~雕~蠹~短~府~古~架~僦~螽~茅~攀~朴~荣~神~饰~数~危~屋~修~檐~萦~竹~笔如~碧玉~出头~

遄chuán 迅速。【古】下平,一先。

攒(攢、欑)cuán【古】上平,十四寒。另见449页zǎn。【例】蜂~花~眉~云~竹~剑戟~麦芒~

凡(凢)fán【古】下平,十五咸。【例】百~不~超~尘~大~但~都~发~非~锦~荆~举~据~平~圣~私~思~脱~仙~霄~要~庸~愚~治~诸~总~

烦(煩)fán【古】上平,十三元。【例】蝉~吵~尘~愁~除~惮~涤~动~黩~恶~发~费~奉~干~浩~昏~伙~夥~机~激~极~急~煎~焦~解~剧~倦~苛~劳~累~麻~冒~澧~迷~民~磨~耐~恼~腻~捻~频~扰~冗~骚~猥~紊~相~嚣~心~虚~絮~喧~厌~殷~忧~冤~躁~增~憎~治~窒~重~昼~不惮~

繁fán【古】上平,十三元。【例】便~拨~昌~炽~冲~春~丛~调~纷~阜~富~浩~伙~济~笳~椒~旌~剧~浓~骈~浅~巧~寝~冗~删~嗜~阗~物~新~星~雄~絮~喧~殷~枝~重~滋~桑麻~

樊fán【古】上平,十三元。【例】防~衡~篱~林~笼~前~丘~邱~山~脱~止~雉~缁~

蕃fán【古】上平,十三元。【例】八~北~边~车~储~阜~富~归~海~翰~和~花~还~龙~逆~骈~戚~青~秋~睿~三~生~守~土~吐~外~西~下~衍~养~膺~远~诸~竹~住~滋~孳~宗~

藩fán【古】上平,十三元。另见428页fān。【例】莸~

蘩fán【古】上平,十三元。【例】采~洁~绿~蘋~

璠fán【古】上平,十三元。【例】瑶~玙~珠~

蹯fán【古】上平,十三元。【例】绝~请~食~熊~

矾(礬)fán【古】上平,十三元。【例】打~胆~黑~黄~绛~枯~山~

墦fán 坟。【古】上平,十三元。【例】春~乞~丘~东郭~

燔fán【古】上平,十三元。【例】朝~焚~脯~攻~祭~燎~林~炮~烹~烧~燧~煨~

含hán【古】下平,十三覃。【例】包~饱~饭~花~回~浑~混~空~泪~敛~内~泥~青~情~润~山~上~石~视~韬~溪~下~烟~药~野~隐~渊~蕴~中~月色~

韩(韓)hán【古】上平,十四寒。【例】辰~富~呼~孟~慕~商~申~识~追~

函(圅)hán【古】下平,十三覃。又:下平,十五咸异。【例】包~宝~便~表~

册~驰~尺~寸~钿~调~端~发~凤~覆~公~棺~贺~候~诲~惠~剑~鲛~金~镜~空~来~类~龙~鸾~密~木~签~琼~深~诗~石~手~书~私~肃~天~通~潼~犀~峭~信~修~讯~掩~唁~瑶~银~印~鱼~玉~珍~枕~中~紫玉~

涵hán【古】下平,十三覃。【例】半~包~并~澄~池~管~海~泓~恢~浑~江~浸~静~镜~露~内~桥~清~沈~石~霜~水~韬~天~渟~宵~虚~煦~烟~隐~泳~渊~蕴~周~珠~秋影~

汗hán【古】上平,十四寒。另见455页hàn。【例】大~可~

邗hán 邗沟。【古】上平,十四寒。

邯hán 邯郸。【古】下平,十三覃。

榦hán【古】上平,十四寒。【例】井~

虷hán 孑孓。【古】上平,十四寒。

浛hán 沉浸。【古】下平,十三覃。另见456页hàn。

琀hán 琀玉。【古】去声,二十八勘。

晗hán 天将明。【古】下平,十三覃。

崡hán【古】下平,十五咸。【例】峭~

嵅hán【古】下平,十三覃。【例】岚~

寒hán【古】上平,十四寒。【例】卑~北~辟~碧~避~冰~波~薄~残~朝~齿~赤~冲~初~川~床~春~单~胆~挡~地~冬~冻~毒~恶~犯~防~风~高~孤~关~广~归~花~荒~饥~鸡~羁~家~笳~郊~娇~解~戒~惊~酒~救~菊~剧~枯~苦~酷~凛~凌~隆~露~冒~盟~暮~内~耐~嫩~凝~疟~暖~脾~贫~破~凄~祁~乞~气~浅~桥~峭~衾~轻~清~秋~驱~泉~却~热~忍~散~山~伤~沈~盛~时~受~暑~霜~司~岁~汤~天~晚~微~违~温~夏~新~嘘~煦~暄~鸦~烟~严~檐~雁~酽~夜~衣~阴~迎~余~逾~雨~御~院~月~云~簪~增~沾~昼~骤~倒春~麦秀~

还(還)huán【古】上平,十五删。【例】璧~驳~补~偿~潮~春~催~代~抵~返~放~封~奉~复~给~归~鹤~回~交~缴~锦~凯~来~派~赔~潜~遣~清~秋~让~生~收~送~索~讨~腾~填~跳~退~往~旋~循~雁~依~引~折~掷~周~珠~追~午梦~衣锦~

澴huán【古】上平,十五删。【例】湾~

圜huán【古】上平,十五删。另见481页yuán。【例】白~黄~句~绕~转~

貆huán【古】上平,十三元。又:上平,十四寒同。【例】貆~

峘huán 峘岳。【古】上平,十四寒。

萑huán【古】上平,十四寒。【例】堇~

郇huán 姓。【古】上平,十五删。

环(環)huán【古】上平,十五删。【例】靶~宝~豹~鼻~碧~臂~璧~鬟~步~钗~愁~春~赐~翠~带~珰~刀~得~吊~堕~耳~珥~发~法~翻~凤~钩~冠~光~花~回~火~棘~解~巾~金~扣~琅~连~链~麟~鸾~轮~帽~门~鸣~佩~珮~辔~貔~穹~曲~雀~绕~日~兽~锁~探~套~铁~筒~投~湾~锡~仙~衔~响~熊~旋~循~瑶~银~缨~萦~瀛~游~玉~渊~月~孕~簪~辙~指~周~珠~转~钻~

鬟huán【古】上平,十五删。【例】鬟~蝉~雏~垂~翠~黛~低~点~蛾~风~拂~高~歌~宫~合~花~髻~娇~峤~

锦~柳~绿~螺~嬴~青~倾~柔~山~侍~双~颓~雾~仙~香~斜~丫~烟~玉~云~楚巫~倭堕~

寰huán【古】下平，十五删。【例】八~尘~赤~鬼~海~畿~郊~九~区~人~仙~喧~烟~瀛~宇~

镮(鐶)huán【古】下平，十五删。【例】镳~钗~车~刀~镀~函~剑~金~连~镣~门~兽~锁~探~铁~铜~玉~指~黄金~

桓huán【古】上平，十四寒。【例】般~桓~起~鲩~盘~磐~齐~檀~相~

阛huán【古】下平，十五删。【例】廛~尘~阓~市~通~

嬛huán【古】下平，一先。另见470页xuān。【例】娟~琅~嬛~

洹huán【古】上平，十三元。又：上平，十四寒异。【例】洹~济~泥~淇~涉~游~祇~

萑huán【古】上平，十四寒。【例】编~深~泽~执~

锾(鍰)huán【古】上平，十五删。【例】百~车~罚~剑~赎~铜~

兰(蘭)lán【古】上平，十四寒。【例】白~碧~采~茝~菖~崇~楚~春~丛~翠~荻~吊~丁~杜~芳~陔~皋~膏~桂~蒿~红~蕙~季~奸~椒~解~金~九~澧~林~灵~铃~龙~楼~露~绿~梅~梦~墨~木~佩~青~琼~秋~荃~纫~赛~赏~绍~麝~石~疏~树~松~天~庭~芄~畹~薇~握~香~湘~言~燕~养~野~伊~依~猗~幽~盂~玉~浴~芸~泽~摘~遮~芝~执~芷~朱~空谷~素心~

栏(欄)lán【古】上平，十四寒。【例】宝~碧~边~编~步~车~赤~床~存~低~殿~雕~扶~高~阁~隔~勾~鼓~红~护~花~画~回~槛~金~井~跨~楼~马~门~攀~棚~凭~绮~虬~曲~疏~跳~铁~通~危~围~斜~畜~雪~药~野~倚~玉~匝~灶~栅~遮~重~朱~竹~专~朱丝~

阑(闌)lán【古】上平，十四寒。【例】斑~边~差~车~春~当~殿~歌~更~勾~光~画~回~槿~井~酒~门~凭~秋~失~石~暑~岁~乌~夏~闲~向~宵~兴~星~轩~筵~夜~倚~幽~玉~遮~朱~珠~烛~乌丝~月色~

澜(瀾)lán【古】上平，十四寒。又：去声，十五翰同。【例】安~宝~碧~波~沧~层~长~澄~春~翠~恶~翻~泛~观~海~合~横~洪~回~急~惊~镜~狂~溃~澜~历~流~漫~鸟~平~清~情~晴~涩~汰~涛~恬~颓~微~文~夏~湘~阳~漪~银~余~玉~源~增~既倒~挽狂~

岚(嵐)lán【古】下平，十三覃。【例】布~层~朝~澄~春~翠~风~峰~浮~孤~寒~林~峦~喷~青~晴~秋~山~霜~随~卧~雾~夕~溪~晓~烟~遥~阴~云~紫~霁后~

蓝(藍)lán【古】下平，十三覃。【例】板~宝~碧~出~翠~黛~靛~法~伽~甘~海~芥~荆~精~麻~马~盘~萍~奇~青~秋~柔~僧~石~菘~随~天~瓦~蔚~乌~西~眼~映~郁~云~湛~青于~

篮(籃)lán【古】下平，十三覃。【例】笔~菜~吊~饭~花~荆~筠~考~扣~篾~箪~盘~蒲~球~藤~投~网~香~携~鞋~摇~药~鱼~竹~

拦(攔)lán【古】上平,十四寒。【例】编~抵~隔~关~喝~截~拘~马~巡~约~遮~阻~

斓(斕)lán【古】上平,十五删。【例】斑~斒~

襤(襤)lán【古】下平,十三覃。【例】薄~

婪lán【古】下平,十三覃。【例】婪~贪~

谰(讕)lán【古】上平,十四寒。又:去声,十五翰同。【例】诋~诡~谩~欺~诬~

襕(襴)lán【古】上平,十四寒。【例】白~碧~边~金~罗~袍~裙~膝~皂~紫罗~

峦(巒)luán【古】上平,十四寒。【例】苍~层~长~崇~春~葱~翠~封~峰~岗~高~荒~回~连~林~凌~陵~青~晴~丘~秋~山~石~松~嵩~晚~危~雪~烟~岩~玉~远~云~重~

滦(灤)luán 见于地名。【古】上平,十四寒。

鸾(鸞)luán【古】上平,十四寒。【例】彩~骖~苍~钗~乘~螭~赤~翠~丹~飞~分~凤~伏~扶~高~歌~孤~鹄~和~鹤~衡~红~鸿~回~金~惊~镜~龙~鸣~栖~青~轻~琼~秋~虬~神~素~文~舞~祥~翔~枭~绣~玄~仪~游~玉~鸳~鹓~紫~

銮(鑾)luán【古】上平,十四寒。【例】和~华~回~金~禁~龙~鸣~陪~启~起~青~琼~彤~锡~旋~移~迎~游~玉~御~驻~装~

脔(臠)luán【古】上声,十六铣。【例】大~禁~卷~刳~牛~三~市~碎~形~议~玉~炙~

栾(欒)luán【古】上平,十四寒。【例】椽~栾~木~生~檀~突~团~香~攒~重~朱~

圞(圝)luán【古】上平,十四寒。【例】团~

挛(攣)luán【古】下平,一先。【例】风~筋~拘~卷~枯~挛~绵~胼~牵~龋~拳~团~膝~系~胝~

孪(孿)luán 双生。【古】下平,一先。又:去声,十六谏同。

娈(孌)luán【古】上声,十六铣。又:去声,十七霰异。【例】蕃~婉~

蛮(蠻)mán【古】上平,十五删。【例】阿~安~霸~白~边~苍~常~逞~楚~触~村~刁~动~洞~放~横~江~荆~绵~邈~南~强~戎~山~生~狮~耍~讨~土~外~蜗~乌~吴~溪~小~凶~野~夷~瘴~镇~舟~诸~菩萨~武陵~指日~

漫mán 旧读。【古】上平,十四寒。另见458页màn。

瞒(瞞)mán【古】上平,十四寒。【例】阿~曹~过~诳~买~瞑~欺~曲~贤~隐~遮~

鳗(鰻)mán【古】上平,十四寒。【例】风~鳜~海~河~泥~石~

鬘mán【古】上平,十五删。【例】雏~垂~花~华~妙~

馒(饅)mán 馒头。【古】上平,十四寒。

谩(謾)mán【古】上平,十四寒。又:去声,十五翰同。又:去声:十六谏同。

另见458页màn。【例】诞～过～诳～欺～坐～

埋mán 埋怨。另见307页mái。

鞔mán【古】上平,十四寒。【例】革～

男nán【古】下平,十三覃。【例】成～次～得～嫡～丁～妒～儿～肥～夫～耕～鳏～立～鲁～美～奇～耆～少～胜～圣～庶～嗣～天～髫～童～僮～县～乡～孝～养～遗～义～愚～侄～子～左～

难(難)nán【古】上平,十四寒。另见458页nàn。【例】阿～碍～安～嘲～惩～冲～惮～烦～犯～匪～纷～高～告～构～寒～诃～和～横～昏～艰～蹇～见～谏～讲～角～诘～解～戒～苛～困～两～贫～强～勤～穷～涩～设～时～释～停～头～外～万～微～畏～先～嫌～险～限～衅～疑～忧～语～预～障～知～指～质～重～追～蜀道～行路～

南nán【古】下平,十三覃。另见12页ná。【例】巢～楚～戴～东～斗～二～樊～关～海～汉～和～湖～华～淮～剑～江～峤～荆～离～岭～漠～幕～宁～奇～黔～塞～山～社～水～朔～司～天～图～五～西～夏～雍～征～直～指～中～终～周～

楠(枏、柟)nán【古】下平,十三覃。又:下平,十四盐同。【例】高～古～楄～楩～杞～杉～石～蜀～溪～香～樟～槠～梓～

喃nán【古】下平,十五咸。【例】肚～呋～喃～呢～燕～

蝻nán【例】蝗～螟～

萳nán 草弱状。【古】下平,十三覃。

盘(盤)pán【古】上平,十四寒。【例】蚌～宝～杯～表～冰～菜～层～茶～蟾～朝～车～秤～螭～愁～出～春～磁～翠～错～耽～弹～登～底～地～雕～吊～顶～鼎～钉～堆～敦～舵～翻～饭～放～佛～抚～负～高～耕～鼓～瓜～盥～果～合～花～华～回～击～稽～祭～煎～键～交～椒～金～镜～酒～踞～开～冷～连～脸～龙～轮～罗～碾～涅～拼～平～栖～琼～秋～虬～曲～散～沙～石～收～素～算～胎～台～天～铁～通～围～涡～吸～犀～香～雄～旋～牙～岩～盐～瑶～药～银～营～萦～郁～圆～攒～承露～水晶～

蟠pán【古】上平,十四寒。【例】螭～根～虺～蛟～踞～龙～泥～潜～虬～屈～山～蛇～萦～幽～渊～

磐pán【古】上平,十四寒。【例】鸿～磐～石～硬～

蹒(蹣)pán 蹒跚。【古】上平,十四寒。

胖pán【古】上平,十四寒。另见595页pàng。【例】体～

弁pán 高兴。【古】上平,十四寒。另见491页biàn。

磻pán【古】上平,十四寒。【例】礚～流～

爿pán【古】下平,七阳。【例】柴～瓦～鞋～竹～

槃pán【古】上平,十四寒。【例】考～露～涅～槃～铜～珠～

然rán【古】下平,一先。【例】蔼～暖～安～岸～黯～昂～盎～傲～悖～必～飙～炳～勃～不～惨～灿～苍～嘈～恻～巉～龌～惝～怅～畅～焯～超～琤～赪～瞠～诚～弛～侈～斥～炽～忡～惆～怵～矗～怆～纯～蠢～踔～辍～从～蹴～粹～怛～淡～憺～当～荡～定～陡～端～断～敦～顿～俄～愕～皤～繁～斐～沸～忿～愤～拂～抚～公～固～诡～桂～衮～果～骇～

酣~悍~浩~赫~轰~哄~訇~忽~胡~花~哗~划~欢~涣~焕~恍~浑~豁~霍~既~寂~戛~间~蹇~皎~娇~皦~孑~桀~截~介~矜~尽~井~竟~炯~窘~居~绝~倔~矍~忾~克~溘~快~旷~岿~魁~朗~乐~泠~敛~寥~了~料~烈~凛~泠~荦~茫~贸~猛~渺~藐~邈~泯~悯~暝~谬~木~赧~偶~判~庞~沛~砰~翩~飘~凄~戚~颀~悄~惬~嵚~顷~茕~确~柔~潸~哂~施~释~帅~爽~竦~肃~索~泰~坦~倘~陶~天~恬~忝~觍~佻~挺~通~同~徒~颓~酡~莞~婉~枉~惘~巍~伟~炜~未~温~怃~兀~翕~歙~闲~显~萧~翛~欣~信~炫~醺~洵~嫣~奄~俨~偃~燕~杳~窅~窈~依~怡~已~亦~毅~熠~莹~悠~犹~油~跃~乍~崭~湛~昭~骤~卓~灼~

髯(髯)rán【古】下平,十四盐。【例】鬓~苍~长~赤~短~丰~高~皓~胡~虎~戟~鳞~龙~美~攀~青~虬~髯~衰~霜~松~掀~须~银~髭~紫~蛟客~

燃rán【古】下平,一先。【例】爆~沉~灯~点~洞~燔~海~火~烬~爇~脐~犀~薰~隐~助~自~宝炬~

蚺(蚦)rán【古】下平,十四盐。【例】花~蟒~

堧(壖)ruán【古】下平,一先。【例】城~官~海~河~湖~淮~洄~江~津~水~颓~限~瀛~垣~

谈(談)tán【古】下平,十三覃。【例】褒~笔~鄙~偏~禅~长~常~畅~称~侈~丛~诞~讹~恶~发~访~浮~高~謦~规~过~和~胡~话~诙~会~讥~鸡~佳~僭~讲~交~接~街~讦~静~剧~聚~倦~隽~噱~开~恳~空~口~夸~快~款~狂~俚~乱~略~漫~盲~美~密~面~茗~冥~谬~攀~奇~绮~洽~倾~清~顷~趣~荣~善~商~深~胜~盛~时~史~世~手~肆~俗~琐~通~痛~吐~妄~伟~猥~文~晤~膝~戏~细~闲~乡~详~宵~小~笑~谐~雄~虚~叙~絮~玄~悬~哑~雅~妍~言~宴~燕~夜~轶~瀛~游~侑~余~娱~舆~语~杂~珠~麈~助~自~纵~坐~促膝~

弹(彈)tán【古】上平,十四寒。另见453页dàn。【例】朝~吹~对~回~讥~纠~乱~评~琴~轻~清~善~丝~闻~指~重~自~绳墨~五弦~

坛(壇)tán【古】上平,十四寒。【例】拜~词~道~登~地~法~飞~坟~封~佛~高~歌~耕~宫~古~灌~海~花~华~画~乩~祭~稷~家~嘉~将~讲~降~郊~教~醮~结~戒~金~净~九~酒~剧~�~开~坎~蜡~乐~雷~灵~龙~露~论~盟~棋~起~青~丘~球~拳~日~骚~扫~沙~社~神~诗~书~祀~宿~体~天~王~网~文~仙~香~星~杏~宣~玄~瑶~夜~艺~吟~银~泳~雩~玉~元~月~斋~政~雉~竹~筑~紫~

檀tán【古】上平,十四寒。【例】宝~大~伐~花~槐~黄~锦~栎~灵~绿~逻~青~麝~树~速~檀~悉~香~绣~椅~旃~枕~杼~梓~紫~

潭tán【古】下平,十三覃。【例】鳌~碧~参~沉~澄~螭~池~春~村~冬~斗~芳~沸~风~龟~桂~寒~黑~湖~花~剑~江~椒~蛟~介~金~浸~鲸~菊~浚~空~雷~涟~莲~凉~临~龙~

绿~赢~泥~平~萍~青~清~秋~桑~山~深~石~霜~水~舜~溪~楔~湘~象~雪~烟~岩~杨~夜~幽~鱼~玉~渊~鼋~月~云~照~珠~竹~紫~百花~日月~

痰tán【古】下平，十三覃。【例】风~化~祛~

昙(曇)tán【古】下平，十三覃。【例】彩~悉~优~云~

覃tán【古】下平，十三覃。另见546页qín。【例】参~访~功~广~化~普~庆~曲~荣~思~覃~遐~研~远~追~

谭(譚)tán【古】下平，十三覃。【例】参~常~浮~高~衡~讥~静~口~夸~美~鸟~奇~清~雀~善~时~乌~闲~玄~逸~钟~纵~尊~

澹tán 澹台。【古】下平，十三覃。另见453页dàn。

醰tán【古】下平，十三覃。又：上声，二十七感同。【例】醇~醰~渊~

蟫tán 鱼名。【古】下平，十三覃。另见549页yín。

郯tán 古国名。【古】下平，十三覃。

倓tán【古】下平，十三覃。【例】恬~

惔tán【古】下平，十三覃。【例】遂~恬~

锬(錟)tán 长矛。【古】下平，十三覃。

团(團、糰)tuán【古】上平，十四寒。【例】抱~冰~兵~财~朝~成~春~党~饭~粉~风~糕~花~欢~集~尖~鉴~搅~锦~剧~军~乐~谜~面~民~蒲~入~商~社~麝~神~师~使~水~线~乡~星~疑~银~隅~玉~月~云~战~政~纸~龙凤~缕金~

抟(摶)tuán【古】上平，十四寒。【例】斗~风~扶~控~鹏~云~直~扶摇~九霄~万里~

漙tuán【古】上平，十四寒。【例】漙~

完wán【古】上平，十四寒。【例】保~备~补~独~富~工~攻~坚~了~临~没~盘~日~缮~神~事~售~天~纤~鲜~雄~修~演~养~用~贞~整~重~

丸wán【古】上平，十四寒。【例】冰~帛~赤~弹~楱~饭~飞~睾~古~击~金~鸠~橘~蜡~牢~雷~流~龙~绿~梅~蜜~墨~泥~抛~棋~铅~巧~肉~沙~摄~诗~松~送~素~探~跳~铁~土~乌~绣~须~药~银~鱼~炸~掷~珠~转~走~函谷~黄金~水晶~

顽(頑)wán【古】上平，十五删。【例】傲~尘~逞~痴~持~蠢~粗~村~大~敌~刁~笃~钝~梗~犷~憨~悍~昏~奸~坚~骄~狡~老~劣~迷~冥~驽~疲~强~软~恃~瘦~疏~庶~贪~童~土~尪~袭~心~凶~虚~愚~

纨(紈)wán【古】上平，十四寒。【例】冰~裁~霁~缣~锦~绔~裤~绫~流~罗~齐~绮~轻~霜~素~绨~缇~纤~香~湘~绡~衣~缯~

玩(翫)wán【古】去声，十五翰。【例】把~宝~嘲~嗤~弛~持~怠~耽~对~讽~服~抚~拱~古~顾~观~好~讥~积~骄~静~看~抗~夸~乐~美~秘~摩~闹~凝~攀~捧~披~疲~欺~奇~器~潜~钦~轻~清~情~赏~饰~嗜~耍~诵~贪~探~违~文~侮~习~袭~洗~戏~细~狎~闲~详~笑~携~亵~欣~学~寻~循~雅~淹~研~宴~妖~遗~异~吟~游~娱~玉~渊~悦~杂~瞻~展~珍~执~

汍wán【古】上平，十四寒。【例】澜~汍~

刓wán【古】上平，十四寒。【例】劖~刀~雕~磨~神~削~销~印~钻~

咱(喒、偺)zán[【古】入声，七曷。又：下平，六麻同。另见15页zá。【例】多~

仄声·上声

俺ǎn 我。【古】去声，二十九艳。

揞ǎn 按覆。【古】上声，二十七感。【例】扑~

埯ǎn【古】上声，二十八俭。【例】断~

唵ǎn 唵吃。【古】上声，二十七感。

板[1]bǎn【古】上声，十五潸。【例】案~白~榜~报~碑~被~鞭~薄~禅~持~尺~赤~传~船~窗~床~赐~搓~挡~地~雕~顶~帆~风~负~副~盖~钢~搁~歌~隔~古~鹄~鼓~龟~桂~过~号~合~鹤~黑~笏~画~夹~架~简~僵~经~拘~绝~刊~刻~快~蜡~篮~雷~梨~敛~楼~漏~镂~露~缕~慢~门~面~模~墨~木~内~拍~平~铺~腔~墙~桥~青~琼~杉~舢~扇~身~绳~诗~石~书~死~榻~踏~檀~桃~陶~套~跳~铁~艇~铜~图~响~象~削~行~杏~靴~牙~盐~檐~砚~样~腰~印~渔~玉~元~云~闸~斩~栈~诏~砧~执~纸~竹~足~虹桥~虎爪~

板[2](闆)bǎn【古】上声，十五潸。【例】老~

版bǎn【古】上声，十五潸。【例】谙~凹~碑~禅~撤~出~初~瓷~大~盗~底~雕~翻~封~负~复~改~钢~歌~更~鹄~龟~贺~鹤~户~笏~画~活~计~假~简~胶~揭~金~绝~开~刊~刻~溃~蜡~敛~镂~露~履~冕~明~摹~墨~木~嫩~排~拼~铅~琼~沙~设~神~诗~石~市~手~书~宋~缩~桃~陶~套~天~铜~头~投~凸~图~退~望~位~息~乡~响~象~心~续~牙~洋~渔~玉~元~云~再~诏~珍~纸~制~重~筑~奏~

坂(岅)bǎn【古】上声，十三阮。【例】草~长~赤~翠~大~堤~叠~冈~皋~横~骥~峻~兰~岭~陇~泥~平~坡~蒲~峭~青~丘~秋~山~石~遐~险~崤~斜~修~阴~黄泥~九折~邛崃~羊肠~

阪bǎn【古】上声，十三阮。【例】长~赤~冈~黄~峻~历~岭~陵~陇~盘~山~殽~中~

昄bǎn 大。【古】上声，十五潸。

钣(鈑)bǎn 金属板。【古】上声，十五潸。

蝂bǎn【古】上声，十五潸。【例】负~

惨(慘)cǎn【古】上声，二十七感。【例】哀~黯~悲~惨~苍~愁~春~黛~凋~雕~风~寒~花~灰~昏~积~惊~苛~酷~冒~墨~暮~恓~凄~戚~愀~峭~伤~舒~霜~酸~凶~阴~忧~风云~

黪cǎn【古】上声，二十七感。【例】黯~黪~愁~灰~

产(產)chǎn【古】上声，十五潸。【例】包~宝~抱~别~薄~财~超~出~催~寸~单~荡~倒~敌~地~丁~断~房~

飞~分~丰~高~公~估~谷~官~诡~国~海~核~化~活~货~籍~家~甲~减~居~绝~军~均~矿~亏~理~临~流~陆~民~末~难~逆~农~赔~贫~破~奇~弃~钦~倾~屈~慎~生~盛~世~事~试~守~水~顺~私~死~特~天~田~停~同~投~土~脱~稳~物~析~小~行~秀~胥~畜~血~养~业~夜~遗~异~引~隐~营~优~余~渔~孕~早~造~增~殖~治~置~中~助~转~赀~资~滋~祖~

铲(鏟、剷)chǎn【古】去声,十六谏。【例】电~风~锅~药~洛阳~

刬(剗)chǎn【古】上声,十五潸。另见452页chàn。【例】锄~除~刮~斫~革~口~

谄(諂)chǎn【古】上声,二十八俭。【例】阿~卑~不~谗~奸~进~竞~佞~欺~巧~倾~容~柔~诬~献~相~邪~胁~虚~迎~谀~直~

阐(闡)chǎn【古】上声,十六铣。【例】表~敦~方~光~弘~化~恢~精~开~阖~胜~式~推~遐~载~再~增~昭~证~

冁(囅、辴)chǎn 笑貌。【古】上声,十六铣。

蒇(蕆)chǎn【古】上声,十六铣。【例】告~护~

旵chǎn 日光照。【古】上声,二十九豏。

浐chǎn【古】上声,十五潸。【例】灞~蹇~素~

啴chǎn 和缓。【古】上声,十六铣。另见433页tān。

燀(燀)chǎn【古】上声,十六铣。【例】烹~威~炎~灾~

骣(驏)chǎn 骣骑。【古】上声,十五潸。

喘chuǎn【古】上声,十六铣。【例】惫~残~大~发~肺~汗~急~假~娇~咳~羸~牛~疲~平~气~热~卧~息~哮~延~吴牛~

舛chuǎn【古】上声,十六铣。【例】驳~差~舛~错~颠~顿~讹~烦~纷~乖~坏~回~蹇~交~矛~命~谬~时~疏~违~无~遗~运~命途~

胆(膽)dǎn【古】上声,二十七感。【例】鳌~鼻~笔~尝~彻~赤~大~地~动~洞~斗~独~赌~夺~放~肝~刚~狗~孤~鬼~海~骇~寒~豪~狐~虎~魂~鸡~甲~奸~见~剑~精~酒~沮~苦~狂~沥~龙~露~鹿~落~披~瓶~破~情~球~犬~丧~色~蛇~身~诗~石~试~嗜~鼠~獭~铁~托~衔~象~心~胸~雄~熊~悬~养~义~阴~饮~硬~鱼~云~参~张~獐~仗~昭~镇~震~志~助~壮~醉~豹子~失魂~

掸(撣、撢)dǎn【古】上声,十四旱。另见460页shàn。【例】钩~

疸dǎn【古】上声,十四旱。又:去声,十五翰同。【例】疙~黑~黄~酒~胃~

统(紞)dǎn【古】上声,二十七感。【例】统~纮~旒~瑱~玄~

赕(賧)dǎn【古】去声,二十八勘。【例】输~遵~越~责~租~

亶dǎn【古】上声,十四旱。【例】亶~龙~路~天~屯~宛~

短duǎn【古】上声,十四旱。【例】蔽~褊~补~才~谗~长~螭~尺~疵~刺~道~得~诋~乏~凡~放~覆~盖~绠~诃~护~毁~讥~击~汲~计~简~揭~

截~精~沮~窭~亏~理~陋~梦~目~偏~贫~气~弃~骞~浅~墙~侵~穷~屈~缺~阙~裙~讪~伤~舌~身~时~世~示~视~饰~疏~私~思~损~缩~条~纤~宵~心~幸~凶~修~续~蓄~寻~夭~夜~衣~宜~阴~庸~用~悠~愚~暂~谮~杖~折~纸~智~昼~烛~訾~嘴~笔力~雁声~

反fǎn【古】上声,十三阮。【例】背~倍~辨~策~倒~复~顾~乖~归~诡~互~还~连~论~谋~内~叛~批~起~时~肃~逃~往~忘~违~惟~现~相~详~旋~言~宥~杂~造~诈~镇~自~

返fǎn【古】上声,十三阮。【例】璧~重~风~复~顾~还~回~连~龙~鸟~遣~倾~鹊~生~逃~往~忘~违~西~相~旋~折~

感gǎn【古】上声,二十七感。【例】哀~百~悲~崩~惭~诚~愁~触~传~大~动~洞~多~恶~反~福~观~好~互~化~怀~欢~激~交~可~口~快~愧~乐~类~灵~流~美~敏~冥~铭~默~内~佞~凄~潜~情~肉~瑞~睿~善~伤~深~神~实~释~手~顺~私~酸~随~天~通~同~统~痛~外~万~微~味~无~衔~相~欣~兴~性~嗅~玄~压~遥~阴~应~永~忧~幽~有~语~预~豫~怨~杂~珍~知~直~至~志~追~知己~

鳡(鱤)gǎn 鱼名。【古】上声,二十七感。

敢gǎn【古】上声,二十七感。【例】胆~果~豪~何~横~竟~讵~莫~怕~慓~岂~谁~乌~无~武~骁~雄~焉~勇~忠~

杆(桿)gǎn【古】去声,十五翰。另见428页gān。【例】笔~踩~叉~称~钓~二~杠~光~滑~脚~垮~拉~连~麻~马~木~闹~枪~铁~腿~烟~腰~鱼~足~

秆(稈)gǎn【古】上声,十四旱。【例】抱~稻~根~禾~秸~茎~棵~乱~麻~麦~萁~

赶(趕)gǎn【古】上声,十四旱。【例】逼~趁~跟~轰~后~驱~热~断~追~

橄gǎn 橄榄。【古】上声,二十七感。

澉gǎn【古】上声,二十七感。【例】淡~

擀gǎn【古】上声,十四旱。【例】丸~

管(筦)guǎn【古】上声,十四旱。【例】哀~斑~宝~保~豹~笔~编~彩~参~测~插~承~驰~持~楚~吹~脆~翠~代~胆~导~道~滴~端~短~风~凤~钢~高~歌~共~顾~管~函~毫~皓~横~衡~花~簧~灰~羁~急~笳~兼~监~笺~教~截~金~禁~京~经~拘~军~筠~看~裤~窥~雷~离~麟~翎~柳~龙~芦~吕~律~妙~鸣~铙~盘~喷~瓶~气~羌~清~琼~乳~软~弱~塞~桑~商~笙~食~试~收~枢~竖~水~丝~素~锁~陶~套~通~彤~统~筒~秃~弯~微~苇~吸~犀~细~辖~弦~湘~象~箫~星~袖~穴~血~牙~瑶~阴~银~玉~云~韵~掌~照~针~执~职~竹~主~总~

琯guǎn【古】上声,十四旱。【例】凤~灰~葭~金~律~琼~霜~星~玉~

筦guǎn【古】上声,十四旱。【例】吹~机~急~禁~六~龙~青~磬~铨~榷~枢~弦~

馆(館、舘)guǎn【古】上声,十四旱。又:去声,十五翰同。【例】报~闭~边~

别～宾～菜～餐～茶～娼～池～崇～楚～川～词～祠～辞～翠～村～道～邸～赌～饭～梵～府～歌～阁～公～宫～孤～桂～汉～衡～花～画～槐～欢～会～籍～甲～饯～江～鲛～酒～就～捐～考～客～兰～乐～离～梁～琳～留～楼～旅～梅～秘～面～暮～南～女～蓬～憩～芹～清～琼～秋～泉～儒～散～僧～山～商～舍～设～神～史～使～试～授～书～水～私～寺～松～素～台～堂～亭～同～吴～武～舞～溪～戏～禊～霞～仙～闲～新～行～虚～轩～玄～学～烟～宴～燕～阳～洋～瑶～野～夷～驿～吟～莺～瀛～幽～邮～游～雨～玉～寓～月～云～芸～斋～芝～重～珠～竹～筑～坐～崇文～秋声～朝云～

莞guǎn【古】上声，十五潸。另见 449 页 wǎn、430 页 guān。【例】东～

喊hǎn【古】上声，二十七感。又：上声，二十九豏同。【例】发～高～喝～吼～呐～声～吆～

罕hǎn【古】上声，十四旱。【例】毕～动～见～旌～可～洮～希～修～云～驻～前世～

阚(闞)hǎn【古】上声，二十九豏。另见 457 页 kàn。【例】暴～斗～俯～呼～虎～阚～窥～哮～

蔊hǎn 蔊菜。【古】上声，十四旱。

缓(緩)huǎn【古】上声，十四旱。【例】安～沉～弛～迟～冲～怠～低～烦～放～风～贵～和～缓～稽～急～减～简～蹇～矜～静～宽～款～辽～凝～驽～疲～僻～平～轻～柔～儒～散～赊～纾～疏～舒～水～松～坦～停～闲～详～性～徐～淹～延～悠～暂～展～滞～纵～

晥huǎn【古】上声，十五潸。【例】华～晥～蜗～烛～

砍kǎn【古】上声，二十七感。【例】乱～披～

坎[1]kǎn【古】上声，二十七感。【例】离～巽～

坎[2](埳)kǎn【古】上声，二十七感。【例】乘～重～关～河～机～焦～阶～井～掘～坎～坑～空～凛～马～满～堑～穷～石～寿～坛～同～屯～洼～窞～蛙～习～陷～穴～崖～岩～掩～瘗～幽～

侃(侃)kǎn【古】上声，十四旱。又：去声，十五翰同。【例】斗～侃～浪～调～訚～英～

槛(檻)kǎn【古】上声，二十九豏。另见 493 页 jiàn。【例】陛～彩～潮～晨～池～窗～摧～翠～大～殿～雕～芳～戈～阁～宫～钩～斛～虎～户～花～画～机～金～锦～井～巨～绝～栏～牢～棂～栊～楼～门～绮～曲～山～兽～水～松～堂～亭～危～霞～仙～修～绣～虚～轩～悬～烟～瑶～倚～溢～银～幽～玉～月～朱～竹～

欿kǎn【古】上声，二十七感。【例】欿～

款(欵)kuǎn【古】上声，十四旱。【例】摆～边～表～拨～筹～出～储～纯～催～贷～单～导～垫～兑～额～恩～罚～放～奉～付～公～供～贡～厚～划～还～缓～汇～货～寄～讲～降～交～缴～结～解～借～进～旧～就～巨～捐～卷～恳～款～悃～领～留～落～门～密～铭～募～纳～昵～派～赔～披～票～钱～潜～欠～勤～清～情～入～软～少～设～事～收～首～赎～税～私～送～谈～提～题～条～通～头～投～吐～退～托～文～现～献～饷～效～谐～心～行～修～虚～叙～押～延～燕～洋～谒～议～用～游～余～原～援～

愿~赃~债~账~招~赈~忠~专~罪~

窾kuǎn【古】上声,十四旱。【例】导~空~窾~綮~深~隙~虚~崖~凿~中~

览(覽)lǎn【古】上声,二十七感。【例】饱~备~便~遍~博~采~查~觇~尘~呈~达~登~洞~泛~访~放~蜚~风~俯~复~概~高~躬~顾~关~观~贯~广~横~宏~环~恢~稽~记~进~镜~究~钧~考~快~窥~历~临~浏~流~旁~批~披~凭~奇~洽~强~亲~清~穷~日~荣~入~睿~缮~上~涉~审~胜~省~圣~肆~诵~台~眺~听~通~推~味~夕~遐~下~详~祥~校~玄~循~延~研~要~宜~御~远~阅~杂~瞻~展~照~周~瞩~追~综~总~纵~

懒(懶、嬾)lǎn【古】上声,十四旱。【例】惫~避~病~蚕~成~痴~蝶~笃~躲~堕~惰~发~放~蜂~花~简~娇~倦~卖~侬~鸥~疲~软~散~身~疏~衰~酸~贪~偷~脱~心~羞~医~意~慵~幽~钻~嘴~边韶~

揽(攬)lǎn【古】上声,二十七感。【例】把~包~博~承~叨~登~掉~兜~独~顾~广~积~兼~结~流~搂~辔~凭~挈~亲~收~手~搜~统~延~要~夜~招~抓~综~总~

缆(纜)lǎn【古】去声,二十八勘。【例】船~春~电~发~风~钢~光~茧~结~解~锦~篾~牵~绳~收~丝~藤~系~细~悬~腰~植~竹~

榄(欖)lǎn【古】上声,二十七感。【例】巴~橄~柯~乌~

壈lǎn【古】上声,二十七感。【例】坎~

罱lǎn【古】上声,二十七感。【例】冬~

漤lǎn 盐腌青菜。【古】上声,二十七感。

卵luǎn【古】上声,十四旱。又:上声,二十哿同。【例】抱~鳖~采~蚕~产~巢~虫~重~春~鹑~雕~叠~鹅~凤~孵~凫~覆~鹄~呵~鹤~护~画~鸡~茧~聚~累~龙~鸟~剖~秋~取~雀~乳~石~拾~胎~探~投~吞~丸~完~危~握~衔~象~压~雁~燕~遗~蚁~翼~鱼~玉~雉~椎~坠~

满(滿)mǎn【古】上声,十四旱。【例】饱~膘~潮~尘~池~持~侈~充~春~辞~帆~烦~肥~丰~风~俸~服~浮~腹~弓~功~贯~贵~河~红~花~积~挤~江~骄~戒~届~界~金~酒~亢~考~客~快~隆~美~弥~穆~脑~平~旗~迁~情~秋~全~人~任~日~荣~塞~时~实~水~说~岁~贪~填~庭~秃~完~挽~香~刑~胸~虚~蓄~穴~厌~业~役~意~溢~引~盈~忧~圆~月~云~孕~胀~照~斟~卮~装~自~

赧nǎn【古】上声,十五潸。【例】惭~瘁~愧~腼~赧~色~羞~颜~

腩nǎn【古】上声,二十七感。【例】牛~

暖(煖、煗)nuǎn【古】上声,十四旱。【例】饱~保~被~波~采~趁~池~窗~床~春~存~貂~冬~风~供~归~寒~和~红~候~花~回~酒~浪~冷~笼~炉~麦~曼~帽~嫩~泥~弄~暖~瓶~坡~破~圃~气~衾~琴~轻~晴~庆~取~日~融~柔~沙~晒~笙~室~手~水~送~汤~天~温~稳~曦~席~袭~霞~香~向~嘘~絮~煦~暄~靴~雪~曛~烟~妍~研~腰~衣~莺~雨~云~乍~帐~枕~知~骤~自~醉~座~春泥~花枝~锦帆~桑榆~

餪nuǎn【古】去声，十五翰。【例】送～

染rǎn【古】上声，二十八俭。【例】爱～皲～播～缠～尘～传～春～翠～皴～大～黛～点～玷～独～感～勾～垢～翰～烘～红～浣～挥～绘～积～间～剪～渐～尽～浸～竞～旧～空～蜡～蓝～乐～练～露～绿～面～妙～蔑～目～攀～漂～迁～牵～侵～驱～屈～荏～日～濡～绳～石～时～始～饰～霜～丝～所～贪～陶～题～天～贴～污～洿～诬～无～雾～习～霞～闲～写～修～朽～绚～薰～烟～印～油～有～雨～晕～沾～障～织～朱～缁～渍～

苒rǎn【古】上声，二十八俭。【例】渐～苒～荏～掩～

冉（冄）rǎn【古】上声，二十八俭。【例】晻～黯～渐～冉～奄～

散sǎn【古】上声，十四旱。另见 459 页 sàn。【例】傲～便～樗～怠～烦～鹤～简～蹇～漫～麋～邈～驽～披～骈～清～桡～任～冗～石～霜～碎～琐～汤～丸～稀～萧～笑～宣～游～迂～玉～元～置～煮～

伞（傘）sǎn【古】上声，十四旱。【例】碧～布～撑～大～幡～方～飞～佛～覆～鬼～旱～红～花～火～锦～凉～罗～旗～扇～跳～乌～绣～阳～洋～仪～油～雨～御～竹～杏黄～

馓（饊）sǎn【古】上声，十四旱。【例】和～油～

糁（糝）sǎn【古】上声，二十七感。【例】饭～飞～羹～和～红～柳～米～雪～杂～

闪（閃）shǎn【古】上声，二十八俭。【例】避～错～打～电～抖～躲～发～风～光～忽～回～霍～窥～敛～抛～飘～撇～热～闪～睒～失～倏～铄～逃～腾～天～微～畏～踒～仙～眼～眨～诈～飐～

陕（陝）shǎn【古】上声，二十八俭。【例】川～迩～关～广～函～河～山～

睒shǎn【古】上声，二十八俭。【例】越～睒～瞪～瞬～睗～矆～

晱shǎn【古】上声，二十八俭。【例】晱～

坦tǎn【古】上声，十四旱。【例】安～腹～护～开～履～平～舒～顺～坦～险～夷～意～直～东床～

毯tǎn【古】上声，二十七感。【例】碧～壁～翠～地～挂～跪～花～黎～毛～棉～衾～绒～驼～线～绣～毡～棕～花如～

袒（襢）tǎn【古】上声，十四旱。【例】鄙～臂～褊～补～衩～钩～露～裸～偏～曲～肉～散～徒～膝～右～左～

菼tǎn【古】上声，二十七感。【例】葱～翠～葭～江～芦～秋～如～沙～掩～野～

忐tǎn 忐忑。【古】上声，二十七感。

璮tǎn 玉名。【古】上声，十四旱。

畽（疃）tuǎn【古】上声，十四旱。【例】村～町～畦～

晚wǎn【古】上声，十三阮。【例】傍～薄～朝～池～迟～垂～春～村～旦～寒～恨～花～晦～昏～江～近～楼～露～明～侵～晴～秋～日～山～生～时～市～守～衰～霜～岁～天～通～投～婉～向～歇～星～淹～夜～雨～云～早～治～芳菲～三春～三径～

惋wǎn【古】去声，十五翰。【例】哀～懊～悲～惭～怅～惆～怆～怛～烦～愤～骇～恨～惶～嗟～惊～慷～凄～伤～叹～痛～惋～惜～咨～

琬wǎn【古】上声,十三阮。【例】琰~贞~

绾wǎn【古】上声,十五潸。【例】钩~毂~牵~

挽[1]wǎn【古】上声,十三阮。又:去声,十四愿同。【例】碍~缠~捽~扶~救~牵~收~输~维~邀~移~撄~遮~

挽[2](輓)wǎn【古】上声,十三阮。又:去声,十四愿同。【例】哀~漕~车~楚~辕~吊~飞~赍~馈~陆~辂~铙~输~脱~饷~引~

碗(椀、盌)wǎn【古】上声,十四旱。【例】宝~杯~碧~茶~筹~瓷~灯~斗~饭~盖~宫~海~毫~金~酒~莲~满~木~捧~七~渠~石~汤~瓦~药~银~玉~越~折~注~黄沙~

婉wǎn【古】上声,十三阮。【例】哀~悲~婵~沉~翠~低~和~华~娇~静~隽~娈~流~曼~平~凄~气~谦~轻~清~遒~柔~深~淑~外~婉~委~温~文~纤~娴~详~谐~性~秀~徐~妍~燕~妖~意~音~幽~悠~愉~玉~贞~质~

宛wǎn【古】上声,十三阮。另见471页yuān。【例】大~荆~曲~天~宛~委~延~窈~萦~

菀wǎn【古】上声,十三阮。另见299页yù。【例】白~桂~集~名~秋~紫~

畹wǎn【古】上声,十三阮。又:去声,十四愿同。【例】楚~大~东~芳~蘅~蕙~九~兰~露~亩~平~戚~畦~琼~松~夏~香~药~盈~芝~

皖wǎn【古】上声,十三阮。【例】灊~皖~

莞wǎn 莞尔。【古】上声,十五潸。另见446页guǎn、430页guān。

脘wǎn【古】上声,十四旱。【例】胃~中~

攒(攢、儹)zǎn【古】去声,十五翰。另见436页cuán。【例】殡~蚕~筹~从~催~斗~护~回~积~类~留~龙~拼~齐~启~起~青~掩~

拶(桚)zǎn 拶指。另见8页zā。

趱(趲)zǎn 快走。【古】上声,十四旱。【例】促~催~赶~积~急~挤~紧~挣~

昝zǎn【古】上声,二十七感。【例】多~那~

展zhǎn【古】上声,十六铣。【例】布~参~翠~地~动~恩~发~和~画~进~开~宽~扩~连~眉~内~袍~鹏~披~飘~平~铺~齐~亲~日~商~申~施~疏~舒~添~推~拓~外~稳~宣~巡~延~言~演~夜~影~玉~预~增~张~招~转~愁眉~蕉心~

辗(輾)zhǎn【古】上声,十六铣。【例】跨~轮~玉~走~

斩(斬)zhǎn【古】上声,二十九豏。【例】不~抄~处~寸~剉~锉~断~服~俘~斧~格~击~监~剑~律~论~陪~骈~擒~如~擅~市~屠~问~腰~斩~辄~阵~终~诛~斫~利刃~

盏(盞、醆)zhǎn【古】上声,十五潸。【例】把~宝~杯~冰~茶~赤~传~瓷~灯~递~翻~飞~舭~鼓~荷~花~金~酒~醴~龙~罗~满~盘~抛~七~千~鹊~石~水~送~坛~汤~铜~瓦~碗~洗~瑶~蚁~饮~玉~朱~红螺~黄金~交杯~梨花~蓬莱~葡萄~鹦鹉~

崭(嶄、嶃)zhǎn【古】上声,二十九豏。【例】巉~崭~

飐（颭）zhǎn【古】上声，二十八俭。【例】高~急~惊~浪~露~乱~漫~磨~飘~旗~倾~霞~摇~飐~招~

搌 zhǎn 拭抹。移动。【古】上声，十六铣。

转（轉）zhuǎn【古】上声，十六铣。另见462页zhuàn。【例】暗~拗~百~抃~变~别~拨~补~漕~超~车~承~搭~打~倒~递~调~掉~兜~斗~兑~夺~掇~翻~反~返~复~改~鼓~好~喉~化~还~环~换~回~急~交~九~救~搅~雷~例~捩~流~龙~漏~路~轮~明~磨~内~逆~撵~拧~扭~盘~旁~蓬~批~偏~飘~平~迁~荣~入~升~省~时~使~输~戍~送~挑~通~推~外~婉~午~旋~眩~踅~偃~移~遗~优~语~玉~圆~运~展~辗~折~支~周~

啭（囀）zhuǎn【古】去声，十七霰。【例】哀~百~蝉~凤~喉~急~娇~竞~流~妙~鸣~鸟~悽~巧~怯~清~嘶~晚~晓~新~学~遗~莺~歌喉~黄鹂~

纂（篹、籑）zuǎn【古】上声，十四旱。【例】编~参~抄~创~都~改~汇~记~论~排~入~诗~拾~梳~嗣~修~御~杂~

缵（纘）zuǎn【古】上声，十四旱。【例】承~灯~恢~继~入~诗~文~营~载~

仄声·去声

案 àn【古】去声，十五翰。【例】白~办~报~备~本~冰~并~捕~部~簿~草~查~长~朝~撤~尘~呈~出~传~辞~存~错~答~大~档~到~盗~诋~典~吊~定~洞~断~堆~对~发~法~翻~凡~犯~方~风~伏~抚~负~腹~稿~个~公~供~归~过~劾~红~鸿~画~黄~积~急~几~假~讲~教~结~纠~旧~举~具~据~考~科~口~款~礼~立~例~连~领~另~龙~脉~眉~命~木~逆~拍~盘~判~破~起~千~抢~窃~钦~琴~曲~肉~审~绳~诗~石~食~侍~收~书~讼~素~探~堂~提~添~铁~同~投~图~团~推~瓦~完~文~问~香~详~销~晓~歇~刑~悬~学~雪~血~寻~讯~烟~厌~谳~药~医~遗~疑~议~萤~玉~狱~御~冤~原~圆~援~在~毡~掌~枕~整~正~证~滞~重~专~追~桌~斫~奏~罪~作~梁鸿~齐眉~青玉~

岸 àn【古】去声，十五翰。【例】傲~鳌~彼~边~汴~冰~驳~草~插~池~楚~春~此~道~登~堤~荻~坻~顶~东~对~风~枫~拂~浮~高~隔~沟~古~广~海~合~河~红~湖~护~花~淮~济~夹~江~椒~金~津~静~菊~橘~绝~觉~开~口~魁~雷~两~蓼~了~列~林~岭~柳~芦~绿~抹~迷~木~拍~畔~偏~平~坡~浦~圻~起~气~器~墙~峭~芹~青~琼~秋~曲~渠~鹊~沙~莎~山~上~输~霜~水~硕~素~睢~隋~邃~塌~苔~潭~塘~天~铁~汀~屠~土~颓~晚~伟~苇~渭~梧~兀~夕~溪~峡~霞~薛~湘~襄~潇~晓~斜~行~杏~轩~压~崖~涯~烟~岩~沿~阳~瑶~野~移~驿~阴~垠~引~拥~幽~右~云~洲~珠~竹~坠~渚~霸陵~垂杨~蒹葭~

暗àn【古】去声,二十八勘。【例】暗~蔽~尘~城~冲~川~春~村~灯~荻~地~笃~短~粉~枫~服~戆~汩~谷~寡~海~荷~黑~后~湖~灰~泂~晦~昏~惑~涧~江~岭~柳~绿~霾~冒~蒙~迷~明~冥~暮~偏~浦~凄~欺~浅~轻~时~识~疏~树~衰~水~松~庭~顽~乌~雾~朽~虚~阴~庸~幽~愚~郁~月~质~昼~竹~千山~

按àn【古】去声,十五翰。【例】察~出~调~抚~复~覆~劾~急~检~谨~纠~鞫~鞠~举~据~考~廉~临~摩~抨~凭~绳~堂~推~外~文~小~新~寻~巡~询~抑~召~证~

黯àn【古】上声,二十九豏。【例】黯~惨~苍~低~黑~晦~昏~枯~陵~泥~匿~凄~史~销~掩~夜~依~阴~幽~黝~愚~黤~云~赭~智~滞~

犴àn【古】去声,十五翰。另见430页hān。【例】狴~牢~类~亡~狱~重~

半bàn【古】去声,十五翰。【例】倍~参~尺~春~得~对~多~各~功~鼓~过~合~河~加~减~渐~酒~居~科~垦~两~路~强~秋~软~山~少~申~胜~时~事~受~树~泰~天~途~夏~相~霄~夜~寅~逾~原~月~云~折~

办(辦)bàn【古】去声,十六谏。【例】安~帮~包~备~部~采~参~操~查~趁~承~惩~逞~筹~创~促~措~代~待~迭~订~督~法~仿~访~干~公~供~购~官~管~好~合~核~恢~会~计~济~交~剿~借~经~精~静~纠~究~举~开~立~买~密~民~拿~能~拟~排~批~起~洽~且~清~取~趣~商~审~试~书~私~夙~岁~添~停~通~外~完~夕~香~襄~兴~修~讯~严~倚~营~豫~杂~攒~责~照~征~整~正~职~指~制~治~置~重~主~酌~总~足~遵~

伴bàn【古】上声,十四旱。【例】趁~俦~搭~党~道~等~歌~跟~馆~光~合~鹤~伙~监~结~酒~就~卷~老~良~侣~旅~女~鸥~陪~朋~人~身~失~诗~随~淘~同~徒~舞~闲~相~行~学~押~饮~游~贼~宗~醉~作~高阳~浣纱~鸥鸟~青灯~卧云~香山~萧史~

瓣bàn【古】去声,十六谏。【例】豆~独~分~根~瓜~瓠~花~活~尖~莲~落~门~密~千~蕊~双~蒜~团~托~犀~香~玉~圆~月~

扮bàn【古】去声,十六谏。【例】穿~打~道~改~假~乔~刷~文~杂~扎~整~妆~

拌bàn【例】搅~难~

绊(絆)bàn【古】去声,十五翰。【例】车~根~挂~羁~继~久~拘~磕~拉~柳~笼~罗~马~纽~攀~牵~惹~软~缧~脱~系~相~绁~亵~鞅~萦~趾~

柈bàn 柈子。【古】去声,十五翰。

靽bàn【古】去声,十五翰。【例】羁~马~

湴bàn【古】去声,三十陷。【例】淖~

粲càn【古】去声,十五翰。【例】白~炳~采~粲~齿~春~葱~璀~翠~发~高~馆~辉~锦~精~炮~绮~霞~笑~薪~星~玉~灼~白石~角枕~南山~三英~一笑~

灿(燦)càn【古】去声,十五翰。【例】白~灿~翠~符~光~华~焕~明~鲜~星~晏~耀~荧~

璨càn【古】去声，十五翰。【例】璨~璀~蒨~北斗~

掺(摻)càn【古】去声，二十九豏。另见427页chān、469页xiān。【例】渔阳~

孱càn 孱头。【古】上声，十五潸。另见435页chán。

忏(懺)chàn【古】去声，三十陷。【例】拜~宝~别~词~调~皇~佳~经~开~愧~礼~祈~起~图~梁武~

羼chàn【古】上声，十五潸。【例】傀~傅~胡~混~

颤(顫)chàn【古】去声，十七霰。另见462页zhàn。【例】颤~胆~动~抖~发~干~寒~悸~惊~软~闪~巍~战~振~震~捉~风荷~

刬(剗)chàn【古】去声，十六谏。另见444页chǎn。【例】一~

韂chàn【古】去声，二十九艳。【例】鞍~

串chuàn【古】去声，十六谏。【例】宝~茶~反~勾~贯~会~贿~截~金~客~连~戚~钱~亲~商~手~闲~香~游~炙~珠~

钏(釧)chuàn【古】去声，十七霰。【例】宝~臂~钗~翠~环~金~龙~鸣~蟠~手~铜~腕~银~玉~越~

窜(竄)cuàn【古】去声，十五翰。【例】北~奔~迸~贬~斥~穿~颠~遁~讹~飞~分~伏~改~诡~骇~解~惊~竞~刊~溃~狼~流~旅~乱~南~逆~匿~鸟~屏~栖~迁~潜~黥~山~删~上~蛇~深~首~鼠~缩~逃~投~脱~亡~闲~穴~逸~隐~鱼~远~谪~雉~诛~走~

爨cuàn【古】去声，十五翰。【例】匕~晡~朝~晨~炽~春~厨~炊~蹈~典~东~断~发~分~釜~供~躬~骸~火~井~举~馈~庖~起~樵~入~施~司~踏~同~晚~夕~析~薪~烟~异~雍~杂~执~炙~竹里~劳新~琴下~

篡(簒)cuàn【古】去声，十六谏。【例】盗~防~改~陵~谋~逆~窃~书~行~淫~

旦dàn【古】去声，十五翰。【例】巴~悲~彩~朝~彻~晨~城~乘~迟~丑~初~春~刺~达~待~旦~东~发~拂~复~副~谷~禾~曷~贺~花~华~昏~吉~霁~浃~节~诘~景~警~竟~坤~朗~浪~老~黎~凌~令~昧~明~暮~平~清~庆~丘~日~瑞~散~申~盛~寿~叔~霜~爽~水~朔~司~俟~岁~天~通~味~文~武~熙~霞~小~晓~昕~休~旭~厌~摇~夜~伊~优~元~月~岳~早~曾~昭~肇~震~正~至~刀马~

淡dàn【古】去声，二十八勘。【例】暗~惨~扯~澄~冲~淳~粗~淡~澹~泔~高~孤~古~寡~涵~昏~简~交~净~口~枯~苦~旷~冷~迷~凝~浓~平~朴~凄~浅~轻~清~柔~散~渗~食~守~疏~肃~素~恬~甜~颓~退~褪~味~温~稀~闲~咸~萧~虚~玄~雅~烟~养~夷~阴~幽~渊~云~晕~湛~贞~

诞(誕)dàn【古】上声，十四旱。【例】傲~百~背~鄙~乘~丑~放~浮~覆~葛~乖~怪~诡~贵~悍~豪~宏~华~幻~荒~恢~昏~驾~简~贱~降~骄~讦~矜~谲~空~夸~宽~狂~诳~旷~阔~莲~令~慢~冥~谬~庞~丕~欺~

奇~浅~庆~任~散~神~生~圣~寿~疏~痰~天~妄~诬~仙~闲~险~邪~信~雄~虚~谚~妖~谀~愚~诈~朱~纵~

担(擔)dàn【古】去声,二十八勘。另见427页dān。【例】扁~经~樵~挑~重~

弹(彈)dàn【古】去声,十五翰。另见441页tán。【例】飞~弓~火~挟~金~蜡~射~弯~玉~珠~

蛋dàn【古】上声,十四旱。【例】彩~捣~刁~飞~滚~红~坏~浑~脸~零~马~泥~皮~穷~软~完~文~喜~盐~

惮(憚)dàn【古】去声,十五翰。【例】猜~崇~宠~辞~恶~服~顾~回~忌~惊~敬~沮~惧~倦~愧~谦~尚~慑~深~危~畏~无~信~严~疑~忧~惴~尊~

瘅(癉)dàn【古】去声,二十一箇。又:上声,二十哿同。另见427页dān。【例】瘁~黄~彰~

僤(僤)dàn【古】上声,十六铣。【例】婉~

萏dàn【古】上声,二十七感。【例】菡~

但dàn【古】上声,十四旱。【例】不~非~何~可~拍~岂~施~

啖(啗、噉)dàn【古】去声,二十八勘。【例】餐~蚕~调~供~龁~虎~健~酒~咀~啮~食~吞~饮~咂~炙~

疍dàn 疍民。

澹dàn【古】上声,二十七感。另见442页tán。【例】暗~惨~澄~冲~淳~澹~高~孤~古~涵~简~旷~凝~平~朴~轻~清~柔~散~疏~肃~恬~闲~萧~虚~玄~雅~养~夷~阴~幽~渊~湛~

憺dàn【古】上声,二十七感。又:去声,二十八勘同。【例】憺~烦~恬~威~雅~

石dàn 量词。另见182页shí。

断(斷)duàn【古】去声,十五翰。又:上声,十四旱异。【例】罢~笔~辨~冰~裁~憯~操~察~肠~抄~潮~宸~敕~脆~寸~错~打~弹~当~堤~定~独~杜~顿~堕~访~分~风~峰~斧~敢~刚~高~割~隔~梗~公~勾~寡~归~果~横~鸿~画~魂~机~间~剪~检~简~搅~结~截~界~禁~径~镜~久~局~句~锯~决~科~宽~理~立~了~灵~论~买~梦~迷~妙~敏~明~谟~目~内~能~拟~逆~藕~判~片~偏~屏~剖~扑~凄~齐~气~牵~乾~堑~强~桥~切~轻~曲~权~髯~任~睿~扫~杀~善~擅~蛇~神~审~声~圣~时~识~示~书~霜~水~丝~肆~速~堂~天~迢~痛~推~枉~妄~忘~望~威~问~武~误~弦~限~雄~朽~续~悬~讯~崖~烟~严~雁~邀~义~议~抑~臆~吟~英~勇~预~岳~云~责~斩~杖~遮~折~诊~制~骤~主~专~斫~阻~

瑖duàn 美石。【古】去声,十五翰。

椴duàn【古】去声,十五翰。【例】蟹~

煅duàn【古】去声,十五翰。【例】炉~

段duàn【古】去声,十五翰。【例】半~波~彩~唱~大~地~顿~分~工~管~过~航~河~阶~今~锦~局~科~款~毛~袍~匹~片~频~千~鞘~区~身~体~险~线~选~衣~中~锦绣~烟成~

锻(鍛)duàn【古】去声,十五翰。【例】锤~雕~考~炼~烹~镕~推~冶~铸~

椎~洪炉~柳下~山阳~

缎(緞)duàn【古】去声,十五翰。【例】贡~杭~花~锦~罗~蟒~软~倭~羽~云~古香~织绵~

簖(籪)duàn【例】溪~蟹~渔~

范[1]fàn 姓。【古】上声,二十九豏。

范[2](範)fàn【古】上声,二十九豏。【例】表~成~驰~垂~粹~村~大~道~德~典~芳~防~丰~风~概~高~格~光~规~闺~鸿~后~晖~徽~家~教~就~矩~楷~科~壶~礼~令~茂~美~门~妙~明~母~木~内~拟~器~前~清~琼~人~认~容~柔~睿~上~身~圣~盛~师~时~使~世~示~式~淑~陶~体~土~文~物~先~贤~宪~型~训~雅~样~仪~贻~遗~懿~英~毓~渊~远~贞~治~质~铸~尊~作~百工~万世~

犯fàn【古】上声,二十九豏。【例】案~暴~本~斥~冲~初~触~词~从~窜~盗~抵~调~渎~锋~负~干~共~故~惯~过~花~伙~激~奸~监~蹇~讦~进~惊~军~抗~亏~来~累~凌~冒~昧~蒙~命~内~难~恼~逆~偶~扑~期~欺~愆~前~遣~窃~侵~钦~轻~情~囚~惹~人~认~入~散~伤~首~唆~逃~同~违~尾~忤~勿~误~嫌~宵~要~轶~逸~杂~再~赃~贼~斩~战~正~重~主~罪~

饭(飯)fàn【古】去声,十四愿。又:上声,十三阮异。【例】白~稗~包~饱~便~菜~餐~茶~晨~趁~吃~传~炊~粗~村~啖~噉~稻~豆~顿~饿~干~羹~供~觞~孤~菰~官~管~鲑~裹~含~盒~化~混~火~加~健~浆~焦~进~秔~粳~酒~开~客~烂~黎~粝~粱~留~砻~麦~卯~暮~能~年~酿~派~泡~喷~乞~强~寝~劝~热~软~善~烧~社~食~蔬~黍~水~送~馊~素~粟~索~摊~汤~堂~讨~筒~抟~乌~午~夕~稀~下~闲~现~香~饷~皛~行~要~野~夜~饮~用~早~造~斋~抓~百家~雕胡~蜂化~甘露~河东~龙华~蟠桃~清风~玉屑~玉虚~

泛(汎、氾)fàn【古】去声,三十陷。又:上平,一东同。【例】波~博~晨~调~东~泛~非~肤~凫~浮~梗~广~恒~横~洪~活~酒~空~宽~滥~灵~流~旅~弥~鸥~飘~平~萍~普~清~冗~松~挑~虚~烟~沿~夜~溢~盈~杂~

贩(販)fàn【古】去声,十四愿。【例】百~报~裨~倒~盗~赌~废~负~沽~货~贾~肩~居~客~里~掠~买~贸~商~市~输~水~私~摊~屠~文~枭~小~

畈fàn【古】去声,十四愿。【例】~厂~田~兴~行~烟~盐~营~佣~邮~游~运~缯~转~

梵fàn【古】去声,三十陷。【例】宝~贝~朝~晨~崇~高~归~华~昏~清~释~午~仙~晓~修~演~夜~幽~鱼~月~赞~钟~

干(幹、榦)gàn【古】去声,十五翰。另见428页gān。【例】才~公~骨~精~廉~强~勤~树~桢~直~

赣(贛、赣、灨)gàn 水名。【古】上声,二十七感。又:去声,一送;去声,二十八勘同。

旰gàn【古】去声,十五翰。【例】朝~晨~晧~澔~烂~日~宵~

骭gàn【古】去声,十六谏。又:去声,十

五翰异。【例】冻~及~骿~秃~玄~

绀(紺)gàn【古】去声,二十八勘。【例】翠~丹~发~缥~青~玄~紫~

淦gàn 水名。【古】去声,二十八勘。又:下平,十三覃同。

惯(慣)guàn【古】去声,十六谏。【例】不~宠~顾~饥~积~见~娇~经~久~懒~熟~习~

涫guàn【古】去声,十五翰。【例】涫~沸~

祼guàn【古】去声,十五翰。【例】晨~郊~禋~郁~

瓘guàn 玉器。【古】去声,十五翰。

爟guàn【古】去声,十五翰。【例】烽~

罐(鑵、鏆)guàn【古】去声,十五翰。【例】顶~饭~灰~火~凉~柳~破~砂~汤~瓦~煨~乌~银~澡~积受~

灌guàn【古】去声,十五翰。【例】锄~春~赐~丛~倒~滴~冬~樊~溉~膏~耕~沟~涵~机~汲~既~江~绛~浇~浸~井~蜡~流~漫~排~喷~畦~秋~输~水~外~沃~涯~烟~淹~夜~引~荥~营~拥~淤~雨~澡~斟~百川~汉阴~醍醐~

冠guàn【古】去声,十五翰。另见429页guān。【例】标~夺~笄~及~入~弱~始~首~童~未~卓~沐猴~

观(觀)guàn【古】去声,十五翰。另见429页guān。【例】鼻~禅~道~飞~宫~甲~杰~两~楼~日~神~寺~仙~月~

贯(貫)guàn【古】去声,十五翰。【例】邦~变~博~参~朝~诚~抽~穿~串~洞~附~纲~钩~横~宏~虹~华~环~羁~籍~价~军~连~柳~律~论~满~冒~名~旁~洽~清~荣~绳~世~手~殊~条~通~同~统~突~脱~徙~详~校~新~朽~淹~沿~业~夜~移~盈~鱼~逾~寓~针~珠~综~族~

盥guàn【古】去声,十五翰。又:上声,十四旱同。【例】涤~焚~奉~溉~巾~进~起~漱~洮~沃~洗~澡~箴~濯~

鹳(鸛)guàn【古】去声,十五翰。【例】鸫~鹅~

丱guàn【古】去声,十六谏。【例】笄~羁~角~两~龆~髫~童~总~总角~

汗hàn【古】去声,十五翰。另见437页hán。【例】白~表~拨~惭~赤~出~喘~盗~发~反~防~粉~佛~膏~骇~浩~滈~灏~黑~红~涣~惶~挥~麾~恚~浃~简~绛~惊~愧~澜~浪~冷~流~漫~蒙~腼~赧~泮~洽~青~轻~热~扇~暑~悚~通~透~渥~午~羞~虚~血~盐~颜~掩~阳~油~雨~躁~战~障~珠~玉枝~

汉(漢)hàn【古】去声,十五翰。【例】安~班~碧~长~辰~宸~痴~赤~冲~楚~村~大~东~钝~番~飞~风~好~河~横~鸿~后~华~淮~皇~潢~姬~季~江~金~绝~军~狂~老~丽~隶~连~凉~两~寥~烈~灵~刘~龙~隆~罗~莽~懵~岷~明~谬~南~前~樵~峭~青~清~穷~穹~秋~散~山~上~蜀~唐~天~铁~西~闲~湘~霄~斜~星~烟~炎~遥~银~狱~远~云~中~周~紫~阿罗~

旱hàn【古】上声,十四旱。【例】被~涝~赤~春~村~大~冬~防~风~伏~干~赶~涸~荒~蝗~火~济~焦~抗~枯~苦~酷~潦~隆~耐~起~歉~热~人~水~岁~汤~天~夏~凶~崖~炎~

炀～疫～灾～遭～

悍hàn【古】去声，十五翰。又：上声，十四旱同。【例】骜～暴～悖～鄙～骠～蠢～粗～呆～刁～雕～妒～敢～刚～犷～果～豪～猾～坚～健～骄～狡～桀～劲～精～静～倨～谲～亢～狂～戾～廉～蛮～猛～狞～驽～剽～泼～强～轻～情～遒～锐～贪～湍～顽～伟～武～黠～险～枭～骁～嚣～凶～雄～迅～严～阴～英～勇～愚～躁～贼～诈～鸷～壮～

憾hàn【古】去声，二十八勘。【例】抱～悲～怅～逞～雠～怼～发～忿～愤～怪～怀～悔～快～释～私～叹～无～隙～宿～蓄～遗～隐～余～怨～震～追～

撼hàn【古】上声，二十七感。【例】摆～波～动～顿～讹～风～轮～声～摇～振～震～蚍蜉～山易～

翰hàn【古】去声，十五翰。又：上平，十四寒异。【例】邦～宝～笔～表～彩～操～宸～摛～驰～尺～翅～抽～辍～辞～翠～点～调～短～藩～繁～芳～飞～高～觚～鼓～管～函～毫～豪～翮～华～挥～诲～笺～缄～简～矫～锦～骊～良～鳞～灵～龙～纶～妙～内～弄～搦～篇～屏～青～轻～琼～染～柔～濡～锐～弱～洒～诗～史～手～书～霜～嗣～素～台～韬～天～兔～托～惟～维～文～吻～仙～香～霄～新～雁～遗～逸～音～羽～玉～垣～援～远～云～藻～扎～札～沾～珍～整～中～

捍(扞)hàn【古】去声，十五翰。【例】保～避～边～堤～抵～雕～对～蕃～防～锋～海～警～拒～铠～拟～逆～批～剽～屏～抢～戎～射～守～帅～外～违～卫～险～厌～迎～御～垣～障～招～镇～征～鸷～

菡hàn【古】上声，二十七感。【例】菡～玉～

閈hàn【古】去声，十五翰。【例】廛～城～高～关～阛～井～里～闾～戚～穷～同～乡～邑～

焊(銲、釬)hàn【古】上声，十五翰。【例】点～电～堆～铅～熔～阳～

瀚hàn【古】去声，十五翰。【例】浩～灏～

颔(頷)hàn【古】上声，二十七感。又：下平，十三覃异。【例】鬓～蹙～靛～顿～丰～龟～虎～花～黄～鹫～颏～龙～面～绕～下～笑～咽～燕～颐～振～探龙～

浛hàn 水和泥。【古】去声，二十八勘。另见 437 页 hán。

暵hàn【古】去声，十五翰。又：上声，十四旱同。【例】暴～旱～亢～干～夕～炎～

睅hàn【古】上声，十五潸。【例】裂～

垾hàn 小堤。【古】去声，十五翰。

唤huàn【古】去声，十五翰。【例】唱～敕～传～春～打～高～勾～顾～呼～鸡～叫～鸠～拘～科～鸣～闹～鸟～遣～请～呻～声～使～啼～听～相～宵～笑～宣～吆～莺～招～晨鸡～渡头～声声～鹦鹉～

鲩huàn 鲩鱼。【古】上声，十五潸。

换huàn【古】去声，十五翰。【例】暗～包～变～拨～驳～超～撤～抽～穿～春～代～倒～抵～递～调～掉～动～对～兑～改～更～互～回～拣～交～借～轮～贸～叛～畔～迁～时～使～收～衰～岁～讨～套～替～添～贴～偷～推～退～脱～物～洗～修～移～易～置～转～金不～镜奁～星霜～

焕huàn【古】去声，十五翰。【例】北～

彪~昺~炳~彩~燦~雕~赫~华~焕~晖~辉~景~轮~明~日~散~巍~蔚~文~霞~显~谐~绚~严~耀~昭~照~灼~天章~

患huàn【古】去声，十六谏。又：上平，十五删同。【例】备~避~边~盗~毒~笃~犯~公~构~国~害~祸~疾~艰~蛟~近~咎~救~巨~寇~苦~羸~利~辽~虑~乱~免~内~批~贫~染~人~任~生~时~实~世~水~思~速~宿~天~通~同~外~危~违~显~消~凶~恤~厌~养~贻~遗~忧~遭~众~心腹~

幻huàn【古】去声，十六谏。【例】变~尘~大~诞~多~讹~浮~怪~诡~鬼~荒~境~空~诳~灵~流~漫~梦~迷~秘~冥~泡~奇~青~森~善~世~戏~心~虚~玄~焰~妖~隐~诈~

宦huàn【古】去声，十六谏。【例】薄~从~达~公~孤~官~贵~国~寒~豪~婚~羁~交~进~冷~旅~门~名~末~纳~年~戚~巧~清~权~入~善~商~仕~事~素~随~台~天~通~微~位~显~乡~学~优~游~远~谪~拙~资~

涣huàn【古】去声，十五翰。【例】冰~宸~风~号~涣~判~散~澌~消~懈~漪~

豢huàn【古】去声，十六谏。【例】刍~恩~酣~嘉~笼~禄~水~咻~

逭huàn 逃避。【古】去声，十五翰。

擐huàn【古】去声，十六谏。又：上平，十五删同。另见 430 页 huān。【例】躬~甲胄~

浣(澣)huàn【古】上声，十四旱。【例】薄~暴~涤~盥~浣~湔~上~手~漱~洗~下~浴~濯~

奂(奐)huàn【古】去声，十五翰。【例】伴~雕~奂~轮~美~判~泮~巍~

痪huàn【古】上声，十四旱。【例】痶~瘫~

漶huàn【古】去声，十五翰。【例】剥~诞~漫~磨~

看kàn【古】去声，十五翰。又：上平，寒韵同。另见 430 页 kān。【例】饱~北~踩~参~查~察~朝~晨~痴~传~春~点~督~独~访~覆~高~顾~观~惯~好~横~监~检~渐~惊~静~久~看~窥~懒~留~耐~难~怕~旁~频~平~前~轻~觑~时~试~收~受~熟~搜~睃~踏~贪~探~体~偷~望~卧~细~闲~相~详~小~晓~笑~行~休~羞~寻~巡~眼~验~遥~夜~预~远~乍~照~伫~坐~镜中~梦中~燃犀~倚栏~

瞰(矙)kàn【古】去声，二十八勘。【例】飞~俯~鬼~环~回~近~窥~临~鸟~西~遐~下~轩~延~

阚(闞)kàn【古】去声，二十八勘。另见 446 页 hǎn。【例】城~斗~窥~

衎kàn【古】去声，十五翰。【例】衎~乐~宴~燕~烝~

墈kàn【古】去声，二十八勘。【例】老~石~

磡kàn【古】去声，二十八勘。【例】磵~

烂(爛)làn【古】去声，十五翰。【例】班~碧~炳~帛~灿~璀~霏~腐~旰~膏~光~浩~焕~晃~辉~绞~锦~柯~刻~枯~溃~流~漫~糜~谬~破~畦~绮~衾~穷~软~屠~颓~稀~熹~霞~消~星~朽~煊~绚~炎~艳~鱼~昭~照~灼~星辰~

滥(濫)làn【古】去声，二十八勘。【例】暴~鄙~波~驳~舛~叨~涤~多~讹~恶~烦~泛~放~浮~乖~诡~横~秽~侥~苛~酷~溃~流~漭~冒~靡~谬~僻~偏~漂~欺~悭~侵~染~冗~觞~斯~俗~贪~慆~通~颓~枉~违~猥~污~诬~亵~幸~淫~游~竽~逾~愚~冤~杂~赃~浊~

乱(亂)luàn【古】去声，十五翰。【例】暴~悖~崩~弊~避~兵~播~驳~嘈~窜~篡~颠~烦~繁~反~犯~纷~覆~鼓~乖~酣~豪~横~哗~猾~荒~昏~祸~僭~惊~靖~克~狂~溃~离~罹~历~缭~凌~迷~糜~谬~酿~宁~叛~蓬~僻~攘~散~丧~骚~煽~伤~衰~碎~霆~危~雾~淆~星~眩~言~躁~辙~整~治~春灯~风絮~水纹~蛙声~

漫màn【古】去声，十五翰。又:上平，十四寒异。另见439页mán。【例】沉~诞~繁~浮~广~海~罕~汗~瀚~浩~灏~缓~涣~恢~浸~烂~流~沦~弥~迷~渺~牵~冗~撒~散~水~污~芜~雾~溪~羡~雪~烟~延~杳~夷~盈~悠~游~云~遮~滋~春水~花气~

慢màn【古】去声，十六谏。【例】悖~鄙~残~谄~嘲~弛~迟~侈~丑~怠~诞~黩~堕~惰~放~废~高~乖~豪~缓~隳~稽~减~简~渐~僭~骄~桀~解~矜~倨~苦~夸~快~宽~款~狂~愦~懒~凌~马~披~欺~侵~寝~轻~上~疏~舒~肆~松~贪~慆~违~污~洿~诬~忤~侮~习~戏~狎~闲~邪~谐~亵~懈~心~凶~虚~易~淫~慵~游~远~政~声声~扬州~

幔màn【古】去声，十五翰。【例】碧~布~彩~长~车~赤~穿~窗~垂~翠~地~蝶~帆~幡~风~佛~黄~继~绛~锦~酒~卷~黎~罗~平~绮~搴~前~青~轻~纱~兽~水~素~缇~通~帏~孝~绣~虚~营~幽~云~皂~飐~张~帐~重~珠~

曼màn【古】去声，十四愿。又:上平，十四寒异。【例】哀~邓~滑~烂~辽~曼~美~媚~靡~绵~眇~凄~戎~冗~柔~韶~坛~头~婉~萧~修~秀~须~烟~延~衍~云~滋~歌声~

缦(縵)màn【古】去声，十五翰。又:去声，十六谏异。【例】宝~布~操~纯~都~冠~花~纠~烂~缦~纰~丝~缇~舞~夏~绚~

谩(謾)màn【古】去声，十五翰。又:去声，十六谏同。又:上平，十四寒同。另见439页mán。【例】暴~诋~负~夸~谰~谩~轻~坦~诬~侮~

蔓màn【古】去声，十四愿。【例】碧~薜~草~翠~诞~翻~风~葛~根~瓜~寒~蒿~花~棘~绝~枯~狂~揽~连~辽~菱~柳~露~绿~萝~蔓~美~弥~木~牛~骈~牵~堑~墙~青~秋~冗~柔~霜~藤~条~芜~香~缃~荇~压~烟~延~衍~药~野~银~引~幽~玉~云~枝~指~株~孳~滋~紫~篱角~

墁màn【古】去声，十五翰。【例】垩~粉~画~瓦~圬~

嫚màn【古】去声，十六谏。【例】暴~悖~鄙~黜~怠~诋~渎~诟~秽~昏~简~僭~娇~解~倨~夸~靡~轻~素~猥~忤~侮~戏~亵~淫~

难(難)nàn【古】去声，十五翰。另见440页nán。【例】被~避~辩~驳~厄~非~赴~攻~国~患~急~济~劫~解~

靖~救~戡~罹~临~论~蒙~磨~魔~内~排~首~纾~死~危~问~殉~遭~责~拯~阻~

婻nàn 美好。【古】去声,二十八勘。

盼pàn【古】去声,十六谏。【例】瞋~齿~宠~垂~眈~祷~睇~雕~恩~俯~鹄~顾~回~亟~景~久~眷~渴~流~留~隆~美~媚~眄~藐~凝~盼~睥~栖~期~企~倩~翘~切~轻~清~情~奢~瞬~微~相~休~悬~英~忧~远~瞩~伫~注~转~坐~美目~

泮pàn【古】去声,十五翰。【例】冰~春~待~涣~集~济~剖~入~消~阴~雍~游~

畔pàn【古】去声,十五翰。【例】悖~边~摈~鬓~城~池~篡~堤~鼎~耳~封~负~宫~谷~乖~关~海~河~横~湖~花~淮~回~际~江~疆~界~井~溃~栏~篱~林~楼~梅~谋~农~桥~琴~区~泉~散~身~水~台~坛~天~田~町~外~亡~违~屋~溪~携~逊~崖~涯~岩~怨~泽~宅~枕~畛~洲~渚~

叛pàn【古】去声,十五翰。【例】背~悖~奔~逋~唱~篡~遁~伐~翻~反~乖~僭~降~劫~寇~溃~离~谋~内~逆~平~侵~扰~散~逃~外~亡~违~委~携~痍~怨~诈~众~诛~

判pàn【古】去声,十五翰。【例】背~部~裁~察~出~大~调~分~福~改~公~胡~花~火~迥~决~考~科~离~论~内~批~评~剖~区~铨~摄~审~试~书~谈~讨~通~同~未~戏~校~协~宣~研~臆~迎~元~院~运~载~掌~肇~质~主~咨~吉凶~

襻pàn【古】去声,十六谏。【例】碧~带~纽~书~腰~衣~

散sàn【古】去声,十五翰。另见448页sǎn。【例】傲~罢~班~雹~奔~迸~俵~别~冰~波~播~布~拆~蝉~朝~尘~晨~褫~冲~船~吹~春~窜~打~怠~荡~递~凋~蝶~遁~发~烦~泛~放~飞~费~分~粉~风~蜂~服~腐~给~鹘~耗~合~鹤~坏~涣~挥~翚~溷~火~货~祸~积~嵇~集~简~蹇~讲~浇~搅~解~锦~惊~酒~沮~聚~宽~溃~扩~阑~懒~浪~离~敛~零~流~露~鹿~沦~脉~慢~漫~弥~靡~邈~驽~鸥~派~盘~判~叛~喷~披~飘~萍~泼~破~剖~仆~棋~绮~迁~钱~遣~清~驱~热~人~任~融~撒~色~慎~蜃~胜~失~施~市~疏~舒~霜~水~丝~琐~逃~颓~退~外~亡~雾~稀~翕~席~徙~消~萧~携~星~行~湮~遗~逸~云~走~鸟兽~云雨~

三sàn【古】去声,二十八勘。另见431页sān。【例】再~

善shàn【古】上声,十六铣。又:去声,十七霰异。【例】褒~辩~唱~诚~纯~淳~慈~从~粹~达~独~返~访~福~改~高~贵~好~和~贺~厚~积~吉~嘉~兼~矜~谨~尽~旌~精~举~乐~廉~良~令~履~美~面~妙~纳~懦~亲~庆~劝~仁~柔~上~身~圣~守~首~淑~顺~宿~妥~完~为~闻~稳~习~贤~显~献~相~向~小~行~性~修~驯~循~严~扬~养~移~遗~翊~用~友~造~诈~彰~贞~珍~真~止~至~忠~重~资~作~

扇shàn【古】去声,十七霰。另见432页shān。【例】班~簿~窗~打~丹~

电～钿～貂～吊～耳～方～风～凤～高～歌～宫～骨～鼓～荷～鹤～忽～互～画～挥～绢～葵～凉～翎～龙～绿～鸾～轮～罗～毛～门～弥～磨～木～蒲～绮～箧～轻～秋～雀～鹊～撒～诗～手～书～蜀～素～缇～题～团～纨～倭～舞～香～行～靴～扬～腰～摇～遗～倚～羽～圆～月～赠～掌～障～折～织～纸～雉～芭蕉～合欢～泥金～秦女～檀香～桃花～团香～袁宏～障尘～

膳(饍)shàn【古】去声,十七霰。【例】贬～尝～常～朝～陈～晨～厨～春～赐～登～调～鼎～饵～贰～丰～甘～给～公～供～鲑～果～和～积～加～家～嘉～减～进～酒～馈～兰～牢～醪～廪～美～内～庖～捧～日～盛～时～食～侍～视～蔬～司～素～宿～汤～天～外～晚～问～午～夕～邪～馨～馐～雁～养～肴～药～野～夜～异～饮～用～禹～玉～御～早～蚤～造～珍～稚～重～滋～金鼎～

赡(贍)shàn【古】去声,二十九艳。【例】奥～辩～禀～博～才～充～典～丰～阜～富～赅～供～顾～豪～弘～华～恢～减～精～隽～俊～朗～流～美～密～敏～明～内～朴～奇～绮～清～饶～散～深～收～滔～通～详～雄～雅～妍～养～逸～殷～营～优～赈～拯～智～资～

缮(繕)shàn【古】去声,十七霰。【例】大～督～构～急～建～浚～宽～葺～戎～饰～书～誊～完～兴～修～营～增～征～治～

鳝(鱔、鱓)shàn【古】上声,十六铣。【例】白～黄～灵～鳅～蟹～鼋～

讪(訕)shàn【古】去声,十六谏。又:上平,十五删同。【例】谤～嘲～斥～搭～诋～恶～发～诽～讽～毁～讥～讦～惊～诮～诬～下～乡～笑～讯～怨～造～指～咨～

禅(禪)shàn【古】去声,十七霰。另见434页chán。【例】逼～避～承～登～封～交～进～尧～唐虞～

擅shàn【古】去声,十七霰。【例】操～独～管～豪～僭～矫～跨～内～偏～贪～雄～专～颛～自～恣～私独～

蟮shàn【古】上声,十六铣。【例】曲～

鄯shàn 鄯善。【古】去声,十七霰。

单(單)shàn 姓。【古】上声,十六铣。另见427页dān、434页chán。

掸(撣)shàn 用称傣族。另见444页dǎn。

骟(騸)shàn 去势。【古】去声,十七霰。

汕shàn【古】去声,十六谏。【例】汕～洗～罩～

疝shàn【古】去声,十六谏。【例】膈～寒～狐～瘕～牡～

剡shàn 地名。【古】上声,二十八俭。另见489页yǎn。

嬗shàn【古】上声,十四旱。【例】传～代～递～迭～更～交～迁～神～受～推～蜕～

苫shàn 遮盖。【古】去声,二十九艳。另见432页shān。【例】草～廉～茅～寝～席～

钐(釤)shàn【古】去声,三十陷。【例】齐头～

墠(墠)shàn【古】上声,十六铣。【例】坛～

墡shàn 白土。【古】上声,十六铣。

嶦shàn 山坡。【古】去声,二十九艳。

涮shuàn【古】去声,十六谏。【例】洗~

腨shuàn 小腿肚。【古】上声,十六铣。

算suàn【古】上声,十四旱。又:去声,十五翰异。【例】暗~宝~笔~边~卜~布~测~查~朝~宸~称~持~齿~筹~打~弹~倒~定~度~短~法~福~负~赋~覆~概~高~估~规~诡~合~核~鹤~洪~户~划~换~机~积~稽~计~减~狡~结~金~经~静~酒~就~遽~决~科~课~口~匡~窥~理~历~利~良~量~料~搂~禄~虑~满~秘~妙~庙~明~谬~磨~默~谋~年~盘~掐~清~榷~商~上~设~神~失~市~筮~寿~数~税~思~速~天~通~推~文~瓮~握~武~遐~消~心~星~形~雄~玄~悬~雅~延~演~验~阳~医~遗~益~意~臆~英~预~豫~运~诈~占~折~征~直~智~重~珠~追~准~总~

蒜suàn【古】去声,十五翰。【例】番~猴~胡~卵~牙~雅~银~朱~帘钩~

叹(嘆、歎)tàn【古】去声,十五翰。又:上平,十四寒同。【例】哀~懊~褒~悲~惭~诧~长~唱~称~愁~悼~愤~感~歌~顾~怪~骇~浩~鹤~欢~悔~蕙~亟~嘉~奖~嗟~矜~惊~咎~绝~慨~忾~堪~亢~夸~喟~愧~虑~闷~绵~悯~默~慕~钦~伤~赏~盛~耸~诵~颂~痛~颓~惋~晤~唏~嘻~笑~啸~欣~歆~兴~嘘~雅~遗~吟~咏~忧~吁~誉~怨~赞~咤~追~咨~楚妃~广武~仰天~赵鞅~

探tàn【古】去声,二十八勘。又:下平,十三覃同。【例】暗~测~查~察~觇~出~春~刺~打~登~敌~谍~钩~喝~火~缉~笺~解~警~静~鸠~勘~窥~乐~密~逆~穷~觑~哨~深~试~讨~体~文~遐~闲~险~相~已~亿~幽~侦~追~钻~坐~

炭tàn【古】去声,十五翰。【例】白~爆~冰~草~柴~冬~伐~锋~凤~麸~浮~钢~鸽~给~骨~骸~寒~黑~灰~火~焦~炬~赍~栎~炼~炉~履~煤~木~泥~樵~瑞~桑~沙~山~烧~蜃~石~兽~水~送~隧~汤~铁~投~荼~土~吞~煨~苇~熏~香~谢~薪~朽~悬~烟~炀~阴~赠~竹~雪里~银骨~

彖tuàn【古】去声,十五翰。【例】几~爻~易~

万(萬)wàn【古】去声,十四愿。另见52页mò。【例】倍~吹~大~合~甲~巨~乐~利~千~庭~吐~万~相~亿~振~众~

腕wàn【古】去声,十五翰。【例】斗~断~扼~皓~解~弱~素~脱~悬~雪~玉~运~枕~

赞(贊、賛)zàn【古】去声,十五翰。【例】哀~呗~褒~裨~遍~宾~参~嘈~称~崇~传~讽~敷~扶~辅~高~光~宏~画~激~讲~奖~交~嗟~经~夸~匡~诔~礼~论~美~密~鸣~默~谋~偏~评~钦~曲~劝~赏~盛~史~述~颂~叹~特~题~天~图~推~襄~像~协~挟~欣~兴~序~宣~雪~仰~叶~谒~翊~翼~阴~引~应~咏~攸~幽~谀~杂~诏~真~中~嘱~祝~自~

暂(暫)zàn【古】去声,二十八勘。【例】且~顷~权~时~

錾(鏨)zàn 雕刻。【古】去声,二十八勘。又:上声,二十七感同。

瓒(瓚)zàn【古】上声,十四旱。【例】圭~瑰~玄~玉~璋~

战(戰)zhàn【古】去声,十七霰。【例】暗~鏖~罢~百~饱~备~逼~笔~兵~搏~步~采~参~察~车~齿~出~初~触~传~大~胆~党~祷~敌~递~斗~督~赌~对~恶~奋~赴~格~攻~构~股~骨~观~海~酣~寒~悍~好~合~会~混~火~激~疾~监~交~骄~缴~阶~接~截~解~近~进~惊~酒~剧~距~开~抗~客~寇~苦~浪~乐~累~冷~力~恋~撩~临~龙~陆~论~马~骂~内~耐~逆~鸟~农~搦~偏~期~祈~骑~棋~枪~强~请~穷~秋~求~驱~趋~去~热~韧~善~商~上~舌~圣~实~手~守~水~嘶~悚~送~速~岁~索~淘~讨~挑~停~突~文~蜗~习~戏~险~巷~晓~校~械~心~休~宣~血~厌~养~摇~野~夜~疑~义~应~迎~御~燥~诈~战~阵~争~征~舟~骤~助~转~作~白刃~背水~持久~肉搏~涿鹿~

站zhàn【古】去声,三十陷。【例】摆~报~车~电~狗~过~海~进~军~粮~马~前~哨~水~宿~台~腰~驿~正~

占(佔)zhàn【古】去声,二十九艳。另见433页zhān。【例】霸~逼~标~长~独~风~逢~攻~官~豪~挤~奸~进~拘~口~款~拦~旅~强~抢~侵~圈~全~顺~私~岁~贪~吞~瓦~玩~袭~祥~雄~阳~遗~隐~预~杂~争~指~众~

绽(綻)zhàn【古】去声,十六谏。【例】苞~补~初~断~放~缝~红~开~漏~梅~囊~破~桃~吐~香~眼~衣~

栈(棧)zhàn【古】去声,十六谏。又:上声,十五潸同。又:上声,十六铣异。【例】磴~飞~虹~货~剑~客~牢~恋~梁~粮~马~木~秦~曲~蜀~霜~梯~危~险~行~朽~阴~云~

湛zhàn【古】上声,二十九豏。【例】黯~澄~凝~清~深~渊~湛~

蘸zhàn【古】去声,三十陷。【例】笔~黛~点~清波~燕尾~

颤(顫)zhàn【古】去声,十七霰。另见452页chàn。【例】胆~寒~惊~冷~肉~

偡zhàn【古】上声,二十九豏。【例】偡~

传(傳)zhuàn【古】去声,十七霰。另见435页chuán。【例】别~飞~寄~经~列~内~评~外~贤~小~拥~正~自~

啭(囀)zhuàn【古】去声,十七霰。【例】哀~百~凤~喉~流~妙~鸣~鸟~凄~清~嘶~遗~莺~

瑑zhuàn【古】上声,十六铣。【例】雕~眉~刻~

僎zhuàn【古】上声,十六铣。【例】介~

转(轉)zhuàn【古】去声,十七霰。另见450页zhuǎn。【例】地~电~飞~公~滚~九~空~溜~轮~蓬~团~下~游~自~

撰(譔)zhuàn【古】去声,十七霰。又:上声,十六铣同。【例】编~参~抄~敕~创~篡~殿~雕~杜~改~构~官~监~结~谨~景~刊~考~口~论~密~删~赦~史~述~私~探~伪~详~新~修~演~臆~约~制~治~著~装~自~总~

馔(饌)zhuàn【古】去声,十七霰。【例】宾~薄~菜~常~朝~撤~厨~赐~

点~奠~法~芳~丰~甘~供~官~贵~果~海~华~佳~嘉~兼~进~净~酒~具~客~馈~牢~醪~麟~陇~美~妙~名~盘~庖~品~奇~绮~清~赛~设~盛~时~饰~俗~素~堂~仙~乡~香~亵~馐~肴~野~异~饮~营~玉~御~斋~珍~

篆zhuàn【古】上声,十六铣。【例】宝~草~虫~赐~大~丹~雕~鼎~藩~粉~凤~符~工~古~汉~鹤~鸿~蛟~颉~楷~蝌~刻~勒~隶~龙~镂~炉~铭~墨~鸟~奇~秦~石~署~素~檀~天~铜~图~蜗~夏~香~小~行~雅~烟~岩~瑶~遗~彝~印~幽~玉~御~云~钟~籀~朱~

赚[1](賺)zhuàn 获利。【古】去声,三十陷。另见463页zuàn。【例】道~破~失~

赚[2](賺)zuàn 诳骗。【古】去声,三十陷。另见463页zhuàn。【例】啜~计~诓~诳~骗~闪~脱~虚~雅~

钻(鑽、鑚)zuàn【古】去声,十五翰。另见434页zuān。【例】宝~电~风~火~烈~木~嵌~水~镶~真~灼~

攥zuàn 手握。【古】入声,七曷。

15. 烟冤韵

平声·阴平

边(邊)biān【古】下平,一先。【例】挨~安~半~傍~鬓~擦~侧~查~巢~乘~充~筹~促~村~厝~单~盗~道~等~堤~底~地~典~斗~多~犯~防~飞~抚~滚~海~汉~河~湖~护~淮~豁~极~江~阶~界~金~近~警~靖~静~九~开~靠~控~寇~跨~款~窥~馈~棱~篱~里~连~联~敛~脸~辽~岭~溜~柳~楼~芦~毛~逆~宁~鸥~旁~配~平~浦~砌~樯~桥~穷~蛩~觑~裙~日~扫~实~市~饰~守~戍~双~水~朔~四~绥~锁~潭~塘~天~跳~屯~拓~瓮~屋~无~溪~徙~舷~镶~饷~斜~星~行~雄~修~巡~延~岩~沿~眼~雁~倚~驿~益~吟~银~莺~驭~缘~远~苑~月~阅~云~沾~遮~枕~支~周~诸~竹~助~

鞭biān【古】下平,一先。【例】宝~秉~长~笞~赤~吹~垂~电~断~法~反~放~飞~奋~赶~钢~鼓~挂~归~荷~横~挥~回~火~击~加~教~金~警~净~静~举~狂~联~灵~龙~笼~鹿~鸾~马~蛮~鸣~皮~蒲~驱~瑞~神~受~霜~丝~笋~铁~停~投~握~先~响~雄~袖~悬~雪~扬~摇~吟~榆~玉~赠~掌~招~赭~征~执~制~竹~著~箸~捉~着~祖~醉~霸王~

编(編)biān【古】下平,一先。【例】贝~裁~残~草~长~超~彻~尘~陈~城~点~定~蠹~断~额~缝~改~故~合~鸿~胡~华~汇~混~绩~简~金~经~旧~巨~绝~开~扩~类~柳~龙~

绿~蔑~民~末~蟠~齐~千~青~琼~缺~如~审~盛~诗~史~收~手~缩~统~头~外~韦~猬~文~细~霞~闲~相~祥~小~新~星~续~选~瑶~遗~逸~银~玉~芸~在~责~摘~整~织~执~竹~主~助~总~组~玳瑁~黄石~枕中~

砭biān【古】下平，十四盐。又：去声，二十九艳同。【例】膏~攻~规~诃~明~深~痛~外~针~箴~

鳊（鯿、鯾）biān【古】下平，一先。【例】鲳~槎头~缩头~

蝙biān 蝙蝠。【古】下平，一先。

萹biān 萹蓄。【古】下平，一先。

煸biān 干煸。

笾（籩）biān【古】下平，一先。【例】翠~豆~簋~果~加~嘉~金~琼~设~石~时~羞~

餐（湌、飡）cān【古】上平，十四寒。【例】饱~便~朝~晨~传~辞~赐~大~独~分~风~甘~共~壶~虎~花~会~饥~集~加~减~洁~进~就~聚~可~快~狼~冷~粝~廉~龙~馊~露~美~眠~暮~呕~盘~配~弃~三~圣~时~收~授~蔬~水~素~飧~堂~彤~晚~忘~午~误~夕~西~野~夜~饔~用~饫~早~正~中~昼~主~佐~腐儒~廊下~漂母~秀可~

颠（顛）diān【古】下平，一先。【例】崩~标~苍~层~沉~徂~倒~堕~发~帆~放~风~峰~扶~覆~高~华~滑~极~疾~酒~旧~救~狂~连~楼~米~杪~倾~瑞~诗~树~霜~塔~童~颓~外~危~秀~岫~崖~岩~云~殒~凿~曾~醉~春风~柘枝~

巅（巔）diān【古】下平，一先。【例】碧~苍~层~崇~顶~峰~荒~极~龙~绿~青~丘~山~树~危~岫~崖~岩~榆~云~柱~翠微~万寻~

掂（战）diān【古】下平，十四盐。【例】暗~轻~扎~

癫（癲）diān【古】下平，一先。【例】痴~发~风~疯~酒~狂~诗~书~佯~喜欲~

滇diān【古】下平，一先。另见476页tián。【例】巴~川~辽~黔~

间（間、閒）jiān【古】上平，十五删。另见492页jiàn。“閒”另见476页xián“闲”。【例】暗~包~波~车~尘~单~坊~房~皮~河~花~居~课~睽~篱~林~眉~民~冥~年~期~其~顷~区~人~桑~梢~舍~时~世~瞬~俗~套~田~晚~乡~轩~阳~腰~夜~阴~云~灶~之~伯仲~彩云~等闲~俯仰~天壤~指顾~转瞬~

搛jiān 夹持。【古】下平，十四盐。

鲣（鰹）jiān 鲣鸟。【古】下平，一先。

兼jiān【古】下平，十四盐。又：去声，二十九艳同。【例】爱~并~长~得~该~更~况~两~难~身~事~守~术~思~岁~体~通~吞~文~相~勋~义~藻~福寿~将相~客思~水云~四美~智勇~

尖jiān【古】下平，十四盐。【例】拔~逼~鼻~笔~城~出~春~蹴~翠~打~黛~刀~顶~风~峰~孤~毫~红~喙~角~脚~浪~溜~柳~毛~冒~眉~掐~枪~青~人~山~舌~笋~梭~塔~臀~犀~香~鞋~心~新~靴~芽~眼~叶~针~指~爪~嘴~暮寒~

坚（堅）jiān【古】下平，一先。【例】

冰~城~持~摧~腹~刚~高~攻~悍~涸~甲~骄~精~牢~力~弥~披~破~剖~清~融~柔~润~石~实~霜~完~顽~心~阳~贞~志~质~忠~卓~百炼~胶漆~金石~穷益~晚节~

肩jiān【古】下平,一先。【例】挨~比~臂~并~擦~侧~差~乘~垂~搭~戴~担~垫~迭~叠~拂~附~高~拱~贵~过~鹤~虎~护~花~换~及~驾~坎~联~两~溜~龙~隆~摩~拍~帔~披~骈~平~齐~释~耸~随~踏~抬~袒~铁~颓~豚~脱~偎~息~翕~衔~削~歇~胁~卸~倚~吟~伛~云~针~彘~耸诗~

艰(艱)jiān【古】上平,十五删。【例】丁~多~父~国~济~家~居~剧~窭~克~孔~履~藐~民~母~贫~深~时~事~势~释~投~外~危~维~无~衔~险~辛~忧~遭~阻~步履~稼穑~

煎jiān【古】下平,一先。【例】燋~熬~茶~肠~愁~斗~烦~沸~焚~膏~河~急~甲~煎~焦~枯~苦~炼~庖~炮~烹~贫~穷~热~相~厌~忧~百虑~百药~寒暑~

奸(姦)jiān【古】上平,十四寒。【例】倍~辨~藏~成~逞~除~锄~刺~刁~调~伐~犯~防~构~国~汉~济~矫~讦~诘~巨~寇~老~谋~内~朋~破~强~权~群~饰~耍~私~肃~讨~通~协~行~凶~养~阴~诱~愚~贼~止~忠~捉~

缄(緘)jiān【古】下平,十五咸。【例】表~裁~参~发~芳~封~华~机~简~开~鸾~密~泥~披~启~箧~去~慎~书~笥~素~题~通~外~香~心~讯~遥~瑶~幽~鱼~云~

笺(箋、牋、椾)jiān【古】下平,一先。【例】巴~拜~碧~便~表~别~采~彩~驰~尺~传~春~词~寸~短~飞~粉~凤~奉~贡~关~毫~红~花~华~画~郇~寄~金~锦~进~蜡~留~龙~鸾~罗~麻~蛮~门~琴~青~情~上~麝~诗~手~署~蜀~肃~素~苔~檀~桃~题~通~投~吴~霞~香~校~信~杏~修~瑶~吟~邮~鱼~玉~云~郑~制~朱~奏~浣花~金粟~冷金~染云~五色~谢公~薛涛~雪浪~玉版~玉泉~云龙~子母~

渐(漸)jiān【古】下平,十四盐。另见493页jiàn。【例】东~教化~

监(監)jiān【古】下平,十五咸。另见493页jiàn。【例】出~代~督~官~警~捐~牢~临~女~启~入~神~收~守~太~探~天~统~学~巡~镇~总~

缣(縑)jiān【古】下平,十四盐。【例】宝~彩~残~尺~赐~断~豪~怀~廪~绫~龙~匹~破~钱~青~轻~生~受~赎~熟~束~霜~素~纨~万~吴~湘~新~遗~缯~赠~织~

溅(濺)jiān【古】下平,一先。另见493页jiàn。【例】溅~

湔jiān【古】下平,一先。【例】刮~湔~洗~雪~濯~

鞬jiān【古】上平,十三元。又:上声,十六铣同。【例】奥~兜~弓~锦~马~佩~蹋~橐~腰~

鞯(韉)jiān【古】下平,一先。【例】宝~鞍~裁~归~虎~花~金~锦~罗~马~皮~蒲~鞧~狨~香~绣~游~藻~珠~杏叶~

犍jiān【古】上平,十三元。另见473页

qián。【例】八~呼~猳~老~犁~尼~乌~吴~诸~壮~千斤~

蕑(蕳)jiān【古】上平,十五删。【例】秉~蒲~

歼(殲)jiān【古】下平,十四盐。【例】被~齿~敌~凋~攻~尽~就~聚~克~力~全~身~师~誓~殄~痛~围~悉~凶~夜~追~

菅jiān【古】上平,十五删。【例】编~草~丛~翠~芳~荆~枯~蒯~茅~霜~条~野~榛~

戋(戔)jiān【古】下平,一先。【例】戋~

籛(籛)jiān【古】下平,一先。【例】老~彭~寿~

蒹jiān【古】下平,十四盐。【例】艾~采~苍~秋~汀~

鹣(鶼)jiān【古】下平,十四盐。【例】鹣~云~

熸jiān【古】下平,十四盐。【例】龟~毁~火~军~气~宵~焰~

鹃(鵑)juān【古】下平,一先。【例】晨~愁~春~杜~红~化~鸣~泣~山~啼~闻~云~

焆juān 明亮。【古】下平,一先。

捐juān【古】下平,一先。【例】报~逼~抽~出~当~废~费~改~共~监~开~抗~苛~厘~糜~免~亩~募~纳~起~弃~迁~劝~认~上~输~税~摊~唐~题~田~统~脱~完~委~相~虚~遗~义~杂~赈~尘事~烦虑~秋扇~岁月~

涓juān【古】下平,一先。【例】埃~尘~丹~涓~溜~龙~末~清~师~瘦~微~无~细~中~

娟juān【古】下平,一先。【例】便~婵~翠~娟~丽~连~联~嫽~璇~延~幽~月~斗婵~

镌(鎸、鐫)juān【古】下平,一先。【例】镵~虫~雕~丰~副~横~金~镂~铭~磨~剖~镕~深~石~细~新~遗~金石~姓名~

蠲juān【古】下平,一先。【例】表~不~除~赐~荡~丰~吉~洁~尽~量~马~明~深~岁~特~详~宜~议~优~濯~百虑~

朘juān【古】下平,一先。【例】剥~马~削~

身juān 身毒。另见506页shēn。

拈niān【古】下平,十四盐。【例】花~解~倦~款~轻~试~手~戏~休~慵~指~重~醉~信手~玉指~

蔫niān【古】下平,一先。【例】打~发~红~花~锦~枯~萎~蔫~

篇piān【古】下平,一先。【例】宝~豹~别~裁~残~草~侧~长~常~唱~陈~成~程~酬~楚~单~道~短~发~高~歌~冠~光~豪~鸿~华~积~佳~讲~锦~旧~开~连~临~灵~龙~妙~名~命~谋~内~囊~奇~千~前~琼~全~上~胜~诗~什~史~通~外~完~往~遐~仙~闲~新~刑~雄~绣~序~续~雅~幺~瑶~遗~逸~英~玉~驭~杂~中~终~属~柏梁~贝叶~急就~鹿鸣~青苔~秋水~劝学~

片piān【古】去声,十七霰。另见495页piàn。【例】相~影~

蝙piān 蝙牛。【古】下平,一先。

偏piān【古】下平,一先。【例】半~补~

不~才~侧~斥~大~党~地~东~济~教~纠~救~举~枯~偏~颇~奇~求~时~势~偷~无~西~相~心~性~欹~遗~影~幽~锦帆~日影~雁行~夜月~雨露~

翩piān【古】下平,一先。【例】鹤~鸿~连~联~翩~飘~腾~逸~

扁piān 扁舟。【古】下平,一先。另见482页biǎn。

千qiān【古】下平,一先。【例】八~百~半~成~打~大~挂~化~几~鉴~巨~罗~满~秋~上~数~岁~万~亿~盈~逾~

阡qiān 三里田。【古】下平,一先。

杄qiān【古】下平,一先。【例】桾~青~

钎(釬)qiān【古】上平,十四寒。【例】打~钢~炮~铁~

岍qiān 山名。【古】下平,一先。

汧qiān 水名。【古】下平,一先。

褰qiān【古】下平,一先。【例】鼻~继~连~褰~

牵(牽)qiān【古】下平,一先。【例】缠~尘~赤~愁~带~风~勾~挂~横~魂~羁~锦~酒~拘~利~连~龙~挛~梦~名~攀~气~情~裙~事~手~丝~飧~藤~挽~网~误~相~象~效~心~衣~意~吟~引~萦~幽~云~追~百虑~梦魂~俗虑~万感~一线~

迁(遷)qiān【古】下平,一先。【例】暗~搬~褒~北~避~变~波~播~逋~插~拆~长~超~城~初~假~徂~窜~代~递~迭~鼎~东~动~放~高~勾~国~贺~化~劫~进~境~君~峻~乐~累~离~吏~流~屡~茂~贸~懋~美~内~南~排~强~乔~情~秋~入~三~上~稍~神~升~时~史~思~特~腾~祧~推~颓~外~斡~物~寤~西~稀~徙~胁~心~新~性~序~延~阳~易~隐~莺~永~右~远~越~谪~重~骤~逐~转~左~孟母~世运~物外~

签(簽、籤)qiān【古】下平,十四盐。【例】便~标~草~掣~抽~传~代~单~发~飞~封~浮~符~柜~红~华~会~火~经~灵~漏~路~名~票~祈~起~琼~求~瑞~僧~神~诗~书~酥~讨~题~铁~通~铜~投~完~详~销~晓~斜~刑~牙~烟~瑶~疑~邮~玉~云~芸~纸~朱~竹~烛~报晓~

谦(謙)qiān【古】下平,十四盐。【例】卑~必~持~冲~崇~辞~大~蹈~福~富~恭~过~好~和~扈~刻~劳~礼~廉~良~流~隆~履~貌~牧~能~谦~让~柔~尚~守~推~退~温~逊~益~虞~遇~执~至~自~

铅(鉛)qiān【古】下平,一先。【例】操~椠~丹~反~飞~膏~汞~红~虎~华~怀~火~金~磨~驽~濮~椠~熔~烧~生~松~铜~握~细~销~锌~养~银~置~朱~

阡qiān【古】下平,一先。【例】东~度~高~古~故~横~荒~回~吉~郊~九~旧~开~连~林~陌~南~平~阡~山~石~术~松~通~新~行~遗~义~幽~远~岳~越~云~东城~麦盈~

愆qiān【古】下平,一先。【例】补~不~惩~纯~疵~辞~德~涤~伏~负~盖~概~顾~乖~归~过~何~悔~获~祸~积~骄~旧~咎~疚~惧~虑~免~念~孽~轻~请~求~身~绳~省~赎~思~宿~脱~罔~望~无~衅~贻~遗~引~

尤~宥~冤~灾~遭~震~罪~

悭(慳)qiān【古】上平,十五删。【例】财~辞~寒~老~吝~露~命~囊~偏~贫~破~悭~晴~酸~贪~天~雪~意~雨~缘~雨露~

芊qiān【古】下平,一先。【例】葱~眠~绵~萋~芊~青~芋~郁~

仟qiān“千”的大写。【古】下平,一先。

扦qiān【古】下平,一先。【例】乔~竹~

鹐(鵮)qiān【古】下平,十五咸。【例】鸟~物~

搴qiān【古】下平,一先。又:上声,十六铣同。【例】拔~攀~旗~手~

骞(騫)qiān【古】下平,一先。【例】崩~参~飞~风~高~孤~横~鸿~鲸~亏~联~陵~龙~鹏~骞~腾~退~无~霞~翔~渊~云~

佥(僉)qiān【古】下平,十四盐。【例】朝~点~轮~面~送~酥~

圈quān【古】下平,一先。另见494页juàn。【例】杯~出~垫~兜~风~钢~箍~怪~光~弧~花~划~颈~领~笼~轮~罗~门~密~内~跑~气~绕~绳~市~兽~套~藤~铁~外~线~项~烟~眼~圆~晕~转~交际~

悛quān【古】下平,一先。【例】不~改~悛~

棬quān【古】下平,一先。【例】杯~柳~箕~

弮quān【古】下平,一先。又:去声,十七霰异。【例】禾~空~拉~捺~张~

天tiān【古】下平,一先。【例】鳌~白~碧~变~宾~补~参~苍~长~朝~承~赤~冲~楚~垂~春~刺~达~戴~盗~得~登~帝~洞~法~翻~反~梵~飞~沸~风~奉~佛~拂~浮~盖~感~高~告~革~构~关~观~贯~光~归~海~寒~汉~航~好~昊~皓~黑~横~衡~鸿~呼~胡~壶~湖~皇~回~浑~极~祭~霁~兼~见~江~郊~经~惊~镜~九~钧~开~空~蓝~乐~丽~连~良~凉~亮~辽~聊~寥~龙~罗~霾~瞒~满~漫~扪~弥~迷~绵~旻~明~摩~暮~南~逆~暖~拍~攀~配~鹏~披~平~扑~齐~祈~侵~钦~青~情~晴~擎~穷~穹~秋~全~热~上~射~升~生~誓~暑~曙~霜~水~顺~司~祀~贪~谈~滔~腾~梯~体~通~统~颓~托~往~闻~问~瓮~午~舞~西~熙~夏~先~掀~闲~晓~啸~新~刑~行~嘘~许~煦~轩~喧~玄~悬~雪~熏~巡~炎~阳~仰~尧~遥~仪~移~倚~阴~忧~雨~玉~驭~吁~远~云~噪~泽~占~照~遮~震~整~指~终~周~诸~烛~柱~转~碧云~别有~兜率~奈何~艳阳~

黇tiān 浅黄色。【古】下平,十四盐。

添tiān【古】下平,十四盐。【例】暗~裁~潮~愁~筹~春~翠~加~价~酒~凉~量~频~平~生~剩~岁~香~新~续~增~醉~白发~岁月~

先xiān【古】下平,一先。又:去声,十七霰异。【例】笔~必~倡~承~驰~春~当~导~德~夺~范~奉~福~贵~化~居~开~领~率~逆~起~抢~驱~取~让~儒~身~神~圣~事~首~忘~相~享~修~依~优~预~原~远~越~在~早~占~争~祖~最~尊~著鞭~

孅xiān【古】下平,十四盐。【例】孅~

騫xiān【古】上平,十三元。【例】飞~

孤~鸿~鹏~腾~遐~骞~轩~

暹xiān 日升。【古】下平,十四盐。

锨xiān【古】下平,十四盐。另:下平,十五咸同。【例】火~木~铁~

跹(蹮)xiān【古】下平,一先。【例】跰~蹁~跹~

忺xiān【古】下平,十四盐。【例】不~心~

仙(僊)xiān【古】下平,一先。【例】八~半~笔~茶~成~斥~词~大~丹~得~登~地~洞~遁~飞~凤~高~葛~谷~鬼~海~好~河~鹤~狐~花~化~幻~会~乩~箕~家~剑~绛~金~酒~聚~乐~列~灵~龙~吕~梅~梦~墨~木~鸟~女~翩~坡~蒲~七~棋~潜~请~琼~求~如~儒~散~扇~上~神~升~诗~水~睡~思~苏~胎~腾~梯~天~铁~通~铜~舞~希~谢~修~玄~学~养~瀛~游~羽~玉~遇~月~云~谪~真~证~醉~不羡~

鲜(鮮、鱻)xiān【古】下平,一先。另见487页xiǎn。【例】保~碧~冰~采~尝~晨~澄~楚~蕃~贩~芳~肥~甘~膏~阁~供~贯~光~海~河~红~华~惠~活~击~嘉~艰~江~洁~介~鳞~明~嫩~烹~青~轻~清~群~染~荣~蕤~色~森~韶~生~时~食~霜~汤~微~霞~小~新~鱼~增~贞~珍~百花~露华~绮罗~诗思~园蔬~

纤(纖)xiān【古】下平,十四盐。另见495页qiàn。【例】春~诞~光~毫~豪~洪~化~尖~巨~连~廉~绿~眉~轻~柔~手~微~纤~修~玉~月~指~柳腰~水纹~

掀xiān【古】上平,十三元。【例】波~风~浪~力~怒~轻~手~涛~腾~掀~抓~

籼(秈)xiān【古】下平,一先。【例】白~粳~霜~晚~洋~早~

掺(摻)xiān【古】下平,十五咸。另见427页chān、452页càn。【例】掺~

銛xiān【古】下平,十四盐。【例】笔~锋~毫~剑~芦~芒~铅~宝刀~剑铓~

祆xiān【古】下平,一先。【例】胡~火~

宣xuān【古】下平,一先。【例】白~颁~笔~不~布~罂~承~传~道~藩~风~辅~光~广~弘~化~恢~急~讲~降~节~谨~究~孔~口~礼~美~密~明~穆~披~普~齐~时~述~送~外~文~遐~相~写~泄~心~雅~言~翼~远~彰~昭~召~政~重~周~自~

咺xuān【古】上平,十三元。【例】赫~

瑄xuān 瑄玉。【古】下平,一先。

谖(諼)xuān【古】下平,一先。【例】谖~

喧(諠)xuān【古】上平,十三元。【例】避~蝉~嘲~尘~虫~烦~沸~纷~浮~歌~鼓~寒~赫~哗~隧~笳~惊~啾~客~林~闹~鸟~弄~雀~山~声~世~市~鼠~俗~涛~腾~蜩~庭~霆~蛙~无~午~溪~弦~嚣~喧~鸦~妖~夜~莺~噪~震~争~止~昼~竹~车马~夜雨~

轩(軒)xuān【古】上平,十三元。【例】宝~层~巢~宸~乘~赤~崇~愁~窗~丹~帝~雕~东~翻~方~飞~风~高~闺~河~鹤~鸿~华~回~驾~涧~讲~金~锦~旌~开~兰~连~凉~临~麟~铃~龙~銮~轮~茅~眉~梅~门~名~凭~蒲~秦~琴~青~轻~晴~琼~曲~

绕~日~戎~僧~山~水~栖~松~素~亭~庭~网~危~帏~文~犀~溪~曦~象~星~行~轩~玄~雪~岩~炎~掩~轺~瑶~阴~幽~鱼~玉~月~云~芸~簪~征~芝~中~重~周~珠~竹~驻~

萱(藼、萲、蕿、藧)xuān【古】上平，十三元。【例】椿~慈~丛~芳~葵~兰~茂~佩~秋~树~堂~庭~仙~紫~尊~忘忧~北堂~

暄xuān【古】上平，十三元。【例】春~冬~风~负~寒~和~花~凉~流~楼~凝~气~晴~日~沙~石~树~庭~微~小~岩~尧~朝~昼~

揎xuān【古】下平，一先。【例】排~拳~慵~

埙(壎、塤)xuān 又读。【古】上平，十三元。另见 540 页 xūn。

谖(諼)xuān【古】上平，十三元。【例】不~弗~怀~私~无~谖~造~诈~

儇xuān【古】下平，一先。【例】便~薄~不~巧~轻~拳~使~佻~窕~儇~装~

翾xuān【古】下平，一先。【例】便~风~翩~飘~轻~翔~翾~

嬛xuān【古】下平，一先。另见 438 页 huán。【例】便~嬛~琅~

烟[1](煙)yān【古】下平，一先。【例】鼻~碧~鬓~波~薄~裁~残~苍~茶~柴~朝~尘~晨~冲~锄~炊~春~翠~村~黛~淡~毒~断~芳~飞~霏~氛~风~烽~浮~孤~桂~海~含~涵~寒~河~湖~花~鬟~荒~禁~岚~狼~燎~林~岭~凌~零~流~柳~炉~洛~麦~蛮~冒~煤~迷~暝~暮~浓~暖~飘~平~浦~漆~樵~轻~清~晴~秋~染~人~如~瑞~莎~麝~升~兽~疏~曙~戍~霜~水~松~素~宿~潭~檀~汀~土~吐~晚~微~乌~夕~溪~硝~晓~新~墟~雪~曛~岩~瑶~药~野~夜~吟~幽~雨~远~云~瘴~榛~枕~渚~篆~紫~

烟[2](煙、菸)yān【古】下平，一先。【例】卷~香~纸~

恹yān【古】下平，十四盐。【例】烦~无~恹~净~

鄢yān 古邑名。姓。【古】下平，一先。

淹yān【古】下平，十四盐。【例】沉~迟~冲~废~该~涵~稽~亟~寂~久~睽~漫~水~消~淹~振~滞~骤~

咽yān【古】下平，一先。另见 498 页 yàn、101 页 yè。【例】鲠~喉~吭~控~

胭(臙)yān 胭脂。【古】下平，一先。

嫣yān【古】下平，一先。【例】婵~韩~

焉yān【古】下平，一先。【例】藏~归~忽~介~喟~邈~飘~阙~少~问~兴~于~斩~终~

殷yān【古】上平，十五删。另见 541 页 yīn、554 页 yǐn。【例】红~青~血~朱~晚霞~血犹~

腌(醃)yān【古】下平，十四盐。另见 1 页 ā。【例】盐~糟~韭新~

燕yān【古】下平，一先。另见 498 页 yàn。【例】北~后~南~幽~

奄yān 同"阉"。【古】下平，十四盐。另见 489 页 yǎn。【例】内~逆~权~刑~

阉(閹)yān【古】下平，十四盐。【例】刁~宦~阉~逆~权~寺~天~

崦yān【古】下平，十四盐。【例】翠~沟~绝~青~山~石~松~西~溪~斜~

雪~云~重~

厌(厭)yān【古】下平,十四盐。另见498页yàn、8页yā。【例】厌~

阏(閼)yān【古】下平,一先。另见78页è。【例】夭~

湮yān【古】下平,一先。另见541页yīn。【例】沉~沦~郁~坠~

鸳(鴛)yuān【古】上平,十三元。【例】并~彩~风~凤~孤~鸿~锦~鹭~鸣~睦~青~沙~双~文~戏~翔~枕~

鸢(鳶)yuān【古】下平,一先。【例】苍~鸱~雕~断~飞~风~饥~鸣~木~秋~犬~射~收~乌~枭~啸~鹰~鱼~纸~朱~

渊(淵)yuān【古】下平,一先。【例】冰~沧~沉~澄~池~赤~重~出~春~大~洞~赴~广~桂~宏~洪~回~江~蛟~湫~浸~静~九~雷~骊~临~灵~龙~龙~魄~潜~堑~清~情~塞~山~善~涉~深~神~水~潭~探~涛~天~通~投~颓~洧~文~湘~霄~星~玄~璇~严~瑶~义~鱼~禺~虞~羽~玉~郁~跃~云~在~澶~坠~

冤(寃)yuān【古】上平,十三元。【例】报~被~辨~偿~沉~陈~称~仇~断~烦~负~含~喊~呼~怀~家~结~解~救~理~埋~蒙~弥~鸣~孽~平~剖~奇~侵~情~穷~申~伸~深~沈~释~受~讼~诉~宿~无~洗~衔~泄~雪~讯~业~饮~幽~遭~至~窦娥~

鹓yuān【古】上平,十三元。【例】彩~巢~雏~春~飞~凤~集~鸠~龙~楼~鹭~鸣~文~

宛yuān【古】上平,十三元。另见449页wǎn。【例】大~

蜎yuān【古】下平,一先。又:上声,十六铣同。【例】蝉~蟺~蜎~

眢yuān【古】上平,十三元。又:上平,十四寒同。【例】井~目~

悁yuān【古】下平,一先。【例】悲~烦~忿~愤~悁~忧~

平声·阳平

连(連)lián【古】下平,一先。【例】璧~宾~波~参~婵~蝉~串~错~褡~缔~颠~迭~叠~洞~峰~亘~勾~钩~挂~关~贯~合~环~黄~回~惠~机~季~简~交~接~襟~控~嫪~骊~逦~流~留~纶~蔓~绵~目~排~攀~毗~翩~牵~青~水~丝~琐~涛~天~田~通~系~霞~相~星~悬~遥~姻~萦~云~粘~株~珠~属~缀~桑柘~

梿(槤)lián 梿枷。【古】下平,一先。

螊lián【古】下平,十四盐。【例】蜚~

镰(鐮、鎌)lián【古】下平,十四盐。【例】蚌~长~持~齿~刀~短~斧~钩~挂~挥~火~开~镣~磨~钐~石~腰~拥~月如~

廉(亷)lián【古】下平,十四盐。【例】豹~陛~不~察~大~低~方~飞~俸~刚~高~公~觚~寒~秽~价~简~降~矫~节~洁~介~谨~劲~精~句~捐~刻~宽~鸣~内~朴~谦~勤~清~庆~劝~伤~守~私~堂~伪~小~孝~兴~修~养~用~贞~知~忠~助~高士~

莲(蓮) lián 【古】下平，一先。【例】爱~白~宝~碧~采~池~楚~翠~法~芳~风~趺~宫~龟~汉~旱~荷~红~湖~芰~嘉~江~茭~金~锦~枯~菱~榴~马~木~目~蒲~青~清~秋~瑞~石~双~水~睡~素~庭~夏~香~缃~雪~玉~渚~并蒂~穿心~凤眼~合欢~千叶~同心~玉井~子午~

涟(漣) lián 【古】下平，一先。【例】碧~波~澄~翠~风~洪~金~涓~淃~泪~流~沦~轻~清~涕~微~细~漪~萦~

怜(憐) lián 【古】下平，一先。【例】哀~爱~悲~垂~慈~赐~独~恩~俯~顾~憨~记~见~娇~矜~惊~眷~绝~堪~可~酷~蒙~悯~愍~偏~骈~乞~轻~情~取~伤~深~甚~生~收~疼~天~偎~惜~相~小~笑~遥~忧~憎~震~知~自~最~

联(聯) lián 【古】下平，一先。【例】邦~璧~并~蝉~长~城~串~春~褡~迭~叠~段~对~缝~妇~钩~关~贯~国~颔~贺~横~鸿~后~结~襟~锦~颈~警~句~劳~门~绵~名~盘~蟠~毗~篇~翩~骈~起~牵~前~巧~绳~诗~寿~束~堂~通~挽~绾~尾~文~喜~系~衔~县~校~星~绣~学~姻~楹~影~杂~株~珠~竹~属~左~

帘[1] lián 布望子。【古】下平，十四盐。【例】酒~青~杏~村店~

帘[2](簾) lián 【古】下平，十四盐。【例】宝~碧~篦~冰~布~彩~柴~车~彻~窗~垂~翠~荻~绯~风~拂~盖~高~隔~宫~钩~谷~画~降~轿~揭~锦~卷~[illegible]~开~芦~门~幕~暖~瀑~侵~轻~琼~泉~软~撤~收~疏~水~素~堂~厅~外~帷~雾~犀~掀~香~湘~箱~晓~孝~蟹~绣~虚~悬~眼~夜~映~幽~雨~玉~毡~织~重~珠~竹~玳瑁~鸟窥~水晶~虾须~夜明~真珠~

奁(奩、匳、匲、籢) lián 【古】下平，十四盐。【例】宝~笔~冰~彩~螭~翠~雕~房~粉~凤~闺~果~盒~花~嫁~金~镜~局~开~陪~棋~却~诗~石~书~霜~铜~文~香~缃~箱~象~晓~行~压~药~衣~印~玉~月~枕~珠~妆~

濂 lián 水名。【古】下平，十四盐。【例】水濂~

鲢(鰱) lián 【古】下平，一先。【例】白~草~花~黄~江~皂~

裢(褳) lián 【例】褡~

鬑 lián 【古】下平，十四盐。【例】鬑~

棉 mián 【古】下平，一先。【例】白~草~涤~纺~红~柳~麻~木~皮~软~吴~絮~原~轧~籽~

绵(綿、緜) mián 【古】下平，一先。【例】白~薄~蚕~缠~沉~绸~春~纯~粉~海~红~火~击~缣~金~锦~绢~纩~联~绫~柳~龙~芦~禄~缕~绵~邈~缗~木~披~翩~飘~铺~芊~迁~轻~晴~庆~软~纱~水~丝~松~吴~细~香~絮~烟~嫣~蔫~延~

眠 mián 【古】下平，一先。【例】安~不~蚕~长~朝~沉~成~初~春~催~单~冬~独~高~归~酣~鹤~虎~江~解~惊~睽~困~懒~柳~龙~鸥~铺~清~秋~入~失~熟~睡~贪~停~偷~头~忘~稳~午~闲~宵~晓~休~眩~厌~晏~佯~慵~永~幽~欲~昼~醉~坐~抱琴~对愁~曲肱~听雨~枕戈~炙地~

年(秊)nián【古】下平,一先。【例】百~拜~报~比~避~编~残~昌~长~常~沉~陈~成~齿~崇~畴~初~垂~春~椿~辞~得~登~凋~丁~断~多~躲~芳~分~丰~逢~浮~富~赶~高~隔~故~官~冠~光~龟~过~寒~合~何~贺~花~华~荒~讳~饥~积~笄~基~籍~计~纪~季~加~嘉~假~降~交~节~今~近~晋~经~究~旧~康~跨~旷~来~老~累~历~连~流~履~论~茂~耄~弥~妙~明~末~谋~暮~曩~匿~偶~频~期~齐~祈~耆~绮~歉~亲~钦~青~清~穷~去~全~稔~荣~孺~瑞~闰~弱~韶~少~升~生~盛~时~实~始~世~试~逝~寿~熟~数~衰~松~送~岁~损~他~讨~天~龆~髫~通~同~童~团~颓~晚~往~忘~旺~昔~牺~稀~锡~系~遐~现~享~飨~新~凶~学~淹~延~阳~尧~宜~移~颐~亿~益~翌~引~英~迎~永~有~幼~余~逾~元~阅~蕴~匝~灾~早~增~占~争~整~值~稚~中~终~周~逐~驻~转~壮~足~卒~本命~桑榆~太平~艳阳~

黏nián【古】下平,十四盐。【例】稠~动~胶~连~面~

粘nián【古】下平,十四盐。另见433页zhān。【例】稠~瞅~冬~动~胶~连~面~失~

鲇(鮎、*鯰)nián 鱼名。【古】下平,十四盐。【例】龙~鼠~鳣~

便pián【古】下平,一先。另见490页biàn。【例】安~便~

楩pián【古】下平,一先。【例】楠~檀~

胼pián【古】下平,一先。【例】手~胝~足~

骈(駢)pián【古】下平,一先。【例】丛~翠~党~俪~偶~骈~散~上~填~阗~翕~云~支~

蹁pián【古】下平,一先。【例】联~

钱(錢)qián【古】下平,一先。【例】白~宝~本~壁~簸~擘~卜~布~财~餐~茶~差~臭~出~赐~凑~催~翠~贷~刀~典~店~垫~订~定~赌~讹~饭~房~飞~费~俸~蚨~赋~赙~给~工~官~棺~荷~花~换~活~货~积~价~缣~翦~交~解~借~金~锦~进~赆~酒~醵~缉~军~犒~课~口~库~赉~捞~礼~利~敛~赁~零~六~禄~绿~码~卖~毛~梅~媒~米~缗~冥~母~撚~女~赔~骗~破~绮~悭~青~求~取~散~赏~烧~赊~社~省~圣~石~实~使~贯~收~守~赎~数~税~私~算~岁~台~苔~摊~赕~帑~掏~讨~贴~铁~铜~投~息~犀~洗~喜~闲~现~献~香~箱~销~癣~薪~朽~牙~洋~药~业~一~义~役~邑~瘗~阴~银~印~赢~佣~榆~玉~鬻~月~运~攒~脏~皂~赠~涨~找~折~挣~支~值~纸~制~掷~稚~转~赚~撰~赀~资~子~租~邓通~孔方~买山~沈郎~蚁鼻~杖头~

荨(蕁)qián 荨麻。【古】下平,十三覃。另见547页xún。

犍qián 犍为。【古】下平,一先。另见465页jiān。

前qián【古】下平,一先。【例】杯~笔~鞭~策~超~车~承~窗~床~春~次~从~村~当~灯~殿~风~佛~赴~刚~跟~宫~冠~光~鸿~后~护~花~火~忌~见~槛~阶~节~近~进~镜~酒~

军~客~空~腊~篱~帘~陵~楼~马~门~面~庙~明~目~年~排~顷~趋~人~日~山~上~身~生~史~事~侍~霜~死~岁~塔~榻~台~堂~提~庭~推~亡~往~望~膝~先~现~向~歇~行~胸~轩~循~衙~筵~檐~眼~衣~依~以~迎~楹~牖~雨~预~御~院~月~在~早~瞻~战~帐~枕~支~舟~尊~座~

潜(濳)qián【古】下平,十四盐。又:去声,二十九艳同。【例】鳌~播~泊~沉~川~发~反~飞~龟~寒~衡~红~狐~晦~鲛~静~郎~龙~蹑~蟠~潜~山~赏~深~时~寿~兽~水~堂~韬~逃~陶~退~挖~外~遐~下~心~形~淹~阴~隐~幽~渊~昼~

乾qián【古】下平,一先。另见428页gān“干”。【例】安~苍~乘~翠~法~海~昊~皇~焦~九~康~坤~雷~连~临~隆~配~乾~日~式~顺~体~夏~饷~玄~阳~阴~应~御~凿~造~宅~

虔qián【古】下平,一先。【例】标~不~诚~村~风~告~恭~矫~洁~精~敬~纠~恪~礼~貌~虔~亲~勤~求~思~肃~通~心~仰~寅~志~致~忠~

钳(鉗、箝、拑)【古】下平,十四盐。【例】蚌~闭~产~楚~锤~锻~发~飞~钢~钩~管~鬼~焊~虎~火~夹~拘~卡~髡~强~囚~世~台~衔~蟹~楚人~踏脚~

掮qián【例】搬~肩~

钤(鈐)qián【古】下平,十四盐。【例】兵~茶~钩~合~虎~机~拘~龙~路~戎~枢~弢~韬~印~鱼~玉~珠~

黔qián【古】下平,十四盐。又:下平,十二侵同。【例】巴~苍~称~川~滇~嘉~黎~突~乌~羊~蒸~邑中~

全quán【古】下平,一先。【例】安~百~保~才~成~纯~存~大~贷~得~德~独~丰~福~苟~顾~归~贵~浑~获~健~矜~救~俱~亏~乐~力~两~虑~名~难~齐~启~清~求~曲~身~神~生~十~双~顺~私~天~图~瓦~完~万~无~务~行~修~养~拥~宥~玉~圆~智~周~赒~资~自~

辁(輇)quán 辁轮。浅薄。【古】下平,一先。

婘quán【古】下平,一先。另见494页juàn。【例】婘~玉~

瑔quán 玉名。【古】下平,一先。

鳈(鰁)quán 鳈鱼。【古】下平,一先。

权(權)quán【古】下平,一先。【例】霸~版~避~变~兵~秉~柄~财~操~产~朝~称~承~乘~逞~秤~持~从~篡~大~当~党~盗~地~夺~法~放~分~夫~父~公~攻~共~股~国~海~豪~衡~怙~化~皇~机~极~集~加~颊~奸~兼~交~经~酒~剧~谲~军~君~均~钧~扩~揽~立~利~赂~卖~民~拿~男~弄~女~平~期~弃~强~窃~轻~全~让~人~煽~善~擅~神~失~时~实~世~市~事~受~授~顺~诉~贪~特~天~通~铜~外~王~威~微~委~握~相~胁~行~凶~雄~悬~议~用~渔~鬻~越~诈~债~掌~召~争~政~执~职~治~主~专~

泉quán【古】下平,一先。【例】暗~柏~阪~悲~奔~迸~币~碧~壁~冰~层~潮~澄~赤~川~春~淙~翠~丹~盗~地~动~冻~洞~飞~沸~伏~赋~

甘~膏~古~谷~寒~虹~鸿~黄~惠~慧~火~汲~嘉~剑~涧~鉴~金~井~九~酒~菊~浚~枯~狂~老~泪~冷~醴~立~廉~冽~林~廪~灵~流~柳~龙~鸣~酿~暖~汸~喷~瀑~清~穷~秋~热~乳~润~神~圣~石~水~贪~汤~天~听~温~沃~溪~峡~香~响~象~心~玄~悬~雪~岩~盐~掩~阳~瑶~野~谒~阴~饮~涌~幽~虞~玉~渊~源~月~云~珠~煮~酌~濯~

拳 quán【古】下平,一先。【例】抱~北~搏~猜~查~长~嗔~吃~出~村~打~调~斗~赌~短~奋~勾~鹘~猴~花~划~挥~豁~击~焦~拘~空~老~连~练~挛~抡~毛~磨~南~抢~勤~擎~曲~拳~蛇~神~试~要~霜~铁~握~鹰~直~重~醉~尊~梅花~美人~迷踪~太平~外家~仙人~

痊 quán【古】下平,一先。【例】安~病~沉~瘳~大~欢~较~就~理~微~幸~医~沉疴~头风~

荃 quán【古】下平,一先。【例】芳~蘅~蕙~嘉~金~兰~露~美~青~荪~香~赠~

颧(顴) quán【古】下平,一先。【例】承~高~颊~面~双~隐~

蜷(踡) quán【古】下平,一先。【例】局~联~曲~腿~蜿~猬~

鬈 quán【古】下平,一先。【例】蚤~长~发~乌~美且~云鬈~

踡 quán【古】下平,一先。【例】跼~连~联~缩~

诠(詮) quán【古】下平,一先。【例】良~灵~秘~妙~莫~评~所~详~校~玄~言~遮~贞~真~

筌 quán【古】下平,一先。【例】风~鹤~寄~空~罗~冥~舍~绳~罤~蹄~忘~言~遗~意~鱼~真~竹~

铨(銓) quán【古】下平,一先。【例】春~典~订~赴~衡~候~监~量~遴~内~评~省~试~授~锁~需~执~

佺 quán【古】下平,一先。【例】期~偓~

田 tián【古】下平,一先。【例】坝~阪~陂~悲~辟~璧~边~弁~播~薄~菜~草~插~茶~潮~乘~池~驰~冲~锄~楚~春~祠~赐~村~代~丹~岛~稻~典~冬~垌~豆~渎~恩~畈~方~肥~分~坟~粪~丰~葑~福~溉~膏~耕~公~谷~瓜~官~灌~归~圭~海~寒~旱~薅~禾~湖~花~淮~荒~畿~棘~瘠~祭~江~藉~金~锦~井~军~均~客~课~垦~涝~犁~力~良~料~陵~垄~露~陆~鹿~禄~麻~麦~梅~煤~美~麋~苗~庙~民~牧~墓~泥~牛~农~盘~平~坡~圃~畦~旗~侵~青~琼~秋~求~渠~畎~壖~桑~沙~晒~山~善~赡~赏~烧~生~食~士~市~守~狩~授~瘦~书~秫~熟~黍~霜~水~私~寺~岁~梯~屯~洼~晚~王~圩~围~沃~溪~闲~羡~乡~饷~宵~廨~心~新~杏~绣~岩~研~盐~砚~秧~羊~瑶~野~遗~义~刈~驿~意~荫~隐~茔~营~幽~油~游~渔~畬~腴~雨~园~原~辕~耘~造~泽~宅~蔗~赈~正~芝~治~畤~种~冢~竹~渚~庄~族~彭泽~香火~颍上~

沺 tián【古】下平,一先。【例】沺~

畇 tián【古】下平,一先。另见 476 页 xián。【例】彻~

湉tián 【古】下平，十四盐。【例】澶~湉~

甜tián 【古】下平，十四盐。【例】纯~肥~甘~瓜~酣~和~黑~浆~酒~口~梦~蜜~清~睡~酸~鲜~香~笑~心~蔗~嘴~

填tián 【古】下平，一先。又：去声，十七霰异。【例】补~厕~充~刺~堆~粉~勾~环~回~加~坑~廓~赔~配~砌~手~私~填~委~喧~殷~优~淤~支~

钿（鈿）tián 【古】下平，一先。另：去声，十七霰同。另见 492 页 diàn。【例】翠~拂~宫~花~金~碎~遗~玉~珠~

阗（闐）tián 【古】下平，一先。【例】骈~阗~嚣~喧~殷~于~

滇tián 【古】下平，一先。另见 464 页 diān。【例】滇~

恬tián 【古】下平，十四盐。【例】安~冲~静~乐~轻~清~神~熙~心~虚~养~易~引~雍~优~贞~

畋tián 【古】下平，一先。【例】卜~出~郊~山~叔~搜~翔~休~佚~游~渔~中~周~

贤（賢）xián 【古】下平，一先。【例】爱~褒~宝~避~辩~表~才~材~朝~称~崇~传~达~大~待~得~登~钓~妒~访~丰~辅~高~贡~古~贵~豪~好~后~集~嫉~简~见~荐~降~交~进~旌~敬~举~巨~倨~隽~俊~渴~乐~礼~僚~猎~禄~论~名~明~慕~纳~囊~能~贫~聘~普~栖~耆~前~亲~钦~清~情~求~群~让~仁~任~容~如~儒~塞~赏~上~尚~神~生~圣~师~时~世~淑~硕~思~搜~素~宿~遂~贪~通~推~往~诬~希~喜~下~先~显~乡~象~兴~序~选~勋~养~野~仪~遗~颐~议~逸~引~隐~英~用~优~友~愚~寓~援~择~招~贞~真~知~至~忠~众~擢~尊~竹林~

伭xián 凶狠。【古】下平，一先。

挦xián 【古】下平，十四盐。【例】扯~揪~镊~披~撕~

昀xián 大眼睛。【古】下平，一先。另见 475 页 tián。

闲[1]（閑）xián 栅栏。限制。规范。大。【古】上平，十五删。【例】大~登~帝~防~检~谨~马~内~天~王~新~逾~御~

闲[2]（閑、閒）xián 空闲。悠闲。安静。“閒”另见 464 页 jiān“间”、492 页 jiàn“间”。【古】上平，十五删。【例】罢~帮~敞~冲~抽~等~放~赋~赶~革~官~广~归~靓~静~就~居~枯~宽~鸥~贫~破~乞~遣~轻~身~市~私~停~偷~投~退~暇~心~晏~燕~养~优~幽~悠~游~蚤~照~贞~

嫌xián 【古】下平，十四盐。【例】辟~避~变~猜~嗔~嗤~仇~恶~烦~防~构~怪~恨~怀~讳~讥~积~见~久~旧~捐~决~苦~昵~弃~前~亲~曲~取~去~却~人~失~时~世~释~疏~私~夙~素~宿~讨~特~天~微~畏~无~隙~相~挟~心~疑~引~应~余~远~怨~责~憎~招~众~自~瓜李~

弦[1]（絃）xián 【古】下平，一先。【例】哀~半~悲~别~冰~拨~操~缠~承~初~楚~春~雌~粗~促~催~摧~翠~大~丹~单~弹~调~定~动~断~番~繁~分~风~凤~拂~抚~拊~负~改~

高~歌~弓~钩~鼓~管~归~和~弧~画~挥~徽~急~架~剪~箭~角~解~金~筋~锦~惊~绝~钧~空~控~口~叩~扣~鲲~老~离~笼~绿~鸾~蛮~鸣~弄~弩~佩~秦~琴~青~清~求~绕~揉~若~商~觞~上~绳~试~舜~丝~斯~诵~素~听~外~挽~危~韦~细~下~纤~衔~湘~挟~心~新~虚~续~雪~熏~牙~雅~雁~幺~瑶~夜~遗~倚~银~应~幽~游~虞~玉~月~张~贞~筝~直~中~朱~伯牙~

弦[2]xián 钟表的发条。【古】下平,一先。【例】上~钟~

涎xián【古】下平,一先。【例】馋~稠~垂~堕~飞~浮~刮~饥~蛟~鲸~口~流~龙~漫~蟒~黏~清~犬~蛇~失~痰~吐~拖~鼍~唾~顽~蜗~香~邪~腥~鸭~鱼~猿~野狐~

衔[1](銜、啣)xián【古】下平,十五咸。【例】带~道~宫~故~官~阶~具~空~列~名~入~署~台~头~系~新~序~学~职~

衔[2](銜、啣、銜)xián【古】下平,十五咸。【例】鞍~杯~草~朝~虫~窗~单~镝~雕~短~蹲~凤~负~鹘~龟~诡~鹤~结~金~口~连~联~鹿~鹭~马~麋~密~鸟~辔~前~强~全~犬~鹊~人~日~山~蛇~深~释~尾~乌~夕~系~相~心~鸦~雁~曳~莺~鱼~玉~鼋~月~云~

娴(嫺、嫻)xián【古】上平,十五删。【例】安~端~骨~精~静~丽~深~淑~熟~心~秀~雅~妖~媖~雍~幽~贞~姿~词令~礼仪~

咸[1]xián【古】下平,十五咸。【例】阿~大~道~都~二~季~阮~巫~杖~贞~

咸[2](鹹)xián【古】下平,十五咸。【例】薄~鹾~登~甘~海~苦~舄~沙~水~酸~味~盐~饮~

鹇(鷳、鷴)xián【古】上平,十五删。【例】白~飞~孤~笼~鸥~素~长尾~

舷xián【古】下平,一先。【例】边~船~归~桂~红~击~刻~叩~鸣~启~轻~

痫(癇)xián【古】上平,十五删。【例】癫~发~惊~犬~

蚿xián【古】下平,一先。【例】夔~怜~马~鸣~

玹xuán 美石。【古】下平,一先。

痃xuán【古】下平,一先。【例】横~

旋xuán【古】下平,一先。另见497页xuàn。【例】辟~便~侧~虫~锤~打~地~东~俄~飞~风~归~规~河~横~轰~还~环~回~搅~锦~凯~螺~绵~面~磨~盘~蹁~蟠~喷~飘~气~上~生~天~往~蜗~斡~舞~翔~旋~言~蚁~迎~萦~游~圆~云~运~折~舟~周~逐~转~自~

璇xuán 美貌。【古】下平,一先。

悬(懸)xuán【古】下平,一先。【例】北~笔~壁~鞭~标~冰~逋~彻~诚~弛~垂~鹑~倒~灯~帆~幡~浮~高~宫~钩~购~孤~弧~涸~解~金~旌~静~空~乐~泪~门~民~平~瀑~跂~悫~清~磬~穷~曲~泉~日~上~设~事~殊~天~危~枭~宵~心~星~虚~轩~悬~岩~眼~意~影~忧~鱼~月~争~钟~斗柄~方寸~解倒~日月~

玄xuán【古】下平,一先。【例】参~苍~草~朝~冲~道~奉~高~钩~机~汲~空~理~丽~灵~邈~妙~弄~剖~

齐～青～清～穹～求～儒～入～上～深～升～诗～守～思～素～太～泰～谈～探～体～天～通～推～悟～象～虚～扬～疑～幽～语～渊～云～造～曾～知～指～重～

璇（璿）xuán【古】下平，一先。【例】玑～金～琼～天～仙～瑶～拥～玉～

漩xuán【古】下平，一先。又：去声，十七霰同。【例】鬟～洄～激～急～沫～泡～喷～涡～

言yán【古】上平，十三元。【例】败～拜～谤～褒～暴～备～悖～本～鄙～辟～避～弁～辨～辩～薄～参～插～察～谗～谄～长～常～倡～陈～称～谶～诚～侈～斥～虫～丑～楚～传～春～淳～词～辞～粗～窜～村～寸～厝～答～大～代～单～诞～当～谠～导～倒～盗～道～得～德～抵～典～鼎～定～动～独～蠹～端～短～断～对～多～讹～恶～耳～发～法～烦～繁～反～犯～梵～方～放～蜚～诽～费～忿～风～肤～敷～浮～负～附～复～甘～敢～感～高～告～格～鲠～共～苟～构～瞽～顾～刮～寡～乖～怪～诡～贵～国～过～豪～好～和～鹤～衡～胡～互～花～滑～话～欢～簧～谎～徽～回～讳～诲～恚～秽～惠～毁～讥～机～吉～急～疾～记～偈～寄～佳～嘉～假～奸～建～谏～践～僭～交～矫～讦～介～借～金～谨～进～精～靖～静～咎～具～抗～考～恪～恳～空～苦～夸～宽～款～狂～诳～兰～滥～朗～浪～俚～理～厉～立～例～詈～良～流～留～乱～论～骂～谩～漫～美～梦～密～妙～民～名～明～谬～谋～纳～难～讷～能～逆～鸟～佞～怒～诺～偏～齐～歧～乞～启～谦～前～浅～强～巧～怯～窃～琴～禽～轻～清～鹊～人～仁～冗～软～善～擅～上～深～慎～声～盛～失～师～时～实～食～饰～逝～释～誓～兽～述～说～私～肆～讼～诵～颂～俗～诉～琐～谈～天～甜～窕～听～通～徒～吐～退～托～外～婉～亡～枉～妄～忘～危～微～违～伪～温～文～污～诬～无～勿～悟～希～息～戏～鲜～闲～贤～显～献～详～巷～嚣～笑～邪～谐～信～兴～凶～修～虚～徐～序～绪～宣～喧～玄～训～逊～巽～哑～雅～谚～燕～扬～阳～佯～妖～谣～要～野～谒～夷～遗～彝～议～异～呓～译～逸～意～溢～阴～淫～引～隐～鹦～咏～优～犹～有～谀～愚～语～预～寓～誉～怨～愿～约～韵～杂～载～凿～造～噪～择～责～谮～赠～诈～谵～诏～哲～真～箴～征～正～证～诤～知～执～直～指～至～质～置～忠～众～重～庄～赘～酌～訾～奏～祖～纂～罪～金玉～纵横～

延yán【古】下平，一先。【例】捱～博～昌～长～迟～耽～宕～导～德～登～东～逗～俄～福～搁～苟～鼓～合～横～鸿～呼～回～积～羁～假～荐～接～旌～久～宽～款～溃～揽～连～联～廪～流～漫～绵～攀～旁～迁～牵～庆～曲～日～赏～申～师～寿～水～顺～邃～偷～推～拖～外～宛～违～委～遐～夏～详～休～修～秀～淹～延～邀～迤～遗～迎～永～游～逾～冤～缘～远～展～招～月影～

颜（顏）yán【古】上平，十五删。【例】变～别～鬓～冰～病～惭～惨～苍～谄～畅～朝～尘～赪～承～愁～楚～春～慈～摧～悴～翠～颠～雕～恩～芳～丰～改～高～光～汗～和～鹤～红～厚～花～欢～毁～瘠～霁～娇～解～金～酒～沮～开～抗～魁～愧～老～离～丽～龙～隆～旅～美～媚～腼～妙～赧～奴～破～戚～启～

泣～强～清～琼～秋～躯～癯～容～柔～弱～韶～圣～盛～姝～舒～衰～霜～舜～素～鲐～天～腆～童～颓～酡～温～熙～笑～欣～形～羞～秀～眩～雪～严～养～瑶～药～伊～怡～婴～忧～黝～玉～御～黫～赭～正～稚～朱～驻～壮～姿～醉～尊～冰雪～开心～壮士～

研yán【古】下平，一先。又：去声，十七霰异。【例】笔～耽～调～高～攻～贡～钩～几～精～究～考～科～铭～摩～磨～墨～内～披～潜～穷～手～熟～覃～探～讨～瓦～细～详～讯～吟～鱼～月～昼～助～钻～风池～和露～

炎yán【古】下平，十四盐。【例】避～残～肠～赤～炽～冲～夺～发～肺～附～光～寒～赫～喉～华～浣～黄～火～焦～景～亢～酷～昆～滥～老～冷～凉～芒～攀～气～青～趋～如～上～兽～霜～天～威～无～羲～夏～祥～消～烟～炎～阳～余～燠～瘴～蒸～

严(嚴)yán【古】下平，十四盐。又：下平，十五咸同。【例】边～辨～兵～宸～崇～从～诋～冬～毒～端～断～法～丰～风～刚～高～怪～贵～华～积～霁～坚～简～解～戒～矜～紧～谨～禁～兢～精～警～静～钧～峻～苛～孔～夸～宽～凛～令～秘～凝～齐～潜～峭～清～穷～秋～权～色～森～伤～尚～申～深～失～师～霜～夙～肃～邃～天～外～威～先～显～刑～性～夜～寅～幽～豫～渊～掌～贞～整～政～至～治～庄～嘴～尊～鼓角～酒令～朔风～

檐(簷)yán【古】下平，十四盐。【例】碧～冰～草～层～茶～车～橱～窗～垂～春～翠～雕～房～飞～风～拂～高～挂～寒～衡～画～阶～街～廊～笠～连～梁～寮～楼～掠～茅～帽～门～攀～蓬～披～绮～侵～穷～秋～伞～山～疏～霜～塔～堂～藤～瓦～危～屋～虚～轩～雪～巡～眼～拥～舆～雨～遮～重～竹～玳瑁～滴水～花簇～雀噪～月栖～

沿yán【古】下平，一先。【例】边～窗～床～河～洄～阶～帽～旁～前～溯～袭～相～循～

筵yán【古】下平，一先。【例】别～宾～陈～宸～齿～崇～初～春～赐～当～登～雕～对～法～梵～芳～丰～高～歌～宫～觥～广～华～欢～机～几～妓～饯～讲～郊～金～锦～经～净～酒～开～兰～离～礼～列～灵～密～盘～绮～琼～设～盛～寿～谈～堂～庭～舞～夕～喜～狎～香～星～绣～虚～宴～瑶～夜～银～玉～御～斋～张～诏～祖～玳瑁～翰墨～鹿鸣～

妍yán【古】下平，一先。【例】藏～呈～骋～媸～春～斗～端～芳～粉～丰～孤～光～瑰～花～欢～佳～姣～娇～精～景～娟～流～梅～弄～翩～轻～清～秋～柔～色～霜～态～吐～纤～鲜～详～笑～新～暄～嫣～妍～妖～遗～殷～争～百花～景物～桃李～万象～

盐(鹽)yán【古】下平，十四盐。另见499页yàn。【例】熬～白～池～赤～出～川～调～贩～飞～浮～供～官～海～淮～煎～姜～椒～解～金～精～井～颗～课～苦～矿～厘～炼～廪～龙～卤～陆～绿～梅～米～票～畦～牵～钱～青～戎～撒～砂～晒～商～生～食～蜀～私～嘶～岁～土～吴～咸～香～笑～行～巡～岩～饴～引～印～油～鱼～燥～蘸～种～煮～水晶～

岩(巖、嵒、巗)yán【古】下平，十五咸。【例】碧～苍～岑～层～巉～冲～崇～触～

川～春～丛～翠～大～丹～登～断～峰～浮～冈～高～孤～古～谷～寒～华～黄～迹～基～惊～镜～鹫～绝～峻～嵁～空～窟～兰～砾～连～林～灵～龙～绿～梅～明～冥～南～泥～攀～盘～片～凭～破～栖～奇～千～嵚～青～穹～窿～秋～泉～熔～砂～山～射～深～石～树～霜～水～松～嵩～素～天～颓～危～雾～仙～星～悬～雪～岩～峣～阴～崟～幽～雨～猿～月～云～崭～重～白鹿～秋枫～石门～

阎(閻)yán【古】下平，十四盐。【例】褒～鬼～衡～里～闾～民～穷～

蜒yán【古】下平，一先。【例】洞～寒～蛮～虻～蝘～爬～蛇～蜿～蜗～蜒～蝘～

芫yán 芫荽。【古】上平，十三元。另见482页yuán。

埏yán【古】下平，一先。【例】八～北～坟～垓～海～寰～荒～九～穷～陶～幽～周～

缘(緣)yuán【古】下平，一先。另见499页yuàn。【例】边～薄～尘～道～法～凡～烦～芳～分～福～附～合～后～华～化～幻～机～绛～阶～结～金～锦～近～静～绝～空～口～来～离～良～了～没～盟～妙～冥～募～攀～盘～旁～奇～起～前～亲～清～情～人～善～神～生～胜～施～识～世～适～收～俗～夙～宿～随～题～天～投～外～万～文～无～习～仙～闲～香～祥～信～血～眼～业～依～蚁～因～姻～寅～由～有～遇～远～诸～宗～花月～山水～未了～

塬yuán【例】墚～山～

骢(騵)yuán【古】上平，十三元。【例】驷～

螈yuán【古】上平，十三元。【例】蛟～蝾～玄～

羱yuán 羱羊。【古】上平，十三元。另：上平：十四寒同。

援yuán【古】上平，十三元。又：去声，十七霰异。【例】奥～跋～捕～策～驰～抽～打～大～待～党～藩～樊～芳～辅～附～赴～高～根～钩～后～继～交～接～结～解～进～救～军～开～来～篱～良～媒～密～内～猱～攀～朋～戚～乞～强～请～求～荣～声～势～手～受～私～探～推～托～外～无～系～饷～形～姻～引～迎～营～增～拯～支～资～阻～蚍蜉～

园(園)yuán【古】上平，十三元。【例】菜～茶～场～池～锄～春～村～道～稻～邸～芳～房～废～坟～公～宫～故～瓜～灌～桂～果～后～花～家～江～郊～椒～金～禁～橘～空～窥～葵～兰～乐～梨～梁～邻～林～陵～梅～名～茗～内～南～漆～绮～沁～青～丘～桑～山～舍～沈～霜～水～随～塘～田～庭～文～溪～戏～仙～乡～校～杏～学～瑶～野～茔～幽～游～玉～御～芝～枳～治～冢～竹～庄～梓～畅春～芙蓉～馆陶～金谷～邵平～玄圃～

源yuán【古】上平，十三元。【例】百～宝～本～别～兵～病～财～禅～潮～澄～初～淳～词～辞～导～道～涤～地～电～洞～发～法～风～逢～富～高～稿～根～关～光～海～寒～汉～合～河～壑～洪～鸿～花～回～货～祸～基～极～济～涧～江～竭～津～浚～濬～开～客～矿～来～利～灵～乱～洛～觅～蜜～民～能～平～起～潜～沁～清～情～穷～求～泉～热～塞～山～上～神～声～失～诗～殊～疏～水～税～思～讼～溯～探～桃～讨～天～通～同～渭～无～遐～仙～心～宣～寻～阳～养～遥～异～阴～幽～语～玉～渊～

源～远～肇～真～正～治～祖～武陵～

圆(圓)yuán【古】下平,一先。【例】半～包～碧～壁～璧～补～簿～长～成～澄～池～赤～初～蹴～丹～德～对～方～粉～凤～复～高～觚～光～广～规～桂～滚～红～环～回～浑～净～镜～蜡～龙～露～轮～梦～面～妙～内～弄～盘～偏～钱～轻～清～穹～秋～求～取～缺～日～肉～汤～踢～天～通～铜～团～椭～外～围～文～乌～香～心～旋～药～银～影～幽～鱼～御～月～正～志～智～重～周～珠～转～梅月～

圜yuán【古】下平,一先。另见437页huán。【例】规～

元yuán【古】上平,十三元。【例】榜～朝～初～储～春～淳～词～慈～次～丹～单～德～殿～调～鼎～奉～复～改～告～根～羹～公～贡～归～规～含～汉～贺～会～浑～稽～纪～建～僭～焦～解～金～觉～凯～魁～坤～黎～历～灵～谋～起～前～乾～穹～群～上～始～守～寿～思～搜～岁～太～泰～探～汤～体～天～铜～武～西～下～乡～霄～新～虚～玄～亚～阳～洋～银～永～元～允～赞～贞～真～至～治～置～中～诸～状～多福～

员(員)yuán【古】下平,一先。【例】备～兵～病～补～部～裁～常～超～成～船～大～党～道～店～定～动～队～访～废～浮～幅～复～干～阁～鼓～雇～官～广～海～河～会～减～见～教～解～京～景～警～旧～军～科～吏～满～盟～末～能～遣～清～球～全～阙～人～冗～散～伤～设～社～生～省～剩～司～随～团～驼～微～委～文～乌～武～闲～限～校～心～学～严～演～要～议～译～营～运～增～正～职～属～专～赘～组～

原yuán【古】上平,十三元。【例】百～陂～本～碧～冰～病～草～川～春～村～冻～端～芳～福～复～冈～皋～高～根～古～关～归～寒～汉～河～鸿～华～化～还～荒～基～鹡～见～鉴～江～姜～郊～焦～九～开～抗～旷～辽～燎～陵～龙～麓～绿～乱～洛～麦～莽～内～平～阡～秦～清～穷～丘～秋～曲～泉～三～沙～山～赦～首～霜～水～松～讨～田～推～万～五～隰～乡～修～胥～雪～野～夜～依～幽～在～周～追～宗～白鹿～乐游～五陵～

辕(轅)yuán【古】上平,十三元。【例】版～北～长～车～丹～东～督～犊～短～断～返～方～飞～凤～伏～抚～负～改～绀～归～函～横～后～画～还～回～击～驾～客～叩～来～雷～犁～灵～铃～龙～轮～马～南～攀～停～推～系～行～轩～偃～倚～引～皂～折～征～辀～轴～

猿(猨、蝯)yuán【古】上平,十三元。【例】哀～巴～白～苍～晨～愁～楚～断～伏～孤～古～猴～化～涧～江～狙～老～林～岭～猕～暝～沐～暮～猱～青～清～秋～人～山～霜～腾～啼～闻～溪～峡～湘～晓～心～玄～岩～野～夜～阴～吟～断肠～巫峡～啸月～

鼋(黿)yuán【古】上平,十三元。【例】鳌～鳖～乘～翠～放～伏～浮～龟～海～化～江～蛟～巨～老～潜～染～天～玄～游～鱼～癞头～

垣yuán【古】上平,十三元。【例】败～边～长～宸～城～崇～词～村～丹～登～帝～短～断～鄂～藩～粉～丰～高～宫～古～馆～翰～坏～荒～会～毁～棘～谏～疆～角～禁～空～垒～篱～吏～缭～龙～楼～门～庙～泥～女～漂～破～墙～壖～

塞~沙~省~师~石~市~枢~帅~素~琐~苔~庭~土~颓~外~微~维~屋~下~藓~辛~新~星~行~修~穴~夜~掖~遗~驿~幽~逾~辕~苑~凿~重~周~属~筑~羊马~紫微~

袁yuán【古】上平，十三元。【例】曹~乞~三~讨~依~

沅yuán【古】上平，十三元。【例】浮~江~澧~清~潭~湘~

橼(櫞)yuán【古】下平，一先。【例】黄~枸~香~

爰yuán【古】上平，十三元。【例】亶~傅~满~绥~郢~爰~

嫄yuán【古】上平，十三元。【例】姜~

湲yuán【古】上平，十三元。又：上平，十五删同。又：下平，一先同。【例】潺~澶~湲~

媛yuán【古】上平，十三元。另见499页yuàn。【例】婵~

芫yuán 芫花。【古】上平，十三元。另见480页yán。

鶢yuán 鶢鶋。【古】上平，十三元。

仄声·上声

贬(貶)biǎn【古】上声，二十八俭。【例】褒~被~惩~黜~窜~弹~诋~诽~诃~讥~降~科~流~乱~迁~谦~升~损~痛~违~刑~抑~臧~遭~责~谪~致~诛~追~自~

碥biǎn 碥磴。【古】上声，十六铣。

扁biǎn【古】上声，十六铣。另见467页piān。【例】侧~华~看~轮~楣~平~踏~堂~题~团~鲜~压~檐~银~字~

匾biǎn【古】上声，十六铣。【例】蚕~挂~贺~横~金~阔~门~牌~上~神~送~题~竹~

窆biǎn【古】去声，二十九艳。【例】安~薄~穿~祔~改~告~孤~故~归~合~临~旅~埋~铭~迁~悬~野~营~远~窀~

褊biǎn【古】上声，十六铣。【例】变~刚~国~忌~宽~量~贫~气~谦~歉~轻~贪~祖~填~狭~心~性~严~庸~愚~躁~

典diǎn【古】上声，十六铣。【例】奥~百~邦~宝~备~参~操~察~常~朝~程~崇~黜~垂~春~词~祠~辞~达~盗~道~帝~惇~恩~罚~法~坟~封~佛~革~公~古~故~国~汉~河~鸿~华~徽~会~慧~吉~极~祭~嘉~简~降~教~借~禁~经~旌~九~旧~考~旷~坤~乐~礼~立~吏~丽~令~隆~律~率~茂~秘~妙~民~铭~谟~僻~篇~琴~清~庆~秋~权~阙~荣~容~儒~瑞~睿~赏~上~圣~盛~世~事~谥~释~守~书~殊~数~霜~司~祀~岁~特~田~通~图~外~王~惟~文~五~熙~夏~仙~先~宪~详~新~刑~行~休~训~雅~尧~药~要~仪~遗~彝~逸~溢~用~虞~语~玉~渊~运~宰~赠~掌~诏~正~政~职~治~重~周~祝~字~遵~旷世~

点(點)diǎn【古】上声，二十八俭。【例】暗~把~白~斑~报~笔~标~冰~茶~撤~尘~嗤~丑~触~传~戳~疵~

促~窜~翠~打~黛~到~地~点~定~逗~端~断~蹲~额~沸~粉~改~糕~更~宫~勾~鼓~拐~观~光~寒~鹤~花~辉~活~火~基~极~记~煎~捡~检~简~交~焦~接~节~金~进~景~静~句~据~泪~力~劣~零~漏~乱~论~落~麻~卖~盲~墨~难~凝~盘~批~评~萍~起~千~钱~欠~强~抢~敲~切~钦~清~秋~圈~缺~燃~热~熔~弱~赛~烧~时~试~树~数~霜~水~苔~摊~檀~汤~特~提~甜~铜~晚~万~网~微~污~误~西~细~瑕~校~星~雪~药~要~疑~银~应~萤~蝇~优~雨~原~圆~月~早~整~正~支~指~终~钟~重~朱~珠~驻~妆~装~准~梅花~胭脂~

简(簡)jiǎn【古】上声，十五潸。【例】拔~编~笔~博~残~策~尺~崇~辍~辞~寸~错~丹~淡~德~蠹~端~短~断~讹~烦~繁~风~刚~高~槁~觚~古~规~贵~汉~汗~翰~好~和~鹤~恒~弘~宏~化~槐~笺~缣~俭~检~简~节~谨~旌~精~静~就~居~宽~兰~琅~礼~廉~练~量~吝~灵~陋~绿~略~秘~密~妙~木~凝~片~篇~平~朴~漆~铅~青~轻~清~穷~琼~全~缺~蕊~删~尚~慎~省~盛~示~事~手~授~书~疏~霜~搜~素~缩~特~腾~恬~通~投~脱~外~文~稀~闲~缃~详~象~削~信~行~休~秀~虚~靴~巡~牙~严~偃~瑶~夷~遗~义~易~逸~意~用~优~邮~鱼~语~玉~约~阅~芸~执~至~质~竹~

翦jiǎn【古】上声，十六铣。【例】开~龛~克~扑~驱~阙~枭~悬~诛~装~

碱(鹹、鹼)jiǎn【古】上声，二十九豏。【例】返~刮~汗~火~口~卤~赝~洋~

戬(戩)jiǎn【古】上声，十六铣。【例】降~

枧(梘)jiǎn 通水器。【古】上声，十六铣。

减(減)jiǎn【古】上声，二十九豏。【例】裁~春~翠~贷~淡~递~凋~顿~繁~分~割~耗~核~加~节~进~镌~蠲~科~刻~扣~宽~狂~揽~累~量~免~末~内~跷~轻~清~痊~饶~日~锐~色~删~膳~上~申~省~食~瘦~束~衰~岁~损~缩~汰~退~味~削~消~兴~雪~盈~语~月~云~灶~增~折~追~酌~

俭(儉)jiǎn【古】上声，二十八俭。【例】鄙~持~侈~冲~崇~淳~慈~德~敦~丰~恭~躬~贵~国~寒~汉~旱~好~贺~荒~饥~积~简~见~节~旌~克~刻~空~廉~率~民~名~宁~贫~朴~歉~勤~清~穷~奢~省~世~示~守~淑~疏~霜~素~岁~太~兴~行~凶~学~训~约~允~灾~至~质~忠~

茧(繭、璽、絸)jiǎn【古】上声，十六铣。【例】鏖~背~焙~冰~并~剥~裁~彩~蚕~朝~虫~抽~除~锄~春~摧~刀~倒~灯~奠~独~饵~发~反~飞~粉~风~钩~冠~寒~烘~火~棘~夹~茧~

剪jiǎn【古】上声，十六铣。【例】结~截~金~拘~开~勘~龛~快~蜡~兰~老~累~绿~鸾~绵~袍~扑~起~缲~亲~禽~青~轻~驱~攘~桑~删~芟~蛇~生~手~受~疏~蜀~数~双~霜~水~丝~碎~踏~烫~剃~条~童~偷~屠~土~退~瓮~勿~戏~细~献~枭~笑~心~骍~刑~修~悬~雪~盐~燕~野~叶~夜~夷~银~鱼~雨~玉~鬻~

造~珍~治~重~昼~诛~株~烛~爪~装~拙~足~作~并州~燕尾~

检(檢)jiǎn【古】上声，二十八俭。【例】安~报~编~标~参~查~抄~澄~崇~抽~荡~点~斗~督~翻~方~防~放~风~封~符~覆~格~钩~乖~关~规~国~活~稽~羁~纪~监~节~禁~纠~拘~勘~考~科~括~礼~联~量~料~临~灵~龙~漏~绿~秘~密~免~名~泥~偶~披~评~清~瑞~商~摄~神~绳~尸~失~施~石~识~收~受~书~束~送~搜~素~台~探~体~挑~条~通~推~犀~细~先~闲~衔~相~详~校~行~形~修~寻~巡~讯~牙~崖~仪~印~邮~逾~渊~攒~诏~芝~质~追~自~坐~

柬jiǎn【古】上声，十五潸。【例】酬~函~红~寄~料~名~请~慎~诗~手~书~谢~信~修~侑~折~致~

拣(揀)jiǎn【古】上声，十五潸。又：去声，十七霰同。【例】抽~翻~分~遴~披~拾~手~汰~挑~细~选~招~

蹇jiǎn【古】上声，十三阮。又：上声，十六铣同。【例】骜~病~跛~步~策~迟~尺~大~调~独~多~高~孤~乖~诡~寒~羁~艰~蹇~骄~苦~跨~困~老~羸~联~癃~挛~马~眇~命~秣~凝~驽~疲~瘠~贫~奇~跂~迁~穷~驱~屈~时~疏~衰~往~危~刑~行~修~淹~偃~幽~迂~遇~忠~驻~山水~

謇jiǎn【古】上声，十六铣。【例】博~刚~耿~诡~謇~骄~连~勤~屯~修~忠~

捡(撿)jiǎn【古】上声，二十八俭。【例】收~探~

睑(瞼)jiǎn【古】上声，二十八俭。【例】目~眼~

裥(襉)jiǎn【古】去声，十六谏。【例】打~细~

锏(鐧)jiǎn【古】去声，十六谏。另见494页jiàn。【例】鞭~双~铜~舞~

鬋jiǎn【古】上声，十六铣。又：下平，一先同。又：去声，十七霰同。【例】曼~盛~蚤~爪~

趼jiǎn【古】上声，十六铣。【例】厚~老~累~马~肉~手~削~胝~重~足~

谫(譾、讚)jiǎn【古】上声，十六铣。【例】谫~拘~

笕(筧)jiǎn【古】上声，十六铣。【例】翠~山~石~通~竹~连云~

卷(捲)juǎn【古】上声，十六铣。另见494页juàn。【例】半~波~残~拆~潮~春~蛋~篁~吊~读~短~帆~翻~风~高~钩~裹~荷~横~花~胶~焦~浪~帘~龙~漫~蓬~飘~舒~帷~雾~席~霞~袖~虚~旋~雪~烟~云~

脸(臉)liǎn【古】上声，二十八俭。【例】疤~绷~变~长~衬~逞~赤~愁~春~打~丹~丢~冻~恶~翻~粉~给~勾~刮~怪~鬼~含~好~黑~红~厚~花~讲~绞~酒~开~哭~苦~老~泪~冷~柳~露~麻~马~卖~满~毛~没~眉~梅~媚~门~抹~抛~劈~破~泣~俏~晴~琼~热~扫~傻~伤~赏~舍~睡~素~桃~讨~贴~头~洗~霞~涎~香~笑~杏~秀~仰~有~玉~圆~匀~争~转~嘴~醉~桃花~

琏(璉)liǎn【古】上声，十六铣。【例】宏~瑚~瑜~

敛(斂)liǎn【古】上声，二十八俭。

【例】暴~剥~播~薄~抽~雠~储~春~促~措~黛~调~冬~烦~赋~耕~躬~含~横~红~虹~厚~花~获~积~戢~节~藉~惊~旧~聚~卷~苛~刻~课~率~眉~虐~配~气~穷~秋~摄~省~恃~收~霜~税~私~翕~香~削~消~烟~掩~殷~雩~预~云~攒~征~重~诛~追~残红~山容~

免miǎn【古】上声,十六铣。【例】罢~拜~庇~避~病~卜~不~裁~册~策~撤~斥~除~黜~辞~遁~恩~放~废~复~告~苟~规~护~讳~贿~豁~获~疾~降~解~救~捐~控~宽~虑~难~能~乞~切~全~饶~任~赦~首~赎~恕~庶~私~袒~逃~特~停~偷~推~退~脱~完~晚~削~幸~遗~倚~优~宥~原~援~早~责~稚~自~走~坐~

丏miǎn 遮蔽。【古】上声,十六铣。

勔(偭)miǎn 勉力。【古】上声,十六铣。

偭miǎn 违背。【古】上声,十六铣。

渑(澠)miǎn【古】上声,十六铣。【例】崤~淄~

愐miǎn 勉力。【古】上声,十六铣。

鮸(鮸)miǎn 鱼名。【古】上声,十六铣。

勉miǎn【古】上声,十六铣。【例】褒~策~诚~饬~淬~低~吊~敦~奋~讽~抚~共~规~互~激~加~嘉~交~教~戒~诫~警~克~宽~困~劳~励~率~黾~勉~闵~牵~强~勤~庆~劝~慰~训~喻~自~

冕miǎn【古】上声,十六铣。【例】宝~裨~弁~苍~蝉~垂~带~貂~端~夺~峨~凤~服~绂~绋~黻~挂~冠~圭~珪~衮~华~火~加~降~解~襟~卷~旒~露~鸾~配~平~裘~日~荣~裳~绅~释~衰~司~素~天~文~希~象~绣~轩~玄~衣~缨~舆~玉~云~簪~藻~旃~珠~组~

腼(靦)miǎn【古】上声,十六铣。【例】惭~愧~腆~

沔miǎn【古】上声,十六铣。【例】沉~汉~淮~济~江~荆~流~渺~曲~湛~

眄miǎn【古】上声,十六铣。又:去声,十七霰同。【例】宸~宠~慈~瞪~恩~高~鹄~欢~监~奖~惊~眷~流~隆~鸾~眄~凝~盼~遐~邪~斜~仰~意~游~瞻~转~

娩miǎn【古】上声,十三阮。【例】分~婉~嫿~

湎miǎn【古】上声,十六铣。【例】沉~耽~酣~荒~昏~流~湎~渺~湛~

缅(緬)miǎn【古】上声,十六铣。【例】缠~崇~怀~回~辽~缅~冥~思~遐~湮~遥~遗~悠~征~

碾niǎn【古】去声,十七霰。【例】茶~车~初~翠~辊~滚~金~磨~石~水~铜~细~药~玉~月~云~滞~海青~

捻niǎn【古】上声,十六铣。【例】灯~发~飞~火~蜡~笼~拢~慢~拿~扭~炮~轻~揉~手~戏~细~闲~药~折~纸~重~

辇(輦)niǎn【古】上声,十六铣。【例】宝~步~车~辞~从~簇~翠~丹~帝~雕~方~凤~奉~伏~附~扈~华~还~畿~肩~降~金~锦~进~京~举~龙~楼~鹿~鸾~蓬~起~轻~容~随~彤~铜~推~卧~香~象~轺~瑶~舆~御~云~运~朱~注~驻~辎~

撵(攆)niǎn【例】驱～快～

浅(淺)qiǎn【古】上声,十六铣。【例】卑～鄙～褊～才～草～孱～初～春～粗～短～凡～俸～肤～浮～搁～寡～管～红～蹇～交～近～狷～空～俚～陋～鹿～绿～漫～平～浅～青～轻～清～山～涉～深～疏～水～危～微～狭～鲜～虚～学～眼～庸～迂～淤～愚～智～拙～阻～秋梦～韶光～天机～鱼梁～

肷qiǎn【古】上声,二十八俭。【例】狐～青～

遣qiǎn【古】上声,十六铣。【例】罢～逼～别～拨～裁～差～斥～黜～赐～调～断～敦～发～放～分～附～呵～互～赍～解～津～谨～决～宽～款～劳～礼～理～临～密～免～命～逆～排～派～平～迫～弃～驱～取～散～善～施～使～输～送～特～退～慰～先～消～行～休～阴～迎～娱～原～择～杖～召～谪～支～诛～追～资～自～纵～醉～

谴(譴)qiǎn【古】去声,十七霰。【例】被～薄～朝～笞～斥～大～犯～负～告～诃～厚～获～祸～羁～降～咎～免～怒～少～深～私～思～天～微～刑～严～遗～阴～忧～幽～遇～冤～灾～责～谪～诛～自～罪～

缱(繾)qiǎn【古】上声,十六铣。又:去声,十七霰同。【例】情～绻～

犬quǎn【古】上声,十六铣。【例】爱～豹～避～叱～村～冻～恶～吠～寒～狐～黄～卉～鸡～家～桀～警～军～狂～狼～狸～篱～良～猎～邻～露～猫～牧～驽～烹～使～噬～蜀～舜～田～土～豚～闻～犀～洗～戏～驯～养～野～夜～义～邑～猘～鹰～玉～战～稚～猪～逐～走～当门～亡家～

绻(綣)quǎn【古】上声,十三阮。又:去声,十四愿同。【例】连～缱～情～绻～善～

畎quǎn【古】上声,十六铣。【例】层～塍～大～沟～浍～畿～疆～畦～清～丘～阴～羽～

软(軟、輭)ruǎn【古】上声,十六铣。【例】草～齿～掸～地～耳～发～风～服～甘～弓～骨～和～红～花～黄～回～活～娇～羸～力～脸～柳～绿～绵～面～泥～懦～纰～皮～疲～欺～怯～轻～清～柔～糯～润～沙～舌～手～熟～松～苏～酥～酸～摊～瘫～甜～婉～温～稀～细～纤～香～心～眼～腰～玉～走～嘴～春浪～歌喉～红尘～莺声～云裘～

阮ruǎn【古】上声,十三阮。【例】拨～擘～大～二～呼～嵇～荆～南～琴～笙～师～陶～贤～小～筝～蜡屐～

忝tiǎn【古】上声,二十八俭。又:去声,二十九艳同。【例】不～惭～尘～叨～负～怀～获～迹～僭～侥～皆～愧～谬～荣～身～夙～猥～位～无～误～幸～虚～义～优～有～缘～运～知～职～自～坐～

淟tiǎn【古】上声,十六铣。【例】涊～鲜～

琠tiǎn 明。【古】上声,十六铣。

殄tiǎn【古】上声,十六铣。【例】暴～不～除～摧～蠹～歼～剿～尽～戡～克～凌～沦～破～扑～禽～清～驱～扫～收～速～饕～瑕～枭～消～刑～湮～夷～谊～斩～诛～自～奸宄～妖魔～

舔tiǎn【古】上声,二十八俭。【例】舌～

腆tiǎn【古】上声,十六铣。【例】不～惭～丰～荒～精～腼～鲜～

銛tiǎn【古】上声,二十八俭。【例】叨~利~言~

显(顯)xiǎn【古】上声,十六铣。【例】安~褒~标~表~称~呈~崇~达~大~德~登~丰~敷~富~高~功~光~贵~赫~鸿~华~焕~徽~晦~进~旌~举~绝~夸~快~离~灵~令~隆~名~明~冥~丕~潜~浅~清~穹~求~荣~融~声~胜~世~事~特~天~通~凸~推~威~微~贤~休~阳~要~义~益~阴~隐~映~优~幽~乍~彰~招~昭~甄~忠~自~尊~

狝(獮)xiǎn【古】上声,十六铣。【例】禽~秋~搜~

冼xiǎn 姓。【古】上声,二十四迥。

崄(嶮)xiǎn【古】上声,二十八俭。【例】碍~凹~坂~猜~层~负~梗~关~豪~绝~绝~峻~履~冒~崎~峭~倾~深~天~危~凶~嶂~阻~

鲜(鮮、尟、尠)xiǎn【古】上声,十六铣。另见469页xiān。【例】不~单~寡~空~浅~轻~世~行~终~千古~

险(險)xiǎn【古】上声,二十八俭。【例】隘~碍~安~保~悖~边~波~驰~崇~丑~除~处~触~翠~蹈~道~颠~陡~断~夺~厄~扼~风~浮~负~赴~梗~攻~鼓~怪~关~诡~河~患~豁~火~积~济~奸~艰~践~狡~惊~究~救~狙~拒~据~距~绝~谲~峻~跨~狯~狂~历~辽~陵~履~虑~冒~蒙~内~蹑~佞~弄~偏~平~凭~颇~栖~棲~奇~崎~抢~峭~轻~倾~穷~岨~取~山~设~涉~深~升~恃~释~守~疏~蜀~水~肆~贪~探~体~天~佻~挺~投~突~湍~脱~忘~危~遐~邪~挟~心~凶~雄~悬~崖~严~邀~要~夷~阴~用~忧~幽~纡~愚~遇~韵~遭~躁~择~知~值~至~重~走~阻~干戈~金汤~

藓(蘚)xiǎn【古】上声,十六铣。【例】碑~碧~壁~驳~苍~虫~春~翠~冻~寒~黑~阶~金~径~枯~绿~苹~砌~墙~青~秋~桑~石~水~踏~苔~藤~铁~瓦~野~阴~幽~雨~玉~香径~

蚬(蜆)xiǎn【古】上声,十六铣。又:去声,十七霰同。【例】白~蚌~蛤~河~蠃~剖~蜩~虾~鲜~

跣xiǎn【古】上声,十六铣。【例】被~婢~赤~揭~科~魁~髡~露~裸~袒~徒~行~足~

燹xiǎn【古】上声,十六铣。【例】兵~残~烽~野~灾~战~

洗xiǎn 姓。【古】上声,十六铣。另见140页xǐ。

筅(箲)xiǎn【古】上声,十六铣。【例】茶~净~狼~筤~松~竹~

铣(銑)xiǎn【古】上声,十六铣。另见141页xǐ。【例】金~镣~镠~铁~瑶~钟~

选(選)xuǎn【古】上声,十六铣。又:去声,十七霰异。【例】邦~备~被~比~辟~编~别~驳~博~补~部~采~参~察~差~抽~初~春~大~待~当~德~登~典~调~独~浮~复~赴~改~高~革~更~公~贡~馆~贵~海~核~横~候~贿~获~嘉~拣~检~简~鉴~节~解~金~谨~进~精~竞~举~捐~俊~考~魁~馈~郎~类~历~丽~粒~连~廉~良~料~遴~吝~领~另~落~茂~免~妙~民~明~墨~谋~募~内~票~品~聘~评~普~亲~清~请~铨~人~

任～筛～摄～慎～省～诗～时～实～世～试～首～殊～搜～穗～台～汰～堂～特～提～挑～廷～通～推～脱～万～文～显～乡～详～校～秀～延～严～谒～应～英～膺～瀛～优～预～月～在～择～招～诏～甄～征～擢～自～总～坐～青钱～万民～

晅xuǎn 暴晒。【古】上声，十三阮。

烜xuǎn 【古】上声，十三阮。【例】赫～日～

癣(癬)xuǎn 【古】上声，十六铣。【例】疮～脚～疥～癞～手～体～顽～足～

眼yǎn 【古】上声，十五潸。【例】碍～白～板～榜～闭～碧～辨～病～波～侧～禅～馋～尘～眵～赤～虫～触～春～词～慈～刺～打～到～道～瞪～低～斗～毒～对～法～翻～凡～放～凤～佛～狗～鹘～刮～光～鬼～过～海～合～阖～鹤～横～红～虎～花～话～槐～环～晃～回～慧～豁～活～火～鸡～急～挤～假～娇～洁～金～经～惊～净～句～巨～倦～抉～俊～开～孔～扣～困～懒～老～乐～泪～冷～历～利～亮～裂～凌～另～柳～龙～漏～露～炉～绿～满～猫～眊～眉～媚～迷～眯～明～茗～凝～弄～暖～炮～屁～偏～瞟～瞥～泼～棋～气～钱～枪～抢～俏～窍～亲～青～泉～雀～惹～热～人～肉～入～嗓～沙～傻～山～闪～诗～石～世～手～输～鼠～水～睡～顺～俗～榫～锁～抬～饧～啼～天～偷～头～土～网～望～文～雾～洗～戏～虾～瞎～鲜～显～现～象～笑～歇～斜～蟹～心～星～醒～杏～悬～眩～雪～岩～掩～腰～耀～野～业～夜～移～鹰～映～游～鱼～圆～远～月～云～匝～凿～贼～憎～扎～眨～展～张～掌～障～招～照～遮～针～睁～正～只～注～驻～转～拙～灼～字～走～钻～醉～横波～青莲～桃花～

沇yǎn 【古】上声，十六铣。【例】沇～

龑yǎn 见于人名。【古】上声，二十八俭。

弇yǎn 覆盖。【古】上声，二十八俭。

棪yǎn 【古】上声，二十八俭。【例】篁～

鶠(鷃)yǎn 【古】上声，十三阮。【例】瑞～

甗yǎn 【古】上声，十六铣。另：上平，十三元、去声，十七霰同。【例】釜～纪～重～

戭yǎn 【古】上声，十六铣。【例】梼～

蝘yǎn 【古】上声，十三阮。【例】蜿～

掩(揜)yǎn 【古】上声，二十八俭。【例】蔽～博～藏～长～尘～持～翠～反～扉～抚～覆～光～函～互～护～讳～径～究～卷～空～跨～丽～凌～流～绿～埋～门～蒙～暮～难～篷～屏～权～日～瑞～扫～僧～山～扇～上～深～收～手～双～讨～庭～外～雾～相～香～斜～袖～虚～烟～夜～隐～映～拥～妪～院～云～遮～昼～竹～自～纱窗～轻纱～

演yǎn 【古】上声，十六铣。【例】罢～扮～编～表～布～操～唱～崇～抽～出～传～串～导～递～调～反～敷～公～躬～光～含～涵～合～幻～汇～会～加～讲～教～开～课～流～论～漫～妙～排～派～配～披～骈～谱～潜～庆～群～上～试～饰～首～舒～述～谈～梼～天～通～推～蜕～宣～巡～摇～义～游～预～增～重～主～装～

衍yǎn 【古】上声，十六铣。又：去声，十七霰同。【例】奥～波～博～阐～昌～祖～陈～充～传～串～大～道～递～飏～讹～

藩~繁~肥~坟~丰~敷~赓~瓜~广~涵~浩~河~宏~涣~焕~巨~空~宽~旷~黎~连~陵~流~满~漫~蔓~茂~弥~绵~民~派~盘~叛~骈~姘~平~铺~庆~曲~饶~融~散~申~始~熟~岁~天~推~文~沃~祥~虚~徐~偃~遥~仪~怡~迤~盈~羸~游~余~愉~孳~

巘(巘)yǎn【古】上声,十三阮。又:上声,十六铣同。【例】碧~苍~层~翠~黛~叠~峰~绝~峻~林~峭~青~晴~琼~霞~崄~秀~崖~阴~云~陟~重~

偃yǎn【古】上声,十三阮。【例】笔~草~倒~低~风~戈~禾~荷~蹇~偃~柯~枯~仆~栖~棲~旗~起~憩~倾~清~商~水~退~武~息~销~形~休~徐~许~偃~月~云~帐~阵~政~

兖yǎn【古】上声,十六铣。【例】河~齐~青~徐~

晻yǎn【古】上声,二十七感。【例】蔼~晻~鄙~磨~雾~

罨yǎn【古】上声,二十八俭。【例】沤~斜~

魇(魘)yǎn【古】上声,二十八俭。又:入声,十六叶同。【例】病~鬼~禁~惊~寐~梦~魔~沙~睡~梦成~

奄yǎn【古】上声,二十八俭。另见470页yān。【例】奄~

鼹(鼴)yǎn【古】上声,十三阮。【例】貂~蜩~隐~饮河~

俨(儼)yǎn【古】上声,二十八俭。【例】端~俨~

扊yǎn 扊扅。【古】上声,二十八俭。

剡yǎn【古】上声,二十八俭。另见460页shàn。【例】翠~圭~荐~刻~刳~平~

琰yǎn【古】上声,二十八俭。【例】璧~翠~丰~怀~琬~琰~瑶~贞~

厣(厴)yǎn【古】上声,二十八俭。【例】螺~

黡(黶)yǎn【古】上声,二十八俭。【例】黑~

郾yǎn 地名。【古】去声,十四愿。

渰yǎn【古】上声,二十八俭。【例】陂~胡~搠~渰~有~

远(遠)yuǎn【古】上声,十三阮。另见499页yuàn。【例】安~奥~褒~辟~边~博~畅~超~澄~斥~冲~崇~黜~踔~澹~道~地~洞~端~迩~放~服~附~高~隔~孤~古~光~广~寒~弘~洪~鸿~怀~荒~惠~积~寄~简~涧~近~浸~迥~久~隽~绝~开~空~旷~睽~阔~历~辽~龙~陋~漫~弥~绵~邈~明~慕~穆~宁~凝~僻~偏~平~朴~弃~清~穷~饶~日~融~柔~涉~深~识~适~殊~疏~顺~思~绥~邃~天~迢~跳~通~透~望~威~微~骛~遐~闲~险~携~心~行~雄~修~虚~玄~悬~巡~延~严~雁~阳~遥~杳~夷~遗~抑~意~殷~隐~永~优~攸~幽~悠~纡~迂~逾~驭~渊~悦~泽~嶂~贞~旨~致~掷~诛~烛~追~阻~

仄声·去声

变(變)biàn【古】去声,十七霰。【例】癌~豹~备~兵~病~参~惨~禅~处~达~大~递~凋~调~迭~动~斗~陡~

多~讹~恶~发~翻~防~蜚~风~改~感~告~革~更~构~谷~卦~乖~怪~观~诡~国~横~虎~哗~化~幻~婚~活~祸~惑~机~畸~激~极~急~渐~降~交~矫~节~经~惊~镜~巨~剧~聚~谲~军~可~睽~乐~雷~历~隶~量~料~裂~灵~流~龙~屡~虑~霉~民~谋~逆~叛~鹏~欺~奇~千~迁~巧~情~穷~曲~权~色~善~嬗~蛇~神~生~尸~时~识~世~事~数~衰~霜~水~顺~松~涛~体~天~通~突~推~蜕~屯~蛙~万~微~文~物~翕~祥~晓~新~星~形~凶~虚~暄~衍~演~阳~妖~爻~窑~夜~移~亿~异~浥~意~阴~音~应~幽~诱~渝~玉~驭~遇~云~杂~灾~遭~造~噪~折~政~知~制~治~质~智~骤~转~风云~桑田~

昪biàn 光明。【古】去声,十七霰。

遍(徧)biàn【古】去声,十七霰。【例】百~布~尝~传~吹~迭~多~寒~红~迹~急~交~看~绿~拍~跑~绕~哨~数~岁~踏~问~响~写~行~寻~吟~远~周~走~花柳~秋阴~深恩~

辨biàn【古】上声,十六铣。【例】驳~博~才~裁~察~畅~澄~逞~骋~持~酬~词~谛~斗~分~伏~服~高~诡~闳~户~慧~机~鉴~讲~交~较~精~均~考~理~力~立~廉~论~妙~敏~明~目~难~判~剖~强~曲~全~认~色~赡~设~申~审~慎~识~饰~手~思~诉~索~腾~条~廷~通~微~文~问~细~详~谐~心~宣~讯~研~眼~臆~音~责~昭~折~甄~整~执~至~治~质~智~置~资~宫商~是非~

辩(辯)biàn【古】上声,十六铣。【例】笔~驳~博~才~察~倡~陈~逞~骋~驰~持~酬~词~辞~聪~答~大~诋~斗~分~伏~服~浮~刚~高~诡~好~和~核~宏~华~机~激~讲~矫~诘~解~精~警~俊~抗~口~夸~力~论~妙~敏~名~明~目~内~佞~剖~强~巧~清~曲~诠~群~饶~善~舌~设~申~声~胜~识~饰~思~讼~诉~谈~条~廷~通~妄~伪~文~析~下~谐~凶~雄~讯~疑~逸~英~御~早~责~展~遮~折~争~证~知~直~治~质~智~置~纵横~

便biàn【古】去声,十七霰。另见473页pián。【例】不~称~趁~乘~处~从~搭~得~方~粪~风~告~公~惯~鸿~机~即~疾~简~交~捷~借~近~径~就~空~快~立~利~廉~两~灵~流~民~宁~剽~巧~轻~清~请~求~取~权~任~善~擅~省~适~顺~私~伺~随~体~听~通~托~妥~稳~小~行~形~悬~要~宜~遗~因~赢~优~邮~遇~缘~辄~臻~逐~自~

辫(辮)biàn【古】上声,十六铣。【例】草~长~垂~发~结~解~盘~梳~丝~索~绦~髻~小~扎~抓~

卞biàn【古】去声,十七霰。【例】楚~刚~疏~隋~躁~

緶biàn【古】下平,一先。【例】麻~

抃biàn【古】去声,十七霰。【例】鳌~蹈~歌~股~呼~欢~快~雷~连~起~庆~荣~竦~喜~响~笑~忻~欣~踊~藻~

忭biàn【古】去声,十七霰。【例】感~鼓~呼~欢~快~雷~庆~雀~荣~舞~欣~

汴biàn【古】去声,十七霰。【例】古~河~淮~江~梁~清~扬~

弁biàn【古】去声,十七霰。另见440页pán。【例】鳌~卑~兵~苍~朝~大~带~短~峨~股~冠~护~将~解~爵~列~马~冕~皮~琼~雀~戎~哨~神~天~突~屯~武~枭~璇~汛~狗~野~缨~营~员~运~簪~正~

店diàn【古】去声,二十九艳。【例】春~村~道~邸~饭~坊~孤~古~关~官~过~寒~黑~荒~货~贾~浇~脚~街~津~酒~开~客~老~粮~楼~旅~马~茅~盘~起~钱~肉~山~商~食~市~书~水~肆~讨~投~问~午~下~歇~新~行~押~盐~药~野~夜~驿~幽~远~砸~造~镇~正~支~住~庄~总~灯火~

扂diàn 门闩。【古】上声,二十八俭。

琔diàn 玉色。【古】去声,十七霰。

电(電)diàn【古】去声,十七霰。【例】奔~彩~测~掣~乘~驰~赤~充~触~传~导~断~发~放~飞~风~负~感~供~贯~光~过~骇~函~耗~核~贺~回~火~击~机~急~家~蛟~节~惊~静~绝~狂~馈~来~雷~冷~联~流~漏~露~密~蹑~跑~配~飘~起~轻~绕~热~瑞~弱~散~扫~闪~射~收~手~输~霜~水~烁~送~停~霆~通~外~文~笑~迅~岩~眼~唁~耀~夜~译~阴~邮~游~玉~震~致~昼~逐~专~追~紫~走~

垫(墊)diàn【古】去声,二十九艳。【例】拜~草~车~衬~愁~筹~床~底~昏~脚~津~靠~流~沦~棉~漂~铺~气~褥~软~湿~踏~颓~鞋~椅~棕~坐~座~

殿diàn【古】去声,十七霰。【例】拜~宝~陛~碧~璧~便~别~侧~层~崇~春~梵~飞~佛~复~高~阁~宫~古~馆~广~桂~寒~华~画~讲~椒~金~锦~禁~镜~鹫~兰~凉~麟~灵~陵~龙~楼~鲁~鸾~銮~秘~庙~明~幕~暖~配~偏~绮~前~寝~琼~秋~绕~刹~山~神~升~圣~石~书~霜~水~舜~松~台~堂~庭~彤~瓦~帷~吴~庑~香~享~晓~行~绣~虚~轩~烟~岩~宴~燕~瑶~掖~议~玉~御~月~云~藻~帐~正~芝~重~朱~紫~柏梁~长生~麒麟~清虚~太和~未央~

玷diàn【古】上声,二十八俭。【例】尘~疵~圭~毁~滥~泯~倾~辱~微~猥~诬~无~瑕~贻~白圭~

簟diàn【古】上声,二十八俭。【例】碧~冰~床~翠~笛~底~风~宫~几~角~筠~凉~露~篾~蕲~衾~清~秋~晒~暑~筒~莞~文~犀~夏~湘~牙~雨~玉~珍~枕~竹~

奠diàn【古】去声,十七霰。【例】安~拜~辟~薄~酬~吊~发~奉~祭~荐~浇~椒~进~哭~馈~酹~路~梦~迁~清~壤~丧~觞~舍~设~释~朔~夕~享~飧~谢~唁~野~谒~营~酌~祖~

甸diàn【古】去声,十七霰。【例】碧~楚~春~芳~封~海~侯~候~花~华~寰~荒~畿~江~郊~林~麟~柳~平~青~王~遐~燕~野~宇~禹~

佃diàn【古】去声,十七霰。【例】大~革~耕~就~侵~田~佣~召~治~种~

钿(鈿)diàn【古】去声,十七霰。又:下平,一先同。另见 476 页 tián。【例】宝~翠~宫~花~金~井~螺~青~碎~遗~玉~珠~贴花~

淀diàn【古】去声,十七霰。【例】陂~碧~长~蓝~雷~浅~水~淤~

癜diàn【古】去声,十七霰。【例】白~斑~紫~

坫diàn【古】去声,二十九艳。【例】崇~反~垓~撤~设~坛~

靛diàn【古】去声,十七霰。【例】碧~蓝~浅~青~铜~溪~

惦diàn 挂念。【例】搞~

踮diàn 踮脚。

痁diàn 临近。【古】去声,二十九艳。另见 432 页 shān。

阽diàn【古】下平,十四盐。【例】逼~危~

见(見)jiàn【古】去声,十七霰。【例】暴~鄙~博~察~朝~呈~赐~迭~洞~独~笃~短~断~对~肤~腐~高~瞽~铟~寡~亟~觐~渴~窥~类~蠡~怜~瞭~龙~露~旅~论~裸~妙~谬~僻~瞥~潜~浅~强~情~觑~群~日~深~时~识~俗~夙~宿~岁~妄~望~习~喜~献~霄~悬~宴~燕~遥~谒~意~隐~迂~隅~愚~御~豫~远~愠~赞~蚤~乍~照~谪~证~咫~智~昼~骤~卓~拙~灼~

谫(譾)jiàn【古】去声,十七霰。另:下平,一先、上声,十六铣同。【例】谫~媒~

楗jiàn【古】上声,十六铣。【例】拊~关~门~木~石~水~无~竹~

踺jiàn 踺子。【古】去声,十四愿。

健jiàn【古】去声,十四愿。【例】安~保~笔~步~沉~斗~肥~富~刚~官~犷~憨~豪~鹤~鸿~活~急~简~矫~紧~劲~精~警~俊~康~魁~率~猛~强~峭~轻~清~遒~身~瘦~爽~竦~素~通~顽~旺~闻~稳~武~黠~纤~鲜~枭~骁~行~雄~雅~阳~勇~腴~躁~整~陟~壮~筋骨~诗骨~天行~

件jiàn【古】上声,十六铣。【例】名~品~前~钦~上~讼~

建jiàn【古】去声,十四愿。【例】杓~敕~常~创~登~鼎~斗~分~奋~封~盖~规~基~开~匡~利~论~起~迁~善~设~殊~树~庶~塑~统~选~厌~营~豫~月~肇~筑~

践(踐)jiàn【古】上声,十六铣。【例】踩~乘~踹~蹴~蹈~登~勾~混~克~历~凌~履~攀~蹊~侵~荣~蹂~胜~踏~腾~微~行~游~越~遭~云蹔~

间(間、閒)jiàn【古】去声,十六谏。另见 464 页 jiān。“閒”另见 476 页 xián“闲”。【例】猜~谗~承~乘~得~谍~反~构~乖~诡~离~内~求~少~设~疏~司~投~无~希~嫌~相~行~疑~因~用~谮~青红~

剑(劍、劒)jiàn【古】去声,二十九艳。又:去声,三十陷同。【例】按~拔~长~楚~赐~弹~刀~短~遁~锋~伏~拂~服~抚~负~腹~弓~孤~鼓~故~挂~慧~解~借~襟~扣~昆~浪~利~砺~灵~龙~鹿~论~埋~鸣~佩~蒲~弃~琴~青~请~求~神~石~试~誓~书~双~霜~水~私~谈~题~跳~丸~吴~舞~犀~玺~匣~象~星~雄~袖~悬~

烟~仪~遗~倚~义~拥~鱼~玉~仗~蛰~铸~雌雄~冯谖~千金~

槛(檻)jiàn【古】上声,二十九豏。另见446页kǎn。【例】阑~

涧(澗)jiàn【古】去声,十六谏。【例】白~北~碧~瀍~巢~沟~寒~鹤~皇~急~绝~浚~枯~流~洛~南~盘~平~峭~青~曲~山~深~石~松~潭~溪~雪~阴~饮~幽~云~雉~重~竹~

鉴(鑒、鑑、鑑)jiàn【古】去声,三十陷。【例】宝~冰~秉~裁~辰~澄~垂~聪~洞~耳~纲~古~龟~规~寒~衡~皇~慧~魂~霁~金~矜~精~镜~炯~钧~朗~理~怜~临~灵~鸾~缅~明~冥~品~前~秦~清~情~穷~取~鹊~睿~商~赏~深~神~审~圣~识~史~水~通~心~歆~雄~轩~玄~雅~贻~殷~英~萤~幽~玉~渊~昭~照~箴~智~衷~百炼~千秋~

荐(薦)jiàn【古】去声,十七霰。【例】哀~褒~表~宾~彩~草~称~春~祠~鼎~鹗~丰~附~覆~高~槁~公~贡~华~嘉~菅~交~解~锦~进~捐~口~夸~馈~遴~领~论~明~谬~评~蒲~秋~荣~首~黍~岁~谈~腾~廷~推~尉~席~飨~象~延~谒~幽~预~阅~昭~重~追~资~珍羞~

饯(餞)jiàn【古】去声,十七霰。又:上声,十六铣同。【例】班~出~赐~贺~降~郊~觋~临~设~送~宴~燕~野~寅~饮~迎~赠~帐~追~祖~青门~

舰(艦)jiàn【古】上声,二十九豏。【例】船~斗~凤~舸~韩~连~列~龙~楼~轻~戎~兽~斋~舟~凌波~青龙~

箭jiàn【古】去声,十七霰。【例】暗~百~笔~鞭~谗~传~春~丛~刀~端~发~飞~浮~更~鹄~鼓~鬼~蒿~壶~画~缓~激~棘~金~�~冷~丽~连~铃~令~流~柳~漏~美~鸣~嫩~逆~鸟~弩~契~秋~虬~如~哨~神~石~收~水~夏~衔~髇~晓~信~星~修~遗~银~羽~玉~越~折~钟~竹~白羽~雕翎~鲁连~马步~弦上~

监(監)jiàn【古】去声,三十陷。另见465页jiān。【例】洞~宫~狗~后~降~酒~前~清~睿~赏~神~水~俗~太~天~武~锡~

渐(漸)jiàn【古】上声,二十八俭。另见465页jiān。【例】大~杜~端~顿~防~害~鸿~积~奸~阶~浸~流~木~平~疏~衰~微~无~遐~淹~湛~渍~

谏(諫)jiàn【古】去声,十六谏。【例】笔~鄙~愎~兵~裁~陈~诚~触~杜~讽~给~鼓~规~降~教~讦~进~拒~谲~苦~匡~窥~力~论~密~面~悯~默~纳~逆~强~切~劝~善~尸~顺~说~司~死~诵~锁~台~微~违~味~问~显~晓~言~箴~争~正~证~净~直~指~忠~犯颜~

贱(賤)jiàn【古】去声,十七霰。【例】安~卑~鄙~贬~刍~疵~悴~逮~诋~黩~凡~浮~甘~苟~孤~贵~寒~秽~羁~减~简~狂~澜~连~良~凌~陋~沦~蔑~贫~平~谦~轻~穷~荣~冗~辱~散~疏~衰~素~琐~贪~微~猥~污~乡~厌~野~遗~逸~庸~幽~愚~贼~征~滓~罪~鱼米~

溅(濺)jiàn【古】去声,十七霰。另见465页jiān。【例】迸~飞~污~雪~血~雨~水花~珠玑~

毽jiàn 毽子。【古】去声,十四愿。

键(鍵)jiàn【古】上声,十六铣。又:下平,一先同。【例】按~拊~管~机~扃~铃~门~妙~钤~钳~辖~幽~鱼~

腱jiàn【古】去声,十四愿。【例】肌~

锏(鐧)jiàn【古】去声,十六谏。另见484页jiǎn。【例】膏~

洊jiàn【古】去声,十七霰。【例】饥馑~水旱~

荐jiàn 斜撑。【古】去声,十七霰。

僭jiàn【古】去声,二十九艳。【例】不~侈~乖~昏~假~骄~狂~陵~欺~强~上~奢~讨~妄~凶~逸~优~逾~专~

倦juàn【古】去声,十七霰。【例】惫~笔~怠~发~乏~烦~飞~后~昏~饥~羁~骄~解~拘~困~懒~劳~力~耄~闷~迷~秘~鸟~疲~勤~神~衰~退~忘~无~懈~厌~遗~慵~志~昼~醉~宦游~岁时~相如~

婘juàn 古同"眷"。【古】去声,十七霰。另见474页quán。

桊juàn【古】去声,十七霰。【例】杯~桊~柳~

眷juàn【古】去声,十七霰。【例】哀~朝~宸~承~冲~宠~垂~存~笃~恩~法~荷~怀~欢~回~奖~降~矜~旧~眷~款~礼~怜~灵~隆~末~乃~昵~悽~清~睿~深~殊~思~宿~天~渥~宪~延~异~优~幽~允~伫~

绢(絹)juàn【古】去声,十七霰。【例】白~冰~绸~鹅~古~官~杭~禾~画~黄~扃~蜡~绫~软~纱~生~诗~束~素~问~吴~孝~遗~银~鹅溪~虎斑~蛟女~宓机~

卷juàn【古】去声,十七霰。另见484页juǎn。【例】裱~残~长~彻~呈~辍~词~读~短~废~横~画~黄~绘~巾~锦~经~卷~开~落~秘~末~墨~披~篇~弃~秋~阙~善~诗~释~手~首~书~素~图~万~文~行~宣~压~掩~赝~遗~吟~展~招~贽~朱~不释~临书~

圈juàn【古】上声,十三阮。另见468页quān。【例】畜~虎~笼~棚~兽~

罥juàn【古】去声,十七霰。【例】高~挂~萝~蒙~丝~网~张~

鄄juàn 地名。【古】去声,十七霰。

隽(雋)juàn【古】上声,十六铣。另见558页jùn。【例】超~简~冷~灵~雅~

狷(獧)juàn【古】去声,十七霰。又:上声,十六铣同。【例】隘~褊~刚~高~骄~狷~狂~灵~轻~清~迂~愚~躁~

睊juàn【古】去声,十七霰。【例】睊~

练(練)liàn【古】去声,十七霰。【例】白~被~博~彩~沉~澄~楚~达~飞~幅~缟~挂~皓~鹤~浣~缣~简~界~精~净~朗~筞~敏~凝~匹~朴~瀑~秋~洒~霜~素~陶~稳~习~洗~闲~绡~谢~绚~雪~雅~研~曳~藻~缯~珍~江如~

炼(煉、鍊)liàn【古】去声,十七霰。【例】熬~百~锤~砥~调~锻~飞~服~化~简~洁~矜~精~警~刻~磨~内~凝~烹~遒~熔~融~揉~涩~烧~升~试~刷~陶~洗~销~修~雅~研~养~运~整~铸~转~琢~钻~

恋(戀)liàn【古】去声,十七霰。【例】哀~悲~怅~驰~耽~感~鲠~顾~挂~惶~积~眷~恳~恋~留~慕~念~凝~攀~盼~凄~牵~情~绻~赏~贪~贴~

晚~婉~违~遐~欣~厌~仰~依~遗~忆~沾~瞻~栈~遮~追~清夜~

殓(殮)liàn【古】去声,二十九艳。【例】闭~殡~成~大~棺~含~埋~入~盛~收~送~攒~装~

链(鏈)liàn【古】下平,一先。【例】表~铰~拉~锚~锁~铁~项~

楝liàn【古】去声,十七霰。【例】苦~

潋(瀲)liàn【古】去声,二十九艳。又:上声,二十八俭同。【例】碧~萃~泛~潋~滟~玉~

鰊liàn 鲱鱼。【古】去声,十七霰。

琏liàn 玉名。【古】去声,十七霰。

面[1](靣)miàn【古】去声,十七霰。【例】半~鬓~波~薄~潮~尘~赪~赤~刺~黛~低~雕~粉~佛~拂~浮~膏~槁~革~垢~鹄~刮~海~花~回~江~娇~进~梨~黧~獠~满~漫~腼~墨~谋~南~赧~涅~劈~瞥~屏~泼~扑~漆~情~黥~如~山~扇~生~饰~水~素~题~铁~铜~头~涂~唾~文~污~晤~笑~颜~掩~翳~黝~玉~匀~黵~障~赭~直~炙~骤~颛~醉~春风~芙蓉~庐山~桃花~

面[2](麵、麪)miàn【古】去声,十七霰。【例】挂~齑~腊~麦~蜜~年~荞~寿~洋~榆~粥~煮~龙须~阳春~

瞑miàn 瞑眩。【古】去声,十七霰。另见 624 页 míng、631 页 mǐng。

偭miàn 违背。【古】去声,十七霰。

念[1]niàn【古】去声,二十九艳。【例】哀~恻~长~尘~宸~痴~持~春~慈~存~忖~德~笃~断~恩~繁~抚~感~顾~积~继~矜~锦~静~久~眷~客~恋~悯~念~凝~盼~牵~钦~曲~善~摄~深~省~誓~熟~数~思~夙~宿~题~万~妄~息~蓄~玄~遥~贻~疑~营~萦~忧~幽~原~瞻~真~执~重~驻~转~追~倚门~苍生~

念[2](唸)niàn【古】去声,二十九艳。【例】唱~祷~讽~讲~口~说~诵~演~

埝niàn【古】去声,二十九艳。【例】坝~堤~进~塘~

廿niàn 二十。另见 195 页 rì。

片piàn【古】去声,十七霰。另见 466 页 piān。【例】板~残~柴~粉~风~函~寒~花~翦~金~锦~绿~梅~片~千~琼~拓~霞~香~雪~饮~云~竹~碧云~鹅毛~

骗(騙)piàn【古】去声,十七霰。【例】盗~讹~棍~谎~诨~奸~局~诓~诳~冒~软~煽~说~调~脱~吓~诒~诱~占~赚~

欠qiàn【古】去声,二十九艳。又:去声,三十陷同。【例】迟~短~风~负~挂~寒~还~积~撇~少~身~违~尾~悬~噫~遗~银~责~追~

慊qiàn【古】上声,二十八俭。【例】慊~

伣(俔)qiàn【古】去声,十七霰。【例】伣~

歉qiàn【古】上声,二十八俭。又:上声,二十九豏同。【例】丰~谷~旱~荒~饥~积~歉~岁~凶~灾~

纤(縴)qiàn【古】去声,十七霰。另见 469 页 xiān。【例】船~断~挽~

倩qiàn【古】去声,十七霰。另见 637 页 qìng。【例】丰~佳~娇~娟~曼~盼~

倩~轻~巧笑~

蒨qiàn【古】去声，十七霰。【例】彩~葱~冬~蓝~萋~蒨~悄~峭~轻~染~香~妍~

嵌qiàn【古】上声，二十七感。又：下平，十五咸同。【例】狐~湖~空~崆~嵚~穹~山~商~相~岩~崭~

茜qiàn【古】去声，十七霰。【例】彩~轻~染~

堑（塹）qiàn【古】去声，二十九艳。【例】长~城~池~沟~壕~濠~河~横~隍~巨~浚~坑~枯~阔~渠~山~深~天~铁~铜~颓~崖~营~云~重~竹~筑~

椠（槧）qiàn【古】去声，二十九艳。又：上声，二十七感异。【例】抱~笔~刀~觚~简~镌~蒲~铅~书~松~脱~握~元~竹~

芡qiàn【古】上声，二十八俭。【例】擘~刺~肥~莲~菱~绿~秋~溪~野~

劝（勸）quàn【古】去声，十四愿。【例】褒~惩~酬~督~敦~风~讽~奉~感~革~鼓~规~激~谏~讲~奖~解~进~旌~警~苦~拦~力~率~强~勤~赏~申~绥~慰~晓~欣~宣~诱~谕~悦~责~酌~百姓~

券quàn【古】去声，十四愿。【例】本~别~逋~操~成~丹~地~短~焚~符~公~故~合~解~金~矩~立~凭~破~契~上~胜~诗~世~私~田~铁~文~削~悬~押~遗~印~右~责~宅~质~

瑱tiàn【古】去声，十七霰。【例】规~环~佩~象~宴~盈~玉~箴~珠~

舔tiàn【古】去声，二十九艳。又：下平，十四盐同。【例】蛇~

现（現）xiàn【古】去声，十七霰。【例】毕~变~表~呈~出~兑~发~浮~付~复~虹~化~活~南~起~潜~清~情~权~闪~实~示~体~贴~透~凸~突~显~星~隐~应~映~踊~愠~再~乍~诈~展~兆~重~

哯xiàn【古】去声，十七霰。另：上声，十六铣同。【例】见~瞰~

献（獻）xiàn【古】去声，十四愿。【例】拜~辩~宾~琛~陈~呈~酬~初~赐~祷~登~奠~斗~俘~贡~龟~跪~贺~赍~计~祭~荐~谨~靖~馈~酹~黎~礼~赂~民~宁王~曝~耆~芹~禽~倾~曲~入~时~熟~饷~羞~遗~玉~渊~赞~兆~珍~贽~忠~酌~自~白环~

限xiàn【古】上声，十五潸。【例】岸~逼~边~常~程~大~定~断~额~恶~凡~方~防~分~赴~格~隔~关~何~户~稽~纪~际~剂~假~节~界~禁~句~科~刻~勒~立~门~命~末~齐~起~恰~确~石~食~寿~死~崖~涯~逾~远~运~责~展~制~转~准~阻~铁门~

羡（羨）xiàn【古】去声，十七霰。【例】倍~乘~驰~充~丰~富~耗~畸~嘉~进~惊~敬~堪~课~夸~流~漫~慕~奇~企~钦~庆~荣~生~岁~谈~叹~外~畏~锡~心~欣~歆~荀~衍~艳~阳~洋~遥~溢~盈~赢~赞~瞻~中~

陷xiàn【古】去声，三十陷。【例】败~扳~崩~谗~缠~车~沉~冲~触~摧~颠~垫~翻~覆~攻~构~规~衡~机~挤~架~阱~沮~克~坑~溃~陵~沦~谋~捏~排~辟~平~破~牵~侵~倾~屈~丧~伤~摄~失~天~填~屠~推~

洼～枉～窈～营～诱～冤～蛰～足～屐齿～

线(綫、線)xiàn【古】去声，十七霰。【例】伏～购～禾～红～界～金～棱～菱～柳～墨～弱～手～丝～添～铁～汀～袜～窝～香～综～走～风流～生死～五色～

宪(憲)xiàn【古】去声，十四愿。【例】邦～秉～播～朝～成～持～敕～垂～德～典～窦～法～风～奉～赋～纲～公～轨～国～恒～简～谨～禁～决～军～礼～明～模～谋～拟～申～深～枢～体～条～枉～违～文～宪～详～刑～遗～意～章～掌～执～作～

县(縣)xiàn【古】去声，十七霰。【例】鄙～边～别～部～村～海～豪～花～怀～寰～京～剧～郡～旁～僻～平～山～乡～野～宇～州～壮～紫～

馅(餡)xiàn【古】去声，三十陷。【例】餕～酸～填～

霰xiàn【古】去声，十七霰。【例】雹～冰～冬～飞～风～寒～皓～惊～流～秋～霜～素～庭～雪～烟～阴～银～雨～花如～

伣(俔)xiàn【古】去声，十七霰。【例】伣～

晛xiàn【古】上声，十六铣。【例】晛～

岘(峴)xiàn【古】上声，十六铣。【例】大～陉～小～羊～

苋(莧)xiàn【古】去声，十六谏。【例】藜～石～野～

腺xiàn【例】汗～泪～

炫[1]xuàn【古】去声，十七霰。【例】逞～电～光～骇～赫～矜～倾～炫～耀～震～

炫[2](衒)xuàn【古】去声，十七霰。【例】夸～自～

昡xuàn 日光。【古】去声，十七霰。

铉(鋧)xuàn【古】上声，十六铣。【例】宝～储～鼎～槐～金～三～台～玉～中～

琄xuàn【古】上声，十六铣。【例】琄～

衒xuàn【古】去声，十七霰。【例】贾～夸～

泫xuàn【古】上声，十六铣。【例】悲～花～泪～流～露～潸～泫～

楦(楥)xuàn【古】去声，十四愿。【例】柴～粉～木～麒麟～

渲xuàn【古】去声，十七霰。【例】打～浮～磨～染～淘～晕～

眩xuàn【古】去声，十七霰。【例】嗤～发～鼓～昏～惛～惑～矜～惊～恇～诳～眊～迷～眠～眄～瞑～旋～眩～疑～荧～晕～震～锦绣～银海～

旋[1]xuàn【古】去声，十七霰。另见477页 xuán。【例】便～打～旋～

旋[2](鏇)xuàn【古】去声，十七霰。另见477页 xuán。【例】玉～

绚(絢)xuàn【古】去声，十七霰。【例】炳～彩～点～光～绘～锦～流～明～遗～蒨～霜～素～吐～英～藻～丹青～金沙～

眴xuàn【古】去声，十七霰。又：上平，十一真同。另见531页 shùn。【例】颠～冥～眴～

艳(艷、豔、豓)yàn【古】去声，二十九艳。【例】彩～逞～摛～丰～浮～高～孤～古～光～闺～瑰～华～嘉～娇～槿～晶～靓～酒～冷～流～美～明～慕～浓～暖～凄～绮～青～轻～清～柔～睿～姝～霜～吐～顽～晚～文～仙～鲜～香～欣～新～歆～选～雪～雅～烟～妍～摇～冶～野～

逸～玉～争～芙蓉～

厌(厭)yàn【古】去声,二十九艳。另见8页yā、471页yān。【例】鄙～充～怠～地～烦～隔～忌～倦～疲～弃～惹～冗～生～天～亡～无～嫌～欣～厌～盈～憎～属～足～

验(驗、騐)yàn【古】去声,二十九艳。【例】参～察～称～酬～倒～点～调～定～符～覆～感～古～贵～果～核～稽～吉～记～检～诘～解～勘～看～类～盘～凭～剖～期～奇～鹊～设～神～审～事～箴～踏～通～推～微～无～现～相～效～信～凶～讯～援～占～彰～昭～照～诊～征～治～质～

燕(鷰)yàn【古】去声,十七霰。另见470页yān。【例】彩～钗～巢～雏～春～飞～归～海～汉～贺～鸿～胡～金～惊～劳～梁～旅～幕～泥～绮～轻～秋～沙～社～堂～吴～舞～新～燕～银～莺～雨～语～玉～越～泽～贞～紫～双飞～吴宫～衔泥～

雁(鴈)yàn【古】去声,十六谏。【例】宾～残～晨～赤～稻～独～断～鹅～凫～羔～孤～归～寒～鸿～候～胡～金～惊～客～旅～落～鸣～木～秋～塞～沙～书～舒～霜～朔～斜～野～银～鱼～玉～征～筝～朱～惊弦～失群～送书～衔芦～云中～

砚(硯)yàn【古】去声,十七霰。【例】鳌～蚌～蟾～涤～典～冻～端～焚～风～宫～古～寒～几～金～枯～鲁～吕～捧～漆～琴～石～书～水～铁～铜～洗～玉～月～柘～朱～澄泥～龙香～罗纹～

谚(諺)yàn【古】去声,十七霰。【例】鄙～称～俚～讴～时～世～俗～夏～谣～野～

彦yàn【古】去声,十七霰。【例】邦～才～朝～伏～闺～豪～后～隽～俊～魁～黎～猎～髦～茂～美～名～奇～耆～前～遗～翘～群～儒～诗～时～硕～宿～往～伟～文～昔～贤～秀～逸～英～哲～珍～诸～青云～

咽(嚥)yàn【古】去声,十七霰。另见470页yān、101页yè。【例】含～嚼～漱～咀～饮～

宴yàn【古】去声,十七霰。又:上声,十六铣同。【例】罢～朝～赐～玳～房～酣～贺～欢～荒～嘉～醵～孔～款～离～旅～洛～酺～绮～寝～清～觞～沈～盛～侍～寿～禊～闲～飨～宵～押～雅～言～筵～宴～邀～夜～诒～饮～御～恩荣～鸿门～金谷～鹿鸣～蟠桃～竹林～

晏yàn【古】去声,十五翰。又:去声,十六谏同。【例】安～高～管～海～靖～静～朗～宁～清～晅～秋～日～时～暑～肃～岁～外～鲜～闲～玄～晏～夷～

焰(燄)yàn【古】上声,二十八俭。【例】宝～馋～灯～毒～飞～高～光～豪～红～后～炬～冷～烈～芒～逆～虐～青～权～热～声～势～腾～吐～外～威～文～犀～熙～掀～凶～烟～炎～焰～萤～贼～

堰yàn【古】去声,十四愿。又:去声,十七霰同。又:上声,十三阮同。【例】陂～堤～地～高～沟～古～畦～渠～沙～石～水～塘～土～斜～筑～百尺～柳下～

谳(讞)yàn【古】上声,十六铣。又:入声,九屑同。【例】辩～刺～定～断～覆～劾～会～进～静～决～考～论～平～请～秋～上～审～司～详～信～刑～讯～谳～疑～议～狱～奏～

唁yàn【古】去声,十七霰。【例】悼～

电~吊~客~门~庆~往~慰~

鷃(鴳)yàn【古】去声，十六谏。【例】鸧~尺~斥~鹑~翠~低~寒~乐~篱~鹏~石~蜩~幽~雉~

赝(贋、贗)yàn【古】去声，十六谏。【例】识~伪~择~真~鲁鼎~

滟(灩)yàn【古】去声，二十九艳。【例】春~翠~滄~泛~浮~酒~潋~清~晓~滟~

餍(饜)yàn【古】去声，二十九艳。【例】饱~难~牛~无~属~

酽(醶)yàn【古】去声，二十九艳。【例】茶~酒~醇~明~浓~饶~酸~香~酽~珍~

盐(鹽)yàn 以盐腌物。【古】去声，二十九艳。另见 479 页 yán。

怨yuàn【古】去声，十四愿。又：上平，十三元同。【例】哀~懊~谤~报~抱~暴~悲~避~别~剥~猜~嗔~仇~愁~雠~春~丛~怼~恩~烦~诽~悱~忿~愤~讽~伏~负~宫~构~寡~怪~闺~含~憾~恨~怀~悔~积~羁~嫉~忌~寄~嫁~嗟~结~解~劳~离~敛~埋~媒~懑~匿~怒~疲~凄~迁~侵~清~情~秋~驱~取~惹~任~塞~骚~释~树~私~思~讼~夙~诉~宿~损~锁~叹~痛~颓~托~违~忤~衔~嫌~相~嚣~挟~泄~兴~修~畜~蓄~雪~雅~夜~阴~忧~幽~尤~郁~猿~遭~造~增~憎~招~征~筝~执~植~属~咨~婕妤~清商~湘妃~

垸yuàn【古】去声，十五翰。另：上平，十五寒同。【例】堤~抟~圩~

瑗yuàn【古】去声，十七霰。【例】璧~

院yuàn【古】去声，十七霰。【例】禅~春~道~邸~殿~独~佛~府~高~宫~画~棘~谏~锦~禁~经~净~空~阆~密~庙~尼~偏~棋~曲~僧~山~深~试~松~锁~塔~亭~庭~仙~幽~浴~斋~钟~竹~翰林~椒兰~

愿(願)yuàn【古】去声，十四愿。【例】悲~本~鄙~诚~酬~初~寸~登~敦~宏~怀~冀~嘉~谨~恳~款~良~满~民~冥~宁~期~祈~洽~群~柔~赛~奢~始~适~誓~私~夙~诉~素~宿~遂~所~通~完~乡~香~虚~煦~逊~幽~舆~喻~苍生~平生~

远(遠)yuàn 避开。【古】去声，十四愿。另见 489 页 yuǎn。

苑yuàn【古】上声，十三阮。【例】宝~别~池~凤~宫~闺~桂~汉~翰~鹤~花~禁~京~阆~乐~离~林~鹿~洛~茂~畦~秦~琼~蕊~上~韶~诗~石~隋~兔~文~闻~吴~仙~杏~艺~萤~囿~玉~御~园~芝~芳林~芙蓉~宜春~

媛yuàn【古】去声，十七霰。另见 482 页 yuán。【例】楚~宫~令~名~嫱~淑~天~仙~贤~秀~英~贞~

掾yuàn【古】去声，十七霰。【例】案【例】部~曹~丞~府~副~故~纠~郡~郎~冷~理~良~寮~潘~遣~省~市~首~书~枢~廷~宪~许~仪~英~狱~谪~州~

缘(緣)yuàn【古】去声，十七霰。另见 480 页 yuán。【例】金~锦~领~衣~

附:本韵部旧读入声字

14. 安弯韵

去声

攥

十、恩(en)温(un)因(in)晕(ün)四韵母的韵部

韵　母	恩(en)温(un)	因(in)晕(ün)
说　明	本表四韵母,严则分两韵,即"恩温"韵与"因晕"韵(如《中华韵典》等);宽乃合一部,即将"恩温"韵与"因晕"韵合为一个韵部(如《中华通韵》等)。	

16. 恩温韵

平声・阴平

奔(犇)bēn【古】上平,十三元。另见525页bèn。【例】败~崩~迸~播~乘~出~川~鹑~蹿~电~遁~风~横~虎~急~角~惊~径~骏~克~溃~狼~流~龙~南~湍~溯~扑~七~驱~神~涛~腾~跳~投~外~弯~顽~亡~星~夜~遗~逸~淫~御~云~直~逐~追~走~大江~峰峦~狐兔~惊鳞~龙蛇~窃药~石榴~岁月~铁骑~万马~

贲(賁)bēn【古】上平,十二文。又:上平,十三元同。另见513页fén、143页bì。【例】虎~孟~武~

锛(錛)bēn【例】斧~刨~石~铁~

参(參)cēn 参差。【古】下平,十二侵。另见507页shēn、426页cān。

嗔chēn【古】上平,十一真。【例】暗~北~操~嗔~妒~非~风~怪~含~呵~恚~娇~可~苦~龙~骂~鸟~怒~若~生~似~贪~天~忘~微~笑~心~喧~佯~怨~遭~自~北风~海潮~花应~君勿~旁人~意谁~

瞋chēn【古】上平,十一真。【例】被~贪~

琛chēn【古】下平,十二侵。【例】蘷~楚~大~奉~浮~贡~归~国~海~航~见~赆~灵~龙~蛮~名~纳~南~奇~山~守~书~输~水~隋~天~西~遐~献~效~移~宝怀~希世~玉为~

抻(捵)chēn【古】上平,十一真。【例】搬~别~拉~

郴chēn【古】下平,十二侵。【例】都~客~柳~虔~绕~韶~潭~湘~

春chūn【古】上平,十一真。【例】暗~拜~班~半~报~避~鞭~播~残~藏~操~搀~长~常~畅~池~赤~初~辞~次~丛~催~当~得~登~殿~冬~独~

赌~发~芳~访~放~分~风~逢~扶~富~古~贵~海~酣~含~寒~好~昊~和~恒~烘~红~后~花~怀~荒~回~会~火~季~建~饯~江~叫~借~今~锦~近~进~禁~经~惊~居~开~苦~跨~括~来~老~乐~犁~立~丽~连~两~临~灵~留~路~买~卖~茂~孟~杪~明~鸣~暮~年~酿~凝~弄~旁~披~平~破~欺~千~前~浅~翘~芹~青~轻~晴~燃~禳~三~筛~山~伤~赏~上~烧~韶~涉~伸~深~生~盛~识~始~试~首~寿~司~私~思~松~嵩~送~搜~俗~岁~踏~探~陶~讨~添~同~偷~挽~晚~望~梧~惜~熙~嬉~线~献~新~行~萱~选~寻~押~烟~延~阳~养~尧~咬~冶~野~夜~宜~莺~迎~游~鱼~余~逾~元~早~藻~占~争~枝~治~中~仲~驻~不胜~翠华~绛都~锦江~兰亭~罗浮~绮罗~塞垣~万象~玉壶~醉乡~

堾chūn 用于地名。

瑃chūn 玉名。【古】上平，十一真。

蝽chūn 蝽象。

椿chūn 【古】上平，十一真。【例】采~臭~大~桂~江~津~来~老~灵~龄~冥~摸~年~千~楸~舍~寿~松~堂~庭~万~仙~香~萱~芝~庄~左~

村(邨)cūn 【古】上平，十三元。【例】岸~半~北~鄙~边~步~材~茶~场~樗~粗~东~鹅~坊~风~歌~孤~沽~酤~古~官~规~寒~后~花~荒~剑~江~金~近~酒~居~橘~聚~客~空~狼~醪~老~连~蓼~邻~柳~陋~鲁~绿~落~蛮~貌~梅~氓~孟~麋~民~鸣~暮~南~酿~鸟~农~旆~僻~贫~朴~旗~气~前~强~晴~穷~囚~全~绕~人~容~撒~桑~沙~山~舍~社~市~疏~塾~霜~水~俗~汤~天~通~头~疃~晚~苇~卫~坞~务~夕~西~戏~乡~厢~小~蟹~新~信~行~杏~墟~鸦~亚~烟~阳~杨~野~夜~遗~邑~银~渔~愚~雨~妪~遇~远~云~运~寨~砧~镇~正~钟~纣~诸~竹~稻香~杜家~隔溪~浣花~黄叶~绿杨~三家~社鼓~水云~杏花~昭君~

皴cūn 【古】上平，十一真。【例】剥~冻~法~风~胡~脚~皲~厘~理~裂~鳞~面~爬~劈~皮~青~肉~手~松~皱~苍苔~斧劈~古黛~梅粉~玉蕊~远山~

敦dūn 【古】上平，十三元。另见 341 页 duì。【例】安~奥~道~敦~凤~覆~贵~哈~憨~厚~浑~金~可~克~困~隆~沦~旄~埶~懋~民~摩~陪~培~铺~契~清~情~史~树~夙~啴~瓦~奚~相~宜~玉~忠~风教~诗书~四海~王事~

吨(噸)dūn 【例】成~短~公~噸~美~千~时~万~位~英~

蹲dūn 【古】上平，十三元。另见 513 页 cún。【例】半~鸱~沓~裆~蹬~鹗~凤~伏~狐~虎~久~踞~龙~猫~乌~守~兽~狻~跕~兔~窝~下~衔~熊~夷~拥~鸢~猿~雉~坐~冻鸱~石笋~

墩(墪)dūn 【古】上平，十三元。【例】矮~堡~边~布~瓷~赐~搭~坟~烽~高~孤~官~厚~堠~黄~锦~门~木~南~泥~胖~炮~蒲~千~桥~青~肉~沙~杉~石~实~饰~树~锁~塔~台~铜~绣~烟~油~玉~争~竹~坐~谢公~玉女~

燉dūn 【古】平声，二十三魂。另见 508

页 tūn、518 页 tún。【例】楚～

惇dūn【古】上平，十三元。【例】惇～风～江～弥～睦～朴～卿～世～树～帅～笃厚～世风～

镦(鐓)dūn【古】上平，十三元。【例】冲～戟～冷～热～铁～锐如～

恩ēn【古】上平，十三元。【例】爱～拜～报～抱～背～博～测～长～朝～宸～谌～承～崇～酬～垂～春～慈～大～党～悼～盗～断～泛～丰～负～感～割～宫～孤～沽～辜～顾～寡～国～汉～荷～横～洪～鸿～厚～怀～欢～皇～回～积～加～降～郊～徼～今～进～旧～开～恳～蒯～宽～旷～恋～龙～隆～纶～卖～冒～蒙～密～明～谬～母～沐～南～狃～旁～霈～偏～平～普～乞～前～浅～亲～曲～热～仁～扇～上～少～赦～伸～深～沈～生～圣～失～施～市～示～收～受～殊～树～舜～私～四～嗣～宿～覃～特～天～推～忘～威～渥～误～希～衔～宪～小～谢～新～行～幸～倖～宣～徇～延～养～邀～移～遗～异～用～优～云～沾～湛～诏～知～中～缀～拔擢～不次～大造～滴水～父老～阜陵～骨肉～故人～国士～昊天～咳唾～漂母～信陵～一饭～雨露～

分fēn【古】上平，十二文。另见 526 页 fèn。【例】谙～八～辈～崩～比～笔～俵～别～兵～禀～部～材～财～差～钗～常～持～抽～出～春～错～打～得～等～底～地～奠～鼎～定～洞～斗～对～多～恩～犯～方～房～肥～分～蜂～凫～辐～府～感～高～割～工～公～功～股～骨～瓜～乖～汉～毫～豪～合～黑～恒～横～昈～化～划～画～灰～活～击～积～几～计～建～节～解～界～今～金～进～敬～局～醵～军～均～钧～考～科～肯～口～扣～类～厘～离～礼～两～量～临～六～漏～路～满～没～门～面～名～明～冥～命～难～囊～年～派～旁～烹～朋～偏～剽～平～评～破～剖～期～气～器～秦～勤～秋～区～劝～缺～群～日～闰～筛～深～审～生～省～失～时～食～市～事～势～适～手～疏～熟～衰～霜～谁～司～私～四～俟～夙～体～条～停～通～推～托～万～微～委～无～析～惜～犀～县～相～香～宵～小～斜～星～行～性～雄～序～学～血～循～崖～爻～夜～衣～义～异～意～溢～引～友～有～余～预～元～约～月～再～展～肇～争～正～支～枝～指～志～质～秩～中～昼～铢～拙～自～族～遵～楚汉～贵贱～欢情～泾渭～静夜～九流～犬牙～胜负～是非～曙色～五谷～形影～雁阵～燕钗～玉石～

芬fēn【古】上平，十二文。【例】苾～碧～镔～采～澄～齿～崇～垂～翠～馥～芬～敷～馥～高～桂～含～鸿～怀～蕙～兰～林～灵～流～榴～垆～凝～浓～奇～清～晴～荣～麝～牲～霜～岁～榻～腾～帷～遐～夏～先～鲜～香～芯～烟～扬～遥～遗～英～幽～余～郁～氲～泽～争～众～滋～左～吐奇～挹清～

纷(紛)fēn【古】上平，十二文。【例】白～碧～缤～尘～错～大～代～斗～妒～发～放～纷～逢～敷～梗～垢～遘～红～洪～鸿～交～绞～解～纠～离～闹～佩～披～绮～荣～时～世～栖～丝～俗～肃～紊～相～嚣～兴～絮～喧～玄～蝇～幽～郁～纭～遭～缜～绿萝～乱纷～蘑芜～万绪～五音～雪纷～

氛fēn【古】上平，十二文。【例】埃～边～层～朝～尘～楚～凑～翠～错～荡～敌～毒～垢～国～海～寒～胡～昏～积～

雰~江~绛~祲~靖~糠~寇~凉~灵~流~绿~鸾~谜~瞑~魔~逆~气~清~晴~秋~瑞~塞~丧~沈~蜃~世~曙~霜~俗~望~雾~夕~霞~纤~香~祥~销~歊~嚣~腥~凶~烟~炎~妖~野~夜~夷~遗~阴~游~余~郁~冤~氲~灾~贼~战~瘴~重~朱~竹~紫~靖寇~

吩fēn【例】吩~

雰fēn【古】上平，十二文。【例】碧~冰~薄~晨~翠~淡~雰~寒~降~绛~零~暮~浓~清~世~霜~雾~霞~嚣~雪~炎~妖~朱~紫~

酚fēn【例】苯~甲~

棻fēn【古】上平，十二文。【例】敷~铺~

豮fēn。豮獖。【古】上平，十二文。

根gēn【古】上平，十三元。【例】爱~安~岸~拔~菝~白~柏~半~本~鼻~碧~鬓~病~菜~草~侧~娼~长~尘~陈~城~齿~崇~初~除~椿~词~葱~存~寸~呆~盗~道~稻~地~独~杜~蠹~断~钝~耳~发~反~方~芳~风~峰~肤~浮~福~附~复~高~葛~孤~菰~古~谷~归~棍~禾~荷~花~化~槐~黄~桧~慧~祸~髻~假~菅~蛟~蕉~脚~节~结~金~筋~荆~究~韭~菊~绝~蕨~枯~苦~块~葵~兰~老~篱~藜~利~连~莲~两~灵~菱~柳~六~龙~楼~露~芦~乱~论~麻~埋~麦~曼~毛~茅~梅~苗~名~命~木~拿~脑~年~孽~藕~排~盘~蟠~刨~胚~培~蓬~批~票~萍~蒲~杞~起~气~荠~钱~嵌~强~墙~芹~轻~情~穷~秋~去~泉~日~茹~三~桑~颡~臊~莎~山~膻~善~上~舌~身~深~神~生~石~守~瘦~书~术~树~双~霜~四~松~夙~宿~笋~桃~腾~天~同~土~吐~托~脱~挖~万~无~芜~五~藓~苋~薤~心~性~朽~须~虚~需~玄~寻~压~牙~崖~芫~岩~沿~盐~眼~药~业~移~意~银~幽~有~渔~榆~玉~欲~鸢~云~攒~扎~毡~柘~贞~直~植~稚~中~重~珠~诸~竹~主~苎~柱~追~髭~紫~祖~左~稼穑~天地~

跟gēn【古】上平，十三元。【例】断~高~后~脚~紧~拿~蹑~排~砌~相~鞋~崖~追~足~劈脚~索绠~息归~

昏(昬)hūn【古】上平，十三元。【例】埃~岸~暗~半~暴~惫~碧~蔽~伯~猜~财~孱~钞~巢~朝~尘~沉~晨~成~城~眵~痴~冲~筹~初~黜~春~村~错~大~耽~旦~倒~灯~地~垫~定~东~黩~盹~钝~惰~发~氛~风~媾~官~冠~海~酣~耗~合~河~黑~恒~花~话~黄~晦~秽~惑~积~及~家~嫁~鉴~狡~结~惊~景~警~镜~倦~厥~君~狂~愦~赖~老~乐~利~连~林~柳~陇~绿~乱~论~霾~买~迈~卖~盲~茫~冒~耄~瞀~昧~闷~蒙~懵~迷~湎~明~冥~墨~暮~脑~逆~孽~懦~破~气~请~求~群~扰~热~日~撒~塞~沙~山~神~沈~省~时~水~睡~死~岁~苔~贪~替~天~庭~通~童~头~外~顽~晚~罔~妄~忘~雾~夕~香~晓~昕~新~星~凶~旭~选~眩~鸦~烟~炎~奄~眼~夭~夜~翳~姻~淫~嚚~庸~幽~逾~愚~雨~欲~云~晕~早~枣~眨~谵~胀~正~智~滞~重~昼~浊~椓~纵~醉~报晨~牛斗~野色~月黄~醉梦~

婚hūn【古】上平，十三元。【例】逼～毕～变～别～宾～朝～成～初～大～缔～典～订～定～对～多～二～泛～访～复～腹～共～媾～冠～国～合～和～后～悔～会～籍～家～假～嫁～检～降～交～劫～结～解～介～金～禁～惊～军～勘～抗～赖～离～礼～连～联～恋～龄～论～卖～盲～眉～觅～冥～男～难～偶～配～期～乾～抢～请～庆～求～娶～群～丧～纱～士～世～事～适～书～俗～逃～提～帖～通～铜～童～头～退～外～完～晚～未～锡～新～许～娅～宴～已～议～银～迎～幽～约～杂～再～早～征～正～证～纸～指～重～主～捉～

惛hūn【古】上平，十三元。【例】愁～垫～钝～惛～惑～口～愦～老～耄～瞀～懵～迷～恤～气～吾～愚～智～

阍(閽)hūn【古】上平，十三元。【例】阊～大～丹～帝～键～叫～禁～九～叩～扣～昆～略～内～庖～人～守～司～寺～阕～天～卫～阉～重～紫～

荤(葷)hūn【古】上平，十二文。另见540页xūn。【例】避～菜～吃～大～肥～话～忌～酒～绝～开～冷～破～去～全～茹～膻～膳～食～素～托～五～辛～腥～血～洋～油～佐～

昆[1]kūn 兄。后嗣。众。【古】上平，十三元。【例】北～长～登～弟～滇～二～焚～粉～鬲～后～坚～金～坎～来～灵～母～木～堂～天～望～西～贤～炎～玉～元～云～哲～仲～诸～金玉～石玉～

昆[2](崑、崐)kūn 昆仑。【古】上平，十三元。

坤(堃)kūn【古】上平，十三元。【例】禀～纯～法～父～后～厚～括～令～流～履～母～乾～秦～事～西～仪～翼～转～资～鳌负～乾转～

鹍(鵾、鶤)kūn【古】上平，十三元。【例】晨～鹄～鸿～金～离～鹏～双～翔～五尺～

鲲(鯤)kūn【古】上平，十三元。【例】长～大～鳄～鲕～黑～鲸～灵～罗～鹏～青～修～蝇～北溟～横海～

琨kūn【古】上平，十三元。【例】环～琅～刘～美～佩～瑶～玉～

婫kūn 见于人名。【古】上平，十三元。

锟(錕)kūn 锟铻。【古】上平，十三元。

髡(髠)kūn【古】上平，十三元。【例】笞～留～齐～钳～黥～鹊～群～山～岁～贼～醉～管城～季布～

裈(褌、裩)kūn【古】上平，十三元。【例】百～敝～布～处～犊～绯～复～红～露～曝～襦～水～脱～政～犊鼻～妇无～花下～阮郎～虱处～

焜kūn【古】上声，十三阮。【例】煌～焜～耀～

抡(掄)lūn【古】上平，十一真。又：上平，十三元同。另见515页lún。【例】粉～胡～金～来～乱～木～舞～校～选～把锤～把刀～世所～

闷(悶)mēn【古】去声，十四愿。另见528页mèn。【例】饱～藏～沉～愁～处～烦～孤～寂～解～倦～渴～苦～闷～迷～磨～纳～排～破～气～人～散～生～室～太～无～闲～心～胸～悒～忧～滞～自～气海～青山～

焖(燜)mēn 又读。另见528页mèn。【例】红～青～油～火～细～

喷(噴)pēn【古】上平，十三元。又：去声，十四愿同。另见527页fèn、529页pèn。【例】杯～刺～大～翻～防～俯～骨～红～花～火～击～鲸～井～酒～开～扣～脸～临～绿～埋～米～面～木～泥～气～倾～泉～撒～水～嘶～涕～嚏～跳～铜～瓦～围～雾～星～血～偃～玉～栽～澡～火山～火舌～激情～绛雪～瀑泉～

森sēn【古】下平，十二侵。【例】黯～白～碧～丛～发～戈～孤～诡～鬼～寒～黑～黄～噤～棱～冷～凉～林～淋～凛～矛～眇～青～清～森～松～肃～条～遐～萧～潇～星～修～严～妍～阴～郁～竹～武卫～夏木～夜气～紫笋～

身shēn【古】上平，十一真。另见466页juān。【例】挨～爱～安～拔～白～柏～拜～半～帮～宝～保～报～暴～卑～备～背～本～逼～毕～庇～碧～贬～扁～彪～摽～鳖～病～薄～擦～藏～操～侧～插～豺～缠～蟾～长～车～彻～掣～撤～臣～称～成～呈～诚～持～赤～饬～抽～出～除～处～船～床～春～此～丛～窜～存～矬～厝～错～代～戴～单～当～刀～倒～等～低～递～电～阽～调～蝶～定～动～独～度～端～蹲～顿～遁～迩～发～法～番～翻～凡～反～防～放～飞～废～分～焚～粉～奋～凤～奉～俯～腐～付～复～冈～膏～缟～告～弓～躬～狗～孤～谷～骨～固～顾～锢～挂～关～观～官～光～归～龟～柜～贵～过～害～合～河～荷～鹤～黑～横～红～猴～后～虎～花～化～怀～幻～豢～黄～灰～回～桧～秽～浑～混～活～机～跻～稽～羁～戢～己～济～寄～甲～检～贱～健～江～将～降～洁～戒～金～紧～谨～锦～近～进～禁～净～敬～九～居～局～举～句～捐～军～开～抗～靠～髁～可～客～扣～枯～宽～鲲～老～羸～累～狸～离～理～厉～立～敛～两～列～临～鳞～赁～留～六～龙～拢～偻～陋～镂～露～戮～鹭～律～率～脔～裸～马～埋～卖～满～忙～蟒～猫～没～美～麋～免～娩～眇～妙～灭～殁～谋～牧～内～鸟～牛～女～暖～盘～刨～炮～贫～平～凭～萍～破～蒲～曝～栖～漆～旂～乞～起～弃～前～潜～欠～强～跷～切～妾～亲～钦～勤～青～轻～倾～罄～穷～虬～诎～屈～躯～全～染～绕～热～任～妊～荣～容～肉～辱～锐～润～三～丧～色～杀～山～闪～赡～伤～上～蛇～舍～设～摄～身～沈～蜃～生～省～尸～失～施～十～豕～试～饰～适～收～守～首～寿～受～兽～淑～输～赎～鼠～束～树～双～顺～私～思～松～耸～竦～搜～素～随～损～缩～探～逃～特～腾～替～跳～贴～挺～通～铜～童～投～图～推～退～托～脱～鼍～外～完～亡～忘～危～微～为～委～卫～文～纹～稳～我～无～梧～误～细～下～纤～闲～显～现～陷～献～象～歇～絜～心～行～凶～修～许～趸～血～殉～压～沿～掩～羊～养～腰～业～遗～颐～倚～役～易～逸～引～隐～应～营～影～映～涌～忧～由～纡～鱼～渔～元～原～鼋～远～约～跃～殒～载～在～攒～葬～澡～仄～斋～宅～湛～仗～折～真～阵～整～正～禔～直～只～治～质～致～掷～彘～稙～置～中～终～重～周～竹～柱～筑～转～装～捉～资～自～纵～罪～百年～百战～不坏～不辱～长寿～烦恼～凤集～剑戟～孑然～苦吟～老病～绮罗～清净～岁寒～物外～杨柳～自在～

深shēn【古】下平，十二侵。又：去声，二十七沁异。【例】哀～爱～奥～波～博～层～澄～池～冲～崇～愁～春～醇～

村~冬~洞~笃~恩~倖~该~高~根~更~宫~钩~孤~谷~海~害~寒~恨~弘~红~闳~鸿~弧~环~灰~汇~浑~机~汲~寄~加~艰~简~涧~江~交~进~寝~精~井~景~径~靓~靖~静~迥~坎~考~刻~窥~廊~戾~帘~廉~良~林~临~隆~楼~虑~霾~弥~密~墨~内~泥~年~凝~浓~盘~浦~虔~潜~浅~峭~窃~清~情~穷~秋~遒~泉~色~山~深~沈~树~水~思~隧~苔~潭~探~堂~亭~通~望~威~未~温~文~坞~雾~溪~峡~遐~闲~雄~穴~雪~鸦~雅~烟~言~岩~研~檐~遥~杳~窅~窈~夜~意~阴~隐~优~忧~幽~迂~狱~渊~缘~源~怨~院~云~贼~湛~旨~重~竹~资~纵~阻~碧潭~碧云~冰雪~沧海~草木~春色~道根~洞房~宫柳~花径~画阁~画帘~酒杯~款款~困意~落花~瘦竹~岁事~岁月~魏阙~烟雨~雨露~

屾shēn 二山。【古】上平,十一真。

伸shēn 【古】上平,十一真。【例】层~抽~道~虹~虎~蠖~久~拉~龙~鸾~眉~鸟~频~平~牵~欠~求~屈~荣~柔~蛇~势~抒~探~外~延~义~引~伛~云~展~直~志~转~尺蠖~士气~

申shēn 【古】上平,十一真。【例】半~保~春~大~递~飞~封~庚~宫~虹~获~甲~兼~降~类~礼~两~聊~龙~露~面~鸟~欠~穷~诎~屈~三~上~蛇~生~天~吐~威~未~五~戊~西~燕~引~毓~冤~月~指~重~珠~诸~咨~子~自~福禄~日昃~

珅shēn 玉名。【古】上平,十一真。

参[1](參)shēn 二十八宿之一。【古】下平,十二侵。另见 501 页 cēn、426 页 cān。【例】横~扪~秋~商~月映~

参[2](參、蓡、葠)shēn 【古】下平,十二侵。另见 501 页 cēn、426 页 cān。【例】白~岑~刺~丹~党~地~海~红~苦~奎~老~秋~人~沙~糖~洗~玄~血~野~枕~煮~百济~高丽~千岁~上党~太子~野山~

莘shēn 【古】上平,十一真。另见 539 页 xīn。【例】耕~降~苦~前~细~莘~有~

绅(紳)shēn 【古】上平,十一真。【例】财~朝~褫~垂~存~措~富~官~冠~豪~华~黄~荐~解~衿~锦~缙~劣~裂~绿~冕~逆~佩~耆~绮~泉~儒~绥~士~书~舒~束~素~天~廷~土~拖~乡~邑~缨~玉~簪~者~族~

呻shēn 【古】上平,十一真。【例】哀~悲~唱~谷~寒~具~频~颦~酸~齬~吟~唫~骤~

娠shēn 【古】上平,十一真。又:去声,十二震同。【例】方~怀~娩~妊~有~万物~

侁shēn 【古】上平,十一真。【例】王~侁~有~虎豹~

诜(詵)shēn 【古】上平,十一真。【例】诜~

駪(駪)shēn 【古】上平,十一真。【例】駪~

甡shēn 【古】上平,十一真。【例】甡~

燊shēn 旺盛。【古】上平,十一真。

神shēn 神荼。【古】上平,十一真。另见 517 页 shén。

孙(孫)sūn 【古】上平,十三元。【例】抱~长~承~初~慈~从~稻~嫡~帝~犊~多~儿~耳~逢~公~宫~古~归~

龟~贵~鹤~胡~皇~黄~鸡~季~家~贾~教~芥~鲸~课~坤~昆~来~徕~兰~狼~老~理~良~麟~龙~门~孟~弥~悯~末~谋~木~鸟~孽~弄~女~求~髯~礽~三~森~蛇~申~神~甥~诗~士~世~室~适~叔~庶~顺~嗣~太~汤~天~桐~童~徒~外~王~文~闻~翁~乌~五~系~贤~孝~携~轩~玄~鸦~羊~也~宜~贻~遗~裔~胤~犹~幼~鱼~禹~芋~元~袁~远~云~臧~曾~枝~侄~只~质~稚~冢~仲~众~重~诸~竹~颛~子~宗~族~祖~末代~乳下~膝上~

飧(飱)sūn【古】上平,十三元。【例】不~朝~传~得~豆~饭~奉~簋~壶~洁~客~馈~两~柈~盘~三~设~盛~受~蔬~素~索~踏~堂~吐~晚~夕~饔~鱼~致~阿姑~对簋~腐儒~荐盘~漂母~

狲(猻)sūn【古】上平,十三元。【例】猴~猢~猞猁~

荪(蓀)sūn【古】上平,十三元。【例】池~春~芳~蕙~兰~芹~荃~若~溪~香~药~芷~竹~

吞tūn【古】上平,十三元。【例】暗~傍~包~悲~北~并~波~馋~朝~潮~地~独~鳄~鹄~豪~龁~鹤~横~虎~兼~江~鲸~咀~嚼~口~狼~浪~慢~梦~暮~南~囊~旁~平~气~侵~撒~蛇~生~声~噬~水~私~岁~吐~温~西~雄~咽~鱼~鼋~啄~丹篆~风雨~泪欲~慢吞~日月~吐还~云梦~

暾tūn【古】上平,十三元。【例】晨~初~东~海~梅~暖~齐~清~晴~瑞~桑~暾~温~夕~晓~朝~丹府~扶桑~碣石~

燉tūn【古】上平,十三元。另见502页dūn、518页tún。【例】温~

焞tūn【古】上平,十三元。【例】楚~焞~耀~

啍tūn【古】上平,十三元。【例】口~呛~啴~啍~

温wēn【古】上平,十三元。【例】保~补~测~常~初~春~醇~慈~辞~粹~灯~低~地~调~冬~芳~风~甘~高~含~寒~和~恒~火~及~加~降~谨~静~酒~苦~栗~凉~流~炉~履~内~耐~凝~气~清~裘~泉~热~日~柔~软~色~尚~少~升~诗~湿~室~水~酸~体~天~土~微~为~鲜~香~性~炵~言~阎~砚~晏~宜~余~玉~郁~云~直~重~总~柳絮~那莫~南风~黍谷~笑语~雁沙~

瘟wēn【古】上平,十三元。【例】避~病~春~冬~发~风~伏~鸡~降~牛~气~人~神~时~暑~行~疫~遭~猪~烂肠~人物~虾蟆~

辒(轀)wēn 辒车。【古】上平,十三元。【例】别~晨~琱~雕~截~哭~龙~送~

鳁(鰮)wēn【例】沙~

榅wēn 榅桲。

蕰wēn 蕰草。

真zhēn【古】上平,十一真。【例】抱~北~本~逼~蔽~别~秉~采~藏~禅~昌~朝~诚~冲~传~纯~打~当~道~得~登~顶~鼎~东~动~洞~恶~返~访~飞~奉~附~覆~高~乖~馆~归~贵~果~憨~含~合~赫~鹤~花~划~画~怀~还~黄~徽~绘~混~记~鉴~降~叫~较~阶~金~近~精~君~连~廉~炼~列~灵~六~龙~履~率~乱~

梅~迷~邈~明~冥~慕~内~南~难~念~凝~女~迫~朴~七~栖~契~洽~清~情~求~认~任~绍~舍~射~神~升~圣~失~十~识~守~淑~似~太~泰~探~韬~陶~淘~眷~腾~天~听~童~图~脱~惟~伪~卫~污~西~仙~写~信~行~修~虚~玄~学~寻~验~养~依~遗~颐~应~永~幽~羽~玉~云~造~招~贞~至~质~诸~拙~作~幻中~假成~面目~性情~

珍(珎)zhēn【古】上平,十一真。【例】百~宝~财~藏~常~称~宠~厨~翠~捣~擣~道~邸~地~典~鹅~贰~方~丰~敷~甘~贡~怪~鲑~贵~国~海~含~寒~后~怀~环~极~家~嘉~兼~精~骏~坤~炼~林~陆~蛮~美~祕~妙~名~内~佩~珮~奇~琦~前~潜~琼~曲~儒~山~膳~时~世~市~殊~水~司~隋~韬~天~土~希~犀~稀~席~夏~献~效~馐~袖~遗~异~余~蚖~远~掌~众~珠~馔~紫~自~廊庙~连城~四方~希代~席上~

胗zhēn【古】上声,十一轸。【例】御~

针(針、鍼)zhēn【古】下平,十二侵。【例】鳌~拔~鼻~弼~表~别~藏~镵~唱~穿~垂~磁~刺~焠~挫~打~鍉~钿~顶~对~铎~耳~方~分~钢~圪~格~勾~钩~光~鬼~毫~花~火~击~棘~忌~金~进~孔~良~绿~罗~芒~秒~磨~南~拈~盘~敲~曲~纫~神~盛~施~时~螫~双~松~探~停~吞~妄~细~胸~玄~悬~烟~秧~银~引~鸳~运~晕~扎~毡~毹~值~指~滞~撞~长命~杵成~定盘~丢巧~防疫~绵里~乞巧~水晶~眼中~

砧(碪)zhēn【古】下平,十二侵。【例】城~杵~楚~槌~村~刀~风~斧~高~孤~寒~槐~角~金~静~兰~玟~木~暮~平~千~青~清~秋~僧~石~疏~双~霜~铁~晚~闻~夕~婴~夜~鱼~玉~御~远~月~早~捣衣~汉宫~明月~野戍~

斟zhēn【古】下平,十二侵。【例】罢~独~芳~费~共~孤~缓~堇~满~闷~频~浅~轻~数~停~同~晚~五~细~闲~献~行~羊~盈~酌~自~次第~对客~皓腕~取次~

贞(貞)zhēn【古】下平,八庚。【例】安~诚~持~纯~存~丹~彤~端~敦~方~芳~福~妇~孤~贵~含~亨~怀~嘉~坚~洁~矜~静~居~菊~利~廉~良~能~凝~女~妻~强~清~全~身~师~守~淑~顺~探~童~效~心~休~玄~永~幽~至~忠~松筠~竹箭~

侦(偵、遉)zhēn【古】下平,八庚。【例】觇~烽~候~间~逻~密~伺~探~刑~诇~游~预~远~中~追~闪睁~远烽~

桢(楨)zhēn【古】下平,八庚。【例】邦~顿~干~国~机~基~家~金~木~瑞~松~为~瑶~廊庙~毗代~万寻~

祯(禎)zhēn【古】下平,八庚。【例】安~邦~禅~崇~垂~地~匪~国~鸿~欢~家~嘉~降~洛~奇~启~啓~瑞~淑~天~祥~休~异~幽~物与~象德~

浈(湞)zhēn 水名。【古】下平,八庚。

帧zhēn【古】去声,二十四敬。【例】花~装~

禛zhēn 感神得福。【古】上平,十一真。

甄zhēn【古】上平,十一真。又:下平,一先同。【例】采~督~感~旌~精~钧~考~可~克~两~难~乞~气~式~双~

四~陶~选~永~右~雨~追~自~左~化元~

振zhēn【古】上平,十一真。另见532页zhèn。【例】振~

箴zhēn【古】下平,十二侵。【例】垂~赐~宫~钩~古~官~规~闺~徽~金~九~酒~苦~快~良~令~六~求~纫~瑞~舌~师~时~世~司~同~微~文~献~相~心~学~言~虞~忠~资~自~女史~王者~药石~夜气~玉斧~座右~

葴zhēn 马蓝。【古】下平,十二侵。

臻zhēn【古】上平,十一真。【例】毕~并~代~德~斗~福~荐~渐~克~来~鳞~屡~缕~鸾~骈~齐~日~上~岁~未~雾~翕~遐~咸~响~休~宜~远~月~云~载~泽~臻~福禄~络绎~

榛zhēn【古】上平,十一真。【例】残~苍~长~成~丛~地~风~蒿~荒~棘~葭~荆~聚~绿~莽~蓬~披~狉~丘~秋~山~松~墟~蝇~用~幽~枣~榛~止~周~紫~

瑧zhēn 玉名。【古】上平,十一真。

蓁zhēn【古】上平,十一真。【例】荐~荆~绿~齐~深~葳~蓁~

獉zhēn【古】上平,十一真。【例】狉~

溱zhēn【古】上平,十一真。【例】北~临~吕~南~溱~却~涉~渭~西~万祥~

平声·阳平

岑cén【古】下平,十二侵。【例】北~碧~苍~岑~层~储~楚~川~春~翠~黛~丹~岛~东~飞~封~峰~蜂~冯~冈~高~艮~孤~古~故~寒~鹤~黄~江~郊~嶜~荆~九~峻~昆~蓝~梁~两~林~岭~陵~绿~梅~暮~南~千~嵌~嵚~青~轻~琼~丘~秋~森~山~双~嵩~苔~铁~罔~危~巍~雾~夕~西~细~仙~岘~香~秀~烟~岩~遥~瑶~歆~阴~崟~幽~玉~远~云~簪~赭~紫~阻~翡翠~阆风~

涔cén【古】下平,十二侵。【例】涔~淳~寸~伏~管~海~汗~洪~黄~江~泪~淋~牛~潜~清~水~蹄~停~渟~沱~洼~阴~滞~重渊~涕泪~

梣chén 白蜡树。【古】下平,十二侵。

辰chén【古】上平,十一真。【例】半~北~比~弁~参~测~昌~超~朝~弛~冲~畴~初~俶~丛~大~诞~德~丁~鼎~睹~端~铎~发~芳~逢~伏~拂~富~刚~高~个~庚~拱~孤~贯~寒~后~候~弧~花~火~及~吉~计~忌~佳~浃~嘉~甲~简~建~贱~交~今~九~涓~考~克~来~良~两~灵~凌~令~茂~贸~明~南~曩~年~凄~前~侵~清~穷~弱~上~生~圣~时~寿~霜~水~顺~司~私~岁~泰~体~天~同~我~五~午~西~熙~鱅~萧~星~休~萱~选~延~严~炎~阳~爻~业~移~翌~阴~用~有~酉~余~雨~元~远~早~贞~正~指~朱~兹~諏~昨~悬弧~

尘(塵)chén【古】上平,十一真。【例】埃~暗~拜~辟~避~边~飙~表~兵~波~步~超~车~成~承~赤~出~除~触~床~吹~绰~蹙~掸~叨~点~玷~蠹~法~凡~蕃~梵~芳~防~飞~粉~

风~烽~奉~拂~浮~抚~高~歌~隔~根~构~垢~光~轨~滚~海~寒~红~后~胡~花~化~幻~黄~灰~挥~徽~秽~火~迹~积~继~湔~降~街~劫~金~惊~静~酒~鞠~涓~绝~抗~渴~客~空~狂~矿~滥~离~利~梁~两~临~流~镂~露~虏~路~旅~绿~落~马~旄~冒~帽~煤~蒙~暮~泥~蹑~孽~凝~暖~煖~陪~蓬~剽~飘~扑~器~前~琴~轻~清~穷~秋~曲~驱~祛~麴~却~染~惹~软~洒~塞~扫~色~沙~刹~上~少~生~声~拾~世~市~受~四~俗~素~榻~韬~同~袜~外~网~望~微~煨~惟~味~无~午~夕~洗~戏~隙~下~仙~纤~献~香~歊~嚣~屑~心~行~压~烟~眼~扬~仰~药~业~衣~贻~遗~驿~轶~逸~翳~因~音~英~迎~萦~游~余~庾~玉~欲~远~云~贼~甑~沾~战~障~振~征~织~昼~朱~珠~诸~蛛~缁~辎~紫~滓~踪~拜车~不染~翠帏~动梁~京洛~九衢~九域~软红~万古~袖拂~一微~

晨chén【古】上平,十一真。【例】长~朝~崇~初~登~东~洞~芳~飞~风~凤~拂~高~隔~寒~黑~候~花~昏~鸡~及~极~江~接~诘~戒~金~惊~九~开~来~临~陵~明~鸣~农~牝~侵~清~秋~升~省~失~侍~守~霜~伺~天~通~五~雾~夕~乡~向~宵~萧~协~翌~翳~莺~迎~雨~玉~早~蚤~掌~征~紫~昨~看花~水云~艳阳~

沉chén【古】下平,十二侵。参见 522 页 shěn“沈”。【例】暗~半~悲~碑~碧~茶~沉~船~低~地~颠~独~耳~番~翻~放~飞~凤~浮~宫~钩~汩~龟~酣~黑~灰~昏~击~积~浸~久~空~口~蜡~雷~冷~愣~流~陆~绿~闷~迷~汨~灭~溟~木~暮~闹~漂~平~璞~侵~清~屈~日~森~沙~麝~深~升~石~实~书~水~死~体~听~头~网~乌~雾~西~响~消~销~星~悬~血~淹~湮~杳~夜~阴~音~婴~影~勇~幽~鱼~榆~郁~蜮~冤~渊~月~云~钟~舟~珠~撞~自~醉~碧纱~锦鳞~去雁~夕岚~雁影~玉漏~月半~月影~

陈(陳)chén【古】上平,十一真。【例】暴~备~背~悖~毕~逋~布~部~参~谗~忏~常~唱~称~驰~冲~出~粗~错~荡~电~厄~番~方~敷~拂~负~附~复~傅~甘~感~梗~勾~钩~汩~乖~龟~函~捍~横~宏~后~坏~黄~积~羁~极~坚~翦~荐~僭~讲~郊~骄~阶~结~究~局~沮~举~句~拒~具~军~君~菌~开~抗~控~口~枯~款~雷~垒~泪~礼~沥~俪~梁~两~列~临~留~胪~缕~乱~略~罗~嫚~没~迷~密~面~明~莫~鸟~排~畔~披~平~剖~仆~铺~曲~驱~戎~上~设~申~省~食~首~疏~水~顺~说~四~肆~诉~肃~宿~琐~陶~天~条~廷~通~痛~吐~推~完~微~违~迕~习~袭~陷~详~新~星~行~朽~虚~徐~蓄~宣~巡~徇~腌~演~祆~亿~因~茵~应~迎~营~圜~愿~杂~在~造~诈~展~战~张~直~指~中~重~朱~诛~自~奏~作~坐~百味~六义~玉俎~

臣chén【古】上平,十一真。【例】霸~鄙~弼~嬖~边~表~宾~柄~波~逋~

不~部~材~漕~侧~谗~谄~朝~称~斥~宠~楚~纯~词~辞~篡~达~大~党~盗~道~登~帝~鼎~东~斗~督~妒~迩~贰~藩~凡~蕃~枋~放~蜂~弗~抚~辅~附~盖~干~阁~功~宫~孤~故~寡~官~归~贵~国~汉~豪~河~鸿~虎~画~机~羁~吉~几~寄~家~奸~贱~谏~僭~将~疆~讲~降~骄~近~荩~禁~经~净~九~旧~君~科~坤~阃~徕~郎~劳~老~缧~里~理~力~隶~良~两~列~六~龙~禄~乱~盲~媚~门~绵~免~民~名~冥~瞑~命~谟~末~墨~谋~内~能~逆~孽~佞~牛~农~弄~畔~陪~品~仆~耆~迁~强~妾~亲~侵~清~权~铨~群~人~任~戎~儒~散~桑~穑~山~上~生~省~圣~尸~师~时~史~使~士~世~侍~饰~守~兽~枢~竖~帅~硕~私~死~四~寺~素~台~态~逃~廷~秃~土~外~玩~亡~王~望~微~伪~文~武~下~先~贤~宪~相~象~小~邪~谐~亵~新~信~刑~幸~雄~畜~轩~勋~雅~炎~宴~雁~燕~野~遗~疑~议~役~谊~阴~姻~媵~庸~用~鱼~谀~愚~圉~遇~誉~元~远~阅~宰~择~贼~曾~诈~谪~贞~桢~镇~争~正~诤~知~直~至~制~智~中~忠~冢~众~重~逐~主~柱~爪~专~宗~罪~草芥~厨养~股肱~画策~虮虱~社稷~柱石~

忱chén【古】下平，十二侵。【例】辈~蔽~赤~寸~丹~尔~匪~棐~贺~欢~克~悃~裴~歉~倾~情~劝~热~输~私~微~下~谢~血~蚁~真~斟~忠~衷~

宸chén【古】上平，十一真。【例】被~丹~帝~枫~奉~黼~高~拱~槐~禁~九~捧~圣~侍~霄~严~玉~中~紫~

煁chén【古】下平，十二侵。【例】烘~

谌(諶)chén 姓。【古】下平，十二侵。

唇(脣)chún【古】上平，十一真。【例】博~补~谗~长~赪~赤~吹~大~丹~弹~点~调~动~斗~耳~反~沸~奋~膏~歌~鼓~河~黑~红~喉~湖~花~缄~涧~讲~绛~交~焦~蛟~聚~口~敛~裂~龙~驴~凝~牛~弄~胖~钱~青~缺~濡~入~上~石~舐~素~檀~饕~桃~田~兔~脱~盌~碗~吻~下~香~蝎~猩~眼~摇~阴~莺~樱~鱼~攒~沾~脂~钟~重~朱~紫~嘴~点绛~巧弄~樱桃~

纯(純)chún【古】上平，十一真。【例】不~诚~单~道~含~画~还~缋~浑~洁~精~铿~利~气~青~清~牲~思~肃~提~温~五~性~懿~渊~真~忠~种~缀~帝德~水质~文章~

莼(蒓、蓴)chún【古】上平，十一真。【例】白~采~羹~菰~龟~瑰~湖~环~江~菱~鲈~嫩~鲇~秋~石~丝~思~吴~细~香~野~忆~鱼~稚~紫~荐吴~脍草~陆机~千里~秋风~思鲈~张翰~

淳(湻)chún【古】上平，十一真。【例】安~大~端~惇~敦~反~丰~风~高~归~憨~和~红~厚~化~还~黄~浇~精~六~民~庞~朴~轻~清~深~收~探~温~雅~阴~渊~元~贞~真~质~忠~道德~太古~习俗~心地~

醇(醕)chún【古】上平，十一真。【例】沉~疵~大~端~芳~甘~鸿~乎~化~甲~精~酒~默~木~浓~酞~朴~轻~

清~深~沈~味~温~香~雅~烟~饮~玉~贞~挚~颛~酌~醉~百花~交如~醍醐~旨酒~

犉(犉)chún 见于人名。【古】上平,十一真。

鹑(鶉)chún【古】上平,十一真。【例】鹌~白~北~奔~丹~飞~画~罗~鸣~沙~宛~悬~雁~野~

漘chún【古】上平,十一真。【例】北~海~河~湖~江~南~溪~

存cún【古】上平,十三元。【例】安~保~备~遍~并~残~操~长~常~宠~储~点~独~匪~封~抚~赅~柑~告~共~苟~孤~谷~顾~滚~过~麾~海~惠~积~集~记~寄~兼~见~健~交~结~矜~仅~净~静~久~救~具~俱~眷~库~乐~理~两~临~留~炉~默~目~内~鸟~盘~偏~平~普~起~潜~琴~曲~删~上~尚~身~哂~生~诗~收~水~司~思~四~所~偷~图~慰~温~文~乌~下~现~相~心~幸~绪~俨~燕~羊~依~宜~遗~佚~翼~印~永~余~与~珍~注~贮~著~自~道义~风雅~功业~礼乐~茂德~手泽~松菊~吾道~簪笏~涨痕~

蹲cún【古】上平,十三元。另见 502 页 dūn。【例】蹲~

焚fén【古】上平,十二文。【例】飚~巢~晨~刺~底~栋~膏~熿~熇~灰~惠~火~厩~救~俱~烤~坑~兰~礼~木~旗~如~若~烧~身~手~惔~同~西~香~烟~野~萤~遭~芝~灼~自~芳兰~积草~兰艾~山泽~玉石~

坟(墳)fén【古】上平,十二文。另见 527 页 fèn。【例】白~拜~崇~丹~盗~帝~典~方~封~高~公~孤~古~荒~皇~汲~祭~醮~经~久~掘~哭~骊~陵~旅~乱~起~迁~前~丘~秋~壤~汝~三~扫~山~上~省~守~素~塘~添~填~土~托~先~响~新~墟~野~谒~遗~圆~岳~埴~筑~祖~百年~数尺~

汾fén【古】上平,十二文。【例】大~渡~关~归~河~横~济~就~沮~开~临~陇~秋~汝~树~俟~素~温~宣~寻~依~注~鼎未~树隔~

贲(賁)fén【古】上平,十二文。又:上平,十三元同。另见 501 页 bēn、143 页 bì。【例】典~

蕡fén【古】上平,十二文。【例】孙~丹~金~麻~

濆(濆)fén【古】上平,十二文。【例】泛~河~淮~江~溯~清~水~汀~湍~幽~

豮(豶)fén【古】上平,十二文。【例】豭~小~游~

棼fén【古】上平,十二文。【例】伯~纷~棼~宫~解~林~柳~楼~泯~丝~益~重~治丝~

枌fén【古】上平,十二文。【例】白~虹~兰~桑~乡~枵~榆~东门~

鼢fén【古】上平,十二文。【例】田~

哏gén【例】逗~哏~捧~抓~

痕hén【古】上平,十三元。【例】岸~疤~斑~瘢~半~碧~鞭~波~补~残~潮~尘~齿~愁~疮~创~春~蹙~翠~黛~弹~刀~痘~粉~斧~篙~刮~黑~画~魂~迹~屐~江~酒~旧~浪~烙~泪~离~裂~露~履~绿~乱~眉~莫~墨~秋~泉~日~腮~沙~伤~烧~诗~石~手~双~霜~水~苔~檀~啼~蹄~

涕~条~温~蜗~污~无~午~汐~细~瑕~藓~香~笑~鞋~新~雪~血~烟~砚~衣~遗~殷~印~余~雨~玉~月~凿~涨~折~褶~针~枕~指~皱~爪~渍~花月~屐齿~剪刻~破苔~水漱~玉箸~远山~

魂hún【古】上平,十三元。【例】安~遨~别~冰~残~惭~馋~沉~醒~痴~褫~愁~楚~吹~春~徂~蝶~斗~断~返~芳~放~飞~风~负~附~复~宫~勾~孤~归~鬼~国~海~喊~和~鹤~呼~虎~花~化~还~黄~羁~焦~叫~惊~精~九~拘~鹃~客~离~敛~料~灵~龙~旅~鸾~埋~梅~美~梦~迷~面~冥~馁~凝~倩~强~清~日~柔~三~骚~扫~沙~伤~摄~神~沈~生~失~诗~收~蜀~双~霜~水~死~松~啼~天~亡~忘~西~显~乡~香~消~晓~心~醒~胥~续~雁~阳~养~夜~怡~遗~阴~吟~引~英~荧~营~幽~游~余~冤~怨~月~招~贞~真~忠~竹~驻~追~走~醉~姹女~楚客~杜鹃~恋阙~弄精~湘水~

馄(餛)hún【古】上平,十三元。【例】餛~

浑(渾)hún【古】上平,十三元。另见528页hùn。【例】阿~奔~波~茶~潮~沉~池~打~大~蕃~犯~高~含~昏~浑~江~金~井~酒~陆~鹿~胚~朴~气~清~遒~全~融~山~深~沈~水~铜~吐~退~雄~玄~吐谷~

珲(琿)hún 珲春。【古】上平,十三元。

伦(倫)lún【古】上平,十一真。【例】拔~比~辟~伯~不~侪~常~超~朝~俦~出~大~道~等~黩~敦~夺~凡~固~冠~罕~脊~季~加~尽~绝~离~连~伶~乱~论~马~迈~灭~名~拟~逆~匹~七~齐~清~群~人~生~失~时~士~事~殊~司~索~天~同~汪~乌~无~吾~五~相~颜~夷~彝~异~轶~逸~斁~英~贼~正~知~中~

论(論)lún【古】上平,十三元。另见528页lùn。【例】比~鲁~能~三~细~羞~选~与~

轮(輪)lún【古】上平,十一真。【例】安~班~半~宝~比~碧~璧~飙~冰~兵~波~裁~参~蟾~车~齿~赤~愁~出~槌~摧~淬~丹~导~灯~低~地~电~雕~钓~冻~渡~舵~惰~娥~恶~耳~法~梵~飞~绯~纷~焚~风~扶~幅~弓~孤~轱~鼓~广~规~桂~滚~海~河~鹤~衡~红~花~华~滑~画~环~回~火~货~机~疾~剑~胶~脚~孑~劫~金~锦~晶~径~镜~九~巨~拒~觉~尻~客~雷~链~龙~橹~埋~美~蒙~妙~年~碾~攀~飘~平~蒲~启~汽~敲~青~琼~困~日~软~桑~砂~石~时~手~枢~树~双~霜~水~踏~檀~螳~陶~藤~蹄~天~铁~通~铜~筒~凸~兔~拖~为~硙~乌~舞~夕~曦~仙~相~香~祥~象~行~血~牙~阳~轺~瑶~叶~曳~移~倚~银~幽~邮~游~渔~逾~舆~羽~玉~御~鹓~月~云~皂~展~征~埴~只~纸~重~舟~周~朱~驻~转~椎~斫~足~

沦(淪)lún【古】上平,十一真。【例】崩~沉~耽~道~凋~鼎~顿~风~鹘~洪~隳~浑~混~燋~精~涟~鳞~零~弥~迷~泥~抛~漂~潜~倾~清~山~深~沈~时~颓~下~消~星~淹~颜~漪~抑~隐~楹~幽~渊~

纶(綸)lún【古】上平,十一真。另见

430页guān。【例】白~长~宸~出~触~吹~垂~慈~翠~丹~帝~缔~钓~鼎~恩~纷~敷~竿~红~缣~锦~经~泠~龙~弥~缗~明~耐~青~沈~丝~投~微~维~温~纤~修~言~演~婴~缯~掌~诏~

仑(侖、崙、崘)lún【古】上平,十三元。【例】鹘~骨~浑~库~昆~离~

囵(圇)lún【古】上平,十一真。【例】鹘~囫~

抡(掄)lún【古】上平,十一真。又:上平,十三元同。另见505页lūn。【例】胡~乱~校~选~世所~

门(門)mén【古】上平,十三元。【例】阿~挨~隘~岸~暗~澳~把~霸~白~柏~拜~班~板~榜~傍~贲~毕~闭~筚~辟~壁~璧~边~汴~便~表~宾~并~部~财~仓~侧~查~差~柴~禅~产~长~倡~巢~朝~车~晨~闯~枨~城~乘~池~叱~赤~崇~出~除~楚~船~串~窗~春~纯~词~茨~村~打~胆~当~刀~道~德~登~敌~地~帝~第~殿~吊~调~顶~鼎~定~洞~都~斗~独~杜~耑~端~对~顿~夺~恩~耳~阀~法~犯~梵~坊~防~房~汾~枌~风~封~蜂~逢~凤~佛~福~府~赋~肛~皋~高~阁~槅~根~弓~公~攻~宫~拱~共~沟~狗~孤~古~拐~关~馆~圭~闺~鬼~柜~贵~跪~郭~国~过~海~寒~豪~和~河~阖~横~衡~红~闳~洪~鸿~黉~侯~后~候~虎~户~花~欢~宦~唤~皇~黄~回~会~讳~贿~慧~活~火~祸~机~及~棘~戟~忌~祭~蓟~稷~家~甲~奸~监~剑~涧~江~将~郊~焦~蛟~角~脚~叫~教~街~解~戒~巾~金~津~禁~京~旌~警~净~静~扃~九~举~诀~抉~绝~掘~军~君~郡~看~阅~空~孔~抠~叩~苦~库~快~款~逵~夔~拦~郎~廊~牢~雷~垒~冷~篱~礼~里~吏~利~连~帘~梁~两~列~临~留~柳~龙~笼~露~辂~鹿~路~鸾~乱~论~罗~洛~麦~脉~满~茅~没~眉~孟~面~妙~庙~灭~名~命~摸~莫~某~木~墓~内~南~脑~纽~排~盘~旁~彭~蓬~披~偏~骈~贫~屏~破~魄~蒲~齐~奇~旗~启~绮~千~强~墙~敲~桥~谯~樵~窍~禽~寝~青~庆~穷~穹~丘~球~渠~权~券~缺~雀~阙~热~戎~儒~弱~塞~桑~嗓~丧~扫~僧~沙~山~埏~善~梢~射~神~省~圣~盛~师~诗~十~石~仕~市~释~守~兽~暑~蜀~树~衰~双~水~顺~朔~私~寺~祀~松~苏~素~锁~闼~踏~台~堂~桃~天~填~庭~同~桐~突~屠~土~微~闱~瓮~乌~巫~午~悟~席~峡~霞~仙~闲~贤~舷~县~羡~相~香~庠~霄~晓~孝~校~邪~心~兴~星~行~幸~凶~修~胥~轩~玄~旋~穴~学~勋~巡~牙~崖~衙~炎~演~雁~腰~窑~掖~医~仪~夷~倚~义~艺~邑~诣~驿~阴~膺~迎~盈~营~郢~雍~幽~油~游~雩~禹~玉~元~园~辕~远~苑~月~云~凿~灶~造~泽~闸~栅~宅~翟~寨~章~掌~帐~照~折~真~阵~雉~中~钟~踵~众~重~昼~朱~竹~柱~专~颛~转~缁~宗~走~罪~尊~左~坐~不二~阛阓~方便~凯旋~棂星~青绮~青琐~三过~五侯~

们(們)mén【例】阿~俺~哥~娘~渠~人~恁~他~我~爷~伊~咱~同胞~同志~

扪(捫)mén【古】上平，十三元。【例】按~抚~拊~高~可~搔~上~手~仰~自~醉~俯可~

盆pén【古】上平，十三元。【例】杯~便~冰~菜~虿~春~瓷~戴~倒~斗~翻~饭~覆~赣~缸~革~骨~鼓~盥~果~海~红~花~火~击~棘~焦~脚~搅~金~酒~叩~兰~牢~老~冷~莲~脸~临~令~龙~绿~埋~米~面~木~沐~泥~尿~拼~瓶~缫~倾~缺~缫~沙~生~石~收~数~双~水~松~摊~炭~淘~添~条~铁~铜~骰~瓦~嗢~万~围~洗~香~泻~鬃~许~血~偃~仪~溢~银~映~油~鱼~玉~浴~栽~澡~甑~照~纸~金莲~聚宝~暖火~盂兰~月在~

湓pén【古】上平，十三元。【例】赣~匡~青~溢~涌~河水~

人rén【古】上平，十一真。【例】哀~爱~安~巴~稗~邦~榜~蚌~保~报~卑~北~背~焙~本~逼~彼~鄙~敝~辟~嬖~避~璧~躄~边~便~辨~宾~豳~兵~病~卜~才~裁~蚕~伧~草~茶~觇~谗~谄~常~倡~超~嘲~陈~成~乘~吃~痴~翅~宠~仇~俦~愁~厨~处~传~船~炊~春~蠢~词~辞~刺~粗~爨~村~痤~达~呆~歹~待~惮~党~谠~盗~道~德~敌~颠~佃~甸~钓~调~丢~动~冻~峒~都~逗~度~遁~夺~讹~恶~恩~饵~伐~法~番~凡~烦~犯~坊~防~飞~废~封~疯~佛~夫~福~府~妇~富~缚~丐~感~港~戆~高~耕~公~宫~孤~鹘~古~瞽~故~寡~怪~官~管~归~闺~贵~国~海~醢~骇~害~函~寒~汉~悍~航~豪~贺~黑~恨~恒~衡~哄~红~狐~胡~壶~虎~华~哗~化~怀~淮~坏~幻~宦~换~荒~皇~黄~谎~灰~讳~秽~惠~缋~慧~阍~溷~活~火~货~祸~惑~鸡~姬~畸~羁~吉~疾~棘~楫~记~伎~济~佳~家~甲~贾~价~假~嫁~奸~间~兼~监~蹇~贱~健~鉴~浆~匠~降~绛~郊~姣~骄~蛟~鲛~徼~教~节~劫~杰~解~今~金~津~矜~近~泾~荆~惊~精~净~靖~境~究~酒~旧~厩~救~僦~居~鞠~鞫~举~巨~具~钜~窭~隽~绝~爵~军~君~俊~刊~可~客~坑~苦~夸~快~脍~匡~诓~狂~魁~馈~髡~困~阔~拉~腊~来~懒~浪~劳~老~乐~泪~累~楞~冷~离~嫠~黎~里~俚~澧~历~吏~丽~隶~栎~轹~廉~恋~良~量~寮~撩~料~列~猎~邻~临~廪~伶~流~聋~偻~庐~卤~虏~鲁~橹~路~戮~旅~律~论~逻~裸~骂~麦~蛮~盲~媒~美~魅~门~闷~萌~猛~蒙~迷~妙~名~谋~牧~幕~内~南~恼~能~泥~拟~逆~溺~腻~辇~碾~鸟~宁~佞~驽~偶~耦~怕~叛~旁~胖~庖~朋~匹~偏~骗~姘~贫~品~仆~漆~奇~旗~杞~气~弃~器~洽~迁~谦~倩~椠~歉~呛~强~侨~樵~妾~怯~亲~秦~琴~勤~情~磬~穷~囚~求~屈~取~让~饶~热~仁~忍~认~任~容~冗~儒~孺~乳~辱~若~弱~塞~散~丧~骚~啬~穑~僧~杀~沙~傻~山~讪~善~膳~伤~商~上~梢~少~舌~舍~设~社~射~涉~深~神~审~肾~瘆~生~胜~圣~盛~失~诗~石~时~识~食~士~市~示~侍~势~试~室~筮~首~寿~狩~兽~瘦~书~熟~术~戍~树~竖~庶~耍~双~税~睡~顺~硕~丝~司~

私~斯~死~寺~汜~嗣~松~宋~送~俗~诉~素~燧~损~他~探~唐~糖~逃~桃~陶~讨~套~疼~替~天~田~铁~通~同~铜~瞳~偷~头~秃~徒~途~屠~土~抟~颓~退~屯~托~妥~蛙~瓦~歪~外~完~顽~亡~往~枉~安~望~韦~伟~伪~文~闻~瓮~倭~吴~吾~仵~伍~武~侮~舞~误~昔~牺~晰~醯~袭~徙~喜~细~霞~黠~下~吓~夏~仙~先~纤~闲~贤~显~险~县~乡~相~湘~饷~巷~象~宵~晓~校~邪~亵~新~信~刑~行~幸~凶~雄~羞~朽~秀~胥~许~畜~玄~选~眩~穴~学~雪~勋~熏~寻~训~徇~牙~哑~雅~迓~阉~掩~洋~养~妖~药~要~冶~野~伊~医~依~夷~宜~移~遗~疑~倚~义~艺~异~役~译~邑~易~诣~逸~阴~喑~寅~淫~银~引~饮~隐~印~应~婴~迎~营~郢~媵~佣~庸~雍~勇~用~忧~幽~尤~邮~游~友~右~诱~鱼~舁~娱~愚~虞~舆~与~羽~雨~圉~玉~驭~育~寓~御~遇~誉~蜮~园~原~猿~远~悦~阅~越~芸~韵~杂~宰~载~造~躁~择~泽~贼~谮~憎~罾~诈~占~丈~兆~哲~浙~贞~真~征~钲~正~证~诤~政~知~脂~直~职~至~志~制~治~质~致~智~中~忠~种~冢~众~重~州~舟~诸~烛~逐~主~渚~助~著~铸~专~赘~浊~缁~梓~宗~族~罪~做~白头~避世~步虚~采芹~餐霞~出世~创始~代言~蹈海~稻草~钓鳌~独醒~伐柯~方外~非常~浮浪~妇道~负心~画眉~活死~击筑~见证~槛外~江湖~介绍~局外~卷帘~倦游~跨下~烂柯~明眼~陌路~弄痴~歧路~绮罗~切齿~热中~散花~拾翠~世外~斯文~索解~踏青~太平~桃源~体己~物外~燕赵~玉阶~玉珂~折桂~坠楼~捉刀~

仁 rén【古】上平,十一真。【例】安~柏~本~不~成~崇~处~垂~纯~淳~慈~存~大~戴~当~蹈~得~笃~敦~服~福~辅~负~富~瓜~广~归~贵~果~含~好~合~核~弘~洪~鸿~怀~皇~积~假~近~蔻~宽~榄~累~里~利~磏~隆~履~论~麻~马~迈~梅~闵~明~慕~能~宁~奴~潘~谦~前~强~亲~秦~求~柔~上~尚~深~生~守~双~松~桃~体~同~铜~瞳~为~温~乌~虾~下~贤~小~效~协~兴~行~杏~修~宣~鸦~言~眼~养~尧~依~遗~苡~薏~咏~友~榆~悦~枣~贼~杖~昭~贞~至~志~制~质~种~周~妇人~化育~雨露~

任 rén【古】下平,十二侵。另见 529 页 rèn。

壬 rén【古】下平,十二侵。【例】百~长~妇~庚~亥~奸~克~孔~六~佞~佥~巧~三~外~险~向~辛~有~仲~纳甲~月在~

神 shén【古】上平,十一真。另见 507 页 shēn。【例】爱~安~遨~媪~百~笔~波~财~蚕~苍~操~茶~畅~骋~驰~赤~愁~酬~出~楚~川~传~船~怆~垂~春~村~存~达~殚~弹~刀~道~得~地~调~定~洞~抖~渎~赌~遁~夺~噩~发~罚~烦~梵~方~放~飞~费~分~丰~风~封~茯~福~供~宫~勾~谷~挂~怪~归~龟~鬼~贵~海~骇~汉~合~和~河~鹤~狐~湖~户~花~画~还~唤~慌~皇~黄~回~会~魂~火~机~积~羁~吉~极~稷~

家～剑～江～降～交～焦～节～解～金～襟～经～惊～精～净～敬～静～九～酒～劳～乐～雷～类～愣～礼～厉～丽～敛～脸～灵～留～柳～六～龙～率～乱～洛～马～芒～毛～门～庙～民～明～鸣～冥～摹～默～木～内～拟～宁～凝～弩～女～傩～配～七～凄～栖～祇～恰～迁～钱～潜～禽～青～清～情～请～穷～求～曲～驱～麹～全～群～人～日～入～赛～啬～煞～山～伤～上～蛇～社～圣～失～诗～石～识～释～守～疏～树～爽～水～睡～烁～死～耸～竦～送～搜～隧～损～汤～桃～陶～淘～提～天～田～跳～通～铜～瞳～蛙～外～玩～万～忘～威～瘟～巫～无～武～骛～西～熙～豨～席～喜～下～先～袄～献～香～湘～象～消～肖～协～邪～写～泄～心～刑～行～形～凶～雄～玄～炎～盐～眼～砚～阳～养～妖～窑～怡～遗～颐～役～疫～阴～迎～影～庸～幽～游～侑～鱼～娱～雨～玉～浴～御～元～远～岳～运～灶～造～宅～战～贞～针～真～甄～征～徵～正～纸～治～中～属～注～祝～专～姿～子～自～宗～总～走～祖～尊～遁甲～精气～泣鬼～青衣～土地～五藏～夜游～

什(甚)shén 另见 185 页 shí、另见 530 页 shèn“甚”。【例】可～是～说～为～有～作～做～

屯tún【古】上平，十三元。另见 542 页 zhūn。【例】北～边～别～兵～朝～村～东～厄～分～风～蜂～高～葛～耕～宫～构～管～贺～亨～荒～浑～积～艰～贱～将～紧～进～久～旧～剧～军～开～空～矿～髡～困～雷～连～联～列～临～陵～留～马～民～暮～南～千～遣～秋～沙～商～上～时～世～土～退～外～万～温～雾～西～险～乡～小～行～凶～雪～盐～野～移～疑～蚁～引～营～愚～遇～远～云～灾～遭～邅～诸～驻～庄～霜雪～细柳～

囤tún【古】上平，十三元。另见 526 页 dùn。【例】储～篅～翻～火～积～荆～露～牛～三～石～天～窝～人皮～

饨(飩)tún【古】上平，十三元。【例】断～馄～

坉tún 寨子。【古】上平，十三元。

豚(豘)tún【古】上平，十三元。【例】贲～放～奋～羔～孤～瓜～归～鳜～海～河～鸡～豭～江～馈～卖～么～炮～烹～圈～濡～杀～食～黍～水～特～土～牙～羊～杨～幺～饮～鱼～玉～烝～蒸～珠～竹～虎啖～俎上～

臀tún【古】上平，十三元。【例】髀～肥～朏～丰～黑～后～浇～窟～露～腰～

燉tún【古】上平，十三元。另见 502 页 dūn、508 页 tūn。【例】赤～楚～

芚tún【古】上平，十三元。【例】浑～愚～

忳tún【古】上平，十三元。【例】昏～忳～

鲀(魨)tún【古】上平，十三元。【例】河～马面～

文wén【古】上平，十二文。另见 532 页 wèn。【例】哀～跋～板～榜～豹～悲～碑～备～背～倍～本～笔～碧～匾～便～变～彪～表～豳～冰～秉～炳～波～剥～驳～博～部～采～惨～苍～藏～草～册～策～禅～潮～陈～宸～称～谶～赪～成～呈～程～摛～螭～池～赤～敕～虫～崇～初～舛～钏～垂～词～刺～错～黛～丹～单～祷～悼～帝～典～点～电～奠～簟～

貂~雕~吊~调~掉~牒~东~短~断~夺~讹~额~恶~发~番~烦~繁~范~梵~飞~分~凤~敷~浮~符~黻~辅~讣~负~复~高~告~诰~歌~格~工~公~贡~勾~古~鹄~卦~关~观~光~广~龟~轨~诡~国~含~汉~鹤~恒~衡~红~鸿~狐~虎~互~花~话~桓~黄~徽~回~会~惠~讥~姬~级~济~偈~祭~佳~迦~甲~检~剑~讲~降~蛟~较~醮~节~碣~解~今~金~锦~禁~经~精~鲸~井~敬~旧~巨~具~觉~峻~刊~考~苛~科~刻~课~空~澜~乐~诔~离~礼~理~立~吏~丽~隶~练~烈~鳞~麟~灵~绫~令~另~柳~龙~露~鹿~律~绿~鸾~轮~论~马~卖~盲~美~盟~弥~秘~妙~名~明~鸣~铭~木~墓~内~泥~鸟~弄~欧~俳~判~佩~批~披~骈~平~凭~萍~铺~漆~齐~奇~祈~旂~绮~弃~契~牵~钱~乾~潜~强~巧~秦~擒~青~轻~清~情~黥~琼~虬~遒~曲~雀~阙~人~瑞~睿~润~赛~散~骚~沙~山~善~赡~赏~上~少~蛇~设~赦~身~深~神~声~绳~省~圣~盛~诗~时~史~视~试~饰~释~誓~寿~书~殊~双~霜~水~顺~说~司~私~斯~松~颂~素~酸~苔~汤~唐~桃~陶~套~腾~天~条~帖~通~图~外~微~纬~温~侮~舞~误~西~羲~檄~戏~霞~下~鲜~闲~显~险~陷~湘~详~校~谐~缬~蟹~新~兴~星~行~雄~修~绣~虚~序~叙~宣~玄~旋~选~绚~靴~学~训~雅~言~研~衍~雁~谳~扬~阳~洋~尧~繇~耀~野~业~谒~靥~翳~仪~移~遗~疑~艺~议~异~佚~译~逸~懿~阴~淫~引~隐~印~胤~英~邕~优~幽~游~鱼~余~语~驭~狱~鬻~鸳~原~允~韵~杂~载~赞~藻~札~斋~翟~战~掌~昭~兆~诏~珍~真~振~征~徵~正~至~志~制~质~重~周~轴~咒~皱~籀~朱~竺~逐~主~属~注~祝~著~跩~转~撰~篆~壮~缀~赘~拙~兹~咨~缁~紫~自~罪~作~八股~北山~贝叶~九锡~蝌蚪~龙虎~乞巧~石鼓~送穷~玉笈~钟鼎~

闻(聞)wén【古】上平,十二文。另见532页wèn。【例】百~半~饱~备~遍~表~禀~并~博~布~侧~朝~彻~尘~陈~呈~丑~传~创~达~登~独~睹~短~钝~多~耳~发~方~访~绯~风~奉~敷~服~讣~赴~高~寡~关~管~瑰~国~骇~罕~汉~好~合~鹤~后~忽~秽~急~记~嘉~简~见~讲~接~近~浸~寝~惊~警~静~久~旧~具~浪~两~列~领~令~流~龙~名~暝~内~难~鸟~剽~瞥~铺~奇~恰~洽~千~前~浅~清~顷~趣~仁~稔~日~赡~申~升~声~虱~时~式~书~熟~司~耸~夙~诉~素~宿~所~琐~腾~逖~条~听~外~玩~晚~微~未~卧~污~无~夕~希~习~喜~显~相~香~想~宵~嚣~晓~新~腥~凶~嗅~询~厌~艳~遥~要~夜~遗~倚~异~佚~驿~轶~逸~音~谀~与~饫~预~誉~豫~渊~远~愿~悦~瞻~章~彰~珍~知~周~骤~伫~著~状~自~奏~静夜~空谷~两岸~莫不~四海~天际~天下~晓漏~

蚊(螡、蟁)wén【古】上平,十二文。【例】暗~班~辟~避~捕~苍~馋~产~常~巢~痴~毒~飞~轰~虹~花~饥~家~鴅~惊~聚~库~燎~虻~灭~暮~疟~秋~驱~僧~

生～天～蕈～烟～摇～野～伊～蚁～蝇～蚤～豹脚～负山～惊夜～

纹(紋)wén【古】上平,十二文。【例】摆～斑～冰～波～蝉～成～唇～簟～斗～断～多～额～饿～风～凤～篚～谷～龟～鹤～红～湖～縠～虎～花～回～笺～金～锦～酒～绢～款～浪～雷～帘～涟～裂～绫～刘～龙～绿～峦～鸾～罗～腡～螺～蠃～密～缗～茗～墨～木～平～绮～琴～青～清～琼～赇～乳～山～蛇～绳～石～饰～手～蜀～水～松～粟～苔～炭～绦～条～网～雾～犀～溪～喜～绡～笑～斜～缬～漩～靴～雪～衣～阴～印～影～鱼～玉～鸳～鸩～云～折～褶～真～枕～指～绉～皱～紫～纵～足～锦绣～卷云～夔龙～蟠螭～蟠虺～水生～鱼鳞～

雯wén【古】上平,十二文。【例】炳～彩～苍～高～锦～青～晴～素～彤～晓～

芠wén【古】上平,十二文。【例】芒～

玟wén 玉纹。【古】上平,十二文。

炆wén 无焰微火。【古】上平,十二文。

驳(駁)wén 马名。【古】上平,十二文。

阌(閿)wén【古】上平,十二文。

仄声·上声

本běn【古】上声,十三阮。【例】按～拜～扳～班～版～邦～保～报～碑～背～倍～弊～标～别～财～参～残～藏～草～昌～唱～钞～成～呈～齿～崇～初～雏～传～葱～爨～存～达～单～倒～道～德～籴～底～垫～殿～雕～定～读～笃～赌～对～敦～讹～法～翻～繁～返～范～梵～坊～奉～复～副～改～稿～歌～阁～根～赓～羹～公～孤～古～股～固～归～圭～贵～汉～杭～合～贺～胡～花～话～怀～槐～黄～绘～货～祸～基～集～辑～奸～兼～监～简～建～荐～绛～浇～角～脚～教～洁～今～劲～京～精～净～菊～橘～具～剧～绢～嚼～刊～科～刻～课～苦～库～亏～葵～蜡～蓝～老～乐～离～理～力～历～立～恋～临～镂～露～录～律～乱～毛～秘～妙～民～明～摹～模～末～墨～母～木～南～难～农～赔～配～批～票～评～起～弃～钱～椠～强～亲～锓～清～情～穷～曲～全～饶～桑～山～删～善～赏～舌～舍～深～慎～生～胜～失～诗～石～识～蚀～食～示～事～试～收～手～首～书～蜀～树～数～说～私～宋～俗～夙～宿～溯～缩～索～榻～台～摊～潭～探～讨～特～誊～藤～题～贴～通～图～推～拓～外～完～万～忘～伪～文～务～误～稀～戏～先～校～写～薤～心～新～行～修～选～薛～血～循～盐～赝～秧～养～样～邺～遗～异～佚～译～逸～印～影～雍～用～玉～御～元～原～源～怨～院～运～枣～贼～张～章～账～折～浙～珍～真～正～政～知～执～纸～治～众～重～竹～注～追～擢～赀～资～子～宗～奏～足～祖～蝉翼～蝇头～

畚běn【古】上声,十三阮。【例】车～负～干～荷～货～箕～苦～卖～千～挈～舍～投～土～鬻～枕～织～执～

苯běn【古】上声,十三阮。【例】甲～二甲～硝基～

碜[1](磣、硶)chěn 食中沙。【古】上声,二十六寝。【例】口～眼～

碜[2](磣)chěn 丑;难看。【古】上声,二

十六寝。【例】碜~出~割~害~寒~可~砢~牙~害口~

蠢(惷)chǔn【古】上声,十一轸。【例】坌~痴~春~粗~村~寒~窘~菌~狂~老~灵~跂~气~顽~愚~韫~真~浊~蚩蚩~拙且~

忖cǔn【古】上声,十三阮。【例】暗~猜~低~含~量~默~忸~私~思~细~窨~追~自~

盹dǔn【古】去声,十二震。【例】冲~打~丢~盹~昏~倦~迷~眯~午~醒~

趸(躉)dǔn【例】打~现~拥~

粉fěn【古】上声,十二吻。【例】白~傍~焙~碧~标~冰~薄~搽~朝~衬~传~春~次~粗~翠~搓~丹~淡~蛋~稻~淀~调~蝶~豆~蠹~锻~堆~发~蜂~敷~傅~干~歌~葛~宫~贡~骨~官~光~桂~海~呵~和~红~胡~花~画~黄~灰~齑~浆~胶~节~芥~金~精~警~筠~凉~翎~漏~露~绿~麦~梅~媚~糜~米~面~磨~抹~粦~奶~南~腻~捻~藕~缥~扑~漆~铅~前~芡~墙~青~轻~琼~全~染~蕊~韶~麝~生~牲~剩~施~石~受~授~菽~秫~水~松~宿~檀~藤~添~铁~铜~涂~土~团~褪~箨~瓦~细~线~香~销~鞋~蟹~雪~血~牙~烟~胭~艳~洋~药~野~银~莺~油~鱼~榆~玉~云~匀~沾~蘸~脂~朱~珠~硃~竹~紫~渍~醉~堕林~蛤蜊~贵妃~何郎~索檀~燕支~杨妃~

滚(滾)gǔn【古】上声,十三阮。【例】百~粗~打~翻~飞~沸~滚~横~黄~乱~棉~热~生~石~水~镶~圆~匀~转~走~波浪~风烟~滔滔~

衮(袞)gǔn【古】上声,十三阮。【例】拜~褒~补~苍~法~冯~服~公~圭~衮~华~槐~龙~农~拍~披~卿~裘~裳~饰~司~台~缇~文~乡~相~详~绣~袖~玄~英~右~御~元~宗~

磙gǔn【例】场~石~碌碡~

鲧(鯀、鮌)gǔn【古】上声,十三阮。【例】共~殛~郊~举~如~夏~续~不及~

绲(緄)gǔn【古】上声,十三阮。【例】缝~珩~后~束~镶~荀~

辊(輥)gǔn【古】上声,十三阮。【例】毂~辊~雷~皮~油~轧~走~

狠hěn【古】上声,十三阮。【例】傲~骜~愎~猜~谗~斗~毒~赌~恶~发~忿~刚~犷~疾~骄~狡~狼~戾~面~强~疏~贪~险~心~野~阴~淫~愚~专~对敌~心肠~

詪(詪)hěn 古怪。【古】上声,十三阮。

很hěn【古】上声,十三阮。【例】傲~暴~愎~忿~刚~疾~骄~狡~颉~狼~老~戾~面~强~锐~贪~顽~阋~险~心~凶~忮~颛~

垦(墾)kěn【古】上声,十三阮。【例】备~辟~偿~锄~春~翻~耕~进~军~开~可~髻~募~农~勤~劝~烧~田~屯~围~新~修~移~

恳(懇)kěn【古】上声,十三阮。【例】哀~拜~悲~惭~诚~驰~丹~敦~奉~精~敬~恳~叩~悃~沥~面~虔~勤~慤~求~惓~伸~详~血~央~仰~遗~殷~愚~吁~真~忠~衷~转~肫~谆~

肯[1]kěn【古】上声,二十四迥。【例】讵~莫~宁~朋~岂~剩~首~问~详~

谢~心~许~允~争~中~惠然~众莫~

肯[2]（*肎）kěn 骨上肉。【古】上声，二十四迥。【例】綮~中~

啃kěn【例】慢~难~啮~死~细~斜~牙~硬~嘴~蚂蚁~桑蚕~

阃（閫）kǔn【古】上声，十三阮。【例】奥~边~城~出~都~藩~分~宫~关~闺~桂~画~将~椒~禁~开~灵~令~门~内~前~戎~上~石~帅~司~俗~台~天~外~闱~文~贤~香~玄~移~幽~越~制~中~主~专~自~总~尊~不越~闺中~

梱kǔn【古】上声，十三阮。【例】桂~高~门~天~逾~

捆（綑）kǔn【古】上声，十三阮。【例】绑~草~柴~成~稻~反~抢~麦~绳~

悃kǔn【古】上声，十三阮。【例】哀~忱~诚~赤~丹~单~敦~厚~积~竭~恳~款~悃~鸣~匿~凝~情~守~输~私~谢~心~蚁~愚~真~忠~

壸（壼）kǔn【古】上声，十三阮。【例】楚~慈~宫~闺~椒~内~庭~巷~中~尊~

忍rěn【古】上声，十一轸。【例】暗~爱~安~百~暴~猜~残~充~慈~甘~刚~含~涵~豪~何~忌~坚~矜~禁~久~堪~可~刻~酷~宽~落~睦~难~能~戕~强~朐~容~柔~嚅~濡~贯~贪~偷~未~五~相~凶~休~哑~严~饮~隐~暂~贼~争~忮~鸷~专~自~不可~强难~穷且~是可~书百~唾面~

稔rěn【古】上声，二十六寝。【例】必~大~登~恶~丰~风~积~累~历~连~六~麦~暮~年~期~穷~秋~三~失~实~示~熟~素~粟~岁~习~夏~相~盈~优~尤~酉~再~占~中~滋~禾苗~稼穑~

荏rěn【古】上声，二十六寝。【例】冬~桂~海~葵~内~饫~苒~芿~柔~桑~山~苏~喜~种~

审（審）shěn【古】上声，二十六寝。【例】熬~报~编~驳~参~查~朝~饬~初~传~刺~聪~大~待~谛~吊~调~端~对~恩~附~复~覆~革~公~官~寒~核~候~唤~会~讳~检~诘~解~矜~谨~精~景~靓~究~拘~鞫~开~勘~考~揆~梦~面~明~凝~判~陪~批~评~清~穷~秋~取~热~申~沈~慎~省~收~受~送~提~体~听~庭~通~外~忘~未~稳~问~细~闲~详~询~严~研~验~议~译~引~预~原~阅~再~择~贞~真~甄~振~证~郑~政~质~终~重~咨~奏~

哂shěn【古】上声，十一轸。【例】鼻~嘲~可~客~浅~微~衔~相~笑~阴~众~自~识者~世俗~

沈[1] shěn 姓。【古】上声，二十六寝。参见511页chén“沉”。

沈[2]（瀋）shěn ①汁液。②沈阳。参见511页chén“沉”。【古】上声，二十六寝。【例】白~沸~辽~流~米~墨~桃~醉~

谂（諗）shěn【古】上声，二十六寝。【例】谏~敬~来~老~密~悉~相~咏~

矄shěn 见于人名。【古】上声，二十六寝。

婶（嬸）shěn【古】上声，二十六寝。【例】表~大~寡~婶~叔~小~姨~

淰shěn【古】上声，二十六寝。又：上声，二十八豏异。【例】惊~淰~水~鱼~

鱼不~

矧shěn【古】上声,十一轸。【例】新~

楯shǔn【古】上声,十一轸。另见526页dùn。【例】板~丹~戢~槛~栏~凭~桥~荣~疏~堂~危~檐~引~玉~

吮shǔn【古】上声,十一轸。又:上声,十六铣同。【例】含~口~漱~玩~吻~吸~徐~研~引~饮~咂~啃~痔~自~

损(損)sǔn【古】上声,十三阮。【例】挨~暗~败~惫~崩~逼~壁~贬~拨~剥~裁~残~冲~瘳~愁~触~棰~箠~蹙~大~得~登~彫~雕~蠹~堕~恶~饿~法~废~费~分~感~割~贵~海~耗~禾~何~隳~毁~货~积~疾~加~减~渐~降~节~酒~旧~橘~镌~蠲~刻~枯~亏~烂~劳~厘~利~两~马~满~闷~糜~磨~内~恼~赔~泼~破~七~弃~谦~骞~侵~清~痊~缺~日~揉~蹂~杀~伤~省~失~蚀~瘦~衰~霜~锁~踏~摊~天~退~痿~污~物~下~衔~削~消~销~行~虚~楰~役~抑~挹~益~阴~萦~雨~渊~约~糟~增~招~折~酌~自~嘴~坐~功名~满招~书帙~

笋(筍)sǔn【古】上声,十一轸。【例】岸~暗~拔~斑~苞~迸~碧~边~笾~鞭~冰~剥~茶~抽~初~楚~春~椿~翠~错~丹~盗~荻~地~冬~冻~斗~短~风~孚~高~菰~桂~过~寒~横~红~篁~获~荐~谏~箭~江~茭~接~金~进~掘~苦~兰~篮~雷~篱~龙~芦~绿~洛~毛~美~萌~蜜~篾~明~母~泥~泥~破~蒲~杞~泣~青~秋~取~瑞~山~设~施~石~食~嗜~瘦~蔬~熟~束~双~素~酸~踏~苔~潭~逃~涂~土~箨~挖~晚~伪~苇~莴~细~夏~纤~鲜~孝~新~雪~寻~牙~岩~燕~瑶~药~野~银~樱~鱼~玉~贞~真~稚~咒~竹~煮~子~棕~穿林~含露~孟林~通天~谢豹~筼筜~

隼sǔn【古】上声,十一轸。【例】白~苍~鸱~雕~鹗~鹗~飞~奋~孤~贯~花~画~黄~集~建~惊~落~鸟~青~秋~射~宿~微~翔~小~绣~燕~养~鹰~游~鸷~见秋~鸾射~

榫sǔn【古】上声,十一轸。【例】拔~斗~合~接~开~卯~嵌~

氽tǔn【古】上声,十三阮。另见426页cuān。【例】浮~漂~油~水上~随风~

稳(穩)wěn【古】上声,十三阮。【例】安~把~背~不~步~巢~车~沉~船~床~打~放~工~孤~寒~髻~坚~骄~句~骏~口~浪~牢~路~马~谧~拿~难~凝~平~栖~清~深~沈~水~睡~铁~停~未~息~详~谐~心~新~行~妍~腰~优~圆~站~枕~舟~嘴~坐~风枝~泥步~牛背~行车~

吻(脗)wěn【古】上声,十二吻。【例】抱~辨~步~馋~蟾~蚩~鸱~螭~齿~赤~重~唇~点~短~恶~飞~凤~工~钩~孤~鼓~虎~黄~火~霍~饥~戟~健~交~骄~角~接~久~巨~骏~渴~口~枯~快~敛~两~鹿~马~骂~谧~凝~怒~栖~黔~亲~清~热~涩~伤~舌~深~诗~兽~谈~铁~蚊~乌~息~陷~香~详~象~谐~心~血~妍~鞅~引~优~圆~燥~泽~展~爪~豺狼~缄其~利唇~

刎wěn【古】上声,十二吻。【例】颈~径~手~屠~自~

紊wěn【古】去声,十三问。另见532页

wèn。【例】不~尘~弛~雕~多~讹~繁~妨~乖~隳~僭~绝~亏~礼~缪~目~愆~侵~扰~散~衰~丝~颓~枉~淆~遗~堙~政~字~纲纪~章程~朱紫~

怎zěn【古】上声,二十六寝。【例】多~

枕zhěn【古】上声,二十六寝。另见533页zhèn。【例】安~宝~豹~被~笔~粲~侧~长~车~床~春~瓷~磁~丹~弹~奠~豆~独~对~返~方~芳~凤~伏~抚~附~高~共~孤~轨~滚~后~花~环~凰~羁~荐~角~金~荆~惊~警~就~菊~倦~菌~炕~靠~客~恋~凉~留~龙~旅~鸾~落~猫~门~梦~南~昵~拍~盆~飘~篋~衾~琴~秋~曲~鹊~蒻~山~扇~麝~神~失~石~侍~视~首~双~水~睡~宿~碎~藤~通中~同~头~瓦~韦~卧~午~夕~翕~相~香~项~宵~晓~谢~绣~须~畜~穴~盐~瑶~野~夜~衣~引~迎~幽~鱼~玉~鸳~圆~赠~支~昼~竹~坠~琢~醉~邯郸~琥珀~吕公~眠雪~七宝~琴瑟~相思~绣花~游仙~鸳鸯~鹧鸪~

诊(診)zhěn【古】上声,十一轸。又:去声,十二震同。【例】表~出~初~触~打~方~复~覆~候~会~急~集~就~开~叩~脉~门~扪~切~求~确~色~善~舌~审~施~视~四~听~望~危~闻~五~误~巡~医~义~应~预~御~原~转~国手~

疹zhěn【古】上声,十一轸。【例】安~斑~抱~赤~疮~瘖~痘~多~风~红~积~疾~痾~羸~麻~美~疱~皮~丘~热~湿~素~宿~疰~瘟~疡~洋~痒~药~疫~瘾~灾~鬼风~荨麻~颜如~

昣zhěn 明亮。【古】上声,十一轸。

轸(軫)zhěn【古】上声,十一轸。【例】悲~北~车~乘~重~促~大~当~雕~东~动~冻~发~飞~风~凤~归~龟~桂~鹤~衡~后~还~徽~回~迴~记~继~角~接~结~惊~旌~奎~来~连~两~灵~鸾~轮~妙~南~凄~悽~齐~前~浅~琴~清~曲~戎~伤~殊~蜀~停~同~文~弦~校~心~兴~行~修~玄~悬~旋~涯~瑶~仪~翼~殷~隐~忧~纡~舆~玉~郁~原~岳~灾~增~栈~照~轸~驻~

鬒(黰)zhěn【古】上声,十一轸。【例】鬒~丰~黑~落~青~秀~鸦~云~

稹zhěn【古】上声,十一轸。【例】京~元~

眕zhěn【古】上声,十一轸。【例】轸~眕~憾能~

袗zhěn【古】上声,十一轸。又:去声,十二震同。【例】被~毕~

缜(縝)zhěn【古】上声,十一轸。【例】范~韩~红~深~严~玉~文思~

畛zhěn【古】上声,十一轸。又:上平,十一真同。【例】长~徂~方~防~封~混~疆~交~郊~接~径~连~蹊~畦~千~区~同~往~修~肴~遥~隐~畛~不越~一径~

准[1]zhǔn 准许。【古】上声,十一轸。【例】不~敕~覆~可~龙~请~绳~题~邀~应~

准[2](準)zhǔn 标准。准确。依据;依照。【古】上声,十一轸。又:入声,九屑异。【例】程~瞅~法~丰~蜂~概~管~国~恒~浣~令~隆~明~平~趋~权~绳~诗~识~世~相~仪~彝~瞻~直~指~作~

綧(綧)zhǔn 见于人名。【古】上声,十一轸。

撙zǔn 【古】上声,十三阮。【例】裁~荐~节~抑~制~撙~

僔zǔn 【古】上声,十三阮。【例】僔~

噂zǔn 【古】上声,十三阮。【例】噂~

仄声·去声

笨bèn 【古】上声,十三阮。【例】痴~迟~蠢~粗~呆~鲁~脑~傻~手~愚~拙~嘴~

奔(逩)bèn 【古】去声,十四愿。另见501页bēn。【例】杀~逃~投~直~

坌bèn 【古】去声,十四愿。【例】尘~蠢~粗~麤~氛~氛~垢~汉~泥~冗~颓~微~污~心~隐~缭垣~

称(稱)chèn 【古】去声,二十五径。另见599页chēng、613页chèng。【例】相~

趁(趂)chèn 【古】去声,十二震。【例】逼~参~船~打~得~逗~短~赶~好~疾~驱~四~随~睃~相~寻~营~佣~游~远~杂~钟~逐~追~

衬(襯)chèn 【古】去声,十二震。【例】帮~背~表~补~点~对~反~辅~合~烘~红~互~环~浪~领~炉~帽~旁~陪~配~铺~沙~适~天~贴~霞~下~相~鞋~袖~叶~衣~映~云~匀~轴~装~金盘~龙绡~秋云~夕晖~

榇(櫬)chèn 棺。【古】去声,十二震。【例】焚~扶~抚~槁~骨~棺~灰~榀~敛~临~灵~旅~面~木~宁~攀~爇~神~枢~为~掩~迎~幽~舁~舆~重~梓~祖~

谶(讖)chèn 【古】去声,二十七沁。【例】辨~呈~从~丹~读~符~鹏~钩~古~合~河~鹤~吉~佳~经~梦~秘~冥~内~秦~鹊~善~诗~石~私~图~纬~信~星~凶~谣~遗~应~语~黄云~青衣~

龀(齔)chèn 【古】去声,十二震。又:上声,十二吻同。【例】齿~冲~悼~方~毁~既~始~龆~髫~童~未~婴~逾~

疢chèn 【古】去声,十二震。【例】感~疾~旧~痾~口~叩~羸~美~热~衰~尪~灾~

寸cùn 【古】去声,十四愿。【例】八~半~成~尺~赤~丹~得~度~方~分~肤~高~过~环~火~积~兼~脚~金~径~累~廉~眉~千~全~日~三~市~守~头~英~盈~鱼~运~珠~铢~不盈~脍鱼~

顿(頓)dùn 另见225页dú。【古】去声,十四愿。【例】哀~安~踣~簸~步~车~掣~城~程~迟~棰~惙~蹙~撺~厝~挫~打~呆~倒~登~递~颠~刁~跌~斗~陡~断~乏~放~废~隔~供~官~管~圭~撼~号~耗~黑~荒~隳~毁~稽~疾~几~寄~蹇~疆~浇~谨~进~局~叩~髡~困~劳~羸~萎~鲁~冒~矇~蒙~迷~绵~南~牛~驽~排~陪~疲~仆~牵~前~潜~寝~倾~却~山~商~上~沈~收~睡~宿~锁~踏~逃~陶~腾~提~停~潼~推~颓~顽~尪~委~窝~西~行~虚~眩~淹~偃~腰~摇~猗~倚~抑~驿~阴~营~羸~愚~远~振~整~政~止~置~准~自~

盾dùn【古】上声,十一轸。又:上声,十三阮异。【例】操~持~刀~叠~丁~藩~戈~勾~乖~后~戟~甲~坚~剑~箭~金~举~句~龙~矛~磨~破~弃~潜~兽~藤~铁~五~犀~胁~扬~银~拥~执~掷~中~九尺~

钝(鈍)dùn【古】去声,十四愿。【例】暗~笨~鄙~才~孱~痴~迟~呆~刀~砥~肥~锋~斧~戆~根~后~昏~蹇~谨~静~懒~老~羸~利~卤~鲁~马~蒙~懵~磨~木~讷~鲇~驽~懦~疲~平~朴~铅~浅~怯~琴~屈~柔~疏~衰~屯~顽~文~嫌~销~性~朽~眼~厌~庸~愚~滞~铢~椎~拙~处世~

沌dùn【古】上声,十三阮。【例】沌~浑~混~殄~

炖(燉)dùn 同"燉"另见502页dūn、508页tūn、518页tún。【例】慢~清~水~温~

囤dùn【古】去声,十四愿。另见518页tún。【例】仓~草~翻~谷~火~积~荆~聚~粮~露~满~米~牛~石~天~窝~小~

遁(遯)dùn【古】上声,十三阮。又:去声,十四愿同。【例】败~北~奔~兵~逋~冲~出~盗~敌~飞~肥~高~归~骇~化~悔~火~嘉~奸~金~惊~溃~吏~流~龙~靡~冥~谬~木~南~逆~栖~棲~潜~请~逡~壬~深~沈~史~鼠~水~私~思~四~素~逃~土~退~豚~伪~夕~西~徙~遐~宵~邪~星~行~玄~巡~逊~阳~佯~夜~遗~逸~阴~引~隐~幽~鱼~育~远~邅~贞~支~逐~遵~卷甲~齐人~天吴~望风~易衣~逾垣~

楯dùn【古】去声,十二震。同"盾"。另见523页shǔn。【例】陛~刀~豫~戈~钩~后~戟~甲~鲙~阑~龙~卤~橹~矛~荣~犀~杨~引~掷~

摁èn 手按。

奋(奮)fèn【古】去声,十三问。【例】昂~笔~臂~赤~地~电~发~风~感~高~公~亨~欢~激~蛟~矜~竞~亢~刻~狂~雷~六~龙~猛~民~剽~齐~气~强~勤~首~思~思~螳~腾~霆~外~猬~蝟~兴~雄~须~轩~迅~义~远~振~震~争~争~螽~自~鸿笔~士气~鱼龙~羽翼~爪牙~子房~

愤(憤)fèn【古】上声,十二吻。【例】哀~百~抱~悲~坌~崩~惭~嗔~耻~愁~雠~丹~发~悱~忿~愤~风~感~鲠~公~贡~孤~含~恨~怀~恚~火~积~激~极~疾~嫉~忌~骥~狡~嗟~惊~精~九~旧~沮~狷~慨~忾~抗~恳~酷~愧~老~雷~离~陵~懑~民~怒~气~穷~伤~申~释~抒~舒~刷~私~死~宿~叹~痛~罿~惋~息~遐~衔~写~泄~洩~心~羞~畜~雪~厌~遗~义~悒~忧~幽~余~郁~冤~怨~愠~躁~憎~震~滞~中~忠~众~贾生~切齿~人神~万古~心力~

分fèn【古】去声,十三问。另见503页fēn。【例】安~辈~本~部~常~成~充~处~揣~非~福~股~过~晋~名~明~契~器~情~缺~身~生~时~势~守~熟~水~素~宿~天~投~位~仙~星~循~雅~盐~养~应~逾~缘~越~职~刀圭~国士~胶漆~君臣~

忿fèn【古】去声,十三问。又:上声,十二吻同。【例】抱~悲~褊~卞~猜~惭~嗔~瞋~惩~逞~耻~雠~地~发~忿~

愤~感~刚~戆~后~怀~患~恚~讥~积~激~急~交~骄~结~解~躅~狷~愧~冒~闷~恼~怒~气~前~乔~秋~塞~甚~生~私~肆~宿~遂~天~衔~挟~泄~心~兴~喧~疑~意~隐~忧~幽~余~怨~躁~鸷~追~醉~士卒~纡介~睚眦~

份fèn【古】去声,十三问。【例】拔~备~辈~本~成~充~等~跌~丢~非~福~公~股~过~贺~年~情~身~省~水~县~逾~缘~月~

坋fèn【古】去声,十三问;另上声,十二吻同。【例】尘~灰~

喷(噴)fèn 吹管乐器。【古】去声,十四愿。另见 529 页 pèn、505 页 pēn。

鲼(鱝)fèn 鲼鱼。【古】去声,十三问。

粪(糞)fèn【古】去声,十三问。【例】蚕~插~尝~虫~出~担~啖~倒~底~蠹~鹅~耳~溉~干~鸽~黑~灰~鸡~家~捡~浇~狼~潦~驴~马~美~梦~貘~鸟~牛~沤~排~喷~人~扫~上~蛇~麝~生~狮~拾~熟~鼠~水~剔~挑~土~文~圬~象~鸭~雁~羊~遗~蝇~鱼~攒~雉~猪~逐~佛头~花落~

瀵fèn【古】去声,十三问。【例】神~

偾(僨)fèn【古】去声,十三问。【例】败~车~颠~孤~疾~溃~马~旗~倾~身~子胥~

坟(墳)fèn【古】上平,十二文。另见 513 页 fén。【例】地~埴~

亘(亙)gèn【古】去声,二十五径。【例】包~北~遍~并~层~崇~翠~东~阜~横~虹~经~连~联~聊~弥~绵~盘~蟠~上~沈~遐~下~邪~修~悬~延~远~云~周~追~翠微~云相~

茛gèn【古】去声,十四愿。【例】藏~毛~

艮gèn【古】去声,十四愿。【例】冲~敦~卦~甲~坎~履~钱~儒~以~震~止~

棍gùn【古】上声,十三阮。【例】把~冰~操~叉~柴~长~超~赤~粗~党~地~刁~赌~蠹~恶~匪~丐~拐~光~棍~豪~虎~猾~黄~火~积~夹~结~衿~警~军~开~流~闷~魔~木~痞~骗~撬~曲~善~商~神~拾~市~讼~铁~土~网~黠~枭~学~讯~淫~游~雉~纣~竹~拄~降魔~

恨hèn【古】去声,十四愿。【例】哀~暗~懊~报~抱~悲~别~猜~裁~惭~惨~长~怅~嗔~瞋~耻~仇~愁~怆~春~蹙~悼~订~冬~毒~笃~妒~怼~发~非~忿~愤~封~负~感~哽~古~顾~怪~骇~含~憾~何~后~花~怀~悔~恚~积~赍~羁~嫉~计~记~忌~寄~结~解~惊~旧~咎~惧~眷~慨~可~客~苦~愧~离~恋~憀~流~留~旅~媢~恼~鸟~忸~怒~破~凄~戚~气~恰~慊~诮~情~秋~茹~申~沈~私~宿~酸~叹~添~恸~痛~徒~吞~惋~违~无~忤~惜~先~衔~嫌~消~销~挟~写~泄~新~凶~羞~畜~雪~厌~怏~贻~遗~亿~引~饮~忧~幽~有~余~雨~玉~冤~远~怨~载~责~憎~赠~重~追~诅~长信~东风~飞花~刻骨~空闺~龙阳~千古~虞丘~

混hùn【古】上声,十三阮。【例】弊~搀~赤~大~顿~丰~鬼~掴~含~鸿~胡~浑~交~搅~冒~蒙~挠~闹~胚~气~牵~穷~融~色~饰~书~厮~诿~相~谢~玄~奄~阳~殽~阴~影~游~

元~车书~牝牡~善恶~万物~鱼目~

浑(渾)hùn 同“混”。糊涂;胡乱。【古】上声,十三阮。另见 514 页 hún。

慁hùn 【古】去声,十四愿。【例】不~慁~久~揉~厌~不足~

溷hùn 【古】去声,十四愿。【例】厕~尘~除~登~懒~讹~藩~烦~粪~干~秽~浑~溷~民~弃~清~世~抒~相~淆~旋~偃~尧~依~遗~茵~杂~妆~粧~浊~滋~

诨(諢)hùn 【古】去声,十四愿。【例】唱~嘲~打~鬼~搅~科~取~断~险~谐~亵~优~作~

鯶hùn 鱼名。【古】上声,十三阮。

掯kèn 【例】刁~勒~诬~滞~

裉kèn 【例】杀~抬~腰~

困kùn 【古】去声,十四愿。【例】败~半~抱~卑~弊~兵~病~残~策~茶~孱~酲~愁~处~春~颠~凋~盹~顿~厄~陀~发~乏~烦~犯~抚~负~告~孤~横~虎~花~昏~饥~积~急~疾~济~家~艰~蹇~交~解~鲸~窘~久~酒~窭~遽~倦~瞌~口~苦~匡~懒~劳~乐~羸~两~临~屡~马~卖~卯~民~内~牛~排~疲~贫~禽~罄~穷~茕~囚~人~日~软~骚~善~上~身~沈~守~受~兽~暑~衰~水~苏~酸~琐~特~添~屯~外~刓~晚~危~微~围~委~勿~下~消~心~醒~凶~虚~淹~暍~倚~慵~忧~幽~鱼~瘐~玉~遭~折~振~重~醉~坐~东风~花柳~老僧~青袍~游丝~

论(論)lùn 【古】去声,十四愿。又:上平,十三元异。另见 514 页 lún。【例】案~罢~霸~豹~悖~本~边~辩~别~并~驳~捕~不~策~场~倡~持~侈~崇~酬~刍~弹~谠~导~道~典~定~笃~断~泛~放~风~浮~赋~概~高~公~共~瞽~怪~何~弘~宏~鸿~互~遑~诙~激~讲~接~结~警~纠~剧~峻~抗~空~阔~理~立~谩~縻~妙~名~谬~目~品~评~清~确~上~尚~社~申~深~时~史~世~试~摅~数~竦~颂~谈~傥~讨~天~廷~通~推~微~伟~文~无~五~戏~细~纤~嚣~新~雄~休~绪~悬~雅~言~窅~议~异~吟~引~盈~迂~余~舆~豫~渊~争~正~政~执~质~忠~众~重~麈~专~谘~总~纵~纂~坐~粲花~朋党~破群~蜗角~

闷(悶)mèn 【古】去声,十四愿。另见 505 页 mēn。【例】懊~饱~悲~憋~拨~潮~沉~吃~愁~处~淳~殚~毒~钝~发~烦~愤~孤~晦~惑~寂~浇~焦~解~拘~倦~渴~苦~愦~困~瞀~闷~懑~迷~纳~挠~恼~排~破~气~遣~热~散~涩~沈~食~适~释~脱~消~心~快~遗~疑~悒~意~膺~忧~幽~郁~悁~躁~胀~蒸~窒~滞~青山~淹淹~

懑(懣)mèn 【古】上声,十四旱。【例】悲~惫~愁~烦~奋~忿~愤~积~惧~慨~渴~闷~凄~气~热~沉~吐~惋~猥~忧~幽~怨~滞~

焖(燜)mèn 另见 505 页 mēn。【例】火~细~油~

嫩(嫰)nèn 【古】去声,十四愿。【例】白~苞~笔~薄~草~茶~抽~春~脆~等~肥~粉~风~葛~桂~红~花~黄~鸡~尖~娇~金~橘~壳~岚~脸~柳~绿~脉~面~藕~萍~青~轻~秋~泉~

日~茸~柔~色~少~水~酥~笋~汤~甜~偷~稀~细~纤~鲜~香~雪~芽~颜~叶~莺~幼~枳~稚~鹅黄~山蔬~腰肢~

喷(噴)pèn【古】去声,十四愿。又:上平,十三元同。另见 527 页 fèn、505 页 pēn。【例】饭~风~泉~头~雾~香~星~烟~云~笛声~

认(認)rèn【古】去声,十二震。【例】拜~抱~逼~辨~承~错~担~谛~独~否~公~供~记~简~拷~肯~理~买~冒~谬~默~难~扑~起~确~色~煞~识~摊~体~妄~误~细~相~携~虚~许~遥~要~远~诈~招~证~指~志~追~自~

任rèn【古】去声,二十七沁。另见 517 页 rén。【例】罢~保~备~本~辟~边~柄~补~采~参~差~常~称~成~迟~充~宠~出~大~戴~到~道~抵~调~督~独~敦~烦~放~非~分~府~负~复~赴~改~敢~高~革~贵~合~荷~衡~后~怀~会~机~稽~级~己~继~寄~肩~兼~简~见~荐~奖~接~解~进~久~就~局~剧~眷~军~堪~科~可~孔~旷~厘~离~礼~理~历~莅~连~留~履~率~满~内~难~派~偏~聘~起~器~迁~前~巧~亲~勤~去~权~荣~商~上~摄~身~升~胜~时~实~史~事~首~受~授~署~肆~送~随~琐~台~特~提~听~通~同~图~推~退~托~外~挽~往~维~委~骫~位~无~五~物~徙~显~现~乡~消~协~卸~谢~新~信~选~要~夷~移~已~倚~异~意~因~膺~原~远~载~在~责~杖~正~之~支~职~指~至~治~质~重~主~属~专~转~擢~资~自~纵~尊~栋梁~万里~

刃(刄)rèn【古】去声,十二震。【例】白~宝~冰~兵~操~长~尺~抽~创~淬~寸~刀~蹈~砥~顿~恩~发~飞~封~锋~伏~斧~戈~钩~合~后~怀~戢~加~甲~坚~剑~交~角~接~金~卷~开~狂~利~砺~镰~敛~两~漏~露~略~芒~冒~刨~齐~器~琼~曲~染~柔~设~失~石~矢~事~誓~手~束~双~霜~顺~素~天~铁~亭~庭~挺~梃~投~推~吞~握~五~锡~匣~弦~陷~相~销~挟~行~凶~袖~雪~血~扬~引~饮~迎~郢~游~余~玉~郁~攒~战~枝~直~植~智~锥~自~丹徒~刮骨~切玉~

纫(紉)rèn【古】上平,十一真。又:去声,二十四敬异。【例】补~裁~缝~感~襟~敬~蒲~针~至~楚客~蒲苇~秋衣~幽兰~

仞rèn【古】去声,十二震。【例】百~宝~步~充~孤~寒~九~累~门~女~千~墙~峭~数~万~先~寻~亿~盈~云~重~

讱(訒)rèn 言谨慎。【古】去声,十二震。

葚(椹)rèn 又读。【古】上声,二十六寝。另见 531 页 shèn。

饪(飪、餁)rèn【古】上声,二十六寝。【例】常~充~厨~调~鼎~凡~饔~烹~樵~失~五~行~易~茵~

纴(絍、紝)rèn【古】去声,二十七沁。又:上平,十二侵同。【例】戴~缝~结~织~执~粥~

妊(姙)rèn【古】去声,二十七沁。又:下平,十二侵同。【例】避~怀~身~遗~

恁rèn【古】上声,二十六寝。【例】陡~勤~越~直~只~重~自~

轫(軔)rèn【古】去声,十二震。【例】安~常~动~发~风~渐~头~五~游~玉~云~西昆~

韧(韌、靭)rèn【古】去声,十二震。【例】坚~茧~紧~牢~臁~蔓~强~柔~

衽(袵)rèn【古】去声,二十七沁。又:上声,二十六寝异。【例】敝~扱~裯~床~带~缝~敷~拂~闺~怀~交~接~结~襟~开~连~敛~袷~辽~佩~披~衾~缺~攘~摄~束~衰~双~莞~帷~下~象~玄~衣~茵~右~援~沾~振~左~

牣rèn【古】去声,十二震。【例】充~储~丰~实~填~外~盈~鱼~泽~

润(潤)rùn【古】去声,十二震。【例】白~笔~璧~波~苍~草~潮~澄~础~楚~春~翠~存~大~德~雕~调~恩~芳~肥~分~丰~伏~覆~甘~膏~鼓~瓜~光~广~瑰~海~含~涵~和~河~荷~黑~弘~红~花~华~滑~黄~惠~活~积~坚~湔~渐~借~金~津~浸~刊~铿~枯~郎~朗~利~淋~灵~流~龙~绿~梅~靡~明~墨~木~内~泥~腻~滂~霈~缥~瀑~畦~洽~潜~侵~琴~沁~青~清~遒~壤~饶~日~荣~柔~濡~软~洒~山~删~善~韶~身~失~湿~石~时~饰~漱~水~私~酥~苔~贪~体~天~甜~贴~通~土~湍~外~温~沃~渥~舞~细~下~夏~鲜~闲~详~祥~宵~晓~写~泻~修~秀~绣~煦~旋~雪~雅~烟~淹~嫣~野~衣~遗~阴~洇~殷~莹~优~幽~油~游~黝~余~腴~瑜~雨~玉~郁~员~圆~云~燥~泽~谮~增~沾~湛~贞~缜~烝~重~珠~滋~涓滴~溪石~雨露~

闰(閏)rùn【古】去声,十二震。【例】八~晨~成~厄~后~积~计~纪~见~节~经~九~旧~考~历~立~满~没~年~偏~前~清~秋~荣~入~朔~岁~外~夕~夏~象~应~盈~余~月~再~正~知~置~逢秋~黄杨~岁方~

慎(昚)shèn【古】去声,十二震。【例】毖~避~不~裁~冲~大~底~笃~端~惇~敦~方~防~公~恭~固~稷~检~将~洁~介~戒~诫~矜~谨~兢~精~警~敬~靖~考~克~恪~恐~廉~六~明~讷~朴~谦~钦~勤~清~悛~柔~善~上~审~慎~省~失~守~淑~庶~司~思~四~肃~妥~惟~畏~温~稳~息~葸~详~信~修~恤~严~优~攸~犹~愚~豫~贞~祗~至~忠~重~周~梓~自~缄口~廉笃~言行~

甚shèn【古】上声,二十六寝。又:去声,二十七沁同。另见518页shén“什”。【例】白~不~当~独~非~干~过~恨~欢~疾~籍~藉~倦~可~酷~乐~陋~弥~妙~怒~贫~颇~巧~少~食~是~殊~太~泰~特~为~喜~香~幸~选~已~益~尤~有~逾~雨~愈~则~着~滋~醉~作~做~痴绝~粗豪~孤寂~怀愧~荒唐~饥渴~凄凉~思乡~相思~

肾(腎)shèn【古】上声,十一轸。【例】补~苍~肠~动~副~肝~狗~虎~祭~两~犬~石~掐~铁~外~心~雁~羊~腰~右~猪~左~辛主~月托~

渗(滲)shèn【古】去声,二十七沁。【例】辍~噤~抗~凉~淋~漏~泌~水~透~细~下~香~血~雨~泽~

瘆(瘮)shèn【古】上声,二十六寝。

【例】禁～瘆～

蜃shèn【古】上声，十一轸。又：去声，十二震同。【例】白～蚌～鳖～朝～螭～赤～翠～毒～蛤～归～龟～海～黑～火～蛟～鲸～狂～老～龙～罗～蜮～潜～文～盐～妖～腹似～气如～雉为～

葚shèn【古】上声，二十六寝。另见529页rèn。【例】丹～分～干～红～还～渐～烂～民～木～取～桑～食～黍～细～夏～新～重～煮～著～紫～醉～春采～扶桑～

椹shèn【古】上声，二十六寝。【例】碧～桑～细～

顺shèn【古】上声，二十六寝。shùn【古】去声，十二震。【例】安～百～卑～比～笔～宾～惝～谄～常～畅～承～酬～处～慈～辞～从～达～大～道～调～耳～犯～丰～风～奉～伏～抚～俯～辅～妇～附～副～干～恭～苟～乖～光～归～汉～和～横～后～化～健～将～奖～降～教～金～谨～敬～静～康～克～恪～宽～款～坤～来～礼～理～廉～六～率～貌～民～默～南～逆～宁～佞～女～平～祇～谦～虔～惬～钦～勤～懃～清～请～秋～扰～仁～忍～日～容～柔～善～上～时～势～适～收～水～思～肃～随～檀～讨～体～悌～听～通～投～涂～退～外～婉～违～委～温～稳～下～祥～向～孝～效～协～心～信～兴～序～驯～循～逊～巽～鸦～严～言～沿～阳～夜～依～殷～雍～右～谀～雨～豫～远～允～仗～贞～正～祗～执～直～中～忠～庄～追～寒暑～天地～

舜shùn【古】去声，十二震。【例】比～禅～大～戴～帝～光～继～慕～如～圣～授～思～体～絜～尧～诣～迎～右～虞～禹～知～咨～佐～

瞬shùn【古】去声，十二震。【例】不～俄～接～妙～清～少～时～倏～无～鹰～逾～暂～瞻～转～不逾～千秋～

眴shùn【古】去声，十七霰。又：上平，十一真同。另见497页xuàn。【例】转～

蕣shùn【古】去声，十二震。【例】白～朝～堇～秋～荣～山～松～朱～

褪tùn【古】去声，十四愿。另见350页tuì。【例】粉～红～花～黄～竞～宽～墨～怯～祛～微～香～消～衣～残红～

问(問)wèn【古】去声，十三问。【例】按～百～拜～备～逼～辩～禀～驳～卜～簿～裁～采～参～策～查～嘲～叱～斥～雠～丑～传～垂～刺～赐～催～存～答～打～待～逮～德～吊～定～东～动～独～对～发～反～访～风～奉～抚～讣～妇～覆～概～敢～高～根～勾～顾～诡～过～函～好～耗～诃～喝～合～核～贺～鹤～厚～候～华～唤～讳～诲～惠～或～讥～稽～吉～极～记～家～嘉～间～检～见～讲～降～讦～诘～借～惊～警～纠～究～拘～鞠～鞫～具～绝～勘～拷～科～可～客～叩～苦～款～窥～馈～劳～理～历～廉～临～令～录～虑～论～面～名～明～磨～莫～拿～难～攀～盘～佩～聘～启～遣～抢～愀～切～亲～勤～轻～倾～请～庆～穷～求～取～觑～日～荣～睿～三～善～商～稍～设～摄～伸～审～慎～声～省～圣～失～示～侍～视～试～筮～誓～收～书～淑～束～刷～说～硕～私～死～送～素～宿～岁～探～汤～讨～套～提～体～天～庭～通～推～枉～为～慰～闻～瓮～戏～细～下～闲～显～相～详～笑～信～行～诇～休～修～羞～徐～恤～学～寻～巡～询～讯～延～严～言～研～验～佯～遥～业～夜～谒～移～遗～疑～义～译～诣～因～音～引～应～迎～由～游～

有~誉~毓~远~阅~杂~在~责~赠~摘~展~占~章~召~哲~侦~征~徵~执~旨~治~质~致~置~重~骤~诸~逐~追~谆~资~訾~自~作~苍生~公羊~荷杖~稽首~宣室~渔父~

文wèn 旧读。修饰,掩饰。【古】《集韵》:去声,问韵。另见518页wén。

紊wèn 旧读。乱。【古】去声,十三问。见523页wěn。

闻(聞)wèn【古】去声,十三问。另见519页wén。【例】令~

汶wèn【古】去声,十三问。【例】暗~东~渡~封~浮~会~鲁~汶~五~新~沂~

揾wèn【古】去声,十四愿。又:上声,十二吻异。又:入声,六月异。【例】手~

璺wèn【古】去声,十三问。【例】冰~赤~疵~粗~大~东~冻~龟~痕~红~裂~破~石~微~瑕~兆~山微~

谮(譖)zèn【古】去声,二十七沁。【例】猜~谗~丑~诋~反~飞~共~构~簧~毁~交~进~靖~媒~谋~巧~群~同~诬~蝎~行~疑~欲~冤~遭~诼~群小~

镇(鎮)zhèn【古】去声,十二震。【例】安~宝~边~冰~兵~并~草~城~出~楚~从~村~大~代~德~地~东~督~藩~方~封~符~抚~府~辅~古~归~海~后~华~淮~还~环~集~街~节~进~京~荆~静~九~久~局~巨~剧~军~开~廉~两~留~六~内~南~叛~强~戎~三~沙~山~上~市~守~书~双~水~崧~嵩~岁~提~土~屯~外~望~威~圩~文~卧~五~西~犀~下~仙~县~乡~湘~小~雄~墟~压~魇~要~移~隅~玉~岳~在~征~纸~中~重~州~诸~竹~总~左~作~坐~东南~殊方~天下~玉川~

振zhèn【古】去声,十二震。另见510页zhēn。【例】兵~并~波~颤~喘~东~董~抖~独~奋~风~复~共~汩~鹄~弘~鸿~惠~急~夹~金~俱~蠲~克~匡~厘~麟~廪~龙~隆~鹭~没~名~南~喷~蓬~丕~偏~气~琼~如~散~赡~声~施~肃~腾~提~瓦~外~威~未~西~翕~遐~霞~咸~响~晓~谐~心~雄~宣~崖~严~抰~摇~业~颖~右~玉~誉~再~招~支~自~坐~金鼓~金玉~鹭羽~威名~蛰虫~

震zhèn【古】去声,十二震。【例】哀~爆~避~变~兵~惭~苍~测~颤~出~川~大~地~东~恫~防~敷~鼓~海~骇~汉~轰~悖~减~金~惊~居~惧~抗~雷~名~莫~南~鸟~怒~旁~霹~强~权~声~事~势~四~悚~竦~肃~天~霆~王~威~微~韦~违~畏~闻~武~夏~响~象~星~摇~曜~余~玉~遇~豫~远~月~孕~张~震~诛~主~足~金鼓~

阵(陣)zhèn【古】去声,十二震。【例】按~摆~败~笔~变~兵~布~部~侧~冲~愁~出~摧~等~敌~地~点~调~斗~督~对~敦~番~方~粉~风~蜂~覆~观~鹳~鬼~函~韩~汉~合~横~红~鸿~后~护~花~画~欢~篁~火~获~坚~监~见~交~搅~叫~结~金~锦~鲸~局~矩~军~寇~雷~利~连~两~列~临~掠~略~骂~卖~迷~拇~鸟~盘~劈~破~奇~棋~碁~起~前~强~怯~黥~人~戎~肉~锐~色~山~上~蛇~诗~试~霜~水~天~头~突~

退~晚~微~文~蚊~问~习~藓~现~陷~香~象~晓~心~星~行~雪~巡~压~鸦~鸭~烟~严~演~雁~阳~夜~疑~蚁~阴~英~营~右~鱼~雨~圆~远~云~殒~战~征~直~中~竹~逐~助~作~坐~背水~常山~冲锋~打头~地雷~风流~风龙~垒壁~六花~龙门~梅花~迷魂~牧野~烟花~偃月~雁翎~莺花~鱼龙~鸳鸯~云鸟~

鸩(鴆、酖)zhèn【古】去声,二十七沁。【例】被~持~赐~腐~甘~黑~怀~进~鸠~惧~取~烧~诗~献~雄~仰~医~引~饮~

圳(甽)zhèn【古】上声,十六铣。【例】川~大~沟~疆~清~深~

枕zhèn 以头枕物。【古】去声,二十七沁。另见524页zhěn。

朕zhèn【古】上声,二十六寝。又:上声,十一轸异。【例】称~辅~傅~告~佳~无~学~隐~兆~裁量~了无~

赈(賑)zhèn【古】去声,十二震。又:上声,十一轸异。【例】哀~兵~查~颤~长~筹~喘~赐~存~冬~抖~发~放~富~共~归~急~济~假~矜~捐~蠲~冒~名~气~散~赡~声~施~同~谐~心~恤~遗~义~殷~隐~展~正~周~赒~助~自~开仓~恤民~

纼(紖)zhèn【古】上声,十一轸。【例】马~縻~执~

揕zhèn 刺击。【古】去声,二十七沁。【例】匕首~苦击~

17. 因晕韵

平声·阴平

宾(賓、賔)bīn【古】上平,十一真。【例】安~臣~承~酬~大~待~东~动~对~恶~凡~高~宫~贡~馆~贵~国~过~鸿~回~佳~嘉~狡~接~介~戒~近~捐~衔~蜡~乐~礼~醴~留~龙~门~幕~内~男~南~昵~逆~女~旁~陪~千~亲~仁~蕤~山~觞~上~盛~筮~兽~疏~舜~司~松~速~宿~孙~谈~天~通~外~王~未~魏~吴~西~席~遐~献~乡~饷~霄~行~序~讶~延~严~宴~雁~杨~邀~野~揖~仪~议~寅~迎~优~侑~娱~虞~御~越~正~支~知~众~主~筑~馔~庄~作~方外~驾鹤~惊座~青云~万国~五侯~瀛台~座上~

滨(濱)bīn【古】上平,十一真。【例】池~岛~地~东~涪~海~汉~河~横~湖~淮~涧~江~九~雷~路~率~洛~南~汝~水~泗~塘~天~土~渭~湘~洭~岩~阳~瑶~阴~瀛~颍~岳~漳~曲江~碣石~鲸海~率土~易水~越溪~洙泗~

濒(瀕)bīn【古】上平,十一真。【例】海~河~淮~江~南~水~西~湘~阳~临江~流沙~

槟(檳、梹)bīn【古】上平,十一真。另

见617页bīng。【例】鸡~香~

傧(儐)bīn【古】上平,十一真。【例】伴~宾~称~价~九~男~女~排~上~童~无~仪~佐~

镔(鑌)bīn【古】上平,十一真。【例】花~绣~

彬bīn【古】上平,十一真。【例】卞~玉~唐~彬~曹~璘~邻~

缤(繽)bīn【古】上平,十一真。【例】缤~

豳(邠)bīn【古】上平,十一真。【例】处~吹~歈~玢~歌~居~璘~轮~岐~迁~去~适~系~雅~咏~在~珍~至~

金jīn【古】下平,十二侵。【例】白~百~败~拜~颁~奔~本~标~饼~彩~菜~鸽~藏~侧~茶~偿~炒~衬~成~赤~酬~出~储~楚~吹~锤~纯~赐~蹙~翠~错~代~弹~荡~刀~狄~典~点~钿~貂~雕~定~镀~断~堆~钝~遁~多~夺~恶~罚~范~房~飞~分~粉~俸~麸~伏~浮~负~赋~赙~工~贡~钩~股~鼓~关~贯~圭~含~寒~合~黑~横~后~厚~化~怀~黄~挥~徽~贿~浑~积~基~吉~疾~兼~见~箭~将~鹪~嗟~惊~精~竞~九~橘~巨~捐~爵~钧~开~课~库~劳~厘~礼~炼~良~两~量~辽~镣~赁~流~镏~镂~缕~绿~埋~卖~卯~美~描~明~鸣~母~沐~内~难~囊~泥~年~捻~鸟~牛~诺~瓯~牌~盘~袍~佩~喷~烹~聘~平~破~魄~铺~千~钱~戗~锵~轻~泉~却~榷~群~熔~如~辱~瑞~散~沙~筛~山~赏~烧~渗~生~拾~舒~赎~束~霜~税~烁~丝~司~私~素~粟~岁~碎~孙~炭~帑~烫~逃~淘~贴~偷~投~退~吞~脱~橐~唾~瓦~顽~亡~韦~乌~五~庑~献~香~镶~祥~宵~销~薪~修~恤~悬~选~巽~押~鸦~研~言~飏~洋~养~腰~摇~药~耀~冶~夜~铱~宜~遗~邑~萦~佣~涌~鱼~舆~雨~玉~郁~毓~爰~远~跃~簪~赃~贞~真~诊~织~执~职~治~掷~中~重~轴~酎~朱~逐~煮~筑~铸~锥~斲~资~锱~紫~租~足~百炼~东海~郭隗~季子~历山~日流~麝香~

今jīn【古】下平,十二侵。【例】傍~卑~悲~垂~刺~从~当~雕~而~凡~方~非~古~涵~厚~化~及~即~洎~见~鉴~近~居~距~考~况~来~仿~论~目~乃~迺~祇~起~讫~日~融~如~伤~绳~示~是~谈~通~忘~现~兄~修~验~于~远~在~证~知~祗~秖~只~至~制~准~酌~自~古犹~知古~

斤[1]jīn 砍物工具。【古】上平,十二文。【例】斧~匠~运~成风~

斤[2](觔)jīn 质量或重量单位。【古】上平,十二文。【例】千~盐~

浒(釿)jīn【古】上平,十二文。【例】斧~运~

巾jīn【古】上平,十一真。【例】岸~被~扁~道~幅~幞~盖~葛~汗~鞨~红~桦~缣~角~结~解~郎~吏~练~龙~笼~漉~纶~幪~沐~佩~青~儒~山~生~释~帨~唐~乌~武~舞~霞~项~绡~絮~燕~扬~羽~皂~帻~折~

筋(觔)jīn【古】上平,十二文。【例】山~弓~丰~引~比~牛~生~皮~地~竹~扶~扭~扯~村~抽~易~治~金~青~咬~柔~郎~面~狼~脊~骨~眼~蛇~鹿~麻~割~靳~碧~豪~瘦~凝~

蹄~骸~麋~藏~藿~露~兰~养~劳~叶~断~盐~红~纸~绿~胶~脑~脚~讪~针~钉~钢~铁~颜~弩~龙~

禁jīn【古】下平,十二侵。另见555页jìn。【例】不~独~匪~寒~莫~难~能~任~谁~怎~争~自~不自~几度~苦自~柳不~弱未~

津jīn【古】上平,十一真。【例】北~碧~冰~沧~长~赤~楚~椿~辍~道~东~杜~渡~芳~甘~鬲~关~归~龟~海~含~汉~濠~河~黑~淮~回~棘~济~剑~江~金~津~锦~京~惊~竞~旧~开~兰~狼~浪~连~凉~梁~两~临~淋~灵~柳~龙~楼~路~洛~蟆~茅~门~盟~孟~迷~沔~冥~木~南~凝~牛~平~蒲~前~桥~青~轻~清~穷~琼~饶~日~撒~桑~陕~上~生~湿~霜~松~谈~檀~陶~天~甜~通~潼~唾~外~微~洧~渭~问~无~西~溪~喜~霞~夏~仙~咸~邪~薪~星~玄~血~涯~咽~烟~延~瑶~要~饴~银~鱼~余~玉~源~远~云~枝~知~指~椿~白马~妒女~富平~鹿鸣~落花~牵牛~曲江~逍遥~杨柳~要路~饮牛~

琎jīn 玉名。【古】上平,十一真。

襟jīn【古】下平,十二侵。【例】半~裁~畅~尘~宸~澄~冲~愁~春~翠~丹~单~底~动~对~扼~烦~梵~芳~分~风~抚~高~孤~故~闺~袿~荷~鹤~黑~红~闳~鸿~喉~后~华~怀~解~静~开~款~兰~烂~朗~离~连~联~敛~灵~流~露~罗~萝~满~美~弥~霓~袍~披~前~青~倾~清~晴~曲~攘~衽~散~衫~赏~神~圣~书~疏~舒~暑~双~霜~水~俗~素~宿~蓑~题~天~秃~推~晚~遐~霞~心~胸~修~绣~虚~雪~掩~尧~夜~衣~怡~逸~盈~忧~幽~渊~云~沾~贞~整~正~中~衷~重~竹~捉~薜萝~涤烦~豁胸~泪满~琵琶~

矜jīn【古】下平,十蒸。【例】哀~安~畀~侈~垂~摧~诞~惆~伐~奋~俯~腑~怀~棘~骄~嗟~节~矜~旧~堪~可~肯~夸~怜~隆~靡~莫~气~仁~恕~肆~天~徒~相~凶~恤~优~振~震~庄~自~

衿jīn【古】下平,十二侵。【例】霸~惫~冰~布~褫~冲~促~翠~动~分~抚~割~喉~开~连~联~敛~劣~绿~鸾~罗~懦~佩~披~飘~贫~凭~洽~前~青~倾~秋~绕~洒~绅~神~施~系~胸~虚~衣~婴~盈~沾~捉~子~

祲jīn【古】下平,十二侵。又:去声,二十七沁同。【例】袄~白~边~赤~大~氛~雰~风~高~观~海~黑~黄~昏~江~精~精~灵~岭~年~气~驱~视~眡~收~岁~祥~宵~晓~凶~妖~遗~疫~云~灾~

军(軍)jūn【古】上平,十二文。【例】按~鏖~拔~白~败~班~北~背~贲~本~边~汴~别~步~裁~参~撤~成~驰~充~冲~出~川~从~带~单~盗~敌~典~殿~东~都~督~顿~恩~防~匪~汾~偾~伏~抚~赴~覆~给~宫~孤~鹘~官~冠~国~过~海~汉~旱~号~合~贺~红~洪~后~护~淮~还~缓~挥~麾~回~毁~戢~季~甲~监~建~将~匠~交~骄~教~解~进~禁~净~纠~紖~酒~犒~客~空~溃~扩~兰~劳~老~联~练~两~临~领~泸~陆~率~乱~马~蛮~门~盟~縻~民~

魔~内~南~能~捻~农~排~牌~叛~配~偏~破~骑~旗~起~迁~签~前~潜~遣~锹~侨~亲~轻~黥~穷~全~荣~三~散~善~赡~上~哨~生~胜~收~守~兽~水~肃~随~台~逃~提~天~田~铁~统~投~土~退~屯~外~顽~亡~王~为~伪~问~我~吴~武~西~犀~下~夏~县~香~厢~湘~饷~象~校~新~行~雄~悬~旋~学~巡~徇~鸦~牙~亚~盐~验~扬~养~夜~移~疑~义~异~益~引~鹰~迎~营~硬~拥~用~游~友~右~援~怨~阅~运~战~招~镇~整~正~支~止~至~制~治~中~终~踵~众~舟~诸~助~驻~追~左~鲍参~飞将~冠三~黑旗~红巾~护国~棘门~龙武~娘子~戚家~水犀~太平~羽林~岳家~

均jūn【古】上平,十一真。【例】不~参~常~成~淳~大~单~殚~德~地~调~分~国~和~鸿~户~化~淮~惠~击~立~廉~灵~路~律~妙~明~亩~年~平~评~齐~气~清~曲~桡~人~桑~商~上~声~势~适~叔~淑~遂~覃~陶~天~同~土~为~遐~庠~协~刑~音~用~匀~运~政~贡赋~贵贱~寒暑~区宇~赏刑~雨露~

君jūn【古】上平,十二文。【例】暗~邦~报~暴~长~成~侈~储~楮~慈~此~倒~道~帝~东~都~斗~端~惰~鄂~番~贩~方~房~封~逢~夫~府~副~傅~告~鼓~故~寡~国~寒~虎~怀~欢~惠~昏~家~假~见~僭~江~禁~净~敬~静~具~郡~克~匡~蓝~郎~老~里~良~烈~廪~灵~令~龙~庐~乱~蛮~谩~茅~卯~梅~孟~迷~明~魔~墨~母~男~女~聘~欺~潜~青~曲~人~仁~日~如~睿~桑~山~商~上~少~社~神~圣~盛~失~师~石~时~识~史~使~世~事~兽~树~水~顺~思~死~嗣~送~苏~岁~太~檀~天~铁~桐~亡~望~瘟~文~握~污~细~仙~先~贤~县~献~乡~相~湘~心~选~寻~荀~阉~严~阎~羊~养~邀~药~宜~遗~忆~佚~邑~阴~迎~庸~壅~忧~右~幼~羽~玉~元~院~宰~赞~灶~皂~赠~昭~真~征~致~中~忠~冢~诸~竹~主~祖~左~抱节~春申~莼绿~镐池~孤竹~管城~梁上~青华~文昌~云中~

钧(鈞)jūn【古】上平,十一真。【例】百~北~秉~操~持~垂~纯~淳~大~帝~雕~调~风~凤~干~国~和~衡~洪~鸿~化~库~冥~年~千~乾~清~镕~善~上~韶~枢~太~陶~天~万~细~夏~萧~冶~员~运~在~执~朱~秉国~德化~左右~

皲(皸)jūn【古】上平,十二文。【例】肤~脚~皮~皵~手~燥~指~肘~手足~

麇(麕)jūn【古】上平,十一真。又:上平,十二文同。另见547页qún。【例】白~城~痴~伐~介~惊~猎~死~羞~野~银~

拼(拚)pīn【古】下平,八庚。【例】打~刀~火~力~乱~难~全~舍~双~厮~死~瞎~相~硬~把命~

姘pīn 姘居。【古】下平,八庚。

亲(親)qīn【古】上平,十一真。另见637页qìng。【例】爱~安~拔~白~拜~扳~傍~胞~保~本~毕~避~表~宾~并~搀~长~成~串~慈~从~逮~党~等~嫡~订~定~笃~断~对~房~访~

匪~分~奉~父~附~高~躬~共~媾~乖~官~归~贵~和~忽~怙~欢~换~荒~皇~悔~会~婚~及~继~家~见~讲~交~接~结~近~覲~就~君~开~看~轲~可~赖~老~离~连~令~六~隆~禄~茂~冒~密~灭~名~末~母~睦~穆~内~昵~逆~娘~宁~攀~旁~偏~破~期~弃~强~抢~钦~情~穷~求~取~娶~认~仍~荣~肉~散~丧~舍~射~身~省~尸~失~世~事~侍~收~寿~疏~衰~双~顺~说~私~思~缌~送~探~讨~提~题~体~天~贴~通~痛~投~退~拖~外~完~亡~王~违~问~无~习~系~下~先~贤~显~乡~相~孝~谢~新~许~叙~萱~血~谑~严~养~遗~议~懿~姻~隐~迎~有~娱~冤~圆~远~沾~展~招~支~至~治~重~周~主~赘~宗~走~族~祖~尊~白头~倍思~灯火~肺腑~椒房~手足~疏间~形影~烟霞~鱼水~猿鸟~枕簟~

侵qīn【古】下平，十二侵。【例】北~草~尘~城~池~虫~愁~大~地~东~蠹~风~寒~红~花~江~交~骄~进~克~缆~老~吏~临~陵~露~乱~貌~内~南~泥~年~旁~贫~欺~迁~侵~蛩~驱~日~入~润~稍~霜~厮~笋~苔~贪~颓~外~诬~袭~霞~藓~相~香~消~斜~雪~烟~阴~淫~渔~雨~语~百虑~鬓发~冰雪~草色~翠色~二毛~风雨~海气~寒暑~劫火~岚气~绿苔~落花~峭寒~山影~俗虑~岁华~晓寒~野色~月华~云气~

钦(欽)qīn【古】下平，十二侵。【例】颤~德~冻~合~徽~俭~久~可~立~民~丕~钦~日~上~时~夙~所~畏~歆~孝~心~叙~仰~攸~战~众~遵~世人~四海~万象~袖手~远朋~终日~

嵚(嶔)qīn【古】下平，十二侵。【例】黄~崊~盘~崎~岖~嵴~崟~

骎(駸)qīn【古】下平，十二侵。【例】驰~骎~红日~骥足~夕漏~

衾qīn【古】下平，十二侵。【例】抱~被~拨~薄~布~裁~长~承~稠~楮~赐~翠~单~短~鄂~芳~凤~复~孤~棺~寒~褐~红~绞~锦~抗~客~冷~敛~绫~旅~鸾~罗~牛~破~齐~绮~寝~青~秋~裘~纱~麝~疏~宿~同~委~纹~霞~夏~香~宵~晓~携~新~胸~绣~絮~夜~衣~夷~遗~拥~鸳~毡~枕~纸~重~朱~醉~合欢~

逡qūn【古】上平，十一真。【例】潮~纪~迁~逡~东郭~年华~阴逡~

踆qūn【古】上平，十一真。【例】蟾~躔~踆~复~乌~

囷qūn【古】上平，十一真。又：上声，十一轸同。【例】残~仓~草~椿~倒~帝~东~堆~耳~谷~京~空~嶙~廪~轮~满~米~盘~破~千~倾~囷~石~天~抟~箱~盈~指~制~谷堆~雀噪~三百~

心xīn【古】下平，十二侵。【例】哀~安~熬~靶~霸~版~悲~背~本~笔~避~变~冰~秉~波~菜~操~禅~瞋~尘~臣~宸~称~成~诚~澄~骋~吃~痴~驰~持~赤~愁~初~穿~春~词~慈~粗~醋~存~寸~歹~丹~担~当~党~道~德~灯~登~点~定~动~恫~堵~蠹~敦~多~恶~凡~烦~芳~放~费~分~奋~佛~福~抚~拊~负~腹~垓~甘~革~格~隔~公~攻~古~挂~

关~贯~归~过~寒~豪~好~合~河~核~黑~狠~恒~横~红~湖~花~坏~鬟~换~灰~隳~回~悔~会~慧~祸~机~鸡~羁~夹~奸~坚~煎~江~匠~交~焦~绞~脚~噭~街~戒~谨~锦~尽~经~惊~兢~精~净~静~镜~揪~疚~居~镌~决~军~均~筠~开~可~客~空~扣~苦~快~宽~亏~狼~劳~离~立~连~莲~良~两~灵~留~镂~论~落~满~慢~眉~昧~扪~迷~民~冥~铭~魔~内~耐~泥~念~牛~呕~劈~偏~平~婆~魄~剖~朴~栖~欺~齐~启~起~牵~虔~潜~惬~钦~琴~轻~倾~清~秋~球~曲~屈~鬈~热~人~仁~忍~戎~如~散~善~伤~赏~上~烧~身~深~生~省~圣~师~诗~实~适~誓~收~手~兽~舒~霜~水~顺~私~思~死~松~夙~素~酸~随~遂~塌~贪~谈~檀~溏~天~条~贴~铁~同~童~痛~托~外~玩~忘~违~唯~委~文~窝~沃~希~息~悉~洗~喜~细~遐~闲~乡~向~小~孝~歇~邪~写~信~雄~虚~叙~悬~熏~逊~言~岩~研~焰~养~样~尧~野~页~一~疑~异~因~印~萦~用~忧~攸~幽~游~有~于~娱~语~渊~圆~远~怨~愿~在~攒~糟~躁~贼~斋~摘~宅~掌~贞~真~枕~知~执~治~中~忠~衷~众~重~轴~诛~专~壮~钻~醉~白云~百年~报国~豺狼~赤子~道义~故园~济时~寂寥~恋花~千古~惬意~然诺~圣贤~是非~岁寒~铁石~物外~云无~

新xīn【古】上平，十一真。【例】标~布~划~长~尝~常~车~呈~崇~宠~抽~出~创~从~簇~鼎~东~斗~翻~覆~革~更~贡~贵~海~骇~寒~荷~弘~红~花~怀~火~尖~见~荐~近~精~警~竞~旧~就~绝~可~礼~理~立~榴~柳~露~履~马~麦~梅~美~弥~苗~命~谋~纳~南~泥~念~烹~剖~轻~清~穷~秋~求~全~日~如~色~赏~上~诗~时~食~试~刷~水~送~岁~苔~添~图~推~维~温~鸳~西~喜~纤~鲜~献~新~雄~暄~意~迎~永~雨~藻~崭~肇~争~知~治~重~妆~装~追~自~作~碧芜~稻苗~管弦~娇态~锦字~景物~泪痕~柳色~墨色~气象~茜裙~曙色~岁序~物候~眼界~燕泥~月华~

欣xīn【古】上平，十二文。【例】悲~颤~长~含~怀~欢~交~乐~民~戚~深~陶~同~笑~欣~羊~遥~幽~悦~载~战~自~庶人~谁不~向所~众鸟~

辛xīn【古】上平，十一真。【例】白~百~悲~辈~卜~藏~愁~大~得~第~父~富~干~甘~高~革~含~后~荤~货~吉~季~艰~姜~街~芥~苦~辣~蓼~廪~赢~马~秘~木~贫~迁~劬~去~茹~商~上~受~苏~酸~微~味~细~下~衔~熏~薰~宜~殷~迂~增~赠~占~中~作~斗指~秽途~莫知~酸咸~岁在~巽纳~

薪xīn【古】上平，十一真。【例】半~抱~樵~采~茶~柴~车~陈~尺~抽~出~刍~传~炊~刺~爨~错~胆~稻~得~底~雕~束~掇~发~伐~焚~俸~腐~负~干~高~工~瓜~鬼~桂~荷~后~火~获~积~棘~加~减~街~荆~聚~绝~劳~栗~留~芦~履~马~嫫~逆~年~评~蒲~起~千~乾~樵~青~取~燃~日~爇~桑~烧~施~湿~蓍~石~时~拾~输~束~双~霜~水~松~

贪~炭~停~桐~投~为~卧~乌~雾~析~晞~徙~衔~香~野~衣~遗~刈~楢~檦~鱼~舆~原~月~杂~烝~蒸~执~秩~致~周~竹~斫~菹~俎~柞~鼎下~蜡代~柳作~落巢~庖有~鹊采~拾涧~

馨xīn【古】下平,九青。另见620页xīng。【例】播~传~垂~春~德~儿~尔~芳~芬~丰~风~甘~告~桂~含~怀~黄~椒~洁~兰~流~宁~浓~清~如~散~素~甜~微~温~心~歆~扬~遗~幽~余~载~草木~桂子~石髓~吟凝~月里~芝兰~醉魂~

芯xīn【古】下平,十二侵。另见559页xìn。【例】笔~灯~机~空~蜡~树~丝~型~岩~烛~气门~铅笔~

昕xīn【古】上平,十二文。【例】迟~初~大~昒~昏~孔~未~霞~昕~邢~晨未~

莘xīn【古】上平,十一真。另见507页shēn。【例】奉~耕~苦~七~前~淞~细~莘~有~

锌(鋅)xīn【古】上声,四纸。【例】白~补~纯~镀~铅~缺~

炘xīn【古】上平,十二文。【例】炘~燨~浴~

忻xīn【古】上平,十二文。【例】悲~忭~欢~笑~忻~欣~

歆xīn【古】下平,十二侵。【例】不~德~恶~顾~龟~嘉~九~居~眷~来~灵~民~敏~迁~神~时~歆~噫~天上~众所~

廞xīn【古】下平,十二侵。【例】振~

鑫xīn 财源兴旺。【古】下平,十二侵。

勋(勛、勳)xūn【古】上平,十二文。【例】边~册~策~成~酬~垂~赐~大~道~帝~放~高~功~顾~官~光~归~国~洪~鸿~后~华~稽~纪~济~嘉~建~阶~进~酒~旧~厥~军~劳~乐~勒~立~禄~迈~茂~懋~铭~谟~南~奇~前~荣~赏~少~圣~盛~诗~世~受~授~殊~树~硕~司~文~先~休~邀~遗~义~议~英~庸~元~增~战~忠~重~著~专~奏~不朽~辅弼~汗马~旷代~文武~

窨xūn 同"熏"。另见560页yìn。【例】澄~地~颠~跌~迭~要~铁~

熏xūn【古】上平,十二文。【例】柏~碧~熛~草~臭~丹~风~光~圭~袿~含~和~花~火~浸~烤~蜡~来~兰~岚~燎~垆~炉~马~沐~南~气~晴~染~如~色~烧~麝~汤~铜~吐~外~五~香~熏~烟~扬~衣~余~再~斋~昼~濯~醉~好风~金丝~松桂~

醺xūn【古】上平,十二文。【例】半~沉~初~酣~酒~宿~微~小~余~醉~酒方~世所~

曛xūn【古】上平,十二文。【例】薄~凉~林~暮~晴~日~夕~隙~斜~曛~炎~

纁(纁)xūn【古】上平,十二文。【例】残~朝~池~赤~红~黄~景~山~深~微~西~溪~霞~玄~移~迎~余~元~昼~海月~落红~落日~夕阳~映隙~竹檐~

薰xūn【古】上平,十二文。【例】臭~风~含~好~蕙~嘉~浸~来~燎~炉~沐~南~浓~染~热~苏~香~烟~余~斋~昼~濯~

獯xūn【古】上平,十二文。【例】和~

埙(埍、壎)xūn【古】上平,十三元。另见 470 页 xuān。【例】彻~吹~大~篪~鸣~如~善~颂~土~雅~奏~

荤(葷)xūn 荤粥。【古】上平,十二文。另见 505 页 hūn。

阴(陰、隂)yīn【古】下平,十二侵。【例】半~碑~背~庇~碧~壁~鞭~驳~薄~布~惨~苍~层~昌~常~沉~趁~柽~城~痴~愁~除~川~窗~垂~春~纯~鹑~徂~翠~寸~大~岱~荡~得~荻~地~殿~调~冬~洞~独~番~繁~汾~风~枫~峰~伏~负~改~盖~肝~皋~高~固~故~顾~关~光~归~圭~龟~桂~国~过~海~寒~汉~好~合~和~河~荷~涸~黑~衡~弘~红~湖~虎~冱~花~华~淮~槐~回~会~桧~积~济~兼~贱~涧~江~彊~交~蕉~结~堇~劲~经~静~久~驹~绝~厥~蹶~空~葵~兰~岚~老~篱~连~帘~凉~梁~两~亮~谅~林~岭~陵~流~柳~笼~隆~陇~楼~绿~沦~洛~落~漯~雒~霾~麦~茅~茂~冒~美~昧~门~沔~面~冥~暝~木~暮~内~男~嫩~凝~浓~女~攀~判~片~平~蒲~桤~绮~砌~愒~墙~樯~青~轻~清~晴~庆~穷~秋~全~雀~群~汝~桑~森~沙~山~杉~少~沈~盛~湿~石~时~柿~收~曙~树~水~顺~朔~丝~司~松~宿~岁~损~太~潭~汤~堂~棠~桃~陶~藤~天~庭~停~桐~托~外~晚~微~渭~梧~午~夕~息~惜~溪~下~夏~香~湘~向~晓~挟~新~星~行~轩~玄~旬~崖~延~严~檐~晏~阳~养~遥~噎~野~夜~遗~曀~翳~迎~颍~幽~右~鱼~余~榆~雨~郁~元~月~云~责~曾~鹳~涨~照~遮~真~至~治~中~重~昼~竹~烛~椓~滋~走~左~作~洞房~古柏~海棠~几重~夹道~绿杨~扫花~十里~松柏~卧花~西轩~惜寸~绣户~一寸~遇竹~月有~云移~纡绝~醉花~

荫(蔭)yīn【古】下平,十二侵。另见 560 页 yìn。【例】庇~层~成~垂~慈~栋~恩~繁~佛~花~槐~彊~林~柳~楼~绿~落~浓~桑~森~世~树~松~棠~文~五~午~袭~歇~遮~重~幢~椓~夹道~十亩~

音yīn【古】下平,十二侵。【例】哀~八~呗~伴~宝~悲~北~鼻~比~笔~边~便~变~辨~播~擦~裁~嘈~颤~长~常~畅~朝~潮~车~尘~宸~齿~冲~虫~丑~楚~垂~纯~唇~徂~促~瘁~错~大~带~单~德~的~低~笛~邸~调~定~东~动~读~兑~遁~多~讹~遏~腭~耳~贰~发~法~凡~繁~反~泛~梵~方~芳~飞~分~风~佛~浮~福~辅~腐~讣~复~覆~感~高~革~隔~艮~宫~彀~孤~古~谷~鼓~顾~观~官~管~灌~光~国~寒~罕~汉~翰~好~耗~合~和~鹤~洪~鸿~喉~呼~滑~话~怀~还~缓~辉~徽~回~诲~惠~基~齑~齏~极~几~寄~佳~家~笳~嘉~尖~缄~角~嗷~捷~介~借~今~金~鲸~静~举~诀~俊~坎~伉~抗~空~口~扩~兰~乐~雷~理~厉~连~两~灵~聆~令~流~拢~漏~录~鹿~鸾~銮~纶~罗~落~蛮~曼~忙~美~眠~妙~明~命~母~拿~挐~内~纳~南~闹~拟~溺~鸟~凝~侬~弄~拍~陪~配~拼~栖~奇~起~器~乾~腔~强~切~琴~轻~清~磬~跫~琼~蛩~秋~球~全~泉~确~鹊~

饶~瑞~睿~闰~塞~赛~散~嗓~丧~骚~瑟~讪~商~赏~舌~摄~沈~审~升~声~笙~失~石~实~矢~士~试~适~收~手~书~殊~疏~水~嗣~松~素~太~唐~膛~天~跳~听~通~同~桐~童~屠~土~吐~团~托~万~王~威~微~尾~巫~吴~芜~物~西~吸~希~傒~喜~细~遐~仙~弦~乡~香~响~枭~消~鸮~箫~嚣~笑~协~邪~谐~心~新~信~兴~凶~胸~绪~玄~迅~牙~雅~咽~妍~言~雁~燕~扬~羊~养~瑶~野~叶~夷~诒~遗~异~译~驿~淫~英~莺~庸~幽~俞~余~俣~语~玉~鹬~元~圆~猿~杂~噪~择~诏~震~征~正~郑~知~直~至~中~钟~衷~重~主~注~转~壮~浊~子~字~走~足~别离~爨下~大雅~凤箫~广陵~横笛~黄鹄~戛玉~金玉~君子~钧天~鸟弄~濮上~绕梁~丝竹~弦外~献仙~雅颂~瑶华~玉佩~正始~郑卫~治世~

因yīn【古】上平,十一真。【例】艾~本~必~病~常~陈~成~词~达~导~等~动~多~恶~非~盖~根~贵~何~后~昏~祸~积~基~结~近~茎~净~九~旧~苦~来~良~灵~眇~妙~内~能~凭~起~前~情~撒~赛~上~胜~时~识~事~树~顺~死~送~夙~宿~天~推~外~未~袭~相~想~谐~信~业~依~诱~元~原~缘~远~造~正~证~主~宗~罪~祸福~平生~清净~盛衰~世外~外远~未了~物外~香火~

姻(婣)yīn【古】上平,十一真。【例】毕~成~缔~对~媾~国~话~婚~嘉~结~旧~眷~联~良~邻~临~灵~密~末~睦~内~戚~亲~求~世~私~天~通~讬~托~外~完~为~下~弦~携~诒~议~邑~缘~赘~宗~族~南柯~秦晋~

殷yīn【古】上平,十二文。另见554页yǐn、470页yān。【例】慈~丰~股~国~户~家~孔~隆~弥~民~情~庶~岁~夜~殷~有~朱~歌吹~文物~哲士~

茵(裀)yīn【古】上平,十一真。【例】碧~草~厕~长~车~乘~帱~床~翠~貂~芳~拂~龟~红~花~卉~锦~累~连~绿~轮~罗~绵~衲~暖~飘~铺~蒲~绮~琼~如~软~莎~山~丝~素~踏~苔~吐~文~幄~香~绣~鸭~茵~玉~毡~旃~枕~重~紫~坐~草如~翡翠~玉纹~鸳鸯~紫茸~醉人~

闉(闉)yīn【古】上平,十一真。【例】层~城~登~帝~郊~九~里~龙~丘~曲~市~天~吴~巷~重~

氤yīn【古】上平,十一真。【例】氛~氤~氲~雾氤~

湮yīn【古】上平,十一真。另见471页yān。【例】沉~代~迹~沦~埋~年~舒~沃~郁~

禋yīn【古】上平,十一真。【例】崇~帝~丰~郊~类~燎~明~南~虔~司~严~肇~蒸~宗~

歅yīn【古】上平,十一真。【例】九方~

喑(瘖)yīn【古】下平,十二侵。【例】病~耳~鸡~狂~聋~盲~齐~犬~哑~阳~噎~喑~坐~万马~

谭(譚)yīn 见于人名。【古】上平,十一真。

堙(陻)yīn【古】上平,十一真。【例】乘~方~广~井~距~埋~通~郁~筑~

慇yīn 忧痛。【古】上平,十二文。【例】慇~

溵yīn 用于地名。【古】上平，十二文。

洇yīn 洇润。【古】上平，十一真。

细(絪)yīn 【古】上平，十一真。【例】绣~云~

骃(駰)yīn 【古】上平，十一真。【例】花~

愔yīn 【古】下平，十二侵。【例】爱~安~德~情~愔~庸~

氲yūn 【古】上平，十二文。【例】氤~芬~氛~炉~闹~夕~氤~氲~

晕(暈)yūn 昏倒。【古】去声，十三问。另见561页yùn。

赟(贇)yūn 见于人名。【古】上平，十一真。

赟(贇)yūn 美好。【古】上平，十一真。

醖yūn 【古】上平，十二文。【例】酚~

煴yūn 【古】上平，十二文。【例】棼~富~然~微~烟~耀~煴~

谆(諄)zhūn 【古】上平，十一真。又：去声，十二震同。【例】诲~千~言~谵~周~谆~

衠zhūn 纯正。【古】上平，十一真。

肫[1]zhūn 【古】上平，十一真。【例】肫~

肫[2]zhūn 【古】上平，十一真。【例】鹅~鸡~剖~黍~乌~鸭~煮~

屯zhūn 艰难。吝惜。卦名。充满。【古】上平，十一真。另见518页tún。

迍zhūn 【古】上平，十一真。【例】购~艰~贱~困~逡~途~险~灾~遭~邅~迍~

窀zhūn 【古】上平，十一真。【例】穸~

尊zūn 【古】上平，十三元。【例】部~残~侧~长~常~称~齿~斥~崇~出~辞~翠~达~道~德~地~叠~定~独~芳~奉~凫~府~覆~概~孤~古~灌~贵~桂~合~鹤~壶~瓠~花~极~祭~夹~家~降~骄~角~金~近~敬~九~酒~居~君~开~恪~兰~劳~老~罍~离~列~林~令~龙~履~绿~美~名~侔~乃~年~旁~匏~瓢~谦~亲~钦~琴~青~清~屈~衢~权~泉~融~山~蜃~盛~师~醽~世~事~寿~殊~顺~私~所~太~泰~堂~藤~天~通~土~推~注~瓦~外~顽~忘~威~位~污~无~牺~席~下~夏~贤~显~县~献~乡~象~携~亵~雄~玄~严~阳~养~瑶~野~壹~彝~蚁~瘿~右~侑~纡~余~萸~玉~郁~誉~元~云~招~至~中~重~州~周~追~自~族~俎~左~百鸟~北斗~德业~虎豹~九命~四海~万乘~万国~妄自~

樽(罇)zūn 【古】上平，十三元。【例】把~百~宝~残~茶~出~倅~翠~大~叠~发~芳~孤~桂~寒~合~鲎~壶~角~节~洁~金~酒~菊~开~空~孔~窟~雷~罍~垒~离~两~绿~满~盘~匏~朋~瓢~千~琴~倾~清~琼~衢~山~上~设~寿~兽~碎~陶~天~洼~窊~瓦~污~牺~犀~仙~闲~献~象~携~玄~尧~瑶~移~彝~义~禋~银~盈~瘿~侑~玉~约~越~云~治~中~俎~北海~琉璃~榴花~

遵zūn 【古】上平，十一真。【例】法~奉~祭~谨~敬~恪~凛~率~钦~屈~示~式~守~述~水~顺~往~咸~严~依~永~咏~聿~祗~准~祖德~

嶟zūn 【古】上平，十三元。【例】嶟~

镈(鐏)zūn 【古】去声，十四愿。【例】铜~牺~

鳟(鱒)zūn【古】上平,十三元。【例】鲂~

平声·阳平

邻(鄰、隣)lín【古】上平,十一真。【例】傍~保~北~背~比~并~卜~部~禅~车~臣~楚~春~村~得~德~地~颠~东~对~尔~繁~芳~飞~凤~富~高~隔~宫~古~郭~海~和~欢~环~荒~交~接~街~结~金~紧~近~旧~居~君~空~里~两~买~卖~孟~墓~睦~南~排~旁~毗~骈~乞~迁~强~切~亲~三~僧~山~善~殊~伺~天~贴~通~土~渚~望~问~西~溪~习~遐~仙~乡~相~恤~涯~邑~吟~友~远~择~照~周~转~左~山为~烟霞~造化~

临(臨)lín【古】下平,十二侵。另见558页lìn。【例】按~案~背~贲~逼~滨~濒~兵~博~称~城~出~春~慈~刺~赐~大~到~登~抵~吊~恩~飞~福~抚~俯~甘~高~恭~躬~顾~光~规~过~惠~祸~驾~兼~监~见~践~鉴~降~节~进~静~君~瞰~刻~肯~控~哭~觇~窥~来~莅~陵~俛~面~摹~母~平~凭~迫~溥~前~亲~曲~屈~辱~声~侍~视~四~岁~踏~天~填~统~枉~威~午~西~霞~下~咸~险~相~邪~偕~屑~星~幸~夜~迂~远~暂~蚤~乍~昭~照~镇~正~至~重~烛~纂~尊~翠华~斧钺~荷照~物外~月华~载酒~紫气~

林lín【古】下平,十二侵。【例】暗~斑~宝~碑~碧~卜~苍~层~柴~禅~巢~柽~成~池~稠~出~楚~穿~春~词~辞~从~丛~翠~村~大~丹~澹~刀~邓~东~动~洞~杜~恶~法~繁~泛~梵~芳~菲~焚~丰~风~枫~峰~凤~福~富~柑~高~槁~梗~枸~孤~鹄~故~关~归~龟~贵~桂~寒~翰~蒿~和~鹤~黑~红~虎~护~花~华~槐~环~篁~毁~蕙~鸡~缉~吉~棘~家~嘉~坚~江~绛~角~锦~禁~静~垌~旧~居~空~孔~枯~脍~旷~兰~老~乐~丽~柳~楼~露~麓~绿~鸾~洛~麻~满~莽~茂~梅~密~妙~鸣~墨~柰~南~农~攀~泮~平~栖~桤~漆~祇~千~骞~前~潜~抢~乔~青~穹~琼~丘~秋~泉~雀~榕~肉~如~儒~入~阮~桑~森~山~杉~社~深~神~胜~圣~诗~石~士~仕~书~疏~树~双~霜~汜~松~搜~素~燧~邃~笋~锁~塔~檀~桃~梯~亭~通~投~土~蔚~文~乌~武~西~夏~仙~香~象~笑~缬~新~杏~修~秀~玄~选~学~雪~烟~严~岩~盐~央~阳~瑶~药~椰~野~夜~艺~弈~阴~莺~鹦~幽~幼~榆~羽~雨~语~玉~育~郁~渊~园~原~远~云~枣~藻~造~择~樟~杖~贞~珍~榛~植~衷~重~昼~株~珠~竹~缁~伏虎~花满~霜满~

箖lín 用于地名。【古】下平,十二侵。

霖lín 久雨。【古】下平,十二侵。【例】愁~春~甘~寒~洪~积~降~久~苦~狂~连~霖~梅~盼~秋~求~如~若~商~时~澍~水~偷~晚~望~为~沃~阳~夜~阴~淫~幽~雨~作~三日~使君~雨成~

麟(麐) lín 【古】上平，十一真。【例】白~斑~辨~炳~擘~骖~苍~朝~赤~捶~翠~雕~睹~飞~凤~绂~感~龟~红~黄~获~嘉~郊~脚~金~九~绝~龙~鲁~绿~麇~骐~骑~麒~泣~戕~伤~狮~石~硕~兕~天~铁~图~舞~西~祥~翔~星~逸~游~玉~紫~朱石~

鳞(鱗) lín 【古】上平，十一真。【例】鳌~白~摆~斑~暴~碧~冰~采~苍~沉~赪~池~赤~触~川~次~促~翠~丹~地~毒~妒~凡~犯~飞~奋~腐~挂~龟~海~涸~黑~红~鸿~华~化~涣~回~活~戢~蛟~角~结~介~金~锦~劲~鲸~酒~巨~钜~枯~鲲~龙~蟒~毛~密~墨~逆~狞~攀~批~披~平~弃~潜~青~清~穷~琼~泅~去~蛇~沈~石~竖~双~霜~肆~松~素~韬~跳~鼍~瓦~晚~万~文~忤~夕~犀~溪~细~纤~鲜~衔~修~雪~烟~养~银~隐~婴~撄~硬~咏~幽~游~鱼~羽~玉~跃~召~蛰~震~朱~珠~煮~紫~纵~鳜~触龙~批逆~

燐lín 【古】上平，十一真。【例】碧~残~飞~鬼~寒~化~魂~火~燐~青~宿~烟~野~遗~阴~草间~

潾lín 【古】上平，十一真。【例】潾~隐~

璘lín 【古】上平，十一真。【例】斑~玢~瑞~结~璘~

骣(驎) lín 【古】上平，十一真。【例】白~龙~骐~铜~乌~翔~徐~逸~

遴lín 【古】去声，十二震。【例】慎~贪~亡~无~性~庸~不可~晚节~

嶙lín 【古】上平，十一真。又：上声，十一轸同。【例】嶙~岭~峮~裙~峋~隐~瘦骨~

辚(轔) lín 【古】上平，十一真。【例】般~户~绝~辚~轮~蹂~轩~殷~隐~转~

磷(燐、粦) lín 【古】上平，十一真。另见558页 lìn。【例】白~赤~鬼~红~黄~青~野~遗~阴~缁~

瞵lín 【古】上平，十一真。又：去声，十二震同。【例】班~鹰~

粼lín 【古】上平，十一真。【例】碧~波~浪~粼~清~白石~

翷lín 飞状。【古】上平，十一真。

琳lín 【古】下平，十二侵。【例】碧~圭~华~绛~九~琅~鸣~琼~璆~香~瑶~玉~紫~曼陀~

淋lín 【古】下平，十二侵。另见558页 lìn。【例】赤~冲~出~滴~豆~过~汗~积~浇~泪~漓~淋~露~飘~泼~潜~泉~沙~湿~书~水~吸~血~雨~渍~竹泪~

民mín 【古】上平，十一真。【例】爱~安~敖~保~暴~弊~边~编~汴~便~兵~薄~部~残~苍~藏~侪~长~臣~雠~初~锄~触~船~村~蜑~道~得~刁~吊~调~洞~蠹~遁~惰~凡~范~坊~放~匪~废~费~丰~风~抚~附~富~公~股~雇~怪~观~官~鳏~国~海~害~寒~汉~悍~豪~鹤~后~花~滑~猾~化~怀~淮~皇~虺~回~惠~饥~积~畸~棘~济~贾~奸~简~贱~健~教~借~竞~靖~静~鸠~居~拘~窭~嚼~军~骏~畯~客~垦~宽~傀~劳~老~乐~雷~羸~犁~黎~俚~理~力~吏~利~良~寮~料~列~猎~临~

流~陋~录~戮~率~卵~乱~髦~迷~苗~命~魔~末~牧~募~穆~内~难~逆~佞~农~棚~疲~贫~平~普~齐~奇~旗~起~迁~侨~亲~秦~勤~轻~穷~驱~衢~全~拳~劝~扰~仁~容~柔~弱~散~啬~穑~山~善~商~绅~神~生~胜~省~失~石~使~士~世~市~誓~手~受~黍~蜀~庶~税~顺~舜~斯~绥~天~亭~土~顽~万~网~危~纬~诬~息~洗~徙~细~黠~下~夏~先~鲜~闲~贤~线~献~乡~宵~小~邪~新~幸~凶~秀~胥~恤~选~训~烟~盐~雁~养~尧~摇~野~宜~移~遗~蚁~义~异~邑~轶~逸~裔~殷~淫~银~隐~营~庸~忧~游~莠~牖~余~渔~畲~愚~羽~驭~御~裕~蜮~冤~远~灾~甾~宰~载~泽~战~兆~谪~振~赈~镇~征~烝~拯~知~殖~治~致~中~种~众~重~属~子~租~左~葛天~交股~太平~五方~

缗(緡、緍)mín【古】上平，十一真。【例】艾~逋~布~长~沉~抽~楮~垂~钓~东~房~俸~蚨~赋~告~钩~贯~滑~见~酒~敛~配~千~牵~钱~青~沈~收~丝~算~现~校~朽~有~振~纸~

珉(瑉)mín【古】上平，十一真。【例】白~辨~苍~翠~雕~丰~瑰~海~坚~贱~刻~勒~琳~绿~潜~青~琼~瑞~珣~燕~幽~瑜~贞~琢~

岷mín【古】上平，十一真。【例】巴~嶓~峨~涪~高~江~梁~蜀~洮~西~庸~贞~水带~

苠mín 稼晚熟。【古】上平，十一真。

忞mín 自强。【古】上平，十一真。

旻mín【古】上平，十一真。【例】碧~苍~澄~高~广~火~九~青~清~穹~秋~上~霜~天~西~小~烟~云~气接~

您nín “你”的敬称。【古】上声，四纸。

贫(貧)pín【古】上平，十一真。【例】哀~安~彻~赤~除~处~村~单~笃~惰~厄~扶~甘~孤~寒~贺~缓~患~饥~羁~疾~瘠~济~家~俭~贱~救~居~窭~苦~酷~馈~乐~怜~廉~炼~疗~旅~履~悯~囊~栖~清~全~日~山~舍~食~仕~室~守~说~素~岁~脱~忘~羞~恤~学~厌~饮~驭~院~中~终~重~逐~嘴~骨相~贵能~阮家~原宪~

玭pín 蚌珠。【古】上平，十一真。

频(頻)pín【古】上平，十一真。【例】长~调~可~尿~频~仁~射~声~视~谐~音~雨~载~中~字~词帧~典衣~风雨~捷报~借冠~看花~看镜~梦寐~去来~细雨~笑语~燕来~玉漏~

蘋(蘋)pín【古】上平，十一真。参见625页píng“苹”。【例】白~采~大~华~流~绿~蒲~青~蒻~食~水~野~藻~

颦(顰、嚬)pín【古】上平，十一真。【例】长~愁~蹙~蛾~工~孤~含~娇~解~开~柳~眉~凝~弄~千~浅~轻~深~施~舒~微~效~笑~敩~攒~春山~翠眉~

嫔(嬪)pín【古】上平，十一真。【例】翠~妃~宫~贵~和~降~良~雒~毛~内~妻~上~太~天~笑~玉~

勤qín【古】上平，十二文。【例】查~长~超~诚~愁~酬~出~打~耽~地~笃~厄~恩~服~公~功~恭~共~够~后~惠~积~既~驾~艰~俭~焦~谨~

精~敬~倦~勠~考~犒~科~克~恪~恳~空~劳~累~力~廉~禄~满~耄~妙~内~农~欠~翘~勤~清~劬~全~缺~赏~身~释~手~输~肆~肃~宿~特~天~通~腿~外~微~惟~献~心~辛~勖~学~眼~夜~宜~遗~议~勚~逸~慇~忧~悁~战~贞~祗~执~值~忠~重~谆~嘴~好古~夙夜~朝夕~

芹 qín【古】上平,十二文。【例】白~碧~采~醋~翠~荻~冬~掇~阜~甘~旱~蒿~河~惠~马~茅~美~泥~泮~曝~青~茹~食~霜~水~微~献~香~效~撷~野~紫~

芩 qín【古】下平,十二侵。【例】白~黄~片~条~

秦 qín【古】上平,十一真。【例】暴~北~避~别~朝~驰~川~大~蹈~帝~东~遁~饭~苻~过~函~后~胡~晋~剧~绝~哭~狂~离~嫚~南~宁~齐~前~强~倾~全~三~烧~逃~亡~西~袭~先~咸~向~殉~燕~仪~嬴~右~越~遭~治~中~周~椎~不帝~不知~虎狼~

溱 qín 溱潼。【古】上平,十一真。

琴 qín【古】下平,十二侵。【例】抱~裁~操~朝~楚~锤~赐~爨~弹~雕~调~动~飞~风~拂~抚~钢~高~弓~公~孤~古~鼓~故~桂~鹤~横~胡~壶~还~击~嵇~据~口~兰~柳~绿~买~宓~眠~名~鸣~木~囊~弄~盘~槃~匏~平~破~绮~千~挈~青~清~琼~秋~阮~瑟~山~善~笙~诗~嗜~授~书~蜀~竖~舜~颂~碎~唐~提~听~停~铜~亡~闻~奚~匣~弦~相~祥~携~心~袖~悬~薰~牙~雅~扬~阳~洋~瑶~鹍~夜~依~宜~幽~右~鱼~竽~虞~玉~园~援~月~张~枕~轸~郑~知~置~钟~竹~坠~斲~百衲~伯牙~断弦~广陵~焦尾~靖节~绿绮~单父~无弦~颖师~

禽 qín【古】下平,十二侵。【例】八~百~北~彩~晨~乘~池~驰~雏~川~窗~春~赐~从~翠~丹~得~兑~飞~蜚~风~福~皋~高~宫~孤~怪~归~海~寒~黑~候~花~化~荒~黄~火~羁~即~家~嘉~奸~江~金~惊~精~隽~缧~立~敛~良~两~林~灵~六~龙~笼~陇~露~鲁~陆~乱~落~蛮~猛~鸣~暮~南~鸟~匹~票~浦~栖~齐~前~青~轻~穷~秋~仁~瑞~沙~山~伤~涉~神~生~时~食~收~双~霜~水~朔~丝~寺~宿~胎~讨~天~田~万~微~委~文~纹~溪~戏~黠~仙~鲜~献~祥~翔~枭~鹗~晓~邪~新~信~星~行~玄~雪~驯~言~岩~演~阳~养~野~夜~仪~夷~乙~易~逸~幽~游~酉~鱼~浴~冤~原~越~云~杂~泽~瘴~珍~征~致~鸷~智~种~众~竹~渚~属~祝~追~走~九皋~息影~玉抵~

擒 qín【古】下平,十二侵。【例】被~并~成~待~俘~躬~缉~计~剿~就~鹏~亲~身~生~手~讨~威~西~先~枭~欲~再~追~纵~贪饵~为我~越王~

噙 qín【古】下平,十二侵。【例】眼泪~

螓 qín【古】上平,十一真。【例】蝉~胡~鸣~

檎 qín【古】下平,十二侵。【例】甘~黑~林~

覃 qín 姓。【古】下平,十三覃。另见442页tán。

群(羣)qún【古】上平,十二文。【例】拔~背~辈~别~不~猜~豺~超~陈~成~出~辞~党~得~鹅~反~分~蜂~凫~干~公~冠~害~号~合~鹤~后~虎~机~鸡~集~冀~交~叫~久~狙~句~绝~俊~空~孔~暌~狼~乐~离~连~恋~两~麟~龙~鹿~鹭~乱~马~毛~觅~牧~慕~能~牛~鸥~匹~全~人~善~社~失~世~兽~殊~庶~霜~私~四~随~特~同~驼~蛙~无~鹜~下~枭~星~畜~穴~压~鸦~鸭~掩~雁~羊~阳~咬~异~轶~逸~意~营~鱼~逾~羽~猿~炸~珍~雉~种~众~逐~追~鸿鹄~鸟兽~燕雀~

裙(帬、裠)qún【古】上平,十二文。【例】裸~碧~鳖~布~草~钗~襜~长~衬~绸~床~翠~丹~单~蝶~短~飞~绯~风~复~绀~缟~葛~荷~后~虎~花~画~黄~夹~湔~溅~绛~锦~绢~裤~兰~襕~里~连~练~榴~龙~笼~鸾~罗~麻~马~帽~衲~绮~茜~墙~青~轻~肉~襦~沙~衫~裳~生~书~双~水~蓑~索~套~缇~条~通~桶~筒~秃~拖~围~舞~下~湘~绡~孝~绣~旋~羊~腰~曳~衣~晕~皂~战~罩~中~珠~紫~作~碧纱~九霞~石榴~素腰~碎摺~郁金~

麇(麕)qún【古】上平,十一真。又:上平,十二文同。另见536页jūn。【例】白~大~介~惊~麏~麇~施~双~熊~野~银~

寻(尋)xún【古】下平,十二侵。【例】按~百~遍~参~层~查~登~电~东~独~翻~访~费~蜂~敷~高~跟~购~鹤~检~静~究~考~空~窥~理~陆~满~弥~觅~密~妙~谋~内~南~难~蹑~攀~披~楼~千~前~切~侵~赏~上~手~熟~谁~思~搜~索~踏~探~推~退~外~万~温~细~下~相~详~行~言~研~蚁~忧~远~招~找~斟~直~重~抓~爪~追~阻~秉烛~次第~技藝~结伴~刻舟~

焊(燖)xún【古】下平,十二侵。【例】炮~烹~温~

荨(蕁)xún 荨麻疹。另见473页qián。

玥(璕)xún 玉。【古】下平,十二侵。

鄩xún【古】下平,十二侵。【例】上~下~斟~

旬xún【古】上平,十一真。【例】波~初~寸~公~候~积~既~浃~兼~经~旷~来~累~历~连~满~弥~前~侵~上~涉~十~试~数~朔~下~宣~巡~旬~淹~依~移~盈~逾~元~阅~匝~中~不及~雨侵~

洵xún【古】上平,十一真。【例】毛~苏~

珣xún【古】上平,十一真。【例】璘~珉~

栒xún 木名。【古】上平,十一真。

荀xún【古】上平,十一真。【例】班~江~孟~颖水~

询(詢)xún【古】上平,十一真。【例】博~查~呈~垂~大~访~奉~函~瞷~诘~究~叩~谬~谋~内~授~探~问~细~详~许~研~征~质~致~追~咨~诹~刍荛~

循xún【古】上平,十一真。【例】阿~安~遍~持~蹈~蹲~法~奉~抚~拊~揗~顾~贺~徼~看~廉~良~流~屡~率~梅~扪~慕~切~逡~省~条~外~

微~相~休~巡~循~依~因~右~缘~贞~中~周~遵~弟子~后进~万叶~

巡(廵)xún【古】上平,十一真。【例】按~北~查~察~车~出~从~带~胆~当~东~遁~分~抚~拊~更~儌~街~警~楼~睃~路~逻~南~骑~亲~逡~日~三~上~时~梳~数~舜~私~搜~岁~微~西~厢~校~行~夜~驿~逸~由~邮~游~右~远~组~瞻~侦~征~中~周~追~遵~花下~雨中~

驯(馴)xún 旧读。【古】上平,十一真。另见560页xùn。【例】比~调~抚~和~教~灵~笼~马~鸥~谦~扰~柔~温~雅~雉~

峋xún【古】上平,十一真。【例】嶙~崚~凿~

郇xún 古国名。姓。【古】上平,十一真。

恂xún【古】上平,十一真。【例】忱~温~恂~禹~

浔(潯)xún【古】下平,十二侵。【例】霸~碧~草~长~川~赣~海~寒~汉~河~淮~荒~潢~江~浸~澧~龙~绿~南~浅~侵~清~曲~鲨~水~天~西~下~仙~晓~星~烟~雨~中~竹~紫~春江~广川~绿水~清涧~桃花~湘水~渔父~

挦xún【古】下平,十四盐。【例】扯~揪~镊~披~撕~

鲟(鱘、鱏)xún【古】下平,十二侵。【例】江~鲸~

纠(糾)xún【古】上平,十一真。【例】粗~屦~组~

吟(唫)yín【古】下平,十二侵。又:去声,二十七沁同。【例】哀~伴~悲~病~蝉~长~唱~沉~虫~愁~楚~春~低~独~短~分~风~凤~伏~复~高~歌~赓~寒~豪~号~和~吼~哗~笳~噤~静~枯~苦~狂~懒~狼~朗~浪~冷~联~龙~旅~曼~漫~鸣~瞑~默~暮~猱~鸟~哦~讴~呕~披~凄~牵~潜~强~敲~清~蛩~秋~呿~呻~沈~暑~松~诵~搜~酸~韬~鼍~微~蚊~吴~喜~遐~闲~宵~箫~笑~啸~行~雅~岩~谣~野~夜~莺~咏~幽~雨~猿~越~噪~征~昼~逐~自~醉~白头~白雪~抱膝~沧浪~长短~寒蛩~梁甫~陇头~秦妇~万籁~武侯~郢中~越溪~泽畔~庄舄~

银(銀)yín【古】上平,十一真。【例】白~包~宝~饼~差~潮~沉~赤~出~刍~春~纯~赐~寸~错~丹~低~丁~顶~定~镀~额~番~饭~封~凤~俸~赋~工~贡~官~规~寒~毫~红~花~荒~黄~价~减~见~金~精~课~苦~库~狂~烂~朗~劳~例~廪~赁~鎏~龙~镂~路~忙~墨~闹~泥~讴~赔~佩~烹~披~票~铺~乞~钱~枪~轻~清~蛩~融~赛~散~赏~烧~身~呻~生~湿~赎~双~水~税~丝~素~算~碎~缩~帑~特~跳~铜~头~洼~微~纹~乌~现~饷~销~啸~泻~谢~行~盐~洋~冶~夜~雨~猿~赃~中~烛~自~租~足~醉~错金~髻似~浪翻~满头~秦妇~绾青~雪花~养廉~月如~云为~

垠yín【古】上平,十一真。又:上平,十二文同。又:上平,十三元异。【例】边~苍~床~丹~地~海~何~江~绝~坤~联~邳~人~山~石~天~土~亡~无~崖~涯~沂~垠~逾~朕~重~朱~穷

崖~瑶台~

珢yín 美石。【古】上平，十一真。

淫[1](淫)yín 【古】下平，十二侵。【例】暴~诐~辟~不~涔~沉~惩~耽~诞~毒~遏~烦~泛~坊~放~丰~风~浮~酣~寒~花~华~淮~荒~诲~晦~昏~火~祸~奸~娇~浸~久~夸~狂~乐~丽~连~淋~霖~流~留~陋~卖~蛮~慢~靡~湎~闹~朋~漂~迫~慾~侵~热~日~山~奢~沈~渗~声~诗~蚀~手~书~水~肆~岁~贪~慆~饕~涕~听~通~外~沃~诬~邪~心~歆~星~凶~酗~宣~阳~妖~义~佚~意~阴~雨~招~贞~烝~志~滞~耳目~郑声~

淫[2](婬)yín 指不正当的性关系。【古】下平，十二侵。

霪yín 【古】下平，十二侵。【例】霖~阴~滞~雨露~蚤降~

夤yín 【古】上平，十一真。【例】八~岑~陈~攀~缘~密有~夜已~

鄞yín 地名。【古】上平，十一真。又：上平，十二文同。【例】浮~徙~邑之~

狺yín 【古】上平，十一真。又：上平，十二文同。【例】狂~闻~狺~

龈(齦)yín 【古】上平，十二文。【例】齿~龙~香~牙~龈~重~嚼牙~

龂(齗)yín 【古】上平，十一真。【例】口~牙~龂~重~

蟫yín 【古】下平，十二侵。又：下平，十三覃同。另见 442 页 tán。【例】白~壁~蠹~勘~秋~生~书~鱼~

崟(崯)yín 【古】下平，十二侵。【例】岑~岎~嶜~隆~崎~嵚~岖~腾~崖~岩~崟~

嚚yín 【古】上平，十一真。【例】昏~舍~史~顽~凶~用~愚~

訚(誾)yín 【古】上平，十一真。又：上平，十二文同。【例】訚~

寅yín 【古】上平，十一真。又：上平，四支同。【例】八~斑~丑~出~庚~回~甲~建~上~同~推~惟~位~戊~雅~毓~斗转~奏雅~岁在~

云[1] yún 说。【古】上平，十二文。

云[2](雲)yún 云彩。【古】上平，十二文。【例】埃~黯~鳌~奔~崩~碧~鬓~拨~波~薄~步~裁~彩~残~苍~策~涔~层~昌~长~唱~朝~陈~晨~成~承~乘~痴~螭~池~赤~崇~愁~稠~楚~川~穿~窗~吹~春~慈~丛~翠~岱~丹~旦~淡~稻~德~登~低~雕~叠~牒~东~冬~冻~洞~断~堆~朵~遏~法~繁~泛~梵~飞~蜚~风~峰~拂~浮~概~高~歌~隔~耕~宫~贡~钩~孤~谷~关~归~过~海~含~寒~旱~好~河~鹤~黑~横~红~鸿~胡~湖~化~画~还~鬟~黄~回~慧~火~机~积~跻~吉~即~霁~髻~戛~驾~剪~江~绛~郊~阶~结~金~津~锦~缙~荆~景~静~聚~卷~决~开~看~叩~昆~烂~冷~梨~连~凉~林~岭~凌~流~龙~陇~楼~漏~镂~露~绿~乱~掠~轮~罗~落~麦~漫~盲~卯~梦~迷~密~眠~绵~妙~旻~摩~眸~暮~拿~南~蜺~霓~腻~鸟~蹑~凝~浓~暖~排~攀~盘~炮~鹏~披~片~平~凭~破~浦~栖~齐~骑~起~绮~迁~切~侵~青~轻~卿~清~晴~庆~秋~泉~热~纫~如~瑞~塞~扫~山~商~烧~身~沈~蜃~升~生~声~盛~湿~石~书~梳~疏~曙~霜~水~顺~朔~

松～嵩～送～素～宿～随～碎～锁～踏～潭～汤～涛～韬～洮～腾～梯～天～挑～汀～停～同～彤～桐～抟～颓～挖～顽～晚～王～望～微～文～卧～乌～巫～吴～午～西～溪～峡～夏～仙～纤～鲜～闲～咸～香～湘～祥～翔～萧～歊～晓～笑～泄～新～兴～星～行～岫～玄～雪～寻～鸦～烟～严～岩～炎～滃～燕～阳～野～夜～怡～疑～倚～翳～阴～殷～吟～银～映～幽～悠～油～游～雨～语～玉～郁～御～裔～渊～岳～暂～造～增～瞻～战～栈～嶂～瘴～鬒～阵～征～烝～支～芝～值～指～仲～重～渚～贮～驻～追～子～紫～出岫～垂天～遏行～火烧～五色～

纭(紜)yún【古】上平，十二文。【例】分～纷～纭～

妘yún 见于人名。【古】上平，十二文。

沄(澐)yún【古】上平，十二文。【例】沄～

耘yún【古】上平，十二文。【例】锄～耕～火～枯～力～暮～鸟～勤～趣～热～释～暑～夏～耘～昼～曝背～植杖～

芸[1]yún 芸香。【古】上平，十二文。【例】冰～翠～芳～耕～古～决～旷～荔～灵～闹～牛～农～清～秋～石～书～术～水～铜～香～湘～新～芸～涧畔～薛灵～

芸[2](蕓)yún 芸薹。【古】上平，十二文。【例】紫～

匀yún【古】上平，十一真。【例】半～拌～笔～调～端～粉～丰～风～钢～红～花～搅～精～镜～均～柳～麦～难～平～齐～轻～渗～霜～丝～贴～停～细～香～雨～圆～匀～泽～草色～骨肉～锦书～乌丝～晓妆～雨初～玉笛～

筠yún【古】上平，十一真。【例】斑～丛～翠～风～浮～孤～湖～绿～青～沙～石～书～疏～霜～水～松～庭～文～吴～湘～新～修～秀～雪～野～贞～竹～紫～楚山～笋成～

鋆yún 金子。【古】上平，十一真。

昀yún 日光。【古】上平，十一真。

畇yún【古】上平，十一真。【例】原～畇～

涢(溳)yún 水名。【古】上平，十二文。

郧(鄖)yún 郧县。【古】上平，十二文。

筼(篔)yún【古】上平，十二文。【例】紫～

仄声·上声

禀(稟)bǐn 又读。【古】上声，二十六寝。另见630页bǐng。

谨(謹)jǐn【古】上声，十二吻。【例】卑～备～沉～诚～饬～纯～淳～独～笃～端～敦～方～公～恭～寡～和～俭～戒～矜～谨～精～竞～敬～拘～克～恪～宽～廉～良～陵～弥～懦～朴～谦～勤～清～遒～曲～仁～日～柔～儒～沈～审～甚～慎～书～肃～外～唯～畏～温～细～详～孝～信～修～恂～循～严～言～养～迂～欲～愿～贞～真～直～质～忠～专～自～

锦(錦)jǐn【古】上声，二十六寝。【例】八～巴～斑～宝～币～碧～襞～波～剥～布～裁～残～蝉～辰～赪～成～摛～尺～川～春～赐～粗～翠～丹～地～貂～斗～窦～夺～法～返～飞～绯～斐～枫～黼～

宫~古~谷~褐~红~后~槲~虎~花~还~换~黄~翚~集~罽~绛~金~鲸~苦~库~葵~黎~丽~荔~莲~列~灵~绫~榴~龙~露~绿~鸾~罗~蛮~美~米~明~墨~木~内~衲~凝~盘~抛~袍~披~铺~萋~前~茜~青~丘~秋~鹊~如~软~瑞~散~杉~扇~伤~裳~胜~诗~什~石~兽~舒~熟~蜀~双~似~笥~宋~素~碎~苔~绨~缇~僮~茶~土~纨~文~巫~吴~西~溪~霞~香~象~宵~缬~新~绣~雪~雁~鸯~仰~耀~衣~遗~萦~玉~缘~云~晕~藻~增~缯~窄~织~制~重~昼~朱~壮~濯~回文~句裁~铺云~鸳鸯~

紧(緊)jǐn【古】上声,十一轸。【例】抱~绷~逼~吃~冲~稠~瞅~唇~蹙~搓~钉~风~高~关~官~寒~加~夹~拘~克~口~快~捆~拉~勒~麻~眯~凄~乞~切~勤~清~遒~声~收~手~束~松~素~缩~铁~望~握~鲜~性~雄~雪~严~眼~要~嘴~作~北风~没柔橹~

卺jǐn【古】上声,十二吻。【例】合~连~两~酳~用~

廑jǐn【古】去声,十二震。【例】宸~宪~

堇jǐn【古】上声,十二吻。【例】避~茶~赤~和~苦~葵~模~木~思~置~紫~三色~夷离~

仅(僅)jǐn【古】去声,十二震。【例】不~仅~孔~旋~

瑾jǐn【古】去声,十二震。【例】赤~公~怀~椒~洁~柳~美~琼~秋~瑶~钟~

槿jǐn【古】上声,十二吻。【例】白~薄~插~朝~赤~椿~芳~枌~寒~红~黄~篱~露~绿~木~暮~迁~秋~日~桑~双~晚~夏~野~榆~园~朱~著~紫~

尽(儘)jǐn【古】上声,十一轸。另见556页jìn。【例】完~先~

馑(饉)jǐn【古】去声,十二震。【例】兵~菜~除~饿~荒~饥~困~馁~年~疲~歉~守~岁~凶~灾~

凛(凜)lǐn【古】上声,二十六寝。【例】冰~惨~颤~风~格~寒~黑~谨~凛~暮~凄~清~森~外~威~畏~严~余~秋霜~霜牙~朔风~

廪(廩)lǐn【古】上声,二十六寝。【例】敖~边~补~仓~城~厨~储~囷~春~祠~寸~涤~帝~发~焚~丰~俸~府~高~给~公~谷~国~禾~既~缣~减~浸~井~旧~捐~军~开~坎~困~牢~粮~露~禄~满~米~农~庖~破~倾~秋~囷~让~日~山~上~石~实~食~受~授~私~岁~帑~天~田~涂~饩~虚~学~盐~衣~义~亿~驿~庾~御~圆~月~灶~赈~治~中~

懔(懍)lǐn【古】上声,二十六寝。【例】惨~憯~抵~发~拂~忽~儆~坎~懔~毛~瘆~危~畏~心~严~祇~毛发~渊水~

檩(檁)lǐn【古】上声,二十六寝。【例】椽~房~脊~架~屋~

敏mǐn【古】上声,十一轸。【例】辨~博~才~察~持~传~聪~笃~端~敦~肤~该~干~刚~高~给~恭~过~和~弘~华~慧~机~加~捷~谨~精~警~敬~隽~俊~骏~开~闿~克~恪~口~灵~黾~明~内~齐~强~巧~翘~勤~

轻~清~锐~睿~赡~韶~少~深~神~沈~时~识~夙~恬~通~脱~温~文~武~悟~闲~详~谐~性~修~秀~迅~逊~严~异~英~颖~优~愿~肇~贞~质~智~忠~谢不~应对~

皿mǐn【古】上声,二十三梗。另见631页 mǐng。【例】北~虫~次~金~南~溺~器~

抿mǐn【古】上声,十二吻。【例】角~轻~刷~唇边~

泯mǐn【古】上声,十一轸。又:上平,十一真同。【例】不~堕~风~灰~毁~迹~积~灭~泯~内~沈~双~澌~夙~亡~未~消~眩~湮~夷~遗~音~鼎字~古意~随物~芝兰~

涽mǐn【古】上声,十一轸。【例】涽~眩~

愍mǐn 同"悯"。【古】上声,十一轸。【例】哀~悲~垂~慈~悼~吊~遣~滑~嗟~矜~可~离~怜~留~伤~痛~慰~眩~隐~追~

悯(憫)mǐn【古】上声,十一轸。【例】哀~爱~悲~恻~愁~垂~慈~悼~吊~钝~遣~滑~怀~嘉~嗟~矜~九~可~口~宽~离~怜~留~悯~凄~勤~仁~伤~痛~慰~下~相~眩~隐~忧~轸~追~自~

闵(閔)mǐn【古】上声,十一轸。【例】哀~爱~恻~愁~钝~恩~遣~觏~沪~怀~矜~可~宽~怜~闵~漠~凄~屯~围~惜~笑~凶~恤~玄~颜~隐~优~忧~曾~咨~嗟可~君子~劬劳~室家~

闽(閩)mǐn【古】上平,十一真。【例】辞~东~淮~江~金~洛~南~瓯~全~蜀~浙~

鳘(鰵)mǐn【古】上声,十一轸。【例】斑~大头~

黾(黽)mǐn【古】上声,十一轸。又:上声,二十三梗异。【例】耿~蝬~老~勤~螳~蛙~蝇~

品pǐn【古】上声,二十六寝。【例】备~璧~标~补~才~材~彩~菜~残~藏~茶~差~产~常~尘~成~程~出~厨~疵~词~次~从~存~大~蛋~道~灯~低~第~动~斗~毒~敦~凡~废~风~福~副~柑~高~供~贡~官~诡~贵~果~寒~豪~恒~鸿~户~花~画~货~极~祭~佳~兼~贱~奖~阶~戒~进~经~精~静~九~酒~菊~橘~隽~绝~军~菌~俊~科~魁~乐~梨~礼~立~两~僚~灵~流~伦~满~梅~门~面~妙~民~名~谬~末~木~内~奶~能~评~谱~奇~棋~碁~气~千~前~钱~清~情~罄~求~区~诠~泉~群~冉~让~荣~儒~入~商~上~设~身~神~生~圣~诗~石~时~食~士~饰~书~殊~庶~水~俗~素~提~题~天~甜~条~通~头~外~万~猥~文~物~锡~细~仙~乡~相~谢~心~新~性~玄~勋~艳~赝~样~腰~肴~药~仪~遗~彝~亿~异~译~逸~音~饮~罂~用~幽~邮~鱼~员~月~杂~赃~赠~展~珍~真~甄~正~证~织~植~制~中~诸~竹~转~资~作~

寝(寑、寖)qǐn【古】上声,二十六寝。【例】安~柏~半~抱~辟~避~别~兵~草~长~成~床~春~大~丹~当~帝~殿~讹~废~伏~复~甘~高~公~攻~宫~共~孤~锢~官~归~桂~酣~憨~鼾~汉~鹤~齁~后~华~画~假~荐~椒~焦~缴~就~倦~觉~炕~棵~客~兰~灵~陵~龙~露~庐~路~略~貌~

美~媚~庙~谋~内~乃~宁~偶~起~衾~秋~入~色~少~神~声~尸~失~豕~事~侍~视~适~嗜~熟~署~司~寺~太~祖~堂~停~同~颓~外~晚~忘~问~卧~幄~午~夕~西~霞~仙~宵~小~兴~岫~偃~宴~晏~燕~夜~移~遗~右~豫~鸳~园~载~暂~斋~蛰~正~制~中~昼~颛~追~奏~作~伴花~边韶~重衾~高楼~积薪~曲肱~山窗~夜不~

锓(鋟)qǐn【古】上声,二十六寝。【例】雕~镌~镂~模~

伈xǐn【古】上声,二十六寝。【例】伈~

饮(飲)yǐn【古】上声,二十六寝。另见560页yìn。【例】饱~暴~杯~鼻~鳖~宾~布~餐~蝉~畅~倡~巢~崇~啜~啐~耽~啖~嗽~当~敌~颠~冻~斗~独~对~饭~放~镐~沽~谷~瓜~鬼~过~海~酣~寒~豪~好~浩~鹤~横~轰~洪~虹~欢~会~极~饯~涧~降~郊~角~节~蚤~进~鲸~掬~剧~聚~醵~渴~快~宽~狂~烂~滥~乐~冷~礼~露~旅~满~米~茗~闹~泥~牛~陪~朋~瓢~抔~蒲~浅~倾~穷~囚~群~热~赛~膳~觞~勺~设~社~射~沈~声~食~侍~双~水~嗽~四~贪~痰~停~通~吸~禊~狎~下~夏~献~乡~飨~小~酗~宣~悬~醺~雅~宴~燕~邀~野~夜~遗~溢~引~游~侑~饫~猿~凿~湛~张~帐~招~支~中~酎~馔~酌~啄~自~恣~纵~祖~醉~坐~北海~长鲸~高阳~河朔~黄龙~金谷~流杯~

引yǐn【古】上声,十一轸。又:去声,十二震异。【例】褒~保~辟~边~贬~博~部~漕~茶~搀~长~倡~唱~钞~称~承~宠~抽~楚~触~穿~撮~带~逮~党~导~道~笛~典~吊~调~斗~逗~度~敦~顿~恩~发~访~费~奉~肤~伏~腹~告~歌~根~公~勾~广~呵~隳~火~汲~监~荐~将~奖~绛~交~挢~接~结~进~旌~警~拘~鞫~句~具~开~考~课~控~款~溃~揽~礼~连~路~满~蔓~秘~妙~内~攀~旁~票~凭~牵~前~钱~潜~挈~琴~请~丘~秋~曲~铨~劝~煽~扇~摄~升~胜~市~收~首~疏~双~水~说~司~索~汤~提~填~挑~推~外~宛~挽~微~慰~文~屋~诬~误~夕~西~吸~锡~系~先~小~啸~新~虚~序~绪~宣~喧~悬~选~寻~押~雅~淹~延~盐~眼~雁~药~要~曳~抑~迎~游~诱~援~猿~远~云~熨~杂~赞~摘~宅~召~照~甄~争~征~诤~执~纸~指~竹~属~转~擢~自~金谷~箜篌~梅花~清风~太平~乌啼~

隐(隱)yǐn【古】上声,十二吻。另见560页yìn。【例】安~半~豹~卑~辟~避~逋~惭~藏~侧~恻~廛~朝~充~冲~词~慈~赐~翠~达~大~当~地~遁~遏~恩~发~帆~费~伏~复~干~高~共~孤~归~函~鹤~訇~硡~画~怀~还~回~讳~晦~假~奸~交~嗟~借~酒~旧~抗~宽~吏~灵~柳~鹿~禄~沦~瞒~门~秘~民~名~谋~内~能~农~砰~駍~硼~屏~瓶~栖~期~棲~欺~潜~樵~琴~曲~仁~荣~容~山~射~深~神~沈~诗~仕~市~殊~水~说~私~思~廋~素~遂~韬~逃~陶~惕~天~通~退~刓~微~窝~卧~无~毋~物~雾~息~习~仙~纤~显~消~小~笑~偕~心~修~恤~雪~徇~岩~掩~医~依~遗~抑~逸~阴~隐~佣~

幽~有~渔~月~再~赜~张~郭~招~遮~贞~真~震~至~中~终~钟~自~坐~高士~鹿门~青门~市朝~吴市~

蚓yǐn【古】上声，十一轸。【例】尺~春~大~啖~地~断~寒~结~聚~蝼~蠖~青~蛩~秋~蚯~蝤~山~蛇~娲~蛙~蜗~蟹~新~穴~衍~蚁~蛭~紫~草间~钓鱼~浮青~篱下~

瘾(癮)yǐn【古】上声，十二吻。【例】成~吊~毒~赌~官~过~戒~酒~牌~棋~球~入~上~戏~烟~

尹yǐn【古】上声，十一轸。【例】百~阪~版~卜~才~大~道~端~贰~孚~府~工~公~宫~关~河~后~环~江~郊~京~厩~蓝~老~里~连~陵~令~门~明~南~前~卿~少~师~授~庶~唐~外~贤~县~小~辛~新~邢~亚~阉~奄~伊~右~玉~芋~宰~詹~箴~中~左~京兆~

殷yǐn【古】上声，十二吻。另见541页yīn、470页yān。【例】雷~声~殷~

听yǐn 听然，笑貌。【古】上声，十二吻。另见619页tīng、637页tìng。

讔yǐn【古】上声，十二吻。【例】好~谐~

隐(隱)yǐn【古】上声，十二吻。【例】矫~

允yǔn【古】上声，十一轸。【例】半~报~不~察~称~成~承~从~答~恩~俯~覆~该~公~共~贵~惠~荤~简~鉴~矜~开~慨~克~明~命~莫~默~内~丕~批~平~佥~惬~清~曲~双~天~听~通~推~惟~未~显~详~协~谐~谢~心~信~许~淹~依~应~优~俞~诈~肇~中~忠~众~庶事~

狁yǔn 猃狁。【古】上声，十一轸。

陨(隕)yǔn【古】上声，十一轸。【例】崩~摽~沉~殂~颠~电~凋~风~幅~薨~红~花~黄~灰~枯~流~葩~倾~情~荣~丧~身~沈~失~石~双~霜~夙~台~涕~推~夕~下~先~消~星~叶~夷~月~云~志~昼~珠~坠~百卉~若将~时易~

殒(殞)yǔn【古】上声，十一轸。【例】哀~崩~殂~颠~凋~薨~灰~寄~歼~惊~九~灭~骈~倾~秋~伤~身~夙~天~投~屠~夕~夏~消~销~心~夭~夜~玉~

仄声·去声

鬓(鬢、髩)bìn【古】去声，十二震。【例】白~颁~斑~宝~苍~钗~蝉~愁~楚~春~丛~翠~戴~点~鬌~发~芳~宫~鸽~挂~寒~荷~鹤~黑~华~画~鬟~缓~髻~假~鬅~客~理~栎~两~拢~绿~落~抿~年~镊~潘~蓬~漆~青~轻~秋~曲~髯~绕~容~山~刷~衰~双~霜~水~素~头~颓~乌~雾~新~星~须~玄~雪~鸦~烟~颜~玉~云~簪~鬓~缁~髭~左~繁霜~飞琼~潘郎~迎春~

殡(殯)bìn【古】去声，十二震。【例】出~祓~改~槁~告~归~厚~护~寄~柩~客~哭~敛~临~灵~旅~埋~启~起~启~迁~入~丧~送~停~帷~行~朽~虞~在~攒~故人~两楹~三日~

摈(擯)bìn【古】去声,十二震。【例】摒~藏~嘲~承~斥~负~构~迹~交~解~可~凌~旅~排~弃~驱~上~时~逐~

膑(臏)bìn【古】上声,十一轸。【例】绝~孙~脱~膝~中~

髌(髕)bìn 膝盖骨。【古】上声,十一轸。

进(進)jìn【古】去声,十二震。【例】拔~褒~北~逼~并~博~补~参~策~长~超~朝~陈~闯~称~呈~冲~宠~抽~出~促~催~寸~戴~单~党~德~登~递~迭~东~动~斗~督~敦~顿~番~范~分~奋~奉~扶~负~改~干~敢~高~跟~供~觥~贡~苟~孤~鼓~跪~过~寒~后~汇~混~激~急~疾~挤~继~荐~渐~奖~角~侥~徼~阶~精~竞~敬~酒~卷~掘~开~亢~抗~科~跨~狂~乐~累~两~躐~旅~论~买~迈~盲~冒~枚~媒~猛~密~免~面~谬~末~内~难~猱~年~爬~攀~骈~品~平~普~祈~绮~千~迁~前~强~墙~勤~轻~请~求~遒~趋~取~劝~扔~日~荣~锐~塞~赏~上~稍~少~蛇~甚~升~胜~时~驶~仕~适~嗜~受~肃~算~岁~遂~缩~特~题~田~条~挺~通~同~突~推~晚~妄~武~夕~西~吸~希~膝~系~先~显~献~乡~相~晓~楔~新~行~幸~序~悬~旋~衔~演~阳~夜~掖~移~益~阴~引~隐~营~拥~勇~涌~有~牖~诱~逾~援~月~跃~越~躁~增~涨~招~甄~争~征~秩~昼~骤~逐~擢~自~钻~鱼贯~

琎(璡)jìn 如玉之石。【古】去声,十二震。

近jìn【古】上声,十二吻。又:去声,四寘异。又:去声,十三问异。【例】挨~傍~卑~逼~比~鄙~嬖~边~滨~濒~侧~抄~斥~春~凑~粗~村~抵~黩~凡~方~俯~附~傅~告~贵~忽~华~机~迹~亟~家~将~较~接~捷~截~金~进~寖~禁~就~靠~俚~连~邻~临~秘~密~摩~目~昵~年~旁~僻~迫~浅~强~切~亲~侵~清~趋~权~日~荣~山~升~声~枢~琐~贴~挽~晚~輓~习~狎~相~亵~媟~新~幸~修~严~言~眼~要~庸~幽~愚~远~枕~醉~左~长安~丹墀~关山~好事~花期~沙鸥~

禁jìn【古】去声,二十七沁。另见535页jīn。【例】邦~辟~捕~不~查~常~弛~触~大~党~道~抵~法~犯~封~符~宫~关~海~喝~鹤~羁~监~检~教~解~酒~拘~开~苛~科~阔~拦~礼~厉~例~迾~罗~门~明~钳~清~囚~驱~圈~软~善~上~舍~设~深~省~失~时~世~侍~枢~疏~斯~厮~通~威~违~五~限~宵~押~淹~严~夜~谒~遗~幽~鸩~障~遮~执~重~咒~紫~金吾~政令~

噤jìn【古】上声,二十六寝。又:去声,二十七沁同。【例】蝉~打~地~冻~发~风~寒~魂~悸~胶~口~冷~立~林~马~钳~声~厮~吻~吓~鸦~哑~河声~林鸦~仗马~

劲(勁、劤)jìn【古】去声,二十四敬。另见634页jìng。【例】拗~绷~标~别~苍~草~差~长~闯~吃~冲~淳~醋~翠~带~道~得~哆~斗~抖~独~端~对~肥~费~奋~丰~风~弗~服~干~刚~高~跟~弓~古~鼓~挂~管~果~

憨~寒~悍~豪~狠~横~后~虎~缓~豁~疾~加~坚~简~僵~犟~胶~矫~脚~较~金~精~酒~倔~可~口~酷~来~老~楞~廉~林~卖~蛮~铆~没~猛~弥~眇~磨~内~拧~牛~盘~碰~剽~拼~气~呛~强~巧~峭~轻~清~穷~虬~遒~取~热~韧~傻~上~省~实~始~手~瘦~树~顺~死~松~挺~腿~完~委~险~骁~歇~泄~懈~心~雄~秀~虚~蓄~玄~严~洋~养~腰~咬~逸~阴~硬~用~圆~攒~躁~崭~贞~珍~忠~钻~作~笔锋~风霜~秋风~

尽(盡)jìn【古】上声，十一轸。另见551页jǐn。【例】备~才~财~憯~荼~划~潮~彻~齿~赤~饬~春~粗~大~待~殆~单~殚~灯~凋~雕~东~冬~洞~断~乏~干~羹~功~淈~归~海~寒~好~耗~荷~红~花~划~火~极~箭~江~焦~角~醮~竭~芥~金~精~净~究~酒~菊~竣~克~溘~空~腊~老~力~历~粮~两~了~躐~漏~路~虑~绿~略~旄~梦~面~蔑~目~年~鸟~萍~破~起~气~讫~浅~桥~倾~罄~穷~秋~遒~曲~屈~全~日~散~扫~山~烧~石~食~矢~守~受~书~水~说~粟~岁~桃~听~同~铜~屠~推~脱~文~无~夕~吸~溪~霞~夏~弦~限~相~香~详~想~消~小~薪~兴~性~悬~雪~鸦~烟~雁~夜~义~意~吟~用~雨~语~玉~缘~月~云~韵~摘~赭~纸~指~周~烛~资~自~足~飞鸟~平野~无穷~心力~

浕(濜)jìn 水名。【古】上声，十一轸。

烬(燼)jìn【古】去声，十二震。【例】熛~兵~残~尺~炊~灯~短~断~繁~飞~焚~桂~寒~红~花~灰~火~劫~金~坑~空~兰~炉~落~戎~烧~同~煨~香~烟~遗~银~余~朱~烛~坠~辟邪~

荩(藎)jìn【古】去声，十二震。【例】诚~亮~输~忠~

赆(贐、賮)jìn【古】去声，十二震。【例】宝~财~琛~呈~奉~归~厚~见~馈~良~路~纳~输~送~委~遐~赠~珍~致~纳裘~

晋(晉)jìn【古】去声，十二震。【例】宝~东~汾~福~归~汉~河~后~皇~麾~康~吏~两~临~孟~内~南~宁~平~秦~如~三~石~时~踏~魏~吴~西~阳~

缙(縉)jìn 赤帛。【古】去声，十二震。

瑨jìn 如玉之石。【古】去声，十二震。

溍jìn 水流状。【古】去声，十二震。

浸[1]jìn【古】去声，二十七沁。【例】丰~肤~溉~涵~积~稽~惊~巨~潦~漫~秋~熏~渊~湛~渍~

浸[2](寖)jìn 液体渗入或渗出。逐渐。【古】去声，二十七沁。【例】泛~灌~红~渐~寖~酒~潦~流~漫~秋~水~汤~雪~淹~雨~渍~玉液~

祲jìn【古】去声，二十七沁。另下平，十二侵同。【例】边~赤~氛~风~高~黑~黄~昏~江~精~灵~岭~气~视~收~岁~祥~宵~晓~凶~妖~遗~疫~云~灾~

殣jìn【古】去声，十二震。【例】道~埋~殍~岁~行~掩~遗~

觐(覲)jìn【古】去声，十二震。【例】拜~陛~参~朝~归~欢~来~宁~陪~

聘~秋~趋~日~入~省~侍~私~肆~王~享~谒~迎~瞻~展~

墐jìn【古】去声,十二震。又:上平,十一真同。【例】封~厚~塞~掩~

靳jìn【古】去声,十三问。【例】骖~嘲~笞~嗤~诟~故~顾~雇~靳~凌~马~使~无~小~宋公~乡人~

搢jìn 插。振动。【古】去声,十二震。

妗jìn【古】去声,二十七沁。【例】姑~妗~舅~婉~

俊(儁)jùn【古】去声,十二震。【例】拔~辩~标~才~长~超~谶~逞~厨~处~聪~得~风~高~孤~贵~寒~豪~闳~后~慧~杰~桀~警~狂~魁~来~朗~冷~良~两~僚~猎~六~隆~旄~髦~敏~名~明~秾~奇~耆~倩~强~俏~翘~轻~清~遒~忍~儒~赏~少~神~诗~时~识~疏~爽~硕~挺~通~贤~枭~雄~秀~遗~乂~逸~英~颖~云~中~众~

葰jùn 大。【古】去声,十二震。另见44页suǒ。

菌jùn【古】上声,十一轸。【例】白~病~采~朝~瞋~椿~杆~藿~槐~黄~靠~雷~邻~蟒~灵~柳~轮~崙~木~幕~黏~秋~若~伞~桑~山~湿~石~松~细~笑~野~摘~芝~黄耳~

䐃jùn 肌肉。【古】上声,十一轸。

郡jùn【古】去声,十三问。【例】北~本~边~便~初~到~典~东~都~赌~恶~藩~符~府~辅~古~关~海~河~淮~荒~畿~嘉~监~建~江~绛~近~剧~绝~阃~立~列~鲁~马~名~内~南~旁~沛~僻~侨~请~山~上~蜀~天~外~望~西~锡~县~乡~象~雄~营~远~浙~支~枝~治~中~州~属~壮~涿~左~佐~作~股肱~腹居~南柯~珠崖~

珺jùn 美玉。【古】去声,十三问。

捃(攟)jùn【古】去声,十三问。【例】采~车~集~掊~收~同~摭~

峻jùn【古】去声,十二震。【例】拔~标~冰~波~庯~层~嶒~超~城~澄~崇~醇~斗~陡~方~峰~刚~高~巩~孤~谷~骨~贵~寒~宏~迹~激~坚~简~槛~节~洁~矜~谨~景~绝~嵁~岢~刻~浪~棱~冷~灵~隆~迈~猛~凝~岐~奇~颀~桥~峭~切~清~穹~遒~岨~荣~山~赏~深~沈~石~势~嵩~耸~邃~潭~天~危~巍~伟~巇~险~崄~雄~修~秀~轩~严~岩~庸~幽~岳~云~贞~陟~重~风骨~龙门~

浚(濬)jùn【古】去声,十二震。另见559页xùn。【例】春~地~复~高~宏~浍~急~开~深~酾~疏~淘~挑~通~外~修~易~幽~右~渊~源~治~

骏(駿)jùn【古】去声,十二震。【例】奔~骠~驳~策~骋~蚩~古~豪~好~闳~黄~吉~骥~桀~金~劲~径~良~遴~龙~驴~骆~买~臬~牛~奇~轻~求~犬~神~识~市~瘦~万~献~雄~野~逸~驵~珍~至~浮云~老犹~千里~天下~玉爪~

竣jùn【古】上平,十一真。又:下平,一先同。【例】告~工~功~克~事~竦~完~修~颜~终~

畯jùn【古】去声,十二震。【例】才~寒~畸~麋~农~田~九~南~

焌jùn 火烧。【古】去声,十二震。

晙jùn 光明。【古】去声,十二震。

餕jùn【古】去声，十二震。【例】颁~彻~辞~登~分~妇~后~壶~受~饮~余~佐~祭有~孺子~

鵔jùn 鵔鸡。【古】去声，十二震。

隽(雋)jùn【古】上声，十六铣。另见494页juàn。【例】标~才~超~聪~得~寒~豪~简~朗~冷~灵~髦~敏~名~明~奇~峭~翘~轻~清~遒~少~时~疏~贤~骁~雄~秀~雅~英~幽~元~整~

吝(悋)lìn【古】去声，十二震。【例】爱~鄙~不~玼~疵~大~悔~俭~骄~节~介~矜~靳~咎~刻~困~偏~悭~悭~慊~荣~时~手~贪~惜~系~狭~心~障~贞~执~终~自~足~不足~富而~君子~

赁(賃)lìn【古】去声，二十七沁。【例】常~出~房~负~沽~顾~雇~贵~假~借~僦~仆~舍~贳~贴~挽~行~佣~庸~召~租~披裘~

临(臨)lìn【古】去声，二十七沁。另见543页lín。【例】哀~奔~出~大~吊~哭~入~侍~视~

躏(躪)lìn【古】去声，十二震。【例】横~籍~践~轹~前~蹂~腾~隐~

蔺(藺)lìn【古】去声，十二震。【例】蒯~廉~马~慕~营~

磷lìn【古】去声，十二震。另见544页lín。【例】淄~

淋lìn【古】《集韵》：去声，沁韵。另见544页lín。【例】出~过~滤~

聘pìn【古】去声，二十四敬。【例】报~北~奔~币~辟~宾~冰~财~朝~出~辞~答~大~待~当~定~敦~返~奉~浮~改~告~顾~关~归~贵~过~函~嘉~交~解~径~就~拒~科~客~来~礼~历~遴~谋~纳~匹~求~如~入~盛~时~使~受~送~岁~汤~特~通~退~往~问~西~习~下~夏~相~享~行~修~许~续~选~延~殷~应~展~招~征~正~致~众~重~卒~礼辞~

牝pìn【古】上声，十一轸。【例】晨~非~钩~孤~谷~髡~骊~鹿~麋~牡~牧~生~盛~豕~天~凶~虚~畜~玄~淫~游~右~元~字~牸~左~空谷~

沁qìn【古】去声，二十七沁。【例】碧~尘~芳~红~交~晶~凉~露~潞~暖~脾~入~撒~苔~香~泽~河洛~痕碧~水图~

吣qìn【古】去声，二十七沁。【例】胡~混~撒~

揿(撳、搇)qìn【古】《集韵》：去声，沁韵。【例】按~暗~狠~力~强~手~指~

信xìn【古】去声，十二震。【例】报~抱~背~边~便~骠~别~秉~布~长~潮~成~诚~崇~宠~传~春~淳~从~村~达~大~待~诞~党~德~的~谛~笃~度~敦~恩~发~法~幡~芳~奋~丰~风~孚~服~符~俯~负~复~干~庚~公~寡~归~鬼~贵~国~过~寒~合~贺~鹤~鸿~花~话~怀~谎~回~活~积~剂~寄~家~驾~坚~兼~简~荐~践~江~讲~节~结~谨~近~经~旌~精~警~净~敬~拘~开~考~可~口~快~宽~来~礼~伶~柳~麦~盲~梅~昧~盟~迷~密~名~明~泥~逆~溺~捻~鸟~跑~偏~平~凭~叵~期~齐~起~棨~气~弃~虔~遣~亲~钦~轻~倾~情~秋~诎~屈~取~去~确~然~仁~任~瑞~善~商~上~捎~梢~深~审~失~实~使~示~誓~守~首~

书～霜～爽～水～顺～私～死～送～素～檀～探～讨～体～听～通～头～透～吐～推～托～威～违～委～温～闻～问～无～误～喜～狎～咸～乡～相～晓～写～行～凶～绪～雅～雁～秧～养～掖～依～遗～倚～义～驿～音～引～印～营～鱼～渊～远～约～月～越～杂～责～彰～杖～贞～征～正～执～直～旨～至～质～置～忠～钟～众～重～竺～主～专～准～资～自～宗～尊～潮有～黄龙～梅花～青泥～青鸟～沙场～桐叶～尾生～

衅(釁)xìn【古】去声，十二震。【例】抱～边～变～兵～猜～乘～雠～疵～待～敌～动～多～恶～发～犯～奋～负～构～搆～观～过～痕～秽～祸～贾～奸～间～咎～狂～窥～类～末～内～排～畔～启～起～愆～前～让～稔～伺～宿～隋～挑～铜～涂～外～亡～洗～瑕～闲～嫌～险～销～血～寻～言～妖～疑～因～婴～忧～有～余～灾～臧～造～战～肇～致～中～罪～作～

芯xìn【古】下平，十二侵。另见539页xīn。【例】矿～蜡～蛇～吐～烛～

囟(顖)xìn【古】去声，十二震。【例】顶～头～婴～

训(訓)xùn【古】去声，十三问。【例】邦～阐～畅～陈～谌～成～承～崇～传～垂～词～慈～辞～达～大～导～道～帝～递～典～调～冬～督～短～恩～反～芳～风～敷～抚～父～高～格～古～故～管～光～规～闺～轨～恒～互～化～话～乩～集～家～嘉～笺～谏～讲～奖～教～解～诫～借～经～警～酒～军～苦～壶～礼～灵～聆～轮～蒙～妙～明～谟～内～旁～培～丕～耆～前～请～日～柔～儒～睿～声～圣～师～时～手～守～受～淑～司～诵～天～庭～通～同～往～武～遐～下～夏～衔～校～形～续～宣～玄～涯～雅～严～样～仪～贻～遗～彝～义～阴～音～隐～诱～玉～箴～整～至～周～注～咨～祖～纂～作～不足～童蒙～

迅xùn【古】去声，十二震。【例】暴～飚～遄～奋～愤～风～激～疾～箭～捷～劲～雷～流～猛～敏～牛～飘～轻～爽～严～翼～犹～云～振～众～雷霆～沙鸟～

汛xùn【古】去声，十二震。【例】潮～春～大～冬～对～防～风～伏～海～洪～凌～秋～塘～夏～小～营～渔～雨～桃花～

讯(訊)xùn【古】去声，十二震。【例】按～案～傍～参～查～传～春～逮～电～短～芳～访～奋～风～附～覆～歌～隔～寄～夹～嘉～简～诘～警～究～拘～鞫～考～拷～来～兰～良～临～零～面～旁～普～启～遣～情～确～商～审～手～受～书～霜～死～挞～探～特～提～廷～通～推～托～闻～问～喜～详～刑～凶～严～研～验～谳～遗～音～应～邮～鱼～云～责～战～侦～振～征～执～质～资～

浚xùn 浚县。【古】去声，十二震。另见557页jùn。

逊(遜)xùn【古】去声，十四愿。【例】卑～避～不～才～差～陈～冲～辞～雌～顿～恭～归～和～挥～敬～廉～略～敏～谦～柔～色～稍～沈～体～推～退～相～虚～许～雅～言～揖～远～贞～止～只～雉～咨～耕者～言不～

徇(狥)xùn【古】去声，十二震。【例】伏～苟～姑～顾～看～夸～宽～偏～时～使～私～畏～隐～瞻～周～木铎～

殉xùn【古】去声，十二震。【例】不～

谄~出~从~苟~姑~鹤~看~宽~埋~慕~偏~曲~杀~身~生~时~私~死~外~畏~物~足~以道~

驯(馴)xùn 见548页xún同。【例】比~不~调~伏~服~抚~鸽~和~教~灵~笼~鹿~鹭~马~猫~麋~鸟~鸥~谦~求~犬~扰~日~柔~兔~温~乌~性~雅~雉~虎狼~

蕈xùn【古】上声，二十六寝。【例】白~采~地~毒~菰~黄~菌~麦~伞~松~莞~虾~香~野~鱼~玉~芝~竹~雷惊~

巽xùn【古】去声，十四愿。【例】卑~刚~艮~卦~极~跨~谦~柔~上~温~占~震~重~健而~精于~

噀(潠)xùn【古】去声，十四愿。【例】静~龙~喷~烹~沙~水~淘~下~鱼~取酒~再三~

印yìn【古】去声，十二震。【例】跋~摆~板~宝~秘~彩~册~承~螭~齿~赤~敕~抽~传~次~赐~大~盗~得~雕~调~迭~订~斗~夺~法~翻~封~佛~符~付~复~盖~感~钢~挂~官~龟~海~汉~鹤~痕~红~鸿~侯~环~黄~汇~火~获~即~辑~记~监~剑~交~胶~脚~节~解~金~禁~晶~景~镌~开~刊~刻~空~扩~烙~廉~铃~绫~镂~轮~罗~螺~马~门~秘~密~蜜~名~摹~模~墨~木~捺~泥~弄~排~牌~佩~契~铅~钤~鹊~上~麝~神~省~诗~石~视~释~手~署~鼠~刷~帅~双~水~税~私~缩~琐~锁~檀~堂~烫~桃~讨~套~条~通~铜~拓~刓~文~洗~玺~匣~相~香~宵~销~斜~卸~心~信~选~雪~血~牙~尧~银~影~用~油~鱼~余~玉~预~御~月~錾~凿~增~摘~章~掌~赵~辙~真~正~证~芝~知~指~治~中~重~周~朱~硃~主~铸~爪~篆~装~锥~咨~字~足~祖~孤月~黄金~火烙~龙泥~青囊~沙篆~心相~

鲫(鮣)yìn 鲫鱼。【古】去声，十二震。

荫(蔭、廕)yìn【古】去声，二十七沁。另见540页yīn"阴"。【例】庇~补~承~慈~赐~道~德~恩~佛~福~父~覆~官~禄~门~难~升~世~文~武~袭~勋~遗~余~宇~缘~资~奏~祖~广厦~

隐(隱)yìn 凭倚;依据。【古】去声，十三问。另见553页yǐn。

饮(飲)yìn【古】去声，二十七沁。另见553页yǐn。【例】场~牧~强~

窨yìn【古】去声，二十七沁。另见539页xūn。【例】藏~澄~地~入~

胤yìn【古】去声，十二震。【例】昌~储~传~垂~帝~广~贵~国~洪~后~皇~黄~匡~来~令~龙~苗~名~曲~烧~圣~淑~嗣~体~天~微~息~锡~贤~血~勋~医~遗~余~支~仲~胄~滋~族~祚~

慭(憖)yìn【古】去声，十二震。【例】不~阙~未~吾~慭~

运(運)yùn【古】去声，十三问。【例】搬~榜~宝~背~辟~兵~驳~簸~步~部~财~采~漕~昌~朝~车~承~乘~赤~筹~储~传~船~春~大~代~当~倒~盗~德~帝~递~吊~调~迭~鼎~东~冬~斗~督~赌~断~兑~厄~恶~噩~发~贩~符~福~抚~纲~革~工~官~广~归~闺~晷~滚~国~海~航~好~河~亨~鸿~胡~环~皇~黄~回~

火~货~机~赍~极~集~几~际~济~家~嘉~监~蹇~践~交~劫~解~藉~金~进~禁~京~景~儆~军~开~客~空~匡~馈~鲲~雷~厘~理~历~联~粮~鳞~灵~留~龙~陆~禄~驴~履~轮~霉~米~密~民~命~末~默~木~暮~内~逆~年~辇~蹑~农~牌~盘~鹏~丕~平~期~启~起~气~讫~迁~前~潜~桥~清~穷~秋~日~上~韶~神~生~圣~盛~诗~时~世~逝~疏~输~水~顺~私~岁~琐~泰~陶~天~贴~停~通~偷~土~颓~退~托~驮~挖~外~晚~旺~委~文~武~物~西~熙~玺~下~贤~饷~像~宵~小~兴~星~行~幸~休~玄~旋~学~押~炎~盐~蚁~翊~翼~阴~应~膺~营~幽~右~余~愉~元~月~岳~载~攒~遭~增~照~谪~贞~征~支~滞~中~舟~贮~转~装~资~走~华盖~妙思~桃花~长生~

韵(韻)yùn【古】去声,十三问。【例】百~标~别~不~步~才~茶~蝉~长~尘~趁~出~词~次~凑~促~翠~大~道~等~笛~迭~叠~斗~短~恶~耳~凡~分~丰~风~复~赋~高~格~赓~共~孤~古~骨~鹄~官~管~广~诡~海~寒~好~合~和~洪~喉~花~缓~换~集~寄~兼~交~娇~角~脚~借~今~金~襟~迥~阄~酒~旧~珂~宽~朗~冷~隶~连~联~列~灵~流~落~卖~梅~拈~鸟~篇~品~平~气~器~前~强~切~琴~清~情~磬~穷~琼~蛩~秋~曲~全~泉~入~骚~瑟~神~声~失~诗~时~世~疏~水~思~嘶~松~俗~夙~唐~体~天~通~同~尾~稳~无~夕~狭~仙~嫌~险~限~香~小~晓~协~谐~写~新~性~玄~雪~压~押~哑~雅~严~艳~阳~叶~依~遗~逸~阴~音~引~英~莺~用~幽~余~玉~元~原~远~月~仄~窄~贞~砧~正~钟~重~竹~逐~转~撰~姿~滓~恣~金石~流水~平水~山水~

孕yùn【古】去声,二十五径。【例】包~避~别~不~诞~蕃~妇~腹~海~含~怀~寄~结~金~鸠~刳~羸~内~骈~鹊~妊~如~瑞~身~受~胎~天~晚~先~象~行~阳~遗~因~有~育~源~蕴~早~孳~字~

晕(暈)yùn【古】去声,十三问。另见542页yūn。【例】碧~波~彩~春~淡~倒~灯~电~发~风~光~含~烘~红~环~黄~昏~娇~金~酒~泪~脸~流~眉~面~墨~破~气~浅~沁~青~轻~晴~日~乳~色~湿~水~苔~檀~贴~头~土~吐~霞~藓~宵~晓~笑~缬~羞~虚~旋~血~眼~油~圆~月~赭~重~醉~初日~红玉~五色~胭脂~

愠yùn【古】去声,十三问。【例】不~烦~忿~愤~怀~结~解~客~轻~情~色~微~无~喜~心~忧~愠~群小~

酝(醞)yùn【古】去声,十三问。【例】兵~薄~初~春~赐~冻~杜~法~芳~官~花~寄~佳~家~腊~醴~良~梅~美~内~酿~奇~清~上~深~熟~双~私~土~仙~香~新~药~野~玉~御~千年~宜城~

蕴(蘊)yùn【古】上声,十二吻。又:上平,十三元异。【例】包~宝~才~崇~底~柢~发~纷~芬~含~怀~幻~积~精~开~沦~秘~密~内~奇~气~器~潜~情~庆~琼~善~深~沈~束~素~韬~微~贤~淹~遗~义~意~幽~有~余~展~中~三才~

熨yùn 另见 352 页 wèi、299 页 yù。【例】砭~擦~毒~攻~火~烙~平~轻~烫~铁~偎~洗~新~澡~针~灸~重~伏床~素手~

缊(緼)yùn【古】去声,十三问。又:上平,十二文异。又:上平,十三元异。【例】敝~才~纷~棼~风~埋~袍~褥~蔬~束~陶~贤~衣~麻服~

韫(韞)yùn【古】上声,十二吻。【例】包~德~椟~含~怀~匮~石~韬~玉~

恽(惲)yùn 姓。【古】上声,十二吻。

郓(鄆)yùn【古】去声,十三问。【例】古~兖~济~处~青~潭~汴~处~兗~居~

十一、昂(ang)央(iang)汪(uang)三韵母的韵部

韵　母	昂(ang)央(iang)汪(uang)
说　明	本表两韵母,稳定一韵部,即"昂央汪"韵;宽严不再分。

18. 昂央汪韵

平声 · 阴平

肮(骯)āng 肮脏。【古】下平,七阳。

邦bāng【古】上平,三江。【例】安~本~边~城~楚~大~帝~殿~东~番~藩~抚~覆~固~故~贵~海~和~化~畿~家~建~晋~经~旧~康~客~乐~莲~联~列~邻~令~陋~乱~盟~迷~名~南~偏~岐~全~群~塞~丧~上~神~守~殊~庶~水~提~天~同~土~外~万~危~遐~乡~小~新~兴~炎~洋~异~友~鱼~远~造~中~属~宗~祖~唇齿~乌托~

帮(幫)bāng【古】下平,七阳。【例】本~车~船~船~搭~单~匪~扶~丐~告~黑~红~洪~互~徽~结~靠~客~拉~马~朋~青~庆~腮~私~斯~同~土~卫~相~小~鞋~行~引~

梆bāng【古】上平,三江。【例】传~伐~更~寒~击~街~木~敲~三~丧~系~

浜bāng【古】下平,八庚。【例】河~洋泾~

苍(蒼)cāng【古】下平,七阳。又:上声,二十二养异。【例】斑~彼~碧~苍~葱~芳~浮~鹄~昊~皓~颢~坚~沮~空~浪~老~莽~旻~黔~青~穹~色~上~水~雄~玄~郁~圆~重~鬓毛~

仓(倉)cāng【古】下平,七阳。【例】敖~扁~藏~漕~草~陈~厨~储~楚~存~大~都~堆~发~翻~坟~府~公~谷~鹄~官~归~浩~河~货~饥~积~嘉~监~进~禁~京~开~空~兰~粮~料~廪~满~煤~米~内~铺~钱~倾~清~穹~困~入~扫~社~神~司~太~天~添~填~偷~屯~渭~压~盐~义~盈~中~海陵~

舱(艙)cāng【古】下平,七阳。【例】车~船~底~耳~房~隔~官~火~货~机~客~满~统~头~卧~鱼~座~夹剪~

伧(傖)cāng【古】下平,八庚。另见608

页 chéng。【例】寒~荒~狂~老~贫~

沧（滄）cāng【古】下平，七阳。【例】沧~澄~海~澜~漭~弦~渔~

鸧（鶬）cāng【古】下平，七阳。【例】鸧~凫~鸹~灵~逆~鸥~奇~鹭~云~

昌chāng【古】下平，七阳。【例】邦~保~炽~大~代~德~鼎~蕃~繁~丰~逢~福~阜~富~高~光~广~归~贵~国~海~汉~会~吉~纪~家~建~金~克~乐~连~灵~隆~明~内~宁~披~平~荣~融~瑞~盛~世~寿~顺~唐~田~文~显~欣~兴~延~殷~永~治~

娼chāng【古】下平，七阳。【例】暗~公~流~卖~嫖~世~私~宿~狎~携~优~载~招~

猖chāng【古】下平，七阳。【例】奸~狓~五~

倡chāng【古】下平，七阳。另见592页chàng。【例】鼓~故~旧~客~乐~女~俳~市~私~倜~戏~仙~幸~妍~营~游~作~

菖chāng【古】下平，七阳。【例】浮~泥~蒲~石~水~夏日~

鲳（鯧）chāng 鱼名。【古】下平，七阳。

伥（倀）chāng【古】下平，七阳。【例】伥~鬼~虎~盲~作~

阊（閶）chāng【古】下平，七阳。【例】帝~阖~金~九~盘~穹~天~吴~

窗（窓、窻）chuāng【古】上平，三江。【例】傍~碧~车~晨~橱~穿~船~春~当~灯~雕~东~对~翻~飞~风~枫~高~隔~槅~宫~钩~关~光~闺~桂~寒~花~火~鸡~夹~涧~槛~箭~交~金~静~旧~筠~开~客~窥~兰~临~楼~陋~漏~绿~满~梅~楣~描~暮~南~篷~栖~启~绮~气~琴~青~晴~琼~秋~入~僧~纱~山~上~深~鱿~蜃~石~书~疏~曙~水~松~琐~天~铁~听~同~透~推~晚~文~溪~霞~闲~舷~象~晓~斜~心~绣~虚~轩~玄~穴~雪~烟~岩~掩~瑶~药~夜~依~阴~吟~莺~萤~映~幽~牖~雨~月~云~芸~纸~昼~竹~斸~短篷~

创（創）chuāng【古】下平，七阳。另见592页chuàng。【例】棒~被~病~惩~大~刀~负~故~裹~金~旧~面~伤~受~树~吻~新~医~衷~重~

疮（瘡）chuāng【古】下平，七阳。【例】暗~瘢~板~棒~病~补~痤~刀~疗~冻~痘~毒~恶~痱~疳~裹~寒~箭~疥~金~灸~旧~口~癞~连~面~脓~疱~千~热~褥~舌~生~湿~舐~鼠~树~吮~头~秃~席~洗~眼~疡~养~痈~疣~杖~治~痔~

摐chuāng【古】上平，三江。【例】撑~冲~枪~抢~铮~

当[1]（當）dāng【古】下平，七阳。另见592页dàng。【例】般~伴~便~裁~称~承~诚~充~处~担~胆~当~得~等~谛~颠~雕~吊~调~丁~叮~玎~断~法~方~分~甫~该~干~甘~敢~革~公~管~合~何~会~极~记~家~监~简~谏~交~教~解~进~禁~句~勘~可~克~空~快~琅~老~理~临~咯~每~妙~明~莫~内~难~宁~排~配~平~屏~切~且~清~曲~取~觑~容~石~时~谁~私~特~体~替~停~瓦~稳~问~武~相~效~谐~行~幸~须~厌~要~宜~应~真~正~至~

当[2]（噹）dāng【古】下平，七阳。【例】

叮～哐～

铛(鐺)dāng【古】下平,七阳。另见600页chēng。【例】铛～钉～锒～银～

珰(璫)dāng【古】下平,七阳。【例】宝～碧～璧～垂～翠～珰～貂～玎～珥～附～贵～含～寒～华～金～巨～琅～名～明～鸣～内～逆～珮～裙～散～饰～税～文～献～响～悬～瑶～银～玉～圆～缀～合欢～黄金～

裆(襠)dāng【古】下平,七阳。【例】补～禅～褡～横～夹～袷～交～锦～裤～胯～连～裲～齐～绣～玉～

筜(簹)dāng【古】下平,七阳。【例】筼～筕～

方fāng【古】下平,七阳。【例】颁～宝～北～比～辟～辨～成～乘～尺～赤～仇～处～春～摧～大～单～道～敌～地～东～斗～端～对～敦～多～法～反～梵～非～负～复～古～故～寡～乖～官～鬼～何～弘～后～已～见～界～借～金～经～拘～矩～军～开～孔～劳～乐～立～吏～廉～良～灵～流～履～买～卖～蛮～迷～秘～妙～名～魔～男～宁～女～配～譬～偏～平～奇～清～群～仁～设～胜～省～石～守～授～殊～疏～戍～双～顺～朔～司～私～随～他～坍～填～头～土～推～外～违～我～物～西～遐～仙～鲜～宪～向～雄～玄～巡～巽～眼～验～药～野～医～仪～乙～义～异～谊～翼～营～游～逾～舆～越～贞～轸～震～正～知～执～职～治～诸～济时～却老～

邡fāng【古】下平,七阳。【例】什～

牥fāng 未驯之牛。【古】下平,七阳。

蚄fāng【古】下平,七阳。【例】螺～虸～

芳fāng【古】下平,七阳。【例】暗～百～碧～残～草～逞～驰～垂～春～丛～翠～斗～飞～芬～扶～甘～孤～桂～含～寒～蘅～红～徽～蕙～积～涧～绛～椒～镜～菊～橘～兰～丽～林～令～流～绿～梅～沐～年～秾～弄～千～青～清～琼～秋～泉～群～若～善～声～舒～漱～水～嗣～肆～素～岁～碎～踏～探～天～庭～晚～微～鲜～撷～熏～寻～烟～研～艳～扬～瑶～野～贻～遗～幽～芸～增～赠～贞～众～渚～追～满庭～

坊fāng【古】下平,七阳。【例】宝～别～病～彩～蚕～槽～茶～趁～船～春～醋～村～东～赌～兑～梵～粉～绀～更～宫～酤～谷～伎～祭～甲～酱～教～街～锦～禁～京～静～酒～巨～开～客～跨～邻～砻～路～马～面～磨～碾～牌～秋～曲～染～瑞～僧～市～书～台～屠～外～型～巡～油～糟～织～诸～作～碧鸡～

枋fāng【古】下平,七阳。【例】槽～大～函～门～模～木～杞～苏～王～希～笑～榆～修桥～

冈(岡)gāng【古】下平,七阳。【例】城～崇～楚～川～春～翠～东～陡～高～横～虎～回～涧～魁～昆～连～林～陵～龙～泷～峦～鸾～螺～赢～茅～梅～平～坡～青～穷～沙～山～松～亭～土～危～烟～岩～阴～榆～郁～月～云～柘～陟～重～竹～景阳～千仞～

棡gāng【古】下平,七阳。【例】青～

纲(綱)gāng【古】下平,七阳。【例】步～茶～朝～弛～持～道～地～帝～都～斗～法～官～国～汉～弘～鸿～皇～维～纪～举～魁～立～连～粮～灵～论～民～目～鸟～起～乾～秦～权～人～僧～台～提～天～条～头～颓～王～维～宪～星～

修~玄~阴~引~元~云~运~在~政~执~治~总~花石~

钢(鋼)gāng【古】下平,七阳。【例】扁~槽~纯~点~锻~方~铬~好~剂~角~金~精~锟~炼~软~条~钨~銛~圆~轧~蘸~真~铸~百炼~

刚(剛)gāng【古】下平,七阳。【例】才~常~乘~淳~待~斗~方~刚~侯~坚~狷~内~气~恰~乾~清~吐~性~雄~阳~义~溢~榆~燥~贞~真~执~直~志~挚~忠~尊~

釭gāng【古】上平,三江。另见641页gōng。【例】壁~残~车~晨~吹~春~顶~冬~翻~封~寒~红~花~昏~金~兰~明~凝~青~秋~书~晓~星~虚~夜~银~幽~渔~玉~月~白玉~短檠~影照~

缸gāng【古】上平,三江。【例】标~茶~车~春~瓷~醋~翠~大~靛~顶~封~浮~寒~红~鸡~酱~金~酒~开~坑~兰~卤~满~米~盆~瓶~青~染~水~陶~瓦~瓮~星~牙~烟~银~盈~油~鱼~玉~浴~月~糟~荷花~琉璃~

扛gāng【古】上平,三江。另见577页káng。【例】斗~笔力~千钧~

杠(槓)gāng【古】上平,三江。另见593页gàng。【例】长~画~金~云~

肛gāng【古】上平,三江。【例】洞~胴~胖~膀~收~提~脱~

亢gāng 古音。【古】下平,七阳。另见594页kàng。

罡gāng【例】步~高~寒~魁~连~明~天~晓~榆~

光guāng【古】下平,七阳。【例】褒~宝~葆~暴~背~避~飙~冰~波~播~不~采~参~藏~蟾~昌~朝~辰~晨~骋~吃~摛~池~驰~迟~赤~崇~宠~储~川~垂~春~淳~慈~赐~翠~寸~大~挡~刀~叨~道~灯~低~地~电~调~叠~定~洞~毒~对~堕~恩~耳~发~翻~繁~反~放~飞~粉~风~佛~敷~浮~感~高~耿~孤~观~国~海~含~寒~汉~毫~豪~和~弘~红~虹~鸿~候~弧~湖~花~华~化~辉~彗~晦~慧~火~激~吉~极~剑~借~金~精~景~净~镜~酒~驹~聚~绢~开~空~亏~奎~蜡~岚~蓝~老~雷~泪~棱~冷~离~藜~丽~廉~凉~亮~列~烈~邻~鳞~灵~流~胧~楼~漏~露~炉~埋~面~明~瞑~命~磨~末~眸~目~慕~内~逆~匿~年~攀~抛~刨~跑~平~魄~曝~齐~谦~乾~潜~青~清~晴~琼~秋~虬~日~荣~容~融~柔~乳~瑞~若~弱~洒~散~扫~山~闪~赏~韶~身~神~生~声~胜~施~十~时~寿~枢~摅~曙~水~烁~朔~丝~素~韬~腾~天~通~同~偷~透~吐~脱~外~威~微~畏~文~夕~希~晞~犀~溪~熙~曦~细~隙~霞~鲜~祥~萧~霄~晓~新~星~行~凶~虚~旭~轩~玄~眩~雪~血~压~烟~延~严~岩~炎~眼~验~焰~扬~摇~瑶~耀~夜~夷~移~遗~颐~蚁~异~逸~阴~银~饮~萤~幽~油~游~逾~玉~元~圆~远~月~云~晕~增~沾~昭~遮~争~智~重~昼~竹~烛~紫~

垙guāng 田间小路。【古】下平,七阳。

咣guāng【古】下平,八庚。【例】叮~

珖guāng 玉名。【古】下平,七阳。

胱guāng【古】下平,七阳。【例】膀~

洸guāng【古】下平,七阳。【例】洸~

洽~汪~沂~

桄guāng 桄榔。【古】下平，七阳。另见593页guàng。

夯hāng 【古】上声，三讲。【例】迟~蠢~粗~打~举~鲁~木~石~铁~愚~滞~

荒huāng 【古】下平，七阳。【例】哀~八~包~报~暴~悲~北~备~避~边~兵~残~伧~池~锄~春~悴~村~怠~地~凋~度~遁~匪~告~官~寒~旱~蒿~耗~洪~鸿~怀~秽~昏~饥~急~骄~九~酒~救~开~垦~狂~粮~辽~流~龙~洛~蛮~谩~煤~闽~闹~年~盘~抛~破~蒲~钱~歉~穷~丘~热~戎~色~烧~拾~殊~熟~水~松~岁~踏~逃~天~田~庭~投~颓~拓~外~帷~芜~西~隙~遐~闲~凶~虚~恤~逊~淹~炎~野~夷~遗~逸~淫~幽~园~远~灾~遭~贼~榛~赈~芒耄~

慌huāng 【古】下平，七阳。【例】不~惝~怆~发~鬼~骇~害~惚~慌~急~惊~恐~落~失~贪~懹~颓~心~着~

肓huāng 【古】下平，七阳。【例】膏~起~潜~

江jiāng 【古】上平，三江。【例】巴~半~碧~滨~沧~操~岑~长~沉~澄~池~楚~垂~春~大~导~到~荻~渡~翻~泛~飞~风~枫~浮~隔~过~寒~汉~鹤~横~槐~环~荒~回~济~霁~夹~剪~襟~锦~京~靖~九~卷~决~开~空~夔~拦~骊~连~练~临~柳~龙~庐~鲈~绿~銮~赢~落~蛮~漫~岷~暮~内~暖~潘~盘~溢~萍~蒲~浅~桥~青~清~晴~秋~曲~涉~沈~誓~蜀~霜~松~溯~碎~锁~潭~涛~通~投~外~望~峡~湘~晓~烟~沿~掩~夜~饮~右~郁~远~云~浙~枕~重~珠~注~阻~祖~

鳉(鱂)jiāng 【古】下平，七阳。【例】鳋~

礓jiāng 【古】下平，七阳。【例】砂~

疆jiāng 【古】下平，七阳。【例】安~保~北~鄙~辟~边~塍~出~帝~分~封~故~海~环~回~畿~蓟~界~井~旧~开~连~柳~圻~启~侵~清~畎~上~殊~水~司~跳~土~无~吾~遐~贤~新~岩~遗~友~有~越~争~守吾~寿无~

僵(殭)jiāng 【古】下平，七阳。【例】板~不~蚕~颠~踬~冻~顿~河~倔~枯~龙~木~闹~弄~仆~尸~事~手~苏~桃~推~详~偃~直~寒欲~手足~

将(將)jiāng 【古】下平，七阳。另见593页jiàng。【例】必~不~才~都~方~分~奉~扶~干~即~几~就~恐~论~裸~取~输~肃~特~未~毋~相~携~行~须~又~月~终~重~自~

浆(漿)jiāng 【古】下平，七阳。【例】白~包~迸~冰~草~承~橙~春~淳~酢~地~调~豆~粉~麸~灌~鬼~桂~果~含~寒~壶~灰~椒~金~酒~渴~兰~滥~酪~醴~荔~露~渌~梅~蜜~面~磨~魔~脑~泥~喷~琼~乳~砂~神~水~松~粟~酸~糖~桃~天~铁~洗~霞~香~杏~玄~血~岩~瑶~椰~谒~饴~酏~饮~玉~鸳~原~云~匀~糟~蔗~卮~纸~

螀jiāng 【古】下平，七阳。【例】含~寒~鸣~蛩~秋~啼~闻~夜~阴~吟~

姜[1]jiāng 姓。【古】下平，七阳。【例】不~恭~姬~三~庶~邑~玉~贞~

姜[2]（薑）jiāng【古】下平，七阳。【例】此～桂～芥～苗～山～蜀～

缰（繮、韁）jiāng【古】下平，七阳。【例】垂～抖～飞～缓～回～控～扣～勒～溜～马～名～收～丝～穗～锁～脱～挽～鞅～游～紫～

豇jiāng 豇豆。【古】上平，三江。

茳jiāng 茳蓠。【古】上平，三江。

矼gāng【古】上平，三江。【例】石～鱼～

康kāng【古】下平，七阳。【例】艾～安～保～长～成～大～迪～杜～丰～弗～福～阜～富～海～韩～欢～惠～嵇～吉～健～靖～凯～乐～隆～民～宁～平～三～时～寿～太～泰～体～惟～文～夏～小～延～仪～亿～阴～永～悦～治～黎庶～寿而～

糠（穅）kāng【古】下平，七阳。【例】秕～薄～簸～吃～杵～粗～稻～豆～积～粝～砻～麦～米～燃～沙～筛～食～舐～粟～扬～糟～

慷（忼）kāng【古】下平，七阳。又：上声，二十二养同。【例】慨～忼～

筐kuāng【古】下平，七阳。【例】笆～抱～背～币～编～菜～蚕～茶～承～出～戴～钿～斗～饭～方～粪～贡～挂～烘～花～荆～篮～笼～箩～满～破～筐～青～倾～顷～球～抬～籐～提～铁～投～土～驮～蟹～虚～瑶～懿～盈～鱼～玉～掷～竹～

匡kuāng【古】下平，七阳。【例】弼～跛～承～大～戴～扶～济～矫～靖～拘～墙～顷～谁～维～畏～蟹～胥～壹～云～

劻kuāng 扶助。【古】下平，七阳。

恇kuāng【古】下平，七阳。【例】不～恇～欺～怯～诱～

诓（誆）kuāng【古】上声，二十二养。【例】不～诡～虚～诱～只～指～

洭kuāng 水名。【古】下平，七阳。

啷lāng【古】下平，七阳。咣～吭～哐～

滂pāng【古】下平，七阳。【例】范～浩～混～滂～沛～溯～青～涕～膺～

雱pāng【古】下平，七阳。【例】雱～

乓pāng【例】乒～

膀（髈）pāng【古】下平，七阳。另见580页 páng、584页 bǎng。【例】奶～涨～

腔qiāng【古】上平，三江。【例】按～帮～鼻～唱～齿～吹～词～凑～搭～调～翻～腹～高～鼓～官～过～花～徽～京～开～空～口～刳～枯～哭～昆～老～颅～排～盆～贫～气～乔～秦～曲～躯～声～使～熟～体～土～拖～尾～胃～新～行～胸～羊～油～贼～装～做～

枪（槍、鎗）qiāng【古】下平，七阳。另见600页 chēng。【例】暗～抱～笔～标～步～茶～长～持～铳～槌～唇～打～单～刀～短～飞～钢～弓～焊～黑～喉～花～火～机～缴～金～禁～酒～开～铿～快～老～冷～猎～乱～马～鸟～排～旗～气～倩～神～沈～手～耍～水～梭～铁～投～土～拖～匣～烟～洋～银～

跄（蹌）qiāng【古】下平，七阳。另见595页 qiàng。【例】蹴～跌～凤～济～踉～鸾～抹～跄～趋～踧～

玱（瑲）qiāng【古】下平，七阳。【例】玱～

锵（鏘）qiāng【古】下平，七阳。【例】白～寒～金～铿～鎮～凄～锵～清～趋～

森~

羌qiāng【古】下平,七阳。【例】氐~胡~颉~濁~青~蹄~黠~

蜣qiāng【古】下平,七阳。【例】结~蛣~

呛(嗆)qiāng【古】下平,七阳。另见595页qiàng。【例】咳~哏~

抢(搶)qiāng【古】下平,七阳。另见587页qiǎng。【例】推~

斨qiāng【古】下平,七阳。【例】斧~

戕qiāng【古】下平,七阳。【例】残~摧~染~自~

戗(戧)qiāng【古】下平,七阳。另见595页qiàng。【例】挡~顶~熏~硬~折~

嚷rāng【古】上声,二十二养。另见587页rǎng。【例】嚷~

桑sāng【古】下平,七阳。【例】包~苞~搏~采~蚕~沧~柴~赤~楮~春~村~帝~否~扶~浮~榑~高~耕~观~贯~海~稼~降~郊~荆~空~枯~老~楼~美~嫩~农~女~秦~青~穹~楸~柔~山~神~台~田~条~惟~维~研~野~依~翳~园~柘~争~植~稚~梓~陌上~

丧(喪)sāng【古】下平,七阳。另见596页sàng。【例】报~奔~窆~兵~成~持~崇~出~除~从~当~吊~发~扶~服~给~国~嚎~号~护~婚~将~节~居~叩~哭~理~邻~临~全~热~守~送~探~挽~问~心~行~凶~迎~札~执~治~致~终~主~斫~祖~

商shāng【古】下平,七阳。【例】包~悲~宾~参~茶~厂~场~筹~鈤~贷~典~电~蠹~番~贩~奉~富~港~工~宫~官~管~函~寒~豪~护~徽~会~贾~奸~剪~金~经~巨~捐~客~良~粮~密~面~暮~农~票~平~洽~侨~清~情~榷~儒~散~绅~诗~私~素~摊~通~铜~外~婉~万~舞~相~协~新~行~巡~牙~盐~偃~洋~邑~殷~营~游~渔~运~招~征~智~仲~转~酌~佐~坐~好共~

裳shāng【古】下平,七阳。另见574页cháng。【例】衣~

伤(傷)shāng【古】下平,七阳。【例】哀~懊~谤~悲~崩~迸~毙~残~惨~憯~恻~创~怆~刺~摧~挫~怛~打~刀~悼~诋~玷~凋~吊~冻~独~蠹~烦~犯~扶~浮~负~感~工~公~孤~裹~害~含~虎~怀~毁~火~击~歼~剪~剑~金~矜~救~沮~枯~困~劳~痨~离~怜~鳞~流~闵~愍~内~年~殴~剽~破~凄~枪~侵~青~轻~情~驱~杀~烧~射~身~神~暑~速~损~所~叹~烫~惕~殄~痌~痛~外~惋~枉~污~武~误~惜~相~小~心~辛~刑~验~养~夭~夷~痍~遗~隐~永~忧~瘀~冤~灾~遭~贼~增~札~折~枝~致~中~重~诛~追~灼~自~

殇(殤)shāng【古】下平,七阳。【例】冲~国~河~嫁~客~彭~天~杏~夭~早~折~

觞shāng【古】下平,七阳。【例】杯~别~称~澄~持~传~赐~雕~豆~泛~飞~奉~浮~覆~觥~桂~酣~壶~挥~急~加~嘉~饯~交~椒~金~进~酒~举~具~兰~滥~雷~酹~离~沥~临~流~绿~鸾~满~命~谟~纳~凭~千~琴~倾~清~擎~庆~琼~曲~瑟~升~寿~兽~黍~投~瓦~霞~衔~献~携~

行～宴～燕～瑶～野～夜～引～盈～侑～羽～玉～御～沾～执～佐～

汤(湯)shāng【古】下平,七阳。另见570页tāng。【例】汤～

霜shuāng【古】下平,七阳。【例】傲～白～鬓～冰～薄～朝～晨～愁～初～丹～地～凋～冬～繁～犯～防～飞～霏～粉～风～敷～拂～负～戈～孤～贵～果～含～寒～皓～黑～呼～冱～护～化～怀～挥～剑～涧～降～叫～结～近～经～菊～拒～空～枯～酷～琅～冷～梨～林～凌～陵～流～履～冒～凝～浓～庖～披～砒～浅～桥～侵～青～清～琼～秋～却～染～如～柿～嘶～夙～鹔～酸～碎～糖～天～铁～庭～晚～微～畏～吴～夏～衔～晓～新～信～星～玄～雪～烟～严～盐～燕～瑶～野～夜～迎～玉～早～沾～蔗～终～板桥～两鬓～满船～月如～

双(雙)shuāng【古】上平,三江。【例】成～单～迭～叠～逢～寡～闺～鸾～匹～无～

孀shuāng【古】下平,七阳。【例】艾～孤～寡～贵～居～守～遗～月中～

鹴(鸘)shuāng【古】下平,七阳。【例】鹔～

骦(驦)shuāng【古】下平,七阳。【例】骕～

艭shuāng【古】上平,三江。【例】飞～艂～吴～吟～渔～木兰～

泷(瀧)shuāng 水名。【古】上平,三江。另见647页lóng。

汤(湯)tāng【古】下平,七阳。另见570页shāng。【例】熬～菜～参～残～茶～长～成～池～传～燉～沸～高～羹～涫～滚～锅～合～换～荤～镬～鸡～姜～金～苦～兰～琅～老～灵～梅～迷～米～面～嫩～暖～泡～盆～泼～清～热～柔～如～商～送～酥～探～桃～头～温～香～杏～雪～盐～扬～药～液～饮～鱼～禹～御～原～跃～云～鸩～煮～

蹚tāng 踩,踏。【古】下平,七阳。

镗(鏜)tāng【古】下平,七阳。【例】铿～锒～镗～

汪wāng【古】下平,七阳。【例】汪～

尪(尫)wāng【古】下平,七阳。【例】暴～弊～焚～瘠～羸～懦～尪～巫～纤～

乡(鄉)xiāng【古】下平,七阳。【例】邦～本～边～城～愁～出～楚～串～村～帝～钓～东～都～独～饿～风～福～负～阜～高～告～故～归～贵～寒～怀～淮～还～回～祸～家～嘉～江～景～酒～旧～客～老～乐～雷～离～鲈～魅～梦～迷～冥～内～南～鸟～泮～旁～僻～飘～侨～倾～清～穷～趋～趣～柔～儒～山～圣～盛～诗～殊～睡～思～他～棠～甜～同～外～望～危～仙～雪～烟～盐～异～游～渔～羽～原～远～毡～杖～瘴～梓～醉～白云～黑甜～君子～温柔～鱼米～云水～

香xiāng【古】下平,七阳。【例】暗～柏～瓣～宝～抱～碧～采～菜～残～藏～茶～尘～橙～臭～厨～传～春～莼～醇～赐～澹～盗～稻～狄～殿～斗～豆～断～繁～饭～梵～芳～焚～风～枫～浮～馥～甘～高～膏～宫～桂～跪～国～含～寒～荷～花～怀～槐～蕙～藿～积～笺～简～戒～敬～酒～菊～橘～括～蜡～兰～醪～冷～莲～冽～灵～流～留～龙～炉～麦～梅～盟～蜜～妙～墨～腻～拈～捻～凝～暖～藕～捧～飘～轻～清～秋～肉～乳～瑞～烧～麝～神～生～声～试～疏～水～睡～松～酥～肃～穗～天～甜～偷～头～

吐~团~退~晚~威~温~蚊~雾~鲜~晓~心~馨~信~嗅~玄~雪~荀~衔~烟~嫣~盐~药~野~夜~衣~遗~异~印~幽~游~余~玉~越~芸~枣~栈~贞~脂~芷~粥~篆~菜根~桂枝~分外~韩寿~荀令~

相xiāng【古】下平，七阳。另见596页xiàng。【例】递~端~更~关~还~交~连~争~自~

葙xiāng【古】下平，七阳。【例】东~青~

纕(纕)xiāng【古】下平，七阳。【例】蕙~锦~佩~缨~

箱xiāng【古】下平，七阳。【例】暗~板~宝~冰~仓~车~充~雕~东~椟~翻~封~蜂~伏~服~高~钩~冠~函~烘~护~花~话~火~货~缣~巾~金~镜~开~烤~奁~两~柳~箎~轮~满~帽~木~皮~票~漆~青~清~纱~扇~书~水~斯~藤~提~铁~网~戏~信~行~瑶~药~衣~音~银~盈~邮~玉~帐~枕~纸~重~朱~竹~装~棕~

厢(廂)xiāng【古】下平，七阳。【例】包~边~车~城~登~坊~弓~关~廊~连~偏~堂~外~西~瑶~玉~御~

湘xiāng【古】下平，七阳。【例】碧~沉~泛~韩~衡~湖~淮~江~荆~漓~流~清~三~淌~啼~投~潇~沅~

襄xiāng【古】下平，七阳。【例】公~怀~荆~匡~夔~顷~磬~师~士~文~咸~允~赞~

镶(鑲)xiāng【古】下平，七阳。【例】钩~金~配~嵌~挖~银~玉~装~

骧(驤)xiāng【古】下平，七阳。【例】超~方~奋~高~蹇~矫~龙~马~骞~腾~云~

芗(薌)xiāng【古】下平，七阳。【例】芳~芬~膏~燎~膻~熏~烟~雉~炷~

缃(緗)xiāng【古】下平，七阳。【例】缣~缥~青~绨~缇~

秧yāng【古】下平，七阳。【例】拔~菜~插~抽~出~春~稻~豆~分~薅~禾~黄~菊~列~绿~落~念~抛~青~桑~莳~树~下~新~秧~移~鱼~育~栽~早~种~

呹yāng 呹咽。【古】下平，七阳。

央yāng【古】下平，七阳。【例】拜~当~奉~何~讵~遽~恳~目~渠~所~投~未~无~相~央~夜~中~夜未~

鸯(鴦)yāng【古】下平，七阳。【例】梁~文~鸳~

泱yāng【古】下平，七阳。【例】莽~漭~罔~泱~郁~

殃yāng【古】下平，七阳。【例】百~避~病~触~逢~富~旱~火~祸~积~疾~加~贾~咎~苛~苦~离~罹~戮~念~愆~庆~禳~身~释~受~宿~天~无~谢~凶~养~夭~贻~遗~引~有~余~灾~遭~造~贼~斩~致~逐~罪~池鱼~

鞅yāng【古】下平，七阳。另见590页yǎng。【例】车~尘~掉~断~归~羁~解~轮~马~斯~息~鞅~郁~征~众~

脏(髒)zāng【古】上声，二十二养。另见597页zàng。【例】肮~搞~抗~污~腌~捉~

赃(贜、臟)zāng【古】下平，七阳。【例】倒~盗~犯~分~还~寄~奸~酒~婪~赔~骗~平~评~起~钦~认~失~

受～私～宿～贪～退～吞～窝～销～移～义～栽～责～贼～诈～真～追～坐～

牂zāng【古】下平，七阳。【例】跛～敦～獡～炮～踦～牂～

臧zāng【古】下平，七阳。【例】宝～葆～不～大～盗～德～冬～否～府～该～盖～宫～华～积～戢～挤～既～奸～禁～克～孔～乐～利～龙～秘～谋～乞～寿～帑～五～贤～心～瘗～用～允～斋～罪～

张（張）zhāng【古】下平，七阳。【例】鼻～擘～操～称～鸱～弛～侈～炽～舛～大～颠～返～范～方～肥～奋～偾～敷～改～高～更～攻～供～乖～广～赫～弧～慌～恢～箕～戟～矜～紧～惊～拒～蹶～开～夸～扩～廓～目～怒～拍～鹏～皮～铺～起～阡～曲～设～申～声～施～舒～苏～隼～踏～涛～拓～巍～翕～霞～枭～鸮～嚣～雄～虚～诩～翼～展～争～纸～舟～譸～主～赤帜～暮云～

章zhāng【古】下平，七阳。【例】按～畈～版～宝～报～豹～暴～备～臂～便～辨～彪～表～才～采～草～朝～宸～成～摛～赤～宠～酬～词～辞～丹～诞～弹～党～典～雕～定～洞～短～断～法～诽～焚～封～凤～奉～服～符～复～副～盖～诰～歌～公～官～规～衮～国～含～函～汉～和～河～虎～华～环～徽～会～溷～肩～简～建～荐～谏～讲～奖～金～锦～旧～郡～刊～抗～考～孔～宽～兰～乐～礼～丽～例～连～灵～零～领～令～龙～镂～露～绿～鸾～纶～帽～密～蜜～明～铭～谋～泥～鸟～凝～弄～偶～佩～鹏～篇～品～评～奇～旗～琼～遒～日～戎～荣～骚～尚～蛇～盛～诗～手～首～水～税～私～素～绥～太～腾～天～条～通～铜～图～挽～违～文～纹～无～霞～闲～显～宪～像～刑～胸～雄～袖～宣～勋～训～牙～雅～言～腰～尧～瑶～要～衣～仪～遗～彝～议～银～引～饮～隐～印～鱼～玉～豫～月～云～韵～昭～真～证～知～篆～总～奏～卒～尊～急就～

蟑zhāng 蟑螂。【古】下平，七阳。

暲zhāng 明。【古】下平，七阳。

鄣zhāng【古】下平，七阳。【例】板～陂～碧～蔽～边～步～乘～画～锦～连～屏～桥～亭～行～岩～欲～

彰zhāng【古】下平，七阳。【例】暗～褒～辨～表～不～才～璨～德～洞～功～弘～焕～绩～静～孔～乐～弥～名～明～谬～能～庆～瑞～事～外～文～显～义～益～用～怨～彰～昭～肇～知～智勇～

璋zhāng【古】下平，七阳。【例】宝～赤～大～德～奉～圭～珪～裸～弄～牙～中～

樟zhāng【古】下平，七阳。【例】钓～洪～香～豫～

獐（麞）zhāng 兽名。【古】下平，七阳。【例】捕～赤～伐～黑～花～画～荒～黄～绘～获～进～狂～鹿～麇～弄～青～取～山～麝～食～送～土～舞～鲜～香～牙～银～逐～

嫜zhāng【古】下平，七阳。【例】姑～尊～

漳zhāng【古】下平，七阳。【例】病～二～河～衡～沮～临～南～清～汀～引～源～

庄（莊）zhuāng【古】下平，七阳。【例】宝～别～茶～成～诚～村～达～都～端～饭～丰～凤～宫～恭～孤～官～广～锅～杭～惠～寄～矜～兢～筠～康～抗～客～老～莲～美～蒙～米～墨～农～票～齐～钱～琴～青～屈～

色~山~蜀~丝~肃~天~田~通~屯~王~威~溪~乡~行~雅~烟~野~义~渔~云~斋~贞~竹~坐~

装(裝)zhuāng【古】下平,七阳。【例】安~扮~包~贝~便~辨~裱~薄~拆~晨~衬~饬~春~促~袋~倒~道~吊~蝶~冬~短~对~发~分~封~服~负~改~工~宫~孤~古~罐~滚~函~寒~鹤~红~鸿~花~化~换~赍~急~集~假~简~精~靓~具~军~猎~密~男~闹~拼~平~瓶~奇~骑~旗~乔~轻~倾~取~戎~儒~散~盛~时~饰~束~俗~素~速~唐~套~腾~童~伪~委~吴~武~戏~线~行~杏~绣~炫~压~严~艳~洋~摇~夜~衣~倚~泳~幽~原~云~折~征~整~正~重~着~赀~资~辎~总~组~女儿~

妆(妝、粧)zhuāng【古】下平,七阳。【例】半~扮~薄~残~朝~晨~楚~春~催~村~淡~道~点~调~妒~娥~额~发~粉~佛~宫~古~红~华~化~毁~嫁~减~靓~倦~泪~理~莲~露~蛮~梅~面~明~墨~暮~闹~凝~浓~弄~铅~浅~乔~轻~容~上~盛~时~试~饰~梳~送~素~宿~檀~啼~添~晚~枉~吴~午~洗~仙~鲜~险~晓~卸~新~绣~徐~炫~严~掩~艳~夜~醉~

桩(樁)zhuāng【古】上平,三江。【例】暗~标~船~打~抵~封~伏~符~孤~基~架~脚~界~缆~柳~马~摹~木~赔~桥~石~树~水~星~朽~移~梅花~系船~

平声·阳平

昂áng【古】下平,七阳。【例】藏~低~飞~丰~高~激~亢~魁~气~巍~嵬~显~形~轩~应~自~

卬áng【古】下平,七阳。【例】低~高~激~俛~巍~卬~颙~瞻~

藏cáng【古】下平,七阳。另见597页zàng。【例】暗~昂~奥~包~豹~闭~辟~别~储~窜~冬~遁~躲~封~伏~抚~府~富~覆~弓~孤~锢~馆~归~龟~庋~裹~海~含~函~厚~华~怀~晦~慧~积~家~缄~窖~洁~禁~酒~卷~掘~窟~库~矿~冷~敛~鳞~廪~留~龙~律~埋~霾~瞒~谩~迷~秘~密~冥~内~匿~屏~乞~起~迁~潜~穷~寝~儒~潸~深~神~释~收~水~私~搜~宿~锁~帑~韬~逃~祧~退~窝~袭~消~挟~行~形~胸~畜~蓄~穴~窨~腌~盐~掩~冶~遗~瘗~隐~赢~猿~蕴~遮~蛰~珍~

长(長)cháng【古】下平,七阳。另见590页zhǎng、598页zhàng。【例】比~臂~鞭~波~齿~寸~道~短~丰~风~广~话~季~见~截~拉~路~履~漫~弥~绵~偏~气~曲~冗~柔~擅~伸~身~深~沈~手~守~瘦~舒~特~天~拖~狭~遐~纤~相~心~修~续~延~扬~养~遥~曳~夜~永~用~优~攸~渊~元~周~专~祚~柳线~意味~引兴~

鲿(鱨)cháng 黄颡鱼。【古】下平,七阳。

肠(腸)cháng【古】下平,七阳。【例】悲~敝~别~菜~充~抽~愁~慈~寸~涤~洞~妒~肚~断~鹅~烦~肥~肺~粉~风~腐~腹~肝~刚~割~灌~龟~

浣~黄~饥~机~鸡~羁~浇~骄~结~锦~酒~旧~斶~绝~空~刳~枯~宽~腊~冷~离~鲤~沥~旅~履~盲~梦~木~怒~藕~盘~牵~情~热~柔~肉~骚~肾~诗~石~丝~搜~探~拖~洗~侠~香~绣~羊~盈~幽~鱼~庾~直~中~衷~冰雪~铁石~

常cháng【古】下平,七阳。【例】安~保~变~秉~常~超~朝~处~达~得~法~反~非~奉~纲~固~故~官~惯~贵~恒~季~家~矫~经~久~旧~居~据~良~乱~伦~民~谋~弃~情~如~胜~失~时~守~殊~庶~顺~素~岁~太~天~通~往~违~无~习~闲~向~雄~序~叙~寻~循~佯~依~宜~异~庸~有~逾~语~元~越~照~正~知~中~

偿(償)cháng【古】下平,七阳。又:去声,二十三漾,同。【例】酬~春~抵~负~庚~归~检~酷~清~取~责~折~质~

尝(嘗)cháng【古】上平,七阳。【例】谙~饱~备~辨~不~初~赐~大~第~点~独~奉~更~共~曷~嘉~居~开~口~屡~品~浅~窃~亲~秋~试~同~偷~未~细~先~享~欣~新~歆~须~寻~原~蒸~祖~

裳cháng【古】下平,七阳。另见569页shāng。【例】白~斑~弁~布~襜~楚~垂~翠~带~丹~单~倒~断~风~缝~拂~黻~缟~公~冠~圭~桂~衮~裹~荷~华~黄~翚~卉~甲~兼~湔~蹇~绛~解~锦~客~抠~揽~裂~龙~轮~罗~霓~绮~褰~衾~青~秋~裘~裙~衽~衫~衰~素~穗~挽~韦~帏~雾~下~仙~绣~轩~玄~熏~衣~蚁~缨~羽~越~云~簪~藻~征~缁~芙蓉~嫁衣~云锦~

徜cháng【古】下平,七阳。【例】徉~

嫦cháng 嫦娥。【古】下平,七阳。

场(場、塲)cháng【古】下平,七阳。另见584页chǎng。【例】打~登~涤~禾~愣~灵~鹿~碾~农~排~起~抢~晒~圩~扬~演兵~

苌(萇)cháng【古】下平,七阳。【例】乌~苏~

床(牀)chuáng【古】下平,七阳。【例】矮~安~柏~板~蹦~笔~冰~并~病~剥~槽~茶~禅~产~车~尘~冲~捶~倒~笛~簟~吊~东~堆~方~风~扶~拊~供~鼓~棺~龟~寒~河~横~胡~虎~机~积~基~交~锦~井~酒~�~楷~炕~客~空~匡~筐~矿~藜~连~凉~临~凌~柳~龙~卵~罗~蛮~满~眠~磨~墨~木~南~泥~女~刨~陪~铺~起~怯~琴~寝~虬~认~乳~软~僧~山~绳~诗~石~书~水~松~素~榻~苔~檀~坦~藤~铁~同~拖~帷~温~卧~铣~侠~霞~象~绣~悬~旋~牙~烟~筵~药~欹~仪~夷~隐~鱼~玉~御~云~糟~择~铡~榨~毡~折~枕~支~竹~棕~奏~足~钻~坐~

撞chuáng 旧读。【古】上平,三江。又:去声,三绛同。另见598页zhuàng。

幢chuáng【古】上平,三江。【例】宝~碧~担~法~幡~飞~佛~高~华~麾~戟~经~旌~灵~鸾~霓~旗~青~日~石~帅~寺~缇~彤~危~仙~绣~牙~银~油~羽~玉~云~执~幢~

噇chuáng 大吃大喝。【古】上平,三江。

防fáng【古】下平,七阳。又:去声,二十三漾同。【例】岸~备~边~布~猜~撤~城~弛~出~川~辍~大~堤~调~冬~顿~埵~法~范~高~沟~固~关~官~国~海~河~换~回~讥~稽~羁~检~江~诫~紧~进~禁~警~旧~拘~巨~军~科~空~恐~礼~联~民~逆~配~清~曲~劝~人~善~设~射~身~慎~疏~水~堂~提~贴~团~屯~乡~消~宣~血~巡~汛~严~洋~移~疑~应~营~雍~壅~鱼~逾~预~豫~原~增~遮~汁~制~智~周~驻~

妨fáng【古】下平,七阳。又:去声,二十三漾,同。【例】不~何~未~无~相~刑~行~行~意~乍~

房fáng【古】下平,七阳。【例】阿~暗~班~板~包~宝~报~豹~泵~闭~荜~璧~冰~兵~病~捕~蚕~仓~槽~草~查~茶~柴~禅~产~长~厂~朝~充~厨~楚~厝~丹~道~氐~地~店~雕~洞~杜~碓~耳~二~藩~分~蜂~高~蛤~隔~工~公~宫~锢~官~闺~寒~号~合~河~壶~户~花~黄~蕙~伙~货~机~夹~监~柬~简~涧~绛~椒~解~金~经~静~旧~僦~浚~卡~开~客~空~库~廊~牢~离~吏~栗~奁~连~莲~寮~灵~榴~楼~露~绿~蠃~马~茅~梅~煤~门~密~蜜~民~磨~内~奶~尼~碾~暖~陪~配~偏~票~平~破~铺~妻~齐~茄~青~秋~囚~曲~裙~群~染~乳~入~扫~僧~沙~山~膳~烧~深~石~矢~市~收~寿~售~书~疏~水~司~私~驷~松~邃~探~堂~糖~套~腾~添~填~厅~听~通~同~头~土~兔~瓦~完~网~危~闱~温~文~蜗~卧~喜~戏~细~厦~厢~象~霄~新~星~刑~行~杏~绣~续~轩~宣~萱~玄~悬~学~雪~汛~岩~沿~洋~腰~瑶~药~夜~椅~驿~阴~莺~鹰~营~幽~油~萸~玉~圆~远~月~云~筼~灶~造~斋~毡~辗~占~栈~账~正~芝~知~芷~质~珠~竹~烛~住~专~砖~颛~子~紫~租~祖~作~鸳鸯~

肪fáng【古】下平,七阳。【例】蟾~鹅~膏~割~肌~截~绝~流~凝~蛇~松~熊~玉~云~脂~

鲂(魴)fáng【古】下平,七阳。【例】赪~钓~饵~汉~河~华~嘉~劳~鲤~鲈~青~食~文~鱼~鳣~

行háng【古】下平,七阳。另见593页hàng、627页xíng、637页xìng。【例】八~班~半~辈~本~车~成~单~当~懂~断~发~分~改~隔~横~脚~轿~接~粮~乱~末~内~农~排~启~戎~商~上~诗~树~数~随~跳~同~外~武~循~牙~雁~洋~移~银~鸳~在~阵~支~竹~转~字~总~珥貂~鸿雁~泪两~全武~兄弟~丈人~

航háng【古】下平,七阳。【例】车~沉~乘~出~初~慈~大~单~导~雕~度~断~法~返~飞~浮~归~海~呼~护~回~妓~江~津~开~连~领~龙~楼~迷~民~偏~启~桥~轻~设~试~首~丝~梯~停~通~吞~苇~无~误~仙~续~巡~野~夜~蚁~引~宇~远~越~云~舟~万里~万人~一苇~

杭háng【古】下平,七阳。【例】泛~飞~杭~梛~萨~苏~梯~梯~天~苇~游~舟~

吭háng【古】下平,七阳。又:上声,二十二养同;去声,二十三漾同。另见603

页 kēng。【例】翠~扼~高~喉~绝~吭~呀~弄~清~伸~天~握~咽~引~莺~嘤~员~圆~蛰~

颃(頏) háng 【古】下平,七阳。【例】颉~鸟~

绗(絎) háng 粗缝。【古】去声,二十四敬。

桁 háng 【古】去声,二十三漾。另见609 页 héng。【例】衣~

黄 huáng 【古】下平,七阳。【例】暗~柏~残~惨~灿~燦~苍~尘~乘~橙~赤~抽~初~传~春~纯~词~雌~葱~翠~丹~淡~蛋~丁~豆~短~鹅~蛾~额~翻~芳~飞~绯~分~蜂~柑~宫~龚~寡~官~红~鸿~花~怀~槐~昏~浑~江~绛~娇~焦~金~韭~鞠~菊~橘~空~枯~焜~蜡~烂~诔~离~骊~黎~丽~栗~疗~林~菱~流~留~柳~龙~麻~麦~梅~明~嫩~牛~脾~蒲~岐~歧~蕲~牵~铅~浅~青~轻~秋~渠~柔~茹~蕊~散~桑~沙~石~始~疏~衰~霜~松~苏~蒜~穗~鲐~腾~眷~藤~天~田~帖~通~土~团~宛~委~萎~犀~羲~夏~鲜~香~象~销~新~杏~雄~轩~玄~悬~熏~嚑~醺~押~鸦~鸭~烟~蔫~姚~叶~靥~衣~沂~阴~银~引~莺~硬~右~玉~御~元~芸~晕~张~诏~赭~征~正~栀~

媓 huáng 见于人名。【古】下平,七阳。

瑝 huáng 玉声。【古】下平,七阳。

锽(鍠) huáng 【古】下平,八庚。【例】镗~金~卡~锁~弹~铮~

癀 huáng 【古】下平,七阳。【例】嗓~

煌 huáng 【古】下平,七阳。【例】炳~敦~炖~赫~煌~辉~孔~焜~亮~巍~炜~熠~炫~耀~伊~荧~莹~章~

皇 huáng 【古】下平,七阳。【例】柏~保~惭~苍~储~春~翠~怠~地~帝~东~娥~儿~法~梵~方~房~匪~凤~高~古~汉~后~皇~回~吉~嘉~教~颉~金~惊~觉~烈~灵~鸾~髦~靡~明~木~内~农~女~朋~栖~秦~青~人~仁~沙~上~神~圣~寿~嗣~遂~燧~太~泰~唐~堂~天~土~娲~文~武~牺~羲~戏~先~心~虚~轩~玄~炎~仪~英~忧~余~玉~聿~张~章~烝~窒~紫~

凰 huáng 【古】下平,七阳。【例】丹~凤~孤~鸾~鸣~求~文~鸯~

蝗 huáng 【古】下平,七阳。【例】辟~捕~虫~除~飞~官~旱~淮~流~蚂~灭~螟~蛹~迁~秋~驱~食~霜~讨~土~吞~夏~遗~蝇~蝝~灾~蒸~治~螽~竹~

簧 huáng 【古】下平,七阳。【例】篪~抽~吹~弹~调~洞~鼓~含~寒~机~金~箜~鸣~匏~皮~片~七~琴~舌~笙~施~双~丝~松~锁~天~铜~投~夏~雅~银~莺~幽~造~执~制~炙~竹~转~奏~巧如~万籁~

篁 huáng 【古】下平,七阳。【例】柏~斑~碧~池~初~春~丛~翠~笃~荻~风~孤~寒~荒~阶~筠~苦~老~林~茅~篾~嫩~秋~笙~疏~丝~松~夏~新~修~烟~野~业~幽~珍~竹~紫~

潢 huáng 【古】下平,七阳。又:去声,二十三漾异。【例】陂~池~涵~横~潢~江~绝~流~染~神~天~五~仙~星~银~玉~装~

徨 huáng 【古】下平,七阳。【例】傍~

仓~彷~徊~徨~獐~

惶huáng【古】下平,七阳。【例】哀~悲~惭~惨~诚~驰~伧~孤~骇~惶~回~惊~兢~敬~窘~遽~恐~恇~愧~迷~栖~悽~翘~疏~悚~悕~怯~忧~战~张~震~

璜huáng【古】下平,七阳。【例】琮~钓~圭~珩~衡~琥~璜~玑~金~明~鸣~珮~绮~球~双~夏~象~玄~瑀~玉~执~

蟥huáng【古】下平,七阳。【例】蚂~蛂~

磺huáng【古】下平,七阳。【例】硫~硝~

遑huáng【古】下平,七阳。【例】不~怠~匪~何~遑~靡~莫~旁~凄~栖~悽~未~暇~聿~

锽(鍠)huáng【古】下平,八庚。【例】锽~铿~球~仪~

隍huáng【古】下平,七阳。【例】城~池~复~沟~濠~河~金~浚~纳~陴~深~石~水~台~堂~填~通~遗~

鳇(鰉)huáng【古】下平,七阳。【例】鲟~

湟huáng【古】下平,七阳。【例】渡~河~汨~汪~

艎huáng【古】下平,七阳。【例】漕~飞~归~歇~余~艅~舟~

喤huáng【古】下平,七阳。又:下平,八庚同。【例】宫~喤~锵~引~

扛káng【古】上平,三江。另见 566 页 gāng。【例】擦~撑~肩~硬~

狂kuáng【古】下平,七阳。【例】暴~悖~避~病~猜~猖~痴~出~楚~春~道~颠~发~犯~放~疯~蜂~昏~疾~僭~骄~酒~狙~狷~谲~疗~漫~迷~欺~轻~清~热~阮~诗~疏~详~心~兴~醒~凶~獝~佯~雍~迂~愚~欲~躁~诈~张~獐~醉~柳絮~书生~喜欲~

诳(誑)kuáng【古】去声,二十三漾。【例】逋~谄~诞~颠~调~多~患~谲~夸~陵~流~欺~说~虚~诈~訾~自~

鵟(鵟)kuáng 鸟名。【古】下平,七阳。

郎láng【古】下平,七阳。【例】伴~宾~部~才~长~朝~城~村~冬~杜~儿~法~粉~凤~歌~海~憨~壶~花~江~娇~洁~锦~俊~窟~猎~林~令~刘~柳~漫~芒~梅~内~辇~牛~女~潘~钱~清~阮~沈~省~石~侍~书~孙~索~台~檀~田~外~望~文~仙~象~萧~新~星~行~轩~牙~岩~颜~夜~渔~庾~玉~枣~斋~棹~支~中~重~诸~竹~祝~傅粉~田舍~羽林~紫微~

桹láng【古】下平,七阳。【例】宾~枸~桄~鸣~

锒(鋃)láng【古】下平,七阳。【例】锐~铣~

筤láng【古】下平,七阳。【例】苍~箦~扇~

狼láng【古】下平,七阳。【例】白~搏~苍~豺~地~恶~饿~封~烽~狐~虎~化~饥~老~寥~秦~青~驱~群~色~射~鼠~贪~天~畏~枭~星~熊~畜~羊~野~中山~

廊láng【古】下平,七阳。【例】步~长~穿~殿~短~朵~房~风~宫~拱~古~画~回~阶~筠~连~庙~内~前~曲~绕~僧~石~松~通~厢~象~行~虚~

轩～严～岩～艺～阴～游～月～重～朱～竹～

㖪láng 㖪嬛。【古】下平，七阳。

琅（瑯）láng【古】下平，七阳。【例】八～宝～炳～苍～珰～玎～珐～珖～豁～金～琅～琳～青～

螂（蜋）láng【古】下平，七阳。【例】刀～蚂～蜣～螳～蟑～

榔láng【古】下平，七阳。又：上声，二十二养同。【例】槟～桄～林～鸣～沤～鱼～渔～

浪láng【古】下平，七阳。另见594页làng。【例】博～沧～浪～

阆（閬）láng【古】去声，二十三漾。另见594页làng。【例】阆～

踉láng 又读。【古】下平，七阳。另见579页liáng、595页liàng。

稂láng【古】下平，七阳。【例】苞～秕～不～童～莠～

粮（糧）liáng【古】下平，七阳。【例】秕～边～兵～并～财～仓～糙～漕～陈～吃～春～出～刍～储～赐～粗～催～存～打～贷～稻～丁～定～斗～断～放～俸～负～干～工～公～购～谷～官～裹～耗～荷～糇～黄～嘉～浆～粳～酒～聚～捐～绝～军～口～馈～廪～禄～米～民～乞～钱～囚～缺～绅～食～书～税～送～田～通～瓦～完～细～夏～饷～携～新～行～休～盐～肴～衣～遗～义～赢～余～鱼～运～杂～斋～赈～征～种～主～贮～转～赀～辎～

俍liáng【古】下平，七阳。【例】～伉～儣～

综（綡）liáng 冠系。【古】下平，七阳。

椋liáng 椋鸟。【古】下平，七阳。

良liáng【古】下平，七阳。【例】邦～不～才～材～辰～纯～淳～慈～从～粗～大～丹～德～登～调～都～端～敦～方～改～膏～公～国～和～吉～佳～嘉～驾～坚～歼～谨～进～精～隽～俊～孔～牢～廉～麦～茂～昧～明～木～奴～贫～平～乞～谦～强～清～驱～犬～仁～任～柔～善～圣～寿～淑～黍～遂～天～惟～温～无～兀～闲～贤～秀～选～驯～循～易～优～元～贞～质～忠～

量liáng【古】上平，七阳。另见595页liàng。【例】比～裁～测～称～打～斗～度～端～估～衡～考～料～评～商～审～思～丈～斟～酌～放眼～万斛～玉尺～

粱liáng【古】上平，七阳。【例】白～持～赤～春～稻～荻～饭～粉～高～膏～红～黄～藿～粳～具～粝～沐～青～黍～童～玉～啄～

凉（涼）liáng【古】下平，七阳。另见595页liàng。【例】哀～岸～半～雹～报～悲～被～冰～沧～苍～草～蝉～晨～趁～乘～池～冲～初～怆～岛～稻～簟～风～浮～甘～高～阁～革～谷～瓜～寒～河～荷～花～荒～江～戒～金～踽～空～凉～露～麦～暮～纳～耐～南～嫩～平～凄～沁～轻～清～蛩～秋～取～泉～森～山～扇～身～渗～生～始～收～受～疏～树～水～松～天～退～晚～微～温～午～夕～西～溪～夏～鲜～晓～歇～心～辛～新～休～虚～轩～暄～延～炎～邀～野～夜～伊～宜～阴～荫～迎～雨～玉～院～月～增～湛～招～竹～逐～追～北窗～贺新～麦风～雨送～

梁[1]liáng【古】下平，七阳。【例】巴～卑～北～鼻～碧～部～钗～长～车～成～

承~池~川~玳~当~堤~底~叠~顶~都~独~杜~断~发~飞~废~浮~杠~高~歌~阁~谷~故~关~国~韩~豪~河~红~洪~虹~后~狐~壶~淮~黄~佶~棘~脊~茭~髻~架~将~僵~金~津~经~荆~据~锯~卷~康~陆~吕~梅~幕~南~飘~平~坡~齐~岐~淇~杞~强~桥~秦~囚~曲~渠~圈~雀~鹊~沙~山~梢~石~始~寿~松~嵩~锁~提~天~挑~蜩~跳~铁~通~铜~童~瓦~王~危~无~萧~杏~雄~虚~腰~夜~阴~引~雍~游~渔~舆~雨~玉~鼋~泽~帻~增~栈~治~置~仲~舟~朱~竹~梓~

梁[2](樑)liáng【古】下平,七阳。【例】柏~翠~雕~栋~房~棼~凤~桂~桁~横~花~画~架~旧~空~楣~庙~绕~屋~绣~悬~云~正~柱~百尺~玳瑁~

踉liáng【古】下平,七阳。另见578页láng;另见595页liàng。【例】跳~

辌(輬)liáng【古】下平,七阳。【例】轻~辒~轩~

莨liáng【古】下平,七阳。【例】薯~

忙máng【古】下平,七阳。【例】百~帮~奔~别~拨~财~蚕~苍~春~匆~促~错~蝶~烦~繁~飞~纷~赶~谷~官~贵~忽~花~荒~慌~即~急~疾~紧~惊~惊~蠲~空~狼~连~乱~闹~农~贫~千~牵~清~穷~驱~人~冗~身~速~田~心~心~星~燕~宜~攒~助~应酬~游鱼~

尨máng【古】上平,三江。【例】吠~乱~蒙~

牻máng 杂色牛。【古】上平,三江。

盲máng【古】下平,八庚。【例】暗~发~法~晦~昏~鸡~乐~聋~盲~眇~明~目~偏~青~雀~群~扫~色~脱~文~问~心~雪~夜~音~昼~

芒[1]máng【古】下平,七阳。【例】笆~北~草~赤~垂~春~刺~稻~负~勾~谷~光~含~翰~毫~豪~荒~晦~浑~尖~角~精~句~廉~敛~菱~绿~麦~茅~冥~怒~青~秋~石~疏~输~汪~微~纤~星~眼~耀~遗~织~锥~谆~

芒[2](鋩)máng【古】下平,七阳。【例】刀~锋~戈~钩~寒~剑~金~敛~刃~针~

茫máng【古】下平,七阳。【例】苍~淳~澹~沆~浩~鸿~荒~昏~浑~混~茫~莽~弥~迷~淼~渺~溟~汪~微~泱~杳~

氓máng【古】下平,八庚。另见609页méng。【例】流~

哤máng【古】上平,三江。【例】纷~乱~喧~言~

邙máng【古】下平,七阳。【例】北~瀍~嵩~修~瞻~

囊náng【古】下平,七阳。【例】包~宝~豹~贝~背~被~笔~冰~钵~帛~布~彩~茶~车~赤~褚~处~揣~怆~胆~盗~地~兜~肚~恶~翻~饭~放~粉~风~缝~浮~袱~府~负~复~腹~绀~革~葛~裹~贺~虎~笏~花~怀~宦~灰~秽~货~藿~笈~髻~袷~缣~简~谏~箭~绛~胶~解~巾~金~锦~镜~酒~疽~巨~绢~决~决~壳~客~空~括~泪~练~猎~绿~罗~麻~毛~米~墨~排~盘~旁~佩~皮~缥~破~气~悭~戕~挈~琴~青~倾~罄~囚~取~缺~阮~纱~麝~肾~笙~诗~食~

绶～书～束～水～丝～私～搜～算～缩～贪～探～投～图～土～脱～驼～碗～韦～胃～窝～奚～香～缃～箱～携～泻～行～绣～偃～掩～药～衣～仪～遗～阴～银～隐～印～盈～萤～颖～油～迂～萸～缯～辄～枕～纸～智～珠～装～锥～资～资～辎～

囊 náng 【古】下平，七阳。【例】嘟～咕～呜～

娘（孃）niáng 【古】下平，七阳。【例】阿～伴～蚕～厨～楚～船～春～胆～爹～丁～豆～额～干～姑～禾～红～后～花～寄～家～贾～驾～娇～荆～九～酒～老～姥～骂～蛮～媚～奶～婆～倩～亲～秦～情～秋～妊～乳～韶～婶～师～要～苏～泰～谈～甜～韦～卫～倭～乌～吴～溪～喜～细～萧～谢～新～徐～幺～宵～窈～爷～姨～隐～渔～玉～越～贞～珠～

旁 páng 【古】下平，七阳。【例】阿～边～从～耳～光～海～近～剧～路～牛～偏～歧～四～溪～形～岩～倚～宅～枕～

逄 páng 【古】上平，三江。【例】逄～龙～

鳑（鰟）páng 鱼名。【古】下平，七阳。

龙 páng 【古】上平，三江。【例】村～吠～惊～乱～蒙～小～

庞（龐、庬）páng 【古】上平，三江。【例】纯～敦～纷～丰～高～鸿～居～俊～脸～眉～面～耇～穷～腮～

彷（徬）páng 彷徨。【古】下平，七阳。另见 585 页 fǎng“仿”。

磅 páng 【古】下平，七阳。另见 591 页 bàng。【例】砰～

螃 páng 螃蟹。【古】下平，七阳。

膀 páng 膀胱。【古】下平，七阳。另见 568 页 pāng、584 页 bǎng。

强（強、彊）qiáng 【古】下平，七阳。另见 587 页 qiǎng、593 页 jiàng。【例】霸～保～暴～避～兵～逞～骋～充～锄～磁～粗～村～挫～党～敌～丁～斗～发～肥～丰～富～干～刚～高～葛～梗～公～贵～国～悍～豪～好～狠～横～怙～怀～积～加～奸～坚～健～狡～矫～矜～谨～劲～精～崛～康～亢～夸～力～戾～列～蛮～免～敏～明～冥～鸟～迫～朴～启～亲～轻～清～诎～屈～权～仁～柔～弱～擅～舌～盛～使～示～恃～索～贪～图～外～顽～挽～威～黠～闲～贤～相～骁～凶～雄～压～衙～养～要～业～倚～殷～增～占～争～治～质～鸷～众～重～壮～自～走～嘴～作～

蔃 qiáng 蔃菜。【古】下平，七阳。

墙（墻、牆）qiáng 【古】下平，七阳。【例】矮～白～板～边～禀～补～拆～城～出～穿～丹～登～雕～堵～短～断～翻～藩～防～粉～粪～扶～辅～负～隔～羹～宫～挂～花～画～火～棘～夹～葭～肩～椒～界～金～锦～禁～窥～栏～垒～篱～蛎～连～缭～柳～满～漫～茅～门～面～抹～幕～女～排～骑～砌～骞～丘～绕～山～蜃～盛～诗～饰～松～苔～堂～藤～梯～跳～铁～庭～彤～铜～颓～圩～围～帷～舣～薛～萧～胸～修～绣～穴～循～严～岩～腰～倚～驿～阴～营～游～逾～踰～御～垣～缘～苑～院～月～越～栅～毡～旃～照～治～竹～筑～撞～子～薜荔～

樯（檣、艢）qiáng 【古】下平，七阳。【例】茶～船～帆～风～归～桂～海～红～画～回～客～连～蛮～篷～起～绕～石～晚～万～危～桅～牙～远～云～舟～渚～

百尺~映蒲~

嫱(嬙)qiáng【古】下平,七阳。【例】毛~嫔~施~王~妖~媵~

蔷(薔)qiáng【古】下平,七阳。【例】刺~东~红~野~

攘ráng【古】上声,二十二养。另见587页rǎng。【例】寇~攘~外~

瓤ráng【古】下平,七阳。【例】丹~甘~瓜~红~莲~内~茄~沙~松~桃~甜~雪~秫秸~

勷ráng【古】下平,七阳。【例】寇~勔~赞~

禳ráng【古】下平,七阳。【例】保~祷~祓~符~侯~醮~解~弭~面~傩~祈~祛~消~修~厌~医~雩~

穰ráng【古】下平,七阳。又:上声,二十二养同。【例】白~不~稠~大~豆~多~繁~丰~福~富~浩~饥~积~金~农~扰~柔~桑~黍~松~岁~桃~土~窝~熙~凶~治~种~

瀼ráng【古】下平,七阳。另见595页ràng。【例】~零~瀼~

堂táng【古】下平,七阳。【例】庵~柏~拜~宝~碑~碧~避~璧~冰~部~参~草~茶~禅~朝~成~呈~池~充~春~除~川~穿~垂~椿~祠~辞~雌~当~道~登~殿~雕~洞~都~法~饭~梵~丰~佛~弗~福~府~高~歌~公~宫~构~光~桂~过~寒~禾~合~哄~烘~红~黉~湖~花~华~画~槐~会~妓~浃~家~讲~郊~教~阶~节~金~锦~经~惊~静~扃~酒~卷~筠~开~客~课~空~孔~兰~离~礼~鲤~廉~凉~亮~灵~令~龙~露~鲁~箓~律~绿~论~罗~满~茅~梅~门~庙~名~明~墨~墓~内~弄~暖~跑~陪~瓢~平~铺~蒲~栖~琴~寝~清~秋~曲~渠~僧~沙~山~善~膳~射~深~神~升~省~石~食~室~寿~授~书~疏~水~说~松~讼~岁~坛~堂~天~厅~庭~退~拖~外~晚~帷~文~西~溪~喜~禊~下~夏~香~享~巷~孝~心~刑~杏~虚~轩~萱~玄~学~雪~讯~牙~衙~烟~岩~雁~燕~阳~养~瑶~药~野~夜~议~阴~吟~银~印~膺~影~幽~宇~雨~玉~辕~月~云~澡~灶~斋~毡~照~正~值~中~冢~朱~竹~祖~尊~坐~白玉~绿野~郁金~

鄌táng 鄌部。【古】下平,七阳。

瑭táng 玉名。【古】下平,七阳。

樘táng【古】下平,七阳。【例】窗~门~

镗(鏜)táng【古】下平,七阳。【例】镗~铿~锒~

膛táng【古】下平,七阳。【例】弹~滑~开~脸~炉~炮~枪~上~胸~眼~

塘táng【古】下平,七阳。【例】坳~陂~碧~草~池~春~堤~荻~方~芳~枫~高~官~归~海~寒~汉~河~荷~横~湖~花~回~火~芰~蛟~金~泾~瞿~雷~蛎~莲~林~菱~柳~藕~蒲~钱~芡~青~清~秋~渠~山~石~霜~水~苇~谢~新~雪~烟~阳~瑶~冶~野~银~渔~园~月~云~藻~栅~筑~椎~

糖(醣)táng【古】下平,七阳。【例】熬~白~棒~宝~冰~粗~贩~方~蜂~肝~灌~桂~果~核~红~茧~焦~块~麻~蜜~绵~面~奶~猊~皮~葡~乳~软~砂~食~兽~黍~霜~酥~饧~喜~

飨~洋~药~饴~硬~榨~蔗~制~橄榄~琥珀~梨膏~麦芽~

唐táng【古】下平，七阳。【例】安~苍~昌~崇~初~大~堤~帝~放~高~歌~汉~浩~横~荒~晋~瞿~开~李~马~美~明~南~绍~隋~陶~天~晚~吴~西~羲~咸~兴~行~轩~炎~阳~尧~虞~

棠táng【古】下平，七阳。【例】爱~白~棣~雕~发~伐~甘~海~寒~蕙~锦~憩~青~如~沙~山~香~野~遗~召~秋海~召伯~

螳táng【古】下平，七阳。【例】痴~怒~秋~蜩~

螗táng【古】下平，七阳。【例】斧~蜩~

搪táng【古】下平，七阳。【例】侈~抵~推~撞~

饧(餳)táng 又读。【古】下平，八庚。另见628页xíng。

溏táng【古】下平，七阳。【例】流~滂~泣~颓~鹜~

糖táng 赤色。【古】下平，七阳。

王wáng【古】下平，七阳。另见596页wàng。【例】霸~禅~伯~闯~称~成~虫~楚~春~帝~迭~鄂~法~藩~蕃~梵~废~汾~封~蜂~父~歌~公~谷~鬼~国~海~汉~豪~侯~后~花~淮~假~僭~骄~荆~君~郡~空~龙~蛮~名~明~冥~魔~木~宁~僻~偏~亲~勤~拳~让~仁~僧~神~圣~盛~师~时~衰~思~太~天~图~危~夏~先~贤~显~相~项~象~鸮~心~兴~雄~玄~阎~药~医~蚁~逸~应~幽~鱼~元~月~灶~贼~哲~钟~诸~竹~宗~尊~

亡(亾)wáng【古】下平，七阳。【例】败~暴~奔~迸~表~病~播~逋~残~惨~猖~出~除~垂~唇~窜~存~殚~悼~道~雕~遁~放~废~覆~梏~乖~耗~横~后~厚~荒~悔~讳~晦~瘠~歼~荐~救~绝~溃~偪~流~陋~漏~乱~沦~迷~灭~泯~叛~畔~偏~破~七~倾~阙~散~丧~伤~殇~少~身~失~衰~澌~死~送~遂~逃~讨~天~推~脱~往~危~畏~侮~削~销~偕~兴~星~虚~央~夭~夜~遗~刈~逸~意~阴~幽~陨~殒~诊~阵~征~珠~追~坠~走~坐~

忘wáng 旧读。【古】下平，七阳。又：去声，二十三漾同。另见596页wàng。

详(詳)xiáng【古】下平，七阳。【例】安~谙~备~比~不~猜~参~沉~呈~掂~端~分~该~和~弘~检~谨~精~究~具~考~宽~内~批~披~区~曲~趋~诠~善~上~申~审~事~舒~顺~讨~通~推~微~未~闲~消~徐~讯~淹~研~议~意~原~昭~职~重~周~转~谆~准~咨~

祥xiáng【古】下平，七阳。【例】安~百~标~卜~朝~呈~赤~除~储~慈~定~发~氛~凤~符~福~龟~贵~合~和~狐~吉~嘉~荐~晋~祲~景~咎~麟~忙~美~纳~年~农~祈~祺~庆~穷~善~深~殊~淑~顺~岁~体~天~效~兴~熊~休~血~妖~遗~迎~蜮~渊~远~岳~昭~兆~肇~贞~珍~祯~征~正~祉~致~钟~众~龙马~光景~

翔xiáng【古】下平，七阳。【例】安~遨~翱~昌~沉~驰~冬~端~翻~飞~蜚~奋~风~凤~凫~浮~高~孤~鹤~

横~鸿~滑~徊~翚~惊~鹍~龙~鸾~鸣~鸟~鸥~鹏~翩~飘~栖~骞~禽~趋~双~隼~腾~退~汪~嬉~相~翾~烟~淹~雁~游~鱼~羽~远~云~比翼~凌虚~鸾凤~

降xiáng【古】上平,三江。另见 593 页 jiàng。【例】归~纳~乞~请~求~劝~收~受~投~诱~诈~招~次第~望风~意未~

庠xiáng【古】下平,七阳。【例】安~党~东~府~国~鸿~胶~阶~进~郡~礼~儒~入~上~设~文~下~序~邑~殷~游~虞~在~州~周~

玚(瑒)yáng 玉名。【古】下平,七阳。

飏(颺)yáng【古】下平,七阳。又:去声,二十三漾同。【例】饱~簸~达~荡~浮~高~赓~鸿~激~抗~飘~轻~腾~习~宣~摇~飖~迤~悠~游~远~

炀(煬)yáng【古】下平,七阳。【例】焚~烟~炎~炀~

钖(錫)yáng【古】下平,七阳。【例】镂~

垟yáng【古】下平,七阳。【例】田~

蛘yáng【古】下平,七阳。【例】强~

阳(陽)yáng【古】下平,七阳。【例】白~鞭~秉~残~惨~昌~常~朝~承~澄~池~迟~冲~崇~初~滁~川~春~纯~丹~当~冬~洞~独~端~凤~扶~浮~复~高~隔~海~汉~河~恒~湖~华~积~绩~极~既~建~江~将~骄~津~荆~旌~景~九~阆~亢~孔~昆~溧~烈~灵~陵~龙~隆~鲁~洛~沔~欧~蒲~曝~青~倾~清~晴~庆~秋~散~商~上~尚~韶~盛~时~首~顺~嵩~随~岁~太~昙~顽~晚~微~渭~夕~晞~熙~羲~鲜~显~翔~晓~浔~艳~伊~倚~迎~幽~悠~渔~玉~燠~元~载~昭~正~至~仲~重~壮~紫~

扬(揚、敭)yáng【古】下平,七阳。【例】昂~颁~褒~飙~表~播~簸~布~阐~畅~唱~称~抽~传~答~导~蹈~道~发~飞~沸~纷~奋~奉~敷~浮~高~赓~光~弘~宏~呼~涣~恢~挥~激~汲~荐~践~讲~骄~讦~荆~旌~卷~亢~夸~历~懋~眉~明~丕~披~飘~铺~曝~戚~轻~清~筛~扇~少~摄~升~声~饰~舒~颂~搜~谈~叹~逃~腾~外~维~骛~遐~掀~显~休~诩~宣~选~言~扬~摇~飖~抑~挹~鹰~幽~悠~游~揄~郁~誉~远~赞~张~招~折~振~震~志~重~风絮~美目~意气~

杨(楊)yáng【古】下平,七阳。【例】岸~白~长~常~穿~垂~丹~堤~东~顿~高~宫~洪~胡~槐~黄~骄~荆~枯~柳~龙~绿~密~蒲~青~桑~疏~水~桐~乌~掩~摇~游~折~

羊yáng【古】下平,七阳。【例】白~贲~变~博~昌~触~羝~地~叼~吊~方~放~肥~坟~赶~皋~羔~公~觥~共~寒~豪~胡~怀~黄~吉~架~槛~蛟~羯~烂~骊~羚~龙~芒~眠~绵~冥~母~牡~木~牧~奶~牛~炮~烹~牵~锵~青~秋~求~驱~犬~群~攘~桑~山~商~赏~烧~神~石~豖~水~滩~汤~天~童~头~屠~驼~万~亡~望~牺~夏~献~相~襄~翔~枭~压~哑~阉~岩~野~夷~蚁~引~饮~玉~牂~栈~证~炙~种~逐~领头~

洋yáng【古】下平,七阳。【例】安~北~波~昌~重~崇~出~大~德~东~

渡~方~浮~光~洸~海~浩~华~潢~金~开~鲲~留~龙~码~茫~漭~南~滂~飘~锵~水~通~汪~望~西~现~响~洋~银~鹰~油~玉~远~杖~遮~

徉yáng【古】下平，七阳。【例】徜~彷~相~徾~翔~徉~

佯yáng【古】下平，七阳。【例】傍~倡~彷~放~儴~尚~傥~翔~倚~隐~诈~装~

旸（暘）yáng【古】下平，七阳。【例】常~朝~初~旦~恒~久~亢~愆~秋~日思~晏~旸~雨~

疡（瘍）yáng【古】下平，七阳。【例】疕~病~疮~寒~金~溃~疠~脓~疱~兽~痈~肿~

烊yáng【古】下平，七阳。【例】打~热~销~

仄声·上声

榜bǎng【古】上声，二十二养。另见591页bàng。【例】白~颁~碑~扁~标~驳~参~茶~长~敕~出~春~登~殿~短~恩~发~放~副~高~歌~挂~烘~虎~画~黄~甲~揭~解~金~酒~龙~镂~落~买~门~名~牌~齐~旗~敲~青~擎~檠~秋~丧~上~诗~石~试~手~署~堂~腾~题~同~文~乌~乡~虚~悬~璇~押~银~预~豫~斋~张~诏~正~棣萼~凌云~招贤~

绑（綁）bǎng【古】去声，二十三漾。【例】背~大~反~缚~解~紧~捆~陪~擒~松~

膀（髈）bǎng【古】下平，七阳。另见568页pāng、580页páng。【例】臂~并~翅~肩~青~翼~

场（場、塲）chǎng【古】下平，七阳。另见574页cháng。【例】靶~帮~兵~菜~参~操~草~茶~车~城~冲~出~初~春~词~辞~磁~村~当~到~道~稻~敌~坻~地~电~吊~定~都~斗~赌~断~法~翻~返~坊~分~坟~蜂~逢~佛~赶~歌~工~观~官~冠~广~过~哄~红~候~护~欢~宦~荒~会~火~货~机~棘~集~监~检~疆~讲~较~教~近~进~井~警~静~迥~酒~救~鞠~举~剧~觉~开~考~科~空~寇~旷~拉~楞~冷~力~立~猎~林~临~陵~落~马~名~墨~木~牧~墓~内~闹~炮~平~坪~曝~墙~怯~情~秋~球~全~戎~入~赛~散~杀~沙~煞~擅~商~上~社~神~声~省~诗~市~试~收~书~输~税~说~祀~送~宿~踏~坛~炭~田~屠~退~外~圩~围~文~屋~武~舞~误~戏~下~现~乡~消~晓~校~笑~歇~懈~刑~性~墟~玄~巡~压~哑~盐~洋~野~夜~夷~彝~议~译~银~饮~用~优~游~渔~浴~圆~在~早~灶~贼~战~阵~雉~中~终~洲~筑~专~转~作~冠盖~利名~烟花~

锬（鋹）chǎng 锐利。【古】上声，二十二养。

厂（廠、厰）chǎng【古】上声，二十二养。另见425页ān“庵”。【例】博~出~船~电~东~钢~工~花~豁~建~厩~马~茅~篷~平~纱~神~糖~铁~新~轩~药~粥~总~兵工~

敞chǎng【古】上声,二十二养。【例】博~朝~崇~洞~丰~福~高~广~弘~宏~华~峻~开~空~口~宽~旷~亮~明~平~清~森~疏~雾~遐~霞~闲~显~虚~轩~烟~夷~幽~张~中~

氅chǎng【古】上声,二十二养。【例】白~赤~大~道~幡~凤~鹤~黑~黄~锦~旗~青~鹙~素~外~鹭~仙~绣~玄~雪~羽~

昶chǎng【古】上声,二十二养。【例】和~孟~清~条~夏~雅~

惝chǎng 又读。【古】上声,二十二养。另见588页tǎng。

闯(闖)chuǎng【古】去声,二十七沁。【例】敢~胡~李~乱~蛮~猛~私~瞎~硬~勇~直~

党(黨)dǎng【古】上声,二十二养。【例】爱~伴~邦~比~部~俦~雠~篡~盗~敌~帝~缔~放~匪~夫~父~妇~附~工~钩~构~锢~寡~贵~贵~果~悍~豪~合~会~伙~奸~建~僭~交~结~酒~聚~跨~魁~昆~崑~里~立~连~梁~辽~僚~邻~闾~乱~伦~洛~密~母~逆~捻~孽~叛~朋~仆~戚~亲~清~酋~拳~阙~儒~入~声~胜~市~鼠~蜀~树~朔~私~死~天~同~徒~退~脱~外~亡~伪~乡~巷~邪~新~凶~阉~袄~遗~异~异~邑~逸~姻~引~友~羽~蜮~贼~整~政~支~枝~植~州~主~属~子~宗~族~罪~东林~

挡(擋、攩)dǎng【古】去声,二十三漾。另见592页dàng。【例】车~出~搭~带~倒~抵~顶~顶~兜~杜~风~横~空~拦~力~排~屏~水~摊~土~推~遮~阻~

谠(讜)dǎng【古】上声,二十二养。【例】诚~词~辞~鸿~论~诤~忠~

仿¹(彷)fǎng【古】上声,二十二养。另见580页páng"彷"。【例】比~相~

仿²(倣)fǎng【古】上声,二十二养。【例】崇~规~课~临~模~慕~袭~象~萧~效~写~依~影~追~

访(訪)fǎng【古】去声,二十三漾。【例】暗~拜~博~采~参~查~察~宠~出~串~刺~存~答~奉~钩~顾~关~过~互~回~迹~缉~家~检~见~借~究~括~来~历~廉~密~拿~纳~求~上~顺~私~搜~随~踏~谈~探~体~推~外~枉~下~宪~信~寻~巡~询~讯~延~诣~游~造~甄~专~追~咨~诹~走~

纺(紡)fǎng【古】上声,二十二养。【例】朝~耕~杭~混~绩~精~绢~罗~麻~棉~轻~湿~束~细~续~夜~织~执~

舫fǎng【古】去声,二十三漾。【例】榜~帛~彩~漕~乘~螭~船~大~灯~荻~短~凫~歌~官~桂~合~湖~花~画~火~江~解~酒~客~空~兰~蠡~连~菱~龙~绿~青~轻~秋~诗~石~脱~文~雪~宴~野~驿~游~雨~云~斋~舟~春溪~青油~

昉fǎng【古】上声,二十二养。【例】迷~由~

港gǎng【古】上声,三讲。【例】别~汊~出~荻~获~断~分~封~孤~归~海~寒~河~花~巨~军~阔~雷~良~柳~芦~鹿~内~秋~曲~商~石~水~通~外~溪~要~引~渔~争~

岗（崗）gǎng【古】下平，七阳。参见565页gāng“冈”。【例】布～查～察～撤～定～高～换～警～崑～离～灵～岭～陵～留～漫～门～沙～上～哨～设～土～夜～站～值～转～

广（廣）guǎng【古】上声，二十二养。【例】充～德～地～洞～都～额～繁～泛～方～浮～幅～高～汉～浩～河～横～弘～湖～恢～浸～开～宽～扩～浪～岭～路～轮～袤～弥～面～普～饶～睿～少～奢～深～疏～陶～推～拓～遐～心～修～宣～崖～淹～延～殷～渊～泽～增～兆～众～纵～海天～见识～交游～九州～

犷（獷）guǎng【古】上声，二十二养。又：上声，二十三梗同。【例】暴～残～粗～刚～犷～悍～豪～骄～狙～枯～蛮～狞～强～石～疏～顽～骁～凶～愚～

谎（謊）huǎng【例】测～测～扯～打～捣～吊～调～掉～欺～撒～说～虚～玄～圆～支～弥天～

晃huǎng【古】上声，二十二养。另见593页huàng。【例】洞～光～皓～晃～晶～炯～焜～朗～闪～虚～眩～曜～悠～烛～

幌huǎng【古】上声，二十二养。【例】碧～布～幨～朝～尘～窗～春～翠～丹～飞～风～黼～桂～蕙～金～锦～酒～帘～灵～棂～露～罗～绮～搴～琴～寝～青～轻～纱～书～帷～文～蚊～绡～晓～岫～绣～虚～轩～雪～烟～油～玉～月～云～

恍（怳）huǎng【古】上声，二十二养。【例】惝～怅～怆～惚～恍～惛～惊～傥～炫～

滉huǎng【古】上声，二十二养。【例】滉～漭～瀇～

讲（講）jiǎng【古】上声，三讲。【例】遍～播～参～禅～朝～传～串～登～断～对～发～费～高～进～精～开～课～口～夸～立～领～论～密～暖～起～签～秋～劝～僧～舍～神～世～侍～熟～诵～俗～素～谈～听～通～晚～细～详～校～新～宣～玄～训～研～演～游～预～约～斋～证～主～专～

膙jiǎng 膙子。【古】上声，二十二养。

奖（獎）jiǎng【古】上声，二十二养。【例】颁～褒～标～猜～超～称～惩～崇～宠～抽～酬～慈～存～大～得～砥～兑～敦～恩～发～扶～高～给～共～过～弘～鸿～海～获～嘉～锦～进～旌～眷～开～夸～领～谬～摩～陪～评～勤～劝～睿～扇～善～申～饰～授～殊～叹～提～外～叙～训～延～摇～移～翼～优～誉～甄～知～中～重～奏～

桨（槳）jiǎng【古】上声，二十二养。【例】船～打～荡～短～泛～飞～篙～归～桂～划～画～急～兰～浪～莲～轻～去～柔～双～素～檀～棠～停～棹～

蒋（蔣）jiǎng【古】上声，二十二养。【例】茭～弱～卧～

耩jiǎng【古】上声，三讲。【例】重～初～耧～

朗lǎng【古】上声，二十二养。【例】炳～敞～畅～超～彻～澄～洞～高～洸～宏～洪～鸿～焕～晃～激～霁～健～皎～洁～精～静～炯～隽～俊～开～闿～亢～抗～旷～朗～辽～寥～明～倩～清～晴～融～润～散～森～韶～疏～爽～滔～通～外～危～遐～鲜～香～响～秀～轩～宣～玄～雪～耀～渊～月～藻～昭～照～贞～珠～卓～

烺lǎng 明朗。【古】上声，二十二养。

莨lǎng【古】下平,七阳。【例】童~

两(兩)liǎng【古】上声,二十二养。【例】百~参~储~兼~斤~两~明~平~市~罔~魏~象~银~铢~

魉(魎)liǎng【古】上声,二十二养。【例】魍~

俩(倆)liǎng【古】上声,二十二养。另见17页liǎ。【例】伎~

裲liǎng 裲裆。【古】上声,二十二养。

莽mǎng【古】上声,二十二养。又:上声,七麌同。【例】苍~草~长~丛~粗~翠~斗~伏~梗~蒿~积~荆~旷~浪~林~卤~鲁~莽~渺~平~深~食~市~疏~衰~宿~傥~虚~烟~泱~野~郁~燥~蓁~

蟒mǎng【古】上声,二十二养。【例】赤~赐~大~毒~断~伏~金~巨~蟠~钱~虬~热~素~修~绣~游~

漭mǎng【古】上声,二十二养。【例】沧~沉~冲~荡~沆~浩~洪~忽~潢~滉~旷~浪~漫~漭~渺~溟~傥~滔~泱~漾~溢~

攮nǎng【古】上声,二十二养。【例】刀~匋~

曩nǎng【古】上声,二十二养。【例】畴~怀~缅~殊~由~自~

耪pǎng 耪地。

嗙pǎng【古】去声,二十三漾。【例】吹~胡~夸~

抢(搶)qiǎng【古】上声,二十二养。另见569页qiāng。【例】搀~打~飞~哄~劫~明~拼~强~跳~推~折~争~

强(強、彊)qiǎng 迫使。【古】上声,二十二养。另见580页qiáng、593页jiàng。

襁(繦)qiǎng【古】上声,二十二养。【例】褓~赤~负~缚~缗~脱~文~绣~幼~

镪(鏹)qiǎng【古】上声,二十二养。【例】白~宝~藏~持~积~见~缗~冥~纳~钱~现~纸~赀~

壤rǎng【古】上声,二十二养。【例】埃~奥~邦~毕~边~勃~尘~赪~崇~川~撮~黛~地~烦~坟~丰~风~封~盖~甘~皋~高~膏~割~公~沟~故~贵~海~浩~厚~华~槐~秽~击~吉~瘠~疆~燋~接~界~锦~境~掬~涓~绝~掘~空~枯~连~辽~列~裂~邻~陵~腻~僻~弃~潜~穹~丘~衢~泉~善~胜~天~土~沃~息~锡~隰~遐~闲~霄~朽~绣~玄~野~遗~蚁~裔~腴~渊~云~珍~蒸~中~重~赀~

嚷rǎng【古】上声,二十二养。另见569页rāng。【例】挨~嘈~吵~叱~传~大~逗~蜂~嚎~呵~喝~呼~叫~乱~呶~闹~扰~嘶~相~喧~扬~噪~责~

攘rǎng【古】上声,二十二养。另见581页ráng。【例】安~伧~荡~盗~夺~攫~克~寇~匡~狂~剽~抢~侵~驱~攘~扰~

嗓sǎng【古】上声,二十二养。【例】粗~喉~颈~吭~清~润~声~

搡sǎng【古】上声,二十二养。【例】堵~推~

颡(顙)sǎng【古】上声,二十二养。【例】白~搏~泚~大~的~低~碓~顿~额~方~高~鼓~鹳~广~颃~稽~加~叩~阔~龙~隆~颀~束~头~雄~尧~振~黄金~

磉sǎng【古】上声,二十二养。【例】

帛~础~基~石~柱~

赏(賞)shǎng【古】上声,二十二养。【例】遨~颁~褒~备~边~标~财~宸~称~宠~畴~酬~传~春~赐~帝~额~恩~废~丰~封~符~福~赋~给~功~构~官~鸿~厚~欢~击~机~赍~激~嘉~见~鉴~僭~奖~阶~节~矜~旌~剧~眷~爵~军~俊~慨~犒~叩~夸~赉~烂~牢~礼~历~例~禄~冒~懋~美~妙~明~年~派~陪~偏~品~评~器~憩~洽~迁~强~钦~倾~清~请~庆~秋~求~劝~日~荣~睿~善~上~设~升~胜~施~识~授~殊~素~踏~叹~讨~托~威~悟~狎~显~谐~谢~欣~信~兴~刑~行~幸~恤~悬~延~研~宴~晏~燕~怡~遗~邑~吟~优~幽~游~预~寓~运~赞~沾~珍~甄~知~至~滞~追~缀~擢~咨~

上shǎng 上声。【古】上声,二十二养。另见596页shàng。

垧shǎng【古】上声,二十二养。【例】岩~远~郊~神~禁~寒~野~东~隰~

晌shǎng【古】上声,二十二养。【例】半~傍~后~片~起~前~时~头~晚~午~歇~一~

爽shuǎng【古】上声,二十二养。【例】昂~差~畅~朝~澄~驰~冲~大~地~端~风~干~甘~高~乖~广~豪~和~宏~鸿~魂~健~皎~矜~精~竞~俊~慨~慷~快~宽~旷~朗~利~凉~亮~灵~迈~昧~明~纳~凄~轻~清~情~晴~秋~遒~饶~飒~森~神~胜~疏~舒~竦~通~味~西~鲜~萧~潇~晓~携~雄~秀~轩~遗~嶷~逸~英~幽~贞~直~

帑tǎng【古】上声,二十二养。【例】安~币~不~部~财~仓~盗~发~府~公~官~贵~国~寄~禁~军~库~廪~内~妻~收~私~银~正~中~重~

傥(儻)tǎng【古】上声,二十二养。【例】俶~光~清~傥~倜~通~英~

倘tǎng【古】上声,二十二养。【例】俶~清~

躺tǎng【古】上声,二十二养。【例】田~斜~

淌tǎng【古】去声,二十三漾。【例】滚~溜~流~

惝tǎng【古】上声,二十二养。另见585页chǎng。【例】惝~

往wǎng【古】上声,二十二养。【例】步~察~长~朝~晨~出~大~宕~电~洞~独~反~飞~凫~福~改~敢~孤~古~归~过~寒~何~鹤~弘~化~还~晦~集~既~继~间~交~进~径~来~乐~麟~露~迈~梦~乃~鸟~前~锐~若~伤~神~生~时~逝~暑~数~水~送~岁~通~往~无~忤~闲~乡~想~心~迅~已~以~忆~驿~引~游~豫~月~云~暂~知~昼~追~走~

枉wǎng【古】上声,二十二养。【例】抱~不~馋~尘~尺~措~错~弹~负~乖~果~含~回~驾~奸~见~矫~句~亏~理~连~屡~蒙~谬~偏~颇~欺~侵~曲~屈~权~群~桡~申~身~绳~事~讼~诉~贪~徒~违~猥~诬~无~徙~邪~虚~淹~抑~幽~冤~怨~遭~直~众~

网(網)wǎng【古】上声,二十二养。【例】爱~布~蚕~层~尘~虫~愁~触~穿~翠~地~帝~电~蝶~发~法~罘~纲~罟~挂~国~海~汉~合~河~宦~

徽~火~极~计~结~解~禁~罝~举~峻~科~宽~阔~拉~连~帘~猎~灵~铃~流~漏~露~路~罗~落~蝥~迷~密~名~幕~逆~鸟~凝~破~牵~钳~情~球~雀~榷~染~绕~入~撒~扫~筛~晒~设~时~世~释~收~水~丝~俗~天~兔~拖~脱~围~文~雾~宪~宵~邪~刑~绣~悬~烟~业~疑~逸~意~殷~缨~渔~雨~云~缯~罾~张~招~政~织~蛛~缀~名利~

罔wǎng【古】上声,二十二养。【例】惝~怅~罾~诞~顿~罘~公~慌~昏~惑~悖~奸~见~结~解~禁~罝~诳~离~迷~平~欺~侵~渠~射~疏~岁~贪~诬~勿~象~虚~炫~营~用~榆~诈~张~遮~忮~蛛~

辋(輞)wǎng【古】上声,二十二养。【例】车~露~轮~铁~绣~玉~皂~重~

魍wǎng【古】上声,二十二养。【例】夔~魔~

惘wǎng【古】上声,二十二养。【例】悖~怅~慌~悦~恍~昏~迷~凄~丧~惘~

想xiǎng【古】上声,二十二养。【例】猜~侧~长~畅~朝~尘~沉~承~逞~痴~驰~迟~侈~冲~揣~存~忖~措~呆~洞~端~断~发~烦~犯~放~费~浮~感~高~构~观~贯~怀~幻~回~魂~积~记~继~寄~假~结~浸~景~静~眷~渴~空~苦~狂~理~丽~联~料~隆~乱~落~梦~邈~妙~冥~谬~默~目~暮~拟~念~凝~攀~盘~盼~期~奇~跂~企~翘~钦~倾~情~睿~散~奢~设~摄~省~识~试~思~素~随~叹~推~颓~托~妄~寤~希~徙~细~遐~心~欣~形~休~虚~玄~悬~延~瑶~遗~忆~逸~意~臆~萦~永~咏~游~预~豫~悁~远~造~治~滞~置~昼~属~伫~注~着~出尘~漆园~

飨(饗)xiǎng【古】上声,二十二养。【例】宾~朝~从~大~奠~服~福~祔~告~供~共~祼~祭~嘉~荐~郊~进~觐~馈~腊~蜡~来~劳~礼~临~孟~铭~配~亲~尚~设~时~食~示~是~索~息~献~孝~歆~宴~燕~野~遗~彝~禋~幽~右~佑~侑~赞~致~追~

享xiǎng【古】上声,二十二养。【例】安~报~不~长~朝~春~祠~大~奠~独~分~服~祔~共~顾~鬼~祭~嘉~荐~郊~醮~靖~久~具~犒~来~孟~民~牛~配~聘~秋~尚~设~时~受~私~祀~肆~索~通~献~孝~歆~休~宴~燕~野~饮~侑~月~烝~佐~坐~

响(響)xiǎng【古】上声,二十二养。【例】爆~悲~蝉~潮~尘~驰~虫~触~脆~村~动~断~钝~凡~繁~反~泛~梵~飞~风~凤~高~革~赓~鹘~鼓~管~合~鹤~轰~迹~屐~疾~嘉~涧~交~金~景~静~巨~倦~绝~珂~铿~空~叩~雷~厉~丽~连~流~乱~靡~妙~鸣~暮~纳~怒~懦~炮~佩~碰~棋~枪~切~琴~禽~清~蛩~秋~雀~山~声~湿~石~水~硕~嗣~松~滩~汤~天~庭~同~颓~苇~蚊~夕~息~翕~溪~锡~鸮~信~形~喧~檐~夜~遗~佚~逸~音~吟~影~猿~韵~炸~砧~震~正~追~踪~洪钟~机声~

饷(餉)xiǎng【古】去声,二十三漾。【例】边~兵~参~朝~吃~仇~筹~储~辞~得~调~蠹~发~防~放~飞~俸~给~供~贡~关~官~归~厚~花~家~剿~解~借~觐~京~救~军~馈~劳~

礼～练～粮～廪～禄～冒～募～赔～片～赇～缺～省～时～税～岁～田～晚～午～晓～协～薪～行～贻～遗～银～侑～鱼～月～运～造～增～赈～征～种～足～

鲞(鮝、鯗)xiǎng【古】上声，二十二养。【例】脯～腒～勒～鳗～明～青～烧～鱼～

养(養)yǎng【古】上声，二十二养。【例】安～葆～抱～便～补～哺～长～持～充～刍～储～炊～存～待～逮～啖～焘～道～调～鼎～恩～放～丰～奉～扶～服～抚～辅～覆～陔～丐～甘～告～给～公～供～官～归～涵～厚～护～扈～豢～晦～惠～极～疾～继～寄～家～娇～教～节～谨～井～敬～静～厩～就～鞠～客～空～馈～理～利～怜～炼～疗～领～留～笼～露～禄～蒙～谋～母～牧～培～弃～驱～圈～荣～容～濡～乳～润～散～色～啬～穑～赡～摄～生～盛～时～食～侍～视～收～树～顺～私～饲～素～绥～所～胎～韬～陶～天～恬～腆～童～退～望～违～喂～息～习～乡～孝～歇～挟～携～休～恤～畜～煦～蓄～宣～学～训～延～燕～医～怡～颐～义～役～引～迎～营～优～诱～育～预～欲～毓～灶～瞻～展～植～治～致～终～赒～孳～滋～訾～尊～

仰yǎng【古】上声，二十二养。又：去声，二十三漾异。【例】禀～驰～崇～戴～低～奉～俯～感～高～共～观～归～怀～稽～嘉～健～降～嗟～景～敬～久～可～渴～睽～慕～佩～企～虔～钦～倾～庆～师～首～夙～素～叹～推～委～遐～乡～向～欣～信～悬～询～延～偃～遥～依～赞～瞻～昭～祗～属～注～追～资～宗～钻～尊～千载～万民～

痒(癢)yǎng【古】上声，二十二养。【例】背～刺～急～技～疥～痌～闷～挠～祛～搔～身～手～痛～心～痒～支～止～抓～

氧yǎng【古】上声，二十二养。【例】补～臭～纯～缺～输～脱～吸～液～

鞅yǎng 旧读。【古】上声，二十二养。另见 571 页 yāng。

驵(駔)zǎng【古】上声，二十二养。【例】乘～大～巨～骏～侩～吏～黠～雄～严～

掌zhǎng【古】上声，二十二养。【例】巴～擦～参～传～淬～焠～抵～典～叠～独～对～鹅～翻～反～返～分～佛～凫～抚～拊～附～覆～高～宫～共～孤～股～鼓～挂～关～庋～合～红～虎～回～击～胶～脚～金～巨～据～灵～龙～露～轮～马～妙～魔～泥～拍～皮～扑～牵～铨～鹊～上～神～狮～视～舐～收～手～梳～司～通～唾～握～舞～仙～纤～鞋～熊～鸭～印～玉～云～运～芝～执～职～抵～指～治～置～主～

长(長)zhǎng【古】上声，二十二养。另见 573 页 cháng、598 页 zhàng。【例】班～暴～宾～部～草～成～痴～侈～齿～崇～船～次～倅～村～道～嫡～侗～队～敦～泛～股～官～馆～贵～翰～弘～会～火～汲～家～舰～教～局～军～君～狂～矿～魁～临～旅～懋～民～谋～牧～年～排～炮～器～卿～酋～渠～让～少～师～市～收～守～首～枢～帅～顺～司～遂～条～庭～徒～团～屯～外～仙～贤～县～乡～消～校～挟～兴～兄～雄～畜～续～学～训～养～冶～翼～尹～涌～游～郁～元～越～增～站～兆～政～州～主～助～滋～总～族～组～尊～百夫～兰台～

涨(漲)zhǎng 另【古】去声，二十三漾。见 598 页 zhàng。【例】饱～暴～碧～潮～

尘~池~初~川~春~翠~泛~飞~高~滚~海~寒~河~回~积~江~鲸~昆~绿~猛~溟~怒~清~秋~泉~如~山~上~升~疏~水~滩~潭~湍~晚~微~苇~渭~溪~峡~消~新~雪~野~夜~雨~增~骤~秋池~

仉zhǎng 姓。【古】上声,二十二养。

奘zhuǎng【古】上声,二十二养。另见597页zàng。【例】粗~腰~

仄声·去声

盎àng【古】去声,二十三漾。又:上声,二十二养同。【例】冰~春~冬~斗~泛~覆~茧~金~酒~居~爵~兰~镣~暖~盆~瓶~缇~醍~土~瓦~碗~瓮~甕~溪~银~罂~郁~晬~

傍bàng【古】去声,二十三漾。【例】带~近~靠~俍~拢~偏~骈~亲~侵~身~偎~相~夜~依~月~资~

谤(謗)bàng【古】去声,二十三漾。【例】蔽~避~贬~辨~谗~嘲~尘~大~诋~诽~风~浮~负~腹~官~欢~毁~讥~假~监~近~雷~离~流~罗~弭~纳~消~群~丧~姗~讪~受~肆~速~腾~枉~卫~诬~息~闲~相~嚣~兴~虚~喧~雪~掩~贻~疑~益~尤~谀~舆~遇~冤~怨~灾~遭~造~谮~止~众~訾~罪~

玤bàng 玉石。【古】上声,三讲。又:上声,一董同。

塝bàng【古】去声,二十三漾。【例】田~

搒bàng 划船。【古】去声,二十三漾。

蚌bàng【古】上声,三讲。另见613页bèng。【例】驳~蚕~赤~蛤~海~河~灵~螺~赢~剖~烧~胎~鱼~鹬~珠~汉东~

棒bàng【古】上声,三讲。【例】杓~冰~赤~杵~槌~电~骨~拐~棍~枷~连~闷~撬~拳~哨~使~铁~梃~悬~杖~五色~

磅bàng【古】下平,七阳。另见580页páng。【例】地~过~

镑(鎊)bàng【例】金~英~

榜bàng 榜人。【古】去声,二十四敬。另见584页bǎng。

蒡bàng【古】上声,二十二养。【例】菜~牛~

唱chàng【古】去声,二十三漾。【例】呗~蝉~嘲~晨~酬~传~吹~弹~梵~高~歌~赓~鼓~浩~合~鹤~哼~欢~鸡~嘉~讲~交~警~旧~绝~凯~骊~莲~菱~流~胪~卖~蛮~名~暮~讴~评~樵~清~蛩~时~首~说~肃~随~堂~啼~提~推~先~宵~晓~新~雪~妍~演~艳~阳~野~夜~遗~逸~吟~引~莺~郢~咏~优~竽~渔~怨~赞~棹~重~主~郢中~

畅(暢)chàng【古】去声,二十三漾。【例】安~辩~博~操~充~诞~涤~典~调~洞~发~丰~敷~感~高~鼓~酣~涵~和~亨~宏~鸿~欢~豁~简~交~静~开~快~宽~朗~烈~流~明~穆~内~旁~平~溥~洽~潜~轻~清~晴~曲~荣~融~散~赡~申~淑~疏~舒~爽~顺~松~陶~恬~条~通~外~宛~

文～遐～闲～详～晓～协～谐～忻～休～修～虚～宣～逊～雅～夷～怡～远～悦～昭～旨～

倡chàng【古】去声，二十三漾。另见564页chāng。【例】表～持～酬～独～浩～建～绝～俍～梁～偶～首～肃～随～提～先～

怅（悵）chàng【古】去声，二十三漾。【例】懊～悲～惭～恻～怅～怊～忡～惆～愁～悼～悒～恨～慨～快～悽～叹～惋～心～忻～怏～遗～郁～怨～追～

鬯chàng【古】去声，二十三漾。【例】匕～冲～赐～鼎～丰～灌～圭～酣～合～鸿～介～巨～朗～流～裸～明～溥～曲～肆～缩～覃～条～献～晓～谐～衅～宣～玄～玉～郁～主～

创（創、刱、剏）chuàng【古】去声，二十三漾。另见564页chuāng。【例】被～病～草～惩～初～粗～负～规～裹～金～开～劝～始～手～首～树～特～痛～沿～营～肇～征～

怆（愴）chuàng【古】去声，二十三漾。【例】哀～悲～惨～恻～澄～怆～摧～悼～感～耿～孤～含～寒～憾～惊～离～恤～凄～悽～悄～愀～伤～酸～惋～疑～

当（當）dàng【古】去声，二十三漾。另见564页dāng。【例】不～得～的～抵～典～勾～过～家～精～了～恰～确～上～失～适～亭～妥～未～无～行～押～允～值～

凼dàng【例】沤～

垱（壋）dàng 用于地名。

菪dàng【古】去声，二十三漾。【例】莨～詄～

璗（璗）dàng 金玉。【古】上声，二十二养。

荡（蕩）dàng【古】上声，二十二养。～【例】～傲～版～陂～奔～崩～辟～波～播～博～渤～簸～逋～残～倡～潮～闯～驰～冲～除～创～诞～淡～澹～荡～涤～颠～跌～迭～动～洞～赌～燔～泛～放～焚～奋～浮～覆～感～蛊～鼓～灌～酣～豪～浩～耗～皓～荷～湖～恍～洄～毁～豁～激～歼～剪～浇～剿～矜～浸～镌～蠲～谲～克～狂～旷～阔～浪～离～流～芦～沦～茫～莽～靡～泯～摩～泥～排～披～漂～平～破～楼～骞～清～散～扫～神～疏～述～骀～坦～滔～淘～讨～腾～恬～佻～条～沃～洗～闲～销～淆～心～修～虚～泱～摇～冶～遗～佚～轶～逸～淫～英～悠～游～震～恣～

宕dàng【古】去声，二十三漾。【例】褊～诞～澹～跌～迭～浮～感～豪～浩～激～骄～俊～阔～浪～流～莽～排～砰～偏～奇～清～遒～散～奢～疏～爽～骀～佻～推～颓～拖～延～偃～雁～佚～逸～游～纵～

档（檔）dàng【古】上声，二十二养。【例】存～搭～丁～断～分～高～归～横～后～枷～卷～空～拍～旗～行～

挡（擋）dàng【古】去声，二十三漾。另见585页dǎng。【例】摒～搭～

砀（碭）dàng【古】去声，二十三漾。又：下平，七阳同。【例】沆～芒～萧～

放fàng【古】去声，三十三漾。【例】遨～傲～骜～奔～迸～贬～摈～剥～播～陈～弛～驰～斥～出～黜～粗～存～怠～诞～点～堆～顿～发～高～酣～豪～横～宏～隳～昏～寄～检～简～骄～解～矜～蠲～决～宽～狂～旷～浪～流～录～乱～沦～鸣～摹～怒～排～屏～铺～迁～清～

秋~遒~驱~燃~饶~任~容~散~奢~舍~设~赦~摄~生~盛~师~施~释~纾~疏~舒~松~送~索~贪~停~通~投~吐~脱~外~徙~下~闲~萧~效~邪~凶~雄~虚~雅~野~依~遗~逸~淫~幽~游~娱~渊~原~远~谪~支~置~诛~逐~追~恣~纵~罪~

杠(槓)gàng【古】上平,三江。另见566页gāng。【例】锄~吊~顶~发~轿~木~棚~旗~双~抬~铁~箱~行~竹~

戆(戇)gàng【古】去声,三绛。另见598页zhuàng。【例】狂~直~愎~惷~浅~侮~憨~昏~朴~悍~粗~鲁~木~

逛guàng【古】上声,二十二养。【例】散~闲~游~

桄guàng【古】去声,二十三漾。另见567页guāng。【例】门~木~树~梯~

沆hàng【古】上声,二十二养。【例】朝~尘~沆~鸿~漭~瀣~

行hàng 刚强。【古】去声,二十三漾。另见575页háng、627页xíng、637页xìng。

滉jiàng【古】上声,二十二养。【例】滉~瀁~漭~

晃huàng【古】上声,二十二养。另见586页huǎng。【例】荡~摇~转~

将(將)jiàng【古】去声,二十三漾。另见567页jiāng。【例】败~裨~边~部~参~闯~出~大~点~斗~飞~偾~福~干~汉~悍~豪~虎~激~健~举~郎~老~礼~良~麻~猛~名~明~鸣~命~女~偏~耆~遣~儒~上~少~诗~世~肃~素~宿~天~武~仙~枭~骁~虓~牙~驿~逸~营~战~智~中~仲~主~准~佐~熊虎~

降jiàng【古】去声,三降。另见583页xiáng。【例】颁~贬~播~差~冲~出~黜~诞~登~递~叠~笃~番~服~光~家~减~贱~节~镌~考~科~坑~宽~鸾~沦~卖~龙~明~内~逆~叛~迫~谦~升~腾~胁~迎~原~约~岳~责~谪~陟~左~

洚jiàng 洪水。【古】去声,一送。又:上平,一东同;上平,三江同;去声,三绛同。

弶jiàng 捕鼠鸟具。【古】去声,二十三漾。

匠jiàng【古】去声,二十三漾。【例】班~笔~裱~兵~车~崇~楚~创~词~大~刀~丁~都~法~蕃~夫~工~弓~轨~国~花~化~画~机~解~锦~酒~巨~军~脍~良~灵~炉~轮~洛~眉~门~篾~名~木~南~女~炮~皮~漆~槊~巧~三~山~骗~绳~师~诗~十~石~时~史~世~水~硕~遂~锁~陶~天~瓦~妄~文~鞋~心~冶~意~营~郢~渊~元~杂~宰~哲~制~梓~宗~

酱(醬)jiàng【古】去声,二十三漾。【例】败~蚌~赤~脯~覆~盖~醢~醯~鱼~鲊~

绛(絳)jiàng【古】去声,三绛。【例】浮~高~晋~浅~青~染~魏~衣~紫~

强(強、彊)jiàng【古】去声,二十三漾。另见580页qiáng、587页qiǎng。【例】憨~横~倔~蛮~

虹jiàng 单用时又读。【古】去声,三绛。另见646页hóng。

糨(糡)jiàng【古】去声,二十三漾。【例】浣~

抗kàng【古】去声,二十三漾。【例】拗~暴~酬~答~抵~对~反~衡~激~骄~角~狡~矫~诘~拮~拒~狼~朗~

强~清~让~顽~违~贤~相~逊~抑~争~阻~

闶(閌)kàng 门高。【古】去声,二十三漾。

炕kàng【古】去声,二十三漾。【例】燋~地~护~火~骄~落~尿~暖~热~熏~炙~坐~

亢kàng【古】去声,二十三漾。另见566页 gāng。【例】骜~督~奋~高~孤~激~简~蹇~骄~角~矫~愆~潜~强~重~

伉kàng【古】去声,二十三漾。【例】暴~比~简~骄~伉~魁~狼~朗~强~爽~

犺kàng【古】去声,二十三漾。【例】狼~

矿(礦、鑛)kuàng【古】上声,二十三梗。【例】采~厂~富~金~开~路~煤~生~探~铁~顽~选~紫~

况(況)kuàng【古】去声,二十三漾。【例】报~比~病~惨~怅~矮~德~而~概~顾~官~海~何~宦~嘉~近~景~境~窘~客~赉~老~旅~贫~清~情~取~盛~实~世~事~味~现~兴~形~雅~意~战~志~状~自~

旷(曠)kuàng【古】去声,二十三漾。【例】超~弛~冲~崇~怠~地~放~废~高~孤~瞽~鳏~海~豪~浩~河~宏~洪~华~隳~极~简~襟~迥~久~开~空~宽~夔~凉~辽~寥~弥~明~凝~平~清~省~师~疏~恬~通~芜~稀~遐~闲~显~雄~秀~虚~轩~玄~雅~淹~野~遗~殷~幽~悠~渊~远~怨~昭~阻~岁月~胸襟~

纩(纊)kuàng【古】去声,二十三漾。【例】白~充~楚~耳~衡~夹~缣~醪~旒~绵~衾~青~丝~纤~线~絮~缯~

框kuàng【古】下平,七阳。【例】边~画~镜~门~木~

眶kuàng【古】下平,七阳。【例】目~眼~

贶(貺)kuàng【古】去声,二十三漾。【例】拜~宝~报~宠~赐~答~大~地~恩~符~鸿~厚~宦~惠~寄~嘉~君~馈~离~礼~灵~隆~明~冥~乾~辱~神~施~淑~私~天~玄~学~雅~演~音~幽~赠~珍~

圹(壙)kuàng【古】去声,二十三漾。【例】窆~成~出~及~抗~墓~舌~生~寿~无~新~掩~野~幽~志~冢~兽走~

邝(鄺)kuàng 姓。【古】上声,二十二养。

浪làng【古】去声,二十三漾。另见578页 láng。【例】白~崩~碧~波~博~冲~吹~春~蹙~翠~沓~毒~恶~鳄~放~风~浮~鼓~海~骇~寒~横~后~荒~豁~积~激~驾~健~江~蛟~津~锦~惊~鲸~剧~抗~扣~旷~澜~牢~垒~磊~连~聊~林~鳞~流~柳~绿~麦~漫~茫~猛~孟~逆~怒~破~起~气~轻~秋~热~涩~蜃~声~束~素~宿~溯~踏~跳~吐~颓~望~纹~细~雪~血~谑~烟~淫~涌~游~鱼~玉~月~跃~炙~壮~

崀làng 山名。【古】上平,七阳。

莨làng 莨菪。【古】上平,七阳。

埌làng【古】去声,二十三漾。【例】圹~

阆(閬)làng【古】去声,二十三漾。另

见 578 页 láng。【例】巴~崑~重~

亮liàng【古】去声，二十三漾。【例】弼~灿~敞~畅~澈~诚~聪~脆~笃~端~放~俯~辅~刚~高~耿~梗~公~光~涵~洪~欢~豁~简~鉴~皎~晶~警~亢~旷~朗~利~辽~瞭~灵~溜~浏~明~漂~清~闪~韶~深~释~淑~疏~恕~爽~铄~剔~体~天~通~透~外~乌~鲜~贤~显~香~详~响~协~醒~雪~雅~眼~耀~翼~寅~油~元~允~贼~锃~崭~昭~照~贞~直~灼~

悢liàng【古】去声，二十三漾。【例】惝~怅~怆~恍~悢~憀~

靓(靚)liàng【古】去声，二十四敬。另见 635 页 jìng。【例】密~轻~清~请~深~闲~新~永~幽~渊~贞~

量liàng另见 578 页 liáng。【古】去声，二十三漾。【例】陂~杯~贬~褊~变~标~步~猜~参~操~差~产~称~程~秤~充~筹~储~带~胆~当~动~度~端~方~份~概~谷~光~轨~过~海~含~痕~弘~洪~剂~嘉~检~讲~较~节~矜~襟~酒~论~密~谋~能~盘~配~批~品~气~器~浅~轻~情~躯~全~权~诠~热~容~绳~识~食~适~殊~数~水~硕~体~通~同~伟~蜗~显~限~宪~销~心~涯~雅~议~逸~意~音~饮~盈~优~逾~宇~雨~预~渊~远~增~志~质~智~重~咨~自~

谅(諒)liàng【古】去声，二十三漾。【例】弼~察~垂~端~鲠~涵~简~见~鉴~矜~宽~悯~清~曲~容~恕~体~宥~原~愿~约~贞~直~忠~

辆(輛)liàng【古】上声，二十二养。【例】百~车~兼~舆~

喨liàng【古】去声，二十三漾。【例】嘹~响~

凉(涼)liàng 辅佐。使变凉。【古】上平，七阳。另见 578 页 liáng。

晾liàng【古】去声，二十三漾。【例】吹~晒~

踉liàng【古】上平，七阳。另见 578 页 láng、579 页 liáng。【例】跄~跃~

酿(釀)niàng【古】去声，二十三漾。【例】炽~楚~春~醇~村~冬~都~酤~花~佳~家~酒~漉~美~醅~市~私~猥~溪~下~新~野~醫~玉~郁~酝~蕴~造~斋~重~自~屠苏~酴醾~

胖(胖)pàng【古】去声，十五翰。另见 440 页 pán。【例】矮~蠢~发~肥~黄~精~青~虚~装~

呛(嗆)qiàng【古】上平，七阳。另见 569 页 qiāng。【例】够~咳~

跄(蹌、蹡)qiàng【古】上平，七阳。另见 568 页 qiāng。【例】踉~

戗(戧)qiàng【古】去声，二十三漾。另见 569 页 qiāng。【例】撑~

炝(熗)qiàng 烹饪之法。

让(讓)ràng【古】去声，二十三漾。【例】卑~避~禅~陈~冲~崇~出~慈~辞~诋~敦~放~高~割~恭~诟~诃~互~化~诲~集~讲~交~诘~敬~克~恳~愧~牢~礼~民~逆~谦~潜~谴~谯~切~屈~趋~饶~仁~忍~容~讪~擅~摄~饰~嗣~肃~逃~恬~推~退~威~伪~细~相~信~喧~讯~逊~揖~移~义~阴~禹~豫~怨~允~责~争~质~诛~转~宗~租~遵~

瀼ràng【古】去声，二十三漾。另见 581

页 ráng。【例】夔~泱~

丧(喪)sàng【古】去声,二十三漾。另见 569 页 sāng。【例】懊~悲~崩~殡~除~殂~胆~悼~道~得~凋~雕~废~忿~扶~蛊~乖~护~会~昏~魂~祸~降~交~沮~淦~叩~亏~愧~乐~理~临~沦~内~恼~闹~匿~起~缺~弱~尸~失~私~死~送~探~停~挽~夭~遗~陨~遭~卒~阻~

上shàng【古】去声,二十三漾。另见 588 页 shǎng。【例】安~傲~灞~拜~报~暴~朝~呈~城~斥~当~道~地~陡~遁~恶~反~犯~奉~府~附~赴~高~跟~孤~关~冠~贵~海~濠~河~鹤~沪~皇~会~昏~僭~江~矫~今~襟~谨~进~瞿~君~俊~诳~焜~老~陵~令~隆~陇~陆~路~马~迈~门~绵~面~明~劘~犛~濮~怯~遒~任~如~锐~塞~身~圣~世~泗~太~堂~塘~腾~体~天~晚~枉~罔~违~污~诬~溪~席~献~享~向~霄~心~形~修~秀~炎~圯~月~云~在~掌~枕~直~至~卓~祖~尊~青云~嚣尘~

尚shàng【古】去声,二十三漾。【例】操~畅~耽~砥~笃~概~格~故~贵~豪~畸~嘉~健~骄~节~矜~襟~旌~敬~理~凌~履~齐~器~钦~清~趋~趣~荣~弱~奢~神~嗜~殊~衰~俗~夙~素~宿~台~推~微~遐~信~修~选~循~雅~业~仪~营~杂~志~壮~

趟tàng【古】下平,八庚。【例】一~这~

烫(燙)tàng【古】去声,二十三漾。又:下平,七阳同。【例】电~发~光~滚~火~冷~

望wàng【古】去声,二十三漾。又:下平,七阳同。【例】贬~标~博~称~骋~驰~旦~断~伏~鹄~归~瑰~国~豪~鹤~华~槐~徽~恚~晦~绩~羁~冀~洁~巨~隽~眷~俊~旷~岿~魁~隆~满~弥~眄~攀~蒲~跂~清~群~荣~赏~生~师~势~庶~硕~素~骛~息~睎~贤~忻~形~雄~雅~延~野~仪~意~懿~迎~盈~誉~韫~詹~秩~卓~姿~丰年~

忘wàng【古】下平,七阳。又:去声,二十三漾同。另见 582 页 wáng。【例】病~诚~大~忽~昏~捐~两~慢~弭~迁~惩~阙~善~失~无~语~坐~

妄wàng【古】去声,二十三漾。【例】悖~谗~谄~尘~蚩~诞~谛~苟~瞽~怪~诡~诙~昏~惑~僭~将~谲~陋~迷~谬~纰~破~欺~浅~祛~讪~疏~险~邪~虚~妖~庸~迂~愚~元~躁~诈~谵~真~恣~

旺wàng【古】去声,二十三漾。【例】畅~发~豪~荣~神~盛~衰~业~杂~壮~

王wàng 称王。【古】去声,二十三漾。另见 582 页 wáng。

相xiàng【古】去声,二十三漾。另见 571 页 xiāng。【例】罢~宝~薄~察~尘~春~出~楚~恩~法~梵~辅~骨~光~毫~鹤~花~家~金~景~巨~眷~夔~礼~灵~禄~妙~牧~贫~权~筌~鹊~儒~善~圣~师~时~势~枢~数~素~台~退~伍~仙~萧~形~晏~隐~贼~宅~瞻~兆~哲~执~姿~訾~

向xiàng【古】去声,二十三漾。【例】承~笃~归~何~怀~会~嵇~敬~隆~迷~慕~奈~蕲~趣~塞~私~希~歆~雄~贞~争~宗~

珦xiàng 玉名。【古】去声,二十三漾。

巷xiàng【古】去声,三绛。【例】隘~陈~龊~达~坊~枌~衡~家~逵~俚~柳~鹿~闾~门~鸣~贫~阡~曲~衢~阮~涂~委~猥~墟~颜~遇~州~竹~

象xiàng【古】上声,二十二养。【例】贲~弊~宸~成~秤~赤~虫~淳~词~典~鼎~斗~仿~骨~恒~浑~吉~寄~教~金~祲~魁~类~丽~龙~隆~镂~旄~秘~妙~庙~拟~耦~取~权~筌~设~狮~实~事~试~燧~提~琬~罔~纬~文~武~舞~牺~犀~洗~系~飨~悬~言~瑶~曜~仪~译~圆~珍~震~征~政~症~制~治~

像xiàng【古】上声,二十二养。【例】宝~碑~本~道~帝~梵~仿~骨~光~经~龛~莲~灵~梦~庙~瑞~生~圣~示~释~罔~喜~银~映~造~质~

项(項)xiàng【古】上声,三讲。【例】脖~楚~费~俯~花~枷~肩~颈~刘~乱~消~赏~上~说~缩~头~咽~燕~银~直~

橡xiàng【古】上声,二十二养。【例】采~栗~落~拾~

怏yàng【古】去声,二十三漾。又:上声,二十二养同。【例】怅~怆~烦~快~悒~郁~

恙yàng【古】去声,二十三漾。【例】抱~风~贵~疾~贱~疴~清~宿~亡~微~心~灾~疹~

样(様)yàng【古】去声,二十三漾。【例】榜~别~底~翻~格~弓~宫~减~京~绝~旷~另~眉~瞥~品~乔~巧~身~时~体~闻~演~依~元~越~妆~状~

漾yàng【古】去声,二十三漾。【例】碧~波~澹~荡~浮~浩~滉~流~迷~抛~飘~溶~衍~演~漾~摇~悠~游~

奘zàng【古】上声,二十二养。另见591页zhuǎng。【例】玄~

脏(臟)zàng【古】去声,二十三漾。另见571页zāng。【例】腑~五~血~

藏zàng【古】去声,二十三漾。另见573页cáng。【例】贝~法~抚~孤~归~海~华~慧~积~经~敛~龙~密~冥~乞~迁~窍~释~守~宿~帑~同~卫~形~冶~瘗~翳~冢~

葬zàng【古】去声,二十三漾。【例】碧~窆~敕~反~祔~槁~归~还~俭~节~客~敛~留~落~徇~移~瘗~茔~营~寓~助~祖~

丈zhàng【古】上声,二十二养。【例】词~道~方~赋~馆~函~老~墨~年~契~清~山~师~石~文~乡~寻~寅~盈~臧~执~宗~

仗zhàng【古】上声,二十二养。又:去声,二十三漾异。【例】笔~辟~彩~弛~持~春~法~放~宫~汉~鹤~化~麾~禁~眷~粮~排~袍~旗~器~森~深~释~霜~岁~委~仙~信~巡~牙~移~舆~羽~藻~斋~指~中~资~

杖zhàng【古】上声,二十二养。【例】拜~鞭~兵~彩~策~禅~笞~赐~函~鹤~机~寄~甲~屦~藜~龙~袍~旗~泣~器~筇~束~衰~痛~苇~委~犀~锡~香~信~朽~瑶~野~依~银~玉~蔗~执~

帐(帳)zhàng【古】去声,二十三漾。【例】步~部~楚~貂~雕~风~凤~复~孤~聒~鹤~虎~蕙~绛~鲛~锦~鸾~

罗~旗~绮~穹~舍~神~诗~素~穗~帷~霞~香~行~悬~烟~移~羽~玉~御~远~云~旃~珠~族~祖~

账(賬)zhàng【古】去声,二十三漾。【例】查~混~结~赖~欠~细~销~总~

障zhàng【古】去声,二十三漾。又:下平,七阳同。【例】板~陂~笔~碧~壁~步~缠~乘~沓~恶~遏~盖~孤~花~画~昏~界~金~锦~篱~理~连~绮~情~守~宿~庭~停~图~帷~雾~遐~仙~行~烟~岩~掩~倚~翳~幽~枕~自~阻~

幛zhàng【古】去声,二十三漾。【例】箔~绸~串~叠~恶~祭~寿~素~挽~雾~喜~邪~

瘴zhàng【古】去声,二十三漾。【例】春~毒~氛~海~椒~江~岚~迷~山~雾~烟~炎~云~灾~作~

嶂zhàng【古】去声,二十三漾。【例】百~碧~层~楚~沓~叠~断~崿~峰~复~孤~岚~连~列~岭~峦~屏~青~秋~山~崖~烟~玉~云~

涨(漲)zhàng【古】去声,二十三漾。另见590页zhǎng。【例】烟尘~

胀(脹)zhàng【古】去声,二十三漾。【例】饱~蛊~臌~洪~昏~胪~胖~痞~水~

长(長)zhàng 度长短。【古】去声,二十三漾。另见573页cháng、590页zhǎng。

壮(壯)zhuàng【古】去声,二十三漾。【例】艾~彪~洪~冰~薄~长~逞~齿~充~崇~鼓~瑰~豪~弘~激~夹~嘉~坚~角~劲~惊~隽~亢~克~牢~猛~年~耆~气~清~穷~遒~神~盛~体~完~鲜~骁~雅~勇~优~逾~远~贞~志~忠~足~老益~山河~

状(狀)zhuàng【古】去声,二十三漾。【例】陈~丑~词~辞~恶~附~概~功~骨~寡~诡~过~恒~迹~疾~奸~结~谨~进~诔~理~丽~连~貌~摹~逆~年~品~平~请~善~胜~失~实~事~誓~书~熟~俗~枉~伟~献~相~行~讯~妍~言~颜~议~逸~有~愿~晕~责~指~志~治~姿~奏~坐~

撞zhuàng【古】去声,三绛。又:上平,三江同。另见574页chuáng。【例】杵~春~撼~横~击~陵~莽~冒~确~石~挺~突~直~晨钟~

幢zhuàng【古】去声,三绛。【例】担~法~戟~灵~鸾~旄~霓~旗~青~日~缇~彤~仙~牙~银~羽~玉~云~

戆(戇)zhuàng【古】去声,三绛。另见593页gàng。【例】悍~汲~狂~愚~

僮zhuàng 僮族。另见650页tóng。

十二、亨(eng)翁(ueng)英(ing)轰(ong)雍(iong)五韵母的韵部

韵　母	亨(eng)翁(ueng)	英(ing)	轰(ong)雍(iong)
说　明	本表五韵母,严则分三韵,即“亨翁”韵、“英”韵与“轰雍”韵(如《中华韵典》等);宽乃合一部或二部。其中,合一部,即将“亨翁”韵、“英”韵与“轰雍”韵合为一韵部(如《十三辙》等);合二部,即将“亨翁”韵与“英”韵合为一个韵部、“轰雍”韵为一个韵部(如《中华通韵》等)。		

19. 亨翁韵

平声·阴平

崩 bēng【古】下平,十蒸。【例】岸~暴~奔~崩~城~弛~堤~分~格~河~击~驾~角~溃~裂~虑~炮~骞~桥~倾~壤~日~沙~山~石~台~天~土~陀~下~雪~血~崖~云~霹雳~

绷(綳、繃) bēng【古】下平,八庚。另见 611 页 běng。【例】穿~脆~讹~脚~锦~罗~冒~腿~霞~硬~支~棕~

祊 bēng【古】下平,八庚。【例】神~祧~宗~

伻 bēng【古】下平,八庚。【例】犀~走~

噌 cēng【古】下平,十三耕。另见 600 页 chēng。【例】泓~

称(稱) chēng【古】下平,十蒸。另见 613 页 chèng、525 页 chèn。【例】褒~报~卑~鄙~贬~辩~标~表~别~并~传~垂~达~代~道~德~斗~讹~泛~浮~改~公~供~官~瑰~诡~贵~过~号~鸿~呼~谎~徽~混~溷~极~嘉~坚~兼~简~见~贱~僭~矫~嗟~据~堪~可~口~夸~诳~理~廉~良~列~令~流~略~美~面~蔑~名~命~能~昵~譬~偏~谦~清~取~全~权~人~认~荣~声~省~盛~诗~时~市~殊~私~俗~谈~特~通~同~统~托~妄~伪~武~误~袭~戏~狎~贤~显~孝~谐~羞~虚~宣~雅~言~艳~佯~遗~意~英~誉~允~载~赞~诈~招~肇~贞~甄~直~职~铢~著~追~自~总~尊~天下~众口~

柽(檉) chēng【古】下平,八庚。【例】殷~

偁chēng 同“称”。【古】下平，十蒸。

撑（撐）chēng【古】下平，八庚。【例】打～当～独～孤～久～苦～棱～力～强～手～死～悬～硬～支～拄～小舟～

瞠chēng【古】下平，八庚。【例】瞠～空～瞙～目～眼～

琤chēng【古】下平，八庚。【例】琤～瑽～璁～淙～琮～清～玉～

铛（鐺）chēng【古】下平，八庚。另见565页dāng。【例】饼～茶～瓷～钉～鼎～锅～酒～琅～铃～炉～茗～平～石～铫～铁～土～瓦～药～油～

赪（赬）chēng【古】下平，八庚。【例】鲂～含～浃～容～色～童～微～尾～玄～颜～鱼～紫～断霞～鱼尾～

枪（槍）chēng【古】下平，八庚。另见568页qiāng。【例】欃～天～

蛏（蟶）chēng【古】下平，八庚。【例】蚌～春～蛤～螺～蠃～鲜～

噌chēng【古】下平，十蒸。另见599页cēng。【例】泓～

登dēng【古】下平，十蒸。【例】白～超～晨～愁～诞～豆～丰～高～翰～耗～汇～跻～洊～荐～践～降～进～竞～峻～刊～遴～龙～迷～名～谬～摩～年～攀～飘～前～穷～秋～让～岁～梯～同～晚～位～先～校～新～幸～选～延～衍～勇～鱼～昭～转～擢～红榜～捷足～

璒dēng 美石。【古】下平，十蒸。

蹬dēng【古】下平，十蒸。【例】鞭～车～踹～跐～叨～刁～蹲～跺～回～踜～咯～蹑～蹼～石～踏～踢～跳～香～折～

灯（燈）dēng【古】下平，十蒸。【例】案～宝～壁～标～冰～猜～彩～残～禅～车～晨～厨～传～船～窗～吹～春～戳～绰～慈～点～电～顶～蛾～法～幡～放～分～风～凤～佛～高～宫～孤～挂～观～官～逛～海～寒～号～河～花～华～淮～幻～回～慧～昏～煎～讲～角～脚～街～锦～镜～菊～开～龛～客～矿～窥～兰～璃～莲～列～灵～龙～笼～路～轮～马～锚～门～谜～灭～明～汽～桥～青～秋～毬～衢～赛～散～纱～山～商～赏～上～烧～麝～神～试～收～书～疏～曙～衰～水～送～酥～塔～踏～台～剔～天～挑～微～桅～尾～犀～熄～舷～衔～香～宵～斜～心～星～行～雪～烟～檐～晏～雁～洋～夜～吟～影～幽～渔～玉～张～掌～正～炙～珠～转～桌～座～霓虹～上元～走马～

噔dēng【古】下平，十蒸。【例】嘎～咯～

簦dēng【古】下平，十蒸。【例】担～笠～伞～簟～檐～篢～

风（風）fēng【古】上平，一东。另见614页fèng。【例】哀～八～把～拜～抱～暴～悲～北～背～被～敝～飙～弊～避～便～变～辨～飙～别～邠～豳～拨～搏～捕～采～餐～察～长～嘲～扯～晨～乘～逞～骋～摛～痴～驰～迟～侈～赤～冲～抽～出～传～窗～吹～春～纯～淳～雌～当～挡～党～荡～刀～倒～道～德～颠～刁～顶～东～冬～冻～兜～斗～赌～讹～恶～恩～犯～芳～防～放～分～焚～扶～感～刚～罡～高～歌～孤～古～鼓～刮～观～光～闺～国～海～含～寒～汉～豪～好～和～荷～黑～恒～弘～鸿～候～胡～湖～华～槐～回～蕙～箕～激～疾～季～家～江～娇～椒～接～结～金～劲～惊～酒～飓～筠～峻～凯～口～狂～狼～阆～

乐~雷~冷~厉~莲~廉~凉~瞭~烈~林~临~泠~凌~聆~柳~漏~路~麻~霾~门~民~鸣~暮~南~嫩~逆~暖~藕~鹏~披~飘~屏~蒲~戕~强~樵~轻~清~秋~祛~热~仁~柔~儒~瑞~杉~扇~善~伤~韶~社~神~蜃~生~师~诗~时~士~世~树~霜~爽~顺~朔~飕~嘶~松~肃~素~酸~随~谈~探~唐~天~条~庭~通~桐~痛~偷~头~透~抟~颓~歪~晚~王~望~威~微~文~闻~武~舞~夏~仙~乡~湘~祥~晓~邪~泄~新~信~兴~腥~行~雄~休~绪~煦~暄~翾~玄~旋~学~熏~迅~巽~雅~严~炎~盐~偃~雁~阳~洋~妖~谣~遥~野~夜~医~贻~移~遗~倚~义~阴~吟~淫~英~鹰~迎~游~语~驭~御~远~悦~泽~招~阵~振~争~整~正~郑~知~栉~终~众~竹~追~宗~阻~稻花~广莫~花信~两袖~烈士~

沨fēng【古】上平,一东。【例】沨~

葑fēng【古】上平,二冬。另见614页fèng。【例】采~菲~茭~枯~青~

丰(豐)fēng【古】上平,一东。【例】安~宝~北~昌~常~抽~道~德~登~定~都~福~阜~复~甘~葛~归~国~海~厚~化~加~金~槿~就~居~利~隆~禄~茂~民~年~岐~祈~秦~清~饶~日~设~申~时~始~守~鼠~水~岁~武~务~物~熙~席~下~象~新~信~兴~凶~阳~邑~益~永~羽~玉~元~辕~藻~泽~

沣(灃)fēng【古】上平,一东。【例】漾~

峰(峯)fēng【古】上平,二冬。【例】霭~鳌~宝~鼻~碧~冰~波~才~苍~层~崇~词~翠~错~登~巅~叠~顶~独~高~缑~孤~衡~洪~华~极~霁~尖~肩~剑~江~锦~荆~鹫~绝~峻~昆~岚~浪~骊~立~连~灵~庐~闾~乱~眉~岷~奇~绮~乔~青~晴~琼~石~势~数~双~霜~嵩~梯~鹈~驼~晚~危~巫~雾~仙~险~霄~晓~秀~悬~雪~烟~岩~雁~阳~瑶~逸~阴~幽~玉~远~云~攒~中~众~主~日观~

蜂(蠭)fēng【古】上平,二冬。【例】奔~雌~放~工~胡~壶~花~黄~饥~稷~家~锦~狂~蜡~懒~羸~马~蜜~母~驱~群~山~蟮~螫~土~蚊~武~仙~雄~袖~玄~养~瑶~野~蚁~意~游~园~稚~

锋(鋒)fēng【古】上平,二冬。【例】笔~避~边~辩~兵~才~藏~侧~虿~禅~出~触~辍~词~辞~簇~催~挫~当~刀~镝~点~蹲~飞~钢~高~寒~豪~话~机~极~奸~尖~剑~交~军~口~狂~冷~利~敛~露~履~冒~末~暖~偏~奇~铅~潜~青~轻~锐~剡~舌~神~失~霜~谈~天~推~威~文~先~纤~衔~陷~邪~凶~袖~悬~选~扬~迎~语~玉~云~攒~折~针~争~正~中~百炼~

烽fēng【古】上平,二冬。【例】边~沉~传~放~飞~海~火~燋~惊~举~军~寇~狼~连~乱~马~秋~塞~夕~息~宵~烟~夜~云~贼~置~斥堠~桔槔~

疯(瘋)fēng【古】上平,一东。【例】癫~发~惊~酒~撒~文~佯~装~失心~

枫(楓)fēng【古】上平,一东。【例】

晨~赤~丹~高~红~华~槐~江~锦~枯~冷~林~灵~绿~落~楩~青~秋~山~疏~霜~松~晚~香~椏~野~夜~万山~

酆fēng【古】上平,一东。【例】北~举~罗~迁~

封fēng【古】上平,二冬。【例】苞~褒~窆~标~冰~剥~部~裁~册~查~拆~蝉~尘~敕~赐~大~道~登~典~钉~东~短~蛾~迩~防~分~坟~抚~附~副~诰~沟~官~龟~函~侯~护~花~华~环~皇~畿~加~缄~检~建~疆~降~阶~晋~旧~就~爵~魁~蜡~雷~累~例~列~邻~灵~鸾~茅~门~弥~密~墨~内~囊~泥~逆~平~畦~启~迁~铅~秦~丘~让~赏~上~神~升~实~世~收~手~受~疏~水~私~嗣~锁~题~天~通~土~屯~王~袭~玺~徙~削~新~信~虚~叙~衍~雁~腰~尧~移~遗~蚁~荫~印~茔~邮~鱼~逾~远~云~增~赠~畛~正~朱~自~白云~烟雨~紫泥~

耕gēng【古】下平,八庚。【例】备~笔~秉~并~播~蚕~朝~陈~晨~锄~春~辍~促~催~代~刀~帝~钓~东~冬~遁~翻~返~废~风~躬~归~寒~护~火~机~疾~进~禁~精~客~课~垦~枯~犁~力~率~目~暮~牛~农~耨~耦~浅~强~勤~青~权~劝~让~桑~舌~深~省~时~受~书~熟~退~驼~晚~析~息~夏~休~畜~学~巡~烟~岩~砚~隐~佣~畲~雨~预~耘~杂~战~助~

浭gēng 水名。【古】下平,八庚。

庚gēng【古】下平,八庚。【例】仓~长~初~传~春~盗~订~庚~癸~贵~红~呼~甲~贱~金~老~梦~那~年~盘~商~生~同~先~夷~由~尊~斗指~岁在~

更gēng【古】下平,八庚。另见 614 页 gèng。【例】饱~报~变~残~禅~持~初~打~递~迭~定~断~翻~纷~服~诡~过~寒~禾~荐~践~叫~禁~老~留~率~轮~螟~暮~起~迁~敲~嬗~深~岁~田~鼍~巡~严~移~鱼~愈~支~知~值~中~走~租~卒~左~坐~岁月~

粳gēng【古】下平,八庚。另见 618 页 jīng。【例】白~黄~晚~香~玉~

羹gēng【古】下平,八庚。【例】杯~薄~菜~残~谄~尝~尘~陈~惩~豉~啜~春~莼~赐~大~蛋~调~鼎~豆~翻~饭~沸~分~脯~甘~鸽~和~瓠~藿~苋~颉~菁~葵~藜~龙~鹿~佩~荠~芹~肉~蛇~设~食~笋~太~泰~汤~甜~吴~溪~鲜~咸~香~枭~蟹~铏~絮~羊~野~遗~鱼~榆~造~鲊~尊~

鹒(鶊)gēng【古】下平,八庚。【例】鸧~春~黄~鹂~鸣~

赓(賡)gēng【古】下平,八庚。【例】长~酬~复~共~继~谁~同~新~载~重~

緪(縆、絚)gēng【古】下平,十蒸。【例】高~铁~缘~

亨hēng【古】下平,八庚。【例】大~鼎~丰~光~镬~吉~嘉~困~龙~纳~能~配~彭~谦~穷~时~泰~通~屯~咸~心~遇~元~贞~

哼hēng【古】下平,八庚。【例】打~哼~呛~直~

脝hēng【古】下平,八庚。【例】膨~

坑kēng【古】下平,八庚。【例】弹~丁~都~堆~饭~焚~粪~沟~烘~灰~火~饥~基~焦~金~津~矿~牢~龙~炉~满~茅~煤~泥~刨~秦~穷~丘~沙~山~深~跳~土~挖~溪~陷~雪~血~岩~盐~窑~荫~银~渊~灶~赵~渣~长平~梅花~万丈~

铿(鏗)kēng【古】下平,八庚。【例】鲸~铿~砰~彭~敲~阴~

硁(硜)kēng【古】下平,八庚。【例】硁~

吭kēng【古】下平,七阳。另见575页háng。【例】高~喉~绝~咔~吭~龙~唠~清~伸~咽~莺~

蒙[1](矇)mēng欺骗。【古】上平,一东。另见609页méng、612页měng。

蒙[2]mēng【古】上平,一东。另见609页méng、612页měng。【例】打~昏~蒙~

烹pēng【古】下平,八庚。【例】晨~大~调~鼎~东~饵~割~狗~貉~煎~就~猛~南~齐~犬~生~夕~油~鱼~活火~五鼎~走狗~

砰pēng【古】下平,八庚。【例】硼~砯~

嘭pēng【古】下平,八庚。【例】嘭~

澎pēng【古】下平,八庚。另见610页péng。【例】澎~

怦pēng【古】下平,八庚。【例】怦~

抨pēng【古】下平,八庚。【例】击~惊~弹~

扔rēng【古】下平,十蒸。【例】白~乱~抛~瞎~

僧sēng【古】下平,十蒸。【例】避~病~茶~禅~道~登~定~番~凡~饭~梵~访~高~供~孤~归~海~寒~汉~胡~讲~九~旧~客~枯~髡~老~林~律~门~名~内~衲~尼~贫~沙~山~圣~诗~石~寺~俗~谈~唐~替~西~学~野~夜~依~异~逸~吟~云~斋~真~竺~主~醉~游~挂锡~苦行~入定~行脚~哑羊~

鬙sēng【古】下平,十蒸。【例】鬅~鬙~

生shēng【古】下平,八庚。【例】安~百~伴~宝~保~豹~波~采~残~苍~产~长~超~潮~尘~持~斥~出~初~创~春~此~次~赐~丛~徂~促~簇~催~存~厝~达~诞~得~递~度~短~断~对~恶~恩~发~仿~扶~浮~福~腐~附~阜~复~赋~感~隔~更~共~苟~桂~含~寒~好~横~鸿~后~厚~互~花~画~怀~槐~环~回~获~寄~夹~家~嘉~贾~监~建~降~接~今~禁~经~救~窭~捐~狂~来~劳~老~礼~理~利~廪~旅~卵~洛~谩~每~门~萌~面~眇~民~末~陌~谋~男~逆~宁~怒~女~派~旁~蓬~偏~骈~贫~平~迫~欺~前~潜~戕~亲~轻~庆~求~曲~全~群~人~认~儒~散~丧~杀~缮~赡~伤~上~舍~摄~甚~生~师~收~守~受~瘦~书~赎~庶~硕~死~嵩~夙~宿~损~胎~贪~逃~讨~特~天~挺~同~童~偷~投~吐~退~托~脱~外~晚~往~罔~妄~卫~瘟~文~武~寤~稀~先~闲~现~相~庠~象~挟~写~新~腥~形~幸~修~虚~畜~续~学~延~衍~养~野~伊~医~遗~颐~佾~荫~寅~隐~永~优~忧~游~友~余~驭~郁~原~缘~云~

芸~载~再~造~增~斋~宅~招~正~执~治~终~众~诸~专~庄~拙~资~孳~滋~宗~鲰~祖~百媚~春水~

声(聲)shēng【古】下平,八庚。【例】哀~呗~班~榜~谤~悲~被~闭~边~鞭~变~波~蚕~藏~侧~豺~禅~蝉~颤~唱~超~潮~车~宸~驰~迟~侈~虫~出~楚~传~船~窗~春~雌~从~促~村~答~盗~德~低~笛~哆~钓~调~叠~铎~恶~发~繁~犯~梵~放~蜚~吠~风~蜂~凤~赋~高~歌~隔~更~弓~公~谷~鼓~官~鼾~寒~喊~合~和~河~鹤~狠~洪~鸿~吼~呼~虎~化~欢~还~晖~徽~回~惠~屐~激~疾~继~寄~佳~家~笳~嘉~奸~江~娇~角~街~金~禁~噤~啾~隽~军~钧~俊~凯~抗~珂~吭~空~枯~哭~苦~朗~浪~乐~雷~离~厉~励~凉~铃~流~漏~橹~鹭~鸾~蛮~曼~漫~美~闷~鸣~慕~鸟~鸥~炮~篷~剽~破~瀑~齐~奇~旗~迁~签~潜~浅~遣~枪~悄~秦~琴~禽~轻~清~磬~蛩~秋~屈~全~泉~犬~雀~人~仁~荣~柔~软~散~杀~善~擅~商~哨~射~审~失~诗~市~饰~收~疏~舒~鼠~树~睡~顺~司~松~讼~颂~俗~贪~滩~叹~涛~腾~蹄~天~听~停~霆~同~童~偷~吞~瓦~威~微~尾~文~闻~蚊~瓮~吴~希~溪~细~遐~夏~先~闲~弦~贤~相~响~枭~消~鸮~箫~嚣~晓~笑~邪~谐~心~新~形~凶~雄~休~修~嘘~雅~严~妍~檐~艳~雁~燕~扬~野~夜~怡~遗~倚~义~议~轶~逸~因~阴~音~吟~淫~引~蚓~应~英~莺~嘤~蝇~郢~游~友~鱼~竽~语~猿~怨~噪~仄~张~棹~砧~征~筝~徵~正~郑~政~吱~治~钟~壮~浊~纵~作~鸡犬~金石~弦歌~

升[1]shēng【古】下平,十蒸。【例】斗~毫~酒~市~盈~

升[2](昇、陞)shēng【古】下平,十蒸。【例】褒~边~超~除~黜~登~递~迭~飞~高~关~归~罕~化~火~跻~践~降~阶~进~晋~究~捐~廉~龙~冥~内~猱~爬~起~迁~潜~热~荣~闰~题~跳~同~土~推~遐~仙~新~扬~阳~优~游~月~跃~陟~擢~晚霞~

胜(勝)shēng【古】下平,十蒸。另见614页shèng。【例】不~力难~

牲shēng【古】下平,八庚。【例】犦~苍~朝~饬~祷~帝~奉~贵~黄~活~祭~稷~嘉~简~荐~洁~酒~牢~丽~领~面~庙~逆~牛~牵~禽~全~人~上~神~省~食~硕~祀~特~天~五~物~夕~牺~献~刑~畜~血~羊~野~用~黝~玉~宰~载~

笙shēng【古】下平,八庚。【例】巢~吹~调~鹅~风~凤~歌~鼓~合~和~鹤~六~龙~芦~鸾~蛮~暖~排~匏~瓢~瓶~琴~清~琼~丝~桃~乌~箫~晓~牙~瑶~银~竽~玉~云~筝~钟~紫~奏~洛滨~嵩阳~

甥shēng【古】下平,八庚。【例】表~称~从~孤~馆~国~舅~弥~女~妻~齐~外~贤~谢~婿~养~侄~重~诸~

狌shēng【古】下平,八庚。【例】飞~狸~猫~鼯~鼷~狌~夜~

腾(騰)tēng 旧读。【古】下平,十蒸。另见611页téng。

熥tēng 蒸热。【古】上平,一东。

鼟tēng【古】下平,十蒸。【例】鼓~

饔~

翁wēng【古】上平,一东。【例】阿~悲~冰~伯~橘~村~大~道~钓~丁~东~封~凫~涪~妇~富~姑~海~皓~花~阍~羁~家~酒~髡~浪~老~乐~历~炼~邻~梅~南~年~皤~樵~亲~髯~塞~山~社~诗~世~寿~叔~殊~衰~太~堂~天~退~驼~外~文~仙~乡~星~药~野~姻~莺~渔~园~岳~曾~棹~主~祖~醉~尊~白头~杜陵~樊川~灌园~浣花~矍铄~田舍~陶朱~

嗡wēng【古】上平,一东。【例】嗡~

鎓wēng 鎓酸。【古】上平,一东。

鹟(鶲)wēng 鸟名。【古】上平,一东。

增zēng【古】下平,十蒸。【例】百~褒~倍~补~大~递~附~激~加~价~剧~蠲~狂~量~廪~猛~频~日~寿~私~岁~添~突~新~修~虚~驯~月~追~马齿~气益~岁月~

憎zēng【古】下平,十蒸。【例】爱~背~盗~鬼~好~积~疾~忌~贾~见~可~偏~仆~取~生~私~痛~夕~喜~嫌~相~心~厌~翳~阴~怨~

鄫zēng 古国名。【古】下平,十蒸。

罾zēng【古】下平,十蒸。【例】扳~钓~挂~寒~江~投~网~溪~下~行~渔~竹~坐~

曾zēng【古】下平,十蒸。另见606页céng。【例】高~惯~孔~欧~孙~颜~

缯(繒)zēng【古】下平,十蒸。另见615页zèng。【例】扳~采~彩~赤~垂~粗~厚~画~黄~笺~绛~金~锦~纩~捞~练~裂~缦~染~饰~丝~素~绨~缇~文~霞~香~絮~弋~纸~衣~锦画~

矰zēng【古】下平,十蒸。【例】避~短~飞~高~缴~曼~设~射~矢~素~微~弋~

正zhēng【古】下平,八庚。另见615页zhèng。【例】春~夏~新~元~

争zhēng【古】下平,八庚。【例】鄙~变~辩~兵~并~驳~差~鸥~春~党~鼎~斗~纷~棼~奋~忿~愤~蜂~革~构~乖~规~好~哄~讧~虎~哗~喙~疾~计~谏~交~角~较~劫~矜~竞~据~军~抗~力~龙~论~面~内~逆~拼~侵~攘~热~如~善~上~死~讼~贪~廷~挺~诬~息~相~器~雄~虚~喧~蚁~阴~引~战~政~执~逐~口舌~蜗角~鹬蚌~

征[1]zhēng 远行。征讨。【古】下平,八庚。【例】晨~遄~从~电~调~黩~飞~蜚~抚~孤~汇~击~力~迈~启~起~鹊~上~讨~天~无~遐~宵~迅~游~云~专~颛~

征[2](徵)zhēng【古】下平,十蒸。“徵”另见190页zhǐ。【例】暴~背~地~妇~关~横~稽~开~苛~科~课~门~氓~明~秋~入~食~寿~输~衰~特~退~无~休~引~追~不足~

筝zhēng【古】下平,八庚。【例】哀~宝~弹~钿~调~飞~风~凤~抚~古~鼓~横~鸿~锦~理~鸾~鸣~拍~排~秦~琴~授~素~闻~瑶~移~银~玉~云~轧~

钲(鉦)zhēng【古】下平,八庚。【例】锋~鼓~击~金~叩~炉~鸣~旃~栖~敲~神~戍~司~铁~铜~箫~晓~悬~银~云~钟~

睁zhēng【古】下平,八庚。又:上声,二十三梗同。【例】楞~睖~力~怒~青~

眼~圆~睁~

峥zhēng【古】下平，八庚。【例】崩~嵘~崚~霄~峣~峥~

蒸zhēng【古】下平，十蒸。【例】报~炊~春~烦~浮~蒿~熇~横~煎~烂~藜~林~龙~笼~梅~气~樵~清~溽~暑~水~陶~熙~霞~相~薪~煦~薰~炎~淫~饮~油~郁~燠~云~蕴~蒸~花气~暑气~

铮（錚）zhēng【古】下平，八庚。【例】铿~铮~

挣zhēng【古】下平，八庚。另见616页zhèng。【例】痴~苦~力~死~呓~意~硬~扎~挣~执~

狰zhēng【古】下平，八庚。【例】狞~

怔zhēng【古】下平，八庚。另见616页zhèng。【例】惊~冷~愣~懵~魔~呓~

丁zhēng【古】下平，八庚。另见617页dīng。【例】丁~

町zhēng【古】下平，九青。又：上声，二十四迥同。另见617页dīng，632页tǐng。【例】编~钩~畦~町~竹~

盯zhēng 盯聍。【古】下平，九青。

烝zhēng【古】下平，十蒸。【例】炊~大~冬~浮~蠲~藜~林~卢~黔~上~始~享~孝~熊~熏~炎~肴~阴~淫~饮~郁~烝~

症（癥）zhēng【古】下平，十蒸。另见616页zhèng。【例】发~蛊~瘕~肉~虱~炎~呓~

鲭（鯖）zhēng【古】下平，八庚。另见619页qīng。【例】秋~言~五侯~

平声·阳平

曾céng【古】下平，十蒸。另见605页zēng。【例】不~多~高~惯~何~几~记~旧~可~似~虽~未~无~也~疑~远~

层（層）céng【古】下平，十蒸。【例】百~表~冰~层~底~顶~镀~断~高~裹~几~加~夹~交~阶~金~峻~矿~棱~楞~稜~崚~楼~煤~面~内~胚~皮~浅~深~石~数~外~轩~岩~云~浪千~密层~最高~

嶒céng【古】下平，十蒸。【例】峻~稜~嶙~崚~

成chéng【古】下平，八庚。【例】邦~褒~保~璧~编~秉~波~财~裁~昌~朝~饬~崇~俶~垂~凑~促~错~达~当~登~狄~典~鼎~栋~堕~分~丰~奉~浮~福~辅~阜~告~功~构~鼓~顾~观~冠~管~广~国~果~合~滑~化~幻~宦~汇~浑~获~集~既~济~嘉~坚~简~见~建~奖~匠~久~就~居~康~克~亏~坤~兰~劳~老~乐~类~礼~立~良~率~落~漫~美~莫~默~目~纳~年~酿~偶~譬~平~讫~秦~庆~秋~求~曲~渠~取~稔~容~生~诗~时~实~事~视~收~守~寿~受~司~夙~肃~素~速~岁~遂~堂~塘~天~通~完~晚~往~委~文~武~务~西~熙~现~相~襄~削~心~行~形~休~修~胥~序~绪~续~玄~阳~仰~养~宜~移~易~应~盈~用~有~玉~渊~赞~早~蚤~造~责~增~展~招~织~执~制~治~质~踵~助~铸~总~足~组~纂~作~七步~倚马~羽

翼~

城chéng【古】下平，八庚。【例】拔~霸~蚌~宝~保~背~崩~碧~边~冰~层~柴~乘~赤~崇~愁~厨~楚~穿~春~祠~丹~邸~帝~第~典~鼎~都~烦~返~梵~方~丰~凤~府~阜~腹~高~割~攻~宫~孤~古~故~关~管~贯~广~国~海~寒~汉~阖~护~环~荒~皇~麾~夹~佳~坚~建~江~疆~角~锦~禁~京~荆~酒~军~郡~空~牢~垒~连~联~辽~列~龙~略~罗~洛~满~名~暮~凭~破~蒲~芹~秦~倾~穷~丘~秋~曲~绕~蓉~山~商~省~圣~诗~市~戍~衰~水~司~台~天~铁~屠~土~团~颓~外~网~危~围~瓮~芜~雾~溪~霞~县~陷~乡~香~萧~心~兴~雄~虚~轩~巡~牙~严~砚~雁~瑶~邑~郢~墉~壅~幽~云~争~治~雉~州~朱~属~筑~专~缒~白帝~石头~受降~

诚(誠)chéng【古】下平，八庚。【例】本~表~秉~操~驰~赤~纯~淳~寸~丹~单~笃~端~菲~公~贡~孤~归~皈~贵~憨~厚~怀~积~坚~见~将~洁~竭~精~掬~均~开~考~克~恳~叩~款~悃~牢~厉~立~陋~漫~明~内~披~朴~栖~虔~翘~勤~热~任~睿~设~实~抒~输~私~送~夙~素~坦~特~通~投~吐~推~微~委~温~孝~效~心~信~修~血~蚁~意~寅~愚~允~责~斋~贞~真~正~直~指~至~志~质~挚~致~忠~注~专~谆~拙~尊~

珵chéng 美玉。【古】下平，八庚。

晟chéng【古】下平，八庚。又：去声，二十四敬同。【例】大~

珹chéng 玉名。【古】下平，八庚。

承chéng【古】下平，十蒸。【例】弼~秉~禀~参~差~承~传~待~担~耽~当~叨~顶~风~奉~恭~共~轨~过~获~继~嘉~肩~将~交~谨~经~敬~开~看~克~空~口~揽~劳~牢~凛~灵~领~媚~勉~难~陪~丕~启~钦~趋~趣~柔~辱~上~绍~摄~师~石~顺~嗣~坦~贴~统~尉~袭~下~先~相~消~欣~幸~宣~迓~演~仰~疑~因~应~迎~允~责~招~支~知~轴~准~咨~宗~总~纂~

程chéng【古】下平，八庚。【例】半~倍~编~标~并~病~漕~槎~常~超~潮~车~冲~初~川~春~村~单~道~登~典~度~短~发~法~返~方~幅~赶~工~公~功~故~官~光~归~规~轨~过~海~航~合~鹤~堠~宦~回~稽~羁~计~骥~兼~江~脚~戒~界~进~经~倦~科~客~课~宽~离~里~历~量~疗~流~陆~路~旅~名~墨~暮~拟~年~鹏~仆~期~启~愆~前~秋~取~去~全~日~赛~山~射~世~书~水~算~贪~途~往~乡~宵~效~心~行~学~训~严~雁~扬~遥~野~议~驿~邮~游~逾~远~云~章~征~专~准~訾~

盛chéng【古】下平，八庚。另见614页shèng。【例】碟~接~筐~满~囊~容~碗~粢~

乘(乗、椉)chéng【古】下平，十蒸。另见615页shèng。【例】宝~豹~扁~彩~骖~禅~超~车~乘~驰~出~传~船~次~搭~大~单~发~法~佛~服~负~副~公~跪~国~互~换~驾~兼~脚~介~界~警~郡~骏~辇~驽~疲~

仆~骑~强~丘~秋~诗~时~帅~驷~添~托~万~伍~轩~养~野~依~倚~驿~鱼~寓~照~转~辎~

澄(澂)chéng【古】下平,十一蒸。另见613页dèng。【例】碧~波~光~海~泓~鉴~江~皎~景~镜~明~凝~平~气~清~秋~肃~潭~鲜~心~研~渊~月~冰镜~山水~玉宇~

橙chéng【古】下平,八庚。【例】柑~黄~椒~金~锦~绿~破~脐~青~秋~山~霜~酸~梯~甜~香~新~柚~枳~种~朱~

呈chéng【古】下平,八庚。【例】禀~病~抄~辞~递~点~牒~纷~奉~附~公~供~赍~解~谨~进~敬~具~旅~面~捧~铺~签~上~申~施~书~送~诉~肃~条~通~献~袖~旬~议~员~中~状~咨~自~奏~薄技~肺腑~万象~壮观~

惩(懲)chéng【古】下平,十蒸。【例】薄~不~创~枷~奖~戒~科~劝~示~誓~痛~心~刑~严~议~膺~责~重~诛~

丞chéng【古】下平,十蒸。【例】部~出~扶~府~海~后~火~畿~棘~家~郡~令~聋~守~署~水~寺~下~县~药~疑~邑~驿~右~园~中~

酲chéng【古】下平,八庚。【例】病~朝~酲~春~独~烦~含~昏~解~酒~躅~狂~破~宿~微~析~洗~药~余~中~醉~

塍(堘)chéng【古】下平,十蒸。【例】春~村~稻~堤~沟~河~疆~锦~连~鳞~马~麦~满~坡~畦~阡~秋~山~田~土~新~行~压~烟~驿~筑~

伧(傖)chéng 旧读。【古】下平,八庚。另见563页cāng。

裎chéng【古】下平,八庚。【例】倮~裸~赢~徒~

枨(棖)chéng【古】下平,八庚。【例】枨~

宬chéng【古】下平,八庚。【例】皲~皇~史~皇史~

逢féng【古】上平,二冬。【例】初~道~恭~躬~过~忽~会~际~交~龙~屡~每~难~偶~巧~适~泰~饕~相~欣~焉~迎~遇~遭~乍~正~重~逆旅~萍水~千载~一笑~

缝(縫)féng【古】上平,二冬。另见614页fèng。【例】裁~弥~密~手~新~针~嫁衣~

浲féng 水名。【古】上平,二冬。

冯(馮)féng【古】上平,一东。【例】百~扶~归~河~日~宛~翼~诸~

恒(恆)héng【古】下平,十蒸。【例】常~持~浚~升~守~巫~无~性~永~有~逾~月~贞~

鸻(鴴)héng 鸟名。【古】下平,八庚。

横héng【古】下平,八庚。另见614页hèng。【例】参~残~钗~从~笛~蠹~猾~剑~江~交~均~抗~魁~离~连~陵~眉~气~桥~琴~权~山~商~尸~水~天~斜~星~雄~云~舟~恣~纵~大江~宝刀~斗柄~雁阵~

衡héng【古】下平,八庚。【例】保~避~杓~秉~参~常~朝~车~辰~称~乘~秤~持~尺~川~从~错~登~敌~地~斗~杜~负~汉~机~鉴~交~均~钧~抗~揆~魁~离~立~连~陵~鸾~

门~品~平~评~栖~齐~骑~桥~曲~权~铨~失~枢~司~嵩~台~提~天~望~文~相~盱~悬~旋~璇~扬~瑶~药~伊~仪~倚~幽~虞~玉~运~宰~争~制~中~准~

蘅héng【古】下平,八庚。【例】春~杜~芳~江~绿~蘋~秦~荃~药~芷~

桁héng【古】下平,八庚。另见576页háng。【例】椽~大~浮~井~露~木~桥~楸~瓦~衣~

珩héng【古】下平,八庚。【例】白~璁~璜~提~

姮héng 姮娥。【古】下平,十蒸。

崚léng【古】下平,十蒸。【例】嶒~崑~崚~

棱(稜)léng【古】下平,十蒸。【例】冰~侧~嶒~断~方~风~锋~刚~觚~寒~剑~角~棱~廉~眉~沙~石~霜~四~田~瓦~威~斜~雄~雪~崖~岩~衣~枕~支~

楞léng【古】下平,十蒸。【例】白~冰~拨~充~窗~地~发~方~锋~觚~惊~楞~模~扑~四~瓦~斜~支~直~目有~

薐léng【古】下平,十蒸。【例】菠~

萌méng【古】下平,八庚。【例】边~宾~苍~方~浮~复~根~勾~寡~葭~奸~箭~茭~酒~开~黎~良~乱~氓~民~逆~贫~杞~潜~区~庶~邪~遗~兆~众~竹~滋~字~孳~草木~春意~

盟méng【古】下平,八庚。【例】败~拜~背~辟~兵~词~赐~缔~喋~订~定~东~负~改~贵~寒~合~和~后~欢~会~加~监~践~讲~交~结~解~溃~莅~联~聊~屡~鸥~畔~齐~乞~前~请~求~僧~歃~山~申~深~神~牲~尸~诗~矢~誓~守~首~司~私~同~外~违~文~问~夏~心~血~寻~要~遗~吟~饮~隐~豫~鸳~约~诅~争~证~执~质~重~主~宗~诅~城下~海山~

鄳méng 地名。【古】下平,八庚。

瞢méng【古】上平,一东。又:下平,十蒸同。【例】瞪~昏~惛~聋~瞢~蒙~腼~愚~云~

鹲(鸏)méng 鸟名。【古】上平,一东。

蒙méng【古】上平,一东。另见603页mēng、612页měng。【例】阿~暗~蔽~彪~孱~尘~承~冲~葱~典~东~端~敦~钝~发~疯~逢~覆~孤~瞽~龟~横~鸿~晦~浑~混~击~讲~锦~开~课~坑~空~困~笼~霾~冒~蒙~弥~迷~密~绵~冥~瞀~溟~欺~雀~孺~忪~童~僮~屯~顽~微~蓊~瞈~乌~幸~训~养~杳~沂~阴~幽~幼~愚~郁~谕~兆~遮~专~庄~

濛méng【古】上平,一东。【例】暗~鸿~澒~昏~空~濛~迷~溟~微~杳~阴~云~

檬méng【古】上平,一东。【例】柠~

朦méng【古】上平,一东。【例】昏~黎~朦~迷~欺~眼~

氓(甿)méng【古】下平,八庚。另见579页máng。【例】边~编~宾~残~苍~蚩~村~番~凡~畊~耕~黑~饥~黎~民~农~疲~贫~侨~樵~群~士~庶~讼~天~田~细~野~蚁~愚~

幪méng【古】上平,一东。【例】锦~墨~帡~遮~

艨méng【古】上平,一东。【例】艟~

龟～

懵(懜)méng【古】上平,一东。又:上声,一董同。另见612页měng。【例】昏～懵～

虻(蝱)méng【古】下平,八庚。【例】飞～鹿～麦～虻～牛～蚊～蝇～

甍méng【古】下平,八庚。【例】层～丹～雕～栋～飞～高～华～画～翚～连～龙～门～甍～南～颓～星～绣～轩～烟～檐～瑶～玉～云～朱～紫～

能néng【古】下平,十蒸。【例】百～备～本～褊～标～材～称～成～程～逞～骋～储～达～得～德～登～低～电～鼎～动～风～负～副～高～功～寡～官～瑰～核～会～积～极～技～简～谫～骄～徼～较～节～竭～矜～精～举～巨～讵～俊～堪～克～课～魁～劳～理～力～吏～廉～良～凉～量～灵～禄～论～懋～妙～民～难～奇～岂～弃～器～强～钦～勤～全～权～劝～热～任～善～上～声～势～授～殊～体～听～万～威～诬～无～贤～显～献～效～校～兴～行～性～修～炫～衒～严～养～艺～议～异～庸～用～乍～争～政～知～职～智～忠～众～主～

朋péng【古】下平,十蒸。【例】百～邦～宾～党～赌～分～高～好～佳～嘉～奸～交～焦～结～酒～旧～连～良～僚～旅～面～耆～亲～群～胜～诗～十～树～同～贤～相～携～心～宴～姻～游～友～远～耐久～忘形～

蓬péng【古】上平,一东。【例】背～编～鬓～苍～雕～短～断～阏～方～飞～蜚～高～孤～寒～蒿～惊～卷～枯～藜～栗～莲～流～茅～飘～萍～轻～秋～桑～沙～神～衰～霜～朔～舞～旋～雨～征～渚～转～麻中～

篷péng【古】上平,一东。【例】背～船～翠～倒～低～荻～钓～顶～斗～短～断～帆～孤～卷～凉～芦～落～辇～飘～破～青～箬～疏～乌～烟～渔～雨～帐～遮～征～转～

堋péng【古】下平,十蒸。【例】射～

淜péng【古】下平,十蒸。【例】洴～淜～

弸péng 弓强。【古】下平,八庚。

搒péng【古】下平,八庚。【例】标～笞～棰～击～静～敲～

棚péng【古】下平,八庚。【例】板～爆～彩～草～顶～工～拱～花～货～卷～乐～凉～寮～楼～茅～牛～山～松～天～窝～验～云～罩～竹～

鹏(鵬)péng【古】下平,十蒸。【例】苍～大～雕～飞～风～孤～海～化～鶤～金～鲸～跨～鲲～龙～溟～抟～翔～鱼～鸰～云～

彭péng【古】下平,八庚。【例】韩～篯～涓～老～黥～容～殇～巫～

膨péng【古】下平,八庚。【例】膨～

澎péng【古】下平,八庚。另见603页pēng。【例】澎～

硼péng【古】下平,八庚。【例】磕～

蟛péng【古】下平,八庚。【例】虾～

鬅péng 鬅鬙。【古】下平,十蒸。

芃péng【古】上平,一东。【例】芃～

菶péng【古】上平,一东。又:上声,一董同。见611页běng。【例】菶～萋～蓊～

仍réng【古】下平,十蒸。【例】荐～昆～累～连～频～仍～相～循～因～有～云～

绳(繩)shéng【古】下平,十蒸。【例】

编~鞭~辫~持~尺~赤~从~蹩~蹈~法~负~钩~鞲~贯~规~徽~火~讥~机~缄~践~缰~结~井~纠~拘~拘~矩~句~刻~缆~连~履~麻~锚~牛~皮~寝~曲~绒~申~绳~世~丝~司~绥~索~绦~套~梯~跳~推~维~枭~系~纤~咸~线~引~应~玉~赭~中~朱~准~自~棕~遵~

渑(澠)shéng【古】下平,十蒸。【例】淄~酒如~

藤(籐)téng【古】下平,十蒸。【例】苍~春~翠~钓~豆~葛~钩~瓜~寒~花~笺~交~科~枯~青~剡~乌~溪~雪~崖~野~阴~引~越~紫~胡孙~

疼téng【古】下声,十蒸。【例】负~护~凄~生~酸~头~惜~心~焮~

螣téng【古】下声,十蒸。【例】虺~

鰧(鰧)téng 鱼名。【古】下声,十蒸。

誊(謄)téng【古】下平,十蒸。【例】抄~传~代~翻~缮~照样~

腾(騰)téng【古】下平,十蒸。另见604页tēng。【例】饱~暴~奔~崩~飙~波~超~驰~炽~冲~蹿~捣~蹈~雕~翻~反~飞~沸~纷~浮~欢~蛟~卷~攫~跨~雷~凌~龙~瞢~朦~矇~蒙~闹~沛~鹏~扑~迁~骞~翘~庆~上~升~滔~腾~跳~霞~掀~骧~骁~嚣~兴~轩~宣~悬~鹰~踊~云~震~蒸~踯~鸷~风雷~海日~声誉~

縢téng【古】下平,十蒸。【例】封~绲~黄~缄~金~赢~绿~韬~行~瑶~缨~赢~朱~

滕téng【古】下平,十蒸。【例】灌~竹~

仄声·上声

绷(綳、繃)běng 绷脸。【古】下平,八庚。另见599页bēng。

琫běng【古】上声,一董。【例】鞞~镣~琕~玚~玉~仔~

菶běng【古】上声,一董。另见610页péng。【例】菶~萋~蓊~

逞chěng【古】上声,二十三梗。【例】得~横~胡~骄~狡~夸~狂~卖~施~徒~未~亿~欲~自~恣~

骋(騁)chěng【古】上声,二十三梗。【例】驰~电~斗~豪~狂~龙~靡~驱~腾~驼~雄~游~自~骥足~

庱chěng 姓。【古】上声,二十四迥。

裎chěng 对襟单衣。【古】上声,二十三梗。

等děng【古】上声,二十四迥。【例】差~侪~常~超~乘~秤~出~初~此~次~登~等~低~敌~迭~对~尔~高~官~轨~何~户~极~甲~降~绝~爵~均~哙~劣~凌~略~伦~迈~躐~畔~品~平~齐~恁~入~散~上~势~适~殊~特~同~头~相~学~亚~夷~异~优~逾~越~正~至~中~

戥děng 戥子。

讽(諷)fěng【古】去声,一送。另见614页fèng。【例】倍~比~嘲~抽~传~讽~感~歌~规~见~讲~静~开~朗~乐~律~诮~轻~劝~诵~托~玩~微~雅~言~阴~吟~隐~箴~转~

唪fěng【古】上声，一董。【例】唪~

梗gěng【古】上声，二十三梗。【例】悲~弊~边~脖~槎~粗~道~断~泛~非~纷~浮~刚~梗~孤~骨~乖~含~悍~豪~横~荒~激~艰~拘~桔~枯~苦~葵~浪~流~路~蓬~漂~萍~凄~脐~强~生~酸~桃~铜~顽~芜~玉~芋~榛~直~中~阻~作~

埂gěng【古】上声，二十三梗。【例】田~土~圩~

颈(頸)gěng【古】上声，二十三梗。另见631页jǐng。【例】脖~

耿gěng【古】上声，二十三梗。【例】刚~高~耿~孤~清~酸~雄~忧~忠~

鲠(鯁、骾)gěng【古】上声，二十三梗。【例】崩~诚~除~方~风~刚~高~鲠~孤~骨~横~燋~鲲~廉~朴~强~峭~清~穷~愚~贞~直~中~忠~祝~

绠(綆)gěng【古】上声，二十三梗。【例】赤~短~断~汲~青~丝~素~铁~挽~修~朽~玉~贞~

哽gěng【古】上声，二十三梗。【例】哀~悲~感~哽~闷~凄~酸~咽~

冷lěng【古】上声，二十三梗。【例】暴~逼~冰~蟾~池~齿~厨~窗~床~春~簟~冬~发~防~风~腑~干~孤~寒~壑~火~积~僵~洁~炯~酒~局~厥~空~冷~凉~零~露~溟~凝~贫~凄~气~牵~峭~轻~清~秋~泉~森~受~疏~衰~霜~水~酸~岁~溪~闲~弦~香~烟~严~阴~院~枕~制~

蒙měng 蒙古。【古】上声，一董。另见603页mēng、609页méng。

獴měng【古】上平，一东。【例】蟹~

懵(懜)měng【古】上声，一董。另见609页méng。【例】卑~发~昏~狂~懵~悯~愚~

勐měng【古】上声，二十三梗。【例】召~

猛měng【古】上声，二十三梗。【例】傲~暴~残~炽~粗~发~伏~服~刚~豪~虎~徽~骄~劲~精~绝~骏~宽~狼~浪~狞~气~轻~清~生~势~疏~威~武~枭~骁~凶~雄~迅~严~毅~勇~躁~召~狰~鸷~壮~

蜢měng【古】上声，二十三梗。【例】蚱~蚝~

艋měng【古】上声，二十三梗。【例】舴~

蠓měng【古】上声，一董。【例】蠛~蠓~蚋~蚊~

捧pěng【古】上声，二肿。【例】吹~簇~撮~高~笏~花~赍~齎~日~上~

省shěng【古】上声，二十三梗。另见632页xǐng。【例】爱~北~边~贬~裁~朝~殿~调~房~分~粉~赴~宫~华~画~槐~机~鸡~减~建~谏~降~节~禁~京~刻~客~兰~麟~纶~旁~骑~签~轻~清~寺~损~台~提~铜~薇~仙~行~学~掖~鸳~原~芸~质~雉~中~左~白云~

眚shěng【古】上声，二十三梗。【例】白~避~变~赤~过~鸡~疾~目~逆~青~肆~韬~天~微~瑕~祥~妖~灾~罪~

蓊wěng【古】上声，一董。【例】蓊~燕~郁~

滃wěng【古】上声，一董。【例】潼~

滃~雾~郁~云~

整zhěng【古】上声，二十三梗。【例】挨~编~裁~调~督~端~敦~顿~方~丰~扶~高~工~规~宏~华~节~洁~精~峻~厘~丽~料~平~齐~强~峭~清~遒~全~森~疏~肃~完~鲜~详~新~休~修~秀~训~严~殷~元~匀~昭~贞~治~周~

拯zhěng【古】上声，二十四迥。【例】哀~拔~存~济~救~匡~怜~携~援~

仄声·去声

甏bèng【例】打~缸~酒~瓦~

泵bèng【古】下平，十一尤。【例】风~水~

迸bèng【古】去声，二十四敬。【例】奔~逼~比~波~催~放~飞~风~孤~横~惊~睽~泪~凌~流~绿~乱~泉~散~逃~跳~雪~珠~

蹦bèng【例】蹿~扔~跳~

蚌bèng 蚌埠。【古】上声，二十三梗。另见591页bàng。

蹭cèng【古】去声，二十五径。【例】剐~蹉~磨~挪~

称(稱)chèng 同"秤。"【古】去声，二十五径。另见599页chēng、525页chèn。

秤chèng【古】去声，二十五径。【例】案~磅~等~戥~地~短~杆~钩~官~过~钓~盘~市~司~抬~心~行~压~言~掌~铢~

蹬dèng【古】去声，二十五径。【例】蹭~石~

磴dèng【古】去声，二十五径。【例】抱~碧~碥~侧~翠~斗~飞~风~峰~高~硌~回~列~盘~蹊~青~磉~山~石~松~苔~梯~危~香~悬~烟~岩~阴~幽~云~磳~

嶝dèng【古】去声，二十五径。【例】山~嶒~

镫(鐙)dèng【古】去声，二十五径。【例】鞍~鞭~截~马~认~石~踏~坠~

瞪dèng【古】下平，八庚。【例】瞪~迷~眄~涎~

凳(櫈)dèng【古】去声，二十五径。【例】矮~板~春~方~脚~条~杌~杌~竹~

澄dèng 澄清。【古】去声，二十五径。另见608页chéng。

邓(鄧)dèng【古】去声，二十五径。【例】樊~冯~耿~化~寇~昆~马~吴~阴~

奉fèng【古】上声，二肿。【例】阿~禀~参~谄~朝~承~崇~酬~传~戴~附~告~公~供~孤~归~国~厚~还~赍~寄~见~进~敬~客~匡~礼~廪~禄~面~内~攀~陪~毗~迁~钦~倾~曲~趋~取~上~神~食~事~侍~室~顺~祀~嗣~肃~随~岁~推~卫~衔~献~欣~信~修~应~膺~迎~营~预~月~瞻~展~祇~职~资~宗~尊~

赗(賵)fèng【古】去声，一送。【例】读~赙~礼~赠~

凤(鳳)fèng【古】去声，一送。【例】宝~碧~彩~池~赤~雏~楚~吹~翠~丹~绯~凫~附~高~歌~孤~龟~和~

花～鬓～火～鸡～集～髻～蛟～金～锦～跨～鲲～老～麟～灵～龙～鸾～鸣～攀～配～批～栖～秦～青～琼～虬～瑞～叹～桐～吐～团～威～舞～犀～仙～衔～祥～翔～箫～星～玄～瑶～仪～翳～隐～游～玉～鸳～鹓～云～占～诏～朱～竹～紫～

缝(縫)fèng【古】去声，二宋。另见608页féng。【例】拔～迸～边～补～斗～堵～风～勾～刮～焊～合～夹～接～跨～连～裂～漏～门～觅～腻～偏～骑～钤～嵌～纫～杀～填～脱～瓦～无～隙～狭～罅～削～押～针～

俸fèng【古】去声，二宋。【例】本～边～残～辍～断～夺～恩～罚～服～公～官～鹤～厚～进～克～吏～廉～廪～禄～年～清～赏～食～世～岁～微～辛～薪～学～月～秩～资～

讽(諷)fèng 又读。【古】去声，一送。另见611页fěng。

风(風)fèng 教育，感化。另见600页fēng。

葑fèng【古】去声，二宋。另见601页fēng。【例】湖～积～茭～万顷～

更gèng【古】去声，二十四敬。另见602页gēng。【例】翻～愈～

横hèng【古】去声，二十四敬。另见608页héng。【例】暴～残～刁～放～非～犷～悍～豪～猾～骄～狡～叫～桀～倨～陵～蛮～强～要～肆～贪～佻～顽～凶～匈～庸～忮～鸷～专～恣～

堼hèng 地名用字。【古】上平，二冬。

愣lèng【例】呆～发～格～浑～惊～愣～

梦(夢)mèng【古】去声，一送。【例】别～残～尘～醒～痴～楚～春～大～蝶～短～断～恶～愕～感～告～归～酣～寒～好～鹤～怀～槐～幻～魂～鸡～觭～吉～寄～嘉～见～荐～解～惊～客～狂～兰～冷～离～灵～龄～旅～美～迷～眠～鸥～沤～祈～绮～牵～浅～寝～清～秋～瑞～诗～示～疏～黍～托～寤～衔～献～香～象～凶～熊～叙～魇～验～蚁～役～萦～幽～圆～占～兆～贞～征～正～直～醉～传笔～东堂～高唐～邯郸～蝴蝶～华胥～槐安～黄粱～罗浮～南华～南柯～巫山～襄王～庄周～

孟mèng【古】去声，二十四敬。【例】宾～春～东～冬～寒～韩～季～剧～孔～浪～梁～秋～荀～亚～优～月～赵～主～邹～

胜(勝)shèng【古】去声，二十五径。另见604页shēng。【例】安～必～标～餐～超～乘～逞～持～春～错～戴～得～斗～访～负～诡～贵～害～豪～好～和～华～会～获～济～佳～嘉～简～角～较～竞～决～绝～谲～克～揽～力～利～廉～灵～罗～庙～名～狃～偏～破～奇～祈～强～清～曲～取～全～柔～瑞～势～守～殊～速～探～讨～威～文～席～贤～险～相～效～形～雄～虚～玄～选～寻～雅～厌～遗～银～优～幽～玉～阅～韵～造～增～战～贞～争～制～逐～追～尊～

盛shèng【古】去声，二十四敬。另见607页chéng。【例】备～昌～畅～侈～炽～充～崇～宠～春～鼎～蓄～繁～防～愤～丰～阜～富～鼓～犷～豪～弘～华～极～僭～骄～晋～祲～康～累～烈～隆～茂～美～猛～明～鸣～牟～骈～齐～气～强～全～荣～完～旺～渥～牺～熙～鲜～显～心～兴～雄～严～阳～溢～殷～郁～壮～尊～

圣(聖)shèng【古】去声，二十四敬。

【例】安~笔~表~参~草~朝~冲~传~次~达~大~诞~笃~凡~奉~辅~关~光~汉~豪~洪~扈~会~慧~剧~孔~累~列~灵~面~明~尼~拟~齐~起~清~仁~瑞~睿~神~诗~逝~书~淑~述~天~通~武~希~仙~先~贤~显~新~宣~玄~亚~彦~谒~翊~由~游~毓~渊~杖~哲~征~至~中~宗~

乘(乗、椉)shèng【古】去声,二十五径。另见607页chéng。【例】骖~家~史~卒~

剩(賸)shèng【古】去声,二十五径。【例】残~出~过~简~宽~留~掠~冗~遗~余~赘~

嵊shèng【例】嵊~

瓮(甕、罋)wèng【古】去声,一送。【例】宝~抱~毕~春~醋~饭~釜~覆~击~酱~金~酒~兰~酿~醅~盆~瓶~漆~水~提~瓦~悬~瑶~蚁~银~玉~鲊~

蕹wèng 蕹菜。【古】上平,二冬。

齆wèng【古】去声,一送。【例】鼻~

赠(贈)zèng【古】去声,二十五径。【例】颁~策~宸~持~充~宠~酬~辍~吊~封~奉~诰~还~回~赙~惠~赍~见~饯~郊~解~贶~敬~捐~觊~馈~赉~衾~赂~佩~亲~赏~书~投~脱~显~衈~雅~遥~贻~遗~有~转~追~祖~巾帼~

甑zèng【古】去声,二十五径。【例】尘~晨~炊~丹~堕~饭~范~釜~覆~珪~合~举~盆~破~石~瓦~晚~夜~溢~玉~竹~坠~莱芜~

缯(繒)zèng 绑,扎。【古】下平,十蒸。另见605页zēng。

综(綜)zèng 织布机装置。【古】去声,二宋。另见644页zōng。

锃(鋥)zèng【古】去声,二十四敬。【例】锃~

正zhèng【古】去声,二十四敬。另见605页zhēng。【例】摆~颁~保~笔~裨~辨~表~秉~拨~参~宸~诚~乘~澄~持~斥~饬~敕~冲~雠~丑~淳~醇~粹~存~弹~党~蹈~道~得~典~调~订~董~督~笃~端~法~反~扶~斧~辅~改~刚~割~革~格~更~耿~鲠~工~恭~官~归~规~贵~合~核~讥~稷~甲~坚~俭~简~謇~谏~矫~教~节~洁~介~谨~劲~静~纠~救~就~举~斶~决~刊~勘~考~匡~括~乐~厘~礼~理~丽~莅~廉~良~隆~履~率~明~挠~凝~判~平~齐~奇~强~峭~切~秦~清~穷~求~遒~取~权~诠~润~删~芟~审~绳~饰~守~授~顺~肃~讨~誊~体~挺~通~挽~问~先~闲~贤~显~详~削~校~邪~修~绪~雪~雅~淹~严~俨~谳~养~引~隐~印~郢~允~赞~蚤~仗~贞~甄~整~执~至~质~转~准~宗~尊~

政zhèng【古】去声,二十四敬。【例】安~罢~霸~稗~班~颁~邦~谤~暴~秕~弊~辩~兵~秉~柄~布~财~参~朝~呈~弛~持~崇~传~春~疵~从~篡~达~党~得~德~蠹~法~藩~犯~风~敷~扶~辅~复~赋~革~观~官~归~国~骇~害~横~皇~徽~惠~寄~佳~家~稼~兼~俭~践~解~谨~倦~军~峻~考~苛~酷~宽~匡~阃~览~劳~乐~吏~莅~廉~陵~隆~乱~论~美~民~谬~谋~内~能~逆~强~窃~亲~勤~曲~权~铨~阙~仁~任~戎~冗~善~擅~觞~摄~失~施~市~试~

守~授~殊~庶~水~税~顺~司~肃~棠~通~徒~推~王~文~问~武~熙~细~宪~新~刑~行~修~宣~学~循~训~逊~阳~养~要~遗~议~逸~郢~邮~驭~预~御~豫~宰~争~知~执~治~主~专~拙~总~佐~

证(證)zhèng【古】去声,二十五径。【例】保~辩~标~表~病~博~查~阐~酬~辞~党~典~订~对~顿~反~佛~扶~公~孤~果~候~互~稽~奸~见~鉴~较~诘~结~究~咎~拘~据~考~羸~理~例~论~媒~明~逆~旁~譬~票~凭~签~清~求~曲~诠~券~确~认~申~圣~实~事~誓~书~疏~谈~铁~危~伪~文~诬~物~误~显~校~心~形~修~血~演~验~要~引~印~杂~赃~照~折~知~执~指~质~追~罪~佐~

症(癥、證)zhèng【古】去声,二十五径。另见606页zhēng。【例】癌~崩~痹~病~毒~对~寒~急~结~绝~劳~痢~临~癖~怯~热~死~宿~痰~顽~险~虚~疫~杂~

挣zhèng【古】去声,二十四敬。另见606页zhēng。【例】摆~痴~打~呆~敌~立~蒙~意~闸~展~挣~执~

诤(諍)zhèng【古】去声,二十四敬。【例】斗~忿~交~苦~匡~论~面~廷~显~相~硬~

郑(鄭)zhèng【古】去声,二十四敬。【例】郦~繁~放~服~后~孔~流~马~毛~南~匹~魏~先~许~疋~雅~严~卓~

帧(幀)zhèng【古】去声,二十四敬。【例】装~

怔zhèng【古】下平,八庚。另见606页zhēng。【例】呆~发~

20. 英韵

平声·阴平

兵bīng【古】下平,八庚。【例】哀~按~鏖~拔~罢~败~班~搬~暴~被~迸~辟~避~边~弁~变~步~裁~残~操~长~车~撤~陈~骋~驰~持~斥~饬~筹~出~黜~寸~带~单~当~盗~敌~点~殿~凋~调~动~斗~黩~短~饵~发~伐~番~匪~分~忿~伏~抚~府~戈~工~弓~构~观~官~汉~候~护~会~畿~戢~加~甲~尖~监~交~骄~角~解~借~劲~进~禁~精~靖~鸠~酒~救~举~聚~军~抗~客~库~溃~劳~老~勒~羸~黎~罹~厉~吏~利~砺~敛~练~良~料~列~陵~领~流~陆~乱~论~马~弥~弭~庙~民~墨~募~南~叛~炮~铺~奇~骑~旗~起~潜~亲~轻~穷~曲~驱~权~任~戎~冗~锐~弱~洒~伞~散~僧~山~缮~擅~伤~哨~设~神~慎~胜~盛~士~试~饰~释~收~授~戍~束~树~水~司~宿~谈~探~饕~逃~提~天~挑~

铁~投~徒~退~屯~亡~王~违~卫~握~息~犀~习~洗~戏~虾~宪~乡~骁~销~新~行~雄~休~悬~巡~衙~严~偃~雁~扬~洋~养~耀~曳~移~疑~义~议~役~驿~阴~郢~拥~用~游~诱~鱼~御~援~阅~运~灾~载~择~泽~贼~增~战~招~折~振~征~整~知~治~踵~属~驻~铸~颛~追~缀~宗~总~纵~足~卒~阻~草木~

冰(氷)bīng【古】下平,十蒸。【例】颁~棒~抱~餐~藏~池~垂~春~赐~弹~蹈~箪~冻~伐~浮~斧~负~寒~旱~呵~滑~怀~坚~践~窖~结~锦~块~乐~凌~镂~履~木~淖~凝~刨~烹~破~青~轻~释~素~炭~糖~甜~条~听~顽~委~卧~夕~熙~心~玄~悬~雪~严~檐~疑~饮~语~玉~渊~凿~斩~壮~椎~琢~

并bīng【古】下平,八庚。另见633页bìng。【例】幽~

槟(檳、梹)bīng 槟榔。见533页bīn。

屏bīng 屏营。【古】下平,九青。另见625页píng、630页bǐng。

栟bīng 栟榈。【古】下平,八庚。

丁dīng【古】下平,九青。另见606页zhēng。【例】暗~白~保~报~避~边~弁~兵~丙~补~布~财~惭~成~赤~抽~出~厨~船~次~单~登~地~峒~独~富~工~宫~孤~红~户~火~鸡~及~祭~家~兼~渐~骄~进~警~儆~蠲~军~抗~客~课~库~矿~练~良~邻~伶~零~毛~门~民~内~男~宁~庖~贫~铺~畦~强~亲~穷~秋~驱~全~人~身~神~识~侍~适~酸~随~探~逃~天~添~田~团~五~巡~遗~义~役~驿~勇~幼~渔~园~运~灶~征~正~中~抓~壮~不识~

町dīng【古】下平,九青。又:上声,二十四迥同。另见632页tǐng,606页zhēng。【例】编~町~钩~畦~竹~

盯dīng 盯聍。【古】下平,九青。

钉(釘)dīng【古】下平,九青。另见634页dìng。【例】拔~补~刺~道~斗~勾~鼓~棺~环~灰~螺~铆~帽~门~命~木~沤~签~铁~图~销~印~竹~琢~

叮dīng【古】下平,九青。【例】咕~

仃dīng【古】下平,九青。【例】伶~

盯dīng【古】下平,八庚。【例】暗~紧~

疔dīng【古】下平,九青。【例】鼻~红丝~眼中~

靪dīng【古】下平,九青。又:去声,二十五径同。【例】打补~

玎dīng【古】下平,九青。【例】玲~玎~

精jīng【古】下平,八庚。又:去声,十四静。【例】宝~奔~笔~冰~播~蚕~苍~蟾~晨~成~驰~赤~储~垂~春~纯~淳~醇~殚~胆~地~粉~钢~光~鬼~含~寒~红~猴~狐~糊~花~黄~魂~火~交~蛟~洁~竭~金~酒~绝~丽~励~练~烈~流~留~琉~龙~昴~梅~煤~潜~勤~穷~劬~人~日~锐~丧~山~蛇~射~神~蜃~守~授~瘦~枢~水~松~素~岁~覃~炭~糖~腾~天~通~彤~抟~味~瓮~香~心~星~雄~蓄~玄~雪~炎~研~盐~阳~养~妖~药~曜~夜~遗~阴~英~游~娱~玉~寓~毓~渊~元~月~云~贼~斋~贞~忠~紫~百炼~野狐~

猄jīng【古】下平,八庚。【例】黄~

麖jīng 马鹿。【古】下平，八庚。

鶄jīng【古】下平，八庚。【例】鵁～

惊(驚)jīng【古】下平，八庚。【例】不～猜～惭～蝉～吃～出～担～耽～蝶～鹅～愕～骨～骇～鹤～鸿～虎～欢～嗟～麇～浪～雷～凌～鸾～麋～鸟～鸥～潜～秋～犬～失～时～受～鼠～涛～惕～退～畏～详～枭～虚～压～鸦～雁～夜～鱼～猿～震～着～鬼神～梦魂～四座～

京jīng【古】下平，八庚。【例】汴～朝～宸～砥～帝～东～凤～附～高～镐～贵～汉～华～皇～进～晋～九～旧～陵～洛～陪～迁～秦～上～神～嵩～天～王～望～仙～咸～许～燕～瑶～邺～遗～尹～玉～章～

经(經)jīng【古】下平，九青。又：去声，二十五径同。【例】邦～饱～贝～闭～壁～表～不～财～茶～禅～常～唱～朝～传～丹～典～调～东～读～鹅～法～翻～梵～讽～佛～拂～孤～惯～国～含～横～鸿～皇～纪～讲～交～解～进～救～绝～乐～离～礼～历～莲～麟～六～鲁～鸾～秘～民～念～葩～僻～契～穷～取～拳～儒～骚～善～神～圣～诗～世～事～守～授～书～树～水～说～谈～同～痛～图～纬～牺～羲～仙～纤～相～心～行～叙～玄～训～演～业～彝～已～易～逸～引～佣～饫～月～曾～正～执～雉～竺～醉～

睛jīng【古】下平，八庚。【例】冰～赤～点～定～洞～鹘～悍～虎～交～鲸～龙～猫～凝～青～守～双～停～通～瞳～偷～斜～眼～养～鱼～圆～张～转～

旌jīng【古】下平，八庚。【例】褒～表～赤～宠～垂～赐～翠～丹～纛～幡～风～凫～干～竿～高～弓～寒～虹～麾～获～绛～揭～节～锦～抗～客～离～立～帘～麟～旒～柳～龙～鸾～茅～旄～靡～明～铭～霓～旆～旗～青～仁～戎～善～神～戍～树～绥～题～危～文～霞～仙～心～悬～扬～摇～吟～虞～云～旃～张～旐～执～驻～

晶jīng【古】下平，八庚。【例】冰～茶～翠～单～寒～黑～火～皎～结～金～泪～棱～霾～墨～清～琼～日～融～石～水～腾～天～微～鲜～显～星～雪～阳～液～余～玉～紫～

鲸(鯨)jīng【古】下平，八庚。另见626页qíng。【例】白～奔～采～掣～赤～海～横～虎～华～翦～江～蛟～介～巨～狂～鲲～蓝～木～鲵～鹏～蒲～骑～擒～青～射～石～天～铜～吞～鼍～枭～须～瑶～游～斩～钟～诛～吸川～

兢jīng【古】下平，十蒸。【例】冰～浮～凌～谦～怂～惕～鸦～

荆jīng【古】下平，八庚。【例】白～班～布～钗～柴～楚～次～存～大～杜～分～负～关～寒～衡～棘～贱～江～老～藜～蛮～南～蓬～披～泣～山～识～田～亡～问～挟～榛～拙～紫～

茎(莖)jīng【古】下平，八庚。【例】碧～草～翠～稻～豆～发～飞～风～根～荷～花～金～津～韭～枯～葵～兰～连～鳞～菱～藕～攀～萍～芹～青～球～弱～霜～素～笋～微～文～香～修～阳～英～玉～芝～

菁jīng【古】下平，八庚。【例】葱～芳～菁～韭～林～蔓～蓂～茹～束～芜～扬～

泾(涇)jīng【古】下平，九青。【例】长～锦～清～四～渭～

粳(稉、秔)jīng【古】下平，八庚。另见

602页gēng。【例】~白~黄~霜~晚~香~新~玉~玉粒~

䴖(鶄)jīng【古】下平,八庚。【例】鸡~

乒pīng 乒乓。

涄pīng 水貌。【古】下平,九青。

俜pīng【古】下平,九青。【例】伶~

娉pīng【古】下平,九青。【例】连~媒~袅~娉~婷~

青qīng【古】下平,九青。【例】鬓~藏~乘~抽~垂~辞~葱~催~翠~黛~丹~蹈~灯~点~雕~冬~冻~发~返~浮~管~广~逛~含~寒~汗~护~花~还~回~霁~绛~蓝~沥~柳~螺~灭~嫩~年~佩~缥~樵~秦~青~染~柔~杀~山~拾~送~素~踏~天~田~铁~乌~蟹~岫~玄~压~鸦~眼~遥~银~幽~纡~元~札~知~数峰~四时~天地~竹叶~

清qīng【古】下平,八庚。【例】澳~碧~冰~波~采~查~蝉~偿~晨~澄~川~粹~蛋~点~调~汾~风~浮~高~公~孤~骨~官~寒~汉~颢~和~河~湖~华~划~怀~积~激~济~江~讲~酱~洁~矜~景~静~镜~峻~克~扩~廓~澜~朗~冷~廉~凉~撩~冽~灵~溜~梦~密~明~穆~缥~撇~凄~气~秋~认~柔~扫~山~上~深~神~誓~淑~刷~双~霜~肃~邃~太~泰~腾~誊~天~脱~拓~晚~温~闲~心~新~行~玄~烟~宴~晏~扬~杳~贻~寅~影~幽~玉~誉~渊~云~韵~造~湛~昭~贞~正~执~至~渚~浊~紫~

轻(輕)qīng【古】下平,八庚。又:去声,二十四敬,异。【例】尘~凡~肥~风~浮~寒~花~黄~积~驾~减~见~看~狂~年~漂~气~清~权~戎~沙~身~体~佻~相~绡~絮~翾~烟~衣~遗~意~优~羽~圆~云~重~得失~鸿毛~柳絮~马蹄~

卿qīng【古】下平,八庚。【例】爱~才~参~侈~春~东~冬~芳~公~宫~孤~贵~花~槐~棘~继~京~荆~九~巨~轲~客~乐~冷~列~绿~名~命~墨~内~七~卿~清~上~尚~少~世~睡~寺~太~仙~先~贤~亚~瑶~玉~诸~宗~走~

蜻qīng【古】下平,八庚。【例】蛉~蜻~

倾(傾)qīng【古】下平,八庚。【例】半~崩~侧~巢~凋~定~扶~覆~海~壶~秽~酒~救~楼~履~沦~靡~内~旁~批~圮~崎~权~日~山~天~外~危~西~险~相~斜~心~倚~右~云~左~肝胆~

鲭(鯖)qīng【古】下平,八庚。另见606页zhēng。【例】侯~秋~言~

庼(廎)qīng 小厅。【古】下平,八庚。另见632页qǐng。

圊qīng【古】下平,八庚。又:下平,九青同。【例】东~溷~毛~

听(聽、聼)tīng【古】下平,九青。又:去声,二十五径。另见637页tìng、554页yǐn。【例】~哀~傲~簿~采~参~察~彻~尘~宸~晨~承~愁~垂~醇~聪~打~盗~道~谛~动~督~独~飞~风~伏~服~俯~高~革~拱~观~好~鹤~衡~候~环~幻~混~兼~监~静~镜~纠~倦~钧~窥~历~聆~盲~谬~默~难~逆~凝~旁~偏~强~窃~倾~清~秋~群~忍~睿~善~上~神~审~

省~失~视~试~收~受~顺~私~竦~肃~素~探~逖~天~眺~偷~退~晚~妄~闻~问~卧~误~细~闲~宪~嚣~信~幸~讯~遥~倚~隐~荧~预~渊~瞻~侦~属~伫~助~恣~侧耳~隔树~姑妄~洗耳~

桯tīng【古】下平,九青。【例】门~碓~

綎(綎)tīng【古】下平,九青。【例】搢~

厅(廳、庍)tīng【古】下平,九青。【例】边~冰~捕~簿~餐~都~饭~公~官~过~寒~鹤~花~槐~轿~军~郡~开~客~门~幕~内~签~扫~上~设~升~试~松~讼~锁~头~退~舞~享~刑~腰~邑~驿~照~正~直~

汀tīng【古】下平,九青。【例】春~枫~寒~鹤~花~江~兰~蓼~柳~芦~鹭~绿~鸥~蒲~浅~沙~松~晚~苇~溪~雪~烟~雁~渔~云~芷~洲~

星xīng【古】下平,九青。【例】百~伴~奔~贲~孛~部~财~参~残~苍~长~常~辰~晨~赤~春~鹑~戴~德~帝~丁~斗~繁~飞~分~风~福~罡~高~孤~涵~寒~汉~浩~河~恒~红~虹~候~华~彗~昏~箕~吉~极~见~将~金~经~酒~聚~克~客~魁~离~连~列~灵~零~令~流~禄~明~魔~木~孽~女~披~屏~桥~窍~侵~秋~禳~瑞~撒~煞~善~商~捎~使~寿~疏~曙~水~司~岁~台~纬~卫~稀~祥~枭~晓~笑~新~星~凶~璇~瑶~耀~夜~幽~雨~玉~云~陨~灾~值~周~昼~荧惑~

骍(騂)xīng【古】下平,八庚。【例】黄~牛~骍~紫~

琞xīng 玉光。【古】下平,九青。

煋xīng 火烈。【古】下平,九青。

兴(興)xīng【古】下平,十蒸。另见637页xìng。【例】拜~比~宾~勃~晨~创~代~诞~登~递~迭~发~蜂~讽~敷~孤~军~隆~漫~朋~起~擅~神~时~嗣~苏~夙~宵~序~郁~云~肇~骤~伫~

腥xīng【古】下平,九青。【例】饭~肥~分~风~膏~海~花~荤~祭~解~龙~奶~肉~臊~膻~牲~石~水~铁~铜~咸~血~油~鱼~

馨xīng 又读。见539页xīn。

醒xīng 又读。见632页xǐng。

猩xīng【古】下平,八庚。【例】禽~鼯~猩~鹦~

惺xīng【古】下平,九青。【例】警~忪~惺~

应(應)yīng【古】下平,十蒸。另见638页yìng。【例】不~酬~乖~会~理~料~漫~明~伺~算~未~玄~厌~一~占~征~祇~

英yīng【古】下平,八庚。【例】白~璧~餐~残~仓~朝~赤~春~词~代~丹~诞~地~斗~夺~发~繁~飞~蜚~瑰~桂~含~寒~豪~昊~洪~花~华~皇~绛~金~菁~晶~精~菊~隽~菌~俊~兰~林~流~露~洛~落~髦~茂~梅~美~妙~民~女~佩~耆~翘~芹~青~清~琼~秋~群~儒~瑞~若~韶~神~石~时~士~世~霜~水~舜~素~檀~天~徒~晚~文~霞~贤~咸~香~祥~撷~雄~秀~玄~雪~延~阳~瑶~遗~鱼~榆~玉~渊~元~月~云~杂~芝~钟~众~重~朱~紫~宗~

莺(鶯、鸎)yīng【古】下平,八庚。

【例】残~藏~巢~朝~晨~雏~春~飞~风~宫~孤~黄~娇~金~流~柳~笼~绿~乱~暮~迁~群~乳~山~时~啼~听~晚~闻~溪~夏~晓~新~燕~野~夜~莺~百啭~出谷~

茔(塋)yīng【古】下平,八庚。【例】赐~坟~附~孤~归~陵~庐~墓~丘~邱~寿~先~遗~园~冢~祖~

媖yīng 女子美称。【古】下平,八庚。

锳(鍈)yīng【古】下平,八庚。【例】宝~椒~凝~琼~瑶~锳~玉~

鹰(鷹)yīng【古】下平,十蒸。【例】臂~苍~雕~放~高~豪~黑~呼~虎~花~画~饥~角~老~猎~秋~雀~瑞~神~素~隼~铁~兔~脱~新~雄~鹞~野~银~鱼~战~雉~逐~

婴(嬰)yīng【古】下平,八庚。【例】保~晨~蜂~妇~钩~孩~化~还~娇~咳~男~溺~弄~女~弃~孺~圣~陶~啼~天~童~退~戏~香~晏~遗~婴~玉~育~浴~

嘤(嚶)yīng【古】下平,八庚。【例】流鸣~时~噫~嘤~呦~

鹦(鸚)yīng【古】下平,八庚。【例】逗~锦~笼~绿~驯~架上~能言~

缨(纓)yīng【古】下平,八庚。【例】宝~布~长~朝~尘~晨~赤~垂~翠~带~丹~貂~繁~飞~拂~鹄~冠~红~华~交~结~解~金~衿~拘~绝~盔~氂~鸾~罗~马~缦~帽~珮~枪~请~琼~蛇~绳~素~条~霞~香~绣~衣~雨~玉~簪~摘~沾~振~征~执~朱~珠~濯~紫~组~

樱(櫻)yīng【古】下平,八庚。【例】残~春~含~寒~红~金~林~梅~青~山~赏~庭~野~早~朱~

撄(攖)yīng【古】下平,八庚。【例】横~来~扪~退~相~

膺yīng【古】下平,十蒸。【例】保~抱~搏~出~捶~诞~当~叨~烦~反~丰~风~伏~拂~服~抚~拊~钩~光~寒~鹤~虎~荐~进~滥~镂~庆~荣~嗣~肃~特~填~胸~玄~允~沾~属~

瑛yīng【古】下平,八庚。【例】宝~椒~凝~琼~瑶~玉~

罂(罌、甖)yīng【古】下平,八庚。【例】碧~瓷~磁~釜~金~酒~粮~木~匏~瓶~皤~青~琼~瓦~瓮~银~油~玉~

璎(瓔)yīng【古】下平,八庚。【例】宝~钿~连~香~玉~珠~

平声·阳平

龄(齡)líng【古】下平,九青。【例】百~长~超~驰~椿~促~党~等~队~芳~浮~高~工~龟~鹤~婚~笄~教~军~茂~梦~妙~暮~年~奇~驱~睿~弱~韶~适~树~衰~松~夙~髫~同~颓~稀~遐~性~修~学~烟~延~养~尧~亿~艺~役~益~幼~逾~育~增~智~稚~壮~

玪líng【古】下平,九青。【例】羊~

姈líng【古】下平,九青。【例】娉~

柃líng 木名。【古】下平,九青。

昤líng【古】下平,九青。【例】昤~

祾líng 福。【古】下平,十蒸。

澪líng 水名。【古】下平,九青。

零líng【古】下平,九青。【例】残~蹙~凋~丁~兜~孤~畸~交~泪~零~露~飘~凄~奇~青~涕~颓~雨~陨~草木~望秋~

灵(靈)líng【古】下平,九青。【例】百~宝~炳~波~苍~长~赤~宠~俶~辞~葱~地~帝~丁~恩~房~符~高~光~国~含~皓~鸿~护~化~桓~皇~魂~火~机~激~寄~祭~嘉~降~交~衿~襟~精~巨~俊~空~坤~麟~稟~龙~倮~洛~梦~民~旻~明~冥~丕~乞~乾~潜~轻~清~情~庆~穹~鹊~瑞~山~神~生~声~圣~诗~守~淑~爽~颂~素~通~讬~万~亡~威~物~仙~先~贤~显~湘~祥~效~心~兴~性~休~玄~扬~阳~耀~移~遗~颐~逸~阴~英~幽~游~玉~渊~月~岳~昭~兆~真~忠~钟~资~

菱(蔆)líng【古】下平,十蒸。【例】采~池~浮~菰~蒿~荷~红~湖~角~枯~莲~萍~青~秋~霜~乌~

绫(綾)líng【古】下平,十蒸。【例】白~裱~彩~绸~春~服~绀~宫~鹤~红~缣~缭~鸾~罗~绵~绮~青~瑞~诗~束~文~纹~吴~细~玉~杂~缯~

陵líng【古】下平,十蒸。【例】巴~灞~柏~暴~朝~城~乘~崇~春~丹~东~杜~房~坟~风~冯~阜~冈~高~谷~广~海~汉~河~皇~江~骄~金~魁~昆~历~洛~茂~冥~墓~南~毗~平~桥~侵~清~丘~泉~鹊~少~寿~衰~嵩~贪~唐~替~天~庭~威~武~西~献~萧~嚣~孝~信~巡~延~严~谒~夷~阴~羽~禹~裕~元~原~昭~

凌[1](淩)líng【古】下平,十蒸。【例】逼~超~乘~崇~干~攻~寒~隳~激~驾~冥~漂~凭~欺~侵~势~霜~贪~腾~挑~威~相~嚣~胁~越~震~逐~

凌[2]líng【古】下平,十蒸。【例】冰~冬~冻~寒~凌~

聆líng【古】下平,九青。【例】拜~侧~耳~俯~恭~谨~静~聆~听~幸~伫~

令líng【古】下平,八庚。另见631页lǐng、635页lìng。【例】脊~

铃(鈴)líng【古】下平,九青。【例】按~宝~车~赤~串~翠~盗~电~钉~兜~铎~梵~风~杠~钩~挂~和~火~解~金~警~霖~铃~零~鸾~銮~马~门~棉~鸣~盘~撳~塔~提~铜~驮~闻~系~衔~悬~哑~檐~摇~银~邮~雨~语~玉~振~护花~

伶líng【古】下平,九青。【例】倡~村~仃~歌~孤~乖~胡~禁~酒~军~坤~昆~老~刘~名~男~女~俜~使~优~

棂(欞、櫺)líng【古】下平,九青。【例】窗~丹~画~槛~绮~青~山~疏~松~虚~轩~玉~月~竹~

苓líng【古】下平,九青。【例】采~参~吹~雕~芳~茯~桂~丝~松~萱~榛~竹~

蛉líng【古】下平,九青。【例】白~草~螟~青~油~

玲líng【古】下平,九青。【例】玎~急~

玲~珑~佩~玉~

鲮(鯪)líng 鲮鱼。鲮鲤。【古】下平,十蒸。

泠líng【古】下平,九青。【例】丁~泠~溟~飘~清~涕~西~晓~中~

舲líng【古】下平,九青。【例】乘~楚~风~归~回~客~轻~吴~鹜~虚~扬~渔~越~

羚líng【古】下平,九青。【例】羊~岩~挂角~

鸰(鴒)líng【古】下平,九青。【例】鹡~鹡~原~

翎líng【古】下平,九青。【例】白~翅~翠~雕~蝶~顶~短~鹅~粉~风~凤~鹤~花~凰~鸡~剪~剑~锦~鹫~蓝~鸬~鸟~雀~梳~霜~素~文~绣~雪~鸦~雁~养~羽~玉~振~雉~孔雀~

囹líng【古】下平,九青。【例】拘~牢~幽~圄~

瓴líng【古】下平,九青。【例】碧~建~揭~陶~瓦~瓮~雪~

醽líng【古】下平,九青。【例】旧~渌~绿~仙~

名míng【古】下平,八庚。【例】报~本~笔~辟~避~标~别~病~播~博~才~采~藏~册~策~常~唱~称~成~驰~崇~丑~出~初~除~黜~传~垂~绰~词~赐~村~达~啖~盗~得~登~帝~点~玷~钓~定~遁~恶~法~芳~风~浮~负~附~复~高~更~工~功~沽~挂~官~诡~贵~好~洪~鸿~糊~互~华~化~徽~讳~晦~浑~籍~记~寄~佳~驾~假~贱~健~僭~降~解~借~旧~举~具~爵~俊~科~空~狂~魁~乐~类~立~丽~利~联~列~令~流~留~隆~漏~乱~落~骂~埋~美~灭~命~慕~能~匿~配~齐~耆~起~潜~强~窃~清~求~取~阙~让~荣~乳~善~声~盛~诗~时~谥~受~疏~署~水~私~俗~宿~岁~贪~堂~逃~腾~提~题~通~同~投~托~忘~威~微~伪~文~闻~污~物~喜~系~贤~衔~嫌~显~香~享~枭~骁~刑~姓~凶~雄~休~修~虚~宣~玄~悬~炫~学~勋~训~殉~雅~扬~仰~养~邀~药~耀~移~遗~艺~异~译~逸~音~淫~隐~英~有~喻~寓~原~杂~赞~诈~昭~争~正~知~智~重~著~撰~赘~总~罪~不计~鼎鼎~后世~千秋~

茗míng【古】上声,二十四迥。【例】杯~焙~采~茶~尝~啜~春~丛~斗~芳~甘~佳~酒~苦~醪~露~绿~嫩~烹~品~清~乳~瑞~试~嗜~汤~椀~溪~香~新~雪~盐~饮~玉~煮~酌~

明míng【古】下平,八庚。【例】摆~褒~抱~蔽~辨~标~表~禀~博~才~查~阐~昌~畅~倡~彻~宸~晨~呈~承~诚~澄~迟~崇~储~窗~春~淳~慈~聪~达~旦~道~灯~典~点~洞~独~端~断~敦~发~分~丰~拂~高~光~归~恒~弘~鸿~花~焕~晦~慧~昏~继~坚~简~建~鉴~讲~解~精~景~敬~静~究~具~决~俊~开~克~空~宽~昆~朗~黎~邃~廉~灵~茂~昧~妙~目~判~平~剖~启~谦~侵~钦~清~晴~秋~仁~认~融~柔~睿~山~闪~申~深~神~声~圣~盛~淑~疏~庶~霜~爽~水~说~硕~松~探~天~挑~通~透~危~微~温~文~悟~熙~霞~鲜~贤~显~详~宵~馨~星~修~虚~宣~玄~眼~验~阳~耀~懿~

英~幽~渊~元~圆~月~瞻~湛~彰~昭~照~哲~贞~甄~证~指~至~治~质~仲~昼~烛~注~奏~百花~察察~照眼~

铭(銘)míng【古】下平,九青。【例】碑~鼎~赋~感~规~剑~鉴~金~旌~镌~刻~勒~墓~内~盘~佩~器~琴~山~神~石~室~书~松~题~席~心~砚~瘗~永~幽~载~杖~昭~贞~箴~志~钟~篆~

鸣(鳴)míng【古】下平,八庚。【例】哀~爆~悲~鼻~鞭~蝉~长~肠~潮~车~晨~虫~喘~春~打~犊~铎~耳~飞~风~凤~釜~弓~鼓~海~寒~和~鹤~轰~喉~吼~狐~剑~交~蛟~惊~雷~龙~鹿~驴~鸾~鸟~牛~鸥~禽~蛩~泉~蛇~社~嘶~松~踏~啼~天~湍~蛙~乌~先~枭~啸~鸦~雁~夜~吟~蚓~莺~嘤~蝇~鱼~郁~猿~争~钟~自~奏~不平~瓦釜~

冥míng【古】下平,九青。【例】暗~苍~尘~重~丹~宕~颠~洞~钝~高~鸿~晦~昏~浑~混~豁~焦~靖~绝~空~渺~青~穹~泉~沈~顽~微~炎~杳~窈~隐~婴~幽~愚~郁~湛~

螟míng【古】下平,九青。【例】虫~稻~飞~蝗~鸼~蠡~灭~扑~秋~

暝míng【古】下平,九青。又去声,二十五径同。另见636页mìng。【例】暗~薄~晨~池~窗~村~花~晦~昏~既~静~柳~破~栖~青~秋~日~山~深~时~树~天~投~宵~晓~烟~野~夜~阴~雨~云~昼~渚~海天~

瞑míng【古】下平,九青。另见631页mǐng、495页miàn。【例】颠~甘~合~聋~瞑~目~青~深~顽~昼~

溟míng【古】下平,九青。【例】澳~八~北~沧~赤~春~大~东~浮~海~邗~洪~鸿~混~九~巨~鲲~溟~漠~鹏~青~清~穷~秋~嵩~滓~炎~杳~幽~重~

洺míng水名。【古】下平,八庚。

蓂míng【古】下平,九青。【例】阶~历~秋~菥~祥~尧~月~

柠(檸)níng 柠檬。【古】下平,八庚。

聍(聹)níng【古】下平,九青。【例】耵~

凝níng【古】下平,十蒸。【例】冰~沉~澄~冲~典~冻~端~丰~寒~化~浑~魂~坚~静~抗~泪~冷~露~目~凝~秋~神~疏~霜~水~天~土~遐~霞~纤~香~销~心~玄~血~烟~严~阳~阴~幽~渊~云~沾~贞~脂~滞~铸~

宁(寧、甯、寍)níng【古】下平,九青。另见636页nìng。【例】安~保~岂~便~常~承~澄~澹~丁~定~丰~抚~告~归~国~海~和~洪~胡~荒~会~集~辑~静~康~克~匡~廓~来~谧~民~平~清~生~思~泰~外~惟~位~咸~协~心~休~虚~宴~晏~燕~怡~亿~永~予~饫~镇~至~万方~

咛(嚀)níng【古】下平,九青。【例】叮~嘤~

拧(擰)níng 用手指捏紧扭转。绞压。【古】下平,八庚。另见631页nǐng、636页nìng。

狞(獰)níng【古】下平,八庚。【例】蚩~斗~恶~奸~骄~狼~猱~犬~生~兽~威~狌~阴~狰~

平píng【古】下平,八庚。【例】安~岸~

摆~扁~拨~波~铲~昌~敞~潮~承~持~初~荡~登~等~砥~地~垫~调~斗~端~方~分~抚~富~概~公~孤~刮~广~海~汉~和~衡~化~讥~嘉~剪~翦~建~江~蠲~决~君~均~康~克~宽~旷~廓~浪~乐~犁~理~廉~良~隆~论~宁~铺~齐~洽~轻~清~区~仁~扫~善~尚~升~盛~水~颂~太~泰~覃~烫~讨~填~屯~韦~稳~熙~闲~详~削~心~休~修~压~谳~夷~迤~阴~营~雍~永~渝~熨~整~正~至~治~致~忠~

苹píng 草名。【古】下平,九青。

玶píng 玉名。【古】下平,八庚。

蚲píng 米中虫。【古】下平,八庚。

鲆(鮃)píng【古】下平,八庚。【例】鲂~

萍(蓱)píng【古】下平,九青。【例】白~池~赤~楚~春~翠~泛~风~浮~孤~江~聚~枯~流~绿~靡~蓬~漂~青~秋~食~细~新~云~藻~沼~谷雨~

屏píng【古】下平,九青。另见617页bīng、630页bǐng。【例】柏~翠~丹~耳~藩~方~凤~光~龟~号~鹤~户~花~画~回~椒~阶~金~襟~锦~井~镜~巨~蠡~连~帘~列~梅~门~庙~内~墙~青~雀~肉~石~寿~疏~树~水~素~台~围~帏~香~萧~绣~轩~研~掩~砚~银~隐~荧~影~幽~玉~御~垣~云~斋~障~照~枕~竹~山作~

评(評)píng【古】下平,八庚。又:去声,二十四敬同。【例】测~嘲~初~点~定~短~风~格~公~估~官~好~后~宦~讥~鉴~讲~剧~考~酷~论~卖~漫~内~批~品~棋~清~诠~确~社~审~诗~时~史~书~述~台~谈~题~廷~妄~文~戏~细~乡~详~影~舆~预~月~杂~赞~置~啄~综~总~

凭(憑、凴)píng【古】下平,十蒸。【例】部~但~独~扶~高~归~护~据~倦~堪~路~帽~难~凭~栖~恁~商~式~恃~听~文~无~闲~信~仰~依~照~执~只~质~准~足~曲栏~

瓶(缾)píng【古】下平,九青。【例】宝~冰~茶~触~春~瓷~醋~丹~胆~滴~电~斗~覆~胡~壶~花~画~魂~汲~金~京~井~净~酒~量~麟~龙~奶~暖~缥~气~倾~砂~山~烧~水~汤~踢~提~铜~瓦~温~犀~泻~悬~瑶~药~银~罂~油~玉~脂~竹~口如~

枰píng【古】下平,八庚。【例】残~对~金~空~棋~启~敲~楸~石~推~纹~犀~弈~

坪píng【古】下平,八庚。【例】操~草~敞~地~瓜~寒~禾~荷~桑~沙~晒~田~土~养马~

帡píng 帡幪。【古】下平,八庚。

苹(蘋)píng【古】下平,八庚。参见545页pín“蘋”。【例】白~采~红~华~流~绿~蒲~青~食~水~野~藻~

軿píng【古】下平,九青。又:下平,一先同。【例】宝~车~翠~丹~飞~凤~鹤~画~鸾~轮~香~轩~油~游~玉~云~辎~

洴píng【古】下平,九青。【例】吃~

情qíng【古】下平,八庚。【例】哀~爱~案~悲~边~表~别~病~薄~补~猜~才~察~常~畅~尘~陈~称~承~骋~

痴~驰~赤~炽~冲~虫~崇~愁~楚~触~揣~传~怆~垂~春~纯~辞~催~达~丹~耽~叨~道~敌~调~订~定~多~夺~恩~发~凡~芳~放~费~分~风~负~感~高~割~革~隔~公~故~寡~关~规~闺~诡~国~含~豪~合~鹤~恒~厚~怀~欢~宦~诲~激~羁~极~寄~假~奸~煎~见~讲~降~交~焦~矫~竭~解~衿~襟~尽~近~净~酒~旧~剧~绝~军~抗~客~苦~宽~愧~阔~浪~劳~乐~冷~离~沥~恋~谅~吝~领~留~隆~旅~美~迷~面~民~暮~内~匿~溺~凝~鸥~陪~披~栖~奇~绮~牵~浅~遣~切~惬~亲~求~曲~屈~群~桡~热~人~任~容~柔~睿~骚~色~煽~伤~墒~神~生~声~胜~诗~实~世~市~事~饰~适~书~抒~舒~输~霜~水~顺~说~私~思~肆~送~俗~素~宿~邃~贪~谈~韬~陶~讨~天~通~同~偷~托~枉~忘~危~微~伪~慰~温~稳~诬~无~忤~物~系~细~侠~遐~下~先~闲~显~险~乡~详~效~邪~絜~写~谢~心~衅~兴~行~性~雄~虚~叙~宣~悬~寻~殉~雅~言~艳~养~遥~野~怡~移~遗~异~抑~疫~逸~吟~隐~缨~萦~庸~用~优~幽~游~友~娱~舆~欲~寓~冤~缘~怨~悦~允~灾~造~贼~战~贞~真~征~政~知~至~志~挚~滞~衷~逐~属~壮~赘~酌~姿~纵~骨肉~故园~无限~鱼水~

晴qíng【古】下平,八庚。【例】朝~赤~初~川~窗~春~淡~俄~放~烘~开~空~连~嫩~弄~祈~秋~日~融~瑞~扫~晌~霜~天~晚~望~午~溪~喜~新~雪~野~阴~雨~乍~崭~

擎qíng【古】下平,八庚。【例】高~奇~擎~上~提~携~引~众~只手~

檠(檠)qíng【古】下平,八庚。又:上声,二十三梗同。又:去声,二十四敬同。【例】榜~灯~短~伏~扶~辅~皋~弓~孤~寒~金~书~铁~瓦~宵~夜~烛~

鲸(鯨)qíng 又读。【古】下平,八庚。见618页jīng。

勍qíng【古】下平,八庚。【例】强~勍~骁~虓~逸~争~

黥(剠)qíng【古】下平,八庚。【例】犯~髡~面~墨~墨~劓~天~刑~印~月~

廷tíng【古】下平,九青。【例】北~边~朝~帝~殿~宫~汉~教~龙~虏~庙~幕~内~枢~殊~天~外~王~夏~小~尧~掖~中~

葶tíng【古】下平,九青。【例】起~萱~

庭tíng 另见637页tìng。【古】下平,九青。【例】犴~柏~班~边~禅~朝~充~出~春~椿~词~到~敌~帝~殿~洞~法~分~风~凤~福~府~公~宫~广~闺~桂~寒~汉~鹤~后~花~华~槐~荒~皇~蕙~魂~计~家~江~椒~阶~金~禁~径~郡~开~客~空~琨~犁~鲤~麟~龙~楼~露~虏~鸾~蛮~门~秘~庙~民~墓~幕~内~绮~前~亲~秦~穹~趋~阙~扫~神~省~枢~殊~霜~朔~私~寺~松~讼~堂~天~彤~退~外~王~伪~卧~舞~羲~遐~仙~闲~休~秀~胥~轩~萱~璇~学~驯~衙~炎~瑶~耀~掖~夷~邑~银~膺~邮~虞~宇~玉~狱~院~云~宰~斋~芝~中~紫~祖~

亭tíng【古】下平,九青。【例】报~碑~草~茶~长~池~都~短~风~枫~岗~

皋~高~宫~孤~古~关~官~桂~河~荷~红~湖~华~槐~祭~江~讲~郊~街~解~锦~警~酒~筠~客~空~兰~离~凉~列~柳~楼~炉~路~闾~旅~幔~茅~梅~墓~平~蒲~旗~桥~琴~青~丘~戎~山~商~苕~射~书~水~松~亭~危~溪~戏~县~享~新~轩~玄~燕~野~驿~邮~园~云~斋~竹~渚~湖心~醉翁~

停tíng【古】下平,九青。【例】安~车~秤~迟~川~船~调~放~孤~鹄~关~稽~久~居~均~勒~立~留~凝~上~稍~少~申~息~下~相~销~休~悬~淹~悠~渊~岳~云~匀~暂~中~

霆tíng【古】下平,九青。【例】奔~飙~春~大~电~风~轰~激~疾~惊~雷~怒~威~迅~震~

蜓tíng【古】下平,九青。又:上声,十六铣异。【例】虵~螟~蜻~

婷(娗)tíng【古】下平,九青。【例】娉~婷~

渟tíng【古】下平,九青。【例】澄~膏~泓~清~渟~滢~渊~

莛tíng【古】下平,九青。又:上声,二十四迥同。【例】枯~

行xíng【古】下平,八庚。另见637页xìng、575页háng、593页hàng。【例】安~颁~暴~卑~并~跛~布~步~操~畅~车~趁~成~丑~出~穿~传~创~纯~淳~辞~此~村~代~逮~倒~德~貂~调~动~督~独~笃~端~敦~惰~恶~贰~法~方~放~飞~奋~奉~扶~辅~高~歌~根~功~躬~孤~归~规~闺~轨~跪~过~海~航~横~胡~护~扈~滑~环~缓~徽~汇~秽~绩~畸~疾~纪~监~检~饯~践~矫~脚~节~洁~戒~谨~浸~经~景~径~举~镌~狷~诀~刊~抗~考~可~快~跬~愧~滥~理~力~厉~隶~炼~临~另~流~隆~陋~旅~律~乱~略~慢~茂~美~迷~敏~难~逆~怒~偶~爬~批~偏~骈~品~平~奇~骑~启~潜~强~峭~轻~清~请~曲~驱~屈~趋~权~绕~戎~辱~山~善~擅~觞~上~蛇~摄~神~审~慎~盛~失~施~实~驶~士~侍~试~饰~守~殊~淑~水~顺~私~肆~送~素~随~遂~琐~逃~体~通~同~徒~推~屯~往~妄~危~威~伟~文~蜗~无~膝~细~闲~贤~显~跣~现~削~孝~偕~携~信~修~徐~宣~学~巡~驯~迅~徇~逊~雅~严~言~雁~业~曳~移~蚁~义~异~佚~意~懿~淫~游~谀~预~远~允~运~趱~暂~凿~早~藻~造~择~掌~折~贞~振~征~知~执~直~治~踵~众~舟~昼~专~壮~赘~准~自~恣~踪~总~罪~

娙xíng【古】下平,八庚。【例】娥~媌~

钘(鈃、銒)xíng 酒器。山名。【古】下平,九青。

铏(鉶)xíng【古】下平,九青。【例】笾~鼎~发~土~

形xíng【古】下平,九青。【例】败~本~笔~蔽~避~变~彪~兵~禀~波~察~常~超~成~呈~愁~雏~传~殚~地~定~队~遁~范~吠~风~服~赋~拱~构~鹄~怪~观~诡~贵~骇~鹤~虎~花~化~环~幻~隳~毁~畸~瘠~寄~假~践~鉴~降~矫~解~鸠~矩~菌~枯~亏~魁~劳~羸~累~离~丽~敛~脸~练~炼~菱~流~露~鸾~轮~裸~羸~蛮~面~摹~匿~迁~潜~强~桥~球~曲~群~人~仁~

忍～瑞～散～扇～蛇～身～神～审～省～失～示～事～手～守～受～殊～树～素～逃～体～条～图～土～颓～蜕～托～脱～驼～万～亡～忘～威～委～文～蜗～无～物～纤～显～现～线～象～宵～销～肖～心～眩～严～颜～衍～阳～养～妖～依～仪～怡～遗～异～隐～有～寓～豫～元～原～远～攒～造～兆～照～真～阵～制～质～众～驻～姿～走～

刑xíng【古】下平，九青。【例】熬～避～播～薄～残～逞～笞～饬～处～鹑～刀～抵～典～定～动～毒～黩～法～烦～燔～繁～伏～服～腐～宫～故～官～国～化～怀～缓～积～极～监～减～绞～教～就～决～军～峻～科～苦～酷～宽～髡～滥～礼～理～丽～连～量～临～流～隆～吕～论～免～明～墨～虐～判～评～迁～遣～峭～钦～轻～黥～秋～肉～上～赊～设～深～审～慎～施～市～受～授～殊～赎～司～私～死～俟～肆～讼～汤～逃～提～天～停～徒～土～威～武～陷～乡～相～削～亵～行～修～恤～训～严～谳～野～仪～议～阴～用～禹～狱～冤～杖～磔～正～政～执～直～止～至～致～智～中～重～诛～追～罪～

型xíng【古】下平，九青。【例】版～车～成～雏～典～定～发～范～房～改～句～巨～孔～口～类～脸～模～轻～砂～身～式～树～体～土～微～小～新～血～训～压～仪～遗～原～造～纸～中～种～重～铸～

硎xíng【古】下平，九青。【例】发～临～儒～霜～土～新～支～新发～

饧(餳)xíng【古】下平，八庚。另见582页táng。【例】白～稠～春～蜂～膏～花～胶～爵～麦～木～雀～乳～沙～饧～杏～眼～饴～蔗～粥～寒食～琥珀～

邢xíng【古】下平，九青。【例】尹～

陉(陘)xíng【古】下平，九青。【例】八～海～井～灶～

荥(滎)xíng 水名。【古】下平，九青。

迎yíng【古】下平，八庚。【例】拜～班～朝～承～出～错～导～道～东～斗～逢～奉～恭～躬～鹤～候～欢～将～郊～徼～阶～敬～犒～抠～款～礼～鸥～亲～趋～失～顺～送～随～希～相～笑～迓～延～燕～邀～远～瞻～招～倒屣～糊浆～扫径～

滢(瀅)yíng【古】下平，八庚。【例】滢～

蓥yíng 琢磨使光泽。【古】下平，八庚。

濙(瀯)yíng【古】去声，二十五径。【例】晶～汀～潗～濙～

潆(瀠)yíng【古】下平，八庚。【例】澴～匽～渟～滢～潆～

盈yíng【古】下平，八庚。【例】杯～避～持～充～冲～川～登～愤～丰～阜～富～贯～害～怀～晖～济～骄～戒～久～居～亏～烂～满～茅～茗～内～娉～平～器～轻～取～饶～奢～水～填～羡～相～香～虚～衍～移～殷～盈～增～周～

营(營)yíng【古】下平，八庚。【例】安～拔～标～兵～裁～柴～车～撤～楚～踹～地～顿～防～匪～纷～蜂～宫～构～寡～关～管～国～寒～汉～合～虎～花～回～贿～惑～坚～兼～匠～劫～进～禁～鸠～旧～军～开～砍～老～乐～历～连～练～列～柳～陆～乱～民～摸～屏～旗～曲～趋～山～缮～设～圣～筮～霜～水～私～宿～踏～偷～投～土～团～屯～脱～外～星～行～修～巡～野～夜～移～营～蝇～游～御～运～匝～扎～炸～畛～阵～征～正～置～中～烛～驻～筑～转～斫～

钻~细柳~

萤(螢)yíng【古】下平,九青。【例】草~窗~丹~飞~风~孤~光~寒~化~火~集~鉴~金~聚~冷~流~露~乱~囊~扑~清~秋~拾~水~晚~微~星~夜~照~

蝇(蠅)yíng【古】下平,十蒸。【例】捕~苍~谗~痴~飞~蜂~甘~寒~鸡~家~猎~麻~虻~灭~牛~青~蛆~去~蚊~蝇~逐~附骥~钻纸~

楹yíng【古】下平,八庚。【例】百~层~窗~丹~奠~殿~雕~栋~凤~刮~华~画~桓~阶~金~连~梁~两~旅~茅~门~庙~蓬~绮~绕~山~松~题~庭~午~绣~轩~岩~檐~瑶~倚~凿~株~

茔(塋)yíng【古】下平,八庚。【例】残~赐~坟~附~孤~古~归~荒~建~陵~庐~墓~丘~寿~先~新~遗~园~泽~冢~祖~

萦(縈)yíng【古】下平,八庚。【例】缠~愁~带~烦~樊~回~交~结~空~梦~盘~蟠~牵~扰~绕~缇~斡~系~香~斜~萦~纡~郁~

瀛yíng【古】下平,八庚。【例】八~沧~登~东~方~浮~环~寰~溟~蓬~外~沃~仙~瀛~重~

赢(贏)yíng【古】下平,八庚。【例】打~赌~分~丰~共~计~净~利~奇~赛~输~羡~邪~养~争~

莹(瑩)yíng【古】下平,八庚。又:去声,二十五径异。【例】碧~冰~澄~发~丰~甘~光~坚~洁~晶~精~明~磨~凝~平~清~琼~柔~如~神~陶~通~温~鲜~莹~腴~玉~圆~珠~

荧(熒)yíng【古】下平,九青。【例】光~煌~惑~晶~精~清~听~荧~

潆yíng【古】下平,八庚。【例】淦~荥~

籯(籯)yíng【古】下平,八庚。【例】金~满~箧~箱~遗~

嬴yíng【古】下平,八庚。【例】更~黔~秦~嬴~长~朱~族~

仄声·上声

炳bǐng【古】上声,二十三梗。【例】彪~彬~炳~燔~斐~虎~焕~炬~烂~明~蔚~文~遗~祖~

邴bǐng【古】上声,二十三梗。又:去声,二十四敬。【例】邴~张~

蛃bǐng 蛃鱼。【古】上声,二十三梗。

饼(餅)bǐng【古】上声,二十三梗。【例】薄~菜~茶~炊~槌~春~赐~翠~稻~豆~番~粉~凤~佛~糕~供~鹘~官~胡~花~画~烩~煎~姜~金~晶~橘~卷~烤~烙~凉~裂~笼~炉~麻~麦~煤~蜜~面~曲~肉~乳~烧~食~柿~水~酥~索~摊~炭~汤~饧~铁~馅~香~袖~血~野~银~油~圆~月~蒸~煮~

丙bǐng【古】上声,二十三梗。【例】报~丙~丁~付~令~六~青~壬~上~外~魏~

柄bǐng【古】去声,二十四敬。另见633页bìng。【例】八~把~霸~兵~操~谗~常~朝~车~尘~词~翠~寸~刀~盗~道~德~斗~夺~法~福~纲~国~荷~

衡~花~话~机~剑~解~钧~菌~魁~理~利~莲~论~矛~民~木~弩~杷~谦~窃~权~铨~人~戎~伞~扇~擅~勺~失~诗~时~事~手~授~枢~锁~谈~天~脱~王~威~文~握~武~犀~相~笑~刑~雄~璇~叶~议~语~玉~钺~运~宰~政~执~重~麈~专~

秉 bǐng【古】上声，二十三梗。【例】杓~参~穿~国~机~坚~交~亲~权~夙~素~贪~特~天~遗~盈~贞~

屏 bǐng【古】上声，二十三梗。另见 617 页 bīng、625 页 píng。【例】藩~

禀(稟) bǐng【古】上声，二十六寝。另见 550 页 bǐn。【例】长~呈~承~储~传~递~奉~告~给~公~共~官~贺~回~汇~会~谨~进~敬~具~叩~密~面~批~启~日~上~申~手~书~夙~特~天~通~修~衣~异~驿~月~赈~咨~资~奏~

顶(頂) dǐng【古】上声，二十四迥。【例】宝~碧~朝~承~翠~打~丹~到~颠~殿~洞~兜~房~焚~封~峰~抚~盖~高~拱~贯~灌~鹤~红~护~华~极~尖~饯~轿~金~晶~绝~炼~岭~翎~楼~露~帽~灭~摩~攀~盘~棚~平~起~穹~锐~塔~天~秃~颓~驼~望~圩~桅~屋~犀~斜~谢~秀~雪~压~崖~缨~硬~岳~云~攒~皂~帐~珠~

鼎 dǐng【古】上声，二十四迥。【例】宝~茶~镵~铛~赤~崇~爨~丹~奠~调~鼎~定~方~沸~分~釜~负~赴~覆~甘~羹~公~古~鹄~观~汉~和~鸿~槐~金~举~钧~扛~匡~窥~牢~梁~列~龙~炉~茗~铭~拿~牛~盘~庖~陪~破~迁~铅~窃~燃~染~任~商~神~司~台~汤~铜~瓦~帷~夏~享~象~刑~羞~轩~璇~讯~延~羊~药~移~彝~议~吟~禹~鼋~钟~周~铸~篆~

酊 dǐng【古】上声，二十四迥。【例】酩~

景 jǐng【古】上声，二十三梗。【例】抱~毕~捕~布~残~惨~测~常~场~朝~宸~晨~衬~澄~驰~尺~初~春~慈~丹~点~洞~短~返~飞~浮~抚~附~高~孤~光~圭~规~瑰~晷~海~含~寒~好~合~候~华~幻~换~焕~晖~辉~回~绘~晦~魂~即~霁~佳~江~骄~街~借~近~精~静~绝~揆~朗~老~乐~丽~烈~灵~流~隆~落~迈~美~昧~媚~梦~暮~年~暖~盆~栖~奇~倾~清~情~穷~秋~取~全~阙~溽~锐~瑞~山~韶~摄~神~蜃~胜~驶~适~淑~束~霜~水~驷~肃~素~岁~图~颓~晚~文~物~晞~惜~熙~曦~隙~峡~暇~霞~祥~响~霄~写~心~行~休~修~虚~旭~煦~轩~玄~雪~寻~烟~岩~炎~瑶~野~移~逸~翳~音~应~幽~玉~园~跃~云~藻~造~责~昃~照~逐~坠~桑榆~西洋~

汫 jǐng 同"阱"。汫濙。【古】上声，二十四迥。

儆 jǐng【古】去声，二十四敬。【例】边~惩~规~呼~交~戒~寇~劝~申~时~示~巡~训~责~箴~

璥 jǐng 玉。【古】去声，二十四敬。

璟 jǐng【古】上声，二十三梗。【例】瑜~

警 jǐng【古】上声，二十三梗。【例】报~边~鞭~兵~猜~察~称~乘~惩~敕~传~聪~惮~盗~法~风~烽~干~岗~

港~关~规~海~鹤~慧~火~枷~交~戒~谨~精~军~开~寇~灵~民~片~凄~奇~企~清~遒~韶~设~申~示~水~税~特~提~痛~外~闻~武~息~袭~宵~新~刑~行~虚~巡~驯~严~谣~夜~预~贼~箴~

井jǐng【古】上声,二十三梗。【例】拜~碧~冰~村~丹~倒~地~洞~坊~沸~坟~覆~宫~古~观~寒~鹤~画~潢~火~机~祭~涧~井~坑~口~枯~矿~陵~龙~露~庐~闾~幕~绮~绮~气~弃~丘~秋~泉~乳~入~桑~深~神~抒~树~竖~霜~水~潭~汤~淘~天~田~投~唾~万~仙~斜~墟~烟~盐~瑶~裔~油~月~凿~藻~锥~钻~

颈(頸)jǐng【古】上声,二十三梗。另见612页gěng。【例】白~豹~脖~长~丹~吊~顶~鹅~粉~凤~槁~鸽~宫~钩~龟~鹤~壶~虎~鸡~交~蛟~亢~连~鹭~马~瓶~蛇~束~缩~锁~头~驼~刎~系~项~秀~咽~延~雁~引~拥~

憬jǐng【古】上声,二十三梗。【例】憧~荒~憬~

阱(穽、汬)jǐng【古】去声,二十四敬。【例】毒~虎~隍~槛~坎~坑~猎~路~乱~兽~田~陷~崖~语~

刭(剄)jǐng【古】上声,二十四迥。【例】抗~自~

领(領)lǐng【古】上声,二十三梗。【例】白~抱~本~辟~标~脖~簿~衬~承~持~传~辞~翠~带~典~都~督~翻~风~纲~关~管~护~赍~监~将~交~解~颈~拘~卷~魁~嵝~率~妙~盘~袍~蛴~契~窍~青~酋~裘~曲~驱~绻~认~襦~摄~申~收~受~素~提~通~统~头~项~笑~协~邪~修~玄~悬~训~押~咽~腰~要~衣~引~缘~皂~占~掌~招~支~自~总~佐~

岭(嶺)lǐng【古】上声,二十三梗。【例】半~碧~苍~岑~赤~崇~川~春~葱~翠~岱~叠~凤~复~冈~高~缑~牯~关~海~鹤~横~湖~鹫~峻~匡~昆~岚~龙~梅~岷~南~奇~嵰~芹~秦~青~穹~丘~秋~山~石~松~危~乌~溪~霞~霄~秀~玄~雪~鸦~崖~烟~岩~阳~驿~阴~庾~玉~云~曾~分水~梅花~

令lǐng【古】去声,二十四敬。另见622页líng、635页lìng。【例】纸一~

酩mǐng【古】上声,二十四迥。【例】解~

皿mǐng 又读。另见552页mǐn。【古】上声,二十三梗。

瞑mǐng 又读。另见624页míng。另见495页miàn。

拧(擰)nǐng 用力扭。另见624页níng、636页nìng。

请(請)qǐng【古】上声,二十三梗。【例】哀~拜~报~辟~别~禀~参~朝~陈~呈~诚~吃~刺~促~催~打~祷~得~敦~烦~奉~俸~干~告~恭~购~雇~关~管~函~横~还~回~亟~劫~进~荆~就~恳~抠~叩~扣~礼~论~卖~难~旁~聘~普~祈~乞~启~起~秋~上~赊~申~声~顺~私~提~题~详~宣~询~延~宴~央~邀~谒~议~迎~吁~约~造~招~征~质~属~嘱~咨~奏~

顷(頃)qǐng【古】上声,二十三梗。【例】电~俄~公~近~居~刻~千~顷~

少~时~食~市~田~息~须~选~移~弹指~

謦qǐng【古】上声,二十四迥。【例】欬~

庼(廎)qǐng 小厅堂。【古】上声,二十三梗。另见619页qīng。

苘(檾)qǐng 苘麻。【古】上声,二十三梗。

挺tǐng【古】上声,二十四迥。【例】白~笔~标~方~奋~刚~耿~孤~坚~金~劲~京~惊~径~峻~宽~荔~连~龙~鹿~旁~朋~奇~牵~强~青~清~森~山~申~身~兽~提~天~小~秀~阴~英~颖~硬~攒~折~直~

颋(頲)tǐng【古】上声,二十四迥。【例】颋~

烶tǐng 火貌。【古】上声,二十四迥。

珽tǐng【古】上声,二十四迥。【例】黼~搢~玉~

侹tǐng【古】上声,二十四迥。【例】侹~

圢tǐng【古】上声,二十四迥。【例】圢~

艇tǐng【古】上声,二十四迥。【例】村~钓~短~舫~飞~风~孤~划~驾~舰~江~刳~快~莲~炮~汽~潜~秋~赛~烟~野~游~渔~

梃tǐng【古】上声,二十四迥。【例】白~锄~横~连~执~制~

町tǐng【古】上声,二十四迥。又:下平,九青同。另见617页dīng,606页zhēng。【例】编~町~畦~竹~

铤(鋌)tǐng【古】上声,二十四迥。【例】钚~金~鹿~柔~首~兽~银~珍~纸~

醒xǐng【古】上声,二十四迥。又:下平,九青同;去声,二十五径同。另见620页xīng。【例】半~春~点~独~复~孤~化~缓~唤~激~解~惊~儆~警~酒~觉~狂~灵~猛~眠~偏~轻~清~如~苏~提~先~鲜~易~咏~余~自~

省xǐng【古】上声,二十三梗。另见612页shěng。【例】案~罢~贬~辩~参~朝~晨~重~存~定~断~烦~反~分~孤~观~归~过~后~记~减~检~简~谏~降~儆~警~咎~考~览~猛~默~内~念~披~日~三~深~审~誓~熟~思~肃~退~慰~修~宣~寻~循~研~诣~御~灾~瞻~展~知~追~自~

擤xǐng 擤鼻涕。【古】上声,二十三梗。

影yǐng【古】上声,二十三梗。【例】暗~傍~抱~背~闭~避~鞭~鬓~冰~波~搏~捕~侧~测~钗~蟾~尘~驰~翅~传~窗~春~倒~灯~电~殿~吊~叠~蝶~定~动~冻~逗~对~遁~娥~帆~幡~返~飞~风~峰~凤~佛~高~弓~孤~顾~光~圭~晷~桂~寒~鹤~痕~烘~虹~鸿~花~槐~鬟~幻~羁~剪~剑~角~近~静~镜~局~绝~岚~丽~帘~敛~练~留~柳~鹭~鸾~梅~梦~梦~邈~蹑~弄~鸥~偶~泡~片~栖~旗~潜~倩~俏~禽~清~趋~日~瑞~山~扇~蛇~射~摄~身~神~声~书~疏~曙~束~霜~水~松~素~塔~潭~天~投~兔~抟~颓~晚~午~夕~息~霞~纤~弦~显~现~笑~写~心~形~羞~虚~雪~烟~妍~雁~漾~野~业~曳~移~遗~疑~逸~阴~荫~音~隐~莺~萤~影~圆~月~云~造~仄~帐~棹~照~遮~真~只~重~竹~烛~逐~驻~追~捉~姿~踪~花弄~惊鸿~秋千~

颖(穎、頴)yǐng【古】上声,二十三梗。

【例】标~才~超~楮~垂~春~聪~翠~丹~叠~端~发~芳~丰~锋~瑰~含~毫~禾~合~泓~慧~机~嘉~尖~警~俊~利~临~露~芒~毛~萌~明~内~奇~潜~青~秋~瑞~苕~神~诗~霜~铄~韬~秃~兔~脱~新~秀~耀~阴~英~贞~针~重~擢~

瘿(癭)yǐng 【古】上声,二十三梗。【例】柏~虫~垂~多~根~槐~槐~筋~拘~瘤~柳~龙~木~楠~蟠~气~肉~山~石~树~松~荆州~

颍(潁)yǐng 【古】上声,二十三梗。【例】柴~杭~箕~梁~坡~伊~饮~

郢yǐng 【古】上声,二十三梗。【例】哀~城~匠~盘~磐~宛~鄢~燕~

仄声·去声

病bìng 【古】去声,二十四敬。【例】罢~百~抱~暴~被~弊~残~禅~沉~陈~称~痴~创~春~疵~辞~促~大~呆~耽~得~毒~笃~饿~发~犯~废~肺~风~扶~负~告~攻~诟~痼~锢~国~过~害~寒~耗~鹤~坏~患~毁~讥~积~羁~疾~嫉~嘉~洁~痉~久~酒~旧~疚~救~居~看~渴~狂~况~痨~老~羸~利~疗~淋~癃~潞~论~毛~瞀~民~闹~馁~疟~疲~贫~奇~乞~起~切~寝~请~秋~驱~却~染~热~丧~肾~甚~生~声~诗~时~世~守~受~衰~宿~岁~痰~探~同~托~痿~胃~温~瘟~问~卧~暇~痫~详~消~邪~谢~心~行~性~朽~恤~淹~养~移~疑~疫~逸~瘾~阴~忧~舆~语~造~诈~治~致~滞~訾~渍~相~移~拥~阻~

并[1](並、竝)bìng【古】上声,二十四迥。另见617页bīng。【例】苞~参~福~四~相~自~二难~势莫~

并[2](併)bìng 【古】去声,二十四敬。又:上声,二十三梗同。另见617页bīng。【例】坌~比~裁~参~打~督~繁~鬲~隔~归~合~混~伙~兼~交~连~凌~骈~频~迁~侵~省~厮~吞~

柄bìng 又读。【古】去声,二十四敬。另见629页bǐng。

摒bìng 排除。【古】去声,二十四敬。

定dìng 【古】去声,二十五径。【例】安~颁~必~标~裁~参~测~禅~澄~痴~敕~初~创~粗~淡~荡~底~谛~典~奠~鼎~订~笃~断~额~法~风~否~抚~覆~改~羹~固~管~规~核~恒~划~稽~辑~既~寂~假~坚~剪~检~建~鉴~讲~剿~戒~界~借~惊~静~阄~拘~局~决~凯~刊~勘~龛~戡~考~克~肯~匡~廓~厘~理~立~量~料~略~论~锚~貌~命~内~拟~逆~宁~凝~排~判~聘~评~耆~强~敲~钦~清~铨~确~人~认~删~芟~商~设~神~审~手~守~素~宿~算~绥~遂~泰~特~天~条~铁~痛~拓~伪~未~稳~翕~檄~闲~限~详~校~写~心~信~行~修~序~悬~选~训~讯~验~谳~夜~已~议~营~预~约~阅~杂~暂~凿~择~湛~肇~贞~镇~执~指~治~质~注~撰~酌~自~惊魂~

订(訂)dìng【古】去声,二十五径。又:

下平,九青同;上声,二十四迥同。【例】编~辨~补~参~雠~改~更~函~讲~交~较~考~科~课~厘~略~拟~评~签~诠~删~商~审~手~校~修~预~增~征~制~重~装~纂~

锭(錠)dìng【古】去声,二十五径。【例】钣~钞~楮~钢~金~冥~墨~纱~银~纸~硃~

钉(釘)dìng【古】去声,二十五径。另见617页dīng。【例】补~勾~印~装~

碇(矴、椗)dìng【古】去声,二十五径。【例】拔~发~启~起~下~

飣dìng【古】去声,二十五径。【例】朝~簇~村~斗~餖~高~盘~盘~

敬jìng【古】去声,二十四敬。【例】哀~爱~宾~谄~朝~诚~程~持~崇~宠~黩~笃~敦~恩~奉~恭~苟~贵~和~贺~候~欢~回~简~骄~节~洁~谨~贶~居~可~克~恪~礼~廉~隆~貌~缪~偏~齐~起~谦~虔~翘~钦~芹~情~赏~舍~申~慎~失~施~悚~肃~推~威~畏~孝~谢~信~修~雅~谒~友~允~瞻~展~振~祗~至~致~忠~专~庄~资~尊~

倞jìng 强有力。【古】去声,二十四敬。

竫jìng 安静。【古】上声,二十三梗。

婧jìng【古】去声,二十四敬。【例】妙~

劲(勁)jìng【古】去声,二十四敬。另见555页jìn。【例】苍~刚~古~强~遒~瘦~死~雄~

竞(競)jìng【古】去声,二十四敬。【例】奔~边~冰~病~波~不~谄~嘲~驰~等~动~斗~翻~纷~忿~浮~诡~豪~华~击~交~浇~侥~狡~较~矜~进~夸~窥~狼~侫~凌~陵~流~龙~抛~趋~荣~奢~诉~贪~颓~无~物~狎~相~嚣~校~心~喧~言~邀~营~游~躁~诈~争~诤~执~职~

净(淨)jìng【古】去声,二十四敬。【例】白~避~冰~波~澄~吹~纯~淡~端~干~光~海~泓~华~简~江~洁~镜~朗~明~凝~僻~清~罄~秋~省~霜~水~素~天~甜~洗~鲜~香~心~玄~雅~严~野~莹~云~匀~贞~风烟~玉宇~

静jìng【古】上声,二十三梗。【例】安~避~波~蝉~敞~尘~沉~澄~池~冲~川~窗~春~淳~诞~淡~动~风~高~海~好~和~鹤~机~寂~俭~简~江~洁~介~谨~娟~空~宽~浪~冷~廉~灵~美~秘~密~谧~妙~明~默~穆~宁~凝~僻~贫~平~浦~凄~悄~清~秋~阒~柔~入~山~善~赏~慎~省~石~守~淑~树~水~澌~死~窣~素~绥~潭~堂~涛~天~恬~甜~退~晚~婉~温~文~稳~希~习~娴~祥~心~虚~玄~鸦~雅~严~妍~晏~养~野~宜~隐~莹~幽~愉~玉~渊~匀~躁~湛~贞~镇~正~竹~逐~庄~坐~风波~天河~万籁~

境jìng【古】上声,二十三梗。【例】埃~奥~傍~保~避~边~惨~尘~斥~处~触~川~词~蹙~地~犯~梵~分~封~佛~复~沟~故~国~过~汉~好~合~化~画~环~幻~佳~家~践~疆~交~郊~接~界~局~距~绝~开~寇~苦~困~老~乐~离~理~邻~灵~陵~蛮~美~梦~妙~冥~魔~末~暮~内~逆~贫~清~情~取~人~仁~入~扫~上~设~身~神~生~胜~圣~诗~实~世~殊~顺~土~拓~析~安~危~悟~辖~

仙~现~心~胸~眼~遗~异~逸~意~幽~语~远~越~止~

镜(鏡)jìng【古】去声,二十四敬。【例】凹~靶~班~半~宝~冰~蟾~车~尘~澄~池~赐~淬~钿~分~抚~古~龟~规~海~汉~合~衡~喉~后~湖~慧~火~巩~夹~检~皎~金~开~考~窥~揽~朗~棱~奁~临~菱~鸾~明~磨~墨~目~破~秦~清~琼~泉~鹊~人~日~荣~融~睿~石~世~霜~水~燧~台~潭~天~铜~透~完~胃~洗~匣~晓~心~玄~悬~雪~眼~瑶~引~莹~幽~玉~渊~远~月~藻~照~枕~执~妆~自~陈宫~温家~

竟jìng【古】去声,二十四敬。【例】必~毕~服~郊~究~考~礼~了~弥~讫~穷~入~岁~铜~未~无~越~止~至~终~

径(徑、逕)jìng【古】去声,二十五径。【例】碧~别~步~草~侧~川~春~刺~翠~村~道~蝶~芳~枫~高~归~寒~蒿~鹤~虎~花~篁~活~疾~棘~寄~夹~剪~简~箭~蒋~捷~借~津~井~菊~橘~孔~口~枯~兰~岚~莲~柳~陇~陆~路~履~螺~茅~莓~梅~门~迷~密~明~泥~鸟~旁~僻~蹊~岐~畦~樵~青~穷~秋~曲~取~人~三~桑~扫~沙~莎~山~杉~蛇~省~石~兽~殊~熟~鼠~术~霜~水~松~苔~桃~陶~藤~梯~天~田~庭~途~兔~晚~枉~危~微~溪~狭~霞~闲~藓~香~小~晓~邪~斜~行~雪~烟~岩~药~要~野~夜~移~异~阴~幽~游~园~月~云~仄~栈~直~竹~终南~

胫(脛、踁)jìng【古】去声,二十五径。又:上声,二十四迥同。【例】碧~短~断~凤~凫~高~跟~寒~鹤~踝~鸡~鼓~交~脚~叩~龙~马~没~双~挞~蹄~铁~膝~续~雁~羊~椎~足~雪没~

靖jìng【古】上声,二十三梗。【例】安~澄~底~端~烽~副~嘉~简~龛~康~宽~廉~密~宁~平~谦~清~肃~索~坛~恬~刁~闲~玄~巡~烟~永~渊~湛~镇~

痉(痙)jìng【古】上声,二十三梗。【例】抽~寒~痫~

獍jìng【古】去声,二十四敬。【例】破~枭~

靓(靚)jìng【古】上声,二十三梗。又:去声,二十四敬同。另见595页liàng。【例】密~轻~清~深~闲~新~幽~渊~贞~

令lìng【古】去声,二十四敬。另见622页líng、631页lǐng。【例】板~暴~逼~边~标~柄~禀~不~布~茶~缠~常~车~诚~叱~赤~饬~敕~出~初~楮~传~舛~棰~春~词~辞~聪~促~打~大~待~当~得~德~弟~第~调~定~冬~贰~发~法~讽~奉~告~诰~格~功~宫~孤~鼓~关~诡~贵~国~函~韩~号~喝~和~还~火~激~即~家~嘉~甲~假~简~江~将~矫~教~节~戒~借~藉~浸~禁~靳~酒~就~剧~倦~军~钧~俊~科~克~课~口~寇~酷~宽~阃~勒~雷~陵~禄~律~嫚~慢~密~明~命~牧~内~逆~弄~潘~判~品~迫~祇~起~气~契~迁~愆~前~遣~强~青~清~秋~驱~趋~任~瑞~塞~觞~上~韶~设~赦~申~圣~师~施~时~市~试~誓~手~首~书~淑~耍~水~顺~司~送~随~唆~台~陶~条~通~玩~威~违~文~闻~下~夏~仙~先~鲜~贤~衔~显~县~限~宪~

香~向~枭~小~校~挟~行~休~修~秀~宣~悬~训~巽~雅~严~燕~业~仪~遗~颐~役~邑~阴~饮~应~语~郁~谕~寓~渊~园~月~允~韵~责~诏~贞~征~正~政~指~制~治~中~骤~主~属~着~宗~纵~遵~得胜~调笑~飞花~将军~强项~如梦~太史~逐客~

另lìng【古】去声,二十四敬。【例】孤~替~

命mìng【古】去声,二十四敬。【例】艾~安~拜~褒~宝~报~被~奔~本~毙~辟~避~禀~薄~蚕~藏~草~册~策~偿~朝~宸~成~承~程~驰~迟~敕~宠~除~储~传~垂~词~慈~辞~赐~从~窜~催~存~达~待~贷~诞~道~得~抵~帝~典~顶~鼎~定~赌~短~兑~遁~恩~发~伐~返~犯~放~非~奋~奉~孚~服~符~福~负~附~复~赴~赋~改~诰~革~耿~梗~公~供~恭~共~狗~固~顾~寡~官~归~皈~衮~国~害~好~狠~恨~横~衡~还~涣~皇~徽~会~慧~活~获~稽~吉~即~集~寄~加~嘉~假~奸~简~贱~将~降~矫~叫~竭~戒~借~尽~旌~景~敬~九~救~拒~捐~决~绝~爵~军~君~峻~看~抗~课~苦~旷~阃~老~乐~礼~历~立~临~灵~领~留~禄~乱~纶~论~麻~买~卖~没~美~密~面~民~明~殁~谋~纳~逆~凝~判~叛~配~批~拼~娉~聘~破~期~乞~弃~抢~钦~倾~请~庆~穷~囚~全~权~饶~忍~认~任~辱~瑞~丧~擅~伤~上~舍~赦~申~身~神~生~失~施~时~使~誓~守~寿~受~授~书~殊~赎~数~顺~说~司~死~祀~肆~送~夙~肃~宿~算~随~索~贪~逃~讨~特~天~填~条~听~同~投~推~颓~托~脱~玩~亡~王~忘~威~微~违~伪~委~文~闻~握~物~锡~檄~系~衔~显~县~宪~小~效~啸~新~信~刑~性~凶~休~胥~续~宣~悬~选~循~训~徇~巽~雅~严~养~夭~要~业~遗~彝~蚁~义~议~阴~引~应~膺~硬~永~用~优~莠~佑~寓~原~陨~运~赞~臧~遭~造~泽~责~憎~沾~诏~哲~谪~祯~征~挣~知~祗~执~职~制~致~主~属~驻~专~追~咨~自~阻~遵~佐~

暝mìng 又读。【古】去声,二十五径。另见624页míng。

佞nìng【古】去声,二十五径。【例】卑~鄙~嬖~便~辩~不~馋~谄~凡~格~蛊~诡~回~奸~狡~侩~狂~偏~巧~壬~柔~善~贪~体~佻~媮~婉~险~小~邪~幸~优~谀~远~诈~指~忠~诛~专~

宁(寧、甯、寕)nìng【古】去声,二十五径。另见624页níng。【例】毋~

泞(濘)nìng【古】去声,二十五径。又:上声,二十四迥同。【例】~淡~冻~道~还~沮~淖~泥~汀~溁~洿~

拧(擰)nìng 固执。【古】上平,八庚。另见624页níng、631页nǐng。

碰(掽、踫)pèng【古】去声,二十四敬。【例】吃~顶~狗~混~磕~冒~相~

庆(慶)qìng【古】去声,二十四敬。【例】安~拜~宝~表~长~朝~称~成~崇~赐~大~诞~吊~额~恩~丰~福~感~国~合~贺~鸿~欢~皇~积~吉~集~家~嘉~节~灵~隆~冥~纳~洽~荣~瑞~善~赏~岁~天~同~喜~遐~

显~祥~晓~校~欣~兴~行~休~延~衍~遗~余~赞~展~珍~祝~

碃qìng 石。【古】去声,二十五径。

箐qìng 箐谷。【古】上声,二十三梗。

罄qìng【古】去声,二十五径。【例】殚~凋~告~窘~就~面~贫~瓶~穷~调~虚~悬~野~

磬qìng【古】去声,二十五径。【例】宝~编~镈~晨~饭~梵~浮~歌~鼓~管~寒~和~击~铃~鸾~鸣~暮~敲~清~僧~笙~石~霜~水~寺~颂~铁~铜~晚~微~夕~仙~悬~烟~岩~瑶~羽~玉~云~韵~斋~钟~自~

倩qìng 请人。借。【古】去声,二十四敬。另见495页qiàn。

清qìng【古】去声,二十四敬。【例】清~温~夏~

亲(親)qìng 亲家。【古】去声,十二震。另见536页qīn。

綮qìng【古】去声,二十五径。【例】肯~牙~

听(聽、聼)tìng 旧读。【古】去声,二十五径。另见619页tīng、554页yǐn。

梃tìng 梃猪。【古】上声,二十四迥。

庭tìng 旧读。【古】去声,二十五径。另见626页tíng。

兴(興)xìng【古】去声,二十五径。另见620页xīng。【例】败~背~比~笔~承~乘~逞~触~发~高~孤~归~酣~豪~欢~即~寄~佳~尽~酒~客~狂~猎~漫~起~遣~清~情~秋~任~骚~扫~赏~诗~适~随~谈~玩~晚~喜~狎~心~雪~雅~野~逸~意~吟~饮~优~幽~游~余~寓~远~助~足~剡溪~烟波~

幸xìng【古】上声,二十三梗。【例】爱~嬖~薄~财~裁~惭~藏~逸~宠~春~大~盗~得~独~多~恩~贵~豪~何~厚~欢~机~吉~际~觊~寄~冀~驾~奸~侥~徼~近~眷~临~流~冒~蒙~内~昵~佞~迁~亲~钦~庆~权~荣~时~庶~顺~私~贪~天~忝~偷~外~万~望~希~奚~喜~显~险~邪~欣~信~行~畜~巡~宴~妖~邀~要~夜~移~隐~优~游~有~御~召~尊~

行xìng【古】去声,二十四敬。另见627页xíng、575页háng、593页hàng。【例】德~高~功~景~儒~文~至~治~

性xìng【古】去声,二十四敬。【例】拗~傲~本~笔~褊~变~秉~材~茶~成~词~磁~脆~呆~诞~弹~党~道~德~调~定~动~毒~笃~惰~恶~发~伐~烦~犯~忿~佛~拂~浮~辅~负~赋~感~刚~个~根~共~惯~贵~鹤~恒~狐~花~化~慧~活~急~记~见~狡~矫~节~酒~觉~抗~狼~理~立~炼~良~劣~烈~灵~龙~隆~履~率~乱~蛮~慢~迷~灭~民~母~鸟~牛~奴~女~派~脾~僻~品~气~器~情~犬~热~人~忍~任~韧~柔~睿~塞~煞~善~缮~摄~神~失~石~识~食~豕~使~恃~适~兽~淑~爽~水~素~塑~酸~遂~陶~特~体~天~通~同~土~托~忘~文~物~悟~习~孝~邪~心~形~修~血~循~雅~阳~养~药~野~遗~异~逸~意~阴~硬~幽~由~油~玉~寓~远~悦~越~藻~贼~粘~贞~知~执~直~职~至~志~治~质~智~中~种~众~属~自~恣~纵~姜桂~

姓xìng【古】去声，二十四敬。【例】百～本～别～常～臣～赐～代～得～鼎～分～复～高～革～公～诡～贵～国～汉～豪～合～还～甲～贱～旧～郡～茂～冒～名～命～内～强～群～上～士～氏～受～庶～双～俗～素～同～土～外～万～望～希～显～亿～异～易～裔～右～寓～杂～兆～正～种～重～诸～属～著～子～宗～族～尊～

杏xìng【古】上声，二十三梗。【例】村～丹～海～嫁～梨～柳～梅～蜜～木～缥～青～沙～山～檀～棠～桃～望～仙～雪～野～银～园～枣～种～

荇（莕）xìng【古】上声，二十三梗。【例】采～莼～翠～拂～菰～浆～菱～苹～蘋～芹～青～水～藻～参差～

悻xìng【古】上声，二十三梗。【例】刚～狠～狂～疏～悻～

婞xìng【古】上声，二十四迥。【例】百～刚～狠～幸～婞～愚～

映yìng【古】去声，二十四敬。【例】标～炳～播～驳～博～澈～晨～衬～澄～重～窗～春～翠～倒～反～放～覆～膏～公～涵～花～焕～辉～回～汇～交～皦～开～跨～轮～美～内～瞥～绮～潜～清～荣～森～闪～上～始～试～首～水～韬～透～隈～蔚～夕～霞～下～相～祥～斜～秀～虚～雪～掩～演～隐～萦～幽～玉～郁～渊～月～藻～增～照～遮～

应（應）yìng【古】去声，二十五径。另见620页yīng。【例】报～变～禀～不～策～呈～承～逞～充～酬～答～诞～当～的～敌～对～反～桴～符～该～感～供～乖～关～合～轰～呼～唤～回～击～吉～寄～嘉～交～叫～噭～接～救～灵～漫～明～冥～内～凭～洽～取～瑞～善～神～适～顺～肆～天～外～翕～显～相～详～祥～响～效～协～谐～遥～因～援～招～照～征～支～山谷～心手～

硬yìng【古】去声，二十四敬。【例】梆～粗～胆～干～刚～坚～僵～口～枯～老～命～木～盘～碰～强～生～手～瘦～死～踏～铁～挺～顽～心～嘴～

媵yìng【古】去声，二十五径。【例】婢～嬖～宠～宫～画～姬～妓～嫔～仆～傔～妾～鱼～追～

21. 轰雍韵

平声・阴平

充chōng【古】上平，一东。【例】补～德～抵～调～繁～肥～混～假～扩～滥～流～轮～冒～谋～内～派～气～清～权～实～私～体～填～投～完～暂～仓廪～学力～

茺chōng 茺蔚。【古】上平，一东。

珫chōng【古】上平，一东。【例】琩～

翀chōng 向上直飞。【古】上平，一东。

艟chōng【古】上平，一东。又：上平，二冬同。【例】艨～

冲[1]（沖）chōng【古】上平，一东。又：

上平,二冬同。【例】比~粹~抵~反~放~河~回~假~宽~临~脉~眇~怒~谦~前~清~渠~邃~太~梯~恬~突~武~遐~虚~淹~盈~幼~渊~直~撞~左~剑气~怒发~

冲[2](衝)chōng【古】上平,一东。又:上平,二冬同。另见654页chòng。【例】八~奔~边~兵~大~当~飞~焚~俯~横~缓~交~街~隆~路~艨~猛~嵚~山~首~四~腾~天~要~折~当其~

忡chōng【古】上平,一东。【例】~忡~眷~伤~忧~征~怔~

舂chōng【古】上平,二冬。【例】茶~晨~杵~炊~辍~村~稻~冬~碓~贩~高~禾~鸿~机~精~臼~邻~赁~砻~马~鸣~配~山~市~水~宿~晚~夕~溪~下~新~夜~雨~月~攒~撞~带月~急杵~暮村~野碓~

摏chōng 撞击。【古】上平,二冬。

憧chōng【古】上平,二冬。【例】憧~慢~蒙~愚~

聪(聰)cōng【古】上平,一东。【例】宸~达~丹~帝~耳~复~高~贵~惠~克~明~清~睿~塞~神~圣~失~司~思~四~天~听~下~严~掩~尧~悦~至~钟~师旷~

苁(蓯)cōng【古】上平,二冬。又:上声,二肿同。【例】冲~茏~

熜cōng 烟囱。【古】上平,一东。

匆cōng【古】上平,一东。【例】匆~倥~

骢(驄)cōng【古】上平,一东。【例】避~乘~花~骄~青~铁~乌~玉~跃~云~鲍氏~五花~

葱(蔥)cōng【古】上平,一东。【例】剥~春~春~葱~大~姜~韭~茏~青~沙~山~水~蒜~香~削~洋~郁~

囱cōng【古】上平,一东。又:上平,三江同。【例】鼻~囱~烟~

枞(樅)cōng【古】上平,二冬。【例】枞~栊~

鏦cōng【古】上平,二冬。又:上平,三江同。【例】鏦~飞~枪~铮~

东(東)dōng【古】上平,一东。【例】巴~宾~财~城~池~出~窗~春~村~大~当~佃~店~丁~坊~房~丰~府~复~副~港~阁~股~关~馆~海~汉~河~户~华~还~江~胶~居~款~老~篱~辽~笼~陇~门~庙~沫~浦~畦~迁~墙~趋~瀼~泰~天~宛~望~西~徙~行~亚~洋~颍~远~粤~征~中~做~百川~水长~吾道~

鸫(鶇)dōng 鸟名。【古】上平,一东。

冬[1]dōng【古】上平,二冬。【例】残~初~丁~防~干~寒~季~九~客~来~立~连~凌~隆~麦~猫~孟~眠~杪~末~暮~耐~穷~秋~三~盛~收~偎~卧~玄~严~殷~迎~御~元~越~仲~

冬[2](鼕)dōng【古】上平,二冬。【例】丁~响冬~

咚dōng【古】上平,二冬。【例】叮~咚~咕~訇~噗~啌~

蛛(蝀)dōng【古】上平,一东。又:上声,一董同;去声,一送同。【例】采~蝃~虹~玉~

工gōng【古】上平,一东。【例】罢~百~帮~包~蚕~长~唱~臣~出~春~辞~打~怠~电~动~督~短~锻~返~放~费~分~复~高~篙~歌~共~瞽~雇~华~化~画~惠~记~技~加~监~

鲛～教～精～军～均～竣～开～考～刻～课～苦～旷～矿～揽～劳～乐～良～伶～零～龙～妙～民～名～冥～农～女～派～巧～勤～求～群～人～山～善～上～梢～射～神～诗～施～试～收～手～书～庶～宿～特～替～天～停～同～童～图～徒～完～窝～务～误～息～小～校～歇～兴～星～冶～营～郢～拥～雨～员～招～针～政～职～众～诸～助～铸～拙～总～奏～钻～做～点染～鬼斧～阴阳～

功 gōng【古】上平，一东。【例】霸～褒～报～倍～比～边～表～蚕～策～差～唱～称～成～逞～酬～辍～寸～当～德～等～迪～帝～第～定～都～顿～发～非～奋～丰～肤～负～赴～告～歌～辜～归～鬼～贵～好～贺～弘～鸿～化～火～积～绩～畸～极～记～济～加～嘉～兼～简～见～建～矜～近～进～旌～景～九～居～举～巨～镌～谲～军～俊～犒～课～赉～勒～立～练～良～流～隆～录～论～买～蛮～茂～懋～美～民～明～铭～末～内～拟～念～女～评～齐～奇～气～请～庆～全～戎～赏～申～深～神～审～升～省～圣～盛～诗～施～时～史～世～事～恃～收～手～首～殊～嗣～诵～俗～素～岁～遂～贪～谈～讨～天～头～图～推～外～完～威～微～武～喜～夏～先～贤～显～献～消～效～新～兴～行～幸～休～虚～叙～恤～宣～玄～巡～言～衍～砚～验～扬～阳～邀～冶～遗～议～阴～硬～庸～勇～用～有～余～禹～元～赞～战～掌～昭～箴～争～志～治～致～众～主～专～奏～不伐～不世～汗马～造化～

公 gōng【古】上平，一东。【例】办～辟～秉～不～充～从～大～地～端～奉～府～贡～害～壶～家～荆～狙～巨～雷～廉～林～明～乃～清～仁～仁～戎～荣～三～桑～太～天～田～王～乡～香～谢～燕～伊～遗～因～愚～寓～猿～远～斋～至～忠～周～诸～主～宗～安期～逍遥～紫髯～

攻 gōng【古】上平，一东。【例】兵～车～德～斗～对～反～返～方～合～环～火～击～急～夹～交～近～进～竞～苦～快～窥～力～猛～鸣～谋～内～剽～浅～强～始～水～速～微～围～喜～先～牙～研～掩～佯～仰～玉～攒～战～主～助～专～总～酒兵～鸣鼓～

弓 gōng【古】上平，一东。【例】宝～杯～藏～操～弛～春～大～弹～帝～雕～调～飞～挂～关～贯～横～弧～画～挥～角～劲～惊～旌～良～满～弩～蒲～漆～牵～强～翘～秦～轻～鹊～戎～弱～桑～伤～蛇～试～释～檀～韬～桃～天～彤～弯～挽～王～危～乌～犀～纤～弦～燕～遗～羿～引～硬～玉～张～枕～执～竹～足～悲良～两石～六钧～石梁～月半～

恭 gōng【古】上平，二冬。【例】卑～不～出～打～笃～恭～俭～敬～靖～静～鞠～恪～礼～良～鲁～貌～谦～虔～肃～温～孝～虚～严～懿～友～允～贞～季心～

躬（躳）gōng【古】上平，一东。【例】卑～必～薄～侧～持～饬～敕～储～慈～打～反～焚～抚～俯～畸～贱～谨～静～鞠～厥～劳～敛～清～曲～躯～神～省～圣～束～恕～私～微～虚～引～玉～责～折～自～

宫 gōng【古】上平，一东。【例】白～逼～辟～汴～别～禅～蟾～朝～储～楚～春～祠～丹～道～地～帝～东～洞～法～梵～佛～绀～故～桂～海～汉～黉～后～

槐~皇~监~绛~椒~鲛~禁~阆~冷~离~骊~梁~陵~六~龙~迷~明~魔~亩~内~泮~绮~芹~秦~寝~青~穹~琼~泉~儒~蕊~尚~社~射~深~神~守~水~司~岁~太~天~彤~桐~王~帷~吴~霞~夏~仙~新~星~行~轩~璇~雪~巡~巽~瑶~邺~蚁~银~隐~雍~幽~玉~月~越~云~泽~昭~正~中~重~朱~珠~竹~渚~筑~梓~紫~自~阿房~长信~长杨~馆娃~广寒~华清~水晶~细腰~玉蟾~玉清~紫微~

供gōng【古】上平,二冬。另见655页gòng。【例】提~正~专~

觥gōng【古】下平,八庚。【例】称~持~翠~罚~飞~奉~觥~交~酒~举~巨~彭~觞~兕~霞~瑶~羽~玉~云~置~酌~

肱gōng【古】下平,十蒸。【例】长~股~良~奇~曲~曲~攘~右~猿~折~枕~不横~三折~嬴股~

蚣gōng【古】上平,二冬。【例】蜈~

红(紅)gōng【古】上平,一东。另见646页hóng。【例】女~

釭gōng又读。【古】上平,一东。另见566页gāng。

龚(龔)gōng【古】上平,二冬。【例】葛~黄~象~严~楚两~彭城~

轰(轟)hōng【古】下平,八庚。【例】嘲~车~骇~铿~雷~猛~炮~砰~掀~轩~喧~

薨hōng【古】下平,八庚。又:下平,十蒸同。【例】崩~薨~驾~幽~

烘hōng【古】上平,一东。【例】焙~冬~烘~帘~燎~暖~晴~微~熏~薄日~火云~

哄hōng【古】上平,一东。另见651页hǒng、655页hòng。【例】趁~撺~闹~闹~~

訇hōng。【古】下平,八庚。【例】轰~铿~雷~砰~锵~殷~隐~震~阿~

吽hōng【古】上平,二冬。【例】吽~

扃jiōng【古】下平,九青。【例】闭~残~柴~禅~晨~崇~帝~佛~高~固~关~贯~横~户~机~金~禁~扣~林~鸾~门~鸣~启~泉~山~松~锁~天~雾~陷~玄~严~岩~掩~夜~幽~鱼~玉~云~藻~重~昼~朱~

駉(駉)jiōng【古】下平,九青。【例】駉~

坰jiōng【古】下平,九青。【例】草~春~东~寒~郊~近~禁~林~秋~神~守~遐~岩~野~远~

空kōng【古】上平,一东。另见655页kòng。【例】霭~半~碧~长~巢~澄~吃~池~传~春~翠~当~蹈~低~翻~防~飞~浮~高~涵~寒~航~昊~横~怀~驾~架~净~宽~亏~丽~连~辽~临~灵~凌~陵~领~镂~屡~落~买~卖~漫~迷~冥~摩~囊~蹑~排~盘~劈~平~凭~破~扑~清~晴~罄~穷~秋~色~山~烧~摄~神~升~时~书~霜~司~素~太~谈~淘~腾~天~庭~透~挎~脱~晚~望~危~隙~翔~心~星~行~性~虚~玄~悬~烟~言~扬~遥~阴~远~凿~真~樽~百虑~阮囊~四壁~万籁~往事~杼轴~

埪kōng 龛。【古】上平,一东。

崆kōng【古】上平,一东。【例】嵌~

倥kōng 倥蒙。【古】上平,一东。另见652页kǒng。

箜 kōng 箜篌。【古】上平，一东。

芎 qiōng 旧读。【古】上平，一东。另见642页xiōng。

松[1] sōng【古】上平，二冬。【例】柏～碧～苍～长～赤～椿～翠～孤～古～谷～寒～涧～劲～枯～老～岭～楼～茂～梦～盘～奇～乔～青～虬～瑞～山～杉～石～寿～疏～霜～五～雪～烟～岩～野～吟～云～栽～樟～贞～植～稚～种～珠～竹～百尺～不老～大夫～岁寒～

松[2]（鬆）sōng【古】上平，二冬。【例】放～宽～蒙～蓬～轻～希～惺～嘴～鬓云～

淞 sōng【古】上平，二冬。【例】花～雾～

凇 sōng 同"淞"。【古】上平，二冬。

崧 sōng 同"嵩"。【古】上平，一东。

菘 sōng【古】上平，一东。【例】春～豆～甘～寒～芥～韭～葵～绿～嫩～秋～晚～薤～园～早～摘～种～九英～四时～紫花～

嵩（崧）sōng【古】上平，一东。【例】岱～封～衡～呼～华～洛～维～

娀 sōng【古】上平，一东。【例】有～

通 tōng【古】上平，一东。【例】谙～傍～变～遍～博～卜～畅～触～穿～传～串～粗～窜～达～打～大～阜～该～感～共～勾～沟～关～贯～灌～海～合～亨～横～弘～互～化～会～贿～混～奸～兼～讲～交～接～津～精～开～宽～廓～利～连～灵～苓～流～买～萌～密～名～明～冥～命～旁～平～迫～扑～普～洽～潜～强～亲～清～情～穷～求～权～融～善～赡～商～深～神～圣～疏～顺～说～私～四～溯～泰～条～统～文～遐～相～行～修～宣～玄～循～徇～烟～淹～依～译～姻～幽～渊～圆～远～运～知～旨～智～周～暗香～碧水～两岸～梦魂～曲径～

恫（痌）tōng【古】上平，一东。另见655页dòng。【例】哀～呻～

兄 xiōng【古】下平，八庚。【例】阿～胞～表～伯～长～慈～从～大～道～弟～方～父～妇～庚～家～襟～舅～俊～兰～老～劣～令～梅～盟～内～乃～难～年～女～仁～日～如～山～师～石～世～庶～天～外～吾～仙～贤～学～姻～愚～元～哲～仲～诸～宗～族～尊～孔方～

讻（訩、哅、詾）xiōng【古】上平，二冬。【例】鞫～咙～讻～

胸（胷）xiōng【古】上平，二冬。【例】穿～捶～丹～当～荡～洞～斗～粉～凤～抚～拊～贯～虎～护～鸡～浇～结～开～空～满～抹～蟠～劈～前～书～束～酥～天～填～心～绣～穴～雪～锦绣～

汹（洶）xiōng【古】上平，二冬。又：上声，肿韵同。【例】浩～呼～汹～水势～

凶 xiōng【古】上平，二冬。【例】哀～帮～暴～避～兵～残～谗～乘～逞～摧～大～蹈～动～蜚～逢～告～寒～荒～祸～饥～缉～吉～奸～骄～纠～鞫～悯～年～破～起～穷～渠～权～群～肆～岁～殄～顽～枭～嚣～小～行～凶～妖～淫～预～御～元～灾～正～主～

匈 xiōng【古】上平，二冬。【例】当～贯～结～倮～匈～穴～

芎 xiōng【古】上平，一东。另见642页qiōng。【例】川～山～

拥（擁）yōng【古】上声，二肿。另见653页yǒng。【例】抱～矗～丛～簇～

翠~地~蜂~扶~呵~哄~花~怀~环~挤~夹~浪~绿~罗~攀~捧~偏~屏~驱~沙~山~石~侍~涛~偎~围~雾~香~喧~雪~烟~蚁~云~攒~遮~坐~

镛(鏞)yōng【古】上平,二冬。【例】~贲~蕢~金~笙~丝~钟~

灉yōng 水名。【古】上平,二冬。

鳙(鱅)yōng【古】上平,二冬。【例】胡~鰅~鳙~

庸yōng【古】上平,二冬。【例】暗~卑~孱~畴~酬~德~登~凡~奋~丰~肤~弗~腐~附~高~功~何~昏~嘉~贱~骄~居~考~流~陋~茂~民~驽~懦~疲~平~浅~轻~取~时~世~殊~疏~贪~妄~惟~无~毋~显~虚~勋~愚~赞~昭~致~中~租~百工~

壅yōng【古】上平,二冬。又:上声,二肿同;去声,二宋同。【例】闭~蔽~迟~川~导~烦~梗~积~决~路~培~塞~无~翳~障~滞~

臃yōng【古】上平,二冬。又:上声,二肿同。【例】肠~

佣(傭)yōng【古】上平,二冬。另见657页 yòng。【例】伴~帮~笔~村~贩~耕~雇~脚~老~赁~马~诗~市~书~厮~乡~灌园~酒家~

雍yōng【古】上平,二冬。又:去声,二宋异。【例】辟~璧~重~蹈~丰~和~衡~临~睦~上~时~肃~熙~咸~雍~

慵yōng【古】上平,二冬。【例】饱~步~愁~春~惰~放~乖~娇~酒~倦~困~老~疏~衰~心~兴~养~幽~愚~蝶飞~午梦~

饔yōng【古】上平,二冬。【例】朝~陈~赐~官~内~庖~尸~飧~玉~致~佐~

墉yōng。【古】上平,二冬。【例】贲~长~城~乘~崇~穿~帝~粉~沟~汉~列~门~墙~穷~穹~四~颓~遗~逾~垣~云~周~筑~

痈(癰)yōng【古】上平,二冬。【例】背~肠~创~疵~疔~毒~喉~患~疽~溃~破~吮~徙~朽~养~赘~

嗈(噰)yōng【古】上平,二冬。【例】嗈~

邕yōng【古】上平,二冬。【例】时~肃~

鄘yōng【古】上平,二冬。【例】邶~四~

中zhōng【古】上平,一东。另见657页 zhòng。【例】暗~杯~场~车~尘~城~池~持~厨~春~从~当~蹈~道~得~笛~地~调~鼎~都~发~方~丰~风~釜~附~高~阁~个~宫~毂~谷~关~闺~国~海~汉~壶~湖~花~画~寰~慧~机~集~建~涧~鉴~街~节~禁~京~井~静~镜~就~居~局~军~考~客~空~郎~浪~礼~里~留~笼~隆~楼~炉~路~闾~履~洛~门~梦~迷~冥~目~幕~内~囊~泥~年~盘~盆~瓶~其~浅~强~窍~箧~秦~琴~曲~热~人~日~入~桑~山~剡~商~舍~设~升~失~时~市~侍~室~适~守~枢~蜀~水~笥~塔~谈~堂~天~田~廷~亭~庭~通~筒~途~土~橐~望~违~温~瓮~幄~握~吴~五~雾~析~溪~匣~峡~闲~咸~乡~详~宵~心~胸~袖~虚~穴~淹~言~岩~眼~养~邺~夜~衣~意~膺~营~郢~隅~榆~宇~雨~域~园~院~月~云~在~掌~帐~折~枕~正~执~制~舟~酌~醉~

逆旅～缥缈～

柊zhōng 柊叶。【古】上平，一东。

忠zhōng【古】上平，一东。【例】褒～表～秉～成～诚～赤～大～敦～公～孤～怀～建～竭～谨～尽～旌～精～恪～廉～履～纳～朴～清～全～矢～输～推～惟～献～效～养～遗～愚～允～昭～至～报国～寸心～

终(終)zhōng【古】上平，一东。【例】保～薄～察～初～待～道～笃～恶～告～孤～归～既～敬～酒～剧～考～克～乐～礼～临～令～漏～迈～美～命～能～年～曲～善～慎～始～守～寿～受～死～送～岁～图～托～遐～鲜～凶～续～义～永～知～追～最～老有～乐未～

衷zhōng【古】上平，一东。【例】徧～裁～宸～赤～崇～初～慈～寸～丹～道～返～乖～和～简～鉴～降～节～苦～剖～谦～浅～清～情～曲～热～深～神～圣～事～私～素～天～微～违～隐～盈～幽～由～愚～渊～允～折～

钟[1](鐘)zhōng【古】上平，二冬。【例】摆～壁～编～镈～禅～朝～晨～赤～初～打～盗～递～点～电～调～鼎～法～饭～梵～凫～浮～釜～歌～宫～古～鼓～挂～寒～洪～华～黄～昏～击～讲～金～禁～警～静～酒～举～叩～扣～乐～林～龙～漏～庙～鸣～暝～暮～闹～敲～清～磬～虬～乳～瑞～丧～僧～山～笙～诗～石～时～疏～曙～霜～寺～塔～天～铜～晚～万～闻～仙～霄～晓～烟～摇～瑶～玉～远～月～征～撞～座～饭后～五更～自鸣～

钟[2](鍾)zhōng【古】上平，二冬。【例】独～情～天～灵秀～

盅zhōng【古】上平，一东。【例】茶～盖～酒～小～玉～琥珀～

螽zhōng【古】上平，一东。【例】草～春～冬～蝗～鸣～青～秋～斯～蛰～

忪(伀)zhōng【古】上平，二冬。【例】悸～伶～忪～心～惺～怔～

宗zōng【古】上平，二冬。【例】北～本～禅～昌～朝～川～词～辞～大～岱～帝～夺～反～分～佛～福～父～高～功～归～贵～豪～河～继～家～教～敬～举～卷～开～旷～礼～历～联～列～灵～流～陋～律～门～密～妙～民～名～命～内～纳～南～女～旁～强～全～权～儒～山～上～社～神～师～诗～时～世～释～殊～疏～司～嗣～太～天～同～统～外～望～文～物～悟～仙～兴～星～雄～玄～学～雅～夷～遗～义～异～殷～禋～幽～元～岳～泽～贞～正～秩～诸～追～祖～百世～

倧zōng 神名。【古】上平，二冬。

综(綜)zōng【古】去声，二宋。另见615页zèng。【例】博～参～阐～词～纂～错～典～该～赅～关～管～贯～桄～衡～缉～兼～龙～铨～思～探～条～通～校～修～寻～研～营～渊～甄～专～纂～

踪(蹤)zōng【古】上平，二冬。【例】参～藏～车～驰～盗～敌～定～遁～堕～发～芳～浮～高～跟～孤～寒～鹤～鸿～化～继～寄～检～脚～结～近～旧～绝～客～泪～离～俪～敛～灵～鹿～鸾～马～美～梦～迷～曩～拟～黏～蹑～配～萍～栖～齐～奇～前～潜～禽～情～人～骚～圣～失～师～事～鼠～微～希～遐～仙～闲～香～行～形～血～寻～遗～疑～逸～印～影～幽～游～踵～驻～追～去来～

棕(椶)zōng【古】上平,一东。【例】碧~编~剥~海~寒~枯~蓑~

纵(縱)zōng 旧读。【古】上平,二冬。另见657页zòng。

鬃(鬉)zōng【古】上平,二冬。【例】风~红~剪~金~鬣~领~马~鬐~披~肉~尾~香~朱~猪~

鬷zōng 釜。【古】上平,一东。

平声·阳平

重chóng【古】下平,二冬。另见657页zhòng。【例】碧~叠~几~九~千~山~数~双~万~檐~重~关山~花影~玉楼~

漴chóng【古】上平,一东。【例】漴~潈~

崇chóng【古】上平,一东。【例】褒~表~崇~道~登~栋~敦~丰~封~敷~高~功~广~贵~恢~极~奖~骄~旌~勒~厉~隆~峦~轮~睦~丕~企~谦~钦~清~穹~荣~嵩~推~巍~位~显~协~信~修~益~阴~优~岳~蕴~蕴~轸~追~尊~岱岳~

虫(蟲)chóng。【古】上平,一东。【例】冰~蚕~草~馋~长~痴~赤~臭~春~蠢~大~雕~斗~毒~蠹~蛾~凡~飞~蝮~甘~钩~蛊~孩~海~害~寒~候~萤~花~蝗~蛔~浑~鸡~甲~贱~介~精~昆~蜫~懒~痨~戾~聋~裸~蛮~毛~眉~虻~蠓~鸣~螟~鸟~爬~蟠~瓢~奇~禽~青~蛩~秋~蛆~蠕~桑~杀~沙~莎~山~蛇~神~尸~虱~螫~书~水~丝~络~土~蚊~蜗~溪~夏~蝎~玄~穴~蚜~眼~咬~药~夜~蚁~益~阴~吟~蝇~油~幼~鱼~原~蚱~蛰~鸷~智~蛭~蛀~篆~百足~

种chóng 姓。【古】上平,一东。另见653页zhǒng、657页zhòng。

从(從)cóng【古】上平,二冬。另见658页zòng。【例】宾~禀~部~参~常~朝~承~乘~弟~定~多~放~风~扶~服~俯~跟~苟~广~过~衡~护~扈~回~吉~矜~禁~景~敬~昆~来~乐~类~吏~连~僚~列~率~盲~靡~面~谋~幕~逆~辇~陪~朋~偏~嫔~牵~亲~求~曲~驱~屈~劝~人~忍~任~冗~柔~赏~少~适~首~疏~顺~送~随~所~天~听~徒~亡~违~委~卫~文~袭~狎~贤~乡~相~协~胁~谐~信~刑~行~幸~驯~训~言~依~义~议~翼~引~应~影~游~舆~与~羽~语~元~愿~约~云~允~知~主~属~追~自~走~遵~

悰cóng【古】上平,二冬。【例】鄙~别~愁~感~欢~苦~悃~离~民~情~危~无~谢~幽~游~郁~

琮cóng【古】上平,二冬。【例】琤~琮~黄~驵~瑑~

丛(叢、藂)cóng【古】上平,一东。【例】碧~蚕~草~春~萃~翠~刀~芳~孤~灌~桂~寒~蕙~棘~籍~髻~菊~窠~兰~丽~蓼~林~笼~绿~论~落~麦~满~密~绮~青~群~人~深~神~笙~树~霜~谈~万~晓~新~萱~烟~艳~野~翳~萦~幽~玉~郁~攒~珍~榛~竹~百花~灌木~

淙cóng【古】上平，二冬。又：上平，三江同；又：去声，三绛同。【例】潺~琤~春~淙~翠~飞~流~石~悬~夜~铮~

红(紅)hóng【古】上平，一东。另见641页gōng。【例】斑~碧~残~朝~潮~橙~赤~愁~川~传~垂~春~窜~翠~大~丹~稻~灯~滇~调~断~堆~发~繁~方~飞~绯~肥~分~粉~肤~干~挂~海~酣~含~花~火~祭~霁~娇~椒~焦~蕉~鸠~酒~橘~口~蜡~蓝~烂~老~冷~脸~练~流~榴~露~炉~乱~落~梅~面~描~嫩~凝~暖~喷~披~片~缥~飘~品~祁~旗~牵~窃~青~轻~秋~染~日~柔~软~腮~山~深~疏~熟~蜀~衰~霜~水~粟~碎~踏~桃~套~剔~题~通~吐~团~退~褪~酡~晚~微~细~鲜~香~斜~写~心~新~猩~杏~雄~羞~暄~炫~血~胭~嫣~蔫~岩~眼~艳~焰~夭~摇~殷~银~映~晕~枣~绽~涨~赭~昼~朱~烛~妆~坠~醉~东方~满堂~浴日~照眼~状元~

弘hóng【古】下平，十蒸。【例】阐~苌~成~崇~方~敷~含~函~恢~稽~矜~开~宽~四~孙~宣~淹~幽~迂~渊~

玒hóng 玉名。【古】上平，一东。又：上平，三江同。

竑hóng 博大。量度。【古】下平，八庚。又：下平，十蒸同。

鋐(鋐)hóng【古】下平，八庚。【例】铉~

鉷(鉷)hóng【古】上平，一东。【例】纡~

谼hóng【古】上平，一东。【例】谾~石~

虹hóng【古】上平，一东。又：去声，三绛同。另见593页jiàng。【例】彩~残~长~垂~雌~丹~断~幡~风~副~跨~梁~霓~桥~青~晴~日~蛇~霞~星~雄~烟~饮~隐~玉~贯日~气如~

鸿(鴻)hóng【古】上平，一东。【例】哀~宾~波~春~丹~帝~断~飞~凫~孤~归~寒~羁~驾~惊~鹍~离~连~梁~鳞~露~旅~蒙~溟~泥~攀~片~轻~秋~塞~诗~霜~朔~司~熙~戏~翔~霄~信~雪~烟~雁~燕~鱼~鸳~鹓~云~征~渚~

宏hóng【古】下平，八庚。【例】崇~含~泓~恢~宽~气~赡~深~渊~德声~器量~

洪hóng【古】上平，一东。【例】奔~防~分~含~洪~化~浑~江~抗~宽~拦~濛~怒~排~庞~山~纤~泄~蓄~溢~

闳(閎)【古】下平，八庚。【例】崇~登~高~閈~恢~开~闶~魁~疏~渊~里深~

讧(訌)hóng 旧读。【古】上平，一东。另见655页hòng。

泓hóng【古】下平，八庚。【例】宝~碧~澄~寒~泓~金~龙~深~石~水~淹~渊~

纮(紘)hóng【古】下平，八庚。【例】八~北~地~帝~恢~结~纩~廓~束~玄~缨~朱~

吰hóng【古】下平，八庚。【例】噌~吰~

蕻hóng【古】去声，一送。另见655页hòng。【例】蕨~雪里~

黉(黌)hóng【古】下平,八庚。【例】春~大~乡~庠~修~

荭(葒)hóng【古】上平,一东。【例】荻~水~

隆lóng【古】上平,一东。【例】褒~比~昌~冲~崇~登~栋~丰~伏~福~富~高~弓~功~光~轰~呼~化~恢~加~家~康~克~礼~美~弥~能~年~丕~媲~凭~钦~庆~穷~穹~日~上~绍~声~盛~寿~位~熙~兴~休~庥~养~业~夷~优~郁~蕴~窄~郅~终~声望~

漋lóng 高下水。【古】上平,一东。~

龙(龍)lóng【古】上平,二冬。【例】捕~彩~蚕~苍~长~成~乘~痴~螭~赤~赐~得~登~地~雕~斗~毒~飞~伏~浮~缚~勾~挂~龟~衮~海~旱~合~河~黑~鸿~吼~化~画~怀~槐~豢~黄~火~驾~见~剑~江~降~蛟~鲛~角~接~惊~景~九~驹~巨~亢~恐~窟~夔~鲲~懒~老~雷~骊~六~卢~鸾~梅~木~闹~泥~孽~攀~盘~蟠~蓬~骑~起~潜~青~虬~屈~扰~人~如~瑞~奢~蛇~神~升~生~石~瘦~耍~水~睡~腾~天~头~屠~土~鼍~箨~畏~文~卧~乌~戏~虾~匣~象~雄~绣~轩~洋~养~逸~应~犹~游~鱼~雨~玉~御~元~跃~云~藻~泽~战~蛰~真~稚~钟~猪~竹~烛~祖~

聋(聾)lóng【古】上平,一东。【例】暗~痴~耳~凡~盲~蒙~顽~详~佯~瘖~愚~诈~振~装~

笼(籠)lóng【古】上平,一东。另见652页lǒng。【例】包~蚕~尘~出~窗~葱~翠~灯~钿~雕~篼~鹅~籓~樊~鸽~罐~烘~鸡~筠~窟~筐~篑~栏~牢~帘~篾~囊~鸟~气~青~穹~囚~箬~纱~莎~扇~手~梳~丝~俗~脱~虾~香~袖~熏~烟~药~鱼~玉~月~罩~遮~蒸~竹~烛~碧纱~

栊(櫳)lóng【古】上平,一东。【例】翠~雕~房~窟~帘~绮~圈~梳~绣~严~莺~玉~云~珠~

珑(瓏)lóng【古】上平,一东。【例】璁~冬~鸿~玲~珑~蒙~云~

窿lóng【古】上平,一东。【例】窟~平~穹~

茏(蘢)lóng【古】上平,二冬。【例】葱~红~芩~茏~蒙~深~

拢(攏)lóng【古】上声,一董。另见652页lǒng。【例】轻~

砻(礱)lóng【古】上平,一东。又:去声,一送同。【例】磋~雕~镌~硿~砻~磨~木~石~水~斫~

昽(曨)lóng【古】上平,一东。【例】昽~曚~通~曈~

胧(朧)lóng【古】上平,一东。【例】胧~朦~蒙~通~曈~

咙(嚨)lóng【古】上平,一东。【例】咕~哄~喉~咙~

癃lóng【古】上平,一东。【例】哀~罢~病~笃~老~疲~贫~衰~

泷(瀧)lóng【古】上平,三江。另见570页shuāng。【例】奔~冻~飞~寒~急~惊~泷~怒~石~涛~湍~泻~

农(農、辳)nóng【古】上平,二冬。【例】本~菜~蚕~茶~饬~春~赐~村~佃~甸~督~惰~附~赴~富~耕~雇~

归~花~货~急~纪~济~监~藉~课~宽~困~劳~老~黎~力~隶~良~林~旅~棉~勉~民~明~疲~贫~祈~弃~劝~三~桑~山~神~盛~诗~世~司~田~屯~违~务~牺~羲~先~乡~小~兴~学~训~炎~砚~药~营~泽~治~重~

酞（醲）nóng【古】上平，二冬【例】醒~醇~肥~鸿~醰~鲜~

浓（濃）nóng【古】上平，二冬。【例】杯~尘~稠~春~醇~翠~芳~肥~欢~酒~露~情~霜~睡~态~雾~鲜~香~兴~醺~烟~影~云~绿荫~墨未~泼黛~

侬（儂）nóng【古】上平，二冬。【例】阿~懊~愁~儿~负~个~你~渠~谁~他~偎~我~吴~吾~

哝（噥）nóng【古】上平，二冬。又：上平，三江。【例】嘟~咕~唧~哝~

秾（穠）nóng【古】上平，二冬。【例】繁~秾~纤~鲜~夭~桃李~

憹nóng 又读。【古】上平，二冬。另见369页náo。

脓（膿）nóng【古】上平，二冬。【例】贡~灌~呼~化~流~捏~吮~跳~

穷（窮）qióng【古】上平，一东。【例】隘~安~惭~齿~赤~辞~达~殚~道~地~顿~躲~厄~服~根~孤~固~鳏~寒~讳~混~饥~畸~羁~计~技~坚~贱~诘~矜~精~窘~究~久~救~哭~困~老~力~疗~漏~路~履~冥~内~贫~奇~罄~穹~身~诗~时~守~受~兽~术~送~诉~岁~天~通~图~途~推~退~屯~亡~危~文~无~心~研~阴~幽~御~诈~振~赈~滞~终~装~迍~悲路~思不~

銎qióng 斧上孔。【古】上平，二冬。

蛩qióng【古】上平，二冬。【例】暗~斗~飞~寒~蹶~乱~鸣~砌~潜~蛩~秋~莎~新~夜~吟~

琼（瓊）qióng【古】下平，八庚。【例】报~碧~弁~春~翠~丹~飞~瑰~寒~金~昆~琳~露~明~凝~青~琼~曲~素~投~瑶~坠~

筇qióng【古】上平，二冬。【例】策~短~扶~孤~寒~枯~龙~青~瘦~携~曳~倚~吟~游~杖~

邛qióng【古】上平，二冬。【例】临~龙~岷~邛~

茕（煢、惸）qióng【古】下平，八庚。【例】哀~单~孤~鳏~疚~茕~

穹qióng【古】上平，一东。【例】碧~苍~层~黩~高~昊~皓~颢~皇~廓~浪~隆~旻~乾~青~清~上~天~遐~玄~璇~遥~宇~元~

藭（藭）qióng【古】上平，一东。【例】~鞠~香~芎~

跫qióng【古】上平，二冬。又：上平，三江同。【例】跫~

荣（榮）róng【古】下平，八庚。【例】哀~安~褒~陛~宾~采~草~朝~侈~崇~宠~初~垂~春~辞~丹~东~冬~遁~恩~发~繁~奋~丰~官~光~归~桂~含~寒~华~欢~辉~徽~极~嘉~骄~徼~阶~槿~开~康~科~枯~骊~列~禄~履~绿~美~密~内~秋~荣~森~升~生~声~时~世~示~寿~殊~疏~舒~输~熟~衰~私~岁~贪~偷~晚~威~西~希~鲜~显~向~欣~新~馨~虚~阳~遗~玉~增~章~珍~争~

芝~朱~擢~滋~尊~

狨róng【古】上平,一东。【例】狐~金~坐~

瑢róng【古】上平,二冬。【例】瑽~

蝾(蠑)róng 蝾螈。【古】下平,八庚。

镕(鎔)róng【古】上平,二冬。【例】范~煎~模~融~埏~陶~销~铸~

容róng【古】上平,二冬。【例】哀~安~包~变~病~博~惨~恻~谄~昌~尘~逞~骋~持~愁~川~春~慈~从~悴~德~电~动~端~堕~惰~芳~丰~妇~改~革~苟~规~轨~海~含~涵~花~华~欢~徽~毁~嘉~假~检~见~娇~矜~谨~进~祲~警~净~酒~旧~倦~军~钧~凯~客~库~夸~宽~乐~泪~离~礼~丽~敛~令~貌~美~面~妙~谬~慕~穆~内~赧~怒~戚~铅~寝~轻~倾~清~秋~取~忍~韶~神~慎~声~圣~盛~失~市~饰~收~瘦~殊~淑~肃~素~天~龆~庭~通~童~婉~威~无~奚~喜~先~相~笑~新~形~休~修~逊~雅~烟~妍~言~颜~艳~冶~野~仪~遗~易~逸~音~雍~优~游~有~雨~玉~御~愠~藻~战~昭~贞~真~阵~振~整~正~直~智~仲~壮~状~姿~自~纵~醉~尊~无所~

戎róng【古】上平,一东。【例】北~边~兵~布~陈~蕃~封~伏~服~抚~关~和~护~化~怀~姜~禁~九~军~寇~窥~昆~骊~理~吏~临~女~平~羌~亲~犬~戎~山~设~神~事~司~绥~韬~讨~统~西~有~御~元~獂~赞~掌~镇~治~诸~

绒(絨、羢、毧)róng【古】上平,一东。【例】艾~衬~鹅~貉~火~剪~锯~立~柳~绵~平~蒲~毵~丝~绦~条~贴~驮~驼~唾~香~鸭~羽~栽~漳~碧~~

蓉róng【古】上平,二冬。【例】苁~豆~芙~莲~

融róng【古】上平,一东。【例】冰~充~调~粉~丰~革~和~鸿~化~浑~混~交~金~泥~日~熔~融~柔~神~水~酥~陶~通~显~销~虚~雪~烟~炎~圆~昭~祝~瑞气~

溶róng【古】上平,二冬。又:上声,二肿同。【例】冲~涵~洪~鸿~空~溶~融~陶~滃~消~汹~岩~瀛~悠~游~

茸róng【古】上平,二冬。另见 652 页 rǒng。【例】碧~参~钗~翠~丰~花~茏~鹿~蒙~麋~蓬~松~阘~苔~驼~蓊~纤~新~紫~鬓毛~鬅裘~细草~

熔róng【古】上平,二冬。【例】范~煎~融~烧~陶~冶~铸~

嵘(嶸)róng【古】下平,八庚。【例】嶒~峥~

榕róng。【古】上平,二冬。【例】赤~垂~大~高~古~巨~绿~闽~双~植~连理~

同(仝)tóng【古】上平,一东。另见 656 页 tòng。【例】帮~抱~毕~不~布~参~串~从~大~带~道~等~洞~对~敷~扶~符~附~公~共~苟~归~贵~滚~合~和~会~混~稽~建~贱~景~敬~军~勘~空~雷~类~连~率~略~陪~普~齐~洽~佥~趣~认~柔~如~商~尚~书~随~通~咸~相~协~偕~心~修~玄~悬~眼~邀~遥~仪~异~殷~与~约~运~赞~重~注~车书~处处~万国~

铜（銅）tóng 【古】上平，一东。【例】碧～采～赤～胆～罚～范～废～分～古～寒～黄～燋～金～禁～精～镜～炼～牡～佩～牝～钱～秦～青～生～赎～熟～顽～乌～锡～轩～冶～铸～紫～博山～三尺～

桐tóng 【古】上平，一东。【例】碧～苍～赪～刺～爨～雕～凤～抚～冈～高～孤～古～槐～剪～焦～井～空～枯～雷～良～绿～鸣～泡～栖～青～楸～疏～蜀～霜～丝～檀～梧～弦～修～椅～油～折～贞～植～梓～百尺～凤栖～蜀山～

诇（詷）tóng 共同。【古】上平，一东。又：上声，一董同；去声，一送同。

哃tóng 妄言。【古】上平，一东。

砼tóng 混凝土。

烔tóng 【古】上平，一东。【例】烘～火～烔～

鲖（鮦）tóng 鲖蟹。【古】上平，一东。又：上声，二肿同。

童tóng 【古】上平，一东。【例】阿～巴～榜～报～嬖～龀～村～道～颠～短～儿～梵～歌～耕～宫～孤～孩～海～寒～化～姬～家～娇～狡～金～经～倦～狂～老～乐～娈～邻～灵～蛮～梅～门～蒙～迷～冥～牧～牛～弄～奴～女～庖～仆～奇～耆～棋～樵～琴～青～琼～壤～孺～山～神～生～圣～书～髫～童～顽～宛～文～武～奚～仙～香～小～行～幸～学～丫～药～野～游～幼～渔～舆～玉～斋～芝～稚～重～梓～五尺～颜犹～

穜tóng 【古】上平，一东。【例】稑～

瞳tóng 【古】上平，一东。【例】碧～方～黑～龙～眬～卢～绿～蒙～明～凝～漆～青～深～双～眼～重～转～

僮tóng 【古】上平，一东。另见598页zhuàng。【例】嬖～僰～材～孱～楚～道～歌～官～馆～家～狡～课～隶～鳞～笼～马～蛮～庖～仆～球～山～侍～瘦～书～私～田～停～僮～挽～奚～仙～小～行～学～妖～

曈tóng 【古】上平，一东。【例】曚～亭～曈～

潼tóng 【古】上平，一东。【例】临～马～潼～淆～

艟tóng 【古】上平，一东。【例】艨～

峒tóng 【古】上平，一东。另见655页dòng。【例】崆～蛮～溪～

侗tóng 【古】上平，一东。另见654页dòng。【例】倥～

筒（筩）tóng 又读。【古】上平，一东。另见653页tǒng。

洞tóng 【古】上平，一东。另见655页dòng。【例】洪～

彤tóng 【古】上平，二冬。【例】雕～珥～丰～管～彤～髹～朱～

橦tóng 【古】上平，二冬。又：上平，三江同。【例】顶～楼～橦～寻～缘～都卢～

茼tóng 【古】上平，一东。【例】嫩～

佟tóng 姓。【古】上平，二冬。

仝tóng 同"同"。【古】上平，一东。

雄xióng 【古】上平，一东。【例】褒～标～才～财～昌～长～沉～称～逞～崇～词～雌～粗～繁～鬼～豪～浑～奸～桀～巨～俊～魁～骐～气～强～清～群～饶～人～圣～诗～时～士～世～岁～天～完～威～文～物～枭～骁～虓～心～阳～英～月～争～政～自～百夫～气象～万夫～

熊xióng 【古】上平，一东。【例】白～豺～当～貂～飞～非～封～狗～海～浣～

猫~梦~貔~凭~山~射~生~食~饰~丸~维~卧~祥~熊~玄~鱼~仲~猪~装~棕~

喁yóng【古】上平,二冬。又:下平,七虞同。另见282页yú。【例】唱~呕~煦~喁~㖞~

颙(顒)yóng【古】上平,二冬。【例】有~

仄声·上声

宠(寵)chǒng【古】上声,二肿。【例】爱~褒~赍~嬖~常~宸~承~乘~崇~慈~辞~大~得~斗~多~恩~丰~封~负~富~固~顾~惯~光~贵~豪~荷~怙~华~怀~昏~嘉~荐~僭~奖~骄~阶~借~矜~旌~敬~眷~礼~怜~娈~隆~冒~昧~名~纳~男~孽~偏~戚~迁~强~亲~情~取~权~荣~色~擅~失~世~侍~恃~受~殊~天~误~希~显~亵~新~休~虚~邀~逸~优~珍~争~重~专~

董dǒng【古】上声,一董。【例】关~贾~古~监~客~理~懵~汨~迁~仁~绅~司~振~

懂dǒng【古】上声,一董。【例】半~颠~瞢~蒙~装~

拱gǒng【古】上声,二肿。【例】把~北~朝~垂~打~斗~端~扶~高~合~横~环~夹~尖~肩~交~竞~鞠~盘~桥~清~森~深~闲~星~仰~叶~阴~张~众星~

珙gǒng【古】上声,二肿。【例】圭~

巩(鞏)gǒng【古】上声,二肿。【例】巩~阙~

汞gǒng【古】上声,一董。【例】丹~红~雷~炼~铅~砂~烧~升~水~养~真~朱~

栱gǒng【古】上声,二肿。【例】百~斗~料~飞~枌~画~绮~云~

哄hǒng另见641页hōng、655页hòng。【例】啜~串~调~勾~和~欢~诓~乱~买~瞒~蒙~骗~欺~劝~虚~赚~

嗊(嗊)hǒng【古】上声,一董。【例】罗~

窘jiǒng【古】上声,十一轸。【例】隘~沉~愁~发~乏~寒~惶~饥~艰~惊~拘~枯~愧~困~劳~凌~难~贫~迫~穷~势~受~危~幽~

炅jiǒng【古】上声,二十四迥。另见342页guì。【例】炅~

迥jiǒng【古】上声,二十四迥。【例】川~地~高~孤~火~江~空~旷~阔~辽~寥~楼~路~明~清~秋~深~水~天~遐~险~修~虚~野~幽~云~洲~江湖~

冏jiǒng【古】上声,二十三梗。【例】冏~

泂jiǒng【古】上声,二十四迥。【例】泂~

䌹(絅)jiǒng 禅衣。【古】上声,二十四迥。

炯jiǒng【古】上声,二十四迥。【例】炯~龙~凄~深~

颎(熲)jiǒng【古】上声,二十四迥。【例】充~桄~颎~

孔kǒng【古】上声，一董。【例】百～鼻～虫～穿～疮～窗～刺～打～笛～洞～蠹～耳～方～窒～祭～铰～井～窥～扩～脸～漏～盲～毛～面～钮～藕～钱～墙～桥～射～视～祀～锁～填～瞳～隙～箫～心～穴～岩～眼～移～蚁～圆～凿～栅～针～周～蛀～钻～

恐kǒng【古】上声，二肿。又：去声，二宋异。【例】悲～怖～颤～诚～大～耽～惮～恫～骇～惶～悸～劫～惊～沮～虑～怕～迫～生～惟～畏～无～惜～吓～胁～心～忧～犹～战～振～震～惴～

倥kǒng 倥偬。【古】上声，一董。另见641页kōng。～

垄(壟、壠、垅)lǒng【古】上声，二肿。【例】碑～碧～菜～畴～村～稻～登～冻～断～访～废～坟～冈～皋～高～耕～故～横～花～怀～荒～宽～圹～峦～麦～麦～茅～磨～盘～平～坡～坡～畦～丘～畎～桑～沙～山～墒～水～松～田～瓦～先～雪～崖～药～依～茔～茔～幽～玉～祖～

拢(攏)lǒng【古】上声，一董。另见647页lóng。【例】拗～闭～并～辏～蹙～兜～斗～箍～归～合～阖～汇～集～挤～聚～靠～控～拉～盘～拼～收～梳～围～翕～招～

陇(隴)lǒng【古】上声，二肿。【例】陂～边～塍～畴～村～得～登～坟～冈～关～河～鹤～疆～辽～麦～岷～亩～平～坡～畦～阡～秦～丘～畎～山～朔～田～颓～瓦～幽～云～祖～

笼(籠)lǒng【古】上声，一董。另见647页lóng。【例】箱～青丝～

冗(宂)rǒng【古】上声，二肿。【例】百～拨～驳～尘～春～匆～繁～纷～浮～贵～寒～窘～滥～劳～吏～流～忙～谬～疲～迁～穷～扰～散～疏～衰～俗～阘～顽～纤～闲～愚～杂～赘～

氄rǒng【古】上声，二肿。【例】鹅～毛～子～

茸rǒng 草生貌。【古】上声，二肿。另见649页róng。

耸(聳)sǒng【古】上声，二肿。【例】昂～逼～碧～巉～矗～撺～顶～冈～高～孤～架～肩～惊～迥～棱～稜～毛～骈～锵～峭～倾～清～森～山～上～慑～神～升～竦～特～危～巍～霞～修～秀～轩～严～云～瞻～震～直～浮图～

竦sǒng【古】上声，二肿。【例】崇～蹙～奋～感～高～孤～鼓～悸～杰～惊～警～峻～抗～恐～齐～跂～企～虔～乔～翘～钦～倾～阙～森～竦～修～云～战～振～震～祇～

悚[1]sǒng【古】上声，二肿。【例】悲～惭～感～鬼～寒～欢～慌～惶～悸～惊～兢～敬～惧～懔～恐～恇～愧～翘～倾～森～慑～听～危～畏～欣～遥～邑～忧～仄～战～振～震～

悚[2](竦)sǒng【古】上声，二肿。【例】毛发～

怂(慫)sǒng【古】上声，二肿。【例】撺～哄～弄～

统(統)tǒng【古】去声，二宋。【例】霸～邦～本～标～秉～承～持～传～垂～篡～大～道～嫡～地～帝～典～董～都～贰～法～分～附～官～贯～光～国～汉～洪～皇～纪～继～监～建～践～君～揽～理～临～领～笼～拢～篇～僧～绍～摄～圣～世～衰～嗣～岁～体～统～王～违～文～系～遐～辖～协～袖～靴～血～遥～

一~贻~遗~佑~元~源~掌~镇~正~政~职~治~属~宗~总~

筒(筩)tǒng【古】上平,一东。另见650页tóng。【例】笔~碧~穿~吹~词~灯~电~钓~饭~封~歌~骨~滚~号~荷~花~话~火~剪~箭~截~金~酒~卷~筠~课~裤~筷~窥~连~量~帽~蜜~喷~皮~棋~气~签~钱~枪~乳~射~诗~书~水~讼~搜~套~听~瓦~袜~望~香~信~袖~靴~烟~研~药~邮~展~针~竹~箸~

桶tǒng【古】上声,一董。【例】扮~鞭~便~触~吊~斗~饭~粪~箍~禾~汲~寄~净~酒~料~笼~卤~马~木~喷~漆~铅~梢~筲~潲~屎~水~痰~汤~筒~浴~

捅tǒng 招引。刺。触动。揭露。【古】上声,一董。~

勇yǒng【古】上声,二肿。【例】弁~骠~兵~才~差~沉~诚~逞~骋~充~宠~大~胆~斗~奋~愤~负~干~敢~刚~戆~骨~鼓~犷~果~悍~豪~好~伙~奸~健~狡~矜~劲~精~警~狂~狼~廉~练~戮~蛮~猛~谋~能~毗~剽~齐~气~强~轻~拳~侥~仁~散~上~摄~神~私~竦~堂~佻~团~武~贤~衔~枭~骁~虓~校~新~衅~雄~畜~巡~养~义~毅~英~游~余~愚~执~鸷~智~忠~壮~匹夫~

栐yǒng 树名。【古】上声,二十三梗。

埇yǒng 地名用字。【古】上声,二肿。

永yǒng【古】上声,二十三梗。【例】长~隽~隆~弥~邈~年~清~日~深~思~岁~味~遐~香~宵~修~延~夜~依~悠~豫~渊~昼~更漏~

咏(詠)yǒng【例】长~嘲~宸~称~传~春~蹈~短~风~讽~赋~腹~感~高~歌~赓~孤~含~汉~嘉~笺~嗟~朗~乐~理~美~讴~篇~清~觞~赏~申~诗~诵~叹~题~吴~舞~巷~啸~新~兴~行~雅~燕~谣~沂~遗~吟~幽~渊~杂~赞~藻~钻~沧浪~牛渚~

泳yǒng【古】去声,二十四敬。【例】侧~川~蝶~冬~飞~海~涵~沐~漂~潜~泅~蛙~翔~游~鱼~

踊(踴)yǒng【古】上声,二肿。【例】抃~愤~凫~鹄~号~欢~惊~踟~距~绝~隆~虬~雀~蛇~悚~耸~袒~腾~翔~心~逸~鱼~跃~纵~

涌(湧)yǒng【古】上声,二肿。【例】奔~迸~渤~潮~翻~泛~沸~奋~汩~鼓~海~河~鸿~汇~激~卷~怒~喷~溢~锵~驱~泉~沙~腾~填~掀~翔~汹~悬~滋~渊~月~云~诗思~

蛹yǒng【古】上声,二肿。【例】蚕~成~蜂~僵~蛰~煮~

俑yǒng【古】上声,二肿。【例】木~墓~泥~女~秦~始~侍~唐~陶~土~作~兵马~

甬yǒng【古】上声,二肿。【例】驰~斗~禁~水~修~灶~

恿(慂)yǒng【古】上声,二肿。【例】从~怂~

拥(擁)yǒng 又读。【古】上声,二肿。另见642页yōng。

种(種)zhǒng【古】上声,二肿。另见645页chóng、657页zhòng。【例】白~变~别~兵~播~布~采~蚕~痴~传~纯~道~断~凡~佛~府~钢~各~工~公~狗~贵~寒~黑~护~瓠~画~黄~

火～祸～佳～嘉～贱～将～浸～警～剧～绝～军～蜡～蠡～戾～良～劣～留～龙～漫～灭～名～谬～纳～孬～逆～孽～农～胚～配～品～迁～强～情～秋～酋～区～人～柔～善～上～释～首～书～殊～树～税～特～田～同～土～屯～微～文～无～物～下～仙～相～刑～畜～选～养～野～业～移～遗～异～易～引～营～有～语～玉～育～越～杂～贼～真～殖～诸～籽～宗～尊～麒麟～

肿(腫)zhǒng【古】上声,二肿。【例】赤～疮～毒～发～风～胕～浮～红～患～疽～胧～胪～沐～脓～青～伤～水～消～焮～虚～炎～瘿～拥～痈～臃～疣～

踵zhǒng【古】上声,二肿。【例】策～蹈～踮～迭～叠～顶～放～跟～还～箕～继～脚～接～举～连～摩～蹑～排～企～起～随～踏～系～衔～相～旋～穴～延～遗～彝～运～趾～陟～追～足～不旋～

冢(塚)zhǒng【古】上声,二肿。【例】笔～蟠～崇～丛～发～坟～封～公～孤～古～故～寒～汉～坏～荒～汲～枯～累～邻～麟～陵～耆～起～迁～桥～青～丘～山～上～石～守～寿～文～象～新～野～谒～圯～遗～疑～蚁～义～茔～麒麟～五人～衣冠～

总(總、総)zǒng【古】上声,一董。【例】把～布～参～操～承～出～打～典～都～独～烦～繁～分～该～共～管～归～核～衡～汇～笄～兼～监～经～聚～控～跨～括～览～老～连～笼～拿～潜～铨～提～填～统～鬌～宰～掌～抓～专～

偬(傯)zǒng【古】上声,一董。又:去声,一送同。【例】倥～偬～

仄声・去声

冲(衝)chòng【古】去声,一送。另见639页chōng。【例】气味～嗓门～

铳(銃)chòng【古】去声,一送。【例】长～短～放～放～火～瞌～梦～鸟～排～炮～拳～土～

动(動)dòng【古】上声,一董。【例】摆～扳～搬～暴～被～崩～变～冰～拨～波～播～搏～簸～策～颤～潮～撤～尘～称～冲～抽～出～搐～触～传～吹～春～蠢～从～簇～蹙～窜～蹉～挫～打～带～倒～捣～地～颠～电～吊～调～抖～发～翻～繁～反～飞～沸～风～蜂～浮～改～感～更～拱～勾～鼓～乖～诡～滚～骇～撼～好～和～恒～轰～哄～后～互～哗～滑～欢～缓～晃～灰～挥～麾～活～惑～机～激～疾～笳～驾～减～江～搅～节～矜～禁～惊～儆～警～举～军～开～恐～浪～劳～雷～利～莲～撩～灵～流～留～龙～屡～律～乱～抡～脉～盲～萌～鸣～磨～挠～能～鸟～扭～挪～跑～飘～启～气～牵～遣～钦～勤～轻～倾～顷～驱～群～扰～惹～蠕～搔～色～山～煽～闪～扇～生～时～驶～视～树～刷～水～瞬～松～悚～耸～胎～提～天～挑～跳～挺～推～妄～危～舞～翕～歙～掀～响～嚣～心～欣～歆～行～汹～喧～旋～迅～言～檐～偃～雁～阳～佯～摇～移～蚁～异～引～游～诱～跃～运～攒～躁～眨～展～辗～招～振～震～制～钟～竹～主～转～滋～自～走～歌声～山岳～

侗dòng 侗族。【古】上声,一董。另见650页tóng。

峒dòng 山洞。【古】去声，一送。另见650页tóng。

胴dòng【古】去声，一送。【例】胴～胧～朦～

硐dòng 山洞。【古】上声，一董。

栋(棟)dòng【古】去声，一送。【例】柏～邦～层～充～崇～椽～榱～殿～飞～桴～复～高～孤～桂～虹～画～积～架～连～梁～隆～起～绮～松～天～文～屋～绣～悬～楹～云～宰～柱～

冻(凍)dòng【古】去声，一送。【例】闭～冰～残～春～地～防～封～果～海～含～寒～呵～河～涸～冱～化～饥～脚～结～解～噤～开～冷～炉～蹑～凝～披～贫～凄～泉～忍～石～霜～水～踏～宵～鱼～雨～云～凿～梨花～

洞dòng【古】去声，一送。另见650页tóng。【例】碧～冰～川～窗～春～翠～打～丹～地～风～港～狗～贯～鬼～涵～鹤～洪～鸿～胡～洚～决～炕～空～孔～雷～灵～龙～漏～鹿～猫～茅～门～桥～秦～泉～溶～山～深～石～水～隧～苔～通～挖～溪～仙～香～萧～晓～雪～烟～岩～窑～阴～幽～鱼～玉～渊～云～钻～华阳～桃花～桃源～

恫dòng【古】去声，一送。另见642页tōng。【例】悲～愢～负～骇～伤～遗～忧～怨～偬～

共gòng【古】去声，二宋。【例】不～参～公～合～敬～靖～赏～同～统～相～懿～与～执～中～总～足～灯火～天下～忧患～与民～

供gòng【古】去声，二宋。另见641页gōng。【例】摆～宝～逼～笔～茶～衬～初～储～串～打～短～法～翻～奉～画～醮～进～具～拷～口～录～蜜～冥～末～攀～品～瓶～亲～清～认～僧～上～设～实～输～吐～午～献～香～修～悬～游～诱～赃～斋～招～珍～指～质～资～自～春盘～鸡黍～

贡(貢)gòng【古】去声，一送。【例】拔～班～币～宾～禀～财～漕～朝～琛～充～楚～春～赐～恩～方～奉～服～副～赋～供～海～货～赍～解～进～就～考～科～款～筐～来～例～廪～纳～嫔～聘～器～秋～山～赏～时～食～试～输～祀～岁～通～土～王～物～锡～乡～修～选～膺～优～游～禹～御～责～章～珍～正～职～租～

哄(閧)hòng【古】去声，一送。另见641页hōng、651页hǒng。【例】打～斗～哗～欢～交～军～起～市～嚣～笑～喧～战～

讧(訌)hòng【古】上平，一东。另见646页hóng。【例】兵～交～内～

蕻hòng【古】去声，一送。另见646页hóng。【例】菜～蕨～

空kòng【古】去声，一送。另见641页kōng。【例】补～趁～抽～瞅～亏～留～没～缺～填～偷～闲～凿～抓～钻～

控kòng【古】去声，一送。【例】测～呈～驰～调～飞～抚～归～监～讦～解～京～困～稟～鸣～匿～磬～上～申～声～绳～失～诉～提～抟～外～诬～遥～引～驭～指～自～

鞚kòng【古】去声，一送。【例】按～超～尘～驰～蹀～放～飞～羁～揽～马～绳～失～引～执～纵～青丝～

弄(衖)lòng【古】去声，一送。另见656页nòng。【例】家～里～闾～衢～香～

哢lòng【古】去声，一送。【例】噪～春～

鸟～琴～清～晴～闲～新～莺～幽～争～

弄nòng【古】去声，一送。另见655页lòng。【例】哀～傲～把～摆～搬～抱～编～变～拨～播～簸～操～侧～嘲～逞～楚～吹～戳～搓～撮～捣～盗～调～掉～蝶～逗～掇～翻～贩～抚～鼓～好～和～哄～胡～糊～唬～讥～架～狡～窟～撩～卖～迷～秘～妙～鸣～磨～拈～捻～撚～捏～攀～品～迫～欺～起～巧～窃～琴～倾～清～揉～挼～扇～赏～设～笙～拾～侍～饰～梳～耍～唆～套～踢～挑～玩～侮～舞～嬉～戏～瞎～狎～现～笑～新～旋～炫～谑～雅～研～议～吟～莺～揄～愚～运～杂～载～逐～专～捉～江南～梅花～

送sòng【古】去声，一送。【例】白～拜～保～播～部～抄～车～呈～抽～传～吹～逮～道～递～调～断～发～放～分～风～奉～辅～附～缚～告～供～锢～关～寒～候～护～欢～赍～嫁～监～见～饯～槛～降～郊～缴～解～津～进～贶～揪～拘～考～控～馈～礼～临～流～默～目～拿～逆～辇～扭～攀～陪～频～起～遣～倾～荣～散～上～申～输～水～贴～投～退～驮～挽～卫～械～选～押～遥～移～遗～驿～迎～预～援～运～载～葬～赠～瞻～转～装～追～资～纵～扁舟～好风～

颂(頌)sòng【古】去声，二宋。【例】邦～褒～碑～变～豳～称～楚～传～祷～赋～感～歌～好～和～吉～纪～偈～嘉～讲～椒～嗟～进～敬～乐～鲁～美～庙～讴～清～瑞～善～上～诗～文～献～欣～兴～雅～谣～邑～吟～咏～谀～舆～赞～瞻～周～祝～甘棠～河清～升平～

诵(誦)sòng【古】去声，二宋。【例】谙～谤～背～便～禅～昌～唱～称～成～持～赤～传～春～粗～读～耳～梵～讽～覆～告～歌～晦～记～偈～讲～精～刻～课～口～琅～朗～礼～理～洛～默～念～哦～讴～拾～熟～述～叹～闻～习～弦～循～训～演～谣～野～肄～吟～舆～赞～箴～祝～作～朝夕～

宋sòng【古】去声，二宋。【例】北～汴～窥～两～吕～南～杞～屈～沈～炎～姚～有～

讼(訟)sòng【古】去声，二宋。【例】犴～辨～辩～簿～词～辞～盗～诋～刁～斗～断～纷～告～构～欢～简～交～讦～聚～决～理～民～讴～旁～清～涉～生～诉～唆～听～庭～枉～诬～息～熄～显～新～兴～刑～酗～喧～雅～言～谣～疑～阴～舆～狱～冤～造～谮～争～治～

同(衕)tòng【古】上平，一东。另见649页tóng。【例】胡～

痛tòng【古】去声，一送。【例】哀～抱～悲～病～惨～恻～沉～愁～楚～疮～创～怆～刺～怛～悼～毒～忿～愤～负～腹～感～骇～悔～疾～绞～嗟～经～惊～疚～剧～苦～酷～宽～愧～耐～切～窃～龋～去～忍～肉～茹～软～伤～生～私～酸～疼～头～衔～胁～心～牙～遗～隐～余～冤～怨～阵～镇～止～肿～灼～作～怀沙～

恸(慟)tòng【古】去声，一送。【例】哀～悲～惨～长～沉～大～感～哽～惊～流～悯～凄～伤～轸～震～

敻xiòng【古】去声，二十四敬。【例】澄～高～华～空～辽～寥～清～危～遐～险～幽～悠～

诇(詗)xiòng【古】去声，二十四敬。【例】谍～候～内～儇～侦～中～

用yòng【古】去声,二宋。【例】自~搬~备~边~才~参~藏~常~超~承~吃~齿~崇~宠~除~创~赐~粗~错~代~待~单~蹈~盗~登~调~叠~牒~顶~动~独~断~乏~繁~费~奋~服~浮~复~概~给~公~功~共~雇~官~管~惯~贵~国~合~互~花~惠~活~绩~赍~即~急~技~济~家~贾~俭~简~僭~讲~交~节~借~禁~经~举~嚼~军~峻~酷~滥~乐~礼~吏~利~连~灵~留~录~路~论~没~妙~民~慕~内~纳~耐~拟~农~虐~挪~盘~聘~启~器~遣~亲~侵~权~诠~任~日~入~赡~上~设~申~神~施~时~识~实~食~使~事~试~适~收~受~售~殊~署~司~私~岁~所~索~套~体~天~贴~听~通~偷~外~委~无~勿~物~误~习~袭~显~乡~相~享~向~销~小~效~协~械~心~信~行~形~须~需~叙~选~沿~业~移~遗~倚~异~役~意~阴~淫~引~应~营~有~御~援~远~运~杂~澡~占~招~辄~贞~珍~征~支~执~致~智~重~专~擢~赀~资~租~足~遵~作~

佣(傭)yòng 佣金。另见643页yōng。~

中zhòng【古】去声,一送。另见643页zhōng。【例】百~猜~打~高~彀~击~看~考~命~巧~切~曲~挑~投~微~言~愿~

苸zhòng 草卉丛生。【古】去声,一送。

众(眾)zhòng【古】去声,一送。【例】安~比~彼~兵~部~侪~禅~朝~稠~出~从~大~当~道~得~德~动~读~对~发~法~犯~梵~服~负~附~概~公~宫~鼓~故~观~官~广~国~海~合~和~哗~会~惑~积~济~家~简~讲~介~警~鸠~举~聚~绝~军~夸~离~黎~敛~陵~率~迈~民~亲~清~驱~全~群~容~散~僧~省~失~师~士~示~恃~誓~殊~数~俗~解~听~徒~途~万~违~小~选~迅~养~遗~蚁~义~亿~殷~营~拥~余~愚~御~贼~兆~诏~治~乌合~

重zhòng【古】上声,二肿。又:去声,二宋异。另见645页chóng。【例】保~倍~笨~比~并~病~惨~伧~侧~超~车~彻~沉~称~承~吃~迟~持~崇~宠~楚~传~淳~蠢~粗~错~呆~典~迭~鼎~笃~端~敦~钝~耳~烦~繁~方~肥~分~丰~负~富~顾~归~贵~国~豪~荷~鸿~厚~华~积~寄~加~嘉~简~见~嗟~借~矜~谨~景~净~敬~靖~静~举~据~眷~峻~看~苛~宽~魁~累~礼~粮~隆~毛~名~凝~浓~配~皮~偏~凭~起~气~器~亲~钦~轻~倾~清~情~趋~取~权~任~戎~冗~涩~赏~申~身~深~审~慎~失~示~贪~叹~体~土~推~托~顽~望~威~伟~委~温~稳~贤~显~相~详~心~信~雄~雅~严~言~仰~要~业~倚~殷~引~隐~英~优~渊~载~增~瞻~珍~镇~争~郑~值~质~置~注~庄~着~辎~自~尊~泰山~

种(種)zhòng【古】去声,二宋。另见645页chóng、653页zhǒng。【例】春~接~垦~农~夏~栽~

仲zhòng【古】去声,一送。【例】伯~春~杜~公~昆~平~求~叔~翁~奚~贤~野~

纵(縱)zòng【古】去声,二宋。另见645页zōng。【例】傲~博~操~掣~

逞~骋~弛~侈~粗~怠~诞~放~高~惯~酣~豪~合~宏~哗~缓~贿~昏~蹇~僭~骄~解~矜~宽~狂~拦~离~陵~靡~奇~牵~擒~饶~任~容~奢~疏~似~肆~贪~腾~天~颓~吞~枉~委~嬉~险~崄~凶~徇~淫~英~优~自~恣~游目~

疭(瘲) zòng【古】去声,二宋。【例】瘈~

从(從) zòng【古】去声,二宋。另见645页cóng。【例】宾~法~合~

粽(糭) zòng【古】去声,一送。【例】楚~健~角~解~黍~筒~

笔画索引

本索引是针对正文中各大字头的笔画索引，笔画顺序参照《现代汉语通用字笔顺规范》。本索引中第一列为正文中的大字头；第二列为大字头的拼音，拼音以正文中各大字头后的注音为准，第三列为大字头在正文中所属韵部顺序号和韵部名称；第四列为大字头所属合部韵部的序号；第五列为大字头在正文中的页码。多音字均列入索引，同形多音异义字只出第一次出现的字形，不同读音依页次列入，字形不重出；同音异义、规范字形相同者，字形以右上角码顺序列出。本索引将韵字的拼音与韵部和合部对照列出，以笔画检索，方便读者使用。

一画

字	拼音	韵部	合部	页码
一	yī	5 衣	三	119
乙	yǐ	5 衣	三	141

二画

字	拼音	韵部	合部	页码
二	èr	7 儿	三	211
丁	zhēng	19 亨翁	十二	606
	dīng	20 英	十二	617
十	shí	6 知	三	185
厂	chǎng	18 昂央汪	十一	584
七	qī	5 衣	三	113
卜	bo	2 喔窝	二	30
	bǔ	8 乌	四	238
乂	yì	5 衣	三	165
人	rén	16 恩温	十	516
入	rù	8 乌	四	264
八	bā	1 啊呀蛙	一	1
九	jiǔ	13 欧优	八	410
儿	ní	5 衣	三	126
	ér	7 儿	三	210
几	jǐ	5 衣	三	135
几[1]	jī	5 衣	三	109
几[2]	jī	5 衣	三	109
匕	bǐ	5 衣	三	134
刁	diāo	12 熬腰	七	357
了	le	3 鹅	二	60
	liǎo	12 熬腰	七	377
乃	ǎi	10 哀歪	五	308
	nǎi	10 哀歪	五	310
刀	dāo	12 熬腰	七	357
力	lì	5 衣	三	154
又	yòu	13 欧优	八	422
乜	miē	4 耶约	二	80

三画

[一起]

字	拼音	韵部	合部	页码
三	sān	14 安弯	九	431
	sàn	14 安弯	九	459
亍	chù	8 乌	四	252
于[1]	yú	9 迂	四	280
于[2]	yú	9 迂	四	280
干	gàn	14 安弯	九	454
干[1]	gān	14 安弯	九	428
干[2]	gān	14 安弯	九	428
亏	kuī	11 欸威	六	325
土	tǔ	8 乌	四	247
士	shì	6 知	三	198
工	gōng	21 轰雍	十二	639
才[1]	cái	10 哀歪	五	305
才[2]	cái	10 哀歪	五	305

下 xià 1 啊呀蛙 一 25
寸 cùn 16 恩温 十 525
丌 jī 5 衣 三 110
丈 zhàng 18 昂央汪 十一 597
大 dà 1 啊呀蛙 一 20
dài 10 哀歪 五 314
兀 wù 8 乌 四 270
与 yǔ 9 迂 四 288
yù 9 迂 四 296
万 mò 2 喔窝 二 52
wàn 14 安弯 九 461
弋 yì 5 衣 三 168

[丨起]

上 shǎng 18 昂央汪 十一 588
shàng 18 昂央汪 十一 596
小 xiǎo 12 熬腰 七 379
口 kǒu 13 欧优 八 410
山 shān 14 安弯 九 431
巾 jīn 17 因晕 十 534

[丿起]

千 qiān 15 烟冤 九 467
乞 qǐ 5 衣 三 139
qì 5 衣 三 161
川 chuān 14 安弯 九 426
亿 yì 5 衣 三 168
彳 chì 6 知 三 194
个 gè 3 鹅 二 71
丸 wán 14 安弯 九 442
久 jiǔ 13 欧优 八 409
么 mó 2 喔窝 二 39
me 3 鹅 二 60
凡 fán 14 安弯 九 436
勺 shuò 2 喔窝 二 54
sháo 12 熬腰 七 370
及 jí 5 衣 三 122
夕 xī 5 衣 三 116

[丶起]

广 guǎng 18 昂央汪 十一 586
亡 wáng 18 昂央汪 十一 582
门 mén 16 恩温 十 515
丫 yā 1 啊呀蛙 一 7
义 yì 5 衣 三 163
之 zhī 6 知 三 176

[乙起]

尸[1] shī 6 知 三 172
尸[2] shī 6 知 三 172
己 jǐ 5 衣 三 135
已 yǐ 5 衣 三 141
巳 sì 6 知 三 203
弓 gōng 21 轰雍 十二 640
卫 wèi 11 欸威 六 351
子 zǐ 6 知 三 191
孑 jié 4 耶约 二 85
孓 jué 4 耶约 二 87
也 yě 4 耶约 二 92
女 nǚ 9 迂 四 284
nù 9 迂 四 292
刃 rèn 16 恩温 十 529
飞 fēi 11 欸威 六 322
习 xí 5 衣 三 130
叉 chā 1 啊呀蛙 一 2
chǎ 1 啊呀蛙 一 15
chà 1 啊呀蛙 一 19
马 mǎ 1 啊呀蛙 一 17
乡 xiāng 18 昂央汪 十一 570
幺 yāo 12 熬腰 七 363

四画

[一起]

丰 fēng 19 亨翁 十二 601
王 wáng 18 昂央汪 十一 582
wàng 18 昂央汪 十一 596
亓 qí 5 衣 三 128
井 jǐng 20 英 十二 631
开 kāi 10 哀歪 五 302
天 tiān 15 烟冤 九 468
夫 fū 8 乌 四 214
fú 8 乌 四 226
元 yuán 15 烟冤 九 481
无 mó 2 喔窝 二 39
wú 8 乌 四 235
韦 wéi 11 欸威 六 332
专 zhuān 14 安弯 九 434
云[1] yún 17 因晕 十 549
云[2] yún 17 因晕 十 549
丐 gài 10 哀歪 五 315
扎 zā 1 啊呀蛙 一 8
zhā 1 啊呀蛙 一 8
扎[1] zhá 1 啊呀蛙 一 15
扎[2] zhá 1 啊呀蛙 一 15
廿 rì 6 知 三 195
niàn 15 烟冤 九 495
艺 yì 5 衣 三 165
木 mù 8 乌 四 262
五 wǔ 8 乌 四 248
支 zhī 6 知 三 176
丏 miǎn 15 烟冤 九 485
厅 tīng 20 英 十二 620
卅 sà 1 啊呀蛙 一 24
不 bù 8 乌 四 252
仄 zè 3 鹅 二 76
太 tài 10 哀歪 五 319
犬 quǎn 15 烟冤 九 486
区 qū 9 迂 四 274
ōu 13 欧优 八 397
历 lì 5 衣 三 155
友 yǒu 13 欧优 八 413
尤 yóu 13 欧优 八 407
歹 dǎi 10 哀歪 五 309
匹 pǐ 5 衣 三 138
厄 è 3 鹅 二 77
车 chē 3 鹅 二 57
jū 9 迂 四 273
巨 jù 9 迂 四 290
牙 yá 1 啊呀蛙 一 14
屯 tún 16 恩温 十 518
zhūn 17 因晕 十 542
戈 gē 3 鹅 二 58

字	拼音	韵部	部	页
	chǐ	6 知	三	187
引	yǐn	17 因晕	十	553
丑[1]	chǒu	13 欧优	八	408
丑[2]	chǒu	13 欧优	八	408
爿	pán	14 安弯	九	440
孔	kǒng	21 轰雍	十二	652
巴	bā	1 啊呀蛙	一	1
队	duì	11 欸威	六	341
办	bàn	14 安弯	九	451
以	yǐ	5 衣	三	141
允	yǔn	17 因晕	十	554
予	yú	9 迂	四	280
	yǔ	9 迂	四	287
邓	dèng	19 亨翁	十二	613
劝	quàn	15 烟冤	九	496
双	shuāng	18 昂央汪	十一	570
书	shū	8 乌	四	217
毋	wú	8 乌	四	235
幻	huàn	14 安弯	九	457

五画

[一起]

字	拼音	韵部	部	页
玉	yù	9 迂	四	297
刊	kān	14 安弯	九	431
未	wèi	11 欸威	六	352
末	mò	2 喔窝	二	50
示	shì	6 知	三	199
击	jī	5 衣	三	111
邗	hán	14 安弯	九	437
邘	yú	9 迂	四	280
戋	jiān	15 烟冤	九	466
玎	tīng	20 英	十二	632
打	dá	1 啊呀蛙	一	10
	dǎ	1 啊呀蛙	一	15
巧	qiǎo	12 熬腰	七	379
正	zhēng	19 亨翁	十二	605
	zhèng	19 亨翁	十二	615
扑	pū	8 乌	四	217
卉	huì	11 欸威	六	344
扒	bā	1 啊呀蛙	一	1
	pá	1 啊呀蛙	一	12
邛	qióng	21 轰雍	十二	648
功	gōng	21 轰雍	十二	640
扔	rēng	19 亨翁	十二	603
去	qù	9 迂	四	293
甘	gān	14 安弯	九	428
世	shì	6 知	三	196
卌	xì	5 衣	三	162
艾	yì	5 衣	三	165
	ài	10 哀歪	五	311
艽	jiāo	12 熬腰	七	360
古	gǔ	8 乌	四	241
节	jié	4 耶约	二	84
艿	nǎi	10 哀歪	五	310
本	běn	16 恩温	十	520
术	shù	8 乌	四	266
札	zhá	1 啊呀蛙	一	15
朮	zhú	8 乌	四	236
可	kě	3 鹅	二	69
	kè	3 鹅	二	72
叵	pǒ	2 喔窝	二	44
匝	zā	1 啊呀蛙	一	8
丙	bǐng	20 英	十二	629
左	zuǒ	2 喔窝	二	45
厉	lì	5 衣	三	152
丕	pī	5 衣	三	111
右	yòu	13 欧优	八	421
石	shí	6 知	三	182
	dàn	14 安弯	九	453
布[1]	bù	8 乌	四	250
布[2]	bù	8 乌	四	251
夯	hāng	18 昂央汪	十一	567
戊	wù	8 乌	四	269
龙	lóng	21 轰雍	十二	647
平	píng	20 英	十二	624
灭	miè	4 耶约	二	95
轧	gá	1 啊呀蛙	一	11
	zhá	1 啊呀蛙	一	15
	yà	1 啊呀蛙	一	26
东	dōng	21 轰雍	十二	639
匜	yí	5 衣	三	133
劢	mài	10 哀歪	五	317

[丨起]

字	拼音	韵部	部	页
卡	kǎ	1 啊呀蛙	一	17
	qiǎ	1 啊呀蛙	一	18
北	běi	11 欸威	六	333
	bèi	11 欸威	六	338
凸	tū	8 乌	四	220
占	zhān	14 安弯	九	433
	zhàn	14 安弯	九	462
卢	lú	8 乌	四	230
业	yè	4 耶约	二	100
旧	jiù	13 欧优	八	417
帅	shuài	10 哀歪	五	319
归	guī	11 欸威	六	323
且	qiě	4 耶约	二	90
	jū	9 迂	四	273
旦	dàn	14 安弯	九	452
目	mù	8 乌	四	262
叮	dīng	20 英	十二	617
叶	yè	4 耶约	二	101
甲	jiǎ	1 啊呀蛙	一	16
申	shēn	16 恩温	十	507
号	háo	12 熬腰	七	366
	hào	12 熬腰	七	384
电	diàn	15 烟冤	九	491
田	tián	15 烟冤	九	475
由	yóu	13 欧优	八	407
只	zhī	6 知	三	177
只[1]	zhǐ	6 知	三	191
只[2]	zhǐ	6 知	三	191
叭	bā	1 啊呀蛙	一	1
史	shǐ	6 知	三	188
央	yāng	18 昂央汪	十一	571
兄	xiōng	21 轰雍	十二	642
叱	chì	6 知	三	194
叽	jī	5 衣	三	110
叼	diāo	12 熬腰	七	357
叩	kòu	13 欧优	八	417
叫	jiào	12 熬腰	七	385

字	拼音	韵部	册	页
另	lìng	20 英	十二	636
叨	dāo	12 熬腰	七	357
	tāo	12 熬腰	七	361
叻	lì	5 衣	三	156
叹	tàn	14 安弯	九	461
冉	rǎn	14 安弯	九	448
皿	mǐn	17 因晕	十	552
	mǐng	20 英	十二	631
凹	āo	12 熬腰	七	355
囚	qiú	13 欧优	八	406
四	sì	6 知	三	203

［丿起］

字	拼音	韵部	册	页
生	shēng	19 亨翁	十二	603
失	shī	6 知	三	172
矢	shǐ	6 知	三	189
乍	zhà	1 啊呀蛙	一	26
禾	hé	3 鹅	二	63
仨	sā	1 啊呀蛙	一	5
丘	qiū	13 欧优	八	398
仕	shì	6 知	三	200
付	fù	8 乌	四	255
仗	zhàng	18 昂央汪	十一	597
代	dài	10 哀歪	五	313
仙	xiān	15 烟冤	九	469
仟	qiān	15 烟冤	九	468
仡	gē	3 鹅	二	58
伋	jí	5 衣	三	122
们	mén	16 恩温	十	515
仪	yí	5 衣	三	131
白	bó	2 喔窝	二	34
	bái	10 哀歪	五	304
仔	zǐ	6 知	三	193
	zǎi	10 哀歪	五	311
他	tā	1 啊呀蛙	一	6
仞	rèn	16 恩温	十	529
斥	chì	6 知	三	193
卮	zhī	6 知	三	176
瓜	guā	1 啊呀蛙	一	3
仝	tóng	21 轰雍	十二	650
乎	hū	8 乌	四	216
丛	cóng	21 轰雍	十二	645
令	líng	20 英	十二	622
	lǐng	20 英	十二	631
	lìng	20 英	十二	635
用	yòng	21 轰雍	十二	657
甩	shuǎi	10 哀歪	五	310
印	yìn	17 因晕	十	560
氐	dī	5 衣	三	107
乐	lè	3 鹅	二	73
	yuè	4 耶约	二	103
	yào	12 熬腰	七	391
尔	ěr	7 儿	三	211
句	jù	9 迂	四	290
匆	cōng	21 轰雍	十二	639
犰	qiú	13 欧优	八	406
册	cè	3 鹅	二	70
卯	mǎo	12 熬腰	七	377
犯	fàn	14 安弯	九	454
处	chǔ	8 乌	四	238
	chù	8 乌	四	252
外	wài	10 哀歪	五	319
冬[1]	dōng	21 轰雍	十二	639
冬[2]	dōng	21 轰雍	十二	639
鸟	niǎo	12 熬腰	七	378
务	wù	8 乌	四	268
刍	chú	8 乌	四	223
包	bāo	12 熬腰	七	355
饥[1]	jī	5 衣	三	108
饥[2]	jī	5 衣	三	108

［丶起］

字	拼音	韵部	册	页
主	zhǔ	8 乌	四	249
市	shì	6 知	三	198
庀	pǐ	5 衣	三	138
邝	kuàng	18 昂央汪	十一	594
立	lì	5 衣	三	155
冯	féng	19 亨翁	十二	608
邙	máng	18 昂央汪	十一	579
玄	xuán	15 烟冤	九	477
闪	shǎn	14 安弯	九	448
兰	lán	14 安弯	九	438
半	bàn	14 安弯	九	451
汀	tīng	20 英	十二	620
汁	zhī	6 知	三	177
汇[1]	huì	11 欸威	六	344
汇[2]	huì	11 欸威	六	344
头	tóu	13 欧优	八	406
汈	diāo	12 熬腰	七	357
汉	hàn	14 安弯	九	455
忉	dāo	12 熬腰	七	357
宁	níng	20 英	十二	624
	nìng	20 英	十二	636
穴	xué	4 耶约	二	89
它	tā	1 啊呀蛙	一	6
	tuō	2 喔窝	二	33
宄	guǐ	11 欸威	六	334
讦	jié	4 耶约	二	85
𬣙	xū	9 迂	四	277
讧	hóng	21 轰雍	十二	646
	hòng	21 轰雍	十二	655
讨	tǎo	12 熬腰	七	379
写	xiě	4 耶约	二	91
让	ràng	18 昂央汪	十一	595
礼	lǐ	5 衣	三	137
讪	shàn	14 安弯	九	460
讫	qì	5 衣	三	161
训	xùn	17 因晕	十	559
必	bì	5 衣	三	144
议	yì	5 衣	三	165
讯	xùn	17 因晕	十	559
记	jì	5 衣	三	148
永	yǒng	21 轰雍	十二	653
讱	rèn	16 恩温	十	529

［乙起］

字	拼音	韵部	册	页
司	sī	6 知	三	174
尻	kāo	12 熬腰	七	360
尼	ní	5 衣	三	126
尼	nǐ	5 衣	三	138
民	mín	17 因晕	十	544
弗	fú	8 乌	四	228
弘	hóng	21 轰雍	十二	646

字	拼音	韵部	卷	页
出[1]	chū	8 乌	四	213
出[2]	chū	8 乌	四	214
阡	qiān	15 烟冤	九	467
辽	liáo	12 熬腰	七	367
奶	nǎi	10 哀歪	五	310
奴	nú	8 乌	四	231
丱	guàn	14 安弯	九	455
加	jiā	1 啊呀蛙	一	4
召	shào	12 熬腰	七	389
	zhào	12 熬腰	七	393
皮	pí	5 衣	三	126
边	biān	15 烟冤	九	463
孕	yùn	17 因晕	十	561
发	fā	1 啊呀蛙	一	2
	fà	1 啊呀蛙	一	20
圣	shèng	19 亨翁	十二	614
对	duì	11 欸威	六	340
弁	pán	14 安弯	九	440
	biàn	15 烟冤	九	491
台	tāi	10 哀歪	五	303
台[1]	tái	10 哀歪	五	308
台[2]	tái	10 哀歪	五	308
矛	máo	12 熬腰	七	368
纠	jiū	13 欧优	八	396
驭	yù	9 迂	四	296
母	mǔ	8 乌	四	244
幼	yòu	13 欧优	八	421
丝	sī	6 知	三	173

六画

[一起]

字	拼音	韵部	卷	页
匡	kuāng	18 昂央汪	十一	568
耒	lěi	11 欸威	六	334
邦	bāng	18 昂央汪	十一	563
玎	dīng	20 英	十二	617
玑	jī	5 衣	三	109
式	shì	6 知	三	201
迂	yū	9 迂	四	277
刑	xíng	20 英	十二	628
邢	xíng	20 英	十二	628
刓	wán	14 安弯	九	443
戎	róng	21 轰雍	十二	649
动	dòng	21 轰雍	十二	654
圩	xū	9 迂	四	276
	wéi	11 欸威	六	332
圬	wū	8 乌	四	221
圭	guī	11 欸威	六	324
扛	gāng	18 昂央汪	十一	566
	káng	18 昂央汪	十一	577
寺	sì	6 知	三	202
吉	jí	5 衣	三	121
扣	kòu	13 欧优	八	417
扦	qiān	15 烟冤	九	468
圪	gē	3 鹅	二	58
托	tuō	2 喔窝	二	33
托	tuō	2 喔窝	二	33
考	kǎo	12 熬腰	七	376
圳	zhèn	16 恩温	十	533
老	lǎo	12 熬腰	七	377
圾	sè	3 鹅	二	75
	jī	5 衣	三	110
	jí	5 衣	三	120
巩	gǒng	21 轰雍	十二	651
执	zhí	6 知	三	186
扩	kuàng	18 昂央汪	十一	594
扩	kuò	2 喔窝	二	49
扪	mén	16 恩温	十	516
扫	sǎo	12 熬腰	七	379
	sào	12 熬腰	七	389
圮	pǐ	5 衣	三	138
圯	yí	5 衣	三	133
地	dì	5 衣	三	145
场	cháng	18 昂央汪	十一	574
	chǎng	18 昂央汪	十一	584
扬	yáng	18 昂央汪	十一	583
扠	chā	1 啊呀蛙	一	2
耳	ěr	7 儿	三	211
芋	yù	9 迂	四	296
共	gòng	21 轰雍	十二	655
芊	qiān	15 烟冤	九	468
芃	péng	19 亨翁	十二	610
芍	shuò	2 喔窝	二	54
	sháo	12 熬腰	七	371
芨	jī	5 衣	三	111
	jí	5 衣	三	123
芒[1]	máng	18 昂央汪	十一	579
芒[2]	máng	18 昂央汪	十一	579
亚	yà	1 啊呀蛙	一	26
芝	zhī	6 知	三	176
芎	qiōng	21 轰雍	十二	642
	xiōng	21 轰雍	十二	642
芑	qǐ	5 衣	三	139
芗	xiāng	18 昂央汪	十一	571
朽	xiǔ	13 欧优	八	413
朴	pō	2 喔窝	二	32
	pò	2 喔窝	二	52
	pǔ	8 乌	四	246
	piáo	12 熬腰	七	369
朳	bā	1 啊呀蛙	一	1
机	jī	5 衣	三	108
朸	lì	5 衣	三	155
权	quán	15 烟冤	九	474
过	guō	2 喔窝	二	31
	guò	2 喔窝	二	47
亘	gèn	16 恩温	十	527
臣	chén	16 恩温	十	511
吏	lì	5 衣	三	153
再	zài	10 哀歪	五	320
协	xié	4 耶约	二	88
西	xī	5 衣	三	114
压	yā	1 啊呀蛙	一	7
	yà	1 啊呀蛙	一	26
厌	yā	1 啊呀蛙	一	8
	yān	15 烟冤	九	471
	yàn	15 烟冤	九	498
厍	shè	3 鹅	二	75
戌	xū	9 迂	四	277
在	zài	10 哀歪	五	320
有	yǒu	13 欧优	八	413
百	bó	2 喔窝	二	35

江	jiāng	18 昂央汪	十一	567
汕	shàn	14 安弯	九	460
汔	qì	5 衣	三	161
汍	wán	14 安弯	九	443
汐	xī	5 衣	三	116
	xì	5 衣	三	162
汲	jí	5 衣	三	123
汛	xùn	17 因晕	十	559
汜	sì	6 知	三	204
池	chí	6 知	三	179
汝	rǔ	8 乌	四	246
汤	shāng	18 昂央汪	十一	570
	tāng	18 昂央汪	十一	570
汊	chà	1 啊呀蛙	一	19
忖	cǔn	16 恩温	十	521
忏	chàn	14 安弯	九	452
忙	máng	18 昂央汪	十一	579
兴	xīng	20 英	十二	620
	xìng	20 英	十二	637
宇	yǔ	9 迂	四	287
守	shǒu	13 欧优	八	412
宅	zhé	3 鹅	二	67
	zhái	10 哀歪	五	308
字	zì	6 知	三	209
安	ān	14 安弯	九	425
讲	jiǎng	18 昂央汪	十一	586
讳	huì	11 欸威	六	344
讴	ōu	13 欧优	八	397
军	jūn	17 因晕	十	535
讵	jù	9 迂	四	291
讶	yà	1 啊呀蛙	一	26
祁	qí	5 衣	三	129
讷	nè	3 鹅	二	73
许	hǔ	8 乌	四	243
	xǔ	9 迂	四	286
讹	é	3 鹅	二	68
论	lún	16 恩温	十	514
	lùn	16 恩温	十	528
讻	xiōng	21 轰雍	十二	642
讼	sòng	21 轰雍	十二	656
农	nóng	21 轰雍	十二	647
讽	fěng	19 亨翁	十二	611
	fèng	19 亨翁	十二	614
设	shè	3 鹅	二	76
访	fǎng	18 昂央汪	十一	585
诀	jué	4 耶约	二	86

[乙起]

聿	yù	9 迂	四	298
寻	xún	17 因晕	十	547
那	nà	1 啊呀蛙	一	23
	nuó	2 喔窝	二	40
	nuò	2 喔窝	二	52
艮	gèn	16 恩温	十	527
迅	xùn	17 因晕	十	559
尽	jǐn	17 因晕	十	551
	jìn	17 因晕	十	556
导	dǎo	12 熬腰	七	374
异	yì	5 衣	三	164
弛	chí	6 知	三	180
	shǐ	6 知	三	189
阱	jǐng	20 英	十二	631
阮	ruǎn	15 烟冤	九	486
孙	sūn	16 恩温	十	507
阵	zhèn	16 恩温	十	532
孖	zī	6 知	三	178
阳	yáng	18 昂央汪	十一	583
收	shōu	13 欧优	八	398
阪	bǎn	14 安弯	九	443
阶	jiē	4 耶约	二	79
阴	yīn	17 因晕	十	540
防	fáng	18 昂央汪	十一	575
丞	chéng	19 亨翁	十二	608
奸	jiān	15 烟冤	九	465
如	rú	8 乌	四	232
妁	shuò	2 喔窝	二	54
妇	fù	8 乌	四	254
妃	fēi	11 欸威	六	323
好	hǎo	12 熬腰	七	375
	hào	12 熬腰	七	384
她	tā	1 啊呀蛙	一	6
妈	mā	1 啊呀蛙	一	5
戏	xì	5 衣	三	162
羽	yǔ	9 迂	四	287
观	guān	14 安弯	九	429
	guàn	14 安弯	九	455
牟	móu	13 欧优	八	404
欢	huān	14 安弯	九	430
买	mǎi	10 哀歪	五	310
纡	yū	9 迂	四	277
红	gōng	21 轰雍	十二	641
	hóng	21 轰雍	十二	646
纣	zhòu	13 欧优	八	422
驮	tuó	2 喔窝	二	40
	duò	2 喔窝	二	46
纤	xiān	15 烟冤	九	469
	qiàn	15 烟冤	九	495
纥	gē	3 鹅	二	58
	hé	3 鹅	二	65
驯	xún	17 因晕	十	548
	xùn	17 因晕	十	560
𫄨	xún	17 因晕	十	548
约	yuē	4 耶约	二	81
级	jí	5 衣	三	120
纨	wán	14 安弯	九	442
纩	kuàng	18 昂央汪	十一	594
纪	jǐ	5 衣	三	135
	jì	5 衣	三	148
驰	chí	6 知	三	179
纫	rèn	16 恩温	十	529
巡	xún	17 因晕	十	548

七画

[一起]

寿	shòu	13 欧优	八	419
玕	gān	14 安弯	九	429
玒	hóng	21 轰雍	十二	646
弄	lòng	21 轰雍	十二	655
	nòng	21 轰雍	十二	656
玗	yú	9 迂	四	281
玖	jiǔ	13 欧优	八	410

字	拼音	韵部	辙	页
芠	wén	16 恩温	十	520
芳	fāng	18 昂央汪	十一	565
严	yán	15 烟冤	九	479
芛	wěi	11 欸威	六	337
苎	zhù	8 乌	四	272
芦	lú	8 乌	四	230
芯	xīn	17 因晕	十	539
	xìn	17 因晕	十	559
劳	láo	12 熬腰	七	366
	lào	12 熬腰	七	386
克	kè	3 鹅	二	73
芤	kōu	13 欧优	八	396
芭	bā	1 啊呀蛙	一	1
苏[1]	sū	8 乌	四	220
苏[2]	sū	8 乌	四	220
苏[3]	sū	8 乌	四	220
苡	yǐ	5 衣	三	141
苡	sì	6 知	三	204
杆	gān	14 安弯	九	428
	gǎn	14 安弯	九	445
杜[1]	dù	8 乌	四	253
杜[2]	dù	8 乌	四	253
杠	gāng	18 昂央汪	十一	566
	gàng	18 昂央汪	十一	593
材	cái	10 哀歪	五	305
村	cūn	16 恩温	十	502
杕	dì	5 衣	三	147
杖	zhàng	18 昂央汪	十一	597
杌	wù	8 乌	四	270
杙	yì	5 衣	三	170
杏	xìng	20 英	十二	638
杄	qiān	15 烟冤	九	467
杉	shā	1 啊呀蛙	一	6
	shān	14 安弯	九	432
巫	wū	8 乌	四	221
杓	biāo	12 熬腰	七	356
	sháo	12 熬腰	七	370
极	jí	5 衣	三	120
杞	qǐ	5 衣	三	139
李	lǐ	5 衣	三	137
杨	yáng	18 昂央汪	十一	583
杈	chā	1 啊呀蛙	一	2
	chà	1 啊呀蛙	一	19
杩	mà	1 啊呀蛙	一	23
求	qiú	13 欧优	八	405
忑	tè	3 鹅	二	76
孛	bó	2 喔窝	二	36
	bèi	11 欸威	六	339
甫	fǔ	8 乌	四	240
匣	xiá	1 啊呀蛙	一	13
更	gēng	19 亨翁	十二	602
	gèng	19 亨翁	十二	614
束	shù	8 乌	四	266
吾	wú	8 乌	四	235
豆	dòu	13 欧优	八	414
两	liǎng	18 昂央汪	十一	587
邴	bǐng	20 英	十二	629
酉	yǒu	13 欧优	八	413
丽	lí	5 衣	三	124
	lì	5 衣	三	153
医	yī	5 衣	三	118
辰	chén	16 恩温	十	510
励	lì	5 衣	三	153
邳	pī	5 衣	三	112
	péi	11 欸威	六	331
否	pǐ	5 衣	三	138
	fǒu	13 欧优	八	408
还	huán	14 安弯	九	437
矶	jī	5 衣	三	109
奁	lián	15 烟冤	九	472
尪	wāng	18 昂央汪	十一	570
尨	máng	18 昂央汪	十一	579
	páng	18 昂央汪	十一	580
豕	shǐ	6 知	三	189
尬	gà	1 啊呀蛙	一	20
歼	jiān	15 烟冤	九	466
来	lái	10 哀歪	五	306
忒	tuī	11 欸威	六	326
连	lián	15 烟冤	九	471
欤	yú	9 迂	四	281
轩	xuān	15 烟冤	九	469
轪	dài	10 哀歪	五	314
𫐄	yuè	4 耶约	二	104
轫	rèn	16 恩温	十	530
迓	yà	1 啊呀蛙	一	26
迍	zhūn	17 因晕	十	542
坒	bì	5 衣	三	143
[丨起]				
邶	bèi	11 欸威	六	339
忐	tǎn	14 安弯	九	448
芈	mǐ	5 衣	三	138
步	bù	8 乌	四	251
卤[1]	lǔ	8 乌	四	244
卤[2]	lǔ	8 乌	四	244
卣	yǒu	13 欧优	八	414
邺	yè	4 耶约	二	102
坚	jiān	15 烟冤	九	464
肖	xiāo	12 熬腰	七	362
	xiào	12 熬腰	七	390
旰	gàn	14 安弯	九	454
旱	hàn	14 安弯	九	455
盱	xū	9 迂	四	276
盯	dīng	20 英	十二	617
呈	chéng	19 亨翁	十二	608
时	shí	6 知	三	182
吴	wú	8 乌	四	235
呋	fū	8 乌	四	214
助	zhù	8 乌	四	271
县	xiàn	15 烟冤	九	497
里[1]	lǐ	5 衣	三	136
里[2]	lǐ	5 衣	三	136
呓	yì	5 衣	三	165
呆	dāi	10 哀歪	五	302
	ái	10 哀歪	五	304
旵	chǎn	14 安弯	九	444
吱	zhī	6 知	三	176
	zī	6 知	三	178
吠	fèi	11 欸威	六	342
呔	dāi	10 哀歪	五	302
呕	xū	9 迂	四	277

ōu 13 欧优 八 397
ǒu 13 欧优 八 411
园 yuán 15 烟冤 九 480
呖 lì 5 衣 三 155
吰 hóng 21 轰雍 十二 646
呃 è 3 鹅 二 78
旷 kuàng 18 昂央汪 十一 594
围 wéi 11 欸威 六 332
呀 yā 1 啊呀蛙 一 7
吨 dūn 16 恩温 十 502
旸 yáng 18 昂央汪 十一 584
吡 bǐ 5 衣 三 134
町 zhēng 19 亨翁 十二 606
dīng 20 英 十二 617
tǐng 20 英 十二 632
足 zú 8 乌 四 236
jù 9 迂 四 291
虬 qiú 13 欧优 八 406
邮 yóu 13 欧优 八 407
男 nán 14 安弯 九 440
困 kùn 16 恩温 十 528
吵 chǎo 12 熬腰 七 374
串 chuàn 14 安弯 九 452
呐 nà 1 啊呀蛙 一 23
呗 bài 10 哀歪 五 312
员 yuán 15 烟冤 九 481
吽 hōng 21 轰雍 十二 641
听 yǐn 17 因晕 十 554
tīng 20 英 十二 619
tìng 20 英 十二 637
㕮 fǔ 8 乌 四 240
吟 yín 17 因晕 十 548
吩 fēn 16 恩温 十 504
呛 qiāng 18 昂央汪 十一 569
qiàng 18 昂央汪 十一 595
吻 wěn 16 恩温 十 523
吹 chuī 11 欸威 六 322
chuì 11 欸威 六 339
呜 wū 8 乌 四 220
吭 háng 18 昂央汪 十一 575
kēng 19 亨翁 十二 603
吣 qìn 17 因晕 十 558
吧 bā 1 啊呀蛙 一 1
吼 hǒu 13 欧优 八 409
邑 yì 5 衣 三 167
囤 tún 16 恩温 十 518
dùn 16 恩温 十 526
别 bié 4 耶约 二 82
biè 4 耶约 二 92
吮 shǔn 16 恩温 十 523
岍 qiān 15 烟冤 九 467
帏 wéi 11 欸威 六 332
岐 qí 5 衣 三 129
岖 qū 9 迂 四 274
岠 jù 9 迂 四 290
岈 yá 1 啊呀蛙 一 14
岗 gǎng 18 昂央汪 十一 586
岘 xiàn 15 烟冤 九 497
帐 zhàng 18 昂央汪 十一 597
岑 cén 16 恩温 十 510
岚 lán 14 安弯 九 438
兕 sì 6 知 三 204
岜 bā 1 啊呀蛙 一 1
财 cái 10 哀歪 五 305
囧 jiǒng 21 轰雍 十二 651
囵 lún 16 恩温 十 515
囫 hú 8 乌 四 230

［丿起］

针 zhēn 16 恩温 十 509
钉 dīng 20 英 十二 617
dìng 20 英 十二 634
钊 zhāo 12 熬腰 七 364
钌 liào 12 熬腰 七 387
迕 wǔ 8 乌 四 248
牡 mǔ 8 乌 四 245
告 gù 8 乌 四 257
gào 12 熬腰 七 384
我 wǒ 2 喔窝 二 45
牣 rèn 16 恩温 十 530
乱 luàn 14 安弯 九 458
利 lì 5 衣 三 151
秃 tū 8 乌 四 220
秀 xiù 13 欧优 八 420
私 sī 6 知 三 173
岙 ào 12 熬腰 七 381
每 měi 11 欸威 六 335
佞 nìng 20 英 十二 636
兵 bīng 20 英 十二 616
邱 qiū 13 欧优 八 398
估 gū 8 乌 四 216
gù 8 乌 四 257
体 tī 5 衣 三 113
tǐ 5 衣 三 140
何 hé 3 鹅 二 63
佐 zuǒ 2 喔窝 二 45
伾 pī 5 衣 三 112
佑 yòu 13 欧优 八 422
伻 bēng 19 亨翁 十二 599
攸 yōu 13 欧优 八 399
但 dàn 14 安弯 九 453
伸 shēn 16 恩温 十 507
佃 diàn 15 烟冤 九 491
佚 yì 5 衣 三 169
作 zuō 2 喔窝 二 34
作 zuò 2 喔窝 二 56
伯 bà 1 啊呀蛙 一 19
bó 2 喔窝 二 34
bǎi 10 哀歪 五 309
伶 líng 20 英 十二 622
佣 yōng 21 轰雍 十二 643
yòng 21 轰雍 十二 657
低 dī 5 衣 三 107
你 nǐ 5 衣 三 138
佝 gōu 13 欧优 八 395
佟 tóng 21 轰雍 十二 650
住 zhù 8 乌 四 271
位 wèi 11 欸威 六 350
伭 xián 15 烟冤 九 476
伴 bàn 14 安弯 九 451
佗 tuó 2 喔窝 二 40

羌 qiāng 18 昂央汪 十一 569
判 pàn 14 安弯 九 459
兑 duì 11 欸威 六 341
灶 zào 12 熬腰 七 392
灿 càn 14 安弯 九 451
灼 zhuó 2 喔窝 二 41
灺 xiè 4 耶约 二 99
炀 yáng 18 昂央汪 十一 583
弟 dì 5 衣 三 146
沣 fēng 19 亨翁 十二 601
汪 wāng 18 昂央汪 十一 570
汧 qiān 15 烟冤 九 467
汫 jǐng 20 英 十二 630
沅 yuán 15 烟冤 九 482
𬇙 wéi 11 欸威 六 332
沄 yún 17 因晕 十 550
沐 mù 8 乌 四 263
沛 pèi 11 欸威 六 348
沔 miǎn 15 烟冤 九 485
汰 tài 10 哀歪 五 319
沤 ōu 13 欧优 八 397
òu 13 欧优 八 419
沥 lì 5 衣 三 155
沌 dùn 16 恩温 十 526
沘 bǐ 5 衣 三 134
沏 qī 5 衣 三 113
沚 zhǐ 6 知 三 191
沙 shā 1 啊呀蛙 一 5
shà 1 啊呀蛙 一 24
汨 mì 5 衣 三 157
汩 gǔ 8 乌 四 243
yù 9 迂 四 299
浿 bèi 11 欸威 六 339
汭 ruì 11 欸威 六 348
汽 qì 5 衣 三 160
沃 wò 2 喔窝 二 55
沂 yí 5 衣 三 133
沦 lún 16 恩温 十 514
汹 xiōng 21 轰雍 十二 642
汾 fén 16 恩温 十 513
泛 fàn 14 安弯 九 454
沧 cāng 18 昂央汪 十一 564
沨 fēng 19 亨翁 十二 601
沟 gōu 13 欧优 八 395
没 mò 2 喔窝 二 50
méi 11 欸威 六 330
汴 biàn 15 烟冤 九 491
汶 wèn 16 恩温 十 532
沆 hàng 18 昂央汪 十一 593
沩 wéi 11 欸威 六 332
沪 hù 8 乌 四 258
沈[1] shěn 16 恩温 十 522
沈[2] shěn 16 恩温 十 522
沉 chén 16 恩温 十 511
沁 qìn 17 因晕 十 558
泐 lè 3 鹅 二 73
沇 yǎn 15 烟冤 九 488
怃 wǔ 8 乌 四 249
忮 zhì 6 知 三 208
怀 huái 10 哀歪 五 306
怄 òu 13 欧优 八 419
忧 yōu 13 欧优 八 399
忳 tún 16 恩温 十 518
忡 chōng 21 轰雍 十二 639
忤 wǔ 8 乌 四 248
忾 kài 10 哀歪 五 316
怅 chàng 18 昂央汪 十一 592
忻 xīn 17 因晕 十 539
忪 zhōng 21 轰雍 十二 644
怆 chuàng 18 昂央汪 十一 592
忺 xiān 15 烟冤 九 469
忭 biàn 15 烟冤 九 490
忱 chén 16 恩温 十 512
快 kuài 10 哀歪 五 316
忸 niǔ 13 欧优 八 411
完 wán 14 安弯 九 442
宋 sòng 21 轰雍 十二 656
宏 hóng 21 轰雍 十二 646
牢 láo 12 熬腰 七 366
究 jiū 13 欧优 八 396
穷 qióng 21 轰雍 十二 648
灾 zāi 10 哀歪 五 303
良 liáng 18 昂央汪 十一 578
𫍣 jiàn 15 烟冤 九 492
证 zhèng 19 亨翁 十二 616
诂 gǔ 8 乌 四 242
诃 hē 3 鹅 二 59
启 qǐ 5 衣 三 139
评 píng 20 英 十二 625
补 bǔ 8 乌 四 238
初 chū 8 乌 四 213
社 shè 3 鹅 二 75
祀 sì 6 知 三 203
祃 mà 1 啊呀蛙 一 23
诅 zǔ 8 乌 四 250
识 shí 6 知 三 184
诇 xiòng 21 轰雍 十二 656
诈 zhǎ 1 啊呀蛙 一 18
zhà 1 啊呀蛙 一 26
诉 sù 8 乌 四 266
罕 hǎn 14 安弯 九 446
诊 zhěn 16 恩温 十 524
诋 dǐ 5 衣 三 135
诌 zōu 13 欧优 八 401
邲 bì 5 衣 三 144
词 cí 6 知 三 180
诎 qū 9 迂 四 275
诏 zhào 12 熬腰 七 393
诐 bì 5 衣 三 144
译 yì 5 衣 三 169
诒 yí 5 衣 三 133

［乙起］

君 jūn 17 因晕 十 536
灵 líng 20 英 十二 622
即 jí 5 衣 三 122
层 céng 19 亨翁 十二 606
屁 pì 5 衣 三 158
尿 suī 11 欸威 六 326
屃 xì 5 衣 三 162
尾 wěi 11 欸威 六 336

迟	chí	6 知	三	180
	zhì	6 知	三	208
局	jú	9 迂	四	277
改	gǎi	10 哀歪	五	309
张	zhāng	18 昂央汪	十一	572
忌	jì	5 衣	三	148
际	jì	5 衣	三	147
陆	lù	8 乌	四	260
阿	ā	1 啊呀蛙	一	1
	ē	3 鹅	二	57
孜	zī	6 知	三	178
陇	lǒng	21 轰雍	十二	652
陈	chén	16 恩温	十	511
卪	jié	4 耶约	二	84
阽	diàn	15 烟冤	九	492
阻	zǔ	8 乌	四	250
阼	zuò	2 喔窝	二	56
附	fù	8 乌	四	254
坠	zhuì	11 欸威	六	352
陀	tuó	2 喔窝	二	40
陂	pō	2 喔窝	二	32
	pí	5 衣	三	127
陂	bēi	11 欸威	六	322
陉	xíng	20 英	十二	628
妍	yán	15 烟冤	九	479
妩	wǔ	8 乌	四	249
妘	yún	17 因晕	十	550
妓	jì	5 衣	三	149
妪	yù	9 迂	四	296
妣	bǐ	5 衣	三	134
妙	miào	12 熬腰	七	388
妊	rèn	16 恩温	十	529
妖	yāo	12 熬腰	七	363
妗	jìn	17 因晕	十	557
姊	zǐ	6 知	三	192
妨	fáng	18 昂央汪	十一	575
妫	guī	11 欸威	六	324
妒	dù	8 乌	四	254
妞	niū	13 欧优	八	397
姒	sì	6 知	三	204
妤	yú	9 迂	四	280
努	nǔ	8 乌	四	245
邵	shào	12 熬腰	七	389
劭	shào	12 熬腰	七	389
忍	rěn	16 恩温	十	522
刭	jǐng	20 英	十二	631
劲	jìn	17 因晕	十	555
	jìng	20 英	十二	634
甬	yǒng	21 轰雍	十二	653
邰	tái	10 哀歪	五	308
矣	yǐ	5 衣	三	141
鸡	jī	5 衣	三	108
纬	wěi	11 欸威	六	337
纭	yún	17 因晕	十	550
驱	qū	9 迂	四	275
纮	hóng	21 轰雍	十二	646
纯	chún	16 恩温	十	512
纰	pī	5 衣	三	112
纱	shā	1 啊呀蛙	一	6
驲	rì	6 知	三	195
纲	gāng	18 昂央汪	十一	565
纳	nà	1 啊呀蛙	一	23
纴	rèn	16 恩温	十	529
纵	zōng	21 轰雍	十二	645
	zòng	21 轰雍	十二	657
驳	bó	2 喔窝	二	35
纶	guān	14 安弯	九	430
	lún	16 恩温	十	514
纷	fēn	16 恩温	十	503
纸	zhǐ	6 知	三	190
纹	wén	16 恩温	十	520
纺	fǎng	18 昂央汪	十一	585
纻	zhù	8 乌	四	271
𬘘	dǎn	14 安弯	九	444
𫘜	wén	16 恩温	十	520
驴	lǘ	9 迂	四	278
纼	zhèn	16 恩温	十	533
纽	niǔ	13 欧优	八	411
纾	shū	8 乌	四	219

八画

[一起]

劻	kuāng	18 昂央汪	十一	568
奉	fèng	19 亨翁	十二	613
玤	bàng	18 昂央汪	十一	591
玞	fū	8 乌	四	214
玩	wán	14 安弯	九	442
玮	wěi	11 欸威	六	337
环	huán	14 安弯	九	437
玡	yá	1 啊呀蛙	一	14
玭	pín	17 因晕	十	545
武	wǔ	8 乌	四	248
青	qīng	20 英	十二	619
责	zé	3 鹅	二	66
现	xiàn	15 烟冤	九	496
玫	méi	11 欸威	六	330
玠	jiè	4 耶约	二	92
玱	qiāng	18 昂央汪	十一	568
玥	yuè	4 耶约	二	104
表[1]	biǎo	12 熬腰	七	373
表[2]	biǎo	12 熬腰	七	374
玟	wén	16 恩温	十	520
玦	jué	4 耶约	二	87
盂	yú	9 迂	四	280
忝	tiǎn	15 烟冤	九	486
规	guī	11 欸威	六	323
匦	guǐ	11 欸威	六	334
抹	mā	1 啊呀蛙	一	5
	mǒ	2 喔窝	二	44
	mò	2 喔窝	二	51
刲	kuī	11 欸威	六	326
卦	guà	1 啊呀蛙	一	20
邽	guī	11 欸威	六	324
坩	gān	14 安弯	九	429
邿	shī	6 知	三	171
坷	kě	3 鹅	二	69
坯	pī	5 衣	三	111
拓	tà	1 啊呀蛙	一	25
	tuò	2 喔窝	二	54

字	拼音	韵部	章	页码
肱	gōng	21 轰雍	十二	641
肫[1]	zhūn	17 因晕	十	542
肫[2]	zhūn	17 因晕	十	542
肿	zhǒng	21 轰雍	十二	654
肭	nà	1 啊呀蛙	一	23
胀	zhàng	18 昂央汪	十一	598
肸	xī	5 衣	三	116
朋	péng	19 亨翁	十二	610
肷	qiǎn	15 烟冤	九	486
股	gǔ	8 乌	四	242
肮	āng	18 昂央汪	十一	563
肪	fáng	18 昂央汪	十一	575
肥	féi	11 欸威	六	328
服	fú	8 乌	四	227
	fù	8 乌	四	256
胁	xié	4 耶约	二	88
周	zhōu	13 欧优	八	400
剁	duò	2 喔窝	二	46
昏	hūn	16 恩温	十	504
迩	ěr	7 儿	三	211
郇	huán	14 安弯	九	437
	xún	17 因晕	十	548
鱼	yú	9 迂	四	279
兔	tù	8 乌	四	268
狉	pī	5 衣	三	112
狙	jū	9 迂	四	274
狎	xiá	1 啊呀蛙	一	13
狌	shēng	19 亨翁	十二	604
狐	hú	8 乌	四	229
忽	hū	8 乌	四	216
狝	xiǎn	15 烟冤	九	487
狗	gǒu	13 欧优	八	409
狞	níng	20 英	十二	624
狖	yòu	13 欧优	八	422
狒	fèi	11 欸威	六	342
咎	jiù	13 欧优	八	417
备	bèi	11 欸威	六	338
炙	zhì	6 知	三	208
枭	xiāo	12 熬腰	七	363
饯	jiàn	15 烟冤	九	493
饰	shì	6 知	三	201
饱	bǎo	12 熬腰	七	373
饲	sì	6 知	三	203
饳	duò	2 喔窝	二	47
饴	yí	5 衣	三	133
	[丶起]			
冽	liè	4 耶约	二	94
变	biàn	15 烟冤	九	489
京	jīng	20 英	十二	618
享	xiǎng	18 昂央汪	十一	589
冼	xiǎn	15 烟冤	九	487
庞	páng	18 昂央汪	十一	580
店	diàn	15 烟冤	九	491
夜	yè	4 耶约	二	100
庙	miào	12 熬腰	七	388
府	fǔ	8 乌	四	239
底	dǐ	5 衣	三	134
庖	páo	12 熬腰	七	369
疟	nüè	4 耶约	二	96
疠	lì	5 衣	三	154
疝	shàn	14 安弯	九	460
疙	gē	3 鹅	二	58
疚	jiù	13 欧优	八	417
疡	yáng	18 昂央汪	十一	584
剂	jì	5 衣	三	150
卒	zú	8 乌	四	237
郊	jiāo	12 熬腰	七	359
忞	mín	17 因晕	十	545
兖	yǎn	15 烟冤	九	489
庚	gēng	19 亨翁	十二	602
废	fèi	11 欸威	六	341
净	jìng	20 英	十二	634
妾	qiè	4 耶约	二	97
盲	máng	18 昂央汪	十一	579
放	fàng	18 昂央汪	十一	592
刻	kè	3 鹅	二	73
於	wū	8 乌	四	221
劾	hé	3 鹅	二	64
育	yù	9 迂	四	296
氓	máng	18 昂央汪	十一	579
	méng	19 亨翁	十二	609
闸	zhá	1 啊呀蛙	一	15
闹	nào	12 熬腰	七	388
郑	zhèng	19 亨翁	十二	616
券	quàn	15 烟冤	九	496
卷	juǎn	15 烟冤	九	484
	juàn	15 烟冤	九	494
单	dān	14 安弯	九	427
	chán	14 安弯	九	434
	shàn	14 安弯	九	460
炜	wěi	11 欸威	六	337
炬	ǒu	13 欧优	八	411
炬	jù	9 迂	四	289
炖	dùn	16 恩温	十	526
炒	chǎo	12 熬腰	七	374
炘	xīn	17 因晕	十	539
炌	kài	10 哀歪	五	316
炝	qiàng	18 昂央汪	十一	595
炊	chuī	11 欸威	六	322
炆	wén	16 恩温	十	520
炕	kàng	18 昂央汪	十一	594
炎	yán	15 烟冤	九	479
炉	lú	8 乌	四	230
沬	mò	2 喔窝	二	51
浅	qiǎn	15 烟冤	九	486
浕	jīn	17 因晕	十	534
法	fǎ	1 啊呀蛙	一	16
泔	gān	14 安弯	九	429
泄	xiè	4 耶约	二	99
泄	yì	5 衣	三	165
沽	gū	8 乌	四	215
	gù	8 乌	四	257
沭	shù	8 乌	四	266
河	hé	3 鹅	二	63
泷	shuāng	18 昂央汪	十一	570
	lóng	21 轰雍	十二	647
沾	zhān	14 安弯	九	433
泸	lú	8 乌	四	231
沮	jū	9 迂	四	274
	jǔ	9 迂	四	283

九画

[一起]

咸[1]	xián	15 烟冤	九	477
咸[2]	xián	15 烟冤	九	477
威	wēi	11 欸威	六	326
歪	wāi	10 哀歪	五	303
	wǎi	10 哀歪	五	310
研	yán	15 烟冤	九	479
砆	fū	8 乌	四	215
砖	zhuān	14 安弯	九	434
厘	lí	5 衣	三	125
砗	chē	3 鹅	二	57
厚	hòu	13 欧优	八	416
砑	yà	1 啊呀蛙	一	26
砒	pī	5 衣	三	112
砌	qì	5 衣	三	160
砂	shā	1 啊呀蛙	一	6
泵	bèng	19 亨翁	十二	613
砚	yàn	15 烟冤	九	498
斫	zhuó	2 喔窝	二	41
砭	biān	15 烟冤	九	464
砍	kǎn	14 安弯	九	446
面[1]	miàn	15 烟冤	九	495
面[2]	miàn	15 烟冤	九	495
耐	nài	10 哀歪	五	318
耏	ér	7 儿	三	210
耍	shuǎ	1 啊呀蛙	一	18
奎	kuí	11 欸威	六	329
耷	dā	1 啊呀蛙	一	2
奓	zhā	1 啊呀蛙	一	8
	zhà	1 啊呀蛙	一	26
牵	qiān	15 烟冤	九	467
鸥	ōu	13 欧优	八	397
虺	huī	11 欸威	六	325
	huǐ	11 欸威	六	334
𡯁	wù	8 乌	四	270
残	cán	14 安弯	九	434
殂	cú	8 乌	四	224
殃	yāng	18 昂央汪	十一	571
殇	shāng	18 昂央汪	十一	569
殄	tiǎn	15 烟冤	九	486
殆	dài	10 哀歪	五	314
轱	gū	8 乌	四	215
轲	kē	3 鹅	二	59
轳	lú	8 乌	四	230
轴	zhú	8 乌	四	236
	zhóu	13 欧优	八	408
	zhòu	13 欧优	八	423
轵	zhǐ	6 知	三	191
轶	yì	5 衣	三	168
轷	hū	8 乌	四	216
轸	zhěn	16 恩温	十	524
轹	lì	5 衣	三	156
轺	yáo	12 熬腰	七	372
轻	qīng	20 英	十二	619
鸦	yā	1 啊呀蛙	一	7
虿	chài	10 哀歪	五	313
皆	jiē	4 耶约	二	79
毖	bì	5 衣	三	144

[丨起]

背	bēi	11 欸威	六	322
	bèi	11 欸威	六	338
战	zhàn	14 安弯	九	462
觇	chān	14 安弯	九	427
点	diǎn	15 烟冤	九	482
虐	nüè	4 耶约	二	96
临	lín	17 因晕	十	543
	lìn	17 因晕	十	558
览	lǎn	14 安弯	九	447
竖	shù	8 乌	四	265
尜	gá	1 啊呀蛙	一	11
省	shěng	19 亨翁	十二	612
	xǐng	20 英	十二	632
削	xuē	4 耶约	二	81
	xiāo	12 熬腰	七	362
尝	cháng	18 昂央汪	十一	574
昧	mèi	11 欸威	六	346
眄	miǎn	15 烟冤	九	485
眍	kōu	13 欧优	八	397
盹	dǔn	16 恩温	十	521
是	shì	6 知	三	197
郢	yǐng	20 英	十二	633
眇	miǎo	12 熬腰	七	378
眊	mào	12 熬腰	七	387
盻	xì	5 衣	三	162
盼	pàn	14 安弯	九	459
眨	zhǎ	1 啊呀蛙	一	19
昽	lóng	21 轰雍	十二	647
盷	tián	15 烟冤	九	475
	xián	15 烟冤	九	476
眈	dān	14 安弯	九	427
哇	wā	1 啊呀蛙	一	7
咭	jī	5 衣	三	111
哄	hōng	21 轰雍	十二	641
	hǒng	21 轰雍	十二	651
	hòng	21 轰雍	十二	655
哑	yā	1 啊呀蛙	一	7
	yǎ	1 啊呀蛙	一	18
	yà	1 啊呀蛙	一	26
显	xiǎn	15 烟冤	九	487
冒	mò	2 喔窝	二	52
	mào	12 熬腰	七	387
咺	xuān	15 烟冤	九	469
映	yìng	20 英	十二	638
禺	yú	9 迂	四	282
哂	shěn	16 恩温	十	522
星	xīng	20 英	十二	620
昳	dié	4 耶约	二	83
昳	yì	5 衣	三	169
昨	zuó	2 喔窝	二	42
昣	zhěn	16 恩温	十	524
咴	huī	11 欸威	六	325
哒	dā	1 啊呀蛙	一	2
昤	líng	20 英	十二	622
曷	hé	3 鹅	二	65
昴	mǎo	12 熬腰	七	377
咧	liě	4 耶约	二	90
昱	yù	9 迂	四	298
眩	xuàn	15 烟冤	九	497
昵	nì	5 衣	三	158
咦	yí	5 衣	三	133
哓	xiāo	12 熬腰	七	363

[丿起]

缸 gāng 18 昂央汪 十一 566
拜 bài 10 哀歪 五 312
看 kān 14 安弯 九 430
kàn 14 安弯 九 457
矩 jǔ 9 迂 四 283
矧 shěn 16 恩温 十 523
毡 zhān 14 安弯 九 433
牯 gǔ 8 乌 四 242
怎 zěn 16 恩温 十 524
郜 gào 12 熬腰 七 384
牲 shēng 19 亨翁 十二 604
牴 dǐ 5 衣 三 135
选 xuǎn 15 烟冤 九 487
适 kuò 2 喔窝 二 49
dí 5 衣 三 120
shì 6 知 三 201
秬 jù 9 迂 四 290
秕 bǐ 5 衣 三 134
秒 miǎo 12 熬腰 七 378
香 xiāng 18 昂央汪 十一 570
种 chóng 21 轰雍 十二 645
zhǒng 21 轰雍 十二 653
zhòng 21 轰雍 十二 657
秭 zǐ 6 知 三 193
秋 qiū 13 欧优 八 397
科 kē 3 鹅 二 59
重 chóng 21 轰雍 十二 645
zhòng 21 轰雍 十二 657
复 fù 8 乌 四 255
竽 yú 9 迂 四 280
竿 gān 14 安弯 九 428
笈 jí 5 衣 三 123
笃 dǔ 8 乌 四 239
俦 chóu 13 欧优 八 402
段 duàn 14 安弯 九 453
俨 yǎn 15 烟冤 九 489
俅 qiú 13 欧优 八 405
便 pián 15 烟冤 九 473
biàn 15 烟冤 九 490
俩 liǎ 1 啊呀蛙 一 17
liǎng 18 昂央汪 十一 587
俪 lì 5 衣 三 154
俫 lái 10 哀歪 五 307
舁 yú 9 迂 四 282
叟 sǒu 13 欧优 八 412
垡 fá 1 啊呀蛙 一 11
贷 dài 10 哀歪 五 314
牮 jiàn 15 烟冤 九 494
顺 shèn 16 恩温 十 531
修 xiū 13 欧优 八 399
俏 qiào 12 熬腰 七 389
俣 yǔ 9 迂 四 288
俚 lǐ 5 衣 三 137
保 bǎo 12 熬腰 七 373
俜 pīng 20 英 十二 619
促 cù 8 乌 四 252
俄 é 3 鹅 二 68
俐 lì 5 衣 三 154
侮 wǔ 8 乌 四 248
俙 xī 5 衣 三 114
俭 jiǎn 15 烟冤 九 483
俗 sú 8 乌 四 233
俘 fú 8 乌 四 226
信 xìn 17 因晕 十 558
俍 liáng 18 昂央汪 十一 578
皇 huáng 18 昂央汪 十一 576
泉 quán 15 烟冤 九 474
皈 guī 11 欸威 六 324
鬼 guǐ 11 欸威 六 333
侵 qīn 17 因晕 十 537
禹 yǔ 9 迂 四 288
侯 hóu 13 欧优 八 402
hòu 13 欧优 八 416
侷 jú 9 迂 四 278
追 duī 11 欸威 六 322
zhuī 11 欸威 六 327
俑 yǒng 21 轰雍 十二 653
俟 qí 5 衣 三 129
sì 6 知 三 204
俊 jùn 17 因晕 十 557
盾 dùn 16 恩温 十 526
垕 hòu 13 欧优 八 416
逅 hòu 13 欧优 八 416
衎 kàn 14 安弯 九 457
待 dāi 10 哀歪 五 302
待 dài 10 哀歪 五 313
徊 huái 10 哀歪 五 306
徇 xùn 17 因晕 十 559
徉 yáng 18 昂央汪 十一 584
衍 yǎn 15 烟冤 九 488
律 lǜ 9 迂 四 292
很 hěn 16 恩温 十 521
须[1] xū 9 迂 四 275
须[2] xū 9 迂 四 276
舢 shān 14 安弯 九 432
舣 yǐ 5 衣 三 141
叙 xù 9 迂 四 293
俞 yú 9 迂 四 281
弇 yǎn 15 烟冤 九 488
郗 xī 5 衣 三 115
剑 jiàn 15 烟冤 九 492
逃 táo 12 熬腰 七 371
俎 zǔ 8 乌 四 250
郤 xì 5 衣 三 163
爰 yuán 15 烟冤 九 482
郛 fú 8 乌 四 226
食 shí 6 知 三 183
瓴 líng 20 英 十二 623
盆 pén 16 恩温 十 516
鸧 cāng 18 昂央汪 十一 564
胠 qū 9 迂 四 275
胚 pēi 11 欸威 六 326
胧 lóng 21 轰雍 十二 647
胈 bá 1 啊呀蛙 一 9
胪 lú 8 乌 四 230
胆 dǎn 14 安弯 九 444
胛 jiǎ 1 啊呀蛙 一 17
胜 shēng 19 亨翁 十二 604
shèng 19 亨翁 十二 614
胙 zuò 2 喔窝 二 56

字	拼音	韵部	册	页
兹	zī	6 知	三	178
	cí	6 知	三	182
总	zǒng	21 轰雍	十二	654
炣	kě	3 鹅	二	69
炳	bǐng	20 英	十二	629
炻	shí	6 知	三	182
炼	liàn	15 烟冤	九	494
炟	dá	1 啊呀蛙	一	10
炽	chì	6 知	三	193
炯	jiǒng	21 轰雍	十二	651
炸	zhá	1 啊呀蛙	一	15
	zhà	1 啊呀蛙	一	26
烁	shuò	2 喔窝	二	53
炮	bāo	12 熬腰	七	355
	páo	12 熬腰	七	369
	pào	12 熬腰	七	388
炷	zhù	8 乌	四	271
炫[1]	xuàn	15 烟冤	九	497
炫[2]	xuàn	15 烟冤	九	497
烂	làn	14 安弯	九	457
剃	tì	5 衣	三	161
洭	kuāng	18 昂央汪	十一	568
洼	wā	1 啊呀蛙	一	7
洁	jié	4 耶约	二	83
洱	ěr	7 儿	三	211
洪	hóng	21 轰雍	十二	646
洹	huán	14 安弯	九	438
洓	qì	5 衣	三	161
洒	sǎ	1 啊呀蛙	一	18
	xǐ	5 衣	三	140
洧	wěi	11 欸威	六	338
洊	jiàn	15 烟冤	九	494
洏	ér	7 儿	三	210
洿	wū	8 乌	四	221
泧	xù	9 迂	四	294
洌	liè	4 耶约	二	94
浃	jiā	1 啊呀蛙	一	5
柒	qī	5 衣	三	113
洟	yí	5 衣	三	133
浇	jiāo	12 熬腰	七	359
泚	cǐ	6 知	三	188
浈	zhēn	16 恩温	十	509
浉	shī	6 知	三	172
洸	guāng	18 昂央汪	十一	566
浊	zhuó	2 喔窝	二	41
洞	tóng	21 轰雍	十二	650
	dòng	21 轰雍	十二	655
洇	yīn	17 因晕	十	542
洄	huí	11 欸威	六	328
测	cè	3 鹅	二	70
洙	zhū	8 乌	四	222
洗	xǐ	5 衣	三	140
	xiǎn	15 烟冤	九	487
活	huó	2 喔窝	二	38
洑	fú	8 乌	四	228
涎	xián	15 烟冤	九	477
洎	jì	5 衣	三	150
洢	yī	5 衣	三	119
洫	xù	9 迂	四	294
派	pài	10 哀歪	五	318
浍	kuài	10 哀歪	五	317
	huì	11 欸威	六	343
洽	qià	1 啊呀蛙	一	24
洮	táo	12 熬腰	七	371
染	rǎn	14 安弯	九	448
洈	wéi	11 欸威	六	332
洵	xún	17 因晕	十	547
洚	jiàng	18 昂央汪	十一	593
洛	luò	2 喔窝	二	50
洺	míng	20 英	十二	624
浏	liú	13 欧优	八	403
济	jǐ	5 衣	三	135
	jì	5 衣	三	148
洨	xiáo	12 熬腰	七	372
浐	chǎn	14 安弯	九	444
洋	yáng	18 昂央汪	十一	583
洴	píng	20 英	十二	625
洣	mǐ	5 衣	三	138
洲	zhōu	13 欧优	八	400
浑	hún	16 恩温	十	514
	hùn	16 恩温	十	528
浒	hǔ	8 乌	四	244
	xǔ	9 迂	四	286
浓	nóng	21 轰雍	十二	648
津	jīn	17 因晕	十	535
浔	xún	17 因晕	十	548
浕	jìn	17 因晕	十	556
洳	rú	8 乌	四	232
	rù	8 乌	四	264
恇	kuāng	18 昂央汪	十一	568
恸	tòng	21 轰雍	十二	656
恃	shì	6 知	三	200
恒	héng	19 亨翁	十二	608
恓	xī	5 衣	三	116
恹	yān	15 烟冤	九	470
恢	huī	11 欸威	六	325
恍	huǎng	18 昂央汪	十一	586
恫	tōng	21 轰雍	十二	642
	dòng	21 轰雍	十二	655
恺	kǎi	10 哀歪	五	310
恻	cè	3 鹅	二	70
恬	tián	15 烟冤	九	476
恤	xù	9 迂	四	294
恰	qià	1 啊呀蛙	一	24
恂	xún	17 因晕	十	548
恪	kè	3 鹅	二	73
恼	nǎo	12 熬腰	七	378
恽	yùn	17 因晕	十	562
恨	hèn	16 恩温	十	527
举	jǔ	9 迂	四	282
觉	jué	4 耶约	二	85
	jiào	12 熬腰	七	385
宣	xuān	15 烟冤	九	469
宦	huàn	14 安弯	九	457
宥	yòu	13 欧优	八	421
宬	chéng	19 亨翁	十二	608
室	shì	6 知	三	201
宫	gōng	21 轰雍	十二	640
宪	xiàn	15 烟冤	九	497
突	tū	8 乌	四	220

字	音	韵部	笔画	页
绒	róng	21 轰雍	十二	649
结	jié	4 耶约	二	83
绔	kù	8 乌	四	259
绕	rào	12 熬腰	七	389
骁	xiāo	12 熬腰	七	363
绖	dié	4 耶约	二	83
𬘡	yīn	17 因晕	十	542
骃	yīn	17 因晕	十	542
𬘩	tīng	20 英	十二	620
𬳽	shēn	16 恩温	十	507
骄	jiāo	12 熬腰	七	359
骅	huá	1 啊呀蛙	一	11
绗	háng	18 昂央汪	十一	576
绘	huì	11 欸威	六	343
给	jǐ	5 衣	三	135
	gěi	11 欸威	六	333
绚	xuàn	15 烟冤	九	497
彖	tuàn	14 安弯	九	461
绛	jiàng	18 昂央汪	十一	593
络	luò	2 喔窝	二	49
	lào	12 熬腰	七	386
骆	luò	2 喔窝	二	50
绝	jué	4 耶约	二	86
绞	jiǎo	12 熬腰	七	376
骇	hài	10 哀歪	五	315
统	tǒng	21 轰雍	十二	652
骈	pián	15 烟冤	九	473
骉	biāo	12 熬腰	七	356

十画

[一起]

字	音	韵部	笔画	页
耕	gēng	19 亨翁	十二	602
耘	yún	17 因晕	十	550
耗	hào	12 熬腰	七	385
耙	pá	1 啊呀蛙	一	12
艳	yàn	15 烟冤	九	497
挈	qiè	4 耶约	二	97
恝	jiá	1 啊呀蛙	一	12
泰	tài	10 哀歪	五	319
秦	qín	17 因晕	十	546
珥	ěr	7 儿	三	211
珙	gǒng	21 轰雍	十二	651
珛	xiù	13 欧优	八	420
顼	xū	9 迂	四	277
珹	chéng	19 亨翁	十二	607
琊	yá	1 啊呀蛙	一	14
玼	cǐ	6 知	三	188
珖	guāng	18 昂央汪	十一	566
珰	dāng	18 昂央汪	十一	565
珠	zhū	8 乌	四	221
珽	tǐng	20 英	十二	632
珦	xiàng	18 昂央汪	十一	597
珩	héng	19 亨翁	十二	609
珧	yáo	12 熬腰	七	372
珣	xún	17 因晕	十	547
珞	luò	2 喔窝	二	50
琤	chēng	19 亨翁	十二	600
珫	chōng	21 轰雍	十二	638
班	bān	14 安弯	九	425
珲	hún	16 恩温	十	514
琎	jīn	17 因晕	十	535
𬍤	xún	17 因晕	十	547
珢	yín	17 因晕	十	549
敖	áo	12 熬腰	七	364
珝	xǔ	9 迂	四	286
素	sù	8 乌	四	267
冓	gòu	13 欧优	八	415
匿	nì	5 衣	三	158
蚕	cán	14 安弯	九	434
顽	wán	14 安弯	九	442
盏	zhǎn	14 安弯	九	449
匪	fěi	11 欸威	六	333
恚	huì	11 欸威	六	345
捞	lāo	12 熬腰	七	360
	láo	12 熬腰	七	367
栽	zāi	10 哀歪	五	303
埔	pǔ	8 乌	四	246
捕	bǔ	8 乌	四	238
埂	gěng	19 亨翁	十二	612
捂	wǔ	8 乌	四	249
振	zhēn	16 恩温	十	510
	zhèn	16 恩温	十	532
载	zǎi	10 哀歪	五	310
	zài	10 哀歪	五	320
赶	gǎn	14 安弯	九	445
起	qǐ	5 衣	三	139
盐	yán	15 烟冤	九	479
	yàn	15 烟冤	九	499
捎	shāo	12 熬腰	七	361
垾	hàn	14 安弯	九	456
捍	hàn	14 安弯	九	456
捏	niē	4 耶约	二	80
埘	shí	6 知	三	182
埋	mái	10 哀歪	五	307
	mán	14 安弯	九	440
捉	zhuō	2 喔窝	二	34
捆	kǔn	16 恩温	十	522
捐	juān	15 烟冤	九	466
埙	xuān	15 烟冤	九	470
	xūn	17 因晕	十	540
埚	guō	2 喔窝	二	31
损	sǔn	16 恩温	十	523
袁	yuán	15 烟冤	九	482
挹	yì	5 衣	三	169
捌	bā	1 啊呀蛙	一	1
都	dū	8 乌	四	214
	dōu	13 欧优	八	395
哲	zhé	3 鹅	二	66
逝	shì	6 知	三	200
耆	qí	5 衣	三	129
耄	mào	12 熬腰	七	387
捡	jiǎn	15 烟冤	九	484
挫	cuò	2 喔窝	二	46
埒	liè	4 耶约	二	94
捋	luō	2 喔窝	二	32
	lǚ	9 迂	四	284
垺	fú	8 乌	四	226
挼	ruó	2 喔窝	二	40
换	huàn	14 安弯	九	456
挽[1]	wǎn	14 安弯	九	449

chēng 19 亨翁 十二 599
chèng 19 亨翁 十二 613
秘 bì 5 衣 三 143
mì 5 衣 三 156
透 tòu 13 欧优 八 420
笄 jī 5 衣 三 109
笕 jiǎn 15 烟冤 九 484
笔 bǐ 5 衣 三 134
笑 xiào 12 熬腰 七 390
笊 zhào 12 熬腰 七 393
笫 zǐ 6 知 三 193
笏 hù 8 乌 四 258
笋 sǔn 16 恩温 十 523
笆 bā 1 啊呀蛙 一 1
俸 fèng 19 亨翁 十二 614
倩 qiàn 15 烟冤 九 495
qìng 20 英 十二 637
债 zhài 10 哀歪 五 320
俵 biǎo 12 熬腰 七 374
倻 yē 4 耶约 二 81
借 jiè 4 耶约 二 93
偌 ruò 2 喔窝 二 53
值 zhí 6 知 三 185
倚 yǐ 5 衣 三 141
俺 ǎn 14 安弯 九 443
倾 qīng 20 英 十二 619
倒 dǎo 12 熬腰 七 374
dào 12 熬腰 七 383
俳 pái 10 哀歪 五 307
俶 chù 8 乌 四 252
倏 shū 8 乌 四 220
倘 tǎng 18 昂央汪 十一 588
俱 jū 9 迂 四 274
jù 9 迂 四 291
倡 chāng 18 昂央汪 十一 564
chàng 18 昂央汪 十一 592
候 hòu 13 欧优 八 416
倕 chuí 11 欸威 六 328
赁 lìn 17 因晕 十 558
恁 rèn 16 恩温 十 530
倭 wō 2 喔窝 二 34
wǒ 2 喔窝 二 45
倪 ní 5 衣 三 126
俾 bǐ 5 衣 三 134
倜 tì 5 衣 三 161
隼 sǔn 16 恩温 十 523
隽 juàn 15 烟冤 九 494
jùn 17 因晕 十 558
倞 jìng 20 英 十二 634
俯 fǔ 8 乌 四 240
倍 bèi 11 欸威 六 339
倦 juàn 15 烟冤 九 494
倓 tán 14 安弯 九 442
𫢸 dàn 14 安弯 九 453
倧 zōng 21 轰雍 十二 644
倌 guān 14 安弯 九 430
倥 kōng 21 轰雍 十二 641
kǒng 21 轰雍 十二 652
臬 niè 4 耶约 二 96
健 jiàn 15 烟冤 九 492
臭 chòu 13 欧优 八 414
xiù 13 欧优 八 421
射 shè 3 鹅 二 75
yì 5 衣 三 169
皋 gāo 12 熬腰 七 358
躬 gōng 21 轰雍 十二 640
息 xī 5 衣 三 116
郫 pí 5 衣 三 127
倨 jù 9 迂 四 290
倔 jué 4 耶约 二 87
juè 4 耶约 二 93
衃 pēi 11 欸威 六 326
衄 nǜ 9 迂 四 292
颀 qí 5 衣 三 129
徒 tú 8 乌 四 234
徕 lái 10 哀歪 五 307
虒 sī 6 知 三 174
徐 xú 9 迂 四 279
殷 yān 15 烟冤 九 470
yīn 17 因晕 十 541
殷 yǐn 17 因晕 十 554
舭 bǐ 5 衣 三 134
舰 jiàn 15 烟冤 九 493
舱 cāng 18 昂央汪 十一 563
般 bō 2 喔窝 二 30
bān 14 安弯 九 426
航 háng 18 昂央汪 十一 575
舫 fǎng 18 昂央汪 十一 585
舥 pā 1 啊呀蛙 一 5
瓞 dié 4 耶约 二 83
途 tú 8 乌 四 234
拿 ná 1 啊呀蛙 一 12
釜 fǔ 8 乌 四 240
耸 sǒng 21 轰雍 十二 652
爹 diē 4 耶约 二 78
舀 yǎo 12 熬腰 七 380
爱 ài 10 哀歪 五 311
豺 chái 10 哀歪 五 306
豹 bào 12 熬腰 七 382
奚 xī 5 衣 三 115
鬯 chàng 18 昂央汪 十一 592
飣 dìng 20 英 十二 634
衾 qīn 17 因晕 十 537
鸰 líng 20 英 十二 623
颁 bān 14 安弯 九 426
颂 sòng 21 轰雍 十二 656
翁 wēng 19 亨翁 十二 605
胯 kuà 1 啊呀蛙 一 22
胰 yí 5 衣 三 133
胱 guāng 18 昂央汪 十一 566
胴 dòng 21 轰雍 十二 655
胭 yān 15 烟冤 九 470
脍 kuài 10 哀歪 五 316
朓 tiào 12 熬腰 七 390
脆 cuì 11 欸威 六 339
脂 zhī 6 知 三 176
胸 xiōng 21 轰雍 十二 642
胳 gē 3 鹅 二 58
脏 zāng 18 昂央汪 十一 571
zàng 18 昂央汪 十一 597

绥	suí	11 欸威	六	331
绦	tāo	12 熬腰	七	362
骍	xīng	20 英	十二	620
继	jì	5 衣	三	148
绨	tì	5 衣	三	161
骎	qīn	17 因晕	十	537
骏	jùn	17 因晕	十	557
邕	yōng	21 轰雍	十二	643
鸶	sī	6 知	三	174

十一画

[一起]

彗	huì	11 欸威	六	344
耜	sì	6 知	三	203
耞	jiā	1 啊呀蛙	一	4
焘	tāo	12 熬腰	七	361
舂	chōng	21 轰雍	十二	639
琎	jìn	17 因晕	十	555
球	qiú	13 欧优	八	405
珸	wú	8 乌	四	235
琏	liǎn	15 烟冤	九	484
琐	suǒ	2 喔窝	二	44
珵	chéng	19 亨翁	十二	607
理	lǐ	5 衣	三	136
琄	xuàn	15 烟冤	九	497
琇	xiù	13 欧优	八	420
琈	fú	8 乌	四	226
琀	hán	14 安弯	九	437
麸	fū	8 乌	四	215
琉	liú	13 欧优	八	403
琅	láng	18 昂央汪	十一	578
珺	jùn	17 因晕	十	557
捧	pěng	19 亨翁	十二	612
堵	dǔ	8 乌	四	239
揶	yé	4 耶约	二	90
措	cuò	2 喔窝	二	46
描	miáo	12 熬腰	七	368
埴	zhí	6 知	三	187
域	yù	9 迂	四	297
堐	yá	1 啊呀蛙	一	14
捺	nà	1 啊呀蛙	一	23
埼	qí	5 衣	三	129
掎	jǐ	5 衣	三	135
埯	ǎn	14 安弯	九	443
掩	yǎn	15 烟冤	九	488
捷	jié	4 耶约	二	85
捷	qiè	4 耶约	二	97
捯	dáo	12 熬腰	七	366
排	pái	10 哀歪	五	307
焉	yān	15 烟冤	九	470
掯	kèn	16 恩温	十	528
掉	diào	12 熬腰	七	384
掳	lǔ	8 乌	四	244
掴	guó	2 喔窝	二	37
埸	yì	5 衣	三	170
堌	gù	8 乌	四	256
埵	duǒ	2 喔窝	二	42
捶	chuí	11 欸威	六	328
赦	shè	3 鹅	二	76
赧	nǎn	14 安弯	九	447
堆	duī	11 欸威	六	322
推	tuī	11 欸威	六	326
埤	pì	5 衣	三	158
捭	bǎi	10 哀歪	五	309
埠	bù	8 乌	四	252
哲	zhé	3 鹅	二	67
掀	xiān	15 烟冤	九	469
逵	kuí	11 欸威	六	329
授	shòu	13 欧优	八	419
埝	niàn	15 烟冤	九	495
捻	niǎn	15 烟冤	九	485
堋	péng	19 亨翁	十二	610
教	jiāo	12 熬腰	七	359
教	jiào	12 熬腰	七	385
堍	tù	8 乌	四	268
掏	tāo	12 熬腰	七	361
掐	qiā	1 啊呀蛙	一	5
掬	jū	9 迂	四	274
鸷	zhì	6 知	三	207
掠	lüè	4 耶约	二	95
掂	diān	15 烟冤	九	464
掖	yē	4 耶约	二	81
	yè	4 耶约	二	102
	yì	5 衣	三	166
捽	zuó	2 喔窝	二	42
	zú	8 乌	四	237
培	péi	11 欸威	六	331
	pǒu	13 欧优	八	411
掊	póu	13 欧优	八	405
	pǒu	13 欧优	八	411
接	jiē	4 耶约	二	79
堉	yù	9 迂	四	298
掷	zhì	6 知	三	208
掸	dǎn	14 安弯	九	444
	shàn	14 安弯	九	460
𫮃	shàn	14 安弯	九	460
埪	kōng	21 轰雍	十二	641
控	kòng	21 轰雍	十二	655
壸	kǔn	16 恩温	十	522
捩	liè	4 耶约	二	94
掮	qián	15 烟冤	九	474
探	tàn	14 安弯	九	461
悫	què	4 耶约	二	97
埭	dài	10 哀歪	五	314
据	jū	9 迂	四	274
	jù	9 迂	四	289
掘	jué	4 耶约	二	87
掺	chān	14 安弯	九	427
	càn	14 安弯	九	452
	xiān	15 烟冤	九	469
掇	duō	2 喔窝	二	31
职	zhí	6 知	三	186
聃	dān	14 安弯	九	427
菶	péng	19 亨翁	十二	610
	běng	19 亨翁	十二	611
基	jī	5 衣	三	108
聆	líng	20 英	十二	622
勘	kān	14 安弯	九	430
聊	liáo	12 熬腰	七	367

猄 jīng	20 英	十二	617	康 kāng	18 昂央汪	十一	568	粘 zhān	14 安弯	九	433
猝 cù	8 乌	四	253	庸 yōng	21 轰雍	十二	643	nián	15 烟冤	九	473
斛 hú	8 乌	四	229	鹿 lù	8 乌	四	260	粗 cū	8 乌	四	214
觖 jué	4 耶约	二	87	盗 dào	12 熬腰	七	383	粕 pò	2 喔窝	二	53
猕 mí	5 衣	三	126	章 zhāng	18 昂央汪	十一	572	粒 lì	5 衣	三	156
猛 měng	19 亨翁	十二	612	竟 jìng	20 英	十二	635	断 duàn	14 安弯	九	453
馗 kuí	11 欸威	六	329	竫 jìng	20 英	十二	634	剪 jiǎn	15 烟冤	九	483
祭 jì	5 衣	三	149	翊 yì	5 衣	三	169	兽 shòu	13 欧优	八	420
zhài	10 哀歪	五	320	商 shāng	18 昂央汪	十一	569	敝 bì	5 衣	三	143
馃 guǒ	2 喔窝	二	43	旌 jīng	20 英	十二	618	焐 wù	8 乌	四	270
馄 hún	16 恩温	十	514	族 zú	8 乌	四	237	焊 hàn	14 安弯	九	456
馅 xiàn	15 烟冤	九	497	旎 nǐ	5 衣	三	138	馘 guó	2 喔窝	二	38
馆 guǎn	14 安弯	九	445	旋 xuán	15 烟冤	九	477	涓 juān	15 烟冤	九	466
[丶起]				旋¹ xuàn	15 烟冤	九	497	烯 xī	5 衣	三	116
凑 còu	13 欧优	八	414	旋² xuàn	15 烟冤	九	497	焕 huàn	14 安弯	九	456
减 jiǎn	15 烟冤	九	483	望 wàng	18 昂央汪	十一	596	烽 fēng	19 亨翁	十二	601
鸾 luán	14 安弯	九	439	袤 mào	12 熬腰	七	388	焖 mēn	16 恩温	十	505
毫 háo	12 熬腰	七	366	率 lǜ	9 迁	四	292	mèn	16 恩温	十	528
孰 shú	8 乌	四	233	shuài	10 哀歪	五	319	烺 lǎng	18 昂央汪	十一	586
烹 pēng	19 亨翁	十二	603	阇 dū	8 乌	四	214	焌 jùn	17 因晕	十	557
庱 chěng	19 亨翁	十二	611	阈 yù	9 迁	四	299	清 qīng	20 英	十二	619
庶 shù	8 乌	四	265	阉 yān	15 烟冤	九	470	渍 zì	6 知	三	210
麻¹ má	1 啊呀蛙	一	12	阊 chāng	18 昂央汪	十一	564	添 tiān	15 烟冤	九	468
麻² má	1 啊呀蛙	一	12	阋 xì	5 衣	三	163	渚 zhǔ	8 乌	四	249
庵 ān	14 安弯	九	425	阌 wén	16 恩温	十	520	鸿 hóng	21 轰雍	十二	646
顷 qīng	20 英	十二	619	阍 hūn	16 恩温	十	505	淇 qí	5 衣	三	129
qǐng	20 英	十二	632	阎 yán	15 烟冤	九	480	淋 lín	17 因晕	十	544
庾 yǔ	9 迁	四	288	阏 è	3 鹅	二	78	lìn	17 因晕	十	558
庳 bì	5 衣	三	143	yān	15 烟冤	九	471	淅 xī	5 衣	三	117
痔 zhì	6 知	三	208	阐 chǎn	14 安弯	九	444	淞 sōng	21 轰雍	十二	642
痏 wěi	11 欸威	六	338	着 zhuó	2 喔窝	二	41	渎 dú	8 乌	四	225
痍 yí	5 衣	三	133	zhe	3 鹅	二	60	涯 yá	1 啊呀蛙	一	14
痓 chì	6 知	三	193	zhāo	12 熬腰	七	364	淹 yān	15 烟冤	九	470
疵 cī	6 知	三	171	zháo	12 熬腰	七	373	涿 zhuō	2 喔窝	二	34
痊 quán	15 烟冤	九	475	羚 líng	20 英	十二	623	渠¹ qú	9 迁	四	278
痒 yǎng	18 昂央汪	十一	590	羝 dī	5 衣	三	107	渠² qú	9 迁	四	278
痕 hén	16 恩温	十	513	盖 gě	3 鹅	二	68	渐 jiān	15 烟冤	九	465
鸡 jiāo	12 熬腰	七	360	gài	10 哀歪	五	315	jiàn	15 烟冤	九	493
廊 láng	18 昂央汪	十一	577	眷 juàn	15 烟冤	九	494	淑 shū	8 乌	四	219
				栎 lì	5 衣	三	154	淖 nào	12 熬腰	七	388

［乙起］

十二画

[一起]

葰	suǒ	2 喔窝	二	44
葰	jùn	17 因晕	十	557
葡	pú	8 乌	四	231
敬	jìng	20 英	十二	634
葱	cōng	21 轰雍	十二	639
蒋	jiǎng	18 昂央汪	十一	586
葶	tíng	20 英	十二	626
蒂	dì	5 衣	三	146
葹	shī	6 知	三	172
蒌	lóu	13 欧优	八	404
鄑	zī	6 知	三	179
落	là	1 啊呀蛙	一	22
	luò	2 喔窝	二	49
	lào	12 熬腰	七	386
萱	xuān	15 烟冤	九	470
葖	tū	8 乌	四	220
萹	biān	15 烟冤	九	464
韩	hán	14 安弯	九	436
戟	jǐ	5 衣	三	136
朝	zhāo	12 熬腰	七	364
	cháo	12 熬腰	七	365
葭	jiā	1 啊呀蛙	一	4
辜	gū	8 乌	四	215
葵	kuí	11 欸威	六	329
棒	bàng	18 昂央汪	十一	591
楮	chǔ	8 乌	四	239
棱	léng	19 亨翁	十二	609
棋	qí	5 衣	三	128
椰	yē	4 耶约	二	81
楛	kǔ	8 乌	四	244
	hù	8 乌	四	258
植	zhí	6 知	三	185
森	sēn	16 恩温	十	506
棼	fén	16 恩温	十	513
焚	fén	16 恩温	十	513
棫	yù	9 迂	四	299
椟	dú	8 乌	四	225
椅	yī	5 衣	三	118
	yǐ	5 衣	三	141
椒	jiāo	12 熬腰	七	359
棹	zhào	12 熬腰	七	392
棵	kē	3 鹅	二	59
棍	gùn	16 恩温	十	527
椤	luó	2 喔窝	二	39
棡	gāng	18 昂央汪	十一	565
棰	chuí	11 欸威	六	328
椎	zhuī	11 欸威	六	327
	chuí	11 欸威	六	328
棉	mián	15 烟冤	九	472
椑	bēi	11 欸威	六	322
㮶	zhì	6 知	三	208
鹀	wú	8 乌	四	235
赍	jī	5 衣	三	110
棚	péng	19 亨翁	十二	610
椋	liáng	18 昂央汪	十一	578
椁	guǒ	2 喔窝	二	43
棬	quān	15 烟冤	九	468
棪	yǎn	15 烟冤	九	488
棕	zōng	21 轰雍	十二	645
棺	guān	14 安弯	九	430
榔	láng	18 昂央汪	十一	578
楗	jiàn	15 烟冤	九	492
棣	dì	5 衣	三	147
椐	jū	9 迂	四	274
椭	tuǒ	2 喔窝	二	45
鹁	bó	2 喔窝	二	36
惠	huì	11 欸威	六	343
𬷕	bǔ	8 乌	四	238
惑	huò	2 喔窝	二	47
逼	bī	5 衣	三	107
覃	tán	14 安弯	九	442
	qín	17 因晕	十	546
粟	sù	8 乌	四	267
棘	jí	5 衣	三	123
酣	hān	14 安弯	九	430
酤	gū	8 乌	四	216
酢	zuò	2 喔窝	二	56
酥	sū	8 乌	四	220
酡	tuó	2 喔窝	二	40
酦	pō	2 喔窝	二	32
鹂	lí	5 衣	三	124
觌	dí	5 衣	三	120
厨	chú	8 乌	四	223
厦	shà	1 啊呀蛙	一	24
	xià	1 啊呀蛙	一	26
奡	ào	12 熬腰	七	381
皕	bì	5 衣	三	145
硬	yìng	20 英	十二	638
硝	xiāo	12 熬腰	七	363
硪	wò	2 喔窝	二	55
确	què	4 耶约	二	97
硫	liú	13 欧优	八	403
雁	yàn	15 烟冤	九	498
攲	qī	5 衣	三	113
厥	jué	4 耶约	二	86
殖	zhí	6 知	三	186
裂	liè	4 耶约	二	94
雄	xióng	21 轰雍	十二	650
殚	dān	14 安弯	九	427
殛	jí	5 衣	三	124
颊	jiá	1 啊呀蛙	一	12
雳	lì	5 衣	三	155
雰	fēn	16 恩温	十	504
雯	wén	16 恩温	十	520
雱	pāng	18 昂央汪	十一	568
辊	gǔn	16 恩温	十	521
辋	wǎng	18 昂央汪	十一	589
𫐐	ní	5 衣	三	126
椠	qiàn	15 烟冤	九	496
暂	zàn	14 安弯	九	461
辌	liáng	18 昂央汪	十一	579
辍	chuò	2 喔窝	二	46
辎	zī	6 知	三	178
雅	yǎ	1 啊呀蛙	一	18
翘	qiáo	12 熬腰	七	370
翘	qiào	12 熬腰	七	389

[丨起]

棐	fěi	11 欸威	六	333
辈	bèi	11 欸威	六	338
斐	fěi	11 欸威	六	333

字	拼音	韵部	卷	页
喙	huì	11 欸威	六	344
嵁	kān	14 安弯	九	431
嵌	qiàn	15 烟冤	九	496
嵘	róng	21 轰雍	十二	649
嵖	chá	1 啊呀蛙	一	9
幅	fú	8 乌	四	228
嵅	hán	14 安弯	九	437
崴	wǎi	10 哀歪	五	310
遄	chuán	14 安弯	九	436
罥	juàn	15 烟冤	九	494
詈	lì	5 衣	三	154
崱	zè	3 鹅	二	77
帽	mào	12 熬腰	七	387
嵎	yú	9 迂	四	282
崽	zǎi	10 哀歪	五	311
崿	è	3 鹅	二	77
嵚	qīn	17 因晕	十	537
嵬	wéi	11 欸威	六	332
嵛	yú	9 迂	四	282
翙	huì	11 欸威	六	344
嵯	cuó	2 喔窝	二	36
嵝	lǒu	13 欧优	八	410
嵫	zī	6 知	三	178
幄	wò	2 喔窝	二	55
嵋	méi	11 欸威	六	330
圌	chuí	11 欸威	六	328
赋	fù	8 乌	四	255
赌	dǔ	8 乌	四	239
赎	shú	8 乌	四	233
赐	cì	6 知	三	195
淼	miǎo	12 熬腰	七	378
赑	bì	5 衣	三	144
赒	zhōu	13 欧优	八	400
赔	péi	11 欸威	六	331
赕	dǎn	14 安弯	九	444
黑	hè	3 鹅	二	71
	hēi	11 欸威	六	324
骭	gàn	14 安弯	九	454

[丿起]

字	拼音	韵部	卷	页
铸	zhù	8 乌	四	272
𨱇	qiú	13 欧优	八	405
铺	pū	8 乌	四	217
	pù	8 乌	四	264
铻	wú	8 乌	四	235
链	liàn	15 烟冤	九	495
铿	kēng	19 亨翁	十二	603
销	xiāo	12 熬腰	七	362
锁	suǒ	2 喔窝	二	44
锃	zèng	19 亨翁	十二	615
锄	chú	8 乌	四	223
锅	guō	2 喔窝	二	31
锈	xiù	13 欧优	八	421
锉	cuò	2 喔窝	二	46
锋	fēng	19 亨翁	十二	601
锌	xīn	17 因晕	十	539
锏	jiǎn	15 烟冤	九	484
	jiàn	15 烟冤	九	494
锐	ruì	11 欸威	六	348
锑	tī	5 衣	三	161
𬭎	hóng	21 轰雍	十二	646
锒	láng	18 昂央汪	十一	577
锓	qǐn	17 因晕	十	553
锔	jū	9 迂	四	274
甥	shēng	19 亨翁	十二	604
掣	chè	3 鹅	二	71
掰	bāi	10 哀歪	五	301
短	duǎn	14 安弯	九	444
智	zhì	6 知	三	206
矬	cuó	2 喔窝	二	36
毳	cuì	11 欸威	六	340
毯	tǎn	14 安弯	九	448
毽	jiàn	15 烟冤	九	493
犊	dú	8 乌	四	225
犄	jī	5 衣	三	110
犋	jù	9 迂	四	291
鹄	hú	8 乌	四	229
	gǔ	8 乌	四	243
犍	jiān	15 烟冤	九	465
	qián	15 烟冤	九	473
鹅	é	3 鹅	二	67
颋	tǐng	20 英	十二	632
剩	shèng	19 亨翁	十二	615
嵇	jī	5 衣	三	110
稍	shāo	12 熬腰	七	361
程	chéng	19 亨翁	十二	607
稌	tú	8 乌	四	234
稀	xī	5 衣	三	114
黍	shǔ	8 乌	四	247
稃	fū(粰)	8 乌	四	215
税	shuì	11 欸威	六	349
稊	tí	5 衣	三	130
稂	láng	18 昂央汪	十一	578
筐	kuāng	18 昂央汪	十一	568
筀	guì	11 欸威	六	342
等	děng	19 亨翁	十二	611
筘	kòu	13 欧优	八	418
筑	zhú	8 乌	四	236
	zhù	8 乌	四	272
策	cè	3 鹅	二	69
筚	bì	5 衣	三	145
筛	shāi	10 哀歪	五	303
筜	dāng	18 昂央汪	十一	565
筒	tóng	21 轰雍	十二	650
	tǒng	21 轰雍	十二	653
筥	jǔ	9 迂	四	283
筅	xiǎn	15 烟冤	九	487
筏	fá	1 啊呀蛙	一	11
筵	yán	15 烟冤	九	479
筌	quán	15 烟冤	九	475
答	dā	1 啊呀蛙	一	2
	dá	1 啊呀蛙	一	10
筋	jīn	17 因晕	十	534
筝	zhēng	19 亨翁	十二	605
傣	dǎi	10 哀歪	五	309
傲	ào	12 熬腰	七	381
傃	sù	8 乌	四	267
傅	fù	8 乌	四	255
傈	lì	5 衣	三	156
	sù	8 乌	四	267
傉	nù	8 乌	四	264

[丶起]

字	拼音	韵部		页码
愔	yīn	17 因晕	十	542
慨	kǎi	10 哀歪	五	310
喾	kù	8 乌	四	259
割	gē	3 鹅	二	58
寒	hán	14 安弯	九	437
富	fù	8 乌	四	254
寓	yù	9 迂	四	295
窜	cuàn	14 安弯	九	452
窝	wō	2 喔窝	二	34
窖	jiào	12 熬腰	七	386
窗	chuāng	18 昂央汪	十一	564
窘	jiǒng	21 轰雍	十二	651
寐	mèi	11 欸威	六	346
谟	mó	2 喔窝	二	39
扉	fēi	11 欸威	六	323
遍	biàn	15 烟冤	九	490
棨	qǐ	5 衣	三	139
雇	gù	8 乌	四	257
扊	yǎn	15 烟冤	九	489
裢	lián	15 烟冤	九	472
裎	chéng	19 亨翁	十二	608
裎	chěng	19 亨翁	十二	611
裕	yù	9 迂	四	295
裤	kù	8 乌	四	259
裥	jiǎn	15 烟冤	九	484
裙	qún	17 因晕	十	547
裬	líng	20 英	十二	622
祺	qí	5 衣	三	128
祼	guàn	14 安弯	九	455
谠	dǎng	18 昂央汪	十一	585
禅	chán	14 安弯	九	434
禅	shàn	14 安弯	九	460
禄	lù	8 乌	四	261
幂	mì	5 衣	三	157
谡	sù	8 乌	四	268
谢	xiè	4 耶约	二	98
谣	yáo	12 熬腰	七	372
谤	bàng	18 昂央汪	十一	591
谥	shì	6 知	三	200
谦	qiān	15 烟冤	九	467
谧	mì	5 衣	三	157
［乙起］				
遐	xiá	1 啊呀蛙	一	13
屟	xiè	4 耶约	二	99
犀	xī	5 衣	三	114
属	shǔ	8 乌	四	247
	zhǔ	8 乌	四	250
屡	lǚ	9 迂	四	284
孱	chán	14 安弯	九	435
	càn	14 安弯	九	452
弼	bì	5 衣	三	145
强	qiáng	18 昂央汪	十一	580
	qiǎng	18 昂央汪	十一	587
	jiàng	18 昂央汪	十一	593
粥	zhù	8 乌	四	272
	yù	9 迂	四	299
	zhōu	13 欧优	八	400
巽	xùn	17 因晕	十	560
疏	shū	8 乌	四	218
	shù	8 乌	四	266
隔	gé	3 鹅	二	62
骘	zhì	6 知	三	209
隙	xì	5 衣	三	162
隘	ài	10 哀歪	五	311
媒	méi	11 欸威	六	330
媟	xiè	4 耶约	二	99
婻	nàn	14 安弯	九	459
媞	shì	6 知	三	198
媢	mào	12 熬腰	七	387
媪	ǎo	12 熬腰	七	373
絮	xù	9 迂	四	293
嫂	sǎo	12 熬腰	七	379
媓	huáng	18 昂央汪	十一	576
媕	ān	14 安弯	九	425
媛	yuán	15 烟冤	九	482
	yuàn	15 烟冤	九	499
婷	tíng	20 英	十二	627
媄	měi	11 欸威	六	335
媚	mèi	11 欸威	六	347
婿	xù	9 迂	四	294
毵	sān	14 安弯	九	431
翚	huī	11 欸威	六	325
登	dēng	19 亨翁	十二	600
皴	cūn	16 恩温	十	502
矞	yù	9 迂	四	298
婺	wù	8 乌	四	270
骛	wù	8 乌	四	269
缂	kè	3 鹅	二	73
缃	xiāng	18 昂央汪	十一	571
缄	jiān	15 烟冤	九	465
缅	miǎn	15 烟冤	九	485
彘	zhì	6 知	三	207
缆	lǎn	14 安弯	九	447
缇	tí	5 衣	三	130
缈	miǎo	12 熬腰	七	378
缉	jī	5 衣	三	110
	qī	5 衣	三	113
	qì	5 衣	三	161
缊	yùn	17 因晕	十	562
缌	sī	6 知	三	175
缎	duàn	14 安弯	九	454
缑	gōu	13 欧优	八	396
缒	zhuì	11 欸威	六	353
缓	huǎn	14 安弯	九	446
缔	dì	5 衣	三	147
缕	lǚ	9 迂	四	284
编	biān	15 烟冤	九	463
𫘨	tí	5 衣	三	130
骗	piàn	15 烟冤	九	495
缗	mín	17 因晕	十	545
骙	kuí	11 欸威	六	329
骚	sāo	12 熬腰	七	361
缘	yuán	15 烟冤	九	480
	yuàn	15 烟冤	九	499
飨	xiǎng	18 昂央汪	十一	589

十三画

［一起］

字	拼音	韵部		页码
瑃	chūn	16 恩温	十	502
瑟	sè	3 鹅	二	74

[丶起]

[乙起]

十四画

[一起]

字	拼音	韵部	卷	页
睿	ruì	11 欸威	六	348
裳	shāng	18 昂央汪	十一	569
	cháng	18 昂央汪	十一	574
嘒	huì	11 欸威	六	344
䴗	jú	9 迂	四	278
颗	kē	3 鹅	二	59
夥	huǒ	2 喔窝	二	43
瞅	chǒu	13 欧优	八	408
瞍	sǒu	13 欧优	八	413
睽	kuí	11 欸威	六	329
墅	shù	8 乌	四	265
嘈	cáo	12 熬腰	七	365
嗽	sòu	13 欧优	八	420
嘁	qī	5 衣	三	113
嘎	gā	1 啊呀蛙	一	3
暧	ài	10 哀歪	五	312
鹖	hé	3 鹅	二	65
暝	míng	20 英	十二	624
	mìng	20 英	十二	636
踌	chóu	13 欧优	八	402
踉	láng	18 昂央汪	十一	578
	liáng	18 昂央汪	十一	579
	liàng	18 昂央汪	十一	595
跼	jú	9 迂	四	278
跽	jì	5 衣	三	150
踊	yǒng	21 轰雍	十二	653
踆	qūn	17 因晕	十	537
蜻	qīng	20 英	十二	619
蜞	qí	5 衣	三	128
蜡	là	1 啊呀蛙	一	22
蜥	xī	5 衣	三	117
蜮	yù	9 迂	四	297
蜾	guǒ	2 喔窝	二	43
蝈	guō	2 喔窝	二	31
蜴	yì	5 衣	三	169
蝇	yíng	20 英	十二	629
蜘	zhī	6 知	三	176
蝂	bǎn	14 安弯	九	443
蜱	pí	5 衣	三	127
蜩	tiáo	12 熬腰	七	371
蜷	quán	15 烟冤	九	475
蝉	chán	14 安弯	九	434
蜿	wān	14 安弯	九	433
螂	láng	18 昂央汪	十一	578
蜢	měng	19 亨翁	十二	612
嘘	xū	9 迂	四	276
鹗	è	3 鹅	二	77
嘤	yīng	20 英	十二	621
慁	hùn	16 恩温	十	528
嗻	zhē	3 鹅	二	60
	zhè	3 鹅	二	77
嘛	ma	1 啊呀蛙	一	5
嘀	dí	5 衣	三	119
嗾	sǒu	13 欧优	八	413
嘐	xiāo	12 熬腰	七	363
嘌	biāo	12 熬腰	七	356
罴	pí	5 衣	三	127
罱	lǎn	14 安弯	九	447
罳	sī	6 知	三	175
幔	màn	14 安弯	九	458
嶂	zhàng	18 昂央汪	十一	598
幛	zhàng	18 昂央汪	十一	598
赙	fù	8 乌	四	254
	fù	8 乌	四	255
罂	yīng	20 英	十二	621
赚[1]	zhuàn	14 安弯	九	463
赚[2]	zuàn	14 安弯	九	463
骷	kū	8 乌	四	217
骶	dǐ	5 衣	三	135
鹘	hú	8 乌	四	229
	gǔ	8 乌	四	241
［丿起］				
锲	qiè	4 耶约	二	97
𨱏	dā	1 啊呀蛙	一	2
锴	kǎi	10 哀歪	五	310
锷	è	3 鹅	二	78
锸	chā	1 啊呀蛙	一	2
锹	qiāo	12 熬腰	七	360
锻	duàn	14 安弯	九	453
锼	sōu	13 欧优	八	398
锽	huáng	18 昂央汪	十一	577
锾	huán	14 安弯	九	438
锵	qiāng	18 昂央汪	十一	568
镀	dù	8 乌	四	254
镁	měi	11 欸威	六	335
镂	lòu	13 欧优	八	418
镃	zī	6 知	三	179
舞	wǔ	8 乌	四	248
犒	kào	12 熬腰	七	386
舔	tiǎn	15 烟冤	九	486
䣥	bì	5 衣	三	145
稳	wěn	16 恩温	十	523
鹙	qiū	13 欧优	八	398
熏	xūn	17 因晕	十	539
箐	qìng	20 英	十二	637
箦	zé	3 鹅	二	66
箧	qiè	4 耶约	二	97
箍	gū	8 乌	四	216
箸	zhù	8 乌	四	271
箨	tuò	2 喔窝	二	54
箕	jī	5 衣	三	109
箬	ruò	2 喔窝	二	53
箖	lín	17 因晕	十	543
箑	shà	1 啊呀蛙	一	24
算	suàn	14 安弯	九	461
箅	bì	5 衣	三	144
箩	luó	2 喔窝	二	38
箪	dān	14 安弯	九	427
箔	bó	2 喔窝	二	35
管	guǎn	14 安弯	九	445
箜	kōng	21 轰雍	十二	642
箫	xiāo	12 熬腰	七	362
箓	lù	8 乌	四	261
毓	yù	9 迂	四	298
舆	yú	9 迂	四	281
僖	xī	5 衣	三	115
儆	jǐng	20 英	十二	630
僚	liáo	12 熬腰	七	367
僭	jiàn	15 烟冤	九	494
僬	jiāo	12 熬腰	七	360

字	拼音	韵部	部序	页码
劁	qiāo	12 熬腰	七	361
僦	jiù	13 欧优	八	417
僮	zhuàng	18 昂央汪	十一	598
	tóng	21 轰雍	十二	650
僔	zǔn	16 恩温	十	525
僧	sēng	19 亨翁	十二	603
鼻	bí	5 衣	三	119
魄	pò	2 喔窝	二	53
	tuò	2 喔窝	二	54
魅	mèi	11 欸威	六	347
魃	bá	1 啊呀蛙	一	9
魆	xū	9 迂	四	277
僝	chán	14 安弯	九	435
僎	zhuàn	14 安弯	九	462
慇	yīn	17 因晕	十	541
槃	pán	14 安弯	九	440
艋	měng	19 亨翁	十二	612
銛	xiān	15 烟冤	九	469
鄱	pó	2 喔窝	二	40
飖	yáo	12 熬腰	七	372
貌	mào	12 熬腰	七	387
餂	tiǎn	15 烟冤	九	487
膜	mó	2 喔窝	二	39
	mó	2 喔窝	二	40
膊	bó	2 喔窝	二	36
	pó	2 喔窝	二	40
膈	gé	3 鹅	二	62
膀	pāng	18 昂央汪	十一	568
	páng	18 昂央汪	十一	580
	bǎng	18 昂央汪	十一	584
膑	bìn	17 因晕	十	555
鲑	xié	4 耶约	二	88
	guī	11 欸威	六	324
鲔	wěi	11 欸威	六	337
鲕	ér	7 儿	三	211
鲖	tóng	21 轰雍	十二	650
鲗	zéi	11 欸威	六	332
鲺	shī	6 知	三	172
鲘	hòu	13 欧优	八	416
鲙	kuài	10 哀歪	五	317
𬶏	wéi	11 欸威	六	332
𬶐	zhào	12 熬腰	七	393
鲚	jì	5 衣	三	150
鲛	jiāo	12 熬腰	七	359
鲜	xiān	15 烟冤	九	469
	xiǎn	15 烟冤	九	487
𩽾	ān	14 安弯	九	425
鲟	xún	17 因晕	十	548
敻	xiòng	21 轰雍	十二	656
疑	yí	5 衣	三	132
獐	zhāng	18 昂央汪	十一	572
獍	jìng	20 英	十二	635
鸑	yuè	4 耶约	二	104
飗	liú	13 欧优	八	403
觫	sù	8 乌	四	268
雒	luò	2 喔窝	二	49
孵	fū	8 乌	四	215
夤	yín	17 因晕	十	549
馑	jǐn	17 因晕	十	551
馒	mán	14 安弯	九	439
		[丶起]		
澌	sī	6 知	三	175
銮	luán	14 安弯	九	439
裹	guǒ	2 喔窝	二	43
敲	qiāo	12 熬腰	七	360
歊	xiāo	12 熬腰	七	363
豪	háo	12 熬腰	七	366
膏	gāo	12 熬腰	七	358
	gào	12 熬腰	七	384
塾	shú	8 乌	四	233
廑	jǐn	17 因晕	十	551
遮	zhē	3 鹅	二	60
廙	yì	5 衣	三	166
腐	fǔ	8 乌	四	240
瘈	jì	5 衣	三	151
	chì	6 知	三	193
瘩	dā	1 啊呀蛙	一	2
	dá	1 啊呀蛙	一	10
瘌	là	1 啊呀蛙	一	23
瘗	yì	5 衣	三	166
瘟	wēn	16 恩温	十	508
瘦	shòu	13 欧优	八	419
瘊	hóu	13 欧优	八	402
瘥	cuó	2 喔窝	二	36
	chài	10 哀歪	五	313
瘘	lòu	13 欧优	八	418
瘕	jiǎ	1 啊呀蛙	一	16
廖	liào	12 熬腰	七	387
辣	là	1 啊呀蛙	一	22
彰	zhāng	18 昂央汪	十一	572
竭	jié	4 耶约	二	84
韶	sháo	12 熬腰	七	370
端	duān	14 安弯	九	427
旗	qí	5 衣	三	127
旖	yǐ	5 衣	三	141
膂	lǚ	9 迂	四	284
阚	hǎn	14 安弯	九	446
	kàn	14 安弯	九	457
鄯	shàn	14 安弯	九	460
鲝	zhǎ	1 啊呀蛙	一	19
鲞	xiǎng	18 昂央汪	十一	590
精	jīng	20 英	十二	617
粿	guǒ	2 喔窝	二	43
粼	lín	17 因晕	十	544
粹	cuì	11 欸威	六	340
粽	zòng	21 轰雍	十二	658
糁	sǎn	14 安弯	九	448
歉	qiàn	15 烟冤	九	495
槊	shuò	2 喔窝	二	54
鹚	cí	6 知	三	181
弊	bì	5 衣	三	142
鄫	zēng	19 亨翁	十二	605
熄	xī	5 衣	三	116
熇	hè	3 鹅	二	71
膋	liáo	12 熬腰	七	368
熔	róng	21 轰雍	十二	649
煽	shān	14 安弯	九	432
熥	tēng	19 亨翁	十二	604
潢	huáng	18 昂央汪	十一	576
潆	yíng	20 英	十二	628

[乙起]

十五画

[一起]

字	拼音	韵部	序	页码
镔	bīn	17 因晕	十	534
镕	róng	21 轰雍	十二	649
靠	kào	12 熬腰	七	386
稹	zhěn	16 恩温	十	524
稽	jī	5 衣	三	109
	qǐ	5 衣	三	139
稷	jì	5 衣	三	151
稻	dào	12 熬腰	七	383
黎	lí	5 衣	三	124
稿	gǎo	12 熬腰	七	375
稼	jià	1 啊呀蛙	一	22
箱	xiāng	18 昂央汪	十一	571
箴	zhēn	16 恩温	十	510
篑	kuì	11 欸威	六	345
篁	huáng	18 昂央汪	十一	576
篌	hóu	13 欧优	八	402
篓	lǒu	13 欧优	八	410
箭	jiàn	15 烟冤	九	493
篇	piān	15 烟冤	九	466
篨	chú	8 乌	四	224
篆	zhuàn	14 安弯	九	463
僵	jiāng	18 昂央汪	十一	567
牖	yǒu	13 欧优	八	413
儇	xuān	15 烟冤	九	470
躺	tǎng	18 昂央汪	十一	588
僻	pì	5 衣	三	158
德	dé	3 鹅	二	61
鹏	tī	5 衣	三	113
徵	zhǐ	6 知	三	190
艘	sāo	12 熬腰	七	361
	sōu	13 欧优	八	398
艎	huáng	18 昂央汪	十一	577
磐	pán	14 安弯	九	440
艄	shǒu	13 欧优	八	412
虢	guó	2 喔窝	二	38
鹞	yáo	12 熬腰	七	372
	yào	12 熬腰	七	391
餔	bù	8 乌	四	252
餖	dòu	13 欧优	八	415
餕	jùn	17 因晕	十	558
鹟	wēng	19 亨翁	十二	605
膝	xī	5 衣	三	117
膘	biāo	12 熬腰	七	356
膛	táng	18 昂央汪	十一	581
膗	chuái	10 哀歪	五	306
滕	téng	19 亨翁	十二	611
鲠	gěng	19 亨翁	十二	612
鲡	lí	5 衣	三	125
鲢	lián	15 烟冤	九	472
鲣	jiān	15 烟冤	九	464
鲥	shí	6 知	三	182
鲤	lǐ	5 衣	三	137
鮸	miǎn	15 烟冤	九	485
鲦	tiáo	12 熬腰	七	371
鲧	gǔn	16 恩温	十	521
鲩	huàn	14 安弯	九	456
鲫	jì	5 衣	三	151
獉	zhū	8 乌	四	222
獗	jué	4 耶约	二	87
獠	liáo	12 熬腰	七	367
觭	jī	5 衣	三	110
觯	zhì	6 知	三	207
鹠	liú	13 欧优	八	403
馓	sǎn	14 安弯	九	448
馔	zhuàn	14 安弯	九	462
[丶起]				
諆	qī	5 衣	三	113
熟	shú	8 乌	四	233
	shóu	13 欧优	八	406
澤	duó	2 喔窝	二	37
摩	mā	1 啊呀蛙	一	5
	mó	2 喔窝	二	39
麾	huī	11 欸威	六	325
褒	bāo	12 熬腰	七	355
廛	chán	14 安弯	九	435
廞	xīn	17 因晕	十	539
瘼	mò	2 喔窝	二	51
瘝	guān	14 安弯	九	430
瘪	biě	4 耶约	二	90
瘢	bān	14 安弯	九	426
瘤	liú	13 欧优	八	403
瘠	jí	5 衣	三	122
瘫	tān	14 安弯	九	433
齑	jī	5 衣	三	109
鹡	jí	5 衣	三	123
凛	lǐn	17 因晕	十	551
颜	yán	15 烟冤	九	478
毅	yì	5 衣	三	165
羯	jié	4 耶约	二	84
糊	hū	8 乌	四	216
	hú	8 乌	四	228
	hù	8 乌	四	258
糇	hóu	13 欧优	八	402
遴	lín	17 因晕	十	544
糌	zān	14 安弯	九	433
糍	cí	6 知	三	181
糈	xǔ	9 迂	四	286
糅	róu	13 欧优	八	406
翦	jiǎn	15 烟冤	九	483
遵	zūn	17 因晕	十	542
鹢	yì	5 衣	三	169
鹣	jiān	15 烟冤	九	466
憋	biē	4 耶约	二	78
熛	biāo	12 熬腰	七	356
熜	cōng	21 轰雍	十二	639
熠	yì	5 衣	三	170
潖	pá	1 啊呀蛙	一	12
潜	qián	15 烟冤	九	474
澍	shù	8 乌	四	266
澎	pēng	19 亨翁	十二	603
	péng	19 亨翁	十二	610
澌	sī	6 知	三	175
潵	sǎ	1 啊呀蛙	一	18
潮	cháo	12 熬腰	七	365
潸	shān	14 安弯	九	432
潭	tán	14 安弯	九	441
潦	liáo	12 熬腰	七	367
	lǎo	12 熬腰	七	377
鲨	shā	1 啊呀蛙	一	6
潕	wǔ	8 乌	四	248

[乙起]

十六画

[一起]

燠	yù	9 迂	四	298
	ào	12 熬腰	七	381
熻	xī	5 衣	三	117
燔	fán	14 安弯	九	436
燃	rán	14 安弯	九	441
燉	dūn	16 恩温	十	502
	tūn	16 恩温	十	508
	tún	16 恩温	十	518
燐	lín	17 因晕	十	544
燧	suì	11 欸威	六	350
燊	shēn	16 恩温	十	507
燚	yì	5 衣	三	170
燏	yù	9 迂	四	298
濩	huò	2 喔窝	二	48
濛	méng	19 亨翁	十二	609
濋	chǔ	8 乌	四	239
濑	lài	10 哀歪	五	317
澪	líng	20 英	十二	622
濒	bīn	17 因晕	十	533
澽	jù	9 迂	四	291
濉	suī	11 欸威	六	326
潞	lù	8 乌	四	260
澧	lǐ	5 衣	三	137
澡	zǎo	12 熬腰	七	380
澴	huán	14 安弯	九	437
澨	shì	6 知	三	200
激	jī	5 衣	三	110
澹	tán	14 安弯	九	442
澹	dàn	14 安弯	九	453
澥	xiè	4 耶约	二	99
澶	chán	14 安弯	九	435
濂	lián	15 烟冤	九	472
澭	yōng	21 轰雍	十二	643
澼	pì	5 衣	三	158
憷	chù	8 乌	四	252
懒	lǎn	14 安弯	九	447
憾	hàn	14 安弯	九	456
憹	náo	12 熬腰	七	369
	nóng	21 轰雍	十二	648
憺	dàn	14 安弯	九	453
懈	xiè	4 耶约	二	98
懔	lǐn	17 因晕	十	551
黉	hóng	21 轰雍	十二	647
褰	qiān	15 烟冤	九	467
寰	huán	14 安弯	九	438
窸	xī	5 衣	三	117
窿	lóng	21 轰雍	十二	647
褶	zhě	3 鹅	二	69
禧	xǐ	5 衣	三	115

[乙起]

壁	bì	5 衣	三	144
避	bì	5 衣	三	142
嬖	bì	5 衣	三	143
隰	xí	5 衣	三	131
檃	yǐn	17 因晕	十	554
嬛	huán	14 安弯	九	438
	xuān	15 烟冤	九	470
嬗	shàn	14 安弯	九	460
鹨	liù	13 欧优	八	418
翯	hè	3 鹅	二	71
氄	rǒng	21 轰雍	十二	652
颡	sǎng	18 昂央汪	十一	587
缰	jiāng	18 昂央汪	十一	568
缱	qiǎn	15 烟冤	九	486
缲	缝纫方法。			
	qiāo	12 熬腰	七	361
缴	zhuó	2 喔窝	二	42
	jiǎo	12 熬腰	七	376

十七画

[一起]

瑟	sè	3 鹅	二	74
璨	càn	14 安弯	九	452
璩	qú	9 迂	四	279
璐	lù	8 乌	四	260
璪	zǎo	12 熬腰	七	380
璮	tǎn	14 安弯	九	448
聱	áo	12 熬腰	七	364
鬁	lì	5 衣	三	154
髽	zhuā	1 啊呀蛙	一	8
戴	dài	10 哀歪	五	314
螫	zhē	3 鹅	二	60
螫	shì	6 知	三	202
[illegible]	táng	18 昂央汪	十一	582
擤	xǐng	20 英	十二	632
壕	háo	12 熬腰	七	366
擿	tī	5 衣	三	113
擿	tī	5 衣	三	113
擦	cā	1 啊呀蛙	一	1
縠	hú	8 乌	四	230
罄	qìng	20 英	十二	637
擢	zhuó	2 喔窝	二	42
藉	jiè	4 耶约	二	93
	jí	5 衣	三	123
薹	tái	10 哀歪	五	308
鞠	jū	9 迂	四	274
鞟	kuò	2 喔窝	二	49
鞚	kòng	21 轰雍	十二	655
鞬	jiān	15 烟冤	九	465
藏	cáng	18 昂央汪	十一	573
	zàng	18 昂央汪	十一	597
薷	rú	8 乌	四	233
薰	xūn	17 因晕	十	539
藐	miǎo	12 熬腰	七	378
藓	xiǎn	15 烟冤	九	487
薿	nǐ	5 衣	三	138
藁	gǎo	12 熬腰	七	375
藋	diào	12 熬腰	七	384
檬	méng	19 亨翁	十二	609
檑	léi	11 欸威	六	329
櫆	kuí	11 欸威	六	329
檄	xí	5 衣	三	131
檐	yán	15 烟冤	九	479
檞	jiě	4 耶约	二	90
檩	lǐn	17 因晕	十	551
檀	tán	14 安弯	九	441
懋	mào	12 熬腰	七	387
醢	hǎi	10 哀歪	五	309
醨	lí	5 衣	三	125

十八画

[一起]

[丨起]

[丿起]

[丶起]

[乙起]

十九画

[一起]

醮 jiào 12 熬腰 七 386
醯 xī 5 衣 三 115
礤 cǎ 1 啊呀蛙 一 15
霪 yín 17 因晕 十 549
霭 ǎi 10 哀歪 五 308
霨 wèi 11 欸威 六 352

[丨起]

齘 xiè 4 耶约 二 99
黼 fǔ 8 乌 四 241
曝 pù 8 乌 四 264
嚯 huò 2 喔窝 二 48
蹰 chú 8 乌 四 224
蹶 jué 4 耶约 二 87
guì 11 欸威 六 342
蹼 pú 8 乌 四 232
pǔ 8 乌 四 246
蹯 fán 14 安弯 九 436
蹴 cù 8 乌 四 253
蹲 dūn 16 恩温 十 502
cún 16 恩温 十 513
蹭 cèng 19 亨翁 十二 613
蹿 cuān 14 安弯 九 426
蹬 dēng 19 亨翁 十二 600
dèng 19 亨翁 十二 613
蠖 huò 2 喔窝 二 48
蠓 měng 19 亨翁 十二 612
蠋 zhú 8 乌 四 236
蟾 chán 14 安弯 九 434
蠊 lián 15 烟冤 九 471
巅 diān 15 烟冤 九 464
翾 xuān 15 烟冤 九 470
髋 kuān 14 安弯 九 431
髌 bìn 17 因晕 十 555

[丿起]

镲 chǎ 1 啊呀蛙 一 15
舚 tiàn 15 烟冤 九 496
籀 zhòu 13 欧优 八 422
簸 bǒ 2 喔窝 二 42
bò 2 喔窝 二 45
籁 lài 10 哀歪 五 317
簿 bù 8 乌 四 251
鳘 mǐn 17 因晕 十 552
齁 hōu 13 欧优 八 396
魑 chī 6 知 三 170
艨 méng 19 亨翁 十二 609
鏦 cōng 21 轰雍 十二 639
鼗 táo 12 熬腰 七 371
鵩 fú 8 乌 四 228
劖 chán 14 安弯 九 435
鳓 lè 3 鹅 二 73
鳔 biào 12 熬腰 七 382
鳗 mán 14 安弯 九 439
鰶 jì 5 衣 三 150
鳙 yōng 21 轰雍 十二 643
鳛 xí 5 衣 三 131
蟹 xiè 4 耶约 二 98

[丶起]

勷 ráng 18 昂央汪 十一 581
颤 chàn 14 安弯 九 452
zhàn 14 安弯 九 462
靡 mí 5 衣 三 125
mǐ 5 衣 三 138
癣 xuǎn 15 烟冤 九 488
麒 qí 5 衣 三 128
麑 ní 5 衣 三 126
鏖 áo 12 熬腰 七 364
麖 jīng 20 英 十二 618
瓣 bàn 14 安弯 九 451
蠃 luǒ 2 喔窝 二 44
羸 léi 11 欸威 六 329
羹 gēng 19 亨翁 十二 602
鳖 biē 4 耶约 二 78
爆 bào 12 熬腰 七 382
pào 12 熬腰 七 388
瀚 hàn 14 安弯 九 456
瀣 xiè 4 耶约 二 99
瀛 yíng 20 英 十二 629
瀯 yíng 20 英 十二 629
鶱 xiān 15 烟冤 九 468
鹓 yuān 15 烟冤 九 471
襦 rú 8 乌 四 232
谶 chèn 16 恩温 十 525

[乙起]

鶋 jū 9 迂 四 274
襞 bì 5 衣 三 145
疆 jiāng 18 昂央汪 十一 567
骥 jì 5 衣 三 149
缵 zuǎn 14 安弯 九 450

二十画

[一起]

瓒 zàn 14 安弯 九 462
鬐 qí 5 衣 三 128
鬒 zhěn 16 恩温 十 524
鬑 lián 15 烟冤 九 472
鬓 bìn 17 因晕 十 554
壤 rǎng 18 昂央汪 十一 587
攘 ráng 18 昂央汪 十一 581
rǎng 18 昂央汪 十一 587
馨 xīn 17 因晕 十 539
xīng 20 英 十二 620
蘩 fán 14 安弯 九 436
蘖 niè 4 耶约 二 96
欂 bó 2 喔窝 二 35
轖 sè 3 鹅 二 75
醵 jù 9 迂 四 291
醴 lǐ 5 衣 三 137
霰 xiàn 15 烟冤 九 497
颥 rú 8 乌 四 232

[丨起]

酆 fēng 19 亨翁 十二 602
甗 yǎn 15 烟冤 九 488
耀 yào 12 熬腰 七 391
鶗 tí 5 衣 三 130
矍 jué 4 耶约 二 87
闠 huì 11 欸威 六 344
曦 xī 5 衣 三 114
躁 zào 12 熬腰 七 392

二十一画

二十二画

二十三画

二十四画以上